文
景
———
Horizon

Peter F. Hamilton

GREAT NORTH ROAD

[英] 彼得·汉密尔顿 著   段宗忱 译

圣天秤星 [上]

上海人民出版社

这本书献给莉齐、蒂姆、茱迪丝和艾伦。
感谢各位多年来的默默支持。

圣天秤星

雷格特

兀太奇

欧维迪欧洋

落石带

(不可居住)

文瑟

比特雷山脉

蝗雄海
(淡水)

文卡顿
盆地

安柏斯

谢顿洋

凡沃

温带

康

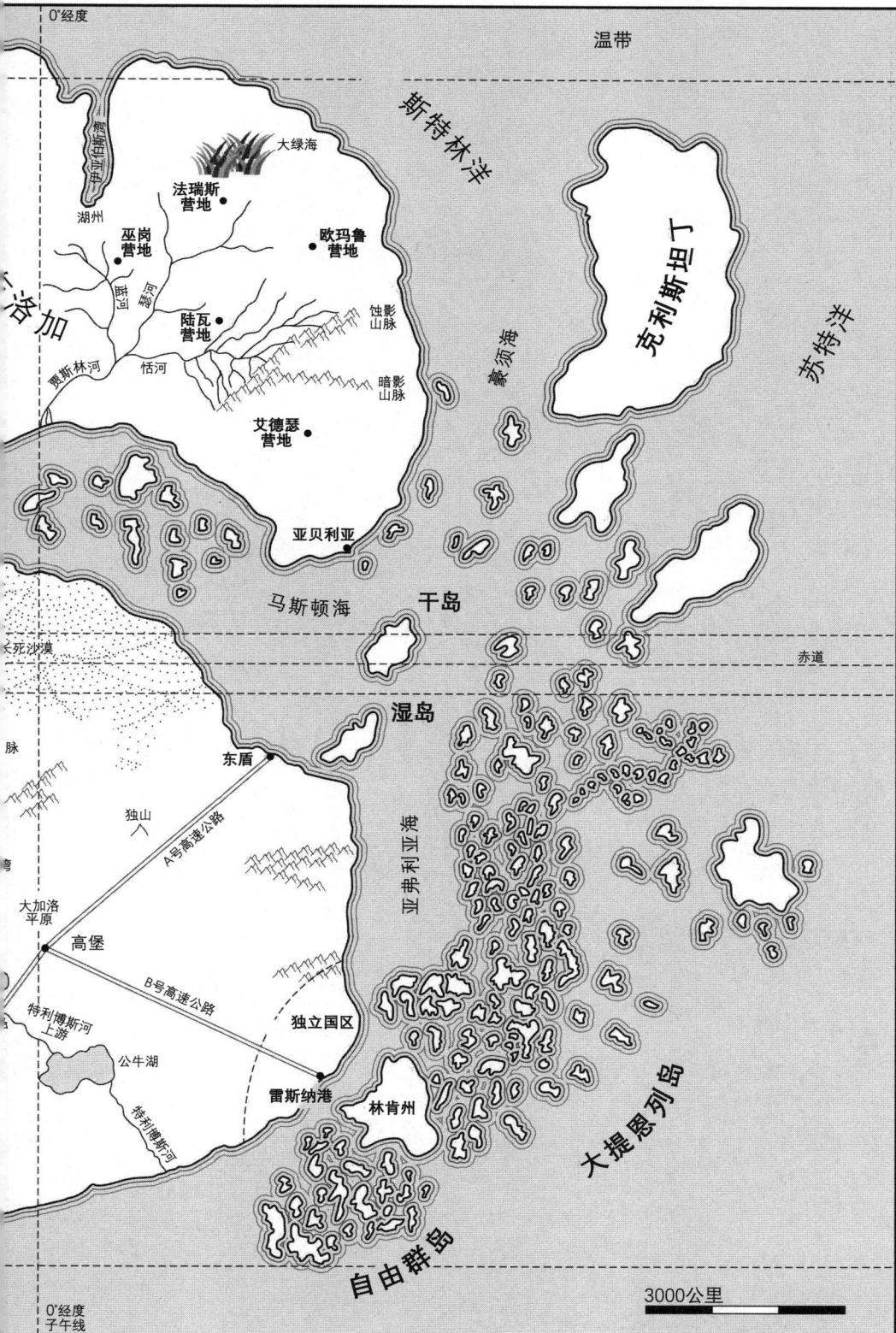

温带

斯特林洋

克利斯坦丁

苏特洋

大绿海

法瑞斯营地

巫岗营地

欧玛鲁营地

蚀影山脉

豪须海

暗影山脉

陆瓦营地

恬河

贾斯林河

艾德瑟营地

洛加

湖湾

伊亚日亚河

瑟河

亚贝利亚

马斯顿海

干岛

赤道

大死沙漠

湿岛

东盾

独山

A号高速公路

亚弗利亚海

脉

湾

大加洛平原

高堡

B号高速公路

独立国区

特利博斯河上游

公牛湖

雷斯纳港

林肯州

大提恩列岛

特利博斯河

自由群岛

3000公里

大事年表

2047	以色列开启对拉姆拉通道。
2047	美国参议院扩大,吸纳新星球的十个州,通过《联邦独立土地所有人法案》,强制所有长期福利接受者进行太空移民。
2048	日本开启对新东京通道。
2048	法国开启对鲁恩通道,仅限法国公民。
2048	投资活动移至新星球导致地球经济衰退。
2049	德国开启对敖德萨通道,仅限德国公民。
2049	美国通过《罪犯遣散法》。地球原州之非法移民将被遣送至新美属星球上的领土。
2049	沙特阿拉伯开放移民瑞亚德,仅限伊斯兰教徒。
2050	ET-SB对"所有"大欧洲(GE)公民开放米尼萨移民。对无业者提供移民补助,之后形成"机会移民"政策,将数百万贫困无业者移出地球上的GE国家。
2051	诺森伯兰星际企业开启天狼星星系通道,发现类地球的巨型星球,命名为圣天秤星,允许人类移民。
2052	巴西开启对萨杰洛尼通道。
2052	北非开启对亚克拉通道。
2053	第一批有机油浮藻田于圣天秤星上诞生。开始对地球输出有机油。大量投资涌入圣天秤星有机油浮藻田,诺森伯兰星际企业之外,另有七家公司相继创建,组成八巨头有机油企业。
2055	独立国区创建于圣天秤星,GE反对者以及地球上其他政治难民持续进行中等幅度的移民。
2055—2070	七个新人类殖民星球建立。地球人口下降,经济萎缩。多数国家对无业者执行强制遣送。
2063	凯恩·诺思去世,享年83岁。
2083	真耶路撒冷流言出现,据称它是与拉姆拉有秘密通道的星球。
2087	康斯坦丁·诺思与巴特拉姆·诺思辞去诺森伯兰星际企业决策者职位。公司资源重新分配,多数留与奥古斯丁。
2088	康斯坦丁·诺思建立木星居住所群,8000吨自动制造设备、3000吨矿物/化学提炼设备均通过纽卡斯尔通道运送至木星公转轨道上的小行星,另有

25000吨的暂时维生居住所。数百位辅助人员与所有C支诺思家族成员均跟随前往。

2089	巴特拉姆于圣天秤星创设亚贝利亚镇。巴特拉姆创立诺思家族生化基因研究院，开展人体新生/回春技术研究。
2092	亚克拉上出现沾斯潮。
2093	亚克拉撤离，通道关闭。预算死亡人数：八百二十万人。
2093	人类保卫联盟（HDA）成立，致力于保护人类免于沾斯潮攻击。
2094	布琳凯尔·诺思出生。
2096—2111	星际经济萧条，波及所有星球。
2111	以诺森伯兰星际企业为首的卡特尔联盟放出大量低价有机油，大量期货市场投资人破产。有机油市场回归平稳。跨星际股市重新回幅。
2119	新佛罗里达沾斯潮。撤离行动宣告成功，死亡人数预算为十万八千人。
2119	跨星际市场低迷，持续至2123年——正式记录上不被认定为经济萧条。
2121	巴特拉姆·诺思宅邸血案发生。安杰拉·特拉梅洛多起谋杀罪名成立，获判终身监禁。

人物表

2143 年圣天秤星北陆地质物种分布探勘行动

查莫妮克·帕萨姆　大欧洲异星事务局委员

格里芬·托因　少校，HDA 探勘行动安全负责人

【巫岗营地】

万斯·埃尔斯顿　上校，异种情报局（AIA），HDA 探勘行动营地指挥官

安特利奈·维亚纳　上尉，AIA，执行官

行政组

杰苏克拉（杰）·超米克

诺曼·斯利温司卡

福斯特·沃代尔

巴斯琴·诺思　随行观察员

GE 先锋军小队

巴勃罗·博坦　中尉

拉登　中士

帕瑞西·艾维特　下士

希龙　下士

（普通士兵）

穆罕默德·安瓦	吉莉恩·科瓦斯基
亚提欧	奥马尔·米哈伯
拉蒙·毕肯	马帝·欧瑞利
迪瑞特	皮斯-戴维斯
雷欧拉·福克斯	奥德丽·斯利思
戴夫·葛兹曼	乔希·朱斯提克
汉拉汗	

异种生物研究队

安杰拉·特拉梅洛　民间顾问

马文·特朗毕

罗克·克温德

泰密莎·史密斯

米亚

斯玛拉·加卡

艾伊尔

埃斯特·昆比斯

卡姆·蒙托托

赵

直升机驾驶员

洛尔莱

加瑞克

胡安-费尔南多

拉维·亨德里克　前雷刺 SF-100 驾驶员

AAV 飞行小队

肯·施密特　队长

戴维妮亚·贝尔尼　技师

克里斯·费亚德罗　技师

麦凯　技师

医疗人员

塔米卡·康尼夫医生

马克·奇蒂　资深急救员

朱厄尼塔·沙可　急救员

工程队

（直升机组）　　　　　**（微制造组）**

托克·埃里克森　　　　卡芮兹玛·瓦戴

艾琉斯　　　　　　　　奥菲莉亚·特洛伊

（营地系统组）　　　　**（一般后勤人员）**

欧格·多契夫　　　　　卢瑟·卡曾　主管

尚·克雷肖　　　　　　玛德琳·霍克

兰斯　　　　　　　　　富勒·欧武苏

（地面车辆组）　　　　露露·麦克纳马拉

利夫·戴维迪亚　　　　温·梅利亚

达尔文·史沃洛斯基

纽卡斯尔警方

西德尼·赫斯特　警探

罗伊斯·欧鲁克　警察局长

伊恩·拉纳金　警探，监控技术人员

伊娃·希兰　警员，影像解读人

拉尔夫·史蒂文斯　AIA 特别调查探员

阿布纳·诺思　警探，鉴证技术人员

阿里·诺思　警员，数据管理技术人员

奥尔德雷德·诺思　诺森伯兰星际企业安全部负责人，法律联络人

海法·富勒顿　警探，帮派行动小组

坎尼莎·萨依德　警探，退休，帮派犯罪组长

蒂莉·刘易斯　北方鉴证公司，A 级小组组长

克洛艾·希利　欧鲁克的媒体公关人员

其他

索尔·霍华德　冲浪手与店主，圣天秤星

2143年1月13日，星期天

午夜将近，极光风暴的狂乱霓虹色彩穿透轻飘在泰恩河畔纽卡斯尔的细柔落雪，带来一场碧绿翠红的光影秀，仿佛天地都与城市一同狂欢，这光景远比从星期五便零星迸发在屋顶上的任何烟火都更加优雅迷人。

三级警探西德尼·赫斯特注视着一群群深夜还在外头庆祝的人，摇摇晃晃地走在结冰的人行道上，根据酒醉的程度彼此打招呼或挑衅。冰、雪、泥完全打乱了柏油里的智慧粉尘所传递出来的信号，导致管理全市道路的罩网大面积中断，在这种情况下，用汽车的智能自动驾驶模式开车简直是一场豪赌。席德[1]目前手动操控着一辆毫无标识的警车，但行驶在如此湿滑的路面，轮轴转向只能倚靠自动操控。车子的雪胎提供了还算可以的抓地力，增加稳定度，使其能够在过了大教堂的科灵伍德街上，以每小时三十五公里的适当速度前进。雷达一直在挡风玻璃上打出物体逼近的警示，提醒他两旁有市政府铲雪车把马路中央的落雪铲开后堆出的雪墙，又脏又长。

雪已经下了两天，正午的最高温度固执地不肯超过十度，所以积雪一直不融，市中心优雅的乔治亚式石造建筑被包裹在宛如狄更斯小说里

---

[1] 西德尼的昵称。

描写的圣诞节盛景之中。又一个物体逼近的红色警示亮起，是一个人从车子正面跑过马路，席德猛打方向盘，那人又笑又骂，最后比画出一个脏话手势，消失在盘旋的风雪中。

"他绝对撑不到清晨的。"伊恩·拉纳金在副驾驶座上开口说道。

席德瞥了他的伙伴一眼，附议道："又是一个201案件。摆明就是欢迎我回来的嘛。"

"唉，这算什么周日之夜派对啊。"

光是这种天气里有这么多人在外面乱跑就已经够疯狂了。不过难得的是，平常男生穿T恤、女生穿短裙配晶亮高跟鞋的纽卡斯尔夜店标准着装，全消失在长及脚踝的厚重大衣之下——这天气就是那么冷。他甚至瞄到几顶货真价实的帽子，在他十五年的纽卡斯尔执法生涯中，几乎算是第一次看到这景象。即使现在——结了婚，有了两个小孩，发现职业生涯没有当初他以为的那么波澜壮阔——他还是有点惊讶，自己怎么还待在纽卡斯尔。当初他跟着一个女孩从伦敦来到这里，还在伦敦时，他跟其他二十几岁刚从法学院毕业的年轻人一样，笔直地在最聪明、最快速的职场上奔跑，像一粒在电闸门间弹跳的电子，在警察与私人保安公司之间来回跳换工作。来到这里后，为了完成自己伟大的浪漫行动，他申请调职到当地的市警察局，打算熬个两年资历，晚上又可以继续睡在雅辛塔的枕边。经历过十五年西伯利亚式寒冬与撒哈拉式酷暑之后，他还是在这里，娶了雅辛塔（至少他在这件事上的判断力还不错），生了两个小孩，职业生涯也走上自己在遥远大学年代曾一直唾弃的方向。当时的他有热情、有信念，鄙视搅乱世界的当权者，还有无所不在的邪恶沾斯；而现在，经验与连同而来的智慧把他拨到了比较实际的道路上，他开始消极怠工、忙于交际，把目标放在人生最后一次的跳槽上，以求顺利度过退休前的最后二十年。十五年的辛劳工作教会他，真实人生往往就是如此。

"他们明天早上就会全部清醒了。"席德把目光转回路上。

"你确定这个城里可能发生这种事？"伊恩反问。

"看看我们，现在都有工作啦。"

周五早上，当诺森伯兰星际企业终于宣布要把五个新融能站搭建在位于城市北边的埃林顿能源厂时，席德和所有人都大吃一惊。这些融能站早就应该建好了，但大项目就是这样，十年延误简直已是标准企业决策流程中的一环，还不包括督察员和政客为了证明自身价值而屡屡介入所带来的拖延。现在这个改变，意味着埃林顿里目前负责为纽卡斯尔通往圣天秤星的通道提供能源的年迈环磁机必须在远超原定使用年限后照常运作。可是没有人在乎这点，兴奋的纽卡斯尔人整个周末都在庆祝这项新工程。因为那意味着顺着城市街道流泻的钱潮即将掀起一番新的波澜，大笔金钱汇入圣天秤星，等着换来不可或缺的有机油回流到古老的母星地球。有机油能够让汽车和货车在大欧洲依然强大的交易要道上继续奔驰，宝贵的副产品能让飞机起飞、船舰启航。当然，搭建融能站的合约只不过是这一波浪潮中的一朵小水花，但即便如此，这也昭示着这个古老煤矿镇的制造业与服务业将有额外的收益，它将聪明且贪婪地吞食数字化现金，在企业市场销售图表上画出崭新的扩张大业。不论哪个领域，都会有新的工作机会，快乐的日子要正式来临了。

再没有谁比遍及纽卡斯尔的第二经济体系的参与者更明白这个改变的意义了，私人会所、酒吧、夜店的经营者，皮条客，毒贩，这些人早已对未来的前景垂涎三尺。他们跟城市里的其他人一样，期待接下来的十年能够为大批即将进驻的中产阶层底薪加红利收入的合同工提供一段愉快的时光。为了迎接新的时代，整个周末，全市的第一杯酒都免费奉送，第二杯则半价优待。

大多数人当然选择多多利用这项优惠。

车子驶入莫斯利街，伊恩指着挡风玻璃上的符号后面说："在那里。"

前面是莫斯利街与灰街交叉口，蓝绿交错的救护车灯光照耀在龟裂的冰面，在墙上打出怪异的影子与从夜店门底及商店橱窗渗出的光晕相互争辉，共同点亮眼前的景象。大型车辆斜靠停放，挡住了半条街。席德把车子往左边挪了一下，打算停在救护车后面。车子的前保险杠离铲雪车堆出来的雪墙只有两厘米的距离，引得距离探测雷达频频在挡风玻璃上显示红色的警告框。他把毛帽拉下来盖住耳朵，拉起衬里加厚的皮夹克拉链，踏入天寒地冻之中。

眼睛被冷风一吹，立刻不受控制地泛起眼泪，席德连忙眨眼，试图看清眼前的景物。温度并不影响他瞳孔周围的一圈智能网元将微小的激光脉冲顺着视觉神经送出，在街景上覆盖一层清晰的显示图表，把眼前所看到的一切跟地点坐标结合在一起，加入他正在运行的视觉记录。

按照办案程序，席德的躯网——他体内所有智能网元互连而成的网络——向伊恩送出联结请求，确保两人时时刻刻保持联系。伊恩在席德的视野角落以一个紫色的小记号作为代表。躯网同时将他的视觉记录通过汽车的网元下载到警网中。

响应求救信号的是一名北方都会服务公司的巡警。席德不认得他，但是不乏跟这类人打交道的经验。躯网中的私人电子身份／标识符（e-i）记录下对方的面孔，是一名二十岁出头的男子，大摇大摆的样子让人觉得可笑。给他一身制服，丁点大的权威，这种人就以为这城市是归他管的了。

巡警的e-i出示身份，名字叫克雷默，同时立刻询问席德的e-i，后者在确认警衔的同时启动织入外套的警徽，使它发出淡淡的琥珀色光芒。"是你接的？"席德问。

"是的，长官。接获报告后，我在五十秒内赶到现场。"

完全符合服务公司的合约响应时间，席德心想。这一点在续约时将有助于提升他们的数据。当然，也要看官方的通报记录时间。北方都会服务公司同时负责管理纽卡斯尔的紧急响应中心。中心提早一分钟通知巡警，然后再正式记录通报时间，以确保他们一定有人能够在响应时限之前抵达，也并不是什么不常见的事。

"挑衅型135。嫌犯在我抵达之前就逃走了。"

"跑得也太快了。毕竟你来得很快啊。"席德喃喃说道。

"标准的打带跑，我想。"克雷默说。

"受害者名字？"

"我询问的时候，他的e-i响应是肯尼·安瑟塔。他当时已神志不清了，那些混蛋把他狠踢了一顿。急救员已经接手了。"

"明白了。"席德绕到救护车后面，急救员把受害者放在突出的平台上进行检查。那男人三十出头，根据五官来看，席德认为他是亚洲人与南地中海人的混血儿——但拿这种答案去填写案件受害人种族栏简直是自找麻烦。当然，他的看法可能也不是太准，因为那个人的额头上有个好大的伤口，正不断地往外冒血，脸颊上也有深深的割伤，席德猜是环形刀割的。这么多血会让一个人的皮肤特征变得很难判断。

他喊道："你好，纽卡斯尔警察。能跟我说一下发生了什么事吗？"

肯尼·安瑟塔抬头瞥了他一眼，随即大吐特吐起来，呕吐物差点溅到席德鞋子上，席德拉长了脸。

"我去搜集目击证人资料。"伊恩已经准备撤了。

"你这个烂人。"席德咕噜道。

伊恩笑着眨眨眼，转身离开。虽然天气刺骨地寒冷，抢劫案还是引来一小群人围观。席德不明白他们为什么还要待在这里。当警察这么久，人性的这一面他向来不懂：人们总是无法抗拒围观他人不幸的诱惑。

他等了一会儿，看急救员在安瑟塔的额头伤上喷些止血泡沫，然后其中一人开始处理他的脸颊，另一人根据安瑟塔的躯网提供的信息快速地检查他的身体，手指轻触智能网元回报的损伤部位。根据安瑟塔的反应来看，他的肋骨和膝盖都被打得挺惨的，席德认为他是倒下之后再被人狠踢，135案件经常这样。

"先生，能请你描述一下事发经过吗？"

这一次，肯尼·安瑟塔顺利集中了注意力。"混蛋。"他充满恨意地开口。

"下巴尽量不要动。"正在处置脸颊伤口的急救员警告。

席德看出对方发怒的理由，低声对自己的e-i下令，e-i听话地使用他碰巧放在私人储存区的一个无授权非官方指令，将警方记录过程暂停。"你认得攻击你的人吗？"

安瑟塔摇头。

"几个人？"

一只手举起，伸出两根指头。

"男性？"

又点头。

"先生，他们偷了什么吗？"

更多止血泡沫被涂上安瑟塔的脸颊，他浑身一抖。"我的苹果，一台i-3800。"

那是新款个人跨网网元，非常昂贵。这个人居然在这么晚的时候拿那种东西在市中心独行，简直是白痴。但白痴不是罪。"我需要恢复你的视觉记录，先生。"

"随你便。"

席德把手伸向安瑟塔的额头，让他的e-i取回视觉记录。他的掌心里有几个智能网元被设定为躯网接收，拥有可处理大多数格式的指令。安瑟塔的瞳孔智能网元里的短期记忆被下载到警网里。席德看着安瑟塔看到的事物，闭起眼睛研究矩阵中充满模糊动作的影像：两名全身阴影的人形突然出现，为御寒拉高了罩帽，然后安瑟塔被打，一切摇晃不清。

他的e-i展示了一幅影像，他看到这两名攻击犯有着同一张脸。熟悉的五官让席德闷哼一声，詹洛克，最近频频出现在影视小报红星名单上的华人明星。

"好了。现在，肯尼，我要给你一些非官方建议：你最好不要再发言。"席德说。

安瑟塔不解地看了他一眼。席德几乎看得到对方布满鲜血的脸孔后的中产阶层脑袋正转得飞快。我才是受害者，为什么警察要警告我？答案很简单，但他们从来都听不进去——永远不要说任何会被律师在法庭上利用的话，所以最好什么话都不要说。

"你有全额诉讼险吗？"根据对方似乎不便宜的衣服来看，这个问题等于是白问。

安瑟塔谨慎地点头。

"很好。赶快打电话给他们的紧急联络处。他们会派值班律师去你的医院。巡警会陪你去录完整口供。你要拒绝录口供，直到你的律师到场。这是你的权利。你也有权利拒绝血液组织分析，懂吗？"

"大概吧……"

席德戴着手套的手指举到嘴唇前示意。

如今已开始担心的安瑟塔点点头。席德听到救护车后面某处传来女性咯咯笑的声音，勉强舒展皱起的眉头。"你不会有事的，肯尼，只要把所有事情说清楚，按照正常程序走就行。等你的律师来，这样做就对了。"

安瑟塔用口型回答："谢谢。"

席德低声指示e-i，允许急救员离开现场，然后回去找克雷默，"我授权将安瑟塔交给医院。你跟他一起去录口供。"

"好的，我来处理。"

"给他点时间，让他治疗治疗，恢复一下。他被打得蛮惨的。"他咧出一个友善的微笑，"这样你也可以休息一会儿，不用立刻回来巡逻。"

"多谢了，老兄。"

"明天我需要你搜集所有当地罩网的传感器记忆内容。"他朝周围的建筑物挥挥手。砖墙和水泥一定涂满了智慧粉尘，也许有些能逃过被大雪破坏的命运，"全部寄到我的案件档案里。他有保险，我们可以从保险公司弄点钱来追踪犯人。"

"说得没错，老兄。"

席德几乎要露出微笑——年轻巡警的本地口音几乎跟伊恩一样重。急救员把救护车的门关上，鸣着警笛开走。伊恩继续跟其余的目击者聊天，席德毫不意外地发现她们都是年轻的女性。他跟伊恩搭档两年了，彼此简直比亲兄弟还熟。对伊恩来说，当警察是认识异性的理想职业，处理罪犯是次要中的次要。席德不止一点嫉妒地承认，伊恩非常擅长他的正业。二十八岁，热爱健身，全部薪水都花在服装和打理外表上，他对所有伎俩熟得不能再熟。

席德走过去时，两名"目击证人"正全神贯注在伊恩身上。她们跟其他渐渐走散的群众不同，两个人的外套前襟完全敞开，露出她们最漂亮的、布料少得可怜的夜店装。席德当场发现自己老了，因为他脑中唯一的念头竟是，这两个可怜的小家伙一定冻个半死。"警探，搜集到有用的证词了吗?"他大声问。

伊恩转头,不满地瞪了他一眼,"好吧,小姐们,恕我失陪,我上级又来烦我了,可是有什么办法呢?"

两个女生嬉笑成一团,一起想着他好勇敢,居然敢这么明白直接地挑战上级权威,好有自信,好厉害。席德翻翻白眼,"你快给我上车。这里已经没事了。"

伊恩的声音降了一两个八度,"我会跟两位联络,来了解重要信息,例如你们最喜欢的夜店是哪一家,什么时候会再去。"

席德率先上车,拒绝再听外面传来的白痴笑声。

车子里暖得让人舒坦。有机油燃料元提供许多额外热能,被空调系统饥渴地吞入,再通过通风口均匀地送出。席德拉开外套拉链,低声对e-i嘱咐,为抢劫案开了一个新案件档案。瞳孔智能网元格图下方的副显示区随即出现档案数据汇总的进度。

"中了!"伊恩开心地坐入副驾驶座,"我搞定她们了。你看到那些小妞没?她们两个都对我有意思。"

"你知道我们的保险不包括青霉素无限制供应吧?"

伊恩笑了,"你知道这世界上最伟大的矛盾修辞是什么吗?"

"婚姻幸福。"席德不堪其扰地回答。

"没错,一点也没错啊。"

"这案子没什么头绪。他被詹洛克抢了,而且还是两个詹洛克。"

"妈的,这家伙够红的,歹徒一定戴着现在最受欢迎的身份面具。"

席德瞄了一眼时间。十一点三十八分。他们执勤时段到午夜就结束。"再绕一圈就收工。"纽卡斯尔中央警察局位于市场街,不到四百米远,但是还剩下二十分钟就直接从案发现场往家里开,实在不太好看,会被市政府的会计叨念很久。

"他们抢了什么?"伊恩问。

"一台i-3800。"

"机子不错。明天午餐时临门区那里一定又会有新的二手货出现。"

"有可能。"席德承认。近来城里的小偷小摸大多都是要通过通道前往圣天秤星的难民所为，他们一个个走投无路、饥寒交迫。他们会在早上穿过临门区，在无人管辖的巨大市场处理掉前一晚弄到的货物，因为在那里，所有帮助你在全新世界中开始新生活的东西应有尽有。正因为如此，纽卡斯尔的破案率长期陷于低迷，任何犯罪者都能在几个小时之内逃到另外一个世界，而警察再也抓不到他们。

席德倒车离开路边。他的瞳孔智能网元在格图中打出绿色文字，挡风玻璃上也出现同样的信息，听觉智能网元同时开始广播事件内容。

"205案件？靠，我们只剩二十分钟就下班了，他们怎么可以这样。"伊恩不敢置信地说。

席德闭上眼睛——绿字完全不受他的动作影响。他早该知道今天晚上太顺了，整整六个小时都只有小事件，现在好了：205——可疑情况下发现尸体。可疑的是时间，还有地点：桥头区千禧桥旁边的码头，离这里不到四百米。根据警示内容，河警刚刚确认他们打捞上来的是一具尸体。显然有人急着要把这件事备案，而他又正是执勤的资深警官中离那里最近的一个。"混蛋。"他闷声骂了一句。

"欢迎你回来。"伊恩同意。

席德开启警示灯和警笛，叫他的e-i授权本市的交通管理人工智能系统清出一条路来。这个时候当然已经没多少车子了，大多都是正在把狂欢过度的人们载回家的出租车。

路是不远，但是得走迪恩街才能到河边，那是一条陡峭的斜坡路，从古老的铁路和路桥下穿过，被黑色石墙与空白窗户包夹。汽车的自动驾驶模式很辛苦地维持着轮胎不在危险的结冰路面上打滑，有两次车已经开始甩尾，反扭力启动，才让雪胎得以抓住地面。路的尽头，两旁黑暗的建筑物拓展成宽广的路口，地标泰恩桥高高地隔空跨越水面，聚光灯的光圈照亮几乎被盘旋的雪花遮蔽的钢铁结构，变成一抹诡异的新月形光圈，悬浮在空中。席德小心翼翼地开车绕过粗壮的石柱，朝空旷无人的码头区开去。

车子开过法院满是玻璃与石柱的侧面。"发生在这么近的地方，还真让人不能不多想，你不觉得吗？"

"可疑不代表是故意的。今天这种晚上天气又很糟。"席德提醒伊恩，指指车窗另一边黝黑的河面，"今晚掉进去，立刻死。很快。"

经过政府机构之后，车子开入右边的岔路，旁边虽然有人行道，但似乎从下午之后就没有铲雪车经过，雷达显示路面上的积雪已经超过十厘米，下面还有厚厚的一层冰。席德把车速减低到仿佛爬行一样慢。千禧桥的两道拱弧在前方如天鹅颈一般优美地跨过河面，上层是最近刚整修完成的珍珠白表面，在照明的彩虹灯下隐隐发光。两辆巡逻车车顶上的警灯以及一辆货车的车灯从大雪中透了出来，席德把车停在它们后面。

他下车时，首先感到惊讶的是车外的沉静。虽然码头区不到四十米外就有一家岸边酒吧，一切却仍然静悄悄的，只有等在栏杆边的三名外聘巡警低声交谈的声音，他们注视着下方的警船开到拱桥下被玻璃围住的码头边（里面装有轴向枢轴以及液压系统，负责旋转整个结构，让更大的船能从下方通过），尽头是围墙。另一个巡警正在询问一对坐在巡逻车里的年轻情侣。

席德等他的躯网先连上串联点——这是在旁边等待的巡警已经架好的——然后看了看里面的记录，205 容不得他有半点马虎。他的e-i对记录进行辨识和标记，同时认出刚下货车的是执勤法医。

"情况怎么样？"他问。

一名巡警抓住下方船员丢上来的篮子，席德的e-i标记对方是萨兹巡警。"两个夜店客人过桥的时候看到那边的引栏上有东西卡住，觉得像是尸体，立刻报了警。他们只是孩子，没什么可疑的。"

席德走到栏杆边。码头区的走道他走过上百次了，临河的街道旁新旧建筑物混杂，用金钱堆出了英格兰北部从两个世纪前的维多利亚时代后就再也没有出现过的优雅与富贵。市政府是不会允许这段河没落的，这里是市中心，这里有著名的桥梁，有玻璃拱顶、百年历史的文化遗产塞奇音乐厅，这里展现着欧洲第五富有（以人均收入计）城市的地位。

今天晚上席德甚至看不清桥头区千禧桥对岸、盘踞在泰恩河畔的塞奇音乐厅。他在黑色河面上唯一能辨认出的就是警船。船的另外一边，有两对柱子伫立在水中央，支撑着深深的河道引栏，它们像是平躺在水面上的栏杆，确保直接经过千禧桥下方的大船是从桥底下的最高点通过。

"尸体卡在哪里？"席德问。

马尔丁巡警说："这边。"她扯动了一下嘴角，"当时正在退潮，所以不能确定它是从多远的上游漂下来的。"

萨兹把船的系绳绑好。席德越过栏杆，开始从卡在码头墙边岌岌可危的梯子往下爬，身边净是无止境的落雪。两名特聘潜水员扶着他走上结冻的甲板。他们身上都穿着顶级加热潜水装，配备贴面头盔，让他们在冰冷肮脏的咸水里扑腾、努力把那具一半浸在水中的尸体套上绳索时，身体还能保持温暖。贴面头盔前方露出两张跟当下情景与天气违和的开心面孔，显示装备性能的确卓越。

至少船长是货真价实的警察：达里安·福伊。席德跟他认识很久了。

"请求登船。"席德说。

达里安露出了然的笑容，"晚安，警探。情况恐怕不太妙。"

"哦？"达里安的反应非常古怪。他太正式了。席德顿时明白，这是一个重大案件。但为何重大就是问题所在了。他后悔自己没有肯尼·安瑟塔那样的全额诉讼险，没有油嘴滑舌的律师会突然出现在身边，确保他说的每个字都是完美的庭上证供。他只能专心遵循司法程序。放了三个月的长假之后要立刻调整回来，真的很难啊……

"让我看看。"他说。

伊恩也被扶上船。达里安此时带着席德绕到小船舱后面。尸体在吊床上，被架在船正中央的绞索起降机放在甲板，上面盖着一块塑料布。船舱顶有两盏灯正照在尸体上，投射出与肃穆气氛格格不入的灿烂白光。

达里安最后向席德投去警告的一瞥，然后掀开塑料布。

席德非常希望自己没有真的说出一声："他妈的。"

那句话绝对在他的脑海中回荡了良久。不过他应该是真的说出来了，因为正后方的伊恩立刻低低地应了一句："真的，他妈的。"

男人冻僵的雪白身体一丝不挂。这没什么。他心脏上方狰狞且深得出奇的伤口也无关紧要。立刻引起席德高度注意的，是死者的身份。

他是诺思家族的。

这表示，一定会有审判。审判的结果无论从司法还是媒体的角度来说，都必须毫无瑕疵。而且要快。

从前——准确来说是一百三十一年前——有三兄弟，三胞胎，同父异母的三胞胎，是他们有钱到不行的父亲凯恩·诺思（Kane North）的完美克隆。他把他们取名为奥古斯丁（Augustine）、巴特拉姆（Bartram）、康斯坦丁（Constantine）。

他们是他们兄弟／父亲的完美克隆品——因此也完全具备所有诺思家族成员都有的特质：恶名昭彰的执着，对金钱的崇拜，还有极高的智慧。但他们有一个缺陷。创造他们的基因技术当时刚起步，只通过很基本的生殖技术把凯恩的DNA固定在胚胎里，即凯恩独有的生理特征将完全不受到改变，同时在新身体的所有细胞中都维持显性，包括精子。怀上三兄弟任何一人子嗣的女性生下来的孩子，仍然是原版的克隆，这成了家族的缺陷：与其他的克隆定律一样，副本的副本必定会有衰退之处。DNA的克隆造成下一代的错误，接下来的一代被称为诺思二代，质量跟他们的父亲们几乎一样好，但已经出现细微的缺陷。诺思三代的质量就更不尽如人意了，诺思四代同时存在生理与心理的异常现象，诺思五代通常活不了太久。传言在第一批诺思五代出现之后，所有的诺思四代都被家族以低调且体面的方式结扎了。

即便如此，头一组三胞胎仍然是很杰出的男人。他们在跨太空联结技术的形成初期便大力支持其发展，冒险创立了诺森伯兰星际企业，最后终于建造出通往圣天秤星的通道。后来，也是诺森伯兰星际企业率先在圣天秤星开辟浮藻田，如今大欧洲多数有机油都是由此而来。他们就是董事会，为巨型企业主持大计长达五十年，直到巴特拉姆与康斯坦丁离家去追寻他们自己不同的目标，留下奥古斯丁继续带领这家有机油业巨擘。

公司高管都是诺思二代。诺思二代忠心耿耿地替他们的兄弟／父亲经营事业，与大欧洲的政治与经济核心体系有牢不可断的联系，以温和却绝对的手腕统治他们的藩国纽卡斯尔。如今，诺思二代们也会想知道是谁杀了他们的兄弟，以及杀人动机——他们肯定会迫切地想了解事实真相。

赶快想！席德命令自己，一面闭上眼睛，不想再看到躺在落雪中光溜溜的事业终结者。程序。程序为王。永远如此。

他深吸一口气，想要恢复到平静、理性的心境，一个古井无澜、智珠在握的男人。上千种无聊管理课程的幻想产物，媒体中塑造的刻板警察形象。

他睁开眼睛。

死去的诺思克隆人死不瞑目地看着被极光蚕食、色彩波动的天空，眼球却已经破损无比。是鱼干的吗？这念头光想到就令人不舒服。席德不解地看了一眼怪异的胸部伤口，死因似乎不简单，但他根本想不出到底什么鬼东西会留下这样的穿刺伤口，至少这样利落、直入心脏的方式意味着死亡来得很快，这名诺思族人应该没受多少活罪。活罪显然报应在周围人身上。

席德的手虚放在尸体的脸上，命令他的e-i与死者的躯网建立联结。埋在冰冷死去皮肉里的智能网元根本不在乎躯体已死，它们仍然能通过改良的三磷酸腺苷（ATP）分子汲取能量，这些分子组成能量转换系统的核心，就像真正的细胞，通过氧化过程持续利用周围的脂肪和碳水化合物，直到皮肉终于开始腐败。

没有反应。席德的智元格图中每个代表联结的符号都毫无动静。诺思家族成员没有运行中的躯网。"他被断网了。"席德说。重现诺思家族成员生前的最后一段时间——看着杀手刺穿他的心脏——应该立刻就能结案。席德当然知道绝对不会这么简单，但是程序……他弯下腰，盯着尸体破损的双眼，在船上聚光灯的强烈照射下，要看清细节并不容易，但是他依稀看到眼球瞳孔周围有极小的切割伤口，像是被昆虫小口啮咬过。"不只是躯网被断，看样子他们连智慧网元都拿走了。"

"哇，这是专业的吧。"伊恩说。

"是啊。请翻一下他的双手。"他请戴着橡胶手套的潜水员们帮忙。每根冻僵的白色手指尖端都没了皮肤。有人很努力要让尸体的辨认变得困难，这样对待一个普通受害人也许很合理，但是这样对待诺思家族……?

席德当机立断。"可以了。把鉴证官放下来清理现场，取回尸体。我现在正式将本案重新归类为101案件，所有档案都必须进行备份，寄到我的案件档案里。"他转向两名潜水员，"尸体的附近还有别的东西吗?"

"没有，警探。"

"船长，尸体一上岸，我要求船立刻回去重新搜寻一遍你发现尸体的区域。"

"当然。"达里安说。

"需要对这一区域进行声呐扫描吗?"

"这不是最好的解决方法，但可以查查有没有什么可疑之处。"

两人同时瞥了一眼死者胸口的伤。

"麻烦你了。"席德指示他的e-i开启一个101层级的案件档案，瞳孔的智元格图显示绿色的小球符号展开，报案记录与巡逻船的记录同时开始下载。

"把报警的那两个人带回警局，进行彻底询问。"他吩咐伊恩。

"没问题，老大。"伊恩利落地回答。

"先这样。"席德走回梯子边缘，等执勤鉴证官过来。那个人突然显得非常紧张。"我要你严格依据档案标准执行每一个步骤。"席德告诉他。

席德爬回梯子，同时指示e-i找出局长的跨网通信码。符号出现，一个小小的红色星形指控似的在他面前闪啊闪。他一直等到爬回路面，握住栏杆，确保自己不会摔倒时才叫e-i拨通电话。

罗伊斯·欧鲁克花了一分钟才接起，以这个时间来说很合理。符号变成蓝色时，显示是声讯连接，同样很合理。席德可以想象他半醒半昏地躺在床的一边，欧鲁克太太在刚打开的灯光下不高兴地眨着眼。

"赫斯特，你他妈的想干吗?"罗伊斯·欧鲁克质问，"你才回来六个小时而已。老天爷，你难道连撒个尿都要有人替你端着——"

"长官!"席德立刻插嘴，他太清楚欧鲁克这个人的嘴巴是怎样的，"我刚刚把一个案件升级为101级。"

欧鲁克在沉默中消化这个信息的含义，他说的每个字都会成为正式案件记录的一部分。"说吧，警探。"

"河中发现尸体。胸口有严重穿刺伤。我怀疑同时有智元被移除。"

"明白。"

"长官，初步身份判别为诺思家族的一员。"

这次沉默蔓延得很久，雪片在沉默中亲吻着席德的脸颊。

"请重复。"

"长官，尸体是诺思氏的克隆人。我们在千禧桥。鉴证官正在清理尸体，准备带上岸。除此之外，现场还有四名外聘巡警、两名潜水员以及福伊船长，同时有两名市民目击者正在录证词。"

"我要你立刻进行区域封锁。立刻将现场所有人带去市场街警局。不可与外界联络，明白吗？"

"是的，长官。我已指示福伊船长在将尸体移入鉴证官的车子后，重新扫描发现遗体区域。"

"很好。"

"周围没有目击证人，而且我确定死者不是单纯从桥上摔下。我的初步结论是他在上游某处被弃入河中，尸体看起来像是泡了一阵子水，但是要等鉴证官回报之后才能确认。我要派遣拉纳金警探随法医车辆回到市立殡仪馆。他可以确保程序完整。"

"很好，这是个好的开始。赫斯特，暂时不要引起媒体的注意，我们必须在不受打扰的情况下进行侦查，证据链必须维持干净。"

"是的，长官。嗯，局长，有件事……"

"什么事？"

"你要怎么处理亲属通知？"

又是沉默，这次比较短。"我来处理。你专心封锁现场，妥善开始侦查。"

"是的，长官。请求准许并授权我与河岸巡防队合作。我需要他们辨识并搜索所有在泰恩河上航行的船只。"

"好主意。你到市场街警局的时候，我会把授权准备好给你。"

"谢谢长官。"席德看着符号闪回紫色，然后消失。

伊恩从梯子最后一格下来，踩回扑满松雪的路面。

"怎么样?"席德问。

"鉴证官不想给出确切结论，很能理解，可是考虑到这种水温和暴露在外的情况，他估计尸体已在水中泡了至少一小时了。"伊恩说。

"他不是从桥上摔下去的。"

"不是，他不是从桥上摔下去。潮汐的浪太大。"

"我们的鉴证官愿意提出死亡时间吗?"

伊恩的嘴唇抿出一道细细的微笑，"不愿意。那是验尸的事。"

"好吧。我跟局长谈过了。你带鉴证官一起回殡仪馆。小心点，不要出错，事事要按照程序走，没有例外。"

"行。"

"我回市场街了。网络组执勤的人可以把今天晚上河边所有罩网的监视记录锁定下载。我还得去追查船那边的线索。"

伊恩一脸怀疑，"今天晚上这种天气，没办法行船的。"

"现在的能见度也只有一百米，我连对面的波罗的海交易所都看不到。就算前面停了一艘超坦舰，我们也不会知道。"

"什么啦，我们会知道的。"

"警探，我们不能放过任何可能。"

伊恩严肃了起来，顿时想起有多少人会反复检查今晚的记录，更不要提那些人的官衔了。"唉，你说得没错。"他朝已经等在一旁的外聘巡警走去，"好了，大家快点把尸体吊上来。希望你们最近的体检都过关了，这还挺重的。"

席德等了一下，看着鉴证官和潜水员把绳子绑上担架，好让尸体能被拖到大街上。他一直回想自己有没有漏掉什么。基本的几个大项目都已经处理了，这点他很确定。妥善开始侦查。欧鲁克说得够清楚了。等到早上，一定会由资深警探来接手指挥案件的侦查，而且奥尔德雷德·诺思一定会从诺森伯兰星际企业安全部派来十几个特聘顾问加入。等到午餐时，就没席德的事了。

2143 年 1 月 14 日，星期一

刺耳的闹铃声硬是把席德吵醒。他呻吟了一声，伸手就想朝暂停键按下去。

"你敢！"雅辛塔从另一边伸出手，一把抓住他蠢蠢欲动的手臂。

他又呻吟了一声，更响亮也更懊恼。闹钟吵不停。"好啦好啦，真是的，宝贝。"席德两腿一挪，下了床，这时她才愿意放开他的手。他愤恨地一掌劈在闹钟上，恼人的噪声这下才停住。他打个呵欠，眼前一片模糊，觉得只睡了十分钟而已。再生空调在天花板风扇后面嗡嗡作响，房间仍然很冷。

雅辛塔正从她那一边爬下床。席德拿起闹钟，举到眼前，不这样他根本看不清楚发光的绿色数字是什么。

6：57。

"妈的。"呵欠根本停不下来。躯网感应到他走路的动作，等待预设的一分钟过后，便开始启动所有显示标记与提示音。瞳孔智元在他眼前展开重重鬼影，这是智元的基本符号网格。

"你几点回来的？"雅辛塔问，不解地看了他一眼。他虚弱地朝她一笑，算是回答，一边享受着眼前的美景。雅辛塔只比他小三岁，但是她保养得要好太多了。黑色的头发比当年他们在伦敦相遇时要短一些，但仍然丰美，每天早上这个时候向来保持狂野的状态。她的身材跟当年也

很像，生过两个小孩的人根本不该这么窈窕，这一切都要归功于她旺盛的决心。少了肥肉，全身都是经由扎实、规律的健身房运动锻炼出的肌肉——她越来越常指出同样的健身房运动也能阻止他近来增加的体重。她健美得诱人，但是真正隐藏年龄的是她的肌肤，似乎浑然不受皱纹的侵扰。这也是应该的，他心想，因为他这个外科护士老婆的一半薪水都花在乳液、化妆水、药妆凝胶，以及许许多多其他保养产品上，通通来自百货公司里但凡真男人皆不敢涉足的禁地。

她敏锐的绿眼一边打量他，手里一边别发夹，"到底几点啊？"

"大概三点半。"他老实承认。

"宝贝！怎么会这样？发生什么事了？"她突然一副十分同情的样子。

"我接到101了。"

"不会吧！你才回来一天啊！还真倒霉。"

他决定对老婆坦白："不只是这样。你不要在上班的地方多提，但我跟你说，昨晚那个是诺思家族的。"

"什么狗屎运啊。"她震惊地叹了一声。

"没办法。"他耸耸肩，"我看今天上班后不用一分钟，欧鲁克就会把我从案子上撤掉。"

"你确定吗？"

"当然。这案件的侦查过程必须完美无缺。"

"你办得到啊。"她立刻回答，相当为他抱不平。

"是没错。"这就是他暗自无奈的一点——他知道自己有能力处理侦查过程，而且可以做得很好。事实上，他还挺期待这个挑战的。他花了大半夜拟定侦查计划，打算等白天值班的人一到就执行。把工作中的绊脚石处理好，就能化其为升迁的垫脚石。"可是我回来只有六个小时啊。"

她意味深长地看了他一眼，"是的，宝贝，但别忘了一开始为什么会这样。诺思家族会想要个厉害的人物来负责的。"

"随便吧……"

楼梯间的沉重脚步声以及随后的怒吼，宣告威廉跟扎拉每天早上的厕所争夺战正式开始。威廉用力敲门，吼着要他妹妹开门让他进去。"我等不及了，你这只母牛。"他大喊。

她充满鄙夷的回嘴从门后隐约传出。

"你得替我带他们去学校。"席德一口气说完，希望能趁乱蒙过去。

"门都没有！"雅辛塔惊呼，"我们说好了。今天早上我已经排好一个换心手术。最高级的人工培育心脏，还经过了DNA筛检之类的手续。她的保险会给所有参与开刀的人员全额经费外加奖金。"

"我被塞了一个诺思家族的101。"

"你刚才说你立刻就会被撤掉。"

"胡说什么哪，宝贝！"

她对他的本地口音回以一番笑声，"我的手术在圣诞节以前就写在日程安排里了。"

"可是——"

楼梯间又传来一阵快速猛烈的相互咒骂声，扎拉冲出了厕所，换威廉冲进去。

"这是他们第一天回学校。你要让他们自己去？在这种天气？你算是什么爸爸？"雅辛塔说。

"他们又不是第一天上这所学校。"席德知道结论不远了，她也知道，就看谁先撑不下去。

当然是……他。

"你不能找德博拉帮忙吗？"

她双手一举，"她一定会开始收我们钱的，最近我们简直把她当成小孩的出租车司机来用。"

"我们也会帮她带小孩啊。"

"天知道那是何年何月的事。"

他朝她投以严肃且濒临耐心边缘的眼神。结婚十一年以后，这招还是有用的……吧？

"我来打吧。"雅辛塔叹口气，"反正你怕死她了。"

"我才不——"

"可是我们得邀请他们一家来吃晚餐，好好谢谢什么的。"

"你不是要一整个晚上与约翰在一起吧？如果要比谁最无趣，他一定可以成为跨宇宙最强冠军。"

"你是要送他们去学校，还是要让我去打电话？"

席德低吼一声，用力甩甩头，"去打电话吧。"

即使威廉已经八岁，扎拉六岁，席德还是不太能接受他们穿校服的样子。他们只是小娃娃，怎么可以每天这么早就要从家里被带出去？可是他们却已经坐在餐桌旁，身上深红色的毛衣和蓝色衬衫把他们衬得极有精神，像是小大人。

席德忙着煮麦片粥，在开封之前检查认证包装。警局里有人说有些公司会往食品加工厂里混没有通过检测的货品，全都是从一些根本不知有机认证为何物、只看钱说话的移民星球进口的。这种小道消息绝对不可能通过有执照的新闻台听到。

"今天早上为什么是德博拉带我们去上学？"扎拉问，雅辛塔则忙着把她的长发打理整齐。

"因为我们两个都很忙，宝贝。抱歉。"席德告诉她。电磁炉上的锅子滚得太厉害，他把火关小，同时把定时器调成七分钟。

"爸爸，你又开始工作了吗？"威廉一脸认真地问。

"对啊，我又在工作了。"

"那我们现在有钱搬了家吗？"

席德跟雅辛塔对看一眼。"对，我们又在想要搬家的事。"他们在行门区的这间三室的屋子已经住了五年。屋子是不错，但屋龄也代表它无法应对现今冬天的气温，所以光是为整间屋子供应暖气就是一大笔开支。只有一间厕所也很让人讨厌，起居间同时还是饭厅。除此之外，邻居们对街上住着个警察还是有点顾虑。

"学校怎么办？我所有的朋友都在这里。我不想走。"扎拉抗议。

"你不会转学的。"席德安抚她。毕竟她上的是私立学校，他的大半薪水都被学校坑了，所以只好冒险去接外快，但是，只要负担得起，没有人会把小孩送去公立学校。

"其实我昨天晚上看到一户不错的。我那时在看中介的数据。"雅辛塔说。

"真的?"席德很意外。他啜了一口咖啡,嘴里的智元探测到咖啡因,立刻发出饮食警告。他诚心希望新一年要吃得健康,多多运动,可是却几乎连觉都睡不饱……做人不能好高骛远。他叫e-i把警告取消,作为反抗,赌气地又往杯子里加了一茶匙糖。

"在杰斯蒙区。"

"杰斯蒙很好。孙图和辛尼住那里。"威廉赞了一句。

"杰斯蒙很贵。"席德说。

"一分价钱一分货。"雅辛塔回答。

席德把麦片粥从炉子上拿下,往碗里放了一勺,"是没错。"

"所以我可以找中介了?"雅辛塔问。

"可以啊。"他们付得起。过去几年,他的第二账户里存了很多钱,现在的问题只有要怎么样用那笔钱买另一栋屋子,而不引起税务局的注意。他们没有在圣诞节前搬家是因为怕太引人注目。他被减薪停职的时候还能买房子,一定会触发一堆税务局的监控程序。

"妈,有游戏室吗?"威廉可怜兮兮地问。

"有的!里头有游戏室。"

"太棒了!"

"套房呢?"扎拉急忙问。

"五间卧房,两间套房,一间家庭浴室。"

扎拉很满意地一笑,在麦片粥里拌入草莓果酱。席德的家人暂时陷入快乐的沉默中,他觉得自己应该把这一刻记录下来。清晨布满一层雾水的厨房窗户射入耀眼的光芒。雪停了。他开始对今天有愉快的预感。

"如果我们搬到大一点的屋子,可以养小狗吗?"威廉问。

纽卡斯尔的中央警局建于2068年,是一栋以玻璃与石块建成的大型建筑,宏伟的政府机关外表彰显出整座城市新的财富地位,这是几乎每日不停地从通道流入的有机油带来的。中央警局取代了原本位于市场街与朝拜街交叉口的老警局，提供现代警力所能想到的所有设备——但能不能操作就看有没有钱了。

地下停车场有四层，还有供警局人员使用的一百五十辆公务车，从行动控制中心车到巡逻车，从运囚车到追逐车，以及智慧粉尘喷撒货车一应俱全。很显然地，这是理想设计战胜现实可操作性的成果。席德在纽卡斯尔的十五年里，从来没有看过有谁用过最底层楼，因为警方人数实在撑不了这么大阵势的车队。

每到冬天就会有市议员提议要像北欧城市那样为路面加热来处理冰雪，就算只限于纽卡斯尔市中心也行，但提案每年都会被移交给评估委员会。目前使用的仍是原本的方法，廉价劳工与巨大铲雪车通常星期一会上路，为朝市中心前进的上班人潮清除周末留下的积雪。通往警局斜坡路上的积雪已被清理得差不多，席德开着他车龄四岁的丰田进入市场街停车场，完全不担心车子会打滑，一路上只见到两起交通事故，总共只花了十五分钟解决，非常好。

他进入处理重大案件的三楼办公室时，已经是八点二十分，诺思族人谋杀案被交给第三办公室，那是所有办公室中比较大的一间，有两排多媒体全像控制面板，可容纳十二名特殊网络专员，还有两个多媒体办公隔间，五幅高解析全墙面屏幕，另一边则被隔成四间私人办公室。热气交换通风口一边震动一边吹出比舒适室温故意低三度的空气，蓝灰色的地毯又旧又脏，家具已经用了十年。好歹网络系统去年都升级了，席德知道那才是最重要的，显然欧鲁克也很清楚。过去四年中，三楼只有五间办公室进行了现代化装修。

多布森警探负责带领晚班小组，共有三名组员正执行昨天晚上席德跟她交班时讨论好的侦查程序。她快速朝他一点头，示意他进入一间玻璃墙面的办公间里。

"基本数据处理已经差不多了。我们从今天早上五点就开始下载河岸监控罩网记忆内容，上游的部分我一路查到A1桥，两边河岸则深入两条街区。"

"多谢了。离桥有多远？"

"将近七公里半，我把相对应的道路罩网也一并下载了，好让你能看到车流状况。这下载的记忆量可不小。"她迟疑片刻以后，才压低声音说，"有缺漏。"

"雪下这么大免不了的。"

"也许吧。你查的时候再想想。"

"明白了。有身份了吗？"

她哀怨地看了他一眼，"我认为是诺思家族的。"

"废话。问题是哪一个？说真的，我们知道诺思族人到底有多少个吗？"

"这数字很难查。诺森伯兰星际企业并不想坦承奥古斯丁当了多少次爹。"

"大多数二代都是代孕生的，不是吗？那些小孩出生只是为了补充诺思一代的管理人数。"

"这要看你指的是哪个无照的八卦丑闻网站的报道了。我尽力也只能查到大概不到一百个，当然，三代人数多了，这些小子还挺能生的。幸好他们没有成倍数成长，感谢老天。二代其实不太爱生。不过，任谁知道自己儿子的脑子会少几根神经时会想多生几个？只可惜三代就不懂这个道理，一堆聪明的淘金小妞就等着骗到哪个三代，等着收赡养费，所以我们无法知道到底有多少四代在外面乱跑。"

"你猜呢？"

"最多可能是三百五十个，但确切数字我可不敢保证。"

"到现在还没有人通报失踪人口？"

"他至少已经死了十一个小时。但时间还早，午餐前应该就会有人来问了。"

席德往外瞥了一眼。伊恩刚到，正跟晚班的值班人员聊天。"媒体知道了吗？"

"还不知道。欧鲁克趁我们准备的时候叫两名技术人员在电视台网络装了监控程序。他跟我们所有人都说得很清楚，如果消息泄露出去会有什么下场，我想暂时不会有状况。"

"维持不了多久的。还是谢谢你帮忙封锁消息。"

"不客气。现在来交接吧。"

"好啊。"席德把手放在多媒体全像控制面板的生物辨识板上方，让e-i将他登入案件。警局网络准许他的登入请求，办公室的桌板系统按照他的设定显示出他选好的各种程序。"开赌盘了吗？"他随口问一句。

多布森抿嘴微笑，"怎么可能呢，这样太丢我们警方的脸了。不过如果午餐以后你还在这个房间里，你就欠我一百欧法元。"

"谢谢你了，宝贝，真高兴你对我这么有信心。"

她严肃地回答："你不该接，接什么都好，就是这个不行。让欧鲁克的狗腿子去接手。"

"哎，说不定我就这么干了。"

他们走到办公室主区。伊娃·希兰走了进来，她是一名擅长影像解读的资深警员，十八个月前刚从莱斯特调过来，自从她调来纽卡斯尔之后，席德跟她就成了半固定的搭档。她性格开朗，一头红发，来自冰岛，丈夫从事某种席德从来都没搞懂是什么的企业网管工作。

他告诉她："你今天可有事情干了，还不是一般的事。"

她露出笑容，一边把头发用橡皮筋束紧，一边轻声回答："我刚刚听说了。真的吗？诺思家族的？"

"他们昨天晚上把他从泰恩河里捞出来的时候，我就在现场。"

"你还找了谁？"

"洛雷勒应该很快就到了。我还要了一些额外的人，我想今天我们的人数应该会一直增加。"

伊娃弯腰靠近他，"你会留下来吗？"

"多布森负责搜寻。"他低声回答。他现在最担心的是欧鲁克把他转回正常职务之后，他还找不找得到人手帮他处理别的案子，"可是我得告诉你，宝贝，这案子少不了要加班，你别——"他突然打住，惊讶地看着刚走进来的两名警员，"哎呀。"他闷声说。

诺森伯兰星际企业并没有独占诺思家族二代的就业市场。凯恩不择手段想要克隆人格，而他最重视的特质——也就是他的毅力——在后代身上以两种方法呈现：一种是直接进入家族企业工作，迫不及待想要往更多方向开拓新局，包括财务、制造、政治、法律，每个部门都有一人带头，更年轻的版本则随时准备接班，再不然就是自行创业，同样坚定地想要证明他们不需要家族背景也能成功。第二类算比较少见，创业方向通常符合诺森伯兰星际企业的利益，更少一部分则担任公职。事实上，席德只知道两个人担任了公职：阿布纳·诺思二代以及阿里·诺思二代。而现在他们两人正站在第三办公室的门口，张望着，等待着。

阿布纳年纪比较大，年近五十，已经是二级警探，专长是法医分析。席德最近十年以来跟他合作过几次，无论是什么案件，对方都表现优异。阿布纳没能再升迁的原因向来都跟警局里最大、最悠久的八卦有关：外界政治。至于他们这家人居然会有人想要进入警界的动机，更是无人能知。席德完全不担心他们，这一行重视的是结果，而阿布纳的结案率向来出色。阿里比他小十二岁左右，是数据管理组的资深警员，能力同样出色。两人长得很相像，偶尔不一样的头发长短是分辨他们的一个方法：诺思家族成员有深鼠褐色的头发，其卷曲程度没有什么产品能驯服，一直到他们五十多岁以后才会转灰，但是他们全都喜欢把头发剪短，让人更不容易分辨出谁是谁。五官也不足以区分，因为他们诡异地相似：扁平的鼻子，圆滚的下巴，灰蓝色的眼睛，浓密的眉毛。他们的身高也一样，凯恩显然属于那种不会因为年龄而发福的幸运人士。所有诺思族人的声音一贯低沉沙哑，无论何时都显得过于大声。猜测他们年龄（正好用来分辨他们）最常见的方式就是看脖子，脖子会随着年纪增长而变粗，席德向来认为这个过程跟树木年轮是一样的，用这种方法辨认快速又简单，他见过一些年纪比较大的诺思族人，脖子跟头围几乎一样粗。

"两位好。"席德平静地打招呼。

阿布纳挤出一丝笑意，"早安，老大。很高兴看到你来主持这个案子。"

"谢谢。所以你们知道受害人的背景了？"

"嗯。"阿里说。

"你们可以处理得来？"

"可以。"

阿布纳把手放到席德的肩膀上，"别担心。我们不会因此有任何偏袒。随时按照程序走，对吧？"

"一点也没错。"阿里附和。

跟他们说话让席德觉得怪怪的。他八个小时前才看到同一张脸冻得毫无血色，这种不对劲的心情强烈到让他开始质疑自己的判断，还有猜想到底是谁派他们来参与这个案件……当然是欧鲁克。"首先，我们依然没有他的确切身份。我需要知道他是谁。有了名字之后，应该就可以顺藤摸瓜，把所有头绪理清。不管你们用什么方法，只管去帮我找出他的身份。"

"到现在还不知道名字？"阿布纳的声音听起来很惊讶。

"才刚开始呢。"席德这句话说了也没什么意义，他甚至不知道自己是不是应该慰问一下他们，毕竟死者也是他们的家人吧？

洛雷勒·伯德特，席德办案小组成员的常客，一名能力全面的警察，比罗伊斯·欧鲁克早了几步走进办公室，席德立刻不再担心克隆人家族的紧密血缘关系以及该如何交际的小问题。纽卡斯尔市警察局局长今天早上穿着全套制服，深色的背心上有数量惊人的彩色徽章和多条金织带。欧鲁克今年六十七岁，步步高升的秘诀就是令人刮目相看的结案成绩，以及出奇卑劣的政治手腕。你要不是他的人马，要不乖乖地替他背黑锅以展现你绝对的忠心，就等着你的职场生涯被一次又一次的非法有毒废料倾倒拖垮吧。

两名一身黑西装的助理跟着欧鲁克一起进入房间，警局的媒体公关克洛艾·希利，还有资深员工代表詹森·商。席德很努力不让表情因为内心根深蒂固的鄙夷和憎恨而僵硬，他最痛恨这些人，当权者的走狗和刽子手，这些人贯彻邪恶大魔王的意志错误阐述与错误执行的手腕他永远学不来，更不要提青出于蓝。

席德做好了心理准备。知道接下来就会被带到一旁，要他接下这个星期的新案件。真可惜，加班费是好东西。

欧鲁克跟他握手，"情况如何，警探？"

"夜班快要交接完成了，长官。我要求取得的初步资料已经下载，正准备制订希望所有人遵循的程序，以及指派任务。"他用很低调的方式偷看欧鲁克的身后，想知道走廊里哪名资深局长党等着被介绍给他认识。可是詹森·商已经将办公室的门关了起来，蓝色的指示灯亮起，显示房间进入保密状态。

"很好。"欧鲁克说完，转身面对其他小组成员，"大家听着，我们都知道死者姓氏将会引来一窝蜂的媒体，我想要再次强调，所有人都不得私自发言。听清楚了：一个屁都不准放。你们跟记者杂碎或无照小站代表的任何窗口、任何联络人说，叫他们去找克洛艾。"他朝她比了比，"这个命令要传达给所有参与调查的各阶警官与外聘人员。我可以向各位保证，你们开出的任何预算要求都会被满足。因此，我期待各位给我一个良好的调查结果。纽卡斯尔必须明确地让世人知道，法律面前人人平等，绝对不允许任何人在这里对本地最尊贵的家族犯下如此重大罪行之后，还能逍遥法外。明白了吗？"

所有人纷纷低声回答："是的，长官。"他严肃地朝他们点头。"很好，我相信你们会让我引以为傲。"他朝席德点点头，"警探，借一步说话。"

来了。席德走进小办公室前，看到欧鲁克先走向两名诺思二代，一一跟他们握手，低声说："对于你们痛失亲人一事，我向两位表达沉痛的遗憾。"

混账。

出乎意料的是，局长走入席德所在的小办公室时，没有带着他的副手们一起进门。"你立刻就打电话给我，做得很好。"欧鲁克说。

"老实说，我也想不到还能怎么办。谋杀案我自己就能处理，但是这种事情……妈的，诺思家族啊！"

"唉，我也不跟你多说我今天都遇到了什么。市长吓得半死，市检察长聘了一家伦敦公司来处理上庭的事。对，你一定要把这件案子拉到法庭上。大概半个小时之后，你就会接到他们打来的电话，讨论策略，还有他们需要多详细的证据。"

席德整个人微微后仰，微眯眼睛看着高大的警察局长，"我？"

"对，就是你，赫斯特。"

"你确定？"

"二楼没人有这样的胆子。就是你了。"

"好吧。"

"你偶尔也会犯糊涂，但谁不会？克洛艾和詹森今天凌晨一点被我抓起来翻你的档案，跟你说一声，那笔账他们已经记在你头上，但他们还是说你是个还可以的警探。你懂侦查程序，也懂游戏规则，而且你也很清楚，这个案件你想要找来多大背景的人罩你都行。如果你想要雇欧洲核子研究组织来帮你做刑事鉴定都不会有问题。我们的费用可以直接从诺森伯兰星际企业的主要账户支取，我们打过交道的每个特聘公司将会塞满警局来攀关系，只为了有机会见你一面，好给你跟你儿子送上未来十年的圣詹姆斯公园球场季票。"

"天啊。"虽然很震惊，不过席德其实挺高兴能继续负责这个案件。果然其他人对自己的前途都担心到甚至敢冒险反抗欧鲁克，而且二楼同样"一批人"都认为他准备要滚蛋了。他的确会走，但绝对不是以他们想象的方式。况且居然能真的使用无上限预算办案，那简直就像是看阿森纳五比零痛宰曼联一样。

"你现在查到什么了没？"欧鲁克问。

"屁都没有。我连名字都还不知道，但我把我们的宝贝诺思家族的人派去调查。我觉得这是最安全的办法。"

"可以，但他们来这里不只是摆摆样子的。好好运用他们，不要只是敷衍。我需要他们向奥古斯丁证明我的警力能多么专注、有效地找出干下这案子的混蛋。"

"这个嘛……"席德语带保留地开口。

"怎么了？"

"案发现场有问题。他全身赤裸，而且伤口很古怪。绝对不是打劫误杀事件。"

"你想说什么？"

"我的意思是，这案子办下去可能会闹得不太好看。"

"哇，这你都猜得出来，天才啊。"

"如果我们找到诺思家族不想让别人知道的事情怎么办？"

"那他们绝对会把所有火气发在你身上，对吧？"

席德定定地看着欧鲁克的脸，高血压让后者的面色发红，皱巴巴的皮肤挤出一脸凶狠阴鸷。挑战他。挑衅他。他们两人向来这般互不相让。

"我该升职了。"席德说。

"你才刚结束停职处分。"

"对，但我可是在帮你保住位子，别想我会免费帮忙。不把我升到五级，我就走人。"

"那你他妈的走人吧。"

席德转身就朝门口走。不入虎穴……

"你这他妈的家伙给我停下来！"欧鲁克恶狠狠地大喊。

席德背向警察局长的脸上露出大大的笑容，然后转身。

"如果你破不了这个案子，而且我要的是把那混蛋定罪，我会亲手把你的卵蛋当早餐煎了，喂给诺思家族。"欧鲁克吼道。

"成交。"

欧鲁克肥胖的手指朝席德的鼻子下一戳，"还有，我们先讲清楚，这里面没有什么怪事，也没什么变态，更没有什么毒品，连一滴屎都不能沾上诺思家。他是个被杂碎杀死的好人。"

"我就是这么相信的。我们正朝证明这点而努力。"

"很好，我们都懂这是怎么一回事。每两个小时向我汇报一次。"

欧鲁克最后警告地瞪了他一眼，然后把门打开，走了出去。克洛艾·希利与詹森·商跟到欧鲁克身后，一语不发地出了第三办公室。

所有人都转头看席德，脸上的表情从好奇到探究都有。他走到门边，谨慎地把门关紧，等到蓝色指示灯亮起后才发话。

"现在情况是这样：昨天晚上，有一名我们初步判定为诺思家族一员的男性尸体从河里被捞起。他的胸口有伤，全身赤裸，因此被判定为101层级案件。我们今天早上的重点是要找出他的身份，还有他是从哪里被丢进泰恩河的。多布森警探，昨晚河上船只来往的情况如何？"

"我们分析出三艘可能的船只，都已经由河警拦截并检查过。"

"干得好。"席德说。

"谢谢。第一艘是'美沙宁号'，私人公司船，记录干净，带了四名商务人士去钓鱼。据船长说，他们从午后起就在船上吸毒，他要带他们到苏格兰岛屿过夜，好让他们第二天早上清醒后就能开始钓鱼。"

"是不是吸毒后争吵翻脸的结果？"伊恩发问。

"这个出海的航程是五个星期前预定的。记录上只有他们，船员也确定船上没有别人，'美沙宁号'是从邓斯顿船坞出发的，所以我也从码头调来罩网记录看看我们这位诺思家族人士是否上船了。我得说，相当令人怀疑。河警相信船长的口供是真的，可我们还是命令他们在泰恩河口靠岸，好方便今天早上进行刑事鉴定。'湾灵号'也是一样，这是一艘由塔米与马克·海亚夫妇拥有的私人游艇，刚刚翻修完成，正开始进行环游世界的航程，可以在高级港口和游艇俱乐部租用，以周为单位。第一个预约是四天后，在诺曼底，昨晚是航行测试，船长跟大副是情侣组合，船上没有别人。"

"第三艘呢？"席德问。

"又一艘游艇。那晚上的游艇还真多。'舞者之月号'，大型水上琴酒酒廊，船员总共有七人，拥有者为科伦·费尔。他是当地几家服务与工程公司的负责人，正带着妻子和三个小孩到地中海度假避寒。看起来同样不可疑，也跟其他船一样暂时靠岸。"

"谢谢，做得很好。我会派法医组去厘清他们的嫌疑关系。所以，我们仍然需要两项基本数据：姓名与犯罪地点。有了这两样，我们就可以挥挥魔杖，排出受害人的行踪。我认为他的朋友或家人或公司应该很快就会打电话来寻找失踪人口，但是我们要继续查。阿布纳跟阿里，从你们开始。其他人，我要你们确认罩网记录的内容，然后在地图上标出区域，好厘清侦查地域范围。昨天晚上九点四十二分为涨潮，先以这个时间作为弃尸时间，尸体一定是顺着河水被冲到下游的。等解剖之后，我们能把时间范围缩得更短，但首先我要知道昨天晚上罩网监控中的空白时段有哪些。这是预谋犯案，弃尸是刻意行为，所以下手的人绝对不会朝智慧粉尘挥手。"

席德很满意地看着所有人立即开始行动。这群人能力很不错。值夜班的人把密码交出，他们立刻开始整理数据，没浪费时间在啰唆"谁去干什么，我要什么"的废话上。每个人自动划出一段河道，开始整理罩网记录。

在确认游艇依然在原地，同时由河警看守之后，席德找了北方鉴证公司的奥斯本，安排他去检查每艘船。他喜欢用这家公司，设备充足，人员素质也不错——而且每次他把工作交给他们，他的第二账户都会有现金入账。他们进行了正式通话，全程会录制到警方网络上，所以奥斯本没有多聊，但是在席德让他看到这案件的财务级别之后，奥斯本立刻把这份工作拉到最优先的顺位。他答应一个小时后就会有一组人去泰恩河口调查那些游艇。

"我要三组人。一艘一组。"席德说。

奥斯本花了一会儿才消化掉席德的话，"今天是周一。"

"如果你无法达成我的要求，我会把合约交给办得到的公司。我需要快速、高效的处理。"

"当然可以，我会亲自安排。三组没问题。"

"每组我都会派一名警官和三名特聘巡警随行，以便若当场采集到血迹可以立刻进行处理。他们三十分钟后就会到泰恩河口，你得负责让你的人也能同时赶到。"奥斯本痛苦的表情消失在黑色屏幕表面。席德自知不该这样对空无一人的屏幕笑得这么开心，但有什么案子比现在更适合趁机跩一下的？

第一轮鉴定程序定下来以后，席德开始帮助其他人整理监控画面记录。他坐入一座空出来的全像控制台，轻薄的长方形屏幕立刻流畅地将他包围，在他的头边围出一个半圆，投影画面与他的瞳孔智元结合，让他沉浸于完美的投影影像中，就像是置身于迷你多媒体全像剧院里。他低下头便可以看到自己的双手悬浮在空气键盘上，与桌面的键盘隔着一块空气。他个人惯用的操控接口出现，一个个图标上都有转轴一样的手把，方便他用手指轻轻一拨就能立体翻转。

他撷取泰恩桥和雷德桥中间北边河岸的画面。市政府把河堤上方道路朝向河那一侧的所有建筑物都顺着墙壁在离地三米处撒了智慧粉尘，每一颗针尖一样的微粒皆呈现出路面和河岸上栏杆的景象。综合在一起，他应该就能够看到显示车辆和行人的完整画面。多布森取得星期天中午到今天凌晨两点的画面，影像中间有一些空隙，有些智慧粉尘颗粒出了问题，可能被鸽屎糊住，或是上面结了一层雪或冰，但总体来说，罩网记录中有足够的数据可以组成一个单独的3D影像，能在多媒体全像区中播放，最后剩下的就是马路的巨罩网，负责控制与监控交通情况，在与影像记录结合之后，就能呈现河边当时所有情景。

席德扫过星期天中午的景象，如同自己正顺着路面往前飘，一面看向河的对岸，一面确认画面的分辨率质量。"妈的。"刚通过脆弱的吊桥东边时，画面就停止播放，停在从南边桥墩延伸进河的老木造码头，上面系着一艘夜店船。"有谁知道最近河边有几艘夜店船？"

伊恩从他的全像控制台前抬起头，他正看着爱德华国王铁路桥周围的罩网记忆。"有五六艘吧。"他说。

"我们需要每一艘的监控影像。"

"多布森已经弄来了。"伊娃说。

"天啊，她太强了。"

十点钟，阿布纳和阿里还没有办法确切辨认出死者身份，席德开始有点按捺不住了。

"我们已经确认大多数诺思二代都活着。"阿布纳丢出一个安慰奖。

席德叫他们继续查。他现在把大多数指望都放在解剖上。一旦他们找到致死方法以及预算出浸泡时间，就可以算得上是线索。只是如果有名字更好。

快到十一点时，詹森·商又出现了。"诺思家族派了一名观察鉴证员去旁观解剖过程。鉴证长将亲自动手处理。"他告诉席德。

"谢谢。"

"我们确认死者身份了吗？"

席德摇摇头，对于缺少这项关键性的证据相当烦躁。死者的地位太显赫，这项缺失会让人觉得他和他的团队能力不够。但是该死的，他的人其实很不错。

"我们很需要把身份确认下来。"詹森低声说。

"我自己也知道。多谢你的多嘴。"

十五分钟后，席德前往城里的殡仪馆，位于亚瑞法洛医学院的皇家维多利亚医院一座座玻璃钢铁高塔旁的副楼。

席德开进市立殡仪馆旁边的停车场，看到有告示说停车场将停用两个月，以便新的癌症医疗门诊中心打地基。"那我们的车之后要停在哪里？"他自言自语地踏碎积雪，走入温暖的大厅。

殡仪馆虽然有着简洁的现代外观与整齐的装潢，却总是让他心情低落。他很多年前就已经记不清自己陪同过多少悲痛的父母、伴侣和亲人进来辨识尸体。幸好这次大厅里没有人等着他要去完成这种凄惨的工作，但他几乎同样不愿意看到站在接待柜台旁边的那一小群人。

克洛艾·希利转身背向她原本正在交谈的两名男子。"赫斯特警探，这位是奥尔德雷德·诺思。"她说。

奥尔德雷德与席德握手，露出专业的微笑。"诺森伯兰星际企业安全部负责人。"他将近五十岁，身上的大衣和西装一定价值八千欧法元以上，简单地宣告他在公司里的地位有多高，也让所有人都知道他是个诺思二代。"很抱歉，另外我的正式身份是你这件案子的保险公司联络人。希望你不介意。我会尽量不打扰。"

席德淡淡地看了他一眼，对于自己能保持如此完美的仪态相当自豪。克洛艾一定早就知道。她是欧鲁克的人，她不可能不知道。"没有问题，先生。我只是很遗憾居然会发生这种事。"

"谢谢你。这位是弗兰森医生，我们公司的资深医疗长。"

"医生你好。"席德握手，注意到对方有多紧张。昨天晚上被杀的是他老板的兄弟/儿子，紧张也是难免。

"我们知道是谁了吗？"奥尔德雷德问。

席德瞥到克洛艾的眼角一抽，"还不知道，这一点本身就很耐人寻味。"

"怎么说？"奥尔德雷德问。

"动手的人很清楚自己在做什么。这个案子的数据显示对方是专业杀手，知道事后该如何掩盖，让我们的工作困难重重。"

"你的意思是这是他杀？"

"在我们知道他是谁，同时对他的背景有一点了解之前，我不能妄自揣测他被杀害的原因。你们家族里是否有什么成员受到威胁？"

"除了一些惯例的问题之外，没有什么特别的。"

"如果你有任何发现……"

"当然。"

市立鉴证长出来迎接他们。"我准备好了。"他严肃地宣布。

"那我回办公室去了。请你与我保持联系，警探。"克洛艾说。

席德朝她露出最虚伪的微笑，"当然。"

"欧鲁克怎么样？"奥尔德雷德问，两人一起走入通往检验室的走廊。

"他提过要我弄出个结果。"

奥尔德雷德讽刺地哼了一声，"警探，我的家族要确定的答案。我们已经做好心理准备打拉锯战，不必为了我们省东省西。"

"有了你们提供的资金，我完全没有这方面的顾虑。"

尸体躺在检验室中间的一张手术台上，正上方是长长的金属手臂，一端连着天花板，手臂中间是明亮的照明，手臂末端是各异的传感器。周围有投影相机记录过程。一面墙上都是屏幕，另一面墙边靠着小样本桌，每张桌子上都有不同的器材。

所有人穿上浅蓝色的罩袍，戴着紧贴的手套，避免任何可能的证据污染。两名助手站到鉴证长旁边。

在明亮的照明下，尸体看起来比前天晚上在船上时更糟糕。他的皮肤已经晾干，褪成常见的苍白，胸口上的巨大伤口相较之下几乎是黑色的。

鉴证长开启相机，开始他的正式叙述。助手把装着器材的推车推到手术台旁。

他从分光镜分析开始，拉来一条感应手臂，平平地顺着身体方向扫过。"检查是否有污染物。"他解释。

席德认为这程序玩得太过火了。这名诺思家族的一员在泰恩河里泡了好几个小时，早已经吸饱了污染物，可是他什么都没说。指甲下方进行了样本采样，毛发被梳整，嘴巴、鼻子、耳朵都用棉棒擦过，现在则是详细的检视。

"注意两边脚跟上微小的摩擦痕迹，全部都是朝一个方向的。"鉴证长说。

"他是被拖着走的。"席德说。

"没错，而且是在死亡之后。"

"他是在死亡之后才被抛入河里。"席德向奥尔德雷德解释。

"等等，警探。"鉴证长说。他把死者的左腿一翻，指着一道三厘米的刮伤，"这也是死后留下的痕迹。伤口上面比较深，说明是某种物体刺穿、划破了皮肤。"他又使用另一种传感器，上面有一个微型相机，能在其中一面屏幕上投放巨大的影像，"恐怕没有残留物，都被河水冲掉了。"

尸体被翻过来，检验继续。席德看到其中一名助手拿棉花棒往尸体的肛门采样，他尽量压下震惊的一抖，完全无法想象奥尔德雷德此刻是什么心情。

鉴证长举起尸体一只手，换一边，检视手臂，"到处都有细小的拔除痕迹。智元是在死后才被取走的。"

"大概要花多久？"席德问。

"我之后再记录确切数字，但如果做得彻底，每颗智元需要三十秒。根据人们想要使用多少跨网功能，还有想要多严密地监控自己身体的程度而定，大多数人会有十到五十颗。要移除其实很简单，因为一般购买的智元都小于半毫米，不包括瞳孔的，那些更小。当然第一步是要先找到这些智元。根据死者眼球一塌糊涂的情况，我认为他们不太在乎自己的手法是否精准。"

"每个诺思家族成员都有秘密智元。如果没有密码，这些智元不会启动和联机。它们都是为了防范可能发生的绑架情况而埋下的。"

席德猛然瞥了奥尔德雷德一眼，"怎么样？"

"没有反应。我一进来就使用一般密码联机。什么都没有。"

"所以要么他不是真正的诺思家族的人，再不然就是连秘密智元也被取走了。"

"对。"

"可是，如果这些智元都没有被启动，他们要怎么取走？"

"先进的扫描，或是通过酷刑强迫他说出位置。"

"没有这种迹象。"鉴证长说。他指向尸体的双手，"这里甚至没有任何反抗的伤痕。不论他确切的遭遇为何，一切都很快。"他举起死者右手，点出上面少了的指尖皮，"这些皮也是在死后才被割掉的。"

"你确定你还要留下来看吗？"席德问，桌上的尸体已经再被翻面朝上。

"可以。"奥尔德雷德沉声说。

大大的马蹄形身体传感器被两只手臂握着往下移，缓缓顺着尸体从头扫到脚。所有人一起看着3D影像出现在屏幕墙上，周围屏幕则就部分区域放大。

"没有异物。"鉴证长说。

弗兰森医生走到屏幕墙边，看着其中一片，"这倒少见。"

鉴证长站到他身边，两人一起看着一个蓝白色的影像，上面似乎是许多透明的纸张折叠成的一个复杂折纸。"我同意。"鉴证长附和。

"怎么了？"席德问。

"胸腔里似乎有很多损伤。这跟表面上的伤口不吻合。"

他们走回尸体旁边，用微型相机扫过伤口，记录下五个穿刺伤的高解析画面，包括精准的尺寸。其中四个伤口靠得很近，可以连成微微的弧形，第五个较低的穿刺伤离其他四处大概有两厘米。

"每一个穿刺口的大小都有点不一样。"鉴证长说，"我原本以为是同一把刀连续刺了五下。有意思，这武器有五个不同尺寸的刀刃，应该很难用。"

"怎么说？"奥尔德雷德问。

"要刺穿皮肤和骨头，也就是现在看到的情况，光是用一把很锐利的刀就已经够难了。人类肌肉当然是可以办得到，但需要相当大的力量，因为会有不少阻力。现在杀手的力气必须大到能让五个刀刃同时刺穿，这非常困难。"

"所以凶手是名壮汉。"席德盯着伤口的形状，直觉有哪里不对劲。

"或是情绪很激动。你先前的猜测应该比较正确。我们来看看穿刺角度。"鉴证官朝自己的e-i低声说了一句，其中一个屏幕上出现五条绿线，"有意思。从这个角度来看，我会判定受害者跟施害者几乎是相同身高。"

席德走到手术台旁，然后弯下腰，把右手放在伤口上，手指伸长。每个指尖都停在一个伤口上方，他不解地朝鉴证长看了一眼。

"很奇怪。一把五刃刀，设计成模仿人类手掌的样式。"鉴证长缓缓说道。

席德从桌边退开。"至少这一点应该在数据库中很容易找。"他指示自己的e-i开始搜寻。

"我们会解剖他，从细胞结构取样。腐败测试会为我们提供准确的死亡时间。"鉴证长说。

"说真的，我认为你应该考虑现在离开。"席德告诉奥尔德雷德。

"不。我要待到结束。"

鉴证官从两边肩膀开始，到胸腔下方，切出一个Y形，然后继续顺着肚子往下，切到阴茎根部。席德别过头，不去看皮肤被摊开的样子。这画面他已经看过太多次。一个小型摄影机记录了心脏上方肋骨的穿刺和割伤情况，然后一把小能量刀被用来干净地切穿胸骨和肋骨，允许鉴证长跟他的助手把胸骨取出，露出下方的器官。

鉴证长和弗兰森医生看着伤势，一语不发。席德从他们的肩膀后面探头看。

"怎么会弄成这样？"他不敢相信地问。诺思族人的心脏已经是一团破烂，像是紫红色的烂泥，周围是一圈鲜血凝结成的血冻。

"刀一刺进去之后，就开始移动。"鉴证长震惊地说，"这刀刃像是手指一样，刺进他之后握住心脏，把心脏完全撕裂搅碎。"

透明圆球的材质是一种碳化硅晶，超强化的分子结构必须在无重力状态下才能制造，直径有三米，一个小小的真空门锁连接和山一样大的太空站外部旋轴。尽管材质本身已经相当出色，墙的厚度仍然有八厘米，足以确保里面的人都能得到良好的保护。木星轨道的辐射强度可是恶名在外。

但很美。康斯坦丁·诺思心想，看着木星最大的卫星木卫三投射出的小黑影滑动在气态巨星永恒的飓风环带上。所以他制造了这个观察球，好让自己能用瑜伽姿势盘腿悬在里面，像个佛像形状的陀螺仪，注视着他为自己挑选的这个怪异却又神奇的家。有些时候，他会盯着木星变化莫测的飞云与快速旋转的卫星，连续看上好几个小时。

他一如往常地看着深深浅浅的白色、柔褐色与温和的蓝色相互缠绕，不靠任何视觉辅助，满足于肉眼所能看见的一切。他现在的位置离翻腾不休的云朵有五十万公里，巨大的气态星球在他面前是三分之二的弯月状，大而亮到足以在他身上投下一片光，却很冰冷。在他新生的年轻面容上，宛如珍珠光泽的柔光不带一丝暖意：在远离太阳系可居住区域的这里，光线本身已经不足以滋养星球上的生命。

黑暗中，一小簇一小簇的蓝火短暂地在一朵炫目的银花周围闪烁。"米娜纱号"刚从地球返回，正在进行最后的位置调整，准备与太空站接轨。"米娜纱号"的外形是纤细的圆柱体，长一百三十米，配置了融合反应器，为高密度离子引擎提供能量，船员生活区以及数百吨的货物全都被巨大的花瓣形银镜面冷却器包围。木星有三艘同样类型的运输舰，轮流在木星与地球之间进行为期二十七个月的航程。

2088年打开纽卡斯尔通往木星轨道的通道是一场一次性行动，足够让康斯坦丁将他初期最需要的所有工业器械与轮状旅馆运输到位，在极致的寂寥中开始他的小帝国。总共花了一天半的时间，所有东西才运输到位，运输体最后在木星周围的星域散落得到处都是。少了能稳定通道的定位器械，单向的跨太空联结造成出口坐标的宇宙时间像是飓风中的树梢一样，来回震荡不止。所以康斯坦丁、他的儿子们、他们的追随者们又足足花了一个月，才把所有的运输体、工厂、容纳槽、发电机组等等收集完毕，稳稳地依附在他们选定的氧硫化小行星上，好能开始挖矿，并将矿石处理成原料。这一切完成之后，他们才能开始建造他们的新家。

如今，康斯坦丁与地球唯一已知的联系方法就是通过运输舰从直布罗陀运来货物，主要是种子和基因样本，好扩充太空站的基因库，但也有特殊的微制造系统，有时候甚至还包括几个他们招聘来扩充有限原住民数量的新人。

一阵熟悉的响铃惊醒沉思中的康斯坦丁。很奇怪，他的脑子居然选择对一段一百一十年前的记忆——一台电话在大理石走廊中响起的声音——最有反应。每次那台电话响起的时候，凯恩·诺思都会急急忙忙地去接，放下一切不管，即便是他正难得地跟他的三个兄弟/儿子相聚。

康斯坦丁闭上眼睛，隔开冰冷灿烂的飓风奇景，还有他一手创造出来，如星座般耀眼的紧密得多的工业系统。古老的电话铃声持续响着，这波电流脉冲渗入大脑的程度远胜于任何听觉神经。重新组织过的大脑分成数层自动运行的意念，他的意识从深处浮起，一一穿越，来到延伸至头颅外界的人工层，注意力流过无数连接点，直到来到一个最基本的神经束，负责与太空站的AI通信。接点如第三只眼般展开，显示出一个绝对不可能存在于牛顿宇宙中的环境。缥缈的电话铃声消失。

"喂？"他开口。

"爸，有消息给你。"科比回答。

"谁留的？"他不用问为什么自己被打扰。科比，或是木星上的任何一个人，都知道他在进行宇宙冥想时是不可以被打扰的。无论发生了什么事，一定是至关重要，才能打断他的沉思。连AI本身都没有这种权限，除非它们遭受极大的灾难，例如受到小行星正面撞击。因此，只有很少数的人所发出的信息能够不通过多层的上报程序来到这个层级。所有人类中，只有两个人做得到。他猜了一下是哪一个。

"奥古斯丁。"科比说。

果然。康斯坦丁深吸一口气，闻到一丝极淡的大气滤过纯净气味，这空气对人类来说，实在是太过干净了。目前与地球的电波通信延迟时间是四十分钟。这不会是一段对话，这些兄弟会想对彼此说的话也不多。

他又猜了一下这信息的主题——不会是好事。毕竟奥古斯丁的医学和遗传学技术根本不能与木星上的先进程度相比。"他有什么事？"

"信息被加密了，而且是很严格的加密。我猜你有解密的密码。"

"希望如此。转给我吧。"

信息开始播放。康斯坦丁猛然睁开眼睛。他的意识震惊地看着解剖影像，重叠覆盖在如海洋般巨大的超音速旋风点上，顺着飓风环带直直往前冲，与附近的逆向螺旋撞击，带出冰冻的液氨与充满紫外线、脏兮兮的爆炸云朵。极为诡异的背景衬托出清晰的图片，翔实地呈现细胞的腐化速度、血液的化学组成，以及死去的侄子/兄弟被凶残破坏的心脏。

播放结束，他试图眨掉怎样都无法在无重力状态下流出的眼泪。他在这件事上错得多自负啊。这不是坏事，但他正在经历的恐惧有如看到自己的坟墓在面前敞开一般。他感觉心跳速度加快，肾上腺素涌入血液，让皮肤变得赤红，将新生的热气返还给玻璃圆球外孤独、雄伟的巨大气态行星。他告诉自己，不对，这不是害怕。这是挑战终于出现在面前的兴奋。我已经等得够久了。

"爸？要回复吗？"科比问。

"不。你只要发送收到通知就好。我之后再写封合适的慰问信。"

"好的。"

"我要下来了。请克莱顿和丽贝卡在家里等我，准备一艘回地球的光波船。"

"真的？"

"对。"

席德看着最初一轮的解剖报告滑过他瞳孔中的智元网格。细胞腐化与胃部内容物的整齐列表，跟他绕在叉子上的意大利面交叠在一起。周围是警局餐厅忙碌的人群，在午休时间纷纷攘攘。他对周遭的人潮视而不见，自顾自地把所有信息梳理成一个适合自己用的表单。尸体浸泡在水里的时间不到两个小时，让他们可以推算出大概是从泰恩河上游什么地方漂下来，可是这点与推测的死亡时间所带来的震撼相比简直微不足道：11日，星期五，三天前。有个诺思族人消失了三天，却没有人通报。这不只是可疑，实际上简直是不可能的事，所以反而显得极端诡异。

他开始揣测这是不是家庭问题酿成的惨剧。很简单的情境。某个可怜的女孩发现这个诺思族人在外面劈腿（每个人都知道他们的裤头拴不紧），愤怒之下抓起某个奇怪的黄铜装饰品，使出典型的激情犯罪式的力气，大力一击……要解释尸体如何被丢到河里可就有点复杂，但也不是不可能，尤其如果她的家庭有帮派关系，兄弟表亲们急急忙忙赶到她家，把尸体运走——噢，还要记得把智元取走，这就有点扯了。她的人一定已经离开这里，跟充当证人的朋友们一起去度周末，可能还找了个数头（bytehead）帮点小忙，弄出时间和地点都可以确认的信用卡账单。所以等她周末回来的时候——天哪，她的男朋友怎么不见了。然后打电话给警察，装出担心的声音赶快报案。是的，警官，我也觉得我去度假的这几天他没打电话来有点奇怪，但他最近好忙……

席德咬着蒜香面包，重新检视这个推测。可惜，不管他多希望能说服自己，却实在说不通。就连有帮派关系都没办法解释为什么那些隐形智元会消失。至于杀人武器……这伤口不可能是气不过，用随手抓起的艺术品攻击就能解释的。这表示，他有了大麻烦。一把可以戳断肋骨、将后头的心脏撕裂的五爪刃？目前为止，数据库里找不到任何符合的武器，连相近的都没有。武器制造商的档案也没有，历史数据也没有。他的e-i一直在扩大搜寻范围。

"他要你去六楼。"

"哈？"席德抬头，看到詹森·商站在桌子旁边，"喂，你别这样偷偷摸摸地溜过来好吗？"

"我没有偷偷摸摸。你根本就已经神游到另一个宇宙去了。"

席德指指眼睛，"解剖报告。你也知道，实在很奇怪。"

"我其实不知道。这个数据有案件密码锁着的，记得保持下去啊。"

席德不确定对方是不是在嘲笑他。"我知道自己该干什么。"

"来吧。他要见你。"

"现在是我的午休时间。"

"已经不是了。"

"我有通信码的，你知道吧？"

詹森·商面无表情中夹杂着一丝鄙夷。"如果局长想用通信码，他早就用了，但是他找到你人在哪里，派我来找你。明白吗，警探？"

在警局餐厅揍资深员工代表可不是刚复职的人该干的事情。不过应该会很令人心满意足啊。

席德大大咬了一口蒜香面包，朝詹森·商的方向哈了一口气。"带路吧，老兄。"

欧鲁克的办公室在六楼的末端。当然，席德没进去过几次。他敢发誓，他每次去，都觉得办公室又更大了一点。

局长坐在一张大书桌后面，书桌前有一面屏幕墙，席德走进来时，屏幕墙正往下展开。"出去。"他对詹森·商大喝。门关起，蓝色的安全指示灯亮起。两面窗户墙变得毫不透光。

欧鲁克朝席德一瞪眼。席德大喊："干吗？"

"不是你。"欧鲁克承认，"我刚接到布鲁塞尔安全议会议长亲自传来的信息。整个案子变得复杂很多，现在所有资料都只有直接参与案件的人可以接触，不准再扩增其他人；在接到通知之前，不可再增加外聘人员。这案件的等级被调整成'全球限制'。"

"为什么？！"

"他们懒得跟我说。我只知道有个督察专员今天下午要从伦敦过来督管。他妈的布鲁塞尔混蛋。督管？这是我的城市。我看哪个政府官员敢大摇大摆地过来，告诉我该怎么管我的地盘。"

"奥古斯丁一定插了一脚。真奇怪，奥尔德雷德说了他们不会插手的。"

"不是诺思家族干的事。插手的另有其人。"

席德看得出来，不知道来龙去脉很打击欧鲁克。"他们要我把案件挂起吗？"

"没有。这就是整件事中最怪的部分。你要继续查。"

"可是我要用到专家的时候如果不能找他们来，我怎么查下去？"

"我知道。听我说，赫斯特，你今天早上弄了一堆数据，全部都处理好，等这个鬼督察来，给他，他会决定调查的方向。现在最重要的事是要告知你的小组这项最新发展，给我弄清楚，不准有消息走漏出去。我会派几个网络狂给你，提升你的系统安全。"

"没问题。我立刻处理。"

"你摸到嫌疑犯的边了吗？"

"局长，我们连受害人是谁都不知道。这件事本身就不对劲，那个人可是诺思家族的啊。"

"你完全没有头绪？一点都没有？"

"没有。可是……"

"可是什么？你总得给我点进度啊。"

"解剖报告说他是星期五被谋杀的。"

欧鲁克茫然地看了他一眼，"那又怎样？"

"星期五的时候，他们公布了融能站的合约。"

"企业问题。"欧鲁克倒抽一口冷气。

"我不知道。就算是对诺森伯兰星际企业来说，那也是一大笔钱，这么多钱，就会牵扯政治利益。我们现在还招来布鲁塞尔的注意。我正在把一件件事串起来看。"

"靠。好吧，显然那死家伙傍晚就要到。叫你的人继续查，查到他来。赫斯特，还有一件事。"

"什么事？"

"他到的时候，那死掉的诺思家族成员最好能有个名字。让那混蛋知道，我们根本用不着他。"

"知道了。"

席德回到三楼，看到整个小组的人仍然在自己的全像控制台前忙碌。安全指示灯一亮，他便开口："给大家新的消息。这个案子比我们原来想的还要重大，重大到布鲁塞尔觉得要让欧鲁克气死，所以派了个专员来我这里接手。"

伊娃气愤地问："他们有什么我们没有的？诺思家族给了我们无上限

的办案预算。我们明天就能破案了。"

"是啊。阿里、阿布纳，你们有名字给我吗？"席德问。

阿布纳了无自信地摇摇头，"抱歉，老大。还没有。"

席德告诉他们："根据最初的解剖报告，死者是星期五傍晚被杀害的。也就是说，有个诺思家族人员消失，却没有人注意到。大家想想！从一开始这就不是什么正常案件，现在又来了这事儿。所以……我们继续比对资料，准备一些新的调查方向，给我们的新超级警探看看。立刻开始动手吧。"

席德走到阿里和阿布纳正在工作的控制台旁。"真的吗？什么都没有？连有段时间没见到的兄弟都没有？"他压低了声音问。

阿布纳跟阿里担忧地互看一眼。同样的五官，一模一样的表情，看起来挺诡异的。"连可能的身份都没有。"阿里坦承。

"好。你们的名单查了多少？我猜想你们有个名单，至少也该知道你们总共有多少人。"

"我们知道。我们A支总共有三百三十二个，其中六成已经一个个亲自打过电话确定。"

"A支？"席德警惕地问。

阿布纳说："你知道最初的三兄弟于2087年分家吧？之后所有的二代、三代，甚至四代都待在他们的族父身边——这说法可不是你从我这里听去的啊。我们所有A支的人，就是奥古斯丁的血脉，为了支持诺森伯兰星际企业，通通都待在纽卡斯尔，或是圣天秤星上的高堡市，或者像我和阿里这样，在附近开创自己的人生。B支和C支与他们的族父去了亚贝利亚和木星。他们之中可能有人周五的时候来了纽卡斯尔，我们还不知道。他们又不是不能回来，分家不是离婚，我们跟亚贝利亚上的家人也有很多联络，甚至运输舰回到地球轨道时，偶尔也有木星那里的表亲来拜访。"

"我的老天爷。所以到底总共有多少人？"席德喃喃问道。

阿布纳承认："我们也不确定。我整个早上都在打电话。布琳凯尔的人算是很帮忙，可是木星……得靠奥古斯丁本人替我们问这个问题。"

"他妈的！"席德根本没想过死者也许不是奥古斯丁的后代。难怪安全议会有兴趣。"法医取了一些样本进行基因扫描。这是奥尔德雷德的主意，他说这样就可以知道是二代、三代还是四代。"

"从基因克隆的断裂程度的确可以分得出来。好办法。尤其如果他是个二代的话。我们这一辈的关系通常比我们的下一代要密切一点。"

"基因扫描看得出来他是A支、B支，还是C支吗？"席德问。

"没办法，只看得出来他离凯恩的血缘有多远，看不出来他是生在哪一支。"

"好吧。北京基因研究所正在处理，基因排列结果应该下午就会到。"

"这对于帮助我们缩小搜寻范围很有用。一旦确定他是哪一代的，就不会太久了。"阿布纳向他保证。

"如果他是C支呢？"席德问。

"就我所知，现在地球上没有C支的人。"

"你一有消息……"

"是的，老大。"

席德坐上伊恩隔壁空出来的全像控制台。"有进展吗？"他问。

"我的老天啊。我亲自看了夜店船的罩网记录。五官辨认软件挑出三艘上个星期都有个诺思家族的人进去，但也都出来了。他不是从夜店船上被丢下去的。"

"你看了一整个星期的记录？真是尽忠职守。做得好。"

"唉，这件事我们可不能搞砸，不是吗？"

"这个推测不错。"席德赞同，"好吧，我们来查查泰恩河上哪些地方可能是弃尸点。让那专家废物知道他想接手我们的事有多没意义。"

两名网络技术人员出现，开始在第三办公室的网络里安装专属记忆核。"全新的。"技术组长边把足球大小的设备插入办公室智元边说，"你们这案子的预算一定是超高额的。"

他们目前为止累积下来的所有数据被从警局网络取出，全部灌入足球。文件传输结束之后，技术人员开始把网络备用缓存区里的所有缓存全部消除，同时安装二极滤波程序，以防任何数据从第三办公室的记忆核专属多媒体全像控制面板外泄。

他们告诉席德："这是我们最好的设备。现在想看到这些档案的唯一方法就是来到这间办公室，亲手把记忆核取出来。"

一个小时后，席德站在办公室最大的全像亭里，那是一个直径三米的半透明圆柱体，地板和屋顶上设有环状投影器。伊娃在外面操控同步影像。出现在席德周围的投影画面跟他在家里习惯沉浸其中的专业节目相比质量很差，这也是预料中事。这些内容源自河边无数智慧粉尘罩网，这些智慧粉尘品牌不同、年代不同、分辨率各异，下载成不同的档案记忆格式。奇怪的彩条像是彩虹雨丝一般在席德身边跳动，所有移动的东西都轮廓模糊，他此刻站在南岸，塞奇弧形的玻璃帷幕下。放大倍率为一级。"请移除落雪。"他向伊娃开口。

奇怪的是，雪消失之后，影像的质量反而变得更差了一点，空气似乎也失去了完全的透明。"我尽力了。"伊娃说。

"这样很好，正是我需要的。"他向她保证。他现在很清楚地看到泰恩河对面的法院。半空中飘浮的数字显示告诉他，当时为星期天的下午三点，"带我到晚上九点以后，然后暂停。"

色彩从全像内容中消退，数字加快，白雪覆盖的建筑物被泛绿的薄弱街灯点亮。主要道路上的车子毫无动静，大灯的光束定住不动。

席德转身，直到正面是南边的路。在他正前方的是晕成光圈的街灯，朝远处蔓延，每盏灯都隔了一段距离。他举起双臂，握成拳头，朝自己的方向一招。画面开始滑过，把他带向泰恩桥。他来到桥墩前，有一块小空白，仿佛一片三角形的星际太空从天上掉下，躺在路上。他伸出双手，掌心平举朝上。画面暂停。他举起一根手指，画个圈，身边的一切景物旋转起来。"标注这一块：一号空白区。大概有一米半宽，从路面延伸到雪墙。"他抬头看着水泥路，上面是一条有护栏的小径，小径一路延伸，远方土地隆起，可见一片陡峭的草地和浓密的装饰树林。

"如果有人想要把我们那位诺思家族人士顺着那条小径往前拖，那可是半点都不能拖歪掉。"伊恩的声音响起。

"桥墩的智慧粉尘出了问题。有可能是鸽屎，那群鸽子真的很喜欢我们的桥。去年冬天起，那里就没有罩网覆盖了，市政府很久没有去重铺，那段空白不是因为要杀人而特别弄出来的。"伊娃说。

"他们得把尸体弄到空白那区。如果我们要寻找晚上十点发生的弃尸案，从九点半到十点十分之间只有八辆车经过这个路段，没有一辆车停下。"伊恩说。

"给我看看。"席德告诉他们。伊娃把虚拟画面向前调整半个小时。车辆顺着路面前行，绕过他的身体，每辆车开得都不快，毕竟当时的积雪已达八厘米深，可是车速没有慢到可以把尸体扔进空白区的程度。"好吧，倒回到九点。我们去找下一个空白区。"他对其他人说道。

交通管理局为这辆车设定紧急车辆优先权，汽车与货车利落地往两边分开，让人类保卫联盟异种情报局的万斯·埃尔斯顿上校直接开入高速公路的中央应急车道。这一段路已经很靠近通道口，无论是商用还是私人车辆的速度都开始放慢，中规中矩地排队，慢慢爬在通往地球的三车道上。路面一旦清空，他立刻把油门踩到底，直飙到一百六十公里的稳定时速。跟周围几乎动弹不得的车辆相比，他的速度感更显夸张，几乎让人感到刺激，像是年轻的赛车手在改装车中寻找的快感。万斯露出微笑。四十七岁的他离做出那种举动的年纪已经很远，但虽然他已服役许久，深入骨髓的纪律性也难以抗拒速度对男性本能的直接冲击。

他闪过通道，把德属星球敖德萨抛在脑后，进入天寒地冻的柏林冬季午后，然后立刻刹车，下了出口。一架情报局专属直升机正在雪墙上方的停机坪上等他，螺旋桨缓缓旋转。他舍弃车子，爬上直升机，快速飞过被白雪覆盖的首都，来到舍讷菲尔德机场，另一架十人座的客机正等着他。从这里他又直接飞到伦敦多克兰机场，一辆黑色礼车开到停机坪来接他。维梅齐亚少校穿着一身正式军装在后座等着他，这是人类保卫联盟所有军官都必须遵从的着装标准。

"你看起来真是威风。"万斯边坐进丰软的后座边说。维梅齐亚的制服上衣别着一排排徽章，像是彩色的条形码，正中央是一枚钻石与铜制胸针，里面镶嵌着一个小小的紫色十字架，与万斯上衣领口的一模一样。

万斯早就不再每天穿制服，而是偏好几个世纪以来间谍们常穿的高级深色西装。

"职业福利。"维梅齐亚简单地回了一句，"你怎么样？"

"当然就是忙。我也不想这么忙，但本性难移。你知道过去三年中，敖德萨就出现了五个沾斯崇拜教团，每个教团的领袖都声称自己与沾斯同步。"

"白痴。"

"没错，但还是需要调查。其中一个教团居然还真的制造了一个信号发送仪，声称能够呼唤沾斯。"

维梅齐亚的眉毛挑起，"有用吗？"

"很不幸的，有。前线的技术人员正在研究那东西，是否跟跨太空联结中引起的震荡有关。"

"老掉牙的屁话了。每个人都以为是通道把沾斯引来的。"

"时间一久就显得可信，可信到后来就变成信仰。他们有很多信众。"

维梅齐亚不敢置信地摇头，"真是不可思议。"

"对，跟这件事不一样。"

"你坦白跟我说吧。我从来没有看过这种警报。某个警探朝政府网络发送了一个武器辨认需求，结果就像办公室的火灾警报响起一样，我差点以为特种部队的人会把墙轰出一个洞，把我们所有人都抓到安全的地方去，就连最高指挥官都被惊动了。"他锐利地从眼镜上缘朝万斯瞥了一眼，"很多相关的档案连我都开不了，可是你的名字一直出现。"

"一定会的。"万斯试图不要想起太多被引出的往事。二十多年了，她的尖叫声与啜泣仍然不时会闪过他的梦境。木已成舟，我没有后悔。上帝知道失败的代价，松懈的代价，残酷到令人想都不敢想。"我跟最早的那桩案子有关。"

"哪天晚上我们喝一杯，你再告诉我所有恶心的细节。"

"好啊。"

车子正往西边开，穿过伦敦，自动驾驶带领他们沿着A13路前进，朝巴比肯中心方向，转接A1路。跟先前一样，伦敦交通管理人造智能系统给了万斯紧急车辆身份，速度已经是实际上能行驶的极限。薄薄的雪花从铅般阴沉的天空落下，但是城里的冬季清扫队已让路面毫无积雪。

他们来到商业路的时候，另一辆黑色轿车直接开到他们后面。

"访问团有谁？"万斯问。

"来的人还不少。有你跟我，两名布鲁塞尔星际安全议会的专员，三名人类保卫联盟地面军的指挥官，一名英国内阁律师，还有司法部的代表。司法部可是够担心了，毕竟她都被关二十年了。"

万斯沮丧地摇摇头，对于人类保卫联盟下的层层官僚体制觉得既惊讶又沮丧。

要几个22世纪的公务人员才能换块光板？

我们会召集小组会议之后提供预算报告。

"把他们的档案给我。"他说道。车子终于转向艾德门街，A1的终点，原本北方大道的现代名称。北方大道在两千年前由罗马人建造，目的是让军队行进到北边三百英里外的帝国边境。他们的任务是要驻守哈德良长城，阻挡外部的黑暗势力，保卫帝国的安全。今天恐怕也是要带他走上同样的旅程，执行差异无多的任务。

又有两辆政府黑头车跟在他们后面。

"他们不错。过去两个小时我们都花在确认程序上。跟我们来的每个人都有决策权。"维梅齐亚说。

万斯开始浏览他们的档案，e-i一收到档案，就汇入他的网格中。距离警报响起只有三个小时，就已经有组织形成。"沙克将军已经做出决定了，对不对？"

"是啊。他的幕僚正在跟大欧洲异星事务局还有五角大厦确定指挥职权。除非接下来的二十四小时内能证实这是一件很普通的谋杀案，否则我会建议你带点热带服装。"

万斯向后仰，陷入车内座椅，"好吧，把她的档案给我。她是怎么样的囚犯？"

"以终身监禁的囚犯来说，表现算是良好。"

万斯看着他的e-i把几个监狱档案丢入他的网格，档案内容被直接打入他的脑中。官方的评估和报告把安杰拉·特拉梅洛过去二十年的人生做了一番总结。她与其他犯人的打斗事件——这也是无可避免的，因为她被囚禁太久——之后的禁闭处罚，监狱心理医生都说她受到的心理影响似乎没有预料中大。没有毒品使用记录——这很有意思，但是她的决心向来让人畏惧。教育——她不断更新网络系统和经济学的新知。工作记录——良好。健康记录——极优。"暂停。"他指示他的e-i后紧闭起眼睑。安杰拉的影像在他面前停住，他微微气恼地看着。这项计划已经有五十个公务人员参与，但档案汇整还是乱七八糟。"你能不能帮我弄到一张现在的影像？这张已经是二十年前的了。"

维梅齐亚的笑容带着一丝不怀好意，"不是。"

"我见到安杰拉是二十二年前。相信我，这是当时拍的。"

"这是六个星期前拍的。你可以查看日期码，是真实的影像。"

"不可能。"万斯再次闭眼，看着她美丽的脸庞，以及咄咄逼人的眼神。发型现在不一样了，变得更短，也没有设计打理，可是那五官，可爱的小圆鼻，锐利得能切割钻石的颧骨，完美平整的下巴，宽而微翘的嘴唇，还有绿色的眼睛，充满愤怒——即使在最悲伤的时候，她仍然牢牢抓住这份愤怒。影像分辨率很好，皮肤光滑，充满光泽，是青春正盛的人才能保有的肤色。她的遭遇，足以让他至此都不能忘怀这张脸。她当年是十八岁，当时是2121年。他那时也只有二十五岁，同样年轻，身材高大，拥有一具他为了加入大学足球队努力锻炼出的身体。一百八十六厘米高，当年的得州，他的家乡，还保留着老算法，说是六英尺一英寸，黝黑的皮肤上疤痕累累，来自多场球赛，还有一些最好通通忘光的年轻不懂事时打的群架。跟她毫无瑕疵、经过健身房锻炼出的蜂蜜金色肌肤与白金色的头发，是彻底的对比。他们的差异是根深蒂固的：肤色、财富、阶层、成长环境、文化。当时他们光是看了彼此一眼，就知道两人之间涌起的敌意将是永远的，这还是她到了前线，经历一切之前。如今，他的皮肤上已经出现皱纹，虽然他努力吃得健康，也进行一堆中年人都会从事的运动，去健身房，慢跑，打壁球，但脸颊还是慢慢地垮了，反应也不再是当年足球场上的闪电下凡；无论他的梳理多有技巧，发际线都无情地继续后退。可是她，到了现在，看起来仍然像刚满二十岁。

"是真的。"维梅齐亚开心地说。

"可是……这表示是她是个'十选一'。"

"没错，就是这个意思。"

"当时我们不知道。"万斯说。"十选一"生殖治疗：人类的受精卵DNA被特殊处理过，所以生理机能转为每十年才会老化一年。即便在今日，这也是很罕见的事，更不要提当时……好吧，她的出生证上是写着2103年，但他们从来不想去证实，因为那不是当初的调查方向，而她很显然一脸就是十八岁的模样。他惊骇地看了维梅齐亚一眼，"我们怎么会不知道这件事？"

"重要吗？"

"当然重要。这是口径测定的一部分。"

"你是说盘问的时候？"

"她的档案说她是十八岁，她也确认了。但那是错的。我们要求她确认背景材料上的一切——"

"你从来没有复查过那个档案？"

"那个档案是从英国司法部直接送来的。我们当时认为不会有问题。"

"原来如此。这就是你犯下的第一个错误。政府档案。官方档案中有高达百分之二十五的资料都是废物。我个人觉得，如果能降到这么低的比例，我就要开心得学兔子跳了。"

"该死的！她要说什么谎都行。不对，最后的谈话不可能是错的，那个没问题，除非她已经完全进入妄想状态了。"

"好。我同意你对她最后用的方法会产出有效的数据。可是，她为什么一开始要对自己的年纪以及背景档案上的所有内容撒谎呢？"

"我不知道。该死的，这意味着……老天啊，我们还漏查了什么？"

维梅齐亚夸张的手势仿佛环抱了全世界，"看样子，是一目了然的事。"

一行五辆车转入帕克赫斯路。霍洛韦监狱在右边，密闭式的区域以不讲求外观的水泥块围起墙面，两扇金属大栅门已经打开，车子进入停车场。这个监狱的最新版本搭建于2099年，当时以大吊车、自动机、最少的人工和技术完成，由全网络自动化工厂根据政府标准大批制造出来的房间与走廊都预先铺设系统与管线，油漆和瓷砖也都按照规定完成。只需要把线路和管子接好，就能组装完成，得到一栋完工的建筑物。理论上应该是这样，只是没办法解释为什么预算最后超出八亿欧法元，完成时间延后七年，最后于2106年才重新开放，容纳囚犯。

欧洲跨太空局于2050年开放通往米尼萨星的通道，一开始是因殖民补助方案的需求，后来GE的机会移民政策把长期无业人群和罪行不严重的罪犯迁移到新地区，从那时开始，便有人质疑人类母星上是否还需要监狱。直接把罪犯关起来已经是过时已久的做法了，当下的思维是追求社会进化，催化这个理念的契机是把罪犯直接丢到离犯案环境好几光年外的地方，他们会因为环境限制而完全无法再次犯罪——主要也是他们将发现自己身处茫茫荒野，只有一公顷地、一顶帐篷、一袋玉米种子、一个工具箱，还有眼中消散的一团烟尘——那是重置服务处的公交车滚着车轮离开，把下一个不受社会欢迎的人丢到半英里外的贫瘠土地的最后景象。

可是有些人，即使经过心理医生、药物、社工、特殊教育教师，还有老派的粗暴守卫的调教，依然不适合被流放到任何地方，无论那里距离担惊受怕的纳税人有多少个光年。那些真正危险的人——疯子、连环杀人犯、恋童癖、不要性命的狂热分子、纯粹邪恶分子……这类人的唯一选择就是终身监禁。2143年，终身监禁的意思是到死为止。

霍洛韦监狱专门监禁女囚，整个大欧洲的大不列颠王国区仅存两处，阴森的建筑结构与智慧粉尘标记明示，这些囚犯想从里面出来，只有待到她们成为一团骨灰时。为了强调这点，医护所后面设有专属的骨灰焚化炉。

这里的生活非常严格，所有活动都安排固定时间，规律决定一切。这点让狱卒们可以尽量维持里面的平静，因为这里关着一群喜欢享受别人甚至自己的痛苦的人。

每个人都知道霍洛韦生活规律，分毫不差。她们也以狂热的执着遵守规律，与规律紧密结合，几乎成为它的一体。规律是流窜在整栋建筑物中让每个人能度过每一天的电力。在浅绿色的走廊、挂满布告的牢房，还有简直像是19世纪造的工作间中，任何最微小的动静都会被感觉到其近乎微不可察的颤动。

下午两点时，典狱长在她的办公室里，在那儿她拥有微薄的隐私，方便她接一通极不寻常的电话。当她招来三名资深人员进行简报时，在行政大楼外面造成的影响就像是狼群在满月下抬起鼻子，嗅着受伤猎物的血腥味一般。

有什么事正在发生。新的事。不同的事。这种感应呼啸穿透相连的监狱大楼，形成电流的高低峰波。警戒牢房中，向来与不安共生的暴戾开始出现。针对狱方的小冲突、争执、辱骂泛起涟漪。在第二个人的鼻子被打断后，中庭的手球活动宣布即刻中止。

三点时，典狱长命令所有人回牢房里冷静。规律被彻彻底底地打破了。每排牢房都回荡着此起彼伏的猥亵歌曲，还有大声尖号的杀人威胁。典狱长亲自带领五名狱卒走过J栋，承受从每扇门上的小铁窗中被丢出的五花八门各类物品。她甚至已经对辱骂充耳不闻了。这几乎是一种仪式。其实所有人只是想知道到底发生了什么事。典狱长每经过一道牢房的门，囚犯就会整个人贴上小窗户，热切地往外望。

典狱长停在十三号牢房外，手按上掌纹板。两名警卫抽出电击棒，做好准备。其实这是多此一举，因为里面的人平静又沉默。

安杰拉·特拉梅洛望着走廊，脸上是几乎令人不安的宁定表情。看着她，所有监狱管理人员不约而同地起了一个令人忧虑的念头：她简直像是为这一刻等了二十年，知道这一天总会来临。

"请跟我们来，安杰拉。"典狱长开口。

一瞬间的沉默让警卫们把手中的电击棒略略握得紧了一些，然后安杰拉点点头，"没问题。"她走出牢房，进入一片叫骂声，上层牢房还抛下一捆捆正在燃烧、沾满粪便的卫生纸。她完全忽略这一切。

警卫们围在她身边，典狱长带着她出了J栋。她们没有离她太近，手中随时握着电击棒。安杰拉被囚禁的二十年中，从未袭击过监狱人员，但是她们仍然不信任她。不信任一个在一夜之间夺取了十四条性命的人。

她被带入行政大楼的会议室，铺着地毯，有皮革办公椅、一张桌子和屏幕墙，还有一面大大的投影墙。温度和暖，挂在壁上的暖气风扇稳定地轰隆旋转，甚至还有一扇粗重金属条覆盖的窗户，可以望向外面的街道。安杰拉几乎是又恐惧又警戒地环顾房间。眼前这一幕简直是另一个宇宙，只出现在她的记忆中，遥远到几乎像是个虚构的故事，是监狱以外的新世界。好陌生，这曾经是她的人生，如今却威胁要粉碎她坚持了这么久的决心。这也太讽刺了吧？她充满怨恨地想。

"请坐。"典狱长说。

安杰拉听话地在桌子最前面的椅子坐下。典狱长坐在她身边，看起来很不自在，但安杰拉很享受她的不自在。逆转终于开始了。在某个地方，一定有巨大齿轮开始运转的声音，这齿轮大到可以反转整个宇宙。

"安杰拉。关于你的案件，出现了特殊的进展。"典狱长开口。

"把他们带进来吧。"

典狱长很明显惊愕地看了她一眼，"不好意思，我没听清楚？"

"我不会攻击任何人。我不会闹事。把他带进来，让他们告诉我，他们提出什么样的交换条件。他们就是为此而来的，不是吗？"

"我为了你好，安杰拉。我想让你对可能出现的变化有点心理准备。"

"你当然是站在我这里的，真开明，真符合你的作风。在这里待了二十年之后，我真的是朵温室娇花。别再拖了，快点吧。"

典狱长深吸一口气，"既然你坚持。"

八个人排成一列走了进来。三女，五男，普通人穿西装，四名人类保卫联盟军官穿着笔挺的制服。他们都是各个领域中的顶尖官员，所在的位置完全无须顾及民主制度强调的民治概念，而且他们很不习惯"紧张"这种情绪。但让他们全身肌肉紧绷、每个人的肢体语言变得如此不自然的原因，不只是因为面对恶名昭彰的女杀人魔，更因为她身后也许存在的影子，是他们内心最深处的真实恐惧。

安杰拉只注意到其中的一个人，别的都视而不见。他在，正如她一直都知道的那样。当然年纪也大了，跟她不一样。他会因此火大的，她很满意地心想。他当年甚至不是什么重要人物，只是个无足轻重的小公务员。可是她知道他有一天会成为大人物。他就是那种令人作呕的人，像拉弓射箭，除了朝上冲以外，不会有别的方向。

她盯着他看，迫切地想要研究他的反应，探查他们重新出现在彼此面前后，能够在他如杀手般冰冷的双眼中引起的任何情绪冲突。她缓慢、刻意地分开双唇，露出毫无笑意的微笑。这是纯粹的讽刺，他一定明白。她得到的反应是一闪而过、很快就被隐藏起来的愤怒。她笑得更欢了。

其中一名非军方人物，某个政府高级律师，开始跟她说，她的状况也许有变。他的声音如窗户上的苍蝇嗡嗡作响、让人厌烦。"……不影响你的法律立场……"她毫不理会他，"……与继续调查行动的完全配合将被视为……"她有兴趣的是万斯·埃尔斯顿。她想要看到因为不确定与愧疚而辗转不安的人，正是万斯·埃尔斯顿，"……很遗憾的是，我们不能保证……"她想看见那张自大、自以为是的脸因为终于见到自己如此努力否认存在的怪物而惊恐啜泣。

安杰拉举起手，律师安静下来。所有人带着紧张的期待看着她，但是她眼里仍然只有埃尔斯顿。她品尝着最甜美的胜利滋味，开口问他："它回来了，对不对？"

伊恩和席德整个下午轮流待在全像亭里。晚上六点半的时候，他们已经看完了整条泰恩河，一路到北岸的南班威，还有连接到泰恩河南岸的德文特运河。这里比潮汐能在两个小时里把尸体冲刷到的位置要更靠近上游，但是席德决定谨慎为上。他们在罩网监控记录中总共找到十一个可能的空白区隔，大多数比泰恩河桥墩旁发现的第一块要宽很多。检视整个邓斯顿船坞之后，席德认为这是最有可能的地点，毕竟有非常多的船只不完全在当地罩网的覆盖范围内。

伊恩刚完成最后一块区段的检查工作，伊娃便问："十一处？那现场调查的工作量可不小啊，而且我们又浪费了今天，剩下的证据一定不多。"

席德打个哈欠，伸伸懒腰。他面前的一幅屏幕墙正显示一张简洁的地图，上面标出了十一处空缺。"不是我的问题。"

伊恩出来，全像亭的门在他身后关起。"你能把那些区域封锁起来吗？"

"不知道。我得问问欧鲁克。"席德坦承，但他很不愿意这么做。他把椅子一转圈，"阿布纳？"

两名诺思家族成员面面相觑。"没有，抱歉，老大。"阿布纳回答。

"老兄，你认真的？一个名字都没有？"

"基因样本确认他是二代。我跟我们所有的兄弟都亲口谈过话。他们全都在。"阿里说。

"所以他是B支或C支。"席德说。

"一定是。"阿里同意，"可是布琳凯尔的组织声称没有失踪的二代。"

"木星呢？"

"奥尔德雷德跟奥古斯丁谈过，已经送信息给康斯坦丁。他也声称地球上没有C支二代。"

"你放屁。"伊恩气呼呼地对阿布纳和阿里说，"你们是不是在掩护谁？"

阿布纳站起来，走向毫不退缩的伊恩。"我的兄弟被人杀了，你这混蛋。"

"够了！"席德说。

伊恩跟阿布纳互相瞪视，随时会有人挥出一拳，他们才不在乎内部传感器和官方记录。席德知道他在这个案件结束、交给检察署之前，一定要把这记录修改一下。他知道二楼有个数头可以帮忙。

"阿布纳，给我你认为最有可能的推断。"席德说。

阿布纳朝伊恩最后鄙夷地一瞪，转过身。"有两个假设：一个是有我们不知道存在的二代——不太可能，但不是不可能。再不然，就是康斯坦丁和布琳凯尔没有说实话。"

"为什么不说实话？"伊恩问。

阿布纳耸耸肩。"我想不出任何理由。"他朝伊恩瞥了一眼，"绝对不是因为企业斗争——不是为了钱。”

“好。”席德立刻回答。

“还有第三个可能。”阿里说。

阿布纳惊愕地看了他一眼。

“是什么？”席德问。

“以前有人想要模仿我们。”

“你说你跟所有的二代都谈过话了。”伊娃说。

“对。但是说实话，全都是一通三十秒的通信，问问他们是不是活着而已。”阿里说。

“把他们全带进来。审讯，取DNA样本，这是唯一可以确认的方法。”伊恩说。

“那就祝你好运了。”阿布纳说。

“我们需要奥古斯丁的许可。”席德沉吟着说。他完全不愿去想象跟欧鲁克提出这样的要求会引来多火爆的回答。最好先探探奥尔德雷德的口风。

“是他的‘合作’。”阿里纠正。

席德正要回答时，所有人都听到直升机的声音在外面越来越大声。洛雷勒离开她的桌子，滑动椅子到最近的窗户边，抬头朝夜空看。又开始下雪了。“卡诺夫130型。”她赞赏地说，“附尾翼。这东西飞得很快。我不知道有哪个单位负担得起这种装备来进行警察工作。”

每个人都看向席德。“我们的新任指挥长？”伊娃说。

“别问我。我什么都不知道。”席德抗议。

“所以接下来呢？”伊恩问。

席德搓一搓脸。他只想回家，但这是不可能的事。“没必要大家都待在这里。把你们手上的档案收好、封好，然后回家吧。我把今天的调查整理整理，排一下后续工作给新来的家伙看看。”

晚上七点半，他还在处理对河岸进行鉴证调查的正式请求公文，这时欧鲁克终于把他叫到六楼。他进入巨大的角落办公室之后，并不意外地看到里面有一名高大的非裔美国人，穿着一身黑西装，等着以坚定的握手与打量的目光跟他打招呼。万斯·埃尔斯顿一脸政府秘密探员模样，只差没在额头刺上"特工"两个大字，只不过，他没料到奥尔德雷德也会出现。

最后一名成员是从布鲁塞尔的办公室用安全智能会议连入，画面出现在窗户对面的屏幕墙上。欧鲁克介绍她是查莫妮克·帕萨姆，大欧洲异星事务局委员。席德没听说过她，也没听过她的单位，但是他立刻就认出这种人：政客，最差劲的那种。她五十出头，全身的发型和打扮可笑地想要模仿富裕阶层。某个巴黎高级定制品牌套装，深色头发牢牢地被固定成型，中间掺杂褐色挑染，印度裔肤色的脸颊与眼睛周围抹上粉红与蓝色的彩妆。她整个人看起来比实际年龄还要大，席德猜想可能是故意的。她的顾问一定跟她说年龄意味着沉稳。席德想象不出要花多少钱和多少脑力才能弄出这么一个可笑又可悲的形象来。另一件他不了解的事情是，为什么她今天要通过智能会议接入。他没机会问。

"有进展吗？"欧鲁克一介绍完所有人便开口问。

这开场白会不会太好了？席德心想。"我们辨识出了最有可能的弃尸地点。但是最有意思的，还是身份问题。"

"死者是谁？"万斯·埃尔斯顿问。

"我们不知道。"

"你认为这点最有意思？"

"很有意思。我们确认他是诺思二代，但是诺思二代全部都活着。目前我们相信，有人假冒了某个诺思二代，可能是出于企业斗争。一旦我们确认弃尸地点，就可以开始执行回溯追查。"席德语调平稳地回答，"我已准备好所有的程序，只需要获得授权即可。"

"谁去？"查莫妮克·帕萨姆问。

"我需要跟局长讨论。"席德谨慎地回答。她的语气让他知道，这个问题绝不单纯。不过话说回来，她的口音像是上个世纪皇室成员一般，充满上位者的优越感。席德知道自己对她的印象正直线下滑，于是很努力不要让心态这么偏激。但如果会议持续太久，他口气中的讽刺就要藏不住了，那对谁都没好处。

"我不是在问你要外聘哪个机构。我是想知道你的小组成员都有谁。"

"对不起，我不太明白？"席德从眼角瞥到欧鲁克的脸一僵，皮肤渐渐转红。血压问题大概要不了多久就要害死他了。有趣的是，埃尔斯顿没有反应，完全没有，这点很令人佩服，他就像个正在平静等小孩发完脾气的家长。

"成员组织似乎有点过于男性主导。没有别的意思。可让我很惊讶的是，在这个时代，我居然还必须提出这点。我以为在过去一百年通过了十八条不同性别平等法之后，这种问题早就已经解决了。那可是十八条非常有意义的法案。"

你又知道我们的任务内容是什么，更哪会知道我们要到哪里去找人，还提要找女人，拿这么一点屁钱，处理像山一样高的破事，这全都是政府，就是你这种人丢给我们的。"如果你对我的团队有所不满——"席德恼怒地开口。

"不。我没有表达不满，警探。我只是提出观察结果而已。"

"我明早可以去跟HR提。"

"HR？"

"人力资源。"

"在布鲁塞尔，这种单位我们称之为人力成就处。'资源'听起来像是从地里挖出来的东西，基于历史上出现过多起稀土矿物资源冲突，这种用词对许多人而言是种冒犯。"

"好。"滚你的，你脑子里灌的是糨糊吧。

"即使如此，仍然感谢你听取我的建议。"

"好了，情况是这样。现在这案件由HDA管辖。"欧鲁克说。

"人类保卫联盟？"席德惊讶地问。他原本以为是布鲁塞尔在背后撑腰的国际刑警组织要插手。

"是的，警探。明天会有一位拉尔夫·史蒂文斯特别探员前来此处，负责与你的团队联系。跟由诺思家族资助的时候一样，你会拥有无上限预算和资源的支持，但现在会由我们结账。我们非常希望你能找出这个诺思族人被杀害的确切位置。"埃尔斯顿说。

席德茫然地看着他，"你要我继续？我吗？"

埃尔斯顿第一次露出微笑，"是的，席德，是你。我们看过你的档案了。你的能力很好，实际结案率高得非常出色，尤其是重大犯罪案件。别误会，拉尔夫跟我不会停止折磨你，但是我们相信你可以好好带头。"

"谢谢。"席德不敢去看欧鲁克或奥尔德雷德，"这到底是怎么一回事？ HDA为什么这么感兴趣？"

"一个很简单的原因：杀人手法。讲得更明确些，是用来撕裂被害人心脏的器具。"埃尔斯顿说。

"可是……我们甚至还不知道那到底是什么鬼东西。"席德反驳。

"这就是特别之处了。它曾经出现过。"

镇区高沼是纽卡斯尔市中心东北方的一大片绿地，只有一条A189高速公路从中间穿过。入侵的柏油路西边是高尔夫球场，现在的入会费是一年一万九千欧法元，如果靠关系，只需要在名单上等八年就拿得到。东边的林地无人打理，是一片绿意盎然的野地，周围是嘈杂喧嚷的忙碌都市。夏天时这里十分热闹，人们得以在此地偷得浮生半日闲，一家人会在这里野餐，度过一天的时光，慢跑的人前前后后跑过轻缓起伏的草地，年轻人踢着足球，小朋友们玩着遥控小飞虫、飞机、直升机，骚扰无辜的旁观者，还一边忙着躲林园警卫。冬天时，访客量则锐减。在下了好几个星期的雪、持续零度以下的低温之后，就连最热情的狗主人和慢跑客都看不上这个地方，坚持要等天气好转才回归。

光波船在镇区高沼中央降落，离A189不到一百米。若是别的地方，别的时候，一艘货真价实的星际宇宙飞船完全不可能降落在人类城市的正中间而不引来任何注意。可是现在它就停在这里，外表没有什么特征，三十米高，隐隐泛黑光的圆锥形，中央有五个粗环，看起来像是卷起的机翼，里头包裹着光波引擎推进器，正从看不见的夜空穿过厚重的飘雪缓缓降落。

宇宙飞船的底座是三个圆形的凸起，把地面的雪压得厚实，直到机底中央包裹在松软的白毯之中。一道长方形的气闸门消失，一架短短的铝制空梯向下滑开。诺思二代克莱顿从里面走出来，身穿一件绗缝大衣，镶着皮草的兜帽紧紧包在他的脸旁。丽贝卡跟在他后面，穿着一件有型得多的假麂皮外套，前面有大大的白色扣子，中间系了一条宽红腰带。两人都穿着很结实的靴子。丽贝卡动也不动地站着，仰起头，张开嘴巴，感觉飘雪落在皮肤上。她兴奋地舔着冰凉的雪片，笑了起来。

"太棒了。我从来没想象过这种景象。"她兴奋地惊呼。

克莱顿包容地看了她一眼，叫他的e-i把宇宙飞船封起。空梯收了起来，气闸门波荡一阵之后消失。丽贝卡微微露出一丝不情愿，但很快便用宽大的毛线围巾缠住头，戴上亮紫色的扁帽，开始穿过盘旋飞落的白雪，向马路走去。还走不到五十米，宇宙飞船便消失在他们身后的黑夜与白雪之间。丽贝卡轻笑出声。

"笑什么？"克莱顿问。

"你以前一直抱怨纽卡斯尔的交通和停车问题。"

他忍不住也笑了，"希望警卫们今天晚上不要过来察看。那宝贝如果吃上罚单，肯定是天价。"

一分钟后，他们找到了大路，过程很艰辛：铲雪车已经三个小时没有从这里路过了。两分钟后，两辆市立出租车沿着结满薄冰的柏油路开了过来。宇宙飞船的核心系统一与当地网络连接，克莱顿便通过他们在纽卡斯尔的私人安全小组订了这两辆车。他向出租车挥手，暗笑自己居然绕了这么一大圈订车，又没有人知道他们在这里。他的e-i要求取得出租车身份，出租车的响应包括了确认代号，两辆车停到他们旁边。

两名司机下了车，带着好奇与敬意地看着两位来自另一个世界的访客。

"好好照顾自己。"克莱顿告诉丽贝卡。

她亲昵地捏捏他的手臂，"你也是。要乖。"

"我尽量。"他的e-i送出联机询问，测试两人之间的加密联结，"不要断线。"

"我会到了以后再断。"

一阵短暂的尴尬。她匆匆给了他一个柏拉图式的吻，进入出租车后座，朝为她开车门的司机感谢地一笑。

克莱顿上了自己那辆，坐入后座，熟悉感油然而生，出乎他意料也令他反感。廉价的人造皮座椅，过滤得不干净的空气，以及黏在地板上干涸的口香糖。他离开地球已经五十五年，虽然其间回来过几次，但这里却从来没有变化过。

"先生您好，我是伊凡。请问要去哪里？"司机说。

"这里。"克莱顿的e-i对车子发送地址。

"应该十五分钟之内就会到，先生。"伊凡说。

"我认为那间屋子会有警报系统。"

"不会有问题的，先生。我们可以应付任何普通住宅保护系统。"

"很好。"

出租车驶离路边。克莱顿看着丽贝卡的出租车回转时的前灯光束，几秒钟后，光束消失不见。

2143 年 1 月 15 日，星期二

早上六点五十六分。闹钟不屈不挠地开始吵叫。席德呻吟一声，伸出手——

"不可以。"雅辛塔警告他。

"该死。"他慢慢把两条腿从床面移开，朝地面伸展，直到身体能够坐直在床边，脱离与棉被的任何接触。卧室很冷，大概只有一摄氏度，他可以感觉冷空气如灼烧一般顺着鼻咽管向下，断断续续地咳起来。这时候他才狠狠拍了一下闹钟，叫它闭嘴。他的呵欠似乎永远也打不完。

"昨天晚上是怎么回事？"雅辛塔一边问，一边在床头柜里翻找夹子和橡皮筋。她的一头乱发慢慢地温顺下来，露出一张写满好奇和关心的脸。

"诺思家族的案子。"他叹口气，瞳孔的智慧网元醒来，展现网格。他在午夜以后才回到家。跟欧鲁克会面之后，他跟埃尔斯顿又耗了好几个小时，熟读 HDA 的档案，然后投桃报李，向埃尔斯顿简报目前小组的调查进度，还有接下来的调查步骤建议。

"这是件好事对吧，宝贝？现在是你当家了？"

"理论上是的，但是还有另一个监督的人，从——"他迟疑了片刻，"布鲁塞尔来的。"他很不愿意对她说谎，但是昨天晚上就连欧鲁克都在担心。只要她在医院餐厅说漏一个字，他的前途就真的会连渣都不剩了。

"噢。"她想了想，"昨天有进展吗？"

"没多少，这意味着这案子是专业人士下的手。"更意味着他昨天晚上看到的资料是一团迷雾，"我们好歹有无上限的预算，总会有用。"

"太好了。"她飞快地亲了他一下，然后赶在孩子们之前冲去洗手间。席德开始到处找干净衬衫和袜子。

早餐又是麦片粥。不知道何时，雪已经停了，却没有任何融化的迹象，即使云层已经开始变得稀薄。席德计算好那坨稀泥要煨的时间，然后一一倒入碗里。扎拉会想要在她的那一碗加蜂蜜，威廉当然是要加果酱的。

席德终于找到所有瓶子，并把一盒橙汁重重放到桌上，从洗碗机里拿出几只干净的汤匙。雅辛塔坐了下来，手上拿着一个法式咖啡机。

"我需要一件新的校服外套。"威廉宣布。

"这一件怎么了？"席德问。

威廉伸出手臂。外套袖口短了好几厘米。

"该换。我们这个周末就去买。"席德说。他的躯网警告他，二十四小时之内的咖啡因摄取量已经超过 GE 建议标准。他叫 e-i 让躯网闭嘴。

威廉翻翻白眼，发出受创的叹息，"我今天晚上就可以去。自己去。用不着你。"

"抱歉，可是我真的想去，让你尴尬一下是爸爸最擅长的事情。我们大家一起去。"

扎拉精神一振，"我们可以一起去买东西？"

"买我们需要的东西。"他知道这招根本没用。

扎拉低下头，掩饰不住满足的偷笑。

"我们要搬家了吗？"威廉问。

席德完全忘记杰斯蒙那栋新屋子的事了，"喔，对，现在情况怎么样？"

"我昨天晚上在家里的全像台运行了一遍他们的虚拟目录，很多条件格都打了钩。"雅辛塔说。

"太好了。"席德说，丈夫自动应答模式启动。

"所以我们要去看看。"雅辛塔强调。

威廉皱眉，"为什么？你虚拟过了啊。"

席德解释："因为买房子不只是一大笔钱，而是我们的所有钱，所以不能只靠虚拟目录决定。警局有些案子就是屋子实际上并不存在，而买家根本不知道，直到搬家那天带着一车家具抵达时才发现真相。"

"太夸张了吧！"威廉惊呼。

"比较常见的是比例放大，让你以为房子比实际上要大，还有些中介会加上一些根本不存在的房间，所以一定要亲自去看。你要知道，跨网并不是完美无缺的，大多数的资料没有经过认证。"

"我懂了。"威廉闷闷地说。

席德咧嘴一笑。如果有人找到把人下载下来的办法，威廉这一代会顺着光纤一头钻进去，半句都不会多问。

"我把这件事排在周末。"雅辛塔说。

"好。"

"你会在吧？"她意有所指地问。

"我会在。"他朝孩子们微笑，"而且今天我送你们去上学。"

席德八点十五分到达的时候，万斯·埃尔斯顿已经在第三办公室里等着，远比小组其他人都到得早。他介绍了拉尔夫·史蒂文斯，这人除了有北欧人的苍白肤色、逐渐稀薄的金发以外，其余看起来简直就像年轻版的埃尔斯顿。席德开始猜想，他要跟这两个人混几年才会看到他们微笑一次。

而这两个人一脸严肃的样子立刻被进入办公室的小组成员们注意到。每个人进来的时候手里都拿着一杯外带咖啡或茶——伊娃拿的是热巧克力，加鲜奶油跟棉花糖——或微笑或说笑，猜想今天会发生什么事，还有新来的"长官"会有多严格；然后他们看见埃尔斯顿和史蒂文斯一脸身负深仇大恨的样子之后，笑容立刻消失，聊天声也安静了下来。

席德看到奥尔德雷德、阿布纳和阿里一起出现时，并没有十分惊讶，毕竟谁都不会比诺思家族的人更严肃地看待这件事。他等到每个人都进入第三办公室、蓝色指示灯亮起时，才开始简报。小组成员增加两名，这是昨天晚上会面后跟人力资源部协商的结果：黛德拉·福伊斯特警员和里安娜·霍尔警员，两人都是安全级别很高的数据分析专家。两人的安全级别HDA检查核可过，这是拉尔夫跟他说的。除此之外，到目前为止，拉尔夫没说过什么别的话。

"早安。"万斯正式开口，"首先对于昨天的延误和混乱表达歉意，感谢各位的包容。今天的简报会解释一切。"他走到旁边的全像控制台，有意让大家看到他插入一个芯片的动作。大型中央屏幕墙亮起席德从未见过的档案符号。档案没有开启。

席德看到伊恩和伊娃交换一个学生恶作剧成功的笑容。

"能不能请你……"万斯对阿布纳说。

阿布纳走到全像控制台前。"当然。"屏幕围着他弯曲成弧形，他的双手举在空气键盘中，拨弄只有他看得见的符号。

然而什么都没发生。芯片里的档案固执地不肯打开。

席德越发尴尬地坐在一旁。阿布纳似乎连自己的操控接口系统都应付不过来，更不要提解决文件格式的问题……这让席德的面子上很不好看。

"这是什么程序？"阿布纳无可奈何地问。

席德急忙朝里安娜·霍尔示意。

"这是二十年前录制的。"万斯说道，里安娜在阿布纳身边坐下，涂着指甲油的手指飞也似的拨动着符号。

"好了。"她说，屏幕墙上的符号转变成熟悉的现代符号，"只是需要转换一下格式而已。"

阿布纳扯动了一下嘴角权充微笑，表面上看不出什么。

"好的。"万斯重新主持起简报，"这案件现在之所以成为这个星球上最重要的事件，是因为这个杀人手法以前曾经出现过一次。你们不会知道这件事，因为它受到严格管制，没有流入公众领域。有多少人知道安杰拉·特拉梅洛这个名字？"

因为昨晚得到提醒，席德闻言仔细端详起阿布纳和阿里，两个人全身一僵。他对他们的反应毫不意外，因为这个名字也刺激到他的一堆交感神经，一阵冰冷的火花沿着脊椎蹿下。

伊恩看起来像是毫不在乎，伊娃则深思地皱眉。"她不是——啊……"她没说完，尴尬地看了诺思家族成员一眼。

"安杰拉·特拉梅洛获罪的原因是被控谋杀巴特拉姆·诺思，以及他家里的其余十三人。这起惨案发生于二十二年前的一个夜里，地点是巴特拉姆在圣天秤星上的豪宅。"万斯说。

其中一个档案符号移到屏幕墙，膨胀成一组缩略图。万斯展开第一张。席德努力不对眼前血腥的景象皱眉。尸体属于一名年纪比较大的诺思家族的人，躺在一间华丽房间的大理石地板上，衣服被鲜血浸透，身体周围有更多血泊。另一具尸体在同一个画面中，倒在后面沙发上。影像变化，显示致命伤的放大图：心脏上方有一圈爪刃形的穿刺伤。更多伤口的照片：手臂和后背上有长长的割伤，每道都是平行的。自卫时留下的伤口，席德心想。

"除了巴特拉姆和他的六个儿子之外，巴特拉姆的三个女友以及四位员工也都被杀害。"屏幕开始一一播放尸体照片，"巴特拉姆·诺思的宅邸内随时都有三到五个女孩跟他同住，女孩们主要来自地球，安杰拉·特拉梅洛是其中之一。她于案发两天后在纽卡斯尔通道口试图逃走时被抓到，三个月后在伦敦进行审判，确认有罪，判处终身监禁。不可缓刑，不可假释。"

"我不明白。她逃狱了吗？"伊恩问。

万斯摇摇头，"真是这样就好了。她没有逃狱，你的死者被杀害时，她好好地关在霍洛韦监狱里呢。她在里面待了二十年，从未被允许离开过一步。"

"那为什么会提到这些？这跟HDA有什么关系？"

"她的辩护词。"万斯回答。另一个档案在屏幕墙上打开，显现一个暂停的法庭影片画面，而安杰拉·特拉梅洛在被告席，身边站着两名警卫，"这是她对有罪宣判的反应，这个反应解释很多事情。"

影片开始播放。安杰拉正在守卫的钳握中挣扎，愤怒地大吼，镜头拉近，集中在她美丽却因愤怒而扭曲的脸。她尖叫："不行！没有，没有，没有，我没有杀任何人！是外星人干的。是那个怪物。你们懂不懂？它把他们撕烂了。我发誓——"影像再次暂停，捕捉到安杰拉嘴巴大张、飞沫横出的一幕。

"在她被拖走的五分钟之内，她不断重复这些话。事实上，她从来没有停止宣称这件事。"万斯说。

"外星怪物？"伊恩轻声问。

"她是这么说的。这是她辩解的唯一内容，当然我们都知道圣天秤星上没有外星人，没有任何动物，那个星球整个进化过程只有植物。自从一个世纪以前，我们第一次与人马座星云建立起第一个跨太空联结之后，就没有碰到过任何半点类似她所形容的东西，所以显然她的话是情急之下编出来的荒唐的不在场证明。至少我们是这么相信的。"

"那HDA为什么封锁那把有刃武器的消息？"伊娃问。

"因为我们从未找到过那把武器。而且，你们从你们手上的案子也看得出来，这件事……很怪。理论上，安杰拉发狂时的力气足以插入五把刀子，可是刀子会收缩又撕裂心脏……如果真是一只活生生的爪子，确实可以造成这种损害，但是有什么生物有这样的爪子？我们不确定她是否说了谎，而人类已经不能再承受另一个敌对外星生物了，所以HDA认定她除了有罪之外，更患有妄想症，是真正的疯子，并有足够的智慧在逃亡时把自己弄出来的残忍武器丢下山崖。"

伊恩坐在书桌边上，眼睛眯着，看着放大在众人面前的安杰拉疯狂的表情，"是什么样的怪物？她形容过吗？"

"形容过。所以当时她的说法才不被采信。她说它看起来有人形——这实在太可笑了，因为演化的进程不可能是如此，产生的物种更不可能会两次都有两条腿、两条手臂、一个头，跟人类男性一样身高——这同样是她的形容。唯一的差别是皮肤，我引述她的原话：是变成石头一样的皮革。"

"穿着强化盔甲装备的人。这能解释人类手形的刀刃。"伊娃说。

万斯点头赞同，"符合所有条件，只是没有动机。为什么有人要做这种事？"

"可是你们认为她会做这种事。"伊恩不耐烦地朝屏幕上安杰拉的大脸挥挥手。

"安杰拉·特拉梅洛被判定为精神失常，几名心理医生检查后意见一致。这是唯一符合如此残忍手段的人类动机。"

"是她疯了，还是有人穿着强化盔甲？"

"没有半点证据证明有这个生物存在。而且若有这个怪物，她又是怎么活下来的？她是当天晚上在那间房子七楼的所有人中唯一活下来的，没有其他幸存者。"

"她逃了。要是我就会逃。毕竟你们不也是在她逃跑时抓到她？"伊娃说。

"不合理。"万斯直截了当地说，"她说她跟怪物打斗一阵之后跑了，从来没有改变过说辞，一直都是这个说法。一名十八岁的女性同强化动力盔甲空手搏击，而且对方的手指还都是刀刃？还有一点说不通：她为什么要逃回地球？"

"很害怕？"伊恩说，听起来却似乎不太相信。

"她甚至没有联络当地警察。"万斯说。

"她跟怪物交手了？"席德问。昨天晚上他没听说这件事，"受伤了吗？你也说了，她当时只是个少女。"

万斯眼神锐利地看了他一眼，似乎被一个他认为只是助理的人质问很不高兴。"没有伤口，完全没有任何伤口。绝对没有任何这类缠斗应该留下的痕迹，没有割伤、刺伤。你去看逮捕报告就知道。我记得这份报告就在纽卡斯尔，由你现在这个单位所写的。"

所以可以说是完全没有质量保证，但席德没把这话说出口。

"所以你觉得有怪物逍遥法外，还是个外星怪物？"伊恩口气透露出浓浓的疑问。

"这整件事的确有许多让人不安的未知数。首先，上个星期五在纽卡斯尔发生跟先前一模一样手法的诺思家族人士被害事件，安杰拉·特拉梅洛的判决结果由此受到非常尴尬的质疑。如果，而且是个很大的如果，当初的屠杀不是她动的手，那我们就回到了原点：是谁动的手？是人还是怪物？因此所有人听着，我们有两个选择：凶手要不然就是对诺思家族有根深蒂固仇恨的变态杀人狂，给自己制造了一具强化盔甲，还配备出自恐怖片的手指刀刃，如今又回来再杀一轮。再不然……"

"外星怪物。"席德说。

"星期五早上在纽卡斯尔闲晃？"伊恩讽刺地说，"哎呀老兄，你是不是觉得它还先顺便去吃个汉堡，补充点体力，好再杀个一轮？全是放屁吧。"

"你不准把这件事当放屁。"万斯的口气冰寒，"你要用很严肃的态度来看待这件事。HDA需要知道这个屁点大的地方在上个周末到底发生了什么事。我们必须知道是不是又有一个智慧物种打算要侵害我们。所以，拉纳金二级警探，你必须用尽你的白痴能力，必须查出上个星期在你无能的眼皮子底下到底发生了什么事，必须知道这会不会招致人类的终结。如果你不能完全照做，没有拿出百分之百的绝对心力，我会以意图种族屠杀及人类公敌共谋罪起诉你。如果你不知道的话，我可以告诉你，这两项罪名仍然是以死刑论处，就算在你们这乱七八糟的开明大欧洲联盟里也是。听清楚了吗？"

伊恩极其愤怒地瞪着HDA探员。席德以手指威胁地指着他，担心他真会一拳挥过去。

"你认为它是从哪儿来的？"洛雷勒问。

万斯依然盯着伊恩，"什么意思？"

"如果这东西是外星人，那很抱歉，伊恩说得没错。它是怎么到这里来的？不可能是从通道过来的。欧洲边境管理局对人和货物有很严密的审查。任何难民都可以不受盘问地走到圣天秤星，但那是条单向道，回来却很难。外星人，就算是人形外星人，也不可能偷溜回地球。"

"我们要扩大调查范围，包括进口货物。"席德告诉她。他不乐见办公室里逐渐高涨的敌意和质疑。他的团队进来的时候，只以为会被诺思家族搞来的空降无能小政客批评一番，完全没有想过自己会被一个相信他们正面临异形末日的神经质密探臭骂一顿。

奥尔德雷德开口："你们想要查任何通道安全记录都可以，这里为了防止偷渡进入有很严格的措施。大欧洲对圣天秤星的态度是连只虫子都不放过。不只欧洲，所有地球国家都在圣天秤独立星球上丢了一堆政府不想见到的人。诺森伯兰星际企业会扫描任何棺材大小以上的箱子和盒子，也会随机搜身。我们的方法很有效，包括电磁扫描仪、X光机、空中化学抽样，还有向来有效的缉毒犬。我们对这件事的态度很严谨，因为如果有人溜了进来，我们会被处以巨额罚款，每一次都是一千万欧法元。幸好没有太多东西需要我们检查。圣天秤星唯一算得上进口项目的就是有机油，那个星球地表没有重金属矿藏，所以都是很简单的产业。这些用来抓普通人都有用，但如果是个外星人躲在箱子里，我们的标准措施很显然没抓到它。"

"如今我们只能相信安杰拉·特拉梅洛的描述，那是个一般成人大小的怪物。我虽然很不愿意承认，但如今也必须说，她没有理由说谎。"万斯说，"因此，我们的结论是，如果这个异形真的存在，那一定是以货物运输的方式潜入的。"

席德站到屏幕前面，安杰拉咆哮的面孔成为他的背景，"不管有什么样的怪事，追根究底，这还是一起谋杀案。所以首先，我需要确认受害人的身份。阿里、阿布纳，请你们两位继续查。埃尔斯顿探员答应对布琳凯尔的人施压，要他们彻查所有二代的消息，有可能会有新线索。"

"我必须说，这不太可能。所有巴特拉姆的后代，也就是二代，年纪都挺大了，在布琳凯尔之后就没有新生儿，因此最年轻的一个B支也有五十一岁。意思是，圣天秤星上没有诺思二代符合被害人四十五岁左右的年纪。"奥尔德雷德说。

"也许只是巴特拉姆家的人没有承认。"万斯插话，"帕萨姆委员今天要飞到亚贝利亚去跟布琳凯尔直接谈话。也许我们可以找到新证据。毕竟，巴特拉姆到死前都还养着一票女孩子。"

"在新线索出现之前，我们要对已知的诺思二代进行更彻底的调查。帮我继续跟进调查是不是真有人鸠占鹊巢。"席德说。

"是，老大。"阿里说。

"黛德拉和里安娜，你们去查货物。"席德对两人说，"这一块需要做很多数据比对，正是你们的领域。第一步是重新检查案件发生前两个星期内、通过通道进入、每一件在我们确定的大小范围以上的货物，优先检查地址寄送本市的。记录好之后，直接打电话给货运公司，确认他们送到的货物是否完整无缺。你们一定要跟人类确认——我不接受智能网络响应。"

"是，老大。"

"我们其余人要负责最重要的部分：河岸边的弃尸地点。我会亲自带领这部分的工作。昨天我们定出十一个可能地点，每一个地方都要由我们中一人亲自去调查。昨晚我让外聘警员在每个地点都设置了围栏，他们不知道为什么，以后也不会知道。请你们都记住这点。伊恩、伊娃、洛雷勒，还有我，我们四个人今天早上会各带一队鉴证人员前去勘查，我们要在每个地点寻找弃尸的证据。我必须再三强调这个过程的重要性。我们必须要找到正确地点。一旦找到，后续就是标准的数据侦查工作。"

小组成员各自开始工作之后，席德同万斯和拉尔夫一起进入自己的办公室。透过玻璃，他可以看到伊恩沮丧地摇着头，正对伊娃抱怨着什么；奥尔德雷德则和里安娜、黛德拉一起，帮助她们进入诺森伯兰星际企业的安全网络。

"如果你需要的话，我可以把阿布纳弄走。只要给欧鲁克一通电话。"万斯开口。

"我为什么会想要这么做？"席德问。

"那个人连个档案都打不开。他是你的鉴证分析组长？别开玩笑了！"

"老兄，他的兄弟才刚被人杀了。你让他喘口气吧。"

"席德，万一有人搞砸，这风险我承担不起。我们谁都承担不起。"

"不会的。他如果办不到，我会亲自把他剔除。"

"那就看你的了。"

"我们今天下午就可以找到弃尸地点。"席德毫无底气地保证，"之后一切就会变得简单。"

"请解释。"

"罩网记录空白的地方不能为我们提供任何信息，但我们还是可以检查有谁进出过。这些人可以被辨认出来，而且更好的消息是，可以在城市全区网络中回溯寻找。可是我必须告诉你们，伊恩说得没错：如果有外星人在外面乱跑，肯定会有人看见。这是全面数字化的时代，一切都随时在线。"

"嗯，所以我们的政治家每个都纯洁干净，世界一切都在正轨上，是吧？因为所有人都知道所有事，罪恶无所遁形。"

"我不是指——"

"警探，有很多正在发生的事情是你一无所知的。你该庆幸这点。所以，专心做好你的事，找到一点证据给我。要不就是有疯子在自己家里搞了一套重装盔甲，瞄准了诺思家族下手，再不就是我们碰上了一场很棘手的星际危机。"

"好。"

万斯看了他片刻，做了决定，"我要去圣天秤星的HDA营地。你不会再见到我了，至少不会是在这里。现在拉尔夫是你的联络人了。清楚吗？"

"清楚。"

"好好干。"万斯跟拉尔夫握手时说道。

万斯走出办公室，经过小组成员时，瞥都没瞥他们一眼。席德长长地吐了一口气。

"抱歉。"拉尔夫说。

席德有点意外地看到对方脸上有一丝促狭的笑意。"我的老天爷。"

"他很蛮横，他习惯这样。"拉尔夫说，"他认为这样才能展现他的强势。在这一点上，他没有错，所以他在外面才故意让你的人丢脸，只是为了让所有人知道，谁才是老大。"

"他这样交不到朋友。"

"他没想过要在这里交朋友。我也一样，席德。这件事已经升级到沙克将军亲自关注。你听说过沙克将军吧？"

"我知道他是谁。"

"很好。那你的确明白现在的情况有多紧急。"

"我觉得我开始明白了。"

HDA在每条通道附近都设有一个大型基地，准备应对沽斯潮。纽卡斯尔也不例外。办公室、军营和主备战区都在南岸的码头区，其外表之蛮横粗野会让苏联式建筑物打个寒战后，再尴尬地退避三舍。冷硬的水泥墙盘踞在高地上，留有窄窄的窗户开口，上面顶着先进的传感器，俯瞰下方混乱四散的临门区，像是坚实的中古世纪城堡，统御着农奴们的破屋。

当然，每个纽卡斯尔人打从出生就知道，这根本只是装装样子。如果圣天秤星真的遭遇沽斯潮进攻，那HDA和大欧洲只需要把通道关闭即可，他们才不会把一波波人类精英送去保卫一个只有企业机器人与一堆异议分子的星球。

万斯进驻全新标准军方配备的办公室之后，便盯着强化玻璃窗外一团团缓慢爬行的车辆，偶尔甚至有些步行的人从临门区边缘钻出，前往里面装有通道机器的巨大长方形水泥隧道。正对临门区的通道本身像是一片水雾凝结的池塘，直立悬浮在空中，泛着银光不断波动。万斯只看得到最上面的三分之一，一架金属平台像桥梁一样朝空中延伸，从临门区深入跨太空联结，任谁都可以自由进入圣天秤星。在空中路面之下的是狭窄的回程道，所有返回的人与物都会被直接送入边境控管中心。可是隐藏在这一切之下、占据大半个通道空间的，是十二条巨大的有机油管。它们以大幅度向下倾斜，连接地下通道，通往沿着东岸建设的储存槽以及跨欧洲分送渠道。每天都有价值几十亿欧法元的碳氢化合物被采集后通过管线送回，满足大欧洲与殖民星球部分饥渴的能量需求。

看着巨大的设施，万斯这才完全意识到身上承担了多重大的责任。要保护如此广泛、如此宝贵的资源，免受晦暗不明却又挥之不去的异种危机侵扰，是他不能且不愿规避的责任。他摸了摸西装外套领口上的小别针，粗糙的皮肤摩挲着熟悉的轮廓。"我见到沽斯，即是见到恶魔。"

他低语。二十年前，是上帝把他跟安杰拉·特拉梅洛牵引到一起。如今，他对这点确信无疑。当时单纯的相逢并不是命运弄人，因为从今天起他的人生有了清晰无比的意义。这就是他诞生的意义，这就是上帝给他的任务。"耶稣，我不会辜负您。"

安装在他耳中的听觉智元发出哔声，通信符号出现在他眼前的网格。他指示e-i寻求联结。书桌对面的通信屏幕显示出HDA最高机密符号，接着影像立刻化成库朗·沙克将军。六十二岁的他发色银灰，剪成平头，一张圆润的脸上刻画着压力带来的沉重线条。他的衣着一如往常一丝不苟，似乎完全未受到纽卡斯尔奇特事件的影响。万斯竭力不去猜想爱丽斯泉现在是几点。沙克的传奇色彩一部分来自他似乎随时都在。有传言说他从不睡觉，更夸张的谣言是总共有三个像诺思家族成员一样的他的克隆人在轮流值班。

"早安，上校。"沙克将军说。

"长官好。"

"你那边似乎度过了个不太平静的夜晚。"

"是的，长官。"

"为了通道，我们原本就要增强纽卡斯尔附近的量子场传感器覆盖范围。现在这件事更显得急迫了。"

"长官，这件事不像是沾斯事件。"

"是的，但我们同样也不了解沾斯。如果不是沾斯，那我的幕僚们认为这生物最有可能是从圣天秤星出来的——如果动手的真是某种生物。"

"有可能是人类，专杀诺思家族的独行变态杀人狂。至少这一次我们能够彻底调查。"

"没错。我们需要纽卡斯尔警方好好调查。你必须持续对他们施压。"

"已经在进行了，长官。"

"很好。在此同时，我的幕僚们认为最有可能的情况是，诺思家族一直隐瞒圣天秤星上其实有智慧生物存在的事实，这样诺森伯兰星际企业就可以随意开发浮藻田。如果没有浮藻田，这家公司会因为建造通道而早早破产。”

“我同意这点，很有可能。圣天秤星是个很大的星球，而我们熟悉的范围不过是安柏斯大陆而已，连大陆的西边都没有人去探查过。天知道那星球上的其他区域还藏着什么。”

“一点也没错。纽卡斯尔的谋杀案有什么线索吗？”

“完全没有。不过负责的警探认为整件事有点不对劲。光是我们无法确认受害人的身份就已经很不寻常。除了这一点，还有手法，我不确定……”

“巴特拉姆惨案之后，我们也不确定——更不用说AIA对那可怜的女孩下的重手了。也许这是另一个值得研究的巧合。”

“完全没有证据本身就是证据吗？这件事太奇特，要这么解释也不是说不通，只是我不希望把一切建构在这样的假设上。”

“我知道，但是有很多因素都让我不禁怀疑圣天秤星上有什么东西是我们之前没有发现的。上校，我们必须知道这点，我们不能在宇宙中同时面对两个敌人。而且这个很不一样，动静小又狡诈，完全躲过我们的追查。我不能允许这点。”

“是的，长官。”

“除非纽卡斯尔的警察快速拿出强而有力的证据，证明这只是人类模仿先前案件而犯下的罪行，否则我们的探勘行动是要按照原计划进行的。我向来觉得圣天秤星很不对劲，这世界有太多我们不知道的事。”

“我希望能亲自前往，长官。”

“当然。探勘行动的成员组成已经是主要政府组织协商的议题，每个人都想要插一手。因为是圣天秤星，所以那个讨厌的查莫妮克·帕萨姆会是官方领袖，负责让大欧洲高兴。你则代表AIA和我。”

“谢谢长官。”

“我要是你就不会这么快道谢了。这个事关重大。如果你发现有威胁存在，必须立刻判定是否为我们可以容忍的威胁。我们没办法拿沾斯怎么样，至少现在还没有对策。但这个威胁似乎更具体，更有兽性。也许这是我们可以理解的智慧，与我们的层级比较接近。”

"高尚的野蛮人。"

"也许是属于这个世纪的版本。我们不能允许恶意的威胁存在。我们已经有应对的预案，也许这么做卑鄙、恶心、道德败坏，但也是必要的。"

"我明白，长官。我不会让您失望。"

如今，它叫作三号沾斯世界。它不是一直都叫这个名字。上面曾经有人类居住。一千八百万人。当时他们称其为新佛罗里达。一个出乎意料地类似地球的世界，有广阔的大陆、丰饶的植被与崎岖的海岸线。三个小卫星在旁边环绕，为夜空创造出迷人的多色月光，以及拍打悬崖不休的动荡海浪。走在树林中，航行在巨大的沼泽上，第一批移民几乎相信这就是地球，是刚度过最后一次冰河时期、工业化人类尚未出现之前的平静时代。是纯然的宁静主宰一切的时代。

即使通道带入了成千上百万热切的人类，美妙的景色依然大致存在。新移民以世界的美景为荣，尽其所能不要重蹈旧世界乱砍滥伐的错误。当然，发展工作还是无可避免，这样才能奠定新的经济基础，才能与美国其余星际州拥有同样的立足点。当时的美国除了地球上原本就有的大陆之外，已经有了三个新星球。但是新移民仍然维持简单的风格，他们从一开始就很清楚，这个星球的财富在于它的土地。农耕是它的未来。

安特利奈·维亚纳上尉驾驶着探险地行车，在三号沾斯世界彻底异类的地表上奔驰。隔着三层强化的挡风玻璃，仍然偶尔会看到一座农场。他驾驶的地行车长十米，车厢包括起居室与一间最先进的分析实验室；最后面是消毒室，HDA研究小组在里头全副武装准备好之后，才能进入沾斯世界星球表面。能源供给来自五个独立能源槽，三组轮胎上有独立的电力中枢马达，防刺穿轮胎则有一个人的肩膀那么高，搭配细长的气体悬吊管，确保无论是行驶在多复杂的表面，都能保持一定程度的平稳。同时，驾驶系统的备用设施多到就算有八成的机械和电器故障或无法联机，地行车仍然能够开回来。

因为安特利奈知道这一切，所以他颇有自信地行驶在高低起伏的路面。从HDA学院毕业以后，他已经忘记这十二年来参与过多少次沾斯星球上的任务。少说也有一百次了。深入研究小组的许多成员在出了二三十次任务之后，便不再进行田野研究。最常见的原因是忧郁症。总是面对庞大到不成比例、毫无掩饰、无可抵挡的真正力量，让许多人或早或迟都受不了。但是安特利奈有他的信仰作为慰藉。他跟其他所有受到感召成为"福音卫士"的人一样，相信耶稣会保护他们，有一天神会让人类看到获得救赎的道路，沾斯总有一天会被毁灭，所以他没有被沾斯吓倒或是因而气馁，反而能够直视它的真面目：狂妄而邪恶得无可救药。在神所创造的让生命蓬勃发展的光辉宇宙里，它就是癌细胞。人类在这里进行测试和实验、发掘沾斯的秘密，便是在执行神的任务。

"收到定位信号。没有太大移动。"坐在安特利奈邻座的马文·特朗毕说道。

安特利奈让自己的e-i把定位信号锁定在投射于挡风玻璃上的3D雷达影像内，信号像是一颗粉红色的星星闪闪发光，位于二点五公里以外还算平坦的扶壁空心柱上。

也许沾斯吓不倒安特利奈，但他每次开过沾斯的时候，还是因为它的奇异而惶惶不安。三个小时前，他们从通道出来的位置是一块靠近海岸的地面，是这星球上最后几块勉强看起来像是类地球行星的地表，即使天空布满绿色迷雾，却仍然有青草与蕨树生存。仍存活的动物紧张地躲在树丛后面颤抖，顺着地沟往前跳，三节式的眼睛盯着滚过的大车辆。沾斯遮蔽了天际线，边界无可逆转地朝大海推进。

他们驱近成为地面的扭曲的怪象，最后来到沾斯光华的水蓝色边缘，仿佛到达了远古冷却的岩浆遗迹上。很快地，这丝幻想便消失了。这里已经不再是冰河期冰川雄伟的推挤与下方上百年地壳变动互相交错下形成的地理面貌，因为沾斯落到了这片大地上，吞没了它原本的质地，改变它、扭曲它、重新塑造其实体外表与内在原子结构，从个体到全面，同时进行完全的征服。这是存在于大自然以外的过程，而大自然毫无与其对抗的能力。

地行车开过奇特的地面，仿佛地表正被改变成蜂巢组织，里面住着乐不可支的山形巨蜂。沾斯吞食土壤、岩石、流水、植被，带着自己的目的灌注万物。地洞好几英里深，几十英里长，被吞食的物体通过巨大的透明柱子向上流动，外表看起来像是一根根水晶柱，却又不是那般静止、原始。柱子相互交错编织出的大网漫布天空，形成混乱不对称的迷宫，每一根都朝天空延伸几十公里长。这些柱子不可能是普通材质组成的，它们跟山一样粗，比山还要高上百倍，光是地心引力就应该让其一离开大气层便立刻垮倒在地，但沾斯在形成期似乎完全不受地心引力影响，它与量子场的交互作用彻底违反了科学定律。

安特利奈开着地行车穿过险恶的三维迷宫，缓缓地爬上蜿蜒的坡道，坡道上布满逆向的弧坡，然后又往下进入大坑一样的峡谷，在数英里外的下方是如河流一般懒洋洋、微微发光的雾气，隐蔽了峡谷的底部——如果真的有底部的话。蜿蜒的桥梁一道道崎岖交叠，每个交叉的地方又长出更多桥梁，只有少许几道绳索维持桥梁的直立。有时候轮胎下方的地表如玻璃一样光滑，折射成虹彩般的光芒；有时候光芒看起来就像在他们周围不断变化的空气一般虚无。

在离信号几公里处，安特利奈瞥到一间农舍。农舍埋在一根泛紫色、约一千两百米粗的柱子里，柱子旁有弯折的黄绿色扶壁，在几百米上方两翼反折，交错成圆拱形的鸟巢屋顶，仿佛是以模仿的方式小小崇拜了一下四周的环境。农舍非常普通的两层屋子依然搁置在一处裸土上，仿佛被一场疯狂的龙卷风从地面直接撕扯起来，如今飘浮在离地行车有一百五十米高的地方，以五十度斜角倾斜，对称的聚合板墙壁和造型实用的PV太阳能屋顶，与毫无脉络可循的混乱沾斯地表形成鲜明的对比。安特利奈此时看出来这栋建筑物正处于雨丝型分解的状态，每个分子都以十分缓慢的速度从原本的轮廓上移开。根据记录，此类被从外部包裹的物体无一例外地都会被吸收到沾斯的交错网络中，建筑物原本的分子会逐步被分裂、扭曲。

亲眼见证到这样一栋可怜、无可挽救的屋子，只是让他更明白，经过苦苦挣扎、验证之后，每个人类都无法不去承认的事实：没有任何东西逃得过沾斯。没有任何东西能够存活。最后，一切都会变成沾斯。

安特利奈开始驾驶地行车顺着陡坡往上爬。内有信号器的装置包位于下一个交会口之后不远的地方。十二条线交缠成一团，形成蕈伞一般的凸起与圆弧的凹陷。

"趁还没开到尽头，我会先回转。"安特利奈说。

马文指指两个三十米高的圆凸，它们在雾气渗透的微光下闪着紫色与灰色的光晕，"那两个中间有空间。"

"好。"安特利奈微微转了一下车轮，地行车一边倾斜一边顺着陡坡前进。微米雷达测量两个圆凸之间的距离；马文说得没错，足够让地行车穿过。如果他们被卡在这里，要再回通道可有好一段距离。每个HDA前线研究小组的人都看过影片记录，穿着制服的人形被困在沾斯物质之中，内部早就死去但外部形态仍然在渐渐融化，碎片不断扩大。消失。

一些人类教派，有着善于玩弄人心的领袖以及狂热、不正常的信众，认为这样的变化才是通往不朽的真正路径，能够被沾斯吸收、融合正是进入长生不老的真正入口。每个人的本质将会被沾斯接纳，而在其怪异分子与迥异量子结构中，你仍然会在某处，以某种状态继续存在，沾斯将会珍惜你贡献的独特性，带着你度过漫长的宇宙纪元，直到永恒。他们的教义说，没有来生，原始的圣书里更没有真相，只有沾斯才会带来现在直到永远的新生。

安特利奈知道沾斯才不是这样。他看够了沾斯，知道它根本不在乎，甚至没注意到人类或是任何有机生命的存在。他知道沾斯的存在就是玷污神的创作，对这个事实的信念他从未动摇过。

地行车钻过空隙，开始顺着三十度的斜坡前进。他们已经离交会口很近，前轮离那里最多只有五米，路面是平滑的金色与鲜红交错的图样。安特利奈一直开到同边缘有一段距离之后才停下。

规定很明确，车里必须随时留守至少两个人。安特利奈和马文穿上保护装，留下三名组员待在地行车里，透过串联点监控他们。沾斯保护服没有太空服那么厚重，分成两层，内层紧贴肌肤，像是橡胶潜水服一样贴在身上，领口的封口连接大大的气泡形头盔。呼吸循环器和紧急氧气瓶像是背包一样挂在身上。最后外面再穿一件带鞋子的宽松连身服，它毫无接缝，以金属烤瓷为材质，随时有微电流通过。唯一能阻挡沾斯的就是电，根据观察显示，普通物质在接触到沾斯之后，也需要经过数小时甚至数天才会开始吸收/转化过程。所以穿着保护装的人躺在沾斯里很久才会有危险，但大家还是觉得自己跟死亡之间若有一层电流阻隔会更安全，而HDA绝对不会吝于给他们多一层保护。

气闸室是一个圆筒形的纯白房间，中间有一圈黑色的钛金风口，两端各有一个圆形的门。安特利奈和马文在里面等他们的e-i进行最后一轮检查，然后风口发出嘶嘶声，意味着内外气压正在平衡。地行车向来维持比星球大气层更强大的气压，但随着沾斯吞食掉越来越多的星球物质，维持气压的工作也越发变得容易。大气层很显然不是沾斯的一部分，所以各种气体也随着沾斯碰触到的其他物质一起被吸收转化。气闸外门打开的时候，安特利奈先爬下梯子，小心翼翼地试踩一下路面，确定自己的靴底能够踩稳。有时候沾斯表面跟溜冰场一样滑。这一次还好，他对马文比出一切正常的手势。

两人一起走到装置包旁边。在智慧粉尘与纳米结处理器当道的时代，这装置包显得出奇古老。但是根据他们的经验，东西越小，越容易被沾斯改造吸收。HDA科学小组很快便放弃在自己星球上习惯的罩网传感器，恢复使用老式的粗重电子装置。

上一次的任务把这个装置架在一个两米高的三脚架上，架子有颇高的电流通过。安特利奈很满意地看到沾斯并没有开始吸收过程，架子的三条腿都保持着毫无瑕疵的光滑不锈钢外表。然后他看向堆在上面的感应装置包，装置包外面盖着一条普通的保暖布，布上也通了电。"该死的。"

"怎么了？"马文问。

安特利奈靠得更近好看清楚，他把头盔上的传感器调近。上面总共有六个方形，一边二十五厘米长，另一边大约十厘米。中间两块之间的缝隙长出了琥珀色的沾斯。纤细的触手伸展着菌伞，以放射状向外生长，保暖布上也有更细的菌丝从触手底部向外延伸。这跟地球上的菌类简直相似到诡异的程度。

"啊。不好了。你觉得它开始对电流有抗性了吗?"马文不安地说。

"谁知道呢。"安特利奈在装置包上方挥动着感应棒,"中间两块没有防卫电流了,可是有些内部线路还在运作。"

"好,那我把档案下载下来。也许前线那些人能够整理出一点头绪。"

安特利奈走向装置包对准的尖锥表面,心中对于结果已经完全了然。两个月前,他们来到同样的地方,在沾斯表面施用了一种分子病毒。大多数人都怕死了那东西,安特利奈也不例外。除了HDA,没有人知道它的存在。如果要接触它,必须遵守的相关规定比核子武器还要严格无数倍。如果一不小心让它碰触到普通物质,很有可能就会摧毁整个世界。在某个无名星系中,前线打开了连接一个小行星的通道实验,如今小行星已完全变成了脆弱的碎形泡沫,原生的基本能量状态因为分子转化而大为降低。但关键是,它碰触的必须是"普通物质"。

安特利奈低头看着病毒,看得出来它已经死了。它吃了沾斯,逐渐往内扩散,形成了两米宽的深褐色溃疡,但是在那之后,沾斯不知为何便有了抵抗性,它被改变的分子再次改变,用某种方法加强自己的硬度,再也无法被分子吸收。在没有东西可吃的情况下,分子病毒就这么死了。

安特利奈取下腰间扣住的取样棒,小心翼翼地探入酥皮一样质地的病毒,触感就像是打碎非常薄的结冰表面,在些微的抵抗之后,它便完全粉碎,然后固体状态的探测器缓缓地往下。他在光学网格中看着数据读取,记录所有分析细节。病毒绝对已经死了,变成超细粉尘,失去原本的结构。病毒丝体被吸入取样棒中。

"好了。"他说。

"我也取得了传感器数据。"马文说,看了眼如今变成一个大坑的病毒,"不错啊,一定干掉了十公斤吧。"他环顾包围他们四周隐隐发出柔光的巨大结构,"只剩下几千亿兆吨要解决了。"

安特利奈的笑容大到马文透过暗色的头盔都看得到他的白牙。"要坚持下去,就需要你这样的乐观精神。"

"又有多少人绝望地放弃了?"

"你不是会放弃的人。"安特利奈抽出取样棒,举得高高地,像是座奖杯，"况且，我们今天有进展。"

"进展？怎么说？"

"排除法。这个方法没有用。我们再试别的。一个一个地试。"

"去你的。"

他们走回地行车。一进入消毒室，气闸门立刻关起，白色墙壁变成紫色，细密如油的雾气从通风口喷出，两人动也不动，举着双手像旋转到一半的芭蕾舞者。油脂在保护装外形成一层薄皮，油滴开始掉到地上，然后静电窜过整个房间，疯狂地震荡，发出隐约的吼声。安特利奈一如往常地抖了一下。房间里的电量大到如果外层保护装有了一点缝隙，他们会立刻被电死。

通风口逆转，把气体抽送出去。安特利奈感觉贴身的保护服一缩，保护他不受真空影响。整个循环重复三次，理论上应该能把任何沾斯分子冲到地行车外。没人见过什么证据显示沾斯可以从最微小的分子碎片克隆自身，向来只有达到两百吨以上的巨块时才能够开始作用，但HDA绝对不打算冒任何风险。

最后一道预防措施是安特利奈和马文都把外层保护装脱下，丢到弃物通道里。又是一轮冲刷后，终于他们把内层也脱下，丢到外面去。

换回便装后，安特利奈坐在驾驶位上，让中心引擎释放动力。这一刻向来令人提心吊胆，因为很快就会知道沾斯是不是已经开始吸收轮胎。若是发生这种事，他们只有把铁化硅胶的外层剥掉，像是蛇蜕皮那样。

野外地行车平稳地开动，小组里所有人的紧绷感也瞬间排空。他们又行驶了一小时，小心翼翼地顺着纠结的沾斯丝来到占领区的边缘，终于抵达时，暮色已经开始吞蚀原本铁灰色的天空，即使他们理论上还应该有两个小时的阳光。三号沾斯世界原本有二十三小时四十分钟的白昼，如今却因为沾斯开始影响星球的重力，星球旋转速度变慢，已经变成一天有三十七个小时白昼，而这个变化仍未停止。日落与日出一样，都变成了漫长的过程。

安特利奈开着地行车来到下方自然的地面，感到一阵突如其来的安心。刚才所见朝星球熔岩层深入的大伤口引发令他相当排斥的挫折感，因为他明白沾斯又前进了一步。他知道他们绕过的伤口只是数百个类似伤口之一，每一个都深深刺入这星球。要不了多久，最多再几年，这里就会危险到不能再开启通道。

前方五公里处的通道如一圈陪葬的月光隐隐发光。安特利奈直直地开了过去，迫切地想要回家，把沾斯的胜利抛在脑后。一波雨水狂暴地打在地行车上。外面的气温大概只有一两度。他看到植物已经放弃了，蓝色的叶子疲软无力，末端呈柠檬绿，边缘枯萎碎裂；新芽也缺乏生命力，经常是从畸形的芽苞长出，草地也不乏枯死之处。

"那不是欧奇丘比吗？"马文问。他整个人往前倾，扭着脖子看着铅灰色的天空。

安特利奈循着他的目光往上，几丝云朵已经带走了雨水，露出一大片安静的天空。那是一团奇怪的绿紫色，几乎是在头顶正上方，遮住了许多暮色中的星光，像是乱缠乱绕的一团薄纱，还有数百根尖刺往外发散，仿佛浪花拍打激起的水花，有些跟中心直径一样长。

"嗯，是欧奇丘比。"他沉声回答。这是该星球原本就有的三个卫星中最小的一颗。沾斯已经完成了改变星球风化层的工作，现在整个沾斯结构正逐渐生长，沾斯丝重新排列整合。几十年后，当三号沾斯世界停止旋转，跟太阳维持固定的相对位置之后，欧奇丘比和另外两个卫星也会改变绕行的轨道，静止不动。一旦完成这个排列，它们就会缓缓融合，然后不断扩大，直到这一区的太空都被沾斯以一团半透明外星物质的形态填满。

没有人知道接下来会发生什么事，神学家和宇宙理论家也无法解释沾斯的起源或目的。他们只能不断地朝天空大声质问，像是史前的祭司问着他的神，请求解释他所看到却仍不了解的世界。

沾斯只存在于这个银河系吗？它是某种不小心逃掉的末日武器吗？还是其实它是另一个宇宙的入侵，想要改变我们这个宇宙，试图进行一场要花上数十亿年的长期征战？它的存在有目的吗？或是更糟的解释：它是个科学意外吗？最让人心生希望的解释则是：有没有另一个有智慧的种族，能够跟我们共同抵抗它？

野外地行车通过通道，回到前线宽广的水泥地接待区，离三号沾斯世界有二十七光年，令人心安的距离。前线是一颗岩石星球，环绕着一颗红矮星，他们选这里是因为策略家们猜测——或是祈祷——这里对沾斯来说是不具吸引力的目标。安特利奈觉得他们不如选在一个热带乐园星球，反正对沾斯来说差别应该不大。如果沾斯会被通道吸引，那前线也注定完蛋，在那之前，至少工作人员换班时可以选个不错的海滩休憩。

可是没人要问他的意见。

他把地行车开向第一个固定在岩石表面上的巨大圆形罩顶。现在此地已经有超过二十个罩顶，底部皆是厚重的金属，上层是强化玻璃盖，保护着圆形的公园地，靠大量人工光线才能好好生长。白色滋养的光线从每个圆罩中透出，在冰寒氩气的微薄大气层中，凝结成薄薄的晕光。

他们经过三道不同的感应拱门才来到气闸外门。里面是消毒区的自动系统，用各式各样的化学药剂冲刷他们。智慧粉尘散播器朝他们喷了一团又一团粉尘，落在每一寸表面上，开始扫描。排物孔周围的分子取样器不断分析着冲刷物，寻找是否有异星分子。整个过程用时超过一小时。

终于，他们被允许离开。一个实验室小组上车来把安特利奈取得的样本拿走。工程师们开始检查地行车。

安特利奈和马文离开这一切，搭上地管火车到八号圆罩，那里有家不错的酒吧。如今这已是每次出勤回来后的仪式。明天要进行完整汇报，但现在他们可以暂时享有一些私人时间。

圆罩的内部没有窗户，墙壁都是金属，如迷宫般的走廊布满了管线，在安特利奈的想象中，战舰和潜水艇以前就是这个样子。他们到了上层的公园以后，隐约的密闭恐惧才消失。即便如此，这里的植物也算不上是欣欣向荣。它们在这奇怪的环境里只能算是生存下来，谈不上苗壮。这里也算不上是什么公园，顶多就是一个规模尚可的花园。

但总归这里是有地球的植物、湿暖的空气、花香，甚至有几只错乱的鹦鹉在树梢间飞行的。酒吧是一个宽阔的户外平台，上面摆着桌子，桌上插着热带草伞。一切显得非常人工化，但安特利奈不介意，好歹这里提供不同于沾斯甚至前线的愉快调性。他只想坐下来，把任务、指挥所，还有弄出没用分子病毒的研究室骂一顿。

然而他走到通往酒吧的楼梯间时，一看到等在那里的人，整个人便一垮。"死定了。"他闷声说。

维梅齐亚少校露出大大的笑容，举起水果鸡尾酒打招呼。

"有什么任务？"安特利奈和马文一拿到啤酒，跟随维梅齐亚来到平台边缘的桌子旁坐下之后，立刻问道。

"你们要去找异种生物。有智慧的生物。我们认为它是具有敌意的。"维梅齐亚告诉他们。

"去哪里找？我已经五年没听说有新通道了。"马文问。

维梅齐亚充满优越感的讨厌笑容变得更灿烂，"圣天秤星。"

"你开玩笑。"安特利奈说。

"绝对没有。最近出现一些令人不安的证据，显示北边的布洛加大陆上藏着某种有智慧的族群。"

安特利奈啜着啤酒，一面听少校解释纽卡斯尔发生的命案，以及跟巴特拉姆·诺思命案的关联。要不是少校穿着一丝不苟的军装，并提醒他这消息来自库朗·沙克将军本人，他绝对会对整件事嗤之以鼻。可是，他不得不承认，事情的确很奇怪。而且他对HDA和高层政府官僚体系十分熟悉，很清楚一旦某项计划在高层那里获得足够的支持，情势就会变得不可阻挡。沙克参与其中，还有大欧洲和美国的总统，光凭这点就可以保证，这不会只是一场数字调查，弄个十天之后就可以归档，从此被遗忘。这是大事，除了沾斯潮入侵之外，是十年来HDA进行的最大行动，光这一点就足够表示这事件有多特殊。虽然他服役的时间不长，但也开始注意到HDA变得越发官僚，所有事情都有昂贵的民间顾问参与，必要设备计划不断延误，严重超出预算。依据圣天秤星行动的最后结果，某些人在行动结束时会得到提拔，拥有大为光明的前途，其他人则会跌得再也爬不起来。如果结果不够正面，倒台的人数绝对不会少。至于结果如何，他已经有自己的猜想。很显然沙克要证明HDA在与沾斯无关的人类事务上同样拥有至关重要的地位，这个定位将让那些不情不愿的国家财政部全部乖乖听话。

"我们要做什么？"马文问。

"基因分析。探险队越往北走，我们需要知道进化状况是不是开始与圣天秤星的一般状况出现差异。你们要把每片长得奇怪的叶子都分析一次，看看它到底有多奇怪，是否确为进化。"

"我们要去找那里的伯吉斯页岩。"安特利奈做出定论。

维梅齐亚皱眉，"找什么？"

"伯吉斯页岩。加拿大的一区，保存了一些从寒武纪大爆炸之后留下来的独特物种，寒武纪大爆炸是五亿年前发生的进化事件，基本上是地球上出现过的最伟大的物种分歧事件，单细胞生物进化成我们今天见到的复杂动物与植物。伯吉斯页岩里的化石使得考古学家对那个时代有很深入的研究，让他们看到了几乎地球上每个物种的先祖，但也发现有某些物种没有后代。页岩那里有一个叫作'教堂绝壁'的边界，有很多未知物种从未走出过那个范围，进入广大的世界。沙克的幕僚们大概猜想现在就是这种情况，毕竟布洛加的范围远大过地球所有大陆的总和，在亚贝利亚之外，一定有很多独立存在的区域。"

"很高兴你这么接受这个想法。你说得对，HDA把它称为'飞地进化'。"维梅齐亚说。

"但是圣天秤星上完全没有动物，连昆虫都没有，这点就很怪。"

"从全无动物到完全的智慧生物是一个很大的跳跃。"马文说。

"说不定你们就能找到答案。甚至可能以你们的名字来命名。"

"太棒了，我正希望用这种方式来名留青史，当个两米高的巨型怪物，手上长着刀刃，没事就乱杀人。"

"呃。"维梅齐亚环顾四周，确认附近的桌子都是空的，"这是你们任务的第二部分。"

帕瑞西·艾维特下士隶属于先锋军，大欧洲星际防卫局的特种部队，自己负责看守的人让他捉摸不透。二十五岁的帕瑞西去过几个星球进行撤离演习，因此他自信了解人类星球运行的法则，因而也有能力判断人性。

安杰拉·特拉梅洛坐在对面的另一排座椅上，两人同在一辆十四人座的HDA小巴里；十辆一模一样的车子行驶在A1上，而他完全看不透她这个人。外表火辣性感，狂乱的金发与精致的五官，穿着一件HDA深灰色的标准劳动服。衣服对她来说太大，但没有松垮到看不出玲珑的身段。不过她有结实匀称的身材也理所当然，她大概只有二十，最多二十一岁。这是第一个谜。根据她少得可怜的档案资料——内容大概就是一张身份证明文件，确认他们没有找错人——显示她已经四十岁了。太扯了。

然后是第二个谜：为什么他的整个小队被派于早上七点整到霍洛韦监狱去接她？她不是囚犯身份。很奇怪，因为巴勃罗·博坦中尉命令他们把她当囚犯一样对待。他们是她的正式护卫，必须毫无"意外"地护送她抵达纽卡斯尔，可是她不危险，至少没有危险到他们必须配备随身武器。所以，为什么博坦说："仔细盯着那贱人。只要她想，动起手来凶残得很。"

斜瞥她几眼，帕瑞西看不出来为什么他们会被这样警告。她也许身强体壮，但是如果她蠢到要跟他们动手，小队里随便哪个人都可以将她一把折成两半，包括比她要矮很多的奥德丽·斯利思。想到动手……帕瑞西的目光停顿了一下。她正看着窗外，大雪覆盖的伦敦郊外景致正快速飞过。

"看什么？"安杰拉问。她还在看着窗外。

帕瑞西这时才发现窗户上淡淡的倒影背叛了他。

"我想弄懂你。"帕瑞西解释。

小队其余人一阵骚动，笑着轻推彼此，全部人都在注意下士和辣妹的动静。问题是：他会得手吗？怀疑者跟支持者同样往后一靠，等着看好戏。

安杰拉转身，给了一个他觉得不一定发自真心的笑容，但是她的美丽指数却因此又大大上涨。她似乎天生就能让人心碎——如果他们是在酒吧里相遇，他一定会恳求允许他请她喝一杯。可是她的声音泄露了她的本性：如钢铁般冷硬。今天早上到监狱接她时，他已经看见了她的那一面。她并没有准备好要离开。

命令是七点整接到她。根本不可能。他跟另外两个负责交接任务的人一起来到监理大楼时，她正在跟典狱长还有两名守卫争执。不是争得面红耳赤，但她绝对比猫还要固执，说话的速度缓慢到简直是侮辱人，身体语言表现出瞎子都看得出来的坚定不移。

"我每个星期工作三天，在你们那个可怜兮兮的表现优异商店里最多只花了百分之十的工钱。因此，这个机构仍然欠我百分之九十的工时薪资。我相信GE的最低法定薪资是一个小时五十八欧法元。"

"那些薪资你只能在这里用。"心下惴惴的典狱长抗议。

"可是我不该在这里，不是吗？所以我们昨天才开了会。所以你们刚才把我的智元标记移除了。"

典狱长朝她的助理使眼色，后者成功地避开所有视线交流。"我会第一时间向司法部申诉。我向你保证。"

"谢谢。"安杰拉说。

典狱长露出如释重负的笑容，朝帕瑞西示意。这时，安杰拉转头看着他们，假装饶有兴致的样子，然后直接对典狱长说："我就在这里等。"

典狱长脸上大受打击的表情几乎让帕瑞西笑出来。

"可是他们还有三个小时才会进办公室。"典狱长抗议。

"真是不巧。"安杰拉说。

"你到底想不想离开这里？"典狱长怒喝。

"我一定会离开。我们很清楚这点了，不是吗？问题只是，怎么离开？是我现在按照我们之前同意的方式安安静静地离开，或者我删除昨天的协议，等到探勘队证明我是无辜的。毕竟他们不会把结果压下不公布，对吧？这件事牵扯的范围太广，你根本比不上的人物都已经赌上自己的声望了。你认为司法部会因为一个月后我走出大门时，引来一群跨网记者带来的公众注意而感谢你吗？你觉得误判可以帮我弄到多少赔偿金？更何况你其实现在就可以拿原本欠我的钱把我打发走。你觉得他们会怎么想？"

帕瑞西欣赏地看着两个女人对峙。结果只有一个：典狱长一分钟都撑不下去。

"好！我授权付款。"

"你可以给我一个欧洲社会银行账号。"安杰拉平静地说，"我相信这是假释犯的标准处理方式。你有权力这么做。你看，让我们能接受教育是件好事。"

"去处理。"典狱长朝助理恶声恶气地说。

"可是——"

"去！"

又过了三十分钟，手续才办完。这段时间里，安杰拉根本没有从那个位置挪动过半分。帕瑞西向愤怒的典狱长抱怨了两次，想要尽快加快速度。

"跟你无关。我不是回牢房，就是带着我的钱走。"安杰拉甚至连头都没转向他。

帕瑞西不知道该要怎么打破这个僵局——命令他的人动手把她抬出去似乎是唯一的选择。他对于要做这种事很紧张，他的下士肩章才配上两个月。妈的，中尉什么都没讲清楚。

终于，助理小跑回到房间，给了安杰拉一张生物识别卡。她检查了一下，确定是登记在她的拇指指纹下，然后她们还去了一个全像台，启用账号。发放密码。

"可以走了吗？"帕瑞西没好气地问。

安杰拉开心地朝他笑了，"当然可以。你以为我想待在这个屎坑啊？"

帕瑞西坚信自己听到了典狱长咬碎牙齿的声音。"你的行李。"他好心地朝安杰拉留下的小行李包示意。

"我的男仆会安排寄送我的定制服装。"

帕瑞西跟他的小队得小跑才赶上安杰拉，警铃一响，只见巨大的实心监狱大门听话地为她敞开。

"没什么需要弄懂的。"安杰拉说，一行人开车进入白茫茫的米德尔塞克斯乡下，"我被错误监禁，现在我自愿帮助你们。我会参与你们的探勘队。"

"什么探勘队？"坐在两个位置外的迪瑞特问。

"他们没跟你们说吗？我们要去圣天秤星上抓异形。"

小队成员交换一连串震惊的眼神。"太扯了吧？"穆罕默德·安瓦忍不住说。

"我想你们到纽卡斯尔以后就会有人给你们简报。"

"喂，你为什么被关啊？"马帝·欧瑞利问。

安杰拉转身，面对所有好奇的面孔，一手抱住靠背。"他们宣判我一次杀了十四个人。嗯，这比你们所有人加起来都多，对吧？"随之而来的震惊和沉默让她笑起来，"算你们运气好，动手的不是我。这就是为什么你们非常尴尬的政府雇我做这次行动的顾问。"

"你担任什么顾问？"

"我是唯一幸存下来的人。我看到了那个外星人。我知道它长什么样，发出什么样的声音，有什么样的气味。即使过了二十年，那气味也让人忘不掉。我再次闻到的时候，我会知道。"

帕瑞西忍不住开口："外星杀人狂闻起来像什么？"

"薄荷。"

根本是一连串的屁话，帕瑞西知道。她只是喜欢耍着他们玩。可他现在意识到她是谁了。"巴特拉姆·诺思。"他轻轻地说。

绿得惊人的眼睛盯上他，然后她再次露出笑容，"聪明的孩子。"

"尽力而为。"

"可是不够，不是吗？"

"你凭什么这么说？"

"你们要拿棍子去捅怪物窝。它会杀了你。"她扬起声音，"它会杀了你们所有人。你们对上它，根本没有半点机会。"

"你没见识过我们的能耐。"拉蒙·毕肯强调，"绝对不会有什么怪物能撂倒这个小队，小姐。我们可以照顾好自己。"

"希望如此。可是如果我闻到它的味道，你们一定要认真地听我说的话。这是性命攸关的事情。"

"你上次逃掉了。"帕瑞西指出。

"那是因为我比你强悍。"

帕瑞西心想，她绝对是屁话连篇，但这让她显得更有意思。不知道他对上她，有没有点机会。

安杰拉没再多说，车队继续驶离英格兰中部，进入北部。小队的人根本不知道该怎么看待她，所以多数时候都无视她的存在。帕瑞西没有这么轻易放弃。他看到她盯着郊外的眼神，即使只是冰冻的田园和布满冰枝的枯树，她都可以看得入神，这是那种二十年来被禁止看到这幕景象的人再重新见到后的欣喜。所以如果档案这部分写得没错……

车队在苏格兰角停下补充有机油。所有人都需要上个厕所，之后全堆到"小厨师"连锁咖啡店喝杯咖啡，吃个甜甜圈，两名女侍突然忙得脚不沾地。

安杰拉下了HDA小巴，深吸一口气。加油站前区另一旁有低矮的轿车与二十四轮原油大货车轰隆隆地在A1的六车道疾驶，厚重的冬季轮胎不断对着堆在路边的雪墙喷溅肮脏的雪泥。

帕瑞西着迷地看着她凝视川流不息的车辆时心荡神驰的表情，她一时显得既脆弱又满足，他对这一点感到奇怪。"你不会想逃跑吧?"他的语气听起来不是开玩笑。

她的表情一冷，让人不安的眼神再次锁定他，"不会。我知道我要去哪里，我要回亚贝利亚。"

"哪里?"

"圣天秤星，发生那件事的小镇。我要去找到那畜生，等我找到它，我要活活烧死它——不用等到地狱之火了，我对它没那么好心。"

"真的有怪物，对不对?"

"绝对有。所以，如果你够聪明，中士——"

"我只是下士，名字是帕瑞西。"

"帕瑞西。"她换了称呼，"如果你够聪明，先跑的人就会是你。"

"那我想我算是个笨蛋吧。"

"我们都是，只是每个人笨的方式不同。"

虽然对话内容有点奇怪，但已经是最接近与她聊天的一次。"我知道你已经有一阵子没出来了，但是站在这里冻得要命。我能不能请你喝杯咖啡？"

安杰拉瞥向加油站附设的大型顺旅超市角落的小咖啡店。车队里的先锋军士兵们挤满了每张桌子，边说笑边调侃忙不过来的两名女侍。"你一定对每个女孩都说过这句话吧？"

"那当然。"

"你知道吗，这跟我原本计划出来后的第一顿大餐有点差别。"

"我已经尽力了。"

"我接受。你觉得他们会不会有加了棉花糖的热巧克力？"

"我们去看看就知道。"

到纽卡斯尔的剩余旅程中，安杰拉尽力表现得跟普通人一般，这对她来说并不容易。除了一些模糊的记忆之外，她没有别的参考范例，即便是那些记忆，也算不上是一般的生活。重新适应外面的环境比她想象的还要困难。一切发生得太突然——不到二十四小时前，她还在向来待着的牢房里呆坐，机械地做着一样的工作，吃着一样的食物，什么都不去想，因为这样才能活过每一天。如今她坐在这里，在回圣天秤星的路上，而那里其实是宇宙中她最不想去的地方。

"小厨师"的热巧克力出乎意料地好喝，因为不是监牢的热巧克力。帕瑞西买给她配着吃的果馅面包也是她二十年来吃过的最美味的食物。还有笑声。过去二十年来，笑声对她而言总是伴随残忍而来，是残酷的胜利声，伴随着呜咽的尖叫，不是如此无拘无束的喜悦。她知道这一点她要很久才能习惯。这么多年轻、自信的先锋军士兵挤在咖啡店里，他们兴奋的玩笑声让窗户布满了雾气，就像是刚比完赛的足球队。看着他们像一群小学生一样幼稚地玩闹，她只感觉到可怜。如果探勘行动成功，他们全部都会死。

小巴油箱装满，先锋军士兵们立刻拥出小厨师咖啡店，赶回车上。

安杰拉趁机跑进顺旅超市，叫副经理把最贵的光谱牌基本智元接口包从柜台后面的防盗柜里拿出来。其实也没几个品牌可以挑。她已经超过二十年没有体到网（meat-to-wi）联结了，当初被梅丽恩·雅思罗招募时，她已经把她的cy芯片给取出。新到霍洛韦的人告诉她，智元比老式的cy芯片要好多了。

她用她的社会银行卡消费，有点高兴地看到交易顺利成功，更高兴看到十几岁的小女生副经理看着她把社银卡挥过交易机的键盘空间时，没有多说什么。这感觉像是听到监狱大门在她身后哐啷关起，而这次是真的。她出来了。她自由了。

HDA小巴出了停车区，汇入往北的车流。安杰拉看着遍布白雪的地面，心里异常淡定。好几年来，她不断地为这一天规划出上百万种行程，如今这一天来到了，她却需要做出一些艰难的选择。首先，最明显的是，她会回圣天秤星，在那里才能替二十年前的那件事收尾。况且，现在想逃可是困难至极，但是在这段时间，她还是要做一些事，尽可能完善做好准备。

安杰拉把造型时髦的光谱牌圆形包装一掰两半。她买的是最基本的型号，跟包装一样，里面的说明书也写得很简单，还附带黑白印刷图形，确保大家都能搞懂。她把里面医疗外形的施用管拿出，有一个短短粗粗的针头，还有压缩气管，能轻易把两者组合在一起。接下来是窄窄的一排子弹，总共有十四颗，每一颗都标记明显，如豌豆大小，一颗颗很顺利地被塞到管子里。第一颗子弹里装的是听觉智元。她把C形的塑料罩套在左耳后，这么一来管子自然就会被安放在正确的位置，然后扣下扳机。"噢呜。"感觉像是被小蜜蜂蜇了一下，管子把智元插入到离内耳不远的地方，让震动可以被转换成正常的声音。管子施放一滴消炎液，刺痛立刻变得清凉。她把空的弹壳丢掉，再把罩子套在右耳后。接下来是声带智元，在嘴巴里面，下排后侧臼齿后面。然后双手掌心各一颗，每根指头各一颗。

最后她拿出隐形网络镜片盒。打开封条就会启动，所以她很快便把小而厚的透明圆片贴上，异物的侵入感让她快速眨起眼睛，同时利用附带的小镜子检查位置是否适中。满意之后，她启动了有专属躯网启用码的垫子。隐形网络镜片是这一包里最贵的东西，每一片上面都有十二颗智元，也是最小的。一旦接收到密码，镜片便朝她的眼球施放纳米线，在瞳孔周围以圆圈状安装智元，全部智元相互连接定位之后，再朝她的视觉神经施放测试脉冲。

视觉突然而来的清晰让她大为震惊，她没想到自己的视觉会变得这么锐利，有那么一秒钟，她好怕智元会把她的水晶体烧掉，感觉就是这么强烈。这种似曾相识的感受让人很不舒服。可是一片绿线组成的基础网格立刻出现，让她松了口气。她按照指示书的建议把眼睛闭上，躯网开始进行全面调整程序。耳边响起声音，她低声念出网格上出现的字，好让接口可以学习她的语言模式。躯网网络花了一分钟才把她的个人设定建成一个基本e-i。锁定声纹之后，她通过e-i选定网格的颜色和位置，选择图形，最后再次睁开眼睛，看见网格呈现的虚拟键盘空间，在她旁边的空间上方有一个红色轮廓的方块，里面飘着图形。她的手挥过方块时，躯网会定位手的位置，好让她能在网格的转轴式界面里弹拨，再经过最后两分钟的设定与熟悉之后，一切完成。她再次成为一个完整的数字公民。她摘下空掉的隐形镜片，把镜片以及用完的施用管与弹壳放回空包装。

她要e-i去跟小巴的网络信号点要求连接。然后，经过二十年后，安杰拉终于获得不受监控、不受限制的跨网联结。在她的网格中猛然出现的缤纷路径选取符号很熟悉，她在霍洛韦的课程里看过，只是现在在每个符号都是启用状态。她利用社会银行卡账号为e-i买了联结码，从一家德国公司买了安全储存库，然后一头栽进了虚拟宇宙。

她的旧特拉梅洛e-i当然还在，暂存在永久储存库里，没有启用，但是她早就交给了HDA她的登入码，他们一定把里面的所有内容都用AI分析过一遍，也安装了监控程序，里面的东西现在对她而言已经没用了。她没办法用数字方式重新联络上她需要找到的那个人，尤其是现在她的跨网接点还是HDA车辆的信号点，就更困难了。她必须等到有一个独立、不受监控的联结时再进行。她已经等了二十年，再多等几天也没什么关系。

她的 e-i 送出五六个搜寻，获得了一些 HDA 也预料得到她会想得到的信息：搜寻当时豪宅中幸存的女孩下落，关于她自己的在新闻节目和网站上的资料整理，一些纽卡斯尔市里不错的服装店和餐厅，对于该市的 HDA 基地的简介，当前圣天秤星的新闻（尤其是与 HDA 活动有关的），以及有关被谋杀的诺思族人的警方报道，当然还有 GE 中最好的民权律师的跨网住址码。可是她没有再去查她在南特的母亲，没有去搜寻她是否还活着，没有列出任何公开的通信码。这个骗局已经无须再维持下去，埃尔斯顿如今已知道关于她过去的档案都是谎言，他也弄砸了，错过了质询她的唯一机会。无论如何，她都不会再回去前线。至少不会活着回去。

"你知道吗，我听不太出来你的口音。"帕瑞西说，露出可怜巴巴的笑容，看着她把包装揉皱成一团，丢到椅子下的垃圾筒里。

"真的啊？"有趣的是，无论是在监狱里还是监狱外，这个游戏规则几十年来都没变过，而且从来不需要有人教她怎么样玩得圆转如意，"你猜呢？"

"好吧，我会说不是纯粹的英国某地的口音，所以我猜，你在美国住过一段时间。"

"或者我在美国长大，然后过去二十年在监狱里，只有英式英语口音的人跟我说话。"

"哦，这样。"他没有脸红，"所以是美国哪里，地球还是星际？"

"我不是在美国长大。我母亲是法国人。"

他笑了，"哇，你还真难猜。"

"这你就错了。"

"你的档案上写你四十岁了。"

"不要跟政府档案争论，它们很睿智的。"

"如果真是这样，意思就是你是个'十选一'。"

"你介意吗？"

"一点也不。"

"你真开放啊。"安杰拉瞥到 A1 旁边的标志，前面是 A167 的出口，也就是说，他们离HDA基地只剩下几分钟的路程。一旦她进去了，绝对会被囚禁在它的围墙之内。埃尔斯顿一定会确保这点。她看向小巴的挡风玻璃外，"前面就是临门区？"

"对，但是我们要直接去HDA基地。"帕瑞西说。

"如果你们不介意的话，我想要去那里很快转一圈。"

"什么？"

"听我说，我们到基地以后，没多久就会被送往圣天秤星。你知道临门区是什么吧？"

"当然，那里贩卖所有在圣天秤星生存所需的东西。干吗，你要在那里买个农场吗？"

"我才不要待在那里，一找到外星人，我就要回文明世界来。"

"那你要去临门区做什么？"

安杰拉扬起声音，好让小巴里的每个人都能听到，瞄准的就是那些难得的心灵与意志。"我去过圣天秤星。"她扯扯身上粗糙的灰色军劳动服，"相信我，你到了那里之后，绝对不希望身上只有几片政府发放的破布。"

帕瑞西瞠目结舌，"你想去购物？"

"你过去十五分钟内看过窗外吗？"

"干吗？"

"看看路上的车流。现在跟我们一起北上的所有车辆中，有一半都是某种HDA交通工具。你们听着，这是真实要发生的事，就算他们懒得通知你们一声，探勘队也一定会成行。"

她看到所有人突然开始观察起路面。

"好吧。我们原本就知道要去圣天秤星。我不会跟你争论这点。"帕瑞西坦承。

"很好，因为我去临门区不是去买什么漂亮衣服，而是因为我下个月还想活在这个世界上。我想要穿不会因为湿气和沼泽泥泞而烂掉的靴子，而且不止一双。你确定你的靴子能抵挡圣天秤星森林里的一切？还有，相信我，无论你在星球的哪里，你都需要双层透气型袜子。你穿的是HDA标准袜子吗？你们见过腐足菌吗？我在那里见得多了。HDA医疗服务有足够的新肉贴去递补他们会从你们身上割下的部分吗？还有抗紫外线衬衫、长裤、防晒系数八十的防晒油呢。没有这些东西，你的皮肤会焦掉。记得吗，天狼星是白色A级星，比太阳要亮上二十六倍。你不需要微波炉来加热冷冻食品，只需要举在空中三十秒就可以了。你们也可以跟我说说，有几次出勤的时候HDA给对了配备？然后再跟我说说，给对的那几次，有哪一次成行的时间比这次快？你打算告诉我，坐在地球冷气房里的后勤会替我们这些八个半光年外的可怜虫设想周全？需要去临门区的人不只是我，帕瑞西。如果你真的关心你的小队，你会让他们去购买他们在圣天秤星上用得到的最基本配备，那些东西现在全部就放在架上，还是跨星系最便宜的价钱。"

帕瑞西举起双手。"够了够了，老天爷的，我听懂了。"他环顾周围，一张张充满期待的面孔看着他，只有一个沉默的要求，"好吧，我们没有规定的抵达时间，只需要在十五点时到达，听取简报，所以我们也许能花一个小时。不能更多了。"

"我只需要三十分钟，而且我很乐意告诉各位什么有用，什么是骗人的。"

"好吧，亚提欧，取消自动驾驶，带我们去临门区。"

在小巴驾驶座的大头兵亚提欧舒了口气，笑了，"是的，下士。"

"开心了吗？"帕瑞西装出一副忍无可忍的样子。

"谢啦。"

他们从刚才经过"北方天使"的交会口出去，古老的巨大钢铁雕像孤独地站在那里，守护泰恩河畔。当时的人真有远见。如果这个世界上真有哪里需要神灵的保佑，那一定是这个拥有通向圣天秤星通道的城市，安杰拉心想。不过，如果埃尔斯顿关于最近这次诺思家族成员谋杀案的说法正确，那就已经太迟了。宏伟、生锈的年迈天使忙着打盹儿，老早忘了正事。

几分钟后，他们转入临门区。纽卡斯尔市中心乔治亚风格的优雅与住宅区的实用逻辑在此都被舍弃，被交易之神取代。缓和的山谷曾经是一片工业区，有轻工厂、批发市场、仓库店。很多21世纪的钢架玻璃窗户建筑被保留下来，可是轮廓已经看不出来了，由22世纪的组合屋掩埋取代。机器人在搭建时把新架构建立在原有建筑物的周围及上方，看起来就像是机械肿瘤一样。

笔直连向通道的主要大路国王大道由大型跨星际公司主宰。安杰拉示意亚提欧把车子开向主要道路旁边的一条岔路，停在丰田企业前面。展示间的玻璃帷幕显示一系列最新型号的车辆，但圣天秤星用不着引人注意、受各个星域小学生崇拜的流线型轿车与路行车，这里显示的都是各式各样的设备、农用货车、陆上探险车，可以应付最蛮荒的环境中所能出现的各种状况。展示间不到建筑物的四分之一，其他地方放着一排3D印刷机，还有微制造细胞，能够打印自定义的零件和外装，让组合机可以锁、卡、弹夹、粘上一系列从更先进的主工厂运送出的标准主机／母体组合。

安杰拉带领他们顺着马路的另一边前进，经过GM谷类贩卖区，以及保证能在圣天秤星活跃的异种细菌土壤中发芽的种子，最后来到一道玻璃门，带领他们进入巨大的比克–昂温商店。

"这是第一批贩卖物品给移民的商店。"安杰拉说道，所有人从门口鱼贯而入，"比克当年只是一个小摊子。"

"你怎么会知道这些事？"吉莉恩·科瓦斯基看着周围如峡谷一般耸立的货架问。

"我以前来过。"安杰拉说。这不是完全的真话，却是一句蠢话，因为泄露太多她的私事，"应该说是他们在亚贝利亚的分店。"她补上一句。

比克–昂温主要是零售卖场，贩卖衣服和日用品，非常适合他们买低囤积的理念，旁边有一小区专门放置露营用品，所谓小也只是相对于这家巨型商店的总面积而已。里面没有销售人员，人工成本太昂贵了，只有智慧粉尘罩网看守，还有安全机器警卫巡逻，以杜绝偷窃。顾客会从柜上的格子里把东西拿出来试穿，不合身就往旁边一丢，拿下一个尺寸。一小群员工专门穿梭在柜子间补货，以及把别人试穿过的东西丢回去。

在露营区中，安杰拉为自己找到两双非常好的皮质登山鞋，是由一家很有名的澳洲公司制造（三季以前的产品），然后得爬上更高的架子去找搭配的防水绑腿，之后是八双优质（非合成）羊毛袜、长袖T恤、三条防紫外线薄长裤，还有一升装的防晒油。接下来，她开始搜集使用配备：一个太阳能充电机，一小只手动发电手电筒，惯性导航组，可以跟她的躯网连接的小实体储存槽，还有两副比较高价位的全面罩型太阳眼镜，附有智能镜片，提供夜视、红外线、数字影像放大等功能。最后她找到一条不错的工具腰带，里面已经配备一系列有用的小型露营工具。她花了一段时间才搜集好所有东西，因为小组成员不断拿他们找到的东西询问她的意见。

她正在给雷欧拉·福克斯挑的自动降温水瓶建议的时候，注意到帕瑞西全身僵直，嘴巴正无声地开合，显然他正在通信。她立刻料到接下来会发生什么事，随即把两顶棉制遮阳帽丢到她放在推车上的可折叠压缩全气候型行李袋里。手把上的屏幕接收到帽子上的智尘标签，她立刻点下结账符号。她的e-i通知已经授权付款给比克-昂温的账号。她选的所有东西都放在袋子里，最后利落地把拉链一拉。

"全体都有！我们要走了。"帕瑞西大声宣布。

安杰拉把袋子甩到肩膀，手臂穿过肩带。帕瑞西突然站在她身边。他看起来并没有生气，更像是担忧。

"出事了？"她问。

"我们得走了。"他紧绷地说道。

"好。"保持轻松。她不知道是怎么一回事。没法想象埃尔斯顿发现他们无辜地改道时，立刻崩溃的样子。

小巴开回国王大道，爬上蹲踞在斜坡顶的HDA基地，现在里面挤满了车辆。载着一排排商店袋子，紧张担忧的气氛随着他们逐步靠近高高的边界围墙而越发浓重。安杰拉注意到尖刀刺网间的轨道上有着不起眼、纯黑色的圆球滚动，上面有狮子和老鹰的徽章。大型的感应圈笼罩着入口前面红白相间的栅栏上方，穿着厚外套的警卫站在一旁，抗恶劣气候枪套里放着自动手枪，等着正在检视与深度扫描每一辆进入车辆的AI发出警报。她盯着狮子与老鹰的标志，无法别过头。她的体温似乎随着每一秒的过去在降低，让她动弹不得，回忆全部涌现。她上一次通过的栅栏，上面有着同样邪恶的符号，骄傲地在柱子上发光，已经是二十年前……

那个小混蛋万斯·埃尔斯顿和她一起坐在车子里。他们跟她说这是运送囚犯的车辆——蠢极了，蠢极了，英国区域的监狱系统什么时候启用窗户不透明的黑色礼车了。这是法院对她的案子做出那可怕的、疯狂的判决之后的第二天，她仍然因为被宣判有罪而处于晕眩、麻木到甚至没有质问任何事的状态。问了其实也没有用。她现在只是一团肉，已经不是具有人权的人类。虽然她一开始有的人权就不多。

她看了一眼埃尔斯顿，全身散发的优越感与笔挺的灰色军用便服让人一看就知道他是个什么样的人——小人物，正苦哈哈地一级一级往上爬，对于自己出身强烈的不安全感，让他成为崇拜权力的法西斯主义者。可是法庭已经宣判她有罪，做出判决，所以她也不在乎是什么样的混蛋被派来送她去霍洛韦。他平静有礼地带她走出法院的监牢，她什么都没问，直到看到礼车——这不太对劲。

"我们要去哪里？"她当时问。

"暂时拘留的地方。"

这个回答应该让她脑子里的警铃声大作，但是她在巴特拉姆宅邸里看到的种种惨状，害怕在通道被抓到，还有担心，无比担心一切会失败——让她实在反应不过来。可是没有有关那个人的任何迹象，没有消息，质问她的笨警察也没有提到他，所以一定没事。汇款一定成功了。在这场闹剧般的审判过程中，她牢牢抓住这个信念。

即便是当时，穿过整个伦敦前往法官要她度过余生的监狱的路上，她仍然紧抓着这点宝贵的信念。他们不知道。一切都会没事。即便是当时，她已经很确定，有一天她会出来，因为怪物是真的，而有一天他们会再次碰到它。

车子停在泰晤士河畔附近的一块小空地，栅栏上有着HDA标志。一架水晶白的高级VTOL喷气式飞机正停在停机坪上。她没有留心，这种事与她无关，所以她被动地坐在礼车上，车子开向那闪亮夺目的小小机器。GE先锋军的HDA守卫站在台阶旁，然后他们停在飞机边，埃尔斯顿打开门。

"这是怎么一回事？"她问。她的脑子终于又开始运转、评估、推算出情况。没有一种是好的。

"跟我来。"埃尔斯顿说。

"你不是要带我去监狱。这是怎么一回事？发生了什么事？"

他拿起手掌大小的电击器，"要不你自己上飞机，要不我就用这个把你电昏之后，拖上楼梯。"

她往后一缩，躲开他，结果他真的动手拿电击器的两根尖叉朝她的肩膀一戳。当她终于停止尖叫时，两名随扈把呆滞、发抖的她从车子里拉出来，拖上楼梯。

旅程有三个小时，但是她不知道速度有多快，她也不认识任何地标。飞机有着狭窄的三角形机翼，所以大概是超音速飞机。他们降落时已经是晚上了，所以她也不知道他们在哪里。不重要——就算她知道经纬度也没有用。她没有办法联络任何人，没有任何人能帮她。

她只知道他们在海边，她走在停机坪温热的柏油路面上时，闻到空气中海洋的气味。一辆没有窗户的卡车正等着他们。埃尔斯顿叫她上车，这次她没有抗议。

这一次路程不到十分钟。停下来后，重力已经不一样，感觉比地球轻。接待区是一个巨大的金属山洞，跟机场的停机库一样大，圆弧形的墙壁被明亮的灯点亮。墙上有很多三角形的支柱撑起墙壁。

她很快地被赶入一条像是由水管、管线、胶带组成的走廊，唯一没有杂物的表面就是水泥地，每个路口都有压力门。她穿过许多路口。她认为他们也许是故意的，刻意让她失去方向感。

最后，她来到的地方像是某个赤贫国家的医院，只有数量不多的金属家具。桌子上有着最少量的电子模块，乱七八糟地堆放，支棱出一堆纤维跟电线。没有窗户。守卫被命令不准与她交谈。

她只知道这地方有三个房间。她的牢房，每边四米宽，有一张贴在墙角、可以平放的小床，一张塑料办公椅，一张桌子——她在桌子上吃了每一顿放在塑料餐盘上送来的食物——一个马桶，还有一个洗脸盆；二号房，审问室就在旁边。

安杰拉被直接带去那里。里面几乎跟牢房一样。方形的房间，中间有张桌子，一边是她的椅子，另一边是两张椅子。守卫让她坐下，把她的手腕和脚踝铐住，然后一名技术人员进来，在她的皮肤上粘了不同的电子点与感应片，一边轻蔑地微笑，一边拉开她连身监狱装胸前的拉链，贴上心跳监控器，又在胸罩下方贴了两个冰冷的贴布，监控体温和出汗情况。她回以瞪视，内心的恐惧逐渐蹿高。

死亡是唯一真正的恐惧，但那不是她所能控制的，在这点上她完全面对现实，不过他们把她带来这里不可能只是为了杀她。手铐脚镣、传感器、不让她知道的地点、带她来花费的功夫——一切都只代表一件事。他们想要知道真相，她一定会告诉他们真相，但他们这么迫切想要知道的真相对她毫不重要。这是她唯一的希望。她的护身符。只要知道这一点，她就能保持清醒与理智。

所有贴片都贴上后，技术人员在可弯曲铁管上架好两台摄影机，好追踪她的眼睛，观察她的瞳孔放大状况与眨眼速度，最后是一个简易的麦克风，用来分析她声音中的压力声波分布。

"你就等着这一刻了吧。"他轻抚她的脸颊。安杰拉没闪开，只是朝他讥讽地冷笑。

埃尔斯顿是审问人之一。是经过无数小时，坐在她对面椅子上的两人之中比较资浅的那个。一遍又一遍问出大多数问题的人是宋少校。

技术人员终于离开，门在他身后滑上。"我们从口径测定开始。"他说。

安杰拉尽其所能怜悯地看了他一眼，"你想要知道怪物的事情。我没有打算要对你们隐瞒，只是不了解你们为什么之前不调查。"

宋冷淡地回答："让你知道，我们没有停止寻找。没有任何证据显示它存在过，也完全没有任何踪迹。我们在亚贝利亚附近的山野间也一无所获，没有鉴证的证据。什么都没有。我们花了不少钱来验证这件事，我们需要知道这是不是只是一套你用来为自己辩护的说辞。"

"才不是！我看到那混账。是真的！"

"我们等一下会问到。可是首先，告诉我你的名字。"

"安杰拉·特拉梅洛。"

"年龄？"

"十八。"她的出生证明书上是这样写的，他应该也在看这个档案。

"你在帝国理工研习什么？"

"运动理疗。"

诸如此类。她大概被问了八个小时。她想喝水时，他们会提供，甚至两次解开她让她去使用牢房里的厕所，但除此之外，问题不断。你看到什么？攻击发生时你在哪个房间？异形长什么样？你做了什么？你为什么要逃？更详细地形容异形。你亲眼看到它杀人吗？

你杀了他们吗？

你有刀做成的手套吗？

你憎恨巴特拉姆·诺思吗？

他伤害过你吗？

你厌恶他让你做的性行为吗？

为什么异形要把他们全杀光？

之后他们把所有传感器与电子仪器拿掉，解开她，带她回牢房，给了她一个餐盘，一个塑料包，里面有干净的上衣、内裤、长裤、肥皂、牙膏、梳子、毛巾——然后把门锁上。不知道过了多久，门又打开，她正睡在床上。守卫又拿了一餐饭来，然后说："你有半个小时。"

他说的是真的。半个小时后，她又回到了审问室，又有变态的技术人员动手动脚地给她装上监测设备。宋和埃尔斯顿进来。

"我想要再重复一遍昨天的问询。"宋说。

安杰拉无奈地呻吟，双肩一垮。

这样的质问持续了五天，没有停止。她能记得的每个细节、每一件小事都被反复盘问，要她不断重复。每次他们都想寻找任何一点差异，追问她一点点的偏差，取笑她，吼她，佯装同情。

第六天，安杰拉被带到第三间房间，这一间比其他的都大，可是里面容纳了一台大概跟斜背式汽车一样大的机器。她第一次看到的时候，以为是医疗用全身扫描仪。她的猜想跟事实相距不远。他们第一天没有使用这架仪器，接下来几天也没有，而是把她绑在一个铁制担架上，身下只垫了一层软毯。第一天她极力抵抗，用力挣扎，三个警卫合力才压住她，让同一名技术人员把她绑紧。

"你们这些混蛋，到底在干吗？"她朝他们尖叫。

没有用，无论是咒骂还是抗拒。他们不在乎。所以跟之前一样，她被贴上感应片，套环在她的手臂上监控血压，唯一缺少的是观察她眼睛的摄影机。

然后技术人员推进一台点滴机。

"不可以！不不不。你们不可以这么做！"她大喊。

"对不起，但是我们可以。"宋少校说。他朝技术人员点点头，后者将针头戳入她手背上的血管。

不知道他们注射了什么，过了一段时间才奏效。房间安静下来，变得炎热，墙壁开始移动，像是在呼吸，声音听起来像是交响乐团。坚定的声音。技术人员的身影放大，调整流量，他说这是为她特别准备的，然后声音开始。她开始说话。关于宇宙运作法则的深度思考。颜色的重要性。她小时候多依赖玛吉。她记得玛吉，所以那是真的，是事实。如此善良的玛吉。她有多想念她的母亲，你们知道吗？她是法国人。她有多爱她母亲。她有多恨那异形。异形是一团笼罩在她记忆中的黑暗阴影，从她生命中最美好的影像间冲破出来。

铁架像旋转木马一样不停地转动。她吐了。

安杰拉一直都不知道这一段过程持续了多久。至少好几天。药物让她在审问期间失去对时间的意识。他们经常喂她喝掺有蛋白粉的牛奶，或是有人耐心地从她麻痹的双唇间灌入汤汁。她反射性地吞咽，否则一定会全部又流出来。

她在某个时间点病了。发烧，全身颤抖。有人在她周围争执。她就快要恢复正常的时候，他们又把她绑在担架上。注射针几乎跟她的手臂一样粗，麻药从末端吐出，将她包围在散发着魔法光芒的香槟气泡之中。她又开始说话，但是她知道自己说了些什么。他们大概没料到这点。药剂的效果应该更强。

他们让她花了一天的时间恢复，然后必须要有人把她扶到三号房。她又被绑在铁制担架上。"我恨你们。我逃出去以后，我要把你们都杀掉。我要带外星人来，大笑着看你们在惨叫中死去。"她告诉他们。

"不要动。"技术人员说。这是全新的。从来没有过的。没有感应片。一个金属头环，上面有可调整的夹子。他转动旋转钮，直到所有夹子都紧贴她的皮肤，然后把头环卡上金属架。她可以听到金属咔嗒一声，卡入卡榫。

精致的金属蜘蛛出现在她眼前，普通蜘蛛脚的末端不会有扁平的塑料钩。她无助地大喊，可怜地哀号，看他小心翼翼地把钩子卡上她的眼皮，让她的眼皮完全无法合上，但她不敢动弹，怕一动她的眼皮就会撕裂。四肢也不能动。"你们在做什么？"她朝他们大吼。一如往常，他们懒得回答。

铁架被推到房间另一端，她突然被推到一台巨大的机器里，那一定是某种扫描仪。光线照入她的眼睛，很亮，如闪电般划过她的视线，但她无法眨眼。然后机器开始大声嗡嗡隆隆响，像是准备升空。

"放我出去！"

宇宙变成一片空白。中间划过一条细黑线。宇宙变黑。中间划过一条细白线。宇宙变白。出现一个白圆圈。

她不能眨眼。不能不去看。

"这是什么鬼？"

白。黑。白。黑。白。黑。每次都是一个形状：圆圈，三角，长方，正方，五角，六角。更多她不知道名字的几何图形。空白。单张图片出现。树。房子。球。车。人类。马。狗。湖。酒杯。桌子。椅子。键盘。盘子。山。海滩。玫瑰。鞋子。

他们让她看所有东西的图片。黑白。彩色。一片混乱。她觉得她的脑子会被他们强塞的图片充满。而且她不能眨眼。眼泪不断流出，顺着她的脸颊流下。

"我会杀了你们所有人。"她低声发誓。光芒灼痛她的眼睛，燃烧她的视觉神经，疼痛不断升级，随着太阳穴与心跳的鼓动，影像继续被强行刺入。

她完全无法理解。她不知道自己是不是醒着。她知道自己还存在是因为图片还在变换。现在图片没那么亮了，还移动起来，如飘来飘去的固态的云朵。机器的声音也没了。有人在说话。

好像有什么在轻轻捏她，但她的脑子一片模糊，所以不知道是从哪里传来的。然后图片消失，她又可以眨眼了。她的眼睛痛得不得了。她闭上眼睛，越闭越紧，眼角不断流泪，无法控制地哭泣。

然后她的手臂传来刺痛感。她睁开眼睛，看到埃尔斯顿抽走针筒。"我受不了了。"她以死一般的声音告诉他。

他看起来像是被她甩了一巴掌。"快结束了。"他尴尬地低声说。

她可以感觉到自己的意识又陷入模糊。这次没有像注射点滴那样不舒服。她还是可以思考，但是很困难，仿佛是从一场很深的睡眠中苏醒，还很困乏。

有东西被夹在她的脸上，她看不见。她感觉到铁架又开始移动。空气改变，她知道她又回到机器里。像是为了证实这点，嗡嗡声和隆隆声又再度响起，让她几乎无法忍受。

宋的声音低声说："你再次回到巴特拉姆·诺思的宅邸。这是凶杀案的夜晚。你说你人在七楼，听到声音。"

"对，我听到了。"她说。

"你走到客厅去看为什么灯被关了。脚下一滑。然后你找到灯的开关。你说灯亮了。你在客厅，安杰拉，你看到什么了？安杰拉，里面有什么？发生了什么事？"

她呻吟："我跟你说过了。他们在地上。死了。全部，死了。"

"然后呢？你进去客厅以后呢？"

"巴特拉姆的门开了。我看到门开了。"

"安杰拉，然后呢？什么走出来了？"

"异形。"她呻吟。她不需要药物都可以记得,这一点她向来不需要药物,"异形在里面。怪物,伸出爪子。玛丽安杰拉在后面,还有科伊和巴特拉姆。他们的血。到处都是他们的血。天哪,它把他们撕裂了。只剩下碎块。碎块。"

"看着它,安杰拉,它来抓你了,你看到什么?"

她惨叫:"怪物!怪物!怪物。怪物。怪物。"然后惨叫变成啜泣,"它杀了他们。杀了他们全部。"

她如今无比憎恨这段记忆。它造成她所有看到的死亡。这记忆困住她,控制她的人生。这记忆把她跟这些残酷的人关在一起。她想要把这段肮脏的东西从脑子里拔掉。

机器开始关闭,噪声消失。铁架又被推出,遮光罩从她眼睛上移开。埃尔斯顿、宋、技术人员都低头看着她,他们看起来并不开心,但是抓人者什么时候会为被抓的人而开心?

她的头从铁环中解脱,束带松开,解放她的四肢。她累到动弹不得。虽然她全身虚弱,眼睛疼痛,头痛到不行,反胃恶心,身体却仍然抖个不停。她已经习惯受这样的罪。这就是她的人生。

"那是什么?"她低呵,瞥向机器。

"读心机。"宋回答,扶着她在铁架上坐起身,"它扫描你的脑子如何解析影像,等它把规律记录下来之后,我们让你开始回忆。"他指向墙上的屏幕。

安杰拉眯起眼睛。她的眼睛还疼痛不已,无法对焦。一段质量很差的影像不断反复回放。情景很熟悉,像是巴特拉姆·诺思宅邸七楼的简单版,宽广的中央走廊的家具位置都对,但是没有原版的繁复,墙上的画只是简化的色块,通往巴特拉姆卧室的门是开启的,怪物在正中央,人类外形,有黑色、坚硬的皮肤,模拟人体的轮廓,双手张开,刀刃舒展,挺直,逐渐充斥整个屏幕。

安杰拉惊呼。这是她的记忆。他们从她体内抽出她的记忆,用这邪恶的机器与肮脏的药物从她的脑袋里直接抽出来。"我的天啊。"

"看样子你跟我们说了实话。"埃尔斯顿说。

"是你相信的事实。"宋连忙补充。

"是真的。"她恶声说。

"也许吧。审核委员会来裁定。"

"你看到了。"

"我看到你相信发生的事。你的脑子解读为真实的事件。没有其他的证据,实体证据。"

"那为什么要对我做这种事?"她大吼。花费的力气让她整个人往后倒,必须抓住铁架才能撑住自己。

"我们需要知道真相。"

"你烂死在地狱吧,混蛋。"

"满口谎话的妓女没资格这样说。"

"我没说谎。"

宋笑了,"但你是个妓女。"

"我会找到你的。老天会帮我找到你的。"

"随便你。埃尔斯顿,把她带回去。这里结束了。"

埃尔斯顿和技术人员扶她站起来。她痛苦地走回牢房。进去之后,埃尔斯顿让技术人员扶着她躺在不舒服的小床上。她抬头看着他,眼睛大睁,美丽年轻的脸庞上写满恳求、眼泪与害怕。他不安地低下头。

她小声地说:"我需要有感觉。我需要感觉自己是真实的。拜托你。"

他舔舔嘴唇,快速瞥了一眼打开的门。

安杰拉抓住他的一只手,按在T恤领口。

"求求你。"她握住另外一只手,"我想要。"她空出来的手摸着他的脸庞。他坏坏地一笑,朝她弯下身。然后安杰拉的食指戳入他的眼睛。皮肉被她的指尖戳穿,她不断戳,把柔软的圆球往下压。他痛苦地尖叫,想要往后退开,但是他的手被困在她的T恤里。她手指一钩,凶猛地往后抽,感觉皮肉撕裂。鲜血从眼眶流出,眼球落地。安杰拉带着疯狂的骄傲大笑,"你不是把我当垃圾吗?你这杂碎。来啊,再来啊!"

守卫们跑了进来,脸上现出惊恐的表情。安杰拉朝第一人踢一脚。另外三人压上她,所有人一起倒在地上。她被压得喘不过气,痛楚在她眼前化成一片红光，然后她看到埃尔斯顿冲了进来。

"我的老天爷啊。你这个疯狂的贱人。"他吼道。

"下一个是你，你这杂碎！"安杰拉在沉重的躯体下不断挣扎翻顶，"下一个就是你！"

有东西戳上她的肩膀。无比锐利的东西。世界摇晃，然后消失。

"出来。"

"啊？"安杰拉睁眼醒来。她觉得整个人无比难受。全身都痛，肩膀、手臂、胸口，全都瘀伤严重。她肚子难受得不得了，觉得自己要吐了。光线很亮，从运送囚犯的车子后方照入，令她眯起眼睛，举手遮挡。她坐在窄窄的长凳上，穿着囚犯的连身服，手脚都被铐住。

一名穿着一身深蓝色制服的女性监狱守卫解开卡榫，松开她的链子。

"特拉梅洛，你不会惹麻烦吧？"

安杰拉开始笑。沙哑的咯咯声近乎发狂。

"会吗？"

笑声来得突然，停得也突然。"我吗？当然不会。"

"当然不会，长官。"

"是的，长官。"

"好多了。记得，你跟我要相处很久。"

二十年。

万斯抬起头，看着安特利奈·维亚纳上尉走进他的办公室，随即露出一个真诚的欢迎笑容。他跟安特利奈一起出过几次任务，觉得这个人很优秀。安特利奈出生于马图斯奇亚，一个由不同的亚太地区国家协力移民进驻的星球。他是一个气质平和、信仰虔诚的基督徒，对于眼下崇尚个人主义胜于一切、看重个人成就远超过社会责任的扩张型资本经济社会毫无兴趣。拿到量子宇宙学的学位之后，安特利奈便直接走入HDA征召处。HDA长期处于科学人员短缺的情况，所以他晋升的速度很快，同时自然而然被福音卫士的理念吸引。

安特利奈回以笑容，"好久不见了，上校。"

万斯从桌子后走出，跟他握手，"确实如此。你和你家人一切都好吧？"

"都好，谢谢。雅特利上学了。"

"不会吧！所以他……五岁了？"

"对，西蒙三岁了。"

"时间都流逝到哪儿去了啊？"

"被沾斯吃了。所以你们真的会出发吗？"安特利奈带着不解的神情看了简单的办公室一圈，"维梅齐亚说现在还悬而未决。"

"那是昨天。HDA已经准备开绿灯。帕萨姆委员三个小时前到了亚贝利亚，她正跟布琳凯尔·诺思谈定最后的行动细节。"万斯露出狼般的笑容，"真想亲眼见识一下。她们两个如果没把对方吃了，那今晚应该就可以谈妥大概。"

"我们真的需要布琳凯尔的许可吗？圣天秤星好歹也是跨星际联盟的一分子啊。"

"法律上当然是不需要的，但布洛加是她的领地，亚贝利亚是通往那里的入口，而且还是唯一的入口。我们需要所有诺思家族人士跟我们合作。"

"然后呢？"

"他们很配合。尤其是奥古斯丁。"

"很高兴听你这么说。"

"我会带领其中一支先锋小队，我希望你来当我的副手。"

"我很乐意。"

"这次行动需要几方面一起配合。杰的小队跟你在一起吗？"

"是的。他们把量子场监控侦测器带来了。不过我不确定这东西能有多管用——我们刚设计出来而已。"

"可以用吗？"万斯直截了当地问。

"基本上是可以的。它可以侦测到沾斯裂口会造成的冲击震荡，只是我们想要达到的敏锐程度是前所未有的。"

"我知道，但我们需要弄清楚是否有小型侵入正在发生。"

"我明白，我有权限可以读取整个档案。人形怪物？是真的吗？"

"一定是从某个地方来的。"万斯理性地回答。

"同意。但不可能是沾斯。"

"为什么？我们对沾斯的能力完全不了解啊。"

"好吧，答案就是沾斯为什么要多此一举？如果它想要地球，直接扑过来就可以了。不管我们的政客和将军们说什么废话，我们根本毫无招架之力。"

"没错。所以你要帮我反证，消除这个可能性。"

"我不可能证明不存在的事情。"

"也许不行，但如果这里的数据更高，侦测器却没有响应，那就可以进一步证明，那东西是从圣天秤星来的。"

"同时证实探勘队的必要。我了解。可是这让我不得不问，它是怎么从通道进来的？你的假设是装作货物吗？"

"之前它在圣天秤星，现在在这里。我不知道它是怎么过来的。我只知道验尸房里有个诺思家族的人。"

安特利奈举起双手，"行行行，我明白了，这件事牵扯的动静太大，不是靠逻辑推理就能挡下的，而且我才不要当那个跟国王说他没穿衣服的人。"

"谢谢。你跟杰要多久才能让侦测器可以运行？"

"我们有十五架仪器。我们需要让它们包围整个城市，同时跟HDA的安全网域联机，这就要花掉将近一天的时间。"

"好。比我想的要好。"

"万斯，你确定要插手吗？如果不顺利的话，后头会惹出一堆事。"

万斯慢慢点头，"相信我，这些我都想过了，但是这整件事的确有不合理的地方，而且将军亲自跟我谈过，我在圣天秤星上会是他的代表。"

"沙克本人？"

"对。"

"这样的话，我们只能希望耶稣朝我们微笑，而且要笑得慈祥点。"

"任何帮助我都来者不拒。"万斯坦承。能有个兄弟一起共事感觉愉快很多。HDA里有太多人对福音卫士抱着成见，主要都是无神论者，还有怀疑论者，那些对于远古时代流传的信仰抱有讥嘲之意的人。他早就学到不要跟其他军官提起他对上帝的信仰。

万斯的瞳孔智元网格中出现一个新的符号。"进入办公室罩网。"他命令 e-i。

帕瑞西·艾维特下士来到办公室外，带来了安杰拉·特拉梅洛。甜美又平静的表情已经告诉万斯他需要知道的一切。

"先别走，瞧瞧这儿。"他跟安特利奈嘱咐一句，便走回书桌后。

下士知道他麻烦大了。他站到书桌前的正中央，行了个完美无缺的军礼，"长官，帕瑞西·艾维特下士报到。"

"稍息，下士。"万斯说。他之前同 GE 先锋军合作过。他们很不错，可以跟任何国家军队媲美，如果他们碰到任何攻击行动，他绝对可以放心把生命交给其中一人。但安杰拉·特拉梅洛可不是战区，至少不是先锋军习惯的那种。

"下士，接下来几个月你跟我要相处很久，所以我简单说。当我对你下达命令，尤其是跟这个女人有关的时候，你要一丝不苟地照做。不可以听她的话，不可以照她的话做，你必须履行你的职责。有问题吗？"

"没有，长官。"

"抱歉。"安杰拉对受她连累的下士说了一句，语气却没有半点歉意，完全配合她嘟嘴的表情。

"你们在临门区做什么？"万斯问。

"买圣天秤星用的补给品，长官。"

"是她的主意？"

帕瑞西·艾维特舔舔嘴唇，"是的，长官。特拉梅洛小姐说我们应该为圣天秤星的环境做好准备，她去过而且——"

"我没兴趣听。去外面等。特拉梅洛小姐出去以后，你要护送她到她和你的小队同住的寝位。不准瞎走。明白吗？"

"是的，长官。"又一个完美的军礼之后，艾维特下士转身走出办公室。

万斯叫 e-i 把网格取消，好在没有任何图像遮挡的情况下看着安杰拉，"你真的够混蛋。"

她露出大大的笑容，大剌剌地在他对面坐下。"哎哟，我可是在帮那群可怜的菜鸟呢。反正我们找到那怪物的巢穴、城市、母船之类的时候，他们也活不了的，就剩这么些日子可活的人，你难道还要克扣他们这点小安慰？还是你要跟我说，到丛林里去闯光靠政府提供的配备就足够了？"

"你别想策反我的人。我会把你直接送回霍洛韦。"

安杰拉转头去看安特利奈，好奇地一挑眉毛，才转回看万斯，"直接送回去？不是像上次那样，把我强行抓走之后又动了好几个月的酷刑？"

"没有人对你动刑。"

"真的吗？很高兴你这样想，因为我猜你没有忘记我当时跟你说的最后一句话。你知道的，就是你的守卫们把我打到昏迷的那天。"

他咬牙切齿地说："是你把一个人的眼球挖出来之后，才被施以麻醉药物。我记得这件事。"

安杰拉发出一声胜利者般的笑声，"你想在同僚面前为自己辩白吧？宗教向来会对信徒灌输很多罪恶感。像你这种原教旨主义派疯子一定更是获益良多。"

她朝万斯西装领口的钻石与青铜小别针瞥了一眼。早该想到她会知道那是什么。"我不认同你。"他不带任何情绪地说，"就这么简单。"

"很高兴你明白这点。"

"你没听我说话，安杰拉。我们不知道你是个'十选一'。"

"充满罪恶感而且还嫉妒。可怜的孩子。"

"你的档案一定是被植入跨网数据库的，你的过去都是捏造的。"

"我的过去不重要。我那天晚上看到的东西才重要。非常、非常重要。尤其是那怪物显然有方法在不引发任何警报的情况下穿过通道。而且，埃尔斯顿，也许宋少校是出于怀疑才想撇清自己，但你不是。你知道我说的是真话。你用尽方法了，不是吗？那不是我捏造的。那不是我可以捏造的。多谢你那台机器，你也看到了我看到的景象。我敢打赌你甚至把那个档案上传到了你个人的记忆存储库里，对吧？"

"你原本在巴特拉姆·诺思的宅邸做什么？你为什么在那里？"

"你要听实话?"

"当然了,试试说回真话吧。"

"我去被巴特拉姆·诺思上。我在那里就是干这个。他花钱请我和那些女孩都是要干这个。可是我没杀他。我不想进监牢。结果因为没人相信事实就把我关起来。而且你这个疯狂的基督徒,即使你在我的脑子里看到了真相,你做了什么?你让法院知道了吗?你告诉有关当局这案子有重审的理由了吗?你有吗?混蛋!没有。你跟司法部那些贪污的混蛋一样,把我牺牲了。"安杰拉重重朝书桌捶了一拳,让万斯一惊,"你别想把我说成坏人。我看到异种怪物屠杀一屋子的人类。我打退它,逃走了,结果你们却因此惩罚我:你、政府、你奉承拍马的组织系统。我不是坏人。可是你,你却是邪恶的酷吏,是腐败政治机器的一分子,你扭曲了司法正义。有空的时候,我不介意你跟我说说你那宝贝上帝对这件事是怎么想的。"

"我会查出来的。"他立刻反击,心里却懊恼地知道这只不过是虚张声势,"我会查出你是谁。我会查出你是什么东西。"

"你已经知道我是什么东西。"安杰拉边站起身边说,"我是你第二可怕的噩梦。第一个是在圣天秤星上等着你的东西,是你的神按照自己的形象所造出来的东西,就像当初造了你那样。"她指着门,"你现在要不就让我当你的顾问,要不就把我送回霍洛韦。当然,如果我没办法时不时上网去设定我的定时码,我这一路上弄出来的档案就有可能会下载到跨网的每个人权主义人士的档案里。你自己决定一下,疯子。"

万斯叫他的e-i把办公室的门打开,"你别惹麻烦。我是说真的。"

安杰拉大摇大摆地走出办公室,不忘朝安特利奈眨眨眼,"晚点见。"

"玛利亚啊,她要跟我们一起行动吗?"安特利奈问。

"整趟探勘旅途,我们挤在一起的每个月每个小时的每分钟,对,她会和我们一起。"

"这趟旅行真够好玩的。以及……她前面说到的酷刑?"

"脑部扫描。"他迟疑片刻,"还有药物。应该没有我们现在用的这么精良。过程并不愉快,但是我们必须确定真相。"

"扫描结果呢？"

"正如她所说，一个异种怪物屠杀了巴特拉姆·诺思的后宫和用人。我会把档案打开给你看，你看完之后可以再跟我说说心得。"

"你觉得呢？"

"我觉得当时我问错问题了。我不会再犯同样的错误。"

席德调查的第一个罩网缺口是齐曼大道一处（极窄小的）绿化公园地带，顺着泰恩河一路通向雷德桥西边。他早上十点多的时候抵达，一到就把这里排除掉。首先，光是走过去就很困难，唯一可能的途径要穿过人行道与自行车道，但为了避免车辆闯入，路的两边都设有木桩挡着。木桩是可以往下缩以允许公园维修车辆进入，但是需要密码。好吧，如果是个很执着的数头就没什么困难，也可以贿赂市聘工人，但雪地上也应该会有轮胎印。缺口两边运作正常的罩网在星期天晚上可能弃尸的时间前后，并没有任何车辆进入这个区域的记录，若是想要从齐曼大道斜上方的玫瑰街下来，更是不可能。斜坡又高又陡，还种植了浓密的树丛。席德知道这里根本无法扛着尸体从上面下来。当然，不代表不可以用雪橇，但非常不可行。

只是程序就是程序，他不能冒任何险。尤其是今天，尤其是这个案子。

小团的雪花从灰蒙蒙的天空落下。他下了车，走向封锁现场的绳索。空气仍然停滞在冰点，一堆挤在亮橘色警戒绳索边缘的巡警全都穿戴厚重的外套与全面罩，一边跺着脚，一边没好气地看着走向他们的席德。他们过了一个很冷、很无聊的上午，不过互相打招呼的时候还是尽量压下反感，告诉他从早上六点执勤开始，他们一共阻挡了五名徒步行人，其中两人牵着狗。不错，他心想，如果平时来往的人就这么少，那么这里从昨天到现在为止受到的破坏不会太多。

席德可以看到两辆北方鉴证公司的面包车停在警戒线的另一边，但没有停在木桩里面。六名外聘的犯罪现场探员（SOCO）正在挥动不同种类的传感器进行地面搜索，另外两人俯身从河边的护栏往下看缺口的那一块。护栏上的智慧粉尘不是死了，就是被破坏了。两名工作人员正在

——检视智慧粉尘颗粒，准备判别是哪一种情况。席德想要去找SOCO领队询问现场勘验的心得，但是木桩旁还停了另外一辆车，一辆黑色的奔驰。他一点都不意外奔驰的出现。一走到车边，前座窗户便滑下。

奥尔德雷德·诺思坐在里面。副驾驶座的门掀开，席德用了外挂把自动官方记录暂停之后才上车。

"我猜你没想到刚复职就是这种情形。"奥尔德雷德说。

"是没想到。唉，你兄弟这件事，请节哀顺变。"

"谢谢你。要是我们知道他到底是哪一个……"

"是啊，这真太奇怪了。"

"在调查的人不止阿里和阿布纳。我是来跟你说我这边的人也在查，如果他们查到了什么，会通过阿布纳提供给你。"

"明白。谢谢。"

"先别急着道谢。我很确定布琳凯尔那一家对我们很坦白。我知道贝利那个人，这件事吓到他们了。"

"贝利？"

"他在B支那里做跟我一样的事。"

"懂了。"席德揉揉额头，"跟你说一声，我是真的很感谢你的支持。"

"这是我们在你复职后应该做的。谢谢你在这件事上口风很紧。别担心，你在我们安全部里的职位很稳固。"

"谢谢。"

奥尔德雷德朝在厚重积雪里工作进程缓慢的SOCO人员点点头，"不是这里对不对？他们一定什么都找不到。"

"没错。嗯，有件事我知道提了会让你不太舒服，但是我希望能知道确切的事实，而不是跨网上的流言。"

"什么事？"

"你也知道的，就是你啊。你的兄弟们。你的儿子们。到底是个什么过程？"

"啊。"奥尔德雷德淡淡地笑了，看着外面冰冻的公园，"你想知道是怎么一回事？可以。我们二代是奥古斯丁的女友们生的。你看到的跨网鬼话说他跟她们全部都睡过。我不知道，也许我的哥哥们是这样诞生的，但过去七十年孕育出来的我们都是人工授精的结果，毕竟他现在也一百三十一岁了。当然啦，那具身体还不错，而且他买得到最好的抗衰老疗程，但总归是上了年纪。也许那七十年里有些是自然受孕。我知道我不是。我母亲只跟父亲见了三次面就被送去诊所了。"

"见面？"

奥尔德雷德叹口气，"他会面试她们，好确定她们是合适的母亲。你应该知道，我们可不是在哪家'美丽新世界'式的孤儿院里长大的。我们都是在好好的中产阶层家庭中长大的。"

"我其实并不知道，但是现在知道了，这样真好。"

"所以二代是这样。现在还有八十七个活着——不算森迪的身体的话。五个死于意外。"

"那五个是不是……"

"不是。他们不可能偷偷活下来了。"

"总得问问。"

"年纪跟尸体也不对，首先就是他们年纪都比较大，最后一个死亡的是五十岁，而且他是二十八年前死的，所以不是他们其中之一。"

"但是如果有抗衰老治疗的话，还是有可能对不对？"

"你这个人疑心很重。"

"我只是想找到答案。"

"解剖的生化报告里，没有任何迹象显示那具尸体的组织接受过抗衰老治疗。"奥尔德雷德长长地吐了一口气，望向车窗外，"况且，抗衰老又不是逆转时间，只是减缓速度而已。"

"像'十选一'？"

"概念是一样的，只是没那么有效，而且主要是外表上的改变。如果真的要让某个人恢复青春，那需要用到巴特拉姆开发的那套技术，但价格贵到惊人。你知道人体平均有一百兆颗细胞——谢天谢地我们诺思家族的人不是死胖子。要真正恢复青春，每颗细胞里的DNA都需要一个特别设定的修补疗程，要花上十年的治疗时间才能完成。就连诺森伯兰星际企业都没办法替我们这八十七人花这笔钱。"

"更别提我这种八竿子打不着的人了。"

"没错。所以那个人是个真的诺思二代。"

席德知道他不该问,但是难得奥尔德雷德愿意说,他忍不住开口:"这有什么意义?奥古斯丁为什么这么做?还有他的两个兄弟。为什么要生这么多儿子?"

"你知道我父亲和我两个叔叔是为什么出生的吧?"

"因为凯恩·诺思完成了完美的人类克隆技术。"

"对,但是为什么?"

"我不知道。所以我才要问。"

"当时的诺思家族是美国的古老家族,由许多代金融人士、银行家、土地所有人组成的庞大家族。他们是极端传统主义分子,保守分子,常春藤联盟校毕业生,盎格鲁—撒克逊白人新教徒,每个诺思家族的新生儿都注定拥有伟大的成就,志在扩充家族在华尔街和华盛顿的财富和势力。这就是凯恩去西点军校的原因之一。为国家服役是传统也是责任,很多诺思家族成员都会进军中服役一段时间。我们家族自然参与过南北战争,说不定还参加过当初反抗英国的独立战争。总而言之,凯恩爷爷被派到阿富汗,结果被土制炸弹击中了,他被送回美国,因伤光荣退役。"

"我懂了。"

"我不信你懂了。他当然是活下来了,但那鬼东西把他的卵蛋炸坏了。"

"啊!"

"唉,是啊。他无法生育,家族血统就会因此中断,家族财富会因为亲戚、律师、经理人而被分刮。老凯恩可不愿意。他脑袋里的睾丸素可能没了,但他还是诺思家族的。所以他搬去苏格兰,开始召集多利团队的人,就是当初第一批成功克隆哺乳动物的那群人,那是头羊,叫作多利。美国历史上因为信仰自由权,对于改变人类基因这件事向来抱持不赞成的态度,不论是当年还是现在,这个领域根本就是一场法律诉讼噩梦。在爱丁堡设立实验室要简单得多了,不过不代表里头一切都合法就是。长话短说,后来三胞胎出生了,也就是我爸跟我两个叔叔,但当

· 119 ·

时的基因锁定技术很粗糙，结果就像我这样。我们是条死路，席德。自然进化把我们的繁殖能力限制在三代以内。如果没有办法在深度上发展，那就得往广度上发展。实际上建立诺森伯兰星际企业的是我们二代，在分家之前，我们有将近两百人，担任主任和经理的职位，都有同样的动力，同样的方向，同样的决心。这个世界自从君权神授的时代以后，就再也没有出现过能跟我们相提并论的霸业气魄。直到今天，圣天秤星仍是唯一由一人开拓的星球，虽然是'我'和'我'的克隆人兄弟们。新摩纳哥根本比不上，那顶多是一个多方投资的星球，况且那是个避难所，不是社会。"

"可是你们也有小孩。"

"生孩子是个错误。"奥尔德雷德恨恨地说，"四代更惨。人性不可违。我们有女人，我们跟其他异性恋男人一样，也需要女人，太太、女友、情人、一夜情，当然也少不了大家最喜欢的淘金女。谢天谢地的是，出生的孩子越来越少，很快就会半个都没有。"

"这话说得太早。我以为奥古斯丁正在进行回春手术。跨网上这件事传了好几年。"

"是没错，但是疗程还没结束，而且不断修正中。不过那已经不重要了，因为出现了一批新的二代，只是他们甚至连二代都算不上。布琳凯尔是第一个。巴特拉姆和他的研究院终于把污染他DNA的修补程序去除掉，恢复成比较正常的数值。她是三胞胎兄弟所生的孩子中第一个真正完整的子女，虽然她是经过人工授精以及彻底基因调整的产物。她也生了孩子，是真正的孩子，不是三代。我们这些原本的二代正在绝种，席德。以后再也不会有我们这样的人了。我们的时代过去了。布琳凯尔的家庭才是未来，还有天知道在木星上干什么的康斯坦丁。等我父亲的回春手术结束后，我想连他都会修正这个问题，去生真正的小孩。"

席德花了一段时间消化这一切，两个人在尴尬的沉默中静坐。他完全没有料到会听到这种程度的倾诉，不过也不是那么意外，毕竟他很熟悉丧亲之痛会对人造成的种种影响。他们需要倾诉，需要解释，仿佛这样就能告慰死者。

"一定是个C。"最后席德得出结论。

"我知道，但是自从分家以后，我们跟康斯坦丁的联络少得可怜。他跟我父亲一年大概会联络个两次，也就只有这样。而且木星仍然坚持他们的人都不在地球上。"

"你说当初你们二代有将近两百个，如果不是你的兄弟，你也信任布琳凯尔，那就一定是C。若他是偷偷来的，那他们当然不会跟你明说，对吧？而且如果他来地球的目的有问题，说不定就是因此被杀害。"

"被外星人杀害？"

席德烦躁地大声呻吟，"我真的不知道该怎么想了。这整个案子真是个噩梦，而且还落在我头上。"

"你要听我的建议吗？"

"快说吧。"

"就照埃尔斯顿的想法去做。找到弃尸的地方，弄点扎实的证据出来。别的都不重要。"

"唉，我知道你说得有道理，可是……老天！"

"我知道。我再说一次，无论这笔烂账的结果如何，公司里都会有一个资深职位等着你。我们欠你一笔，而且我们从不会丢下朋友不管。"

"你也希望我来带这个案子，对不对？"

"对，席德，我要的是你，我知道你不会欺瞒我们。"

"好吧，那我得赶快回去做事了。"他按下门钮，车门平稳地往上掀起。

"祝你好运。"

一下车，席德又重新开始检视官方记录，然后进入北方鉴证公司的野外环网。现场SOCO小组的资料在他的网格中一一出现：姓名、头衔、任务、使用的设备、初步结果。他叫e-i替他联络资深组长蒂莉·刘易斯。蒂莉属于那种很容易共事的人，在执法单位中这种人越来越稀少。聪明、有经验、有能力，她在任何调查中都是极大的助力，所以席德通过奥斯本安排她今天过来跟他合作。

"你有什么消息？"他问。

"我站在及膝的初雪里，今天早上还摔了两跤。你觉得呢？"

"我想也是。"他环顾齐曼大道。她不难找。所有SOCO都穿着制式的浅绿色连身服，里面塞着很多层保暖衣物，让在厚重积雪中歪歪倒倒地走来走去的他们看起来像是充气布偶。其中一个站在树林边缘的人戴着一顶亮粉红色的毛线球帽，旁边还有两片遮耳朵的布盖。席德朝她挥手。

"我可以上去吗？"

蒂莉挥手回应，"可以。我已经查过我们之间的这段路，你不会污染证据。"

席德开始爬坡。他爬得很辛苦。有些地方的积雪超过六十厘米深，树根周围的积雪就更深，每一步都会激起一小波的雪浪，他身后留下一道宽痕。

他终于走到她身边时，已经满脸通红，气喘吁吁。

"蠢到家了。"他没好气地说。

蒂莉露出大大的笑容。"真的。"她有张可爱的圆脸，他很少看到她皱眉头。他很久前就已经确定，她的血液里一定有某种快乐病毒，不过想想他们一起在不同案发现场的经验，他觉得这样正好。蒂莉浓密的棕色头发塞在粉红帽子里，几缕逃脱的卷曲发丝垂在太阳穴边。她不断把碎发拨开，不让它们挡到她手里像是副笨重的望远镜、正在用来看雪地的东西。

"小朋友们好吗？"他问。

"圣诞节带他们去我父母家。他们每次去都被惯到不行，所以我真高兴终于开学了。你家的呢？"

"差不多。我们正想搬家。"

"真的？搬去哪儿？"

"杰斯蒙。"

"太好了，离我们很近。"

"很好。回到正题。这里有没有什么发现？"

"没有。如果有人把尸体带到河边丢弃，他们一定得从上面的路穿过这里。"她朝树林一挥手，深色的树枝都被束缚在一层冰雪的覆盖中。

"我也是这样想，但觉得有点牵强。"

"从可能性上来说，还是不能完全排除，要一一厘清。"

"这应该是我的工作。"

"乱讲，你只是负责把我们这些真正在现场做事的人弄到的数据整合一下而已。在外面忙着找线索然后把屁股冻僵的都是我。"

席德刻意看了一眼她手里的器材，"好吧，你成功勾起我的好奇心。那是什么？"

"CDMR。"

"解释得真细，太谢谢你了。"

"密度比较微波雷达。一流的配备，光从箱子里把它拿出来就要花你们部门老大一笔钱了。我现在不得不把它拿出来，因为我们不能像平常那样撒一片智慧粉尘。去他的雪。"

"好好。"

她又笑了，把器材递给他，"你试试看。看看雪。"

他把东西举在眼前，景象很怪，是3D的图像，有蓝有绿的波纹层层叠叠。

"非常迷幻。"

"你得要正确解读才行。"

"欢迎随时纠正。"

"别闹了。先别用CDMR，去看树边的雪。"

他照做。

"什么都没有，对不对？如果有人把尸体从这里运下去，一定会留下大量痕迹。"

"是没错，但这段时间里下了不少雪，任何痕迹在星期天一定不到一小时就被盖掉了。"

"这是我们常有的问题。所以……"她朝CDMR挥手，"你现在再看看那区。"

他依言照做，循着她的手指，专心看树林边缘前的一块草皮。

"你现在看到的是雪密度的色拟影像。看到那个小三角形没有？"

席德专心看着图像，只是些绿色的小点，有可能是三角形，躺在最上层的蓝线下面。"看到了。"

"鸭脚印，根据深度，大概是一天前留下的。"

"靠。"他把CDMR放在一旁，直直地看着那块雪地。一片空白。

"就连鸭子的重量都足以把脚下的雪压实。那些小脚印比周围要密实一点点，所以如果有人把尸体从这里往下拖，在CDMR里应该就会像条马路一样出现，不论上面积了多厚的雪。"

"弃尸地点不是这里？"

"弃尸地点不是这里。况且诺尔刚刚确认栏杆上的智慧粉尘是几个月前被闪电劈中时烧掉的，市府还没来喷新的智慧粉尘。"

"好，你说服我了。我们到下一个缺口去。"

席德带着北方鉴证公司的货车过河到北边的爱思维克码头。他们出了A695主道，顺着潘恩街左转上水街，从一条废弃的铁道桥下穿过，顺着斜坡经过一片破烂的微制造厂房和工业仓库，来到史金纳波路和君主路交叉口的转盘道，这两条路都顺着泰恩河畔。这段河岸是纽卡斯尔最昂贵的地皮，高级的公寓、时髦的旅馆，以及顶级的办公大楼，离水边只有一条大道。由于住户身份特殊，这里每栋建筑物都拥有私人警卫，每面墙上喷撒的大面积智慧粉尘让席德认为来查这里一样是浪费时间。

转盘道的正对面是一个工地，高大的临时围墙包围着一块新的公寓建筑工地，搭在鹰架上的自动机器已经搭好了底下的三层楼。外聘巡警把这一区也封锁了起来，不过今天这里原本也不会有任何施工。大门深锁，机器人毫无动静，每条机械缝隙填满了积雪，巨大的冰锥危险地垂挂在缠绕住油压平台的耐寒水管上。

工地左边是一片古老的砖造办公区，窗户被挡起来，前面一个硕大的招牌骄傲地宣告哈金物业管理将要全面翻修整栋建筑物，预计2142年夏天可进驻。根据伊娃的消息，撒在墙上的智慧粉尘从建筑物被哈金物业买下来之后，已经有十九个月没启动。

席德和蒂莉研究这个缺口，它是工地及老旧办公区之间的一条狭窄巷道。这条通往水边的路没有出现在地图上，因为这不是属于任何规划蓝图上的路。当公寓完成之后，这条路就会被挡起来，但目前它被留着以便货车可以把原料送到机器旁。

席德指着狭窄的巷道，"另一边河岸道路上的智慧粉尘失效了，星期天中午罩网下线。"他转向小圆环，"另一个巧合，路口周围的跨区域罩网也都失灵了。"

"道路跨区域罩网什么时候失灵的？"蒂莉问。

"不是失灵。这条路好几年没修了，原料货车一直磨损路面的智慧粉尘，直到粉尘少到没办法连成网。重新修复这条道路是建筑执照的一部分。这是例行公事。公寓完成后，建筑商会把这里全部弄好。"他抬头看向水街，"所以……你可以一路开在水街上，不会被任何传感器或记忆库察觉。最近一片有影像接收，还在运作的罩网是在A695上。"

"所以这里可以弃尸。"

"对。"他同意，"要是我，会把车子停在这条小巷，然后把尸体拖过岸边的马路，顶多十五米左右吧？"

蒂莉走到外聘巡警在小巷路口临时放置的薄弱塑料栅栏，拿起CDMR，端详栅栏和办公室中间的积雪。

当她转头去看席德时，脸上满是笑容。他接过CDMR，扫过小巷。在最上层的雪地下，有两条湛蓝的线，几乎一路通到小巷出口。他放下仪器，看着无瑕的积雪表面，感觉一阵安心。

"轮胎痕迹。"

"对。"

"更下层有先前往来的车辆留下来的更多挤压痕迹，可是根据深度来说，我认为那些都是周末时留下来的。"

"叫你的人来查吧。我要通知局里，叫黛德拉把方圆两公里内的所有交通记录都调出来。"

他们让蒂莉手下四个人一厘米一厘米地分析整条小巷，然后绕到现场靠河岸的另外一边。虽然天气不好，还是有人在外面闲逛。过去几个星期以来，积雪都被压得厚实，在每次落雪之间便冻得僵硬，路面因此变得冰冻且危险。

"太乱了，根本看不出什么痕迹。"蒂莉用CDMR扫过一遍后说。

"是啊。"席德看着辽阔的黑色水面。退潮到一半，两边河岸露出一大片的淤泥地，在冬季的天光下朦胧发亮。光是看着河道中央流动缓慢、一片平缓的水面就让他觉得发冷。在南岸，邓斯顿船坞周围的豪华白色俱乐部与优雅栈桥环绕着年代悠久的蓄潮池，他怀疑地瞪了一眼停泊在各个码头边缘的闪亮私人游艇。如果要他赌尸体是从哪儿运来的，他绝对会押船坞。

"好了！"蒂莉兴奋地喊。

席德赶到她弯腰靠着的黑色铁栏杆边。这里的河岸是水泥斜坡，上面长满营养不良的杂草，以及被冰雪冻住的光裸灌木丛。淤泥从下方两米的地方开始蔓延，一条直线上面缠着每条河都难以避免的垃圾：打开的包装袋、毛线、像是汽车零件的金属物、坏掉的3D塑料长杆、瓶子……

"你看。"蒂莉兴奋地指着，"断掉的草茎，压扁的草皮。有很重的东西从这里往下滑过。"

席德转身。他们站在临时小巷的正对面。"找到了！"

席德从来没有进入过HDA基地，虽然见是见了不少次。里面跟他想的差不多，和外面冰冷的水泥外观是一个样。万斯·埃尔斯顿的办公室居然比市场街警局的办公室还要糟。这可不容易。

万斯带着有点不解的笑容迎接他，"你有我的通信码，不需要一有好消息就亲自跑一趟。"

"至少你觉得这是好消息。"

"你觉得我对你们太严苛吗？"

"各司其职罢了。"

"很高兴你理解这点。"万斯靠回椅背，"所以你来的理由是？"

"尸体是从爱思维克码头丢入河里的。"

"你确定？"

"鉴证组还没出正式报告，但只是时间问题。河岸道路的智慧粉尘罩网在星期天下午被撕破，绝对是数头干的。他们强行引发电流脉冲，损毁许多智慧粉尘电力系统，让罩网无法从远程重新启动，而且小巷旁边有一块破布，就挂在铁丝网一块突出的金属上。我们认为死者左腿上在死后产生的伤疤就是这样来的。"

"太好了。"

"好也不好。现在线索是有了，但鉴证官也发送了报告回来。"

"然后？"

"我们这位不知名的诺思族人是星期五中午被杀害的，离他被丢入泰恩河大概有五十个小时。"

"我们原本也知道他不太可能是在河岸边被杀的。你之前就跟我说过，因为衣服不见等等原因。"

"没错，但是五十个小时？这段时间，尸体在哪里？移除智元不需要那么久，所以还发生了什么事？我的意思不是我们查不出来，只是我们现在每发现一点就引发更多问号。"

"你为什么人在这里，席德？你是想告诉我你不干了？"

席德狠狠地瞪了HDA特务一眼。埃尔斯顿显然比他以为的还要敏锐。"不是。我知道我们有无上限的预算，但是我需要知道你会支持我到哪一步。"

"我会支持你到底。"

"真的？"

"你想要什么，席德？"

"一般情况下，我会从分析那天晚上爱思维克码头周围的交通情况开始。这样我们就可以知道什么交通工具开到那一区，然后检查每一辆车。可是码头周围有很多道路罩网被撕裂或毁损，毕竟这一带并不是什么太好的区。但我觉得这一区智慧粉尘监控居然被破坏得这么厉害，非常可疑。这不代表我们查不下去，只是我们需要扩大范围，直到能够锁定区域为止。这一段虚拟时空要运行的数据很多。"

"我明白。去做吧。如果你需要更多分析人员，尽管要人。"

"不只是数据，是怎么读和怎么用。我们可以从还在运作的城市道路全区罩网建构起很好的虚拟交通状况，可是在全像台上运行这些数据就会有视角的问题。"

埃尔斯顿摊手，"怎么解决？"

"市场街警局有一个全像剧院，正适合运行这种虚拟景象。只是从安装的第一天起就没正常过，过去三十个月以来，完全没有一天可用。"

"你之前也说了：预算无上限。"

"对啊，修复的确是花钱就好。可是局长办公室和安装公司一直有纠纷，现在还在打官司呢，欧鲁克把这件事看成私人恩怨，两边杠上了，谁都不准挡路。"

"让我来。"

"谢谢。"席德起身要离开。

"上帝啊，你们这些人到底是怎么查案的？"

"不择手段。"

席德根本没机会听到埃尔斯顿跟欧鲁克说什么。毕竟他有完美的不在场证明——他不在警局里，他在爱思维克码头与鉴证组进行简报之后，正在开车回来的路上。他下午回到市场街警局，所有人都偷偷地低声交头接耳关于局长的坏脾气达到新高点的事——可是没人知道为什么，就连克洛艾·希利都不知道。

席德把伊娃和伊恩从他们原来的任务召回，开始解释他要他们找哪些记录。拉尔夫·史蒂文斯过来，四个人一起在主屏幕墙上研究该区域的地图，上头坏掉的道路罩网和失灵的智慧粉尘多得让人沮丧。他们不断把界线扩大，直到席德最后直接说："算了，以犯罪现场一公里的范围为界线。"

"这会包括史考特林路，那条路通往松林伐木镇楼（singletown），跟水街可说是几乎成一直线。"

"我知道。可是我们有AI来建立基本的虚拟景象，之后使用消除法就好。"

伊娃的红发随着焦虑摇头的动作飞舞，"我去处理，但我需要人帮忙。"

"去看看阿里和阿布纳好了没有。"

"还没。"拉尔夫说。

"天啊，拜托。我们已经知道那个人是星期五死的。星期五！居然没有人注意到？"席德说。

伊恩靠得更近，"一定是C。一定是。不然为什么没有人注意到？"

"我们不能辨认死者身份，不代表我们找不到杀手。"席德回答。

"我就是欣赏你的乐观精神。"拉尔夫说。

十五分钟后，专精高解析虚拟图像的费太全像技术公司的五名工程师被带到市场街警局的二楼，进入废弃的全像剧场。每个人都推着一车的设备。

拉尔夫十分钟之后把消息送到第三办公室。

"原来欧鲁克吹的就是这玩意儿。"伊恩喃喃地说。

"真是令人佩服。我们就需要这东西去运行爱思维克码头的虚拟交通。你们真有两下子啊。"伊娃说。

拉尔夫狐疑地看了席德一眼，"当然。"

七点左右，爱思维克码头的初步鉴证数据开始传来。席德把黛德拉和里安娜找来协助建构结果。

"我要你们把所有数据都查清楚。"他告诉所有人，"如果有鞋印，那你就要告诉我是哪种鞋子，哪家店做的，卖了多少双，谁买过。任何线头、涂料碎片，不论他们送来什么都一样。"

众人的回应不如他预期中的热烈。

"抱歉。也许这话没什么意义，但是我还是得说，我们一定是碰到了职业团队，他们知道他们在干什么，能够确认的线索太少了。"一个小时之后蒂莉联络席德说。

"谢谢你特意告诉我。我看到尸体的时候就知道了。"席德回答。

"有一个好消息。我们取得了很多有轮胎印的积雪样本，当然所有轮胎痕迹都被遮住了，但我们的实验室正在用更先进的CDMR进行鉴证，今天晚上我就有可能找出轮胎胎纹。"

"蒂莉宝贝，你真是个天使。"

"不只这些。"

"继续说。"

"别忘了，对方可是专业人士。我还没有比对到胎纹，但是轮胎之间的间距很简单。"

"太好了！一点七八米？"

"看吧，有一天你会成为很优秀的局长。"

"谢了，蒂莉。一查出胎纹就交给我。"

席德把办公室里的人都集合起来。"我们刚刚取得案情突破情报。"他告诉所有人，"车子是一辆标准的市出租车。轮胎间距完全吻合。"

他们的反应一如预期，忍不住露出的笑容和意味深长的注视。负担减轻。所有人又恢复平常的状态。

"什么意思？"拉尔夫问。

"这是在市内运送任何非法物体的标准方法。"伊恩向他解释，"出租车的数量太多，每辆都长得一样，根本就像上千人在玩猜贝壳的游戏。不论它们在哪里，都不会可疑。城里每个帮派不是自己有出租车，就是有几辆可以用，所以这是职业杀手干的，没有外星人。"

拉尔夫的表情一变。

"好了。大家继续工作。伊娃，我要看到从星期五早上开始跟出租车有关的所有警察报告。任何可疑的消息都要找出来，像是出租车被偷一类的。"

她花了八分钟。"找到了。"伊娃大声且得意地宣布，"星期一早上在福登政府服务撤除区（GSW）边缘有外聘巡警看到被烧焦的出租车。这是例行巡逻，他们发誓星期天的时候车子还不在那里。"

"给我星期一早上GSW范围内的罩网记录。"席德下令。

"已经在抓了。"伊娃说。

整个办公室都停了下来，看着GSW区域边缘的实时数据出现在最大的屏幕墙上。"地铁站的罩网。"伊娃说。画面上是在地铁轨道旁边的一道围栏，但是状况不好，铁环生锈，有几段被杂草拖垮，积雪很容易堆积，后面是一片荒瘠的废弃建筑物，像是单颗的断裂牙齿，站在一堆堆瓦砾间，那些瓦砾是市政府已经派人去毁掉的建筑物。

"那里。"伊娃说。她把影像放大，集中在一辆烧焦的汽车上。

"没错，就是那辆。"席德说。虽然车体的碳纤维跟铝框已经熔化垂坠，外形仍然依稀可辨。当初的火势一定很猛烈，他心想。车子内装已经半点不剩，意味着有人使用加速燃剂，而且根据残骸周围的融雪状况看来，用的燃剂还不少。"给我弄来。"

席德带上拉尔夫，开车跟随HDA的大型宝马地王一起组成车队，顺着A191往东开，出城朝福登的方向前进。

伊娃来电，"路况顺畅。"她说。

席德的网格中出现地图。城市的交通管理AI把其他人从银禧路挡下，让车队拥有绝对优先权。

警车灯闪烁，警笛高亢地鸣叫，领头的地王转上银禧路。席德满脸笑容，猛力一踩油门，仪表板上的警示灯闪着黄光，车子开始在铺满柏油路的闪烁冰霜上打滑，然后又自动恢复稳定，疾速在银禧路上前行。这么做很幼稚，但难得路面一片净空，又在车队最前面，机不可失。

"这样他们不就都知道了吗？"拉尔夫问，扬起声音好压过噪声。

"整个城市都知道我们来了。帮派平时会监控交通状况，就是为了处理这种情形。涉案的人绝对不会出现在出租车的方圆一公里内。"席德告诉他。

"那为什么要这么做？"

"要普通人让路。我不想有意外。"

"所以你这是故意过度小心？"

"我们需要那辆出租车，这里是GSW区。我必须要保证鉴证组成员的安全，我们需要有一定的外聘巡警来警戒周围。既然我们有无上限的预算……"

他们跨过地铁轨道。领头的地王配有防暴动外壳与防护前挡，懒得从GSW外围绕到正式出入口，于是直接一头撞向脆弱的围栏，冲向烧焦的出租车。席德开入GSW区域，减缓速度，小心翼翼沿着前面车辆的轮胎痕迹前进。在这种地方的垃圾和瓦砾之中，天晓得还会藏着什么东西。

政府服务撤除区，顾名思义，指的是因为人口外移而被定义为冗地的民间区域。这些地方自然是最贫困的城区，人口密度下降到某一标准以下，市政府如果要维持这个区域的基本机能，将不符合成本效益，于是剩余的住户与商家会被买断，街道会被封锁。在此之后，该区域便等待重新开发，理论上可以通过私人或政府进行投资，但事实上，重新开发向来都是靠GE的补助，金融机构如今都把投资放在新星球上，没有人在乎地球上沉闷颓圮的贫民窟，因为永远不会有合理的投资回报。所以在这个范围之内没有公共建设，没有跨网联机，没有市政服务，不会有消防队响应里面的报案，救护车和警察也不会。商家不许在GSW内营业，至少合法商家不行；但对于其他种类的商家而言，GSW简直就是上天赐予的礼物，所以这些区域边界的智慧粉尘随时都在遭受破坏攻击，被电磁脉冲影响，被喷洒有毒物质，市政府每个星期都要逐段修补。罩网有时会捕捉到垃圾与废弃屋之间底层居民的动静，警察通常不太干预，只有被看到的凶杀案和全面暴动才会遭遇压制行动，这时候防暴警察会冲进去把人狠揍一顿，拖走已知的煽动分子，送往米尼萨星，永不得返回。

席德通过网格图像看到地王车队包围了出租车，外聘巡警从每辆车后座跳下，穿着轻型护甲、手持自动武器，开始向外扩散，守住附近区域。席德小心翼翼地下车，皮夹克下面的防弹背心限制了他的行动。他难得没有启动外套上的徽章，没必要给GSW住户提供明显的标靶。

他的e-i发起与蒂莉·刘易斯直接联机的请求。"我们安全了，你们可以进来。"

两辆北方鉴证公司的面包车开了进来，后面跟着一辆大拖车。面包车的车顶伸出照明支架，将焦黑的残骸淹没在一片灿烂的白色照明下。

"还比对什么胎纹啊。"蒂莉终于看到出租车之后，抱怨一声。轮胎只剩下变形的黑色圆环，缩在轮胎框周围，焦黑的橡胶之间有金属网戳出。

"你找得到的任何数据我都要。整套流程运行一遍。"席德说。

"后备厢是开的，大火一定把里面的任何痕迹都烧光了。"她指出这点。

"他们很厉害，但你们更厉害。"

"拜托。"

"宝贝快点，我们仍然缺少实打实的消息。"

蒂莉把绿色连身装的帽子拉起，盖住粉红毛球帽，"我尽量。"

"谢谢。早上我要读你的报告。"

"早上？你要我们今天晚上就处理？"

"当然。"

"席德，我得把实验室的研究人员都叫回来。你大概得给五倍的加班费啊！"

"你早上再谢我就行了。"

"你要走了？"

"在你找到关键线索之前，我没什么别的事情可做。行动指挥官会保障你们的安全。我的床在召唤我。"

"我恨你。"

"你就在心里一直想着：五倍加班费。"说完，他上车回家。

2143 年 1 月 16 日，星期三

　　席德没想到他会这么快就回到埃尔斯顿的办公室，毕竟他昨天才跟这个人见过面，但早上九点半的时候，他已经坐在这里，勉强才把晚上得到的数据看过一遍。拉尔夫·史蒂文斯坚持要到 HDA 基地走一趟，所以席德在冬季的阴霾雾气中开过泰恩桥，他对大雾的恨意足足有对冰雪的两倍。车子的雷达在挡风玻璃上投射出纤细的绿色轮廓，增强他的驾驶信心。前面的面包车在他的视线里只剩下一抹鲜红的尾灯，尾灯之间的绿灯显示对方使用手动驾驶。对面的来车是一片蓝白流光。即使有现代安全辅助装置与自动驾驶模式，仍然有几辆车滑到路肩，甚至出了更严重的意外。他一路上减缓了三次车速，好绕过处理事故的外聘巡逻车。

　　"请暂停你的记录。"拉尔夫说，两人正走向埃尔斯顿办公室所处的行政区。奥尔德雷德坐在办公室里等他们。

　　"从出租车的情况看，我们可以了解到什么？"他们一坐下，埃尔斯顿立刻问。

　　"火烧得很彻底。这群人知道自己在干吗，我们没有可以比对的胎纹，内装也是，没有毛发或皮屑，但是他们可能犯了两个错误。第一，后备厢里有一整套男装，全部浸泡在有机油里，因为包成了一团，所以有足够的残存物质，可以推断出原本的尺寸，尤其是鞋子，跟尸体的尺寸颇为吻合。"

"你能辨认出是什么衣物吗？"

"实验室正在处理。目前看起来像是昂贵的丝质西装。"

"这算是缩小调查范围吗？"奥尔德雷德嘟囔一句。

席德回答："这是个可能的线索。当然，衣服算间接证据，但是如果有人刻意要销毁衣服，很有可能这衣服就属于被害人所有。"

"所以尸体原本在后备厢里，他们用出租车把尸体运到泰恩河？"埃尔斯顿说。

"目前看起来似乎是这样。出租车的电子仪器多半在大火中毁损，但是剩下的应该够重建分析，过程不便宜也快不起来，奥斯本似乎认为他们从剩余的车辆网络中应该可以取回一些程序。"

"所以我们可以拿到行车记录？"

"不行。网络的记忆芯片被拿走了，可如果这是专业杀手团队，他们一定也是用假的登记牌照——这是基本帮派行事守则。不过这种外挂都是自行设计添加的，如果有程序还在网络里，我们应该可以查得出来。"

埃尔斯顿抿起嘴唇，"嗯，虽然你的话里面掺杂了不少'应该'，但整体说起来还是挺令人佩服的。"

"其实这些都不重要。我完全不靠那些，它们都需要实验室的分析，得要花上好几个星期。一般来说，如果案件在五天之内没有办法侦破，甚至连个主要嫌犯都没有，那案子基本上就没办法上法庭。好消息是，这辆出租车有制造登记。工厂在底盘和车身埋了几万条的纳米线，不可能每一条都消除，因为所有零件上都有。所以我们知道这是一辆十八个月前被偷的出租车，车主在温拉顿。"

"谁会注意到纽卡斯尔又多了一辆出租车呢？"奥尔德雷德说。

埃尔斯顿不理他，紧盯着席德，"所以你下一步要怎么办？"

这就是席德最期待的部分，就像是坐办公室的警察终于能开启警灯警笛，以最高音量与最高速度在快车道上疾驶。"现在一切都靠追查出租车的来历。我们知道它最后出现的地方在GSW里，我们也知道是从哪里开始：爱思维克码头。我要查出它在这两者间的行进路线。"

"有什么用？"

"首先是看有没有人上车或下车，还有车子去了哪里，更重要的是，一旦确认了时间和地点，我们可以从城市交通记录中读取车牌。他们大概会不断变换车牌，这应该是外挂的一部分，但就算他们这样改过，我们仍然可以查出哪辆出租车的牌照码在星期天进入爱思维克附近后就再也没有出去过。一旦查到，就可以用影像追踪回到装载尸体的地方。一旦找到，结就打开了。"

"听起来像是大工程。你有办法吗？"

"有啊，我们刚建构了整个城市星期天晚上的虚拟环境，把所有的智慧粉尘罩网、所有区域、所有道路的区罩网全部都挂在一个AI上，用高清影像看过去事件重现。"

"用警局的全像剧院。佩服。"埃尔斯顿淡淡地说。

"很贵。"席德耸耸肩。

"确实。"

"我的人已经着手进行了。我一早就叫他们开始。"

"但我们还是不知道被杀的是谁。"拉尔夫说。

"我必须问为什么。"埃尔斯顿直直看着奥尔德雷德，"你一直保证会彻底配合。"

"被杀的是我们的一分子，我们当然配合。"

"不是A。大概也不是B。布琳凯尔显然跟奥古斯丁一样关切这件事。这表示只剩下康斯坦丁的儿子。"

"他说不是。"

"那你得再问。逼着点。"

"我会请我父亲强调这点。"

"谢谢你。席德，那个通道的货物运输路径怎么样了？"

席德忍住皱眉的冲动。他不知道埃尔斯顿是不是已经知道他今天早上对阿里大吼了一顿，办公室的一切都极为顺利，所以阿里犯错让他特别暴躁，可能因此反应过度。"在指定时段之内曾收到货物的公司有七成响应了我们的询问。他们的货物都包装完整，没有空箱或是缺少东西。"

"其他的呢？"

"阿里在查剩下的名单，今天会联络他们。"

"所以我们还是不知道它是怎么进来的？"

"嗯，还不知道。"

"我不认为那是我们现在的追查重点。"拉尔夫说。

席德讶异地看了他一眼。他气自己信任这个联络人。在这个层级的政治角力绝对很凶狠，而他居然允许自己被对方和善的态度与表面上的支持欺骗了。

"说下去。"埃尔斯顿说。

"席德说得没错。出租车显示这是一个专业的杀人团队，熟悉城市运作。不是外星人。"

"方法是一样的。五爪刃。"埃尔斯顿坚持。

"对，但这是唯一的相似点。除此之外没有其他。证据则顶多只算是间接证据。"

席德如今明白为什么他们这段对话是发生在埃尔斯顿的办公室，而且没有官方记录。探勘行动日渐庞大，政客与HDA官员纷纷参与。现在踩刹车，不论是谁都会被碾入路面，再无重见天日之时——更不要提再被人雇用。

"有不知名的东西在针对诺思家族下手。HDA必须知道是什么。"埃尔斯顿说。

"我明白。但是你必须要有心理准备，出租车的线索会推论到没有外星人参与的结果。"

"你说得很合理。我会告知我的上级。"

所以最后就是这样。每个人都要护着自己。如果席德不是忙着计算自己的风险，他说不定会笑出来。找到干掉诺思族人的帮派应该就能保住自己了。应该吧？

"我载你回警局。"他们来到基地的停车场时，奥尔德雷德说。

"可是……"席德朝自己的车比了比。

"我的人会处理。"奥尔德雷德说。席德有点不解地看着一名身着西装的助理从黑色奔驰下来，小跑步到警车旁边。

"现在怎么样？"席德问。奔驰的车门折下，开出基地。席德注意到门口有很多车辆进入，跟昨天一样。他原本很确定案子只要有正面的结果，他就能保住自己，但是眼看这么多人和物资都为了探勘行动而来，又让他觉得自己的处境岌岌可危。

"别慌。他只是想见见你而已。"奥尔德雷德说。

"谁？"

"奥古斯丁。"

"靠。"

奔驰行驶到西门区的某个办公高塔，这里是诺森伯兰星际企业在城里拥有的几座高塔之一。屋顶上有直升机等着，螺旋桨已经懒懒地倒转着了。

"我甚至不知道奥古斯丁住哪里。"席德说，靠到机舱内出奇舒适的座椅靠背上。

"不远。"奥尔德雷德保证。

直升机的隔音非常好，席德几乎没听到加速的引擎声，接着他们平顺地升空，立刻转弯，朝北飞去。之后他的方向感就举白旗了。他想要看看窗外，但是浓雾仍然遮蔽着城市。在浓不见物的大雾间飞行比开车要糟糕上十倍。

"我得跟你要个人情。"奥尔德雷德说。

席德很高兴有借口可以再次专注，"我最近送出去的人情还真不少。"

"别担心，你处理得出奇地好。我还挺期待看到整个城市的虚拟图像。以前有人做过这种事吗？"

"没有。四年前因为伊瑞克逊案虚拟了整个拜克区，那是之前最大的范围。"

"总而言之，我想请你不要对阿里逼那么紧。"

"他搞砸了。他应该整理出完整的进口商名单。"

"你把他从查尸体身份调到这件事来，他糊涂了。现在你整个办公室的运转快到让人晕头转向。"

"拜托。"

"席德，他是个三代。"

"什么！"

"他是个三代。"

"可是……"

"所有人对我们或多或少都有些成见。你们对于三代的成见特别深。"

"你这样说让我很难接受。"

"你自动以为阿里是二代。为什么？很简单，你很确定三代没有能力处理任何重要的调查工作。整个城市都确定三代不怎么聪明，但那绝对是以讹传讹。事实上，克隆错误的发生方式不是一成不变的。阿里是个好人，席德，他已经尽力了，而且同时尽量保护自己不受他人歧视。"

"他是你的儿子吗？"

"不是。"

"好吧，我尽量不要那么混蛋。"

"你也不要完全放纵他。我不想要有积极歧视，那是最差劲的做法。我只请你对他多点体谅。他会完成工作的。"

直升机已经飞出了浓雾，他们在纽卡斯尔的北边。席德认为他看到了艾尔威克——城外的大古堡很好认。这时候他们已经在下降。

这里非常荒芜，很多农场都被卖给土地投资公司，这些公司顺利地从 GE 自然计划中榨出钱来，任凭灌木和草原重生。他们飞过深谷，长满树林的山坡，海岸线出现在一边，山脉在西边升起。目的地很明确：一栋豪宅，位于广阔的庄园，有条蜿蜒的小溪和两座湖泊，如今全部冻结。整个区域都被浓密的树林包围，保证地面上的隐蔽性。人们就算从旁走过都不会知道有这栋房子。

至于金字塔形的豪宅，现代风格的外貌以巨大的长菱形玻璃窗镶嵌在粗黑的金属框架中。席德觉得这看起来像是把纽约哪个摩天大楼的屋顶给削掉后丢在乡间一样，实在与平缓的英格兰田野景致格格不入，但是奥古斯丁一如所有的亿万富翁，将一切都视为一种宣言。

建筑物内同样绿意盎然。巨大的玻璃门打开，连接高大拱门的长廊直接通往中庭，拟日光照明补充从远处玻璃尖塔射下的稀薄阳光，感觉像是走入温室。巨大的蕨类和热带树木从长长的种植槽里长出，肥硕碧绿的叶子随着水雾喷湿器带起的气流摇曳，正中央最大的树木有奇怪的枝干，扭转成紧密的螺旋形，从树干横向往外长。

席德热得冒汗。他脱下外套，努力想要辨认这些植物——这些长着深色叶脉的叶子有哪里怪怪的。"这些是什么植物？"

"这些？当然是圣天秤星的植物，有名的斑马种。"奥尔德雷德带着笑意回答。

"可叶子不是黑白的。"席德说。

奥尔德雷德奇怪地看了他一眼，"呃，你知道圣天秤星上没有动物，对不对？"

"对，理论上是没有。但那怪物——"

"不要管怪物。在地球和其他殖民的星球上，植物吸收二氧化碳，分解成氧气，这叫光合作用。"

"这个我懂。"

"圣天秤星上没有动物吸氧气，自然也没有相应的二氧化碳被吐出，所以演化变得很聪明。圣天秤星上大约一半的植物是我们熟悉、会产生氧气的品种，另一半则逆转这个过程。如果失去平衡，例如产生氧气的长得太好，那就会让大气充满氧气，因此造福另外一半的植物；后者同样提高二氧化碳的产量，彼此互利。'斑马'跟颜色无关，讲的是相对应的关系。"

"懂了。可是如果所有植物这样进化的原因是因为没有动物，那怪物又是从哪儿来的？"

奥尔德雷德夸张地耸肩，"这是价值千亿欧法元的问题。"

"赫斯特警探。"

席德转身，看到一个诺思家族人士朝他走来，以一对雷克斯机械腿辅助行走，那是他看过造型最令人惊艳的外装骨架，与其说是医疗器材，不如说是时尚配件。他看起来很年轻，大概三十几岁，但是少了卷曲的褐色头发，露出的头皮显得太苍白，手臂细得令人心惊。腿想来也是，只是藏在了长裤与黑色的纤细机械骨架下。

他身边是两个女孩，一金发一红发，都只有二十出头，甚至可能还更年轻，穿着短短的夏季洋装，露出大片紧实的肌肤。

"奥古斯丁·诺思。"席德回答。

奥古斯丁走过来，伸出手，同时传来极小声的引擎声响。"这么明显？"

席德忍着，没回答是因为那些女孩，毕竟还有谁能够有这么美丽的随侍。两人都惊人地迷人，但他唯一的感觉是同情。这两个女孩在本该在外享乐追求自己人生的年华，却出现在这里，像是温顺听话的人类牲口。这应该是种做父亲的愤怒吧，他保证扎拉绝对不会有这样的遭遇。"奥尔德雷德提过您的回春疗程需要一些时间。"

"太好了，我的安全部负责人这么长舌。"奥古斯丁走到中庭花园中央附近的大理石长凳旁，小心翼翼地坐下，"你要喝点什么吗？听说你爱喝咖啡。"

"不用了，谢谢您。"席德不知道这个信息是怎么传到奥古斯丁这里的。女孩们走开，耐心地等在一段听不到两人对话的距离外。

"我主要有两个问题要问你。很抱歉，到了这个年纪，这种事情的答案我喜欢亲耳听到。"

"可以理解。"

"说实话，你真的会抓到杀人凶手吗？还有，那真的是个外星异种吗？"

"我们在追查凶手上有实际的进展。以我们缺乏动机和死者身份的两个限制看来，目前进度不算很差。至于是否为外星异种，我只能说就我看来，似乎是个职业地下组织的行动。只是有些事情不合理。死者身份不明一事让我很介意。如果这是因为某些跟布琳凯尔或是您的兄弟康斯坦丁有关的秘密商业行动，那我可能永远无法为您找到答案。"

"嗯，对。"奥古斯丁扬起冰冷的笑容，"我其实同意那个宗教疯子的看法。"

"您的意思是？"

"万斯·埃尔斯顿是福音卫士教派的信徒。HDA里面他们人数有点太多，虽然算不上非法，但我认为这会影响他们的观点。"

"我不知道这件事。"

"即使如此，我承认那尸体很有可能是康斯坦丁的儿子之一。且不论官方说法，当初我们的分家过程并非完全和平。巴特拉姆跟我至少了解彼此，可是康斯坦丁……他是个梦想家，而且不太坦诚。我会再去跟木星联络，逼他说实话。"

席德端详奥尔德雷德，想要判断自己此时此地可以放肆到什么程度，但那名诺思二代毫无透露任何信息的意思。去他的，奥古斯丁把我当个大人看待，那么……"先生，很抱歉我必须问一件事，但是这会让调查过程简单很多。请问您是否有可能在不知情的情况下，让人生下您的儿子？"他忍不住瞥了一眼那两个女孩。

奥古斯丁注意到他的小动作，轻声笑了起来。"我明白你为什么这样问，我在这方面有着让教宗皱眉的名声。可惜的是我得说，没有。那具尸体是四十多将近五十岁对不对？这意味着他出生时我大约是七十多或八十岁。那十年间我的生理状态并不好，而且当时我也还没开始巴特拉姆的疗程。那时所有的二代都是在公司的诊所里进行人工授精。我的王国没有失散在外的王子。"

"那您是否能猜测为什么会有C支的诺思二代在这里，您的兄弟会派他来进行什么样的秘密任务？"他知道他绝对不会得到答案，如果真有理由，一定是某种企业高层机密一类的屁事，这种事情就连无照政治博客都不会知道。这个案子里将会充满传言和秘闻，让日后几十年里的菜鸟警察闻之色变。

"我实在无法想象他有什么理由想跟我们打交道。他的科技主导理想，大为鄙视我这种传统市场经济论者。他再也不愿意参与任何企业或财经活动。警探，我很欣赏你的坦白。奥尔德雷德跟我说过你的事，尤其提到你明白这个世界的运作规则。无论结果如何，我向你保证，这个案件都不会搞砸你的记录。"

"谢谢您，先生。"过去两天里，从欧洲最有权势的两个诺思家族人士口中听到同样的保证真是极大的一颗定心丸。他几乎想要相信这句话了，"您现在要怎么做？"

"我？"奥古斯丁似乎对这个问题微微感到诧异，"嗯，在凶杀案得出结论之前，出于政治考虑我会继续跟HDA合作，允许他们可笑的探勘队到圣天秤星去猎杀野外的杀人怪物。布琳凯尔也同意让他们用亚贝利亚作为基地，她比我更没有选择的余地。"

2143 年 1 月 17 日，星期四

在木星生活区域群集中，最新最大的区正渐渐以太空舱屋取代老式、固定的居住所。第一个入住的人是康斯坦丁，他舍弃了他们建构的第一个圆罩居住区里搭建的繁复截顶金字塔。舍弃金字塔对他来说有十足的象征意义——从生理上、心理上舍弃了过去。如今他整个屋子就是一间房间，缓缓地在巨大圆柱的内部移动，像是古老的大众露营车。结构上它以超分子所组成，是该星群的无重力核子挤压器所能制造的最先进材质。其边缘以散发柔光的扭曲线条决定，随着他的需要扩张或收缩。线条决定的墙壁色彩从漆黑到完全透明皆可，家具的外形同样也能随意变换，纯黑色的形状以纤细、发光的紫线或橘线勾勒出轮廓。

他躺在无比柔软的床垫上，等着蕾莎从主卧室膨胀出去的浴室出来。女人，就像他从地球带来，如今存放在舱屋底层储藏区的物品一样，都是他延续至新生活的一部分，他没有打算舍弃。并非他没有这个打算，只是他现在经营的都是成熟的关系，建立在尊重、欣赏，甚至爱情之上，不再是他跟他兄弟们前八十年的人生中纯然利己的行为。蕾莎跟他在一起已经十一年了，他对这个纪录颇为自豪。

他的 e-i 告诉他，科比在找他。他允许通话接通，儿子的头部出现在床脚，跟实物毫无分别。

"你有地球来的通信。"科比说。

"又来了。奥古斯丁又想要干吗？"

科比促狭地笑了，"不是奥古斯丁。是库朗·沙克将军本人，使用外交加密线路……"

"嗯，我早该料到的。你读取消息了吗？"

"读了。他很正式、很有礼貌，非常坚持。"

"当然了。好吧，来看看。"

库朗·沙克的头部取代科比出现，略略向前倾，行了个敬礼。"康斯坦丁·诺思。感谢你拨冗接收本信息。就我所知，你已经接获通知，纽卡斯尔有一名诺思家族克隆人被杀害，杀害手法类似二十年前杀害令兄弟巴特拉姆以及其宅邸其他人的方法。首先，请让我致以慰问。我们正发动大量资源来寻找凶手，无论那是异种还是人类。但目前我们仍然有未知的部分，请容我寻求你在可能范围以内予以协助。我们进行的调查规模极为庞大，我不能冒险让调查受到不当影响。你所说的一切会被归类为最高机密。我迫切需要知道诺思家族是否在圣天秤星上发现过外星异种，以及它是否为犯案者。我不在意你与奥古斯丁或布琳凯尔方面的纠纷，但是确知另一个智慧物种的存在，对整个人类族群而言至关重要。我的任务是保护所有人类，而我十分认真地看待我的职责。如果外面有其他可能的威胁，我必须要知道。康斯坦丁，我们需要你的协助。如果人类要在这个宇宙生存，需要我们同心协力。不要舍弃我们，我们也永远不会舍弃你。我期待你的回复。"

"要是你不回应，我会亲自过来从你身上揪出答案。"蕾莎嘲讽地说。信息开始播放没多久，她就从浴室走了出来，"这些人向来都是一个样，是吗？"

康斯坦丁微笑，朝她伸出双手，"他们的心情很差。我的心情也非常差，毕竟我有个侄子刚被杀了。这不是我想要谜团结束的方式。"

"可是他们怀疑你参与了。毕竟，你不一样。你舍弃他们的文明，这让你成了未知的一方，人们向来对这一点感到害怕。害怕和嫉妒在人类身上不是什么好组合。"

"他们的怀疑完全在我预料之中。而且请你不要再使用'他们'和

'我们'来区隔。我们在木星的居住毕竟是暂时的。"

"亲爱的康斯坦丁，我非常爱你，但是如果你认为他们的文明有一天会接受我们的理念，那你便是在妄想。他们只会抓起武器，说声谢谢，然后继续疯狂地前进。"

"沾斯强迫他们以不同角度看待宇宙。"

"沾斯给了他们一个建立HDA的借口，这是人类史上最大的军团，也榨取了最多的资源。但是，它的唯一效用，唯一真正的效用，就是继那些宗教之后，给予人类最大的虚假希望。"

他温柔地搂了她一下，"我永远不可能把你放在外交职位上，是吧？"

"康斯坦丁……圣天秤星上真的有智慧异种生物吗？"

"我不知道。这个答案我已经找了二十年。这段时间，我只接受两件事实：这是一个很大的星球，以及有东西杀了巴特拉姆。很怪的东西。现在，我已经准备好面对它。"

"你会告诉HDA吗？"

"这是个大问题。除非我确切知道那是什么，否则我无法回答。"

"那你要怎么跟沙克将军说？"

康斯坦丁挥掉影像，命令屋子变得漆黑，"让我先睡一觉再说。"

诺思族人被杀这件事不可能永远隐瞒下来。不论你多么努力恳求或威胁跟案件有关的人，牵连范围实在太广。况且，有了无上限的预算，外聘人员的数量更是前所未有得多，肯定超过一百人，还要再算上跟他们共享办公室和实验室的人，当然也少不了他们的枕边人。跨网记者在纽卡斯尔政府雇员中也有相当广泛的交友圈，他们定期请客，帮忙做人情，为的就是偶尔听到本不该吐露的一字半句。

席德对于消息是哪里外泄的自有想法。欧鲁克对于被强迫在全像剧院这件事上让步非常不高兴，他原本打算要搞垮费太全像技术公司的。席德听到的小道消息里，有一部分原因是他们没有完全履行签约前做出的承诺。

不论消息是从哪里走漏的，星期四上午就开始出现后续效应。克洛艾·希利花了一个小时替他整理数据、安排简报，准备下午两点的正式媒体记者会。他要面对的不只是本地记者，也包括从不同星球而来的大型媒体团。死了个诺思姓氏的人是大新闻，大到席德允许自己被劝入警局的化妆套房转一圈，才出来面对许多镜头与毫不客气的问题。

他以严肃、沉重的表情说，死者是艾伯特·诺思三代，死因是抢劫车辆导致的误杀。警察在寻找被偷窃的大众罗波轿车，他向警局官方网站释出一堆关于那辆车的数据，同时证实星期二晚上对福登GSW区的搜查跟这事件有关，他们已经找到抢劫用的出租车。

事后有很多同僚来告诉他，他处理得很好，他甚至接到欧鲁克打来的短短一通恭喜电话。虽然媒体记者会很成功，他对自己的表现也挺满意，但是仍然很不满记者会花了他许多宝贵的时间。三楼的第三办公室今天非常忙碌，他半步都不想离开。所有人对于调出城市虚拟现实这件事都很兴奋，除了洛雷勒和阿里以外，每个人都参与了这项工作，一区一区地调出星期天的监控记录，同时将所有民用交通管理数据转移到他们购买了时段的专用AI上。就连席德都下场帮忙，利用他已经生锈的程序技巧替AI确认地理坐标。黛德拉和里安娜正在监督城市规划办公室送出的数据传输，利用这些数据建立起纽卡斯尔的图像框架以及建筑物分布图，好让AI可以在其上投影罩网数据和车辆记录。除非有严重问题，否则虚拟现实明天中午应该就可以开始运作。

席德让每个人当天晚上七点钟就回家，只留下里安娜监督AI进行结果统计整理，轮班的人半夜会来接手。在检视过最后一批鉴证数据没有新的重大发现之后，他也跟里安娜道晚安回家了。就连拉尔夫·史蒂文斯都回了他那不知名的旅馆。

席德转进富肯纳街，在接近巷尾的地方停车。这条路半边全是一排两层楼高的屋子，外观是深褐色的砖块，上面的石头窗户有画出来的纹路，是销售员口中的中产阶层房屋理想典范。当然这一排屋子管理得很好，矮矮的围墙后面有整洁的小花园，全部被大雪掩盖，但通往正门的路都扫得干干净净。席德向来不记得伊恩到底住在哪一间，所以他沿着路走，听从e-i的指示前进。紫色与黄色的图像在他的网格中焦急地闪烁：伊恩租了顶楼公寓，屋子是靠近中央的一间。席德的e-i发出靠近通知后，门锁闪起绿光。

屋里有三间房间：空间不小的前厅配有内建小厨房，一样大的卧室，自带一间窄小的浴室，里面每个柜子都塞满了男性保养用品。伊恩租这里一定是因为地点，离市场街警局近到周末时他能走路去上班。他在这里住了两年，这段时间里唯一买的家具就是一张床。一如他所说："别的我用不到。"

席德到的时候，伊娃已经在了。她不赞同伊恩每个星期就换一批女孩往家里带的行为，向来拒绝坐床上，所以她抓个枕头，背靠着吧台墙壁坐着。伊恩坐在小厨房早餐桌的大理石桌面上。

"要啤酒吗？"他一看席德进来就问。

"好啊。"

伊恩从小冰箱里拿出一瓶——冰箱里面放眼望去只有酒瓶子，没有任何食物的踪迹。

公寓没有衣柜，所以伊恩的衣服都挂在他从一家服饰店买来的长吊杆架上。席德坐到架子旁边的地上，喝了一口啤酒，"如果我们在酒吧里碰面，罩网的分辨率高到可以解读我们的唇语。"

"天啊。老大，我们打算干掉谁啊？"伊娃嘟囔。

"我们在拯救我们的事业。"

"别瞎扯了，你觉得我们破不了这个案子吗？我们可是正在弄个虚拟城市出来啊！我们有无上限的预算，而且是真的无上限。当然啦，会有些混蛋阴魂不散地盯着，但他们也没捣乱啊。这可是一生难得的机会。我们一定可以破案，绝对做得成大事。"伊恩说。

席德对于副手语气中的热情感到惊讶。什么时候伊恩开始这么热衷于职场经营了？"破案？真的吗？我们必须查到有个刀刃手指的外星人的结果出来——这就是眼前的政治需求。觉得下一次有今天这样的记者会时，我们能弄得出一个外星人的请举手？"

"他们知道这不可能的吧。"伊恩惊呼，"拉尔夫他懂的，他是个只会听话的跟屁虫没错，但他知道什么是真的。他读了出租车和爱思维克码头的鉴证报告，他知道这就是一件被搞砸的企业阴谋狗屁事。"

"你没在听我说。重点不是发生了什么，而是他们期待我们找出什么。政府正在组织前往圣天秤星的探勘队，HDA投注了大量资源。我给你们看一样东西。"席德叫e-i把档案调出来。

伊恩的屏幕墙开始播放福音卫士的介绍。幼稚、可笑、简单。里面说的是他们虔诚的信仰，沾斯是恶魔路西法的走狗，而教会的信众受到基督的祝福。只有HDA成员可以成为福音卫士。信众们纷纷提出见证，描述他们在新佛罗里达沾斯潮攻击时如何在千钧一发之际逃出生天，一群人认真地诉说他们如何在危急时刻有惊无险地逃脱死亡与惨剧，沾斯以几厘米的距离避开他们或他们的车辆，耶稣的臂膀如何将他们拥住，带他们脱离险境，还有天使如何将致命的沾斯团推到一个新的轨道上，落在远离他们的位置。

席德取消连接。伊恩大笑，伊娃脸上则出现担忧的表情。

"我们面对的是这种心态。"席德说。

"对啊，这是一群宗教疯子。那又怎么样？"伊恩说。

"埃尔斯顿。他是其中之一，对不对？"伊娃问。

"对。而且不止他。我在一些无照政治博客里查过，福音卫士在HDA的军官阶层里散布颇为广泛，非信众很担心他们把沾斯冲突视为某种圣战。"

"的确是圣战啊。"伊恩说。

"但这不是宗教上的圣战。重点是，这些人期待得到一个结论。所有的事情，包括我们的案子、探勘行动，都是围绕着那个结果打转。如果我们破坏他们的期待，那只会死得很惨。"

"我们弄不出一个外星人给他们。"伊娃说。

"我知道。问题是，我们可能也弄不出一个凶手来。这是一个很周密的谋杀计划。有人胆敢干掉诺思家族的人，唯一的原因就是某个出了大问题的秘密企业合作案，像是2111年的卡特尔联盟。你记得那件事吧？诺森伯兰星际企业跟另外七家有机油公司重新稳定了有机油市场，过程中把许多投机分子都歼灭了，很多人受到波及，而且都是大人物。所以这一次，很有可能是要把哪个二代给干掉，好让一个被贿赂或被威胁的三代能够上位，取代二代来继续运作某种计划，而且绝对不是小计划。那些公司大佬会动用他们能够动用的所有手段，无数的经理会被架在火架上拷问他们的犯案可能性。我们绝对查不出来到底发生了什么事，还有谁牵涉在里面。"

"可是他们想要有答案。"伊恩坚持，"就连企业也无法反抗HDA。诺思家族已经屈服了，他们允许HDA派遣探勘队进入圣天秤星。我们可以找到凶手。"

"他们想要他们的答案。"席德坚持回答，"可是这个调查给不了他们想要的。就算我们找得到是谁在开出租车，线索也会在某处被掐断，他们的命令来自不知名的联络人。帮派知道我们是怎么查案的，他们不会把任何人交给我们。这个调查会被卡死在某处，最后都是一些我们无法回答的问题。"

"这也是HDA要的。我们给不出答案本身就证实了探勘队的必要。"

"对。"席德同意。

"所以我们被保住了？"伊恩说。

"从HDA的角度来说，是的。"

伊恩大张手臂，"那还需要担心谁？"

"我担心之后我们每个人身上会发生的事情。不是现在，是一两年后，到时探勘队已成为历史，案件也被丢到一旁，陷入停摆。正如我之前提过的，我们真正的事业会受到多大影响呢？因为有一个人是确实想知道谁杀死那个诺思家族的。"

"那个人是谁？"伊娃问。

"奥古斯丁。我跟他见面时他告诉我的。"

"哇，太猛了。什么时候的事啊？"伊恩说。

"奥尔德雷德星期三带我去了他的宅邸。"

"他是什么样的人？"伊娃很兴奋地追问。

"有点怪，但对这件事很认真。而且这是他的城市，在埃尔斯顿跟HDA离开去追赶他们下一个恶魔之后，奥古斯丁还会留在这里。意思是，到时我们就有麻烦了。我有家人，而且有人答应要给我外聘公司的工作。"他看向伊娃，"拉格纳在有机油产业工作。"

"他在AI管理发展策略部。他们不会……"

"诺思家族能走到这一天多亏了他们的同情心和同理心，所以没人会动你的丈夫，是吗？你们听清楚了，诺思家族期待我们侦破这个案件。是真的破案，不是在媒体记者会中说一些HDA想让我们说的话。"

"你刚说了，这是件出了大问题的企业秘案，我们不会找到犯案者，整个调查都集中在查一个人。如果下手的是专业人士，那他一定已经不在地球上，更不要提纽卡斯尔了。绝对不会有人因此上法庭。我们完了。"伊恩说。

"我们也许找不到凶手，但是我希望能告诉奥尔德雷德，案子背后是哪个企业在指使，或者至少要能知道是哪个帮派受雇下手。"席德说。

"那你还有什么问题？他大多数时间都在第三办公室。我们一知道，他就会知道。"伊恩问。

"不会的。"伊娃静静地看着席德，"就算我们找到出租车司机，他也绝对不会供出雇用他的是谁——这是假设开车的司机还活着。要接这么棘手又这么重大的合同，小喽啰肯定都是弃子，他可能早已经死了。"

"很有可能。"席德说。

"那我们该怎么办？"伊恩说。

"你也说过，帮派们都知道我们的办案程序，所以得从不同的角度对他们下手。"

"怎么不同？"

"我们必须逆向操作。首先找到是哪个帮派下的手，然后把调查方向转向他们，在我们的正式调查中穿插点证据，又必须是不能追溯回我们身上的证据。"

"这……"伊娃说。

"先不管什么证据，光是要找到哪个帮派下手就是个很大的问题。"伊恩说。

"我有个线人知道要去哪里问这种问题。如果我们要这么做，我必须知道你们跟我是一伙的。"席德说。

伊恩笑了，喝了口啤酒，"没问题，但是你得让奥尔德雷德知道帮他一把的人到底是谁。"

席德转向伊娃。

"我们得非常小心，绝对不能有我们引导调查方向的任何迹象。"她缓缓说道。

"不会有的。"席德保证。

康斯坦丁·诺思的笑脸出现在库朗·沙克位于澳大利亚沙漠地底深处办公室的全墙面屏幕上。维梅齐亚少校心想，这是个政客的微笑，充满诚意与安抚之意，但如此成熟的情绪不应该属于一张这么年轻的脸庞。

"所以他真的动了回春手术。"沙克将军喃喃地说。

"是的，将军，如果真的是他。毕竟我们没有办法分辨他们的不同，从2088年开始，就没人见过康斯坦丁·诺思了。"维梅齐亚说。

"我们手上问题已经够多了，不需要多此一举去确定在太阳系另一端的某个诺思家族人员的身份，谢谢。"

"抱歉，长官。"

将军的眼睛不满地眯起，看着冻结的影像。"如果真的是他，那他已经一百三十多岁了，但是看起来却顶多二十五岁。这件事本身就很有意思，我听说不少关于这项技术有多精良的传言。"

"巴特拉姆·诺思就是先驱。"

"还真讽刺。"将军往后靠回椅子，"好吧，我们接受这个人的发言代表木星居住所星群。听听他有什么要说的。"他命令e-i把外交密码施加在信息上。

康斯坦丁的笑容活了起来，"将军，谢谢你的信息。我绝对明白你的考虑，同时希望我能帮助当前的情况更加明朗。首先，我可以确认，我跟我的兄弟们在圣天秤星上从来没有找到过外星智慧物种的迹象，但并不代表其不存在，尤其是考虑到这两起谋杀案，以及安杰拉·特拉梅洛的证词。有东西在追杀我的家人，如果我能说清这是什么，绝对不会藏着掖着。我郑重声明，我相信你的探勘行动是正确的前进方向。如果布洛加大陆上存在有敌意的智慧生物，那我们的确迫切地需要知道其动向。我同时可以亲自向你确认，在纽卡斯尔被杀害的无名诺思家族人士并非我的儿子。除了我们前往地球的补给行程主要目的为搜集普通材质用以防卫土地，我无意涉足你的社会与商业行为。最后，我祝各位的探勘行动顺利。如果需要其他信息，我很乐意协助。"

沙克将军安静了许久，端详着空白的屏幕墙，"你信吗？"

"是挺可信的。"维梅齐亚小心翼翼地回答。

"可不是吗？我倾向相信他对圣天秤星的说法，这表示探勘队应该继续前进。纽卡斯尔警察调查进展如何了？"

"他们在搜集死者死亡那一天整个城市的道路状况，想要组成虚拟图像，好追踪与谋杀有关车辆的行踪。埃尔斯顿上校对于结果颇为期待。"

2143 年 1 月 18 日，星期五

夜晚的纽卡斯尔不断排放出自身制造的浓密光污染，街灯和屋灯开心地燃烧着，无视能源的高昂价格，车灯如闪烁的星辰，不断交替闪烁，一排排办公大楼发出光芒，省电光板天花板下一排排无人办公桌与办公区一览无余。城市中央是一团浓艳的色彩，广告投影画面与霓虹光影塞满了整条街道，想要抢夺品牌的胜利；车辆添加了光彩，头灯与尾灯在冰雪密布的柏油路上创造流动不停的光子波流。

当然也有阴暗的区域，宛如长在鲜亮生物身上的漆黑斑驳皮块，让城市灿烂的外表有了瑕疵。公园、城中心外围老旧建筑物的屋顶、GSW区域等等，席德知道这些地方的存在，但是除此之外有更多令人不安的阴影。时隐时现的街道，影像间的距离只存在于他的意识，出人意料的交叉路口从视觉中消失，陷入黑暗的庆典。

即便如此，整个城市的虚拟景象依然十分壮观。席德和拉尔夫站在全像剧院旁，远离某部亚洲灾难片里的恐龙怪物般的、随时准备毁灭尚无知觉的都市的排排建筑。在他们眼前，星期天晚上九点钟那一段时空完全呈现，数千辆玩具车无视于暗冰滑来滑去，如蝼蚁般的人们快步走在人行道上。

席德忍不住整个人扑入光流中，直到芬翰区环绕在他的膝盖边，他几乎以为自己双腿的动作会在闪烁影像间激起暗流般的水纹，但是剧院

投影器完全无视他的存在，继续在他周围创造出虚拟图像。他低头看着正下方，一辆公交车正顺着芬翰厅路缓缓前进，来到跟B1305的交叉口时消失，那一块主要是地图轮廓，是城市规划办公室在缺乏罩网数据的情况下，临时替补用的灰色几何轮廓。

公交车重新出现在B1305，往南边行驶，朝河堤开去。席德看向旁边，墙壁后是全像剧院控制与调整中心。阿里和黛德拉坐在主桌后面，伊恩、伊娃，还有其他两三个人挤在他们后面阴暗的区域里。"请放大影像。"席德指着灰色的草图说。

城市在他周围猛然放大，速度之快让他一时感到晕眩。当初使用全像剧院的目的是为了让他们完整重现第一时间的视觉记录，提供整个犯罪现场的影像回溯，好让他们一个像素一个像素地检视在忙碌的医护人员冲入，以及外聘巡警开始乱踏之后，任何可能被挪开或漏掉的证据。现在席德有点烦躁地看着路口的蓝图线。"这一区有多少智慧粉尘？"他问。

"问题不是数量，而是颗粒跟颗粒之间怎么联网，如果它们之间的距离太远，就没办法联结。12月初的龙卷风狠狠搞了城市一把，把一堆智慧粉尘都刮了下来，加上超烂的维修日程，更不要提一般的破坏了。只要用喷漆或荧光胶盖住粉尘，粉尘的感应功能和吸收太阳能的功能就会一起坏掉，可以算是死透了。"阿里说。

"刻意性破坏呢？"拉尔夫走过来看路口时间。

"也有影响。我们发现这个周末有很多起攻击状况。"黛德拉承认。

"所以目前我们没有这一块完整的街道罩网。那给我看看交通管理AI的公交车虚拟现实，把这一段重新运行个两分钟，我要看公交车的网络代号穿过路口的样子。"

整个虚拟画面倒带，车辆快速往后倒退。都市行政管理网络用来标记每辆车的绿色与紫色符号出现，附加不断变化的数据。席德看着公交车小心翼翼地驶过芬翰厅路的最后二十米，接着和紫色的交通管理符号一起消失。

"突然下线。等等，让我查查看。"黛德拉说。公交车与它的符号重新出现在B1305。"没错，那一段路的罩网挂了。"

"把比例缩小。"席德说。当虚拟画面恢复原来大小时，他看着爱思维克码头，然后又看向福登GSW的黑点。B1305路口在两者正中间，却也不远，"那一段罩网是什么时候坏掉的？"

阿里研究全像控制台画面，"是星期六深夜。"

席德跟拉尔夫交换视线。

"冻结影像，标出道路区罩网坏掉的位置。"席德说。

一堆红色记号出现。席德无声地吹了下口哨。整座城里有几百个红点，但最密集的区域就在爱思维克和福登中间的一大片。"现在增加街巷罩网坏掉，或是我们没有记录的位置。"褐色的记号出现。同样大多数是在爱思维克和福登之间，"哪些是重合的？把其余的消除。"

城市其他区域中将近半数的记号消失。"爱思维克和福登之间有一百一十七个，老板。"黛德拉宣布。

席德判断："整个行动经过了精心的筹划，这个计划需要的组织规模就更不用提了。伊恩，我要鉴证组去查有故障重叠的二十几个城区，在墙壁及地面上的智慧粉尘取样。我要知道是什么把我们的传感器分布给毁掉了，而且要知道确切时间。如果是被电磁脉冲破坏，而不是被黑掉的，那我们可以第二次运行虚拟现实，看能不能看到凶手。"

"行，我现在就去。"

"谢了。黛德拉，我们得用很费功夫的方法去查。把我周围的虚拟现实定位到福登GSW区的中心。"他一边等，一边努力回忆他之前设想过的最糟情况，"我们知道尸体大概是十点钟以后被丢弃到河里，所以我需要星期天晚上九点半到凌晨一点钟以后，每辆靠近GSW半公里范围内的出租车记录。"

他们看着虚拟图像在一片流转的车灯中快转到十点，然后减缓，停下。"好了，把出租车标记出来。"席德很有耐心地等着，看到一个绿色的标记出现在GSW北边界线的金斯顿公园路上。他怀抱着近乎猥琐的心情在操控这么大的虚拟现实，如果警方的每个案件都有这种资源，那前往米尼萨的巴士一定爆满到不行，"我们一辆辆查。"他告诉拉尔夫。

"我们还要查什么？"拉尔夫问。

"查一辆车牌标记不是出租车的出租车。这种误导曾毁了不少案子，是帮派经常使用的手法，所以我们别犯这种基本错误。"他走到GSW区，检视每条路。当罩网搜集的影像被投射在基本地图上时，分辨率不是最好，但是市立出租车有着很独特的外形，只要看到有点类似的车辆他就可以要求放大。

一阵不情愿的迟疑之后，拉尔夫掉转过头，沿相反方向，绕着GSW的暗区走。"什么都没有。"他终于说道。

"向前三十秒。"席德命令。他开始研究一批新的车辆。

"你说真的？三十秒？"拉尔夫说。

"对啊，时间久到可以改变记录，但是不够在我们没看到的情况下冲进GSW。"

"可是我们总共有四五个小时的范围要查。"

"是啊，你需要赶去什么别的地方吗，老兄？"

2143 年 1 月 19 日，星期六

灿烂的冬阳从无云的天际映照在覆盖城市的白雪上，每条街道都因此散发着强烈的白光。灰白雾气中的车流十分缓慢，城市里每条路都塞得动弹不得。纽卡斯尔环城道路早上五点钟便关闭，以便 HDA 补给队把一架波音 C-8000 戴达勒斯战略升空机从昨晚降落的当地机场拖到大半个城外的圣天秤星通道。飞机一个小时前就已经被拖走了，但是市政管理 AI 仍然继续忙着将车辆指引回正常状态与路径。

丽贝卡坐在 NE 餐饮服务雇员巴士上，在严重塞车的 A167 上缓缓前进，她戴上太阳眼镜，抵抗无礼的明亮雪光入侵。她的新公司中许多内部资深非管理职位都由政府官员兼任，有了这层关系，和探勘行动签下后勤合约自然不费吹灰之力。NE 餐饮服务的存在纯粹是为私人股东生产利润，属于典型的现代公司，将大部分营运项目外包，同时压榨原料供货商。初级员工的流动率极高，所有人签的都是临时合同，有最微薄的法定福利，数据保存也很不完整，企业账目管理更不要提——当然 GE 税务局从来没有查过他们的账。

如此一来，丽贝卡和她的辅助团队要在几个官方数据库里插入合适的传奇故事之举变得简单得可笑，最后诞生了二十一岁的"玛德琳·霍克"：她不断在纽卡斯尔的临时外聘职位间穿梭，从来没有在同一个雇主下面工作超过两个月。反正 NE 餐饮服务公司绝对不会仔细调阅她的背

景，玛德琳在线提交了工作申请，十分钟内就被雇用；数头再多花了一点时间才把她调到探勘队人员名单中，这个工作仍然费不了多少功夫便完成——NE餐饮服务在数字安全方面谈不上有什么投资；最后只剩下两天的训练要完成，以便取得基本GE五级卫生执照。她在温拉顿的老旧商业训练厨房中进行真正的培训，所以当她和其他NE餐饮服务员工一起抵达HDA基地时，她与上过同一堂课的人早已认识，不再是新来的、引人注意的那个女孩。

星期六早上十点半，十五人座的巴士停到基地门口，所有人在肃穆的水泥建筑物前下车，大型HDA交通工具与货车从身边川流不息地经过。运输箱这几天不断抵达，让基地后面的储藏空间接近容量极限。年轻的玛德琳·霍克跟她的新朋友们一起挤成一团，看着七十一吨重的巨型坦克开过去，平板拖车塞得满满地出发，朝临门区尽头的圣天秤星通道前进。

"什么啊。"露露·麦克纳马拉嘟囔一声，其中一辆坦克的行进气流让她的围巾乱飘荡起来，"我从来没见过这种景象。"

"我们绝对是在创造历史。"丽贝卡赞同。

"那里到底急什么鬼？哪个激进分子在浮藻田里尿尿吗？"

"一定跟死掉的诺思三代有关系。"富勒·欧武苏自信满满地说。

"那只是个劫车案而已。"露露说。

"你不会真的相信警察说的那些屁话吧？"富勒回嘴。

露露耸耸肩，"我哪知道。"

卢瑟·卡曾，他们的领队主管在跟守卫们说话。他一挥手表示感谢，之后走回NE餐饮服务的这群人身边。"来吧。我知道我们过夜的寝室在哪里了。一个小时后等所有人到齐，会有一场简报。"

小小的团队低声抱怨，交换了几个不解的眼神后，拿起自己的行李，跟在卢瑟后面前进。

"一起住吧？"露露问新朋友玛德琳。

"行啊，但我打赌房间一定不止两张床。"丽贝卡抬头看着阴冷的水泥外墙以及狭窄的黑暗窗户，"这地方不算是什么旅馆。"

露露咯咯笑了。"我住过更糟糕的地方，宝贝。况且，我们可以去圣天秤星，而且还是冬天的时候去，多棒啊！简直就像有人出钱请我们去度假，去那边享受热带的温度，留在这边的所有人可是都冻惨了。"她开心地拍拍圆筒形的袋子，"我买了一套新的比基尼，打算晒一身古铜色，让我的朋友们嫉妒死我。"

"好主意。"丽贝卡回应。她很想跟这女孩说说现实，露露才二十出头，天真乐观到不行，但这样就太不符合玛德琳的身份，她本人也应该涉世未深，人生并没有什么真正的目标。所以丽贝卡忍住了。也许在出发前，她可以带露露去临门区快速采买一轮，说服那女孩往袋子里装些比较接近求生配备的物品。

丽贝卡说得没错，的确没有个人房间。所有NE餐饮服务公司的人被分配到同一间寝室。

露露推推丽贝卡，"跟那些男生同一间，至少我们可以瞄看看有没有好货。"她像是一只准备偷腥的猫儿般说道。

丽贝卡把袋子锁在床边的柜子里。所有人边闲聊，边等另外两车的同事也被送到。中午的时候，一名HDA中尉走进来，拍拍手要众人注意。"大家听好。我来这里是要告诉各位，你们是因为HDA要进入圣天秤星的布洛加大陆进行探勘与测量基因种类，才会来到这里。我们想要查明有关丛林深处存在着尚未分类的智慧异种生物的传言。为了达成这个目的，我们会建立一些前进营地，好让科技人员能够工作。这是军事队伍与科学家队伍合作的任务，而你们会在平民区负责提供餐饮服务和一般国内事务服务。十六点的时候，会有适合当地环境的衣物发放给你们，明天你们会通过通道前往亚贝利亚。请不要离开基地，倘若破坏我们的日程安排，将会造成针对你和贵公司的严重罚款。如果有任何疑问，请使用你们的e-i联络基地的AI，一个小时后就会有探勘行动疑难解答部分上线。公司主管，你们将于十九点的NCO简报获得特定组织需求，位置在D楼，629室。不要迟到。谢谢各位。"语毕，他走了出去。

中尉的人影消失后，寝室安静几秒钟，然后所有人开始说话。

"天啊。布洛加到底在哪里啊？"露露惊呼。

"那是圣天秤星的北方大陆。"丽贝卡说。

"宝贝啊，布琳凯尔·诺思不就住在那里吗？"

"好像是。"丽贝卡此时顾不得伪装的身份，忍不住缓缓露出满意的笑容。

整个基地忙乱成一团，所以丽贝卡得以四处走动，只要不走入任何高度警戒区，都不会有人阻挡她。她经过的每个人脸上都带着从熟睡中被强行挖起来执行紧急意外任务的晕眩表情。四处当然都涂着智慧粉尘，安全罩网链接了强大五官辨识软件的AI，负责把她的一举一动记录建成文件。她不在乎——目前她没有什么好隐瞒的，就算有人去看她的档案，也不过就是看到一个兴奋、好奇的平民女孩赞叹地探索基地，又慌张地为身穿制服的工作人员与载货的货车让路。

站在一个巨大的维修车棚边，里面的工程师正在为几辆货车进行检修。她叫e-i使用预留的单次使用转接地址联络克莱顿，这样就不会有人追踪到接收人。通话本身的核心信息经过加密，外包一层假信息，是事先预录好的玛德琳跟男朋友的对话。

"我进来了。我们明天都要被送去圣天秤星。"丽贝卡告诉他。

"干得好。探勘行动被媒体曝光了，到处都在报道。"

"我猜也是。有凶杀案的消息吗？"

"我们还在查通往GSW区的出租车路径。花了不少时间，有人把城里很多传感器干掉了，杀手可能是一个职业团队，或是在黑社会里有很多朋友。问题是，没有人想接受这个事实。"

"真的？"

"嗯，赫斯特知道是怎么一回事，我想他的老队友们也都站在他那边，但是HDA不接受任何可能与官方解释相左的说法。"

"意料之中。"

"还有一点，埃尔斯顿要求所有A支诺思二代进行基因测试，以确保他们之中没有冒牌货。"

"哇，他们同意吗？"

"你去门口转转。奥尔德雷德正前往基地，要跟埃尔斯顿进行一对一会面。"

丽贝卡轻笑，"一定很有趣。"

"如果交通维持现状，还有一个人会在八分钟内抵达。"

"谁?"

"送比萨的。"

"真有趣啊。"

"是安杰拉付的钱。我一直盯着她的社会银行账号动向，想多了解她这个人。"

"聪明。"丽贝卡承认。

"我的意思是你要的话可以去看一眼虚拟现实。"

"为时尚早。我再想想。"通话结束，丽贝卡难以抉择地站在大车棚外。终于，她嘟囔一句："不管了，早去晚去都是要去看的。"

交通情况一定不错，过了大约正好八分钟，比萨送货小弟就骑着一辆三轮摩托车出现在大门口。守卫们让他把车子停在一旁，小弟从后方的保温篮拿出一大摞比萨盒后，从侧门进去。

丽贝卡低调地跟在他身后，一起来到C楼。这是开放区域，所以她的e-i替她找出了大楼地图。送货小弟没走多远，直直走到一楼的大型健身区。丽贝卡看着他毫不迟疑地推开门，她趁门缓缓关上的时候赶到门边，透过门上的长形窗户望向里面。

一队GE先锋军正在进行操练：举重、跑步机，有两个人狠揍拳击袋。安杰拉·特拉梅洛跟他们在一起，穿着一件橘色无袖上衣，宽松的慢跑长裤，展现几乎跟周围士兵一样健美的身材，锐利的五官带着安静的决心，在跑步机上不停奔跑。丽贝卡心想，她的决心真是非同小可。安杰拉是个可以专注到极限的人，木星那边早就怀疑她有此特质，眼前只是确认了他们的猜测。

不知道为什么，丽贝卡发现自己正紧抓着脖子上银链系着的一个小玻璃瓶，想要镇静下来。所有逐渐堆积的焦虑在这个动作中缓缓散去。练习时段结束，她看到先锋军小队发出欢呼声，大声道谢后朝比萨蜂拥而上。安杰拉下了跑步机，来到他们身边，抓起一大块夏威夷比萨，牵出长长的芝士丝。她轻松地跟同伴们交谈，和其中两人聊天时表现出些许的调情之意。如果丽贝卡不知道她的身份，会以为她只是小队的另一个成员，而且他们之间的同伴情谊非常紧密。怎么能不赞赏她的策略？安杰拉完美地融入了这群人，往后在关键时刻，小队成员将会不愿与她为敌。

"太聪明了。"丽贝卡低声说完，离开健身区。她原本以为看到对方的第一眼会引发自己极为混乱的情绪，没想到唯一的感觉是出乎意料的强烈欣赏。

即使现在，虽然跟露露成为工作上的朋友，丽贝卡跟他人的相处仍然没有办法做到安杰拉那样自在（更别提安杰拉还在那地狱般的监牢里被关了二十年！）。丽贝卡相信自己社交能力较弱缘于童年，她仍然记不得五岁前的任何事。她的父母，莫妮卡和卡韦尔，告诉她这是因为她从出生以来就体弱多病，要不是木星上拥有极端优秀的基因治疗专家，她根本活不下来。重组DNA的必要基因治疗花了很多年才完成。

她是五岁生日前一天才出院的，当时她终于被允许回家，拥有自己的第一场宴会。她的人生也是从那一天开始，她的记忆也是自那一天起才真正展开。

席德跟他的团队辨认出星期天晚上有二十九辆出租车进入福登GSW附近的区域。该区的罩网覆盖是整个城市中状况最糟糕的，只有另外三个GSW区勉强可以相提并论，所以他们不知道最后到底是哪一辆被烧掉。他们一直运行虚拟现实到清晨，但是直到星期一早上，还是只有两辆离开GSW区的记录。虽然有很多出租车开出去，但是没有哪一辆跟进去的二十七辆有一样的牌照。

席德宣告暂停。"有一半的早班出租车都会用假的牌照。车费会汇到登记在越南、迪拜或车臣的第二账户，免得引起税务局的注意。"他告诉拉尔夫·史蒂文斯。

"我以为尼日利亚是最受欢迎的第二账户地区。"拉尔夫低声说。

"咱们的帮派喜欢分散风险。"

"哼！所以现在……"

"所以现在我们得反过来追查那天出现在福登区的二十七辆出租车，看看哪些来自爱思维克码头。"

这是极为精细的工作，当出租车开到很忙乱的路口时，虚拟现实需要两秒为单位的定格检视。那天晚上六点半的时候，他们追踪了八辆经过不同路径、接送不同客人的车。有两辆在换客人的时候，也会换车牌，这让工作更为困难，可是最后这八辆车都被厘清并没有去过爱思维克码头附近。

"我们要去税务局揭发他们吗？"伊恩问。

席德耸耸肩。两个人都待在全像剧场的控制中心，暂停趴在虚拟现实里，让阿里和里安娜抓破脑袋去想第九辆出租车消失在黑洞的时候是转了哪个弯。"现在的事情已经够多了。"这么说并没有直接表示"不要"。警局内部传感器随时有可能会被调阅——可能性不高，但是……这年头谁没第二账户？大欧洲的税高到离谱——他正式警察的基本工资的超过百分之五十都要拿去缴税，这还是预扣退休金之前的数字。他也许是警察，但也是老百姓。

伊恩只是点点头。

阿布纳走入控制中心。他似乎从来没有出过第三办公室，席德心想。他兄弟被杀的案子对他的影响一定超过表面所见。长时间全神投入工作很显然是他调节情绪的办法。

"我刚跟北方鉴证公司的蒂莉·刘易斯讲过话。他们完成道路罩网检查了。"阿布纳说。

伊恩的注意力从虚拟现实离开，"然后呢？"

阿布纳笑了，"百分之二十的自然卡机与坏损。但是在 GSW 和爱思维克的其余八成都是被刻意破坏的。帮派把大多数的墙壁粉尘都破坏了，可是柏油中的智慧粉尘是磁力脉冲电坏的，完全死透，连重启都不可能。这是星期六晚上下的手，大概十七点开始，最后的毁损记录是第二天凌晨一点三十七分，我想他们应该是用了三到五辆下方装有磁力脉冲发电机的车。"

"这下要增加很多人手来做数据比对了。"伊恩开心地咧嘴笑着。

"剩下的罩网记录到什么了吗?"席德问。

"我把他们电死的十个路口往来路段记录都调出来看了。比对的时候没有发现重叠。我想应该是每次攻击的间隔,他们都会改变牌照码。"阿布纳朝闪闪发光的虚拟现实点点头,"你如果真想查,得在你伟大的虚拟现实里执行比对。"

"唉,我们哪可能有时间做这种事,那简直就是往后倒退,对这个案子来说,性价比太低。光是要做出周日晚上的模拟就花了好几天,不可能再花两天把周六也运行完。"席德说。

"我想也是。"阿布纳沮丧地说。

"那罩网破坏呢?"席德问。

阿布纳不情愿地承认:"我只能说,他们的数头挺能干的。我看不到他们是从哪里攻击监控网络,更别提找到从哪里开始,但他们用的破坏程序很强,跟造成爱思维克附近电波脉冲破坏的程序一样厉害。市政府一定不乐见这事,往后势必要加强反破坏措施。说实话,那些人没有干掉纽卡斯尔的每颗公共场合的智慧粉尘是我们运气好,他们绝对有这个破坏能力。"

"这些人做事很精密,不好大喜功,也不炫耀。我们得承认,他们到目前为止唯一不顺利的事情是尸体卡在千禧桥。"席德说。

"我还有一个小时下班,我会再看一次路口。我之前弄过很多次位置比对。"伊恩说。

"谢谢。我去打通电话给特罗斯安保公司。他们很内行,但是一般情况下市政府请不起他们。我会让他们去分析破坏攻击。阿布纳,你留在这里帮黛德拉运行虚拟现实。我要所有人都熟悉剧场的操作程序。看样子又得彻夜调查了。"席德说。

"没问题,老大。"

身为席德名义上的副手,伊恩·拉纳金刚好有资格使用第三办公室边角的小型私人办公间。他向待在主区域全像控制面板前的八名警官和巡警打了招呼，所有人都忙着处理出租车的鉴证数据。出租车和弃尸地点的鉴证数据正慢慢汇入，另外三人继续查货物的运送记录，最后是一个可怜的初级巡警负责给所有本地餐厅打电话，调查它们上星期四晚上的菜单——想要根据死者胃里的食物内容，推断他去过的地方，虽然机会很渺茫。

伊恩一在桌子后坐定，便调出破坏路口智慧粉尘的电波脉冲攻击鉴证结果，然后联机到本城的交通管理AI，要求连接通道记录，并全部下载到警方安全网络。程序开始运行之后，他便以用户许可证码启动肯尼·安瑟塔的档案。那个案子当然没有进展，目前的状态仍然是无分类。再过一个星期，如果没有任何新增记录或后续行动，警局的AI就会自动把案子降级成无效状态。

结果出现在控制台上，他把盖尔·斯特拉顿和凯琳·伊登森的资料调出来，这是他聊过天的两个目击证人。然后，他再使用一次授权码，这次她们的财务记录出现在他的屏幕上，他在官方记录上标记目的在寻找其中一人卖掉i-3800的交易记录，同时要求打开事件发生前一个月内的财务记录，屏幕上的数据量立刻增加四倍，显示付款、购买，还有收入。记录一笔一笔地往下滚动，他有系统地一一浏览，寻找他要找的数据。酒吧费用很好找，他对于纽卡斯尔的夜店分布很熟。模式分析是直觉的结果，一部分来自警探训练，另一部分是多年混夜店的经验。数据显示夜晚刚开始时花钱比较多，很快就减少到零。女孩子们应该一开始是自己点酒，之后的花费大概到夜晚过半时就不再产生；这表示有别人花钱请客——结论：她们没有固定男友。

他同样擅长辨认附加数据。服装店的消费在屏幕中出现，他很快地浏览过去，以充满经验的眼光辨别出她们买的东西。五分钟内，他就找到了他需要的一切，但是他让记录继续运行，免得有人以此判断他在看什么。她们的基本数据同时也包括年纪，于是他锁定了目标。

伊恩将她们的个人资料和财务数据锁回案件文件之后，利用插件通过城市通信路由器去监控盖尔的e-i位置。插件让他可以借用诺思家族案件的权限发出追踪请求，这个案子下载到网络副区的数据流量之小，除非有人进行全面后续分析，否则不会注意到这个小小的请求。即使如此，申请人仍然不是伊恩——老好人阿里背了这个名头。他昨天用钓鱼程序弄到了阿里的授权码。

完成之后，伊恩接下来花了四十分钟，查找任何在路口智慧粉尘被电波脉冲破坏时反复出现在同一个地方的车辆。阿布纳说得没错，下手的人很专业，他们不断地变换着他们的牌照码。

他在七点半时离开警局，开车回家洗澡换衣服。八点十五分又回到街道上，叫了辆出租车，期待地准备迎接这个灿烂的城市在星期六晚上能为一名单身汉提供的一切享受。

"去哪里？"司机问。

伊恩看了一下自己瞳孔智元网格上盖尔闪烁的位置符号。"紫鹦鹉。"他说。这是一家在新门街上还算可以的夜店。

她看到他的时候一定很讶异。女孩们向来都是。这点正好让伊恩的迷人废话攻势得以乘虚而入。在这个世纪，信息统御一切，信息就是终极货币，而他的优势——他比大多数人能在永远海纳百川的信息流中潜入更深——使他绝对地富有。他知道她的年纪、身高、胸围尺寸、体重、目前单身，除此之外，他还能得到她的医疗记录，显示她没有性病，这些资料都可以用来增加他的优势。

伊恩关闭 e-i 连往警局的安全联结，往后一靠，享受这段路程。

2143 年 1 月 20 日，星期天

又是一个无云的冬日清晨，清冽冰冷的空气允许太阳澄澈明亮地照射在冰封的城市。阳光没有足够温度，所以对于积雪毫无作用，只是让马路和人行道平添几道湿漉漉的雪泥。

纽卡斯尔市中心的交通很拥塞，环城道路整天只允许 HDA 相关的车辆行驶。

刚过午夜，两架空中巴士 C121T-FC 超悍型飞机飞入纽卡斯尔机场，巨大的劳斯莱斯泰晤士引擎低空飞过的声音把半个城市的人都吵醒。万斯·埃尔斯顿觉得那些人是故意的，为的是要让所有人意识到他们的存在，强调 HDA 的权威和意义——诺思家族也许拥有这座城市，但就连他们都必须承认，最终还是 HDA 说了才算数。每个人现在心里想的都是探勘行动，往返不断的飞机和车辆让这一天变成了狂欢节。几千居民无视寒冷的天气，成排站在路边欣赏重型军用机器进入通道的景象。除了迎战沽斯潮攻击以外，这恐怕是圣天秤星通道参与的最大一次行动，谁想错过？

万斯的轿车靠近摩斯利街的时候放慢了速度，绕过堵塞水沟的雪堆，靠近路边。他下了车，抬头望着圣尼古拉斯大教堂的古老岩石尖锥屋顶，皱眉看着建筑一半高的地方，有个突兀的金红相间小木箱子，里面装了时钟。钟声欢快地回响，不少人正在顺应召唤，前来参加圣日的圣餐礼。

万斯不满地发现，主要都是年纪大的信徒。这年头的年轻人都没有时间留给主了吗？维梅齐亚少校和安特利奈·维亚纳上尉站在拱门入口两扇雕刻繁复的古老木门旁边等他。

万斯欣然地向维梅齐亚打招呼。"忙吗？"他问。

"时差严重到我得弯成一团咬自己的屁股一口。"维梅齐亚没好气地回答，"转达将军亲自的问候，预祝你一路顺风。"

"请告诉他：非常感谢他的问候。"万斯说。

三个人站到一旁，避开正走入大教堂、衣着光鲜的信徒们微微好奇的目光。

"木星回话了。康斯坦丁亲自回答将军的问题，完全否认他们与凶杀案有任何关联。"维梅齐亚说。

"他本来就会这样说，不是吗？"安特利奈说。

"也许吧。另外一件他否认的事情是说他们在圣天秤星上从来没有发现过智慧生物，但是也承认没发现不代表那里不会有。这么说也合理，毕竟那是个大星球。"

"有出发日期的消息了吗？"万斯问。

"还早，将军想要先看看调查结果如何。他要后勤部再花几天把事情处理好，但现在实际上已经不可能撤回命令了。"

"赫斯特警探的团队其实很努力。"万斯承认，"他们创造出一个很厉害的城市虚拟现实，好追查凶杀犯的行踪。"

"是异形吗？"维梅齐亚直接问。

"如果是的话，它也得到了本地人的协助。"

"嗯。反正崇拜沾斯的疯子已经不少了，如果圣天秤星上还藏着其他种族，八九不离十也会有追随者。"

"我最担心的是，如果那些智慧生物找到方法，可以在不被发现的情况下进出通道，那该怎么办？这绝不是什么好事，虽然绝对可以解答很多问题。"

"是没错。特拉梅洛怎么样？"

"第一天重获自由，很兴奋，试了一下我们的底线在哪里——意料中的事。目前她很安分，绝对是坚信异形存在的人。”

“你想要再审问她吗？”

“没必要。至少现在不必。她神秘的过去让我有点介意，但我看得出来她对于异形的存在很挂心。她认为，如果我们让它有机可乘，它会杀掉我们所有人。”他意有所指地看了维梅齐亚一眼。

“你认为呢？”

“这个案子即使真的是企业斗争的产物，也有太多说不通的地方。”万斯承认。

“但杀人方法却是极为一致的。”维梅齐亚下了结论，“杰·超米克的侦查系统呢？”

安特利奈叹口气，“什么都没有。整个城市已经被一圈侦查器紧紧包围了，就算是一颗沾斯分子打喷嚏我们都会知道。”

万斯笑了，“我喜欢这个比方。但不是沾斯，不符合它的风格。”

“很高兴你对它们这么熟悉，但是确实有东西在追杀诺思家族。虽然他们是一堆诡异的克隆人，但这个群体对星际文明来说却是很宝贵的。”维梅齐亚说。

“我看过特拉梅洛的证词，还有诺思二代的解剖报告。我必须说，我觉得犯案者像是个穿着奇怪动力装甲或是有邪恶人机合体武器的人。”安特利奈说。

“如果是一个疯子单独的行动，为什么等二十年才再下手？”维梅齐亚问。

“这是心理学的问题，而且只是一个问题。我们却因为这个问题组织几十亿的探勘行动？我觉得这样反应有点极端。”

“探勘行动是因为我们对整件事的不确定。我们必须要知道。一定要。”

安特利奈不情愿地叹口气，“我明白，可是科学顾问团队没人提出在别的地方进化出双足生命体是多不可能的事吗？在我们造访过的所有星球上都没有这种证据。瓜尼马洛星上的动物甚至没有腿，还不是过得好好的。”

"科学顾问团队的确进行了一段很长时间的研究。首先，天狼星离得很近，这意味着太空胚胎理论有可能成立，或许这个银河系里的基本生命体是来自星际往来间的微生物。"

"不可能。它以前叫作有生源说[1]，一个世纪前终于被推翻。任何复杂到能够克隆自己的东西，就算只是在星际流星之间搭了顺风车的单细胞生物，都没有办法在绝对零度的真空状态里长时间维持分子结构的完整。"

"这个理论被推翻不是因为不可能，而是因为没办法去实验检查其论点。当时被推翻的原因是相信另一个理论的科学家的势力比较庞大，就这么简单。这是针对数据与可能性的争论。换句话说，根本没人知道是怎么一回事。"

安特利奈双手一摊，摇摇头，"随便。"

"更重要的是，圣天秤星的生物圈实在很反常，它没有任何动物或昆虫的环境非常独特，独特得令人生疑。我们没有碰到过另一个只有植物的星球。当然，从来没有人对圣天秤星的化石记录进行更多研究。高堡市只有一所大学，那所学校专门培养浮藻田和提炼厂所需的有机油工程师，而不是考古植物学家。目前有两个团队在圣天秤星上进行调查，过去三十年来逐渐搜集到的结果确实让我们担心。他们发现，圣天秤星在一百五十万年前左右是没有生物的。"维梅齐亚说。

万斯皱眉，"我不知道这件事。"

"这些全都埋在很冷僻的科学期刊里。况且，他们没怎么进行挖掘工作，圣天秤星这么大的星球，不能只拿一块大陆上很靠近的八个样本点就做出判断。还有一个问题，就算不考虑缺乏化石记录这件事，圣天秤星的斑马种植物链也实在太先进。别忘记了，这是一颗很年轻的星球，存在时间根本不够它演化出这么复杂的植物。这些迹象加起来让科学团队推论圣天秤星其实是人工物种催生的，而非自然演化的结果。也就是

[1] 19世纪物理学家威廉·汤姆森（William Thomson，1824—1907）和诺贝尔奖得主、遗传学家弗朗西斯·克里克（Francis Crick，1916—2004）认为，地球生命起源可能来自星球彼此间碰撞，释放大量微生物穿过太空而致，地球上的生命很可能起源于另一个星球。

说，圣天秤星的生物圈是由人制造的。在两百万年前，有人把一堆细菌和种子被丢在这个星球上，让它们自生自灭。"

"造物时期。"万斯笑了。

其他人认同地笑了起来。

"所以这么做的唯一原因是要为自己的种族先占地置产。"安特利奈下结论。

"我不信。没人会想得这么长远。"万斯说。

"没有人类会这样想。"维梅齐亚反驳。

"如果当初是为了种族扩充，那几千年后就应该能占据那个星球了。"

"也许吧。但没有人在问他们为什么还没出现，这是圣天秤星的另一个大问号。你想想看，如果当初催生的人回来查看计划进度，结果看到我们的浮藻田在他们的土地上到处乱排地球废料，会怎么想？也许这是某个见鬼的艺术项目——据我们所知，就算他们拥有在星际间的催生技术，他们也并没有相应的经济条件。或者这是某个帝王的自然公园。我们不知道，这才是重点，所以探勘行动才要成行。"

"如果圣天秤星上有智慧生物，我们一定会找到。"万斯说。

"我相信你们。"维梅齐亚朝教堂门口示意，钟声此时安静下来，"各位，我们进去吧。你们的任务绝对需要主能给予的所有祝福，况且，谁知道你们下一次能好好祷告是什么时候。"

人群挤在纽卡斯尔的西A1环城道路旁，从A696机场连接道路到临门区和通道本身，几乎是从头到尾站满了人。雷明顿的跨河大桥两岸更是绝佳的观赏地点，所有坐在斜坡上的人都目不转睛地看着第一批双层超悍机来到路口。马路几乎不够容纳飞机的起落架，大家开始猜想，这座桥到底撑不撑得住。满员时的超悍飞机会超过六百吨，但是空机状态只有不到三百吨，仍在桥的负重范围内。

随行护送的技师们穿着灰绿色HDA制服外套，在缓缓行进的巨大飞机旁来回忙碌奔跑，拖曳机的自动驾驶被彻底关闭，由驾驶员亲手操作，笔直地在桥中央前进。机首来到桥头时，一队前导的灰绿外套人检查柏油路面上的冰雪是否确实清理干净，现在可没有人想看到拖曳机打滑。更多外套人围拢到主起落架下方，确认有足够空间通过。

刚过九点，超悍就过了桥，看到巨型飞机顺利朝环城道路前进，所有人都发出欢呼。第二架超悍和三架戴达勒斯平缓地尾随在后。

席德、雅辛塔和孩子们站在原本是班山医院停车场尽头的俯瞰点，就在临门区东方边界的火车轨道旁。医院已经被拆掉一半，建筑商正等着市政府发下许可证，要把这一区重新开发成三座三十层高的豪华办公大楼。这里离通道不过几百米，因此成为纽卡斯尔市中现存最宝贵的地皮之一。至于这一块原属市政府所有土地到底是怎么被卖掉的，已有五名议员正在接受地方预算审查办公室的调查。

挤在停车场高耸的金属围栏旁边，赫斯特一家人的确有着极好的视野，可以俯瞰整个临门区凹凸不平的太阳能屋顶，一路看向通道本身。通往跨太空联结的金属斜坡道路目前空无一人，但是已经被放到下方的出口路径，好让通道有更多空间能容纳飞机主体。其他前往圣天秤星的车辆，无论是商用车还是私人车，都已经被禁行，就连从不间断的步行移民们也难得地必须暂时等待。今天他们只能在临门区的入口徘徊，直到HDA的运输工作结束。

"他们为什么都要去圣天秤星？"扎拉问。拖曳机把第一架超悍从罗贝利出口拖下A1，缓缓地爬入临门区，拐个弯以后停在椭圆形通道口的灰雾前。

"他们是要去进行探勘行动，笨蛋。"威廉嘲笑他的妹妹。

"我知道，可是为什么？"

"他们要去布洛加探险。我们对那个大陆不太了解，HDA要去检查那里是不是安全。"雅辛塔说。

"为什么会不安全？"

"有人报告看见那里有外星异种生物出没。"席德复述官方说法，却痛恨自己这么说。

"是沾斯吗？"扎拉焦急地问。

"不是的，扎拉宝贝，不是。是别的。他们不知道是什么东西，所以才要去找。也可能什么都找不到，但还是以防万一，这是他们的工作。"他与雅辛塔交换眼神，后者正努力克制住自己的鄙夷。

"你们看，上斜坡了。"威廉兴奋地指着。

就在他们正前方，拖曳机厚重的前轮爬上微微扬起的斜坡。虽然这个斜坡已经尽量平缓，席德仍然不确定拖曳机是否真能把巨大的飞机拖上斜坡。他一手环着扎拉，宠溺地搂紧了她。

"爹地，通道塞得下吗？"她问。

"应该吧。"席德有点怀疑地回答，剩余的空隙一定不大。超悍的机翼平平地折在机身侧边，HDA订购的每架飞机都有这个功能，因为要穿过通道，而且一过到对面，就必须能够立刻起飞。高大的两片尾翼此时垂下。

威廉的脸皱成一团，看着拖曳机缓缓进入通道的空间扭曲迷雾中，然后是超悍的机鼻子，聚集在飞机周围及下方的外套人越来越激动，绿色的激光不断从椭圆形的门口以扇形扫描机体，测量位置与间隙。飞机一寸一寸地前移。

当引擎来到通道前，席德几乎以为要撞上去了，飞机的速度现在放得十分缓慢，旁边的人随时在测量。技师们聚集在引擎下方，疯狂地挥动手臂。他很确定两旁的空隙一定只有几厘米宽，但是飞机仍然平稳缓慢地在前进。

当引擎通过圣天秤星通道时，聚集在停车场里的人全都兴奋地欢呼、吹口哨，之后只剩下修长的后机身。

"我等一下回来。"席德告诉雅辛塔。她不满地看了他一眼，但仍然点点头。

"爹地，你要去哪里？飞机又来了。"扎拉急急地问。

"我看到一个老朋友。"他响应，然后开始推挤过一波又一波涌向栅栏的人群，完全无视过程中引来的怒目。终于他来到人群最后方，站到乍看之下像是普通骆驼毛做成的圆驼峰，上面还堆了一个比较小的、用红黄两色羊毛缠成的驼峰之前。席德从外套和帽子间露出的一小片脸庞认出了她：（退休）警探坎尼莎·萨依德有东南亚人的深色皮肤，上面一堆深黑色的斑点，卷曲油腻的发梢从紧绷的手打毛线帽边缘探出，厚重的眼镜扭曲了她棕色眼睛的轮廓。距离上次见到她已近四年，在这段时间中她大概圆了两圈。对于一个几乎不到他肩膀高的人来说，这样的体重增加让她看起来几乎像是颗球。

"谢谢你来见我。"他说。

坎尼莎喝了一口她的咖世家意大利浓缩咖啡，"我听说你被暂时停职了。"

"又复职了。"

"恭喜你，宝贝。"

席德猜想自己被暂时停职对坎尼莎算是一种最终认可。她六年前申请提早退休，接受大为缩水的退休金，以躲避三起内部风纪调查案。她当然是不愁钱用的，现在她住在码头区的顶层公寓，就在乌赛波区东边，在巴西属萨杰洛尼星球上还有第二栋屋子。市场街警局的小道传言说她付得起是因为收了帮派的贿赂，不过被这么说的人也不止她一个，只是席德听说资深警官如欧鲁克之类的人，一直担心她会不会从走入市立招募办公室开始实习警察训练前，就一直是个彻底的帮派成员——这才是他们允许她退休、静静地赶快从警队溜掉的主因，如果警队被渗透的消息走漏……席德不知道事实如何，也不打算以此评判一个人。他们两人合作过几次，结果不错。

"很壮观吧。"他朝第二架开始爬上通道斜坡的超悍飞机挥挥手。

"为什么会有这种壮观场面，席德？他们何必这么大费周章？"

"我说不上来。我现在手上有件大案子。"

坎尼莎含着杯子塑料盖的嘴唇翘起，"逃不掉的是吧？我记得那是什么感觉。"

"诺思家族抢车案。说不定跟这一切都有关，难说得很。"

坎尼莎终于认真看向他，她盯着他的瞳孔被镜片诡异地放大。"席德，你跟大孩子们一起玩啊？"

"是啊。"

"那你得小心点了，宝贝。他们玩起来可不手软的。"

175

"我会的，谢谢。"

"家人都好吗？"

"孩子们长得很快。"席德回应，"我需要知道几件不在档案里的事，坎尼莎。"

她别过头，喝着咖啡，"例如？"

"帮派与企业重叠的地方在哪里？"

坎尼莎一口咖啡差点没喷出来，"席德，你不能问我这种问题。"

她的经典反应让他笑了，甚至也有点得意，"为什么？"

他们合作的第二个案子出了个问题。坎尼莎当时在跟踪一个嫌疑犯，结果被一群街头混混围堵。那不是陷阱，只是天时地利通通不合，标准的警察噩梦。席德中断追踪，立刻加入混战，使用多连发电击器，以及一些他刚好装在非标准远距喷射瓶里的非制式高强度催泪瓦斯。"你跟我，我们之间没有秘密的啊。"

"当然有，宝贝。"

"你听我说，我有个麻烦。他们把诺思家族的案子给了我，但我觉得没办法用标准程序破案，我需要别的突破口。现在看来，那个诺思家族的人参与了一些企业之间的麻烦事。"

"唉，我就想什么抢车案嘛，简直是烂透的屁话。"

"好歹让我争取到一点时间。"席德说。

坎尼莎深思地看了一眼缓缓驶进通道的巨大飞机，"结果变成这样。他们到底在怕什么，席德？"

"这不是第一次诺思家族的人被杀。记得巴特拉姆·诺思吗？"

"大概记得。我得叫e-i调档案才能确定。"

"不论那个诺思族人上星期是因为什么理由死的，那杀手弃尸时有很多人帮忙，但我缺乏线索。你一定有点消息，你原来就是负责城里的帮派调查，他们跟企业之间一定有关联。"他端详着坎尼莎部分露在外面的脸，看到许多又干又裂的小黑点，有些甚至看起来还在流血——似乎也化脓了。她戴着手套，所以他没办法看到她的手。

坎尼莎不情愿地说："没你想的那么多，也没跨网编的那么夸张。企业那帮小伙子有自己的暗兵去处理安全部门的肮脏事，当然他们绝对不会承认，你绝对找不到可以在法庭上成立的关系。"

"哎哟，你就帮个忙吧。我得弄点东西给欧鲁克和诺思家族看，而且得是真材实料，否则我就完了。"

"企业们跟他们是有些联络，但牵扯不大。他们需要皮条客替来访的高层主管提供长得不错的男孩和女孩，也许还加点毒品，就这样了。"

"拜托！"她像个毒贩一样一步步引他上钩，而且如果他没看错，她还很乐在其中。

"也许，假设啦，宝贝。如果有什么见不得光的腰斩动作，他们也许需要一些道上的人来下狠手，把自己跟行动之间再隔一层。"

"腰斩？腰斩是什么？"

坎尼莎叹口气，"这年头警察学院都教了些什么？所有圣天秤星的有机油制造商，以诺森伯兰星际企业为首的大企业，都喜欢操纵原油市场未来一切走向。自己辛劳种出的果子他们可不打算分人，所以如果有什么事情会威胁到他们订定的价格，一律会被他们腰斩，这样让对方可以赚点钱，却又不会扼杀星际经济。你知道他们拥有塞满几栋楼的经济学家在计算油价到底该是多少吗？这价格必须在增长和衰退间达到微妙的平衡，毕竟没人想要倒退到2092年沽斯潮攻击之后的经济大衰退期，我们花了二十年才爬出来。所以啊，宝贝，现在的有机油价其实跟生产成本以及产量没关系，而是经过仔细的计算到最后一个百分比点，不让它造成星际经济的下滑。2111年的企业联盟介入，进而稳定市场后，他们最后控制了一大块完整的有机油贩卖过程，谁都别想要他们轻易拱手让出。如果有人想要动这一块，想要什么小动作重新打开一块未来市场，那么那个人最后漂在泰恩河上，我也毫不意外。"

"为什么会有诺思家族成员想要打破现在的局面？"

"也许他不想，这就是你想说的，对吧宝贝？但其他人也一样狠。想想他们在争什么。"她朝通道口挥挥咖啡杯，"你看到斜坡下的管子没？想过那管子有多粗、每秒输入多少有机油吗？所有人都在说谎，说什么圣天秤星的有机油产量只能提供GE和同盟星球百分之十八的用量。实际上是更多，多很多。没有人要那一大片一大片的浮藻田漏到他们干净的新世界上，地球土地又太宝贵，只能拿来种食物，这件事早在一个世纪以前就已经确定了，但是没人承认我们有多依赖圣天秤星。圣天秤星对布鲁塞尔来说是个挥之不去的小尴尬，因为那是唯一一个他们没有政治控制力的通道。它属于诺思家族，而诺思家族不打算把这通道交给任何欧洲政府单位。"

"靠。我还以为是百分之十五。你确定吗？"席德低声咒骂。

"确定得很。所以如果有人想要硬上那硬得不得了的垄断市场，单挑他们的投资、无限资金，还有很硬的政治支持，那下手的人就要遭殃了。当然啦，如果要玩，是有很多有机油相关市场可以玩，像是瞄准排气量债券、碳交易证、干净燃烧证照、双倍用户、事后交易机制等等，只要有胆量，人人都能玩。如果你够疯又有胆量，敢在这上头玩花样，那你最少需要一批极有办法的人，知道怎么样引诱敌人的员工，快速解决问题。这种人就是暗兵，他们才知道怎样跟那些拿钱去干真正糟糕事的街头混混打交道。宝贝啊，这个不是你能动得了的，这些人的背景太硬。就算你真的因为谁有嫌疑把他抓了，他们宁可选择被流放到米尼萨或被关上二十年，也不会跟你拿情报交换。他们没那么笨。"

"这点我不确定。我有HDA挺我，他们挺有说服力的。"

"那些人根本不怕。但我很担心。我已经撇得干干净净的了，宝贝。我可不要我的名字又在警方那里出现。"

"靠！坎尼莎，说这话的你甚至让我不认识了。我需要名字，是给我不是给他们的。你这样会把我逼死。我只是要个在帮派里会跟企业说话的人而已。帮个忙吧。"

她摇摇头，把最后一点咖啡倒在停车场坚硬的雪地上，看着脏兮兮的褐色液体融化雪面。"我知道几十个人。我抽身后，全死了。你懂了吗？"

"坎尼莎！"

"你为什么不问问你的朋友奥尔德雷德？从另一边下手。"

他瞪着她，"你没断联络。"

“不是。”她用戴着手套的手指戳戳自己的脸，“我看到你一见到我的脸，就在心里打算盘。我得的这东西一定要处理。我必须离开，离开到很远的地方，才能找到可以帮我熬过去的基因治疗法，那可是贵得不得了的玩意儿。我不会冒险，我这辈子冒了太多险，人生的冒险时代已经过去了。”

“他妈的，我只是要一个名字而已，坎尼莎。一个而已！你欠我的。名字没什么危险吧。”

“让我想想吧。”她转身走向停车场出口生锈的栅栏。

“坎尼莎！”

“不要再找我了，永远别找我。我会找你。也许。”

席德看着她摇摇摆摆地离开，牙关紧咬。他想追上她，抓住她逼她转身，继续朝她大吼，让她明白他多么需要这个消息。可是他知道那是没用的。况且，她也说了也许。在她的世界里，这已经等同于镀金保证。

在第二架戴达勒斯通过通道后，席德开车载雅辛塔和孩子们回市中心，车子停在市场街警局，购物位置方便，又不用付停车费。

“你别想‘顺道’过去看看案子的进度。”雅辛塔边下车边警告。

“我从来没想过。今天是我们家庭活动日，我跟你说过的。”他大声抗议，然后装作没看到她投来的目光。他们吵了很久她才同意让他见坎尼莎，况且他的瞳孔智元网格有一个小小的实况窗口，让他可以查看他的小组成员在全像剧院里的进展。他们已经查了十八辆出租车。没有一辆是出现在爱思维克码头的那辆。

两人确认扎拉跟威廉包裹得严严实实，外套扣好，围巾系紧，手套戴上，然后雅辛塔领着众人走向格雷纪念碑。所有人的注意力都被飞机通过通道的景象吸引走了，店家的人潮比平常的周日中午要少一点。席德走进中央购物中心卖校服的史坦纳顿商店。店面以光滑的褐色瓷砖装饰，门边有棕榈树，看起来像是二百四十年前此处建造时留下的，绝对老派的装饰，孩童大小的模型人偶展示着十几所私立学校的校服，不过运动器材倒是很现代。席德向来不喜欢小孩子们运动时戴着大大的保护头盔，面前还有铁条挡着，再配上其他夸张衬垫的配件，完全彰显他十分鄙夷、经由官方提倡的多疑与反风险文化。他当年踢的足球是真正的足球，不是孩子们现在在学校里打的追赶跑半垃圾。受伤的话，下次更小心就是了，不这样学不到东西。但他在这件事上头从来没争赢过雅辛塔，她舍不得她的宝贝暴露在"不必要的伤害"下。史坦纳顿的镜子是22世纪的，所以威廉可以旋转影像，从各个角度欣赏他的新外套，于是也引起他跟妈妈关于样式与合身度的争论。席德带着扎拉躲得远远的，看着扎拉说她没有就活不下去的东西。她说得没错，她的学校围巾已经磨平了，手套也太小。他们走出店家时，一行人提着三大袋，席德的第二账户也少了五百欧法元。欧洲一半的人民都有第二账户，来源都是干私活或是不入账的奖金。

席德的警察薪水是走正式途径，但他的工作也带来许多增加额外现金流的机会。难就难在要维持平衡，有太多警察像是进入游戏店的小孩，一过试用期就整个不受控制，变成帮派勒索与税务局稽查的明显目标。席德则在两年以内都保持两袖清风，直到他升职，即便如此他仍然保持低调以避免被查，而且他向来都不碰轻微犯罪：需要证据出问题或凭空消失的本地辩护律师、夜店老板、被困在地盘斗争的毒枭、无照营业小公司等等。好歹他人在纽卡斯尔，这里可是天文数字般的有机油的钱从所有企业核心涌出，让每个路过的人都能一夕致富的好地方。

在沉默听话地当了六个月初级警探后，席德把一名诺森伯兰星际企业的中层经理从夜店里的一个麻烦境况中给弄了出来。这件事从没出现在任何警察档案上，他也从来没要过任何东西——但他知道这会引起某些人的兴趣。几天后，奥尔德雷德本人跟席德一起在一家牙买加蓝咖啡馆加盟店坐下，亲自向他道谢。

从那时起，席德的第二账户每个月都会收到一笔从新摩纳哥不可追踪账号转来的外聘费。奥尔德雷德有时候会联络他，问个问题，问题的答案只能接触到政府保密数据库的人才能回答。他们当然有十几个渠道，但席德是个有用的渠道，可靠的渠道，懂规矩的渠道。一切如常，直到去年9月，他进入英国财政部，下载一家已经被标记要审查的公司数据，才出了问题。除此之外，他的事业一切顺利，如期升迁。就连新摩纳哥的支付金额也跟着水涨船高，与他的警衔成等比上升。

逛完购物中心，他们去了灰街中段的利维餐厅享受周日午餐。宏伟石造建筑物前的宽面玻璃窗让孩子们可以一面用吸管喝香蕉奶昔，一面看着车水马龙。

"你们喜欢那栋房子吗？"食物上来的时候，席德问。他们全部都看过了从中介那里下载的虚拟现实，轮流在全像控制台里待了一会儿，每个人都可以自行决定是要看得仔细还是匆匆略过。

扎拉含着吸管，笑着说："我知道我要哪个房间。"

"真的？"

"我想要后面的房间，就是上了楼梯以后左转的那间。"

"是右转。你连左右都分不清啊？"威廉轻蔑地说。

雅辛塔警告地瞥了儿子一眼。

扎拉刻意不理她哥哥，"它面向花园。我的窗户现在往外看都只有马路，很无聊。爸爸，我真的很喜欢花园，我用了虚拟的季节显示的功能，夏天里面有好多花呢。"

"我们能有弹跳垫吗？很大一个，像艾瑞克家那么大的？"威廉充满期待地问。

席德想起威廉朋友家花园里的巨大弹跳垫。"没办法那么大，但可以买一个给你。"

"在这之前，你们两个都必须有惊人的乖巧表现。"雅辛塔警告。

"一点也没错。而且最快也要等到夏天。"席德附和。

"啊——这根本是勒索。"威廉抱怨。

"请注意用词，谢谢。"席德威胁地指指他。

威廉露出典型青少年的叛逆表情，在他的约克郡布丁上倒了浓稠的肉汁。

他一定练习过。等他真的成了青少年，不知道会怎么样？天啊，其实也没多久了，席德心想。

"所以你们喜欢那栋房子吗？"雅辛塔问。

"喜欢。"威廉跟扎拉异口同声地回答。

雅辛塔意味深长地看了席德一眼，用叉子卷住意大利面，"怎么样？"

席德网格里出现一个红色高优先的符号。他露出灿烂的笑容，必须用尽全力才能克制住往空中狠狠挥拳的冲动。"好啊。约个时间去现场看看吧。"他说。

她意外地看了他一眼，"我没想到你这么有兴致。"

"那是个好房子啊，宝贝，而且又在我们预算范围内。"符号无比精准地展开。

弃尸在爱思维克码头的是出租车二十二号。

2143 年 1 月 21 日，星期一

星期天晚上，二十二点二十七分的虚拟现实以水街为中心，泰恩河在全像剧院的一边，史考特林路在另一边。席德站在水街东边破烂的建筑物间，看着交叉成网的小路把老旧的建筑物与破烂的工厂织成一片，直到地面下斜至与河岸衔接。斜坡上建筑物的分布情况并不复杂，算不上是迷宫。正中央有一条以前的铁路穿过，现在是卡庭斯花园公园——一片穿过阴暗都市的绿地，让当地住户有个可以喘息的空间；更有一座动物园，给从来没出过城市的小孩与动物互动的机会。

虚拟场景里，他双腿消失的位置正是帮派的数头造成最严重破坏的地方。面向水街的罩网没有一处是启用状态，全部被撕烂，马路的智慧粉尘区域罩网也被电波脉冲全面屠杀。运行虚拟现实的AI用城市规划办公室的图书馆影像取代这一块，建筑物的表面来自不同的季节，从明亮的夏季到灰暗的秋季，湿漉漉的表面、沐浴在阳光下的干燥墙面、雪泥、泥泞、冰雪……没有半点来自上个周末的影像。

过了A695史考特林路的分界线后，斜坡半路好一点点，但即使是这一块，放大的影像也让感应装置失效的区域更为明显。席德低头看着史考特林路的六车道。他的正下方是跟邓恩街的交叉口，穿过一排大路南边的汽车展示间。在往东的高速公路上，那辆出租车出现在雪铁龙的展示间大墙上的智慧粉尘罩网记录中。它的颜色是接近黑的深蓝色，跟城

里的其他出租车一模一样。

昨天晚上，在他们确定就是这一辆车之后，阿布纳、拉尔夫、里安娜、伊娃用他们手上最清楚的罩网影像运行了图像比对程序。汽车上什么都没有：没有泥巴、没有凹陷、没有擦伤，跟别的出租车没什么差别。他的团队在同一条路径上找了好几次，不断把虚拟画面暂停，想要看清司机的长相。可是打了一通电话给北方鉴证公司的蒂莉·刘易斯之后，后者已经确认挡风玻璃和侧面玻璃都涂了单面隐私漆。没有人能够看到里面，门也没有打开过。

"他们换了几次牌照？"席德问。

"四次。"伊娃确认。她站在他身边，闷闷不乐地瞪了出租车一眼，"每次变换都是在他们破坏的路口。"

"所以他们知道哪些路口被破坏了。"

"绝对知道，老大。大多数时候它会等到另一辆出租车也进入路口才换，这一切安排得天衣无缝。"她指着脚下的出租车，"它在公园路交叉口回转，回到市中心。每个岔路、每个拐角、每个麻烦的交叉口，这混账都会绕过去。从这时开始，它花了四十分钟才消失在GSW区里。"

"以城里的交通状况来说，还不赖。"伊恩从全像剧院的控制中心里说道。

席德从玻璃外朝他咧嘴一笑。"是啊，不赖呢。"他再次低头凝视着破烂的河岸区，"好。"他非常清楚地意识到拉尔夫·史蒂文斯正站在伊恩身边，不带感情地看着这一切，"这部分我们必须做到完美。我们要找到这辆出租车是从哪里来的，那就是案发地点。这群混蛋把这一区的罩网毁了一半，就是想阻止我们用今天的方式追查，所以我们要让他们看看我们的厉害。从这里开始——"他转身，低头看着出租车停下来把尸体处理掉的小巷子，旁边是个工地，"——要到这里，它必须走水街、君主路，或是史金纳波路，而它现在就在这三条路的交会口。所以，它是从哪里转到这里的？黛德拉，我们的起始范围从雷德桥开始，一路沿着史考特林路，直到与阿姆斯特朗街交叉口。从此时此刻的两个小时前开始追查。"

"是的，老大。"黛德拉低声回答。

席德重新指着出租车的影像，"我要每一辆开进这一区的出租车数据，不管是什么颜色，牌照是什么，都要预设是假的，只有实际用影像与数据删除之后，才能把它从全像区中移走。"

投影画面开始变化、缩小，好能包括他指定的范围。所有有牌照的市立出租车都用荧光蓝色的图像标记注明。

"阿里，你进来跟我还有伊娃一起，我们跟着黛德拉的数据追踪同步进行目测观察。伊恩，去第二办公室，我一大早已经叫人把它清出来了。你去查查我们找到的每一辆出租车，去跟车主、车行、司机、乘客都确认一遍我们这里看到的情况是不是真的，就算只是在A695走一段路也要查明。"

"老大，这要花上不少时间。"

"我会联络欧鲁克，叫他多给我们两名临时人手。"

他瞄到伊恩隔着窗户刻意压抑的笑容，很清楚他的副手在想什么：*幸好是你去，不是我。*

伊恩想得没错。欧鲁克发了几分钟的飙，才很不情愿地同意把更多警探暂时分到席德的小组里，尽管他其实挪不出人手。

到了午餐时，第二办公室已经坐满了人，忙着打电话去调查每辆在全像剧院虚拟现实中通过的出租车当晚的路线。十五名警探在全像控制台前坐下，一堆军衔很低、表现差劲的病假大王，欧鲁克把他们从其他案件调查小组里挪了出来，那些小组应该很高兴扯后腿的人终于走了，可是席德给这些人的工作并不难，伊恩又盯得紧，他们只需要打电话去确认每辆车的正式记录内容是否属实即可。

当万斯·埃尔斯顿下午四点通过安全线路来电时，席德报告他们在星期天二十点三十分到二十二点二十七分这段时间内，已经辨认了曾经出现在该区域的二百零七辆出租车。

"在那之前呢？"埃尔斯顿立刻问。

席德斜瞥了一眼拉尔夫，两人一起在他的小办公室里，安全锁亮起。"我们认为两个小时的时间范围是合理的。后备厢里有尸体的人不会开着车在外面转太久，一定会以最快且最不引人注目的方式把尸体从凶杀现场运到河边。"

"他们大概也不会停在路边，只为了让我们做出错误的时间推估，这样得冒被人意外发现的风险。"拉尔夫说。

埃尔斯顿哼了一声："这是那些警探告诉你的吗？"

"这个说法符合逻辑性，我很同意。"拉尔夫说。

"我们有一个新的团队在检查每辆出租车的真实身份，会从那些不能确认身份的出租车开始。如果在二百零七辆出租车的所有全像范围内还找不到，那我们会往更早的时段重新开始找。"席德说。

"要花多久时间？"埃尔斯顿问。

"实际上来看，我们一天可以彻查四到五辆出租车的路径。它们会在城市里到处开。真想做得确实，就得花时间，我们不能冒险错过车子停靠的任何一站。"

埃尔斯顿惊呼："那要花五十天！我没有办法接受。"

"只有当最后一辆出租车是我们要找的不幸情况出现时，才要花上五十天。可能的情况是，我们应该在两三周内就可以找到。"席德反驳。

"我记得你说过如果五天之内找不到，我们就不用想了。"

"一般调查案是这样。但目前为止，这案子算不上正常。"

"该死的，我以为你确定是哪一辆出租车以后就能有比较振奋人心的消息。"

"我们还有鉴证报告没看，他们在查出租车的残骸，可是烤焦那辆车的人很清楚要怎么做。根据我们目前为止看到的状况，还包括弃尸团队把道路罩网歼灭，同时撕裂墙上的智慧粉尘，我想找负责帮派工作的警察单位施压，看看有没有人知道些什么。如果真是你的外星人动的手，它也一定有本地人帮忙。"

"调查案需要保密。"

"是的。找来其他小组进行另一个角度的调查工作，有助于强化车辆抢劫的故事性。这正是低级帮派会做的犯罪行为。"

"很合理，也很有可能带出不错的结果。我们需要尽量打开调查方向。"拉尔夫说。

"你要跟他们同化了吗?"埃尔斯顿问。

"我要从任何可以找出上星期到底发生什么事情的角度进行调查。"

"好吧。我同意。而且我还能替你提供另一个调查方向。他们已经同意让所有A支诺思二代进行基因测试。如果有谁是假冒的,一定藏不了多久。"

"太好了。"席德说。其实他随便想想就有五六种能让冒牌货避过测试的方法,尤其如果整件事有其他的诺思家族成员参与,只要事先一两个小时的预警,样本很容易替代,"我让特罗斯安保公司去找破坏智慧粉尘罩网的人,他们是这一行中的佼佼者。如果我能抓几个数头来审问,也许能找到指向犯案帮派的额外线索。星期六和星期天的活动很多,一定有某人在某处会暴露身份。"

"好。"

"我想保留我们今天找来协助办案调查的额外人手来负责这一块。"

"这是你的调查案,你要做就去做,不要指望我在旁边小心翼翼地呵护你。"埃尔斯顿说。

"我会跟你说这个是因为如果我为了这件事被欧鲁克责怪,我会找你来处理。我又从警局调走了十五名警探,现在连抢劫案都几乎没人办了,更不要提什么重大案件。"

"拉尔夫,帮他挡。还有什么发现?"埃尔斯顿说。

席德承认:"今天没有。现在是每个案件必经的基本调查阶段,很无趣但很必要。"

"我对完善准备的认识很深,不劳你费心。继续跟我汇报进度,一有突破就联络我。"

"是的,长官。"拉尔夫说,但他面前的屏幕已经黑了。

席德懊恼地摇摇头。"谢了。"他对拉尔夫说。

"如果我不觉得你做得好,不会支持你。"

"唉。"席德举起手,想要活动活动紧绷的肩膀肌肉。花大半天弯腰研究全像投影画让他腰酸背痛,但寻找出租车是非常重要的工作,他不打算把这一块交给别人。

"你明白我们不可能在这件事上花费五十天。"拉尔夫说。

"我知道。"

2143 年 1 月 28 日，星期一

早上七点钟的闹铃把席德从美梦中拖走。他疲累且烦躁地呻吟一声，趁雅辛塔还来不及阻止他，已经拍下暂停键。不管那是什么梦，他喜新厌旧的记忆已经在他倒回床垫的这段时间里，把旧梦抛诸脑后了。

"今天早上轮到你帮他们准备出门。"雅辛塔说。她听起来似乎全身无力。

他的网格忠诚地开启，让他的视线中出现符号与基本文字。*还没有人看到接走诺思家族人员尸体的出租车。我一定要把醒来后网格打开的间隔时间设得更长一点。*"我知道。"

她星期天晚上是晚班。钱不少，但是紧急手术意味着她到凌晨四点才上床睡觉。

他叫 e-i 把网格暂时关掉，然后躺在原处，直到她又开始打呼，才小心翼翼地下了床。威廉跟扎拉两个人都醒了，他很努力不要发出太大声音，把他们叫起来，送入浴室。他们已经习惯妈妈晚回家，需要睡眠，所以也都安静地下楼，自己从烘衣机里抱出一沓校服。

"做得好。"他看着他们在厨房的老旧炉台前穿上衣服。这一款炉台是蓄热型，有一片厚厚的多变向材质的黑色聚热片架在面南边的墙上，整个夏天都在吸热，然后将热气缓慢且持续地发送到烤箱和烹调台上，随时保持温暖，只需要一点电力就能把温度提高到烹煮热度。如此一来，

冬天早晨屋子里最温暖的地方也会是厨房。

席德打开光波料理炉的快煮功能，做了水煮蛋当早餐。

"你们两个的功课都做完了没？"他们坐下来吃早餐时，他问。

"你昨天晚上就问过了。"威廉抱怨，"我跟你说了，我星期五的时候就已经上传文档，学校网络也确认过，登记好了。我该做的都做完了。"

"我不是在盘问你，只是关心而已。"席德说。

"爹地，我的书都看完了。我喜欢小马公主的故事。"扎拉认真地说。

威廉做个鬼脸，但没笑她。席德给了她一个鼓励的笑容，"做得好，宝贝。"扎拉很喜欢读书，但是他非常希望她能开始读一些更有趣的书籍。老师们都说在这个阶段，支持她的阅读行为非常重要，因为太多小孩一学会基本的文字之后，就立刻选择简单的全像互动内容。

"如果我们有新房子，能养小狗吗？"威廉边切吐司边问，"屋子一定够大。"

"养小狗是很辛苦的事。"席德说。他星期五下午溜班去看杰斯蒙区的房子。伊恩和伊娃替他打掩护，往拉尔夫那里塞了一个又一个档案要他审读。其实这也不难，因为调查到现在，已经搜集了大量的资料。席德原本预算每天可以追查三到四辆出租车的行驶记录实在是太乐观。到了星期四，他们才查了两辆。一辆以极为复杂的路线在城里穿梭，然后载客去摩佩斯，所以又需要一堆新的罩网数据才能继续追查下去。拉尔夫全程跟他们一起待在办公室和全像剧院里，因此他能明白，但埃尔斯顿就没那么体谅了。

"我会遛狗的。每天都会。"扎拉严肃地保证。

"再说吧。"

"说什么？"雅辛塔问。她走入厨房，穿着一件大大的浴袍，头发杂乱，一手遮住一个大呵欠。

"你应该继续睡的。"席德轻斥。

"我想要送大家出门。"她说完搂住威廉和扎拉，亲昵地一抱，"所以刚才说要再说什么？"

"养小狗。"

"养在新屋子里，妈妈。"扎拉说。

"哦。"雅辛塔好奇地看了席德一眼，"真的吗？"

"我觉得我们可以出价了。我昨天晚上看了一下我们的财务状态，如果价钱合适，应该可以买得起。"席德说。

"哎呀，宝贝，你确定吗？"雅辛塔重重坐下，朝茶壶伸手。

席德环顾餐桌，"我们都喜欢那屋子呀，不是吗？"

"对！"小孩们大喊。

雅辛塔边喝茶，一手边梳理头发，"哇噢。"

"我们不能一直住这里。"席德握住她空出来的手，"可以的。打电话给中介，出价给他们。"

"出多少？"

"比开价低百分之十五。"

"一般出价都是比开价高啊。"

"如果卖家真的收到了别人更高的出价，那他们会很高兴。但在那之前，他们可以先想想我们的出价。"

"百分之十五？"她似乎不是很确定。

"他们应该还没收到任何正式出价。这屋子已经在市场上六个星期了。"

"是啦，但没人在圣诞节的时候买房子。"

"你到底想不想买那房子啊？"

"好，好。"她回握他的手，"我晚点联络中介。天哪，我也得找人来帮这栋房子估价了。我跟你说，在我把新屋子整理干净之前，绝对不准任何人来访，连虚拟都不行，还有——"

"先把你的茶喝了吧。"席德提醒她。

席德八点半走入第三办公室时，蒂莉·刘易斯已经在那里等着他。门上的指示灯一变成蓝色，她便把厚厚一沓纸张交给他，还有三块记忆芯片。

"烧焦出租车的最后鉴证报告。"她说。

"谢谢。"席德把她带到旁边的办公室，锁门，"我们查到了什么？"他边问边将一片芯片联上办公室的安全网络，把内容下载到专用内存区。

"所有东西在大火中都被严重烧毁。"

"拜托，就这样？"

"你也看到了，有人在出租车里放了火，起码用了十升的有机油。我们厉害归厉害，也变不出奇迹来。"

"好，那车子的网络呢？有可能修复任何软件更新文件补丁吗？"

"啊，那个还在查。那些零件必须送到一个伦敦的专门公司去检验。他们利用量子电子分析直接读取处理器的回路，这通常用来处理航天网络，在坠机之后找回资料，所以对他们来说应该不太困难，但是快不起来。"

"好吧。谢了，蒂莉。"

"还有一件事。跟出租车本身无关。你记得后备厢那一堆衣服吧？"

"记得。"

"如果想要把衣服完全烧毁，就绝对不要卷起来。衣服是很好的隔热材质，所以那一团衣服中间是完好的。"她伸出手，在纸张中翻找，"衬衫的左胸上有五道割伤，符合你从泰恩河拖出来的尸体伤口位置；衬衫周围都是血，西装外套也是，同样的割伤，同等大的血印。"

"所以衣服绝对是死者的？"

"对，血液DNA确认他是诺思二代。这些是他死时穿着的衣服，这辆是他们用来运送尸体的出租车。啊，在这里。"她把一张纸推过书桌。

席德看着一双袜子躺在明亮的白色检验桌上的照片，旁边有一把尺，标记尺寸。袜子是深灰色，有些地方被烧焦了。他抬头看蒂莉，"怎么样？"

"西装是哈彻牌，很贵，可惜是成衣。那家公司遍及整个GE，联盟星球上有，纽卡斯尔有两家门店，本地百货公司还有三个专柜。衬衫是伯罗布斯牌，全星际的主管都喜欢穿，没有什么特别的，光在纽卡斯尔就有十家店，还有网络专卖店，每天卖出数千件衬衫。这可以说是标准经理制服，正是诺思二代会穿的鬼东西。"

席德用手指敲敲照片，"这个呢？"

"德蓝西毛做的。"蒂莉胜利般地说。

"宝贝，你好心点，我对时尚没什么了解。它到底有什么特别的？"

"德蓝西其实不是毛料，至少不是我们一般认为的羊毛料。它是从德蓝西植物的分枝上撕下来的纤维——这种植物只生长在圣天秤星上。"

席德大有兴趣地盯着照片，"你开玩笑的吧？"

"不仅如此。德蓝西纤维材质很好，是高级产品，触感佳，也挺耐用的，可是它没有出口。他们没办法把这东西的成本压下来，因为 GE 的竞争和保护意识太强，根本没办法从那里把东西运回来。所以虽然在圣天秤星上它被广泛地当成羊毛的替代品，但是在别的地方绝对找不到。"

"死者去过圣天秤星。"

"对。他只可能在那里买到这些袜子。"

"有别的证据支持这点吗，例如西装上的痕迹？"

"没有。他的西装在他被杀前才清洗过，我们在纤维上找到普通干洗药剂。他的衬衫是那天刚穿的，内衣跟袜子也是。没有圣天秤星的孢子或痕迹。能把他跟那个星球连在一起的就只有这双袜子，这正是一般人离家的时候会买的那类东西。"

"嗯，任何有点脑子的辩护律师都会在陪审团面前把这个论点破坏到连渣都不剩，但反正我也没打算用这个去说服陪审团。这是个线索，非常谢谢你。"

"乐意之至。我们的账单正在路上。看单子之前记得坐下。"

蒂莉离开后，席德读了整篇后备厢衣物的鉴证报告。她大多数说得没错——西装和衬衫是不便宜，但很常见，只有袜子给他们提供了线索。他把伊恩和拉尔夫叫进办公室，一起跟奥尔德雷德进行安全通话。

"西装和衬衫的线索有点难查，但我还是会派数据专家去处理，我想列出有哪些诺思二代买过这种款式的西装，还有同样的衬衫。如果有人两者都买过，那我们离答案就更近了。"

"我派乔翰去列清单。他很不错。可是我们可能需要搜查令。这么大的公司不会随便提供客户清单。"伊恩说。

"好，我会请警局的法务参与。"席德表示同意，"不过能查出什么的机会不大。我对于袜子比较有兴趣。奥尔德雷德，你能否列出你有哪些兄弟在去年到过圣天秤星？"

"没问题，但是我得告诉你，人数说不定有我们的一半，甚至更多。诺森伯兰星际企业的资深管理人员经常出入通道，层级越高越是如此。这是工作需求，连我都躲不掉。"

"如果能够把人数减少一半，那也会很有帮助。"席德说。

"我明白。你今天下午就会收到清单。"

"谢谢。"

相较之下，刚才的那通保密电话并不难打。下午一点钟，席德又跟拉尔夫一起回到他的办公室，蓝光冷冷地绕着他的门，窗户不透半丝光线。现在通话的人不只万斯·埃尔斯顿，屏幕墙另外半边显示着查莫妮克·帕萨姆委员的脸。她似乎坐在某个露台上，栏杆后面长着大株罕见的热带植物，在天狼星明亮的光线下闪烁着祖母绿般的色彩。

"警探，埃尔斯顿上校已告知我你的调查进度。"她以平淡的声音说道，但听起来像是埃尔斯顿拿了有毒的东西要她接着。

"你的调查"每个字说得如此之重，席德当然注意到了。她已经在他们之间划清明确的界线，免得结果不尽如人意。"我的团队的确有长足的进展，委员。"席德以同样毫无情绪的声音回道，"我们已经辨认出用来在市内载送尸体的车辆，目前正循迹找寻案发地点。"

"你们要查多少辆出租车？"

"二百零七。"

"你们现在查了几辆？"

"二十七。"

"这跟我预计的进展速度不符。"

"协助弃尸的本地犯罪集团很熟谙这种行动，灭迹动作非常仔细，但最后我们也能因此辨认出他们的身份。"

"你是说凶手不是外星人？"

"我是指这凶手有很多熟悉纽卡斯尔的人帮忙。"

"这种说法没有办法证明什么。我们在诺思二代身上进行的基因测试结果已经出炉，他们的身份无误。诺森伯兰星际企业中没有冒牌货渗入，也不是企业阴谋，外星凶手是另一个唯一可能的动机。绝对有哪里不对劲。"埃尔斯顿说。

"很抱歉，我从来没说过没有外星人，而且我们排除的只有 A 支的诺思二代。死者最近绝对去过圣天秤星，他的衣物鉴定分析结果确认这点。我们还有另外两个分支要确认，但目前为止我们只得到了他们的保证，还没有确实证据。"席德说。

帕萨姆语气严厉地开口："警探，我现在人在亚贝利亚，带领 GE 最近三十年来支持的最重要跨星际任务。我昨天晚上才跟布琳凯尔·诺思本人共进晚餐，你却继续推托这一切都是企业阴谋，并指向布琳凯尔的家族，我没有办法接受你的荒谬理论。你没有实证，只有臆测。你的调查进度基本上已经停滞不前，你只是在为自己缺乏的结果寻找代罪羔羊。一双袜子不能代表整个企业参与凶杀案。"

"我没有说他们——"

埃尔斯顿此时打岔："我认为这只是观点的不同而已，委员，请勿多想。在如此困难的情况下，赫斯特警探已经尽力做到最好，他只能专注于这个问题的一个面向，也就是他的凶杀案调查。我们则需要从更宏观的角度来看待全貌。有东西在二十年前杀了巴特拉姆跟他的一家人，而同样的东西如今又再次出击。眼前的情况很诡异，而且与圣天秤星有非常紧密的关联，就连赫斯特警探也认同这点。"

去他的认同，席德无声地愤怒。

埃尔斯顿继续说："纽卡斯尔的事件已经告一段落。我们必须专注在问题的根源：布洛加大陆。"

帕萨姆立刻接话："我完全同意。探勘行动是正确方针。纽卡斯尔的案件没有新的证据来反对这个决定。"

"至少让我继续调查诺思族人凶杀案吧？"席德没好气地问。

帕萨姆委员的眼睛连眨都没眨，"你当然应该继续调查，也许能有对我们而言很重要的结果。埃尔斯顿上校，我相信你应该快要来我们这里了吧？"

"我预计星期四与我的成员们一同出发。"

"很好。赫斯特警探，现在这个案件的调查由你完全负责。帮我找到案发地点。"

"是的。"还帮你擦屁股，贱人！

埃尔斯顿和委员从屏幕上消失时，拉尔夫露出大大的笑容。

"干吗？"席德怒吼。

"你越来越厉害了。"

"去你妈的。"

"我是说真的。你没朝她丢东西已经表现很好了。"

"唉，她刚刚放弃了整个调查行动，就因为我们的发现不符合她的政治需求。什么样的白痴东西才会这样？"

"很显然就是GE委员这类的人。"

席德倒回座位上，挤出一丝笑容，"我向你发誓，当我证明这是企业利益纠纷引起的凶杀案之后，我一定要笑到肚子痛。我会在媒体记者会上向跨星际宇宙的每个星球宣告，她跟她的宝贝探勘行动有多没意义。"

"你看，她这不是大大地激发你的斗志了吗？她是有两把刷子的。"

"妈的。"

"我们工作的地方隔得太远，有点困难。我也要溜回我的办公室去了。你每天都要送进度报告来给我，我会帮着你挡一下欧鲁克，可是如果你需要更多资源，而且用量跟你最近用的差不多的话，你得给一个好理由。"

"唉，我知道。"

"所以我们要一直查出租车路线下去？"那天晚上，伊娃在伊恩的公寓里这么问。她又抓了一个枕头放在地板上当坐垫，喝着伊恩帮她泡的绿茶。

"现在也只剩这个方法了。"席德承认。他开了瓶啤酒，背靠在空空如也的吧台墙边，"它是我们整个调查重心。想想也真郁闷，花了这么多功夫，市场街警局从未在一件凶杀案上耗费如此庞大的调查资源，结果我只能在一个大型全像虚拟现实里玩找出租车游戏。我应该把我家的小朋友都带来，他们最会玩这个了。"

伊恩坐在小厨房的吧台边，看着同事，漫不经心地晃着腿。"拉尔夫今天下午离开之后十分钟，欧鲁克就把大多数警探从第二办公室带走了。我现在只剩下乔翰和另外两个人。"他告诉他们。

"他们被撤走之前，查到了几辆出租车？"伊娃问。

"大概七十五辆，以那批蠢货来说已经不错了。他们总共调查了一百二十辆，所以有四十五辆是假的，不是假运营牌照，就是无照驾驶，或是他们的公司声称那天晚上这些车根本没值班。"

席德忍不住笑了。"哎，将近三分之一都是做黑车的，这跟大家传的差不多。谁会想要周末的收入被收税的给抢走啊。"

"不一定全都是要填饱第二账户的出租车司机。帮派也会在城里送货。"伊娃说。

"对，这是我们最大的问题，要怎么厘清哪个是普通犯罪，哪个是弃尸案？我们得一辆一辆地追查。"

"天啊。我们想要找的出租车一定是我们查的最后一辆。"伊娃呻吟着把头靠上墙壁，闭上眼睛，"我知道一定会这样。我们的运气就是这么背。"

"多四十五天的加班费也不错啊。"伊恩说。

"你还没听说钱的事吗？"席德问。

"什么？"

"我在局里听说 HDA 目前没给欧鲁克半分钱。"

"靠！真的吗？"

"我们花了一大笔钱，在这个案子上把一整年的凶杀案调查费耗掉一半，而现在连 2 月都不到。"

伊恩送来一个邪恶的微笑。"是你花的。"他用啤酒瓶敬个礼。

"不好笑。"伊娃告诉他。

"这是真的。而且还不包括让全像剧院运作起来，以及月底要送来的外聘公司账单。"

"为什么HDA没付钱？"伊恩问。

"他们说是不同的结账程序。他们不分期付款，会在调查结束后，等我们提出全额，再由他们来补足款项。"

"可是……就算我们运气好，这星期就找到对的出租车，调查还是没有结束啊。"

"等等。他们说'结束'的意思是提起诉讼，还是揭露出外星人？如果我们找不到，如果这个案子被划分成无进度状态，这样也算是结束吗？"伊娃问。

席德耸耸肩。"你说呢，宝贝？这等于是要逼市场街警局想办法提起诉讼，诺思家族也在施压，我敢打赌这些因素都造成HDA那种老子我最大的态度。除了那个贱人委员外，每个人都想要让欧鲁克继续逼我。"

"所以我们真的要侦破这个案件？"

"对。"

"那为什么要浪费时间在列什么买西装名单上？大家都知道买衣服要用第二账户，不会有诺思家族成员被记录到拥有那套西装和衬衫。"伊恩说。

"我知道。但我也说了，我们必须先把正式程序运行完了，才能专注于找到真凶。而且他们的诺思二代基因测试很有帮助。"

"有什么帮助？"不解的伊娃问。

"显示所有的A支诺思二代都是真的诺思二代。"

伊恩兴奋地一拍手，"我懂你的意思，老大。有假冒的人混进来了。"

"很有可能。事实很简单，泰恩河上死了一个诺思族人，所以无论如何，诺思家族都跟这件事脱不了关系。他不是B就是C，可能被发现参与了企业斗争，所以被干掉。不太可能是A，因为奥古斯丁和奥尔德雷德都在用力逼我们找出真相。所以我猜这件事的背后黑手不是布琳凯尔就是康斯坦丁，而那个尸体是奥古斯丁的儿子之一。意思是，有个B或C取代了他，取代了他的人生。"

伊娃缓缓说道："如果真是如此，那我们的死者一定是诺森伯兰星际企业里颇为资深的人，一个可以取得所有高层密码或数据……总之是他们想要的东西的人。"

"这点跟袜子线索很吻合。奥尔德雷德说资深管理人员不时会往来圣天秤星的通道之间。"

"背后一定是布琳凯尔。下手的手法就是对她父亲的报复。"

"不合理。巴特拉姆和他的家人是被那个疯子女孩杀的，她叫特拉梅洛是吧？"

"可能是烟幕弹，谁知道？我们只能专注于有确定事实的地方。这是个企业秘密行动，因为跟以前的分家有关，所以情况变得更严重。家族阋墙向来都很惨烈。"

"但是什么样的企业斗争？"伊恩问。

"不重要。我们现在可以忘掉那个蠢外星人理论，好好办案。"伊娃瞥向席德，"你的街头帮派线索呢？"

他苦着脸，"问题给出去了。现在只能等对方给我答案。"

2143 年 1 月 31 日，星期四

"大家记得，通过时要抬头。"这是安杰拉能给出的最好建议，也是发自内心的真诚建议。他们也都听了。当然会听，她花了很多时间融入帕瑞西的小队。这一天终于到来时，她已经被他们视为自己人。

早上七点整，圣天秤星北陆地质物种分布探勘行动的 GE 先锋军小队全员，携带了全副热带环境（TE）配备前往基地运输集中点报到。七点二十五分，车辆发动，系统检查。七点三十分，车队在护卫陪同下出动，前往通向圣天秤星的通道，然后抵达高堡市机场，预计当地时间十七点整升空。

他们跟 HDA 一样，喜欢绝对精准的命令，所以安杰拉又坐回了同样一辆黑色小巴，再次排在车队的前面。一共有十辆一模一样的小巴，刚过七点半就出了基地，朝通道出发。帕瑞西·艾维特下士坐在她旁边，亚提欧大兵在前面驾车下了山坡，走上君主路，直直穿过临门区，跟十六天前一模一样。在她看来，这段时光已经可以称为令人怀念的美好过去。只不过如今车队前面多了一辆黑色轿车，里面坐着万斯·埃尔斯顿上校。

他们早上上车时，他穿着乳白色的 TE 制服。这是自从她离开霍洛韦之后，第一次看到他穿正式制服，她不喜欢——有太多不愉快的记忆。

HDA 警车随员原本在车队前方前行，快到通往通道的斜坡桥之前便

转走。她见状故意轻撞了一下帕瑞西，指指窗外。他报以微笑，乖乖地抬起头。两个星期的纯友谊，两个星期随时在她身边，两个星期一起运动、喝啤酒、骂HDA长官、骂等待的时间、骂什么烂简报、骂根本不够用的TE配备（"早跟你说过了吧"）、骂晚上不准出基地、骂餐厅的烂食物、骂住的地方太挤、骂乱七八糟的演习……对她而言，已是另一种固定的监狱作息，只是可以自由地上跨网。对帕瑞西而言则是奇怪的人生，把他变成一半是具有超级保护欲的大哥哥，一半是维多利亚时代严守礼教的追求者。其他小队成员则已经把她看成吉祥物，是团队的成员之一，只差不准有武器。除了这一点之外，她可以跟上他们所有的训练流程，跟他们一起鬼扯，说黄色笑话。关键就在于信任，而她牢牢掌握住了他们的信任。

埃尔斯顿的车子穿过散发光芒的坚实灰色迷雾墙，这就是跨星际空间联结。安杰拉全身一僵，紧绷到甚至听从了自己的建议。所有人穿过通道。

灿烂的白光涌入小巴。亚提欧被照得反射性地略摆了一下车轮。

"哇。"帕瑞西忙掏出口袋最上层的太阳眼镜，"没想到会这么亮。"

安杰拉的视线已经在天空中寻找。"那里。"她淡淡地说。

帕瑞西依照她的视线往上看。圣天秤星的天空是一片干净澄澈的土耳其蓝，似乎比地球的天空要高很多，但他几乎没有注意到。横越北方的天空，宛如神奇面纱的是圣天秤星鬼斧神工的环带，从大气层最上方最密实的A环，一直往外延伸五十万公里宽，直到最外层的T环，里面有八个小卫星。主要的环带很明显比较密实，一条条圆环里面塞满碎石子大小的岩石，但环带之间的距离被碎冰和灰尘填满，形成从东到西横跨天际的闪亮披风。

"圣母啊。"帕瑞西充满崇敬地低语。

安杰拉看着圣天秤星的光华，出奇地感觉到一阵安心，这片景象还在。这宇宙中仍然有其自然美景。霍洛韦从她的人生中剥夺这一切已经太久，她几乎要相信这些记忆跟她的前半生一样，都只是她的想象。

在她身后的座椅上，小队其他人同样表达对这片景象的赞叹。

"你之前不是随便说说的。"帕瑞西说。

"当然不是。怎么能拿这种事情随便说说。"

"谢谢你告诉我……我们。"

她露出大大的笑容，戴上全面罩型太阳眼镜，"说实话，这种景象你想要不看到也很难，不是吗？"

"这倒是。"他再次抬头看天空，仿佛害怕这只是假造的幻象。

"如果你觉得现在已经够美了，那晚上更不得了。天狼星让环带比地球的月光还要亮两倍。"

"我相信。"

"非常浪漫。"她说。

他带着些微的戒心，小心翼翼地朝她笑了。这两个星期以来，她从未给他半点暗示，让他觉得他们的友谊能够更进一步发展。他们顶多就是好朋友，因为她是他的正式责任。直到今天早上。小队在收拾装备、穿衣的时候，她睡上铺，帕瑞西睡在下铺。她站在床边，身上只有胸罩和内裤，不断往身上擦高系数防晒油，直到全身肌肤闪闪发光，而且态度好整以暇地展示自己的身材，像是现场直播的全像辣妹。帕瑞西也站在同样的地方，穿着自己乳白色的TE制服，很辛苦地努力不要直盯着她看。他们的视线偶有交会时，她会若无其事地微笑，完全不知道自己已经引发一场睾丸素风暴。

平衡的状态被打破了。他失去原本的笃定，他将放下自尊去追求她，被她轻易控制。

"其实这些环带很麻烦。就因为它们，圣天秤星永远不能有通信卫星，其实哪种卫星都不行。你也许可以看到环带后有星星在闪烁，但这些环带可以说像铜墙铁壁一样，不可能有卫星完好无缺地通过。"

"我们有e射线机，通信器材在丛林里一定可以用。绝对不会比我们训练时的假想环境还要糟糕。"

"绝对会。"她挑衅地说。

"拜托，你对我们有点信心好吗？你也看到我们不是吃素的，绝对可以照顾好自己也达成任务。"

"希望如此。"

椭圆形的通道出口跟纽卡斯尔那边一样，有一模一样的通道斜坡，下方右边是整栋镜面玻璃的办公大楼与暗色的制造厂房围成的半圆形，公司名称以鲜艳的色彩张扬地宣告，附近的自然地面则被厚实宽广的柏油掩埋，好几百辆汽车包括货车杂乱地停靠。斜坡左边是仓库和处理厂，远比纽卡斯尔临门区旁负责处理圣天秤星进口产品的任何一家都大。离斜坡最近的是公交站，每个乘车月台都空无一人。最近两个星期的圣天秤星移民人数下降到每天只有几百个，人们趁HDA还没用通道之前就已经尽量赶了过来。安杰拉没看到外面有半个人影。

斜坡底有一大片柏油往外扩散，同时还有较窄的路连接到附近的几栋建筑物。正前方是一条三车道的大路，旁边还有一个巨大的标志："欢迎来到A号高速公路"。高速公路从通道直直往外，附近目光所及的区域中到处可见有机油工业区，被盖在银色抗热遮布下的巨大培养槽散布在锈红色裸土上，直到天际。培养槽之间是密密麻麻的繁复提炼柱，包裹在杂乱的管线与导管中，不断地排放出一团团蒸汽，气体很快就消散在没有半朵云的炙热天空。地面被无数长蛇一样的粗管线遮蔽，管线连接粗壮矮短的圆柱形涡轮泵，全部都被防腐蚀材料搭建成的简单屋顶遮盖，免受风吹日晒。

"改变很多吗？"帕瑞西问。

"没变多少。建筑物大了一些，培养槽也多了很多，除此之外还是一样。"

"那城市在哪里？"

"高堡市？我不知道，我想应该在十公里外的地方。我没去过。所有人都说那里没什么好的，就是个开厂的地方。"

"也许那里也变得好了点。"

安杰拉打量着毫无掩饰的工业区，一片重功能、无美感的景象。"我很怀疑。"

车队加快速度，在A号高速公路上奔驰。一路上风扇越来越大声，努力地想要应付圣天秤星猛然袭来的湿热气候。小巴里的空气变得又湿又黏，还混入一丝有机油的味道。每隔几百米，A号高速公路旁就会出现狭窄的铁轨岔路，两边是一堆难以理解的路标。公路在培养槽间穿梭，道路看起来像是贫瘠的土壤因为长时间累积而成的两条轮胎痕迹里面装满了水，在微弱的阳光下晶亮亮的一片。五英里后，终于来到培养槽的尽头，当地的紫绿色小草重新占领了土地，大路也在此分岔，他们走了左边那一条。安杰拉瞥见机场的标志在二十英里外。

原生植物慢慢地开始在裸露的土壤上出现，只是有机油的淡淡气味怎么也散不去。深色的叶子上面隐约闪着紫色与水蓝色的光泽，像是折射一样以柏油为中心向周围发散，之间不时出现半圆形的小灌木，从蓝绿色的叶子里长出奇怪的白色枝干；除此之外还有她记忆中的铁丝树，像是没有叶子的地球树木的银色雕像版。

"我以为这里到处是丛林。"雷欧拉·福克斯抱怨。

安杰拉回答她："我们现在在大加洛平原，这是安柏斯大陆的中心，整个安柏斯都是浮藻田。我们跨海到布洛加以后，就有真正的丛林了。"

"浮藻田在哪里？"

"上了飞机你就会看到。"

高堡机场占地二十五平方英里，圣天秤星多的是土地，可以非常奢侈地负担这样的随便使用。机场平坦的地面多半是短割草皮，两条长长的跑道，还有一堆附属的连接道路与短跑道周围散落着建筑物。塔台在跑道的一端，被洗得发白的水泥螺旋柱顶上有一圈蓝绿色的玻璃。虽然这里有人类居住已经九十二年了，它仍然是星球上最高的建筑物。所有建筑物都离得很远，所以也没办法比较出其他机场建筑物的大小，得要走近了之后才发现原来如此巨大。

安杰拉是到了机场之后才第一次看到有人类活动的迹象。HDA后勤部队正忙着负责替亚贝利亚机场的主要准备区提供补给，那里远在七千五百公里以外。所有笨重的器材柜、标准的空载350DL货板、装满原料的GL56货桶、一队队的地面交通工具、直升机、HDA先行送来的平折型快速房舍，全都整整齐齐地排在机场的柏油地上或收在单面大开的停机舱里，等待被运送出去。

除了超悍以及戴达勒斯战略升空机之外，HDA征用了星球上唯一的航空公司：布洛加航空的全部七架飞机。其中四架是商用波音2757型客机，内部改装成只有头等舱座位，可以带一百五十名乘客飞往亚贝利亚，享受最先进的豪华服务，以及他们的快捷货品。剩下三架是安东诺夫An-445型长程货运机，载重量与戴达勒斯相似，原本是用来运送中等重量高优先货品给亚贝利亚富有时髦的任性消费者。其他东西，就是真正沉重的货物，都装在巨大的货运火车里，靠着A号高速公路，运输到各个区域。

还停在停机舱里的飞机，都是那些在亚贝利亚有住所的超富豪所使用的超音速专用机。整个星球上也只飞亚贝利亚一个目的地。

诺思家族在巨大的安柏斯大陆正中心建立了一个主权独立国家，有自己的宪法，其政治合法性受到地球与星际每个政府的官方认可。它的国界大约直径两千公里，呈圆形，囊括所有浮藻田以及农场——他们只负责这些东西。安柏斯北海岸的港口小镇东盾镇是A号高速公路的尽头，是主宪法唯一适用的另外一个地方，那个镇的存在只是为了装载与维修航行到亚贝利亚的五艘货运船。

在大加洛平原以外很远的地方，沿着安柏斯三千公里长的东南海岸是独立国区。这里极为吸引地球以及其他跨星际星球的少数政治主张人士，这一区有无数的微国家，每一个都对于自己独特的宪法极为骄傲与保护。早期建立的微国家彼此相连，之间有明确的国界，新的微国家则散布在巨大的提恩列岛的不同小岛上，占据他们统称为自由群岛的区域。人类曾发想过的每个政治与经济理念以及无数神权政府，都可以在独立国区找到，为每种异议分子提供庇护。

所有去圣天秤星这一区的人，也就是过去八十年的所有移民，都是走B号高速公路，那条路大半连柏油都没铺。没有一个独立国拥有自己的跑道——他们太重视自己离群索居的状态，不愿意与他们舍弃的星际社会有快速联结的方法。

安杰拉所在的小巴停在一个巨型开放式停机坪旁边，圆弧形的太阳能板屋顶大到可以覆盖两架并排停放的超悍飞机，不过现在还不到可以让这两架飞机同时停飞的时候。四分之一的水泥地面上都是350DL货板与GL56货桶。一排流动厕所旁边放了一张张工作桌，上面有冷水机和装满点心的冷藏箱。

"我们在这里待到起飞。上机之前，自己的配备包都要看好，不要让它离开你的视线范围。"帕瑞西对他的小队宣布。

亚提欧一打开小巴的门，一股热风便涌了进来。安杰拉把她自己的提袋挂到肩上，戴上一顶棉布遮阳帽，去小巴侧面的行李箱拿出她的HDA配备包。

有几百个人聚集在停机坪，大多都是先锋军，还有一些科学人员以及HDA技术支持专家，所有人都围成自己的小圈子，互不来往。安杰拉觉得这种恢复到原始部落时代的行为模式十分好笑。

她从无聊的餐饮人员那里拿了一壶冷水、一包三明治，然后加入帕瑞西的小队，坐在自己的配备包上，看着外面一成不变的景色。氤氲的地热让空气变得朦胧，远处的建筑物看起来都在摇曳。除了几辆HDA卡车以及平台车在货柜堆间像是跳着奇怪的舞步一般穿梭以外，没有别的动静。

运输人员搭着巴士抵达，把小巴车队的车都开走。巴勃罗·博坦中尉过来宣布超悍"略微延迟"，先锋军士兵发出他们典型的嗤笑。

安杰拉决定待在这里看夕阳滑落天空，她调整好位置，确保自己可以看到壮观的星环。懒洋洋的天气、充满有机油气味的油腻空气、明亮的天光以及平坦的大地，让她在离开霍洛韦之后第一次感觉到真正的自由。在这里，她真的可以从所有人眼皮下溜走，朝天边走去，再也不回头。

时机未到，还不行。还有几件事等着她去查，探勘队正要带着她直接去查第一件事。

一个小时后，一队六辆行动生化实验室的车队停在飞机库门口，只有屋顶的影子堪堪遮住车辆。车子每一辆都很大，车架下有六个独立驱动的轮轴，上方有一个架高的驾驶舱、小型生活区，还有毫无窗户的实验室，总共有车体的三分之二长。看着直径一米半的轮胎以及粗粗的悬吊活塞轴，安杰拉认为几乎没有任何路面是这种车应付不来的。

万斯·埃尔斯顿和其他几名军官走过去，开始跟下车的异种生物研究队交谈。很显然他们这群人都很熟。她特别记下这点，好奇埃尔斯顿这种特务为什么会花精力去认识那些科学呆子。

一架波音C-8000戴达勒斯开始着陆，刹车发出尖叫，舱底转盘冒出一阵黑烟后降落完成，慢慢地开到卸货舱，打开了后方斜坡门，机首也慢慢打开，让后勤部队成员可以用平板车最快的运货速度从两边同时上货。工程师进行飞行安全检查，检视涡轮扇。与此同时，两辆庞大的油车开了上来，开始灌入JB5有机航空油。机组成员下了飞机，由下一组人接手。

天色也很快开始变暗。安杰拉看着一团深灰色的云层从西边涌入，衬着一望无际的天空，更显得离地面低得不可思议。风变大，凉风一阵阵吹入飞机库。她往身上套了一件薄毛衣，然后把太阳眼镜收起。大多数先锋军都站在飞机库边缘，看着云层逼近。都是些没经验的。

戴达勒斯在短短的四十五分钟之内就整机完成，重新上了跑道，飞上天空，勉强赶在云朵到来之前。云层带来的暴雨跟她记忆中一样猛烈。一个多半是热带或亚热带气候的星球就是这样，每天都会下雨，通常还不止一次，加上圣天秤星这么大，直径几乎是地球的两倍，这里的雨也几乎是后者两倍剧烈。

大雨打在飞机库太阳能板屋顶的声音几乎让人无法交谈，所有站在边缘的人都急忙往后退，免得被淋在水泥地上的暴雨波及。安杰拉的视线范围急遽缩小，因为雨墙实在太密，连旁边的停机坪几乎都看不到了。外面的世界只剩下隐约的黑白轮廓，但她仍然可以看到地面轻缓的起伏里开始有雨水堆积，而她原本以为是天然凹陷的地方其实是很宽的水沟，把积水带离跑道和建筑物。

"该死。"吉莉恩·科瓦斯基闷声骂了一句，她跟奥马尔·米哈伯一起坐在离安杰拉不远的配备包上。

"不会下太久的。"安杰拉告诉他们。

"他们没说我们得带上该死的潜水装备。"奥马尔说。

光线骤亮，让所有人吓了一跳。

迪瑞特对着从停机舱屋顶边缘如瀑布一般洒落的水墙笑了，"这里真的是什么都比较大、比较好啊。"

"连怪物都是。"安杰拉说。

帕瑞西责怪地看了她一眼，她歉然地笑了笑，雷声此时在停机舱里回荡起来。

四十分钟之后，来得快的大雨突然停了。云朵往东边快速撤离，只是没还有多少天光。干净的空气随之涌入，带走最后一丝有机油的气味。西边灿烂至极的天狼星主星快速地降落在天际线下方，随即换上明亮的天狼星B星，如今几乎是与圣天秤星正向对面。主星似乎就从星环的边缘后方透过来，让薄薄散落的弧形灰尘欣喜地闪闪发光。

"大家快看。"安杰拉指着星环，"那就是你们第一天的兆头。G点都跑出来了。"

小队的人都聚集在她身边，想要看她指向哪里。大概星环将近一半的位置，有一小团黑影正顺着其中一条比较粗的环缓缓前进。

"那是什么?"穆罕默德·安瓦问。

"星环边缘的卫星之一，陨石大小，有助于维持星环稳定。技术上来说，它位于F环的外围，可是……大家都叫它G点。"

"因为难找啊?"汉拉汗边抬头眯着眼睛看边说。

"只有你们这些小男生才这样想。"安杰拉回嘴。

小队的人都笑了。这时太阳终于在天边滑落，星环在暮色的天空中正式出现，晶光闪烁。

他们的超悍飞机十五分钟后降落。地勤人员推了两组登机台阶到机身边，两条队伍从那里开始，一直排过了停机坪口，帕瑞西的小队挑了一条的尾巴开始排队。安杰拉猜大概有四百个人要搭上这架飞机。如果这架飞机纯载客用，其实可以载八百人以上，但这是一架综合型飞机，下层目前改装成货用。

卡车把一个又一个堆满货物的货板送到前舱口，后面的双开式机门也开得大大的，一个斜板伸展下来，行动生化实验室正小心翼翼地开入超悍机的肚子里。安杰拉看到埃尔斯顿站在斜坡的底端，仔细地盯着车辆驶入。等到第四辆车停好，他和另一个军官离开，直直走到前面的梯子旁，刻意插队好能立刻登机。

安杰拉终于来到梯子下的时候，一架An445型飞机也降落，一群补给人员蜂拥而上，开始跟处理超悍机的人员一起上货。如果每天都像今天下午这样的频率，每两三个小时就有一整个飞机的人员或物资被送去亚贝利亚，她无声地吹声口哨——这次探勘行动一定要花上几十亿。除了她以外，还有人认真地要找到那怪物。

虽然安杰拉心存怀疑，但超悍的座位其实没那么差。坐垫很扎实，座位间距也还算足够，每一组都有五个座位，她让雷欧拉·福克斯选靠窗位，帕瑞西坐在她的另一边，他旁边是拉蒙·毕肯、乔希·朱斯提克，还有奥德丽·斯利思，五人一排。

她的e-i要求与飞机的智网联机，让她跟跨网能有部分联结，提醒她把飞行途中所有需要的娱乐内容都下载到私人储存区去，因为一旦起飞，联机就会中断。她挑选了一些档案，大多来自无照网站，讲的是跨星际时代的中东政治与大欧洲近代历史，这是她在HDA基地偶尔就会翻看的内容。然后她坐下来，在网格上翻开，不理会飞机的安全解说。

超悍在跑道加速时，她短暂地从内容中清醒，感觉飞机升起时的惯性把她压到座位的椅垫里。这趟飞行应该会持续九个半小时，因为他们飞近落石带时要减速，这九个半小时中他们会在马斯顿海上空又低又慢地飞过。他们要飞一整个晚上，明天早上才能在亚贝利亚降落，这跟她的生物钟完全相反。她的生理时间正在跟她说，午餐时间刚过。至少她有足够时间阅读档案，不过她仍然惯常地告诉自己，必须同时关心两个主题，埃尔斯顿会去查她读了哪些档案。

她把档案放入网格时，心想既然他已经开始猜测她的特拉梅洛背景是假造的，那她的过去他查到了多少？她猜一定没有他希望的那么详尽，因为关于她的出身和人生最重要的关键细节，都存在一个就连埃尔斯顿心爱的异种情报局都无法碰触到的数据库。她知道这会让他在意不已，因为那个人就是有那种小人优越感和工作职责不得不有的傲慢。事实上，如果他的DNA分析做得够好，他唯一可能发现的就是她真正的母亲是谁。安杰拉一想到就偷笑，如果他真的去见她了，那可绝对有意思。

超悍缓缓地攀升，逐渐朝东北方的航道前进，银色的环光从窗户照进来。

"哇噢，你快来看。"雷欧拉的脸贴着窗户惊呼。

安杰拉扭着脖子从雷欧拉的肩膀后面探出头看。下方的地面被明亮的环光照得清楚，一块块浮藻田处处分明。每一块都是完美的圆圈，直径有一千米，边缘是中央挖出浅坑时堆起的矮土堆。每天的雨水把浅坑填满后，就会放入基因改良后的浮藻，在这个星球完美的温度与湿度综合环境下快速茁壮繁殖，把浅坑的表面变成浓稠发光的黏液，最后由接在中央柱子上的机械手臂采收，手臂日夜不停地绕圈，要两个整天才会绕完一周，抽取掉大多数浮藻类，但留下足够的数量继续繁殖，待两天后机械手臂又绕到同一块田时，上面会长回满满的一片浮藻。

采收的黏液被涡轮泵系统送到提炼厂把水分移除，只留下浮藻，含有大量碳氢化合物的本体被处理成六种对于跨星际经济绝对必要的有机石油产品。人类对它的需求庞大无比，随着人类世界稳定经济发展而同步增加。从离地四英里高的飞机往下望，发亮的圆圈无所不在，遍布目光所及的每寸土地。浮藻田很整齐、很密集地排列，唯一会破坏结构的是平原上偶尔凸起的小山丘。田地之间的间隔经过精密计算，可以容纳狭窄的交通干道与水管网络并存，同时还有分流水渠，把多余的雨水排走，整齐的分支网络会与更大的水道汇合，之后变成如高速公路一样宽的渠道，排入这一区的自然河流把多余的浮藻冲走，一路污染原生河岸生态，直到海边。环光此时也照耀在水道上，箭尾形的银色丝线整齐地穿绕过浮藻田。

"这个规划实在太惊人了。"帕瑞西在安杰拉背后低语，"简直无边无际。"

她转头去看他，"的确有好几百英里之广，但是想想看这些有机油支撑着多少个星球上的多少人，我们所知道的跨星际生活有多倚赖圣天秤星。"

"这些诺思族人还真聪明。"

"诚实正确的说法，应该是无情。"

"听起来怨念很重。"

"你知道我为什么会在巴特拉姆的豪宅，对吧？"

"呃，对。"

安杰拉偷笑，听出这件事让他有多尴尬。"原本的三兄弟，他们的脑子就像被挖掉、被硅晶取代一样，似乎完全脱离任何人性。他们了解情绪与感觉，但目的只是为了操纵别人。他们那些变态小孩诺思二代还算有点人性，我想是因为他们都有缺陷，不是完美的克隆品，但他们仍然为家族集团奉献。事实上，没有他们，集团就不可能存在。"

"集团？"

"诺森伯兰星际企业，基本上就是圣天秤星。"

"所以有他们这群人存在算人类运气好？"

"如果不是诺思二代和圣天秤星，就会是别人和别的星球。他们跟之前千千万万的人一样，看到机会就立刻抓住。很聪明。有野心的人一直都在这么做，让他们身边的世界因此而折腰。历史向来如此，他们大多数人都跟诺思家族的人有一样的特质。"

"你听起来好像因为有钱人有钱所以恨他们。"

"钱可以买到不错的人生，我不觉得这样的人有什么不对，至于钱从哪儿来的，每个人的信念不同，有些人就会觉得某些手法有问题。"

"你的信念是什么？"

"我相信每个人都有活下去的权利，而且我会竭尽所能维持这个信念。"

"似乎有点绝望。"

安杰拉朝他一笑，"这不代表我在过程中不会去享受享受啊。我只是有一阵子没机会……嗯，差不多少了二十年吧。"

"这是真正的司法错误。这是我听过最不容易的机会了。"

"是啦，但是当我们在森林里撞上那怪物，把照片放得整个跨网都是的时候，我能等到大笔大笔的经济补偿就好了。希望我也能顺便搞砸一些资深官员的前途，那会是不赖的额外奖励。"

"所以你的目的是复仇？"

"唉，现在我又没被关在监牢里，每天也有食物可以吃，嗯，HDA配给也算是食物吧。我有衣服，可以跟你们而不是跟那些心理变态聊天，也不用与看守我们的虐待狂关在一起。现在我的窗户有风景可看，我还可以上跨网。如果我相信迪士尼的结局的话，甚至可以注意看看白马王子在哪里。我的生活现在是越过越好啦。"

"除了你相信我们全部都会死在丛林里。"

"你们。我相信你们全部都会死，因为你们不相信我看到的东西。你们认为这只是另一次演习而已。"

"我相信你。"

"我希望你相信，帕瑞西。希望你真的相信。"

"关键时候，我会向你证明，你一直低估我们。"

"好啊。唉，真的，很抱歉我的话一直讲得这么难听，我只是已经习惯自己照顾自己了。"

"没什么好波吧？"

"你说什么？"她怀疑地看了他一眼，喜欢他脸上假装无辜的淘气表情，话说回来，帕瑞西在很多方面仍然像个孩子。

"好波，好心善念的念波。你需要感觉到那个，每个人其实都需要感觉到。"

"我是没多少好波，但现在是22世纪，只要有钱，什么都可以弄到。"

他们看着对方笑了。

"又绕回钱了。"他说。

"向来如此。所以你喜欢有很多好波的女孩？"安杰拉说。

帕瑞西得意地笑了，"都行，我不挑剔。"

她微笑，继续读有关22世纪上半叶席卷阿拉伯国家的蓝色卡玛民主反抗行动的档案。

超悍开始下降进入落石带的时候，众人渐渐入睡。东盾镇已经在他们身后千里之外，如今到了马斯顿海，离赤道不过五百米，温度让下面的海面已经接近要蒸出水雾的状态了。蒸发日夜不停，在圣天秤星的海洋赤道上产生一条浓厚的炙热水雾带，一路涌到对流层的最上端，引发整个星球上持续不断的暴雨。

超悍的雷达全开，扫描着前方毫无缝隙的浓雾与雨云，飞机以每小时六百五十公里的速度谨慎地行进，不过如果真有石头砸向飞机，雷达也没办法给飞行员什么预警。如今他们离海平面的高度只有七百米，是涡轮风扇在这样的湿度中能维持的最低安全高度。

"真不知道为什么我们要飞得这么低。"乔希·朱斯提克抱怨。

安杰拉瞥了他一眼，看到他的手将把手末端握得死紧。乔希不喜欢坐飞机，而这里刚巧又是任何跨星际航线中最糟糕的一段。

"在下面安全很多。"她向他保证，"我们现在飞在星环下，A环刚好就在大气层最上方通过，拖曳的尾巴每天会让一百万颗碎片落下的速度减缓到公转速度以下，这百万颗大多数只是灰尘，甚至没沙粒大，但偶尔也会混进几颗比较大的石头。通常这些石头抵达中间层的时候已经解体，像是流星一样掉下来，所以如果有石头没被自己的冲击波磨光，还落到对流层，那雷达很容易就可以检测到离子化踪迹，有时间把我们带离坠落路径。"理论上是这样。她在心里无声地补了一句。这种安全低飞的做法主要是为了乘客考虑，在巴特拉姆设立亚贝利亚的五十四年来，还没有哪架飞机被星环落石砸中——很多起报告都是引擎故障，原因是燃料舱过度湿热。

外面明亮的闪光照出一排惊愕的脸孔。

"那是什么？"乔希质问。

"星环碎片解体而已，别担心，那在我们二十英里上方，而且变小块是好事，烧得比较快。基本上如果你看到闪光，就代表你不会被爆炸后的小碎片打中，要怕的是没亮的那些。"

乔希看起来不怎么信。安杰拉耸耸肩，继续她的阅读。空服开始供应"晚餐"：一个塑料盒，里面有烤土豆、奶酪、鲔鱼，饮料只有水，点心是一小块卡德柏瑞牌巧克力。

安杰拉猜想机组人员提供食物的原因，应该是不想让所有人的注意力一直放在黑暗天空中不断冒出来的紫色和红色闪光上头。

他们脱离大概一千公里宽的落石带之后，她差不多也睡着了，巨大的飞机爬升回正常的航行高度，完成最后到达亚贝利亚的一千五百公里飞行。离机场还有二十分钟时，机舱内的照明恢复正常的明亮。

"早安，懒惰虫。"帕瑞西说。

安杰拉朝他没好气地瞪了一眼，揉揉眼睛，伸个大懒腰。飞机已经开始下降，机组人员在走道走动，确定所有人都系好安全带，温和的晨光从窗户照射进来。

"明明就是半夜。我最讨厌跨星球时差，每次都得花好几天才能适应过来。"她抗议。

"先锋军向来硬撑得过。"奥德丽告诉她。

安杰拉给了她一个白眼，然后把椅背竖直，准备迎接降落。机架在一连串的哐啷声中放下，这时候安杰拉才后悔把靠窗位置给了雷欧拉。她专注地看着窗外的景色。他们正靠近亚贝利亚西边的海岸线。

"妈的。"安杰拉低语。

"怎么了？我以为你认得这里。"帕瑞西问。

"那是以前。"她盯着下面的海岸都市。

巴特拉姆·诺思很显然是以"人类理想国101"为蓝本来建造这个都市的。

亚贝利亚建在一块梨形的半岛上，范围有四十公里宽，是布洛加崎岖的海岸线突兀地凸出来的一块火山岩石。地表属于高山地形，陡峭的斜坡直直落入半岛周围的海面，因此也产生了数百个宽广的沙滩海湾。巴特拉姆把原始的货船港口建立在最南边的据点，让民生制造厂分散在两个最靠近的谷地中。可是这些工厂早就已经拆迁，被赶回到内部的腹地，扩大的港口附近旧城区变成一座亮晶晶的都会区，有剧院、运动场、学校，甚至有一所大学还跟百货公司和画廊挤在一起。在中央区的绵长公共沙滩与码头外面，小海湾已经被私人占据，或者属于沿着沙滩建筑的豪华公寓。

白色的加州—西班牙风格豪宅则布满内陆高山，人工梯田减缓了土壤流失，让地球种的植物能够在山谷中生长，形成公园以及高尔夫球场，由排去每日豪雨的湍急河流灌溉。纤细的道路在崎岖山坡上蜿蜒地爬升，串联山丘间一座座结构惊险狭窄的桥梁。高速公路则在地表上切割出笔直的线条，有山必钻洞，让不同区域能够以最直接的方式贯通。在比较陡峭的地方，深色的原生植物仍然存在，占据城市上方的高山。山峰上没有积雪——圣天秤星不可能有积雪存在，却有俱乐部与SPA中心，或是非常非常大的私人宅邸，到处都是蓝晃晃的无边际泳池。

游艇与更小的娱乐用船只在清澈的海面上切割出白色的波痕，甚至有些大型漂浮船坞被固定在海湾中，内有店铺与餐厅、酒吧，来往的客人由水上出租车载送。

"它变大了。"安杰拉略微虚弱地说。她早应该想到会是这样，但也变得太……

"五分钟后降落。"机长宣布。

她深吸一口气，感觉心跳加快。一阵肾上腺素扫过她的身体，带来突然的冷战。一切都变得无比清晰，原始的直觉因为自卫而变得敏锐，随时准备应付危险状况。

"你还好吗？"帕瑞西担心地问。

"当然好。"只是记忆而已。因为城市的出现，记忆全从黑暗的地方爬了出来。太多记忆。

2143 年 2 月 1 日，星期五

探勘队大多数的飞行员都嗑了"亢太好"保持神志清醒，撑过自然睡眠周期，又不会有一般兴奋剂带来的化学后劲。拉维·亨德里克没用药剂，根本不需要，虽然他已经快要五十岁了。至于他的同僚们为什么需要，他搞不懂。

怎么可能有人不随时全神贯注，精神奕奕地看这个世界、这趟任务？拉维驾驶的欧洲飞行器公司 CT-606D 柏林载重直升机，是生产在线最新型、全新登场而且还贵得离谱的机型——就像大多数探勘行动的器材一样。就算他用的已经是顶级系统，他还是懒得自动驾驶，宁可手动驾驶，即使是补充燃料的时候也一样，他必须驾驶直升机贴上载油版的戴达勒斯去加油。这一趟两千公里的路程中，他做了两次。他宁可手驾的原因是吊在柏林机钢锁下面的鲜黄色 JCB 压土机，以两千五百公里的时速低飞过圣天秤星丛林的景象，让他看得心底发毛。这么重的东西对飞行平稳度有很可怕的影响。

虽然他就是为了这种刺激而生的。人机一体，心怀任务而飞。

在令人紧绷的八个小时之后，四架柏林机的运输航程只离艾德瑟营地五十公里左右。那是第一个前进营地，位于亚贝利亚北边两千零七十公里外，直接从丛林中间砍出来的一块区域。再过十分钟，拉维就可以把压土机放在空地上，睡一晚后，明天再赶快飞回亚贝利亚去载更多超

大型的设备。

在艾德瑟的 HDA 工程部首要任务就是利用柏林机送来的推土机和压土机在野地上挖出一条跑道，让戴达勒斯飞机能够降落，幸好那种飞机的设计可以在很崎岖的地面跑。一旦有了跑道，往后就会由那些大飞机来负责营地补给，把营地扩建成正式运作状态；在那之前，一切都要靠柏林机。拉维和其他的直升机驾驶员是先驱，所有人都指望他们好好达成这个绝对很疯狂的进度。整个探勘行动，从帕萨姆委员到餐饮人员随时都在关注这趟飞行，欣赏他们大胆的技巧。现在他的神经亢奋到简直没有任何药剂能达到的程度。爽爆了。

驾驶舱顶罩的天气雷达显示表上出现午后的暴风雨，像是一波巨大的红色波浪，从东南方席卷而来。如果一切顺利，他们应该可以跑在它前面。圣天秤星上的任何天气预告都有帮助。他们没有卫星，所以拉维几乎可以说是盲目开着飞机。幸好 e 射线机在前往艾德瑟的路上能够提供一些信息，冲入未知也算是乐趣的一部分。

"积云逼近！"托克·埃里克森大喊，声音压过充满了驾驶舱的引擎声与齿轮箱的咆哮。军队飞机不太在乎噪声。托克是飞行工程师，今天坐在副驾驶座上，帮忙处理过重的载货。

"我们会赶在前头的。"拉维大喊回答，"这是架好飞机。"

"但没有雷刺那么酷。"托克补上一句。

"没错。"

拉维年轻时最风光的就是驾驶过 SF-100 雷刺，HDA 抵抗沾斯潮的第一线战机。当时拉维才刚合格不久，出 HDA 飞行学校不过十八个月，新佛罗里达的沾斯潮就开始了。他在那注定灭绝的星球上出了一次又一次任务。经历那段之后，无论是工作还是私人生活，再也没有任何事情能够媲美那段短暂的时光所感受过的恐惧与兴奋。

他快要四十岁的时候，HDA 把他调离了他心爱的 SF-100。学校有更年轻的驾驶员毕业，有渴望杀掉沾斯的青年男女，反应更快，有更新的系统知识，不是可怜可悲的老拉维·亨德里克能比得上的。他们没有实际经验，但在虚拟当道的时代里，实际经验算个屁。拉维被分派支持飞行任务，等着退休的倒数计时——他的小指挥官坚称这仍然是很重要的工作，虽然指挥官的年纪已经够大，心知肚明自己喂给这些因为被排挤到一边而愤愤不平的前任英雄飞行员的是什么。

拉维私心希望每天都有沾斯潮，虽然他知道这样不对。让他能发射D炸弹去干翻敌人，让它在时空中令人畏惧的裂痕间引爆。这是一种宇宙中至高的权力感。

但即使是他都必须得承认，这场疯狂的探勘行动也够带劲，以此画上职业生涯的句号也不枉了。

异星丛林四面八方地朝天际线张牙舞爪，蓝绿色丰饶的植被紧贴在每座山丘峡谷上，这里的植物有独特的活力，会塞满溪流直到其变成沼泽，让更深更快的河流两岸变成悬崖一样的存在，寸土不让、所向披靡。巨型棕榈树一般的树木直直朝天空刺去，比下方主要的树丛顶端高出三四十米，仿佛是就等着柏林机犯下一次错误的巨大的尖刺。藤蔓填补陡峭山壁间的缺口，一种粉红色的泡泡灌木，只要有湿地就会团团长满，塞平了山边的皱褶，那里泛着水沫的溪流滴滴答答地往下。瀑布从岩石悬崖边吐出白泡，无止境地落入深深的水潭里。粗厚而浓密的云朵一段段地绕行在山谷与山峰间。西边的大地地形大幅隆起，在更远的地方创造出更崎岖的高原。这么多没有名字的地方——谁有那么多时间取名啊。

"这真是个凶狠杂乱的星球。"托克说。

拉维点点头。他懂。这样低低慢慢地飞过没有人类到过，而且以后应该也不会再来的地方，让他明确地感受自己离文明有多远。更重要的是，如果出了什么问题，这里离能帮助他的地方有多远。这个探勘队有几架西克斯奇CV-47飞燕轻型侦察直升机，其中一架还是全装版的医疗撤退机，但就连拉维都必须质疑在这种蛮荒的浓密丛林里，救出人的可能性有多少。

他们唯一的通信是通过六台e射线自动空中行驶器（AAV）传递的通信封包。它们飞得很紧密，飞得很高，一直在亚贝利亚跟艾德瑟之间的山谷来回巡逻。他们花了四天才设定好e射线的位置，然后开始进行初步的扫描，推测出基本地形，寻找他们需要的地表特征。

两公里宽的平坦区、靠近水源、植被偏低的条件，其实不难找。两架柏林机飞过去把前进营地的设备以及一群工程师丢了下去，同行的还有一整队先锋军作为随扈。每次的评估飞行都没有侦测到任何异星生物，连植物都没有，但探勘行动安全负责人格里芬·托因少校不打算冒任何险。他们来这里就是要找出可能有敌意的外星人，他可不希望是异形们先找到探勘队。

　　拉维在飞了八小时，觉得过度信赖定点导航系统之后，终于看到了湖。湖在一个平缓的山谷底部，那里没有丛林，只有几棵牛鞭树站在稀疏的紫色草地上。在圣天秤星上耐人寻味的斑马种植物中，这应该是他最喜欢的树。树干上有一圈圈盘紧的细枝，外表看起来就像是深色的坚果，细枝内侧长着孢子，成熟了之后，细枝就会像是松脱的弹簧一样，把种子甩在周围的土地上。这是圣天秤星的演化因为没有鸟和昆虫传播种子所发展出来的有趣替代方法之一。当然，也有很多植物或晃或抖，像是从水里爬出来的狗一样把种子甩远。植物介绍简报警告他们要小心射椒灌木，它会喷射出像是胡椒粉尘一样的孢子团，人类肌肤碰上可不得了。

　　阳光在旁边长蛇一样的溪流上闪耀，源头是一条河，末端是六公里外的沼泽。探勘队的快速房舍是一团团银黑的砖块，站立在河岸边，跟圣天秤星的丰饶植物色调相比，十分不协调。两架柏林机停在房舍旁，营地周围有先锋军在巡逻，还有一段八十米长的土堆，那是唯一一辆推土机的成果。

　　云朵布满天空时，拉维带着柏林机来到新生的跑道上，悬浮不动。HDA工程师忙着跑到大直升机下，一手压着遮阳帽免得被吹走。地面上的资深载货官指挥他降落，推土机落在地面。托克释放钢锁，赢得地面人员竖起大拇指相迎。拉维飞开，寻找降落地点。

　　休息过后，拉维会去帮忙把柏林机带来的设备与补给品都搬下来，同时带来的还有新鲜食物。他们今天晚上可以烤汉堡和香肠，享受热带的日落，却不用担心在大多数跨星际星球上都会惨遭的昆虫攻击。他把大直升机慢慢放下，看到地面上其他直升机的螺旋桨开始旋转，引擎发动，机组人员急着要趁暴风袭击艾德瑟之前赶快升空。他们顶多只剩下七个小时的日照，还要跟戴达勒斯输油机会合，补充燃料，所以他们飞回亚贝利亚时将会是一片漆黑。拉维赞许地微笑——这可是需要技巧的飞行。

他让涡轮转速下降，启动一般飞机关闭程序。雨滴开始滴在凸出的驾驶舱挡风玻璃上，天要黑了，一团团云雾已经遮住太阳。明天他会在外面无所事事，等着下一架柏林机到来，之后才能离开，这么一来表示他有几个小时可以闲晃，了解一下附近的地形。也许工程师们会让他开开推土机玩一玩。活在这个时代真好。

2143 年 2 月 3 日，星期天

　　据说亚贝利亚半岛上的海湾数量跟一年的天数一样多——不过这里"海湾"的定义不能那么严格，而且天数也要看说的是哪个星球……

　　卡米洛沙滩上的平矮房屋是很简单的建筑物，位于海滩的矮沙丘以及蓝内拉路之间。蓝内拉路是一条双车道的高速公路，顺着山坡的底部延伸。平矮屋的建材是白色水泥，有大大的玻璃门，直接通往整齐的露台和满是沙子的前院，让所有人都可以轻易去到海边。这是个很不错的小区，从一开始就是专为亚贝利亚上逐渐成长的中产阶层——独立商家以及那些合同到期却选择留下的公司员工——而设计。

　　索尔·霍华德醒来时，灿烂的天狼星阳光正从百叶窗底端的缝隙渗透进来。他躺了一段时间，享受安安静静的朦胧感，让自己的脑子可以转转温暖愉快的念头。屋子更深的某处传来隐约的碰撞与说话声，意味着孩子们都醒了，大概是想弄早餐，天知道会把屋子弄得有多乱。已经十四岁的长女伊莎多拉会管着其他小的，但他完全不了解为什么会有青少年选择这么早起。那种人类应该睡到中午，然后整天在屋子里发脾气，而不是像伊莎多拉这样开朗的开心果。她居然没变成那样，是他该谢天谢地的事。

　　一定是因为像妈妈。

　　他转过头看埃米莉。浓密卷曲的红棕色头发四散在枕头上，露出迷

人、五官纤细的脸庞，有一张小嘴和直挺的鼻子，经过十五年圣天秤星太阳的暴晒，皮肤已经几乎看不出那些可爱的雀斑，但雀斑仍然存在，在这天早上朦胧的天光下难得地明显。

他考虑了很久，是不是该伸出手摸摸那头秀发，再靠过去亲一下，她一定会懒洋洋地响应，然后慢慢地、挑逗地把被单拉下。埃米莉睡觉时只穿睡裤，经历过十六年的婚姻，他还是觉得那个样子性感到不行，她的身材也与面孔一般美丽。

花一个上午纯粹悠闲地做爱的确是很诱人的念头，但是他的心跳加速，而后整个人清醒过来，只能叹口气，尽量小心地下床。有着瓷砖地板的套房仍然只有令人沮丧且熟悉的八步宽而已。更难过的是，五十八岁的他，身材跟比他年轻太多的妻子实在差得有点大：他的关节每年都很僵硬、会疼痛，短短的鬈发早就背叛他变成灰白，如今正逐渐呈现令人害怕的男性秃发；虽然每天都运动，而且几乎从来不违背健康饮食原则，他的肚子却仍然持续往下坠，逐渐衰老的身体更是每天早上被涨满的膀胱叫醒。

他回来时，埃米莉也醒来了，一手撑着自己，被单端庄地包裹到肩膀。他倒回床上，贴近她。

她明白地笑了，"他们已经醒了。"

"他们不会进来。"

"乖乖，趴下。"

索尔假装沮丧地翻翻白眼，"今天是周末。"

"你这样显得很黏人。"

"我向来很黏人。"

一侧优雅的眉毛挑起，"也对。"

"我们可以在门上装锁。"埃米莉从来不赞成这点——她希望孩子们如果有问题可以立刻进来。

"装锁干吗？我们干脆搬出去好了。"

"这位女士好残忍。可是我喜欢你的想法。我们应该负担得起租金，也许选个小公寓住住。"

他的傻话让她微笑，探过身子来亲吻他。被单滑落，他的手摸上裸露光滑的温暖肌肤。

小巧的脚步声吵闹地顺着走廊响起。索尔才刚把亲吻的姿势调整成父母平常搂在一起的样子，门就被大力推开。他们十一岁的儿子约文冲了进来，满脸笑容。

"起浪了！"他兴奋地宣布。

索尔很勇敢地不去想这句话的另一层意思，"是吗？"

伊莎多拉出现在门口，握着六岁的克拉拉的手，充满罪恶感地看了母亲一眼，"对不起，我拦不住他。"

"没关系，亲爱的。"埃米莉拍拍床，约文立刻跳上去，仍然笑容满面。

"我们得先吃早餐。"索尔说。这时候他才注意到古老的时钟，懊恼地一咬牙。七点四十八分。而且是星期天！

"我去端来。"约文快速地自告奋勇。

索尔忍得很好，没有因为两个星期前儿子想帮忙把早餐给父母端到床上的记忆而发抖，"没关系，我们自己来就好了。你去检查你的板子，还有收拾好海滩袋。"

"已经弄好了！"

"那你只好等等了。现在还太早，我们晚一点就去。我保证这个保证。"埃米莉说。

约文露出世界末日的表情，但接受了母亲的决定。如果是索尔叫他做事，两个人肯定有一番争执。索尔知道这大概就是父子间无可避免的情状，不过每次都这样也很累人。

他穿上一件浴袍，走到厨房，孩子们急着吃完早餐后留下的残骸仍然躺在桌上。埃米莉去准备他们两人的牛角面包跟咖啡，他则把一团脏乱塞到洗碗机里。

"你们不需要等我回来。"索尔说，两人把轻便的早餐端到厨房玻璃滑门外长满藤蔓的小露台上。

埃米莉站在他面前，他看着她把小盘子放下。这个景象每次都让他的心脏轻微地颤抖一下。她赤脚的时候至少就有六英尺高，他才勉强五英尺九英寸。

"现在是星期天。"她发牢骚。伊莎多拉每次抱怨宇宙多不公平时，都会用同样的口气。克拉拉也学会了。

"我们的大日子。"他也每次都是同样的回答。

"我知道。"她叹口气，在他旁边坐下。

在户外吃早餐，旁边还坐着年轻美丽的妻子，一起度过一个无云的热带清晨，其实是个不错的周日开场，他暗自承认。露台塞在他们屋子的一角，正适合早晨来此晒太阳，两旁是洗白的水泥墙，另外两面则面朝不过五十米开外的海滩美景。圣天秤星的星环跨越波光闪闪、浪花翻腾的海面上方天空。露台骨架用的仿木柱子之间缠着地球的忍冬以及当地的亚奇藤，后者是因为深色叶子能遮阴，前者是因为花香。

他喝着咖啡，浪花打在细致浅白的沙滩上，旁边是长着纤细芦苇的低沙丘。圣天秤星因为没有一颗独大的卫星，所以没有地球上海洋的潮汐，但是星环的小牧羊犬行星以及颇为强烈的海风也会刮起不小的海浪，卡米洛村包围的海滩通常蛮适合冲浪。伊莎多拉已经是很不错的冲浪手，约文下定决心要跟大姐一样好，而小克拉拉则是很专精的趴板冲浪手。索尔也喜欢在沙滩上的时光，跟全家人在海里玩，偶尔迎个好浪，保持平稳一路往前冲，之后一同吃个烤肉午餐。克拉拉仍然喜欢堆沙堡，约文假装他已经大到不想玩，但每次还是会拿个铲子加入。

"你还好吗？"

索尔摇摇头，朝妻子微笑，"没事。"

"你似乎有点心不在焉。"

他略带罪恶感地瞥了一眼满是星环的天空，目前天上没有任何巨大的HDA飞机。"只是在想探勘队那件事而已。"

"有什么好担心的？你不会真的认为野地里住着什么智慧生物吧？"

"当然不是。也不是什么大事，只是它扰乱了很多事，而且他们用掉的有机油可能会让城里的存量不够。我们这里的浮藻田不多，又不能从高堡市那里进口。"

埃米莉好奇地看了他一眼，懒洋洋地朝平矮屋挑高的屋顶挥手，"我们有光伏屋顶，它产生的电比我们能用的还多。车子的能源槽有备用电池，里面充的电也足够我们去学校或去买东西，而且如果能源槽真的用光了，我们还能充电。所以你在担心什么？"

他耸耸肩，"我们的经济状况可能变差。农场需要有机油，你也知道。拖曳机不能用电池，它们有高效能源槽，而且大部分是有机油引擎。"

"我真不敢相信你居然那样说，简直官腔到不行了：我不是担心经济，但市场下滑了，老兄。你觉得我们是不是该调整调整利率？"她轻蔑地说。

"拜托！"

"对不起，可是……唉，孩子们都很兴奋啊。约文想去机场看飞机，尤其是看那些超悍机。"

"是吗？"

"他才十一岁！那些飞机是一大块亮晶晶的机器，在他头顶上飞来飞去，试图找到躲在森林里的外星人。他还会想去看什么别的东西？"

索尔几乎要说冲浪，但是那只会引起进一步的争执，然后两个人就会变得像每次吵架那样固执、不肯让步，这么做太不明智了。这种事不该在星期天早上发生。"如果今天晚上有超悍进来，我带他去看就是了。在跨网某处一定有机场时刻表。"

"你们两个去看看也好。我很惊讶你还没去过，我们这里以后可不会再看到这么多男孩子的玩具。"

"军备那些东西，我实在没兴趣。"

"嗯哼。"她怀疑地瞥了他一眼。

他微笑，仿佛承认失误，承认她说的都是对的——这是成功婚姻的秘诀。

四十分钟后，他穿上牛仔裤和灰色的套头上衣，准备上班。埃米莉穿上一件淡紫色的海滩衣，准备好迎接海浪与阳光。海滩衣如同第二层肌肤般贴身，让她整个人显得耀眼至极。她发现他看她的眼神，露出笑容，给了他一个悠长的吻。"赶快回来。"她挑逗地说。

"一定。"他飞快地搂了每个孩子，"要乖，听妈妈的话，记得海浪跟你不是朋友。"

"我会乖的，爹地。"克拉拉认真地保证。

"会的。"约文边喊边抱着冲浪板冲出门。

"爸，拜拜。"伊莎多拉微笑。

"拜。"索尔完全没有提她身上的粉红与蓝色比基尼，半句话都没说，因为那件小小的泳衣根本没遮多少他可以评论的地方。他来到自己的福特洛罕轿车旁，驾驶座的门自动为他打开，他上了车。"上工了。"他告诉车子。

能源槽启动，车库门打开，车子倒退出车库，进入明亮的阳光下。他知道伊莎多拉在冲浪时会穿件T恤，这没问题，她也知道在花时间晒到完美的古铜色之前，一定要擦上高系数防晒油。他告诉自己这些都不重要，因为没有多少人在海滩上，大多都是同小区的其他家庭。只是她放学以后，还有周末时来往的朋友中，开始有更多男孩子出现了。

索尔叹口气。洛罕转出卡米洛村的小区道路，开上蓝内拉路，一路带他直直前进旧城区。他不应该因为伊莎多拉跟男孩子相处就这么介意，但即便是现在，他也无法完全摆脱小时候在波士顿家里接受的正统犹太教育。他仍然背得出蓝文祭司每次提到婚姻的神圣与青少年性爱的污秽时，就必定会念上一遍的严肃说教，让人觉得这位老先生是不是走进犹太教会时错抓了一本天主教教条，却一直没人告诉他弄错了。

索尔应该高兴他的女儿有很多朋友，她会找到自己喜欢的男孩，还有会膜拜她的男孩。但另外也有一种男孩，那种他只要看一眼，根本不用他们开口，他就知道不是什么好东西的男孩；他很厌恶他们的存在，却又不能多说什么，况且圣天秤星不是一个有很多机会的地方，至少不是合适的那种机会。巴特拉姆·诺思建立这里时，就是希望成立一个完全独立存在的社群，纯粹是为了服务他心爱的研究院，能够不受大多数跨星际星球上的法律限制。稳定的天气和无税的政府的确很不错，但因为没有真正的工业或商业环境，这些孩子永远不会有太大的成就。伊莎多拉需要的是一个让她可以彻底绽放、茁壮成长的地方，而不是掉进亚贝利亚数以百计的陷阱……

该死，我为什么不能以她为荣，相信她，而不要随时担心她。他猜想大概整个宇宙里每个父亲的命运都一样吧。

洛罕开进德拉克瓦隧道，冲上了斜坡。隧道另外一边，蓝内拉路顺着山谷的侧面转了个大弯。

前方是非常有特色的拉萨瑞桥，它是一条白色大理石桥，两端各自架在甜甜圈形状的巨大支撑点上，北边比南边要高。装满原料的大型液体运输车在上头行驶，电子轮轴努力地朝上坡前进。亚贝利亚有许多建筑工程在进行。半岛周围所有的海滩都已经被占据，所以有钱人必须把他们给上百人住的俗气大豪宅设在比较内陆的地方，架在从山边挖出来的巨大平台上，或是建在架于谷底上方的凌空平台，让地基不受激流冲刷。每出现一片新的奢侈昂贵建地，上面就会跑满叽叽喳喳的机器人与忙碌不堪的监工，附近也会多出一样新的优良基础建设——这是布琳凯尔规定他们必须提供给社群的回馈，用以交换她允许他们住在她的私人领土上。这是提供民生设施经费的绝佳办法，受益的是那些不一定是自愿前来，却跟大多数人一样有经济需求的其他居民。

索尔不知道探勘行动是不是会影响人们拥有一块亚贝利亚房地产的吸引力。那些真正的富豪当然也不是永久居住，这里只是他们永不休止的旅程中的一个落脚地。大多数的大房子大概一年到一年半之间都不会有人住，直到那些超级富豪过来，凄凉地希望能看到什么新景象或能有什么新经验，暂时丰富他们厌倦一切、无所欠缺的人生。也许被怪物撕裂反而会让那些人觉得有趣吧。不过以他对他们的了解，可能会因此多出一波武装充分的猎人，享受在蛮荒的丛林里追踪致命猎物的刺激快感。

亚贝利亚的生活正是因此让索尔既欣赏又害怕。虽然这里美丽又惬意，但跟整个跨星际星球都不一样：这里的文明真的只是一层表象，当然是丰富的表象，却也相当薄弱。二十年前他来到这里，是为了利用每个人道貌岸然表面下潜藏的野蛮本性，如今他必须自己承担后果。当然，他从来没想到会结婚生子，可是亚贝利亚很自然地说服他，在这里他能够拥有正常的人生，而他也陷入相信亚贝利亚的梦魇之中。

过了桥以后，谷地敞开，露出挂在南方天空的星环，散发落日般的金色光芒。一架巨大的黑色飞机正在星环间飞行，朝镇上西北方的机场降落。

索尔朝飞机皱眉，感觉到遥远的引擎咆哮声从无声的汽车边冲过，很清楚那正是他一直在生闷气的原因。自从这个可笑的探勘行动被宣布之后，就一直是这样。打从一开始，官方原因就根本不合理：有证据显示在未探索的布洛加大陆上有智慧种族生活。这些证据从来没有被公布也没有被定义。他们含糊地声称HDA要来调查这里的基因种类，根据某个一直在进行的研究发现，也许这里的演化物种其实不仅限于植物。

索尔知道这些都是谎话，可悲、邪恶的谎话。没有人在研究圣天秤星的基因，因为那里头根本没有什么利益，它们的生物化学构造跟地球种类差别太大。布洛加上只有一个非植物的生命范例：屠杀巴特拉姆·诺思一家人的怪物。亚贝利亚的政治网站都在讨论这件事，重提二十年前的骇人事件，同时以轻蔑的口吻提醒所有人，那个发疯的变态女孩已经因为谋杀而被判刑，至少他们很明确地指出了这是探勘行动的可能起因。

索尔认为他们说得没错，但是他完全无法了解：为什么是现在？为什么在经过漫长、被浪费的二十年后，有人决定要调查一个已经被确认为毫无根据的传言？而且不是小调查，天知道这个探勘行动要花掉多少钱。

他不知道自己害怕的到底是什么，是他们在无尽的野蛮森林里找到东西，或是找不到。无论他多不应该让这件事发生，他的人生已经在这里扎根。他做出了牺牲，为那些他爱逾性命的人尽了所有努力，然后选择让自己的人生继续下去。他没有想过这一切会有任何改变，这才是他真正挂心的原因，让他夜夜失眠、情绪烦躁的原因。现在看起来，完全超出他控制的事件又要来把他咬得粉碎之后吐到一边。这不公平。一点也不公平。

维拉斯可海滩绵延约四百米，弯成微微的新月形，朝向亚伦索码头的西边，这个码头是亚贝利亚原本货港的衍生，位于旧城区中央的位置与其大小，成为那些负担不起私人海滩的亚贝利亚居民的首选，一个他们可以放松一下、不受他们服务的刁蛮富人打扰的地方。"夏威夷之月"水上运动店的位置很好，就在维拉斯可海滩后面的大道中央，一边是瑞可酒吧与烧烤店，一边是康沃尔冰激凌店。那天早上的八点五十分，洛罕把索尔送到"夏威夷之月"后面的员工专用停车格。佩利和娜塔莎，两个迷冲浪迷到不行的年轻人负责收银台的工作，已经站在前面等着索尔开店。后门的智慧粉尘罩网认证店主的生物识别签名以及e-i码，门锁打开。

索尔经营"夏威夷之月"已经十二年了。一开始只是他和埃米莉在维拉斯可最底端的一个小摊子，小伊莎多拉会在附近跑来跑去，以她淘气的笑容迷倒客人。现在这家店完完全全属于他。这栋狭长单层的白色水泥建筑中的商品有三分之二是泳衣，混合设计师名牌与普通价位的衣物，全部都是埃米莉挑的——她在新华盛顿曾经短暂从事过服饰业的工作，让她擅长挑出什么款式既好看又适合这里的客户层次。衣物区每年都有不错的收益。

索尔经营的范围则占据剩下三分之一的店面，以及后面整个工作室。他仍然偶尔觉得自己对冲浪和冲浪板会这么熟实在有点好笑，虽然他在年纪比较大了以后才感染冲浪热，但这已经是他戒不掉的瘾——而且也不想戒。所以他提供冲浪板给其他同好，还提供课程给那些看到别人毫不费劲地在波浪上平顺前进而错以为自己也办得到的人。店面展示了几种不同的冲浪板，后面的工作室则容纳了两台最先进的3D打印机还有五缸特殊原料，让索尔可以制造跨网上有的数万种冲浪板。他甚至自己设计了几种，适合圣天秤星上比较温和的波浪，也颇受欢迎。

佩利走进店里，开始检查昨天那批板子上的立体贴纸，看过了一夜后有没有粘牢；娜塔莎则把包包丢在小小的员工室兼储藏室。索尔叫店铺的网络把防盗卷门打开。亚贝利亚的犯罪率可以说是微乎其微，所以他总觉得装这些东西是浪费，但保险公司坚持要他装。卷门拉起时，他看着外面亮晶晶的砂岩大道，附近没有多少人，商店和摊位才刚刚开始营业，几名早起的泳客已经下了水，带着小孩的家庭拿着海滩巾和遮阳伞在沙滩上安营建寨。

有三个人走在大道上，停在"夏威夷之月"的正门口，看着身穿彩色莎笼与贴身泳衣的橱窗模特。索尔认出那几个人，大吃一惊。他不认识那个头发长及臀部的女人，但是另外两人……他已经十五年没有见过杜伦。那个人有索尔的两倍宽，没有一块肥肉；纯黑色的头发现在已经比较稀薄，用条银色发带绑成一个小小的马尾；眼睑周围有一对恶魔之眼的刺青，散发火红色的光芒；除此之外，他简直毫无改变。另一个人是诺思家族的，穿着简单的白色衬衫与绿色短裤，脏脚上套着老旧的皮拖鞋。索尔知道他是谁。在那群克隆人里，只有一个人的灰胡子长到肚子上，再搭配衣服，让他看起来像是哪个疯子先知。不过这个比喻最好不要说出来让人听到。

三个人动也不动地盯着他看。效果跟他们预料的一样，十分惊人。

"佩利、小娜，你们去喝杯咖啡。"索尔说。

"可是我才——"娜塔莎说。

"不要跟我争。立刻去。我要你们回来时会打电话。算我的账。"

她皱着眉头看他，然后瞥向外面动也不动的三个人。她的不解引出许多疑问。索尔连忙向佩利示意，"亲爱的，走吧。"佩利赶着她往后门走。

满心疑窦的娜塔莎被带走。索尔叫店铺的智网把前门打开，门锁响亮地嘶嘶滑开。十二年以来，他第一次觉得开店大不吉。

杜伦先进来，这么大块头的人，动作却很敏捷。索尔想起当初在同一个小健身房两个人相处的那段时间。索尔想保持精瘦的体形好方便冲浪，杜伦一直都是要增强力量。他没用哑铃的时候，就在上功夫课或跆拳道课，不管是哪一种可以狠狠揍人又不会被抓走的课程都好。政治以外，这就是他的人生目的。当这两者可以同时达成时，那就是他的涅槃之境。

索尔看着算不上朋友的旧识，一瞬间有点不知所措，紧张到无法反应，杜伦的圆脸露出大大的笑容，还有两颗新装上的犬牙。"哇，你这老家伙看起来还不错嘛。"杜伦握住索尔的双手，炙热、潮湿的手完全把索尔的手包住，"你根本一点都没胖，已经多少年，十年了？"

"不止。"索尔报以微笑，希望笑容看起来足够真诚。

"还在浪上跑？"

"有时间才去。"

杜伦的声音像是喘着气的低语："对啊，我听说你结婚了，生了几个孩子，三个？"

索尔的心跳开始加速。靠，靠，靠——这绝对不是随便来聊聊往日愉快时光的拜访。"对啊，三个。"

"不错不错，对了，来见见我的朋友。这是祖拉。"

女人不甚友善地朝他一点头，头发中的玻璃珠子随着动作清脆地敲击着。索尔觉得自己从来没有见过皮肤这么黑的人。他猜想她的皮肤颜色应该经过刻意加深，一身简直像夜行装，这么做绝对是想要表达什么。

"这位是——"杜伦骄傲地开口。

索尔替他说完："瑟贝迪亚·诺思。很高兴见到你。"

"霍华德先生，我从杜伦兄弟这里听说很多关于你的事。"

"哎呀。"他故意选择轻松的口气，假装老朋友就是爱说笑，"一定全都不是真的。"

"那就太可惜了。"瑟贝迪亚说。

"进来坐吧。后面有茶水。"索尔说。

"你太客气了。"瑟贝迪亚说。

"把门锁上。"祖拉经过他时说，确保她是第一个进入工作室的人。

她的行为让杜伦夸张地耸肩。索尔叫智网把店铺封锁，然后走到工作室，希望这种末日来临的感觉只是因为他年纪大了，变得太过小心。可是……瑟贝迪亚·诺思！

他是唯一一个反叛家族的——基本上就是背弃自己以及家族的所有成就。他完全拒绝整个家族企业、他死去的父亲、兄弟、亲戚、财富，包括他的名字。索尔想不起他原本的名字，但他是个二代，巴特拉姆的儿子之一。他一个人的独立抗争就在屠杀案发生之后开始。当时所有人都说一定是屠杀案把他逼疯了。他在跨网上大肆宣称人类"占领"圣天秤星的行为是错的，他要把这个信息散播到真正的人民之间，告诉他们错在哪里。接下来的几年，他以一名流浪先知的身份在独立国之间往来，但他的主旨也软化成教导人民要如何与他们选定的星球共存。基本上就是：把诺森伯兰星际企业踢出圣天秤星，把浮藻田拔起。祖拉正在研究3D打印机，让索尔相当不快，但不准她看又是挑事的行为，他还没准备要走到那一步。

"你还在参与行动吗？"杜伦以他响亮的低语说。

"没有，你早知道的。"有一阵子，索尔参与了一些亚贝利亚的小型政治反抗团体。他们的人数并不多。毕竟巴特拉姆是个颇为善良的独裁者，而到了布琳凯尔的统治下，这点其实没有什么改变，有些公众议题甚至可以投票解决，没有人在非自愿的情况下前来，任何人都可以随时离开——至少理论上是这样。对于那些被留在这里又不是有钱人的平民来说，这里的经济状况并不是完全对他们有利，但如果你真的陷入重大经济危机，还是可以搭免费货船回东盾镇，然后选择从通道离开，或是去独立国之一居住。即便如此，索尔那时跟其他人想要鼓动人们选择一种更公开的民主，起步就是成立经过民选的都市议会，而不是偶尔得到的一封在线通知，说着像是哪里会有新学校的琐事。除此之外还有在亚贝利亚出生的人民的权利，当然他们的人数不多，但这个数字只会不断增加。索尔重视的议题和参与的原因，就是医疗。亚贝利亚有非常好的医院，包括巴特拉姆亲自成立的巨大生化基因研究院，这可以说是亚贝利亚之所以存在的原因，它同时是跨星际世界上最好的医疗机构。可是那些地方都不是独立的工人可以负担得起的，你一定要有雇主支付的健康保险，但雇主没有提供保险的义务。所有参与这些集会的人都很愤怒于医疗服务的现况，另外也还有许多其他面向的问题。

这些激进主义的问题是被吸引而来的人良莠不齐。索尔参加了一两年这些所谓新成立的"人民委员会"会议，然而就算是最有活力的主席，也很少能让下星期要喝哪种咖啡的提案通过表决。所以索尔离开了，再也没有回去，厌倦且沮丧于这两年完全没有为民主进程做出任何贡献。况且，布琳凯尔当时开始建立起全民医保方案——不是一个特别好的计划，却的确给情况最糟的人们提供了一个安全保障。他知道自己太武断，大多数参与运动的同伴都是好意，但他的人生不能一直这样耗费在程序问题、暗地攻击、理念分歧，还有昨天晚上谁在酒吧里骂了谁什么这种事情上。不过，杜伦正是因为争执会从动口变成动手而受到吸引。

"对，索尔。我们知道。"瑟贝迪亚·诺思说。

"所以你们为什么过来？"他几乎可以不用问，他们的到来不可能是巧合。有一个可怕的瞬间，他以为这人知道了他多年前来亚贝利亚的真正原因，毕竟诺森伯兰星际企业的安全部门非常优秀。可是如果他们知道，他就不可能还在这边走动，更不要提拥有自由。

"当然是探勘行动。"

"我猜也是。"

"这又是在侵犯圣天秤星的神圣。"

索尔忍不住瞥向杜伦，但壮汉没有露出半丝笑意。他已经完全被说服了，索尔意识到这点。瑟贝迪亚提供了目标和领导方向，都是杜伦之前的人生最缺乏的。

索尔疲倦地说："对，但最糟的情况就是他们会在北边的丛林里绕六个月，然后徒劳无功回家去，再想办法跟政府解释他们为什么要花那么多钱。除非那里真有怪物住着？"他故意说成问句。

"圣天秤星上没有怪物，只有人类带来的邪恶。"瑟贝迪亚·诺思说。

说来奇怪，索尔倒是相信对方的话。瑟贝迪亚说这句话的方式——没有呐喊，没有政客握手式的虚情假意，而是完全发自灵魂的信念——让这句话成为放诸四海皆准的真理。难怪可怜的杜伦这些日子成为这么虔诚的信众，要抗拒这样的洗脑真的很难。

"好。"索尔摆脱让人一时昏头的假象，"所以你们想要做什么？"

"我必须知道他们到底在做什么。我必须亲眼看到他们侵犯大地的程度，必须要这样才能对这些罪犯进行裁决。"

"原来如此。那跟我有什么关系呢？"

"我们需要消息。就这样。"杜伦说。

"什么样的消息？"

"探勘行动的。"

"我知道，但那全部都在跨网的公众区上。你们为什么来找我？"

"我们需要人员清单。"祖拉突兀地开口。

索尔尽力不笑，"我不可能弄来给你。"

"你在亚贝利亚电信待了三年，负责架设城市第三代通信架构。"杜伦说。

"那是二十年前的事了。"索尔脱口而出。

"你帮忙设计安装的系统是本地网络今日的根基，在那之后并没有科技革新，只有扩展。网络在城市里的覆盖范围增加，只有这样。"瑟贝迪亚说。

"好，但那不代表我就是某种超级数头黑客。"

"也许不是，但是……"

索尔从来没有被一个人这样评估过——瑟贝迪亚的注视完全不给人余地，仿佛他看透索尔的心思，暴露出一切罪愆。

"你是个奇特的人，索尔·霍华德。你在亚贝利亚早年参与民主行动的行为显示出你的不满，现在你变成年长的冲浪客，有个甜蜜的家庭，展现出独立的一面。可是亚贝利亚电信雇用的人必须是彻底的企业软件宅。我跟他们打交道很有经验，几十年的经验，我不觉得你是那种人。你没有全心全意奉献给代码、系统、程序，你不是这样的人，你是个自由的灵魂，喜欢乘风破浪的快感，感觉自由扑上双颊的喜悦。当然，这么枯燥单调的东西，有点脑子的人都学得会，只要有足够强的动机。所以，为什么你会那么做？"

"我当时年轻，只要有钱就好，况且谁都不会一辈子做同样的工作。你应该最清楚，不是吗？"

"被你说中了。可就算是二十年前，你也没那么年轻。你为什么来这里，索尔？更重要的是，你为什么留下来？"

"妻子。三个小孩。每天都有海浪。"

"我不信。"

"很不幸，老兄。"

"我看得出来，我让你很不自在，对于这点我很抱歉。我只是想来请一个我被告知跟我有同样理念的人帮个忙。你真的希望完全没有人阻挠探勘行动吗？如果我们不质疑，还有谁会质疑？"

索尔的目光从瑟贝迪亚转向杜伦。他们完全没有露出任何迹象，只是耐心，甚至是和善地等待着。他没有浪费时间跟祖拉交换眼神。她让他害怕的程度远胜过杜伦。"人员清单？"终于，他问。

"如果你能弄来，那我欠你一份人情。"瑟贝迪亚说。

"不会有别的？"

"没有了。"

"可能要花一段时间。我跟这些事情已经脱节很久了。"

"谢谢你，索尔。圣天秤星感谢你的协助。"

"好说。"

万斯·埃尔斯顿从他的帐篷走到远程观测中心——非常伟大的名字，其实也不过就是三间连在一起的快速房舍，空调轰隆隆作响，顶上还有一个复杂的天线罩。旁边有一辆拖车，配有两个高效能输出能源槽，粗粗的电缆接上快速房舍的供电插座，拖车的排气孔温和地散发出烟雾和嗡嗡响声。他爬着通往房舍的五级金属台阶，暂时停了下来，看着一架超悍在跑道上降落。虽然在亚贝利亚机场已经三天了，但他仍然觉得这些超大型飞机在进行空中运输任务的景象十分壮观。它们依旧时时刻刻飞个不停，现在主要是在运输器材。来到亚贝利亚之后，工程师便把两架超悍都改装回全货运设置，布洛加航空的波音2757则用来运输剩下的HDA人员。

亚贝利亚的军营满是泥泞，在机场范围之内搭着临时帐篷与快速房舍，一边是一排载货平台以及地面车辆，全部都要送到前进营地，机场另一端的停机坪上有几种直升机等着轮到它们起飞。到目前为止，万斯对于机师的技巧都相当佩服。建设艾德瑟的整个过程比他预料的还要顺利。

万斯抬头看着天空，打开门，走进远程观测中心。又是一个无云的清晨，星环在亚贝利亚半岛的山脉上方闪烁着柔和的银光。湿气很重，南方开始吹起风，大概三个小时以后就会下雨。他到这里不久后，很快就培养出了预料天气的本事。已经下了五场特大暴雨，两场是在晚上，让人在帐篷里根本无法入睡。

他走到旁边的耳间，让眼睛适应远程观测中心的昏暗灯光。快速房舍形成一个大的中央空间，有一排全像控制台，前面的墙上有些大型仪表板。两台全像控制台上的观测员监控六架目前为止还在运行中的e射线机，确保它们的位置能够继续在丛林上方传递信息。这些机器送回很多信息，显示在大型显示屏幕上，最大的屏幕是布洛加南区的天气雷达影像。万斯很高兴地看到有一个很大的云层锋面在海上聚集，大概三小时又十五分钟后会登陆。其他屏幕则显示艾德瑟的摄影机影像。正中央是从一架戴达勒斯机舱里送来的画面，摄影机在机师后方，传回飞机靠近艾德瑟的画面。

房间后头挤满了探勘队资深人员，领头的是查莫妮克·帕萨姆本人，旁边紧跟着官方的GE记者群：一小堆记者，只有一个摄影人员，全部受到探险队的媒体军官卡萝尔·富瑞克监管。布里斯·诺思也在，她是布琳凯尔的女儿之一，很显然是个"十选一"——她的外表看起来只有十七岁，但是他的瞳孔智元网格说她二十三岁。布琳凯尔的五个孩子无论是跟彼此或跟她都没有任何相似点，她只亲自生了大女儿比阿特丽丝，其他都是代孕的。有些家族传统怎么样也不会变的，他心想。

布里斯似乎有很大一部分日本血统，她比房间里大多数人都要娇小，肩膀宽宽的，后背挺直，长脸蛋似乎莫名地悲伤，这点让房间里的男性分心。一个这么年轻、美丽又显得脆弱的女子不禁引人频频注视，让他们无法全神贯注在任务上。万斯很清楚，他们渴望的微笑根本没有用，她绝对不会对HDA队员有兴趣，不论职位多高，她不可能自贬身价。她盯着大屏幕的专注姿态才真正暴露出她的年龄与遗传的智慧，连帕萨姆都似乎因此而有点不安。他在想是不是应该安排她跟安杰拉会面，两个人有同样的炙热与专注，放在一起简直就像镜子里外的两个身影，差别只是肤色。

万斯不动声色地站到格里芬·托因身边，后者也很小心不去引起贵宾们的注意。

"你不该一直用想跟人打架的眼神看人。尤其是女性。"托因低声说。

"我评估每个情况的潜在可能危机。这是我的工作。"

"她不会上你。就算是尝鲜也不会。"

"这件事我已经评估过了。"

托因笑了，"异种生物研究队有进展吗？"

"有，但都是负面的。安特利奈和马文已经顺着路进入最深的地方，其实也没多深，大概离机场一百公里左右。他们采取到的每个样本都是典型的圣天秤星基因组合，外头没有长任何不正常的东西。"

"这是好消息。"

"对纳税人来说不是。我们得继续设置其他前进营地。"

托因好奇地看他一眼，"我不觉得你是属于纳税人工会的那种人。"

"我不是。我是喜欢办事快速有效率的人。我希望这件事无论结果如何都能确定下来。"

"那你应该要知道，我们的进程也许需要稍稍减缓，JB5有机航空燃料的存量有点令人担忧。"

"我们在圣天秤星上！你开玩笑吧。"

"这里不是高堡。本地的提炼厂只能提炼供给大概十架商用飞机还有一些专属小飞机的油量。"

"那就提升提炼厂的产量。他们这里绝对有足够的油供给那些有钱人的劳斯莱斯和奔驰使用。"

托因压低声音："这需要布琳凯尔的合作，她对整件事已经很不高兴了。她没预料到整个探勘行动的规模。"

"有谁想得到？"

此时，一名中心的军官很快地朝帕萨姆一点头。在主要屏幕上，戴达勒斯正在掉头，与艾德瑟的跑道对齐。

"那条泥巴路还真短。"万斯喃喃自语。他看到新挖出来的跑道上还有一条条水洼。

"够大了。我之前去过的某些任务中，比那条短一半的跑道它们都降落过。况且，落地导航系统已经被送过去了，必要时就算在暴风雨的晚上着陆都行。"

万斯半个字都不信，但是驾驶员稳稳地保持飞机前进，显然满意营地小队为他挖出来的跑道。他屏住呼吸，暗暗祈祷，看着戴达勒斯降落。飞机完美地落地，只是当巨大的飞机停止时，跑道也只剩下三十米。中心里的每个人都在拍手，帕萨姆对驾驶员说了几句鼓励的话，然后转身面对那些媒体马屁精。

"我非常欣喜地宣布艾德瑟营地正式启用。我想表扬所有的HDA人员，他们非常辛苦地工作，让这一切成真。我非常敬佩他们的敬业精神与专业表现，正是这样的效率能带领我们成功地推进知识的前线，进入这个美妙世界中尚未探索与未知的领域。"

万斯和托因看看彼此，两人都对政客十分不屑。

"我们去吃午餐吧。"托因说。

"阿门。"

当索尔终于在探勘行动的安全网络挖出一个无限制联机时，他奇特地对自己的成果很满意。虽然是无限制，但仍然不能读取任何十级档案。他快速扫描了一下列表，没有看到十级档案，但如果这个密闭网络里没有十级档案，为什么会有这个安全规定？难道是标准设置？他猜想，只是这样有点太简单了。有可能是他这种没经验的人不容易找到，因为他缺少最新的知识，光是要找出标记就有可能会触发各式各样的警报，所以他只读了他可以读的档案，基本上就是一个HDA聘用的初级员工刚进来一个月还在评估期时可以读的权限，然后通过亚贝利亚网络里的随机路由路径，下载了一份探勘行动人员表。

"真是谢谢你，索尔，这是很棒的信息。"瑟贝迪亚·诺思说。

索尔靠回书桌椅背，看着全像控制屏幕从面前离开。在他的视觉神经上闪烁不定的符号消失了，那些符号代表他好一阵子没有用的程序。它们一直藏在工作室控制台的一个隐藏档案区，这控制台通常是用来操纵打印机。幸好积习难改。

瑟贝迪亚和他的两名徒弟——没有别的词能形容——忙着研究在他们网格上跑动的名单，嘴唇一掀一动，正在用相连的躯网交谈，把他排除在他们的对话之外。手指在键盘空间轻抬，拨动隐形的标号。索尔的e-i回报连接他们的串联点使用了中等加密，他们对于保持两人对话的私密性很较真。

索尔自己也很想要看一遍人员列表，但这么做就显得不信任他们，而且其实他也不想参与。先前他已经打电话给埃米莉，告诉她今天晚上会晚回家。她不太高兴，但没有生气。他现在只需要决定该告诉她多少，因为他从来没有告诉她太多关于自己过去的细节。她知道的部分跟他告诉杜伦的一样：他原本是亚贝利亚电信的员工，离职后一直在不同的烂工作间流浪。他告诉她自己离开地球的原因是婚姻失败与人生中的一个不幸事件——并不能算是完全的谎言，但这番说辞的关键就在于事件背景，而他从来没有纠正她理解错误的部分。她没有问过细节，即使他们已经结婚十几年。一开始可能是因为羞愧，毕竟她来亚贝利亚的原因也不是特别光彩，而一件事如果一开始没说开，之后大概也就会一路这样下去。一旦他们的新生活顺利开始，他更没有理由要重提旧事，毕竟他有太多秘密要保守。可是承认为什么会认识杜伦不会是太严重的问题，他参与亚贝利亚可笑的政治革命行动已经是足够可信的理由，而在亚贝利亚电信的工作经历让他成为杜伦想当然的人选，所以她大概会开始为他担心，却不会再问更深的问题——这才是关键。

"这里有个人，有意思。"瑟贝迪亚说。

"真的？"索尔不想知道。

"巴斯琴·诺思二代。"祖拉说，"他很完美。"

索尔完全听不懂他们的对话，这不是好事。他的直觉被唤醒，脑子转得飞快，想要找出脱身的方法。他真的不能再陷得更深。无论是谁，这整件事到最后都不会有好下场，他现在已经想通这点。瑟贝迪亚太过高看自己的重要性，完全没有办法看清这个世界除了他肤浅执着解释之外的真相，而且也不明白绝对不能跟HDA对着干，尤其是在HDA正在进行这种大规模的行动之际。

"你能不能帮我们取得一个人的细节资料？"瑟贝迪亚问。

"你开玩笑吧？他是你的兄弟。"索尔想都没想地说。他脑子里愚蠢的部分居然还好奇为什么会有一个B支诺思家族人士参加这趟行动。一定跟政治有关。

"时间久了，我跟家人都没联络，现在对他们知道得很少。"瑟贝迪亚和善地说。

"可是……"

"你会帮上很大的忙，而且这种程度的搜寻算不上犯法。"

那你为什么不自己去弄，索尔充满怨念地想。这个问题的答案显而易见到他根本懒得问——为了让两个人之间没有任何关联，所以当然要有打手。他不敢看祖拉或杜伦。"好吧。"他气愤地说，"可是就到此为止，之后我就要回家。你也说了，我是有家室的人。"

"我明白。"瑟贝迪亚说。

他平和、讲理的口气开始让索尔越发听得刺耳。他叫e-i带他回亚贝利亚的网络。也许他们是想要设局陷害他，但他还是知道一两个避免留下踪迹的方法。他开始上传用后即抛的传递节点以及假的网络地址路径，利用他很多年前在亚贝利亚电信留下的后门。无论他的手段是否合法，绝对不会有人看出是他在搜集巴斯琴·诺思二代的消息。

组成亚贝利亚机场新城区的帐篷是用纯黑色太阳能光布制成的，光看白天照在地面上的极热阳光就可以知道，这是后勤部队搞砸的另一件事，可是如此一来产出的电力也超出所需，绝对可以提供给基本帐篷模块的周边系统，像是网络网元、压缩马桶、内部照明、水壶、微波炉所用。真可惜没有空调。安杰拉一下超悍机，看到他们的住所时，不敢相信地摇了摇头。后勤部队把探勘行动的大本营顺着机场的南边排成正方形，北边是货柜与载货平台组成的悬崖——也是最靠近跑道的一边。这样的安排虽然符合逻辑，却也逼得往来的行人必须从帐篷中间穿越走动，而每天至少下一次大雨，所以路面被厚重的HDA靴子踩得坑坑洼洼，原本的草地早就被踩烂，泥泞每天变得更深、更宽。

安杰拉已经受够了。泥巴暂时还没有渗进她的绑腿，但在这种天气里，额外一层保护让她的腿流汗不止，更何况她还经常在机场周围走来走去。

"我需要独处的时间。"她告诉埃尔斯顿，"我被关了二十年，又在纽卡斯尔的基地被塞了两周。你能不能难得当一次好人？我在这里又逃不掉。"

所以他很不情愿地同意，她每天可以有一个小时的独处时间，身边不带帕瑞西或任何小队的人。

"你绝对不可以离开机场范围。"他警告之后，还把她的衣服用智慧粉尘登记，强调他完全不信任她。

安杰拉离开帐篷区，绕了一整圈到机场。那里建筑物不多，只有主要航站楼、货运航站楼、工程停机厂、能源储藏区。她绕着柏油停机坪、滑行道、连接道路走一圈，看着地面交通工具以可笑的速度经过，盯着每一架飞机降落起飞，跟忙着搬运货柜和货槽的后勤部队人员聊天。

每天她都会等到下雨之后，或是先看好天空，确定会晴朗一阵子才去。第三天的时候，她趁大白天出门，带着自己的实体储存槽，这东西只有她的一半手掌大，很轻易就滑入口袋。她不是要用里面的储存记忆容量，而是它内建的网元，远比她自己的躯网覆盖范围要远得多。

当她在滑行跑道旁边散步时，网元侦测到机场的网络通过主要航站楼的一个网元跟她联机。也许过去二十年她都没有跨网可以用，但她在霍洛韦学到了一些有关数据安全的事——都不是来自官方的教育课程，她的室友对于犯罪手法的了解至少可以媲美任何执法专家。

安杰拉的双手开始拨动符号，离开亚贝利亚，然后是圣天秤星，进入真正的跨网。秘密的储存空间依然存在，就跟萨玲·奥特拉斯（证据确凿，杀死两人——很不幸都是便衣刑警）当时所说一样。她在跨网主干间移动，除非知道关键，否则她的行动看起来会像是完全随机乱跳，没有章法。打开那空间之后，她看到了许多强大的黑客工具与安全链接网络系统。萨玲原本就是一流的AI设计师，直到她爱上错误的男人，那个男人迷人，嘴巴又甜，贴心、专一，在床上刺激又邪恶。萨玲，一个娇小又没什么社交技巧的二十五岁女孩，在霍洛韦粗暴的环境下根本撑不了一个星期。甜美、绝望的萨玲，当初因为安杰拉保护她免受那些很想对她下手的罪犯而感激得眼泪汪汪，更感谢偶尔偷来的激情和必要的人类接触。

安杰拉立刻把她的e-i升级，装上了高级量子加密。一旦解密密钥通过多条随机路径送回给她，她便加入许多层AI级的行为预设，在跨网上创造出一个真实的拟人身份，可以处理她的信用账号，以及实时照看她的状况，以防她临时需要协助——算是一个老大姐e-i。她终于满意自己的一切都还算是安全，这才开始翻看目录，看看萨玲还留下什么。大多数都是虚拟路径、抢夺密钥、粉碎防火墙以及趁火打劫的软件，都是萨玲那风流倜傥的男人一步步引诱她进行商业打劫所用的。除此之外，还有别的软件包。安杰拉开始学习熟用它们的功能。没多久，无法被记录的自动搜索引擎已经散入跨网，装满了安杰拉输入的指令。她从储存空间中离开，利用在里面找到的秘密存取程序隐藏自己的行踪。"谢了，萨玲。"她无声地说。这其实也不能说是背叛——她们两个人都得到了自己想要的，况且在霍洛韦的这些年来，她见识过太多更狠心的事情。

她加入帕瑞西的小队，准备一起去吃午餐。所有人都要去临时烂泥城旁边的大用帐篷，走路时还得小心避开大水洼。小队一半的人已经懒得穿长裤了，只穿着短裤和靴子，安杰拉没兴趣这样做，她看过人类皮肤一旦沾上圣天秤星上有些孢子，如果没有立刻清掉会发生什么样的惨状。这里还算干净，因为亚贝利亚后面的腹地主要是农地和草原，但谁知道北边的蛮荒区会吹来什么鬼东西。

"来了！"马帝·欧瑞利大喊。

安杰拉抬起太阳眼镜，看着三架顺着滑行道开向跑道的戴达勒斯。一个小时以前，她连上营地经常断线的网络去看第一架降落在艾德瑟的戴达勒斯实况转播。HDA急着要快速建立起更多前进营地，保持目前为止的进展速度。她知道下一批e射线机预备明天起飞，好让观测员可以在离艾德瑟两千公里外的地方寻找另一个位置，那些区域除了大约九十三年前第一次对天狼星初步评估探测拍摄的模糊太空照片之外，没有任何人看过长得什么样。一旦第二个营地架设完成，探勘行动就会展开真正的探索阶段。

第一架戴达勒斯在跑道上咆哮冲刺后，昂首飞入清澈的天空，急速攀升。

几名小队成员边吹着口哨边欢呼，看着它起飞。安杰拉看着它的心情则要复杂许多。帕瑞西的小队仍然没有以正确的心态来看待这个任务，他们太安逸了。

"今天下午有足球赛。"迪瑞特说，所有人继续朝用餐帐篷前进，"许多人都在组队。我们要成立联盟。"

"美式还是英式？"安杰拉一问，所有人大声呻吟。

"英式啊。这才是唯一真正的足球！"奥马尔·米哈伯气恼地说。

"你们这些欧洲人真是心胸狭窄。"她反击。

"我们免费把它送给跨星际世界。"

"欢迎你们随时收回去。"

"至少其他星球都明白。"

"对啊，因为他们笨到搞不懂真正足球的规则。"

"你在监狱里踢过英式足球吗？"雷欧拉问。

"踢了一点。"

"踢哪个位置？踢得怎么样？"

"应该还可以吧。我可以带球跑很快。"只是她没办法想象要怎么穿她的新登山鞋来踢足球。

迪瑞特和乔希·朱斯提克对看一眼。"中场。"他们异口同声地宣布。

"我有其他选项吗？"

"你想让我们失望吗？"

"只是七人足球而已，简单并且好玩。"雷欧拉说。

"至少来参加练习吧。"迪瑞特恳求。

"我查一查我的行程表再跟你们说吧。"

用餐帐篷只有帐顶，四边都是开放的。一端是盛食物的取餐台，NE

餐饮服务的平民员工一脸无聊、疲累地随时都在提供食物，不只应付探勘行动的地面人员，也包括随时随地的空中起降需求。安杰拉和小队站在一条长长的队伍后面，看见帕萨姆也来吃午餐。委员的服饰充分反映出她的地位，她穿着一套昂贵的宝蓝色欧洲剪裁套装，搭配丝质衬衫和黑色跟鞋，鞋子和丝袜都沾满了泥巴。虽然天气很热，但她坚固的发型仍然一丝不乱，脸上的妆容像是面具，汗滴从妆下面一点一点渗出。几名私人助理喽啰围着他们的女王蜂打转，紧张地微笑，跟着她走到队伍最前面。

用餐帐篷的服务是为了达成全员一体、先到先得的原则，但帕萨姆显然深刻地相信她比其他人更奉行平等。

"非常谢谢你们。"她对那些正要从餐台前拿起餐盘以及正在排队的人说，"我等一下排了个极端重要的视频会议，对方是GE财务部，你们也知道，得让他们开开心心的。"她跟被她插队的人完全没有眼神的交会，直接就站在餐台前，开始跟送上肉包的女孩子们愉快地聊天。她的私人助理则充满保护欲地聚集在她身边，抓起餐盘。

安杰拉盯着眼前的景象，浑身肌肉突然因为心神受到重大冲击而缩紧，感觉血液急速往脸上涌来。不知道为什么，用餐帐篷的声音突然变得模糊且遥远，奇特的麻刺感凶猛地遍布她的肌肤。

毫无预警地，她双腿一软，整个人倒在湿烂的泥草地上。

"安杰拉？"帕瑞西从好远的地方发问。她从热得发昏变成全身冰冷，四肢不受控制地发抖，"不要，不要，不要。"她呜咽。

"嘿，怎么了？"帕瑞西和奥马尔都赶到她身边，把她翻过来，脸朝上。好几张担忧紧张的脸出现在她上方，因为隔着泪水而模糊不清。

"不要！不可能。不可能！不要！"她的声音越来越尖锐，整个人陷入歇斯底里。她无法呼吸。她很努力想要用力吸入空气，肌肉却开始痉挛，全身抽搐不止。

"安杰拉！"

"医护员！快叫医护员！"

"她怎么了？"

"安杰拉!"惊恐的帕瑞西大喊,"安杰拉,听我说,你得呼吸。"

她拱起背部,硬压下喉咙里的痉挛,大口吞下空气。没有任何痛楚,只有一具混乱的身体,好像有人对她的身体施加电流一样。突来的奇想让她居然想笑。但她笑不出来。她只能挥动四肢,仿佛陷入癫痫。

帕瑞西和奥马尔被推到旁边。几个手臂上套着红十字老鹰的人猛然跪在她身边。他们在她眼中像是站在一条很长的灰色走廊尽头。有很多听起来很遥远的喊叫声回荡着。

有东西被压在她的鼻子和嘴巴上。她尝到奇特金属气味的干燥空气。她的心脏疯狂地跳动,终于平躺在地,无法控制地哭泣。

战地医疗所是由十间锁在一起的快速房舍所组成,构成一大间设备充足的紧急医疗中心,有五间小手术室,还有一间全身检测室。主要的功能是判断病症,提供有效的紧急治疗,然后再将患者运到正式医院去。任何受伤严重的人,只要进来的时候还在呼吸,几乎就可以确定这个人一定会活下来。可是精神崩溃并不是他们准备要应对的情况。

毫无装饰的合成材质墙壁在单色调的照明天花板下,散发着千篇一律的米白。安杰拉躺在用帘子隔开的诊疗间里的狭窄担架上,头上的光线完全没有减弱半毫。虽然不知道急救员在她身上用了什么样的镇静剂,但药效绝对显著。她的思绪完全平静,甚至有种抽离感。她的身体无疑处于休息状态,平缓地呼吸,肌肉静止。她完全没有翻动身体的欲望,只是一直盯着那块完美的照明天花板,就连空调的嗡嗡声都能带来微微的安心感——她在嘈杂的声音之间可以听见隐约的和弦深埋其中。

只是到最后,单调的灯光和声音也变得无聊。她不知道自己在那里躺了多久。她猜想至少有两个小时。药物压下一场极端恐慌,也让她有机会思考自己看到了什么。这不代表她已经接受,但她很确定那不是巧合,就像她很确定人生处处有险恶。不可能是巧合。这个想法让她觉得这一切勉强可以忍受。

安杰拉开始认真研究起房间。担架的移动臂上有一个检查仪表板,还有三块屏幕显示她身体的信息。她可以看到手上亮晶晶的地方,是涂上的智慧粉尘混以某种凝胶。一定还有其他地方也被涂过，像是她的胸口、脖子、四肢……

"回放数据。不要让他们知道我醒了。"她告诉自己的加强版e-i。

"埋在墙壁和天花板的智慧粉尘把你的影像提供给医疗人员，他们正在看。"e-i告诉她。

安杰拉闭上眼睛，假装又睡着了，"把回放数据加上这一段。"

"完成。"

"有人靠近就警告我。"她光着脚下了薄薄的床垫，从床边的柜子上抓起眼镜，然后把头从帘子探出去。战地医疗所有五间一模一样的诊疗间，只有她这间有人。她看到另一个房间尽头有一个医疗器材柜。

监狱教育的好处：她加强后的e-i用不到三十秒就把授权密码解开，露营工具腰带里的多功能美工刀的狭窄刀刃已经插入了锁。她从柜子里那一堆东西的最后面拿出一盒，免得有人立刻注意到有东西短少。再花五秒钟用小刀把柜子锁上，重新设定数字授权系统……

塔米卡·康尼夫医生拉开帘子，看到她的病人正用手肘撑起上半身。她能这么快恢复清醒有点令人惊讶，因为急救员在她身上施打了很多镇静剂，但医生在实习期间早已学到每个人的身体都是独特的麻烦。

"发生了什么事？"安杰拉沙哑着声音问，医生的手电筒正朝她眼睛里照。

"我也不是很确定。"康尼夫医生承认，同时注意到安杰拉的瞳孔正常地缩放，"你觉得如何？"

"有点昏，很像被下药了。"

"这个描述挺正确的。生理上，你现在没问题了。"

"真的？"

"就我所知，是的。监控你身体机能的智慧粉尘正在告诉我你的身体机能已恢复正常，可是我会建议你植入一套医疗智慧网元。每个HDA的成员都有，可以让你的躯网永久性地监控你的状况。一有异常情况出现，你的e-i可以替你求救。主动监控可以增加生存概率。"

"好，我会记得的。"

"医疗所里有额外的医疗智慧网元，如果你愿意把你的e-i加入出院证明，我现在就可以为你安装。"

"我会考虑的。"

康尼夫医生责备地看了她一眼，"我知道是怎么回事。如果你担心的话，我可以说，这是一套质量很好的智元，我自己也有一套。"

"我相信一定是很好的东西。我只是需要时间熟悉这个做法。"

"好吧。"

"谢谢医生。"

"你能不能告诉我，你是否有家族遗传癫痫症状？"

"没有。"

"我读了你的档案。你在监狱里面待了二十年？"

"是的。"

"你在里面的时候能够随时取得毒品吗？"

"医生，那是监狱。我们一个星期能吃一次棒棒糖就不错了。"

"所以答案是能的。"

安杰拉虚弱地微笑，"实际上，没有。我没有在监狱里嗑药。我还没堕落成那样。"

"从你的外表看来，你是个'十选一'。"

"骗不过你。"

"'十选一'有可能造成一些我们才刚开始了解的特殊精神状态，但我觉得你是神经刺激过度，有可能是因为某种创伤引起。我无法想象隔了这么久以后重新得回自由是什么样的感觉，更不要提直接回亚贝利亚等同于异常强烈的情感刺激。精神上来说，你是从一个极端跨越到另一个极端，这种事情会让人的脑子很难处理，所以引发了生理反应。"

安杰拉尽力不要对医生严肃的分析表现出鄙夷。她的推断离实际发生的事情以及真正的触发原因差得太远，以致显得可笑。可是她不能这么说，只能理智地点点头，然后说："是啊，我也不觉得回到这里是什么好事。"

"这样很好，承认问题是克服问题的第一步。"

"对。"安杰拉还蛮喜欢这个医生的。她大概比安杰拉矮一个头，三十多岁，身材有点粗壮，所以不能称得上是真正的美人，但她明显的印度血统让她的红棕色肌肤多了一层健康的光泽。真正吸引人的是她利落的气质——这位医生看到问题之后，会直接从问题核心着手解决。换一种情况，也许她们会合得来。

"所以说实在的，我没办法帮得上忙。探勘行动没有专业的心理辅导师。如果再发生一次，我可以正式建议把你送回地球。"康尼夫医生说。

安杰拉朝康尼夫医生认真的脸开心地一笑，"不会再发生了。骗过我一次，骗不了我第二次。我只是突然被吓到，况且，他们也不会把我送回去。我太重要了。"

康尼夫医生皱眉，"你听起来像是知道这件事是为何而起的。"

"幸好不是薄荷的气味。"

"啊，对，我们的简报提过。你说那怪物闻起来像薄荷。"

"对，所以要小心。"

"你知道你跟我说的话，我都会保密。"

"我希望如此。"

"如果你觉得又有要发作的迹象，在累积到像今天这样的程度之前就来找我。我可以开抗忧郁症的药给你。这没什么丢脸的，尤其是你经历过那些事情。"

"好，我会乖乖的。"

"好吧，那我把数据处理完之后就让你出院，请你考虑一下我刚才提过的那套智慧网元。"

"谢谢你，我会的。"安杰拉把靴子的鞋带绑好，然后把绑腿的魔术贴黏上。她的遮阳帽不知道去了哪里，这让她有点生气。她掀开帘子。

"你觉得怎么样？"

"去你的！"安杰拉往后退了半步，避开站在诊疗间外面的埃尔斯顿，"你知不知道你越来越变态了？"

"我只是担心你。"

"不用了，我很好。"

"你因为抽搐被抬出去，甚至吓到了帕萨姆委员。她想知道你的状况。"

"告诉她，我受宠若惊。你办得到的，你很会说谎。"

"发生了什么事？我是认真的，我想知道。"

安杰拉朝出口走去。"冲击。我是认真的。你刚才没听到吗？我因为错误审判被关了二十年。对于被判处终身监禁的人来说，出狱是头等大事。然后你又这么体贴地把我拖回当年这一切发生且还会再次发生的地方。"安杰拉经过塔米卡·康尼夫医生还有两名医护员所在的诊疗间，他们三人正围着一张书桌，上面有三个小屏幕，以及一个全像控制台。她刻意把声音放大："医生问我，我在监狱里面的时候是不是被非法毒品搞垮身体了。不用担心，我没把你供出去，没告诉她你是如何用酷刑虐待我好几个星期，如何在我身体里注射一堆把我的脑子搅成糨糊的下流玩意儿。"她看着埃尔斯顿的脸上泛起怒意。这么做有点小家子气，但知道她仍然能刺激到他，感觉还是很愉快。

"给我出去。"

她朝他飞吻，"是的，长官。"

她大摇大摆地走出去时，他朝她大喊："你要知道，我们是同一边的。我们都是人类。它不是。你该想想这一点。"

安杰拉把门打开，朝身后的他比了中指，然后走入外头的阳光与温暖中。帕瑞西、迪瑞特、雷欧拉、吉莉恩、乔希、奥德丽和奥马尔都站在战地医疗所外。她走出来时，所有人都一起转头，脸上出现笑容。

"靠，她撑过来了。"

"嘿，气色看起来不错嘛。"

"医生怎么说的？"

"你还好吗？"帕瑞西整个人充满真心的关切，实在太出乎她的意料。居然有人关心。关心她。惊愕的安杰拉盯着他们，一时说不出话来。有那么可怕的一瞬间，她以为自己又要开始恐慌。但没有发生。因为她知道要如何控制自己，不能露出哪怕是最微小的弱点。集中精神。

安杰拉微笑，这么做并不困难。"我慌了。又看到食物，然后就……"她耸耸肩。

他们边笑边围绕在她身边。她被拥抱住，雷欧拉和奥德丽亲了她。帕瑞西有点害羞地把她以为弄丢的遮阳帽递给她。

"谢谢。"她凝视着他，把帽子戴回头上。可爱的小狼狗又翻出了肚子，摇着尾巴。

"你好好说，刚才到底发生了什么事？"奥马尔问。

"抱歉，吓到大家了。医生说我因为进过监狱又被放出来什么一堆破事，所以脑子还是一团乱。直接回来这里不是什么好主意。我只是被刺激到了。"

"他们要把你送回去吗？"迪瑞特问。

"靠，没有这回事。我还得多顾着你们一点，谁叫没有别人会做这件事呢。"

"喂！"他们开始不服气地大喊，调侃她错过七人足球赛，炫耀亚提欧的队伍表现得多好，直到被希龙下士的队伍打败。这些家伙真不错，她不情愿地承认，跟着大伙儿一起走回营区。

头上一架银白色的V型超李尔飞机利落地掉头，涡轮引擎一阵咆哮，降落在地面。看到这架飞机时，安杰拉心中突然涌起对过去的思念，远超出她想象中的强烈，不过她今天本来就很脆弱。她已经很久没有搭乘过这种超音速高级专机了。

2121年4月出乎意料地寒冷，即使伦敦正开始挣扎摆脱又一个让泰晤士河结冻的悲惨冬天，晚春的落雪依然堵塞着街道，交通速度减缓。安杰拉·特拉梅洛此时搭乘跨欧洲快车在圣潘克拉斯火车站下车，这辆火车一路从她跟她母亲共同生活的南特直接开到这里。她在帝国理工注册，开始研读运动理疗的第一年，特殊选修课是足球治疗，跟一般穿梭在学校大楼间，第一次离家的其他中产阶层十八岁女孩没什么两样。她的GE公民档案和证明都已经被学校的AI接受，大学第一年的学费用她在巴黎第一跨星际银行的账户付清。

入学登记完成后，她去到母亲安排的公寓，屋子离德雷柯特大道不远，住在二楼的两室房里，跟另外三名学生共用一间厨房。与类似背景的年轻人一起住在不错的区域，学校在步行范围内，是好妈妈会挑的地方，同时也离切尔西的国王路不远，那条路上满是很棒的酒吧与餐厅。

于是安杰拉·特拉梅洛开始读书，每天在体育馆里待上好几个小时，在讲课大厅里花的时间则比较少，学习人类肌肉结构的运作方式，以及与骨骼连接的方式。对于大一新人来说，更重要的是交到了朋友，开始忙碌的派对人生。交到对的朋友是绝对必要的。帝国理工跟其他大学一样有很多的派系，安杰拉很快就了解谁是真正的富家子弟，谁又是家境不错的中产阶层出身。她开始跟比较有钱的那些人来往，约会的男孩也都拥有一些会让乡下女孩觉得很刺激、有一点小邪恶的社交关系。更重要的是，他们都会在伦敦最高级的夜店出没，包括公园巷的古斯多。

梅丽恩·雅思罗与安杰拉·特拉梅洛第一次见面就是在那里。古斯多里有很多极为美丽的年轻女孩，她们可以说是年长男士的必备配件。模特、全像影视小明星、新一代的交际花，全都身着名牌，夜夜笙歌。相比之下，安杰拉更显得突出，她有着清纯的美，却没有夜店美人帮的世故，而她的衣服虽然时髦性感，却算不上是名牌。很显然这点对带她来这里的三年级利比亚商学院学生来说，根本不重要。他忙着在她和他那群大学死党面前炫耀自己，花钱买最贵的酒和药，吞速之快，一会儿就神志不清，在昏迷之前则会先出尽洋相。

雅思罗偷偷地观察女孩。浓密的浅金色长发几乎长到臀部——雅思罗猜测是人工长发，但是从女孩子白皙的肤色看来，也可能是她真正的发色。身材够高挑，她不喜欢太矮的。体格健美——合格。笑容很棒。而最耐人寻味的是：她无聊了。安杰拉没让她傻乎乎的饭票男友发现，但雅思罗经验丰富，看得出来他可笑的行为让那女孩有多厌恶，想来可能原本对方答应要让她好好享受一下城里的夜生活，最后却变成幼稚学生的牛饮之夜，只是换了一栋比较豪华的建筑物。即便如此，她还是没有离开。古斯多生活风格的吸引力目前暂胜她的反感。

古斯多的网络对雅思罗的e-i完全开放，她在今晚的客人名单上很快就找到安杰拉·特拉梅洛的名字，五十秒后，她就搜集到完整的资料。

足球理疗师！安杰拉很完美。

安杰拉去女厕的时候，雅思罗也开始行动。这种事她做起来很熟悉。随意的偶遇，适当的交谈，女孩子很高兴有别的人想跟她说话。好巧！南特是雅思罗最喜欢的法国城市，她最喜欢城中央的古老大城堡，狭窄的老街道，歌剧院……她一边说个不停，一边从隐形网络镜片读取那些地点的影像。她们交换e-i码后，雅思罗就回家了。

第二天下午，安杰拉跟她新交到的好朋友约在苏尔洛街上南肯辛顿地铁站的一家咖啡店喝茶。安杰拉刚结束辛苦的体育课，老师带着学生进行一连串的暖身运动，同时解释每个运动步骤的正确应用，所以她穿着健身装，头发盘起来，留下发尾在外。如清水芙蓉般的清纯美女，雅思罗白天打量她后，给出如此的评价。安杰拉坐下来的时候，自己拉开了绒毛运动上装拉链，露出贴身的短跑上衣下十分紧实的腹肌。显然她甚至没注意到雅思罗的目光在自己裸露的肌肤上流连了一阵。

雅思罗解释她工作的公司在富勒姆，她是活动策划，协助范围包括企业、政府、私人活动。她的离婚手续完成之后，其实已经不需要为钱工作了，但工作让她保持忙碌，还能跟正确的人际网络继续维持关系。她说她记得十五年前还在大学读书时，金钱是个多大的问题，所以如果安杰拉需要额外收入，担任活动服务人员的酬劳相当不错，而且全部可以汇入第二账户。

安杰拉对她的提议相当感激，很兴奋地同意了。

雅思罗花了一个月培养她。这是她的特长之一，一切从将友情发展成信任开始。首先是顶级派对与慈善舞会的诱惑，"蒂法妮居然放我鸽子，我需要有人跟我一起去，亲爱的，你介不介意……"；新衣服，"算我的，你帮了我好大一个忙啊"；跟跨网与八卦节目的重要人物见面，CEO、GE委员、金融家、设计师、全像明星，全都很高兴认识她；然后是足球比赛，安杰拉去了伦敦所有主要的俱乐部，在体育场最上面的顶级包厢看球赛，完全展露她对这项运动的热爱——雅思罗对这点特别满意。自然安杰拉在帝国理工的时间越来越少，雅思罗一步一步破坏她原本的生活方式，让她质疑和否定自己严谨的家教，"嗯，你是有一点布尔乔亚了，亲爱的，但别担心，这不是什么丢脸的事。只有过度压抑的人才会感觉丢脸"；鼓励她接受礼物和承诺，"说好的，解放自己，你没有履行义务的必要"；称赞她跟新朋友在他们豪华的度假别墅里度长假，"看看别人的人生是怎么过的，感觉解放自己是多么棒的事情"。雅思罗引领安杰拉过的人生与一般学生的人生并行存在，一边是在课业中挣扎、吃着快餐、晚上嗑药到昏迷，另一边的人生却是无忧无虑的享受与笑声，毫无对物质生活的忧虑。安杰拉越来越陷入这种诱人的生活——没有人会想要从这种生活离开。

到了5月下旬，雅思罗终于提出她的大建议。在花了好几个星期享受奢侈豪华的人生、世界观被巧妙却彻底地扭转之后，安杰拉很快便同意了。卡贝立刻被找来加入她们。他是雅思罗的应召班底之一，几乎跟安杰拉一样漂亮，脱下衬衫后，身材健美得不可思议。他跟她们在梅费尔区的公寓住了一个星期，这期间雅思罗督促着安杰拉了解一系列她从未经历过的性爱技巧，引导她学习，直到她全都上手为止。

5月最后一天，雅思罗在伦敦的国王十字火车站跟安杰拉亲吻送别，让她在月台上提着一行李箱最棒的新衣服，还有一张到纽卡斯尔的单程头等厢票。梅丽恩·雅思罗的第二账户因此收到一百万欧法元的付款，而且她从头到尾都相信，是她挑中了安杰拉。

马克-安东尼在纽卡斯尔站接了安杰拉。他大剌剌地展现出娘娘腔的一面，身高矮小，却极富魅力。他毫无讽刺之意地自我介绍是巴特拉姆·诺思的女友负责人。这份辛辣的幽默感，让安杰拉立刻就喜欢上他。

第一站是诺森伯兰星际企业的安全部门，一栋三十层楼的黑色玻璃高塔，位于城市的曼诺尔区。

"我们为什么要来这里？"安杰拉问。穿着制服的护卫带着他们走过大厅，来到电梯前。

"最后检查啊，甜心。"马克-安东尼说。电梯门关上。

"可是我以为巴特拉姆跟奥古斯丁分家了。"她说。

"是分了，很友好的分家。"

安全大楼在十楼有一个小诊疗室。一名手脚很利落的护士取了血液样本，然后要求安杰拉穿上一件袍子，躺在复杂的扫描仪器里。

"为什么？"她紧张地问。

"别担心，我带几十个女孩子做过同样的程序。要检查血液是否有问题。"马克-安东尼说。

"你是指有没有病？"

"甜心，这年头来来往往的人很多，我们有这样的自由是很美好的事，但巴特拉姆得小心。他现在不能冒染病的危险。"

"这个呢？"安杰拉朝扫描仪器挥手。

"别动。"护士告诉她。

"诺思家族有很多敌人。我们只是确定你的所有人机芯片真的都只是用来上网而已。"马克-安东尼解释。

"我还没有任何人机植入。我没钱。我用的是界面机组。"她指着让她连上跨网的黑耳环。

"这样才对。你的身体是一座神殿，尤其是你美成这样，别拿些垃圾塞进去，而且我们在找的不只是通信植入机体。"

"为什么，还有什么别种植入机体吗？"

"有很多很可怕的，甜心。我看过他们这里的列表。军火公司只要一动邪念，那真是有创意得可怕。你信我没错。"

他们在一个小房间里等结果出炉。安杰拉很确定不会有问题。她在两边尺骨上的极微细胞核泌腺是有机体，目前完全没有启动——基本上是无法被察觉的。这也是应该的，新东京的植入机体技术地下专家可是收了她很大一笔钱。

"他是什么样的人？"她问。

"巴特拉姆吗？小猫咪一只。"

"你骗人！"

马克-安东尼戏剧化地耸耸肩，"好吧，他一百零九岁，无论用哪种货币来算，他都是兆亿富翁。没有什么是他没见过、没做过的。高兴了吗？"

"一百零九岁，真的吗？"

"对。"

"嗯。这个……我不确定我可以……"

他咯咯地笑了，"甜心，你的表情太好笑了。听我的，别担心，他的回春手术已经完成一半，没那么难看。"他打量一下四周，然后叫安杰拉走近些，"这些话你不要跟别人说，但我跟你说，他能搞的事情也不多，你懂我的意思吧？他现在喜欢用看的。你的工作很简单，只要跟其他女孩子好好相处，偶尔用嘴服务两下。每个人这辈子都是这么过来的。"

"好吧，但我还是不懂。如果他这么富有，为什么没有女孩子愿意跟他在一起？我在伦敦夜店里看到很多那样子的女孩，那些男人根本没他这样有钱。"

马克–安东尼变换了一下坐姿，突然坐得很端正，"正是如此。"

"什么意思？"

"他花钱不是要买你的性，甜心，而是你之后会安静走人。男人都是一样的，尤其是姓诺思的。他们不想要跟你有太多往来，谈感觉、谈人生，对他们来说是浪费时间和精力。女友和老婆都是麻烦事。诺思是为了不断往前冲、成就事业而生的，他们家族都是这样。"

"听起来很……寂寞。"

"才不会，甜心，他们不寂寞，他们有你们。他们只需要这样就可以过活了。相信我，这二十五年来，我可是近距离把他们所有好的烂的都看透了。"

"你为什么要做这种事？"

马克–安东尼露出调皮的笑容，"没有别人要雇用我。我年轻时浑浑噩噩，出了一件不太光彩的事，牵扯到一些毒品还有在公众场合不当使用某种蔬菜。"

安杰拉笑出来，"我不相信。"

"好吧，也许跟蔬菜的关系不大，我说得太夸张了，但这个工作其实不坏。看看，我能够跟你这么棒的人认识，你的绿眼睛真的美极了。"

她伸出手，紧握了一下他的手。"谢谢你。"

"别说了别说了，你再说下去就要把我弄哭了。"

护士进来。"全部通过。"她告诉他们。

"很好很好。"马克-安东尼开心地说，"我们快点离开伦敦这种鬼天气，去晒晒真正的太阳。"

一辆黑色的高级奔驰轿车带他们直接进入通道。临门区的尽头有一间GE边境管理局办公室。安杰拉很意外她只需要把手放在生物辨识扫描仪上，然后让她的e-i对管理局的AI认证她的公民身份，AI就立刻给了她出境许可，然后还给了一个小小的GE签证芯片，上面有返程授权。

"别弄丢了。"马克-安东尼警告，奔驰正平顺地爬上通往通道的金属斜坡，"从另外一边回来可没这么容易了。"

奔驰顺着A号高速公路顺畅地开往机场。马克-安东尼很高兴她看到圣天秤星的星环时如此欣喜，甚至停下车让她能出去好好细看。她深吸一口另一个星球的空气，就像每个第一次到达别的星球的人那样，没有抱怨无处不在的有机油气味，只因为来到圣天秤星而几乎兴奋得不能自已。

在机场等待他们的是一架超李尔LV-700型飞机，三角翼的造型简洁，十五人座的高级专机，P&W精英涡轮引擎能够加速到3.8马赫的飞行速度。

"其他人呢？"安杰拉问，空服在登机梯下方接过她的行李箱。

"只有我们。"马克-安东尼说。

他们没有缓慢低飞过落石带。马克-安东尼解释，这一切都是概率。从高空快速冲过撞到陨石的概率，跟在十五英里外下方的商用飞机慢速穿过浓雾的概率是一样的。缓慢低飞只是心理因素，让乘客安心而已。

他们抵达圣天秤星时正在下雨，浓重乌黑的云朵遮住了海岸边的城镇。超李尔朝机场降落。一辆捷豹JX-7敞篷车拉起了车顶，载着他们顺着普罗旺斯路前进，一路到了吉洛奈拉海滩。巴特拉姆的宅邸就在宽广的沙滩以及后方陡峭的高原山地中间的一段狭长土地上。捷豹从隧道里出来时，积云正往北飘走，灿烂的天狼星阳光在碧蓝的海面上舞动，展现前方壮观的景致。虽然安杰拉早知道巴特拉姆在整个星球上独独挑中了亚贝利亚半岛，但眼前的景象仍然超出她的心理预期。在两英里宽的海湾后方，巨大起伏的斜坡几乎笔直，下面三分之一的岩壁缝隙中长满了碧绿与水蓝的植物，上方其余部分则是深色的苔藓与孢子花在赤裸的岩石上恣意生长。弧形岩壁的尽头，一道巨大的瀑布从超过两百米的高度倾泻而下，不断轰散成水雾，在灿烂的阳光下散发着七彩的波浪。屋子周围的林园修剪得很整齐，在造景与自然之间取得完美的平衡，种植着精心挑选的茂密原生树木，形成一个色彩缤纷的植物园，在炙热潮湿的海滩空气中，增添一丝浓郁的松木甜香。

"哇噢。"安杰拉盯着豪宅，低声呢喃道。

马克-安东尼骄傲地说："我知道，每个人都有这种反应。很俗气，但大俗就是大雅，对吧？"

"嗯嗯。"被他这样一说，她开始怀疑自己对这栋屋子的审美是不是该调整一番。它跟周围的自然景色似乎完全格格不入，但同时又壮观到可以跟浩瀚美景一较长短。巴特拉姆的设计师选择平顶的金字塔屋型，有点像是现代都会版的印加神庙。外表是巨大菱形的玻璃片，每片的颜色都不一样，玻璃外有纯黑色的框，外围是一圈圈的平行阳台，阳台边长满一槽槽沙漠植物。

"你等晚上时再看。外框会亮起来，看起来就像是海岸边的小拉斯韦加斯。"马克-安东尼说。

捷豹驶入地下道，带着他们进入宅邸正下方如停机坪一样大的车库。里面只停了捷豹，跟载安杰拉来的JX-7款一模一样，连银蓝颜色都一样，至少有十五辆。当她不解地看着它们时，马克-安东尼只是耸耸肩，"别问我。"

他们顺着螺旋形的台阶来到主要的中庭，这里有着黑白大理石的地板，空气比外面明显更凉爽干燥。高高的太阳从透明平顶射入阳光，反射在高挑柱子之间，环绕每一层楼的银色栏杆。两名巴特拉姆的女友在宽敞的沙发上等着她，这种摆设让这里看起来像是旅馆大厅而没有半点温馨的感觉。奥利维娅-杰伊有着偏深色的发亮皮肤以及中东地中海型的五官，宽嘴唇、扁鼻子、棕绿色的眼睛，浓密的鬈发披散在肩后，她穿着一身轻薄的珍珠白裙装，挂着轻松、欢迎的笑容。奥利维娅-杰伊跑了过来，给安杰拉一个大大的拥抱。卡莱则没有这么热情，很有礼貌地在原地等着他们。卡莱的内敛很有意思，因为她可是全身赤裸的。安杰拉对她的第一印象是个红发健身狂，身高会让大多数专业女子排球队队员都显得娇小。

"欢迎来邪恶的吉洛奈拉，海边的狂嗑屋。"奥利维娅-杰伊说。

卡莱在她两边脸颊上各亲吻一下。"没有那么糟糕。"她以沙哑的声音说，"你会过得很好的。"

"我们这些女朋友要团结起来。尤其当布琳凯尔在的时候。"奥利维娅-杰伊说。

"你乖一点。"马克-安东尼假装以严肃的声音警告。

"布琳凯尔是谁？"安杰拉问，因为这是天真的十八岁女孩会问的问题。很奇怪，但她没有想到跟其他女孩见面会是这样。在这之前她甚至没有多去想她们的存在。即使她们显得很有精神，她仍然觉得她们很可怜。事实上，她开始生气她们人在这里，生气在这种年代，老男人仍然跟过去一样渴望、利用年轻女孩，生气从古罗马到现在居然没有任何社会进步，新星球的开发还往后倒退一步，因为有这么多地方已经远离了真正的文明与抛弃了责任。一如往常，诺思家族把对女孩子的利用发挥到淋漓尽致，因为他们可以，因为他们的特色就是奢靡，因为他们的神就是唯我独尊。

你来之前就已经知道这些事情，所以你才来这里。赶快，专心点，你帮不了她们。她们也是为了钱而来，跟你一样。她严厉地告诉自己。她牢牢地控制自己，然后紧张地朝新朋友微笑。

"是他的女儿。才二十出头就已经是个贱到不能再贱的贱人。"

"各位，各位。"马克-安东尼拍拍手，"现在是谁在嘴贱啊？你们也差不多一点。好了，安杰拉需要先安顿下来，她旅行了很远的距离。"

"你住在我隔壁的房间。来吧。"奥利维娅-杰伊拖着安杰拉走向隐秘地藏在长长台阶后面的电梯。

她的房间在六楼，一个巨大的方形跃层房间，有光滑的石板地以及金色的丝绒墙壁。五星级的建筑物，两星级的内装，她有点好笑地心想，不过，长长的玻璃墙外就是她自己的一段阳台，可以看向西南方以及那条华美的瀑布。

"你的衣服在衣柜里，已经在宅邸的网络上登记了。"马克-安东尼说。

"可是——"安杰拉指着自己已经摆在圆形床旁边的行李箱。

"你在这里不用穿自己的衣服，如果你有衣服可穿的话。可怜的卡莱。她的合约注明她要全裸。"奥利维娅-杰伊告诉她。

"我买了巴特拉姆先生喜欢的衣物，都是你的尺寸。"马克-安东尼说。

"你怎么知道我的尺寸？"

"雅思罗小姐上个星期寄来了你的细节。"

"哦。"

"巴特拉姆先生晚上才会回来，他今天在研究院进行治疗。你可以先休息，直到他返回。我不知道你是怎样的，但我每次通过通道，生物钟都会乱掉。"

"对，谢谢。"

"我等下会替你挑出适合第一次会面穿的衣服。"

安杰拉从包里拿出接口机组，还有她的网络眼镜。"屋里的网络有授权码吗？我想跟我妈报平安。"

"你妈？"奥利维娅-杰伊惊呼。

安杰拉无奈地抿起嘴唇，戴上黑色耳环，"她认为我还在帝国理工读书。我不想让她知道我退学了。至少现在不想。"

"这里都是公开上网区域，你只要让你的e-i替你登记就行了。"马克-安东尼说。

"谢谢。"

安杰拉等到他们离开房间后，坐到床上。果不其然，是水床。她的e-i跟她母亲的跨网接口地址联络。无法接通的符号出现在她的网络镜片上。安杰拉叫她的e-i使用留言功能。"妈，是我，跟你说一声我没事，我很用功，哈哈。我们大家这个周末要去西区，如果我能负担得起的话。

但我之前跟你说的公司给我更多端盘子的工作，所以我手边应该又会有现金了。你回来以后打个电话给我。爱你，拜。"

她倒下，身体顺着身下床垫的缓慢波浪起伏。接口的另一端当然没有人，绝对不会有什么亲爱的妈妈。那是一个单向传递。她说什么也不重要，内容甚至没有任何人可以解读。使用这个接口本身就是一个简单的信号：我进来了。

2143 年 2 月 6 日，星期三

"我要从这里逃出去。"安杰拉轻声宣告。

餐桌另一边的帕瑞西全身一僵，紧紧缠着意大利面的叉子半举到嘴边。"你要做什么?"他低声问，"我应该要看着你，确定你没有跑去不该去的地方。而且，你的衣服上都有追踪粉尘。"

"噢，对，我都忘了，当然这样就跑不掉了。对了，能跟你借把剪刀吗?"

"安杰拉!"

"如果你跟我一起，就不会因为把我跟丢而惹上麻烦了，不是吗?"

"啊?"

她坏坏地一笑，伸出一根手指，把叉子推向他的嘴巴。他没有反抗。

"你想想。"她睁大眼睛，顽皮地说，"晚上进城逛一圈，就我们俩。这里有不错的夜店，不是只有有钱人去打发时间的地方。而且，除非吃过辣酱马陆子，你根本不算吃过东西。"

"你疯了。"

"而且很聪明。你想想看，我们不知道哪一天很快就要被派去艾德瑟。那是两千公里外的地方，而且还是第一个营地，第一个准备区。天知道我们最后会去哪里，去多久。你觉得外星人很好找吗?"

"你听说我们要被派出去吗?"

"没有，我只是用逻辑思考而已。"她指着大用餐帐篷的旁边，一辆戴达勒斯正顺着滑行道朝起降跑道前进，"他们甚至晚上都在运物资去艾德瑟，而且他们在另外一边已经派出四架 e 射线。"

"对，但最后一架发现这个山脉一直通往北边。"

"蚀影山脉，因为这个山脉大到所有东西都在它的阴影之下。"

"还有什么你不知道的事吗？"

"这整个地方就好像一个少女八卦地。况且，就连 HDA 都不觉得山脉是什么秘密情报。我经常用网格去看观测中心的内容。"

"好吧，但是越狱？"

她吸着一块西瓜。"重点是，我们很快就要出发了，天知道我们什么时候才会回来，所以我们多休两天假，犒赏自己一下。你觉得帕萨姆天天都在这个帐篷里吃饭吗？噢，她甚至不睡在机场旅馆。"

"对，我听说她和她的人都在摩顿旅馆。"

"五星级旅馆，全部都是用纳税人的钱。所以……我自己去又不好玩。"她渴望地看了他一眼。

"得了吧。"

安杰拉从雷欧拉那里借了一件白色短袖上衣，从奥德丽那里借了一条简单的土耳其蓝镶金边裙子。她的队员跟她的身材尺寸不一样，但即使她必须一直把上衣塞回裙腰里，其实也没有那么不合身。粉红与蓝色的帆布鞋也是雷欧拉的，她得套三双袜子才能确保鞋子不会掉。

"你是否记得把内衣换掉？"帕瑞西问。

"什么内衣？"很邪恶，但光看到他的表情就很值得。

帕瑞西认识车队里的一个军需官，他们借了一辆多功能热带型越野车，上传了一个插件，暂停今天晚上的定位记录。顺着土比格路开进城里的一路上，两个人都觉得这辆橄榄绿的大车在亚贝利亚马路上的跑车、超级车和礼车之间显得特别突兀，但附近也有很多其他 HDA 的车辆，所以……

安杰拉让越野车的自动导航系统开到维拉斯可海滩。他们沿着滨海大道散步，看着太阳朝海平面滑落。到了这个时候，外面已经没有多少人，路边的店铺也开始纷纷关门。帕瑞西坚持要穿他的智慧军便装。"这样他们就不能指控我没有执勤。"他说。HDA的衣服为他引来几个好奇的眼神，但都没有敌意。

在大道的尽头有座码头，鲁埃达，二十年前还没有那个地方。安杰拉心想这也合理。她在霍洛韦的那段时间被特别压缩，变成突兀的时光片段，但对于入狱前的人生记忆却是许久未有地清晰。

"以前都还没有这些店。"他们在光亮的石头上走着，她说，"那边的店当时还在建造。那时候沙滩后面只有摊子，像是市场，我觉得这条路也没现在这么长。"

两人停下，靠在黑色金属栏杆上，看着剩余的几个人离开海滩。"那时候的这里是什么样？"帕瑞西问。

"当然是比较小的城镇，但我在这一区没待太久，主要都是在宅邸里。"她知道这不是他想问的事，他其实想探听她的过去。这种小狗一样的乖男孩，实在很容易把他的希望扭转成对今晚极高的期待。她几乎有点罪恶感。而且，实际上，也已经二十年没有……

"那是什么样？"

"我不想谈。"她看着海，把额前的几根发丝拨开，"抱歉，我还没准备好谈这些，而且你也不会想要我又昏倒。至少不是今天晚上。"她语气中的暗示意味简直太过分。

"没问题，我可以等。"

"帕瑞西，我不得不问，你这么好的人待在HDA里干什么？"

"喂，我们可是在保护人类，不受沾斯攻击。"

*并没有，差得很远。你们不是在保护我们，只是在沾斯潮攻击时组织我们而已。*安杰拉微笑，"该我说抱歉了。"她踮起脚尖，身体紧贴着他，在他的嘴唇上奖励地亲了一下。很轻松的亲吻。只是亲吻一个朋友，但停留的时间稍稍超过原本的打算：一个意味更多的亲吻，因此让她吃了一惊。两人分开时，他从她眼中看见了。那个眼神说今天晚上会是如何结束，而且她因此颇为开心。

2143 年 2 月 7 日，星期四

清晨带着一丝薄雾跨海而来，盘旋在卡米洛海滩后方的沙丘。索尔看着雾气从半昏暗的圣天秤星夜里浮现，夜色首先被浅白的环光点亮，然后迎来清晨海面的薄暮。他坐在露台的椅子上，穿着八年前买的白色厚板球毛衣，一条墨绿色的松垮短裤，有着一样松垮的口袋，还有简直可以算是古董的球鞋。他的眼眶通红，很怕会被别人看到，然后被问你为什么哭了。还有两个小时，他的家人就会起床，埃米莉会发现他那天晚上没上床睡觉。他还有两个小时的时间可以打起精神，收拾起泛滥的情绪，压下对于命运的憎恨与怨怼。

懒洋洋的圣天秤星海浪不断拍打着空无一人的沙滩，发出沙沙的声音。起伏不大的潮汐开始逆转，把潮水带出外海。他看着灰色的海水与白色的浪尖，开始臆想。很简单，只要带着冲浪板，趴在温暖安抚的海面上，开始往外划，一直划，一直划，划向安柏斯，或是落石带的干岛，离开这一切。因为之后会有的压力和打击跟在他心爱的海洋里淹死都一样，死路一条。死在海里还干净些。

他闭上眼睛，尽可能把世界挡在外面，每一次呼吸都是一阵颤抖。他当然办不到。他在虚无中唯一能看见的就是他美好的家人随着时间的拉长、搜救行动的停止而焦急的面容。孩子们没有他会有多彷徨，埃米莉会有多心碎。他们永远不会知道为什么，永远不会了解。这份哀伤的

迷惘会永远在他们的人生中徘徊不去，让他们心慌害怕。

身为丈夫和父亲，他有责任。他们不是无法承担正在发生的事情，他只是不希望这件事发生。只是不要这种事发生在他们的身上。卡米洛海滩、埃米莉、孩子、悠闲舒适的人生：这是他第二次的机会。美丽的证据，证明他终于摆脱可怕的过去。

可是谁都无法真正摆脱过去。尤其是他的那种过去。所以现在是他做选择的时间。离开一切，或是面对眼前的局面，想办法找出下一步该怎么走。其实他毫无选择。他唯一无法预料的是埃米莉会有什么反应。她是无辜的，他原本承诺要给她一个好的生活，远离威胁和夺走她快乐人生的种种不幸。

也许这才是他们彼此吸引的真正原因。他当时一个人孤独飘零，想要从自己人生中的丑恶、失落、可怕的彷徨中恢复正常，却不知道该做什么。一个只凭本能活着的男人。他当时就已经受到大海以及大海所象征的事物吸引，那正是他缺失的一片灵魂。

索尔在旧城区海港墙边找到她，那时午夜已经过了很久，一个坐在墙边缩成一团的身影。在看到她之前，他听见她的啜泣声。漫长的一瞬间里，他无法下定决心该转身离开，还是做对的事情。那时候已经过去足够时间，他终于可以与另一个人类交心。这里是亚贝利亚，所以他还没有在她身边坐下就已经猜出她的故事，因为他还没在水泥墙上坐定，就看到她有多年轻、多美丽。

"所以他把你赶出来了？"

埃米莉转身去看他，脸颊满是泪水。她不解地看了他一眼，然后又哭了出来。

这是人类最古老的故事，但亚贝利亚让故事的版本更上一层楼。埃米莉是个模特，正要开始她光鲜的事业。她在新华盛顿长大，她的爱人是一个年长、有钱的男人，对她展示他的世界有多刺激、新鲜。他带她来亚贝利亚的家族宅邸，度过热情的快乐假期，这时候她才发现他们关系的真面目：她其实只是他的所有物，这个星期的玩物。他们吵架，他不需要这种麻烦，她算什么东西。

"我连衣服都没有。他说衣服都是他买的，所以全是他的。他也不肯用他的飞机把我送回高堡。"她啜泣着说。

"因为要花钱。"索尔替她说完，"那种人只在乎钱。把你留在这里比花机票钱便宜。毕竟他这样做不犯法。他不是第一个，也绝对不会是最后一个这样做的人。"

"我该怎么办？"

索尔其实可以说实话，告诉她像她这样年轻漂亮的女性，要什么都唾手可得——只要她愿意。她只需要选对酒吧，朝男人微笑。可是她也心知肚明这点——所以她半夜坐在海港的墙边，掉下的眼泪足够聚成自己的涨潮。

"我有多余的房间。你今天晚上需要地方睡觉。我知道现在你会觉得这就是世界末日了，但是相信我，到了早上你就不会觉得这么惨。什么事情都是这样。尤其是圣天秤星的清晨，当你看到太阳从海边和星环间升起时就会明白。"

她心情不佳又多疑地看了他一眼，"你为什么要这么做？"

"我自己有女儿。如果她陷入同样的境况，我也希望有人帮她一把。"

"真的吗？她在哪里？"

"很小就死了。故事很长，很悲伤，但是这样也好，至少我一直这么告诉自己。"

"我很遗憾。"就这样，她便让他陪着走回他在改装的海港货仓里的公寓。三个月后，整栋大楼都被拆掉，因为开发商要将海港变成高级休闲中心，而更大更新的货港则改建在更远一点的海边。他们搬入洛结拉尼欧山谷的新公寓时，埃米莉仍然跟他在一起，那时她已经不是睡在客房里。索尔一直都不了解这是怎么一回事。就连亚贝利亚的特聘服务人员里都有比他优秀太多的人选，更不要提那些中级主管——每一个都更年轻、更聪明、更有钱，但是他们两人之间有过这样的共同经历，而他可以信任她，这是他从没想象过还有可能发生的事情。其实他的年纪也帮了一点小忙，这么多年以来，他终于认得出获得快乐的机会是什么样。在他的人生中，第一次没有自己毁掉一段感情。

直到现在，他悔恨地心想。可是这一次年纪又帮了他的忙，因为又过了多年，他别的没学会，只学会怎么当个固执的混蛋。只要他够有胆量，昨天晚上发生的事就不会摧毁他现在的人生和家庭。

索尔想着过去的几个小时，仔细回想他做的事、说的话、听到的事。其实没有什么特别严重的——至少从法律角度而言是这样。他担心的是埃米莉。如果她知道了，会怎么想？毕竟这是他过去的人生。二十年来，他没有一秒钟认为那会是问题。

所以……也许不告诉她就算了。虽然她会知道有哪里不对劲——他可以全部怪在杜伦又出现这件事上头。

他缓缓地点头，说服自己其实情况没有他想的那么糟糕。他只是一时被吓到，昏了头。

他只需要闭紧嘴巴，别再像个神经衰弱的废物一样。我办得到。我可以的。

一个通信符号在他的网格中出现。他不敢置信地看了一秒。

"确认来电身份。"他告诉e-i。

"杜伦。"

"你他妈的开我玩笑是吧。"索尔低声咒骂，很努力才不跳起来去察看杜伦是不是正躲在沙丘里窥探他。他花了好一会儿让自己平静下来——只要跟杜伦扯上关系，就绝对不能气呼呼的。

他的手伸向瞳孔智元投射出的键盘空间，扭转符号。"这他妈的太早了。"他说。先攻击，让敌人采取守势。

"老兄，我知道，你也知道，不是重要的大事，我也不会来找你，对吧？"杜伦回答。

"这么早会有什么大事？"

"我们需要借你的船。"

"什么？"

"船啊，老兄。"

"你太扯了。"

"我也希望真的太扯了，真的，但我们真的需要用。现在就要。"

"做什么？"索尔知道他不会得到答案，至少得不到真的答案。他只能决定让不让他们用船，原因不重要。

"我们只是想在所有人之前出海。如果你现在把船让给我们用，就可以不用打扰家人，安心回家。"

混蛋！他妈的混蛋。可是……杜伦、瑟贝迪亚和祖拉是转移埃米莉注意力的完美方法。他可以从码头回去，坦承杜伦突然闯入他的生活。

鲁埃达码头就在老港区，维拉斯可海滩的另一边。天狼星刚从星环边缘升起，码头的弧形水泥挡海墙在带着粉色的明亮天色下发光。俱乐部外面只有几辆车子，都是在海上过了一夜的狂热船主的。杜伦和祖拉站在一辆老旧的大雷诺货车旁边，看着福特洛罕停在旁边。

"真高兴看到你啊。"杜伦露出大大的笑容，握紧索尔的手。

索尔紧张地瞥了祖拉一眼。她戴着全罩式太阳眼镜，显得很紧张。她为什么会紧张？"当然。我们先进去吧。"

"就指望老兄你了。"杜伦漫不经心地朝俱乐部前面挡在栅栏后的草皮一比，大大锁起的栅门通往码头，"这里的安保不错啊？"

"到处都有罩网。这些船不像亚贝利亚大多数的船那么豪华，但也值一笔钱。"索尔说。

"很好。被偷就讨人厌了。"杜伦说完，从货车里拿出一个冲浪板袋。

索尔越发担忧地盯着袋子。黑袋子长约二百三十厘米左右——正是杜伦这种身材的人需要的冲浪板尺寸，但光看袋子圆滚滚的样子，索尔就知道里面不可能是冲浪板。而就连杜伦提起袋子时，肌肉都因为重量而紧绷，青筋骄傲地从干黑的皮肤上暴起，索尔的噩梦随即彻底成形。那里面到底是什么？

"走吧。"祖拉拿着一个小肩包说。

索尔一语不发地走到栅门边。他的e-i跟码头罩网确认密码，码头罩网则用缠入栅门与围栏的智慧粉尘检查他的生物辨识。门锁咔啦一声，门滑开来。

杜伦和祖拉无声地跟着他走到二号码头，到了"快乐月亮号"停靠的地方。这艘游艇有十米长，配有一根伸缩桅以及全自动与人工手控双功能船帆。他想要孩子们学会真正操控帆船的方法，却一直很遗憾带他们在海上度过的周末太少。

杜伦把冲浪板袋放在木条搭成的码头时，已经累得满头大汗。袋子发出沉重的咚一声。绝对不是冲浪板会发出的声音。

"谢了，老兄。我真的很感谢你把船借给我们用。我保证今天晚上就把它安安稳稳地送回来。"杜伦说。

"好。"索尔说。

杜伦用散发红光的眼睛特意瞥了一眼游艇，"网络码？"

"哦，对。"索尔叫e-i把"快乐月亮号"的网络码给杜伦，无声地补上一句：小妞，抱歉了。不过现在他就算再也见不到这艘船也无所谓。他跟任何犯罪都无关。冲浪袋！他是普通人，只是把船借给外地来的朋友。冲浪袋！他站在码头罩网看得见他的地方，根本不需要去问他们要把船开去哪里。冲浪袋！"把它照顾好。"

"一定会的。"杜伦说。他打开主舱门，然后消失在里面。

"我想要请你帮我买点东西。"祖拉说。

"啊？"他不知该如何回应，开始猜想瑟贝迪亚在哪里。一定不在有危险的地方。老大向来如此。

她给了他一小张折叠起来的纸。他正要把纸摊开，她便握住了他。

"没什么紧急的事。我过几天打电话给你。"她的躯网要求跟他的e-i联机，网格上立刻出现一笔转账金额进入他账户，"这是一点钱，应该够付了。不用给我看收据，我相信你会好好帮我处理。"她拿下太阳眼镜，仔细地端详他。打量，总是在打量他。"你不会让我们失望吧？"

索尔摇摇头，可怜兮兮地吞口口水，"不会。"

"我几天后打电话给你。东西先帮我存在"夏威夷之月"里，我不想打扰你的家人。"

索尔只看得到等待转账的符号。"你拿着。"祖拉说。

他直觉地叫e-i打开一个他很久以前开的第二账户，已经二十年没用过了。亚贝利亚没人有第二账户——他们不需要，因为没有所得税。他伸出手，拨动了转账符号，钱消失在一家越南银行里面。

祖拉满意地一点头，"晚点见。"

索尔立刻转身离开，没有回头。他们以为光这样一笔钱就能让他上钩，哪有这么容易。索尔·霍华德这个人有些事是他们永远都猜不到的。

无论从现在起会发生什么事，他绝对不会当他们以为的温和听话受害者。

帕瑞西·艾维特下士缓慢、痛苦地逐渐醒来。一开始他只能感觉到自己的头有多痛。心脏每跳动一次，疼痛的头颅里面就像是被人用锤子敲了一下。他眼前的景象一片灰，只是每次敲击时都有可怕的鲜红色火光闪过眼前。嘴巴又干又臭，味道是他想象中骆驼大便的气味。皮肤又冷又湿，发烧了。右腿，死了——什么都没有，没有感觉。他想把腿从奇怪的弯曲姿势伸直，动作引发的尖锐疼痛立刻让他呻吟出声。血液又流入缺氧的肌肉，让他随着一波火焰的热浪一同醒来。这次他突然明白地意识到自己肚子的感觉。

"妈的。"他仰躺在地上，脸颊鼓胀。其实他抬不起头，太害怕偏头痛的震动会把他的额头直接劈开，让脑浆全部流到床单上。

床单？

他眨眼收回泪水和自怨自艾，想要重新集中注意力。某个旅馆房间：黄色的墙壁，灰色的地毯，白色的屋顶。里面是有百叶窗的窗户，圣天秤星的阳光从百叶窗木条周围渗入。有门通向套房浴室，有人正在里面。他可以听到水龙头喷洒水的声音。

"什么？"帕瑞西终于勉强用手肘把自己撑起来，感觉挺不舒服。好，所以他躺回大床上。没有枕头，但他看到地板上有几个枕头。没有棉被。而且他光着身体。真正、彻底地赤裸着。床单上有某种深色的湿印子。靠，是血吗？不是。好。其实印子不止一个。一瓶香槟倒在床头柜上，地板上有另外一瓶红酒，还有一瓶剩下少许的覆盆子伏特加。瓶子旁是几个很可疑的银灰色药剂空壳。还有衣服。他的制服被丢在房间里，还有……帕瑞西眯起眼睛。安杰拉原本穿着的白衬衫挂在椅背，蓝色裙子在他裤子旁边的地毯上。

"什么啊！"帕瑞西呻吟一声，倒回床上。他什么都不记得了。这也太惨了。他这辈子的确有过几次——其实顶多两次——一夜情第二天醒来时想不起女孩子的名字。那已经够丢脸了。可是这次……

他们昨天晚上是去了几家酒吧，这一段他记得很清楚。他们一边聊，一边喝了一两瓶啤酒，就像真正的约会一样。然后是餐厅。鲁夫！没错，这个他记得，还有马陆子。他绝对忘不了那道菜。安杰拉坚持要点。那东西看起来真的像地球的马陆[1]，只是身上长毛，但其实是可巧娃树的种子，熟了以后就会从树上掉下来，爬到不远的地方发芽，动作缓慢而优雅，直到蘸上辣椒酱，马陆子就会开始拼命挣扎扭动。吃的方法是一口塞进嘴巴里，整个吞下。安杰拉吃了一大碗，他吃了两颗就放弃了，她一直笑他这样算什么铁血军人。

然后他们去了夜店。不对——不止一家。很多家！几个令人尴尬的回忆慢慢爬了出来。

安杰拉还真会跳舞。够火辣！每个流畅的动作都让他着迷地傻盯着那身材曼妙到极点的身体。喝了不少啤酒和红酒，他整个晚上身体越来越热，越来越热。她玩得很疯，但他完全没落下风，她喝一瓶他就跟一瓶，她喝一杯他就跟一杯，她嗑一颗他也跟着嗑一颗，嘴巴里的保姆智慧网元在他的网格上打出各式各样的警告符号，直到全部被他关闭。然后，她用双手搂住他的脖子，轻轻地说："拜托你，帕瑞西。已经二十年了。你能想象二十年无性的人生吗？我好需要你。"

他们一定是用了瞬间移动来到旅馆，因为他只记得人到了这里。两个人站在床尾，他的舌头塞入她的小嘴，双手埋在她的上衣里，抓住她销魂的双峰。

"等我一下。"她快步走向浴室，"还有一件事，帕瑞西。"

"怎么？"

"我回来时，你最好已经脱光了。"

---

[1] 又叫千足虫。属节肢动物门，全身由许多环节组成，头有一对触须，生活在潮湿处，遇到危险时会分泌有刺激性气味的液体。

就这样。这是他最后记得的事情。真是不敢相信。怎么可能做了一晚上却什么都不记得。可是他们一定做了一晚。他又开始看着房间，瓶子，酒渍，就连他的手臂上都有覆盆子伏特加的舔痕。

帕瑞西好想哭。

浴室的门打开，安杰拉走了出来，湿发梳在脑后，整个人裹在一条红色的旅馆毛巾里。

帕瑞西当时最强烈的念头是，幸好真的是安杰拉，而不是别的女孩。但自己这样真是可悲到极点。

她朝他露出邪魅的笑容，"你觉得怎么样？"

"呃……你也知道的。"他挪不开眼睛，她实在看起来太耀眼了。完全符合所有男人的想象：聪明、美丽、性感。

安杰拉挑逗地舔舔嘴唇，慢慢地摊开毛巾。她的皮肤因为水滴而闪闪发亮。"就这样？"

"什么？"帕瑞西沙哑地说。

她走到床边，直到站在他面前，然后让毛巾彻底落地。"你记得的。"

我不记得！我他妈的通通不记得！

"昨天晚上。"她说完深吸一口气，展示完美的腹肌线条。

帕瑞西觉得他现在最好立刻死了算了，"呃——"

"你说你觉得我白天时应该更好看。"她的手开始性感地摸着自己的腰侧，缓缓晃动肩膀，"真的吗？"

"对。"

她又露出微笑，开心得看起来像是天狼星的阳光。他给她的快乐。然后她上了床，四肢着地压在他身上，舌头挑逗地舔着他的嘴唇和耳朵，一只手握住他的小兄弟。"我们昨天晚上弥补了一天。"她渴望地喃喃低语，"所以你现在要开始处理剩下的十九年又三百六十四天。"

他从来没有这么羞耻过。这个不可思议的女人把她性感无伦的赤裸美体压在他身上，兴奋期待的脸离他没有几厘米远，手握着他软趴趴的老二，恳求要跟他做爱。而他宿醉、嗑药过头的身体却连一丁点都硬不起来。

"对不起。"他挣扎地从她身下逃开。

"对不起。"他没有办法看她，耻辱远比他身上的痛楚要更伤人，"宿醉。想吐。不是因为你。绝对不是。真的不是。"他冲入浴室，猛力把门锁上，朝着马桶，立刻吐得昏天暗地。

2143 年 2 月 8 日，星期五

一片毫无缝隙的卷云布满天空，为丛林带来全方位、毫无死角的照明。安杰拉走入戴达勒斯的深色圆柱形机体时，天气已经是这样，影子变成闪过地面的灰色小鬼。没有一丝风，连亚贝利亚平常从不缺席的海风都没有。云朵当然没有驱散炙热的气温，再加上逐渐升高的湿度，任何动作在外面都变得很困难。有半数的时间里，她觉得自己是在吸入水气而不是空气。

早上她的小队花了超过一个小时才把帐篷收好，结束时每个人都满头大汗，咒骂连连。他们吃早餐时，巴勃罗·博坦中尉在毫无预警的情况下带来前进出发的命令。所有人都把自己的配备收好，潮湿的空气中充满互相挑衅、开着粗野玩笑的声音，迫不及待地想要深入野地。他们把帐篷折成一个个整齐闪亮的黑布团，分放在每一队的装备上。在这之后，他们只能蹲在泥巴地上，周围都是行李包，无论是人还是物都在等着后勤部队的组装货车开来，带他们上路。

满身大汗又忙碌万分的工作让帕瑞西不用多想办法就能不跟安杰拉交谈，延续昨天的情况。他们搭上戴达勒斯时，飞机已经被设定要运送货物，乘客完全是次要、廉价的肉块，被塞在重要的货物柜与器材之间。巨大的机体像是用金属和其他材质组成的鲸鱼肚子，椅子只是简单的铁框架，从机体墙壁折叠放下，上面有片尼龙网布可以让人坐下。就连万

斯·埃尔斯顿都必须照做，他往耳朵塞了隔音海绵，然后勉强忍耐气味、引擎声、阴暗的照明、震动，还有六十个人只能分享两间厕所的一切。安杰拉猜想他其实挺享受这种辛苦，因为感觉起来会很有男人气概。她看不出帕瑞西对飞机的想法，他选择坐在飞机的另一边，两人之间的空间大多被移动生化实验室占据。

她可怜的小狗男孩仍然承受着极大的苦闷，让她觉得有一丝丝罪恶感。那天早上在旅馆时，她原本很期待能好好滚床单的，但是失败之后，两个人都有点恹恹的，就这么回到亚贝利亚机场。小队里的其他人好想知道他们到底做了没有，但是两个人都没多说。

接下来两个半小时的航程中，她读了更多之前下载的历史和政治档案，不光是为了维持她的伪装，更是为了真正了解拉姆拉过去二十年中到底发生了什么事。降落前的十分钟，她关闭档案，用网格通过飞机的外层罩网去看正要降落的目的地，艾德瑟。

在戴达勒斯第一次成功起降后，跑道也经过加长，推土机和压土机日夜不休地工作……不过安杰拉看不出来有哪里不同，从天上往下看仍然像是一小条泥巴，只不过现在倒是看得出来两端都有掉转方向的圆圈跑道。

起落架开始哐啷啷地放下，安杰拉看到乔希又想要把座位的金属框给捏扁，忍不住咧嘴而笑。然后，飞机降落地面，开始到处乱弹，猛烈地减速。货柜和行动生化实验室扯动束缚住它们的系带时，每个人的脸色都变了，可是带子撑住了，飞机很快就来到跑道尽头。

斜坡放下，明亮的圣天秤星阳光涌入，所有人都忙着眨眼，手忙脚乱地掏太阳眼镜。炙热潮湿的空气取代他们原本在呼吸的空调空气，带来奇怪的刺鼻香料味。安杰拉警戒地认出那是当地种植物的十亿孢子，是丛林的哨兵，很清楚地警告人类这是异星球的领地。她喜欢马陆子，可是对这星球上惊人的斑马种植物制造的繁殖微生物敬谢不敏。人类组织对于有些植物来说是非常有吸引力的营养来源。

她下了斜坡，乖乖地跟在万斯·埃尔斯顿身后几步。今天奇怪的卷云层仍然在她头上，宁静的风半点也吹不动。虽然天气明亮，气氛却很阴郁，加上植物的气味，两者让她对前进营地充满了不信任。她从口袋拿出防晒油擦到手臂上。她的T恤是HDA发的圆领衫。才进丛林一分钟，她就已经虚弱了，在比克-昂温那里买的长袖上衣被塞在背包底端某处，实在热得穿不下。可是她很骄傲地继续套着绑腿。

艾德瑟是HDA在亚贝利亚机场的缩小版。一堆快速房舍组成中央营地，里面是新的观测中心，旁边是后勤办公室，还有一间战地医疗所；后面是一排又一排的黑色帐篷，旁边是大用餐帐篷。两端没有墙的半圆形塑料布帐篷工作室也被搭了起来，工程师在里面检查地面车辆。主要来说，艾德瑟是一个器材准备点，一排又一排的货架已经堆得老高，还有更多直升机及其他交通工具，预计只要e射线机一找到蚀影山脉以外有合适的地点，直升机就会飞去下一个前进营地。艾德瑟储存数量最多的一种货物就是有机油，巨大的油槽设置在跑道的另一边，粗厚的塑料方块在每次探勘队唯一的一架戴达勒斯输油机落地时就会装满它——它现在只有这一样工作：日日夜夜不停地起飞，把有机航空油与有机油送给饥渴的车辆与直升机。

移动生化实验室笨重地下了斜坡之后，一辆自动货板载卸卡车开进了戴达勒斯，要把剩余的货品取出。帕瑞西的小队则被交付了替所有人搭帐篷的工作。

"这就是我来这里的意义。当那些娇滴滴的科学家的什么鬼仆人。"吉莉恩·科瓦斯基抱怨。

"我们是安全人员。"帕瑞西告诉所有跟在自动载卸卡车后面的人，"但在这里的这段时间，我们也是随召随到的助手。你们以后要干的事情绝对比架帐篷还要讨厌。事先习惯吧。"

亚提欧来到安杰拉旁边，压低了声音问："你对他做了什么？你们回来之后他就一直是这副样子。"

"我什么都没做。"

"难怪。有人可是很期待啊。"

"有人喝太多啤酒了。"她说。

亚提欧笑了。

安杰拉帮忙架好帐篷，与那一排排发光黑色、吸热三角形摆在一起。没人赶时间，因为天气实在太闷热了。众人工作时，旁边正在替最后一架e射线机发射做准备的地面人员引起了他们的注意。e射线AD-7090-EW50自动空中行驶器是奈提航天科技公司制造的一款装满传感器的无人驾驶飞行器，原本设计是让HDA在卫星都会被打下来的沾斯潮中，仍然掌控具有一定质量的大范围备用感应系统。它的造型是简单的窄三角平台，十二米长，两边机翼间隔十米，上层机体外壳是一片黑色的光能收集器，提供一万瓦功率的能量来给三组引擎供电，以驱动一组大型的双桨后螺旋推动器，还附加十二个埋在机体里面的氦气气泡，让机体的浮力更强，飞行方向也可以受到一定程度的操控。

安杰拉与她的小队在一旁看着，飞行器准备升空时，所有人开始鼓掌。黑色的三角形微微颤动后，终于升空，离地五米时，巨大的后方螺旋翼开始转动，让机体更加稳定。它要飞十个小时才会到达蚀影山脉另一边的运作位置，离这里有两千公里远，一旦到达，它就会沿着一个大范围的"8"字形路径不停地缓慢飞行，不需要任何保养就可以飞五百天，不断顺着通信链朝它在亚贝利亚的兄弟e射线机发送通信。

小队在晌午时终于架好了帐篷，中尉也没有再交给他们任何任务。天上毫无间断的积云在逐渐增强的风吹下松动起来。

"我们能去游泳吗？湖离这里只有半公里。"奥马尔问。

"噢。我才不要被哪只十米长的土鲨鱼咬掉蛋蛋。"拉蒙说。

"这里没有鱼，也没有动物和昆虫。"安杰拉说。

"反正拉蒙也没有蛋。"穆罕默德·安瓦不怀好意地笑说。

帕瑞西问了中尉，回来后宣布："我们可以去游泳，但是十八点有简报。我们今天晚上要开始边境巡逻。"

"什么？安杰拉才刚说这里什么都没有。"

"喂！我只说没有鱼，可没说其他的也没有。"她抗议。

"我们要负责巡逻边境。也许怪物不在这里，但我们要保持警觉，建立起对丛林的了解，还有熟悉在这里要怎么行动。你们都要准备好。明天异种研究队出去采样的时候，我们也要护送他们。你们也够了，我们可不是来这里度假的。每个人都给我注意点。"

被骂完的小队乖乖地从包里拿出了毛巾和泳装，全部朝湖边前进。这里的原生植物似乎比亚贝利亚机场附近的来得有活力，藤蔓已经很兴奋地缠上快速房舍的支撑脚。通往湖泊的路已被踩出一条小径，压扁的绿褐色草叶到处都在冒新芽，明亮的蓝绿色像刷子的鬃毛一样往上长得密密麻麻。

"你在躲我吗？"安杰拉问。

还说自己是个感觉敏锐的士兵呢——她没走几步就已经神不知鬼不觉地偷溜到帕瑞西身边。他没有跟任何人并肩同行，也没有人想要跟他一起走。

"没有。"他没好气地说。

"那是怎么了？"

"我只是……我不知道发生了什么事。"

"我知道发生了什么事。我们两个都玩疯了。没什么大不了的。"

"我只是——"他等着奥德丽和乔希走到他们前面去，那两人脸上微微露出看热闹的笑容，好奇又兴奋地想看情侣吵架。

"够了！"安杰拉气急败坏地说。

"我什么都没说啊。"

"我是要你停下来。"

他乖乖地照做，安杰拉站在他身边，小队其他人则继续前进。"等一下我们就追上去。"她告诉最后一个经过的迪瑞特。

他了然地一笑，什么都没说。

"这种事情以前没发生过，对吧？我是指早上那部分。"安杰拉挑起事端。

帕瑞西一阵纠结。先是愤怒，后来变成悲惨。"我想我用的量比我以为的要多。"

"没错。而且你知道我的年纪比你大很多吧？"

"是啦，我只是有时候很难记住，你看起来顶多只有二十岁，但是我知道。"

"就算在我被关进监狱以前，我也已经碰过不知道多少个男人声称'以前没有发生过'，所以要不然我就是人形断电器，再不然就是这种事情发生的频率，也许比你们男人愿意承认的要多一些。无论如何，我根本不会放在心上。"

"谢谢。"他嘴上这么说，很显然心里不是这样想。

她叹口气。男人的自尊啊……"那里那个是不是怪物？"

"什么？"他大惊之下，立刻环顾四周。

"下士，我刚才好像看到有东西在动。"

"我不是，啊，哦。"

"在那边。在树丛里。"

他的笑容终于又出现，"很浓密的树丛那里？"

"同这条小径有段距离，很浓密的树丛，没人看得穿后面有什么。"

"说不定有危险。"

"非常危险。看起来有很多刺的。"

"我有毛巾。"

"我也有。要不要去调查一下？"

"同意，应该去看看。"

他们离开了通往湖边的小径，然后开始奔跑。

当他们跑到那堆树丛和瘦柳树边的时候，两个人都在笑。安杰拉挤过一片密密麻麻的海尼叶，红褐色的种囊被挤爆，像螺丝钉一样的红通通螺旋形种子射出一道道短弧线。

枝干间有一片空地，两个人同时跪倒，焦急地接吻。安杰拉举起双手，让他把她的上衣脱掉，然后她的手也探入他的迷彩长裤，感觉他的下体硬了起来。

"我要在上面。"她说。

"是的，女士。"

"你再叫我女士，你就死定了。"她把他推倒在地，跨坐在他身上。天狼星照耀在他们身上，在宏伟无涯的圣天秤星天空版图中，是唯一光明璀璨的统治者。她赤裸的肌肤被照得发烫，像是一道金冠镶在她的身上。她好喜欢这一瞬间，喜欢明亮的炙热，喜欢身体另一端的炙热，因为终于又有男人进入她的身体。她喜欢在丛林间享受大地的自由。她真正的新生从这里开始，她反攻的起点。回到亚贝利亚，它的财富与流于表面的光鲜引出太多回忆，把她牢牢束缚在过去。可是在丛林里的此刻，却跟以前所有发生过的事都不一样。

2121年时，巴特拉姆的宅邸里有五个长驻女友。安杰拉很努力在感情上跟她们保持距离，就像巴特拉姆对她保持距离一样，目标是把她们当成同事，不要培养出友谊。可是碰到奥利维娅-杰伊这样一个人，实在很不容易办到。那个开朗的女孩随时都百分百散发热情，安杰拉怀疑在她热情洋溢的表面下隐藏着深深的不安全感或自卑感。可是如果这只是个伪装，如果她真的很勉强地伪装自己，奥利维娅-杰伊也从来没有露出半分破绽，所以安杰拉很难一直把她推开。过一阵子后，安杰拉甚至放弃了，她后来发现，有奥利维娅-杰伊当朋友也挺有用的。

早上，自动驾驶的猎豹带她们来到镇中心。不到一个小时以前才刚下过雨，所以她们关上了车顶，免得被积水溅到。再过三十分钟，明亮的天狼星阳光就会把最后一丝湿气都烤干。安杰拉已经看见柏油路上泛起一层蒸汽。

"我昨天晚上跟美心聊天。"奥利维娅-杰伊说着。汽车转上蒙特璘路，这条路将带她们一路沿着欧旋谷，几乎可以说是直通老镇中心。

"哦？"安杰拉没什么兴趣。美心是她的前辈之一，两个月前离开宅邸。

"她在伊斯坦布尔大学的历史和政治课开始了。"

"很好，很为她高兴。"

"你会回帝国理工吗？"

"不确定。没想过。"

"噢。可是你回到地球以后，就有足够的钱可以好好生活和读书。"

"对啊。"安杰拉朝女孩微笑。奥利维娅-杰伊的最大问题就是她真的相信会有幸福快乐的结局。她对于拿到钱以后要做什么事有好多想法。

她的中产阶层背景在她的未来十年计划中起到很大作用：选一个新星球定居，结婚，生五个小孩。安杰拉这时候则必须牢牢守着自己的面具，不让自己对如此布尔乔亚式的妄想露出浓浓的鄙夷。奥利维娅-杰伊的愚蠢想象如果被朋友戳破会很伤心，也许她期盼的可笑白马王子情境是支撑她一直微笑面对这一切的动力，不过安杰拉也不是很相信这点——奥利维娅-杰伊在床上的表现实在太狂野，很难让人相信她真的这么纯真。

巴特拉姆似乎相信。至少他从来没有反驳过。可是巴特拉姆也不会多花心思去反驳，那意味着要跟他的女友们互动，要表现出兴趣。马克-安东尼说他没有真正花心思的这句话说得一点没错。巴特拉姆用他的十亿豪宅打造出一个自己的幻想国度，他的女朋友们风姿绰约地侍立在他所在的酒吧、餐厅、游泳池边，或是卧室。她们的存在是为了搭配豪宅的装潢与伟大的艺术品——还有听命张开腿。

巴特拉姆跟她们谈论的话题是政治、音乐、医学科技、市场经济，以及体育——尤其是英国足球甲级联赛，所以全部女友都是从大学里挑选出来，这样她们才能言之有物，甚至提出自己的看法。卡莱出乎意料是遗传基因学系一年级的学生，目标牢牢地锁定常春藤医学院的奖学金，这在她的合同里是最后的奖金。伊凡吉琳女神，性格火辣的政治系学生是她们当中的左派分子，目标是成为一名GE委员，前提是她没有先一手扳倒腐败的体制。科伊有着纳米般缜密的脑袋，是个财务分析师，她的网络镜片从早到晚都在运行数据，未来不是要掌管国家财政就是星际银行。音乐天才的角色则由奥利维娅-杰伊出任，她会弹奏七楼酒吧里的古董史坦威大钢琴，安杰拉第一次听时，完全被她精湛的演奏彻底震撼。奥利维娅-杰伊的吉他也弹得一样出色，但她真正的才能是如同二十年威士忌一样滑顺中带着微微沙哑的性感嗓音。最后跟男孩子一样好动的运动型女友就是安杰拉，她熟知每个英甲的球员——他们所属的团队、担任的位置，还有过去几季的表现——而且可以就教练应该与不应该使用的阵型辩上好几个小时。她花了好几个月反复观看经典球赛，背诵得分、球员、经理、英甲的八卦，现在她已经可以像专家一样评论这伟大的运动。虽然是当伴游女郎，而且是自甘堕落——但是好歹有报偿。显然足球女友的职位已经很久没有合适人选了。马克-安东尼把她介绍给巴特拉姆时,巴特拉姆说的第一句话就是:"解释越位规则。"

猎豹停在维拉斯可海滩后面的停车场。才刚过中午,南风与小卫星的位置正引起海上不大不小的浪。安杰拉和奥利维娅-杰伊站在沙滩新辟出来的步道,看着冲浪手乘风破浪。

"你会吗?"奥利维娅-杰伊问,一脸羡慕地看着穿着泳衣的健美人儿们炫耀他们的技巧。

"一阵子没玩,都生疏了。"安杰拉承认。

"你能教我吗?我们可以订板子,送去大宅。"

安杰拉早就料到她会这么说,"应该可以吧。"

"谢谢!"奥利维娅-杰伊给了她一个大大的拥抱和亲吻。

安杰拉也回亲了她一下,因为女孩单纯的开心而微笑。

"要是没有你,我真不知道该怎么办。"

"你还是会好好的。"安杰拉搂住女孩的肩膀,"来吧,难得出来一趟,一定要好好逛逛。"

两人走入旧城区的狭窄街道。靠近海边的建筑物主要是老仓库和工厂,全部都用钢架与便宜挡板搭成,被聪明的开发商挪作廉价公寓和小店。使用者不是有钱人,那些人有自己的大街,上面有高级商场、店家、餐厅,城里的这一区属于低级合同雇工。

安杰拉领头来到拉瑟街上的马斯伦咖啡店,这家店的老板喜欢三十年前的欧洲电子合成流行音乐。她点了一杯薄荷茶,奥利维娅-杰伊点了一杯浓缩咖啡加糖浆。两个女孩看着一排在厨房里刚刚烘焙出的惊人点心面包与小蛋糕,但点一个来吃的念头就太叛逆了。她们吃的所有食物都经过宅邸的仔细计量与烹饪,而且每天都必须在健身器材上运动一定时间,或是戴上侦测带到宅邸的外围跑一圈,或是游泳。马克-安东尼也许喜欢八卦、嗑药、说谎,还有臭美到无耻的境界,但他同时也非常认真看待自己的工作。所有女友的体重范围都写入合同,同时包括她们的体能状态与基本外表数据。就连她们的肤色都是固定的——奥利维娅-杰伊每天都要全裸做九十分钟的日光浴,还有特别条款注明她每分钟都要翻一次身以保持黝黑均匀的肤色，但有着凯尔特族白皙肤色的卡莱则不得在没有涂够防晒油的情况下外出；伊凡吉琳女神不准剪掉及腰的黑发，安杰拉的运动量则是其他人的两倍。巴特拉姆喜欢的型真的非常标准、典型。

"冲浪板已经送出了。"奥利维娅-杰伊开心地说。安杰拉挑了一张窗边的白色塑料桌坐下。

安杰拉把她时髦的橘黑色相间海滩包挂在椅子后面，双手捧起日式茶杯，吹着表面等茶凉。"别说我没警告你。"她说。

奥利维娅-杰伊的行为以及冲动购物的习惯已经让她见怪不怪了。这些冲浪板一定贵得惊人，因为亚贝利亚的所有东西都是空运或船运送来的，价钱也因此高涨。其实这无所谓——女友们想要的一切都直接计入宅邸的一般开销。如果她们愿意，离开时可以带走她们买的东西，只不过如果是在亚贝利亚的高级精品名店大买特买珠宝，就会被马克-安东尼在办公室里念上十分钟，主题是感恩。

有人在安杰拉后面的桌子坐下。她没理会他们。

奥利维娅-杰伊向前倾身。"伊女神下星期就要走了。"她偷偷摸摸地说。

"什么？你怎么知道的？"安杰拉很确定伊凡吉琳的合约还剩一个月。合约标准长度是四个月。

"我昨天听到马克-安东尼和罗安娜在说。"

"这样啊。"罗安娜是服装总管，她到宅邸任职前在一家好莱坞全像制作公司里打扮明星。安杰拉很讨厌自己必须追问，还要搅和到这种事情里，"为什么？"

奥利维娅-杰伊翻翻白眼，"布琳凯尔觉得某人的政治发言太频繁了。"

"我以为她在这里的目的就是要让巴特拉姆有个可以针锋相对的人。"

"他们没想到会来一个这么狂热于社会主义的人。布琳凯尔担心她让巴特拉姆太激动。"

安杰拉不敢相信地摇摇头。晚餐时，每次都是巴特拉姆挑起政治辩论，这是他最喜欢的主题，比任何话题都让他兴奋。两人的政治辩论越激烈，他之后留伊凡吉琳在他床上的时间就越长。安杰拉怀疑他最喜欢报复式性爱，所以这让布琳凯尔的动机相当可疑。"她只是嫉妒而已。她的恋父情结很严重。"

奥利维娅-杰伊笑得花枝乱颤，"我一直觉得你比伊女神更适合跟他辩论政治。"

"真的吗？那你能想象伊凡吉琳跟他说吉尔莫应该踢后卫，德威应该去站另一边吗？"

"有道理。你看，你才是聪明的那个，安杰拉。"

安杰拉只是甜甜地一笑。不管多轻松，绝对不要开始这个话题。"好了，该走了。"她拿起海滩包。

"不急嘛。"奥利维娅-杰伊抱怨，"他今天要治疗，治疗完从来都不想看到我们的。"

安杰拉近来很不情愿，却不得不佩服巴特拉姆对治疗的坚持。他创立的生化基因研究院专注于一件事：开发人类机能回春过程。当跨太空星际联结打开全新星球、供人们移民之后，基因科学跟所有其他科学一样，出现重大的发展延缓。在新时代里，钱仍然是钱，全部都流到有最大回馈的项目上。不断打开的新通道意味着有整个星球的经济可以投资，依旧是熟悉的企业成长模式和政府债券经济，却不受到地球的严格管制和重税限制。快速带来收益的不再是最先进的科技公司，而是自古以来的民生基础建设、农业、运输网络，当然还有浮藻田。钱爱浮藻田。熟悉、风险低，获利空间比寻找昙花一现的科技突破要大得多。在王希成的理论出版之后，接下来的几十年内，所有以科技为基础的消费经济企业都遭受重大损失。当确定什么是可以肯定赚钱的时候，就不会做只是可能赚钱的项目了。

所以诺思家族三个兄弟最后分了家，因为他们有钱，也有打破胶着现状的动力，每个人都追求自己对未来的愿景。奥古斯丁选择直接的企业成长，继续壮大有机油巨擘，拥有能够塑造命运的财务与政治权力。他至今最大的成就便是打破市场投机性的企业垄断，为跨星球经济带来急需的稳定。康斯坦丁选择离群索居，依靠能够自我维持的高科技克隆技术，希望能达到人类/机械的整合，让自己成为全能之人。没有人知道他目前的进度，但木星星环间至今还没出现哪个生化机械新神。巴特拉姆则渴望人类最古老的梦想：永生。

在三个人之中，看起来最先成功的人会是巴特拉姆。首先，研究院给了他一个真正的女儿，是三兄弟中第一个，也是唯一一个真正的后代。她是他们之前无法得到的家人和未来，也取代了二代。现在，他的身体正痛苦地、一点一滴地回到年轻时的理想状态，更好的是，这次他重新组成的基因会包括"十选一"基因。

整个过程的花费简直是天文数字。有些器官可以重长：心脏、肺、肾脏、肝、脾脏、膀胱、肌肉……很长一串的有用器官名单，都可以靠干细胞依附在预先做好的组织架构上，重新长成等待移植的可用器官。可是除此之外，人体还剩下很大一部分，绝对重要的皮肤、骨头、血管、神经，则全都必须靠基因取代治疗的方式，就地获得新生机。最后当然是大脑。巴特拉姆的研究院为此将神经新生技术推展到令人惊愕的新高峰。让人咋舌的不只是费用，更是整个过程需要的时间。很长的时间。宅邸里传言巴特拉姆十二年前就开始这个阶段。

安杰拉不知道，也不在乎这到底要做多久或花多少钱。结果很明显。如今，巴特拉姆已经一百零九岁，但看起来比较像是健康灵活的五十岁，只是意外受到关节炎困扰而已。他很厌恶僵硬带来的疼痛，却有无比的决心要克服这一切。

"所以我们可以在镇上待久一点。"安杰拉说。

奥利维娅-杰伊会心地瞄了她一眼。"你要去约会吗？"她迫不及待地问。

"别傻了。如果我去跟别人约会，那我什么都得不到。合约里面的第一条就是专一。这是唯一重要的一条。"

"你是要去约会，对不对？"奥利维娅-杰伊兴奋得几乎要跳起来了。

"才不是！我只是想要有一点自己的时间。这不会很过分吧？好了，快来吧。"

她们的第一站是比克-昂温。奥利维娅-杰伊很明显表现出对这个地方的不满。它想把自己装成高级百货公司，但选择的位置暴露出它的背景：一家重新改装过的单层食物处理工厂，到处都是格格不入的支柱，无论用多少销售展示装置也没办法掩饰。地点也选得不怎么样，在马柏夫大道的中段，同亚贝利亚真正高级的豪华地段有几个区的距离。比克-昂温再怎么努力，都只会是价格合理、贩卖过季款式给中等收入客层的商场。奥利维娅-杰伊夸张地叹口气，被安杰拉拖过柜台。终于，安杰拉找到她要的东西。

安杰拉让店员打开珠宝柜时，奥利维娅-杰伊说："你开玩笑的吧。"

"没有。"安杰拉举起黄金蕉形的袖扣，在光线下翻转。这种刻意俗气的饰品是初级经理会戴的，展现他脱离了企业机器——也许是未婚妻买给他的。"我买了。"她告诉店员。

"安杰拉！"奥利维娅-杰伊抗议。

"我知道我在做什么，谢谢你。"

"很显然你不知道。因为如果你知道……好了，我们去蒂凡尼，或杰拉德，什么都好。如果你真的爱他，你就会去。"

"我不爱他，所以请安静。"安杰拉叫e-i付钱给比克-昂温的户头，用的是自己的钱，不是宅邸的账户，"请帮我包装，谢谢。"她告诉店员。

在盒子上绑紫色缎带又花了三分钟。其实根本不需要这么久，但那个男店员一边包装绑带子时，还一直偷看她们两个。

"我等会儿跟你在猎豹那里碰头。"两人出去时，她对嘟着嘴的奥利维娅-杰伊说。

"随便你。"

安杰拉让女孩先搭出租车走。她认为奥利维娅-杰伊不是做不出搭车跟踪她的人。她看着出租车在马柏夫大道的尽头转走以后，才叫e-i再帮她叫辆出租车。

"蒙图利欧海滩。"她告诉自动导航。车子离开路边，发出微波和激光脉冲波，让道路指引缆线以及其他导航接收。整条大道上的车辆都调整了速度和位置，让她的出租车能汇入还不太拥挤的车流。安杰拉低头看着她的包，拿出了礼盒，放在腿上小心翼翼地解开，取出俗气的袖扣，然后手伸进海滩包，找到她坐在咖啡馆时放入的黑色纸盒。

里面有一副袖扣，跟她刚买的一模一样，还有一双薄如蝉翼的撷取手套。她小心翼翼地拿出手套，记得只能捏边缘的蓝色标签。手套薄得像是捏住了一抹薄雾。她举起手套时，它在空调的微风中如同水草一样懒洋洋地摆荡，晃动间反射出的微光在空气中划出一道稍纵即逝的轮廓——这是她唯一能确认它们存在的迹象。她很怕会撕破手套，小心翼翼地伸入第一根手指。其实她根本不用担心，这手套的分子结构经过仔细设计。戴好之后，她把蓝色标签撕掉，启动黏附程序。撷取手套与她的皮肤完全合而为一，即使把手举在眼前十厘米的距离，仍然看不出有任何痕迹。她摸摸脸颊，触感也跟皮肤一样，除非是通过分光镜分析，否则根本不会有人能察觉手套的存在，对此她非常满意。之后，她打开比克-昂温的礼盒，把袖扣调包。

蒙图利欧海滩是一个小海湾，两边都有深长突出的礁岩，海滩后面则是艾班内公寓，一片雪白水泥与黑色玻璃的结构，前方有八层阳台，两旁则是植物墙，形成繁复的直立式花园。公寓每一户从八百万欧法元起价，包括男仆服务，让这里成为许多男性单身精英的选择。这些精英都是顶级主管，提供企业金主不可或缺的企业管理与财务建议。

出租车停在大门外，自动驾驶到这里没有了前进的权限。安杰拉的e-i给了大门经理她的身份认证，出租车继续前进，安杰拉下了车。在她身后，比克-昂温买的袖扣被埋在后座坐垫之间的缝隙，就算真的被人找到，也是好几个月以后的事情。蓝色标签已经被她吞掉了。

安杰拉搭上前往八楼的电梯。这一层楼只有四间公寓，全部都是跃层。三号门认出她，自动打开。

巴克雷·诺思在开放式的宽敞客厅等着她，后面的阳台俯瞰空旷无人的海滩。安杰拉朝他露出娇媚的笑容，"嗨。"嗓音性感沙哑。

"嗨。你看起来真漂亮。"

"谢谢。"她小小地转个身，轻薄短小的裙摆便飞扬了起来。今天早上她特别为巴克雷打扮，也不需要多少心思或工夫——短裙，紧身白T

恤，不穿胸罩，简单的高跟鞋，头发绑成马尾，没有化妆，只有精心保养过。这是马克-安东尼和罗安娜叫她在宅邸里穿的衣服的稍稍便宜版。他们知道巴特拉姆的喜好，她被选中的原因就是她健美的外表，所以他们挑选的衣服正强调这点。而一个诺思族人喜欢的东西，所有的家族成员都会喜欢。这是简单的推理，不需要花什么脑筋。

她转完身，正正面对巴克雷，包往地上一丢，双手立刻搂上他的脖子，饥渴地与他接吻。巴克雷三十一岁，已经被任命为亚贝利亚的城市管理审计长，巴特拉姆坚持这种职位只有家人可以担任。他的年纪意味着他几乎是布琳凯尔出生前的最后一批诺思二代，之后再也不会有他这种存在。巴特拉姆预计在结束治疗之后会有完全正常的生育功能，未来所有的孩子都会像布琳凯尔一样——光想就让安杰拉打哆嗦。这也让巴克雷异常嫉恨他妹妹，使得安杰拉从跟他调情一开始就能轻易找到切入点。

两人的接吻结束，安杰拉笑容不变，把上衣脱掉，脸上表情换成"我等不及了"。"我有东西要给你。"她性感地低声说道。

巴克雷的眼睛几乎无法从她裸露的胸脯上移开。"是吗？"

她从包里拿出绑着缎带的盒子，递给他。他带着一点好奇把盒子打开，然后脸上出现一丝不解，但是被他很快速且专业地隐藏掉。"谢谢你。"他的唇角因为真心的谢意而扬起。

"我知道这不是多好的东西。"她满脸放光，展现出年轻执着的表情，"可是我想要送东西给你。我要你知道，你对我而言有多重要。"

他的笑容很骄傲。正如她所预料，向来是他买礼物给女人，而不是女人买给他。他跟所有男人，尤其是诺思家族这般有权势的男人一样，相信美丽的女孩就应该情不自禁地彻底爱上他们。现在的情况更加证明这点，因为如果巴特拉姆发现他们两个人的事，她的损失会极大，所以她一定是喜欢上他这个人，而不只是看上了他的财富和地位。

"很有特色。我喜欢有特色的东西。我现在就戴上。"他说。

"不要不要。"她让裙子顺着腿滑下，然后扭着腰脱下丁字裤，"至少不是现在。"

两人先在按摩浴缸里做了一回，这是他喜欢的。然后在桑拿浴里休息一番，之后再去客厅的乳白色皮沙发上又滚了一轮。有一次她让他把她整个人抵在墙上，双臂双腿大开，温顺地让他为所欲为，诺思家族的人就喜欢这种调调。她的双手打开，他紧贴着她，重重地把她抵在墙壁，手指对手指，手掌对手掌。她启动撷取程序，让手套里的电子回路和传感器记录下他完整的生物识别特征。

在墙上完事之后，他从厨房里拿了一瓶香槟，两人最后是在卧室里，让他舔掉她肚子和大腿上的冰凉气泡饮料——就像他的父亲／兄弟喜欢的那样。

2143 年 2 月 11 日，星期一

全像剧院的虚拟城市影像显示市立出租车停在卡利欧街上的苏伦夜店旁，离市场街警局只有几百米远。一名男子倒退着从夜店里出来，用奇特的跳跃姿势进入出租车。

"给我他的身份。"席德告诉控制中心里的洛雷勒。

"正在运行辨识程序。"她回报。

出租车离开夜店，往后倒退回沃维克街，以减半的速度前进，警探们发现，要克服纽卡斯尔的古老繁复街道、被破坏的罩网以及被电波脉冲破坏的智慧粉尘，还能追踪每辆出租车，这是最简便方法。这是他们追查的第七十四辆，席德开始担心这中间是不是发生过人为操作错误。这个工作无聊又烦琐，目前为止唯一的成就是众人的暴怒与怨念。从可能性来说，他们应该很快就要查到对的出租车，找到它是从哪里取得无名诺思家族成员的尸体。

二十分钟后，出租车开回乔治街，前往巨大的福廷镇楼，这是一栋炭黑色的巨型建筑，建于 2105 年，建造过程把南至司各特伍德路，北至埃尔威克路，东起乔治街，西至枫树巷的学院区以及所有商用大楼通通搬迁走。建筑物高三十层，远超过附近所有城区的楼高，看起来像是一丛人工珊瑚，镶嵌了一万扇单面向阳窗户，靠吸收阳光来达成其低能量消耗的建筑理念。这是一个自给自足的小区，有住宅、商店、办公室、学校、剧院，同时有外聘警力提供完全的保护。它与地铁系统相连，还有一个受政府认可的市政委员会，确保镇楼里的本地税率一直维持低廉，可以说是既属于城市的一部分，也是一个独立的存在。当时的开发商标榜镇楼是地球城市发展的最佳方向，这种建设方式可以消灭GSW区，免除都市问题，为所有人提供住房与工作机会。本世纪初期，纽卡斯尔周围又建立了三栋镇楼，凭借低地产税以及排除不理想居民的审核制度，镇楼成了企业中产阶层的理想住所、终极的专属小区，世界其他地方的问题统统排除在外。

席德看着出租车越来越靠近通往福廷地下道路的入口。"下去啊，快点啊。"他喃喃自语。如果出租车是从那里出来，到福廷里面载了人，那就可以排除这辆车的嫌疑了。镇楼里的监控系统都运作正常，因为使用的是私人资金，任何破坏、故障、损耗都会被立刻修复。他们可以马上得到那个人的所有数据。

调查的运气一如既往地不顺。他看着出租车开过入口，进入布朗佛街，从那里消失在圣詹姆斯大道路口的记录死角。

"它为什么要开去那里？"洛雷勒问。

"谁知道？"席德回答，叫她把影像以路口为中心调整。

有时候他们运气好，下一段路口的罩网会让他们勉强能看到路口死角的影像。这次没那么好运。当然。席德必须研究繁忙的路口好几分钟，辨认哪一辆开过去的出租车是他在找的那辆。

所以这个过程才变得很危险。他们决定，每个调查员一次只能追踪两小时。这个过程引起的烦躁以及无比琐碎的细节，代表他们经常受到采取快捷方式与直接推论的诱惑。席德想要亲自追查每辆出租车好能完全确定，无奈体力有极限，他只能信任他的同事。最噩梦的结局是他们完成了二百零七辆的调查之后才发现他们的错误，有人漏看一个缺口只因为理所当然地认为车子就该这样开，或是人累了，或是走神了一两秒。如果他们没找到出租车，一切就得重来一遍。

事实上，这种事情并不会发生：欧鲁克不会允许他们再来一次。

席德确认出租车沿路一直开到A186交叉口，然后在十一点交接给伊娃。他的两小时已经结束，走出剧院的时候，松了一口气的心情跟罪恶感一路交织。

第三办公室的状况完全反映出团队的士气。他仍然有一整队的警探在每个全像台前处理所有数据，暖气实在太弱，所有人都穿着毛衣。垃圾筒里堆得满满的快餐包装和杯子摇摇欲坠，地毯多出不明污渍。阿布纳的椅子扶手上的软垫裂得得用胶带固定。

他在门边等蓝色光芒亮起时，觉得这地方的脏乱与疲累让人极度沮丧。一个月带来的改变真是巨大，开始时有无上限的预算以及很大的政治压力要他们解决这个问题。当时大家到得早，走得晚，对这项艰巨的任务倾注了满腔热情。现在却变成这样。连带着他也没有办法振作起来，每天早上好好地进行一番振奋士气的讲话。他觉得自己像是比赛季末的五级联赛的教头，降级降到底了。他当初舌灿莲花，要伊娃和伊恩专注于找出杀手的线索，如今全都被毫无结果的庸庸碌碌淹没。光从克洛艾·希利和詹森·商这阵子每次在餐厅里看到他时那种鳄鱼盯着鸭子的眼光看来，他很确定欧鲁克已在六楼忙着磨刀了。

席德的瞳孔智元网格上出现一个通信符号，他皱起眉头。那是纽卡斯尔地铁系统的符号，一个深黄色的方块，中间有个M。他扭转符号，看着地铁管理系统的简讯打开，告诉他一日通乘车券启用了。

他花了三十秒才弄懂这是什么意思，可见他的心情有多忧郁。他从自己的办公室里拿出外套。"我去吃午餐。"他经过伊恩身边时说了一句。

深灰色的天空落下薄薄的雪，预示两个小时内会有大雪。他在泥泞中走上灰街，来到纪念碑附近的地铁站，这是离市场街警局最近的站。天色看起来跟傍晚一样，日光无比稀薄，泥泞沾上他的短靴，他走下通往地下入口的台阶。

坎尼莎·萨依德在那里，一团深蓝色的马海毛毛衣，配着绿色方格围巾，同花色的帽子。她走到贴在手扶梯对面墙壁上的地铁路线地图前。他站到她旁边，她一直往旁边挪，直到面对一张立体投影海报，上面是地中海的一家帕赛克度假旅馆，穿着比基尼的女孩们在海滩上打慢速排球，背景那栋白色大理石的旅馆闪亮。人潮不停地在他们后面经过，踏着雪泥，推挤着他们的背。

"这上面没有罩网。"坎尼莎说。

"也没有读唇语软件。"他替她补充。

"你对工作内容越来越熟悉了，警探。"

"谢谢。你有名字要给我吗？"

"没有。"

"靠，坎尼莎，那你现在要干吗？"

"我听到消息。有事情要发生，大事。"

"好，什么事？"

"我怎么知道，白痴。我得是里面的人才会知道。"

席德瞪着热带沙滩，灿烂的阳光，碧绿的棕榈树。"你这是屁话。"他低声气恼地说。

"有大事要发生了，你想想是什么意思。"

"不太可能有两个大规模的企业行动同时发生。"

"表现不错，宝贝。这个凶杀案想要掩饰的事情就快真相大白了。"

"你查得出来吗？"

"不行。"她圆滚滚的头来回晃动，"这是你的突破点。你需要通过帮派行动组去查。虽然都是些白痴，但也不是完全没用。他们的情报里一定有证据。踪迹，名字，都有可能。你得自己查要怎么跟你的案子挂钩。"

"好吧。"

"就这样了，警探。再见。"

"你保重。"

席德向来不喜欢五楼。首先，纪检部就在那里，负责对纽卡斯尔的警官进行内部调查，他去年在里面待了不少时间。除此之外三个最大的办案小组也在那层，那些警员自认为是警界精英。但席德有不同的看法。

一级警探海法·富勒顿在电梯外的大厅跟他碰面，所有人都不能在无人陪同的情况下进入小组办公室。附近有很多智慧粉尘具有压制功能，确保五楼的网络环境安全。

海法已经五十几岁，带着倦意的面容上仅有极淡的妆容，黑色的头发剪得短短的，不太需要打理，配上中价位的百货公司款灰色套装，她成功呈现出一名无趣办公人员每天忙于打理财务支出，根本没空搭理人的形象。她打了声招呼，带有专业性的礼貌，仅此而已。她请他进入她的办公室，席德注意到她的办公室位于转角，就在欧鲁克的办公室正下方，只是小很多。

他一在她桌子对面坐下，她便立刻开口："请问有何贵干？"

"你听说了我的案子？"

"诺思家族抢车案，听说你没什么进展。"

"我们正在运行虚拟现场，应该很快就能找到主嫌犯。"

"哦对，HDA强迫欧鲁克做的出租车倒查。他很不高兴，席德。"

"你说说看他什么时候高兴过。"他对她露出一个我在对你交心的笑容，自己觉得这是大师级的圆滑手腕。她是欧鲁克的信徒之一，是后者能在这个位置上屹立不摇的支撑结构的一员，"杀了那个诺思族人的凶手一定有帮派的支持。"

"很合理。出租车是他们的，撕裂罩网也需要团队组织，如果我有消息，就会把数据给你。什么跨部门合作的文件算个屁，真的有用，也算是我的一笔功劳。"

"功劳给你，我只要不被搞掉就行。"

"那你来做什么？"

"有个大计划快要完成了，我觉得这两件事有关联。我想要你的情报。"

"嗯。"她淡淡地看了他一眼，"你又是怎么知道这件事的？"

"我自己这边的调查。有线人送来消息。"

"这可是大消息。"

"所以的确有事要发生？"

海法慢条斯理地摆出一副正在深思熟虑的模样，很明显想让人知道这里谁是老大。最后，她只说了一句："我们留意到道上有动静。"

"不寻常的动静？"

"跟平常相比，是的。"

"所以有事情要发生？"

"有可能。我们还不知道。从他们花的钱还有买通的跑腿看来，我们唯一的推断是有某种货要被运进来。"

"好。谁在花钱？"

"好问题。我的人正在查。"

"我需要你们搜集到的情报。AI可以去分析其中的关联性。"

"我们的线人需要保密。"

"当然，我没想过到处宣扬。我会去问问你的人，谁有权限可以处理这种信息。如果有人的级别够高，到时我们再谈。"

"非常感谢。"席德起身准备离开。

"席德，HDA是怎么跟这件事扯上关系的？为什么有这么大的压力。"

"死的是诺思家族的。"他告诉她。

"该死。到底是怎么一回事？"

他忍不住回："你要的话，我可以去查查看你的权限够不够。"

"去你的。"

"行，可是我希望你最晚明天早上就能把情报送给我那边合格的人，不管是谁都行。你可不会希望我越过你去想办法，相信我。我已经泡在一缸屎里面，你别一起跳下来。"

海法办公室门框上的蓝色光条淡去，门打开来，她对他比了一个V。

2143 年 2 月 18 日，星期一

"市立建筑师办公室许可了我们的检查报告。"雅辛塔早餐时说道，"昨天晚上公告在市政行政管理网络上。"

"太好了。"席德说。检查报告是卖掉他们行门区旧房子的最后一道法律门槛，由一名贵到可笑的建筑结构分析师出具正式的报告，结论会是：这栋屋子的确有四面墙和一个屋顶。除此之外什么都不保证。席德已经跟一家在柬埔寨登记的公司办好贷款，那公司根据他们两人的综合收入借他们钱去买杰斯蒙区的屋子，并且出了一张证明给他的律师。当购买手续完成时，钱就可以合法转账。他的英国银行和GE税务局会知道（而且能证明）的只是那家柬埔寨贷款公司握有房契，同时收取每个月的贷款给付。事实上，贷款公司为席德所有，这家公司从越南的另一个金融市场借款，但借款金额会少很多，因为他们用了席德第二账户里的不少钱以及旧房子的产权来付新房子的首付，所以正式月付贷款中有一半是付清越南的贷款，利率还很合理，余额则会回到席德的第二账户。这样他们就能合法地拥有更大栋的房子，每个月可以动用的现金还比之前多。

"有人想要这栋房子吗？"扎拉边吃谷物粥边担心地问。

"已经有十五个人看过了。"雅辛塔得意地宣布，"中介说只等数据处理好，已经有三个人要求马上来现场看屋。"她跟席德双手交握，对看了

一眼。

席德不忍心告诉雅辛塔案子的情况有多糟糕。没查到出租车，他们的数据跟海法的数据之间也没有重叠，他怀疑她没有把所有数据都交给他。欧鲁克还想要重新给他的五名成员指派其他任务。

"所以你们要把房间收拾干净。"席德警告孩子。

"我的好了。"扎拉立刻说。

听到这话，威廉第一次把目光从播放圣天秤星新闻的屏幕上移开。探勘行动的e射线机成功地飞跃了巨大的蚀影山脉，正在传送高耸雪丘与山谷的惊人景象。"我的也是。"他抗议道。

席德看着威廉早上刚换上、原本干干净净的制服胸口上的一团麦片粥，露出怀疑的表情。"那就继续保持怎么样？"

"今天早上我带他们去上学，你晚上去接他们。今晚他们都有社团活动，所以六点再去。"雅辛塔说。

"没问题。"

两人的手指又交握成一团。"我知道你周末过后都想要早点进办公室。"

"谢谢。"他露出笑容。

威廉受不了地看了一眼他们的手，皱起鼻子。

"你们两个是有什么问题？"

"没问题，一切运作正常。"席德得意地朝雅辛塔一笑，后者也跟着笑了起来。

威廉不解地看了母亲一眼，然后无奈地摇摇头，舀起更多粥。

席德跟雅辛塔最后交换一次目光。他知道他们之后不能再在孩子们面前这样，除此之外，搬家，还有案子——不管最后怎样收尾——都代表一个时代的结束。最近世界总给他这样的感觉，好像在倒数计时。他怀疑是因为他每天都得回到无止境的全像剧院虚拟世界中，才会有这样的感触。唉，只剩下一百零九辆小混蛋了。今天他们会查完其中一半。他知道自己没办法说服他的人从现在开始事情就会简单了。

席德让丰田的自动驾驶带他到市场街警局。五天没下雪，路面还算干净，因为大多数人都选择自动驾驶，车流也很顺畅。没有任何热力的太阳低低地挂在晴朗的天空，照射着牢牢攀抓在建筑物外表上的冰层。

他在网格从上而下地滑动警局的夜间报告，了解这个周末发生了什么事。看起来，情况依然糟糕。攻击、酒醉斗殴、盗窃、两起纵火、三起凶杀、一家夜店被抓到中规模的贩毒、自动驾驶故障导致的追尾、醉酒手动驾驶（为什么这些人非要自己开车？），还有路上粗碎石铺得不够。

丰田开入警局的地下停车场时，席德皱眉，叫他的e-i调出其中一起凶杀案的档案。名字有点熟悉。档案打开时，他开始后悔自己没再把档案关掉。乔威·卡凡被发现人在希顿的GSW。其实是一辆路过的外聘巡逻警车在凌晨四点时看到他。他并不难找。有人在他身上淋了有机油，一把火烧了他。

席德来到第三办公室，利用安全网络进行检查。乔威·卡凡曾出现在海法·富勒顿送来的帮派行动小组情报里。他是警方的一名长期线人，原本帮派行动小组就快要跟他联络了。

当席德出现在五楼的电梯外时，海法·富勒顿一点也不高兴看到他。他们沿着走廊往她办公室而去，她一语不发。席德猜想她还没去见欧鲁克。警察线人被杀会带来一堆麻烦，还有正式调查。

"发生什么事了？"他问。

"我还要问你呢。一切都很好，直到我们跟你们分享了情报。"

"你少来。我看了档案。卡凡是你这个案子里的活动线人之一。你们在用他。"

"也许。但我们永远不会知道这件事了，不是吗？"

"所以凶杀案是你们处理还是会丢给楼下？"

"楼下。我没时间也没钱处理这种屁事。"

"屁事？"席德咆哮，"他是被活活烧死的。没什么死法比这种还惨。"

"所以他才会被这样处理。帮派就是用这种方式对付吃里爬外的人，这就是他们会选择在公开场所行刑，而不是把他关在某个地窖里处理的原因。这是一个给所有人的警告，而且是不能装作没收到的警告。我们所有的线人今天开始都会忙着躲起来。不论之后要发生什么事，我们只会在事后才知道，甚至不会知道。这件事已经完蛋了，你懂吗？我们搞砸了。"

"啊，他妈的。"

"还是没找到出租车？"

"还是找不到。"

"好吧。我们两个人都要被打屁股了。如果你找到了，跟我说。"

"为什么？"席德多疑地问。

"你也说了这两件事可能有关。找到出租车，看谁扛着尸体进出，我就让我们的 AI 来运行。你我都知道那一定是帮派成员，而我们这里有好几百个名字，包括已确认的和有嫌疑的。如果有谁能帮你指认，一定是我这边的人。"

这个交易不需要考虑很久。"行，我有消息就告诉你一声。"

十一点钟，欧鲁克的办公室送出信息，要席德在十分钟内去六楼的高级简报室报到。席德以为他要被拖到欧鲁克面前狠刮一顿，后来才发现信息的收件人不止他——所有四级以上的警探都在内。

他跟其中三人搭乘同一架电梯，四个人交换不解的眼神。他们鱼贯进入简报室，一直等到欧鲁克到场。他身边是詹森·商，还有另一个席德不认得的人，但那人硬邦邦的态度和深色西装表明他是个资深官员——喜欢弄权、态度负面、利己。

"这是全 GE 联邦警报，等级是'全球限制'。"欧鲁克说。

席德仿佛被当头浇了盆冷水，整个人专注起来。又是全球限制？妈的。

"史克普西斯先生来自 GE 异星事务局，接下来由他解说。"

官员上前一步，"谢谢你，局长。基本上这是失踪警报，等一下我会解释其重要性。我们把这个警报发给 GE 所有的地方与国家级别的执法机构，他国的类似机构也在整个地球上做同样的发布。上个星期五，塞巴斯蒂安·昂布里特教授和他的家人，包括妻子与两个分别是十岁和七岁的女儿，同时失踪了。他们住在瑞士，离日内瓦很近，警报是上周五深夜由他的同事报告的。当地警察调查后没有发现挣扎的痕迹。据我们分析，昂布里特太太于正常时间把小孩从学校接走，大约是周六的十六点，然后就直接回家，当地交通记录已确认这点。昂布里特教授同一晚于十八点十七分离开学院，同样顺利开车回到家。警察到场时，两辆车都在车库里。我们还未判定绑架的确切时间和方法，但很显然是专业人士所为。"

席德正小心翼翼地环顾四周，想要找到海法·富勒顿，看看她对这件事的反应是什么。这不可能是帮派在进行的大计划吧？

史克普西斯继续说："至于这个警报的层级为什么这么高，我只能告诉各位，昂布里特教授替瑞士国家核研究机构工作。他掌握的信息如果落入不当人士的手中，将会非常危险。所以，他的档案会被输入正在每个监控系统里搜寻他踪影的民用AI，除此之外你们也会收到一份他的基本数据，你们要把这份内容发送给团队里的每个人。无论什么情况下，都不可以泄露他的专业领域何在，无论是你们的组员、朋友，还是家人。希望各位清楚。"他环视房间里每个人强调这段话，尽量与人四目对视，"很好，谢谢你们的配合。"

"你留一下。"詹森·商低声对席德说，其他人已经开始离开。

席德在原地等着，直到房间清空——就连詹森·商都走了，显然很高兴不需要参与这种小会。蓝色的封闭灯亮起，窗户变成银色。欧鲁克站在小讲台上，高深莫测地看着席德。他的脸上难得失去两团涨红，席德看不出他是否有紧张的迹象。

"所以，这两件事有关联？"席德问。

"跟你的案子？我们还不知道。但这是五个星期以来第二起重大跨星际犯罪案件，其实应该说是这二十年来第一次，说是巧合太牵强。"史克普西斯说。

"昂布里特的专业是什么？"

"他是D炸弹设计团队的负责人。你知道D炸弹是什么吧？"

"妈的。"席德气恼地骂了一句，"我知道，发射到沾斯潮里的大炸弹。"

"正确来说,是发射到沾斯使用的时空裂缝里的大炸弹,它会从量子层级扭曲裂缝,至少能让沾斯暂时失效。沾斯会不断适应我们攻击它们的武器,所以这个设计必须随时升级。基本上,上次有用的,这一次就没有用了。"

"老兄啊,我明白这是件大事,但我实在不觉得跟我的案子有关。"

"你觉得你的案子是什么,警探?"

"找到杀死诺思二代的异形。"

"你相信吗?"

席德不打算回答这个问题,"这是一个非常罕见的案子,所以它才有这么多资源。"

"答得好。如果地球上有异形乱跑,很有可能它们会想要取得我们的先进武器技术。从我个人与我的部门角度来看,我认为那是屁话。这摆明是邪恶的企业行动,而且规模极为庞大,我们的目标就是要揭露真相。"

席德转向欧鲁克,仿佛向神父请求,"所以你要我做什么?"

"跟以前一样继续。查出杀死诺思族人的帮派。抓到他们之后,我们就知道后面的金主是谁,然后我们会介入,把那些为非作歹的企业全部关掉。"

"这没问题。"

"很好。"

"你一有新消息就向我汇报。"欧鲁克说,"我会跟史克普西斯先生联络。"

"拉尔夫·史蒂文斯呢?"席德平和地说。

"你继续向他汇报,不过优先汇报给我。"欧鲁克说。

"好。"席德说。他转头去看史克普西斯,"你跟史蒂文斯不是同一个办公室吧?"

"没错,警探,我们不是。"

"知道了。"他转身要走。

"出租车查得怎么样?"欧鲁克问。

席德的e-i要求打开门。蓝色封闭灯解除。

"完全没有进展。"

2143 年 2 月 22 日，星期五

晚上八点钟，今天最后的几丝薄云已经被吹入北海，留下寒星无情地在晴朗稀薄的夜空中闪烁。整个城市的气温持续下降了好几个小时，晚上的温度就连纽卡斯尔都会颤抖。

席德把车停在富肯纳街尽头，拿出外套穿上，把拉链拉到领口，戴上羊毛帽。往伊恩家的一路上，他借着苍白的街灯，可以看到自己吐出的白雾。忘掉这一切，掉头回家的念头极其诱人。想象自己沉浸在孩子们的欢声笑语中，跟雅辛塔共进晚餐，在孩子们上床之后享受一段独处时间，好好慰劳一下过去简直可以算是活在地狱里的一周：先是卡凡被残忍地杀害，然后是昂布里特被绑架的通报。他最痛恨的就是这些事件里的政治算计。拉尔夫与史克普西斯干上了，他两边都无法控制，欧鲁克的参与也让他更加警惕，然后还跟奥尔德雷德见面。他们去了约翰·多布森街上的牙买加蓝咖啡馆，那是他们第一次会面的地方。席德花了一段时间以及好些低调的调查，才终于发现为什么奥尔德雷德不在乎跟他在光天化日之下碰面：这家加盟店在诺森伯兰星际企业名下。他们坐在一起的时候，所有智慧粉尘都被关闭，什么都没有录下，自然也没办法用读唇语软件。席德到这时才彻底明白诺思家族的影响力有多深远。

奥尔德雷德是星期三早上来的，两人坐在惯坐的转角桌，远离门口。

"我猜你是想问昂布里特？"奥尔德雷德问。

"还有史克普西斯。"

"啊，那个异星事务局的人。我一直觉得这名字取得不好，听起来像是他们在跟外星人搞些什么乱七八糟的事情，而不是好好在调查。"

"他们认为你兄弟的死跟绑架案有关。史克普西斯相信这是一个极大的企业斗争案。"

奥尔德雷德挑起眉毛，"D炸弹的科学家跟企业斗争有关？他说是什么样的关联了吗？我们的对手打算拿飞弹炸我们？"

"连你也调侃我。"

"抱歉。"奥尔德雷德开心地笑了，吹着浓缩咖啡上洒着巧克力的奶泡，"但是真的很好笑。两个政府单位为了管辖权打成一团，结果还来指控企业使用武器当作借口。"

"所以有谁会想要抓D炸弹科学家？"

"最有可能的就是那些遥远星球。"

"什么星球？"

"遥远星球。像是新波斯或是可方，或是真耶路撒冷、乔治亚。那些没有通往地球通道的星球，由民族主义社会开发的星球，目的是创造只有信徒的领土，维护旧时代纯种文化。他们跟大家一样需要抵挡沾斯，但因为他们太远，所以HDA帮不了他们。"

"我以为真耶路撒冷只是个传言而已，其他的连听都没听过。它们真的存在吗？"

"谁知道。你和我都不是犹太人，所以不会有人用秘密手势跟我们握手。我也很明显不是穆斯林，所以那边也不会有人来接头。比较有意思的传言是在某处还有一个秘密美属星球，据说如果我们失去地球，他们的政府就会移去那里。"

"我的事情已经够多了，真的不需要再来这些。"

"你是来要我给你出主意的，不是吗？"

"对。"

"其实高层有谁介入跟我们都没关系，知道吗？那是政府在争权，跟实际发生的事情一点关系都没有。要找出谁杀了我们兄弟的人是你，你也做得很对，这才是重点。所以……哪个白痴对欧鲁克施加最多压力，你就去拍他的马屁，教训一下你的人，到处送送正式报告，但别放慢调查的速度。我们全靠你了，席德。"

席德那天晚上走去伊恩的公寓时，心想，现在大概也只有诺思家族还这么想了。所有人都在等他犯错，好让他们能开始彼此之间下一阶段的斗争。他打开公寓前小花园的栅门时，正想着自己到底要跟伊恩和伊娃说什么。也许他应该放过他们，保证他们的职场生涯不会因为案件而染上太多污点，与此同时，他也发现自己几乎已经放弃了出租车虚拟现实。

"警探，晚安。"

席德一惊。前院的阴影中有一团黑影，只有走上前才能察觉她的存在。

"坎尼莎？嘿，你在干吗？"他完全看不出她的脸，全部掩盖在外套和拉到头上的帽子底下，就连她吐出的气息都很稀薄。

"乔威·卡凡以前是我的线人。"她的声音带有一丝怒气，"一开始是我接触他的。我带了他七年。他是个完美的卧底，不知道最上层搞什么事，但他告诉我的所有情报都是十足真金。我至少欠他两三次升职。"

"对不起，我不知道。"

"他很可靠，席德。他会告诉他的管理者他知道的一切。乔威这种人不需要去威逼，只要去听他说的话，听他说的名字，然后去找那些人施压；他们是新人、不重要的、可以被舍弃的，但乔威不是。乔威是不能舍弃的。富勒顿那贱人跟她那帮人明明知道，他们明明知道却他妈的根本不在乎。他们太贪心，想要一下子把所有消息搞到手。情报不是那样来的，案子要有耐心弄，必要的话花上几年都行。但这乱七八糟的诺思家族凶杀案把所有人逼急到除了最后的奖品什么都想不到，所以他们对乔威施压，逼他去问，而不是自己去。宝贝，所有人都知道乔威不会多嘴问跟他没关系的事。他从来不好奇，是很老实的小弟。一个他妈不会问问题的可靠家伙！所以当他一旦有变化，变得不一样的时候，谁都知道是他在搞鬼。"

"我不想让你更难过，但海法的情报小组什么都没给我，我离破案一样远。"

"是啊，现在反而所有人都在躲了。那个蠢贱人。她连在妓院办杂交派对都办不好，到底是怎么样轮到她当家作主的？"

席德越来越好奇坎尼莎为什么会来这里。绝对不只是想要一吐为快而已。所以他顺着她，内心相信这是他打从一开始就祈祷能挖到的真金消息。"当然是欧鲁克，还会有谁。"

"唉，真是糟糕。我跟你说，等他走了之后，这个城市才会重见天日吧。"

"我想也是。"

坎尼莎长长地叹了一口气，"马库斯·雪曼。"

"谁？"

"马库斯·雪曼。你该盯的人是他。他是策划人，有关系有人有钱。这个行动是他经手的，但不属于他。他没那么高层。"

"我从来没听过这个人。他没出现在情报里。"

"当然没有。你能读到的任何数据库里都不会有他。他没富勒顿那么笨。他开始独立接案之前待在诺森伯兰星际企业安全部，所以他才会成为联络人和办事员先生。企业那帮子人都信任他，因为他们知道甩掉这个人的速度会比大便掉进水沟里还快。如果他真的被起诉，也绝对不可能把他们供出来。他甚至能比案件的负责警探更快知道逮捕令什么时候下来；如果真的发生这种事，他会立刻搞失踪。他有的是钱，还留在这里只是因为他已经做得上瘾到骨子里了。"

"不会有人申请逮捕令，坎尼莎。我绝不会做这种事。"

"好家伙。"她递出一个信封，"这是他的照片。"

"谢谢。嗯……有点原始。"

"是有点小心，警探。如果你笨到想起诉他，他的律师就可以看你的网络记录，他们会往下查到连恶魔都怕的地步。他不能拿到我的名字，席德。"

所以她今天晚上才在这里等我，因为她知道我今天晚上不会记录。

我的老天啊，这疑心病还病得真精明。"行，我明白了。"

"我希望你明白。席德，你得非常小心。马库斯不需要证据。你的名字只要被他听说了，你就有麻烦了，而且是大麻烦。"

"这些东西都不会进警局。这案子我不是这样办的。"

"好。最后一点细节：他在这里有很多房子，每一处都只会待一两晚，可是他有一艘船叫作'梅布里月光号'，停靠在邓斯顿码头。他很喜欢那艘船，可能太喜欢了。除此之外，他还很迷恋智慧粉尘和软件安全。如果你想骇他，你要找的数头得比市场街的任何人都厉害很多很多。"

"谢了，坎尼莎。"

她打开门，走入冰冻的阴郁街道。

"我也够蠢的，我甚至不喜欢乔威。没人喜欢他。可是也没人应该那样死。"她说。

"发生了什么事？"伊恩问走入公寓的席德。伊娃按照惯例靠在墙边，坐在枕头上，握着小酒杯，"冰岛黑死酒。很不错的冰岛烈酒。我觉得我们应该风风光光地为了案子之死而干上一杯。它真是拖得够久了。"

伊恩目不转睛地盯着席德，"怎么了？发生了什么事？"

"把酒收起来。"席德告诉伊娃，"我们的案子第一次有突破了。"

他喝掉两瓶啤酒才解释完一切：昂布里特、卡凡、史克普西斯、政府内斗、奥尔德雷德的遥远星球推论。

席德打开第三瓶啤酒，"所以我们把这些事情都串起来了，可能很牵强，说不定全都是错的，但至少我们看出了其中的关系。我以前说过，我对理由不感兴趣，只想抓到把那诺思家族成员刺死的混蛋。"

"马库斯·雪曼会告诉我们吗？"伊恩迟疑地问。

"如果我的线人没说错，弃尸灭迹应该就是他安排的。"

"这可以解释为什么杀人与弃尸之间隔了这么久。如果凶手原本没打算要杀诺思家的人……"伊娃开始推论。

"那他们原本就没有弃尸计划。"席德接下去，"而安排一切需要时间。整个周六和周日。"

"我们要怎么对雪曼下手？"伊恩问。

"像清除酸掉的钚那样。"席德把食指伸入信封缝，撕开，拿出照片。照片上是一名四十五岁左右的男子，深色皮肤，黑色头发，脸颊上留着整齐而时髦的短胡茬儿，嘴唇下方有一道小小的山羊胡。席德没办法想象这张脸微笑的样子。"我们从最基本的调查做起——要先找到他。他喜欢停留在邓斯顿码头的船上，我们就从那里开始。一旦找到他的行踪，就可以远程观察。伊恩，你能不能在警局网络开一条安全联机，但是不要被记录？"

"交给我。我有一个授权码不会查到我身上。"

席德大概知道为什么伊恩会有那东西，但没有点破。"好，那我来弄基本设备。查他住在哪些地方，查他见过什么人，这几件事一定有重叠的地方。一旦查到，我们就可以正式调整调查方向。"

2143 年 2 月 23 日，星期六

　　她的名字是珍。伊恩会知道是因为他醒来时，她的名字出现在瞳孔智元网格的随手笔记里。他花了一点时间才把珍弄出去，远超过伊恩通常允许女伴留下的时间。他平常的顺序是一醒就做，趁对方在洗澡时烤面包、泡茶，然后假装同意以后再碰面，叫出租车，送她出门。这是他周六上午的例行公事。也许珍对昨晚的一切开始感觉后悔，也许她就是很黏人，或者有什么问题，或者她住的地方很差，可能付不起暖气费用，所以她不急着回家。总而言之，他起床以后，她还赖在床上，随口问他一些问题，甚至在烧水时，又主动提出再来一次——他当然不会拒绝，不能让小姐失望嘛。他们在客厅地板上做到一半的时候，吐司跳起来，两个人同时笑出声。这种有默契的感觉真的很不好。她又过了一个小时才离开，问他的事情，告诉他自己的事情，但他根本不想知道。

　　而且，这些事情伊恩早就知道了，他好几天前就搜集了她的资料。

　　搞到后来，他去健身房的时间就晚了，周六早上他向来花很多时间在健身房里。伊恩是五家健身房的会员，地点散布在市内精心挑选的区域。他最喜欢的类型就是会认真运动、保持身材的女人。都要怪那个黏人的珍，他十点后才抵达位于杰斯蒙圣乔治巷的哈雷健身器械。大厅里有着还算齐全的现代器材，还有可以配合标准躯网的智慧粉尘包监控心跳、耗氧量、肌肉使用效率。但伊恩不需要这些，他已经有一整组智慧

网元随时在监控身体的每个健康指数。

他运动了整整九十分钟，躯网与设备联机，确保他的肌肉发挥所有潜能，同时确保筋骨韧带不会逼近撕裂的程度。含水量、血糖、毒素、脑内啡等数据被投射成一个简单的彩色图表，曲线在他的网格上上下下弹跳。他解读这些线条的能力已经完全内化，几乎是看到就可以直觉地调整身体节奏，最后他启动全面体能分析，确保体脂率被压在人体可承受的最低范围内。席德和伊娃昨天晚上待得比较晚，所以他多喝了两瓶啤酒。在确定自己的六块腹肌没有消失的危险后，他去冲澡。

他离开更衣室时，两个女孩正在门口登记。乔伊斯有着马拉松选手般消瘦又高挑的身材，正在问柜台人员关于中午的迪斯科健身课内容。

"哎呀，我好久没去了。"伊恩假装懊恼地说。

乔伊斯对他微笑，开始跟他讨论起最喜欢的健身器材以及城市里的慢跑路径，都是些搭讪的例行对话。他问出她是塞奇乐团的舞者。她的朋友一听到伊恩说自己是个警察，脸色瞬间变得难看。他向她们保证自己是真正的警察，不是外聘的那种。难看的脸色依然没变。他喜欢这情况，挑战让最后的成果更甜美。他祝两人的迪斯科课程愉快，然后搭地铁回到纪念碑站。

伊恩的班从中午开始。他去更衣室换西装时，席德也在那里换衣服。他们两人有一样的深绿色肩包，他们同时打开并排的储物柜，利落地相互交换，动作就像是名流云集的高级俱乐部职业庄家一样。

这些日子以来，光是走入第三办公室都会让人觉得很辛苦。伊恩和席德花了不少时间讨论该怎么处理弥漫在办案小组周围的低迷士气，却仍然想不出逆转的方法。出租车的回溯追查持续了这么久还一无所获，所有人都觉得根本是浪费时间，跟虚拟城市实境刚上线时的兴奋气氛相差太多。调查工作现在变得只是枯燥的例行公事，晚上和周末的加班只是为了拿加班费。

伊恩坐在办公桌后面，等着控制面板的屏幕把他包围起来。灿烂的激光同时投射出清晰的3D画面。他再次叫出肯尼·安瑟塔的案件，e-i上传了一个小档案到办公室网络，标记是他的调查结果报告，正式宣布所有线索都已经追查完毕，确认案件关闭；但当他的虚拟手伸向状态符号的时候，却是把案件状态改为休止。数据缩回网络，但没有关闭。伊恩把诺思家族案件叫出来，很快地浏览一遍。没有更新。我想也是。他把控制台关掉，去了二楼的全像剧院，阿布纳、洛雷勒、里安娜正在里面度过一个悲惨的周六下午。他加入他们的行列，开始回潮倒查第一百一十六号出租车。

伊恩六点半的时候退出，把一百一十七号出租车交给晚班，晚班人员的兴奋程度堪比看到马桶堵塞的清洁工。十分钟后，他回到了住所。

绿色肩包里有一个全新的苹果控制台，内建巨大的储存和运算能力。席德昨天晚上向他保证购买记录查不到他们身上。伊恩欣赏着光滑的白色长方外形，以及小小的绿色与紫色LED，猜想席德到底有什么样的关系，第二账户能买得起这种东西。他从冰箱拿出一瓶小红莓口味的水，坐在床边，把主机接上电源。开机以及用户接口加载花了两分钟，都是由他的e-i完成。他的住所里没有屏幕或是全像亭——根本用不到。他有一副网络镜片眼镜，这已经是很过时的科技，但他买的机型是后期产品，所以分辨率很高。伊恩抿起嘴唇，充满赞赏——眼前的画面跟现代全像技术一样清晰。

他的e-i带他通过很复杂的路径与市场街警局网络联机，每个联机网元都有防追踪的自动关闭机制。他进入网络之后，利用万斯·埃尔斯顿的密码，要求跟第三办公室网络进行安全联机。埃尔斯顿第一天早上来主持调查行动时，伊恩趁那个特务登入第三办公室网络的当儿，利用简单的钓鱼屏蔽把万斯的密码从网络连接协议里钓了出来。安全网络的主要功能在于防止从外面进来的非法登入，而非保护自己不受到从防火墙内部安插的非法插件攻击，至少市场街警局用的便宜系统是没办法。

通过埃尔斯顿的权限，伊恩设定一整区新的网络来进行面孔辨认以及AI追踪。接下来是地点，警方的网络可以进入邓斯顿码头和周围所有的监控罩网。雪曼的影像则是扫描照片得来，这简直是古代技术，但一旦影像进入系统之后，网络就可以发现他在码头的所有行踪。伊恩只需要这样就可以开始调查。软件发现雪曼之后，会从他的躯网取得跨网码，然后运行标准的追踪：观察程序来追查他在城里的行踪。效果可能不会太好——伊恩加入了很多限制，据说雪曼有很多数字防护措施，所以必须要很小心——接受他最初离开码头的几次，程序很快就失去他的踪迹的情况，但程序会逐渐学习、改进，让他们取得行动和会面的资料。一旦有了确切的线索，他们就可以开始亲自追踪雪曼，像普通行动一样进行监控。

伊恩上传完条件设定与安全措施，同时确保就算有哪个数头查到这件事，也没有办法反查回自己身上以后，已经是七点了。他这时的愉快心情前所未有，他准备去洗个澡，按照计划跟警局的两个同事一起吃个饭，之后再看晚上会有什么发展。

2143 年 2 月 24 日，星期天

安杰拉在艾德瑟的用餐帐篷里花了两个晚上，听一个叫作拉维·亨德里克的驾驶员边抱怨边吹嘘他领头开辟萨瓦营地的工作。他巨细靡遗地描述了直升机穿越蚀影山脉的危险过程：闪避锐利如刀的山脉、高耸的山峰、猛烈的微爆飓风，还有零能见度的云团。听起来很有趣，老驾驶员有办法把它描述成人类跨星际史上最危险的飞行任务。听完故事以后，她跟帕瑞西会溜到营地边界外围的树丛里。

傍晚待在营地听故事是很有趣，但亲自飞过蚀影山脉的时候就让人很紧张了。过去两个半小时的飞行途中，她的躯网一直跟戴达勒斯的机体罩网联机，几乎在巨大的战略升空机从艾德瑟起飞后就盯着前方巨大的山脉不放，然后又花了半个小时低头看着他们飞过——堪堪掠过——的山脉。戴达勒斯最高飞行高度是一万四千米，所以飞过蚀影山脉时，主峰近得让人不安。被派去前方进行侦察的 e 射线发现十几座超过一万米高的高山。找到这些高山引发探勘队成员激昂的情怀，尤其是先锋军，不少人高呼着要去爬最高的山，在上面插上 HDA 的旗子，闹到连帕萨姆委员都正式要求库朗·沙克将军说明——他的响应一如既往——先看看探勘行动会发现什么，然后再来考虑其他活动。

山峰的高度算不上飞行途中最困难的问题，有好几百座山峰都超过五千米高。柏林直升机最高飞行高度只有四千三百米，又因为载重而降

低许多，因此它们穿过山脉的飞行路径必须精密计算。拉维担负找路任务，确认e射线光学与雷达数据判定出的疯狂之字形路径，顺着好几条长达十英里却不比纽约大道宽多少的峡谷飞行，然后飞跃高耸的山脊，抵抗毫无预警如山妖般从深谷尖叫冲出的上升热气流，测试被标记出还算安全、可以加油的地点。

直接横亘在艾德瑟和萨瓦中间的那一段山脉自然是最宽的部分，分岔处尤其凸起。蚀影山脉以巨大的Y字形从地壳间迸出，由东到西绵延两千五百公里长，分岔的位置在中间。北向的分支继续延续主山脉往东边前进，较短也较低的分支则往南发展，现在被命名为暗影山脉。

戴达勒斯飞跃山脉的大部分时间里，高山的影像似乎全是灰阶色彩，安杰拉只看得清白雪和黑石。圣天秤星无所不在的斑马种植被在这里完全被驱散，山脉跟安柏斯大陆的长死沙漠一样光秃。看着深蓝色、宽及一英里的冰河围绕在高耸的巨峰间，她只能暗笑先锋军想要扎营去挑战一万米高峰的可笑梦想，他们的飞机能越得过山脉就很走运了。异种生物科学家们认为有可能是区隔的山脉让星球上的演化过程出现分支发展。她觉得很有可能，毕竟那怪物一定是从某处来，但她无法想象它是怎么翻山越岭的。它一定得要绕路，不过有没有路可以绕过来都很难说。

没人知道东边有什么。就连e射线从高耸的一万八千米飞行高度都看不到远处山峰以外的景象。当戴达勒斯终于跨越北边的高峰，地平面也降回锐利的山谷混杂挤压而出的高原，全部被覆盖在一片浓密纠结的丛林下，这时她看到巨大的恬河系统源头。那是受到压力终于被挤出蚀影山脉的冰雪，包括缓慢前进的冰河、山边的雪崩、冰冷的小溪流以及从岩缝间渗出的湖水，汇集成势不可当的奔流，从山脚下倾泻而出，越往北行，速度和温度越高，大地上所有低处都被河流不断切割，一遍又一遍地整合，直到澎湃的支流终于汇入恬河干流，往海岸前奔，一路上再聚集其他河流，最后成为贾斯林河口——这些在最初的星球探察照片上都可以看到。

恬河支流盆地的湿度高得不可思议，永远被笼罩在水雾间，只能从覆盖全区的翻腾白色雾气中偶尔露出的裂缝看到几丝陆地。在蚀影山脉之后，这是圣天秤星丢给他们的第二道难题。

离开山区后，安杰拉就不看了。平淡无奇、毫无特征的翻腾白雾看起来很无聊，也令人沮丧。她知道如果允许自己看下去，她就会开始过度分析它的相似度与范围，想着自己身处何方，离文明有多远，还有如果想回去，她必须完全仰赖HDA和拉维那样的人。这样会让她开始胡思乱想。最好还是什么都不要想，当个独自出游的单纯游客就好。

两个半小时的紧张与强迫自己无视之后，机轮猛然下放。

"谢天谢地。"帕瑞西在旁边的位置嘟囔。

"你还好吗？"她低声问。这段旅程似乎让平常活泼得不得了的小队奄奄一息，没人对旅程要结束露出松了一口气的样子，没人很兴奋地想看萨瓦营地有什么。

"那座山好大啊。"他说。对于帕瑞西这种喜欢保持世界简单的人而言，能说出这样的话足见对他冲击有多大。

她知道问题不在于山的大小，而是他们从出发到现在累积下来的奔波距离，还有知道再没多久他们又要前进，到下一阶段预定的前进营地——第三批e射线已经被派出去寻找合适的地点。帕瑞西感到一阵尽力想要压抑的依赖感向她袭来，她意识到他们与文明世界的联系有多么薄弱，以及如果他们找到那伟大的圣天秤星怪物，不会有人来这里帮他们。

"我们已经越过山了。"她安慰地说。

戴达勒斯再次降落在一段压实的泥土地上，长度看起来实在过短，降落在这里简直是冲动又愚蠢的主意。安杰拉再次无声地感谢驾驶员的驾驶技巧。载货的后斜坡放下，乘客们纷纷下机，最后轮到跟他们一起来的行动生化实验室。安杰拉环顾四周，除了不一样的天际线还有包围他们的高山之外，萨瓦跟艾德瑟之间其实没什么差别。两边极相似之处甚至包括营地的布置。

"搭帐。"她宣布。

帕瑞西好奇地看了她一眼，"什么意思？"

她露出充满优越感的笑容。博坦中尉来到帕瑞西身边，"下士，你的小队担任搭帐任务。我要求十七点整点时搭设完成。地点去询问军需官。"

"是的，长官。"帕瑞西利落地朝中尉敬礼，然后转身看安杰拉，有点懊恼地笑了。"搭帐。"他表示同意。

2143 年 2 月 25 日，星期一

经过夜间信息筛选后，万斯·埃尔斯顿的e-i允许呈现的警告包括听觉和视觉，此时警告信息让他耳朵里的智元发出嗡嗡叫，同时朝瞳孔照入黯淡的蓝光。他从帐篷里的行军床上猛然坐起，肾上腺素让思绪转得飞快，身体则微微落后，有点手忙脚乱。

"怎么了？"他问e-i。

"战地医疗所登记切特·穆兰死亡时间：今日六时十一分。"

"该死！"万斯扯着睡袋拉链，急着想要从薄而紧贴的包裹布料里挣脱出来。他一面剥下睡袋，e-i一面调出穆兰的档案：切特·穆兰，萨瓦指挥部队成员，HDA下级军官，担任文书工作。他负责的工作责任并不必要，表现也不突出，背景资料里也没有什么重要的家族关系，只是从都柏林来的一个普通人，自愿服役拯救人类，同时逃离那座没有未来的城市。

在清晨的静谧中，AAV小队正在替另一架e射线灌注氢气。万斯快步穿过满是露水的军营，来到充作战地医疗所的三间快速房舍。他一路小跑，空气中充斥浓烈的柑橘味，每次没有下雨，从森林飘来的孢子总会带来这种味道。至少不是薄荷味，他心想。他走入开着空调的建筑物，擦掉额头上的汗水，一下子接触到冰寒的空气让他全身起鸡皮疙瘩。即使天刚破晓，圣天秤星的炙热却没有因为夜晚而减退多少。

急诊室病床上的遗体以一张坚韧的蓝色床单盖住，两名急救员靠在墙边，因为挽救失败而沮丧不已，身上的一次性塑料罩袍沾满了鲜血。塔米卡·康尼夫医生站在病床尾端，一一检查器材，看起来像是靠直觉做事，毕竟失败后的收尾其实花不了什么工夫。

"发生了什么事？"万斯问，一向自律甚严的他，这时也忍不住在身前画了个十字。

康尼夫医生似乎没注意到他的动作。她回答："我救不了他。一半胸腔被压碎，他们把他带进来的时候，已经只有靠人工呼吸器才能维持住生命迹象。"

"从哪里把他带回来的？"万斯转身面向急救员，他的e-i寻求跟他们联机，下载他们的档案，"你们在哪里找到他的？"

资深急救员马克·奇蒂说："货板区。货板压在他身上，我们找后勤部队的人帮忙才把货板全搬开。"

"什么时候发生的事？"

"半个小时前。事情发生的瞬间他的躯网就送出了紧急医疗事件通知。"

"明白。"所以是意外。探勘行动已经出过几次意外：骨折、严重外伤、烫伤、有人的脚被压碎，都不是什么大事。大家都忙，大家都累，尤其是后勤部队。现在才出人命真的已经算是很走运。

倪指挥官大步走入医疗所，表情严肃，看来并不乐见在记录上添加一笔自己掌管的营区里出过人命的事迹。

"我想要调查这件事。"万斯告诉他。

倪的表情先是震惊，然后转为烦躁。他很快地朝医生投去一个抱歉的眼神。"你觉得这件事很可疑？"

"没有。他受到极大的外力撞击，不可能活下来。"

"我不怀疑他的伤势严重，只是要确定他受伤的原因。"万斯说。

"好吧。但你们要低调。"倪同意了。

"明白。"万斯说。指挥官跟康尼夫医生说话时，万斯走到遗体旁，手举到穆兰头上。他叫e-i把穆兰的视觉记录取回。死者的智元反应很差，视觉数据内容是一连串的色块，什么都看不出来。

"医生？"

康尼夫转向他，眉毛不耐烦地挑起，"什么事？"

"他的智元似乎出故障了，躯网记录遭受破坏。"

"很正常。我们在他身上用了六次电击器，这类电流通常会对智元造成破坏。"

"智元的设计应该能够承受这种冲击吧？它主要的功能之一就是在紧急情况里传递医疗信息。"

"它们的确可以配合我们的传感器。你应该会发现智元本身是正常的，只需要重新启动。电流破坏的只是软件。"

"可是如果重启，任何现存数据都会消失。"

她耸耸肩，一脸事不关己，转身继续跟倪指挥官说话。

万斯走去其他几间充作萨瓦正式总部的快速房舍。房舍被分成好几间窄小的办公室，他的位阶让他得到一间，里头以长凳为书桌，而且还可以多挤进一张椅子。墙壁是很薄的胶合板，不可能有什么真正的隐私。他把自己塞入椅子坐定之后，控制面板屏幕立刻包围着他的脸投射出清晰的全方位影像。他的e-i要求与营地原始的网络进行安全链接。"把特拉梅洛的行踪记录给我。"他告诉程序。营地不只网络简陋，连传感器也非常稀少，但还是足够让他能看着那女人。他在艾德瑟时就注意到她晚上定时会出去。大多数晚上她会走到离边界只有半公里远的地方，在同一个地方待一个小时，然后回来。第三次的时候，他派了一架直升监控器，大概只有他的巴掌一半大，无声地飞入黑夜，追踪她。监控器绝佳的红外线传感器传回的影像一点也不让他意外。毕竟她还是很火辣，之所以会出现在巴特拉姆的豪宅里也是因为她的外貌，而且万斯并不是很意外跟她胡搞的是艾维特下士，但他还是很失望。之前还特别警告过那个下士她会干扰纪律，但艾维特仍然放任自己野兽般的欲望占上风。任务进行到这个阶段，他也没办法对艾维特进行正式惩处与降级，这会降低小队的效率，艾维特是一名受欢迎的小队长。可是等他们回地球以后，他一定会在下士的记录上狠狠加上几笔负面评价。

记录显示特拉梅洛昨天下午抵达萨瓦之后，就一直待在指定边界范围里，更重要的是，昨晚发生意外时，她在帐篷里——至少她的衣服都在帐篷里。他的e-i联络艾维特下士。

"长官好。"下士回答。

"我要确认特拉梅洛现在跟你一起在帐篷里。"

"是的，长官，她在。我们正准备吃早餐。"

"她整个晚上都在吗？"

有一瞬间的迟疑，显示艾维特对于问题的发展方向和含义感到忧心。"是的，长官，她在。"

"所以你一直醒着看守她吗？"

"没有，长官，我睡着了。"

"那你就是不知道。请去问过帐篷里的所有人，昨天晚上有没有人看到她。"

"是的，长官。"

万斯不知道自己是不是太疑神疑鬼，但这里有太多未知的因素，而且他仍然因为拉尔夫·史蒂文斯最新送来的报告而生气。那个史克普西斯居然想要介入纽卡斯尔警方的调查，把案子转去他那鬼办公室底下。维梅齐亚应该在事情发生的第一时间就把这件事压下去的。也许他是在拿艾维特出气，但那名下士也该搞清楚情况一点了。万斯希望他们前往下一个营地、真正开始任务时，能够有一支忠诚可靠的队伍。

"长官。"艾维特说。

"是。"

"昨天晚上所有醒来过的人都确认特拉梅洛在帐篷里。昨晚二十三点到今天早上六点之间，有五到六次目击。"

"谢谢你，下士。"他取消联机。特拉梅洛应该跟这件事无关，但总得确定一下。这场意外让他很介意。时机也太凑巧了，为什么是此时此地？所有人似乎都没把行动的真正目的放在心上。这里有某种可能带有敌意的外星人，其能力与意图仍是未知数。

万斯从行政网络里调出切特·穆兰的档案，查看他的工作记录，看着那个人昨天在自己座位前用过的所有档案，他的座位离万斯只有五米远。记录是空的。万斯的手臂起了一片鸡皮疙瘩。很快，他的追查发现消失的只有昨天的档案。他找来两名营地的行政人员，问他们昨天穆兰的工作情况是否正常。他们确认一切正常，两个人跟他是朋友，穆兰坐在中间，昨天三个人还一起去用餐，一整天都很正常。

*最后却以穆兰的死作结，*万斯沉默地补充。

他去了穆兰的座位，开始检查。小空间里没有任何私人物品——如果不是门上写的号码，他根本分不出来这间是谁的。他再进一步查穆兰周五、周六的工作记录，也没有出现任何有用的资料。很无聊的一天，他都在处理人事问题，把可用的人力根据特长分派给提出需求的军官与下级军官，同时标注每个人的真实能力，还有根据每个人实际完成的任务而非自己声称的能力给予评分。

万斯找了安特利奈，约好在穆兰出事的货板区跟他会面。HDA标准命令是命案现场必须维持原样，直到调查负责人允许清理为止。万斯到达时，一群后勤小队已经等在两辆自动货板载卸卡车旁边，研究散落一地的货板。万斯居然还认得负责的下士：科尔费斯·桑德瑞西，一名矮小精瘦的埃及人，他对探勘行动的目的或是周围蛮荒丛林的奥秘完全无感。他的人生目的只有一个，就是他的工作，无论何时何地，只要有需求，装货、搬货、堆货、重装就是他的一切，这大概就是他看起来一脸难过的原因。

"告诉我发生了什么事。"万斯问他。

整排的空中载卸350DL货板有一百二十米长，高四层，深两层。那是戴达勒斯送来的第一批，之后还会送来很多排，一模一样地全部都堆在这里。这一排最后的一堆倾倒在穆兰身上，这时他的躯网便发出求救信号。

每堆货板都由钢索固定，绑在最高的货板上，确保整堆的稳固。桑德瑞西特别指出都是因为这里的地面不平。有几堆货板堆得有一点歪，不是很严重，但看得出来并非笔直。这些货板本身的设计就是在没有钢索固定的情况下仍然可以承受高达十五度的倾斜，而萨瓦的这些货板，没有一堆歪斜角度超过四度。

"钢索呢？"万斯问。

桑德瑞西下士看起来非常不高兴，"这些钢索没有好好地扣在固定柱上，长官。"

万斯检查钢索，都是纤细的碳纤材质，应该能承受极高的拉扯力，外层还用很明显的黄色与红色外皮包住，理论上应该是要穿过埋入地下半米深的固定柱头，绕过来以后剪断。有人没有检查到这里。

"谁负责的？"万斯问。

"是我，长官。这是我的责任。对不起，我真的以为这些钢索已经扣好了。"

万斯很清楚，桑德瑞西绝对不会犯下这类错误，不管时间有多赶。"你还负责其他哪几堆？"

"大多数都是我的。维特米尔下士也负责确认，这份工作是看谁当时执勤就由谁分担。"

"我要看你亲自签名通过的五堆货板。带我去。"

"长官？"

"你听到我说的话了。"

他们跟着桑德瑞西顺着一排排货板往前走，每次碰到一个在记录中是由他本人认证过的固定点，就停下来检查一番。一如万斯所料，其他的钢索都绕好、扣好。

半路上，他停下来回头看。营地的地面车辆停车场离货板区有五十米，现在停放着三辆自动货板载卸卡车，还有挖出跑道的推土机与压土机，以及行动生化实验室与两辆多功能型地面吉普车（MTJ），萨瓦营地所有车辆都停在这里。车子不像货板那样整齐，只是大概停在差不多的区域里。万斯看看那些车辆，又看看后勤部队用来把货板从被重创的穆兰身上抬走的两辆自动载卸卡车。

"下士，你有什么看法？这些货板怎么会滑下来的？"万斯问。

"他一定是被钢索绊倒了，长官。那时刚日出，环光下的钢索没有那么明显。"

"他被绊倒之后还把整堆货板一起拖了下来？是要怎么样绊倒才会扯成这样。"

下士耸耸肩，"除此之外我想不出来还有什么可能，长官。货板不可能自己这样掉下来。"

"光靠一个人的力气有办法扯动钢索吗？"

"长官，他可能当时正在慢跑。穆兰喜欢运动健身。"

"嗯。"万斯沉吟，"带着速度撞上去，是有可能。谢谢你，下士。你可以叫你的人清理现场了。"

"是的，长官。"下士行礼，转身回去带人。

"怎么样？你在想什么？"安特利奈问。

"我在想，再怎么样被钢索绊倒，也不可能把一整堆货板拉垮到压在自己身上。"

"如果说是有人推的，也一样不可能。那些350DL加起来有几吨重，大象也许有办法推动一堆，但我跟你保证，人类绝对不行。"安特利奈说。

"不是人，是用了一辆自动载卸卡车。那些鬼东西就停在货板旁边，它们用能源槽当动力，所以动起来是没有声音的。穆兰不可能知道卡车已经开动了，他绝对听不到声音，说不定甚至没看到车子停在货板后面，所以他走到指定会面点的时候，凶手只要一踩油门，整堆东西就会压在他身上。只要花个十秒，就可以跟其他卡车停在一起，没有办法证明是谁动过手脚。"

"凶手？"安特利奈说。

万斯对自己的副手很满意，因为对方的声音没有半丝质疑。"穆兰昨天不知道在档案里发现了什么事，他的记录被删了。"

"所以他被杀害？"

"我不相信巧合。穆兰的工作是人员配置，所以他发现的事情一定跟HDA整理出的人员资料有关，我认为他要去跟那个有问题的人见面。"

"所以原本是勒索，却出了问题。因为他没跟任何人通报有状况，反而想跟那个出问题的人会面，好让自己的第二账户赚上一笔。"安特利奈说。

"但他没想到对另外那个人来说，这是多严重的事。"万斯沉吟。他看着营地，明亮的天狼星正在空中升起，大家都在朝着用餐帐篷走去，不少人好奇地瞥向货板区。这里的网络充满了微链接，所有人都知道发生了什么事。"然后我们还跟那个人一起困在这里。"

"你觉得跟外星人有关吗？"安特利奈问。

"我想不到有什么关联。在这里，唯一有一点点关联的人是特拉梅洛，但她被塞在一堆先锋军里，而且还真的跟他们待在同一个帐篷中。"

"那我们该怎么做？"

万斯盯着移动生化实验室，"我要你去检查我们这里的主要货物有没有人动过手脚，还有看看你能不能增强实验室的保安，也许在车上多加一些智慧粉尘。不要用你自己手下以外的人，我们现在不知道整个营地里可以真正相信谁。"

"是的，长官。"

"我去找那些最先到穆兰遗体身边的人。我们一起讯问他们，我想把事情发生的先后顺序和时间点厘清。"

万斯得借用倪指挥官在快速房舍里的办公室，因为只有那一间装得下两个以上的人。即便如此，他蜷在书桌后面，安特利奈和受调查的人挤在桌子另外一边，也已经没有半点空隙。

最先磨磨蹭蹭地走进密不透风办公室的是马克·奇蒂。他的档案上面说他二十八岁，但他的短须让人很难分辨出实际年纪。他身上是所有医疗人员都穿着的灰绿色半短袖罩袍，这身制服很适合他，让他看起来颇有自信，出问题的时候，光看到这样的人就能让人安心。今天早上他在医疗所里的疲累如今已变成反感。

"是你最先到现场的？"万斯问。

"是的，长官。"

万斯皱眉。奇蒂心中已认定这是一次针锋相对的会面，但万斯并没有这个意思。他也对奇蒂的态度产生好奇，这个人当了急救员之后，一定也碰到过不少次死因调查，应该不至于这样反应。"你在遗体周围看到别人了吗？我不是指有没有人从货板区跑走，只是想知道有没有人那天早上出现在那里过？或是有个什么你认不得的影子或动静，只是你当时没费时间去追查？"

"没有，长官，周围没有别人。"

"好，所以是你和朱厄尼塔·沙可先到的，对不对？"

"朱厄尼塔是我的搭档。他正在为了取得正式急救员资格受训。"

"好，你看到什么？"

"穆兰，应该说是他的上半身，剩下的部分都被货板压住了。"

"你当时觉得他还有可能存活吗？"

"不太觉得，但我怎么想不重要，总是要尽力而为。一直到把货板搬走以前，我都无法确定他的伤势有多严重。"

"所以你找人帮忙。"

"对，桑德瑞西下士。我认识他，而且营地的货板也都是他负责的。"

"很合理的选择。他花了多久时间到？"

"五六分钟。"

"这段时间内，穆兰有没有说什么？"

"没有，长官，我们替他装上了呼吸器。保持脑部的供氧很重要，他的脖子露在外面，所以我们可以通过大动脉朝他的脑子输送人造血浆。"

"好。后来谁出现？"

"桑德瑞西和他的两名部下，嗯，应该是凯辛和匹奇维兹，他们来得很快。"

"他们还把卡车开来了？"

"对。"

"后来是谁过来？"

"洛莉，还有跟我们在一起的诺思族人巴斯琴。他们听到吵闹声，所以就来帮忙把穆兰拉出来。匹奇维兹和洛莉帮我的忙，朱厄尼塔把穆兰载回医疗所。"

万斯瞥向安特利奈，"巴斯琴·诺思也在？"

"对，是我。"巴斯琴·诺思二代一坐下来就承认，"我尽力帮助那可怜的家伙。有问题吗？"

"你为什么今天早上会出现在那里……"

"很多人在喊叫，一听就知道出事了。"

"了解。我们说说更早之前的事情。你那么早在货板区做什么？"

"散步。这里真是热死人了，根本睡不好。"

"然后你去帮忙？"

"当然，有什么理由我不该去吗？"

"当然没有，谢谢你去帮忙。所以到底是怎么回事？"

"你们的人，穆兰。他被压在一些货板下，情况挺惨的，地上有很多血，有几个急救员在抢救，几个大兵用卡车想把货板搬走，大家都急得不得了，后来他们还是把他弄出来了。也许他们不该弄出来，不知道，如果被压的是我，伤得这么重，一定痛得很惨。"

"穆兰醒着？"

"抱歉，没有。我只是想说，他们救了人，对那家伙而言不一定是好事，你懂吧？"

"嗯，我明白，我在医疗所里看到他了。你还看到了什么别的吗？"

"例如什么？"

"像是有没有人离开现场。"

"没有。"巴斯琴语速很慢，专注地盯着万斯，"为什么会有人离开？"

"那些货板很难推倒。"

"那我换个说法，为什么货板会倒在穆兰身上？我不认识他，但他不是只是个文职人员？"

"对，他负责人事工作，所以如果有谁的实际身份跟记录不符，就会是他发现这一点。"

巴斯琴·诺思用手指摸着额头，一面思索这句话。"嗯，你知道我为什么在这里？"

"官方说法表示你是布琳凯尔的观察代表，实际意思是政治角力。"

"你说得好像这是件坏事。"

"我没碰过哪个政治人物是好的。"

"唉，这种标准的讽刺反应在这个年代里的确很贴切，但那些无能、腐败、激进的执政分子，跟安抚控制人类行为的互动与配合是很不一样的，我们在亚贝利亚的行为是后者。布琳凯尔派我来是因为我们非常关切这个行动的细节，远比任何人的理由都要更私密。"

"除此之外，她控制了布洛加上的有机油。"

"政治而已，但你明白我们为何关切吧？"

"我懂，你们是有这方面的原因。"

"所以，我需要知道的是，埃尔斯顿上校，你此刻是否怀疑杀害我父亲和兄弟的外星人，跟穆兰不幸的死亡两者间有关联？"

"别忘了，死者还包括你父亲的雇员，对吧？"万斯不知道为什么他要挑衅对方，只是那诺思家族的人态度有哪里让他觉得不对劲。如果他允许，巴斯琴会讲个不停，夺取对话的主动权，否定其他人的发言权。这在政客之间是挺常见的行为，不过根据他的档案，巴斯琴在亚贝利亚主要只是参与民事工程管理。

巴斯琴让步，"也包括我父亲的雇员，不过很显然我跟他们没有任何私人关系。可是我依然对他们的死因很关切。所以，我再问一次，外星人跟这件事有关吗？"

"我看不出来有这个可能。如果穆兰的死因是故意伤害，我们唯一有的线索都指向很普通的人类动机。"万斯说。

"性？"

"钱。"

"这也是我的第二推断。谢谢你，上校。如果有新的进展，请通知我。"

"当然。"

"我发现安杰拉·特拉梅洛人在萨瓦。"

"她在。她是民间顾问，由我监管。有问题吗？"

巴斯琴好一会儿后才开口："没有，我想应该没问题，特别是想到我在纽卡斯尔的表亲。不管布琳凯尔怎么想，也不应该立刻否定特拉梅洛的说辞，毕竟一个女孩能亲手杀死那么多人的说法，原本就有点牵强。"

万斯的念头再次飘回脑部扫描仪从安杰拉的思绪中撷取出的模糊影像。他最近经常想到那个画面。"这趟行动会被批准的很大一部分原因就是她的说辞。"

"没错。而且她显然是'十选一'。我们当时不知道。"

"没有人知道。"

"你问过她吗？我认为这种人会被聘为先父的女友之一，实在很奇特。嗯，这说法不对。应该是我觉得很不可思议，甚至可以说完全无法相信。"

"但她的确是被聘了。"

"你对她为什么受聘有没有什么推论？"

"没有。很明显不是为了钱。"

"所以是为了情报？她是间谍吗？不对，这也不合理。我们在亚贝利亚的研究院里开发出来的技术向来免费对外提供。我父亲当年也只对这件事有兴趣。"

万斯看得出来这个诺思家族成员对安杰拉的事非常介意，"我必须请你不要去质问她。她现在的情况算不上是很……稳定。因为莫须有的罪行而被关了二十年，对任何人来说都是一件很沉重的事。"

"你相信她是无辜的？你相信有外星人？"

"我相信有这个可能。"

"上校，这是个政客的回答。"巴斯琴微笑，"说得好。我会避免与特拉梅洛小姐见面。"

安特利奈一直等到巴斯琴·诺思离开快速房舍之后才开口："该死的，他们真怪。"

"那些诺思克隆人？这是当然的吧。"

"真希望他没跟我们一起来。"

"他来也是当然的。他们有权利跟来，毕竟有人杀了巴特拉姆和其他那些人。不是特拉梅洛，就是丛林里的东西。"

"马文和我在艾德瑟没有找到任何基因变种。"

"这个星球这么大，艾德瑟跟亚贝利亚的距离算是近了，况且，我们现在到了蚀影山脉的另外一边。如果有变异，很有可能会从这里开始出现。行动生化实验室预计再过几天就要开始在这里采样，只要等戴达勒斯输油机把我们的燃油补足就行了。"

"好吧。你接下来想要讯问谁？"

"奥马尔·米哈伯。我很好奇他那时离货板区这么近在做什么。"

"我睡不着。没别的了。"奥马尔·米哈伯大兵说。

万斯看着高大的年轻人很不舒服地整个人挤在对面的椅子里，顿时安心下来。可怜的大头兵很显然一点也不高兴被叫进来，不知道自己为什么会被找来，也没多想什么。很无辜的人。万斯抹在椅臂上的智慧粉尘确认他的心跳和流汗程度已经逼近恐慌指数，大兵完全无法控制自己的直觉反应，就连那张年轻的脸孔都是一片坦诚，各种各样的情绪来回出现。当然，除非他是跟安杰拉一样的"十选一"或是经过训练的特务，正在嘲笑万斯临时凑出来的测谎器。或是一名企业黑手特务，属于杀死纽卡斯尔诺思家族成员行动的一部分，证实了席德的猜测。

万斯烦躁地摇摇头，凝聚心神。"你听到了骚动？"

"是的，长官。"

"你到的时候有谁在场？"

奥马尔·米哈伯盯着天花板，额头因为回忆，还有想要让长官满意的努力而皱起。"急救员。几个后勤部队兵，他们那时忙着去开卡车。"

"卡车在哪里？"

"很近。他们没多久就把卡车开了过来，麻烦的是要把货板搬开，却又不让人伤得更重。"他紧抿嘴唇，"穆兰的肋骨都压烂了。货板一被搬走就知道他绝对活不下来，他从胸部以下完全是一团烂肉。"

"所以接下来是谁到了？"

"我不确定。我知道那个诺思族人在，还有多契夫，几个伙食部的人，我不知道他们的名字。他们把穆兰运走时已经有一大堆人了。"

"之前呢？你跑过去的时候，附近有人吗？"

"没有。我们有几个人去找急救员来帮忙，差不多都是同时到达。"

"没什么奇怪的地方？"

"你是问怪物？怪物不在。"

万斯几乎要羡慕米哈伯的单纯，"跟我说说安杰拉·特拉梅洛的事。"

"她的什么事？她不在。"

"你是说你当时没看到她？"

"没有，长官。我没有看到特拉梅洛小姐。"米哈伯因为被质疑而有点恼怒。

"好了，大兵，冷静下来。艾维特下士问过其他人是不是可以确定她那天晚上在帐篷里，你是其中一人吗？"

"对，长官，我刚说了，我睡不着，只是打了盹儿。实在太热了。军需官根本不该给我们黑色的帐篷，有够蠢的。我每次转头的时候，她都躺在自己的床上。"

"好，那其他时间呢？你跟她处得好吗？"

"很好，长官。她是个好人。他们在监狱里对她那样，根本不对。"

"你知道她为什么被判刑吗？"

"是的，长官，她一开始就跟我们说了。不是她干的。所以我们才在这里不是吗？就是要找下手的外星人。"

"没错，所以我们都在这里。"

"我正在想你什么时候才会叫我来。"安杰拉一坐定就这么说。她的眼睛眯起，低头看着扶手，"在这里装罩网真奇怪。除非你是想要监控每个坐在这里的人的生理反应。你为什么会想做这种事呢，埃尔斯顿？"

埃尔斯顿压下一声呻吟。对一个从监狱里出来时没有任何智元或是e-i的人来说，她的升级还真全面。"有人会说谎。什么都可以骗人。年纪也可以是假的。"

"你该不是正在当面问一位女士她的年纪吧？我太惊讶了。"

"穆兰被杀害的时候，你人在哪儿？"

"杀害？"她指控地瞪了他一眼，"所以不是意外？"

"说是意外就让人太难以相信了。当然我也没什么证据，所以你到底在哪里？"

"在浴室里被帕瑞西上。他喜欢玩肥皂和水。"

"真聪明。轮奸向来是很好的不在场证明，尤其适合主角。"

"我习惯一次只有一个男人，埃尔斯顿。如果是我动的手，那他也有份。"她压下笑声，"天哪，你居然认真想过这个可能性，对不对？"

"并没有。"

"你的椅子上没罩网算你运气好，是吧？"

"你见过穆兰吗？跟他说过话吗？"

"老天啊，当然没有。他只是个HDA的小人物而已，我干吗费功夫？"

"话是没错。"

"我为什么在这里？你该不会真以为我有份吧？"

"不。我需要一个不同的看法，一个不属于一般军队体制的想法。你跟你的小队搞得不错。"

"哎哟，埃尔斯顿。不错嘛，有进步。"

"所以有没有什么事是我该知道的？黑市交易？毒品？"

安杰拉缓缓摇头，"没有这种事，现在还早，我们才刚到。但早晚会发生。"

"我知道。但我要知道的是，是不是已经发生了？"

"没有。抱歉，我没办法想出个动机给你。"

"流言？争执？女人？男人？"

"哇，你还真的很急着想要找出原因啊。没有，没传言。"

"好，谢谢。"他比比手势，打发她走。

她动也没动，"奥马尔说他们找到他时，已经不成人形了。"

"对。"

"解剖怎么说的？"

"没解剖，至少不是在这里。"万斯解释，"尸袋会装在下一班要出发的戴达勒斯上，他们会带他回地球。我想回到纽卡斯尔后才会有调查。"

"你开玩笑的吧?"

"怎么了?"

她气急败坏地吐了口气,"我是个……不如说,你是个以刀刃当手指的外星人。你刚捅穿了穆兰的肚子,挖了他的内脏,要怎么消灭证据?也许你会考虑把尸体压烂?"

"老天!"万斯抬起头,看到安特利奈跟他一样震惊。

安杰拉站起来,"你的工作能力还是一样差劲啊?"

2143 年 2 月 28 日，星期四

夜晚温润的环光逐渐被天狼星升起时更刺目的光芒取代，长满维尼奇藤的山边开始逐渐变色，空气也变得浓厚，让山坡上散发着光泽的橄榄绿叶子泛出橘色油光。明亮的光线照上藤蔓时，每片叶子的下方都开始晃动颤抖，撒出布满表面的孢子。维尼奇藤向来会在清晨散发孢子，好让白天混乱的热气流把孢子尽量带远，直到夜晚较为沉静的空气才落下。

云朵快速散开，顺着山坡往下蔓延，一直到覆盖住下方的平坦地面，越来越稀薄。等到云朵笼罩住萨瓦营地时，已经不比烟雾更浓厚多少，但也足够污染阳光的澄澈。

安杰拉出乎意料地被天空中扩散的不均匀橘色抹晕吸引住心神，尽管她很讨厌每次颗粒飘到她附近，她会一直想要打喷嚏，然而她硬是压下了不舒服的感觉，站在萨瓦营地被压扁的草皮边缘。这里被充作直升机降落坪，五十米外，柏林机的喷射引擎被启动，尾翼后方的排气板散发出闪烁的薄雾，有一瞬间，她忍不住猜想孢子是否会影响喷射引擎，减弱引擎的效能，逼得他们取消升空，但拉维·亨德里克给巨大的双桨喂饱能量，两架螺旋桨开始转成一团模糊。

她可以从圆弧形的透明驾驶舱上层，看见埃尔斯顿的头顶被一副牢固的头盔以及深色护目镜遮蔽。她的手举起，假装是在敬礼，看着柏林

机升空，然后缓缓地飞到货板区上方，一架推土机正等在那里。后勤部队花了几分钟才把钢索系好，检查好，终于直升机又开始升空。钢索被拉扯到极限时有一瞬间的停滞，然后黄色的推土机被吊起，在强劲的气流下左摇右晃。五名跟她在一起观看的小队队员懒洋洋地欢呼了几声。

"他要离开四天。"帕瑞西满意地说道。

安杰拉没有像他那样放下心。有时候她觉得她和埃尔斯顿是整个探勘队中仅有的认真看待异形的人，现在埃尔斯顿要飞去巫岗——另外三个前进营地的第一个，在西北方的两千公里外——担任营地指挥官。如果他们维持搭建营地的高速，那推土机和压土机只需三天便能完成跑道的辅设。到时安杰拉跟她的小队会搭乘戴达勒斯出发，普通平民顾问没资格搭乘直升机。与此同时，埃尔斯顿已经告诉她会受到安特利奈监督。

她看到安特利奈的军装便服上随时别着的小领针。又一个福音卫士。又一个宗教狂热分子，把事实和现实看得比教条次要。他倒是一样急着想要看穆兰的解剖结果。当康尼夫医生在穆兰断裂的肠子间没有找到五爪刃刺伤时，所有人也安下心来。

即便如此，埃尔斯顿仍逼倪指挥官增强营地的安全防护。如今到处都是智慧粉尘罩网，把整个区域里里外外看得密不透风，随时都有先锋军巡逻边界。无论是帕瑞西还是其他小队都不太高兴。他们原本就被营地其他人拿来当一般劳工使用，现在又有了新工作。帕瑞西本人特别不高兴，因为跟她独处的时间就更少了。过去两个晚上在热到令人窒息的帐篷里，基本上就只有她一个人，一起洗澡已经很难，更不可能徒步离开营地去寻找一点隐私。因此当他们偶尔有点时间可以欢爱的时候，他格外珍惜。

"你什么时候去巡逻？"她问。

"四十分钟以后。我们会巡六个小时。博坦中尉要我们熟悉附近区域，包括可能的渗透路径、反击战略、守望点，我们要把这里当自己的地盘看待。"

"幸好他很认真地看待这件事。我希望你也和他一样。"

"喂，我知道有外星人啊。"

"你这样说只是为了让我跟你上床而已。"

"不是。依照我现在对你的了解,我很清楚你从来没杀过人,所以外星人一定是真的,对不对?"

"说得好,今天赏你一次。你说你什么时候结束巡逻?"

帕瑞西掩饰不住脸上的欣喜光芒,"我们大概十七点回来,然后我要跟中尉汇报。"

"那就约十八点。这样我有时间找个私密的地方。"她转头看着姜黄色的萨瓦,每次戴达勒斯飞来,货板区就要多一排,还有燃料储存库,一排排停放的车辆,以及帐篷小镇,"现在的营地已经够大了。"

"真希望我们不用这样偷偷摸摸的,我们好歹都是成年人了。"

"我知道,但是HDA有规定。我最不想看到的就是你的前途因此受损。我们现在这样就好。等这件事结束之后,我们再来谈。"最后一句是让他不要做什么蠢事,例如宣告对她的爱意,或是想要两人一起走入夕阳下。她认为这个忠犬男很有可能会冒出这种话,因为他的世界实在太单纯了。如果他真的犯傻到这种程度,那她得配合他一下,只是当他终于明白被要了一道,自己只是她拿来交易的货品时,他会非常受伤。

她没想到在监狱里待了二十年后,她的良心反而增强了。若不是这样,就是她变弱了。她以前从来不会介意这些,她从没把巴克雷放在心上过,她走入他的生命只是为了取得所有她需要的密码。

很久以前的那天夜里,气温舒适宜人,圣天秤星上的每个夜晚都是如此,空气充满海洋的气息。安杰拉走在贯穿豪宅七楼的长廊,全身赤裸,只戴着有蕾丝边的黑丝绒项圈,以及在肩上挂着一条巴特拉姆卧室拿出的浴巾。这时候没有别人还醒着,所以她只担心会在走过的大理石长廊留下精油的痕迹。那天晚上其他女友轮流替她做全身的情色按摩,巴特拉姆则在一旁观看她们的女女表演。每个人都在她身上抹了更多油,直到她现在全身皮肤都涂满了那些蠢东西。可是她必须冒险——不会有比现在更好的机会。

七楼没有安全传感器。巴特拉姆对自己的隐私非常敏感,不想冒险有哪个数头混混可以骇进宅邸的网络，通过传感器偷看他。因此宅邸的安全防护都是对外，目标是没有外在的东西会渗入、上到七楼——这是巴特拉姆实际居住的楼层。

宅邸的资深员工、安杰拉，还有其他女友的房间都在六楼。大多数晚上她们让他满足之后，会被赶出巴特拉姆的卧室到楼下去睡觉。很多个晚上她们回到六楼，洗澡换衣服之后，会聚在其中一人的房间里，没有白天时时刻刻盯着她们不放的马克-安东尼，所有人会一起偷喝一瓶不该喝的酒，像姊妹一样聊天。安杰拉一开始很抗拒这么做，认为有奥利维娅-杰伊的友谊就够了，但两个月之后，一成不变的日子让她无聊到终于放弃，也开始加入她们的行列。

可是今天晚上她没有。今晚，卡莱、科伊、玛丽安杰拉（伊凡吉琳女神的替补）在跟安杰拉玩得火辣辣、滑溜溜之后，都被送回六楼去睡觉，留下她和奥利维娅-杰伊还有巴特拉姆一起玩三人行。四十分钟后，巴特拉姆已经开始轻轻打呼，奥利维娅-杰伊窝在他身边也睡得很好，应该的，她又喝香槟又嗑了不少药。奥利维娅-杰伊的合约只剩下十天，她很努力不露出因为没有被续约的失望。安杰拉滚下床，走到浴室去拿毛巾，尽量把腿和脚上的油擦掉。

走廊两端的大窗户都敞开，所有灯光关闭，只有暗银色的环光照亮她的路。有一瞬间，她以为听到有人走动的声音。这时候不应该有其他人在七楼。她手里的暗黑武器内装改成半自动状态：她现在还不能冒被人发现的危险。但最后只是温润的海风吹入，带起薄纱垂帐在缓缓飘动而已。

巴特拉姆的书房在走廊中间。安杰拉停在高大的黑色木门前，检查两边。没有动静，没有警报器。她打开门，溜了进去。书房跟宅邸各处一样，以复古埃及风为装饰，巴特拉姆喜欢古代贵族的生活，相信法老们简单昂贵的美学有后欧洲君王们的奢华皇宫所欠缺的优雅与震撼力。房里没有什么装饰，但少数放在座架以及凹槽的装饰品，都是花数千万欧法元从拍卖行里买来的。安杰拉冷冷地对它们微笑，对其美丽与历史无动于衷。

巴特拉姆如石板一样的纯黑色书桌上镶嵌了三个大控制台面板，像是看向宇宙夜晚的窗户。安杰拉取下项圈，用拇指指甲划过里面的缝隙。丝绒打开，露出里面小小的、像是粗银针的传感器。她把毛巾放在地板上，躺在上面，人挪到书桌下。控制台的下方如今在她上方，她开始在中间那座控制面板的外壳按照位置安插拦截针。数据出现在她戴着的隐形网络镜片上，让她看到接下来的步骤以及进度。她花了好几个月练习才让过程完美，远比她背诵足球垃圾的时间还要多。她不断低声指挥钻入控制面板内部回路与光学路径的小程序，避过内建安全系统。

整个潜入过程花了漫长的十分钟。安杰拉从书桌下方钻出来，中央的屏幕同时亮起，显示控制面板的基本管理结构：通道投影画面，层层符号朝宇宙底端延伸。一个投影键盘空间出现在其中一面的上方。安杰拉低头微笑，双手埋入飘浮在天空的清晰红色符号。控制面板读取双手的生物特征，认证这是巴克雷。一层新的符号出现在空中，她长长地吐了口气。她当晚更衣时戴上的模拟手套不但没有被油破坏，还重新克隆撷取手套几个星期前取得的图样。

她开始操控键盘空间。巴克雷的认证允许她进入亚贝利亚行政管理局的财务部。巴克雷的密码通过香蕉袖扣的小处理器传回，追踪记录他的双手在键盘空间上闪动的状况，留下双手在键盘空间里做过的每一个微小动作。

她进入系统之后，立刻叫出所有即将开始的公共设施建设，一眼看过去，有几个案例都很合适，但是她挑选德加多谷开发案，因为它的时间点最合适不过。这个案子再五个月就要进入第一阶段，一旦葛雷奈尔路周围的山脚下挖出一条隧道，一路通往海边，五英里范围内的山谷都会被开发，总共有五十位建筑商参与基础设施建设标案，第一步就是要挖隧道。

安杰拉与她去帝国理工前设立的越南法律处联机，巴克雷的全面授权认证确认最后一笔投标的资格。投标人是朱利欧星际公司，背景数据包括在标案的数据里，说明它是一家营运了一段时间的建设与管理公司，以及HKFD银行提供的财务认证。朱利欧星际公司是他们为这项行动预备的二十七家假公司之一，这二十七家公司的营运内容包含所有亚贝利亚经常外包的产品与服务。

从财务系统退出所花的时间跟进去时一样久，每一步她都很仔细，检查每个阶段，确保没有留下任何痕迹，没有监控系统会引发警报。确定投标成功之后，她钻回书桌下，小心翼翼地从控制台的接口把所有装置都拆下，没有留下任何入侵迹象。

她最后离开前抹了一次地板，确认没有油渍会暴露她曾来到此处，再系妥项圈，宛如窗帘摆动时撒下的摇曳影子一般，无声地走回长廊。德加多山谷合约还要一个月才会决定给哪家公司，跟她的合约到期时间一样。给中标公司的钱会在结标前四天转到亚贝利亚的主要公共行政账号，确保有足够的金额。这就是她的机会。时间有点紧迫，但他们都同意要订下看起来合法的合同。这种手法很精细，也需要时间，但成功概率要大得多。财务部网络和诺思家族安全网络一直都在监控劫掠未果的事件。她只需要像现在这样再成功入侵一次，用巴克雷的认证提名朱利欧星际公司赢得标案，钱就会在千分之几秒转账完成，再下来，什么都不重要，一点都不重要。如果他们抓到她，结果会很糟糕。可以想见她会被严刑拷问，还很有可能会被处决——诺思家族向来不标榜宽恕与慈悲。希望能够趁着他们的财务部还试着弄清楚到底怎么一回事、安全部还在追查钱的下落时，她就能离开宅邸，回到地球。这笔钱当然是永远找不回来的，这一条转账路径横跨十几个银行、四个星球，中间有无数截断与匿名账号，目的就是要把这笔宝贝送到极为需要它的地方。然后是最彻底的保险措施：她不知道转账的最后一段路径。所以他们对她做什么都不重要。他们发现她愿意做出最终牺牲好让盗窃行动成功时，会不会很惊讶？一定会。可是他们习惯对付的是犯罪组织以及娴熟的骗子，还有安静狡诈的数头，不是她这种人。

巴特拉姆和奥利维娅-杰伊仍然跟安杰拉离开时一样躺在大床上，两人的距离近得看起来像是一对普通情侣。她把毛巾丢在浴室，轻轻地爬上凝胶床垫，躺在奥利维娅-杰伊旁边。女孩发出的叹息声很像哀鸣，浓密的黑发一阵晃动。

"嘘。我在这里，宝贝，我在。"安杰拉低声说。她温柔地亲吻了奥利维娅-杰伊的后颈，双手搂住被打扰的女孩。奥利维娅-杰伊往后缩入她的怀抱，再次全身放松，进入深沉的睡眠。

　　安杰拉因为她至今所做到的一切而露出笑容，听着自己激烈的心跳开始平静下来。再一个月。只要一个月。

2143 年 3 月 1 日，星期五

伊恩趁午休时间回家一趟。这已经成为他的习惯。他走到市场街警局的地下停车场时，没有跟任何人说话，倒是因为车子过度小心、龟速爬在雨水泛滥的街道上骂了车子两句，不过车子终究是把他送回了富肯纳街。他几乎要把席德和伊娃顺带也骂一遍，都是因为他们，他才会被拖进这注定惨败的疯狂计划里，他根本没有理由要这么做，这只不过是件很普通的凶杀案，一件警局案子，他原本懒得理会的那种。下了班工作又不是有加班费拿，干他屁事。只是这一次，这个诺思族人的死挑逗了在每个警探耳边喃喃细语、叫嚣不休、名叫好奇心的小恶魔。伊恩必须承认，这件事的复杂程度与政治角力让他放不下。

所以他只好回家去看着他们的监控行动。席德和伊娃都同意必须要有一个真人在背后监看与控制软件。伊恩取得的警局程序是用来留意流氓、妓女、街头混混，还有专门对商店下手、已经有前科的抢劫犯。想要用那些软件追踪一个从没有记录的隐性罪犯，对方还受过专业训练，随时在提防执法动作，真的很困难。

他们两个没有多余的时间可以来帮忙。就算有时间，他们两个人的失踪也会让市场街警局原本就很蓬勃的八卦文化火上加油，随时都在寻找新话题的嘴皮子会开始问东问西，而他们做的事禁不起人问。

可是……当初程序完成的时候，也算是这领域中的先驱了。后来更

新、更贵的版本不断改进，直到价钱超过一般警力可以负担的预算——现在主要是外聘警力在用，可是基本功能还是很完善。

于是非常缓慢地，一个接着一个痛苦的小时过去，程序开始搜集起诺思家族成员凶杀案非官方主嫌犯马库斯·雪曼的资料。伊恩上个星期六展开调查，监控程序静静地依附在邓斯顿码头的罩网上，一直没能看到或确认雪曼的行踪，直到星期二晚上才有发现。从那时，它便开始跟踪雪曼，从每天早上雪曼被一辆黑色奔驰接走开始。程序利用埃尔斯顿的HDA授权穿梭在跨区交通罩网中，在跨网通信记录里寻找他的e-i码，记下所有通信记录，组成一张联络人名单。

马库斯·雪曼来往的对象很有意思。首先是吉迪，这人似乎是雪曼的副手，跟他形影不离，要跟雪曼说话前一定要先过吉迪这一关。博兹很明显是肉盾，但这个人太认真了些，非法类固醇和狂热的健身房操练给了他一身看起来很夸张的肌肉。伊恩非常不欣赏这种作风，所谓健美的身材讲究的是健身房的锻炼、健康的饮食，还有对均匀体态的美感，这三者加起来才能雕塑与维持均衡的运动员体形。博兹这种只能算是成不了气候的怪物，不过伊恩绝对不想跟那疯子一对一地单挑。

鲁拜是雪曼的第二保镖与打手，这个人养出壮硕体格的方法比较正常，靠的是吃一堆不健康的食物还有天生的坏脾气。

唯一剩下的常客是瓦伦丁娜，一名十七岁、来自加拿大的美女，每天晚上都被车子接到雪曼的身边，第二天则自行搭出租车回到码头区后面的公寓。

目前为止，伊恩确定雪曼睡觉的地方分别有"梅布里月光号"、希顿的一间公寓，还有班威区的一栋房子。他白天去哪里的细节很难掌握，有两次他到了一家咖啡馆之后就换了车，但有关他的档案内容也与日俱增。

伊恩戴上网络镜片眼镜，开始检视今天早上的数据。今天雪曼从班威区的房子开车进城，去了市中心的一栋办公大楼，离通道不远。他在那里待了不到半个小时。

时间长短不重要，那里已被列为另一个要监控的地方。伊恩的e-i管理一堆新型苹果控制台里的搜索机器人，追踪办公室的拥有者，监控进出的链接，记录所有造访办公室的人脸，搜集他们的基本资料。

　　雪曼离开办公室后，直接开上环城道路，顺着A1往北开，在往艾尔威克之前下了高速公路，罩网的覆盖范围到此为止。伊恩很熟悉那区，到处都是乡间小路，国家高速公路管理局对那里的维修需求视而不见，任何残存的跨区罩网都会被冰雪掩埋，一个月顶多被铲清一次。想从远处追踪雪曼的奔驰根本不可能。伊恩在道路交通管理网络上传一个搜寻通知命令，只要奔驰开回正常运作的跨区道路罩网范围，系统就会提醒监控程序。

　　虽然伊恩很享受这个秘密调查工作带来的优越感，但也必须承认目前为止并没有找到任何跟诺思家族凶杀案重叠的地方。他知道自己的疑虑如果真说出口，席德会怎么说："哎，老弟，再等等。"

　　伊恩开始想自己到底还要在这件事情上花多少时间，但他也无法遏制被这位神秘的雪曼先生勾起的兴趣。这个人是真正的行家，在伊恩一般的调查中从来没有出现过这号人物。

　　确认过监控程序以及新加的搜寻机器人在他们日渐丰硕的档案再添上不小一笔数据之后，他满意地离开公寓，回去市场街警局。

2143 年 3 月 5 日，星期二

　　萨瓦到巫岗的飞行过程不像之前艾德瑟到萨瓦的那段让安杰拉不舒服。也许是圣天秤星无所不在又单调乏味的斑马种植物让她渐渐认命，不过她也承认更有可能是因为这次不需要飞越像蚀影山脉那样的巨型地标。这趟旅程带着他们飞了两千公里到萨瓦的西北边，又到了他们已经很熟悉的紧实泥土跑道，尽头是一小堆的帐篷与快速房舍、车辆。巫岗是三个计划中前进营地的第一个，这三个营地几乎像是指南针的方向一样分布，位于萨瓦的西北方、正北方、东北方。萨瓦现在只算是补给基地了。正北方的法瑞斯营地正在压跑道，东方的欧玛鲁才刚完成第一次成功的柏林机降落。他们没有再规划更多的前进营地——探勘行动最多就到这里，预算也只能支持他们到这里。

　　也很合理，安杰拉心想。戴达勒斯的后装载卸货坡道在电子油压起动机的一片尖锐呻吟声中放下。如果异种生物学家在离亚贝利亚这么远的地方还找不到任何动物的迹象，那就代表他们绝对没有找到的机会。

　　她几乎以为埃尔斯顿会在坡道的尽头等她，但是不见他人影。安特利奈在萨瓦时很低调却很尽责地看好了她。

　　她踩上泥泞、紧实的泥巴地，立刻利落地戴上遮阳帽。早上的降雨让空气很湿热，离巫岗营地扁平地面几公里外的丛林上方已经升起白雾。北边的地面再次猛然拔高，陡峭的山峰间有停滞不去的云朵。

"这里是钓鱼线的尽头。"她说。

"被你说得好阴森的样子。"迪瑞特说。

"我没这个意思。只是想说这是我们会到的最远的地方。下次我们再上戴达勒斯，就是要回家了。"

"你不认为我们会去更远的地方？"

安杰拉指指机舱中央的行动生化实验室，机组人员正忙着把实验室的固定扣索解开。"他们会从这里再往外走个四五十公里，但不会更远了。"

"猫头鹰机没看到这附近有什么东西。"奥马尔说。

"他们知道自己在找什么吗？"安杰拉回问，"我碰到的东西是有智慧的。自从人类到达圣天秤星开始算起，它们有九十二年的时间来准备要怎么应对我们。HDA这次难得说得对，测试基因种类是正确的做法。"

她看着安特利奈爬进第一辆行动生化实验室的驾驶舱，对那辆车几乎是小心呵护。能源槽启动，大车两边的排气孔吐出一小阵白烟。

"糟糕，又是帐篷。"帕瑞西喃喃地说道。

安杰拉循着他的视线看去。巴勃罗·博坦中尉正朝他们走来。

"帐篷。"她同意。另一架戴达勒斯正高高在天上盘旋，瞄准跑道准备降落。更多设备，更多人员。三架大飞机每天都要从萨瓦飞三趟。帕萨姆和指挥团队正投入所有的人力物力，想用最快的速度搭成前进营地。巫岗和它的两个堂兄弟是HDA对这巨大的星球下达的战书。他们向永恒的丛林进发，清楚表示人类不论用什么方法，都要把它的秘密一个一个地挖出来。

安杰拉忍不住想，万一他们成功了，会发生什么事。不知道为什么，每个HDA官员的简报里都没有提到这个情况的应对方式。她知道他们一定有办法，只希望他们的办法够好。而她只有一个盲目的保命直觉：不要命地逃。

原本就紧贴的白色短裤，穿在身材健美的金发辣妹身上更是火辣性感。高级的弹性布料晶光闪闪，设计师品牌、俏皮的设计强调紧实的臀线。马克-安东尼和罗安娜两个人欣赏着他们的品位，尤其喜欢短裤搭配黑色弹性纱低胸露背上衣。

安杰拉溜回巴特拉姆在七楼的书房就已经没穿上衣，现在短裤也完蛋了。都是因为血，血渗进了昂贵的吸水布料。玛丽安杰拉的血，科伊的血，巴特拉姆的血，巴森·诺思二代的血，巴雷克·诺思二代的血……从被撕裂的皮肉与抓碎的心脏里流出的血，多到足够让宅邸的大理石地板变成一片湿滑的池塘。

安杰拉在客厅里又滑又跌，不断摔倒，外露的肌肤上都是血，头发也因为血黏成一团，时髦的短裤变成发光的红腰带，随着温度升高而变得更黏腻、紧绷。她的皮肤现在好热。

她要逃。她当然要逃。但是逃也需要方法。她还保持足够神志去她在六楼的房间里抓起一个小包，那个小包随时都装着准备好的东西，都是些如果事迹败露、她需要快速离开时，真正重要的东西。当然，原本没想到会是因为这种恐怖事件。

小包被她因为用力而发白的指节紧捏着，她顺着剩下的台阶往下逃，被困在大宅阴森的沉默中。沉默远比渗透在台阶上的点点环光更令人害怕。环光扭曲了台阶的大小，蔓延出欺瞒她的浓重阴影，她又摔了一跤，在冷硬的大理石上重重滚下，身后留下长长的血迹。她的闷哼与压抑的呼喊被沉默吸尽、消灭。

可是只有她发出声音。黑夜原本应该有极为响亮的警报声，叫醒所有人，招来带着武器的警卫。驱散沉默的警报声。令人安慰的警报声。如今沉默包围着她，跟着她一路害怕地跑下台阶，来到一楼的广大中庭，更多沉默等着她爬下另一道台阶，进入地下车库。就连环光都不来这里，一片漆黑。在毫无感官的情况下，她张开双臂，摸着墙壁想要知道自己在哪里。瞎了眼，忙着逃命、祈求——祈祷黑夜里没有别的东西。

前方下面有一丝光线。四条细线。一个长方形。门！

安杰拉冲进车库。这里终于有光。天花板上的光条散发着明亮、均匀、微微泛绿的光。她在冷漠的光线照射下眨眼，上气不接下气，呆滞又担忧地看着自己全身。涂满她裸露皮肤的血正在凝结、变黑、碎裂，从她的皮肤上剥落，像是某种恶心的痂皮。

她的哭喊惨叫在车库里回荡。

两排银蓝色的捷豹JX-7双门跑车排在她的左右。她仿佛听到后面楼梯间有声音传来，猛然一惊，呜咽不止。

"振作点！"安杰拉朝自己尖叫。她冲向第一辆捷豹，跳过门，直接落在驾驶座上，手重重拍向仪表板，指尖的暗黑武器撞上橡木表皮时的痛楚让她皱起脸。尖刃从指甲后的皮肉伸出，撕裂了她自己的皮肉，小小的伤口仍然疼痛不已。虽然多了这些尖刃，捷豹的自动驾驶系统仍然读到巴克雷·诺思二代的生物特征，操纵杆从控制面板中伸出，座椅的环肩安全带舒适地包围住她。她切换成手动驾驶，用力一扭操纵杆，加速逼出全速。轮子快速转动，磨出一阵轮胎烟，车子向前跳蹿，辅助系统启动，协助她操控车子闪过另外一排捷豹以及水泥支柱，然后她带着车子瞄准斜坡，冲入黑夜。

头灯亮起，照入外面的细雨，跑车的车顶开始关起。

安杰拉开到连接吉洛奈拉海滩和山另外一边的普罗旺斯隧道时，时速已高达一百七十公里。车子的牵引力跟湿滑的路面不断角逐胜负，有些打滑，但安杰拉拒绝减速。

在隧道里，遭受过度惊吓的生理反应终于开始，她无法控制地颤抖，麻木和保命直觉的专注逐渐消退，眼泪开始流个不停，剧烈喘息。他们死了，都死了，被杀死了。她在宅邸中认识的每个人——被残忍地屠杀了。

捷豹冲出隧道，她放开操控杆，换回自动驾驶。她现在没有办法开车。在震惊和害怕中，她的脑子正努力想要消化刚才发生的事情，想要维持理性。非常困难。这么多的死人，这样的惨状是她从来没有想过的事，可是现在发生了，她必须要面对。必须。

合约发出去了。她成功了，骗局居然完成了。转账成功。亚贝利亚的公共行政财务部办公室给了朱利欧星际公司一亿零八百万欧法元作为基础建设合约订金。现在这笔虚拟金钱会顺着他们设计的路径一路前进，在每家银行和金融机构间转折改变，身份和币值在改变十几次后才会消失在路径最后的数字世界，她一无所知的空无。

整个过程的完成需要两个小时。任何需要这么多交换和转手的过程必定都是复杂的。她不能冒险被人抓到，就算被抓也要等转账完成。这个念头让她的思绪整个冷静下来。其他的事都不重要。她仍然有任务在身，无论任务现在已经乱得多糟糕。

环光消失，被一片悬在空中的浓云墙遮住。细雨变成暴雨，溅在柏油路上，强迫自动驾驶慢下速度。

安杰拉急踩刹车，车子甩尾，车轮努力想要抓住地面。她打开门，冲出去，站在暴雨下，仰起头让沉重的雨滴把她冲刷干净。

她双手急切地搓着粘在皮肤上的恶心干血，红色的河流开始顺着她的腿往下。她脱下短裤，远远抛到山谷，一心只想刷掉血腥的污渍，一遍又一遍地搓着皮肤，直到抓伤自己。她全身赤裸，泡在一片水里，又开始发抖，这次是因为冷。她转头看车里，橘色的内装灯照出驾驶座上的血迹。她打开后备厢，拿出一条毯子垫在位子上，这才再次上车，命令车子带她到镇上，一路开到维拉斯可海滩。

捷豹来到海滩后面的停车场时，暴雨开始散去。现在是凌晨三点半。她知道这附近不会有人，甚至没有多看左右。

走到海滩，离大道底端十五步，离墙边一步，挖。不要去想万一被人家看到你现在的样子。她全身赤裸，在雨中焦急地挖着，很努力地不再哭。她像只疯狗一样挖着沙，花了一分钟才摸到那个紧急包裹。

光是把包裹从洞里拿出来就让她猛然安下心，像是吞了一剂回神药。她回到捷豹里，这次坐上乘客位，用毯子擦掉腿上和手臂上的沙，撕开塑料膜包装的盒子。她需要快速离开的所有东西都在里面。

首先是胶囊，重重抵上她的大动脉，好让取消剂能赶快进入血液循环系统。她举起双手，看着尖刃缩回皮肉以后仍然在渗着血的指尖血痂。暗黑武器要花上几天才会融回原始的细胞腺，新东京的专家警告她这段时间她会非常不舒服。那不重要。

里面有三组接口，已经都装好了身份。她拿起第一组，深吸一口气，才拨通紧急跨网地址。

她对留言功能说："是我。转账成功了。知道吗？真的，成功了。里面钱很够，不只是够。一亿零八百万。而且天哪，亲爱的，好简单。我们计划的所有事，我们想做的所有事，都办到了，真的办到了，我们成功了。可是，糟糕，我发现……之后……糟糕，天啊，他们都死了。死了。巴特拉姆，那些女孩，其他人……死了。被杀了，像动物那样。撕成碎片。太可怕……对，可怕得跟怪物一样。有怪物跑出来了。我知道，这听起来像是……疯子在说话，但我说的是事实。我帮不了他们。真的。没有办法。我发誓，真的发誓，没有办法。等整件事炸上跨网、你亲眼看到时，你要相信我，我跟这件事没有关系。亲爱的，你会相信我的，对不对？我知道没有别人会信我了。我现在要想办法逃走，想办法逃回纽卡斯尔。他们会来追我，所以接下来这部分会很难。我可以忍的，好吗？如果他们抓到我，那就是代价，这是我欠下的，我会还。我不介意。值得的。钱安全了，他们动不到，完全动不到，不论是那些姓诺思的混蛋，还是警察、法官、律师、探员。你得要保证他们真的动不到钱。你也要好好的。你要躲起来。不要暴露自己，不要为我冒险，绝对不要。如果你爱我，就答应我这件事。答应我，拜托你。我求求你了。我有好多话想说，想要告诉你。我知道我是个贱人，是我逼你做这件事，我弄乱了你的人生，可是……他妈的，我知道这样说很不好听，但是这一切，我会再来一次。我们从来没有时间，没有我想要的时间，所以我愿意这一切照样再来一遍，因为这样我们至少能有一点在一起的时间。最重要，永远最重要的是，我爱你。"

安杰拉又哭了起来。一个人在四点的清晨坐在捷豹里，全身湿淋淋的，没有半身衣服，陪伴她的只有落在车盖上滴滴答答的轻柔雨声。她知道无论接下来发生什么事，她再也见不到任何她爱的人。她哭了几分钟，直到又能够提醒自己，在外面闲晃只会让情况更糟，她必须要振作起来，继续面对这个宇宙，以及宇宙接二连三往她身上砸的倒霉事。

所以——

拿出两套干净的接口组，把你用过的那组丢到停车场的水沟里，用光的胶囊也丢下去。衣服？袋子里有一条羊绒披肩，围在身上遮住胸部和屁股，现在也只能这样。现金？没有问题，其中一组接口可以跟某个密码账户链接。车？他们很快就会查到捷豹，所以开到附近的货仓后面，命令它完全关机，之后把电池的主电线完全扯断。一个小小喷罐往手上一喷，模拟手套的分子当场分解，把剩余的部分擦在地上的干草上。她走上街，用接口叫出租车，九十分钟以后车子抵达。

"机场。"她告诉自动出租车。

安杰拉根本不该有办法逃得这么远。要不是她人在亚贝利亚，大概也不可能。混乱的情况帮了她大忙。混乱以及极度的忧虑。宅邸的其他员工醒来后，终于发现了尸体。住在五楼的员工从来不会去六或七楼，除非特别被叫去，或者是因为每天定期的工作内容。巴特拉姆的助手早上七点半才上楼，一看到从客厅里蔓延出来的凝血时，立刻吐了出来。安全人员几分钟后开始抵达。客厅、巴特拉姆的卧房，还有六楼的资深员工卧室的景象让所有人顿时僵在原地。他们受过的训练从来没有包括这样的场景。

安杰拉订了机票。出租车顺着土比格路奔向机场。一架布洛加航空公司的标准民航班机预计早上八点钟起飞，出租车五点时就停在机场唯一的大厅外。安杰拉直直往登机门去，身上松松地裹着羊绒披肩，提着她的小包，目不斜视地盯着前方，毫不在意任何惊讶地看向她的目光，至少这一点她做起来很容易，高傲的贵族气度，无视于任何人的看法。她有权去任何她想要去的地方，做任何她想要做的事情。看向她的人只会觉得这又是一个行事乖张的富家少女，刚结束了一个疯狂的夜晚，这里到处都是这种人。

她只在一个自动衣服贩卖站和药房前停了一下，然后就进了女士洗手间。

而安杰拉·特拉梅洛再也没有出那间洗手间。五十分钟后出来的女孩，身份是希琳·安尼席欧，有着锈红色的短发而非长长的金发，穿着牛仔裤，黑色T恤，红球鞋。

在巴特拉姆的宅邸，五名B支诺思二代抵达。兄弟们因为惨状与丧失亲人的痛苦而情绪激动。所有人都等着他们指挥。命令下达得很慢。亚贝利亚并没有真正的警察。企业安全部门处理了大部分的问题，他们的首要任务是联络幸存的诺思家族成员，确定他们还活着，警告他们有杀人狂在外。八点四十五分时，终于清点了宅邸里的所有人，布琳凯尔九点整抵达，悲痛且愤怒，对她的兄弟们吼道这里由她来负责。那时安全部已经开始理出头绪，她也被告知安杰拉·特拉梅洛失踪了，同时有很模糊的传感器影像显示一辆捷豹冲进夜色。

"找到她！"布琳凯尔尖叫。

十点时，两架黑色直升机降落在维拉斯可海滩，安全警卫散开，又花了十二分钟才找到已经无法发动的捷豹。亚贝利亚民事安全局正式宣布安杰拉·特拉梅洛是通缉犯，通知了机场和码头。两架客机和五架私人飞机那天早上已经起飞了。机场安全画面显示所有乘客下机的画面。没有人跟安杰拉符合。所有离开的班机都被取消。海湾巡防直升机开始在海面上寻找任何可以把安杰拉带离亚贝利亚的船只。

宅邸方面，所有警方背景的安全警卫都知道这起凶杀案非常奇怪，绝对是失心疯的人才做得出来的行径。他们想得到最有可能的推断是有人穿着增强肌力的外附装置，以电力驱动刀刃手指。意味着这是预谋的行为。当晚离开宅邸的唯一车辆就是载着安杰拉的捷豹，它一定在不远处。他们开始彻底搜寻。

中午的时候，捷豹被送到研究院，那是宅邸附近唯一可以进行样本分析的地方。所有沾在毯子和驾驶座上的血液样本都进行了基因分析。一点钟的时候，他们已经确定在捷豹里的人的确是安杰拉。

在布琳凯尔的催促下，安全部门开始将注意力转向外附装置是怎么样突破宅邸的安全警戒线，进出自如。吉洛奈拉海滩的防护设定着重在预防任何危险的人、事、物突破警戒范围，传感器没有看到任何东西进出，其中包括散布在沙滩之外海床上的全面扫描系统。唯一怪异的点是冲出去的捷豹，并没有被负责安全的AI质问，因为开车的人是……

"不可能！"震惊的巴克雷对布琳凯尔和另外两名诺思二代说，"我睡在六楼。我没被杀掉已经算是他妈的幸运了。"然后他整个人崩溃，哭了起来。

"她是怎么得到你的生物辨识数据的?"本杰明问,身为年纪最大的诺思二代,他是慌乱了一整天的宅邸里最冷静的人,"这些数据只能靠持续肢体接触取得。"

巴克雷吞吞吐吐、结结巴巴,不断自责地终于说出实情。安杰拉作为巴特拉姆最新的运动女友抵达没几个星期后,他们便开始偷情。

"她利用你。你背着父亲做出这种事,她利用你的软弱!"布琳凯尔怒叱。

"做过这种事的又不止我!"他回吼。

"你把一个变态杀人犯带进我们家!"布琳凯尔不放过他地怒吼,不断发泄她的愤怒与鄙夷。

"不是我把她带来的,而且她不是变态杀人犯。不可能。我知道她是什么样的人。这不可能是她做的。有可能吗?我不知道她在撷取我的生物辨识数据。她为什么要做这种事?"巴克雷坚持。

"如果不是她做的,那她绝对也是共犯,但我很难相信动手的不是她。"本杰明说。

"我的老天啊。"巴克雷把头埋入双手,开始呜咽起来。他的兄弟们后来一致认为,他就是从这一刻开始彻底崩溃的。往后他们其他人再也没有见过他。他跑出房间,回到他在六楼的客房,在里面待了两天,拒绝开门或跟任何人说话。接下来他们只知道他半夜开了一辆捷豹进城,三个月后他再次出现在独立国区,自称瑟贝迪亚,谴责他自己的整个家族。

安杰拉的班机五点的时候降落在高堡机场。过去三个小时内,她在座位上不断流汗发抖,把自己整个人包裹在软被里。她的高烧是因为暗黑武器在血液中分解时释放出的毒素,一如之前对方警告她的,她整个人将极为不舒服,但好歹她自己一个人走下了飞机。

她不敢相信下飞机时没有一堆武装警力在等着她。但是真的没有。

她绝对不会浪费时间去质疑为什么自己此刻撞上这么大的好运,所以她从机场外搭上出租车,开向A号高速公路。一路平顺干净。她只停了一次,就是跟B号高速公路交叉的路口。

她盯着通往东南方的柏油路。独立国意味着她这辈子都要待在圣天秤星上，又因为她出生前就进行过的昂贵基因改造过程，所以这辈子会是非常长的一段时间。没有一个迷你国政府会把她交给诺思家族，即使他们知道她不是他们的公民。大多数国家都不需要她去证明或登记自己的身份，但她的人生将到此为止，她必须待在圣天秤星，永远过着蛮荒的人生。如今，她有可能通过通道回到地球，不过就算他们今天还不想盘问她，到明天诺思家的人也一定要抓住她，通道边境的警官绝对都在找她。

飞机一来到高堡的跨网范围内，安杰拉就开始看新闻。宅邸大屠杀是唯一的新闻，目前为止他们还没提起她的名字，要不是不想提醒她，他们正在猎捕她，就是他们甚至还没发现她不见了；而如果他们正在猎捕她，她一下飞机就会被逮捕——除非她粗糙的改头换面骗过了他们。可是就算能骗过一时，也不能永久。

所以她选了 A 号高速公路。

十分钟后，她已经来到通道传送站。希琳·安尼席欧的 e-i 确认她的身份是利比亚—意大利公民，她放在手上的扫描仪确认生物特征与安尼席欧小姐的 GE 公民档案相符，而她告诉无聊的办事员她是在亚贝利亚度假两周后要返回。他们问候她身体状况时，她安抚他们说是因为昨天晚上被雨淋到之后感冒，所以才发抖的。

安杰拉走过通道。她进入 GE 边境管理局大厅。希琳·安尼席欧唯一没有的一样东西（因为她不是真人）就是一枚 GE 签证代币。这样东西根本没有办法弄到，好让这个假身份显得更逼真。但安杰拉不在乎。她已经到了对的星球，她只需要把身份调换回来就好。她把安杰拉·特拉梅洛的签证代币放入钱币孔———一切顿时宛如爆炸。

"你为什么要逃？"接下来的三个月，他们不断问她这个问题，"如果你是无辜的，你为什么要逃？"

安杰拉很多次醒来时都在大喊："因为我很害怕！"但这个答案没人相信。而她当然不能告诉他们她逃跑的真正原因，她去宅邸的真正原因，所以她的"外星怪物"说辞被嘲笑为可笑、幼稚的谎言。

三个月之中，GE司法部一直收到正式邀请，甚至是轻微的威胁，要把安杰拉·特拉梅洛引渡到亚贝利亚去接受审判。可是亚贝利亚的国家身份未经法律定义。技术上，GE与亚贝利亚没有任何协议，而且还有GE的宪法核心：生存权。任何犯人或嫌疑犯都不得被交给一个有死刑的国家。

亚贝利亚司法团队的论点是他们没有死刑，司法部的反驳则是诺思家族的专制领域没有反死刑的判例。这是唯一一个对安杰拉有利的论点。她在伦敦的老贝利法庭接受审判。她的辩护律师不错，是政府出的钱——但他极想要别人认为他是中立的。原告有七名资深律师，其中六名是由诺森伯兰星际企业出钱聘用。

跟所有人预料不同的是，越接近出庭日期，安杰拉变得越发愤怒与坚定，一般人在这个时候通常会崩溃自白，但她没有。惊吓、害怕、寂寞、不安绝对不是独居牢房的好室友，她越来越激动，但没有人把她的话当回事，没有人相信她看到怪物。就连她的辩护律师都建议她不要拿这件事当免罪证明，但这一点就是让她能坚持至今的动力，所以她不顾一切，大声地喊了出来，而原告方欣喜万分地拿这件事证明她的精神状态有多么不稳定——正是连环杀人犯的精神特征。

陪审团同意之后，她的余生将在哪里度过的问题，尘埃落定。

2143 年 3 月 7 日，星期四

大雨在日出前一个小时开始落下，遮蔽环光，如鼓声一般重重打在帐篷上，吵得人睡不着，潮湿的地面变成沼泽。十一点时，雨仍然很大。离巫岗最近的e射线机在六百公里外的地方绕圈，传送回来的画面上有一大片积云缓缓地往南方推进，从内陆往极海移动。AAV飞行小队缩在前进营地边界的快速房舍里，研究雷达画面，预计大雨会在下午停止。

萨瓦于是把那天早上的戴达勒斯航班通通取消。大量的积水让下午是否能恢复起降成了问题。巫岗的跑道原本就是压实的泥土而已，现在已经变成一条浅浅的长湖，不知道要多久才会干燥。

中午时，万斯·埃尔斯顿命令营地的三辆多功能热带型越野车中的两辆在附近侦察，寻找丛林中是否有行动生化实验室可以走的路，预计几天后当前进营地集满所有的人员、设备、燃料，生化实验室就要出发。

营地里的一半人都躲在大用餐帐篷下，看着灰绿色的车辆起起伏伏地压着湿透的地面离开。车子一直前行，直到消失在视线中，被银灰色的雨滴彻底吸走，才算是到达丛林的边缘。

"博坦中尉。"万斯说。

"长官。"中尉迅速地回答。

"现在来看看你的人多擅长在坏天气行动。我要你立刻确定范围，进

行监控。出发。"

"是的，长官。大伙都听到指挥官说的话了，快点。十分钟后停车场旁边集合。"

安杰拉坐在用餐帐篷中央的一条长桌边，看着对方要够了威风，无奈地拉起雨衣帽子，朝走入大雨中的小队微笑。她吃完芝士蛋糕，走到埃尔斯顿的桌边，同桌的还有杰·超米克和福斯特·沃代尔，后者是一名初级行政军官。

"有给我的命令吗？"她问。

"我说了你会听吗？"

"我在想，既然我没办法跟其他人一起去巡逻，也许我能帮你？"

"怎么帮？"埃尔斯顿的语气充满怀疑。

她耸耸肩，"我很擅长基本情报分析，你少了穆兰，我知道他们也没派新人给你。"

"你要我让你进入行政网络？"

"只是用来记录工作时间和管理存货，有什么不行？你是觉得我会用这么重要、只有心腹能担任的职位偷出足够的原料，然后打印出一架飞行船逃走吗？"

埃尔斯顿忍不住露出一丝微笑，转向杰，"你觉得呢？"

"穆兰是把系统里很多垃圾清掉了。"杰不情愿地说。

安杰拉趁势进攻，"行啊，跟我说要做什么，你们尽管在其他部分加装读取限制，看看我能帮你们多少。"

"你为什么要这么做？"埃尔斯顿问。

"说实话，我无聊极了。而且你我都知道，我不是坏人，坏人在外面等着我们。"

"好。我给你一次机会。"

"谢谢。"

"福斯特，跟她说说这份打杂工作的内容。"

巫岗的指挥部是一间快速房舍，这里的工作间居然能比萨瓦的还小，安杰拉觉得简直不可思议。福斯特挤到她旁边，开始解释系统操作以及需要处理的程序。虽然网络里面已经有半智能软件，但巫岗这种单位仍然需要人类的输入与能力，因为会在这里出现的问题都是独一无二的，需要人类智力来进行判断，而不能仰赖软件，这些都是软件没有经验的状况。

"理论上它一个星期后就都学会了，然后我们就可以休息了。"福斯特说。

"实际上呢？"

"我们会被卡在这里，直到打包回家的那天。"

她笑了，欣赏这个人的实际。福斯特跟她说话的时候总带有一丝暧昧，她没有鼓励，也没有制止。他没帕瑞西那么有用，但这时她不会拒绝任何可能的资源。

软件简单得不行，工作很单调普通。她开始调整下星期的个人任务，把小队与埃尔斯顿和安特利奈规划出的探险计划搭配起来，分送他们需要的器材和补给品，然后朝萨瓦送去重新补给的预算量。

"做得不错。"福斯特承认，看着她继续计算每日燃料使用预算。

"这又不是通道科学。"

九十分钟左右以后，福斯特离开，叫她有问题就打电话给他。他带着微微期待的笑容说话时，离她不过一层薄薄的夹板墙。

安杰拉知道想用快速房舍的控制台上传任何间谍软件到营地网络里都是不可能的事——埃尔斯顿一定早就设定好监控功能，等着看她要耍什么把戏。幸好她也不需要什么软件。这份工作需要做的就是查看营地人员数据文件，所以她把周五的工作完成，记录好重新安排的运送航班，同时调整多功能越野车的维修时刻表，以及其他十几项林林总总的小事后，便把营地的人员档案调出来，从简介开始读。她用的是自己的e-i和网络链接，同时在调配全像控制面板的数据流动，轻而易举地就把档案复制到工具腰带上不起眼的实体储存槽里。

埃尔斯顿要抓到这个小动作得需要很好的软件，就算被他抓到了，他也会自以为了解她这么做的动机。

复制档案的唯一原因就是想要之后慢慢看细节，这也是她的打算。埃尔斯顿会认为安杰拉想当侦探，因为穆兰在同样的这些档案里发现了为他惹来杀身之祸的重要消息。合乎逻辑的推断是，档案中的问题一定大到会引起对某个人身份的彻底怀疑——巫岗里有人是冒牌货。

安杰拉当然知道是谁。可是从2月初的那个星期天起，她就完全想不出来这是为什么。她希望这些档案能够给她一个线索。她之后会再来细读，但不会单挑那个档案出来，因为绝对不能让埃尔斯顿知道她对谁有兴趣。

一个小时后，安杰拉还在她的新工作间里，埃尔斯顿已来到快速房舍，打开门时，他眉头紧锁。

"怎么了？"她问。

"你上传今天新的时程表了吗？"他问。

"没有。我应该星期六才会拿你们的生活作息来好好实验一番。我想如果早餐开始所有事情就停摆，大家应该会高兴放了一天假。"

"今天的时刻表有更早之前的版本吗？"

"呃，等等。"她很满意自己很快就从网络里拿出数据，在键盘空间中的手指拨动着符号，e-i在更高层的档案库中进进出出，"没有，找不到。怎么了？"

埃尔斯顿的脸色变得很难看。他表情纠结的原因不是生气，而是担忧。他猛然压下声音说："我们不知道艾伊尔去了哪里。"

她甚至不需要把人员数据文件再调出来一次，"艾伊尔？他是异种生物研究队的成员之一，对吧？"

"没错，只是他们找不到他。"

她用手指捏住一个蓝黄色的符号，扭转一圈后，点了旁边的一个光点。艾伊尔星期四的行程在她的全像区里展开。"他应该要去为行动生化实验室二号进行最后的动力系统检查。他们今天下午应该要开车三十分钟，但不进丛林。现在该回来了。"

"马文甚至还没把生化实验室开出去。他们一直在等艾伊尔。"

"他的通信码没开？"

"我们没办法跟他的躯网进行微联结。"

"所以他出了营地的网络范围。对了，他是不是跟越野车队一起出去了？"

"我通过e射线联络了他们，他没有跟他们走。"

"好，如果他碰到问题，像是受伤什么的，他的躯网会求救。"

埃尔斯顿瞪她，"那也得他的人在网络范围里面。"

"他怎么能出范围？巫岗的网络范围有五公里不是吗？"

两人面面相觑良久。最后是安杰拉先开口，肩膀沮丧地垂下。"不可能吧，不可能吧。"她喃喃低语。

"我要正式公告他为失踪人口。"

"他会不会只是因为忙所以没响应。"

"别说笑了。"

"我没说笑。他会不会跟女朋友或男朋友溜出去进行一对一的交流？"

"我已经用了紧急呼叫码。这个通信他是拦不下来的，他有一半的智元都是HDA的配备，对这个呼叫码的响应被做成硬件的一部分——他人不在这里了。"

"不对。就算他死了，智元也会回应。他一定是已经去了五公里外的地方。"

"这是机密：他们在纽卡斯尔找到的诺思家族成员，身上的智元都被取走了。"

安杰拉震惊地看了他一眼，"你开玩笑吧。"

"真是笑话就好了。"

"也就是说真的不止一只，而且它们知道要怎么样解除智元技术。"

"对。我已经知道不是你，我看了你今天早上的行动记录，你的行踪都已经确定。"

"我真的谢谢你啊。"

"我也知道你跟帕瑞西的事，还有你们两个在一起干了什么。所以我需要知道，你或是其他人，有没有人找到一个离开安全范围的好方法？

可以出去外面解馋的快捷方式？"

"没有，边界是完整的。"

"该死的。"

"埃尔斯顿，小队正在外面巡逻。你有没有警告他们它在外面？"

"还没有。"

"你得警告他们。"

"我会的，我只是想要先确定一下。"

"最后一次有人看到他是什么时候？"

"今天早上一大早。他出了帐篷去洗手间。"

"那有一段时间了，而且那时雨大得不行，也许边界传感器被雨打坏了。"

"也许。"

她开始顺着这条思路，越想下去越不妙。"可是，如果艾伊尔被抓走，那它也得先进到营地里。"

"我知道。"他低声回答。

"埃尔斯顿，听我说，它之前就这样做过。它连巴特拉姆的豪宅都进去了，没什么人比这种亿万富翁对自己的安全更提心吊胆。它无视豪宅的安全传感器，直直走到七楼，像鬼一样。没有设备看到它，没有任何警报，雷达、红外线、压力网、声波、超放大显像、视觉影像，什么都没拍到！"

"你。你看到了。"

"对，我看到了。"她沙哑地说。

"对，所以你不能说这一段，知道吗？什么都别说，连帕瑞西都不可以。我现在要派人去找艾伊尔，光是这件事就会人心惶惶了。我不想要士气低迷的时候还谣言四起。清楚吗？"

安杰拉点点头，"清楚。"

2143 年 3 月 10 日，星期天

"我们弄得到。"

"都可以？"

"应该可以。"

"你不能只跟我说应该。我要确切的答复。"

"好啦，好好好，我保证给你弄到。"

GE里的每个人都有第二账户，这已经成为普通的行为、广为人接受的事情。布鲁塞尔内阁好几次想要立法禁止这种行为，税务局也尽力在查，但是当然，如果要把每个人的财务状况都理得干干净净，百分之百合法透明，那这方法就必须施用在包括政客与税务官员的任何人身上。所以这场斗争在五十年前就大势已去。可是让大众设立与管理第二账户的科技与软件，也让警方追查个人财务犯罪的科技能力有大幅进步。俗话说得好，所有人都有罪，只是看他们要怎么告。

揭露公民的第二账户是现代警官可用的起诉方法中比较简单的一种，尤其如果对方是个监控专家，如伊恩·拉纳金警探。

吉迪第一次使用第二e-i码联络某个人的时候，他正在波西街上行走。伊恩用了埃尔斯顿的授权码，让覆盖波西街的三个跨网通信巢把所有通话记录都逐条列出来。其实这种要求是非常标准的警方办案手法，伊恩

自己的权限就可以提出申请，但是在这个案子上，他绝对不会留下半点能让人查回他身上的尾巴。

"到手了。"

"好消息。鲁拜会跟你联络，安排送货。"

"很贵。"

"我知道。"

"我们花的钱比预期多。"

"那又怎么样？"

"所以我得跟你收更多钱，我总不能亏本。"

"我非常希望你不是真的想要勒索我。你知道我的老板是谁吧？"

"我跟你说了，价格就是很贵。"

"行，我们去找别的供货商。"

"你才不会，这是很偏门的东西，老兄。"

"我会，到时候你手上就会有卖不掉的货，还有人会找你。我们不喜欢被人耍。"

"百分之十。再多百分之十而已。就这样我也没赚到半毛哪。"

"我们按照约定付钱给你，否则你就等着淹死在大便里。"

"你这不是要我的命吗，老兄？"

"你太夸张了，我才不要你的命。"

"那好，我们来谈谈。这样很合理。我们来好好讲。我觉得百分之八可以。"

"我才不会要你的命，因为如果你死了，我就没办法折磨你了。"

"去你的。"

"价钱就照我们原本谈好的那样。会有人跟你联络安排送货。我建议你乖乖照着做。"

吉迪再次使用第二 e-i 时，人已经在格兰杰街上的一家酒吧里。伊恩拿到了当地通话记录，然后跟波西街的通话进行比对，有一个访问代码在两份记录里都出现过。他们弄到吉迪的第二身份了（或至少弄到一

个)。拦截命令通过埃尔斯顿的权限被上传到跨网管理AI，之后吉迪所有的通话都会被转到市场街的警局网络，再立刻被转到秘密调查分类下——直接存入伊恩家的苹果控制台里。除了吉迪的第二身份外，AI同时会根据他联络过的通信码，记录它们拨打与收到的所有通信。

"星期天晚上。地方一样。"

"钱要先打进我的第二账户，你才拿得到东西。"

"你记住现在是在跟谁打交道。我们验货之后你才拿得到好东西，小子。你记得，我们这边可是有专家的。"

"绝对是好东西，绝对是真货，行的。"

"我当然行，需要担心的人不是我。明天十一点。别让我们去找你。"

星期天晚上十点五十五分，冰冷的雨水从北海重重地落下，这场雨已经连续下了三天，逐渐冲走纽卡斯尔街道与建筑物上累积了整个冬天的冰与雪。城市里不堪负荷的水沟往路面一波又一波地涌出寒冷的水，这些在冰面上恣意流窜的水让开车与行走都变得极为危险。每家市立医院的意外与急救部门都在回报骨折伤员的等待治疗时间已经高达五个小时，太多人因为原本熟悉的路面从冰冻变成流动而滑倒。

席德就在这湿湿冷冷、零度以下的天气中，凄惨地坐在一辆车里。这辆车是从警察车队里借出来的私家牌照车，所以就算有人偷偷去查，也不会发现里面有警察等着。他停在山毛榉公园的转角，就在临门区外，等着他们交货，只是不知道是交什么货。拦截到的通信记录里从来没有提到那东西到底是什么，吉迪跟他无名供货商的对话内容一定是从廉价警匪片里抄来的暗语。伊恩和伊娃也坐在另一辆警队车里等，只是车子停在临门区南边的黑尔福德路。

"老大，我们这里应该有动静了。鲁拜的车刚转上国王大道。"

席德的挡风玻璃仪表板展示出临门区凌乱的道路分布，有很多块暗影代表了罩网失效的范围。国王大道南端出现一个紫色的符号，直直从临门区中央穿过。"看到了。"席德回应，"有人跟他在一起吗？"鲁拜开的是一辆大福特特鲁斯轿车，注册在一个朝鲜商业地址下，纯黑色无反光的烤漆，但是车型很容易辨认。

"看不出来，但他绝对不是自己来。我们正在跟踪。"

席德把车从路边开走，进入与通道在同一高度的临门区，开始顺着国王大道前进，刺目的霓虹灯光与朦胧的投影光点满布在空中。广告的灯光打在湿滑的柏油路上，就像是开在一条扭曲的光影隧道里。都已经这个时候了，仍然会塞车。大型的HDA货车轰隆隆地开向通道，依然乖顺地载着探勘队用的设备与补给品，只是现在数量已经没有那么多。打满商标的企业卡车紧贴着商店装卸货区，十几年的老货车已经满身刮伤和凹陷，每天晚上都在独立小商店与贩卖区之间来回补货。篮子大到可以装人的摩托车，就连脚踏车都拖着小拉车，一辆闪亮亮的全新丰田六轮J巡航正朝通道开去，上面堆满了圣天秤星基本生存配备。席德有点讶异，即使有探勘行动，移民们仍然没有放弃梦想，提醒他以及他的调查小组，纽卡斯尔以外的星球与国家仍然一如往常地生活着。他看着一小群可怜人缓缓前进，拉着古老的超市推车，上面堆满了自己的东西，在冰冷的雨水下缩成一团。水不断顺着他们的外套流下，他们仍一步步地走向通道，走向等着他们的独立国区。席德快速瞥了一眼挡风玻璃仪表板，确定他离紫色的符号不远了。抬头的瞬间，他看到鲁拜的黑色特鲁斯大轿车在他前面，刚转了弯。

"目标出现在视线范围内。转上第六大道了。"席德回报。

"行，老大。罩网也追上他了。我们现在上了第八大道，如果我们停在公爵大道的交叉口，他出来时就可以看到他。"

"那我去皇后大道尽头等他。"他一边说，一边看到一辆深红色的克维诗法塔跑车经过，车身的投影光条随着车行而闪闪发光，炫动不已。博兹开着吸人眼球的拉风名车，巨大的身体被一家农具商店外照在骆驼厩上的明亮灯光彻底点亮。他正直直盯着席德的车。

"糟糕。"

"怎么了？"伊娃问。

"我好像被博兹盯上了。"

"什么鬼啊。罩网刚弄丢鲁拜了。"伊恩看到紫色的符号从挡风玻璃屏幕上消失，"博兹警告他了。"

"不一定。这附近的罩网坏得很严重。我们可以从公爵大道切过去，看看能不能再找到他。"

"好。我绕回去。"伊恩说。他叫e-i开始监控第六大道上还在运行的罩网区段，确认鲁拜有没有改变特鲁斯的牌照号码好避开观察。没有车辆正在进行登记。

"鲁拜一定转走了。"

"我们也这样想。"伊娃回答。

"好，博兹现在一定在等我出现，你们顺着第六大道开。"

"现在正转进去。"伊恩说。

席德研究起临门区交错的路径，想要决定接下来该怎么办。任何安排妥当的正式监控行动都会有备用车辆、十五名探员、完整的智慧粉尘覆盖，甚至有几枚小型空中微飞行器来追踪嫌疑犯。而他们自己凑出来的简陋行动快要变成一场闹剧了。他立刻转上第八大道，当年给这里起名的人对此地的期望过高，道路两边都是改装过的商业大楼，像是阴暗的碳纤悬崖。外面五光十色的广告到这里便低调许多，只剩下几个招牌在铁窗后面闪烁。顶上的太阳能光板散发出暗绿色的光，点亮了单调的雨夜。堵塞的水沟让道路两边的排水道都淹涨了起来，污水流过龟裂的柏油路。他小心翼翼地往前开，车子的轮胎激起肮脏的小水花，一块块冰在水面上载浮载沉。

"难怪罩网在这里什么都找不到。"他喃喃自语。在这种天气的肆虐下，智慧粉尘一定早就失效了。他转个弯，顺着公主大道南向前进，"妈的！"他猛然刹车。挡风玻璃上的网格呈现直接从纽卡斯尔高速公路局得到的数据，显示公主大道南向直接连接第八与第六大道，然而真实世界里却不是如此。他前方七十米处是一面灰墙，连接道路两边的建筑物，墙面上的网状树脂痕迹显示这是自动机械搭建而成的墙，只有一层包在八角形框架外的皮。正前方是一道长长的卷门，卷门底端吞掉了原本的路。

席德转了控制手把，倒退出公主大道，回到第八大道。"我没办法开过去。"

"我们在第六大道，没看到他。"伊恩说。

"他有可能开到西大路，或是开进货仓里了。这里几乎每家店都有装卸货区。"伊娃说。

席德转向公爵大道。几辆卡车从旁边呼啸而过，粗壮的轮胎在淹水的水面激起黑色的波浪，看不透的阴影笼罩两旁无数的门口与狭窄的小巷，头顶上只有几片光能板还在正常运作。席德发现他并不想自己一个人开在这条诡异阴森的路上。"这样做太蠢了。如果一直兜圈找人，他们一定会发现我们。回警局吧，今晚收工了。"

"唉，说得对。"伊恩说。

席德尽量加速，让一片水波漫过人行道。他现在只想离开临门区，这里百无禁忌的混乱、腐朽、贪婪，只让他觉得挫败。

他们最后还是没有找到艾伊尔。万斯·埃尔斯顿让搜寻行动持续了两天。先锋军小队把附近到丛林边界间的范围翻遍，剩下的营地人员检查每一座帐篷、货架、车辆。三辆多功能越野车和两辆MTJ绕着最近的丛林打转，压扁矮树丛，扯下每根树干间垂挂的藤蔓。巫岗的三架西克斯奇CV-47飞燕轻型侦察直升机则飞向更远处的浓密树林上空，发射稳定高能量信号弹，想要启动艾伊尔躯网的回应码。他们同时启动了红外线扫描仪，寻找任何人体大小的热能点。埃尔斯顿从来没有跟驾驶员们说过什么，但他宁可找到的是会动的外星怪物，而不是已经不会动的冰冷人类尸体。不重要，因为飞燕机也什么都没发现。一对雷霆6-EB猫头鹰则由AAV小队操控，顺着最近的河流飞行，这也是姑且一试，他被激流冲走了也说不定。

在第二次彻底搜查营地后，没有飞行或徒步巡逻营地边境的人，都回到原本的工作岗位。戴达勒斯航班恢复，继续增加营地的物品种类，艾伊尔的状态变成公务中失踪。在正式记录上，因为没有尸体也没有犯罪证据，所以他不能算是死亡。

营地的传言则有完全不同的看法，人们对于他为何被灭口有一套极其纠结复杂、毫无可信度的猜测。

万斯到了晚上才终于承认失败，更改了艾伊尔的档案状态。快速房舍中的空调正挣扎地想要抗衡另一个湿热的圣天秤星夜晚，营地外的人们则聚集在一起，准备进行周日夜间的烤肉派对，这种派对很快已经成为各个营地的例行活动。他叫e-i与维梅齐亚建起安全通信，通过丛林上空六百公里的e射线机传递，然后到海底电缆，再经过四千公里的地面联结，其间还要穿过几十个民营传递站与通信巢，这种通信真要说很安全简直就是笑话，但他们的通信内容只有语音，AIA的加密系统仍然是最优秀的。

"死了两个人？"维梅齐亚问。

"一个死亡，一个失踪。"万斯说，暗自气恼自己的口气听起来很像抗辩。

"到底是怎么一回事？"

"我可以接受穆兰因为一不小心发现某个非法行为，结果因此受害。艾伊尔的情况就太可疑了。"

"外星人绑架吗？"

"我不知道。"万斯承认这句话他很辛苦才说出口，"是或不是都没有证据。"

"你的直觉？"

"我只能说我很确定不是安杰拉·特拉梅洛，不过我也必须承认别的营地都没有这种事。至少还没有。"

"不可能有别的原因。我不接受都是巧合。"维梅齐亚说。

"我想提议让巫岗担负主要防御任务的责任。如果外星人发现那件事，它们可能会开始进攻。艾伊尔是异种生物研究队的人。"万斯说。

"但他不是防御任务的一员。"

"我知道。"

"外星人怎么可能知道那件事？"

"我们对于它们真正的能力一无所知。可是我们知道其中之一也许去过纽卡斯尔。"

"所以你相信它们真的存在？"维梅齐亚问。

"我开始觉得有可能了。当然到现在为止都还没有证据，只有间接证据。这种事一定需要确凿的证据。赫斯特警探那边怎么样？"

"还在查那些蠢出租车。"

"真的？"

"对啊。从数据上来说，他现在应该要找到了。我觉得这根本是在浪费时间。"

万斯为那可怜人感到一阵同情，突然就被卷入一场噩梦般的调查，所有人都给他无止境的压力。"他在做的事情都是我们要求的。"

"不重要。我们现在认为答案会出在你身上。"

"我明白。"

"你什么时候开始基因采样？"

"巫岗已经建构完毕，我明天下午就要派第一组人员进入丛林。"

"很高兴听到这个消息。我们需要结果。"

万斯断线，在密闭房间里坐了很漫长的一分钟，呆看着因为自己的阶层才获得的一条窄窗户，圣天秤星的自转把布洛加带入黑夜，窗外的环光灿烂起来。两起死亡（他确信艾伊尔已被杀）不可能是巧合。他确定丛林里一定有什么东西。他觉得很紧张，因为他想不透那些东西躲起来的原因。他现在终于开始体会到巫岗有多么远离文明。上帝的宇宙大到人类的灵魂难以接受。

音乐开始响起。某首吉他摇滚乐，在快速房舍里听起来相当刺耳且失落。在丛林里听起来想必也是一样，一种怪异的声音，被无尽的植物吸收、打碎，绝对的渺小。

万斯叹口气，想把日渐增强的担忧放在一边。至少今晚先放一旁。今天晚上有汉堡和香肠，冷藏了太久的生菜，还有番茄酱不够的面包。再正常不过的烤肉派对，是身为人类的庆典。他把控制台关闭，走出去加入人群。

安杰拉喜欢周日烤肉派对。每个人似乎都放松了一点——忘记他们来的原因，暂时闲散一些。食物不错，虽然她从来都不确定汉堡肉中间到底熟了没。不重要，因为在这宝贵的短短几个小时里，煤炭的气味驱散了丛林的味道，音乐抵挡了星球与生俱来的巨大沉默压迫，人们脱掉了HDA制服，穿上普通衣服。

他们没有使用用餐帐篷。烤肉架被设在帐篷后面的地方，煤炭散发灿烂的橘色，与银色的环光相映生辉。炊烟袅袅，搭配肉汁滴下时的嗞嗞声。她跟小队的人一起抵达时，第一批食物刚烤好。他们拿着盘子排队，盛起色拉，等着供餐人员发放肉片。

"香肠每次都太辣了。"穆罕默德·安瓦抱怨。

"你真是孬种。"吉莉恩·科瓦斯基对他说。

"为什么不能有两种口味？这件事很难吗？"

"行啊，我们叫外送吧。"戴夫·葛兹曼说。

安杰拉跟其他人一起大笑。她转头看向一样笑嘻嘻的帕瑞西。

"我只是说说而已。"穆罕默德·安瓦扯着剩余不多的尊严嘟囔。

安杰拉伸出盘子，向红脸颊的露露·麦克纳马拉道声谢，后者啪的一声在她的盘子上甩下香肠和汉堡肉。

"每次都是有你在的地方出事。"一个声音响亮且清晰地说，"在萨瓦是穆兰，现在是艾伊尔。"

安杰拉转过头。排在她后面的第五个人，戴维妮亚·贝尔尼。她是AAV小队的成员，猫头鹰遥控飞机的技师。

"你跟我说话？"安杰拉说。

"别的营地里都没有连续杀人犯。别的营地里都没人被杀死。"戴维妮亚说。

"喂！"迪瑞特上前一步，满脸愤慨与怒气。

安杰拉伸出手臂，不让他再往前走。"没事。"她感觉其他小队成员都靠拢在她身边，"你想找麻烦吗？"她问戴维妮亚。

"我们还会有多少人像艾伊尔那样消失？"

"我不希望有任何人死。我也没杀过任何人。此时此地或二十年前都没有。我会蹚这摊浑水是为了帮助你们，阻止外星人再杀害别人。你给我记住，我其实不需要来这里，我可以安安全全地待在地球上，我只是个蠢笨的义工而已。可是当它们从丛林里跑出来对付你的时候，你会需要我。"

AAV小队的克里斯·费亚德罗和麦凯站到一脸不屑的戴维妮亚身边。安杰拉盯着她，仔细注意她的肌肉动作，提防对方猛然向前一扑。她认为自己的小队成员和AAV的人一定会阻止戴维妮亚来到她面前，但她在监狱里打过太多次架的经验，已经让她无法再依赖任何人。

这时，巴斯琴·诺思二代出现，看到两方对峙的场面，其他人都一语不发，只有钢吉他的音乐还在兴高采烈地奏着。诺思家族成员歪着脑袋看了一眼安杰拉，面无表情。她很自傲没有退后，也没有别过头。这一刻很难熬，持续了太久太久。最后，玛德琳·霍克往戴维妮亚的盘子甩下一片汉堡肉，戴维妮亚似乎因为这个打断她注意力的小动作而显得烦躁，麦凯轻推她一下，她鄙夷地哼了一声以后便走开。收场，结束。巴斯琴站到队伍最后面。

一只手握住安杰拉的前臂。"走人吧。"雷欧拉·福克斯说。其他人推安杰拉的动作大到她差点摔倒。她没有反驳，顺从地跟着走，她的朋友们在她身边形成一个圆圈。

"你还好吗？"所有人都在草地上坐定时，帕瑞西问。

"我不想破坏大家的兴致。"她说。

"才没有。我们知道那两次你都跟我们在一起。"马帝·欧瑞利说。

"戴维妮亚每次都嗑多了。她有药瘾的问题。"乔希·朱斯提克低声说。

"你会这么说是因为她拒绝过你。"亚提欧咬着香肠笑说。

"喂！她才没有拒绝我。"

所有人都笑了，恢复正常。一群人打闹的自在气氛洋溢在四周。安杰拉开始吃起自己的食物，看到帕瑞西还关切地看着她。她用唇语示意："我没事。"随后看到他安下心的表情。

能有像这样一群朋友很难得，知道自己能依靠这些人，彼此的相处也绝对自在，所有人都是平等的。安杰拉曾经也有过这样一群人。好笑的是，那群人跟这个烤肉派对绝对是两极化的存在。可是回忆仍然强烈地相似——她曾经像这样坐在户外，身边是一群跟现在的他们大不同的人，在不同的星空之下。突然间她的手臂泛起一阵寒意。她很意外那么久远的事情仍然能如此清晰地出现在她脑海中，那都已经是过去的人生。属于很久以前，一个完全不同的人。

　　年轻的安杰拉·德维亚参加过的许许多多豪华宴会中，最后一次是在马帝夫王子的豪宅，2111年1月17日，一个跨星际金融业里的每个人都会记得的日子。她当然是跟莎丝塔·诺利夫一起去的。她们在新摩纳哥的社交界里可以说是形影不离的姊妹，一直一直都是最好的朋友。

　　德维亚家族的财富是从华尔街以及全球金融市场起家，之后在跨星际扩张时期顺利地随着新商业发展而成长，他们是东岸的富庶世家，贵族气息代表，以利益得失为主要条件衡量往来交际。

　　身为继承人，安杰拉·德维亚的美丽是基因修正后的完美结果，还有她的父亲雷蒙德希望她拥有的种种特质：高挑、健康、强壮、敏捷、聪明，记忆力强度可媲美芯片。生下安杰拉的露西·特拉梅洛只是代孕母亲，生产后一个星期便离开，停留这段时间也只是为了让德维亚宅邸的诊所对小安杰拉进行种种测试，确定她的DNA有雷蒙德订购的所有特性。其他必要的特性——那些不能靠基因转移的，例如这家族自古以来的无情、狡诈、几乎无限度的野心——则是靠养育与教育培养，确保家族生意与收入能被好好地掌握和延续。

　　莎丝塔的家族财富则来自印度的一个工业领地，她的曾祖父聪慧且粗鲁地在21世纪初期扩张成全球巨人，雇用三十七个国家的超过二十五万人。她的祖父展现了同样的无情以插手原料生产领域，让他能借由微制造革命进入新的跨星际世界。

　　为了马帝夫王子的宴会，安杰拉选了一件外表看起来很简单的白色鱼尾礼服，作为她的到场服饰。她选用的意大利高级定制设计品牌派了两名女裁缝作为她的随行人员，好方便她们完成创作。这件衣服如此贴身，使用的加结司卡蜘蛛丝以及微钻石闪光颗粒布料是如此细致，她们必须在她下飞机亮相前才能让她把洋装穿上，手工缝合开口。为了搭配服装，上百枚红宝石与祖母绿镶成的细发簪被编入她蓬松的金发，她的项链、耳环、编织手链则是一组古董芮库特珠宝，价值略超过八百万元。

安杰拉有点不高兴父亲没有陪她一起来参与宴会，但家族AI发现从纽卡斯尔到巴尔干半岛间的巨大欧洲输油管网络中，突然多出一股有机油，量大得罕见。他怀疑这批油是来自法属星球奥尔良，但他不知道买主是谁，而且这批油量大到他应该对这笔交易了如指掌。所以他告诉她，他要留下来监控市场。德维亚金融管理公司控制将近百分之四十的GE有机油投资市场，他不想被突然杀出来的这笔交易骗过。

安杰拉跟莎丝塔计算好出发时间，好让她们的超音速VTOL专务机能够同时在宅邸的降落坪抵达，时间是第一天的下午。这么一来，她们就可以共乘镀金的马车，顺着绿色草坪驶向银白辉煌的宅邸，大屋两旁的尖塔以一百五十米的高度刺入清澈带紫的新摩纳哥天空。

王子迎接他们，旁边还站着他的八个妻子，全部都是来自瑞亚德与新波斯的良好的阿拉伯家族，她们明白自己的地位，正确执行自己的职责。"我希望在宴会结束前，你会跟我上床。"他在安杰拉耳边呢喃。一旁穿着赤红制服的宅邸总管正朝挑高的黄金与大理石舞会厅宣告她的到来。身为阿拉伯皇族的直系后裔，马帝夫偏好国家元首礼仪以及服装繁复的军事风护卫，仿佛他仍然统治着地球上的沙漠王国。

"再说吧。"安杰拉低声回应，端庄的笑容无懈可击。有些宴会里，两人会一起在私人套房里休憩，享受对方百无禁忌的性欲。有时候只有他们两人，有时候莎丝塔或另外一个女性朋友会加入，有时候马帝夫会召集他的男性亲戚来包围她。每次的邪恶感和愉悦感都是绝佳的享受。

"请你答应吧。时间很多。你知道我有多么欣赏你的体态。"马帝夫说。

"甜心，我当然知道。"她说。大多数男人都是这样。她基因中的"十选一"修正在她的身高完全成长以及第一波青春期荷尔蒙停止后便启动，如今她看起来仍像是青春洋溢的十七岁，也许这是假的青春期，但诱人程度是实实在在的。

"豪斯登会来。他晚上到。"安杰拉说。

"你们俩是认真的吗？"

"有可能。"她打着哑谜回答。

"啊，他真是幸运。我再次恳求你嫁给我。"

"也许有一天我会，马帝夫。但不是现在。"

"那我会等到那天。"他鞠躬，亲吻她的手，握手的动作有点用力。

舞会厅的露台上有一组乐团正演奏高雅的舞曲，十几对舞者已经在舞池里优雅地旋转。白色燕尾服的侍者端着银盘提供香槟，女孩们则穿过房间，走到果园厅，那里有摇滚乐团正在演奏。两人无声地扫视面前展示的服装，华贵奢侈，独一无二，来自每个跨星际星球，所有设计师都努力吸引注意力，寻求新摩纳哥上无数富豪的青睐与定制。安杰拉有点惊讶地看到还有这么多附加义肢，尤其是翅膀与孔雀尾巴——这一波流行应该已经过了吧？女性对手们如雷达般锐利的双眼同样也对她们的衣着进行扫描，直觉性地估算价格与美感。在这期间，笑容不变，飞吻不断。

"豪斯登？真的吗，宝贝？"莎丝塔问。

"长得可爱，本钱不错，有幽默感，年纪也对，这些特质很难得同时出现在一个人身上，你不觉得吗？"

"而且是我们这种人。"

"而且是我们这种人。"安杰拉同意。豪斯登来自华人家族，他们的矿业在非洲大幅扩展，直到跨太空科技打开星空，稀有的地球矿物不再那么稀有。跟很多类似企业一样，他们成功地将主业从挖矿变成提炼原料，继续蓬勃成长。

"还有王子。"

安杰拉皱眉，"他不在选择范围。"虽然他很迷人，但安杰拉觉得马帝夫王子太传统了一点，他的妻子都需要完全服从他。况且，双方还有商业竞争关系。

最后几十年间，海湾原油富豪花了数百亿投入有机油提炼市场，以及在新世界上开辟大片土地养育浮藻田。这些新提炼厂让原本的原油贵族们继续成为跨星际能源制造的先驱。他们不喜欢德维亚家族带头的有机油未来市场投资操作,向来拒绝在生产量、市场占有率、投资的选择上跟投资者配合,给他们找了不少麻烦。

于是,与敌人共枕对安杰拉而言更是邪恶的享乐(她猜王子也这么觉得),但仅此而已。

安杰拉跟莎丝塔在干冰瀑布与激光下共舞,当莎丝塔开始跟一群她勉强算认识的人挑逗地跳舞时,两个人便分开。安杰拉去了餐厅,许许多多的桌子上摆满令人眼花缭乱的各类食物,大片落地玻璃让人一眼尽收园艺风光。宅邸前方的斜坡底是一面一英里宽的喷泉湖,巨大的水柱高高地喷入暮色空中;强大的直高水柱,扭转的圆弧,四散的喷雾,弹入空中波浪,全都从湖面下打上灯光,色彩不断随着水波荡漾而变幻。

安杰拉往外走入暮色天空下,路上经过一群虐恋狂魔,贴身剪裁的皮革服装上装饰着黄金链子与镶着钻石的尖刺,一群人正要去罗马奴隶地窖,马帝夫在那里聘了十几个加州顶尖的男女演员枕鞭以待。这群人因为手边的因犯引起的兴奋显而易见。他们抓到了一只天使,一个十几岁的美丽男性,有着完美肌肉的胸膛和经由外科手术缝合在背上的白色羽翼。一名侏儒身上披着子弹皮带,里面塞的却都是药,正拖着天使行走。安杰拉看到他们浩浩荡荡的夸张景象,忍不住咧嘴而笑。

马帝夫在他的花园中造了一面玻璃围墙的圆形露天剧场,里面正在赛骆驼,算是对他的出生地幽默的致敬。豪斯登正好赶上第二场比赛。他的身材修长健硕,光头上有银色刺青装饰,穿着楠鲁装显得十分帅气。他们和一群朋友进入其中一间包厢观赛,为自己选中的骆驼加油。安杰拉每场比赛都下了二十五万的注,总共输了两百五十万,豪斯登运气比较好,还赚了五十万。

车夫驾驶的小车载着他们去到隐蔽的庭阁,一间间沿着喷泉池畔而建,却都隐藏在花树间。安杰拉得叫她的意大利女裁缝们来替她宽衣。这间庭阁内的情欲按摩师是一名非常高壮的女子,白礼服在她面前被脱下时,安杰拉甚至感到一丝刺激。豪斯登站在她躺下的软垫长椅旁,欣喜地看着她被涂满香油,油光辉映出池中喷泉的多彩水光,在轻柔飘下的粉红花瓣间，按摩师开始以极致专精的指压技术揉捏她的皮肉，很快便让安杰拉的大腿无助地开始轻颤。过了一会儿，豪斯登也加入，他一边上她，按摩师一边继续着对她的精细折磨。安杰拉相信整个园区的人都可以听到她最后的媚叫。

安杰拉的第二件礼服是赤红色的丝绸，线条干净流畅，造型师则将她浓密的秀发做成看起来很简单朴素的农家女波浪卷，在她身后披散而下。打理好造型后，安杰拉和豪斯登及所有人聚集在前庭，进行早餐时段前的宴席。

清晨到来，带起一阵寒风。豪斯登送她进屋，两人同意分开一阵子。她知道他要去做什么——她看到他几次都在扫视在场的女客。很公平——她的e-i已经连续两个小时一直收到马帝夫的呼叫。

一名侍从正在等她，她有点好笑地顺从了，允许男仆带领她到卧室去，王子与他五个妻子正在那里等着她。

疲倦感开始涌上，但马帝夫是准备最周到的主人，绝对不会让她的倦怠破坏他的早晨。其中一个妻子替安杰拉施了一剂药，让她整个人开始晕眩，得扶着家具才能站稳。但恢复的速度也很快，马上让她直接拥有早晨的清醒与精神。她站到马帝夫面前，他带着清冷且期待的笑意，看着他的妻子将她的红礼服从皮肤上脱下，然后她们让她跪在他面前。

安杰拉独自一人在客房卧室醒来。她不喜欢这样——这是宴会，她不应该只有自己一个人。她也气自己为什么会因为这种事就觉得不舒服与自伤自怜起来。不过，她也必须坦承，此时的情绪反应也是因为王子出乎意料且令人不安的行为。他的动作远远超过她愿意接受的范围，而且似乎享受着她的愤怒与惊慌。

她的随从们等在套房外面的客厅里。她隐约记得马帝夫和他的妻子们彻底餍足之后，便招来他们把她带走。他们的存在与细心照料立刻让她觉得安慰，并服下可以解除用药后不适的药。还有热水澡，里面加了香膏，她的护肤师与女佣一起轻柔地将香膏抹上她全身，让她精神一振。她的药剂师很快对她的血液进行筛检，确定马帝夫给她用的亢奋剂里没有有害物质。安杰拉增强的肝脏与肾脏功能可以应付血液中大量有害物质，所以她想要喝到有点微醺都得比一般人多喝两倍的量，但谁知道那王子用了什么东西。发型师照样施展了她的奇技，梳顺了杂乱和纠结，编入鲜花与纤细的白金线，此时安杰拉才问："现在几点？"

她不意外地听到已经是下午一点。马帝夫还真的花了不少时间尽情享受她的不适。久到其中绝对没有误会，她知道当时他并没有把她视为应该平等对待的对手，这一点让她极度反感。

众人帮她穿上新礼服时，她启动了跨网通信接口，e-i告诉她有三通父亲的未接信息。她父亲会在她参加宴会时联络她，实在很奇怪。她叫e-i回拨，但他没有联机。"他联机以后告诉我。"她告诉e-i。

她下定决心不要让马帝夫破坏她的兴致，因为这反而让他又赢了一次，所以她立刻全心参与。

在果园厅里，一个叫作粉红不爽的七人团体正在演奏他们强情绪的乐曲。安杰拉本来就不喜欢这种曲风，再加上她心情不好，更是让她无感。她出了屋子，搭乘小车去了圆形剧院，里面正在进行午后无规则铁笼决斗，最后一个还站着的人可得五百万奖金。安杰拉睁大眼睛，着迷地看着里面的人刻意折断别人的四肢，把人脸打得血肉模糊，黑手贱招层出不穷。她想象在赛场上被狠揍的人是王子，让她的心情立刻舒服很多。

在参加晚上的赛事之前，还要再一次换装。事前的准备工作包括一轮真正的按摩，彻底冲洗清洁每一寸肌肤，然后让药剂师调了一剂解亢药去除酒精带来的亢奋。当她终于整个人神清气爽之后，她的护肤师在她全身肌肤都喷撒了白金细片，让她整个人变成光洁明亮的银色，更极巧妙地调整浓淡以强调她的乳沟与肌肉线条，然后服装师拿出一件宽幅布料的淡紫色晚礼服，用来衬托她如今的白金肌肤，强调她胴体的女性特质与力量。

随从们结束他们的仪式之后，豪斯登加入她跟莎丝塔，一起参与晚上的烤猪野晚宴。

"棒。"他露出停不下来的贪婪笑容,大赞了一句,"棒,棒,真是棒。我可以亲你吗?但我不想要把白金弄糊,你看起来太灿烂了,绝对不能被我破坏。"

"你可以亲我,不会糊掉的。"安杰拉强迫自己咯咯轻笑。她没办法决定自己是不是该跟朋友们说说马帝夫的行为。说了他们又能怎么办?而且豪斯登可能还会因此对马帝夫生气,他真的是一个好人。所以她什么都没说,一行人上了小车,前往喷泉湖上方的平原斜坡。冒着绿光和蓝光的火把点亮小径,穿梭在好几百张桌子间,桌子则半隐蔽在香甜玫瑰花与铁线莲交缠成的密亭中,厨房区被五个烤架包围,明亮的炭火上各串了一只不同的动物,有公牛、猪、驯鹿、水牛……

"那不会是真的熊猫吧?"豪斯登皱着眉头看最后一个烤架。

"马帝夫绝对做得出这种事。他就喜欢这些惊世骇俗的行为。"安杰拉回答。

他们坐在铸铁桌边,上方挂着好几把手绘日本纸伞,垂吊在紫藤藤蔓下,告诉侍者他们想吃什么。安杰拉没胆要熊猫,但是豪斯登要了。"我要戳穿他的骗局。"他声称。

"男人!"安杰拉跟莎丝塔互相碰杯。

斜坡给了他们很好的视野,可以欣赏两只升空中的红色热气球,两个气球被绳子系在一起,像是飘浮在一千五百米高的两颗红月亮,五架极小的瑟斯纳火箭机从两根尖塔之间轰隆隆地飞过豪宅,利落地转个弯,朝第一个气球飞去。安杰拉看得不禁拍手叫好,欣赏如黑针般尖细的形状彼此交缠,机尾后的烟雾像四散的DNA一样在温暖的夜空中扭转。火箭机绕着气球相互追逐盘绕,展现特技飞行技巧,引来野餐众人的另一波掌声。

安杰拉惊呼,看着其中两架飞机间的距离近得惊险无比,机翼末端几乎都要碰到彼此之下,争相选择绕行气球最好的角度。刺激永远来自猜测是否会发生空中相撞,然后冒出灿烂的橘色火焰花朵,冒烟的残骸从爆炸间四射而出。在灭绝边缘游走的脆弱生命。

在她的内心某处,深到几乎是潜意识中,猜想自己是不是开始对生命的经验无感了。她在永无止境的新摩纳哥宴会中尝试了如此多种的愉悦，现在只有越发极端的事情才会让她感觉兴奋。她几乎要羡慕起莎丝塔必须经常进行商业旅行，在自家的商业王国中逐步攀升，直到有一天一手掌握散播在十个星球上的工业帝国。她家族的财富是有形的，而德维亚帝国只是数字而已。

他们正看着第二场火箭机比赛，安杰拉在一架碧绿色的飞机上押了二十五万的赌注，因为她喜欢驾驶员的名字，杜克·道格拉斯。这时豪斯登微微朝莎丝塔点头。

"那里有个我得去打招呼的人。"莎丝塔说一声便走开了。

"你可以再明显一点。"安杰拉念了他一句。

"我知道，抱歉，宝贝。"

安杰拉的e-i此时告诉她有机油产量的市场警戒已经上升到琥珀色一级，圣天秤星仍然透过纽卡斯尔通道在增加输出油量。她取消了提示，心情突然雀跃起来，因为她猜到这是什么。对，她是个真正的新摩纳哥女性，在她惊人的人生中，无论任何事物，她都算得上是经验丰富，而且还刻意培养出对任何事都见怪不怪的无谓，但似乎仍然有些事是天生能让人感觉兴奋的……

豪斯登清清喉咙，"安杰拉，我觉得我们的关系很不错，我希望让它成为永久。"

她因为他方正脸上期待的表情而微笑。她很了解他，知道他是真心这么想。"好，我当然愿意永久跟你在一起。"

他向前倾身，给了她一个温柔的吻，"谢谢你。"

安杰拉看向他递给她的小盒子。她露出笑容，打开它。里面是一枚透明宝石指环。透明到极点，而且还闪闪发光。她双手捧住脸颊，因为这真的出乎她的意料，而且让她极为开心。"豪斯登，这是不是……"

"对。我选了一枚钻石订婚戒给你。我这个人就是喜欢老派作风。"

她一边开心地笑着，一边从盒子里拿出来欣赏。天哪！指环完全贴合她的指围。"他们到底是怎么办到的？它真的是太美了。我好喜欢。"她内心里有一个坏坏的想法，等不及要拿给莎丝塔看——她一定会嫉妒得要死。

"我们家族在莫桑拜的一个矿场挖出了一颗巨大的原石，我把它送去阿姆斯特丹的一家公司，他们发展出这种新的切割技术，似乎跟精准中子光束有关。总而言之……他们在钻石里切出了一个圈。这是第一枚这么做出的戒指，而且就我所知，也是唯一一枚。"

"谢谢你。"再次亲吻，这次比之前更为急切，"非常谢谢你。"安杰拉喂他吃蘸了蒜泥的甜虾，他递给她一杯加了JK覆盆子伏特加的香槟。两人再次接吻。"还要谢谢你跟我求婚。你可是很抢手的对象呢，知道吗？"

"你对我来说也是这样。"

"所以我们要生小孩吗？"

"我想要小孩。我相信律师们一定可以谈出合适的配方。"

"花钱请他们就是为了做这些事。"她赞同地说。

他们当然还不会公布，一定要先等双方律师团都谈定基本合约——这是新摩纳哥的做事方法。他们一定会花上一两个月的时间协商，确定最后的合约，明定所有事项，包括他们负担得起几个小孩，每个小孩会从两边得到的财富百分比。毕竟谁会想要自己的小孩无法达到新摩纳哥每人需有五百亿资产的公民资格？她绝对不想。

"你知道吗？如果我们生小孩，我希望小孩能拥有复合型的公司，不像我们这样，只有钱或是只有你的原料提炼厂。"

"多样化经营？是不错，但还需要核心策略。"他沉吟道。

"我知道，我只是想到随口说说而已。"当她开始跟她父亲一起进行市场操作之后，纯粹的金钱操作让她越发不安。对德维亚家族而言，这甚至已经不是钱了，跟那些有账户和第二账户的几十亿普通星际公民所了解的不一样——已经不再是金钱与信用账户。在她父亲的指引之下，他们的AI操纵纯粹的数字，用别人的数字创造出更多数字。他们操作的市场繁复程度可以用美来形容，但说到底也只是更多数字而已，原因跟结论变得越发难以厘清，造成的结果就是——与现实脱节。

"你真温柔。你会是很保护孩子的好母亲。"豪斯登说。

"哈！我只是从实际角度来看这件事，还没到母性泛滥的程度。说到这个，我现在就可以跟你说，我们要用代孕。兰妮艾沙也许觉得花九个月在肚子里装一个宝宝是很浪漫又复古的流行做法，但是我花了许多金钱、时间，努力维持这副身材的绝佳状况，我可不想抛掉这一切。"

"我可以向你保证，你的绝佳状况受到极为广泛的欣赏。只要你在场，挺立剂的销售量就会猛然下跌。"

安杰拉与他贴得更近，喂了他一口香槟。"豪斯登，你不一定要回答，但是，你是'十选一'吗？"

他摇摇头。"宝贝，我不是。我出生的时候那个技术还不存在。我父亲说我差了五年。怎么，你介意吗？"

"我不介意，而且你应该很快就能进行回春手术了。据说巴特拉姆就快要证明手术的有效性了。"

他举杯，"希望如此吧。"

他们吃完了剩下的烤肉，看着火箭机在空中不断盘旋。最后一场赛事结束之后，安杰拉口袋里又多了七十五万。

"该死！"豪斯登少了一百五十万。

"别生气了，我们加在一起还是有赚哪。"她逗弄他。

"是啦，但我们还没结婚啊。"

喷泉开始降低舞动的水雾，让客人们第一次看到湖的对岸。看到宴会最后表演时，客人们的掌声持续非常久，也非常兴奋。

"他开玩笑的吧。"安杰拉说。

岸边有一架极为老式的火箭，被十二道强大光束钉在巨大的水泥台上，白色的烟雾诱人地顺着两侧的白霜流下。火箭顶上有一个小到让人觉得不可思议的蓝灰色圆舱，尖端的赤红色逃脱舱看起来像是临时加上去的。旁边一半是缆线与粗管的粗糙起重架，有一根粗粗的梁臂扶着圆舱。

"不是。我听说过这件事。这是水星宇宙神号。"

"是什么？"

"太空火箭，上面有一个单人驾驶舱。它完全克隆美国第一次把航天员送入太空轨道用的火箭。里面用的是现代网络而不是古时候的电子仪器，驾驶舱里也有现代的安全系统，但基本上这就是1960年代的轨道飞行任务用具。"

"它会飞吗？"

"会啊，它是真的。马帝夫的表弟纳吉特要担负这项重任。"

"纳吉特要驾驶它飞入太空？那个药头？"她气愤地说。

"他什么都不用做，而且火箭也只会绕行两圈，他会落在八十英里外的坦依海里。马帝夫特别为此进口了一些船以及打捞直升机。"

"真是爱耍花样！他花了多少钱啊？"

"据说六七千万吧。他得特别聘请波音-简公司为他建造。这很不容易，因为当时的蓝图都已经不存在了，他们的工程师必须根据博物馆里的残骸，重新克隆出舱体和火箭的主要部分。据说他承诺了负担史密森尼的两场展览费用，他们才让那些工程师足够近距离地接触那些残片。"

安杰拉乐不可支，"这绝对会开启隆重的军备竞赛。"她转过身去看开心的王子站在斜坡顶上的豪华贝都因式帐篷前，一遍又一遍地鞠躬答谢。这时候，她注意到他身边站着两名诺思二代，看起来放松又满意。这个景象有哪里看起来很不对劲——诺森伯兰星际企业跟王子家族的有机油企业并不能算是敌手，但双方向来关系不好。

斜坡底下升起巨大的投影画面，显示纳吉特在起重架高塔下方下了卡车，他穿着一件笨重的银色太空装，戴着暗橘色的圆罩式头盔。看起来的确很复古且写实，甚至包括插在他胸前的伸缩塑料管，连接着一个金属的便携式生命保障系统，正由他身后的一名辅助团队成员替他捧着。

众人再次发出欢呼。安杰拉叫她的e-i再去联络父亲，这次使用绝对优先权限。他还是没有回应。绝对不对劲。她连接到家里宅邸的AI，闭上眼睛不去看眼前疯狂的太空竞赛重演，好让她的网络镜片能给她清晰的视觉影像。

"我父亲在宅邸里吗？"她问AI。

"是的，女士。"

"在哪里？"

"在他的私人书房。"

"使用内部传感器，给我影像。"

"无法执行。"

"为什么？"

"房间里的传感器被解除了。"

她全身洋溢的幸福暖意——来自香槟、夜晚、宴会、订婚——立刻消散。"谁解除的？"

"一定是您的父亲。根据我的记录，最后进入房间的人是他。"

她猛然站起。"叫机组人员准备好我的飞机。我现在就要走。"她告诉e-i。

"怎么了？"豪斯登担心地问。

"是我爸。他故意让自己失联了。"

"他为什么要这么做？"

安杰拉微微气恼地对他一耸肩。

"嗯，对。这问题也太笨了。"他懊恼地承认。

"没关系。"

"你打算怎么办？"

"去跟那笨蛋说说话，问他到底怎么回事。"她一边这么说，一边注意到有机油的市场警戒已经升高到琥珀色满格。进入GE的额外油量是2095年以来的最高点，当时人类保卫联盟的成立让国家预算整个崩溃，所有跨星际星球都陷入至今仍没有完全恢复的经济大衰退。

"我跟你一起去。"

安杰拉迟疑片刻，"你真的很体贴，但是我可以处理的。你留下来享受纳吉特被炸飞。"

"好吧。"他亲了她一下，"我原本并不是打算要这样度过今晚的。"

一辆有人驾驶的小车停在他们的桌边。

"我也不是。对不起，我会补偿你的。我还没有穿我的皮装。我也不打算浪费那件衣服。"

"我会提醒你的。"他温和地说。

她爬上小车，车子快速驶上山坡。她的e-i告诉她马帝夫王子想与她通话。她瞥向他奢华的帐篷，可以看到他正靠在巨大的椅子边，看着她的小车。

在岸边的投影画面正显示载着纳吉特的电梯爬上起重架塔顶。

"你不会现在就要离开了吧？"王子问。

"抱歉，马帝夫，我有事得走了。"

"对我这样的贵族，正确称呼应该是：王子殿下。"

什么？她无声地比个口型。马帝夫个性中的混蛋特质越来越强烈了。"我很抱歉，但是我必须离开。"

"我明白。"

某种原始的直觉让安杰拉更加忧心忡忡。当她回头去看皇家帐篷时，一名诺思二代正开心地轻笑，马帝夫脸上也充满笑容。他的笑容一点也不让人感觉愉快。

"快点。"她告诉司机。

几分钟后他们来到她的飞机旁，一架流线造型的三角超李尔LV-505z型飞机，最高时速可达3.8马赫。以这个速度飞行到德维亚宅邸花不到二十五分钟。她告诉驾驶员用最快速度飞行。

他们才刚进入超音速，她的e-i就在她的网络镜片里闪出红色市场警告。GE油量增幅现在被普通市场发现了。以圣天秤星为基地的最大的七家公司仍在继续提供用油，足以满足未来一年的需求，这还不包括未来期货市场已经拥有的量。可是真正让她不安的不是油量，而是价格：七家制造商提出的价格完全一致，没有调动。"卡特尔垄断。"她低声说道。圣天秤星的制造商——以诺森伯兰星际企业为首的八巨头——联合起来要让市场供货过量。

安杰拉抓紧了把手，肌肉纠结，在柔软皮革上留下微小的白金痕迹。屏幕在她面前的桌上显现，充满更多详细的图表。她惊惧地看着有机油的价钱下跌，再下跌，不断下跌。"狗娘养的。"她闷咒一声，"我们受到的影响范围有多少？"她问家族市场AI。

"目前程度为百分之三十七。"

"狗娘养的。"而且爸还什么都没做,他没有买入来稳定过度的供应,也没有卖出来减低损失,他们的损失已经相当骇人了。一整年 GE 用量的有机油供应?他们一定花了好几个月、好几年来计算与制造这种过量。

她可以授权给他们的交易操作员,但她没有应对策略。诺森伯兰星际企业、马帝夫,还有其他人从来没有掩饰他们对有机油投机投资的憎恨,所以他们现在想把德维亚和所有其他有机油期货交易公司从跨星际宇宙中歼灭。他们的超量供应会不断持续,不断从通道涌入,就算她花光所有的钱也遏止不了。她应该联络其他的交易公司,找出应对办法。我们是该全买,还是全卖让市场垮台?如果市场垮得够惨,会威胁到制造商吗?会迫使他们停止吗?卡特尔联盟的成员在计划过程中一定也做过同样的推算。

更多警告出现。银行正在中止对德维亚金融管理公司的所有借贷。

"不!你们不能这样!"她现在只能卖掉他们其他的资产,准备努力偿还贷款。她也知道如果她开始在别的期货投资上产生损失,以应付他们手边的有机油囤积情况,银行就会开始寄发偿还通知。

"我该怎么办?爸?爸!"

当超李尔降落在德维亚宅邸面前时,卡特尔释放出的额外油量已经让整个星际有机油市场价格跌落百分之四十五。安杰拉现在开始害怕了,这种情绪对她而言几乎是陌生的。想要用买入的方式来应对已经不可能,油量实在太大。就算把她认识的每个期货商的资产加在一起,他们的钱还是不够。况且有机油的涌入完全没有减缓的迹象,更不要提结束。这是一场冷酷的溺毙行动,规划得无比精细。

有机油的价格一跌,市场的其他部分就开始攀升。持续的低能量价格正是跨星际金融所需要的契机,让它能振翅高飞,摆脱十五年来的经济衰退。过量供应对所有人而言都是极好的。除了金融市场,股价已经在上扬,货币走势也在增强。她可以感觉到整个星际中几十亿普通人的希望与期待。她明白他们,他们新生的乐观,他们因为改变的可能所带来的兴奋。从地球的贫民迷宫城市到跨星际星球上枯燥的克隆新镇,他们会庆祝好几天,为奥古斯丁·诺思和他的同伙欢呼。他们绝对不会注意或在乎金融市场已经改变，缩水到只为替有机油期货市场收尾。他们为什么会在乎？过量供应对他们来说是好事。至少接下来几年都是，最后新填满的油槽被用尽，有机油制造商变成绝对的控制霸主，可以随意操纵价格。没有人会在乎几个有钱人因为这个变化而受苦。以前没有，以后也不会有。

跟所有新摩纳哥的住户一样，雷蒙德·德维亚在他的一万平方公里宅邸正中央为自己建造了一栋极大的豪宅。主建筑的双H形结构有四个主要中庭，山形的墙面装饰延伸出对称的两翼，形成辽阔的法式庭院广场。大多数的角落都有哥特式的深色尖塔伸出，上面有一圈圈的彩绘玻璃窗，屋子中央是一个八角形的圆顶，覆盖一座很大的游泳池，旁边是私人的热带丛林，朝夜空中投射出灿烂的碧绿光线，等着安杰拉低空掠过。

超李尔降落在西翼末端完美平整的草皮上。安杰拉快跑到小车边，司机是她父亲的私人助理之一。两人快速穿过主入口左边的拱门，进入一座中庭。每扇窗户里都点着灯，照亮了广场以及里面端庄的小花园，宛如白昼。又一道拱门，进入第二个中庭，八角形圆塔下面的小门打开着。

安杰拉迈入宽敞的走廊。这是私人区，宅邸的核心，有着最奢华的内部装潢，让古时法国太阳王的皇宫都要自惭形秽。她来到大厅，放慢了脚步。有将近三十名她父亲的部下正在以黑木与白杨木镶嵌出玫瑰形的光滑橡木地板上漫无目的地乱走。他们通常连看都不会看她一眼，更遑论盯着她看。但她能分辨出他们此刻转身面向她时的担忧和无助的表情。他们剥夺了她露出同样表情的权利。

两名资深私人助理以及马拉克，他们的法律代表，陪伴她一起搭乘电梯来到五楼。她父亲的书房是一间很大的圆形房间，从宅邸末端突出，仿佛有架飞碟意外撞上墙壁后卡住。书房的墙壁完全透明，让他能够将园林与远方的雪山一览无遗。

两名助理站在外面，担心地等着她进入书房。他们进不去，因为门不认可他们的身份，这暗示安全系统是完全正常的。安杰拉把手按上了扫描区，e-i则将私人密码输入网络。门顺畅地打开。

雷蒙德·德维亚知道来龙去脉。这是因为他花了六十三年的成年人生与期货打交道，专长就是有机油，也因为他的情报搜集能力远超过这个领域中的任何人，还因为家族AI昂贵的专属基因运算公式直接联结跨星际油管网络的私有传感器，它们随时都在抽样检视银行和有机油公司之间的金钱流动，从业界上千名联络人中吸收分析最微小的低语——他们发现走势的时间比竞争者及对手早上好几周，甚至是好几个月。德维亚是期货市场的优秀指标，永远都是盈利，永远都是投资领袖。好几个世纪以来都是这一行的赢家。

所以雷蒙德两天前就发现GE油管网络里出现来路不明的额外油量——原因不明，去处不明。他拒绝了马帝夫王子的宴会，去追踪有机油的来源、出资者、买家。一个小时之后，他就知道这不是来自奥尔良。纽卡斯尔通道是罪魁祸首。他找得越久，就发现越大量的油，事态就越发明显。然后是当前市场的一致性，每个圣天秤星有机油制造商都在收取同样的价格，同时完成小心翼翼出现的货单。他比任何人都先清楚趋势。他尝试亲自联络奥古斯丁·诺思，但是他的通信被拒绝了。对市场无与伦比了解的他，明白有卡特尔垄断联盟通过不存在于任何记忆储存库的秘密会面与协商诞生了，而他也猜到这场游戏的收尾会是多可怕的局面。他看到了它的覆盖范围。他知道其后的政治力量。

洞烛机先之后，他仔细地解除了书房里的镜头与传感器，坐在他最喜欢的宽背古董椅上，看着太阳消失在天边的伟大山脉后，饮入年份有一世纪的白兰地，吞了一颗药，再一颗，再一颗，再一颗……

安杰拉抚上雷蒙德的脸颊，拒绝相信事实，尽管他在她手下如此冰冷。毫无动静。他的眼睛大睁，皮肤苍白，全身因为死去而僵硬。她拒绝相信，因为靠意志力她就可以让这一切都不是真的：只要拒绝下去，爸爸就还会活着。

现实缓慢而坚韧地低语，突破了她固执的拒绝。安杰拉·德维亚在她死去的父亲身边跪倒，十几年来，第一次开始哭泣。

2143 年 3 月 11 日，星期一

席德九点以后才离开市场街警局，走出大门时，他觉得自己仿佛逃离犯罪现场的犯人一样。他的警探同僚们都认定他完蛋了。他们经过他身边时，会朝他点头打招呼，然后就转头回望，窃窃私语，暗暗摇头。他不用看都知道他们在做什么。

"结束了？"

"唉，你听说没？他搞砸了。"

"欧鲁克一定会把他钉死在十字架上。"

"他们一整年的加班费都要被调降了，都是那蠢蛋的错。你有没有听说他花了多少钱？搞到后面连我们都得陪他受苦。"

"唉，他们真的是挖了好大一个坑让他跳啊。"

星期一是个把一天当两天用的日子，什么都要检查一遍、检视一遍、调整一遍。他在全像剧院里待了五个小时，一丝不苟地检查数据，花了越来越多时间——似乎是想要拖延注定的结局——众人如此交头接耳。不是这样，他只是想确定，不能在这个时候出任何纰漏。他在第三办公室待了好久，忍受剩下的小组成员宛如控诉的沉默。

他们还是没追查到出租车。一切都在等着这个调查结果。他们已经把所有其他线索都调查过一遍——进口货物报价单，犯罪现场检验。这些努力并没有产出半点成果。他们剩下最后三辆出租车时，他终于宣布

休息，把工作交给晚班，告诉他们一旦找到装着诺思族人尸体的出租车，立刻通知他。

他们要找的出租车是最后三辆之一的可能性，低到近乎为零，可是他不会现在就放弃——与其放弃，不如直接去跳泰恩河算了。

虽然他好几个小时前就答应雅辛塔会到家帮忙打包，但他仍然把车开到富肯纳街，停在北边。伊恩公寓的门锁被席德的e-i呼叫时闪出紫光。他对着小面板皱皱眉头，然后直接联络伊恩。

"快好了快好了，等我一下。"伊恩回答。

席德只好在门口等，一阵凉风挟着细雨打在他的皮外套上。终于，门锁变成绿色，席德把门推开。

他早该料到的。伊恩的公寓里有个女孩——高高瘦瘦的年轻女生，看起来只有二十出头。他冲进去时，她站在客厅，正在穿球鞋。他本来想好的抱怨之词当场缩成一团，尴尬得要死。

"没事的，这是乔伊斯。"伊恩说。

"你好啊。"她微笑着说。

另一个女孩从阴暗的卧室出来，一边扣着衬衫扣子。

"这是萨米。"伊恩说。

席德瞠目结舌，还有，对，他就是有一点嫉妒。他忍不住瞥了伊恩一眼，看到副手眼中的得意神色，知道伊恩对这一切相当满意，不愧是警局的头号超级猛男。

"大家好。"席德呆头呆脑地说。

萨米没有乔伊斯那么愉悦。她只从一团乱发下情绪不佳地瞥了席德一眼，伸手去拿客厅地板上的外套。警察的直觉告诉他，她不是因为他打扰了他们的好事而不愉快，而是因为他没有更早到。

伊恩亲了亲乔伊斯，后者热烈地回应。"我再打电话给你。"他告诉萨米。她的表情因为敌意而扭曲，硬是挤开所有人出了客厅。乔伊斯最后亲了伊恩一下，萨米的脚步声重重地在楼梯间回响。"我会跟她好好说。"她保证，然后快步出门。

"还好吧？"席德问。

伊恩色眯眯地笑了，"哎呀，你觉得呢？"

"我觉得萨米的心情不太好。"他根本不想谈这种事，尤其是今天晚上。

"哎，这个嘛……这是她的第一次。你也知道她们就是这样。"

"第一……"席德结结巴巴地说。

"第一次三人行，我说的是三人行。"

"啊。哦，对。"什么啊，我哪会知道这样是什么样。

"啤酒？"

警察尤其不该酒驾，但自动驾驶可以带他回家，只要缓慢、小心地避开手动驾驶的车子就行。

"好啊。"

伊恩打开冰箱，拿出两瓶啤酒。席德接过自己的，重重地在他惯常的座位上坐倒。

"我真不敢相信昨天晚上被我们搞砸成这样。"席德说。

"临门区跟石器时代的迷宫差不多。那些商人就喜欢这样，每次市政府铺上新的智慧粉尘，都会被他们撕裂、烧掉。那地方永远都这样乱。"

"哎，我也知道。我只是觉得我们的运气也该好转了，这要求不是太过分吧。目前为止我们的运气简直是背到透顶。"席德叹着气。

"所以今天晚上的全像剧院也没什么结果？"

"没有。明天我就得去见欧鲁克。"

"他不能把整件事怪到你头上。是他让你负责调查的。"

席德知道伊恩在想什么。调查必须继续，政治因素逼得它一定要继续，但欧鲁克会指派他的人来领导调查团队，对他必须对之负责的人证明，一直以来他都很认真地尽心尽力，搞砸的人是席德。"不会的！没有别的蠢蛋会自愿出来接手这烂摊子。"不过席德想，是不是打从一开始就有人递消息给其他人，要他们别接手。

"可是他们不会把案子关掉。毕竟死了个诺思家的，还有这堆什么外星怪物的屁话。"

"也许你说得对。"席德喝了一大口，"所以这位雪曼先生跟他的绿林好汉们有什么新消息？"

伊恩有点不自在地抽抽嘴角，"嗯，你说博兹发现你这件事，说不定是对的。从昨天晚上的交易以后，他们已经不再使用原本的e-i。"

"靠。"

"除了吉迪。他今天下午两点钟时，站在纪念碑广场中央打了三通电话，都是打给我们警局数据库里的小犯人。这些对话里面没有提到什么犯罪行为，但他要他们都换一个新的e-i码。"

"他选了我们看得到他，而且还能检查当地跨网通信巢的地方？"

"对。"

"所以他们知道被我们盯上，想要知道我们是谁。"

"看样子像是在抛诱饵想要把我们钓出来，老大。"

"妈的。"

"如果他们怀疑我们盯上他们，那我们需要用的监控程序就要比现在多很多。"席德又喝了一口。

"我知道。"

"你想要怎么办？"

"我们从泰恩河拖出来的是个诺思家族的，那双袜子证明了这点。把他丢到泰恩河的是个纽卡斯尔的帮派，我认为这点证实了整件事跟企业阴谋斗争有关。我以前的线人告诉我，有大事情要发生，所以不管这个阴谋是什么，它都还是进行时。"

"这整件事情实在大到超出我们能处理的范围了。"伊恩轻声说，"我不想这么说，但你必须想想何时该收手。"

"唉，我懂。"他还是没办法不去想这些A支诺思族人的态度。奥尔德雷德和奥古斯丁都当面告诉他，他们想要他把凶手揪出来。如果整件事是他们搞的，为什么他们还要这么做？问题是，他对那一家人的了解实在太少，包括他们对彼此的真正想法。杀死自己的克隆人兄弟一定是终极禁忌了吧？可是他当警察的时间也不短，见过不少变态的事情，而且不一定只会发生在政府服务撤除区里。

"你今天晚上没办法做决定。我们需要知道这些回溯倒查的结果。说不定……"伊恩说。

"没什么说不定的，都已经定了，真的。"席德喝完啤酒，"明天早上见。"

2143 年 3 月 12 日，星期二

最后是在席顿区的鲁斯伯利巷结束。席德站在剧院里，双腿消失在鲜绿色的席顿公园内。他很清楚地看着出租车倒回这条街，虚拟图像不断往后回倒带。这里的罩网是完整的，汽车的牌照码在整段时间内都持续一致——没有犯错，没有灰色边缘。现在席德高高耸立在整齐的路面上方，双手叉腰，看着司机下车，用奇怪的姿态倒转回到鲁斯伯利巷西边尽头的屋子里。

"暂停。"

"他住在那里。"黛德拉·福伊斯特说。席德瞥向窗户，看到伊恩望着虚拟现实，脸上维持专业的面无表情；看到克洛艾·希利和詹森·商站在控制中心后面，两人穿着笔挺的黑色西装，什么都没说，但是非常有效地传达了他们老板的愤怒。

很明显的是，奥尔德雷德·诺思二代人不在场。如果没有了他的支持……

"我们知道这辆出租车在这里停多久吗？"席德指着令他讨厌的出租车。

黛德拉和洛雷勒两个人窝成一团，双手在键盘空间中舞动。

"七个小时，老板。"黛德拉充满歉意地耸肩回答。

"嗯。"所以席德刚才看到那司机开始他的一天，这个司机身份没问题，出租车牌照也完全无误，这是合法的出租车，他们看着他接客送客了五个小时。这辆出租车没有从任何地方载尸体，也没把尸体送到爱思维克码头。二百零七辆出租车的最后一辆。他们找到真正线索的最后机会，"看样子天降神屎了。"

"赫斯特警探，能不能跟你谈一下。"詹森·商说。

席德想说不好，任性、幼稚、可悲的"不好"。因为他知道他们要讲什么，所以谈有何用？

"休息一下。我们午饭后再来讨论。"他告诉他的人。

模拟画面消失，留下他孤身站在全像剧院。他看着所有人鱼贯走出控制中心，几个人朝他投以气馁的目光。伊恩迟疑了一下，但席德点头之后，他便出了房间。

克洛艾·希利和詹森·商走入剧院。"你搞砸了。"詹森·商恶狠狠地说。

"你再对我用这种口气说话，我绝对让你这个马屁精横着进医院。"

"小朋友们，不要吵了！"克洛艾朝两人举起手。

"倒查没有用。席德，为什么没用？"

"我不知道。我们知道他们用出租车运送尸体，那鬼东西还停在鉴证实验室。它一定得用某种方法开到爱思维克码头。"

"你的人太散漫了！他们没看到。就这么简单——你们没看清楚！"詹森·商说。

"所以你也同意虚拟现实是正确的调查方法？"席德挑衅地问。他非常愤怒，非常心浮气躁，需要发泄。反正最多不过是个轻级伤害罪。

"在适合的人领导之下，应该是正确的方向。"

"那你把我要的人弄来，我们再运行一遍。"

"你现在是怪你的人不好？"詹森·商得意地回问。

席德觉得自己的拳头正在握紧。

"我们不会再运行一遍。这个调查需要用不同的方式进行。"克洛艾坚定地说，"席德，你去准备一份简报。欧鲁克要你今天下班之前交给他。我们需要决定接下来该怎么做。"

席德想说些什么，想说出一个会开脱自己与手下人的答案。事实是，重来一遍，他还是会这么做。他一丝不苟地照着办案流程在做。他们没有新的突破点，除非算上雪曼——但是这一点也被他们在一团乱的临门区里搞砸了。"好。我会处理。"他没有别的办法了。凶手赢了，骗过了他和他的人。

席德离开剧院，走入通往电梯的走廊。走廊里没有人看他。伊恩和伊娃没等他。电梯门关上。他的手停在三层的按钮上。

"他妈的！"

他一戳地下停车库二层的按钮。他绝对不会让那小混蛋詹森·商得意。况且，他们都错了。他的人没有犯错。他们是很优秀的人，在这件事情上花了好几个星期，因为他们有动力，相信倒查出租车行踪是可以把案情打开的唯一办法。他也知道，他想尽办法让埃尔斯顿启动剧院，完全不顾这会让他和欧鲁克的关系恶化到什么程度。我是对的，他妈的，我是对的！

席德停在水街，离好几个世纪前留下的铁路铁桥不远。大概已经一百年没有火车从上面经过了，但城市仍然继续维修这座桥，每一寸铁、每一根红锈的钉子都是宝贵的遗产，二十层的漆被太阳晒成淡蓝色，破裂的小小脓疱流着铁脓，滴在被涂鸦画脏的桥身上。两旁的笨重石头底座仍然稳固，虽然上面已经有蜘蛛网般的裂痕，接合的水泥也开始碎裂。石块不到三米高，两边有圆拱形的人行道，满是尿液和狗屎的气味。

他下了车，翻起外套领子抵挡寒风。纽卡斯尔毫无云朵的天空是透明的蓝色，天边凝结着一层薄雾，天气即将从冬天变成短暂的潮湿春天。雨水仍然在水沟里流动，顺着水街陡峭的斜坡朝泰恩河流去。他背对桥站着，端详爱思维克码头上方的工地。他们两个月前把一个诺思家族成员从河里拖出来，然后找到出租车停车弃尸的小巷，如今限制支架和钢架的冰雪已经融化，自动机械重新开始搭建豪华公寓骨架。两辆水泥车停在外面等着，另外一辆倒退进入出租车开过的小巷，粗重的水管接在泵上，好将水泥灌入即将成为五楼的框架。

在全像剧院里待了两个月以后，席德对这里已了如指掌，包括每一个后院、工具间的商家、道路、河岸的走向。全像剧院的虚拟环境有现实世界没有的鲜亮，这里的建筑物比较破旧，颜色黯淡，被雪覆盖了四个月的草皮黄扁。即便如此，它仍然是一样的，而他们每一寸都找过了。

"你到底是怎么办到的？"席德对着阴冷、半被人遗忘的区域空问。

他开始顺着铁道巷走，一边是上面长满了凌乱的灌木与树丛的石墙，另一边是工厂后院的破旧栏杆。从邓恩街上的另一座古老铁道桥下穿过，跟之前的那座一样颓圮，但是一边有宽广的台阶，通往卡庭斯花园公园。顺着铁路街前进，旁边是另一排小公司的后门，一家家都缩在老旧的简陋建筑物内，收容了过去几代的机器、电子产品、物品。在商家后面的斜坡下方，他看到市立美术馆的圆形屋顶，外面满是鹰架和自动机械，正在进行整修，让它能够拥有最先进的场地配备。顺着铁路街一直走，潮湿的空气让他整个人微微缩成一团，直到走到普路梅街，然后折返，靠A695双车道、又称为史考特林路的那一侧走。这里的车辆是单调的能源槽汽车，激起如水雾一样的水花，洒在他的皮夹克上。他继续走在崩坏的柏油路上。右边耸立着福廷镇楼，无趣的碳纤墙上镶着不透光的无花纹银色窗户。他这侧的路旁是车辆展示间和半工业产品的大商店，包括冷冻设备、能源槽、自动机械与工程工具，还有零售零件，都是纽卡斯尔这样的地方会大批买进的货物。所以这是一段繁荣的路，被斜坡后面的破旧老式工业区挡住，不让一般车辆发现。

席德不知道自己在做什么，只知道他在正视自己的敌人。他就是在这里被打败，在这一片腐朽柏油路与废弃建筑物之间。它们被某人利用来欺骗他、嘲笑他。秘密隧道，小通道。一定有问题！这里一定有某样他们没看到的东西。他星期天晚上在临门区可笑、失败的行动让他产生了这样的信念：不是所有东西都在地图上。

他来到佩佩瑞利机车展示间。它跟隔壁的奇亚诺汽车展示间中间有一条窄巷，通往水街。他望向小巷，看到浅蓝色的墙。

这里只能徒步穿过，不可能开出租车通过。他继续前进，经过玻璃窗，里面是从太原——一个大华共和国属星球——进口的廉价车辆。在展示间与"跟你修"平价DIY商店中间有一条小路，与A695呈直角，这条路通往奇亚诺展示间后面的空地以及"跟你修"的载货区。席德慢下脚步，缓缓地走向跟卡庭斯花园公园交界处的围篱，这里是一片长满常春藤的铁网。他的e-i送出询问，但脚下潮湿的柏油没有任何智慧粉尘，也不是城市罩网的一部分。席德把脸贴上摇摇晃晃的铁网墙，隔着常春藤和长满细刺的树丛望向另外一边。

他们在1月的时候根本没有查到这里。没有看到在一米的积雪下面这里是一片蛮荒。从来没有看到从水街桥到另一端的雷格有机油站之间，这段卡庭斯花园公园被清光了植物、长凳、小路、池塘和游客咨询中心后的样子。没看到这里完全被铲平了，准备进行开发。

在进行二百零七次出租车倒查时，从来没有查过这一区，因为在城市规划办公室的虚拟资料上，这里仍是卡庭斯花园公园，小巧可爱的都市绿地。如果地图上数据是这样呈现的……

席德把手指插入铁网，猛力一拉。一片围墙往后倒，一根木柱从地面被扯起来。围墙已经溃烂，地面以上全都损坏，唯一维持整片墙面的只剩原本缠在铁网之间的常春藤。

"好啊！"席德低吼。他再次摇晃网子，两旁的铁网软趴趴地抖动，感觉自己的心跳如雷，"你们这群够聪明的混蛋。够厉害。真的够厉害。"

2143 年 3 月 13 日，星期三

席德不需要闹钟叫他起床。他从清晨六点开始就眼睛睁得大大地躺在床上，从仰躺变侧躺，努力不要一直扯动棉被。事实上，他几乎整个晚上都没有睡。他有太多想法，太兴奋。他午夜以后才回到家，偷偷上床之后，仍然无法克制不断地在瞳孔智元里一遍又一遍地播放那个小影片档——他只是想确定而已。他花了好几个小时搜索数据，才找到可以用来与欧鲁克对峙的最终法宝，他绝对不会让别人做这件事。阿布纳或黛德拉大概不用一个小时就可以找到他要的数据，运行完影像筛选。席德不要他们参与。他是被欧鲁克陷害的人。现在他把所有事情都拼凑起来了。今天是席德·赫斯特翻身的日子。真爽。

他看着闹钟上明亮的数字变成七点，伸手把它关掉。他的动作太大，使得雅辛塔呻吟一声，翻身。迷人的绿眼睛看着他，好像对于眼前的景象有点迷茫。

"你什么时候回来的？"她问。

"很晚。抱歉。"

"有多糟？你看起来很开心。找到出租车了吗？"

"好事。我破案了。"

她用手肘撑起上半身，"回溯倒查成功了？"

"不算成功。"

"可是——"

"你要相信我啊。"他靠过去，吻她。

"席德！"听起来不像抗议。

两人再次接吻，靠得更近，血液渐渐沸腾。两手迫不及待地推着棉被，把它塞到床脚。他开始解开她的睡衣，放慢了动作，因为喜悦而晕眩。雅辛塔的低笑显露出她的热切，以及惊人的诱惑。

外面短短的走廊上响起沉重的脚步，最后以厕所门重重甩上作结。

"是我先的！"扎拉宛如世界末日般惨叫。她的小拳头愤怒地捶着厕所门，"让我进去，你这蠢蛋。"

"管你的。"威廉开心地喊。

席德忍不住笑了起来。他抽离身子。雅辛塔只是翻翻白眼，叹口气，"唉，好歹是最后一次了。"

席德爬下床，不解地看着周围的箱子和盒子占据了大半的地面。昨天的衣服挂在一堆贴着搬家公司商标的塑料盒上。"呃……哪里？"

"干净衬衫在蓝色箱子。"雅辛塔指出，同时开始往头发里塞发夹。

"谢谢。呃，袜子？"

她气急败坏地看了他一眼，"如果你像你说的那样会来帮忙——"

"我知道，我是笨猪，但是宝贝，整件事就快要结束了。"

"你非常确定？"

"对。"

"妈！威廉好了，可是他不肯出来。他故意的。"

"才不是！"威廉模糊的声音不甘示弱地回答。

"我来。"席德轻松地说，让雅辛塔又奇怪地看了他一眼。

早餐是一杯橙汁，还有一个从冰箱里拿出来、塞入微波炉的果酱吐司三明治。他注意到冰箱里没剩多少东西。

"你的早餐应该吃好一点。"雅辛塔一面说，一面替争吵不休的孩子们倒早餐麦片。

"我会好好吃午餐的。"席德宣称，很清楚今天根本不会有机会。今天是昨天的重现，是昨天应该有的样子。他已经好久没有这样精神振奋了，"我今天得早点去警局。"

威廉和扎拉两人开始吃早餐。雅辛塔瞥了他们一眼，然后定定地看着席德。"你记得我们星期六要搬家吧，宝贝？"她以低沉、警告的声音问。

"当然，你对我有点信心好不好。"

"很好，因为你星期五要来帮我打包，然后我们得把这里从头到尾清理一遍。"

"我们可以找人来做。我们没穷成这样，你也该放个假。"

"席德……"她真的开始担心了。

他走过去亲了她一下，"我是认真的。好了，我得走了。今天晚上应该又会晚回来，但我保证会打电话告诉你。"

"你还好吧，宝贝？诺思家族的那案子？"

"我很好。今天晚上等我坐下来慢慢说给你听。"

当电梯带他到市场街警局六层时，席德有点讶异。上六层得要按钮，然后让e-i输入密码。他觉得欧鲁克很有可能会限制他的进出权限——尤其是他昨天下午不告外出，然后叫他的e-i拒绝所有警局同事的来电，自己则坐在二楼一间无人办公室，挖数据挖到晚上。

欧鲁克的个人助理不想让他走入角落办公室的等待室，但席德完全不管对方关于预约、时间很满、遵守程序等的废话。"我等。"他说，然后走到窗边去看细雨把早晨通勤的人们淋成落汤鸡。

果然，欧鲁克八点十五分准时到达，这是他每天早上的惯例。他穿着一丝不苟的制服，特别剪裁成不让人注意肚子的式样，肩膀上有金色的织带闪耀。他的头垂得低低的，皱着眉头，穿过等待室，朝办公室的安全地带前进。他显然知道席德正在等他，所以根本没去看席德，甚至拒绝承认席德的存在。詹森·商跟他在一起，一副护卫的样子，好像随时准备打断席德提出的任何延长时间请求。

"早安，长官。我需要与你见面商议。"席德以一种讨人厌的轻快声音朗声说道。他知道他应该要想办法让两个人和好，但管他的……

欧鲁克脚步不停地朝他神圣的办公室走去，但很显然觉得哪里不对劲，因为他知道席德没理由这么有自信。

"我知道是谁干的。"席德说。

欧鲁克还没走到办公室门前。这次他停下了脚步。致命的错误。

"你知道个屁。你甚至没遵照命令提交简报。你犯了程序错误。你的烂记录上又要添上一笔。"

"我的报告会直接送给拉尔夫·史蒂文斯。我有他的私人直接通信码。你真的想要我跟HDA说我知道怎么破案，却被你挡下吗？"

"我什么都没挡，你这没用的混蛋。"欧鲁克怒叱。

"好，因为我需要最后运行一次虚拟图像。"

欧鲁克朝席德走近了一步，通红的脸色变黑，凸显鼻子和脸颊上小小的一片蓝色血管。"你以为我不知道是谁让埃尔斯顿重新开启剧院的？你以为这很好玩吗？"

"我不觉得好玩。我有需要。我成功了。这是唯一重要的事。跟现在这件事一样。"

欧鲁克安静了一会儿，思考下一步选择，"你他妈的有什么？"

席德刻意看了一眼助理，然后看向詹森·商，"这个案子的保密层级高得不能再高了。"

欧鲁克的嘴唇抿成毫无血色的一条线。席德以为自己会听到磨牙的声音。

"给我进来！"欧鲁克怒吼，气冲冲地进入房间。

席德挑衅地朝詹森·商一笑，跟着欧鲁克进入房间。门关上，蓝色的指示灯亮起，窗户变得不透明。

"你很有胆子啊。"欧鲁克不情愿地说，在椅子上坐下。

"因为我可以证明。你我从一开始就知道这不是什么好案子。"

"我怎么会不知道。市长已经不接我电话了，史克普西斯却不停地打电话给我，那些HDA混蛋连半毛欧法元都没给，而你却像个新摩纳哥的寄生虫一样成天撒钱。"

"寄生虫弄不出有用的东西。"

"好了，你他妈的炫耀够久了。你昨天丢下你的人之后，找到什么了？你的消息最好不错。"

"地图不是地表。"

"什么？"

"他们骗过了我。就是这样。他们知道我们的程序，那些帮派向来很清楚，而且他们已经准备好对付我们的办法。你想想看，你刚杀了一个诺思族人，他妈的是个诺思啊！你也知道你会惹来一宇宙的麻烦上身，因为警察用在这个案子上的资源会庞大无比。可是你决定把我们骗得以为弃尸的手法很普通，会按照调查的标准流程走。那根本就是假饵。被破坏的罩网、在GSW区的烧车，通通都是要让我们以为他们完全是一般作案手法：出租车开到爱思维克码头，把尸体丢到泰恩河，再开到GSW，车子被烧光。我们知道发生了这些事，所以把一切都花在寻找开到爱思维克的出租车上。真的是一切：钱、政治手腕、人力、AI时间。以前从来没有运用这么庞大规模的虚拟现实办案，这是前所未有的，不可能有比这更大的手笔了。可是他们知道我们在找什么，他们引导我们以为他们破坏了整个城市的道路和监控管理系统，让他们可以把出租车运进去，而我们却没法确认。而我们——或者说我——被他骗过了。"

"好吧，你这死家伙，实际情况到底是什么样？"

席德叫他的e-i开启欧鲁克的一面屏幕墙。以水街为中心的地图出现。

"我们追踪了在星期天晚上弃尸时间的两个小时前进入这个区域的所有出租车，二百零七辆就是这么来的。可是我们没有算过到底有多少辆又出去。为什么要算？因为我们知道一定是其中一辆，毕竟我们在GSW找到它了，不是吗？如果我们算过到底有多少辆出去，就会查到数字不合。他们在我们眼皮底下调包了。"

他指向阿姆斯特朗工业园区上方，卡庭斯花园公园的西面。"这里已经不是小区公园了。去年8月，这里被卖给一个建筑商，很标准的纽卡斯尔都市开发案，议会把公共土地卖给最高标价者，想来也有不少第二账户因此肥了一些。可是在城市规划资料办公室库里，这里还是卡庭斯花园公园，因为他们还没提出申请。所以在我们的虚拟画面中，这里也是公园。然而建筑商只要去把那里清干净就行，这是他们有权利做的事情。

而他们去年9月就这么做了，把阿姆斯特朗工业园区后面的树林挖出一条路，挖土机直接开过去——这么一来就有一条泥土路完全没有登记在案。意思是，在没有半片罩网的地方，有一条路从岸边直接通向爱思维克码头。这里的这个铁网，就在通往奇亚诺展示间后面小巷的这一块，比任何门都还好开。我亲自去了那里，看了现场，用手就可以推倒它，更不用提开一辆出租车轧过去。你看看这个。"

他叫e-i换个档案。一个模糊的蓝灰色影像出现，显示一条双车道，正面正在落雪，两旁的建筑物是模糊的影子，街道的照明很差。车辆是一团团有着头灯的影子，缓慢地爬过。"他们在A695和公园路的交叉口把罩网破坏了，那里跟这条路几乎是平行。你可以看到这一段路的罩网也被破坏了，可是我昨晚在我们之前没有读过的记录里找了两个小时后，找到这个。这是从五百米外的乔治路木材场里的罩网得到的影像。他们懒得去破坏那里，因为角度差到不行，分辨率也很烂，它没有被设定去监看A695。可是即使有这么多限制，我们还是可以从这里看到那条路。你可以看到这个放大影像。这是星期天晚上十点零三分。"

e-i用紫框点出一对头灯从公园路出来。

"就我们对罩网的前期分析来看，这辆出租车顺着公园路开过去，右转上了A695，继续西行。路口附近的罩网都被破坏了，可是没关系，因为从进入破坏区到三十二秒后出破坏区的时间里，出租车的车牌是一样的。仿真数据给我们看到的唯一显示就是正常行驶的出租车，没什么好查的。我们的二百零七辆里没有它，为什么要查？"

他叫e-i播放影像。欧鲁克向前倾身。出租车的一对头灯右转进A695，立刻左转。头灯不见了，但是另一辆车同时转上A695。"另一辆出租车，一样的牌照码。他们让调包的时间配合得天衣无缝。他们大概星期六就把调包车停在那里，毕竟他们花了一整天准备这场骗局给我们看。"

欧鲁克朝屏幕点点头，眼睛从未离开明亮的头灯。"再运行一次虚拟现实。找到那他妈的混蛋，带来给我。"他以愤怒的低语说道。

这一次全像剧院的控制中心挤满了人。大家都想在场，想要参与正在发生的事情。席德早上与欧鲁克对峙的消息几秒钟之内就传遍了市场街警局。然后私人会面结束了，席德又获得许可，重新开启大剧院的虚拟现实……

所以原本的调查团队成员都列席，由黛德拉和伊娃操控，伊恩站在一旁，还有阿布纳和阿里。洛雷勒也在，完全不理会站在她旁边的克洛艾·希利与詹森·商。站在最前面，吐出的气息让玻璃蒙上薄雾的是欧鲁克，他看着席德亲自进入及膝深的虚拟市景，在满是白雪的周日夜间街道里追踪出租车。奥尔德雷德·诺思二代在他们刚开始运行虚拟图像时进来，站在欧鲁克的肩后，专注地看着。

影像一次播放五秒，让席德、黛德拉和伊娃能够检查记录，确保他们还在看同一辆出租车，没有改变牌照码，没有再调包一次。

"你们就这样查了二百零七辆出租车？这样一直停一直查？"欧鲁克问。

"是的，长官。"伊恩说。

"干得……好。"

"谢谢长官。"

席德听到他们的对话，但是没说什么。欧鲁克给了他缓刑，准备等得到倒查的结果之后才下定论。席德知道结果会是好的，但他没必要特别触怒局长。他离拿到五级警探的退休金，接下奥尔德雷德的工作邀请还有好一段路要走。不过，欧鲁克的位置大概两年后就会空出来……不行！想都不能想——那得牵扯到多少政治、背叛和交易。

在虚拟图像运行了四十三分钟后，席德看着出租车下了史坦赫街的斜坡，进入巨大圣詹姆斯镇楼的地下停车场，记录时间是九点五十一分。他冻结画面，看着出租车一半露在水泥斜坡外的影像，露出了然的笑容。"就是这里。"他低声说。出租车没有停在任何地方，没有接人，没有放人，"他们就是从这里载走尸体的。"

"你确定吗？"欧鲁克迟疑地问。

"它直接从这里开出去到卡庭斯花园公园调包，一定是这里。就算不是这里，我们还是可以从这里再继续往回查，但我现在需要圣詹姆斯镇楼里每一颗智慧粉尘的所有记录，从凶杀案发生前的星期四一直到下个星期一早上。"

"我去一趟吧。跟那里安全室的人亲自打声招呼可以让事情比较顺利，毕竟我们要的数据很多。"伊恩说。

"没错，你快去吧。"席德说完，瞥了欧鲁克一眼，"长官，我觉得我们需要拟定最后的策略。"

"你今天早上简直是只凤凰。"奥尔德雷德在前往六层的电梯里说，有他在身边让席德觉得安全很多。

"凤凰？"

"浴火重生啊。"

"我就跟你说他最可靠了。我从一开始就说，我们的席德绝对会替你破案。"欧鲁克说。

"我记得。"奥尔德雷德说，"虽然这么说，还是很厉害。"

"地图不是地表。"席德解释。

"每个警探报到的第一天我都这样告诉他们。让他们从一开始就调整好心态，脑袋放清楚点。"

"我们太仰赖数据分析了。"席德大着胆子不去接局长的话，"我们已经不再真正挽起袖子来做事，这一点让帮派们可以骗过我们。"

奥尔德雷德赞许地朝他点点头，"到此为止了。"

这次席德被准许坐在欧鲁克书桌对面的椅子上。窗户变得不透明。奥尔德雷德坐在他旁边，席德知道自己要什么都可以。

"我们现在需要绝对确定的消息。所以我要伊恩把圣詹姆斯镇楼搜集来的资料变成虚拟现实，我需要外聘单位来帮忙处理这些数据，还有很多AI时间。"

"我帮你处理。"欧鲁克说。

"谢谢你。可是我真正需要知道的是该怎么应对我们的两名督察员，史蒂文斯和史克普西斯。理论上有重大突破的第一时间，我就应该告知他们，现在绝对算是重大突破点，所以我们应该要告诉他们。但我真的不觉得现在需要他们的干涉。"

"同时把这个消息告诉他们，让他们去斗谁有管辖权。我会去跟奥古斯丁谈谈，他会知道该联络谁，我们必须确定不会因为他们内斗引起布鲁塞尔的注意而把这件事搞砸。我们还没逮到出租车司机，不能让他溜走，现在的情况必须绝对保密。"

"再安排一次虚拟现实应该有帮助。可以给警局的人泼泼冷水。"欧鲁克说。

"你们需要知道一件事。"奥尔德雷德说。

席德讶异地从眼角瞥了一眼那诺思家族人士。他不喜欢那个人的语气——听起来有点尴尬，这根本不是诺思族人会有的个性，更不要提奥尔德雷德。政治敏感度远大于席德的欧鲁克闻言全身紧绷。"你提出来的任何事情都会有助于案情。"警察局长以平稳的声音说。

"我住在圣詹姆斯镇楼南区的Ａ号顶层。"

"这样啊。"席德说，想弄清这件事的含义。在法律上，奥尔德雷德应该不能再继续担任他们的案件联络人，因为任何辩方律师都会主张他的存在代表预设立场，有可能会污染证据，可是这件事其实跟上法庭的关系一点都不大。

"事实上，我有好几名兄弟都住在圣詹姆斯。这也是没办法的事，那地方很高级，又在市中心，是最适合我们的地方。"奥尔德雷德说。

"纯粹从法律角度来看，这件事可能对案子有影响，警探，你怎么看？"欧鲁克很谨慎地说。

还真谢谢你。"星期五凶杀案发生时，你有不在场证明吗？"席德平静地说。

"不在场证明？"奥尔德雷德两边眉毛都扬了起来。

"是的，先生。只要能证明这点，就能让任何检视我们这边记录的辩护律师，看到没有任何预设立场的影响。"

"啊，我明白了。事实上，我那天在伦敦开会。我来看看行事历。"他对e-i低声说了什么，"我那天早上九点四十五分离开了圣詹姆斯，直接开到我公司部门的总部，接我的直升机已经准备好，停在屋顶上了，所以我再直接飞去伦敦。我的e-i可以给你我的会议时刻表，还有每个参与会议的人名与通信码。晚上十点的时候，我飞回纽卡斯尔，大概星期六凌晨一点回到圣詹姆斯。"

席德松了一口气，点点头，"很好查证。给我那些档案，还有你用的车子的牌照码，我让伊娃检查一遍，顶多花个一小时。"

"非常好。"

"这件事你要动作快点。"欧鲁克说。

"是的，长官。"

"所以死者有可能是圣詹姆斯的住户之一吗？"欧鲁克问。

"不是，长官。每个A支的诺思家族成员都确认存活。"

"所以这件事发生在有很多兄弟住着的地方，会有什么影响吗？"

"等我们抓到出租车司机，找出凶杀案发生地点时，就有答案了。"席德很讨厌给这种不是回答的回答，但是当警察的时间已经够久，这种话说起来流畅自如。

"可以。我要你随时跟我汇报最新状况。"

"当然。还有一件事。"席德说完，突然发现自己拥有两人全部的注意力。他压下笑容。这两个人最熟悉的就是这种政治交易。

"什么事，警探？"

"一旦我们找出出租车司机是谁，我希望由我的小组来担任逮捕工作。这是他们应得的。他们两个月以来，为了这件事累得人仰马翻。"席德说。

奥尔德雷德跟欧鲁克交换眼神。

"很公平。我来主持之后的媒体招待会，宣布我们抓到嫌疑犯，我保证这件功劳会算在你头上。"

席德得拼了命才忍住不大笑出声。这种手段欧鲁克样样了如指掌，冷酷地玩弄自如。"谢谢长官。"

2143 年 3 月 14 日，星期四

席德早该料到没他想得这么容易。伊恩一到巨大的圣詹姆斯镇楼就跟他联络，告诉他在那个无比重要的星期六，这里遭受了长时间的网络攻击，圣詹姆斯雇用来维护网络的电子维修公司直到周一中午才把罩网修好。

可是席德的突破让整个团队都动起了脑筋，想出了很有创意的解决办法。

席德站在第三办公室的全像亭，看着包围着他的低分辨率影像。一个很大的接待大厅，有着高耸的植物、昂贵的蓝黑色大理石墙，粗壮石柱撑着挑高的屋顶。"要我看什么？"他问。

"这是大厅接待员薇姬·瑟维的私人影像记录。圣詹姆斯会更新跟住户以及重要客户互动的员工智元，只要他们在圣詹姆斯的范围里，就会进行视觉记录，所有档案都会在一个安全数据库里储存五年，以备有法务需要。这是那里的安全标准。"

"很好。运行吧。"席德说。

1 月 13 日星期天的晚上九点二十七分，薇姬·瑟维正在协助一对年轻人，他们要入住圣詹姆斯的三家豪华精品旅馆之一。私人视觉影像每次都会让席德头晕，这次也不例外。薇姬的眼珠像是蜂鸟一般闪来闪去，朝两人微笑，低头看她的键盘空间，显示屏幕，扫视大厅寻找搬运行李

的员工，回看客人，确认他们带进多少行李，看男人久了一点，专注于他的脸（席德猜也许她觉得他长得帅），打量了一下他的衣着（应该是在评估样式和价钱）。

"来了。"伊娃警告。

在两人后面，一道电梯门打开，里面有一个人带着一个很大的轮式行李箱。三个人进去，门关起。影像冻结在一抹光中，门关起时，薇姬也转开了头。

"也许。那个包是够大。"席德颇为迟疑地说。

"我们计算了体积跟大小，够大。"伊娃说。

"时间点倒是吻合。知道那架电梯是上楼还是下楼的吗？"

"没办法查，但是那电梯一定是上楼。他是要去拿尸体。"阿里说。

"你听起来很有自信。"席德说。

"我们一整晚也不是白待的。"伊娃驳了他一句。

"继续说吧，宝贝，你尽管来。"席德说。

"其实这是阿里的主意。"她说。

"很简单，圣詹姆斯镇楼遭到网络破坏，但是那个帮派不可能预先知道他们使用的车库会有谁进出。"

"聪明。"席德努力把口气维持在赞许而非惊讶。也许奥尔德雷德说得对，他的确没料到三代也会有这么出色的头脑，"找到什么了？"

"有另外一辆出租车来接一名预约客人，那时候我们的目标还停在里面。那辆出租车的拥有人是一个独立驾驶员，名字叫麦特·乔登，这个人对于安全和事故权责都非常小心，所以他的车有一圈智慧粉尘，而且把罩网记录都留下了。"

席德身边的影像变了。他正看着一个标准的地下停车场，水泥墙和屋顶没有涂色，柱子之间停着一排排车辆。麦特·乔登的出租车停在一扇自动玻璃门外的临停区，玻璃门后就是电梯。

他们的嫌疑犯从门口出来，拖着巨大的行李箱。席德看得出来他有多费劲，小轮子在粗糙的水泥地板上不断抖动，整个过程他都背对着乔登的出租车。他走到临停区的尽头，然后绕到出租车后面，现在他们的视线被停在中间的两辆出租车挡住。一分钟后，车子开走。角落显示器的时间是九点五十分。

全像亭的影像消失，席德走出来，面对第三办公室整个团队。拉尔夫·史蒂文斯也在，浏览着他们的结果。他的表现符合情报人员身份，当席德一大早到办公室时，他已经在警局等着了。史克普西斯还没出现，所以席德猜拉尔夫和HDA赢了这场管辖权之争。

"调查方向抓得很好。"席德告诉阿里。

"谢了，老大。"

"所以那个人的脸部模样，我们只有接待员的视觉记录画面？"席德问。

"我在处理。需要很多AI影像填补，但是应该没问题，尤其是我们有他的身高和体重。"

嫌犯的脸出现在办公室屏幕墙上。席德猜测他四十多岁，有着圆鼻子、发际线已经开始往后退的黑发、小耳朵和大嘴巴，这张脸看起来实在不太像真人的脸，但席德知道阿布纳仅从薇姬·瑟维的远处意外一瞥，就能将画面复原到这种程度，已经很神奇了。

所有人都在看他，充满期待。"好，运行看看。"席德说。阿布纳很高调地在他的键盘空间里转了一个符号。席德没想到身份辨识结果会这么快就出来了，但是十八秒后，已经有画面出现在屏幕墙上，AI甚至还没开始运行GE的主要公民数据库：他们的嫌犯早已经存在于市场街警局网络，是帮派行动组输入的数据。

厄尼·雷因特，四十一岁，红盾帮中级成员。之前受雇于安全塔，一家合法的GE核准武装公司。他于2134年前往希腊出任务之后被解雇。安全塔当时受聘去"调查"政治异议人士，雷因特因为执勤行为问题而被解雇，他牵涉进了许多公司设备失踪事件，以及对两名被调查的人士动粗，造成伤者在医院里躺了三个月——全部支出由安全塔负责。帮派行动组登记他的地址在南盾区。他的合法公司是一家加洛区的汽车维修厂，同时也买卖二手车，此处被注记为帮派行动提供完美掩护。除此之外还有官方档案——因为小案子被告的出庭记录，许多的少年犯案记录，全都有备案，却从未被正式起诉。

席德抬头看着屏幕墙，墙上继续播放着厄尼破碎的人生种种。"你好，厄尼。我是席德，我要来拜访一下你了。"

席德立刻派伊恩和伊娃去调查西大路上的修车厂，这一趟的目的是要确认目标动向，两人要假装是一对想要买车的年轻情侣，细细观察厄尼厂里的东西，确认他本人是否在厂里，席德则同时要策划逮捕行动。阿布纳运行了一遍电子伪装，限制西大路上的跨网通信巢。席德找来北方都会服务公司提供五十名武装人员作为逮捕与现场封锁小组。

他们的车队出发，小组的人搭乘警车，带领八辆宝马地王汽车开过泰恩桥，走A104朝东边的加洛区前进。两架外聘直升机负责空中监控，配有地面追踪用传感器。城市交通管理AI保持他们的路况顺畅，改变每个路口的交通灯颜色，让他们能够一路不停地往前开。他们离车厂大概一英里的时候，分成三组，从不同方向前进。

席德坐在领头车的副驾驶座上，由阿里开车，他闭上眼睛好接受伊恩瞳孔智元的直接影像传输。后者跟伊娃正站在一辆车龄两年的沃尔沃旁，身边是厄尼·雷因特本人，正讨论着耗能和维修费用。

"一分钟。准备好了。"席德告诉伊恩。

透过伊恩的眼睛，席德看到正在滔滔不绝地解说沃尔沃上的冬季轮胎多么耐用的厄尼突然停下，皱眉看向西大路。

"老大，有很多通信正朝目标的e-i送去。我不能全部挡下又维持他的跨网联机不中断。"

阿里开着警车转上西大路，离车厂还有三百米。"踩到底！"席德命令。警笛声大起，加速度让他整个人贴上椅背。"空中小组：降落，锁定目标；地面小组：立刻出动！"

警笛响彻车厂时，厄尼退开沃尔沃一步，转身要——

"别动！"伊恩警告。他拔出手枪，激光红点瞄准厄尼的灰色毛衣。伊娃也拔出武器，瞄准从车厂维修区探头出来的技师们。

厄尼甚至还来不及迈开一步便已经跪在地上，双手抱在头后，席德的警车吱的一声停在车厂前院。直升机盘旋在正上方屋顶高的位置，刮起的劲风逼得所有人要弯腰才顶得住，地王汽车封锁了车厂两边的路面。

穿着轻型防弹装备的外聘警员散开，命令无关人等离开。两支武装小组冲入车厂。

"进来。"席德命令武装囚车。他们把厄尼塞入小货车车厢，宣读他的权利。席德根本不在乎，只想把他带到不会被来复枪一枪解决的安全场所。小货车里有很有效的网络屏蔽器，伊恩和伊娃开始搜厄尼身，一面手动，一面扫描。

直升机升起。五名车厂工作人员被警察拖了出来，逼着他们跪在前院，阿里将他们一一铐上手铐。

拉尔夫来到武装囚车后面，看着一脸阴霾的厄尼坐在车内的铁网之后。"做得好，席德。"

"谢谢。"

"我们真的很感谢你，但是……对不起，职责所在。"

席德皱眉，"什么？"

三辆巨大的黑色军用直升机出现，低低飞入车厂后面的工业区，一架很快降落在西大路上的地王汽车之间，螺旋桨只差一点就要扫到修车厂的屋角。三名穿着西装的男人从直升车侧门跳下，跑向囚车。另外两架直升机悬挂在天空，武器架从短短的前翼冒出，威胁地旋转着。

"无意冒犯，但我们的审问会比你们更彻底。我们不需要担心律师和人权。"拉尔夫大喊，声音压过引擎和螺旋桨的噪声。

"你不能这么做！"席德愤怒地吼道。

"我们是HDA，这是我们的领域。请把他交给我们，席德。"

三名穿着西装的男人来到拉尔夫背后。席德心一沉，知道根本不用再争。他挥手招来表情冷硬的伊恩，"把他带出来。"

厄尼桀骜不驯的表情消失了，现在看起来相当担心。HDA护卫抓住他的两只手臂，把他推向直升机。

"现在怎么样？"席德大喊。

"继续调查。找出圣詹姆斯镇楼里发生了什么事。我们有消息后会再通知你。"拉尔夫说。

这一句让人遍体生寒的话，挡住了席德接下来的任何抗议。他站在厄尼的烂二手车阵之中，伊娃在一边，伊恩在另一边，其他队员在前院，一起看着他们的胜利消失在直升机里。螺旋桨全速旋转，拔地而起。

"混蛋！"伊恩朝强劲的气流大吼。

席德无力地看着四周，这才想到，他得要联络欧鲁克，后者正等着确认成功逮捕人犯，好能够办场媒体招待会。"他妈的。"他哀咒一声。

2143 年 3 月 16 日，星期六

"你在哪里？"帕瑞西·艾维特下士的声音听起来无比可怜、无比焦虑。

"前进途中。"拉维·亨德里克安抚他。从导航图像中查出数据对他而言已经是一种习惯——根本不需要 e-i 分析，"再五分钟。"

湿热的大雨打在柏林机宽广的挡风玻璃上，拉维驾驶着沉重的飞机快速低飞过丛林，响应搜寻小队的紧急求救通信。雨刷已经起不到什么作用，弧形玻璃窗上的水流早就让他看不见五十米下方起起伏伏的树顶。他看到的景象多半来自跟头盔网络镜片连接的瞳孔智元，依靠直升机的网络将机鼻上的特殊光学传感器、机身智慧粉尘罩网和雷达三方采集到的数据混合为一。肉眼看到的景象几乎只会让他分心，但拉维是很有经验的飞行员，很清楚绝对不可以只依赖软件产生的影像，肉眼仍然是驾驶员最大的助力。

长条的白雾在山坡上翻滚，但电子仪器几乎显现不了雾的存在，它的浓度不够，不会以云朵的形式呈现在屏幕上，但是可见度却低到可以藏匿各种意想不到的情况。拉维总是很提防圣天秤星上长得比较高的几种树，如大牛鞭树或大珂亚树或吸血刺，它们从树林间向上伸出，准备抓住不够小心的猎物。几个星期前，他就见过一棵超过一百米高的吸血刺。

今天，离巫岗五十公里外，在一片陡峭山丘与纵谷间的崎岖地面上，他更加提高警戒。早上天气很阴沉，天狼星被堆积在天际高处的黑云遮蔽，让山谷和河流提早进入暮色。湿度降低了涡轮的功率，他的e-i正在读取巫岗和搜寻小队间的联结——每个人都濒临失控，不断地大吼，听起来就是一连串混乱的杂音。康尼夫医生正口头指示安杰拉·特拉梅洛和雷欧拉·福克斯使用紧急装备里的器具处理一个很深的伤口。可怜的马帝·欧瑞利像是被某种不平整的树枝刺穿了大腿。大家都在高声吼叫，中间夹杂着马帝的尖叫声；朱厄尼塔·沙可同时也在呼叫医生，因为他需要固定戴夫·葛兹曼的脊椎。拉维认为这是一个很明显的状况：急救员专注于戴夫的断背而不是马帝，但听起来马帝的腿似乎不断在往外喷血。这一片惊慌的声音，让拉维很高兴自己不能分神去看安杰拉跟医生之间正在进行的影像传输。

"我们现在听得到你的声音了。"帕瑞西·艾维特说。

"你高兴就好。"拉维喃喃自语。闪电在雨水跟云朵间闪烁。

柏林机飞过一条山脉，转入山谷，两边的斜坡之上都是绵延不断的植被。传感器立刻锁定车队，行动生化实验室和两辆多功能热带型越野车停在一道峡谷的正上方，在满是泥泞的高大灌木、杂乱树丛、岩石堆间依稀可见。当雷达显示MTJ半挂在山壁边时，拉维忍不住同情地皱起眉。它一定是翻滚了很多次以后，才撞上那片灰绿色提柳之间的岩石堆。他们根本不应该开得离悬崖这么近，但这个问题留待让埃尔斯顿上校处理。

拉维一眼扫过这个区域，寻找空地。他知道一定没有，但圣天秤星绝对是一个充满意外的世界。大概有十个人站在山谷顶端，雨衣上不断往下流着雨水。小小的紫色和红色攀爬绳系着他们以及破烂的MTJ。更多人在残骸之间爬来爬去，全身湿透，满是泥巴。

"你能降落吗？"帕瑞西问。

拉维绕着事发现场盘旋，观察着斜坡和浓密的树丛。树干间的距离可以让车队车辆穿过丛林，但是柏林机太大了。

"不可能。哪里都没地方。"拉维告诉他。

"我的人在下面，受伤了。"

"我知道。我会停在空中。我们得把他们吊起来。"

"好吧。"

拉维再次掉转柏林机，机内的托克·埃里克森帮利夫·戴维迪亚、穆罕默德·安瓦、马克·奇蒂扣上背带。马克会帮他们治疗伤员，另外两名拥有吊架证照的队员会把伤员固定到柏林机的医疗搬运担架上。

柏林机飞在雨雾中，螺旋桨把雨滴重重地甩在植物上。拉维现在已经飞得跟斜谷顶端的车辆一样高，越靠越近，随时调整机身以应付暴雨与山谷不定期刮起的小飓风。正前方是安特利奈·维亚纳还有马文·特朗毕，他近得可以看见他们严肃的表情。闪电再次在直升机后方某处闪过，机身罩网传来的影像显示他在MTJ的正上方。托克打开机身侧门，拉维锁定扫描传感器，注意不让柏林机被气流甩来甩去。

"可以放下吊架。"他告诉托克。

最先下去的两人吊在坚韧的碳纤绳索上，像是蜘蛛一般灵敏地滑向下方的意外现场。看着他们下去的速度，拉维知道可能需要花上一个小时才能将五名伤势严重的先锋军载上柏林机。他要在暴雨与混乱的风速间完美保持不动。这没问题。对一名曾经在沾斯潮里服役的前雷刺驾驶员来说，在这种天气下飞行一小时，根本算不了什么。

2119年，拉维驻扎在南内华达的葛鲁湖，这是地球上负责太空防御的两座美国战略太空军队前线基地之一。当时的他，十三个月前才刚获准驾驶新型洛克西德SF-100雷刺机，那是美国对HDA的主要贡献。

第一波沾斯潮警报传来时，他正在拉斯韦加斯狠狠地放大假，把六个月的飞行奖金都花得差不多了。基地指挥官的反应迅速且令人佩服，派遣了一批直升机到沙漠中央宛如俗丽珠宝的城市里，把她的服役人员都接回来。两个小时内，所有人都神志清醒地回到基地，同时，葛鲁湖的战用通道技师也打开了通往新佛罗里达的跨太空联结。

拉维跟他的副驾驶，一级轰炸员邓纳姆·沃尔什，以及其他的狂野女武神机队驾驶员，一起在飞行前简报室里了解新佛罗里达的基本地理分布。这个美属星球有九块主要大陆，只有三块——奥克兰、坦帕、长戴德——高度开发的程度到成立了州，以及有众议员代表在华盛顿。HDA指挥部分狂野女武神机队去守护北奥克兰区，范围有三百二十五万平方英里。基地指挥官祝他们与上帝同在，命令全体进入红色警戒状态。

拉维和邓纳姆开车来到他们的"恶人尼俄柏号"雷刺机旁。飞机停在寒冷的沙漠夜空下，群星明亮地在头顶上闪烁。邓纳姆说，那是在嘲笑他们。拉维爱雷刺暴力的三百一十七吨导弹级精密机身，更爱着太空机的所有一切，包括每架十八亿的造价。SF-100从机头到机尾有五十八米，伸缩机翼在完全展开时，两端总共有五十三米宽，在进行外层空间飞行时，机翼可后缩成流利的三十一米宽。它在全空中模式——包括闸门关上，武器收回——拥有设计团队能做出的最流线化造型。锐利的弯弧表面让机翼可完全收入机身，机翼尾部的引擎舱里有涡轮风扇与推进火箭，令机身最上面冒出两根像鲨鱼鳍的凸起，上机身有一个微凸的地方装下椭圆形的驾驶舱，附有狭窄银色的全包式挡风玻璃。机身是晶亮的黑色金属陶瓷，极能抵抗缠斗中不可避免的狂暴热浪与放射线。

拉维在驾驶位坐定，把驾驶服管线插入接口。太空机的战略网开始上传新佛罗里达外星区域数据。美国战略太空军队上传了他们的武器码，地勤长确认油箱加满，管线移除，拉维放开地面刹车，雷刺机缓缓向前滑行，排在八十五架准备出战的狂野女武神机队的第十九位。

机队一一开出到沙漠的夜空下，顺着基地的滑行道咆哮地排上跨太空跑道。跑道尽头是椭圆形的银灰色战用通道，像是一抹被困住的月光。

拉维看着战队指挥官开启她的雷刺涡轮扇，巨大的太空机向前疾冲，在半英里长的跑道上猛然加速。SF-100到达每小时两百英里的最高地面速度以后，冲过通道，第二架雷刺已跟随其后加速前进。

五分钟的煎熬等待后，拉维他们来到出发跑道，看着"超悍伊俄勒号"的四枚刺目橙红色排气孔在前面疾驶而去。他将推进器推到底，"恶人尼俄柏号"在涡轮的咆哮中兴奋地前冲，加速度让他整个人贴上椅背，超悍爱奥号消失在前方的战用通道里。

"害怕吗？"拉维兴奋地大喊。

"当然！"邓纳姆回吼。

拉维开心地大笑。"恶人尼俄柏号"冲过战用通道进入新佛罗里达上方七百五十公里的太空。

噪声瞬间被吸走，因为随同他们一起被卷入通道的稀薄地球大气在一阵刺目的闪光中飞速消散，让他们的周围只剩下真空。"恶人尼俄柏号"的涡轮扇因为气流消失而断续地停下。拉维握在操控杆上的手微微放松。当前的空间似乎没有敌人。引擎舱的引气闸门关闭，战用通道已经消失，一如所有非固定占用跨太空联结那样。难得这次的入侵状况对HDA有利，让葛鲁湖可以将派出的雷刺分布成保护伞阵型，俯瞰他们的目标大陆。

拉维到达太空后的最先五秒是进行必要的视觉与战略协调。

圆弧的星球表面离他们远去，一片天际线切过邓纳姆那一侧的挡风玻璃。新佛罗里达浓密的云带在金色的阳光下明亮闪烁。奥克兰大陆是一片褐色山脉与蓝绿色的植被，河流与沼泽地闪烁着金光。拉维来到此处后快速一瞥，没有在慵懒云朵下看到任何人类文明的迹象，但在下方的大陆上有一千两百万美国公民住在此处，全都慌乱地想要赶到能把他们带回安全的迈阿密的通道。他现在的任务就是为他们争取时间。

灿烂的星辰已经在爆发，以宇宙距离来说，不算是很远的距离，明亮的等离子云雾散开。第一枚Mk-7009核子弹击中了敌人，爆炸。在拉维眼里，那些爆炸看起来跟普通的烟火差不多，都是因为驾驶舱挡风玻璃的放射线阻挡功能。"恶人尼俄柏号"不会让她的人类机员受到新佛罗里达上空电离层里充斥的高能量碎片与放射线伤害。

闸门顺着"恶人尼俄柏号"的脊椎骨架——向两侧打开，伸出传感器对周围扫描。一片银色散热片同时在后机身翘起，释放雷刺无数系统产生的热能。

"备战完成。"邓纳姆宣布。

头盔网络镜片投射出的3D雷达屏幕在拉维的视线范围中展开，影像不断跳跃，图像的线条模糊、颤抖。

"电磁波干扰很严重。"他嘟囔一声。才出通道二十秒，外头的干扰已经十分严重。"恶人尼俄柏号"的电子仪器有特别加强的防干扰功能，但是就连她的战略网都受到影响，运行效能远远不及理想水平。

"对啊，量子状态也扭曲了，完全没办法跟星球卫星链接。我们没有通信网了。"

"地面站呢？"

"也不行。核子弹和裂缝扭曲把电磁波谱弄得乱七八糟。"

"好吧。我们该干什么就干什么去。"

"恶人尼俄柏号"开始下坠。他们冲出通道的速度没有到达绕行轨道速度，因为战用通道的向量是以星球地面位置为准，所以重力开始影响战机。拉维再次抓住操控杆，启动反应控制喷射器。一波波热气流从引擎舱后方聚集的小喷射口中冒出。雷刺以尾翼为底，扬起机身，然后……

"他妈的。"拉维低声咒道，首次确确切切地看到他们巨大、可怕、不可能击败的敌人出现在挡风玻璃前。

在他们二百公里外的上方，沾斯正在宇宙时空中撕开大片裂缝，疯狂涌入新佛罗里达星系。鲜红与紫红的多角星云包围着星球，似乎是随机地盘旋、消长，像一片刺目的披风，几乎要遮蔽远处干净的星光。一块块沾斯正缓慢地从裂缝的无尽空无中渗透出，看起来像是有棱角的水滴，底部约有二百米宽。它们跟雷刺机一样，与星球的相对速度是零，但重力很快便捕捉到它们，把每一块拖住，沾斯根本不用进入大气层，就已经一块块以终端速度冲向地面。外表看起来像是假冰山，内部有无尽的折射表面，阳光与星光在沾斯周围四散，使它们从空无的太空往下坠落时，散发出彩虹般的光芒。

"这里看起来像是被天使拉了满头屎一样。"邓纳姆没好气地说。

"不对。"拉维咆哮，生气自己居然因为看到几十亿吨的刺目沾斯碎片正朝自己落下而惊慌，"这混蛋跟天使沾不上半点边。"他发射了"恶人尼俄柏号"的六枚主要火箭。自燃燃料在引擎舱后方的钟形喷射口混合、燃烧。噪声和颤动再次在驾驶舱中出现。三G的重力加速度让他重重往椅背一撞，雷刺像是愤怒的半神体一样被炙热的火柱推动，朝挑衅的入侵者奔去。

武器槽打开。载着D炸药飞弹的发射轨道扬起，电子设备已经尽量被简化与加强，能够与无向量裂缝造成的怪异离子变动相抗衡。圆形的导弹头冒出契忍可夫辐射的邪恶紫光，罕见元素的光子带被限制在压缩状态中，几乎没有进入时空。

拉维关闭火箭引擎，"恶人尼俄柏号"继续无声地攀升。正前方是一片闪烁的裂缝，形状像是一团被压扁的棉花糖，上万的细小红色裂缝在邪恶的旋涡中同时扭动；沾斯块从赤红的薄雾间缓慢渗出，行动宁静优雅，无数的切面沐浴在金色的阳光下，开始朝星球悠长地坠落。

"那就是我们的贱人。"拉维说。机鼻的量子传感器告诉他裂缝还有八十公里远。

"四枚武装。I-G锁定，十五秒后准备发射。"邓纳姆说。

"确认。"拉维在武器控制面板上输入密码，"导弹启动。你拥有发射权限。"

雷达发现第一批的沾斯潮开始逼近新佛罗里达，任何一块撞上大陆后会造成的损害都无比巨大。撞击引发的冲击地震会让两公里范围内的所有人立刻死去。拉维想要发射"恶人尼俄柏号"的每一枚Mk-7009，把沾斯块炸成带有辐射的片片碎片。

"这么做没用的。"他低声说。冰冷的闪光如今散播在他面前，无所不在地落下。好几千，好几万块……这还只是开始。

"什么？"邓纳姆问。

"我们谁都救不了。没有人能够活下来。"

"拉维，你清醒点！"

葛鲁湖的心理咨询师把这个称为"现实冲击"。突然意识到沾斯的巨大，面对无可抗衡的敌人，人类的灵魂只能缩成一团，可怜地呜咽。

"该死的。"邓纳姆咆哮。他翻起发射钮上的红色保护盖，按下每一枚按钮，"四枚点亮。"

"恶人尼俄柏号"颤抖着。飞弹以十倍的重力加速度飞出，浓密的火箭喷射废气包围住雷刺，形成一片被阳光染金的碎点，几秒后便消失。

拉维看着烟雾消失在扭曲的猩红裂缝前。巨大的沾斯碎块星座群集闪闪发光，随着被重力拉近，越发明亮。

"你他妈的怎么了？"邓纳姆质问。

"你没看到那是什么吗？"

"我当然看得到。十秒后D炸弹引爆。"

拉维试着不要对邓纳姆强壮的乐观发出冷笑。裂缝引发的量子扭曲让电子仪器彻底失常，只要有一枚导弹能击中上方的可怖赤红就已经算很好运，但他发现自己仍然开始倒数。

两枚D炸弹爆炸。沾斯的红光联结了当前时空以及其未知根源，而这片红光的存在仰赖非常微妙的平衡。灿烂的紫红色星形光芒，意味着百万吨核融爆炸强化的空间不连贯性效果摧毁了这平衡。D炸弹挫伤了裂缝。拉维看到被炸出的脏褐色伪维度空间区块不断颤抖，像是被雷劈到的皮肉，猛烈后缩。褐色污渍非常快速地扩散，穿过互相联结的红色云片并扭曲它们。裂缝颤抖，吐出一道道怪异的能量，仿佛在流泪哭泣，然后整片区域萎缩，朝中心压缩到极致后，恢复成正常的宇宙空间，那一块原本不断掉落的沾斯潮也随之消失。

拉维咧嘴大笑。D炸弹成功击溃了沾斯，把裂缝修补起来。我们是有用的。虽然用处不大，但是确实有用。

他浏览着雷达显示屏幕。"恶人尼俄柏号"的数字功能随着裂缝的消失而有所增强。战略网正为落下的沾斯块计算落点，Mk-7009从武器槽里升起。

"该我们大肆破坏一番了。"拉维说。

他们在新佛罗里达上空的真空状态里度过了四小时，做出的所有闪避动作种类已经超出拉维的记忆范围。能量降低到百分之二十。第二阶段的裂缝渐渐开始出现，比第一批要高五百公里。从"恶人尼俄柏号"的高度估算，D炸弹勉强能够到新的裂缝。他们还剩下七枚Mk-7009。一旦这些炸弹用完，太空机就必须让重力带着他们滑行到地面，穿过通道返回葛鲁湖，在那里重新补充燃料和弹头。

四枚D炸弹飞向上方鲜红色的多刺裂口。

"有物体逼近。"邓纳姆警告。

拉维已经看到一片石块大小的碎片飞近。"恶人尼俄柏号"的火箭推进器猛烈地燃烧，带着他们飞离。随着四散的残骸越来越多，他们这一区也变得越发危险。他抓住操控杆，让巨大的雷刺翻滚。更多系统停止运行，在南边比较低的空域，十几枚核弹引爆了。雷达显示几乎是空白。

"我没有——"拉维开口。

撞击的噪声大到像是有人狠狠一拳挥中他的头。他不知道自己是否失去神志——在这段不知道长短的时间里，他完全失去思考能力。当终于能再次集中心神时，他什么都听不到，连自己的呼吸都听不见。他的装备整个绷紧。机舱被穿透了！他不需要剩余的些微显示画面也知道"恶人尼俄柏号"正混乱地翻滚，被重力拖向地面。有东西遮住他一半的视线，图像在一团暗色潮湿里扭动。他凭直觉举起手，抹开头盔面罩。手套被染成一片红。

"邓纳姆。"拉维擦掉更多血，转身，"邓纳姆！"他的肌肉因惊骇而僵硬。碎石大小的沾斯块穿过金属陶瓷机身以及驾驶舱撞击防护罩，把邓纳姆的头和大块的肩膀削掉了。撞坏的头盔仍然在驾驶舱里滚动，被乱震乱晃的太空机甩来甩去。

拉维忍住反胃的冲动。手凭直觉地翻开外装上的大腿包，用力按下止吐剂。药物带来的暖意随着血液流过全身。

优先处理：停止"恶人尼俄柏号"的翻滚。他握住操控杆，靠一次次的试探判断还能掌控多少系统。右舷引擎舱似乎受损最严重。他缓慢地一点一滴催加气体，让令人晕眩的翻滚渐渐停止，受伤的太空机终于停下来——与星球位置呈四十度垂角，机鼻指向东南方。被破坏的飞行控制台正在自我调整，战略网用剩余的显示屏幕呈现必要信息。"恶人尼俄柏号"某个裂开的槽还在流失某种气体，机鼻又开始飘移。

拉维发现不受控制的气体流泄问题是左舷的二氧化氮槽，于是打开阀门把剩余的液体通过非推进出口排出。几个能源槽被破坏了。机体压力网回报数量惊人的刺穿点。

"还有一名死掉的副驾驶。"他凶狠地低语。

雷达还运作正常，正显示有大量的高速碎块在他四周落下。雷刺的主要撞击防御目标，也就是巨大的宇宙空间，正随着每分钟的过去在递减。狂野女武神机队出奇地成功，击中好几百块沾斯。现在拉维只好承担成功的后果：他大概很快就会因此而死掉，就连幸存的沾斯都逃不过碎块的攻击。

他再次轻碰操控杆，缓缓地掉转机头，直到机鼻直接指向受创的星球，然后又启动了主推进器。他现在只剩下三架正常运转的推进器，因此必须随时进行调整，二十秒持续的燃烧再搭配重力，带着他朝星球飞去。

随着"恶人尼俄柏号"向下降落，重力越发明显。拉维最后一次调整太空机的位置，摆平了机身，让机腹平平地贴向大气层。邓纳姆的头盔轻轻地落在驾驶舱的地面，停在拉维的脚边，无头尸体向前倾倒，双臂下垂。因真空而沸腾的血迹缓缓地顺着墙壁、控制台、玻璃罩流下，画出鲜红长痕。

拉维尽量不去看血腥的四周。传感器缩回机体，闸门再次合上。阻力板以及翼形弯度制动装置进行测试。战略网的结论是整体运作情况不太好。拉维认命地笑了笑。

电离层布满了波纹丝绸般的磷光，强烈到遮蔽了下方的地面。狂野女武神同伴们在坦帕与长戴德上方释放数百次核子爆炸，让新佛罗里达的大气层充满高能量碎块与强烈的辐射，使电离层的电量过度饱和。就算沾斯现在立刻停止潮涌，这个星球的大气层也要花上好几个世纪才能恢复过来。

"恶人尼俄柏号"下降，进入燃烧的大漩涡。风阻表面开始划破充满能量的浓密云雾，拉维感觉整个机舱都在震动。一组新的红色警戒符号急迫地闪烁。他看不穿饱受污染的电离层，只有不断的闪光，都是沾斯碎块爆炸时的团团火球。

"我们会带你回家的。你别担心。"拉维对邓纳姆的遗体承诺。

他们很快在大气层落下。拉维让机鼻朝下，利用机翼剖面把下坠之势转换成向前的动力。他们穿过饱含电离层的鼓胀底部，扭曲的诡异阳光充满了机舱，直直进入巨大的电子风暴。闪电撕裂空气，顺着雷刺的机翼弹跳，每隔一段时间就从翼尖朝太空机行进的反方向吐出明亮的电球。

进入云层之后，新佛罗里达用来欢迎它的防卫队的攻击武器又多了一项——豪雨。拉维伸展雷刺的机翼，听着机翼伸展到极致时压力结构发出的吱嘎声。下降的角度开始趋向平缓，他现在只靠着调整惯性飞行，绕了一个大弯要在扬威奇机场降落，HDA的回收通道就在那里等着他。

拉维离开云层七十公里，以2.8马赫的速度飞行时，雷达发出逼近警告。他带着"恶人尼俄柏号"猛然右转，正好瞥到北面十公里有一整块沾斯完整地从黑暗的云层冲出，在滂沱大雨中直冲而下，多棱角的表面在减弱的阳光下隐约地闪烁。撞击激起一片浓密的脏污云圈，遮住了沾斯块。拉维屏住呼吸，怅然盼望撞击力会像7009一样让这外星怪物变成碎块。可是随着脏云被雨水冲刷走，他已经可以看到它以垂直的角度立在巨大的凹洞中央。

他心想，重点向来不是拯救世界，只是让人们有脱逃的时间。也许有一天HDA会找到办法来破坏裂缝，把沾斯引离人类居住的跨星际星球，不过他怀疑到那时，他的孙子们也都已经有孙子了。

拉维看到所有机底轮子都滑下、锁定，给了他三枚绿灯时，略感讶异。离跑道十公里处，雷刺的四座涡轮扇中的三座亮起，地面雷达找到他，他跟空中交通控制中心有了基本的通信，战略网正将"恶人尼俄柏号"的状态下载到葛鲁湖。

虽然损坏严重，拉维仍然成功地以机轮在跑道的正中央着陆。紧急救护车辆一路追着他，直到滑行到尽头的通道前。他来到通道时，狂野女武神机队的另一架雷刺正在后面降落。

回收通道的另一端是绝对的冲击，让他有点恍惚。前一刻他还在即将死于残暴异种入侵的异星球上挣扎求生，下一刻他已经回到宽广平静的内华达天空，熟悉的葛鲁湖建筑物散发出例行欢迎的热浪。工程车辆聚集在"恶人尼俄柏号"周围。拉维关闭了涡轮扇，卡车也开始朝太空机喷洒黏腻的碧蓝色消毒液体。技师插入管线，拖曳车自行与机首轮胎连接，拖着他进入战略工事停机棚。

他们驶入巨大的建筑物时，他看到十二架雷刺机已经停放在机械修整机位里，排成一列，其中两架的状况看起来比"恶人尼俄柏号"还惨。穿着防辐射衣的工程人员似乎无所不在，攀爬在每一片机身表面上，遥控工具以及机位AI在一旁协助。机械手臂把破裂的机壳从压力结构上移除，更多手臂把新的机壳铺上。被撞坏的引擎舱直接被取下，换入新的。所有机上系统都已经模块化，任何毁损的部位皆可快速被拆卸，立刻补上新零件。

两个小时又二十分钟后，"恶人尼俄柏号"又恢复成可飞行状态。

"让我回去。"拉维向战队指挥官恳求。他之前看到托合与詹宁站在通往修补好的机舱梯子下时，愤怒不已。

"你失去了邓纳姆。"指挥官说。

"不能怪我！沾斯碎块击中了他。只要偏个半米，现在跟你说话的人就会是他，不是我。只是概率而已。这跟我的能力无关。拜托了！邓纳姆和我，我们俩炸飞了五十块沾斯。"

"你碰到的情况很糟，拉维。我不知道你有没有办法再应付同样的情况。"

"那里很棒。我很棒。拜托，我干掉了五十块沾斯，还把'恶人尼俄柏号'带回来了。你又没有克隆出一堆驾驶员，我们又不是诺思家族。拜托，让我回去。让我用点亢太保持清醒就好，我会再帮你干掉五十块。你该不会真的认为托合是比我优秀的驾驶员吧？"

"托合跟你一样好——"

"他哪里跟我一样好！"

"可是你说得对，我的驾驶员不够。所以你去休息一下，等'恶人尼俄柏号'回来，我再派你出去。"

拉维最后飞了六趟针对新佛罗里达沾斯潮的攻击行动。他没想过第四次以后，自己还能活着回来。最后"恶人尼俄柏号"的左舷下方机架在降落时整个崩溃，逼得他只好把驾驶舱弹射出来，最后太空机翻滚成一团火球，就连战略工事停机棚也修不好。他最后两趟飞了不一样的雷刺机，因为驾驶员损失的速度太快。新佛罗里达上空的太空辐射量变得极端危险，但是雷刺依然在飞，只是随着时间过去，射中裂缝的D炸弹越来越少，粉碎的沾斯碎块也越来越少，如今裂缝在新佛罗里达的上空已有三千公里宽。他们不断出发，只是因为没有别人会帮助受困的人民。

最后，在沾斯潮开始四天后，每个幸存的机队成员愤怒又沮丧地发现，HDA指挥所停止了太空防御飞行。横跨五千公里的裂缝已经出现在新佛罗里达的上空，裂缝和大气层中间的太空是一片沾斯碎片风暴，可以粉碎任何太空机。电离层因为辐射而发光，让新佛罗里达看起来像一颗沁凉的太阳。

已经没有可供他们拯救的东西了。

万斯·埃尔斯顿不断擦拭额头上的汗滴，柏林机在如雷吼声中刚把伤员送到巫岗，便又飞回丛林另一边的意外现场。直升机座舱里热得很不舒服，但没人有心情开空调。托克·埃里克森靠在大开的侧门旁，边嚼着口香糖，边看着碧绿闪亮的树海。已经快要傍晚，圣天秤星湿热的空气令人难以忍受。奇怪的是，大开的侧门以及不过在一米上方逆时针旋转的螺旋桨，完全没有带入任何凉爽的空气，万斯认为凉爽这两个字根本不存在于这个星球。

"两分钟后抵达。"拉维·亨德里克宣布。

万斯检查一遍安全背带后，便走到托克的座椅后面，低头看着起伏的地面。这一区多为矮丘，虽然有坡度，却并非无法翻越，问题都来自丛林；树木长得密密麻麻，车辆根本无法穿过浓密的低矮植物，不过研究车队仍然开到离巫岗五十公里以外的这里。车辆轧过低矮的植物，用MTJ前方的自动锯子切断任何木质的阻碍或缠绕，像是树干、矮枝，或是纠缠无尽的藤蔓，所以他们才带了这么强壮结实的车辆来，这些车子可以推、切、撞开石头以外的任何东西。

托克伸出手一指，"那里。"他大吼好盖过螺旋桨的噪声。

万斯看向翻车地点。植物上升起丝丝水雾，早上的雨很快在赤裸的天狼星阳光下蒸发，一层骚动不断的薄雾纠缠在停在峡谷山崖上方的行动生化实验室以及两辆多功能热带型越野车周围。车上装着各式各样的箱子和背包，都是研究车队为了过夜需要的所有帐篷和设备。他的目光循着泥泞的陡峭山壁往下。红褐色土壤上有长长的刮痕，压烂的植物，最后是侧靠在一片岩石上的MTJ。它负载的行李因为撞击而裂开，地上到处都散着杂物、帐篷、衣服，在惯常的微风里飘摇。两名先锋军蹲在废弃的车辆旁，纤细艳丽的攀爬绳绑在他们的腰带上，另一端连着峡谷上方。

"该死的。"万斯低声骂了一句，习惯性地在胸前画个十字。迪瑞特根本不该把车开得这么边缘。当然，有后见之明的他自然会这么说，但当时与这片丛林搏斗的人又不是他。

柏林机飞过静止的车辆，降落在他们上方二十米的位置。乔木和灌木在直升机刮起的大风里摇头晃脑。

"长官，如果你要下去的话……"托克说。

万斯严肃地点点头，努力不让别人看出他的紧张。他上一次这么做的时候还在受训，那已经是很久以前的事。"好。"

托克拉出大概一米的绞索，扣在万斯的背带上。绞盘臂伸向机舱外。万斯又想要在身前画个十字，但压下了冲动。托克在他的头盔上轻拍了两次，他便将身体探出门外，让绞盘承载他的体重，随着绞索的延伸，慢慢朝地面一边打转，一边降落。

帕瑞西·艾维特抓住万斯的双腿，让他稳稳地站在地面上。绞索被解开，柏林机飞离，悬停在MTJ正上方。

"长官。"艾维特下士行礼，万斯回礼。帕瑞西全身的泥巴正在被蓝白色的灿烂阳光烤干，年轻的脸庞上满是担心、愤怒和疲累，"长官，他们怎么样了？"

万斯忍不住瞥向停在行动生化实验室旁的三个黑色运尸袋。里面是当时坐在迪瑞特身边副驾驶座的希龙下士、皮斯-戴维斯大兵，还有拉蒙·毕肯大兵。"医生觉得欧瑞利应该可以保住他的腿。特拉梅洛和福克斯取出树枝的工作做得很好。斯利思和迪瑞特不会有事，他们只是骨折而已。可是医生对葛兹曼的情况不放心。亚贝利亚可以更好地治疗他，所以等他回到那里以后，我们可以知道更多详情。他们四个人会搭乘下一班戴达勒斯离开，飞机应该一个小时后就会在这里降落了。”

“好的。”帕瑞西点点头。

万斯觉得年轻的下士正在努力不流下眼泪。“下士，这里的回复行动做得很好，你的小队应该感激你的领导能力。”

“谢谢长官。”

安特利奈·维亚纳过来行礼，“接下来怎么做？”

万斯环顾营地。达尔文·史沃洛斯基，基地的地面车辆组长，正在从柏林机垂降到MTJ旁边。“你带车队回巫岗。我要你带着他们的遗体回去。柏林机负责把MTJ吊回基地。工程师觉得他们可以修好车子。”

“我倒想看看他们是要怎么办到。”安特利奈闷哼。

“下士，请把他们的遗体搬入生化实验室，然后准备收队。柏林机一升空，你们就可以离开。”

“是，长官。”帕瑞西乱糟糟地行了礼，走向他的小队，他们都坐在两辆热带型越野车旁。万斯瞥到安杰拉，她正靠在其中一个轮子上，全身脏污，精神萎靡，卡其色背心上有血和泥渍。

“怎么样？”他等帕瑞西走出一段距离以后才问。

安特利奈长长地叹口气，“地狱业火的。我不知道。希龙在探路。我在生化实验室里，跟着MTJ。这不可能是故意的。迪瑞特车开得太靠近泥泞的山边。他这么做是太冲动，但在这里开车，每个人都有把车开得太靠边的时候。要是我领头，大概也是这样。”

“你亲眼看到车掉下去吗？”

“没有。”安特利奈指着车辆切出的道路后方二十米外的破碎植物区，“我们在后面那里。现在每一辆车之间的距离都有四十米，这是我们第一天就学到的经验。如果MTJ碰到没有办法切过的东西，那所有人都得倒车，另找一条路。如果后车一直紧跟前车，倒车就会很困难。”他从咬紧的牙关之间吐出一口气，“所有的车子都有联机，他们的尖叫声……”

“我要看他们翻车的地方。”

“没问题。”

万斯走到边缘。泥泞现在干得很快，地面上有一堆脚印、刮痕和被踩烂的植物。异种生物研究队的斯玛拉·加卡还有先锋军的吉莉恩·科瓦斯基正坐在岩石上，拖着绑在乔希·朱斯提克和奥马尔·米哈伯身上的安全索，这两人正在MTJ旁边帮助史沃洛斯基把吊索钩上车子，斯玛拉和吉莉恩两人身上的绳索则系在弯向山崖边的一棵大牛鞭树上。万斯抬头看着树顶，它横向盘起的树枝在头顶上方，浅褐色树干上长着短而光滑的白毛，树枝与地面平行的姿态让他想起地球种的西洋杉。

虽然行人很多，还是很容易就可以看到MTJ翻车的地方。轮子在斜坡柔软的泥浆里打滑，一路带起了很多小植物。万斯顺着斜坡走到山崖上方，闭上眼睛，叫e-i播放影像。迪瑞特的视觉记录开始播放，万斯出现在MTJ的车厢里，被崎岖的地面抖上抛下，双手在身前，挣扎地要抓稳方向盘。虽然有动力操作和阻力控制，在这种地面上要让MTJ能够稳定前行也极不容易。迪瑞特似乎有种愚蠢的傲气，在这种路况下的开车速度被万斯认为简直是不要命。四个轮子里的转轴马达让车子不断前进，轧过大部分的阻碍，即使出现树干，车子前方如昆虫足钳的致命电锯也会立刻把它们砍倒。

迪瑞特从丛林里开了出来，来到悬崖边缘算是空旷的路面。他转弯，开始与山崖平行前进。前面有些石头——

——万斯睁开眼睛，把眼前大腿高的石块与迪瑞特视觉记录里的石块相互验证——

——迪瑞特右转。万斯了解他的动机。左转会让他回到丛林，右边比较没有阻碍，虽然MTJ此时的位置已经离山崖顶端不远。车子很顺畅地转弯，绕过石头，继续往山上开。

一切都很正常，然后猛然一震，挡风玻璃便突然面向悬崖上方的天空。迪瑞特挣扎着要抓住方向盘，后轮在泥泞里打滑。万斯看着影像，可以感觉到车子后半截朝旁边滑开时的冲力。在抖动的影像中，迪瑞特握住方向盘的双臂晃动不止。MTJ即将回到他的掌控下时，天际线却随之仰起。

"停。"万斯告诉e-i。自从迪瑞特抵达巫岗的医疗所以后，他已经把这段影像播放了八遍，想要了解到底发生了什么事。

"怎么样？"安特利奈问。

万斯站在原处，检视地面。压烂的蜜莓树丛和藤蔓叶子、泥泞开始干涸，跟丛林其他区域看起来一模一样。他转了一个圈。所有靠在热带型越野车旁边的小队成员都在看他。柏林机在天空缓缓盘旋。

"迪瑞特一直喊有东西撞到MTJ。"万斯说。

"他当然会说不是他的错。"

"嗯……"万斯的脑海依然看见在巫岗的小医疗所里，那名尚未从震惊恢复的先锋军，强压着痛楚，拼尽全力想要告诉任何靠近他的人："我们是被撞的。有东西推我们。不是我！不是我的错！我发誓！"恳求。坚持。心焦。万斯看过太多次审问，见过太多震惊、否定、逃避、充满敌意的表现。他很确定迪瑞特说的是实话。可是真相很主观。话说回来，MTJ会这样往下滑，一定事出有因。

现在，几个小时后，站在事发地，万斯看不到半点会让车子如此猛烈转弯的东西。他用靴尖挖着柔软的地面。就连泥泞的质地都很平均，没有隐藏的深水洼或小凹洞。转轴马达突然暴冲？毕竟抓地控制也是软件的协调，只是这技术极为安全，而在此时此刻发生这种意外，造成这样结果的机会实在是……

万斯走到离忧郁的幸存者们有一小段距离的地方，"幸好翻倒的不是生化实验室。"

"这还要你说吗？我们的座椅是有不错的防撞击装置，但这种翻滚绝对会挑战装置的极限。"安特利奈说。

"我想的其实是你们车上的东西。"

"啊。那方面就更不需要担心。那些弹头就算用最高速直接去撞石头，它们连刮伤都不会有，更别提破裂了。弹头必须经过武装过程才会开始释放程序。"

"固体火药呢？"

"不会因为生化实验室翻滚了两三下就爆炸的。那个系统里有很多防护措施。"

"很好。我们也许有需要。"

"你说什么？"安特利奈说。

"我不完全相信是意外。"

"我想不出来这怎么会是人为破坏。"

"我也想不出来，但到底是不是意外，概率还是一半一半。所以我们得确定武器都是安全的。"

"你不会真的这么想吧？就算它们存在，圣天秤星的外星人又怎么会知道我们带着什么？整个HDA，只有二十八个人知道我们的备用防御措施。"

万斯缓缓点头，想要相信安特利奈是对的，是他担心过头。"你再跟我说一次。意外发生时，安杰拉·特拉梅洛在哪里？"他低声说。

安特利奈掩饰不住震惊，"你是说真的？"

万斯什么都没说，只是看着他。

"上帝啊，你是认真的。好，她当时在我后面的热带型越野车上。"安特利奈说，"开车的是艾维特下士。乘客有特拉梅洛、科瓦斯基、朱斯提克。尚·克雷肖开着最后一辆越野车，里面有巴斯琴·诺思二代，梅利亚，还有多契夫，每个人都可以确认她的人在车上。万斯，我们所有人都包围着她。这不可能是她造成的。"

"好。我暂时接受这个说法。"

"你真的觉得跟她有关？"

"我不知道圣天秤星上到底有什么鬼，这才是问题。这里发生了太多事情，我很难把这一切当成巧合和运气差。我对安杰拉是有点揣测，现在我跟你说在前头，以防万一。"

"以防万一……真的吗？"

"你不觉得我们死伤的速度增加得有点惊人？"

安特利奈不得不点头赞同，"没错。就连我的人都在谈论。"

"而且每次事情发生，她都没有离太远。"

"凭良心讲，我们每个人都不远。"

"但巴特拉姆·诺思和他家里的人被杀死时，只有她在现场。"

"我以为她的审判已经显示怪物很有可能真的存在。"

"纽卡斯尔的调查越深入，越觉得诺思家族的凶杀案跟某个秘密企业斗争有关。"

"我们已经抓了厄尼·雷因特。前线的人会从他身上问出真话。"

"拉尔夫·史蒂文斯会找出是谁雇用他的——如果厄尼知道的话。"

"怎么了？你对探勘行动动摇了？"安特利奈问。

"我不知道。外星种族绝对符合至今发生的所有事情。可是安杰拉又怎么说？"

"她又怎么了？"

"她是个'十选一'。"万斯说。从1月时维梅齐亚把她的档案给他起，这件事就一直让他很介意。看到她在霍洛韦监狱里跟许多年前长得一模一样，仿佛她从过去时光直接穿梭到现在，让他无法放心。不是嫉妒——不完全是——虽然他每天早上对自己在镜子里的形象越发不满。他只是不了解她到底怎么想的，这完全违背他所信奉的一切。AIA的存在意义就是为了得到答案。"她是二十年前被逮捕的。我不太会判断年纪，但是她那时看起来像是十九岁。我对'十选一'治疗进行了一些研究。它会在身体发育接近完全成人之前启动，大概是在十几岁将近二十岁的时候，所以当年她可能是十八到三十岁。"

"这我懂。所以呢？"安特利奈说。

"这种治疗非常非常昂贵。假设她四十五岁——我对这个数字也不是很有把握——那她就是2098年左右受精成功的。"

"数字上看起来差不多。"

"数字上对，但她到底是谁？现代的'十选一'治疗没有以前那么特别，但仍然极为昂贵罕见。可是四十五年前？那是在最早的实验阶段，当时的要价一定高得令人咋舌。"

"继续。"

"所以，四十五年前，有谁有钱到能在女儿身上花这种钱？我们现在在说的是几千万元。确切数字很难估算。况且美国大多数州都有很严格的反基因操作法律。"

"很显然是个亿万富翁。无论当时还是现在，跨星际太空里这样的人都不少。"

"是不少，但是我请维梅齐亚尽量想办法挖出她的背景，结果实在很有意思。我们找到一个可能的亲缘关系，对方是露西·特拉梅洛，她在GE公民部有资料。她是法国公民，四十七年前移民到奥尔良，当年三十五岁。她来到庞坦时，在镇郊买了一座大葡萄园，过着很优渥的生活，一年后结婚。记录上她有三个小孩，他们仍然经营着葡萄园。露西本人两年前去世，可是她的父母家族记录没有半点迹象显示他们有财力替她买下这样的庄园，她在移民之前也没有任何法国工作记录。所以我的推测是，她拿代孕的酬劳买下了庄园。DNA比对给了我们一个第二代的关联，所以基因上安杰拉等同于她的孙女。以'十选一'对DNA的影响来说，也很合理。有趣的是，维梅齐亚没有办法找到其他的家族特征。我们对于她可能的父亲人选没有任何记录。"

"这不太可能吧。AIA可以读取每个政府的身份数据库。"

"其实不行。"万斯笑了，"首先是那些遥远星球。从跨星际世界的角度来看，它们并不正式存在，而我们从来没有跟他们的网络联上过。除此之外，还有新摩纳哥。"

"啊。我喜欢这个说法。一个禁止我们造访，亿万富翁专属的星球。很符合。"

"的确符合。事实上，这个说法差不多是完美符合。只有一点问题。"

"怎么样？"

"上帝告诉我，新摩纳哥的女继承人怎么会变成巴特拉姆·诺思的妓女？"

"啊。"安特利奈的好心情立刻蒸发了，"很有道理。"

"她在那里出现的唯一可能解释是卧底。即使是这个角度也很牵强，因为仍然没有办法解释她的动机。有这么多财富，这样长大的人根本不会做这种事。如果她真的这么做了，那企业阴谋行动的可能性就很值得深究。"

"所以你是说，纽卡斯尔凶杀案是个长达二十年企业斗争中的最后阶段，其实没有怪物存在？”

"不是。审问安杰拉时，我在场。我坐在那里看着脑部扫描从她的思绪里抓出影像。她记得那天晚上巴特拉姆的宅邸里有不正常的东西出现。考虑到审问得到的其他线索，我很难忽略这点。"不过有一件事他绝对不会告诉安特利奈，那就是安杰拉的抗拒。他看过最强悍的男人在那污秽至极的地方彻底崩溃，整个人倒在地上哭号不止，被药剂逼到发狂，恳求他们问问题，迫切地想要满足逼供的人。那些人想要讨好审问者的失去神志姿态异常可悲。

而他们虽然从安杰拉那里问出了一切，却从来没有击溃过她的精神。她变得自怜自艾，心神不宁，但直到最后，她内心的怒火仍然极端炙热地燃烧——只要问问那个因为她的愤怒而失去一只眼睛的技术员就知道。她从未屈服过。只有很特别的人，绝对自信的人，才能熬过前线加诸他们身上的一切，之后的精神状态基本上仍然可以算是毫发无伤。一个新摩纳哥土生土长的居民才能拥有的绝对高傲与自信。

"见鬼了。"

"一点也没错。"万斯说，"所以我们回到起点，问题仍然是圣天秤星上很多起无法解释的死亡。如果要找出整件事的起因，绝对需要确切的科学证据。你有什么发现？"

"没什么有用的。"安特利奈承认，"自从车队离开巫岗后，我们采集了超过八千种样本。我的人对分发给我们的取样器已经用得很熟练了。目前处理了百分之七十的样本。这里的植物品种多到惊人，但跟圣天秤星的主要基因序列比对并没有真正的分歧。"

"明白。"

"它不在这里，万斯。我们在亚贝利亚、艾德瑟、萨瓦都取过样。哪里都没有差异。"

"这些都不是大范围的样本。"

"没错，但这些地方相隔六千公里。在这种距离范围内的完全稳定状态是很可靠的迹象。而且，这个距离还不包括从这里到独立国区之间同样没有品种差异的情况。"

"你觉得我们在浪费时间？"

安特利奈耸耸肩，"如果问我，我会说对。我认为大家都该收拾行李回家去了。这个星球绝对很奇怪，但我对这里了解得越深，越倾向认同人造生物理论。"

"真的？"万斯讶异地问。安特利奈向来坚信宇宙中的所有生命都是神的秘密，完全来自自然，上帝赐予许多星球生命的祝福。只是人类在探索的几十年中，从未找到另一个有智慧的种族，于是支持了《圣经》的说法：神以自己的形象创造了人。目前为止，整个宇宙里存在的就是人类跟沾斯。所有福音卫士都知道，沾斯是恶魔的化身。

"对。我现在已经差不多可以相信斑马种植物是自然进化的结果。它们这么工整的对称性在大自然里不多见，但是非常优雅。我们探勘过不少跟人类不契合的星球，之后也没打过它们的主意，那上面奇怪的东西还更多。可是，在这里我每天从处理过的样本拿到自动光谱，可以说它的基因结构非常繁复，绝对是经过数十亿年演化的结果。这是这些植物进化的终极巅峰。这个世界已经达到了和谐，这是我们从未见过的平衡。奇怪的是，这里却没有化石层。"

"只是到现在还没有人找到而已。你也必须承认，诺森伯兰星际企业并没有花很多精力在这方面。"

"在这么大的星球上没有一个单细胞？一个也没有！别开玩笑了。"他朝山峦挥挥手，"况且，天狼星并没有存在好几十亿年。它最多四亿年而已。不可能的。这一切，全都是种植出来的，而且以地理年代来看，还算是最近的事。这些都是被人放在这里的。"

"为什么？"

"那沾斯为什么存在？主的行事不是我们能明白的。也许他年长的孩子选择这个世界作为花园？我们无法质问为什么，至少这辈子是不行了。"

"那些无法解释的命案呢？迪瑞特说得对，有东西击中MTJ，有某种外力把它撞向山沟。"

"那些命案只出现在我们的军营里。"安特利奈指指热带型越野车，

"也许你说得对，有一个人跟这两起事件都有关联。"

"她跟纽卡斯尔的命案无关。"

安特利奈皱眉，"也是。"

"拉尔夫再过一两天应该就会结束对厄尼·雷因特的审问。一旦我们确定纽卡斯尔的命案是否跟企业斗争有关，就会比较清楚接下来该怎么进行。"

"很合理。我猜是跟企业斗争有关。那些放高利贷的人永远都一个样，为了多赚一块钱，没什么事情是他们不会做的。"

安杰拉背靠着热带型越野车的炙热黑轮胎，看着埃尔斯顿和安特利奈站在峡谷边缘进行热烈的讨论。他们激动地比画着，对话似乎充满热情和信念，又故意压低声音，不让别人听到。

其实她不太在乎他们在谈什么，不过可以猜到对话内容一定跟她有关。安特利奈有两次示意越野车，故意不去看她跟其他人。

这场意外让她跟车队里的每个人一样，极端震惊，精疲力竭，一切忙乱至极。安特利奈和帕瑞西因为她体重轻同意她用绳索攀降到MTJ。每个人都很怕车辆会再往下滑，继续往山沟底端摔去，所以最先下去的是她和雷欧拉，任务是要用很坚韧的碳纤绳索把朝天的轮轴绑在岩石上。这是她这一辈子最艰困的一刻钟，因为她们必须固定车辆，罔顾她的朋友们在车子里的哭喊。一如往常，她提高警戒，留意丛林混杂的气味中是否又出现那股诡异的薄荷味。直到MTJ被绑在岩石上之后，他们才带着战地急救包进到车子里，尽量救治伤员。

她从破碎的玻璃爬进去，里面的鲜血和惨状让她心神大震，整个人进入某种自动运作模式。看看需要做什么事，评估该怎么做，只顾着动手，不去多想。把凶残的蜜莓树枝从欧瑞利的大腿拔出，不去听他痛苦的惨叫，用急救包里很灵巧的小工具封起他被撕裂的血管。她没有容纳情绪的空间。安杰拉很擅长这点，擅长孤立、忽略情绪。每个人对于她做的事情都充满谢意，称赞不绝，尤其是当他们看见她处理了如此严重的伤口。她想起他们的意外神情，露出没有半点笑意的微笑，当她终于爬回山崖顶时，身上衣服上的血量让帕瑞西都担忧起来。

可以把女孩带离新摩纳哥，但不可能把新摩纳哥带离女孩。

她上次承受了即使对大多数人来说都是致命的震撼之后，很快便让自己脱离任何愚蠢的情绪波动，全部依照逻辑行事。那是纯粹的生存直觉，她这一辈子还没有这么需要过……

安杰拉的珠宝放在一间独立的更衣室，是她在新摩纳哥宅邸卧室套房中的一间。她站在房间中央，环顾数百个小抽屉，就像是站在保险箱金库前，只是里面没有锁，现在连安保系统都没有了。用人行窃向来是让人有点担忧的小事，所以宅邸的AI随时都在监控着珠宝室。有权限关闭AI的人就是雷蒙德和安杰拉。安杰拉把AI关掉了。

她走到控制台。清单存在里面，还有一个很有用的服装搭配程序，替她安排衣着，建议合适的物品。她把手伸入键盘空间，e-i输入她的密码。她有兴趣的不是大件、高价值的珠宝。在她这么多年来搜集或获赠的精致珠宝中，有不少小手链、戒指、皇冠、项链。好几百件。多到她不知道到底有多少。

抽屉无声地滑开。光点散落在房间各处，仿佛有人在房间里放了一颗激光球，但其实只是所有切割精致的钻石，如今暴露在房间明亮的单色照明板下。她绕着房间一一检视的时候，她的e-i开始深入AI的记录层，一面删除掉某些特定数据。

一个紫绿色的符号出现在她的网络镜片影像中——马拉克正在找她。"接过来。"她告诉e-i。

"抱歉，安杰拉，可是议会代表来了。"马拉克说。

"当然。我等会儿就下去。我正在换衣服，毕竟不能穿一身的宴会服见他们，不是吗？"她说。

"当然。我会通知他们。"

当她回到房间时，她的女佣丹妮爱莉亚正在等她。安杰拉立刻注意到对方态度的改变。她没有多提女佣不再展现的礼貌，开始解开淡紫色礼服的绑带。

"德维亚先生的事，我很遗憾。"丹妮爱莉亚说。

"谢谢。丽欣呢？"她的护肤师应该在这里准备服侍她把皮肤上的白金片除掉。身上贴着价值好几万的贵重金属，闪闪发光地去见议会代表们，应该不是好主意。

"她回马帝夫王子那里去了，小姐。"

"哦，当然。好吧，那就由你来了。"安杰拉脱下她的礼服，"你去帮我把皮肤清洁液找来。"

丹妮爱莉亚没动。安杰拉挑起一边眉毛。通常这动作足以让那女孩变成一只害怕的小老鼠。可是现在没有。

"我很抱歉必须现在提起这件事，但我们都在想，我们合约的付费是否还会履行？"丹妮爱莉亚说。

"这样啊。"安杰拉把戒指从手指上取下，上面的钻石大概不到三克拉，"拿去。"她丢给丹妮爱莉亚，后者一把接住，"费用加奖金。现在，请你去把清洁液找来给我。"

丹妮爱莉亚看着戒指好久，然后塞入上衣口袋，"是的，小姐。"

当安杰拉终于从私人区的圆弧台阶走下时，已经穿着一条简单的西装长裤，一件黑色的利凡内上衣、莫方特外套。她的网络镜片全黑，只有一个数字出现在她视线的角落。一个很长的数字，象征她的世界末日。

马拉克在一楼等她。"他们到了。"他以很不赞许的口气说。律师已经六十多岁，过去四十年都在为德维亚家族服务，完全以雷蒙德为中心。他赚的钱够他好几年前就退休，在孙子女们定居的萨杰洛尼过着愉快的生活，但他选择留下，享受现代金融法律的挑战。这是他唯一知道的生存方式，唯一让他脑子灵活的东西。

"谢谢你。"安杰拉说。

"我认为他们不该这么快过来。我可以向议会提交抗议。"

"我想议会对德维亚家族的人说的任何话都不再放心上，所以我们不要再丢人了。"

"我明白。可是请你知道，他们必须遵照法律。任何违法的事我都会注记下来。"

"你真贴心。"

在光滑木质地板走廊里等他们的有三个人，两男一女，都穿着黑色西装。安杰拉注意到，昂贵的定制西服的确合乎他们的身份，可是他们却挤成一团，看起来就像穿了校服一样。

"德维亚小姐。令尊的过世相当令人遗憾。"负责代表马修说。

"谢谢。请告知你们的来意？"

"新摩纳哥政务议会被告知贵家族的财务状况。总共有三十二家银行与市场机构在今天的原油投资市场崩盘之后，申请借贷偿还，税务数据显示你们的资产现金不足以履行他们的申请，请问是否如此？"

"你是问我是否承认有罪？"

"是的。"他冷漠地说。

"这真是你们的大日子啊。你不常有机会这么做吧？"

"我可以向你保证，这件事与我个人没有任何关系。德维亚小姐，我必须请你现在回答。"

安杰拉深吸一口气，"没有。我的家族目前无法偿还债务。可是我相信，如果你让我开始协商——"

"对不起。我对于你跟你的债务人之间的偿还协议没有疑问。我只关切新摩纳哥公民的居住法律。因此我要确认：你的资产总值是否已经不到五百亿美元了？"

"正确。"我哪来的资产——我负债二十五亿，你明明很清楚。

"既然如此，我必须很遗憾地告知你，根据政务议会的宪法规定，你不再具有新摩纳哥公民居住资格。"

"我是在这里出生的。这是我的星球。"

"不，德维亚小姐。这里曾经是你的星球。法律上，你有二十四小时可以处理私人事务，之后我会护送你去通道。但是，议会很乐意提供无偿延长额外四十八小时，方便你处理令尊的丧事。"

"他们真是太好心了。马拉克？"

"我会处理。"

"议会同时表示，如果你的财务状况恢复，我们非常欢迎你重新申请公民身份。"

"是吗？我会记得的。"她高傲地说。

马修清清喉咙，显然对于她没有要闹事松了一口气，"谢谢你，德维亚小姐。我会待在你身边，直到一切结束。"

她朝他露出鄙夷的笑容，"你觉得我会逃？还是觉得我会躲到野地里，对无辜的镇民下手？"

"我并不这样认为。"

"抱歉，我很不礼貌，你只是尽责而已。我今天不太顺心，你能了解吧？"

"我觉得你调整得很好。"马修朝女代表点点头，"你可以叫他们进来了。"

"谁？"安杰拉厉声问。

马修不安地瞄了马拉克一眼，"呃……"

马拉克不自在地开口："银行跟财务管理委员会联络了。委员会的一群主管被委派管理剩余的家族资产，他们需要从你的公司和投资中尽量收回资金。"

"这样啊。现在吗？"

"他们担心你会想要藏匿资产。"

"真的？"她抬起头，看到一群人走入豪华的大厅。他们跟代表不一样，衣服没有那么昂贵，都是办公室的办事员，那些她平常甚至不会留意的小人物，现在却要来撕裂她残存的人生，顺便还会替自己赚一笔不错的奖金。

安杰拉举起手，"看到这个戒指没有？这是我的订婚戒。我的未婚夫今天晚上向我求婚了。请问这属于谁？"

马修终于明白这件事没有他想得那么简单，"技术上来说，委员会的人可以拥有你的每样私人物品，当然他们会留给你一些衣服和有纪念价值的低价物品，但是像这样的戒指，恐怕一定会被收走。呃，那是钻石吗？"

"对。我们得看看我的新摩纳哥公民未婚夫对这件事有什么看法吧？"

马修点头。"当然。"他跟其他代表和管理委员会的人聚集在一起讨论，留下她跟马拉克独处。

"他们真的会找到每一样东西。你父亲跟我从来没有想过要藏任何钱。新摩纳哥理论上该是顶级富豪的财富最不会受威胁的地方。"马拉克低声说。

"我知道。"她眯起眼睛，"你呢？他们不能拿你的东西吧？"

"已经付给我的不行。我这个月的薪水还没收到，所以技术上来说我是你的债权人之一。"

"抱歉。"

"没什么好抱歉的。至少以普通人的标准来说，我还是很有钱的。事实上，我很欢迎你来新华盛顿跟我一起住，多久都行。那房子有一间客房，我已经八年没去过了。"

"不了，马拉克，你真的很体贴，但是我不接受别人的施舍。你看样子真的要退休去跟孙辈多相处了。"

马拉克做个鬼脸，"真可怕。那你呢？你要做什么？"

没有说出的问题让她整个人一缩。你能做什么？你有什么用？"这是我得去学的。我有财务理论的学历，应该能帮我……"她没说完。找工作。她越想，越觉得这件事像是黑色笑话。这个宇宙里谁会给我工作？连我自己都不会雇用我。她懊恼地朝马拉克一笑，"其他二百亿人都有办法。不论什么办法。"

"的确如此。我不知道你订婚了。是豪斯登吧？"

"对。"

"他是好人。联络他。他应该会听你说。"

"对。"

她深吸一口气，叫她的e-i拨出她一直不敢打的电话。响应她通信的是马帝夫王子的跨网通信地址管理程序："王子不再接你的通话要求。"

"我明白。有转达留言功能吗？"

"有。"

"留言开始：'你最好祈祷你再也不会遇见我。用力祈祷。'留言结束。"她舔舔嘴唇，很满意这么说让她觉得愉快许多。空洞的威胁——但也许不是。她会活很久。谢谢爸爸。安杰拉吸吸鼻子，趁眼泪没有流出来之前压下。

豪斯登立刻接起她的通话要求。他向来都是最好的。"我听说了。卡特尔垄断成为宴会的话题。你父亲的事，我很遗憾。"

"你真贴心。他没有受苦。正好相反。"她说。

"那很好。"

沉默蔓延。"豪斯登，在这种情况下，我不可能要求你继续与我维持订婚关系。"

"我……我不知道该说什么。如果问题只有我，那当然我们还会在一起，可是家族……"

"永远都是家族。我明白。"她带着难过的微笑说。

"也许，你愿意当我的情妇？"

安杰拉笑出声，引得代表们转头看她。"噢，豪斯登，你的人真好。不，你去给自己找个很好的人。谢谢你。为了我。"

"我爱你，安杰拉。"

"我也喜欢跟你上床。"

"不只这样，你也知道的。"

她再次举起手，最后一次欣赏钻石戒指。原来的裸石一定有鸭蛋大。真是惊人！

"我戴着戒指。现在正在看着它。它真的很美，豪斯登。"

"那是你的。那是我为你定制的。"

"你真好。可是我不能收，真的，那些警察会把它拿走、卖掉。我不能忍受这种事。这是我们这一代人最浪漫的示爱表现。你把它收回去，给你的下一个未婚妻，任何一个配得上你的人就配得上它。"

"让我跟我的家人谈谈。也许我们还是能继续。"

"不，我的宝贝。不要这样。爱过之后失去才是比较好的。你继续为我过着这样的人生，好吗？"

"但你要做什么？"

又是这个问题。新摩纳哥公民在真正的宇宙里有什么用？"我会没事的，你不要担心。况且，我是'十选一'，记得吗？你跟我最后应该还是会在一起。在我的一千年用尽以前。"

"我会夜以继日期待。"

"你能记得就好。可是现在，我希望你打电话给马修代表。告诉他我们的婚约取消，戒指是你的。他会确定你把戒指收回，好吗？"

"我会的。安杰拉，我真的爱你。"

"我永远不会忘记你。我保证。再见了，爱人。"她转身面向一堆代表，"嘿，马修。"

当他转身看她时，她已经拔下戒指。"接着！"

他扑向在空中旋转的戒指时，脸上的表情真是好笑。

"我的前未婚夫等一下就会联络你。你负责把戒指还他。"

代表瞪视她。

现在是真正重要的电话了。

"我不敢相信你居然会联络我。我们都知道发生了什么事，卡特尔什么的。王子宣布宴会延长一天，一定会很棒。"莎丝塔说。

"真的？所以他要发射阿波罗号庆祝吗？"安杰拉低吼。

"你打电话给我已经很不合宜了。你知道的。"

"如果你知道卡特尔，那你就知道我现在需要有人帮点忙。"

"我向很多跨星际慈善机构进行大笔捐款。我的e-i会给你清单。"

"不，莎丝塔。我需要帮忙。我需要你把我弄出这个烂星球。今天。"

"这个星球是天堂。再也不要联络我。我的e-i不会允许你的通话要求。再见了，安杰拉。"

"贱人！"安杰拉朝断线啐了一口。但她的确有了大问题。她以为能依靠莎丝塔，如果两人的处境相反，她一定会帮忙的。我会吗？

"还好吗？"马拉克问。

"我不知道。马修代表呢？"

马修离开其他人，走向她，"来了。"

"已经是半夜了。我的父亲自杀，我是要被放逐的破产人。你介意我现在就寝吗？"

"当然不，请便。"

安杰拉独自一人醒来。她希望很快就能破除这个习惯。至少她还在自己的卧室里，虽然它的装潢绝对完美，是整个跨太空星球上最优秀的室内设计师的杰作，但今天感觉一点也不像家。

因为不是。已经不是了。它属于银行。

她洗个澡，走入更衣室之一。她决定今天是穿简单牛仔裤和套头衣的日子。她正要叫e-i招来女仆和发型师，然后停下动作。"真蠢。"她喃喃自语，蠢的原因太多了。

这时候她必须专心。"我住所区域的监控仍然关闭吗？"她问e-i。

"是的。"

"给我宅邸里每个人的位置影像。"她检视网络镜片上呈现的图形和符号，看到马修等人在她住所外面的走廊上，马拉克和几名委员会人员在她爸爸的书房，委员会的人正用外接方式把自己的系统与宅邸AI链接。

她回到浴室，从昨天晚上脱下的浴袍口袋里拿出珠宝。这些是她从收藏中取出的几样，每一样的AI记录都已经被消除。她挑了五只戒指和两对耳环，跟她拥有的一些珠宝比起来，算不上大件精品，但每一颗宝石都是又大又无瑕，加在一起大概值一百五十万美元——如果在店里买的话。她完全不认为她能够换到这个价钱，但至少是个开始。

问题在于怎么藏。她环顾浴室，最后决定用肥皂。她用磨指甲板把玫瑰香皂的两侧割出深深的凹槽，小心翼翼地把每一件珠宝塞进凹槽，然后把肥皂屑塞回去，最后把香皂封起，装到一个盥洗袋里，里面还有她的超音波牙刷和已经打开的精油跟化妆品。代表们一定会让她把这些东西带走，不会刁难她，但穿过通道时会有问题，她一定会被搜身和扫描。独自离开星球的非公民住户向来都要经过这一关，而她知道他们对她绝对会特别彻底执行。直到昨晚，她原本还以为能跟莎丝塔一起出去，因为跟雇主同行的雇员都是直接被放行，她得快点想个办法来。也许丹妮爱莉亚会愿意帮个忙？

安杰拉坐在更衣室里，开始梳理她的湿发。她花的时间远比发型师打理时要久很多。她没想到这么基本的事情会这么困难，她的梳子不断跟头发纠结成一团。而且为什么今天头发打结得比平常还严重？

等到她走到主走廊时，马修代表早已经在那里等她许久。"你私人住所的网络似乎有问题。"他说。

"马修代表，早安。你用过早餐了吗？"

"我们需要你的AI登入码。"

"我也没有。你留下我的厨师了吗？我也不是不能弄个烤吐司、煮个蛋什么的，会有多难？跨网上一定有这类的新手教学。"

"请给我登入码。"

她翻翻白眼，命令e-i把登入码传给代表。

"谢谢。"他以平板、有礼的语气说，"还有，我知道怎么煮蛋。你今天不会饿到。"

"你人真好，我觉得你选错职业了。"

"薪水不错。"

"真的吗？有空缺吗？我对新摩纳哥的金融市场绝对有一流的知识。"

他感慨地摇摇头，"我永远无法了解你们这种人。"

"你是没办法，真可怜。"

马修没乱说，他真的会煮饭。如今她坐在西翼的厨房——这一辈子只来过这里三次——然后让他把放在厚片烤吐司上的烟熏鲑鱼炒蛋端给她。他示范要怎么用古老得可爱的榨橙子器给她看，拉下镀铬机器的手把，强力把切成一半的水果榨出汁来，让她有极大的满足感。咖啡机上的按钮和闪光灯倒是比通道控制室还要多，不过他还是知道怎么用。

"我有很多事情要习惯，对不对？"她深思地说，端起一杯完美烹煮的意大利浓缩咖啡。

"是不少。"

"有什么建议吗？"

"花点时间想想你接下来的人生要做什么。"

"这段时间我要怎么负担自己的支出？"

"你的父亲在美国出生，所以你有美国的合法居住权。他们有社会福利，金额不高。如果你年轻有力，会被送去一个新世界，给你一块种食物的地，十亩。大欧洲也一样。"

"送出去？"她不齿地说，"那我干脆在额头刺上'失败者'算了。"

"你的朋友不会帮忙吗？"

"也许有些会吧。我的前未婚夫。可是我不接受施舍，马修代表。"

"跨网媒体应该会对你的故事有兴趣。"

"他们一定会。"

马修皱眉，抬起头。"失陪。"他走出厨房。

当安杰拉要她的e-i查出发生什么事情，它回报她已经没有登入宅邸网络的权限了。"来不及了。"她低声喃喃自语。

马修几分钟后回来。一个熟悉的身影在他身边。莎丝塔的父亲，班特利。他比马修高，正在朝比马修两倍宽的方向发展。他的圆脸长满胡子，她记得小时候觉得那把胡子有宇宙一般地黑，现在却被岁月的银丝狠狠入侵，褐色的眼睛有着连环杀人狂的气质。他穿着深紫色的丝绒套装，看起来偏中式而非印度式，扣在传统头巾前的钻石应该也大到可以挖出一只戒指，安杰拉估计。班特利向来自诩为现代版的古代印度君王。

"亲爱的孩子。"他以低沉的声音响亮地开口，朝她张开双臂。正符合她想象中一名慈爱的父辈会对待她的方式。

她走过去，被他的拥抱包围。"班特利，你好。"她很惊讶在所有人之中，前来提供同情与安慰的，居然会是他。这个人不太做好事的。她已经开始猜想他来这里是想要沾点什么好处。

"我对这一切深表遗憾。"

"这不是你的错，班特利。我们应该要更小心，而且当然应该要更警觉，只是有机油市场向来有利可图。唉，现在说这些也太迟了。"

他双手握住她的手，紧紧地捏了一下。"你的父亲是个很出色的人。我会很想念他。"

"谢谢你这么说。"

"你呢？你怎么办？我看到那些寄生虫已经来了。"

"这里是新摩纳哥。一切都是为了钱。"

"当然，当然。"他往后退了一步，以贪婪的欣赏的眼光看着她。这个表情比他装慈祥要正常多了。

"所以你没钱。"

"对，班特利。但你早知道了。"她淡淡地说。

"我知道，对，我知道。在跨星际世界里没钱是很可怕的，不知道我是否能提供协助？"

安杰拉很满意自己在他提议之前就想出他会来的主要原因。这意味着她不会露出任何讶异的神色，就只等着他提——

"你会是我最华美的藏品。如果你愿意接受的话，将是我的荣幸。"班特利带着希冀的语气说。

"六个月合约。你替我弄到印度公民身份，从今天开始。之后我需要有地方住。"

她反应如此迅速，让他眨眨眼。"十八个月。"

"十二个月，再加免税奖金。而且我要的衣服都属于我。"

"十四个月，含奖金。十二套衣服，但不包含高级定制礼服。我知道你和莎丝塔在那些衣服上花了多少钱。"

她点个头。他举起戴着几只戒指的粗手指，勾了勾。安杰拉认得快步从厨房门口走入的男子。

塔瑞克，班特利的资深律师，等同于她家的马拉克。"塔瑞克会负责规划合约。我要去看看你们图书馆里的艺术品，想给你们的几幅莫奈出价。"班特利告诉她。

"很有眼光。"

他的脸上挂着令人不快的胜利笑容，"没错。"

"你不需要这么做。"班特利一离开厨房，马修立刻说，"你不用像这样把自己卖掉。"

"我似乎没有什么别的可卖了。你跟委员会的人非常彻底地断了我的后路，马修代表。"

"可是这个……你甚至没去看看外面还有什么机会。"

"拜托，你该不会认为我一辈子都要自己榨橙汁吧？"

他摇摇头，愤怒被懊恼浇熄大半。"该死的，你们这种人。"

安杰拉让她的e-i检视塔瑞克提供的合约档案，最主要的几点都在上面，尽管她不在乎：她的目标只是要成为班特利的随行人员之一。如果她得跟个胖老头上床……反正又不会是第一次。

她把自己的认证加到档案里，上楼去收拾行李。一名委员会的人跟在旁边监视，确保她没有把定制服、设计师鞋子或其他贵重的东西塞到行李箱里。盥洗袋完全没有被多看一眼。

他们下午离开。离开之前，她把父亲埋在一片新种的地球种橡树林中，这是他最爱的树。

他们搭上回班特利宅邸的班机时，她犯下第一个根本性的错误，就是以为她会跟他一起坐在前面的机舱。

"不，亲爱的。你现在的位子已经不在这里了。"然后一挥手就让她下去。安杰拉站起来，走向飞机后方的随行人员区。整趟飞行途中，没有人跟她说话。

所以莎丝塔还是再次见到了安杰拉。不过她恪守承诺，没有再跟她以前的朋友说半句话。她在马帝夫王子的宅邸又欢宴了二十四小时后才回到家，看到她父亲在他们家宅皇宫里的早餐室，独自坐在桌子前，慢慢地吃着，享受每一口，仿佛这是他的最后一餐。

安杰拉安静地站在他的雕花重椅后方两步的位置，穿着合约期间的标准衣着：绕颈式上衣，还有轻薄布料的宽松印度式长裤。女佣们替班特利端来新餐点，用银壶倒咖啡，没有理会她。皇宫里每个人都没有理会她。她还蛮高兴这一点的。

莎丝塔走入早餐室，尽责地亲了亲她父亲，虽然她很明显在生他的气。他们交换了几句闲谈，然后她宣布自己要睡一个星期才能恢复过来。"就是有这么好玩。"

她离开，中间停下一次，把脸凑到离安杰拉几厘米的地方，没有说半句话地瞪着她，然后再愤怒地回到她自己那半边的皇宫。跟幼儿得不到自己想要的东西时一样的可悲幼稚。班特利和她都没有看到安杰拉嘴角瞬间微微扬起的轻蔑笑意。

三个星期以后，班特利造访印度，开始另一轮出差。他每年大概有一半的时间不在新摩纳哥，出巡检视他的帝国，跟经理人、投资人会面，款待政客与官僚。安杰拉很熟悉他的惯例——莎丝塔从小就抱怨她爸爸老是不在。

依照惯例，班特利的随从们很快就被有礼貌地送出新摩纳哥通道。安杰拉耐心地等待着，直到他们抵达孟买的五星旅馆。班特利一睡着，她便从行李箱里拿出盥洗袋，径自走出旅馆。

随从们甚至不知道她消失了十小时。有何必要——她又不是他们的朋友。

在明白她抛弃雇主之后的最初四十八小时内，塔瑞克联络了她的跨网通信地址好几次。先是质问，然后是威胁。他的最后一通留言是通知她的合约已经正式失效，她的印度公民身份取消，她的新银行账户被冻结，他们要申请法院下令取回给她的所有金钱。

不重要。安杰拉已经用三个星期的薪资帮自己买了一张单程机票（普通舱，天哪！）飞到纽约。当塔瑞克的第一通通话拨通时，她已经站在中央公园，看着新的一天开始，朝周围美丽的古老建筑微笑。

2143 年 3 月 17 日，星期天

无云天空中的明亮太阳为纽卡斯尔的潮湿街道带来平静的暖意。夜晚结束，雨季过去，留下一阵清新，预兆凶猛的冬天终于快要退场。席德从杰斯蒙开到亚瑞法洛医学院的皇家维多利亚医院。新癌症门诊中心的地基已经取代了旧的停车场，但在星期天早上八点，他不太需要担心剩余的区域没有空位。

席德在大厅里看到一家义卖商店，买了一束花，还有一大块巧克力。他的e-i带领他穿过联结众多复杂建筑物的走廊，几分钟后带他来到哈德利楼。蒂莉·刘易斯在七楼的私人病房里。

他敲着半开的门，她朝他微笑，"哎呀，没想到你会来。进来吧。"

席德观察了一下明亮清洁的房间，家具的装潢看起来像是中等价位的旅馆，除了墙上一些没有画面的屏幕以外，看不到任何医疗器材。"家人不在？"

"当然。他们还要一两个小时才来，希望他们来得更晚。我很高兴能喘口气。"

"你看起来不错。"他松了一口气，把椅子拉到床边。

"别提了。这是德芙巧克力吗？"

"对。但现在才八点十五分。"

"那是真实时间。医院的时间已经差不多中午了。他们六点就把我叫

起来吃早餐，护士差点得为我住到隔壁病房。"

席德笑了，"那你什么时候可以出院？"

蒂莉打开巧克力盒，"可能今天下午，要看扫描结果。我想明天再走。整整两天不需要照顾小孩。幸福啊。"

"所以他们不担心？"

"呛了一点烟？没事，宝贝，我好得很。这只是预防检查而已。我们趁情况变得很严重之前就出来了。"

"对不起。"

"干吗？你又不在场。"

"这是我的案子。我早该想到他们会尽力消灭任何证据。厄尼的修车厂是个很明显的目标。"

"后见之明嘛，宝贝。"

"那些外聘警力简直是白痴。"这是很标准的声东击西。两个小鬼开着一辆偷来的车在西大路上狂飙，直直开入修车厂的前院，斜撞上停着的警车，然后又冲了出去。负责保护鉴证组的外聘警察当场无视档案里的所有安全守则，全部都追了出去——很显然白费工夫，因为谁也没抓到。但他们离开后三十秒，摩洛托夫炸弹就从修车厂窗户飞了进去。

"我没什么大碍。"蒂莉安抚他，从盒子最上层选了一颗香橙奶油夹心巧克力。

席德必须承认她看起来跟平常差不多，"真高兴听你这样说。所以我们能从修车厂弄到有用的东西吗？"

"哈！我就知道。你根本不是关心我，你这人满脑子只想着案子。"

"我才不——"他看到她的偷笑，耸了耸肩。

"骗到你了。"

"哎，你真邪恶。"他从盒子里拿了一颗核桃霜口味的，"雅辛塔向你问好。"

"你们不是这个周末搬家吗？"

"对，昨天。"

蒂莉眯起眼睛，瞥了他一眼，"你不是应该在家帮忙整理吗？"

"我的朋友都进医院了，宝贝。我还能怎么办？"

"你再这样，小心她让你躺到隔壁床去。"

"我知道，可是搬家公司很专业，他们没有弄坏任何东西，所有箱子也都放对了房间。"

"男人！你们都是一个样，永远改不了。"

"你们也从来不放弃改变我们的想法。"

蒂莉叹口气，找到一颗榛果松露巧克力，"那里什么都没有。"

"哪里？"席德假装不懂地问。

"蠢蛋。修车厂啦。我们该做的都做了，而且在周末。"

"三倍加班费是吧？"

"绝对，宝贝。"

"什么都没有？"席德问。她说得对，很可耻的是，他来这里很大一部分原因就是冲着鉴证结果。样本的实验室分析结果很重要，但如果蒂莉这样经验丰富的人说现场没什么有用的线索，那他也只能信了。她总是知道要找什么，要带走什么去检验。

他得等到星期三，北方鉴证公司才会提出已经送到实验室的样本报告。太久了。

"没有。没有任何会把他跟红盾帮绑在一起的东西。你记着，修车厂是他的伪装，所以干净得跟 GE 大公司的账面一样，连要告他零件以次等充良品都有难度。"

"重点不是他做了什么，而是他跟谁做。"

"我们的确带回很多残留物。实验室正在做 DNA 分析，所以你会知道有谁在车厂里，至少是一部分人，但这不能算是证据。"

"谢了，蒂莉。"

她举起盒子，"你只要带这个来，什么时候都可以再来看我。"

席德刚过九点时走入第三办公室，很满意地看到小组成员比他先一步都到了。伊恩和伊娃两人并肩坐在一起，全神贯注在控制面板丢出来的数据上，一语不发。他派他们去查雷因特的第二账户。洛雷勒正忙着查雷因特过去几个月的跨网通话记录，辨认出他的联络人，想要把他跟已知的红盾帮活动串联在一起。黛德拉正在查住在圣詹姆斯镇楼的九名诺思二代的不在场证明，同时偷偷就他们最近的行为询问他们的亲密友人和同事。他们过去两个月以来有没有什么不同？是否忘记他们曾经谈话的内容？是否突然出现工作能力大幅下降的问题？任何能让他们推断出被人调包的信息都可以。

奥尔德雷德和里安娜正在处理跟外聘数据人员的联系，后者正在把圣詹姆斯镇楼周围的所有监控记录汇集成星期五晚上的虚拟现实。在这段时间，阿里花了不少工夫整合圣詹姆斯的网络数据，想要找出破坏行动的线索。只要知道该怎么找，就连网络撕裂手法都可以辨认出施行者的身份。

席德觉得自己就像走入了教堂。没有说笑。没有笑脸。只有完全的沉默。他宁愿认为这是对案子全情投入的表现，而不是对星期天上午加班的忧郁不满。

他看到奥尔德雷德坐在多出来的书桌前。上个星期三，不到两个小时之内，伊娃就检查并确认了他的不在场证明。他的克隆兄弟被杀害的那天，他的确九点四十五分时离开了圣詹姆斯，飞去伦敦。

"我刚去看了蒂莉，她没事，但也觉得剩下的鉴证材料无法提供多少线索。"席德说。

"这些外聘警力现在都在用什么样的白痴啊？"里安娜问。

"显然都是最优秀的白痴。"席德跟着骂了一句，"别担心，我的报告会强调他们的失职，欧鲁克会从很高的地方朝他们的上司拉屎。像这样危及他人性命的行为，说不定会让他们的合约冻结。"

"这样他们就会吸取教训了。"伊恩讽刺地低吼。

"事实上，这种威胁对那样的公司来说才是最严重的。影响他们的进账比抱怨程序不当、训练不足什么的有用太多。"奥尔德雷德说。

"没错。"席德把一张办公椅拉了过来，跨坐在上面，双手按住椅背，"有什么消息，阿里？"

"这次的破坏行动跟搞乱城市监控管理系统的那次很像。程序代码有点变动，但是来源一样。两次动手的人都是同一个。"

席德看不出来阿里是喜欢把显而易见的事特别提出来重说一遍，还是只是事事讲究步骤，一切按照既定程序来。"有线索知道是谁写的吗？"

"还不知道，但是写得很好，有最高的水平，这表示里面有AI的参与，同样意味着绝对不便宜。我们的数字反入侵服务部（DC-IS）正在检查已知的自由码极端分子，看看有没有人动手之后就失踪去过好日子。"

席德没说话，但从大家的表情看得出来，所有人的想法很一致。如果写自由码程序的人有这么强，那他们一定不会出现在任何DC-IS的数据库里，也知道财不露白的道理。想从跨网上找任何确切的事实，向来都跟用叉子喝汤差不多同样徒劳无功。"谢了。伊恩？"

"我得承认，这个厄尼真的很行。我们找到他修车厂用的第二账户，有很多不错的车被合法地卖出去，但价钱很低，这样牌照税就可以压到最低，而真正的差价直接送到他的第二账户。很标准的做法。"

"这简直就像闪着大红灯，告诉我们他是正常的二手车商人。我们目前没有找到其他的第二账户。"

"洛雷勒？"

"他的联络人名单上有很多姓名，但跟已知的红盾帮成员都没有关联。我同意伊恩的看法，他有个我们还没逮到的数字鬼魂身份，如果不能从他的e-i下手，大概永远都抓不到。"

"看样子我们所有的数据都得靠拉尔夫的审问了。黛德拉？"席德问。

黛德拉饶富深意地瞥了奥尔德雷德一眼。"所有的不在场证明都已经确认。在圣詹姆斯里的九名诺思族人都不是杀死我们受害者的凶手。你交给我的后续追踪任务倒是多花了点时间。目前为止我很确定其中五人的行为没有改变，也没有突然放假或是暂时旷工，更没有奇怪的短暂失忆现象。所有熟悉他们的人都说他们的表现没有异常。"

席德不知道她去检查了奥尔德雷德没有。他会是她咨询的人之一吗？他压下一丝笑容。"阿布纳？"

"我们差不多可以去剧院了，老板。AI在运行最后一次的罩网记录整合。"

"太好了。我跟你一起去。"

单独看起来，圣詹姆斯镇楼没有半点出色的地方。中间的大圆顶包含了商业区，外面有五座住宅高塔，每一栋都不一样，有螺旋形的尖塔、修长的金字塔、方正的四角体，还有一座很奇怪、很窄的塔，看起来像是原本两边有高楼把它压扁，只是后来高楼消失了；最后一栋是生机盎然的圆柱，窗户间的外墙都是藤蔓与灌木。站在剧院里，俯瞰着建筑物的虚拟图像，席德觉得用来设计这镇楼的建筑软件当时一定没人管，被放着让它自己运行，才会使这里完全缺乏远见与理念，建筑很大很宏伟，但设计完全没有新意。

他已经很熟悉其实体——它就在军营路上，圣詹姆斯体育场对面，他在那里度过许多兴奋或悲惨的星期六下午，看着纽卡斯尔联队不断在英甲里升升降降。

"扩大到整个剧院地面的范围，但是保持五十米的边界线，我们需要看到所有进出的人。"席德说。

控制中心里的里安娜改变了投影的数据。席德和阿布纳看着影像在他们面前扩大。

"带我回1月10日星期四的午夜，标明所有入口：公共进出口、员工出入门、货门、垃圾搬运门、紧急出口、管线维修出入口，通通都要。"

他脚下的路面转暗，车辆开在路面上，昏暗的头灯照在积雪的路面。

"你在找什么？"阿布纳问。他整个人贴在控制中心的窗户上，看着全像剧院。

席德跟阿布纳交换一个眼神，"接下来二十四个小时内，每个进入的诺思家族成员，包括徒步、汽车、出租车、脚踏车，通通都要查。其中一个一定是我们的死者。"席德说。

绿色的符号出现在门口以及通往车库的斜坡。席德没想到有这么多，但这个案子已经让他很习惯全像剧院提供的细节有多繁复。"来吧。"他告诉阿布纳。他开始以逆时针方向，从史坦赫街出发，检视路面上因为冰冷冬天而缩成一团的一个个渺小行人。

那天晚上八点时，伊恩回到他的公寓。他在全像剧院里待了三小时，因为不断在检查小人、要求影像放大，让AI针对满是阴影的脸进行五官辨认而精疲力竭。在徒劳无功地追查了几个月的出租车之后，又要回到剧院运行虚拟简直是残忍、罕见的惩罚，但是这次没有人表现出搜查出租车时的担忧与沮丧。星期五早上十点时，他们已经找到六名进入圣詹姆斯的诺思族人。案情开始有了进展。他等不及要拉尔夫带着厄尼·雷因特的审问结果回来。这信息将带着他们进入最后阶段。虽然他原本不看好，但是现在开始觉得他们说不定真的能逮到杀人犯。当然不包括下令的人——总得认清现实，但光这样也就……

伊恩坐在床上，戴上网络眼镜，登入苹果控制台。马库斯·雪曼跟他的手下们这个周末以来所有AI能追踪到的活动都存在档案里，等着他去检视、比对，数量多得令人沮丧。光看着一个个档案整齐地以立体图形排列出红红绿绿的图样，就让他忍不住要大声叹气。他下定决心，明天一定要找席德和伊娃来帮忙，不帮忙就要取消这次的跟踪。在这之前……他打算以最基本的时序排列开始检查。

AI的监控慢慢地重新找回了数据。幸好他们确定了雪曼和他手下必须亲自去的位置，数据搜集因此能够持续进行。

吉迪星期五晚上回到他在费林的公寓。伊恩检视当地跨网通信巢时，发现有几通电话是从正确的位置拨出，用的却是新的e-i码。

"……你要的东西得多花点时间……"

"有一个组合机可以做出那些东西，但它是被限定使用的机器……"

"……这种药的原料需要许可证，你的化学过程得往后退两个阶段……"

"……准备送货……"

眼镜镜片上发光符号后的眼睛笑得眯了起来。"唉，屁话连篇。"他哼了一声。不用多少脑子就可以知道这是诱饵。雪曼的人想骗他们对付一场根本子虚乌有的交易，想弄清楚警察对他们的活动有多感兴趣。

答案很简单，非常有兴趣。可是不能让他们知道。

鲁拜和博兹也出现这种很聪明的反诱捕行为，两个人都拿了新的通信码联络外界，一起很有技巧地堆砌假象。就连雪曼都亲自出现在邓斯顿码头上一阵子，鲁拜也把瓦伦丁娜送到"梅布里月光号"上过夜。

伊恩差点就停止检视档案，乔伊斯很快就要到了。然后他看到一通无法追踪的通信记录于星期六早上七点零四分，通过服务吉迪公寓的通信巢转到另一个他们没有记录的e-i码。通话很简短，加密到AI无法破解的程度。

他立刻调出吉迪公寓的所有记录。不管通话的内容是什么，都让对方有了立即的反应。果不其然，伊恩看着街道外面的中等分辨率罩网记录显示，吉迪于七点十一分急急忙忙出了家门，爬入停好的车子，开走，然后不到两分钟后，罩网就失去他的车子牌照码记录。如果他真想要继续追踪，就得像其他案子一样，变成正式的警察行动才行。伊恩突然灵机一动，也调出博兹和鲁拜的记录。无独有偶，他们在星期六早上七点三十分离家，立刻消失在城市里，快速地避开监控程序。

所有人都很久之后才重新出现。博兹那天晚上担任瓦伦丁娜的司机，鲁拜则是去夜店，在五六个高分辨率的公共罩网前出现。吉迪则是自从临门区事件后，第一次利用他们已知的一个第二账户雇了两名高级应召女郎到他的公寓去。一切都很正常，没有什么好隐藏的。

伊恩拿掉网络镜片眼镜，深思地看了一眼沉默的苹果控制台。他们需要确认的周六计划的内容并不在里面。"所以你们昨天晚上到底去做了什么重要的事？你们去了厄尼的修车厂，对吧？"

2143 年 3 月 18 日，星期一

3月清晨的晨光不是特别明亮，但是卧房的窗帘已经很老旧又不合框。光线不安分地把席德唤醒，让他觉得异常地刺眼。他盯着时钟，绿色的数字告诉他现在已经六点二十分了。他强撑起精神，准备迎接赫斯特家标准的一天。

卧室外面的某处有脚步声响起，可是没有争执、喊叫和拳头捶门声。扎拉的卧室有很小的浴厕，因为威廉不屑地说："我才不要马桶在我的床旁边。"他可以随意使用外头的大浴室。

"天堂。"雅辛塔喃喃低语。她闭着眼睛，脸上却有笑容。

"是啊，也许我们真的能买下那里。不过天堂应该会有跟窗户吻合的窗帘。"席德赞同。

"我们负担不起。"

"所以这是一个很简朴的天堂？"

"看样子是。"

"冰箱里大概也没吃的吧。"

昨天的晚餐是送到家的中餐。"没有呢，宝贝。好奇怪，昨天晚上我花了比原本预计的更多时间拆箱放东西。我实在想不通为什么我没时间让我的e-i去买东西。"席德瞥了墙边一排没有拆封的箱子，决定要当个胆小鬼，"幸好杰斯蒙这么豪华的地区有家咖啡馆开在圣乔治巷上，听说那

里的早餐很不错。"

雅辛塔睁开眼睛，露出笑容，"你没忘记怎么讨女孩子欢心吧？"

"怎么可能，我怎么会忘呢。"

席德下床，非常努力地想要猜出到底哪个箱子装着他的干净衬衫。

"蓝色的那个。"雅辛塔说。

"我知道！"圣乔治巷离他们家走路只要五分钟，路上一边是店家和公司，另一边是住宅。两边高大的樱桃树刚刚开始发芽，席德猜想粉色的樱桃花绽放的时候一定很漂亮。

布莱克咖啡馆是一个小小的家庭餐厅，菜单的选择很不错。席德选择全套英式餐点，吐司上放着炒蛋、培根、蘑菇、烤西红柿，还有一块炸黑血肠。

"小心点，宝贝。"雅辛塔说。她只点了茶和吐司，孩子们吃早餐麦片和吐司。

"一切很顺利。"席德告诉她。

"是诺思族人死掉的案子吗？"威廉问。

"对。"

"学校里每个人都说这不是车辆抢劫案。他们说是布鲁塞尔把他干掉的。"

席德差点被橙汁呛到，"什么？"

"所有无牌网站都这样说。"威廉说。

"政府真的会杀人吗？"扎拉问。

"不会。绝对不会。"

"我不许你去看无牌网站。"雅辛塔说。

"学校里的人还说了什么？"

"席德！别鼓励他。"

"这不是鼓励，这是发问。他们在说什么？"

"他们说布鲁塞尔想要让圣天秤星变成GE的一部分，唯一阻止他们的就是诺思家族。"

"布鲁塞尔并不想让圣天秤星成为GE的一部分。你知道为什么吗？"

"独立国区。"扎拉回答，得意地微笑。

"没错。因为只要有对于当地政府不满的人，都会去圣天秤星住，他们那里绝对有地方容纳每一个人。GE 最不需要的就是几百万个人去反抗他们的权威。"

"爸，你喜欢 GE 吗？"

席德很满意他没有瞥雅辛塔一眼，"他们付我薪水，所以也没那么糟糕。"

扎拉的脸挤成质问专家的表情，"可是——"

"吃你的麦片。"雅辛塔命令。

"好。"

席德终于冒险瞥了雅辛塔一眼，"一切都是因为要抓到人花了很久时间。大家都以为我们可以马上就找到嫌犯。"

"爸，你会抓到他吗？"威廉问。

"希望是这个星期。"席德说。

"你听起来很有信心，宝贝。"雅辛塔懒懒地握着一杯茶说。

"哎，还算可以。"他说。

"你会上全像新闻吗？"兴奋的扎拉问。

"不会，上新闻的会是警察局长。"

席德早上八点来到市场街警局时，全像剧院已经没有在运行圣詹姆斯的虚拟现实了。阿里和洛雷勒正在第三办公室，就等着他进来。他知道他们昨天晚上值班，从桌上的咖啡杯数量来看，他猜他们没回家。

"我们有发现了。"阿里的表情疲累与兴奋混合。

"进来。"席德带他们进入他的私人办公室。他没有开启安全指示灯，因为剩下的小组成员正陆陆续续地来接早班。

洛雷勒在门内站定，脸上带着笑容。这是非常重要的象征——从案子开始以来，席德在她脸上就没有见过半分笑意。"怎么了？"

阿里大声吐出一口气，"亚历安·诺思于 1 月 11 日星期五早上八点零三分来到圣詹姆斯。他来得很坦然，我们从三个罩网都看到他下了出租车，从正门进入。他的 e-i 响应了圣詹姆斯网络的安全程序一般进入询问。他绝对在那里出现过。"

"然后呢？"席德问。

"我们找不到他离开的记录。"

"老板，我们一分钟一分钟地查过了，一路查到星期六晚上。"洛雷勒很坚定地说，"总共有二十三名诺思家族人员进出，他们开车，坐出租车，跟一群朋友走出去，没有一个是亚历安。要不就是他避过我们的追查，再不就是他待到了星期六晚上以后。总而言之，他是我们第一个可能的目标。"

"唯一的可能目标。"阿里说。

"嗯。我们查过亚历安吗？"

"有。他是个二代，在诺森伯兰星际企业的制造部担任有机油专家。"

"真的？那他根本就是最标准的诺思家族成员。"席德说。

"他在码头区有公寓。"洛雷勒从她的瞳孔智元显示上直接读出信息，"通过 DNA 确认，所以不是冒牌货。"

那栋楼可以俯瞰千禧桥，席德心想。这应该是个无关的巧合，毕竟谁都不会知道尸体当晚会漂到哪里。

"你要我们把虚拟现实拓展到周日和周一吗？看看能不能找到他离开的画面？"阿里问。

"不用了，那么做对我们也没帮助。"席德说。他叫 e-i 把亚历安的通信码从警局网络抓出，直接拨出通话要求。

"有何指教？"亚历安·诺思二代问。

"不好意思打扰了，我们只是在厘清车辆抢劫案的最后几个疑点。"席德说。

"那就问吧。要快点，我再半个小时就得进公司。"

"我们想要确定11日星期五，你是何时离开圣詹姆斯镇楼，还有走的是哪个出口？"

"什么星期五？我好几个月没去过圣詹姆斯了。"

"先生，是1月11日的星期五，就是找到你兄弟遗体的那个周末。"

"抱歉，但是你一定把我跟哪个兄弟搞混了。我今年没去过圣詹姆斯。上次去的时候是9月，应该是去萨克罗斯剧院那里听某个音乐会吧。"

席德立刻看了阿里一眼，把通话转成静音，"你有可能看错吗？"

"不可能。他的e-i确认了他的身份。"阿里坚持。

"我们的记录显示你去过，先生。"席德告诉亚历安。

"那你的记录就是错的。"

它们不能错。

伊娃负责监控，她站在全像控制台前，从城市的全区罩网撷取出罩网影像与交通信息，像是隐形的电子天使在守护警局的巡逻车。席德不敢冒险。他找了离码头区最近的巡逻车，命令他们绕到亚历安·诺思二代的公寓大楼去把他接来进行保护管束。附近另外三辆巡逻车被派去支援，一辆外聘巡逻车也跟去当备用，还有一架外聘巡逻直升机做空中掩护。

外聘巡警陪亚历安·诺思二代上了他们的车，直接开往市场街警局。距离只有不到一公里，但在伊恩很快私底下跟席德说了他的怀疑，认为修车厂受到炮弹攻击是雪曼的人下的手之后，席德已经不敢冒险。他利用案件授权在城市交通中清出一条快捷道路，重新调整交通信号，令自动驾驶功能暂停，以便警车和随行车辆能够快速抵达。

他们速度快到几乎比席德先进入地下停车场。席德、伊恩和洛雷勒才刚出了电梯，警车就冲下了斜坡，警灯投射出诡异的阴影，洒在阴暗的水泥地窖里。

警车的后门解锁、滑开，看起来彻底迷惘的亚历安正探头往外看。他看到席德和其他人佩枪出现时，表情变成惊讶。

"什么鬼……"

"快点，快点。"席德呵斥。他们把亚历安拖出警车，直接进入电梯，带到二楼的收押警戒区。

亚历安很显然正准备去上班。他穿了西装长裤，笔挺的衬衫，戴了袖扣，但扣子没扣到脖子，金红色领带的尖端从口袋里探出来。

亚历安被簇拥着带入审讯室时，诧异很快变成愤怒，但看到席德和奥尔德雷德同时出现时，愤怒很快又变成了担忧。

这是个很标准的场景。没有窗户的方形房间。中间有桌子，一端各有两张椅子。

"你不需要律师。"奥尔德雷德说。

所以亚历安自己坐在一边，努力不要因为这个奇怪的早晨而显得太局促不安。他大概四十几岁，跟被害人的条件有点类似。

席德和奥尔德雷德两人面对他坐着，侦查小组有半数的人通过安全联结正看着这一幕，一如拉尔夫·史蒂文斯——不管他人在哪里。席德觉得这是很奇特的一刻，审问一个脸长得跟谋杀案死者一样的男人，还有一个一模一样的克隆人从旁协助。他虽然没有特别虔诚的宗教信仰，但用这种方式来扭曲自然法则，应该是一件从根本上就有问题的事。

"请先把你的e-i提供给警局网络，谢谢。"席德说。

简单的二进制数以一条紫线的形式出现在席德的瞳孔智元网格，确认为亚历安（至少是他的e-i），而且这个码跟那个星期五早上八点零三分提供给圣詹姆斯网络的是同一个。"我现在面对一个问题。在凶杀案发生的那天早上，有一名诺思家族成员用了你的e-i进入了圣詹姆斯。他没有出来，至少不是用你的码出来。"

"那不是我。"亚历安争辩。

"我们今天就是要来谈这件事。"

"你不了解。我当时人在圣天秤星。那个星期的事情我记得很清楚。我被抢了。"

"被抢？"

"对。我每隔五周就会有三周待在圣天秤星，我监管那里一半的提炼厂。那个星期我过得很辛苦，所以我去了高堡的一家夜店放松一下。"

"那是什么时候？"

"用圣天秤星的时间来算？傍晚吧。那里的时间没有调整成地球时间。圣天秤星的一天大概比地球的一天要长八分钟，所以是圣天秤星的傍晚，地球的星期四。"奥尔德雷德说。

“好，你去了夜店。哪一家？”席德说。

“德法希，在三十四街上。”

“我知道那家店。很高级，我们有些人是会员。”奥尔德雷德说。

“没错，就是那里。总而言之，那天晚上一开始还不错。有两个女孩似乎对我有兴趣。我们坐在一起，还有一些朋友，吃了顿饭，喝点酒，跳舞，嗑药，再下来我唯一知道的就是我在夜店经理办公室醒来，大概是当地时间凌晨四点，一边脑袋痛得要命。”

“有人看到吗？”席德问。

亚历安抿起嘴唇，尴尬地迟疑了一会儿，“夜店的安全人员，他们在厕所里找到我，说我摔倒撞到头。”

“你摔倒了吗？”奥尔德雷德严厉地问。

“谁知道？我甚至不记得去过厕所。”

“你嗑了多少？”席德问。

“没多少。”

“这样啊。”席德很努力才把声音中的质疑压下。这是很标准的受害人宣言：我没碰过那东西，再不然就是那批药有问题。总而言之，不是我的错，“所以你回了纽卡斯尔？”

“我不是直接回来。我在高堡有公寓，在那里待得太频繁了，住公寓比住旅馆便宜，所以我去那里待了几个小时打理自己，再准备回家，这时我才发现我被抢了。我的GE签证芯片不见了。相信我，要通过这半边的边境管理局，真的需要芯片才行。”

“还少了什么？”

“我没发现别的。”

“好，所以你的芯片不见了。后来呢？”

“我去了我们在高堡的办公室，他们帮我处理好这件事，毕竟我们在布鲁塞尔还是有点影响力。管理处给了我一个临时芯片，我就回来了。”

“什么时候？”

亚历安深吸一口气，“纽卡斯尔时间，星期五很晚的时候。我回来的时候是晚上，我记得，到处都在放烟火。我想应该是庆祝融能站的合约吧。我也记得当时的极光很灿烂。"

"很好，谢谢。"

席德跟奥尔德雷德回到走廊。审讯室里有武装警卫，警方的警探，没有外聘人员。他们走向第三办公室。

"他是个怎么样的人？"席德问。

"不是个乱嗑药的人。"奥尔德雷德说。

"所以他被人用假药骗了？"

"看样子是。"

伊恩和里安娜正在第三办公室等他们，脸上挂着大大的笑容。

"怎么了？"席德问。

"我们刚检查过。GE边境管理局记录显示，亚历安·诺思于1月11日周五早上六点四十八分通过通道。"

"我们的无名氏先生用了亚历安的签证芯片。"席德说。

"没错，老板。然后亚历安·诺思又在11日周五晚上十点三十一分再次通过通道，这次用的是高堡边境管理处办公室发放的暂时芯片。"

"靠，他们居然没注意到？"席德问。

"原本的签证芯片于早上十一点五十分被通报遗失。高堡边境管理处自动取消了芯片，才能发出临时的新芯片，芯片必须搭配本人身份才能使用。"阿布纳说。

"一个有正确e-i的诺思族人……"席德开口。

"对。"

"所以纽卡斯尔的确有一个假冒的诺思族人。"席德说。

确认这件事带来的满足感感觉像喝了一杯三倍伏特加：纯然的喜悦。我猜得没错，这的确是企业阴谋行动。没有什么外星怪物，从来就没有。他笑了。"靠，那个圣天秤星探勘行动花了纳税人多少钱？"

伊恩露出大大的笑容，"好几亿。"

"应该是几十亿。"里安娜说。

"能让我来告诉埃尔斯顿吗？"席德问奥尔德雷德。

"这件事并不好笑。"奥尔德雷德毫无笑意地说，"你的意思是，这是某个内部人士针对诺思家族企业的攻击行动？"

席德的微笑消失。他瞥向阿里和阿布纳，两人跟他们的兄弟一样，脸上都出现愤愤不平的表情。三张一样的脸，一样的目光，直直盯着席德看，还真是有点毛骨悚然。"那不然你们自己说，还会是什么？"他口气不佳地回问。

漫长的沉默，就等奥尔德雷德想出辩驳的话。"我不知道。"他投降了。

"谢谢。"席德说。

"这很难接受。我不明白到底是怎么一回事。"

"非常谢谢你这么说，但对我而言，这件事很清楚。一个身份不明的诺思家族的一员从通道进入，利用亚历安的身份，然后去了圣詹姆斯。我们有两个可能性。其一是这个假亚历安杀了你们家的人之一，接收了他的身份，或者就是这个人被杀掉。"

"这就可以解释为什么我们一直无法辨认出遗体身份。这件事一直让我们很担心。"阿布纳不情愿地说。

"所以这是 B 支在后面搞鬼。"伊恩说。

"进来的绝对是 B 支诺思家族的。"席德说。

"那他就是死者，因为我们不可能互相残杀。"奥尔德雷德说。

"他的袜子。那是德蓝西毛，记得吗？只有在圣天秤星上才有。他们杀了一个 B 支的人。"阿里说。

"他们是谁？"伊恩讽刺地问，"不都是你们吗。"

"我知道你们宁愿相信你们的兄弟是别人杀害的，但如果是心理状况不稳定的诺思家族成员呢？你们有人精神异常吗？"席德问。

三名克隆人交换了一个充满担忧的眼神。

"有些四代脑子有点问题。"阿里坦白地说，"可我们知道死者是二代。"

"我们早就谈过这件事了。如果有冒牌货，那也会是个二代。我们查过你们所有人。"

阿布纳清清喉咙，整个办公室的人都看向他。"还有瑟贝迪亚。"他说。

奥尔德雷德气急败坏地叹口气。

"瑟贝迪亚是谁?"席德问。

"这是他现在自称的名字。"奥尔德雷德不情愿地说。

"瑟贝迪亚是我们的兄弟之一,原名巴克雷,是个二代。他因为巴特拉姆的死而大受打击,整个人崩溃了,把名字改成瑟贝迪亚,开始在圣天秤星的独立国区里进行很奇怪的游说。"

"什么样的游说?"伊娃问。

"他想要关闭通道。他宣称整个圣天秤星因为人类文明而受到污染,应该被隔离,好让住户能跟星球和谐共处。基本上他是个超级环保分子,想要让时光倒流,把浮藻田给全撤了。"

"他人现在在哪里?"席德问。

"年纪不对。瑟贝迪亚已经六十几岁了。假的亚历安四十几岁。"奥尔德雷德说。

席德未被这种说法转移注意力。"你们追踪过他吗?"

"不能算有。我们不认为他具有真正的威胁性。对于住在独立国区的人而言,他有一定程度的吸引力,因为他脱离了家族,他的追随者比较像是宗教信徒,而不像政治运动者,只是人数不多。如果他做出极蠢或极离谱的事情,比阿特丽丝可能偶尔会收到关于他行踪的报告。"

"比阿特丽丝?"席德不解地问。

"布琳凯尔的女儿。她负责B支家族安全。"

"好。我需要知道这个瑟贝迪亚·诺思人现在在哪里,而且我绝对要知道他1月11日在哪里。联络这个比阿特丽丝,找出来。"

"没问题。"奥尔德雷德说。

"在此之前,我们有正事要做。"席德对办公室里的人说,"冒牌的亚历安进入圣詹姆斯,却出来了一具尸体。死者要么是冒牌货本人,或者他杀了另一名诺思二代。我们知道红盾帮通过厄尼·雷因特而有某种程度的参与,所以整件事变得简单很多。外星怪物的理论已经完蛋了。伊娃?"

"是的,老大。"

"我需要你再运行一次虚拟现实给我。从这两个亚历安一踏出通道开始。我对第一个亚历安到达圣詹姆斯之前做的所有事情都想知道，但也不要疏忽掉第二个。"

"明白。"

"其他人听着，我要你们带11日星期五去过圣詹姆斯的每个诺思家族成员来这里，进行仔细的问询。"他直直看着奥尔德雷德，"我们要最后一次尝试看能不能找出谁是冒牌货。尽量搜集他们的背景资料，检视他们每天的记录，看看他们是不是真的在过每一天。我们需要能够彻底读取你的家族记录。"

"我会负责把资料给你。"奥尔德雷德说。

"我想从问询你开始。"

"我想也是。"

几乎整个下午都在下雨，沉重的雨滴从黑暗浓云之间倾盆而下，伴随而生的凉风使雨滴几乎是横向飞行，让巫岗的生活变得更令人沮丧了那么一点。每个人都只想躲在自己的帐篷里逃避工作。万斯·埃尔斯顿绝对不会允许这种事发生。他坚信滚石不生苔，认为规律工作才是让所有人都能好好集中精神的方法，这样才不会有人有空再去多想MTJ意外。因此，工程队忙着在四面大开的维修棚里，利用当场微制造出的零组件修复饱受摧残的车辆。更多人正在准备第二辆行动生化实验室以及测试其他车辆，准备再次进行取样行动。AAV技师操作着猫头鹰机低空飞过，找出通往东北方的可能路径。异种生物研究队的卡姆·蒙托托和埃斯特·昆比斯正检视影像，判断在无尽的森林里，哪儿会有特别值得探究的植物。

第一批探勘采样小队在下午时回到营地，成员个个沮丧又筋疲力尽。万斯对工作的执着再次完全展现，他毫不犹豫地要求他们立刻开始收拾装备，评估车辆状态。

幸好，傍晚时，云朵都朝东边卷去，露出晴朗的天空，尽管地面上的积水立刻开始蒸发，让湿气更加浓重，至少大家可以不用穿雨衣就能在外面走。

晚餐的时候，天狼星快速朝天边降落，星环从冰银色变成南方天空较为温和的柔光。万斯正要离开快速房舍去弄点东西，拉尔夫的安全通话要求传来。

"我们有了一些很有意思的进展。"他开口。

"厄尼·雷因特？"万斯立刻问。

"不是。那里不太顺利。他知道的事情不多，绝对不包括谁杀了那个诺思，但我们从他身上弄到了一些有用的名字，应该能让我们更接近知道弃尸令是谁下的。"

"那还有什么消息要告诉我？"

"赫斯特警探发现了一个身份不详的诺思族人，在凶杀案发生那天从通道进入纽卡斯尔市内，他直接去了圣詹姆斯镇楼。"

万斯惊讶得一瞬间说不出话来。"你确定吗？"最后他只问得出这一句话。这不是个专业的反应，但是……

"不明人士偷了亚历安·诺思的身份穿过GE边境管理局。他进入镇楼后就消失了，所以要不是他被杀，就是他杀了人，伪装成被害人。"

"上帝啊。"

"对啊，整件事越来越像是某种诺思家族内部的恩怨了。"

万斯握紧拳头，轻捶在桌面上，敲出烦躁的节奏，"我们星期六时出了一件很严重的意外。"

"对，新闻都报了。"

"我不完全相信那是意外。"他一边说，一边痛恨自己的口气听起来如此执拗又绝望。这是一场绝对会惨淡收场的行动，他就是那个到处在找替罪羔羊的老板。只是必须人在现场，才会真的知道有哪里不对劲。

"万斯。赫斯特和他的人表现得很好。他们正在重新问询一些有可能是冒牌的诺思家族成员。厄尼也确认了他接走尸体的公寓，我们再过一天左右就得把地点告诉他们，然后鉴证组会把那里拆得翻天覆地。"

"你不先派我们的人去？"

"被维梅齐亚否决了。他要警察的调查工作不受影响地进行。"

万斯知道这是什么意思：HDA高层已经开始接受案件起因是企业斗争的说法。从政治角度来说，探勘行动已经是被扒了裤子、光着屁股晾在外面等的状态了。"有谁对诺思家族内部的争执原因有推论？"

"这是最奇特的一点。没有人想得出为什么。他们当然完全否认。进入纽卡斯尔的冒牌诺思有可能来自B支，所以最有可能的动机就是布琳凯尔想要接管诺森伯兰星际企业，但这个说法也有点荒谬。从这件事情爆发以后，警方和布琳凯尔两边同时有兴趣的对象，就是瑟贝迪亚·诺思。"

"他不就是这家人有名的疯子？"

"对，本名是巴克雷·诺思，在他父亲死后就发疯的那个。可惜的是，年龄不对——他不符合进来的冒牌货。"

"有可能是他的孩子，一个我们不知道的三代。"

"有可能。但赫斯特从泰恩河里拖出来的绝对是二代，而且所有二代的行踪都已经被确认过了。"

"你说得没错。抱歉，这几天我们压力很大。"

"安特利奈找到变种基因了吗？"

"没有。他也开始觉得这整件事是在浪费时间。"

"另外两个前进营地也没找到任何东西。"

"我们还有多少时间？"

"维梅齐亚不肯松口，除非有很大的突破，否则你大概一个星期左右就会收到撤退令。"

"明白，谢了，拉尔夫。"

"没问题。你在那里小心点。"

万斯叹口气，倒回狭小的座椅。

1月时案子刚发生，他相信这次的探勘行动有极端重要性，当然也有他的虚荣心作祟。现在他开始承认探勘队成行的证据原本就很薄弱。来自一个被药物灌得神志不清的少女头脑里的影像，她声称自己无辜的可悲抗辩。

安杰拉是关键，他知道。如果他能知道她为什么会在巴特拉姆的宅邸……他告诉e-i："联络特拉梅洛。"

安杰拉甚至懒得敲埃尔斯顿的门。快速房舍很小，他早就听到她来了。她闯入他的办公室，看到他坐在一张极小的书桌后面盯着屏幕。从她站着的位置，看不到紫色和绿色的数据内容是些什么。不等他开口，她径自坐了下来，享受辛劳的空调吹出的微凉空气。

"我都已经拿到盘子了。好几天没这样好好吃顿饭。"她抱怨。

"对，你最惨。"埃尔斯顿情绪很差地回嘴。

安杰拉眨眨眼，仔细地端详起他。他平常极为彬彬有礼，态度好得让人觉得诡异，是那种特别虔诚的标准教徒。别的时候她会很乐于看到那张硬邦邦的脸上出现疑虑和担忧的表情，但绝对不是现在这种"意外"频传的时候。"怎么了？"

"葛兹曼以后不能走路了。"

"嗯，我们都听说了。"她沮丧地说，"还是有治疗的方法的。神经重生术，就是诺思家族在亚贝利亚的研究院里研究的那种——"

"那种治疗的费用连HDA都负担不起。跟你'十选一'的疗程差不多吧。"

"你把我找进来，就是为了发泄情绪？"

"唉，不是，抱歉。安杰拉，你在巴特拉姆那里到底做了什么？现在你说实话，绝对不可能有什么不好的影响吧？"

她再次对于自己克制情绪的能力感到自豪。爸爸一定会以我为荣。"我是个妓女。这样说你的心情会好一点吗？"

"你有很多种身份，绝对不包括妓女。"

"多谢你。"

"我真希望你能够信任我。"

"我没有斯德哥尔摩症候群。对虐待我的人没兴趣。"

他有点气急败坏地叹口气，"我真的很抱歉，可以吗？"

"你这么一说，我就要当没事了是吧？"

"安杰拉……该死的。"

她现在真的开始好奇了。她从来没有见过这样的埃尔斯顿。"发生什么事了？"

"警察发现一个身份不明的诺思族人，在纽卡斯尔的凶杀案发生前从通道进城。所有人开始认为这件凶杀案跟企业阴谋有关，或者是某种家族权力斗争。"

"该死！你呢？你怎么想？"

"我们没有找到任何基因变异。看起来你弄错的概率变大了。"

"弄错！你开我玩笑吗？如果没有怪物，你的意思就是我杀了他们。你娘的混蛋。如果你认为我会乖乖回监狱里去，那就大错特错了。"

"没人这么说。我们对瑟贝迪亚·诺思有兴趣。"

安杰拉皱眉，"谁？"

"你认识的他叫作巴克雷·诺思。他在他父亲死后整个人崩溃，换了名字，开始宣传要圣天秤星切断所有跟地球的链接，包括关闭通道。你见过他吗？"

安杰拉僵直地坐着，冷气的凉意被皮肤下鼓噪的热血冲散，压抑怒气变得非常困难。我怎么会这么蠢？居然让他安抚我，放下了戒心。我几乎开始以为他是个人了。她开始狂吼："你这虐待狂！我希望你得癌症，烂成一大块快点死掉。如果你的神存在，我相信他一定会把你送到中古世纪的地狱去，就算是那样都让你过得太爽。"

"你这是在——"

"很好嘛。先打好关系，博取受害者的同情，然后强暴他们的脑子。你的罪行现在又可加上强暴了。"她站起身，气到发抖。

"等等！我不懂。请你，这是，这是……"他结结巴巴地开口。

"你不懂。"她咆哮地学着他的话，"你这是照抄虐待狂手册里的内容吧？"

"你能不能冷静一下，告诉我发生了什么事？"

安杰拉停顿下来。她仍然无法平复情绪，痛恨自己居然还想为他开脱。"巴克雷·诺思是吧？你说的是他？这么无辜地问我，我认不认得他？"

"对。这件事也许很重要。"

"就在你刚问我，想知道我在宅邸里做什么——"她打住话，警觉到自己也许说太多了。

"安杰拉，我可以用《圣经》发誓，我真的不知道你为什么会这么生气。"

"巴克雷·诺思开始自称瑟贝迪亚·诺思，还跟家族断绝联络？是这样吗？"

"对。他们都不知道为什么。他在凶杀案两天后就消失了。他们好几个月没再看到他，直到他又出现在独立国区里。"

"那他还真聪明啊。"她怒气冲冲地说。

"哪里聪明？"

"你还在假装不是故意从我口中套话？"

他一脸震惊，"你跟巴克雷之间发生了什么事？"

安杰拉吸口气，平静下来，"我们只是发生过关系。"

"什么？"

"你听到我说的了。诺思不像大家想的那样，他们也是有分别的。他比其他人……"她很小心翼翼地斟酌字句，"……都好，尤其是跟他父亲相比。"

"我从来不知道这件事。有多不同？"

"如果你想问是不是不同的疯，那绝对不是。我为什么要跟你说这些事？"

"所有信息都是有用的。"

安杰拉不赞许地狠瞪他一眼，"这个信息绝对帮不了你。"

"为什么？"

"因为巴克雷·诺思二代死了。那天晚上他跟那些被怪物屠杀的其他人一样，都死了。我找到……我在宅邸里看到他被砍烂的尸体。懂吗？我、看、到、他、的、尸、体。而且我很确定是他。不论瑟贝迪亚是谁，他都不是巴克雷。"

那天晚上选择溜到七楼是很大胆的举动，但安杰拉觉得冒这个险是值得的。双重保障。有人在的时候，不会有人想做坏事。虽然不是很多人，只有几个巴特拉姆的儿子。巴克雷那天晚上出现，还有巴森、巴雷克以及巴瑞特，讨论生意的家庭聚餐。她当然陪同在餐厅里，科伊、玛丽安杰拉、苏丝（奥利维娅－杰伊的接班者）也一起。罗安娜和马克－安东尼让女友们穿上极短的昂贵鸡尾酒礼服，好让她们坐在巴特拉姆两侧，形成诱人的火辣风景。吃饭时要她不多留意巴克雷非常困难，但是她很节制。他也一样小心，跟所有女友聊天，跟所有女友调情。

兄弟们去了七楼的客厅，继续谈交易、公司和财务。巴特拉姆叫苏丝跟他们一起去，允许她展现她的钢琴演奏技巧和美妙的嗓音。安杰拉不觉得她能跟奥利维娅－杰伊相比，但承认这有可能是她先入为主的成见。

回到六楼让罗安娜和马克－安东尼打扮，准备在巴特拉姆的卧室度过夜晚的是安杰拉、玛丽安杰拉和科伊。玛丽安杰拉穿着一件长蕾丝丝质洋装，自然倾泻而下的长发让她显得高贵炫目。科伊穿着简单的白色两件式睡衣，看起来无辜又期待。安杰拉则穿着白短裤、薄薄的黑色吊颈上衣，两人对于自己的选择都很满意——只不过这其实是安杰拉的推荐。这是最关键的部分。

凌晨两点的时候，雨云从海面上滑入，遮蔽了圣天秤星的环光，安杰拉穿着短裤，自信地走在七楼的长廊。灯光昏暗，有几名兄弟还在客厅，苏丝正在弹钢琴，唱歌的嗓音浑厚。

安杰拉溜入埃及风的卧室。至少今天晚上没人在床上用油，她不用担心脏污或毛巾的问题。短裤的裤腰里藏着小支的拦截针。她把针抽出，钻到书桌下。

一切准备就绪。要给德加多谷的合约金已经在昨天转到亚贝利亚的主要行政账户。朱利欧星际公司的标价依然登录在案，跟所有竞争者的标案一样等待交易。她再次使用巴克雷的授权码，把得标交给朱利欧星际公司。一亿零八百万欧法元消失在跨网的金融交易区。

放松之余，安杰拉轻声呻吟一声。难得一次没有因为情绪外露而生自己的气，她的双眼立刻涌起泪水。完成了。结束了。其他都不重要了。

但能离开这里也好。

她按部就班地准备退出，强迫自己不要匆促，用巴克雷的授权码把账户收回，关闭渗透，收回拦截针，塞入短裤。关闭控制台。

心跳如雷的她把书房门推开一条缝，窥看外面的情况。那群兄弟一定终于睡觉去了。走廊上的灯全都熄了。一切绝对安静，黑得异常。星环被浓云遮蔽，走廊末端只有极少的环光从窗户渗入。

安杰拉关上书房门，打算溜回巴特拉姆的卧室。半路上，她一脚踩进某种液体。她站在客厅外面，发现大扇的双开门有一边打开了。里面一片漆黑。

那液体不是水。她很清楚，太浓，太黏。而且奇怪的是，太暖。她皱眉，不知道自己踩到什么。真讨厌，她溜回床上前得把脚上的东西给清干净。

她走进客厅，地板上到处都是同样的液体。她脚下一滑，整个人跪倒，重重撞在地板上。"痛死了！屋子——客厅灯最低亮度。"

宅邸的AI没有回应。"拜托！"安杰拉挣扎着想站起身。客厅里的味道很奇怪，很不愉快。她辨认不出来，但其中绝对有明显的薄荷味。不知道为什么这气味引起她深深的不安。整件事也太诡异了，她感觉得到身上沾满了这种液体。一定是哪里的水管炸了。空调的冷凝剂？至少她现在有了深夜时分还在外面走动的理由：我听到了怪声。

手动开关在门后面。她像是在冰宫里全身包裹得层层叠叠的幼儿，又滑又溜地想要走到门边。五个细小的绿色LED在面板上发光，指引着她。又滑了一次后，她来到门边，用力一拍按钮。

客厅灯点亮。有一瞬间，她的脑子拒绝接受自己身上的景象。布满她全身的液体是赤红色的。这个颜色朝她脑中最原始的部分送去最直接的警告。血！

安杰拉惊呼。到处都是血，遍布在大理石地面上。她也踩在血泊里。她再次喊出声，声音变得更大，恐惧与恶心在大房间里回荡。她快速转身，再次失去重心，手足无措地以四肢着地跪了下来，直直看见两米外巴克雷的尸体。

有东西刺穿他的胸腔，撕裂蓝灰色的条纹丝衬衫、皮肤、肋骨，把他的心脏撕开。鲜血从多层的伤口流出，淹过地面。安杰拉无助地看着他的脸，巴克雷脸上的神情异样地令人依恋，是一种平静的讶异。她知道这是他。他戴着她送的香蕉袖扣。可是血太多，不可能只是来自一个人。她抬起头。

苏丝躺在钢琴旁边，喉咙被划破的伤口狰狞到几乎身首异处。另外两个诺思家族成员躺在地上，一人跟巴克雷一样有奇怪的心脏伤口，另一个人从胯下到喉咙都被切成两半，器官、肠子和鲜血一同泼在地面。

安杰拉压下想要从气管涌现的歇斯底里尖叫。唯一让她保持安静的是保命的直觉，她最细微的一丝残余理智知道那疯子一定在附近——绝对不可以引起他的注意。她抬头看着盘附在天花板上美丽如缎带一般的光条，知道刚刚开灯的动作是一个极可怕的错误——还有刚才发出的声音。

她急急忙忙再次站起。沾满皮肤的鲜血引起的恶心感，威胁要以无可控制的呕吐从她的胃部冲出。别理它。专心。

安杰拉抓住门框稳住身体，头探出到主长廊上，准备快速奔向台阶。从客厅透出的光散到黑暗中。五米外，通往巴特拉姆卧室的门正无声地打开。这幅景象足以驱散她所有的情绪，脑子顿时清楚了起来。她屏住呼吸，启动手中的暗黑武器。

安杰拉离开狭窄办公室之后，万斯在书桌后坐了超过一个小时。她说的不可能是真的，但是……从他们二十年前第一次会面以后，万斯很确定自己终于从安杰拉·特拉梅洛口里问出了一句真话。巴克雷·诺思二代已经死了。她的愤怒与不解是假装不来的，这点他很清楚。她真的看到了他的尸体——如果真有人能辨认出来谁是巴克雷的话，那一定是安杰拉。可是所有人都知道巴克雷从那次屠杀之后就成了瑟贝迪亚。所以如果安杰拉是对的，那在未知的地方，以未知的方法，有一个身份不详的诺思家族成员取代了巴克雷，成为瑟贝迪亚。如今，二十年后，又一个身份不详的诺思家族成员，从圣天秤星的通道进入地球。

这两件事情的关联性是毋庸置疑的。可是证明这件事将会严重考验他的能力。至于要如何说服HDA的高层……

他的e-i抓出安杰拉·特拉梅洛全部的原始证词，寻找所有关于巴克雷·诺思二代的部分。果不其然，在她被逮捕第三天，她对纽卡斯尔警探描述她在宅邸客厅里看到的景象。万斯取消对话誊本，直接读取档案中的影音档。屏幕包围着他的脸，让他进入全像空间，隔着二十年的时空，望入了秘密审问室。一个发型剪得很难看的红色短发安杰拉·特拉梅洛，戴着手铐坐在桌子后面，旁边坐着一名不知所措的辩护律师，两名警探中资深的那个问了一个又一个问题。

"我的天哪。居然是这样。"万斯低声喃喃自语。他差点就要错过这个细节了，而且他又发现坐在房间里比较年轻、资历较浅的警探是罗伊斯·欧鲁克。他不可能看错那张脸上圆肿的五官，即使那时还没有像现在这样随时都涨得通红。

资深警探加瑞·拉维斯正要她复述找到尸体的过程。

"我听到声音。"安杰拉以喑哑的声音说着。她看起来状况很不好，似乎病得很重，穿着警局提供的深绿色的罩袍，裹在一条毯子里。她的肩膀不断地在发抖，一直在喝水，"我走到走廊时，一片漆黑，所有灯都关着。我站在走廊外的一个水洼里，然后走了进去。我开灯的时候，看到他们，巴克雷还有其他人，苏丝才刚来两个星期。有人……老天啊，他们都被撕裂了。"

"然后呢？"拉维斯毫不留情地问。

"我听到走廊有声音。我出去时，它在外面等我。"

"怪物？"

"对。"

"嗯。你说到这里我就迷惑了。你一开始说它是从巴特拉姆的卧室出来的，可那是你原本在的房间，不是吗？"

"对。我说的是它离巴特拉姆的房间很近。我出去透透气了。"

"然后你打退它，跑走了？"

"对。"

"可是巴特拉姆房间里的所有人都被杀死了。那你要怎么解释当你从卧房走到客厅，顶多十米的距离内，怪物在哪里？你走过这段距离的时间里，它在你身后的卧房里无声地撕裂了巴特拉姆跟另外两名女孩，然后出来跟你打斗，却打输了。"

安杰拉的头往后仰，看起来像是要昏迷过去，影片甚至录下她额头不断冒出的汗。万斯开始怀疑他们在警局到底对她做了什么事。

"我不知道那贱东西杀人的顺序。我只知道我趁它在地上时往外跑。"

"你把怪物撞倒？"

"对。"

"一名强壮到可以撕裂其他十四个人的怪物。"

"对。"

"你这说谎的小贱人。你当时穿着体能强化外装，对不对？是你杀了他们。"

"不是。"

万斯暂停档案。安杰拉没有动机要去提巴克雷死了，根本没有原因。她只提了两次，二十年前甚至没有留意。她的唯一证词多半被视为完全不可靠，而且出现外星怪物之后，整件事变成更可笑的虚构故事。看着她在录像中的身体状态，他几乎可以相信整个不在场证明笔录，都是在她高烧神志不清时捏造出来的结果。

他的e-i找出警局医生的医疗报告。他们进行了一个标准的血液毒素筛检，发现她体内有微量的奇特有机化合物，不存在于GE的药物数据库里，但这也不能代表什么，市面上每天不断有实验性新产品推出，而且她之前人还在圣天秤星上。安杰拉否认嗑药，如同她否认拉维斯所有的指控。医生最后判定她的发烧是圣天秤星孢子引起的变种感冒，五天之后就结束了。

"你在那里做什么？"万斯问着飘浮在虚空中的沉默静止画面。他觉得很痛心，她从未向他坦承。都是因为他们在前线共度的时间，引起了她内心的憎恨，会演变成这样也是理所当然。

当他的e-i通过安全联机联络到拉尔夫和维梅齐亚之后，又下起了雨。大颗的雨滴重重地撞击快速房舍的屋顶，盖过所有其他声响。

万斯的开场白是："有新发现。安杰拉刚告诉我，巴克雷·诺思被那怪物杀了。"

"你因为这件事把我吵醒？"维梅齐亚问。

"我看过了她当时的审问档案。她那时也是这么说，没人留意。"

"如果巴克雷死了，瑟贝迪亚又是谁？"拉尔夫问。

"好问题。身份不详的诺思家族成员。那又是谁在1月时从通道进入地球？"

"你在说什么？"维梅齐亚问。

"你不觉得也太巧合了吗？两起奇怪的五刀爪凶杀案，两次附近都有身份不详的诺思家族成员？"

"那又怎么样？总有一小群他们不肯提的二代。"拉尔夫说，"只是更加验证整件事都是家族内斗的说法。"

"我们能不能至少看一下宅邸当时的鉴证报告？找找有没有第十五具尸体的证据。"万斯问。

"没有任何鉴证报告。至少没有可用的。尸体被带走后，六楼和七楼被拍了些照片，内容基本就是地板上有很多干涸的血迹，他们没有提供更多的细节，就连审判时都没有。诺思人不想要他们父亲和兄弟的尸体照片出现在跨网上，我可以理解。警方或法院里一定会有人把照片外泄。这些照片很值钱。"

"HDA关于凶器推断的病理报告。"万斯说。

"同样是亚贝利亚的诺思家族研究院给我们的，因为当时他们担心真的有外星人，有几个档案直到现在的读取限制还是很严格。"

"我们可以想办法骇进诺思家族生化基因研究院。"

"不，万斯。我很感激你在做的事，但是你需要想想该怎么结束巫岗的行动了。"

"我们目前为止只出过一次采样任务。一次而已。"

"你明天再派出一次。你上传到探勘队网络的报告我都读过了。其他几个营地也开始采样了，结果一模一样。那里什么都没有。圣天秤星上只有斑马种植物。很奇怪，很有趣，这会在那些不懂得欣赏上帝杰作的演化学家之间引起一大堆乱七八糟的学说，但也只是如此而已。"

"这里有地方不对劲，有很奇怪的事情。"

"我没有否定这点，但没有奇怪到值得我们再花十亿欧法元去支持探勘队。不要担心，你不会有事。推动整件事的是帕萨姆委员，她回来以后可以去跟布鲁塞尔以及HDA资金委员会解释。不会提到你的名字。"

"真是令人安心。"万斯说。很可惜他浓浓的嘲讽似乎没有通过安全联机传递回去。

"我会去跟奥尔德雷德·诺思说这件事。不论这是怎么一回事，被杀的都是诺思家族的人。他们真心想要得到答案。"

"我们知不知道瑟贝迪亚是否还在独立国区？"万斯问。

"不知道。很难判断。那些小国非常得意他们与跨网间的阻隔。诺思家族会派人去调查。"

"无意冒犯，但不是应该由我们派人去吗？"

维梅齐亚说："有道理。我来授权。我们在独立国区有潜伏得很深的线人。我可以让——"

营地网络接到紧急医疗警报。是埃斯特·昆比斯的躯网在求救。她的医疗监控智元正在回报有重挫性心脏功能丧失、胸口肌肉受损、血压为零、脑波功能进入死亡衰竭迹象。位置是在营地边缘，离行动生化实验室只有两百米远。

"博坦。"万斯对e-i下令，"中尉，启动营地红色一级安全警戒。我们的防线被突破了。所有人负责守住边界。"

"是的，长官。现在启动。"中尉回答。

"所有非必要人员待在帐篷中。认定有敌人在逃。进行搜寻逮捕，完全授权。"

万斯打开书桌上方墙壁上的武器柜，拿出福克林卡宾枪，检查安全栓，塞入弹匣，又在口袋里塞了两个弹匣，这才往门外跑去。

雨又密又暖，把能见度降到只剩方圆几米而已。整个营地的灯光都打亮，在脏兮兮的夜晚中罩出白色的光晕。万斯开始朝昆比斯跑去，躯网也不断发送出辨识信号，以免撞上一群草木皆兵的先锋军。

然后营地网络断线了。他不是很确定，因为当时他还在跑，脚步不断在泥土地上打滑，但似乎有好几盏灯同时熄灭。"地狱之火啊。"他闷哼一声。他的躯网信号强到可以跟博坦进行直接联机，"我们必须让网络恢复。没有网络，简直就是等着挨打。叫你的人陪沃代尔还有他需要的人去快速房舍。"

"是的，长官。"

虽然温雨湿透了他的衣服，万斯仍然觉得背上一阵寒意。我一分钟前才在快速房舍里。营地的网络当然不只靠一个通信巢，它应该能继续运作，但是巫岗很小，很多的联机都是通过快速房舍里的大处理器运行，所以那里是最明显的破坏点。

他看到前方潮湿的黑夜中，手电筒的光束在挥来挥去，所以改变方向朝他们冲去。他的e-i送出询问，找到朱斯提克和科瓦斯基，以及异种生物研究队的蒙托托还有急救员马克·奇蒂。万斯停下脚步时，昆比斯的躯网同时也传出了坏消息。先锋军和蒙托托站着，用手电筒照着她，方便跪在地上的奇蒂处理她的伤口，但奇蒂已经整个人往后倾，肩膀沮丧地垮下。

万斯低头看着昆比斯，咬紧牙关压下恐惧与怒气。这伤势一看就知道，无论奇蒂的急救包里有多少灵巧的医疗器材，都不可能救回她的性命。

在她心脏上方，仿佛被刀刃刺穿胸腔的五个利落切口，让这一判断毋庸置疑。

文景
———————
Horizon

Peter F. Hamilton

GREAT NORTH ROAD

[英] 彼得·汉密尔顿 著　　段宗忱 译

圣天秤星 [下]

上海人民出版社

2143 年 3 月 19 日，星期二

伊娃冻结全像剧院的影像，定格在亚历安·诺思二代走入码头区公寓大厅的瞬间。外面在下雪，出租车正从大楼旁离开，车轮在通往前门的私人道路上打滑，铺路的石头上结了厚厚的冰。

虚拟现实从亚历安该晚十点半踏出通道的那一刻开始追踪，看着他搭上出租车，车子在被冬季冰封的城市里缓慢且辛苦地顺着危险的道路前进，终于把他送回家。没有错误，没有替身，没有替换出租车。这是他在城市的监控网络和罩网中留下的真实数字与影像踪迹。

"时间，晚上十一点零九分。跟案发时间比，有点晚了。"伊娃说。

"有可能。"席德同意。他站在剧院控制中心，看着阴暗的1月夜晚，回想起他跟伊恩响应205事件时泰恩河边有多冷。仔细观察亚历安·诺思，他的表情显示这个人真的快气疯了，眼袋深重、疲累、不耐烦，全都写在上面。这是一个刚经历过很多不愉快事件，现在只想赶快回家的人——最后这点证实这是真正的亚历安·诺思，虽然这证据并非那么有力。

"所以第一个从通道进入纽卡斯尔的亚历安是冒牌的。"伊恩坚定地说。

"我想大家都同意这点。"席德说。他瞥向欧鲁克，看到对方很快地点头确认。

"那现在怎么办？"

正在剧院控制台上摆弄的阿里和洛雷勒很有兴趣地看了席德一眼。

"谢谢。你们可以关闭这些了。"席德告诉他们。

兴趣变成了懊恼，两人离开控制中心。伊恩把窗户调成不透明，隔开伊娃。

"这是诺思家族的内战，就算奥尔德雷德否认，或者不知道这件事。我个人认为我们从泰恩河里拖出来的是冒牌亚历安。跟其他住在圣詹姆斯里的诺思家族人员会谈后，结果还蛮明确的，他们都不是冒牌货。"

"上帝亲自把这整件事弄得一团糟。这里根本就是奥古斯丁的地盘。"欧鲁克没好气地说。

席德难得真心地同情了警察局长一把。他也不是很确定这最新的案情发展会对他有什么影响。"拉尔夫·史蒂文斯今天早上联络我了。我们明天应该就可以把厄尼·雷因特接回来。"

"那可怜的混蛋还活着啊？"欧鲁克问。

"显然是。史蒂文斯还说他们有些很有帮助的消息，可以提供给我们追查使用。"

"杀人犯的名字？"

"不包括这个，长官。他讲得很清楚。不过，他最少应该知道雷因特带走尸体的公寓地址。一旦有了这个信息，鉴证组就可以展开行动。我会去叫北方鉴证公司准备一组人马待命：一旦我们有了消息，就能把他们的人派过去。"

"安排得很好。你知道吗？那些HDA混蛋会计终于联络我们了。他们准备好可以处理我们的第一批账单。"

"这是，呃，好消息，长官。"

"该死的一点也没错。我巴不得把这坨天上掉下来的狗屎从我这里赶快冲走。"

席德跟伊恩交换一个眼神。如果他们要提出对雪曼的怀疑，现在是最好的时机。

"我们的办案程序成功了，长官。"席德说，注意到伊恩脸上闪过一丝极细微的安心。

欧鲁克笑了，"这还是第一次这么干吧？"

"是的，长官。"

"你们这群小子干得不错。别以为我没注意到。拉纳金，你也许该考虑考虑你的升级考了。我在评鉴委员那里认识几个人，可以跟他们提一下。"

"谢谢长官，我会考虑的。"

席德猜想伊恩即将得到的升职是欧鲁克表示他也会遵守协议，将席德升到五级。席德想了想，局长就是这点有问题，让人根本分不出来他是在暗示还是说空话。

席德的听觉智元大声响起，同时，瞳孔智元在视觉网格正中央投射出明亮的蓝色符号："环宇蓝色警戒"。所有政府雇员都必须启动紧急民众控管计划，警察休假全面暂停，警官必须向警局指挥官报到。

"老天。"欧鲁克啐了一口。

"你不知道是怎么一回事？"席德问。

"我完全不知道。那个市长，他最喜欢把我晾在一旁。混账。"

所有人连忙离开控制中心。席德叫e-i扫描新闻网站，包括合法网站与无照网站，寻找最大的GE相关新闻。片段的新闻消息立刻从视觉网格上的符号钻出来。

> GE边境管制局宣布暂时停止纽卡斯尔的通道往来。
>
> 业余天文学家罗扎克·优欧，高堡市居民，提供天狼星日出后两分钟的照片。非正常的太阳黑子活动清晰可见。
>
> 诺森伯兰星际企业发出声明，确认来自圣天秤星的有机油供量将保持稳定。
>
> 高堡市政府宣布计划官方确认太阳黑子动态。
>
> HDA布鲁塞尔总部否认太阳黑子活动与沾斯潮有关。

一听到这个消息，席德的心脏便咚地猛跳一下。

他一踏入第三办公室，雅辛塔就来电了："我们刚收到重大事件通知，被告知要准备面对高死伤率事件，发生什么事了？"

"我不确定。可能跟圣天秤星上的太阳黑子有关。"

"席德，太阳黑子是什么？"

"我也不知道。宝贝，我们这边也才刚进入蓝色警戒。一旦知道确切原因，我就会打电话给你。"

"孩子们呢？我要去学校把他们接回来吗？"

席德看了一下时间：十点四十七分。"还不用。如果有重大消息，我会先通知你——如果可以说的话。我再打给你。"

"发生什么事了？"蓝色的指示灯一亮起，伊恩立刻问。

"没有人知道。"阿里说，他指着屏幕墙，里安娜正通过网络用AI过滤众多新闻网站。摄影棚与记者以极快的速度翻飞，直到冻结在一个画面。

"在那里！"阿布纳大喊。

席德直盯着屏幕。这是"泰恩全覆盖第五台"，一个本地的新闻办公室，通常处理英格兰东北部的商业与金融消息。穿着光鲜的记者正站在临门区的国王大道上，背对着通道，旁边的马路因为静止的车流而堵塞。大家都下了车，聚集在一起，压低了声音，紧急地交谈。步行的移民也迟疑了，不像平常那样热切地朝他们心中的乌托邦迈进，仿佛所有人都看得到前方有某种风暴正凝聚，只有"泰恩全覆盖"的摄影机看不见而已。

"提高音量。"伊恩说。

"……太阳黑子增强的活动量目前尚未被证实，因为天狼星星系中并没有真正的宇宙观测设备。"记者说。

"太阳黑子？都是因为太阳黑子？"伊娃不可置信地说。

席德低声叫e-i去准备一份太阳黑子简报。

"高堡市于二十三分钟前日出，所以我们两个小时后应该就可以确认实情。市政府各单位正要求所有业余天文学家与他们联系。"记者说。

"天杀的那里到底是怎么一回事？"席德问。

原本看起来是个很美丽的清晨。星环朦胧的美景、短暂的银光统御了整个夜空，随着天狼星的蓝白色亮光出现在巨大星球的边缘，环光也渐渐退居其次。黑白两色的光影刺穿山谷里潮湿的空气，扑向丛林，照耀在从起伏的冲积扇长出的大珂亚树、大牛鞭树、吸血刺顶上。小灌木与藤蔓的叶子上昨晚留下的晶亮雨滴正逐渐蒸发，散出一阵温润的轻雾，稀释了强光的照射，直到光线冲过平原，将巫岗笼罩在一片金色的光晕之下。山边的小溪发出白金波光，蜿蜒地流入贯穿大地的湖泊与支流。

万斯·埃尔斯顿坐在巫岗的大用餐帐篷旁，胡茬没刮，眼眶因失眠而染红，恶狠狠地瞪着异星日出的壮丽美景。福克林卡宾枪躺在他腿上，一手仿佛若无其事地盖在枪身，一阵舒适的温暖微风挑起他纠成一团的头发。他深吸一口气，立刻皱起眉头。空气里充满带咸的柑橘味。被迫对这一切熟悉的他，辨认出这是从古铜色的圆肿叶片下方喷撒出的蜜莓孢子——至少这个入侵者是他的感官可以察觉的。

他挺起肩膀，整晚守夜带来的僵硬让他一阵龇牙咧嘴。他在同一个地方连续蹲了好几个小时，盯着原属于自己，如今却被黄昏占据的敌人领地，觉得相当愚蠢。包围在用餐帐篷外面的先锋军跟他一起警戒了整晚，随着巫岗再次暴露在阳光下，也纷纷开始伸展身体。

新生的一天让他用全新的眼光看着营地。藤蔓顺着帐篷的绳索生长起，缠绕在货板上，就连被紧密压缩而成的泥土岩石跑道都开始泛起绿意，长出一丛丛顽强的苔藓和野草。圣天秤星已经重新占领了人类高傲地以为自己独占的区域。

"神啊，请原谅我们的罪行，并于今天赐予我智慧。"万斯低语，在胸前画了十字。

在他身后，巫岗里仍幸存的四十八名人员，开始从度过昨夜的地板和椅子上爬起身。有些人睡着了，万斯猜想大多数人都没睡。

安特利奈走了过来，满脸担忧与惧怕，"早安。"

万斯板着脸，朝他点头，"十分钟后，我要博坦中尉以及各单位所有负责人过来一起开会。我们在维修棚举行，先让先锋军确定那里的安全。"

"我去处理。"

"然后叫厨师开始准备早餐。我们会需要吃饱一点。"

"其他人可以回帐篷吗？"

"不行。我们必须先彻查整个营地，确保安全。我们必须确定那东西已经不在了。"他同情地朝盥洗区瞥了一眼，"先锋军可以从确认公用厕所开始。"

"没问题。所以它是真的？"

"你替我去问过先锋军了吗？"

"问了。"安特利奈压低声音，"昆比斯被攻击时，安杰拉跟帕瑞西手下一半的人一起待在帐篷里。"

"感谢上帝。"

"我们该怎么办？"

"我每个小时都跟格里芬·托因还有维梅齐亚联络一次。他们同意我的看法，既然已经确定这一区有敌人出没，巫岗应该扩大升级成军事行动基地。科学探索的时间已经结束。我们要找来更多先锋军，正式开始猎捕。在那之前，我们要守好跑道，而且不能让它们再杀我们。"

"MTJ？"

万斯耸耸肩，"我没有证据。我怀疑是它们干的，现在我不想留下任何脱罪的空间。"

"好，我来处理。"

万斯看着他的命令顺着指挥链层层下达。两队先锋军被派出去，一队去公厕，另一队去维修棚。厨师与周边人员热起烤箱，用起微波炉，加热托盘，倒满茶壶和咖啡壶，一群群人排起了队，一切几乎要恢复正常。

万斯咳嗽。今天早上的孢子气味比平常要浓很多，让他的喉咙更为敏感。他再次联络格里芬·托因，确认他们又撑过一晚。

"我们想要把尸体带回亚贝利亚检查。"少校说。

"它在我们的战地医疗所里。我会让医生准备进行冷藏运输。"

"没有人看见任何动静？"

"我们恢复完整的网络功能后会检视罩网记录，但别抱有太高的期待。"

"你是说营地的网络在被攻击以后失效了?"

"是的。"

"意思是异形没有被传感器察觉就突破了营地的警戒线?"

万斯开始意识到,身为一个有很多内情需要闪避的被审讯人是什么样的感觉。如此讽刺的情况,令人很不舒服。"一定是这样。"

"关于它是怎么办到的,有任何想法吗?"

"完全没有。"

"安杰拉·特拉梅洛事发时已经在警戒线里了?"

"她的不在场证明已经被确认过,这是我做的第一件事。昆比斯被杀时,她跟其他四名先锋军在一起。"

"好。可是有人在嚼舌根,每次发生事情都是因为有她在同一个区域里,其他营地并没有被攻击。"

"她1月在纽卡斯尔吗?"问题背后的怒气让万斯自己都觉得惊讶。

"万斯,我是站在你这边的,我们也只是说说而已。不过你也要想想:如果她真的把巴特拉姆·诺思和他屋子里的一半人都杀光,那八九不离十有外援,某种帮手,而这个人一直没被抓到。毕竟那凶器绝对是专家做的,也从来没有被找到过。从我们的角度来看,她仍然只算是处于假释期而已。"

有同伙?他几乎可以听到帕萨姆委员这么说,她圆滑的政治质询问对了地方,让人产生疑虑,破坏事实。在散播假消息的功力上,她几乎可以与他媲美。"我完全了解。我们会看着特拉梅洛。"

"谢谢。我知道你们那里有多艰辛。"

"我们还要多久才能得到额外的人手?"

"HDA已经向巴黎军营发出命令。二百士兵加上配备,今天就会通过通道,预计最晚周五时就可以从萨瓦升空,朝巫岗前进。"

"这样很好。"

"别担心,你需要什么,我们都会提供。我听说沙克将军已经获得简报,把巴黎军队交给你的就是他。在这里的重要高层都很认真地看待这件事。"

"非常感谢。"

"活下去，万斯。"

"我没有别的打算。"

安全联机结束，他长长地吐一口气。知道有更多先锋军在来路上后，他整个人大大地安下心，得赶快宣布这件事，士气需要这个消息来振奋一下。可是帕萨姆想要从中插手的状况却是他不需要的麻烦。

一个装满咖啡的大纸杯出现在他面前。"我猜你需要喝一点。"安杰拉说。

"谢谢。"他接过咖啡，喝下滚烫的液体。

速溶咖啡加奶精粒，微波加热。不知道为什么，好喝极了。

"还有谢谢你。"安杰拉说。

"谢什么？"

她在桌边坐下，"因为你信任我。因为你没有拿手铐把我铐在中央帐篷的柱子上一整晚。"

"嗯，这个……"

"我想当安特利奈来问我人在哪里时，雷欧拉和亚提欧说服他了。"她带着促狭的笑容说。

"真是什么都骗不过你。"

"我向来睁大了眼睛在注意。你问过你的同事们巴克雷的事了吗？"

"他还活着。现在他是瑟贝迪亚了。这是官方消息。"

"有意思。诺思家族为什么要编织这种神话？"

"我以为你……会不高兴，但绝对会松一口气。怪物是真的，你洗刷嫌疑了。"

"你向媒体公布这件事了吗？"

"事情要按部就班进行。"

安杰拉笑了，声音充满怨气："还是我熟悉、热爱的HDA嘛。"她深吸一口气，皱眉看着四周。

"怎么了？"他问。

"这个肉桂的味道是红宝棍，还混合了海尼叶，也有一些我不熟悉的气味，但是谢天谢地，没有薄荷。"她举起套在脖子上的望远镜，镜片自动旋转，"那一整块地根本就在前进嘛。我从来没有见过那么多颗孢子同时被撒出。一定有好几千颗。看起来好像整个丛林都选在此刻一起喷撒孢子。你知道是什么原因吗？"

"我不知道。重要吗？"

"这么多巧合让我觉得很不安。"

"你去跟马文谈谈。我是认真的，现在已经够草木皆兵了，不需要让自己更加疑神疑鬼。去找出理由来。"

"这就去。"她站起身。

"想出来要怎么抓它了吗？"

安杰拉咧嘴而笑，"要非常，非常小心地抓。"

万斯在简报里提到，如今最重要的事是重新拉起安全警戒线。先锋军要去所有建筑物里搜寻异形的踪迹，然后要在警戒线边界巡逻，直到网络和边界传感器都恢复为止。

沃代尔回报网络失效的原因是路由容量过载，让通信巢无法传送和接收信息。硬件设计上，碰到这种情况的做法是立刻关机以保护传输中的数据，所以他们只需要送出程序重启指示即可。

"所以是刻意的？"万斯问。

"我认为是。正常的网络不会受到影响，因为通信巢很多，所以不会失去整体串接功能；但在这里只有一个小网络，很容易受到针对性的攻击。"

"所以你的意思是，异形了解我们的科技？"AVV小队的戴维妮亚·贝尔尼问。

"看样子是。"

她担心地看了万斯一眼，"我以为我们在这里只是要找某个藏匿起来的原始部落。"

"你想错了。福斯特，我们需要更严密地保护网络，不受后头其他的攻击。"

"会的。"福斯特·沃代尔承诺，"我知道的程序连自由码极端分子都想不到。午餐前我就会把它封得死死的。"

之前罩网和传感器完全失效，才会让异形大剌剌地直闯入营地，但是当时的天气很糟糕，而且他们都是用被动系统。从现在起，随时会有两架猫头鹰机在营地巡逻，使用雷达、声呐、红外线、电子增强、激光扫描等搜寻周围丛林里的任何动静。

"卡芮兹玛，我要地面上也有行动传感器。我们的微制造工具做得到吗？"

"我认为可以。"卡芮兹玛·瓦戴，营地的微制造小组组长回答，"一旦我们把默认样本调成适合这个气候的设定，我的人就可以做出足够的微波雷达和激光束，环绕整个营地；要做这些大概要花上一两天。"

"我要绕两圈。帐篷跟建筑物周围一圈，今天晚上就要，然后明天再包围整个营地。之后我们再看看能够怎么样扩张范围到外区，看看能不能预先捕捉到那些东西来犯的动静。"万斯说。

"没问题。"

"我要每个人都有防护用的防弹背心。储藏库里的数量足够。我知道天气很热，但是没有例外，每个人都必须随时随地穿着。那东西每次都朝心脏下手。"

"是的，长官。"

"医生，你从她的智元里弄到什么了吗？"

"恐怕办不到。有东西把智元里的软件都破坏了，所有高级功能都失效。说实在的，她的躯网能发出求救已经算是奇迹——那个功能是用硬件链接的，非常难破坏。"康尼夫医生说。

"所以我们看不到她是被什么攻击的？"

"没办法。视觉记录是空的。"

"这些只是证实我们已经知道的事情：异形了解我们的技术。"然后他告诉他们好消息，援兵就要来了，还有不会再进行基因采样探勘任务。"基本上，我们这个星期就是要好好待在原地，确保一切安全，我相信我们绝对办得到这件事。"

他很想要以祈祷作为结尾，但仍然克制住了，知道会引起许多人的反感。他需要各单位负责人的信任，而根据他们的背景，他必须让他们先相信眼见为凭的能力与强大领导力。

简报一结束，马文·特朗毕便把万斯叫到行动生化实验室停放的地方。"我们也许有更大的问题了。"他指着生化实验室一号的门说。

万斯看着门把周围烤漆上的长长刮痕。"上帝啊，救救我们吧。"他低声呢喃。

"它是怎么知道的？那东西怎么知道里面有什么？"马文问。

"我不知道。"万斯承认，"安特利奈跟我在MTJ翻车地点也有同样的疑问。"令人忧虑的全新理解正在展开，外星人是否已经渗透HDA？天知道多少年来它们一直在研究人类，也许已经几十年了。"也许艾伊尔说了什么。我们一直没找到他。"

"艾伊尔不知道这部分的任务内容。"

"他是个聪明人，说不定他猜了出来。我想大多数的异种生物研究队成员都猜出来了，毕竟这些飞弹在实验室里占据了不少空间。"

"外表上看不出来，但你说得有道理。异种生物研究队的人都知道这种车的基本结构是什么，他们心知肚明现在少了一些空间。"

"它有可能进去了吗？"

马文摇头，"拿它那个刺斧头砍没用的。这宝贝能够抵抗沾斯潮，就算在一公里外的地方释放战略性核武器，也顶多让它掉点漆而已。想要开门需要密码和正确的生物辨识信息。"

"它解除了网络，所以武器不只有把刺斧头。"

"也许吧，但你想想，就算它进去了，弄到弹头，要打谁？这些弹头只在这里有效。它会害死自己和星球。"

"反过来说，我们也没办法用。"

"没错。"马文不情愿地承认，"可是HDA会再送一批来，如果它对我们有任何了解，一定会知道这一点。我们别无选择。要记得，我们不能再跟另外一个种族开战，我们负担不起。沾斯是我们的敌人，而光是对抗沾斯潮就已经耗尽我们的所有。"

即使如此，我们能做的也只有逃走而已。"生化实验室记录上有什么?"万斯问。

"什么都没有。"马文说,"有东西破坏了外部智慧粉尘。"

万斯走上前去摸了一下生化实验室,指尖几乎崇敬地温柔滑过陶瓷合金外壳上的刮痕,感觉皮肤下的粗糙。他不愿去想光是要弄出这些细如发丝般的刮痕,就需要多大的力量。"这是它们的目标。我们带这个来就已经激怒它们。"

"激怒它们?它们杀了我们一堆人。现在仍然在杀我们的人。"

"我们入侵了它们的星球。"

"我不敢相信你会这么说。如果这个星球上有半丝智慧生物存在,早就被列为禁区。"

"那就是当初检查得不够彻底。"万斯说。他还蛮享受自己如此冷静、理性的状态。他快要见到神的另一种子民了,怎么能不叫他欢欣赞叹?

"我们需要发射授权,以防万一。你跟维梅齐亚谈过了没?"马文说。

"没。还没有。可是帕萨姆弄出了点小麻烦。"

"哪种麻烦?"

"她把所有责任归咎在特拉梅洛身上。我猜委员很担心纽卡斯尔警方找出的证据,对他们来说,整件事看起来像是家族内斗。我承认,直到昨天晚上以前,我也是这么想的。"

"那个白痴贱人。她要不要去问问昆比斯的想法?"

"我相信帕萨姆早晚会清醒的。在这之前,我会先联络维梅齐亚。我们必须把所有资源放在保护营地安全上。MTJ的车祸让我们的先锋军力损失了不少。对它们来说,这还真有利。"

"天杀的,我们真的被狠狠摆了一道。"

"是啊。这里没有任何证据显示有智慧生物的存在,不过这里即使是植物演化过程也很难查找。"

"所以……你觉得它们不是这里的原生种?"

"我对这点一直有疑虑,但我想我们应该很快就会知道。"

其实站在大用餐帐篷的打菜餐台后面有不错的视野,丽贝卡可以看到很多各式各样的现状。先锋军正一个一个帐篷在搜索，进去时挥着枪查找是不是有外星怪物躲在阴影中。AAV成员正在进行猫头鹰机起飞前准备。微制造小组消失在办公室里，准备制作埃尔斯顿要求的大量传感器。最后是上校本人，快步走向车辆停放区。她无法直接看到他，战地医疗所和行政快速房舍挡住她的视线，但最后一次看到他，他正朝行动生化实验室停靠的那端而去。

巫岗的网络重启之后，立刻开始处理起几十组联结，因为每个人都开始分析起当前的处境。通过e射线连向亚贝利亚的带宽被所有人向家人朋友报平安的通信撑到极限。

丽贝卡的e-i正在联络玛德琳的"父亲"。"爸，你好啊。"他一上线她便开口问好。

"情况怎么样？"克莱顿·诺思二代问。

"真的很糟。昨天晚上有人被杀了。他们认为是外星人干的。"

"太可怕了。你还好吗？"

"很好。先锋军保护了我们一整晚。现在安全了，早上他们跟我们说有更多先锋军要过来。"

"你朋友呢？她安全吗？"

"她没事，我今天早上看到了她。她还活着。"

"这是好事。她离出事的地方近吗？"

"没有，她什么都没看到，她离得不够近。"

"所以他们会把你们都送回家吗？"

"还不会。我想我们会在这里再待一阵子。他们要给我们一些防身器具，以防万一。"

"很明智。你别忘记多穿几件自己的衣服。"

"知道了，爸。我知道怎么照顾自己。你的新工作怎么样？"

"我跟他们处得很好。他们人很好。"

"我很高兴。简阿姨出现了没？"

"没，但我们快要知道她去哪里了。我想过几天就会有好消息，警察真的很帮忙。"

"我相信爷爷知道会很高兴的。"

"他是很高兴。他也以你为荣，他特别要我跟你说。"

"我很快就会回去了。回去时会带礼物给大家。"

"爱你，亲爱的。"

"我也爱你，爸。拜拜。"

联机结束，丽贝卡从厨房端起另一盘早餐包。露露正把垃圾拿去压缩机处理。她的眼睛有被史瓦林孢子感染的迹象，丽贝卡看得出来这可怜的女孩刚哭过。她在露露旁边坐下，一手搂住害怕的女孩。

"我没想到会这样。"露露虚弱地说，"一直有人死掉。吉普车的车祸意外已经够惨了。可是现在这件事，我没办法接受。我以为我可以，但我真的没办法。丛林里有邪恶的东西，它一定会再溜进营地里，我知道它一定会来，它会来杀我们。我真的很害怕，玛德琳。我好想回家。"

"别这样。"丽贝卡轻轻地搂紧她，"我们现在知道它在那里了。先锋军不会再让它跑进来。"

"真的吗？"露露揉着眼睛，"你真的这么想？"

"亲爱的，你这样想好了，你真的觉得奥马尔会让危险靠近你吗？"丽贝卡一整个月里看着奥马尔·米哈伯大兵努力跟露露攀谈，然后露骨地追求，最后某天晚上直接恳求露露跟他一起去丛林里走走。

"我们其实没有那个，你懂吧？只是亲了一下。我在班威有男友。"露露懊悔地说。

"我知道。"男友叫马丁，丽贝卡对他的了解已经比木星上的劳尔还熟。露露每次一讲到他就停不住。"可是奥马尔喜欢你。他会保护你的。所以不要太担心了，好吗？"

"好。"露露响亮地吸吸鼻子，"你看我们两个，人都已经在另外一个星球，外面还有会杀人的外星人跑来跑去，却只顾着谈男孩子。"

"这才是生活的动力啊。"丽贝卡说。她非常同情这个快被吓死的女孩。对上人类情绪中的惊惧失措时，她不能罔顾伪装身份的个性，直接给予安慰保证，这一点成为她任务进行过程中最困难的部分。这是起先没有预料到的。从某种程度上来说，她几乎要羡慕起安杰拉——二十多

· 494 ·

年来仍然是让人捉摸不定的一团谜，这种坚毅的精神已经超越一般人类。这个念头让她笑出声。

"怎么了？"露露问。

"我只是在想，那些小伙子大概也在这样谈我们。"

"哎哟，那个猫头鹰机队的克里斯，他喜欢你喜欢得要命，你知道吧？"

"我注意到了。"她花了好几个星期假装听不懂对方一点也不隐讳的暗示，还要避开无数老掉牙的钓人招数，让她很想打那个笨蛋遥控技师一巴掌，"他们应该很快就要发放背心了。你答应我一件事，我知道背心会很热，但你一定要穿着，随时都要，不只是我们在用餐帐里打菜的时候，知道吗？就当为了我。我要知道你会是安全的。"

"好。"

卢瑟·卡曾从用餐帐篷出来，"你们在这里啊。快点过来，花钱请你们来不是让你们坐在那里垂头丧气的，我有十几道菜还要赶着送到前面去，拜托快点！"

丽贝卡毫无表情地看了他一眼，"你花钱请我们来，也不是为了让外星杀手对我们下手的，但不也还是变成这样。"她经过他身边，不去理会对方脸上惊愕的表情。露露跟在后面，小心翼翼地不去看她们的主管，却同时露出傻笑。

丽贝卡忙着递早餐包给沉默的医护人员，这时候太阳黑子的新闻通过e射线转接了过来。她立刻——而且是很愚蠢——的反应就是抬头去看高挂在天空的大光点，结果必须马上眨眼好消掉眼前粉红色的残影。

巫岗比高堡市更靠东边，所以他们的清晨比星球首都的清晨要来得早一点。不过这个探勘队里的人应该不会花精力去查那颗恒星，她心想。从少数几个漏入跨网的报道来看，罗扎克·优欧的发现也是意外。他真正的兴趣在外圈卫星的运行，所以才会在日出的时候观星，进而注意到太阳黑子实在太多了。天狼星是颗很有活力的恒星，自从诺思家族打开通道之后，太阳黑子的数量向来极少。丽贝卡不知道这一波新的黑子会对太阳风造成什么影响；太阳黑子附近都会有非常活跃的区域伴生，会造成太阳闪光现象，朝宇宙喷射出大量的高能量分子。木星通常会进行太阳闪光紧急演习。

　　他们第一次的闪光下的派对发生时，她才十二岁，那时候的她已经觉得自己是个大人了——不过只有小孩子才会用这个词。对于大人们来说，这只是另一种麻烦的演习。

　　当时她正与哥哥劳尔还有他们的朋友让娜、依毕丘在家附近的一个浅湖里游泳，居所里突然响起诡异的警报声。主轴塔的光环变成强烈的红光，开始一闪一闪。丽贝卡叛逆地抬头瞪着信号，觉得一阵气恼。她的个人接口是一条可爱的蓝绿珠子项链，正躺在岸边，跟她的毛巾还有衣服放在一起，因此没有人能直接联络她，叫她快点躲进避难所。如果她在水里再待十分钟也不会有人知道。玩水真的很开心，可以潜水到人工雕琢的湖床底，看到底下的淡水珊瑚，所有的鱼都又大又鲜艳，而且对于来水底世界玩乐的客人都很好奇。

　　"快点！"劳尔大喊。他在三米外的地方跺脚，示意要她上来。

　　"我再待一下。"丽贝卡说。

　　让娜跟依毕丘停止游泳的动作，愕然地盯着她。

　　"那是太阳闪光警告。"劳尔说，仿佛这样就可以解释一切。

　　"只是演习而已。况且就算是真的，颗粒风暴至少要再一两个小时才会吹到这里；即使吹到这里，也不会影响到这个居住所，我们的外壳有艾柏分子防护罩。只有最初建造的那一区才会有问题。"仿佛为了强调她说的话，丽贝卡一翻身便往下潜，轻轻松松地划动两下来到湖底沙地。在阴暗的红光下，熟悉的景象突然变得陌生。懒洋洋地翻滚的长条水草绕着她，追逐她在珊瑚礁之间穿梭的身影，在她的皮肤上搔痒。小鱼游来游去，消失在裂缝中。她假装动手要抓鱼。

　　此时一只手紧紧握住她的脚踝，她惊讶地转身。是劳尔，他双颊鼓胀，用力指着水面。丽贝卡摊开双手，夸张地表示投降，然后懒洋洋地踢水浮上水面。

　　"不要这样。"两人浮上水面以后，劳尔气呼呼地说，一副大哥哥的样子，充满保护欲又气恼。

"你好官僚。"两人游向湖岸时，她挑衅地说。让娜和依毕丘已经上岸了。"你应该去加入GE委员会，他们最喜欢支使人了。"

"你根本不知道自己在说什么。你听过课，但是根本没听懂。"他没好气地回了一句。

她没搭理他，两人快速把身体擦干。他也一样的固执，假装她不存在。让娜走到他身边。

丽贝卡看着那女孩双手搂住她哥哥的肩膀，温柔地碰触，仿佛她能抚去他的烦躁与不快。

某种直觉性的不安让丽贝卡觉得，自己能跟着劳尔到处跑的时间已经不多了。他近来比较喜欢跟同年龄的朋友们在一起。她很不喜欢这样。她刚从医院回到家时，劳尔真的很有趣，是个让人开心，跟她一起在居住区里闯荡，一起惹祸，一起笑，挑衅对方，最后每次淘气都被抓到，也一起被处罚的好哥哥。

也许这就是她最近对他的态度不好的原因。她一直知道会有这么一天来临……

待在避难所其实算不上辛苦。这是一栋没有窗户的长长的建筑，金属建材外有厚厚的一层艾柏，走廊连接一座座像爱斯基摩雪屋的通铺间，里面有食物、游戏，晚上还有一个给小朋友们看戏的小剧场。

丽贝卡脸色阴沉地看着大家表演的《白雪公主》大合唱，即使最欢乐的歌也没办法引得她开口。那天晚上在女生宿舍里，她也没有睡多久，宁可去玩她的界面能联上的游戏中最暴力的那些——而且她知道该用怎么样的规避路径进入娱乐网的成人区。多谢克丽丝塔——那才是个好姐姐的样子。

她原本以为隔天早上他们回家时，父母会对她施以上网限制以及一顿说教，但他们比她以为的更了解她的情绪和反应。

四天以后，妈妈才找到她，跟她一起坐在院子里，顶上是开始覆盖整栋屋子的壮硕棕榈树。

"避难所哪里不好呢？"

丽贝卡长长深深地叹了一口气。她早该知道不可能没被发现。"没有哪里不好。只是我之前在湖里玩得很开心。我又不是不肯走,但劳尔就是这样,一天到晚大惊小怪。"

"其实以青少年来说,他已经很分得清轻重缓急了。我原本以为他才是惹祸的那个。"

"什么意思?意思是我在惹祸?既然我这么讨人厌,那你干脆把我送回去好了。"丽贝卡的手臂固执地抱在胸前,嘴唇嘟得比天高。

"把你送回去?"妈妈清朗的声音让丽贝卡意识到,也许刚刚那样的反应太夸张了。

"拜托,我又不笨。"

"是不笨,只是固执而已。我喜欢你这点。"

"妈!"她举起手,"我们不一样,对吧?"

"是不一样。所以呢?"

"你黑到不能再黑了。爸是印度出生的,而我却白到全身跟涂了雪一样。"

"你又没见过雪。"

"拜托,有全像好不好!"

"请不要用这种口气说话,谢谢。现在你要不要告诉我,这件事让你介意多久了?"

"我不知道。一辈子吧。"

"并没有。你以前是我的孩子中最快乐的一个。我很为你骄傲,因为你之前经历过太多事情。"

"所以你现在已经不骄傲了?"

"我的天哪。好吧,你想知道什么?"

"我从哪里来的?你们是我的父母吗?"

"你来自遥远星球之一。"

"那是什么?我从来没听过。"

"啊,居然有一件你不知道的事情。很好,你有空时别光顾着骇进娱乐网的成人区,也可以自己去查查。"

丽贝卡满脸通红。

"遥远星球是跟其余的跨星际世界没有关联的星球,通常都是因为政治因素。你则是被带来这里进行治疗,因为我们能提供最好的基因治疗。"她的母亲解释。

"另外那件事呢?你跟爸?"

"你的细胞里没有我的DNA,也没有你爸爸的。你认为这就代表你不是我们的女儿吗?你觉得我们爱你的心会因此少于劳尔和克丽丝塔吗?"

"没有。"丽贝卡低声说,她的眼睛不知为何开始模糊了,"对不起,妈。我只是以为……我也不知道我在想什么。"

莫妮卡走过去,搂住伤心的女孩,"你听我说。从我第一次看到你被带上直布罗陀的航天飞机起,我就只想要保护你、养育你。我知道总有一天我们必须要跟你说你的身世,因为你的身世真的很独特,很特别。我们之前从来没有提起是因为你只是个孩子,我希望你当孩子的时间能越久越好,因为我爱你的笑声、你的兴奋;我喜欢在网球上击败你,我甚至喜欢你乱发脾气,因为那证明你是个多坚决的小恶魔。而你微笑的时候,对我而言,那是宇宙中最宝贵、最美妙的瞬间。"

丽贝卡忍不住大声哭了起来,"我很糟糕吗?是这样的吗?我是来自坏人家庭吗?我也会变成坏人吗?"

"当然不是。他们离坏人差得远了。这就是为什么我们没特别提这件事。因为过去已经结束了,你的未来还在眼前,当你必须真的面对这件事时,你爸爸和我都会在这里,帮助你渡过任何难关。可是现在,你能不能只是专心地开开心心过每一天?这个奇怪又迷人的居所有好多可以享受、可以学习的事物等着你。"

丽贝卡严肃地点头,"我会的。我会乖乖的。"

"你不用成为完美的人,亲爱的。你只需要知道哪些规定不可以违背。"

"像是不去理会红灯警告?"

"像是摆出一副那是专门用来惹你生气的样子。并不是这样的。我们以前并没有亚柏分子防护罩。"

"我知道。我听劳尔说过。"

"你上课真的很专心，是吗？"

"我喜欢上学。"她坚定地说。

"谢天谢地。"

"而且我打网球都是让着你。"

"真的？"

"妈，我们为什么在这里？康斯坦丁为什么要建立居住所？"

"因为必须有人这么做。"

"为什么？这有什么用途？"

"木星是我们绝对不允许失败的人类文明住所。我们是避难所，如果沾斯真的毁掉所有的星球，这里也会是让人类重生的种子。你的父亲和我跟随康斯坦丁一起来到这里，因为我们相信他的远见——建立一个消除了贪婪与自私的社会。更重要的是，这是能够帮助其他人类的地方。"

"这就是我们在这里的原因吗？"丽贝卡兴奋地问，"因为我们在帮助别人？"

"是的。即使他们还不知道。"

跨星际局势中心位于HDA总部底层，是一处有许多水泥梁柱的宽广空间，约有一个小镇那么大，埋在澳洲沙漠的爱丽斯泉地底一公里深。它的设计者相信在沾斯潮开始之后，它可以运作至少一个月，率领保护地球母星的终极战斗，久到能够完成无可避免的大撤离。这场战斗会主要由战情中心统筹指挥，墙壁上都是大幅圆弧形的投影屏幕，每一面都显示一个有人类居住的星系，呈现各式各样的放大画面。无数观察卫星绕着那些星系绕行，每一颗上面的侦测棘刺都比海胆还多，从距离燃烧日冕只有几百万公里，远到外环彗星带的冰冻荒芜应有尽有。它们唯一的功能就是监控宇宙时空的量子结构，侦察任何扭曲的迹象——那是沾斯潮的前奏。它们会将信息送回星球通道，然后一路送回HDA在地球上有着层层防护的专属网络。

整个监控系统完全自动化，由史上最强大的AI核心不断分析、解读每个动力场交界的颤抖与波动。即使有了这些，HDA仍然在中心里聘用了上百名高度专精的技术人员，每个人警醒地坐在全像控制面板前，检查卫星送回来的天文信息，不间断地检核每个星系的状态。

他们做好全副准备，就为了察觉可能会威胁人类居住星球的沾斯潮踪迹。

可是，虽然他们受过各种意外状况的训练，战略研究委员推演出各式各样不同的情境，战情中心仍然不太确定该怎么样响应天狼星上突然出现很多太阳黑子的消息。这件事没有相应的警讯，跨网送来的消息也是小道消息多于实际数据，因此托伊上尉决定，他们的优先要务是要判定到底发生了什么事。身为太阳系观察组的负责人，她也负责圣天秤星——那颗常年让HDA头疼的星球。

跟其他跨星际星球不一样的是，那个巨大的星球没有HDA部门，也没有HDA基地，只有高堡市里的一个办公室——圣天秤星只是一个次等HDA成员。这一切都跟钱有关。高堡市政府是圣天秤星上的最大民主政府，拒绝对其公民和企业按照HDA会员星球的税率标准征税。主要是因为高堡市是一个企业城镇，议会是由诺森伯兰星际企业以及其有机油相关企业组成。会计师所提出的理论是星球上（属于他们管辖）的每个人都住在离通道几百公里之内的地方，他们可以很快地离开，不像其他星球上面的拓荒成员自傲于遍及两极之间的各个地方。这当然是在巴特拉姆建立起北方的亚贝利亚之前的状况，但即使在此之后，也没有改变。

其次就是独立国区，它们毫无例外公开地反对任何他们谴责为屈服于HDA的高压军事权威行为。所以如果天狼星上出现沾斯潮该怎么办的问题变成了政治推诿：GE会不会允许所有的叛军、无政府主义者、反权威人士和宗教基本教义人士通过通道——假设沾斯潮发生时他们逃得够快够远？政治上，要关上门不让几百万个回不去就死定的人通过是很困难的事。这也意味着HDA有可能需要提供撤离经费，出钱的却是其他星球的所有纳税人。到最后，人类到底要发挥多少人道精神，成为每个政府一再延迟讨论的议题。

如今托伊上尉必须进行初步分析，结果很有可能会需要回答这个最棘手的问题。她转向负责指挥的上校开口问：“我该怎么做？”

　　答案很简单：“搜集更多数据。”

　　上尉抬头看墙上的巨大屏幕，上面显示HDA从圣天秤星搜集到的所有宇宙时空结构数据，相较于中心里的其他显示屏幕，它几乎是空白的。不可能从圣天秤星发射卫星，因为没有太空航行器可以穿过它的星环。因此，HDA在安柏斯大陆上安置了五个量子侦测器。理论上它们应该能察觉沾斯潮即将来临前的不稳定状态。如果运气好，高堡市可能在碎块坠落前半个小时得到警告。

　　现在没有侦测器察觉到任何量子异常状况。所以HDA，人类史上聚集起的最伟大防护单位，只能仰赖高堡市里一群有点奇特的太空望远镜主人来做出一个最后会决定数百万人生死的判断。她甚至不知道那里到底有几台望远镜。“我无法接受。”托伊上尉坚定地告诉屏幕。

　　根据上校的要求，库朗·沙克一个小时以后抵达中心。一如往常，他身着正式军装到达。他进来时，身边有芬第斯少校与维梅齐亚少校两名军官陪同。“现在状况怎么样？”他站在太阳系区域的后面，问负责中心的上校，“我需要发出沾斯潮警报吗？”

　　“长官，我们的圣天秤星传感器没有侦测到量子不稳定状态，看起来还不像沾斯潮。”

　　“所以这只是自然现象？”

　　上校转向托伊，“上尉，你来说。”

　　“如果这是沾斯潮，那也是非常罕见的一次。”她叫e-i把影像叫出来。在天狼星的屏幕墙画面上，一个大圆圈出现，主要是蓝黄点，上面有很多深色的区域，像是某种癌细胞正在咀嚼健康的器官。“我们的运气很好。探勘行动用的e射线在沾斯潮中也能使用，所以能为我们提供额外的通信传递。它们的传感器一部分设计就是要直接往上看太空。我们利用它们搜集到的情报供雷刺的战略基地使用。目前为止，探勘队正用e射线去勾勒下方地表的样貌。我命令它们往上扫描。您现在看到的便是天狼星的实时简单构造影像。”

"做得好，上尉。"将军说。

"谢谢长官。从星球上只能看到一半的天狼星，但我们预设这次的黑子是全面性出现，而目前正在观察的黑子的确分布得十分均匀。"

"知道是什么时候开始的吗？"

"我的天文小组一直在测量扩张率。我们认为最早的一批大概是十八个小时之前开始的。目前已经有十二个黑子到达直径七万五千公里，仍然没有收缩迹象。以天狼星的大小来看，我们认为它们会膨胀得比太阳系的黑子还要大，记录上最大直径为八万公里。"

"恒星上出现太阳黑子有什么特别之处？"

"长官，天狼星向来是一个几乎没有太阳黑子的恒星，以前我们从来没有见过这么大规模的黑子出现。截至目前，我们已经算到五十六个黑子。黑子通常是一对对产生，导因是光球层出现了磁场扭曲。在这么短的时间内出现这么多的太阳黑子，意味着有东西正在刺激整颗恒星。而且，太阳黑子还在继续出现，甚至可以说出现的速度似乎加快了。"

库朗·沙克直盯着托伊上尉，"刺激恒星？"

"是的，长官。太阳黑子产生的根源是恒星的磁场与对流区的互动，就我们所知，唯一能够引起这么大变化的因素只有沾斯。即便如此，要让对流层的变动能够浮上表面、产生黑子，也需要好几周的时间。这表示现在的事件已经酝酿好一阵子了。"

"那伴星天狼星B呢？有没有可能是伴星引起的？"将军问。

"团队里的天文学家们不这么认为。目前为止，天狼星B仍然在继续外行，离主星A有二十三AU[1]，很难想象伴星要如何从这么远的地方如此影响主星。如果两颗恒星的磁场有互动，也应该会发生在两颗恒星距离最近的时候。而从我们打开通往圣天秤星的通道起，已经有两次这样的交会，没有一次发生过这种情形。"

"所以你认为起因是外部事件？"

"根据天狼星平常展现的稳定程度，天文小组认为这是有可能的。"

---

[1] 天文学上的长度单位，其数值取地球和太阳之间的平均距离。1 AU等于149 597 870 700米。

"你说变动需要花好几个星期才会从对流层浮现。所以刺激是什么时候开始的，有可能是1月吗？"维梅齐亚问。

"有可能。时间点很难说得准，我们需要对这颗恒星的内部结构有更多了解才有可能做判断，但我们缺少信息。从来没有人在那里投放过恒星科学卫星。"

"你说天文小组认为这有可能导因于外在事件。还有另一个假设吗？"将军问。

托伊求救地朝上校看了一眼，后者假装没看到。"还有另外一个可能。"她猛然说出口。

"什么可能？"沙克很有耐心地问。

"长官，这个说法叫作'红星争议'。"

"叫什么？"

"有一些证据提出，天狼星曾经变成红色。"

"红色？上尉？"

"是的，长官。古代的天文学家曾记录过红色天狼星。"

"什么时候？"

"长官，第一次的记录是在，呃，公元前150年。"

"你在开玩笑吗，上尉？"

"报告长官，不是的。在早期历史中，有几次相同记载的不同的记录，都是发生在天文望远镜发明之前，所以没有现代可确认的证明。可是这个传说已经存在好一阵子了，非洲甚至有一个部落据称在天文望远镜确认天狼星B存在的好几个世纪以前，就已经知晓它的存在。"

"我很高兴你做过功课，上尉，但这个民间传说到底跟这件事有什么关系？"

"有两件事情，长官。"她抬头看着屏幕，中心的AI正框出一个刚出现的太阳黑子，"我们不知道会出现多少颗太阳黑子。如果以目前的速度继续下去，天狼星整体亮度很有可能会降低。"

"光谱就会偏红。"将军总结，"很好的推论。"

"在这种情况下，我们就必须承认，天狼星内部有一个周期非常长的自然循环正在发生，有可能每两千年才会出现一次这种现象。前进营地和高堡市外围区域的报告似乎也证实了这点。"

"怎么说？"

"星球上的每棵植物都在释放孢子，这一定是演化带来的行为。丛林们正准备迎接一场风暴，有些植物学家声称这些叶子可能对光谱变化很敏感。不管这些植物是怎么知道的，它们用同样的方法回应。太阳黑子产生阶段撒出的高能量粒子流极其巨大，这些能量风暴在几个小时内就会冲击到这些植物。它们对我们所有电子系统的影响也都极具毁灭性。"

"会影响通道吗？"将军锐声质问。

"没有人知道，长官，可是一旦粒子开始让大气上层充满能量，大气层将陷入混乱。"

"我明白你的意思了。所以我们已经确认有反常的事件正在发生，但仍然不知道这是自然现象还是跟沾斯有关。"

"也许我们同样该思考，是不是从圣天秤星引起的。"维梅齐亚说。

"为什么这么说，少校？"

"长官，那里有非常多不可能的巧合在同时发生，尤其是在巫岗昨天晚上发生的事件之后。"

"那里没有基因变化。一点也没有。是诺思家族派出克隆人杀手在自相残杀，或是类似的乱七八糟的事。你现在却说有个没人见过、没人知道的外星人正拿把长矛在丛林里乱跑，而且还会影响恒星的对流层？"芬第斯接着说。

"人们不是不知道圣天秤星有异种生物。"维梅齐亚平和地回答，"几名HDA人员的死就可以证明它们是真实存在的了。它们对我们的科技也足够了解，甚至可以规避大部分侦测。对我而言，这足以证实它们具有高度发达的能力。"

"圣天秤星上没有动物存在。"芬第斯坚持。

"那么造出那颗星球的种族呢？探勘队中的基因学家唯一证实的事，就是那些植物的演化已经到达极为先进的程度，而根据这个星球的年纪来看，那根本是不可能的事。对于他们的研究结果，难道你只挑部分相信？圣天秤星是一个我们忽视太久的大谜团。"维梅齐亚一手指向整个中心的焦点，那颗看起来呈现病态的恒星，"那不是个自然事件。一定有事情在发生，我们必须知道是什么事。"

沙克点头，"至少在这一点上我们有共识。上尉，有什么方法可以增加我们对天狼星的了解？"

"非常有限，长官。"托伊说。

"但你有方法可以提供给我？"

"实际上来说，这是我们唯一能采用的方法，但非常昂贵。"

"应付政客和他们背后的国家财务局的人是我，上尉。这个决定交由我来做。"

"是的，长官。我们在开普敦基地里存有几批多功能感应卫星，原本准备在沾斯潮的时候释放，目的是要增强被攻击的星球上方的监控卫星群，好让系统能够进入战斗强化状态。如果我们可以在天狼星上方开启战用通道，在恒星周围投下卫星，它们应该能在这样的情况下运作一阵子，为我们提供需要的数据。"

"使用战略储备物资？"将军沉吟了一下，"好。你有权开始这个行动。芬第斯少校，联络开普敦基地指挥官。动作快，我要知道那该死的星系到底在干什么好事。"

2143 年 3 月 20 日，星期三

唤醒索尔·霍华德的不是奇异的光线，而是声音。大海不太对劲。他在卡米洛海滩旁边住了这么久，海浪拍在沙滩上的声音已经深植于他的脑海。今天早上海浪的声音、韵律通通都不对劲。索尔在床上躺了好几分钟，想要弄清楚到底哪里不一样了。他最后的结论是，浪的声音很压抑，潮汐好像在地球上那样会把水往外卷走，而不是圣天秤星惯常的少许波动。

太阳黑子应该不会有这种影响吧？他想。

他发现身边的埃米莉已经醒了。他转头去看到她在看他。粉红色与淡黄色变幻的朦胧天光不断从百叶窗间渗入，洒在床上。他从来没有看过这种颜色的天光，所以不知道现在是清晨还是半夜。

埃米莉温柔地微笑，但奇异的光线变化让她看到他脸上的犹疑不定。昨天整个跨网都是太阳黑子出现的新闻，让人非常不安，再加上探勘队的额外消息说他们陷入某种困境，一直有人死于丛林。新闻网站没有提名字，所以他不知道死者是谁，这让人十分不安。亚贝利亚的生活不应该如此。

他沉默地看着她掀开薄薄的棉被，双手将睡裤褪下她的臀部、双腿。他年轻美丽的妻子宛如游蛇一般覆盖上他，赤裸且饥渴，柔软的秀发刷过他的胸口，拥抱他。她缓缓地在他身上坐下，口中不由自主地发出一

声愉悦的叹息。两双手交缠，用力紧握。两人一语不发，一起律动起来。她的动作带有他许久未曾感受到的迫切，也许自从他们成为情人的几个月之后就没有了。现在，她需要肢体的接触，需要因此带来的安慰与保证。他也一样。

结束之后，两人拥抱许久，依然沉默。亲吻，微笑，轻抚对方，仿佛第一次相遇那般彼此探索，这份亲昵将现实挡在一臂之遥。

终于，他看向钟。皱眉。时间停止在二十三点十七分。可是他知道现在已经很接近清晨。太阳闪光在圣天秤星大气层中产生的极光，一定影响了屋子里的电子系统。

"我需要去看看海怎么了。"他告诉她。

"我知道。我也听到了。"

两人穿上浴袍，从厨房的露台门口走出去。他向 e-i 询问时间时，网格显示五点五十七分。体内的先进软件没受到太阳闪光的影响是个好消息，至少屋子的部分网络仍然在运转。

外面的天空沐浴在极光的色彩变幻中，在大气层上层引发大片浅色流光的波动，比环光还要亮上许多，索尔忍不住欣赏起展露在世人面前的神奇能量变化。

两人依然握着手，踩过露台，走上熟悉的温暖干燥沙地。他看到海岸线的位置一如往常时，略略松了一口气。倒不是他真的以为海洋面积正在缩小，但是……

他们来到潮湿的沙地时，索尔最初的想法是发生了有机油外泄事件。在电子饱和的天光下，上层的水面显得黑暗、油腻，质地被某种不明的化学元素改变，显得神秘而富有威胁性，在沙滩上发出凶猛的咕噜声与吸吮声。白浪不再，只剩下绵长平滑的海面起伏，滑向沙岸的力量大幅减低，更可怕的是，海水居然看起来像是凝结成块。

"那是什么？"埃米莉担忧地低声问他。她把索尔的手握得更紧。

他看着想要抓向他脚趾的水波以及温和起伏的海面，一直看到环光与极光争相媲美的天际线，整片大海变得像是糖浆那样的质感。他深吸一口气，尝到空气中满满的酸涩硫黄味。他终于知道这是什么。

"那是水母泡。好几百万的水母泡。"他不敢相信。

圣天秤星的海洋跟陆地一样，没有鱼、贝壳、浮游生物。连珊瑚都没有，只有水草。而主要的植物，至少在海岸线边只有一种，就是水母泡。它黏腻的外形几乎透明，跟人类手掌一样大的椭圆形，里面塞满了种子，看起来像是半透明的石榴，长在扎根于沙地里的海带上。成熟的时候，海带会褪下果冻状的泡，泡泡就会浮到海水表面，随波逐流地逐渐腐败，同时散播种子。

索尔眼前的海面被整片水母泡覆盖，好几百万颗挤成黏巴巴的一大团。不知道怎么回事，这些水母泡不论成熟与否，一夜之间同时脱离了海带开始腐烂，如洪水暴发般释放而出的种子无所不在。

"这太夸张了。它们怎么会知道？跨网新闻说所有植物放出孢子，是因为它们的叶子感觉到太阳的改变，可是这些水母泡怎么也会知道？"埃米莉说。

"我不知道。"索尔回答，改变后的海洋让他担心却又看得目不转睛。他冲浪时，有时候被大浪卷到海面下，会吃到一口酸涩的水母泡，味道很糟糕，而且如果吞下去了，那就得赶快上岸，因为它对人类来说有泻药的效果，可是不会致命，至少一般冲浪客的少量误吞是没问题的。可是现在这样……快乐、和善的卡米洛海滩被一大片毒稀泥攻占了。

"我们得警告邻居们。也许要拉条警戒线，别让孩子们下去。"他难过地说。

埃米莉想都没想就说："他们是好孩子，不会下这种水的。"

"也是，我也绝对不会下水。"

"到底怎么了，索尔？这不会是沾斯吧？"

他很熟悉这种惧怕。如果是沾斯，他们绝对来不及赶到高堡通道。他闭起眼睛，想要阻挡内心黑暗的恐惧，一种他以为再也不会感觉到的恐惧。仿佛是为了要强调他的担忧，某架超级富豪的私人飞机从远处发出超音速的轰隆声，载着乘客飞往南方的安全地带。"这不是沾斯。"他鼓起所有的自信说道，"这里的植物很显然已经发展到可以适应太阳黑子出现，光线偏红的时候，它们就靠着这种办法活下来。我们也能活下来。"他看着横跨天空的壮丽光带，覆盖的范围和颜色的浓烈让他不安。今天只是太阳闪光的第一天，昨天晚上睡觉的时候太阳黑子仍然在增加。

"什么活下来？太阳黑子对圣天秤星的影响到底有多大？"埃米莉问。

"我不知道。"他承认。其实他不愿意去想这个问题，但他很严厉地告诉自己，你必须去想。你有一个家，你要为他们考虑，保护他们。像之前那样。"我们回去吧。我先去联络奥托和凯莉。我们应该先组织起来，聚集资源。这个村目前跟外界还算是隔绝状态。"

"你觉得会发生什么事？"

索尔多疑地看了极光一眼，"我只是未雨绸缪。而且说实在的，亚贝利亚并没有达到自给自足的地步。"

"如果不是沾斯，那我们可以通过通道离开。虽然不容易，但我们可以在另一个星球上重来。"

"也许。如果GE让我们回去的话。记得他们昨天不允许任何人进出吧，而且班机也没那么多。"

"我以为我嫁了一个乐观的人？"

"别担心，你没嫁错人。"

索尔开始联络邻居，埃米莉则忙着做早餐。孩子们来餐厅时都很安静，他们也已经充分融入卡米洛海滩的生命律动，因此海岸的变化让他们非常不安。他们不明白到底发生了什么事。埃米莉要他们吃东西，她做了新鲜的松饼，并且难得允许他们自己淋枫糖浆。

奥托、凯莉以及另外五名邻居接了索尔的电话。他们对事情的发展同样感到不安，也开始联络其他邻居——连锁反应的结果就是，那天早上十点将有一场卡米洛居民的会议。

杜伦在七点以后联络索尔。"很令人不安的时刻啊，朋友。我希望你没事。"

"不能算没事。海里满满都是水母泡。"

"没错。这算是新的反动行为，刚刚出现在新闻上。非常奇特。这星球很明显地在让人们知道，我们是不受欢迎的。一如瑟贝迪亚兄弟的预言。"

"真的？我以为导因是恒星？"

从厨房另一边，埃米莉问："是谁？"

"杜伦。"他小声地说，她的表情立刻变得难看。

"恒星与星球是亲子关系，它们会发怒，你应该也不意外，它们因为我们侵入了它们的领域而做出反应。"

索尔开始想念起以前的杜伦，当时他解决任何争执的方法只是把人抓起来撞向最近的墙。"嗯，好。我今天有点忙，你有什么事吗？"

"时间到了。"

"什么时间到了？"

"占据时代的即将终结。星球将把我们赶回我们来自的那片巨大黑暗中去。"

"我真的很忙。"

"我知道。要不了你多少时间。我们希望你把我们要求的东西带来。"

"拜托！今天吗？"

"尤其是今天，索尔。东西都在你那里了吗？"

"对，都在这里。"

他取得原料之后，祖拉给了他很简单的微制造细节，在"夏威夷之月"后面的3D系统很轻易地就打印出来。他告诉埃米莉他们的要求后，对于该不该做的问题讨论了一番。最后的结论是，这些圆柱似乎没有什么危险的功能，所以他就全都制作出来了。跟亚贝利亚警察说他在做有内部气囊的压力容器也没有什么用。直到那通无名电话打通之前，他们甚至不知道瑟贝迪亚要拿这个去做什么。索尔甚至设了一个无法被追踪的地址，从那里发出通话——跟以前一样。

"请你把东西带来给我们。这是我们的地址。"杜伦说。

一个符号出现在索尔的网格，打开后是在镇外围的土比格路上的地址。"我不确定今天有没有空。"

"我明白。你现在应该在家吧？"

这个简单的问题让索尔的背脊一阵发凉。杜伦的e-i一定比他以为的还要先进。他没有回答。

"我派祖拉去拿我们的东西？"杜伦问。

索尔几乎要打起哆嗦，"不用。我拿去给你们。"

"请你今天早上带来。"

通话结束。

"你今天不能去。"埃米莉说。

"我不要那个女人来这里。你没见过她，不知道她是什么样的人。"

"她才不知道我是什么样的人。"

"拜托，埃米莉。我必须去。这件事今天就会结束。无论他们在做什么，我会告诉他们，这是我能帮的最后一次。"

"我认为我们现在就应该联络警察。"

"但我们能跟警察说什么？拜托，亲爱的，这件事讨论过上百次了。我们连那些圆柱要用来做什么都不知道。"

她不情愿地嘟起嘴巴，"好吧。可是我要有些安全保障。我要搭在你的躯网上。"

他最直接的反应是不要，不想依靠她帮忙，不要她介入。可是同时也有点罪恶感地感到安心。如果出了事情，如果他们开始逼他，要求他给更多，她可以去联络警察。"好吧。"他说。

他开着洛罕车出了卡米洛村，上了蓝内拉路。这时候今天带来的第一个问题才浮现。车子的自动驾驶在他的网格里闪出一个警告符号，告知与罩网连接不顺畅。索尔关闭自动驾驶，换成全面手动。天上的天狼星依然明亮，亮度跟平常一样，可是即使在这么强大的阳光下，极光依旧清晰可见，如灵蛇般在高高的天空中穿梭。他放下车篷，感觉大气层中的静电让他的头发都要立起来了。

路上没什么车。就连镇中心都几乎没人。他停在"夏威夷之月"后面的专属停车位，下了车。瑞可酒吧和爱尔兰冰激凌店都关着门，路上大多数店也都没开。

三个圆柱在后面的储藏室，就在墙边的壁柜旁大剌剌地摆着。两个小的容积是两升，里面有气囊，两端都有阀门。原理很简单：用液体装满气囊，然后从另一端把空气推入圆柱，空气就会挤压气囊，把液体喷洒出去。索尔不明白为什么不能用泵，但他也不知道大架构是什么。第三个圆柱容积是四升，有两个灌入阀门，完全让人猜不出来里面要装什么。

当祖拉把细节交给他时，他就不知道那是什么，现在他还是弄不懂。这些东西甚至负载不了多少压力。不过这些阀门非常精准，可以正确地控制流量。他怀疑这才是他们来找他的真正原因，因为没几个微制造系统可以做这些阀门。还有一个他们可以随便使唤的人。

圆柱全被装进一个陈旧的帆布背包，他回到车上，以为警察会从暗处冒出来逮捕他，但什么都没发生，没有车子从小巷里跑出来阻挡他的洛罕，也没有全副武装的小组大喊要他投降。大背包就待在副驾驶座，跟他一起开车穿过旧城区的街道，上了大欧索利欧广场交叉口。这时候车流量开始正常，他必须专注地操控并保持与其他车辆的间距。所有其他车辆都亮着绿灯，警告正在进行手动驾驶状态。依靠了自动驾驶几十年，他紧张了好几分钟，直到再次习惯。他不解地看了周围的车辆，不知道它们是突然从哪里冒出来的。然后他想起来，土比格路通往亚贝利亚机场。看起来镇里的居民不打算等着看太阳黑子的结果，也不打算等HDA对沾斯活动可能性的研究结论出来，他们打算用尽所有信用额度，只为了尽快赶到通道。

杜伦的地址是一栋白色的独栋别墅，在惠尔塔山谷半山腰一块小小的区域。山坡深红色的土壤上长着枯干而稀疏的草叶，离海岸这么远的炙热空气少了他习惯的温湿。山腰被开发出来的平地上，有大约二十栋别墅紧紧地贴在一起，让住户能够欣赏山坡下绝佳的美景。他开进去的时候，没看到任何人。杜伦的别墅前有一辆车，是一辆阿尔法·罗密欧八门图占款豪华房车，有着深靛蓝色的车身与黑色合金轮毂。

"整个地方都没人了。"埃米莉说。

为了方便她观察，索尔放慢了速度看着周围，凝视着长了小灌木和树丛的小区，唯一的声音是吹上山谷的风声。"来吧，早开始早结束。"他踩着炙热的柏油路面来到别墅，还没走到目的地，房车中间的门已经往上滑起。

杜伦坐在里面。"真高兴又看到你。"他欢迎地伸出大手，突出的犬牙挂在下唇外，"埃米莉你也好，虽然我们从未见过面。"

"该死的，他们发现我们联机了。"埃米莉在索尔的耳中说。

索尔举起背包，"我把你的东西拿来了。"

"谢谢你。进来吧。"

索尔自己都不知道从哪里来的胆子，居然就上了车。

车门在他身后平滑地关起，他坐在圆弧形的座位上，旁边是杜伦。内装是很俗气的紫色与金色布料，搭配黑色家具，还有一张占据整个后车位的床。他对面是一名二十几岁的年轻女子，穿着灰绿色的罩袍，手臂上有着小小的深黄色圆圈与三角的企业商标。她脸上的严肃表情宛如六十岁的妇人，显示她是瑟贝迪亚虔诚的信徒之一。

"索尔，这是卡特里斯。她跟我们有同样的信念。"杜伦说。

我没有。"瑟贝迪亚呢？"索尔问，同时暗自高兴祖拉没有出现。

"你想跟他谈谈吗？"

"不特别想。"他举起背包，"你要的东西我做好了。我要走了。"

"会吻合吗？"杜伦眨眼，有一瞬间，他恶魔眼的刺青朝索尔闪闪发光。

"吻合？"

"试试看吧？"杜伦接下他的背包，交给卡特里斯。

"谢谢。"她低声说，拿出一个体积两升的圆柱，放在旁边的椅子上，再打开一个平薄的黑箱子。

索尔很有兴趣地看着她小心翼翼地将一段管子塞入阀门，满意地点点头。

"我有事情要跟你说。"索尔说。

"什么事？"杜伦以恼人的平静语气问，仿佛无论索尔想说什么都不重要。

"我不会再见你，或见你们任何人。我不在乎你们做什么、信什么。但你偶尔该抬头看看天空。天狼星发疯了，你也许该想想要怎么办。"

"也许你该想想它为什么发疯，索尔。这个星球不想我们在这里，尤其是现在。"

索尔发觉跟这样的人说话非常困难，尤其当对方的不理性是通过平和理性的态度展现时。"杜伦，这是太阳黑子爆发，不是政治抗争。而且你说'尤其是现在'是什么意思？"他问完就想揍自己一顿，怎么又把自己扯进去。

"探勘行动。他们来这里是准备要杀死这个世界的，索尔。HDA带来了极其邪恶的东西。瑟贝迪亚警告过我们，他知道这会发生。"杜伦说。

"没有人在杀死什么。"

"索尔，他们有这个能力，而且如果他们傲慢地认为有必要，他们就会动手。为了保护自己的利益，他们无所不用其极。所以恒星用了它唯一知道的方式，抵制他们的入侵。"

"哦。"索尔开始紧张了，他希望这奇怪的折磨赶快结束，好尽快离开。他对面的卡特里斯正在朝阀门里塞光纤和电线。

"我知道这件事的结局会如何，索尔。我知道圣天秤星会胜利，因为以前也发生过。"杜伦说。

"什么？"

"很久以前。有别人来到这个世界，想要占为己有。你能想象这种傲慢吗？想要占据一个不属于你的星球和生命。"

"结果呢？"

"他们离开了。当太阳变冷以后，所有短暂的动物生命都注定如此。我们皆寻求太阳的温暖来孕育我们，没有它的赐予，我们这样微小软弱的生命无法存活。"

"你是说有外星人在我们之前就到过圣天秤星？"

"对。"

"你怎么知道？"

"瑟贝迪亚告诉我们的。他知道这个世界、这个生命的历史。"

索尔拒绝再问下去。不要。我拒绝继续参与。所以他转向卡特里斯，"都吻合吗？"

"可以。"卡特里斯说。

"那我要走了。"他说得仿佛像是要看他们敢不敢把他留下,"我没别的意思,但我不想再听到或见到你们。"

"你逃不了圣天秤星送出的信息的,索尔。看看周围。你面对的东西是多么巨大啊。我们做的事情很微小,但我们尽力而为,并因此感到骄傲。这里再也不欢迎人类了。你应该回家,老先生,经过通道去过一个更快乐的人生。"

"行了,老兄。"

车门打开,索尔进入干热的空气与灿烂的蓝白色天狼星光芒之下。他回到洛罕上时,一阵彻底的放松灌注全身,他启动能源槽,朝通往土比格路的方向驾驶。

"刚才那是怎么一回事啊?"埃米莉问。

"他们是疯子。"索尔闷哼,"一群人都是。狂犬病的疯子,什么古代外星人、飞碟、HDA要炸掉星球,瑟贝迪亚发明了这个超级阴谋论。我最介意的是他到底怎么让他们都听进去这些话,更不要提信成这种德性。"

"因为他们是很可怜、无法自立的人。这种宗派向来都找这样的人参加。"她说。

"对啦,但是……该死的!"他转上土比格路。回程很顺畅,他这边没有车,"我不敢相信杜伦参与了,他以前可不会听这种屁话。"

"你自己也说了,他把这个当借口,可以对不信的人施以暴力。"

"也许吧。"他猛力加速往前冲。土比格另外一边的路已经开始塞车,即使在灿烂无云的天空下,红与绿的尾灯依然明亮。他其实没有注意到车辆和货车,直到快速开过的车辆上突然有样东西引起他的注意。

"你看到了吗?"他问。

"看到什么?"

索尔踩下刹车,转过头再看看开过去的大货车。"那里。"他叫e-i冻结画面。

"看到了。"埃米莉说。

他再次加速。货车车身上有着和卡特里斯罩袍一样的黄色圆圈与三

516

角符号。

"空技维修服务。"埃米莉读了下面的字,"我正在看资料。这是登记在案的公司,一部分隶属于亚贝利亚的行政管理局,负责在机场维修飞机。"

一阵冰冷的战栗蹿升,让索尔的皮肤冰凉了起来。"他们想做什么,埃米莉?噢,老天啊,我替他们做了什么?一架飞机?他们想要破坏一架飞机吗?"

"索尔,冷静下来。不会有人去攻击飞机的。他们只是妄想而已,还不到发疯的程度。他们想要发表意见,让所有人注意他们,听他们说话。他们是想被承认,而不是被抓去关起来。"

祖拉冷酷的脸浮现在他的眼前。那个袋子!他从来没跟埃米莉提过杜伦提到"快乐月亮号"的冲浪袋。他责怪自己的软弱,居然这么害怕那袋子里的东西。

"我们必须通知警察。用我设定的那个地址。去警告他们。"他说。

"警告他们什么?"

"我为什么要帮他们弄那些圆柱?该死,我真是白痴到极点。我明知道他们是疯子。我在想什么?"

"你什么都不知道,你还是什么都不知道。这么做也是因为被他们威胁,而你害怕而已。天啊,我没碰过他们都很害怕。光听你跟我说的事情就够了。"

你以为这样就很严重?有好多事情我没跟你说过,永远都不能跟你说。"拜托你,埃米莉,用那个地址,去跟警察说我们认为某个政治团体要去破坏飞机或机场。把设计程序送给他们,告诉他们那些圆筒是装置的一部分,也许他们可以猜出瑟贝迪亚做了什么。"

"索尔……"

"埃米莉,如果发生什么不好的事,我却没有试图改变它,我会没有办法接受这样的自己。真的,我不能做这种事。"不能再来一次。

"好吧,亲爱的,但我希望你把那个地址设得够好,否则我们就得回答一些很麻烦的问题。"

九点十五分，一条奇怪的信息传到亚贝利亚警局。警局跟其他的公务机关一样人手短缺，因为亚贝利亚有一半的员工都待在家里，想要弄清楚到底发生什么事，或是忙着采取行动来保护家人。九点五十五分，终于看到这信息的警探不知道该怎么样去处理这个消息——瑟贝迪亚·诺思在这里，跟一群发疯的追随者一起威胁别人。奇怪的圆柱可能危及飞机安全。疯子替空技维修服务公司工作。这当然是一堆屁话，但现在的情况……他把消息转给一个目前设置在机场军营的小型HDA安全办公室，也送给了机场安全部，两者都将蓝图交给工程专家进行仔细分析。

极快送回的结果立刻将这份报告的危险系数大幅升高。空技维修服务公司随即被禁止继续提供服务，所有人员被命令不得靠近任何飞机，燃料储藏库也成为禁止区域的一部分。

格里芬·托因少校要求跟帕萨姆委员进行安全秘密会面，让她知道可能的危险。她同意之后，约定跟他在十二点十七分的时候，在她征用的旅馆套房会面——那是她下一个空当。

十二点十二分，探勘队唯一的一架戴达勒斯C-8000-KT燃油运输机从亚贝利亚的跑道升空，装载不同种类的有机油燃料，要去补给萨瓦的储油，总重为九万两千千克。四台普拉特与慧妮公司的H500-300高速涡轮风扇都提供二百一十牛顿/千克的推力，将沉重的飞机以极陡的角度推到一千四百公里的航行高度。戴达勒斯到达两千三百米高度时，爆炸在机体中央炸出一个约三米直径的大洞，同时炸穿飞机中央的五个有机油槽之一。

爆炸的火球直径总共有两百米宽，覆盖下方的田野，残骸散落在方圆七公里间。

索尔当时在海滩上，忙着在涨潮线以上的沙地钉告示牌。卡米洛村的居民印了很多警告标志，告诉大家不要进入黏腻的污水。爆炸声回荡在山峦间，他停下动作，不解地抬起头。声音听起来像是暴风雨将至，但天空晴朗无云，只有极光浮动，送下一条条如火焰般的冰冷电光，轻拂着山巅。

e-i同时传递机场的新闻。索尔跪倒在地，在他的孩子面前哭了起来。二十六年前充满期待与喜悦的人生，此刻到了最低点。

仲夏的波士顿炙热且美丽，索尔热爱这里的忙碌，毕竟这也是他的家乡，这让他带有对家乡忠诚的偏见。他走过波士顿公园，密集的建筑物是另一幕令他欣喜的景象。他在别的星球上时，非常想念古老房屋与现代高楼同时盘踞的城市中心。两者之间的差异本应大到无法调和，但在这里却意外地协调，呈现出活力充沛的都市面貌，忙碌的街道与保养良好的基础建设显得格外鲜亮。波士顿跟大半东海岸城市不同，在新生的美属星球吸引走许多对现况失望的人、未来的帝国大亨，以及因为2057年的《联邦独立土地所有人法案》而被外移的长期社会福利享有人之后，波士顿的人口仍然保持稳定。当然，大学有助于维持波士顿的繁荣，学生与赞助企业共同维系这里的文化身份和商业中心地位，这样的稳定态势又带来了许多企业，因为它们在如此动荡的时候，只求稳定而已。新兴产业蓬勃发展，旧产业与公司变革图存。作为城市而言，波士顿灵敏地顺应着21世纪的变化，可以说是毫发无伤地进入现代。

出了波士顿公园，索尔走上夏日街。这里车辆很多，所有人都赶着要冲入办公室或工作室或商店——他从来弄不清楚这些在市中心工作的人都把车子停在哪里。每一条街道都布满了欣欣向荣的商店，精神奕奕的住户与他擦肩而过，毫不停歇的城市活力让索尔对他的家乡充满骄傲。可是他一直知道，他没办法待在这里。他的哥哥约瑟夫会继承他们的家族企业。在曾祖父的时代，这只意味要管理不动产，但自从美国的跨星际扩张政策让地价崩溃之后，祖父和父亲强力将事业扩张到土地开发和金融领域。如今约瑟夫已经搬入在奇比街顶楼的办公室，坐在1958年定制的玫瑰木书桌后。约瑟夫是为了交易而生，他热爱无止境的会计细节、合约细项、节税方案，而索尔对这一切都感觉索然无味。他的姐姐琳赛已经跟她标准的好丈夫彼得搬去拉姆拉。根据索尔随性的原则来看，那个人也太标准了，但是琳赛爱他，也很快乐，至少从他们兄弟姊妹偶尔一次的联络听起来是如此。

他来到采买街的交叉口，准备迎向从南站涌出的大量人潮。诺亚等在议会街的交叉口，这位四十三岁的地产经理来此的目的是确保索尔不要干傻事。索尔觉得他们两个是很好的组合，他的钱和热情与诺亚的经验和实际，这绝对是成功的基础。他们进入现代化炭黑色的办公大楼，搭电梯上到十一楼。

马萨诸塞州农机公司有一间角落办公室，窗户直接往下望到狭窄的碉堡水道公园。索尔站在会客室里，看着下面的自动拖曳机忙碌地修剪公园里偏黄的草皮，不知道那是不是也是马萨诸塞州农机做的，这是个不错的活广告。似乎他想得到的农业机器他们全都有。

"卡斯特利亚诺先生现在可以见你们了。"接待员说，他是一名英俊的年轻男性，穿着今年很流行的仿优摩西式的正式套装。

索尔和诺亚穿过一扇高高的黑木门，到了一间风格极简而高贵的办公室，白墙面与红黑两色的家具，没有办公桌，只有由雾面玻璃与核桃色咖啡桌还有几张沙发组成的谈话区。布兰多·卡斯特利亚诺正从红色的沙发站起，露出专业、热情的微笑。跟索尔预期的差不多，五十多岁的男子，上健身房的次数不够，因此必须调整深色西装的剪裁，唯一让人有点奇怪的是咖啡桌上的牛仔帽，但布兰多·卡斯特利亚诺一开口就是得州口音："大家好啊。"

这时，索尔对于布兰多的口音与外表已经浑然无感了。红沙发后面站着一个女孩，穿着中等的高跟鞋，看上去跟索尔一样高，健美诱人的身材在紧身利落的套装以及膝上裙摆的衬托下清晰可见。她的金发蓬松，编成长长的一条辫子，几乎要撑破垂挂到她背后的银色发网。但让他看得目不转睛的不是她的身材，而是容貌。他知道自己这么做很无礼，但仍然克制不了自己。她非常非常美丽，有着深邃的轮廓，俏皮的鼻子，以及如天堂般湿润的嘴唇。引人失神的绿眼睛正容忍地看着他，很显然她的耐心不会持续多久。

"我……好啊。"他结结巴巴地打招呼。在他后面的诺亚担心且不赞许地全身一僵，才刚见面五秒钟，老板就已经被爱情的闪电劈中了。索尔无法克制自己，他也跟不少家境优渥的犹太好女孩约会过，但从来没有任何人能这样让他震撼，唯一让他有点诧异的是她的年纪，看起来似乎只有十八岁。她会介意两人之间有十岁的差距吗？他应该担心吗？老妈会怎么想？

"我的助手，安杰拉·马修斯。"布兰多充满绅士修养地友善介绍。

"我以为这个办公室就是属于安杰拉·马修斯女士。"诺亚说。

"那是我母亲。我其实是小安杰拉。"

"幸好你不是她。"索尔不经大脑就冒出这么一句。

绿色眼睛中的笑意消失。诺亚直接呻吟出声。索尔满脸通红，尴尬地握握她伸出的手。

布兰多·卡斯特利亚诺示意大家坐下，"两位想要买农业机械？"

"呃，对。"索尔说。

安杰拉还站在布兰多后面。他只能仰起头看着她。应该说是欣赏她。她比他见过的任何青少年都还要有存在感，而且更冷静自持。"我要在另一个星球上开辟农场。我们想要知道你们能提供什么样的优惠。"

"我们可以提供全套服务。"安杰拉说。

这是在跟我调情吗？听起来像是。

"你说得对。"索尔说。

诺亚用手盖住眼睛，揉着太阳穴，一面叹口气，"你们看过我们的清单吗？"

"我昨天晚上扫过一遍。很高兴能告诉两位，我们可以满足每个需求。"布兰多说。

"可以吗？"索尔问。

"这个办事处代表一家很大的跨国企业。你们的订单数量对我们很有吸引力。"安杰拉说。

真的是调情。一定是！

"任何人都可以提供设备。我们在意的是售后服务。"诺亚说。

"不能满足客户的公司很快就会关门大吉，我们很了解这点。"布兰多向他保证。

"你可以把这点写在合约里吗？"索尔问。

"我们只会提出一份让你们完全满意的合约。"安杰拉表示同意。

又是在跟我调情吗？拜托，一定要是。

"我们会非常仔细地检查财务部分。"诺亚说。

"我们的贷款条件非常有利。"布兰多承诺，"你们是要租赁还是直接购买？"

"以这个数量来说，我们会需要先看看你们的合约条款才能决定。"

"自然。"安杰拉的嘴唇弯起最小幅度的笑意，"在较大型的合约中，直接拥有者的优势会比较大，从你们农场的地域来说，你们对于该地的办事处会是一笔大合约。相信我，如果可以谈成这笔生意，我们绝对不会希望你们走。大规模向来可以拥有比较好的折扣空间，以及最优惠的条款。"

"对。"索尔想看看诺亚要怎么反驳这个极好的论点，但不知道为什么，诺亚似乎已经气得放弃了。

然后就是细节，这正是让索尔逃离家族事业的事情，但今天不一样。今天他尽其所能地参与贡献，问出他听到父亲和哥哥问过的所有问题。维修安排？零件是有授权的微制造还是有折扣的进口品？保养——会不会考虑跟马萨诸塞州农机进行合作，让双方在当地都可以更加壮大规模？税务优势？免运费送到现场？持有公司登记？

九十分钟之后，布兰多·卡斯特利亚诺已经组织出大致的合约轮廓，他向两人保证，今天下午就会把数字算出来，将财务和合约细节寄给索尔的律师，让他们去检视和进行最后的协商。

"你们要开创的未来真是美好。"布兰多一边称赞，一边跟他们握手，预祝合作成功，"我很羡慕你们。如果我还年轻，大概就会跟你们一起去了。"

索尔傻傻地微笑，"你有空的时候，愿不愿意跟我喝一杯？"他猛然冒出来一句。

如坟墓般的沉默中，只有诺亚凄惨的低声呻吟。

"喝一杯？"安杰拉的声音冷酷得令人无法承受。

"请你？"

"跟你？"

"呃……这……"

"潜在的客户？"

"……因为……"

"这不只是不专业，更是极端自以为是。"

"……我没有……"

"难道这种无礼的态度会让我对你有好印象？"

"噢。"沮丧的索尔喃喃地说，"听我说，我真的很抱歉。我只是……你实在太……哎，该死的。"他知道自己一定满脸通红。

他两颊散发的热度一定启动了办公室的冷气。诺亚和布兰多·卡斯特利亚诺倍觉丢脸地互看一眼，同时在计算搞砸这笔合约到底会造成多少损失。

索尔可悲地朝门挥手，"对不起。对不起。我们走吧。"

"为什么？"

"呃？"

"我说过不吗？"安杰拉口气不佳地问。

"呃……"

"一杯。今晚。七点。哪里？"

索尔的嘴巴跟他狂转中的脑子已经搭不上线了。

"我听说联合码头上的达瑞酒吧还不错。"诺亚说。

"好。达瑞酒吧。不要迟到。"安杰拉说。

索尔其实不记得自己是怎么离开的。他眨眨眼睛，看到采买街上的人流在他面前经过，自己则在人行道上左摇右晃。"诺亚？刚发生了什么事？"

"老板，你刚刚约到人了。"

索尔开始露出微笑，笑容越来越灿烂，"约到了，对不对？"

"我希望你留下了律师认证的遗嘱。跟那女孩约会，你可能会用到。"

"她多惊人啊。"他眼中只能看到那张绝美的脸，带着迷人的微笑说："好。"

"她的确很……与众不同。"诺亚已经放肆地大笑，"天哪，我从来没看过这么勇敢，或者说这么笨的方法。你邀她的方式！"

"喂，那是我要娶的女人。"

"那一个？你先想想母蜘蛛在交配之后是怎么对待公蜘蛛的。"

"喂，你是在嫉妒，很明显就是。"

"老板，我可以很诚实地告诉你：并没有。"

"你嫉妒也没有用。对了，这个达瑞什么的是什么样的地方？我要穿什么？你觉得她会喜欢什么样的酒？"

"不重要吧。你知道这一州并不能卖酒给不到二十一岁的人吧？"

"她一定有……啊，也许没有。你觉得怎么样？她有二十了吧？"

"老板，你得回神了。我们四十分钟以后要跟种子厂商会面。买了那么多新新亮亮的机器，总得有点种子可用。"

"对。四十分钟。时间还很多。我没事。绿色外套怎么样？你看过我穿那件吗？那件可以吗？不会看起来太像上班族吧？"

"我的妈呀。"

达瑞酒吧颇有格调，沙发小包厢区有舒适低暗的灯光，光滑的长吧台前设有凳子，后头发光的柜子上放了不少酒瓶。两名帅气的酒保欢迎客人的调酒挑战。甚至还有一个私人露台可望向水面，并且点了柑橘蜡烛来驱赶夜晚的蚊虫。

索尔没有迟到。他觉得六点到那里很合适，如果她到得早了一点，他也算是很有礼貌地配合早到，而且也让他有机会先考察一下实地状况，免得诺亚说错话，挑了个脏兮兮的小地方。另外就是他可以先喝杯啤酒，镇定一下快要崩断的神经。两杯啤酒，效果更好。三杯啤酒让他觉得整个人冷静又风流倜傥。没错，他也是条件不错啊。另一个星球的土地所有人，未来的帝国创造者。打扮起来一表人才。不是那件绿色外套。那是带老妈出来吃晚餐时候穿的。现在他穿着简单的紫色衬衫，上面有白色的方格，窄翻领的浅褐色外套，黑色牛仔裤，还有昂贵的杜顿靴子。

就像以前的兄弟们说的，最帅的就是你。他已经很久没有问那群兄弟的意见了。跟他们大多数人失去了联络。故意的。他朝啤酒傻笑。酒吧中的交谈声突然安静下来，引他抬起头。

她站在门口。鲜红色的夏季洋装像是在发光，烘托她完美的肤色。裙摆比办公室的那件还短，健美的双腿迈着大步，低胸的上衣露出些许乳沟，没有刻意托高，大波浪的鬓发散在肩膀周围。

所有人看着他下了凳子，走过整个酒吧去接她。这一段路上，他沐浴在所有男人的嫉妒眼神之中。还要算上一半的女人，他得意地想。

索尔停在离她一步远的地方。再近就没有办法欣赏她整个人了。

不要搞砸了。不论你活多久，都不会再出现这么好的事情。不要搞砸了。拜托。不要——

"你好。有一杯酒在等着你。"

安杰拉舔舔嘴唇，压下一丝微笑，"你选了什么？"

"桑塞尔酒，11年的。白葡萄酒不像红葡萄酒，不会因为时间的流逝而变得更美好，但这一年的酒仍然是不错的。"

"只对某些人而言吧，但我很乐意试试看。谢谢。"

他再一次穿过整间酒吧。这一次是胜利的游行。

酒保差点毁了这一刻。"我得看看你的身份证明。"他带着歉意向朝冰凉酒杯伸手的安杰拉说。她什么话也没说，表情难辨，连酒保都觉得有点难以招架。索尔不知道她的e-i送去什么样的身份证明，但酒保立刻退开，像是屋子里有头凶狠的老虎一样。安杰拉端起酒杯。

"沙发还是吧台？你选。"索尔问。

"露台。今天晚上很温暖，我们享受一下。"

"露台正好。"

两人坐在一张小桌子边，中间隔着蜡烛与一株芳香的小苍兰，看着水面上来来去去的私人游艇。

"我必须坦承一件事。"他说。

"说吧。"

"我今年二十九岁，目前跟爸妈住在一起。"

安杰拉咯咯笑了，"你爸妈住哪里？"

"栗子街，公园另一边。"

"我知道栗子街。很不错的一区。适合富有的老家族。"

"我们可以算是吧。"

"你说目前？"

"嗯，你也知道我买了什么，我会住到农场上的快速房舍里，直到我有钱盖屋子，现在是最后一趟回波士顿来买设备和种子，然后就要住回我的快速房舍了。我是小儿子，打算脱离家族好自力更生，这是值得的。安杰拉，你真应该看看我选的地方。五千亩最棒的土地，在奥克兰州长办公室网络上有登记，一旦我做出成效，就可以再购买八千亩。虽然新世界上的土地用不了多少钱，但华盛顿不愿意让人买下一整片大陆投资用。"

"你做得很好。"她看起来真的很佩服的样子，"我欣赏追求梦想的人。能贯彻到底的人真的很少，太多人选择盲目带来的安稳，问题是，安稳其实并不真的存在。"

"哇，你有点愤世嫉俗。"她说话的口吻并不像青少年，这样却让她显得更神秘。

"我只是面对现实而已。"安杰拉用拇指与食指转着酒杯，"想要听我坦承吗？"

"你在跟别人约会？"

"不是这样无聊的事。我母亲并不拥有马萨诸塞州农机公司。我出生一周后，我妈就离开我爸了。"

"啊，对不起。那公司是谁的？"

"我的。布兰多是个暂时失业的演员。这其实是关乎顾客期待的问题。虽然布兰多有点小问题，但他很适合充当门面。今天早上你也看到了，你的朋友诺亚把我当成办公室装饰品。而布兰多是男人，联络人，是其他男人可以与之合作谈生意的男人。"

"啊。"他震惊地说，"马萨诸塞州农机是你的？"

"这是拉文沙当地的加盟分红店。我买入硬件，打上我们的品牌，同时拥有他们产品维修服务网的支持，他们的服务范围很大。这一行很有利润。你的订单价格是一百三十万，对于在美国新领土中想要起步的人而言，只能算是最低的入门金额。"绿色眼睛眯起，等着看他的反应，打算因此对他做出评价。

"我就知道你有哪里很不一样，只是摸不透是什么。看来笨的人是我。"

"不能这么说，这家公司的人都是我亲自训练的，表面上很难看出什么。所以……你知道真相之后，要去找别人做生意吗？"

"不会。说实话，我现在比之前更放心了。我以为我已够有野心，但你让我了解那只是我的自大而已。你是怎么进这一行的？"

"我爸去世之前教会我很多生意上的事。我知道怎么运用资金，而我们正处于经济衰退后的成长期，农业机器正是高单价、高需求的单品。我们只需要站在交易的中间，让银行和供货商去处理那些麻烦事就好。清楚明了。"

"也许你会觉得奇怪。但请提醒我，绝对不要介绍你给我哥认识。"

"为什么？"

"他会在五秒内跟他太太离婚然后来娶你。他是为生意而生的。"

"算了吧，他一定没有你帅。"

灼热的脸颊再次泄露他的心情，"你是从哪里来的？我猜不出你的口音。你怎么来到波士顿的？"

"我长大后经常旅行，所以口音受到很多影响。至于波士顿，则是因为这里不是纽约。我在那里有些不愉快的经验。不要问。"

"好，换问题。"

"问吧。"

"再来一杯好吗？"

安杰拉住在北昆西区。"他们拆了不少房子之后，那一区住起来很不错。"她解释。目前租金便宜，所以她可以住进一个很大的屋子，有海景，离地铁站走路不到一分钟，地铁可以带她直接到南站上班，她也用不到车子。

他发现她谈话的内容通常跟钱有关，包括她赚钱的方式，或是东西的价格。

"我跟你一样。"那天晚上晚餐时，她这么说。离开达瑞酒吧后，他们换到路西亚诺餐厅。"我想要重新开始。然而真的要重新开始，就需要钱。"

"重新开始？"他笑了，"你的意思是要起步吧？你得先过了几年之后，才能重新开始。"

"我二十一岁。经历过的事情已经足够让我想要重新开始了。"

"好，所以你想要有什么样的开始？"

"我还没决定，但你离开地球是对的。这里的一切早已经成了既定事实，所有人只想要保持现状、寻求安稳，税率简直是反商业的笑话，法律严苛得令人发指，只是为了保护官僚体系。在这种状况下，要寻求真正的成长非常困难，尤其是小本创业。要有作为，就得去新开拓的区域，那里的人民真正拥有自由，是什么都有可能的地方。"

"我觉得你现在这样已经很好了。"

"跟谁比？"

就是这点。她既聪明，又美丽。事实上，他担心她比他聪明太多。约会到一半，他就已经害怕她会看穿他根本不够好。他早就接受她远比他要杰出太多的事实。

"要来我家吗？我今天晚上还不想见你父母。"她喝咖啡时问他。

索尔觉得他要哭出来了。今晚过得刺激万分，她简直是从他梦中走出的女孩，他觉得如果自己撑得过今晚，能够再把她约出来一次，他会做得更好。

"我非常乐意。"他只能这么回答。

两人搭上南站的地铁，来到北昆西区，然后搭上出租车，很快就来到她在亚波速街上的公寓。北昆西是一个很大的住宅区，经过五十年改头换面，原本还算便宜的屋子被重新开发、改建，变成适合年轻一代都市上班族的住处，因为他们负担不起市中心住宅区的价格。索尔下出租车时，听到了海浪拍打沙滩的声音。"我会很想念这点。我的农场离海岸有三百英里。"他说。

安杰拉伸手轻抚他的脸颊，"想错了。你的第一座农场只离海滩三百英里。"

她租了一大间鱼鳞板独层屋，外面有一圈露台。"我不需要很多房间。"门自动为她打开时，她说，"可是我太喜欢客厅。"

他可以理解为什么。客厅很大，大概占据房子一半的空间，宽敞的大门通向外面的露台，一端还有一个很大的石造壁炉。装潢以淡蓝色与白色为主色，简单的木框家具上有很多软垫。索尔喜欢屋子的夏天气息，但他觉得到冬天的时候，可能会有点萧索。安杰拉走来走去，点起蜡烛时，他有点懊恼地承认，这是个真正的黄金单身女郎住家。厨房因为无人使用而一尘不染。露台上有气泡浴缸，黄色的水底灯点亮气泡。卧室中最大的家具是一张巨大的床，有古董黄铜栏杆床头板——她推开卧室门的时候，他瞄到了。她说："我去换衣服，一下就回来。"

索尔，足迹遍布数个星球，将近三十岁，有点身家，也有点跟女人来往的经验——如今却完全手足无措。他看着沙发和一堆软垫、冒泡的气泡浴缸，低头看看自己的衣服。要脱吗？也许先脱靴子就好。

于是，他坐在一个大大的地板软垫上，扯着脚上的农夫靴，觉得自己完全跟英俊潇洒扯不上边的时候，她已经回来了。他原本担心他会因为紧张，加上喝太多，所以完全无法满足她的期待与需求，今晚将会无疾而终，像是……也没那么多次，但是的确发生过。可是当他手忙脚乱地站起时，所有的怀疑立刻消失。她身上的性感诱人内衣，有着黑丝的肩带与大片蕾丝布料，隐约露出大片无比美妙的肌肤，让他光是看就有了这辈子最硬的勃起。安杰拉看着他的反应，高傲地微笑。她要他站在那里，等她脱光他全身的衣服，这件事本身就已经是折磨。

她动完手之后，留他一个人光溜溜地站在房间中央，突然停下动作，修得光滑水亮的指甲敲着牙齿，摆出一副无法决定的神情，看着客厅。"从哪里开始呢？"她沉吟，"壁炉前的地毯？气泡浴缸？"

索尔再也受不了，他大吼一声，扑向她。安杰拉尖叫，咯咯笑着，两人一起倒在软垫上。

他们在她家里待了五天。光溜溜的五天。除了授权付款给马萨诸塞州农机以外完全没有工作的五天。说说笑笑（他当了一辈子的民主党，有点震惊如此绝美的人居然有这么强烈的共和党倾向）的五天。每一餐都是吃外卖的五天。从来没有这么火辣的床上运动的五天。这就是成人的性爱，他真是彻底受到了启发，他们是成年人，爱做什么都可以，完全不需瞻前顾后。相较于跟父母争执，找到农场，把整笔继承金全花在自己的梦想上，这个才代表他个人真正的解脱，获得自由。他这一辈子，第一次完整了。

"为什么是我？"在第三夜的某个时刻，他在她的耳边低语。两人躺在抱去露台的软垫上，让温暖夜晚的海风吹干身上的汗。在外面做爱，虽然是半夜但仍然有被人看到的风险，让他兴奋到出乎自己的意料。年轻时残留下来的压抑像溃塌的堤防，激情全然爆发，他热切的程度连安杰拉都对他刮目相看。现在他搂紧了她，从胸口到大腿感受她的肌肤。"你要谁都可以，你知道的。为什么是我？"

她伸出一只手，捏起酒杯，悠长地喝了一口才说："你是我。"

"差太多了吧。我不懂。"

"你是没有包袱的我。是我希望自己能成为的我。你的这座农场，是我一直告诉自己，有一天我会不顾一切踏出的一步。你相信自己，你愿意冒险。而我离相信自己，已经很久了。"

他用一吻阻止她说出如此天地不容的话，他想要拥有她，想要属于她。"我知道爱是什么。是你。"他告诉她。

她脸上再次出现谜样的神情。他从来都不知道她心里在审判什么，唯一希望的就是她能够做出对他有利的判决。

终于，她说："你是一个好人，索尔·霍华德。我不知道还有好人存在。"

第五天，当清晨的阳光从大开的露台门涌入，索尔双膝跪地，崇拜地望着眼前发型狂野的天使。他鼓起所有的勇气，逼自己说出："请嫁给我，安杰拉。"

"你很可爱——"

"不要说这些!"他把她拖下来,让两个人能够对视,看见她绿色眼睛中的警戒,"不要说什么很可爱,也不要说什么我们不够了解对方这种话。我从来没有这么认真过。嫁给我,跟我一起去农场,帮我把农场建造成很美妙的地方。没有你,我一定会搞砸,因为我没有可以看到我所有错误的人。该死的,安杰拉,我甚至不想离开这栋房子。我只想跟你在一起。求你?"

好久好久,她只是看着他。他终于明白,谜样的神情只是掩饰那份悲伤与畏惧。

然后,她小心翼翼地微笑,"好。"

"好?好什么?"

她忍无可忍地叹口气,"好,我嫁给你。"

"真的?"

"嘿!"她推他。

索尔把她拉到怀里,证明他力气比较大。这一吻,吻了很久。

他们选择去拉斯韦加斯,下午就搭飞机出发。索尔一直不敢相信。没有人会真的去拉斯韦加斯结婚,但是他们两个就去了。只有他们两人。当晚十一点走在热情上帝教堂的走道上时,两人很努力不爆笑出声。安杰拉穿着一件花了八十七美元租的辣妹结婚礼服,看起来又坏又美貌,整场婚礼的花费(包括圣歌女子三人合唱团)高达七百七十八美元一毛二,加上州立结婚证书费五百美元。

蜜月是在大道边新开幕的白特海旅馆的豪华套房住了两晚。索尔真心想要待久一点,但马萨诸塞州农机的设备已经准备好要寄送了,安杰拉不止一次告诉他,而且诺亚越发惊慌的来电一直提醒他:播种季快要到了。老板,如果我们赶不上,那你就完蛋到没药救了。

所以不情愿的霍华德先生与霍华德太太飞到迈阿密,在海边旅馆又住了一个晚上,这时候他们终于联络上索尔讶异的父母,告诉他们有了新的媳妇。第二天早上,快乐的新婚夫妇从谢南多厄通道离开,在新佛罗里达过起重新开始的人生。

2143 年 3 月 21 日，星期四

万斯·埃尔斯顿早早醒来，穿上灰绿色HDA标准T恤，跟昨天穿的是同一件，从皱痕和味道都可以猜出来，可这已经是他最干净的一件了——过去几天，洗衣服不是他的优先工作之一。他在又红又痒的双脚上擦了消肿止痒药膏后，穿上最后一双干净的袜子。被蜜莓孢子成功攻击一次就够了。他一直没发现，直到某一天晚上，他发现自己的小腿和脚踝上都沾满了黏腻的喷射液体。从那时候起，他就开始随时都穿着长裤和绑腿。跟安杰拉一样。

他走出屋子，奇异的天光如今统治圣天秤星的天空，极光波浪般散布在空中，滴入黑暗的丛林里。勉强透过极光看向南方，隐约的环光散发出薄弱的银色，在入侵者面前，环光的影响被削弱了许多。营地的网络链接也同样被大幅削弱，主要的通信巢和处理中心通过光纤连接，光纤不受电子磁场干扰，但标准躯网联结开始频繁断线，带宽也减少很多，肇因于充满电子的大气层不断散发出电子磁场的尖鸣，传播静电的危害。他看向户外，细丝般的闪电在山顶上发出爆裂声，稀薄的云朵四处躲藏。

"请上帝赐福予我们，因为我看到沾斯，看到恶魔之脸。"他忧心地低声祈求。奇异的光影在他眼里看起来太像沾斯裂缝了。

安特利奈走过来，圆脸上的皱纹凸显他的焦虑。"我讨厌这个天气。下雨说不定还比较好。"他抱怨。

"情况会变得更糟。"万斯低声告诉他，"我跟维梅齐亚谈过了。他们推入天狼星绕行轨道的卫星确认太阳黑子正在影响整颗恒星。而且不断有黑子继续爆发。最早最大的那颗黑子直径已经差不多有十万公里了。"

"沾斯有动静吗？"

"没有。"

"不幸中的大幸。"

"我看了战情中心的天狼星系小组推演出的最恶劣情况。他们说会有极大的气候改变。"

"气候改变？"

"有可能。我们静观其变吧。"

大多数的营地人员已经出了帐篷，站在外面等着清晨来到。冬天的天际正在逐渐变亮，但极光火舞仍然没有减弱。万斯痛恨众人的情绪，甚至于觉得他对此也负有责任。昨天的戴达勒斯爆炸事件除了使众人受到惊吓，也让所有人开始感到害怕，因为这件事让人人都明白了他们跟其余跨星际星球的关系是如何脆弱，现在全体都觉得极度受到孤立和软弱，他却无法改变这样的情绪。

天狼星升到天空中，交谈声全部消失。

"上帝啊。"万斯忍不住说了出来。幸好他的声音被其余观看者的惊呼声淹没。

"到底有多少太阳黑子？"安特利奈也受到了惊吓。

"还不到四百颗。"万斯告诉他，"没有任何理论可以解释这件事情。这个事件完全没有先例。"

"这不是意外，不可能。"

"我同意。可是我开始觉得，这已经不是我们这种凡夫俗子能够了解的事。"

营地里其他人开始排队吃早餐的时候，万斯走到快速房舍里的办公室，把门关起来。e射线被大气上层的粒子攻击荼毒得很严重，虽然它原本的设计能承受沾斯潮的放射性攻击，却无法遏制不断被闪电击中的逐步破坏。AAV小队开始担心系统弱化的问题，因为零件不断因为过强的电波通过而受损。

幸而，仍然有足够的带宽能让亚贝利亚和巫岗之间保持通信。

"早安，上校。"联机一建立起，帕萨姆委员便如此问候。

"早安。我们刚看到日出。天狼星红色偏移了。"

"是的。我一直在看从卫星群直接送来的影像，这的确非常让人不安。跟一个星期前相比，圣天秤星接收到的阳光照射降低了百分之五十。"

"这样啊，我不知道。你确认了戴达勒斯爆炸的原因吗？"

"是的。绝对是人为，但我们没有这样告诉媒体，所以媒体认为是维修问题。我们发现中央机体下方也放置了另一种复合炸药。有人告诉我那是个好地方，该处爆炸能够立刻破坏结构完整性，同时撕裂有机油槽。"

"上帝啊。"

"没错。而且我们还接获了警告，这就是整件事最奇怪的地方。有人从一个无法追踪的跨网地址联络我们，宣称事情是瑟贝迪亚·诺思的信徒做的。"

"瑟贝迪亚·诺思怎么说？"

"什么都没说。没有人知道他在哪里。没有人能找到他。"

"明白了。现在要怎么做？"

"警告我们的不明人士说瑟贝迪亚在亚贝利亚。我们会增加资源，进行针对性的搜索。我们必须找到他。"

"很好。那戴达勒斯飞行队以及我们的补给飞行呢？"

"这个嘛……很显然，我们必须禁止所有航班飞行，直到所有戴达勒斯都经过仔细检查。现在有两架在亚贝利亚，我们认为它们被动手脚的可能性很高。目前所有民营机组都不准碰触任何探勘队的车辆。HDA人员会进行检查。上校，这个指示包括了所有巫岗的直升机。你必须让你的机组工程师完成检查之后才能再次派出直升机。这个检查要包括完全的软件重新安装，我们不能冒任何险。天知道瑟贝迪亚的信徒们还准备了什么后续行动。程序错误码可能好几个月前就被下载到机器里面了。"

"了解，有道理。那替代的燃料运输机什么时候到？"

"还没有排程。"

"什么？没有燃料运输机我们根本没办法运作。我一直觉得只有一架燃料运输机是很愚蠢的决定。"

"一旦HDA完成对沾斯潮可能性的评估之后，他们会开始考虑提供另一架。在那之前，我们必须靠普通的戴达勒斯机。我被告知我们可以重新改装飞机、增加额外油槽，所以失去一架燃料运输机不是绝对严重的问题。"

"明白。"听着她的政客言辞，万斯开始担心她会如何利用这个情况来保护自己，牺牲任务的目标，"那我的先锋军补充士兵呢？他们预计何时抵达？"

"对不起，上校，GE把圣天秤星通道关闭了，不准任何人进出。先锋军到不了。"

"他们不可以对HDA人员封闭。那些军队已经被派出了。"

"他们被暂时重新派遣给GE边境巡逻队。令人担心的是情况是万一高堡的人民同时冲入通道，整个纽卡斯尔会被占据。当然，让他们通过必须经过协商，如果我们允许他们进入，那也需要我们的认可，以及接受我们的条件。"

"你们想怎么做都可以，但我们怎么办？这个决策让我们的处境相当危险。"

"这次通话的目的之一，就是我将正式提出行动规模缩减通知。你要停止所有巫岗的非必要性行动。当下的重新补给会是个问题，我们正考虑是否要进行部分撤出，关掉三个前进营地，然后把艾德瑟和萨瓦的人员精简到最少，直到情况好转。"

听到这句话，连万斯都很难保持冷静。"我们已经发现了外星人，种类和来源未知，这正是探勘队最初创建的原因，现在你却要考虑停止行动？"

"不是停止，上校，这只是一个战略性的选择。你必须了解，情况改变了，况且并没有外星人存在的确切证明。"

"埃斯特·昆比斯的心脏被非人类的爪子挖出来了！"

"也许安杰拉·特拉梅洛的共犯又在使用他们邪恶的强化套装。现在我们并不知道事实真相。"

"请问有人想得出来他是怎么样把自己和强化套装偷渡到戴达勒斯上的吗？"

"跟二十年前偷渡到巴特拉姆宅邸的方法一样：通过特拉梅洛的帮忙。"

万斯静默了一段时间以控制自己的怒气，"让我找出真相。把我的先锋军给我。"

"这么做并不实际。对不起，上校。我们必须等到太阳黑子的状况解除。在那之前，我们只能尽力维持。"

"我明白了。谢谢。"万斯结束对话，立刻联络维梅齐亚。

"我就猜会接到你的通信。"维梅齐亚说。

"你必须改变她的白痴决定。外星人就在这里。我可以确认它们的存在。你想想这意味着什么，维梅齐亚，我们就差一点点了。"

"有疯子在炸飞机。天狼星的情况不对。我甚至还没算入可能会有的沾斯潮。我们必须厘清优先级，万斯。对不起。"

"通过战用通道释放这些卫星至少得花上几十亿，而我只需要一架新的戴达勒斯燃料运输机一周，还有一百名先锋军。两者花费比较下来差了多少？"

"你认为我不知道吗？我跟你一样烦躁。我向你保证，一旦确认太阳黑子的情况，我就会重提拨资源给你的事。可是万斯，我必须告诉你，纽卡斯尔的调查结果看起来不太好。"

"为什么？发生什么事了？"

"我猜是史克普西斯把消息透露给帕萨姆，所以她才找地方躲起来。厄尼·雷因特的审问结果出来了，我知道沙克将军昨天晚上已亲自看过。"

"雷因特说什么？"

"很可惜，非常少。大致上就是有某个他不知道的上级，告诉他要去某间公寓，清理有人留下来的麻烦，那里的看法越发倾向是诺思家族的内讧。"

"埃斯特·昆比斯呢？"

"我不知道，万斯，对不起。听我说，所有的科学家都在努力研究天狼星太阳黑子的问题，他们很快就会有答案，有了答案之后，我会把你要的先锋军给你。在那之前，检查你的直升机，好好守住营地。"

通话结束后，万斯盯着他的小办公室。从听说纽卡斯尔凶杀案之后，他第一次开始担心。他很习惯掌控任务，但这次有太多政客参与其中，而且他们搞砸了不少问题。"亲爱的上帝，请保护我们，不受他们的愚蠢荼毒。"

不知道从多久以前席德就开始渴望能有一顿安静的早餐，他想象的画面像某种理想的20世纪富裕家庭，孩子们直挺挺坐在餐桌边不说话，很有礼貌地以父母为先。赫斯特家的标准早餐通常很吵：因为威廉和扎拉会不断针对食物吵架或抱怨；很赶时间，因为这个家的基本模式就是每个人都快要迟到了；脾气不好则是因为他很累，而且一直想着工作的事。

可是今天，他的愿望实现了，却一点也不愉快。两个孩子安安静静地坐着，吃着，看着新闻。新屏幕墙上的画面一直在播泰恩一台的新闻，故意插入各式各样令人沮丧的画面。国王大道上满是全身军装的GE边境管理局士兵，还有HDA先锋军的支持，不允许任何人进出。愤怒的临门区独立店家威胁要控告GE，要求他们重新打开通道，补偿他们的营收损失。临门区外，随着时间的推移，潜在的难民与农场移民的人数逐渐增加，本地的警察与外聘警力包围着他们。HDA在图鲁斯大基地的雷刺号不断起飞，进行演习。诺森伯兰星际企业的公关经理不断保证有机油流量不会受到影响。讽刺的对比是通道另一边的影像，显示A号高速公路上有更多人，一堆汽车、货车、面包车回堵了十二英里。更令人紧张的是照在车龙上的光影，天上的天狼星散发着红光，周围盘旋着极光。圣天秤星如今真正成为一个异种星球。

席德早上八点抵达市场街，有赖于稀少车流的协助。环宇蓝色警戒依然有效，但他走到第三办公室的时候，很确定整栋建筑物的人力不足。

蒂莉·刘易斯正等着他。

"我没有可以给你的现场。"他边在办公桌后坐定边说，"我们的消息应该今天早上会到。"

"没关系，宝贝，正好你有时间来确认这个。"她乐呵呵地说。

席德的网格中出现一个档案符号，"这是什么？"

"陈述书。"

"我做了什么？"他惊呼。

"不是你。这是炸弹攻击后的保险文件。北方鉴证公司需要资深案件负责人确认攻击发生的时候，北方都会服务公司受到正式外聘，对厄尼修车厂执行防护与保护任务。"

"没问题，我确认这点。我会处理。"

"谢谢。雷因特的保险公司已经提出赔偿请求。那地方整个被炸空，剩下的残骸也必须被铲除，所有的工作间设备都没了，里面原本有的一些车子也完蛋了，所以整笔金额不小，再加上我和我手下的医疗费，北方鉴证公司绝对不打算出这笔钱。"

"我明白。你好点了没？"

她咧嘴一笑，甩甩浓密的鬈发，"当然。你呢？"

"孩子们今天早上看了新闻。他们吓到了。"

"我可以想象得到。无照网站说驻扎GE的所有HDA军队都在随时待命。你有没有什么消息？"

"跟你一样。欧鲁克所有时间都花在紧急规划委员会里。如果确定有沾斯潮，纽卡斯尔将会被高堡的难民装满，所以今天我们不让小孩去学校。雅辛塔待在家里陪小孩。"

"我们的去学校了，但纳桑尼同学校只有两分钟距离。在家工作的好处。"

"我真不明白HDA怎么会不知道。"席德承认，"他们送了几十颗卫星去监测天狼星。我以为我们总是可以发现沾斯弄乱宇宙空间的迹象的。"

"我们是可以，但太阳黑子不是沾斯潮。"

"唉，也许吧。这个案子从一开始就很奇怪。"

"你的案子？抢车案怎么会跟天狼星的太阳黑子有关系？"蒂莉问。

"不要问。我一时说溜嘴了。"

"问什么？"她笑了，"我的人在楼下的餐厅等你把现场交给我们。我先去找他们。"

"谢了，蒂莉，我一会儿就联络你。"

她离开后，席德把陈述书打开。网格上出现一张很简单的数据表格。他瞥了一眼最后的赔偿金额，惊人的数字让他低低吹声口哨。这份文件必须跟上个星期四的案件记录一起送给法务，以确认修车厂的交接经过完整的授权程序；他很有信心，没人能反驳这点。他一边指示e-i，一边瞄到修车厂内容物清单中的一项。"哇。"他兴奋地低喊。

蒂莉给他的档案里没有视觉影像，但是既然他被要求认证陈述书，那亲自多研究一下细节也很合理。

席德调出逮捕时候的视觉记录，全像控制面板屏幕包围住他的头。他进入几名警官和警察的瞳孔智元记录，通过他们的眼睛看着当时冲入修车厂的情况。跳动的影像让他看到他们追逐其中一名修车厂员工。双手握着手枪的警官检查不同的房间，寻找是否有人藏匿。他甚至看到自己一两次。那肚子是从哪里来的？过了一阵子后，他关闭记录，头向后仰，离开了全像区，满足地微笑。没想到今天竟能这么开心。

八点半的时候伊恩冲入席德的办公室，"他到了！"

"终于到了，我们用哪间？"席德听到直升机降落在警察局屋顶的低沉嗡嗡声。

"七号审讯室。"伊恩回答。

"好。你先冷静一下。我们现在必须要绝对的专业，仔细想想法庭证据认证程序。"

"哎，我知道啦。"伊恩有点受伤地说。

"去跟大家说。"

"早说了，老大。"

席德站起身，穿上外套，整整领带，走出门去看拉尔夫带给他什么。五分钟后，他已经站在七号审讯室的观察室里，看着墙壁大的屏幕显示厄尼·雷因特静静地坐在房间的桌子前。席德审讯过几百个嫌疑犯，了解所有的阶段，他们的反抗、惊慌、悲惨的认罪独白、恳求警官理解的言辞，但厄尼却像个行尸走肉，这种对周围世界全然无感的反应是他从来没见过的，而且他对于这样的景象觉得很不舒服。有一部分的他想要问，上周的雷因特，那个对他们不屑多说话的强悍帮派分子，怎么会变成这个样子；但更大部分的他知道自己不能问，问到的细节将会纠缠他许久。

即便如此，雷因特已经正式被转交给他。

"他还好吗？"

拉尔夫·史蒂文斯穿着西装，看起来像是交易商一般气派，理解地点头，"雷因特先生很好。他非常配合，在审讯过程拒绝律师陪同。"

"真的？那他说了什么？"

"这个嘛，好消息坏消息都有。"拉尔夫说，"最好的部分是，他从圣詹姆斯镇楼的576B公寓接走尸体。"

席德想要立刻通知伊恩和蒂莉，让他们马上去查线索，"怎么会有坏消息？"

"他不知道是谁派他去的。"

"怎么会不知道？"

"席德，他不知道。这个信息不存在。"

"好，那他怎么会被分配到清理尸体的工作？"

"他被赶出安全塔公司时，跟他以前的部门主管齐克·可松还保持联络，后者安排厄尼从无法追踪的地址接收一些重要工作的指示。根据你的警局记录，齐克·可松跟红盾帮有关系。他是中间人，企业掮客。"

"我们不能抓他是因为……"

"他五年前被杀了。标准的帮派屠杀，因为一场失败的毒品交易。"

"但还是有人在用那个无法追踪的地址，对吧？"

"对。"

"好。后来呢？"

"跟你发现的过程差不多。厄尼星期五晚上接到电话，被告知576B公寓里有尸体，必须很小心地处理掉，移除所有辨认方式、去除智元。更有趣的是，给他的数据还包括了这些智元的位置。"

"这种细节得要进入诺思家族数据才查得到。"席德说。

"我知道你在想什么，但这是雷因特给我们的消息。"

"好，继续说。"

"雷因特立刻找了他的四名同伙：毛拉·德林顿、切斯特·赫布利、默里·布拉查卡，还有卢卡斯·克雷默。"

"我们已经关了赫布利和克雷默。他们在雷因特的修车厂工作。"

"没错。他合法外聘那几人，所以很方便，这群人对他来说很好用。德林顿和布拉查卡星期六的时候就到处破坏罩网，赫布利和克雷默则准备了两辆出租车。赫布利在午夜前把诱饵出租车开到指定位置，其他的事你也知道了。星期天晚上赫布利回到诱饵车，德林顿、布拉查卡、克雷默那天下午用不同方法到了576B公寓，开始善后。他们把尸体的衣服扒光，取出所有智元，削掉指尖皮肤，所以当雷因特把出租车开到圣詹姆斯的时候，尸体已经可以被装箱带走。"

"他们进去发现是谁的尸体时，一定吓了一大跳。"

"据说德林顿和克雷默当场就想走人，布拉查卡说服他们留下来完成工作。"

"好。"席德叫他的e-i把576B公寓的每个档案都调出来。屋主的信息出现在他的瞳孔智元网格里。他看着盖在厄尼·雷因特身上的影像，抿起嘴唇。"塔鲁拉·帕克。你应该已经搜集好档案了吧？"

"没错。二十五岁，父母十一年前离婚，父亲在萨福克拥有一家软件公司，母亲有家跨网公司，提供烟熏食物。她在巴斯大学读的书，脑子不错，进了诺森伯兰星际公司的毕业生培养计划，目前在纽卡斯尔的南欧分公司担任有机油需求与配送分析师。她跟一个叫作波瑞斯·雅顿森的人订了婚，对方是银行家。很标准的生活模式。"

"分析师？除了分析师，他们还雇了其他岗位员工吗？"

"我怀疑没有。我从来没碰到过。"拉尔夫说。

"还有什么吗?"

"有很多小细节,但大致上就是这样。"

"没看到外星怪物?"

"没有。"拉尔夫承认。

"好吧,那我们开始。"

席德带领办案小组前往576B公寓,除了伊娃和拉尔夫,还带了四名外聘巡警,以及一整组鉴证人员。阿布纳带领逮捕小组去追缉毛拉·德林顿,洛雷勒和阿里去追默里·布拉查卡,伊恩则被派去把塔鲁拉·帕克带回警局。

"你欠我一次。"席德看着第三办公室屏幕墙上的女子喃喃地说道。

神情痴傻的伊恩缓缓点头,视线没有从画面移开半分。

从圣詹姆斯镇楼东面的扭曲高塔的货用电梯走出了好多人。大楼的警卫、警察、蒂莉的人带着五辆设备推车哐啷哐啷地跟在后面。好奇的住户躲得远远的,席德在576B公寓外的走廊穿上一次性白色无尘装,伊娃、拉尔夫、鉴证人员也是同样装扮。他知道来这里简直是浪费时间,毕竟凶杀案已经是三个月前的事了,但是按程序办事最大,所以他没有抱怨,即使周围的每个人脸上都有一样的不耐烦表情。等大家都着装完毕,圣詹姆斯安全经理便命令门锁打开。

蒂莉命令一堆从推车爬出来的八脚电子昆虫进入公寓。屋子有两间卧室,一间浴室,一小间厨房,还有面对立兹公园的双层客厅。所有布料上都有花纹,梳妆台和主桌上有刚剪下来的鲜花。几条地毯铺在光滑的木头地板上。席德觉得这间屋子是标准的都会单身女性风格。

电子昆虫往前爬,长长的胡须天线拖在地上,以便智慧微监测器的罩网能够从碰触到的所有东西上采样进行分析。其中两只绕过客厅后方,爬上通往上层的光华灰色地砖。一只比较圆胖的电子昆虫爬到他们这里,细致地将喷雾洒在地上。蒂莉命令公寓的网络把灯光调低,关上窗帘。她用紫外线手电筒朝地面一照,一大团污渍在木头上亮起紫白色的光。

"血。而且有很多血，厄尼没说谎。"她开心地宣布。

因为确认凶杀案现场而开心实在是不合宜的行为，但席德低下头，在终于看到荧光药物的光芒瞬间，感觉极为满足。今天这一步，他走得多辛苦，冒了多大的险。"好了，封闭房间。我要你们彻底检验，所有测试都要运行一遍，我要拿到完整的鉴证报告。"

蒂莉的人从推车搬进来更多设备，架起超倍数传感器的三脚架。电子昆虫开始探测客厅四角，更多小零件被放入其他房间。

席德开始亲自检查公寓。主卧房的床上有一条很时髦的棉被，铺得平整的床面上堆了很多依照大小排放的软枕。他看得直摇头，眼神转开——这几年来不知道为了枕头和窗帘跟雅辛塔吵了多少次。梳妆台上也是整整齐齐，不同的盒子和箱子里装着化妆品的瓶瓶罐罐。他拉开窗户，"伊娃，请帮我翻这里。"

她走过来，低头看他打开的抽屉，里面满是胸罩，"怎么啦，老大？突然害羞啊？"

"够了。身为警察我很愿意牺牲，但不包括翻女人的内衣，如果你在抽屉里找到一把五爪刃的话，别忘了通知我一声。"

伊娃隔着无尘装的头罩朝他微笑："行，老大。"

席德走入浴室。果不其然，药品柜也理得整整齐齐，包括三个药袋，其中一个是胃药，席德微微同情地一笑。"可怜的波瑞斯。"他低声说。

"两支牙刷。"拉尔夫说，从他肩膀后面探出头看。

"没错。"席德转向一名鉴证人员，"请把牙刷装起来，我要进行DNA指认，确定在这里过夜的是未婚夫波瑞斯。"

"你在想什么？"拉尔夫问。

"光是看塔鲁拉的档案，我就可以告诉你我们在这里会找到的一切。年轻，单身，在有机油产业里工作的专业人士——这种人在这里多得不计其数，每个都一样。"

"所以呢？"

"所以我们那位假亚历安为什么直接来这里？塔鲁拉·帕克有什么特别？这就是我们必须追查的地方。为什么是她？"

"你只要问就行了。"

"没错，我绝对会问。"

席德十一点的时候回到市场街警局。逮捕小组都很成功——就某种程度而言。默里·布拉查克让两名外聘警员因为轻伤住进医院，给了阿里·诺思一个渐渐肿大的黑眼圈，最后拿电击器制伏他的是洛雷勒。

席德跟每个回到第三办公室的人一样，看了看阿里的脸，先是同情，再来就露出笑脸。"你还好吗？"

"那混蛋趁我没注意时偷袭我，老大。"

"当然，当然。冰袋继续敷啊。"

毛拉·德林顿也在拘留室里。塔鲁拉·帕克也是。

"伊恩在里面，跟她在一起。"阿布纳刻意地说，"说是在办手续。"

"他一定只是在执行勤务。"

"他一定执行得非常仔细，进去好久了。"

席德拒绝继续讨论，告诉自己一点也不嫉妒。

"波瑞斯·雅顿森在楼下，跟他的律师在一起。他们对服务台的警察口气很差。"黛德拉·福伊斯特说。

"是吗？"席德沉吟，"真是辛苦了。"

"我们不能犯下任何拘留审讯上的程序错误。"奥尔德雷德·诺思说，"尤其是现在。"

"同意。"席德不情愿地表示，"我亲自去带他们上来。"

波瑞斯·雅顿森也是一个席德不用见人，就能完美描述其特征的家伙。身材高大，三十一岁的金发已经开始稀疏，有点超重，但还没过胖——感谢大学时打橄榄球的经历。浅色皮肤上面有不少雀斑，很努力地做保湿以阻挡在企业中打滚多年留下的痕迹。高级灰色布料定制西装有之字形的鲨鱼纹，高级定制衬衫是时下最流行的高领，搭配价值三百欧法元的紫色与金色韩国丝绸领带。最后配上一双手工缝制皮鞋，这人全身行头大概比席德开的丰田大永的四个轮胎加起来还贵。

陪同他的律师，尚蒂伊·桑德斯-沃森看起来像他的姐姐。比较聪明的姐姐。席德纠正自己，看着她的专业身份符号出现在他的网格上。她是拉蒂根、埃兰德斯与辛格事务所的合伙人，市场街警局每次处理身份高贵的涉案人时，都不少跟这家律师事务所打交道——仿佛只要雇得起他们，就像给自己买了出狱符。

"为什么我的未婚妻被逮捕了？"波瑞斯质问。

"我们没有逮捕她。"席德用跟波瑞斯一样的口气回答。

银行家惊讶地眨眨眼，然后朝尚蒂伊·桑德斯-沃森投去一个求救的眼神。

"赫斯特警探，请告诉我帕克小姐的状况。"律师平静地问。

"我们暂时拘留她协助调查。她是自愿同意，同时亦有权在我们审讯时雇用律师。"

"她当然会想要该死的律师！"波瑞斯怒气冲冲地叫喊。

"什么样的调查？"尚蒂伊·桑德斯-沃森问。

席德比了比警局接待室：几名看起来饱受压力、神色憔悴的亲友正挤在办公桌周围，三名被外聘警察押解的嫌疑犯则等着警局签收。

"也许两位想到楼上的保密办公室里再谈？"

"谢谢。"尚蒂伊·桑德斯-沃森说。

值班警员给两名访客各一枚进入大楼的临时智慧粉尘标签，一群人走进等待中的电梯。"目前我们并不认为帕克小姐做出了任何犯罪行为，但她的公寓被用来作为犯罪场所。"席德解释。

"你在说什么？我昨天晚上才去过那里。你们这帮混蛋冲入她的办公室，把她像个犯人一样拖了出去。你们知道这对她的名声是多严重的影响吗？"

"你的意思是达西先生[1]会取消对她的晚餐邀约吗？"席德无辜地问。

"你给我听好——"

尚蒂伊·桑德斯-沃森警告地按上波瑞斯的肩膀，"什么样的犯罪行为？"

---

[1] 费茨威廉·达西（Fitzwilliam Darcy），英国小说家简·奥斯丁小说《傲慢与偏见》的男主角。

"凶杀案。"

"胡扯！塔鲁拉没有杀死任何人！你们居然暗示她参与，真是恶心。我要用诽谤罪告死你们这帮人。"

席德不再跟波瑞斯·雅顿森说话。"我刚从她在圣詹姆斯的公寓回来。鉴证组估计大概有两升的血液在地板上，而且他们确认过，是人血。"他告诉律师。

"明白。这样的话，帕克小姐接受审讯的所有时间绝对需要法律代表在场。同时我要求取得逮捕警官的记录，确保在她羁押禁见期间没有受到不当胁迫。"

"我会把记录签署好，准备交给你。"席德答应，疯狂地希望伊恩没有一路上盯着别人的胸部不放。也许把这个任务交给他是一件不明智的事。

塔鲁拉·帕克被分派到四号审讯室。席德到的时候，拉尔夫和伊娃都站在外面，房间里只有伊恩和奥尔德雷德跟她在一起。塔鲁拉本人跟她的身份档案照片一样诱人：高挑得可以加入大学排球队，有一张圆脸，一头浓密的及肩红发，宽嘴唇搭配色泽完美的酒红色唇膏强调唇形的性感，深棕色的眼眸充满担心。席德猜想她在审讯室里流的汗绝对是纯然的费洛蒙，否则伊恩这样的专业警探怎么会坐在桌角边，露出大大的安抚笑容，忙着跟她聊天。至少奥尔德雷德还有点自制，独自静坐在审讯桌后面，礼貌地保持静默。

尚蒂伊·桑德斯-沃森饶富兴味地将这一幕收揽眼底。塔鲁拉一看到波瑞斯便立刻站起身，两人拥抱。

伊恩伸手制止波瑞斯，"这位先生，够了。"

"你这白痴，这是我的未婚妻。亲爱的，你还好吗？"

"我没事。"塔鲁拉以沙哑的性感嗓音说道，"真的。"

"先生，我们是出于体谅允许你进来。你既然已经看到你的未婚妻一切安然无恙，就请你到接待室等待，直到我们的审讯完成。"

"我要和塔鲁拉一起！"波瑞斯坚持。

"没关系，交给我。"尚蒂伊·桑德斯-沃森说。

席德招进伊娃，让她把满脸愤怒的波瑞斯送出审讯室。

"我想知道你为什么跟我的当事人一起在审讯室里？"律师问奥尔德雷德。

"我是这个案件中的家族代表，具有律师身份。我会把登记证照传给你。"奥尔德雷德回答。

"麻烦你了。"她直盯着伊恩，"警探，你正在运用一种新的审讯技巧吗？"

"什么？"

"GE罪犯逮捕法2131条明确指出，进行拘留问询时，不得出现任何胁迫性的行为。你整个人都在压迫我的当事人，这种行为相当具有胁迫性。"

伊恩翻翻白眼，站起来。

尚蒂伊·桑德斯-沃森在塔鲁拉身边坐下，朝她安抚地微笑，"警察现在要出去了。你跟我要谈一谈，之后如果你愿意跟他们说话，我会允许。"

席德跟其他人走出审讯室。"那个贱人是谁？"伊恩问。

"一个我们不可以用贱人称呼的人。我需要你准备今天早上的官方拘留记录。律师想要看。"

"视觉的也要？"伊恩担心地问。

"对。我知道警局的数据库出了些问题。你检查一下，别让太多问题出现。"

"了解，老大。"

"我不敢相信我们得这么做。"奥尔德雷德抱怨。

"我们不会这么做。"拉尔夫意有所指地说。

"还没到这一步。"席德说。空壳一般的厄尼在七号审讯室里等待的画面，依然如阴影般盘踞在他的心头。

"只要有任何迹象显示她涉案，她就要跟我走。"拉尔夫警告。

"我明白，但我想尽量从她身上先挖掘线索。她没有厄尼那样强悍。"

"但那个律师有。"奥尔德雷德说。

"如果她惹恼我，我照样会把她移除。到那时候，所有的审讯就都要按照HDA授权程序进行。"拉尔夫说完，传了一个符号给席德，"授权完成，只要我的身份证明就可以启动。"

他们又等了十分钟，尚蒂伊·桑德斯-沃森才终于走出来说："我的当事人同意跟你们谈谈，好澄清任何关于她参与此案的误会。"

席德带头，伊恩坐在他身边的椅子上。他很高兴不用坐在冷冰冰的尚蒂伊对面。

"我需要请问你，今年1月11日星期五，你在哪里？"席德开口。

塔鲁拉向前倾身，急于回答："我甚至不需要去查记录。我们在阿姆斯特丹，雷布兰特广场旁边的小旅馆，那是一个长周末。"

"我们？"

"波瑞斯和我。他在庆祝。他的银行参与了新融能站的债券发行。"

"你们去了多久？"

"那个周四到下个周一。"

"我需要所有细节。"

"当然。"

"我也想访问雅顿森先生。"其实他不想。席德凭直觉就知道他们两人根本与凶杀案无关。他们太担心，太不解，同时很不满他为何要如此折磨他们。

"我去问他。"尚蒂伊·桑德斯-沃森说，"这对我的两名当事人都好。"

"你们有人遇到过亚历安·诺思二代吗？"伊恩问。

"没有。从来没有。为什么这么问？"

"抱歉，不能说。你们认识别的诺思二代吗？"席德说。

"当然，我替他们工作，定期会见到他们。"

"这样啊。"这是个很有意思的答案，他怀疑是尚蒂伊教的。"亚历安有理由去你们的公寓吗？"

"没有。我跟你说了。我不认得他。他是抢车案里的死者？"

席德的e-i从厄尼的HDA审讯记录抓出一段。"显然被派去处理善后的人知道你们家的密码。他们可以说是如入无人之境，没有警报，没有人质问。你把密码给过谁？"

"只有波瑞斯。"

"前任男友？家人？朋友？"

"没有。真的只有我们两个。"

"维修人员？也许是去年来修冰箱的人？"

"没有，那是大楼管理处的工作。如果出了问题，我必须授权他们进入，保安会陪他们到公寓，这都是租约规定的一部分，所以公寓里才没有罩网，换来的是隐私。进来不容易，但一旦进来了，就是完全安全。我喜欢这点，我也是因为这样才选择圣詹姆斯。"

"圣詹姆斯安全组里的任何人都可以进你的公寓？"尚蒂伊·桑德斯-沃森问。

"没错，如果有紧急事件的话。"

"谢谢。"律师略带胜利意味地瞥了席德一眼，"清洁工呢，圣詹姆斯也提供这样的人吗？"

"有，我雇他们一个星期来两次。他们只有在我工作时才会过来。"

"所以你不在的时候，其实有很多人可以来来去去？"律师说。

"也许吧，我从来没想过这一点。大楼管理处保证他们的员工都通过犯罪记录审核，他们不会聘用任何有守法问题的人。"

"谢谢你。"席德坚决地对律师说，"清洁人员哪几天会去？"

"周一跟周四。"

"你跟城里的哪个罪犯交过朋友吗？"

"你不需要回答这个问题！"尚蒂伊·桑德斯-沃森说。

塔鲁拉有点尴尬地微笑，"我认识很多金融界的人。"

"大家都一样。"席德附和，"别的呢？"

"没有，没有帮派分子那类的人。"

"好。塔鲁拉，你浴室里的药，提供者知道你住在哪里吗？"

塔鲁拉满脸通红。

"警探，我已经听到你脚下薄冰发出的吱嘎声了。"尚蒂伊·桑德斯-

沃森警告。

"我们需要知道。"席德认真地说，"有人在你的公寓里被杀了。我们要知道他们为什么挑圣詹姆斯动手。"

"我不知道。"塔鲁拉坚持说，"我们是在夜店里买的药，我没有见过卖药的人。我什么都跟你说了，这一切对我来说根本是噩梦。"

"我知道。接下来的问题，你要回想起来也许有点困难，但你在1月的时候，有没有注意到什么不寻常的事？有人跟踪你？一直碰到同样的人？"

"没有。"她摇头，看起来一脸悲惨，"没有这样的事。"

"那个周末从阿姆斯特丹回来以后，公寓没有哪里怪怪的？"

"没有。"

"有没有前任情人在威胁你？"

"没有。"

"工作呢？你处理敏感的商业机密吗？"

"算不上。我做的只有资料搜集及解读，结论都会配合AI做出来，也许对某些人来说，这些数据是有价值的。"

"所以你帮助决定公司的未来政策？"

"我想你高估我的职位了。我们部门一个星期会提出上百件市场评估建议。"

"有没有人联络过你，想要知道你的结论，或对你的结果有兴趣，想要用钱买？"

"没有，我甚至不跟波瑞斯谈工作的事。"

"你有1月的视觉记录吗？"伊恩问。

"没有。我一个星期后就删了。大家都说应该要这样。"

"跟你说一件事，提供给你日后参考，这种说法纯粹是没有根据的传言。如果人人都保留视觉记录，所有人将会安全很多。"他可以看到尚蒂伊·桑德斯-沃森轻蔑地挑起一边眉毛，但没有出声反驳这句话。

"你跟谁说过，你这个长周末不在家？"

塔鲁拉冥思苦想，双颊都鼓了起来，"我不确定。也许办公室的某些人吧。我要放假得先得到主管的同意，所以主管一定知道。"

"谢谢你的合作。我必须请你在我的组员确认你的说辞之前先留在这里，而且你的公寓恐怕已经正式被归类为犯罪现场。鉴证组应该明天就能完成工作，在这段时间，我可以为你提供市里的旅馆房间。"

"不了，谢谢，我想去跟波瑞斯住。"

"没有涉案。"席德对第三办公室宣布。他瞄了一眼巨大的屏幕墙，上面是塔鲁拉的照片，画面中她穿着一件漂亮的蓝色洋装，灿烂地微笑，阳光在她的头发上闪闪发光，像是洗发精广告。他告诉里安娜："把那个弄掉。万一我居然看错这个人，我还是要你去查证塔鲁拉那个周末在阿姆斯特丹的所有档案。我希望今天下午就能让她离开这里。"免得又有别人因为她不务正业。

"伊恩，你跟我来。我们接下来要审讯波瑞斯。"

塔鲁拉·帕克那天下午四点十五分被释放，法庭发了一张旅行限制文件，将她未来两个星期的移动范围限制在纽卡斯尔里。

根据小组的调查，她有完美的不在场证明。她和波瑞斯整段时间都在阿姆斯特丹。阿姆斯特丹警察甚至找到一些影像记录证明两个人在一起，让她的不在场证明更牢固。

"为什么要挑她的公寓？"那天晚上，席德和伊娃聚在伊恩的公寓里，他问道。

"跟她共事的人知道这里一定没人。她的休假申请记录在诺森伯兰星际企业的人资网络里，想找一个诱饵的人很容易就可以查出来，我想她被选中的原因只是声东击西而已。"

"她没有直接回答她是否认识任何诺思二代。她没有否认，给的答案刻意模棱两可。"

"哎，你也知道这是谁的错。"伊恩打开一罐啤酒，递给席德。

"对，我知道她可以有代表律师，但居然会是拉蒂根、埃兰德斯与辛格事务所的人出面？我没料到这点。"

"我们也知道这是谁的错。混蛋波瑞斯。"

席德举起酒瓶对这句话致敬。"说得没错。"

“她怎么会跟那种人在一起？”伊恩说，“她真的很美，我从来没见过这么美的小妞。”

伊娃跟席德交换了一个会意的眼神。

“他们有一样的背景，他又有钱。这种事情很常见。算了吧，我们从她身上能挖的都挖出来了。”

“如果能找到凶手的真名就好了。”伊恩喃喃自语。

“你没抓到重点。”伊娃说，“律师和他的未婚妻的确很麻烦，但你看看我们的成就——我们找到了凶杀地点。如果我们的案情有突破，那一定是因为鉴证结果。”

“哎，你们也知道，我真的很以你们为荣，整个小组的人都是。我们手上的案件绝对可恶至极，但没有一个人退缩，我没想到我们能撑过第一周，而现在我们找到了凶杀案现场和处理后续的人。”

“可是我们也没办法再进一步。我是说认真的，老兄。这是企业内斗，我们没办法破这种案子的，唯一的希望是拉尔夫能从厄尼口里榨出一个名字，只有天知道他们对那可怜的家伙做了什么，但如果他知道，他一定早说了。他就是被断尾的那一个。”

“我认为我们还可以进一步调查。”席德告诉他们。今天早上的发现让他一整天都信心高涨。现在是分享他的发现的时候了，他迫不及待。

“她不可能真的爱他，不可能嘛。他根本配不上她。她一定知道这点。她有太多选择。”伊恩说。

“对啦对啦。”伊娃语气讽刺地说，“老大，也许我们应该考虑一下，或许她不是被随机选中的。如果这个企业内斗跟她的工作有关呢？”

“我认为有机油配送分析没那么重要。”

“她的工作内容是需求和配送分析。有机油卡特尔联盟组成不就是为了打破这点？”

席德很努力地想要回忆起当时的情况。他记得卡特尔登上跨网新闻时，他还是个学生。“我以为是制造商要把风险投资商从市场里踢出去。”

“如果这跟企业有关，那关键一定是有机油。”

“有可能。”

"他会毁了她。"伊恩说。他一直坐在餐厅的早餐吧台前，表情阴郁地盯着自己的双脚。"这么好的女孩，不能被那种人毁掉。怎么可以把这样的女孩子变成那种千篇一律的高层主管妻子？她怎么能过那种日子？"

"伊恩，她不会成为只是让他在高尔夫俱乐部里拿来炫耀的战利品老婆，行吗？你也说了，这个女孩子的脑筋很清楚，不要担心她的事了。"

"可是如果她就是想不通怎么办？我敢打赌那个混蛋一定很会迷惑女人。只要看他一眼就知道那家伙是老手。你知道他们都是靠信用额度过活的吧？他们没有真的钱，不管是第一还是第二账户，他们赖以为生的工具就是没有办法实现的承诺。"

"她知道男人会说谎。"伊娃的口气预告她的幽默感快要用完，"相信我，我们都知道。"

"他根本不适合她。"

"伊恩！晚点再说这个好吗？我有新消息。"

伊娃和伊恩两人看着席德的表情，好像听到他在教堂里骂脏话一样。

"雅辛塔？"伊娃问。

"不是啦！两个小孩就够多了。我是说案子，我们的案子。今天早上因为蒂莉需要我弄个文件，所以我回去看了厄尼修车厂的影像。我去看了你的视觉记录，伊娃。"

"我的？"

"对。你进了修车厂里的工作间。"

"只有一会儿，我们进去等雷因特。"

"没错，但是后面停了一辆克维诗法塔。我看过那个车身的颜色，还有上面的彩色闪光投影条纹。那辆车本身已经够炫了，再加上那种条纹，简直让人过目难忘。那天晚上我们搞砸交易监视时，博兹在临门区开的就是那辆车。"

"妈的。"伊恩低声骂了一句。

"雪曼跟雷因特有关系，而且关系不浅，才能让厄尼把车借给博兹那种人。雷因特跟食物链上这么高等级的两个人有联络的概率有多大？"席德说。

"你认为雪曼是雷因特的接头?"伊娃问。

"我认为概率很大。厄尼也许不像企业以为的那样是多安全的断尾点。"

"我们该怎么办?"伊娃问。

"不要通过奥尔德雷德查这件事。诺思家族有不少事没跟我们说,至少有一部分人是这样。我想去审讯厄尼,问他跟其他帮派活动的关联。既然我们知道两者之间有关系,就要用合法的手段把这层关系挖出来,免得反而被拖下水。"

"好主意,老大。"伊恩说。

"没错,我也投票赞成。"伊娃说。

"谢了,另一件事是我可能会请拉尔夫私底下帮个忙。"

"为什么?"

"如果没有办法从厄尼那里打开跟雪曼的关系,我们就得另外找可以喂给 HDA 的东西。拉尔夫知道该怎么谈这种事。我可以让你们两个不要介入,他没必要知道我们之前在做什么。"

"这是你的决定,老大。其实我很惊讶 HDA 居然还在参与,他们一定知道根本没有什么外星怪物。"伊娃说。

"没错,由你决定。可是如果你想告诉他,你背后有我,没问题。"伊恩说。

"谢了,但一直推动整件事的人是我,风险和问题都应该由我来扛。"

"好吧。"

三人举杯。

"我想跟你谈一谈。"伊恩趁伊娃离开时,低声对席德说。

"没问题。"席德等了片刻,看着伊恩的脸上不断出现各式奇特的表情。

终于,伊恩开口:"我想要再见她。"

"谁?"席德反射性地问了一句之后,立刻意会过来,"不是吧,你该不会在说塔鲁拉?"

"对。"

"我的老天啊，这个，伊恩，你听我说……"

"你不了解。她太不可思议了。她是个完美的女人。"

"好了，首先，她是个订了婚的完美女人。"

"问题就在他身上。"

"伊恩，听我说。你不能去搅和这种事，特别是用你平常的方法。"

"我不知道你在说什么。"

"你清楚得很。说实话，你希望我说什么，祝福你？我不是神父。你也知道你不能去追她。"

"为什么？为什么不行？我们又没有事事照规矩来。"

席德威胁地看着他，"我们的目标是搜集调查需要的线索，以得到案情结果。不是破坏证据和目击证人可信度。"

"我不会做这种事。"

"最好是，伊恩，拜托！外面有成千上万的女人。"

"都跟她不一样。她简直是降世的女神，岩浆都会为她熔化；不只这样，她还很聪明，又很幽默。我从来没有见过她这样的人。我可以的。为了她，我可以的。"

"她是你这辈子接手的最大案件的可能证人。"

伊恩揪着他用造型产品打理得滑顺的头发，"我怎么会不知道。可是……老大，你自己说，你见过那样的尤物吗？"

"妈的。好，你给我听清楚了，不管你做什么、怎么样出手，一定要等案件结束以后才可以行动。听懂了吗？我不能让我们的记录在法庭上有被推翻的一丝可能。"

"我绝对不会做这种事。"

"那就好。"

"不过就是她，对不对？她好美。"

"没想到我居然要跟你说这个，但没错，她的确很美。可是你记住，她可以有许多选择，而她现在的选择是波瑞斯。我的良心建议是，你要动她，就是自找麻烦。"

"唉，我知道。谢了。"

"我很抱歉，人生有时候很混账。你可以吗？"

"没事的。"

2143 年 3 月 22 日，星期五

让席德觉得最不舒坦的，就是厄尼·雷因特没有半点反抗。他们回到了七号审讯室，雷因特穿着标准的浅灰色囚犯罩袍，用魔术贴系住。席德在同一张桌子前坐过一年又一年，受过无数次的反抗、辱骂、威胁、吐口水后，现在的情况几乎让他觉得自己才是被审讯的人。

拉尔夫·史蒂文斯没有反对他们进行审讯，但是他很好奇，"相信我，他知道的所有有用情报都已经说了。"

"没错，但是我读了你们的笔录。所有问题都是针对弃尸行动和齐克·可松。"笔录很长，情报很多，但时间跨度只有三个小时，看起来比较像是再次确认先前的认罪说辞，都是非常正式的问与答，让席德不禁揣测雷因特待在HDA的一周里，其他时间发生了什么事，越想下去越让他心神不宁。

"当然，这是关键。"拉尔夫说。

"我想要尝试不同的切入点。"

"他现在是你们的了。我们不会收回他。你要问什么尽管问，但我要在观察室里。"

雷因特拒绝使用律师，宣称他不想要。席德很赞成这点，HDA笔录里的内容已经足够把他转移到米尼萨的极地区了——假设法庭接受笔录的可靠度。在席德的眼中，纽卡斯尔的大多数法官都太过开明。

"我想知道把你派到圣詹姆斯的无名朋友是谁?"席德从这里开始问,"你从他那里得到的指示一直都来自同一个通信地址码,对不对?"

"是的,警官先生。"雷因特很有礼貌、很恭敬地回答,"我就是用地址码来判断通话的真伪。"

"他们的电子手法很不错,非常基本,但是很不错。三个AI都尝试想要追踪通话的出处,但每次通话皆经过随机散播路径,在纽卡斯尔的五十七个公用通信巢都有登记,你的朋友显然很熟悉跨网安全措施。"

"对不起,警官先生,我想帮你抓到他,真的。"

"谢谢你,厄尼。所以你从来没有可以直接联络他的方法?"

"没有,警官先生。"

"如果发生问题,你没办法完成任务那怎么办?"

厄尼一脸迷惘,"我什么任务都可以完成。"

"他有没有说过,如果你不能完成任务,会发生什么事?"

"没有,警官先生。我自己知道不能犯错。老齐克把地址码给我的时候说得很清楚,他说如果有人用这个地址码联络我,那我就不能反悔。我接受这点,警官先生,我知道该怎么做。"

"所以你从来没有试过拨打那个地址码?"

"没有,警官先生。这么做没有用。齐克说除非有人联络我,否则这个地址码不会上网。"

"齐克说过另一端的人是男是女吗?"

"没有,警官先生。我很努力想要回想这种细节,我真的很努力想要为了那些人回想起来,但我真的没办法。"他开始发抖,薄薄一层汗珠猛然出现在他的额上,"请不要把我送回那里,警官先生,不要送回给他们。我想要帮忙,真的真的,我会为了你非常努力,警官先生。"

席德跟伊恩尴尬地互看一眼。"我知道你很努力了,厄尼。"席德安抚他,"那我们换一个方向来问。你能不能告诉我,你之前为这个无法被追踪的地址码做过什么事?总共有几件?"

"就四件,警官先生。"

"好,告诉我前面三件。"

那三件事看起来都没有太奇特的地方。前两件在第一年里发生，是针对特定对象的抢劫案。厄尼收到对象的容貌影像，被告知他们住在哪家旅馆，还有要从他们那里拿到什么。两次联络都是私人跨网手机。第一次厄尼要把手机放在一家可可多连锁店的厕所里，第二次是放在纽卡斯尔车站的男厕所。第三次是去年，完全不一样的难度。他安排了一组人入侵大马多与利维法律事务所，该事务所专门处理企业税务。他们必须在不引发警报的情况下进入办公室，将其中一个网络核心点用同样厂牌型号的核心点调包，后者是厄尼从灰街皇家剧院对面的橄榄枝酒吧里的一名侍者手中取得。厄尼认为那个人脸上戴了伪装面具，因为五官看起来太僵硬。在调包之后，整组人马必须在丝毫未触发警报的情况下撤离。他们完成了任务，厄尼很满意。在证明自己的能力之后，他认为自己会接到更多工作。然后他就收到了圣詹姆斯的弃尸工作。

席德和伊恩走入拉尔夫所在的观察室。洛雷勒·伯德特也一起进来。

"抢劫被害人很好找。维拉迪玛·欧威还有葛斯·麦立。"

"他们在哪里工作？"席德问。

"欧威的雇主是隆梭普AI公司，他是软件专家。"

"能不能去查隆梭普当时有哪些合约？"

洛雷勒朝他露出得意的笑容，"没有搜查令要查并不容易，但那家公司几乎只为有机油产业服务。他们的AI专精于油管流量动态管理。"

"麦立呢？"

"米特拉工程公司。"

"啊。"就连席德都听过这家公司，这是一个很庞大的德国重工业集团，建造有机油提炼厂，"我们有没有办法找出大马多与利维的客户是谁？"

"同样需要搜查令。但是在这里，任何想赚点钱的律师事务所都得在客户名单列上有机油公司。"

"谢了，洛雷勒。"

"所以？"她离开后，拉尔夫问。

"所以，这些案件都跟有机油产业有关。雷因特的接头跟企业有关。"

席德说。

"这也是我们很积极考虑的方向,但我们尚未完全放弃你们的调查——因为探勘队有人被五爪刃杀害了。"

"你确定吗,是一样的?"伊恩说。

"非常确定。昆比斯是异种生物专家,她在巫岗,那是埃尔斯顿的营地。"

席德不知道该如何回答。他原本已经非常确定自己搞懂这个案子了。"不可能有外星人。怎么可能。这一定是诺思家族的内斗。"

拉尔夫耸耸肩,"抱歉,但我们还不确定这点。你接下来想去哪里?"

"鉴证组。犯罪现场只剩下这点要查。"

"会有结果吗?"拉尔夫问。

轮到席德耸耸肩,"到时候就知道了。"

那天晚上六点半,拉尔夫·史蒂文斯离开市场街警局,朝灰街走去。席德站在街角,正喝着纸杯里的波斯纳茶。他对拉尔夫说:"今天晚上天气不错。我跟你一起散散步。"

拉尔夫脸上闪过一丝诧异,"好。"

两人横越剧院外面的灰街,朝纪念碑的方向走。拉尔夫停在中央购物中心的大石拱门外,购物中心的玻璃屋顶走廊两旁是高级的小商店,上层则是精品旅店,维持两个世纪前建筑师的原始构想。

"你知道这是我住的地方?"拉尔夫说。

"知道。我从来没进去过,里面怎么样?"

"很不错,要不要上来看看?"

"太好了,谢啦。"

拉尔夫的房间以奢华的褐色、金色、红色系装点,有一张大床,还有一个小的全像工作区。窗户让人可以一眼望到葛雷纪念碑,席德看了一会儿行人后,窗帘猛然拉上。

"我不常邀奇怪的男人回我房间。"拉尔夫说。

"这家旅馆的房间里没有罩网。"席德告诉他。

“你担心读唇软件？”

“法庭接受读唇软件当证物。”

“我有兴趣了。”

“你想要破案，无论结果是外星人还是企业。”

“HDA的重点完全放在证实或推翻外星人理论，这是最优先的顺序，其后才是法庭证据和警察记录程序。”

“那就行了。我们可能有一个线索，没有存在警察记录上。”

“什么？”拉尔夫质问，“席德，别在这种事情上搞我们。那是你绝对不想踏入的境地。”

“我从某个帮派那里得到暗示，有大事要发生，我不知道是什么事，但比杀死诺思族人还严重的事情可不多。”

“是帮派行动组传出来的吗？”

“不是。是私人非警方来源，所以才不存在于任何记录上。记得乔威·卡凡的事吗？”

席德捺着性子等了一会儿，最后拉尔夫的表情暴露出他的想法。“嗯，也行。所以你要我做什么？”

“我可以自己继续追查线索，但我需要帮忙。”

“没问题，哪种忙？”

“监视器。你能弄到最好的那种。不能有记录，所以如果出了翻天的大事，你不会被牵扯进来。我要一个可以追踪三四个人的系统，不能被他们察觉、撕裂、破坏的那种，直到我们破墙而入的那一瞬间，他们什么都不能知道。”

“你确定要这样做？”

“我靠这样的方法也走到这一步了。”

“行，我来想办法。”

2143 年 3 月 23 日，星期六

两天来，第一次下了整夜雨。安杰拉的靴子踩在令她安心的熟悉的稀泥里，发出啪哒的声音。她正走向长长的一排350DL货板，里面全是营地的物资。抵着巫岗的丛林在极光的波动下奇异地闪烁，几十亿滴雨点将柠檬黄与樱桃红的光点折射成无数的薄雾，头顶上散发着红宝石色泽的病态恒星被北方涌入的乌云遮蔽，强劲的风不断吹着乌云。她不习惯有这么多背景噪声的圣天秤星，除了风声之外，还听得到远处山区里轰隆隆的雷声，响亮的暴烈声不断地提醒着她，她与跨星际星球的唯一联系，就是脆弱的e射线机。营地的网络中，有一个所有人不断在读取的档案更提醒了这点，仿佛光靠读取就可以减弱闪电的攻击。在蚀影山脉上空英勇地盘旋两个月的这架e射线机受到了最多的闪电攻击，不断地承受冲击，远远超过原始设计时预算的程度，零件一个接着一个地不断爆炸。AAV小队一直在用备用程序和软件更新弥补损失的零件，直到昨天下午，唯一剩下、还在驱动螺旋桨的马达被直接击中后，燃烧殆尽。少了螺旋桨提供的稳定能力，e射线开始在被飓风加速的对流层气流中起伏摇晃，过大的动作令它直直俯冲，饱受摧残的抗压结构开始扭曲，断裂的支架刺穿了氦气气泡，往下方凶猛的山峰坠落。坠落的过程被航空摄影机坚定地以高倍率画质不断地广播回传，直到它撞击上裸石的那一刻。

这架e射线机在通信传递链中留下的缺口显而易见。在蚀影山脉两侧的两架e射线机尚可锁定对方、维持传输，代价就是极高的带宽需求，让所有人的孤立感更加强烈。

她一直告诉自己，这么想真的很蠢，毕竟他们离亚贝利亚的飞行时间不到八个小时。如果有飞机的话。

安杰拉来到货板前，让自己的e-i先发出询问。外包装里的箱子和包裹上的智慧粉尘卷标响应，内容物列表出现在她的网格上。从昆比斯被杀害的那天晚上起，她和福斯特·沃代尔就一直在清查巫岗补给品的状况。之前营地网络被攻击遭受的损伤程度比他们原本以为的还要严重，数千个档案删除或毁损，一般补给品也没有非常牢固的防护。

帕瑞西出现在一排排货架的尽头，带着亚提欧和乔希，三个人都穿着轻便护甲，灰色的碳纤随着他们的动作不断伸缩。他们的赫克勒卡宾枪以看似随意的方式被握在手中，短短的枪管上有好几个瞄准传感器。安杰拉露出微笑，挥手。

"嗨。"她对走近的几人说。她没有亲吻帕瑞西，毕竟所有人都在执勤，这样不公平，况且他的头盔也挡在两人中间。

"顺利吗?"他问。

安杰拉朝长长一排的货板挥手，"没想到我们有这么多物资。应该算运气好吧。"

"是啊。"帕瑞西啐了一口，"帕萨姆去死吧。"

真正让他们的孤立感达到巅峰的是他们听说了萨瓦的戴达勒斯在周五一大早，就把营地里的八十个人撤走了七十个。萨瓦的维修小队结束炸弹检验之后，飞机便把所有人直接载到亚贝利亚。

"战略性撤退。"帕萨姆是这么对埃尔斯顿说的。一架戴达勒斯飞机会回到萨瓦，从那里充足的燃料储藏库补充完成后，再把巫岗、法瑞斯、欧玛鲁的所有人撤离。当三个前进营地的人都回到萨瓦之后，他们会被两架戴达勒斯的最后撤离航班带回家。

"听他们胡说八道。"星期五那天，消息传遍用餐帐篷时，拉维·亨德里克大吼，"根本不可能有人在这种天气下飞越蚀影山脉，那简直是自杀。最后一班飞机回去时要是引擎只被闪电打坏一边就算走运了。但他们回来的路上被击中十八次。十八次！这可是亚贝利亚的一个驾驶员亲口告诉我的。"

安杰拉从那时起就一直跟自己说，她不在乎被留在这里，这只是暂时的，如果他们真的需要帮助，HDA绝对会命令一架戴达勒斯机飞来。"一旦我们知道这里还剩下什么存货，大家都会比较好过。这里的食物绝对够吃两个月，如果把合成凝胶算上的话。"安杰拉说。

"天哪，小姐，你吃过那种垃圾吗？"亚提欧做个鬼脸。

"没有。很难吃吗？"

"不管把什么口味的调理包混合在一起，吃起来依然像被人撒了泡尿的粗面粉。"

"感谢你提供的画面。"安杰拉告诉他，"有没有看到什么动静？"

"没有。它没有现身，但我们早晚会找到那混蛋。"帕瑞西拍拍卡宾枪，"等我们找到以后，它就有的瞧了。"

安杰拉很想告诉他这种想法有多幼稚，仰赖自己的重型武器有多愚蠢，但是她忍住了。她没打算扮演贱嘴人的角色，她的计划极为需要先锋军站在她这边。"你们自己小心点。"

有东西在货板那边发出响亮的咔嗒声。

先锋军也听到了。帕瑞西环顾四周。所有人都端起了卡宾枪。

咔嗒。咔嗒。

"什么鬼……"

有东西打中安杰拉的脸颊。"好痛！"她的手反射性地举起来，做出挥打蜜蜂的动作，但圣天秤星上没有昆虫。接着，有一颗东西闪过她的视线，立刻又从她的防护背心反弹。她完全关闭眼前的网格画面。

咔嗒声开始响个不停。安杰拉惊愕地看着白色的小圆团在她眼前从帕瑞西的护甲弹开。有东西打中她的手臂，然后又刺痛她的头。她知道那白色小圆团是什么，只是拒绝承认。圣天秤星上不可能有这种东西。可是他们周围的地面上已经散了几十粒，而且每一秒钟都有更多颗粒落下。仿佛为了强调这异常的现象，风开始刮得更起劲。

看得目不转睛的乔希弯下腰，拾起其中一个小圆团。"冰雹？"他不可置信地说。

安杰拉望向天空——真是笨得可以的举动——更多冰雹打上她毫无保护的脸。"狗娘养的。"天空越来越暗，灰色的面纱笼罩住极光光带，越靠天际线，颜色越暗。她弯下腰保护头脸的同时，也看到冰雹越来越大块。圣天秤星上什么都比较大。有一块打中她的颈背，足足有小石块大小。"好痛。"她的e-i回报一般性警告。安杰拉急忙在附近寻找掩蔽物。帐篷离她大概两百米，她突然不再确定这种天气下的帐篷能够提供多少保护。有一辆自动货板卡车正停在货物架的尽头。

"快点！"她大吼，开始朝卡车跑去。先锋军跟着她往前跑，护甲让他们的速度变得比较慢，冰雹打中他们的声音让他们听起来像是嘈杂的机器人。终于她跑到卡车边，往下一钻，把脚收起，不露在外面。帕瑞西和另外两人此时也跑到，跟她一起爬入卡车座下。落在外面的冰雹现在已经跟高尔夫球一样大，重重地落地、反弹，击碎原本已躺在泥巴地上的冰雹块，满布在她目光所及的地面上，微微散发着蒸汽。

"他妈的，怎么会有这种事发生？"乔希大吼，声音跟不断传来的巨大撞击声抗衡。

"天狼星偏红了。"安杰拉回吼，"意味着天气变凉，圣天秤星开始冷却了。"

"你骗我的吧？"

"我看起来像在开玩笑吗？"

帕瑞西贴在她身边，手臂搂着她的肩膀（好像他以为这样就会有用），担心地看了她一眼。"还会发生什么事？"

"我不知道。我又不是什么鬼气候学家。"愤怒是好事。愤怒不会让她害怕。

二十分钟后，冰雹随着云朵被吹向南方而停止。变化多端的极光再次照在地面上，覆盖整个地面的厚厚一层冰雹反射光芒。

安杰拉和先锋军从卡车下爬出，靴子踩在崎岖不平的冰面上，看着残破的营地。冰块已经开始融化，蒸汽绕着安杰拉的双腿攀升，人们从躲避上天肆虐的掩蔽物下渐渐探出头来。

"太扯了。"惊骇的帕瑞西看着四周受损的程度，喃喃自语。没有哪怕半顶帐篷还立着。唯一还保有完整框架的少数几顶，也只剩下几丝吸热布料挂在上面，在退去的风中疲弱地飘荡。冰雹把光滑的黑色布料像卫生纸那样撕裂。就连最大的用餐帐篷顶上都有一道道长长的裂口，柱子危险地倾斜。"不能继续这样下去。"帕瑞西大声地说，近乎惊慌失措，"我们一定得离开这里。管他的闪电，他们一定要派戴达勒斯来接我们。一定要。"

"会的。"安杰拉说，心知肚明这是个谎言，"别担心，他们会来接我们的。"

2143 年 3 月 25 日，星期一

席德进入第三办公室的时候，里面少了不少人。伊娃和阿布纳各自坐在桌前，沉浸在全像区里，除此之外没有别人。昨天晚上，所有城市警力和外聘巡警都被派去临门区的一个集合广场彻夜警戒，随时准备支持 GE 边境管理局军队。

高堡市的居民想要突破防线。圣天秤星那半边的暴动持续了好几个小时，军队最后只好使用水炮、热感应射线、捆绑网弹应付。终于，想要返回纽卡斯尔的人被控制住，但他们人还在，几千人沿着 A 号高速公路守在车里。晨间新闻里，他们威胁要关闭对地球的有机油供应，除非他们被获准返回。GE 能源委员正飞往纽卡斯尔与奥古斯丁·诺思会谈。市场正在崩盘。HDA 仍然拒绝说明太阳黑子是否与沾斯有关。

席德进来时，蒂莉·刘易斯正等着他，一手拿着外套还有一把正往老旧地毯上滴水的粉红色折叠伞。他咧嘴笑着看她正在挤捏的湿发。"下雨啦？"

"喜剧大师，是吧？"

"进来吧。"

他办公室门框上方的指示灯变成蓝色。"有什么消息要告诉我？"席德问。她避开视线接触的瞬间，有点尴尬。

"576B 公寓里绝对有凶杀案发生过。"

"拜托!"

"完整报告。"她一边说，一边等 e-i 把档案上传到办公室网络。

"对不起，席德。我知道这对你来说有多重要，但是，这已经是好几个月前发生的事，那个公寓在案发之后每个星期被清扫两次，更不要提雷因特的人还用漂白剂清过一遍。"

"你好歹给我点什么消息吧。"

蒂莉不自在地点点头，"差不多可以确定凶杀案的确是在那里发生，576B 号并不是伪装的地点。客厅地板上有不少的诺思二代的血，甚至可能有一升之多。大部分血液都被漂白剂破坏了，但我们的 DNA 比对结果还是成功了，然后确认有一小道血迹通往浴室，尸体后来被放在浴缸里，对不对？"

"对。布拉查卡等人承认他们到的时候，尸体已经放在那里。"

"尸体被放到那里的目的是要放血。心脏当然已经是一团乱，除了致命的戳击之外，没有大动脉的喷血，但以伤口的大小来看，流血应该持续了一阵子，所以移动他是为了不让公寓太脏乱难清理。这是我个人的看法。"

"下手的人没打算要久待，也不想被塔鲁拉发现。算是有道理。可他们仍然对于弃尸这件事已经做好预谋。"

"没错。"

"你没有别的消息可以给我？"

"我们追查了所有找到的指纹，所有的 DNA 踪迹，全部都通过认证，是圣詹姆斯的员工或是塔鲁拉的朋友。公寓里没有帮得到你的东西。我运行了所有测试，还比平常采集了更多样本。"

"谢谢你的帮忙，我很感激。"

"你现在要怎么办？"

"弄一份进度报告给欧鲁克。之后发生的事就不是我能说了算的。"

蒂莉抿起嘴唇，"我们现在能用的手法有这么多，能挖出的数据有山一样高，我真的以为只要动用了足够的资源，没有什么案件破不了。"

"这个案件的确很不一样。"

她站起身，拨开眼前的碎发。"该放手时就得放手，席德。"

"我正在努力。"

席德和伊恩一起在餐厅吃午餐。每张桌子旁都是满的，所有警察仍然处于警戒状态，随时准备响应GE边境管理局的征召——万一通道真的被突破。

"我想不出来这种事怎么可能发生。"伊恩吃着西红柿沙拉，"那些GE军队不是吃素的，而且还配备全副暴动压制装备。"

"这不是暴动。高堡市里都是非常聪明、受过高等教育的人，他们被吓坏了。只要其中有十个人真的对GE的行为发了火，他们就会回自己的微制造厂，带着真的武器过来，情势立刻就会变成2121年的阿姆斯特丹事件。"

"我听说他们有先锋军支持。布雷克洛警局的洛可说他看到先锋军到了临门区，有大黑车什么的。"

"通道的另一边有三百万人。管那些军队想在通道上搞什么一夫当关的戏码，那群人早晚一定会通过。"

"那就把通道关闭。"

"然后截断有机油？不可能。"

"万一所有人涌进来，他们认为我们能干吗？该负责的是HDA。"

拉尔夫·史蒂文斯突然出现在他们的桌边。"有人在找救兵吗？"

"你来啦。"席德抬头对他笑，"一起坐吗？我可以帮你找张椅子。"

"没关系。"拉尔夫递过来一个米卡尔沾商店的袋子，"这是你要我帮你买的可哈普衬衫，试穿看看。喜欢的话，我有人可以帮你再买。衬衫的材质是席耳，别的地方都种不出来，与土壤酶活性有关。"

席德接过袋子，放到脚边，"谢了。"

拉尔夫朝他挥挥手，然后走开了。

"衬衫？"伊恩问。

"对啊，席耳据说是宇宙中最好的棉料。你听说奥尔德雷德今天早上来过了吗？"

“他想干吗？”

“他们追丢了瑟贝迪亚。自从探勘行动开始，没有人在独立国区见过他。他的信徒都不知道他在哪里。”

“我其实一点都不意外。”

“没错。”席德从意大利面中间插起一颗肉丸，“我想也是。”

2143 年 3 月 26 日，星期二

太阳亮到让欧鲁克办公室窗户上的隐私薄膜都散发着暗沉的黄光，房间里的朦胧光线居然强调了警察局长脸上的凹凸不平，让他的肤色显得更暗沉。尤其是他还一语不发地坐在办公桌后面，听着席德的简报。他的结论是：诺思家族成员是在某种企业内斗中丧命的。

"我们可以把厄尼与他的人再关四十八小时，不需要对他们起诉，但时效过了之后就得再重新申请。我必须让法官看到我们的档案已经被寄去检察署进行评估。一旦评估通过，提出控告，抢车案不存在这件事就会成为公开消息。但真相其实是死者被自家人杀害了。"

欧鲁克安安静静地坐着，动也不动，让人非常紧张。席德迫切地想要得到某种暗示。这次会是缓慢弥漫的愤怒，还是尖声咆哮的谩骂？

"怎么可能？"欧鲁克低声问，"两个月，烧了好几百万！那些鬼外聘公司和专家账单都还没入档呢，结果你现在告诉我，我们连个顶罪的人都没有？"

"我们有厄尼·雷因特。"

"那个屁蛋？他妈的有啥用？"

"你可以用我们知道的事情来转移问题。告诉记者这是外人所为，完全都是因为钱和有机油，杀人指令可能来自整个跨星际宇宙的任何企业或银行或亿万富翁。"

"那死者的身份呢？难道要我去面对那些媒体杂碎，却得说我们连死了哪个混蛋都不知道？"

"这都是因为诺思家族的数据不够完整。"

"你太强了，现在又要我去怪奥古斯丁·诺思？干脆叫我拿根短棍戳瞎自己的眼睛算了，可能还没那么痛。"

席德忍下幸灾乐祸笑出来的冲动，"我跟你说过，这家伙很行。除非我们知道他们的企业内斗到底是为什么，否则永远没有办法进行下一步。"

"你会找出原因来，是吗？"

"不是的，长官。我们已经完成 HDA 要求的所有事，证实凶手不是他们说的什么蠢外星人。现在得叫他们帮忙，如果拉尔夫同意，他应该可以把雷因特和其他人丢到永远回不来的某个极地囚犯基地去。他有权，而且 HDA 根本不怕用权。你有没有看到他们把雷因特整成了什么样子？他们很无情，但我们也完成了他们的所有要求。"

"这件事简直是恶魔特地挑中我。你知道我再一年半就要退休了吧？整件事只要被爆到跨网上，两分钟之内我就得清干净这张办公桌，等着被送出去。"

"我没办法想象没有你的警局，长官。"

"你这白痴，还花什么精力拍马屁，那是詹森的工作，你是货真价实的警察。"

"谢谢。"

"你认为史蒂文斯会同意放逐吗？"

"事情已经到了这个地步，问问有什么关系？也许詹森·商可以帮你问？"

"绝对是他。好吧，交给我。"

"调查呢？你想要我怎么做？"

"你确定没办法再取得进展了吗？"

"我想不出方法了。"他是冒了极大、极危险的风险说出这句话。如果新的秘密监控方法没有产生任何效果，欧鲁克也永远不会知道。

"把案子结束掉吧。给所有人他们的结案证书，把网络档案深层封存。你和拉纳金可以继续你们的标准轮班。把你从雷因特那里搜集到的证据交给检察官，但明天再送。我今天叫詹森去跟史蒂文斯谈谈。"

"行，我来安排。"

"还有，赫斯特，你要保证让所有人都知道，整个案子还在保密阶段。"

"是的，长官。"

会议室的装潢是任何企业CEO都十分熟悉的样式。大大的椭圆形桌子，很民主地平均分布的皮椅，不温不火的空调，墙上有着投影窗户，每个位置都有全像控制面板，昂贵且有效率的整体感。

维梅齐亚少校并不赞许这种地方。他觉得这正显示了企业文化多么严重地渗透了人类活动的每个方面。这是填鸭的表现，把所有棱角都磨平，一切都成为平顺、完全受到控制的预期。军旅生涯不应该是这样。军官们应该经常被提醒：他们的决策影响着他人的性命。对于HDA军官而言，这可能意味着好几百万条性命。

虽然他不赞许，但他跟着沙克将军走入会议室时，仍然维持了平和的表情。将军绝对是很有荣誉感的人，在这个年代里这种人已经很罕见了。沙克会做他该做的事，无论环境怎么改变，这一点维梅齐亚坚信不疑。

托伊上尉组织起的天狼星系小组站在椅子旁，墙上的大屏幕在室内投射出淡淡的粉红光芒。屏幕中不是显示企业财会数据，而是相似的天狼星影像，波动不断的表面被斑点黑渍污染，电浆流破坏棱线，如今这样的斑点已经覆盖了半颗恒星。

沙克在主位坐下，示意所有人也坐下。"托伊上尉？"他问。

她站了起来，"长官。我们通过好望角战用通道送去了四十八个卫星，还有三十一个在运作中。"

"其他的呢？"沙克问。

"太阳射线风暴把它们击落了，都是在离恒星最近的位置。我们现在离天狼星最近的绕行卫星都远在两千万公里外。"

"这风暴有这么强？"

"是的，长官。"

"明白了。说下去。"

"二十一颗卫星位于两千万到两千八百万的绕行距离。它们观察卫星视觉记录可及范围内的光球层变化，同时扫描天狼星的磁场、引力场，还有量子信号场。磁场里有罕见的波动，与热对流场里的扭曲相符，但是天文小组相信这一切的起源都是来自恒星内部，有可能是星核内部的深层热流状态所引起。"

"这是已知的现象吗？"将军问。

"长官，这位是塔瓦雷博士，我们的压缩物质专家。"

塔瓦雷博士是一名高瘦的学者，他秃顶的脑袋紧张地朝同时转向他的人们点点头，"将军，我们从来没有见过放射层热流会引起这种循环，但当前观察的时间范围也是极大，尤其如果考虑该星球的天文历史的话。"

"博士，我只需要知道这是不是自然现象。"

"我明白。以天狼星的大小来说，放射层甚至是中子核的不平衡，理论上可以通过这种以千年为单位的循环呈现，我们从前没碰过，不代表这不可能存在。我们正在建构理论模型，我坦承这需要相当的想象力，但模型建好会帮助解释我们观察到的现象，虽然我个人认为红星争议有极大的疑点，但如今观察到的事实却是无可否认的。"他朝屏幕挥挥干枯的手，"同时还有圣天秤星星球的反应。它对这种现象产生自动反应，是证明这种事情曾经发生过的最大指标；而且还必须是经常发生，星球才会演化出相应的反应。有东西定期会影响天狼星的磁场，一定是强大得反常的循环性影响，意味着有可能来自星核。"

"所以是自然现象？"

"我认为是。剩下的卫星传回来的数据很明显证明并没有沾斯潮活动。"

"上尉？"将军说。

其中一面屏幕换成显示天狼星星系的3D星体运行图，上面有十九个固体星球，包括圣天秤星，在两颗恒星之间环绕，还有三个没有大气层的小型岩石星球绕着天狼星B，以奇特的椭圆形轨道运行。剩下十个感应卫星以明亮的绿色三角形显示，包围以天狼星A为中心，总共三十AU体积的范围。

"没有一颗卫星感应到量子力场中有任何波动，我们没有察觉到任何我们认知中的沾斯潮活动。天狼星宇宙范围完全是干净的。"托伊说。

维梅齐亚清清喉咙，"所以如果不去考虑这次事件的规模，其实我们并没有理由要去怀疑这是沾斯造成的？"

"大致上来说，是的。虽然我很不愿意排除任何自然宇宙中可能发生的事件，但我仍然要承认这次的太阳黑子爆发是史无前例的。"

"但不是被制造出来的？不是外力所造成的？"沙克追问。

"我想不出来有任何可能。"塔瓦雷博士说，"一切的关键都在星核内部发生的事件，因为磁场从那里产生。要了解星核的深层律动，需要花上几十年研究。"

将军看着周围每个人，跟每个科学家都短暂对视后说："我知道这件事对你们来说是个很值得研究的课题，但你们同样需要了解它对跨星际星球造成的影响。我要求你们意见统一：你们是否都同意，并没有沾斯在天狼星活动的证据？"

"长官，这是这个团队的共识。"托伊说。

"谢谢你，托伊上尉。我正式取消沾斯潮第二阶段警报。请通知战情中心，让军队休整。"

"将军，我们能否保留卫星继续进行观察？"塔瓦雷博士问。

"少校？"沙克问。

"我们不可能通过战用通道把它们带回来。就算能带回来，这些卫星也会具有很危险的放射性。我想不出我们要它们回来做什么，可是保持开启战用通道只是为了维持跟卫星的通信链接会很昂贵。"维梅齐亚说。

"可以在圣天秤星上监控卫星吗？"

"可以在我们的高堡市办公室架天线。"

"你去处理。你们有人预测这次的太阳黑子爆发会维持多久吗？"

"至少好几个月，而且只包括现在已经出现的太阳黑子消失的时间。

如果有更多太阳黑子继续爆发，持续的时间会更久；能够让用肉眼观测的天文学家发现这个状况，一定已经持续一段时间了。"

"所以需要好几年？"

"我们认为有可能。"

"那对圣天秤星的影响？"

气象学家丹迪亚斯教授说："将军，我认为我们观察到的是一场巨大的环境变迁。太阳黑子的活动还没达到巅峰，但速度已经开始减慢。最先出现的黑子尺寸依然可观，我们预算它们还可以持续一两个月。圣天秤星的大气层已经开始对减少的日照做出反应，我们接获雨变成冰的确实报告，在最南边的独立国区甚至传出落雪的未证实报告。这只是开始，目前没有办法预算最终结果会是什么，我们甚至有可能看到南北方出现温带地带，并且会维持许多年。"

"明白了。感谢你们所有人的工作。"将军盯着屏幕，等着维梅齐亚以外的所有人依序出了房间。门关上，蓝色指示灯出现时，他朝维梅齐亚颔首示意，"你还跟埃尔斯顿保持联络？"

"是的，长官。巫岗还撑着。"

"弹头安全吗？"

"是的，长官。我还是每天都得到确认，但e射线联机现在变得非常薄弱了。"

"凶杀案呢？"

"纽卡斯尔警察确信他们那具尸体是企业内斗的结果。我必须承认他们至今搜集到的证据都指向这点，可是史蒂文斯也告诉我，主要负责的警探在我们的协助下，继续追查一个半官方的线索。在我做出决断之前，我想要等等看追查的结果。巫岗的昆比斯凶杀案比较急迫，埃尔斯顿坚信有外星人正一个个杀光他的人。那里也的确不断出现一些令人费解的事件，帕萨姆正在研究撤退方案。"

"不行。巫岗跟其他人必须留在原地，直到我们确定外星人或是杀害昆比斯的凶手被揭露。既然沾斯潮警报解除了，我们可以把答应要送去的额外先锋军送给他了吗？"

"剩下的戴达勒斯飞机和超悍机都已经可以起飞，但根据我们得到的所有报告，现在飞越蚀影山脉会很困难。"

"所以要用战用通道？"

维梅齐亚深吸一口气，"这么做当然可行，我们可以通过通道在巫岗领空送入一架戴达勒斯，却无法用同样的方法回收飞机，一直都是定位的问题。如果我们想要直接进入布洛加大陆的中心，需要考虑建造新的通道，而这需要花费几百亿。"

"还要花好几个月，甚至是好几年。我明白你的意思。就算他们真的抓到外星人，也得靠飞机才能把它运出来，所以萨瓦和艾德瑟需要保留他们的基本人员才能协助完成整个工作。"将军说。

"在黑子风暴持续期间，我们的人跟外界的联络反正都是有限的，他们可以应付过来。所以我倾向等待纽卡斯尔的调查结束后，再尝试用通道把戴达勒斯空投入巫岗的领空。我从其他异种生物研究队得到的报告都很有信心地表示，圣天秤星上没有任何动物的演化，他们没有找到任何基因突变。"

"智慧植物？"

"当然有可能，但所有的基因学家都说那里植物的进化程度绝对需要很长一段的自然进化才能办到，肯定比天狼星存在的时间还要久，所以看起来这个星球确实是一二百万年前被生物孕育出来的。"

"因此我们面对的有可能是创造出整个生物圈的外星人。"

"看看我们出现之后对那个地方做出来的事情，它们绝对有对我们非常愤怒的理由。"

"那它们为什么不出来说清楚就好？"

维梅齐亚耸耸肩，"这是最大的问题。"

"不对。"沙克手指一戳斑斑点点的大气层，"那才是问题。这是它们做的吗？一个可以把恒星关闭的外星物种可能比沾斯更可怕。而我们还在丛林里乱闯，在纽卡斯尔追逐帮派头子，一切简直是浪费时间，太可悲了。我们该做的事情是开辟通道去十几个没有探索过的星际，看看我们能不能找到这个种族，管他有多贵。"

"埃尔斯顿知道有东西威胁巫岗的安全。如果有人能抓到这家伙，一定是他。"

"但我们跟他的联机必须依靠一些被暴风雨攻击的e射线。我不容许这种事继续发生。命令艾德瑟和萨瓦的营地释放他们备用的e射线，我要联机恢复稳定。以防万一，先把弹头全功能的启动码交给埃尔斯顿。"

"我会传送给他。"

"很好。但你一定要让他了解，那是最后手段。只有在他证明圣天秤星是外星人的主要根据地，同时它们会给人类带来明确且可证实的威胁时才能使用。"

"他明白这个特殊武器被创造出来的原因，以及可施用的条件情况。您可以信任他。"

席德不担心自己搞不定施放管，他也很有信心可以趁博兹每天晚上去健身时，溜到更衣室里找到博兹换下来的衣服。整个计划的缺陷是他得先进入健身房。任何健身房的会员或常客一看到席德就会知道他根本不属于这里，他是入侵者。"尊爵健身"的客人会猜想他在做什么，会来问他为什么要打开衣物柜——像他这种邋遢鬼不需要换衣服，因为邋遢鬼根本不运动。他们会吵闹不休，也许找来保安，甚至找警察来。一切都会搞砸到无可挽救的地步，只因为他跟每个必须辛劳工作的中年男人一样，没有乖乖地节食与运动。一时的懈怠总有一天会狠狠地反咬一口。

"你还好吗？"伊恩在安全联机的另一边问道。

"没事。"

"更衣室里没有人。我在监控整个健身房。"

"我知道。"

席德正在咒骂他们怎么会安排这种事，还有整件事在他内心引起的疑神疑鬼。健身房是伊恩的地盘，应该是他来这里，让席德待在公寓里，进行电子监控。但这样不行。席德想要表现自己也愿意冒险犯难的决心，所以由他先上场。

"尊爵健身"是一家深藏于福廷镇楼正中心的健身房与健康生活馆，

男士更衣室宽阔、明亮、清爽，有着木质的更衣柜门，大理石瓷砖的淋浴间，一格格的柜子里塞满松软的干净毛巾。他已经进来了三十秒钟，伊恩说得没错，这里只有他一个人。健身房的网络显示七名男子正在使用设施，所以五十个置物柜中有七个是有人用的。

席德很快地一一查看置物柜，找到了第一扇关起的门。置物柜有很简单的密码锁。他们两年前抓到一个数头时，从她的档案里克隆了一个解码外挂，他现在让e-i用译码程序去与密码锁链接。

门打开了。他看看堆在里面的衣服。

"不是他的。"伊恩说，他正从席德的瞳孔智元同步撷取影像。

席德关上置物柜，去找下一个。他打开的第四个才是博兹的，里面尺寸巨大的衣服非常容易辨认。他从口袋里拿出施放管，一根火柴棒大小的光滑不锈钢棒。他用管子碰触博兹的鞋跟时，他的e-i同时启动施放系统。一个微型智慧监测器被释放，带有黏性的分子表面沾上黑色橡胶鞋跟。它会服帖地待在鞋跟上，记录博兹联机释放出的信号，准备随时接收下载的命令。它的体积够小，量子交错结构也是最新的，不会被普通侦测系统发现，拉尔夫说就连暗黑科技大佬们开发的侦测系统也都对它无可奈何。

席德关上置物柜门，离开了这栋镇楼。

2143 年 3 月 27 日，星期三

　　时间是凌晨两点钟，这绝对是他今晚最后一次运行数据。伊恩一整个晚上在路上到处寻找雪曼手下的已知车辆，现在已经累得半死。他得假装不经意间走过，很快地用施放管轻点一下车身，脚步一丝不错，然后在自己的车子里改换面具、穿衣脱衣，免得雪曼放在安全罩网里的影像分析软件会发现他、席德和伊娃都在不断与目标车辆相撞的规律行为。

　　就目前所知，他们的行动没有引起任何人的警觉，所以十一点半时，伊恩打开了一间无人公寓的门，跟马库斯·雪曼在席顿的公寓同一栋，只是雪曼的位在十九楼。他脸上的面具是依照不在家的屋主模样制造，免得引起大楼安全网络的警报。现在他趴在衣帽间的地板上，通过网格监控面前正在缓缓穿透墙壁的特殊钻头进度。小机器安静无声地缓慢旋转，半毫米直径的钻头穿透两间公寓的间隔，以慢得令人抓狂的精准缓缓前行。这个钻头是特别为营救人质所发明，可以在不暴露自身的情况下穿透几乎任何墙壁材质。离穿透最后的泥糊外墙还剩一毫米时，伊恩命令它停下来。他的 e-i 读取他偷灌入大楼网络里的监控程序，同时握紧了他从市场街警局证据库里解救出来的九厘米顿司手枪。

　　伊恩等雪曼回到公寓以后才开始动手。他跟席德推论，这是最适合动手的时间。雪曼回屋之后，公寓的外围保安将会以低敏感度运作，寻找人类大小的各式状况：独行杀手，或是狙击小组，或是绑架小组。大

厅另一边的公寓里有两名打手，万一有人潜入他们主子的巢穴意图不轨，他们在几秒钟之内就可以做出反应。

雪曼一点钟回到家以后，诱人的瓦伦丁娜被送到他身边，她伴随某种巴黎香水味一起飘入，薄透黑外套袖子与衣摆的轻纱缎带在身后飘荡。伊恩给了他们四十分钟，让他们有机会放松，也许嗑点药，再换到卧室，接着他开始钻孔。

他命令钻头重新开始动作。九十秒后，钻石头的尖锥轻柔地突破了泥糊墙。尖锥周围的小洞吸走了所有灰尘，把它们都收了回去，不让半点证据出现在主卧室内建衣柜的地毯上，泄露刺孔侵入的痕迹。洞钻好后，钻头收了回去。

伊恩屏住呼吸。什么都没有，大楼网络没有警告闪动，没有手下从公寓里冲出、挥舞着枪械。他紧抿的双唇间缓缓吐出空气，他感觉到脊椎骤然紧绷。他重新推回手枪的保险栓，放开握柄。

一般情况下，这时候营救小组会排放出一团智慧粉尘，努力取得关于当下环境的宝贵情报，包括坏人和受害者的位置。今晚则不然。伊恩举起小小透明的塑料盒，看着里面蚂蚁形状的小东西——这是拉尔夫提供的玩具之一。伊恩仍然不确定那个特务为什么要配合他们的行动，但知道他们的无记录观察行动有某种高层授权的支持让他觉得安心不少。当然，他也很实际地承认，一旦出问题，那特务会毫不留情地立刻舍弃他们。

微小的机械蚂蚁通过钻孔爬进去，一路摊开一卷细线。它以很简单的远程遥控，这么一来就无须使用任何可能会被侦测到的无线传输。小孔里的景象在伊恩的网格中被放大，地毯的纤维像粗厚的丛林在他身边耸立，他指挥蚂蚁爬向第一双鞋子。

鞋子总共有八双，从传统黑色皮革手工制晚宴鞋、耐用的短靴，到老旧的运动鞋。蚂蚁花了十一分钟爬完，在每双鞋子的鞋底粘上微型智慧监测器。伊恩最后让蚂蚁爬回洞里，一路把细线卷回去。蚂蚁爬回箱子里后，他把另一个工具伸入洞里，将原本的泥糊墙碎片跟透明黏胶混在一起，填补了洞口，墙壁曾被凿穿的痕迹彻底消失。明天早上当马库斯·雪曼打开衣帽间时，一切将会完好如初。伊恩只希望雪曼已经把当天晚上穿的那双鞋子也放回衣柜，而不是跟瓦伦丁娜忙着把身上衣服撕掉的时候，丢到房间的另一边。他其实没法想象雪曼会做这么随性的事。从过去几个星期的观察看来，这个人的控制欲大得变态，生活中的所有方面皆是如此。

　　安杰拉晚上醒来的时候，发现银色的保暖被不知何时从热带睡袋上滑了下去。现在她的脚冰凉，冰冷的空气让她有点鼻塞，环光和极光的魅影在装满行军床的大用餐帐篷内颤抖，形成退散不去的暮色，营地一半的人似乎都在打鼾、咳嗽、翻转，没有谁睡得安稳。

　　要不是她的网格告诉她，现在是清晨五点，她根本猜不到已经是这个时候了。她起身要把保暖被拉起来，结果看到帕瑞西睡在她身边的床上。直到两个小时前，他都一直在外面巡逻，再三个小时他又要出去。他跟其他的先锋军最近这些日子以来就是过着这样的生活，一遍又一遍地绕着巫岗打转，头盔的传感器努力地穿透雨水、雾气、怪光和电子风暴。

　　她怅然地看了他一眼。他年轻强壮的脸庞在一天天衰老，眼睛周围的暗青不断加深，他下巴紧绷，胡子拉碴。还有泥巴。他们每个人现在看起来都脏污不堪。丛林的泥巴塞满毛孔，填满指甲，沾在头发上。没有人敢花时间去洗澡。独自一个人，赤身裸体，待在没人看得到的地方。有怪物在外面神出鬼没，没有人愿意冒险。

　　帕瑞西扭动着身体，发出微微的呻吟。不知道他怎么睡的，居然把只容得下一人的睡袋缠绕在自己身上。安杰拉走到他的床边，缓缓拉开他的睡袋拉链，小心不弄醒他，然后她窝进行军床上剩下的一点空间，把自己摊开的睡袋像是窄棉被一样盖在两人身上，最外面再加上一层保暖被。帕瑞西再次颤抖。她轻抚着她傻傻呆呆、心神不宁的小狗男孩，仿佛安抚夜惊的孩子，他整个人开始朝她拱去，呼吸平稳下来，陷入更深层的睡眠。她满意地、保护地搂着他。这时候，她看到用餐帐篷另一边的玛德琳，非常清醒地正在看着她。她们彼此互看了许久，安杰拉朝女孩翘起一边嘴角。玛德琳最后也露出同样的笑容，躺了回去，闭上眼睛。

安杰拉静静地躺着，血液在她全身鼓噪，不可思议的感觉温暖了她。*她知道。她的笑容，她是在告诉我她知道。*有一部分的她想要跳下床，跑去那女孩身边。这股诱惑简直是原始的冲动，几乎要超过她所有的理智。可是如果这么做了，那过去的二十年就完全没有意义，躺在几张床位外的埃尔斯顿也会知道一切，他很快就会搞懂是怎么一回事，因为他是个固执的混蛋。知道这件事以后，也许他会接着发现她经过基因强化的器官远比他们以为的要更快、更有效率地排掉他们注射到她体内的药物。她其实并没有像他们以为的那样，完全失去自我控制。她没有说谎，但她也没有像那间邪恶房间里的人们以为的那样，把所有的事实一股脑儿全倒出来。她藏起了让她保有求生意志、战斗意愿和清醒神志的唯一真相。

饱受摧残的大气层散发出的闪动天光照在她身上，她抱紧了小狗男孩，强迫自己冷静下来。一阵意外的满足感涌起，她很快入睡了。

一个小时后，准备早餐的动静叫醒了她。帕瑞西整个人缠在她身上。周围的先锋军们一个个都坐了起来，意有所指地朝她咧嘴而笑。她朝他们耸耸肩，把他推醒。

玛德琳和其他员工已经醒了一阵子，安杰拉和帕瑞西昏沉沉地走到取餐吧台旁时，他们早已开始准备早餐了。清晨的粉红天光正从窗户透入，揭开另一个不怎么样的早晨。所有的行军床都被堆在用餐帐篷的一边，桌子在另一边，取餐吧台在中间。头顶的屋顶布到处都是补丁，加固薄弱的地方免受之后的冰雹侵袭。

后见之明，安杰拉心想。她端起一大杯茶，拿起一包培根蛋吐司，加上一小包烤西红柿与蘑菇，与帕瑞西坐在一起。他揉着惺忪的双眼，她撕开包装，把食物堆在盘子上。

"你每次都吃这么丰盛。"他说。

"早饭是每天最重要的一餐。"她告诉他，"你妈没跟你说过吗？"

"我认识的大多数女孩都很担心体重。你似乎从来不在乎。"

"这是好事？"

他笑着喝咖啡，"当然。"

"我的新陈代谢速度很快，只要运动，卡路里很快就燃烧掉了。"安杰拉沮丧地看了一眼用餐帐篷，"虽然我现在完全没有什么运动的机会。"

"安杰拉？"

"听起来不会是什么好问题。你确定你要问？"

小狗男孩几乎退缩了，但这个问题显然折磨了他很久，"你为什么在这里？"

"什么意思？"

"你知道这里有外星人，对不对？所以你知道我们早晚会找到它。"

"我认为其实该说它找到我们。"

"随便啦。它在这里。它是真的。你根本不需要接受埃尔斯顿的提议回来的。你大可在地球待几个月，等到探勘队回去之后，就可以脱罪了。你早就知道。你可以聘个律师什么的。"

安杰拉用叉子推着培根。她看着玛德琳站在取餐吧台后，勇敢地微笑，递出用餐包，找出额外的番茄酱，给茶里加牛奶，倒咖啡，拒绝回应对方的调情。那女孩的个人档案没什么细节，只有基本项目：她出生的地方、父母、学校、地址、信用分数、过去雇主的推荐，几百万默默无闻的 GE 二十几岁的年轻人中的一个。只是她当然不是那么普通的人。

"所以是为什么？"帕瑞西追问。

"啊？哦。你去过监狱吗，帕瑞西？"

"没有。"他坚定地摇头。

"那么你完全无法想象那是什么样的地方。我在里面待了二十年，帕瑞西。像动物一样被关了七千三百天，只因为一件我没有做过的事。"

"我很遗憾。"

"我当然可以再等六个月。但我为什么要等？我过去二十年都知道事实，知道自己是无辜的。二十年来都被人说是骗子。二十年来都被当成次等人类，没有人权，不能发声。饱受虐待二十年，为了一件我根本没有做过的事。二十年，都是因为政府与诺思家族的腐败。我被关了二十年。都是因为那个外星人。都是被那怪物害的。它夺走了我的一切。一切。我所知道的一切。我所爱过的一切。我被关在他们叫作牢房的坟墓里的每一夜，唯一真正拥有的只有知道它是真的。它在这里笑我。我就是这样才没有发疯，但也离发疯不远了。所以我加入猎捕它的探勘队，因为我要找到它，帕瑞西，不管有没有人帮忙。等我找到它，我会要它为对我做出的事付出代价，所以那一刻来的时候，你不准挡在我面前，你敢这么做的话，这个宇宙不管什么力量都救不了你。"说完，她站了起来，走出用餐帐篷。

外面的空气很凉爽，也很干净，没有孢子，她享受地深吸好几口，想要平抚心情。昨夜下了一夜的雨，植物和地面都亮晶晶的一片，但现在连光亮都受到玷污，植物和藤蔓叶子的末端已经发黄，被冰雹冻伤。她看到亚提欧和吉莉恩穿着护甲，在一段距离外一排被破坏的帐篷旁边走着。吉莉恩举起手打招呼。

脚步声在她后面的泥浆里响起。一瞬间，她几乎幸福地以为可能是玛德琳，但，脚步声太重了。

"你还好吗？"

她转身看到一脸关心的埃尔斯顿。他的防护背心显出他宽阔的肩膀，对大多数人来说，光是看到他就会畏怯。

"你真的在乎？"她问。

"你刚刚发表了好长一段话，我没听完整，但听到的部分已经让我够担心了。"

"我没说我要杀死它，但我的合约里也没有说把它交给你的时候，它得是完整的。"

"我们其实没有合约。"

安杰拉笑了；"我想神也没有律师吧。律师都是另外那个家伙的人，不是吗？"

"我只是要确保你不会做出什么傻事。"

"谢谢你，很有心，但我一直都跟你说了，我可以照顾自己。"

"我知道。"

"至少我们又活过了一晚，但带宽真是窄得可怜。萨瓦发射替代 e 射线机了吗？"

他叹口气，"没有。昨天一天的风都很强劲。他们今天会再试一次。"

"如果我们抓到了外星人，不管它的状况怎么样，我们要怎么把它弄回亚贝利亚？"

"他们会派一架戴达勒斯来。若是为了把外星人弄回去，他们会派一整个舰队来。"

"是吗？我不知道你的指挥链情况如何，但最近抱怨不断。"

"抱怨？"

"说我们被困在这里，说你没有尽力把我们弄回去。"

"我今天较晚的时候会做宣布，我们的任务要求很明确。"

"我们还是要待在这里，对不对？这么做也很合理。外星人要对付的人是我们，整个探勘行动的目的就是要找到外星人。做决定的人还真有种。"

"你愿意说说是谁在抱怨吗？"

"卡芮兹玛·瓦戴。她对于待在这里很不高兴，认为 HDA 应该花更多努力在保护或是撤离我们上。"

"我以为你会指认戴维妮亚。"

"她也有份。"

"不要担心卡芮兹玛·瓦戴。我会处理。"

"你知道我想不通什么吗？"安杰拉说。

"什么？"

"我们为什么还没死。"

"怎么说？"

"因为我们在这里。有时候我们会忘记圣天秤星有多大，直到碰上像这样的事件。"她朝抹在玫瑰色天空中的极光光带一挥手，"整颗恒星发了疯，然后你才会记起这里有多大，这里的一切都如此巨大。所以埃尔斯顿，你告诉我，你觉得这个星球上住了多少外星人？一亿？一百亿？

这里大到可以容纳这个数量级的外星人也不会觉得拥挤，但现在似乎只有一只在对付我们。一只！这点不合理吧？它们他妈的在哪里？它们的村庄在哪里？城市呢？农场呢？"

"异种生物研究队坚信圣天秤星是被制造出来的。这里的植物基因太先进，不可能是进化的产物，天狼星根本就不够老。"

"而且没有化石。"

"这是另一点。"

"所以，是怎么样？这是创造者们离开之后，留下来保护丛林的唯一一个守卫？武器是五把刀？"

他柔和地朝她微笑，"我从未从这个角度想过。"

"你应该想到的。你跟我搭同一班飞机飞过那些浮藻田，看到我们把这个星球掀个底朝天，就像我们玷污了其他星球一样。难怪这个保护者想要一次一个把我们干掉。"

"你真的这么想？"埃尔斯顿问。

"我看过它动手。它是杀人机器，毫无怜悯之心。"

"你那天晚上是怎么活下来的？不要告诉我什么跟它打过一场的屁话。"

安杰拉笑了，对于两人很自然又回到过去的角色，觉得好笑又难过。"我告诉你的一切都是事实。有一天你会明白的。如果那时你还活着。"

"是事实，但不是全部，对不对？"

"啊，你现在开始明白了。做得好。"

"真是谬赞了，谢谢。"

"还有一个问题。"她说。

"什么问题？"

"你认为它为什么挑中我们，巫岗？为什么没对别人下手？"

"我不确定。也许它记得你？"

安杰拉仔细端详他毫无神情的脸。他的表情太过平静。但他跟新摩纳哥的人玩扑克牌，绝对连一秒也撑不下去。"我们都知道那不是真的。"

"请你回去用餐帐篷把护甲背心穿上。我需要跟亚贝利亚进行早晨通信。今天我们会完成新的建筑物墙板，所以我需要知道完成后我们还剩下多少原料。"

安杰拉夸张地朝他敬礼，"是的，上尉！"

"上校。我现在是上校了。"

万斯直接进了办公室，甚至没回头去看安杰拉有没有照他说的去做。她的问题让他有点心惊。他早就应该料到。营地的人一定已经在想，为什么只挑他们动手。一定是因为那个武器。那外星人不知道怎么居然知道，或感应到了。若不是这样，就是安杰拉真的有同谋，毕竟戴达勒斯是被人破坏的。这个想法可能让人更心惊。

他坐在书桌后，抗拒开暖气的冲动。一定要节省能源。所有物体表面上都有水滴凝结，仿佛前天晚上一片湖面的薄雾涌入了快速房舍。

他的e-i联络帕萨姆委员的通信地址码，然后转成安全联结。回应的人是贾克琳·瓦鲁兹，探勘队的协调官，是GE的人，不是HDA。

"帕萨姆委员呢？"埃尔斯顿问。

"抱歉，上校，委员目前无法联机。"

"无法联机？"万斯难以置信地问，"你是说她下网了？她人呢？"

"她只是暂时不在。我可以全权代替她发言。"

万斯想了想。在这个年代，没有人会下网，这种事情根本不可能发生。所以她在做什么，会比接前进营地指挥官的通话还重要？"我想要讨论补给航班。"

"没有问题。航空人员正在将一架戴达勒斯改造成输油机的样式，应该再一周就可以完成，到时候我们会评估蚀影山脉的状态，希望那时候飞机可以飞越。"

"这是HDA飞机。它们现在就可以飞，里面的系统有足够的备用程序能够承受好几次电击。我们现在用于建造新建筑物的原料很多，但我们需要更多，而且我希望能得到额外的先锋军。我们有好几个小队都被你们留在亚贝利亚。"

"上校，我明白你的处境，但目前我们对蚀影山脉状态的风险评估太过危险。"

"这个探勘队存在的原因是外星人，这个外星人现在就在这里，在杀我们。我需要协助。这是HDA，我们的军队明白他们执行任务的过程具有风险。"

"很抱歉，上校，但他们的入伍原因是对抗沾斯，那是他们认定要承担的风险，不是被贸然送去面对危险的气候。"

"那我们面对的危机呢？"

"上校，你和我看过纽卡斯尔警送出的同样报告。诺思家谋杀案是企业内部斗争的结果。如果你想要你的人安全，我建议你把安杰拉·特拉梅洛关起来，找出她的同谋是谁。"

"我们的住所只剩泥巴地上的几块板子了。我需要协助。"

"紧急情况小组正在为所有前进营地草拟长期驻扎规范。一两天内就会送过去，他们会解释你要如何尽量运用现有资源。"

"我很清楚我们要待在这里，但如果我要维持任务团队的完整和正常运作，你们得想办法弄设备、原料和补给品给我。只需要飞一架戴达勒斯绕过蚀影山脉的西边到萨瓦。它们绝对有能力飞这段。一旦到萨瓦之后，它就可以运货给我们，不需要你们冒险。我知道那里的库存在必要情况下足够维持一个月的运作。"

"这是一个我们主动考虑的选项，但在委员和HDA指挥部讨论结束之前，我们不能做出任何决定。"

"她什么时候会恢复联网？"

"很快，上校，我向你保证，希望在今天结束前就可以。"

"她一联网我就要知道。我要她联络我。"

"当然。"

万斯看着瓦鲁兹的符号从他的网格消失。"替我接维梅齐亚。"他告诉e-i。

"我们不知道帕萨姆在哪里。"维梅齐亚说。

"我们是AIA。我们知道所有人在哪里。"

"我需要跟我们在亚贝利亚的人谈谈，要不了多久。"

"那把戴达勒斯弄回萨瓦怎么样？绕山的西路应该还算安全。"

"理论上是的，但那段路很远，e射线不太能看到山脉的终点。如果出问题，机组会陷在艾德瑟或萨瓦直升机飞不到的范围外。"

"我这里有一个对我们有敌意的外星人在闲晃。从我们对植物的理解看来，它有可能是一整个智慧种族的先遣人员。上帝啊，这就是HDA存在的意义。"

"我知道。听我说，万斯，一旦你确定它的存在，我一个小时内就能把援兵弄到你那里去，听懂了没？将军会亲自授权开启通往巫岗的战用通道。我们可以在你的空域里投放五十架戴达勒斯。你不是孤军奋战，我们也没有遗忘你。你只管把证据弄给我们。"

"好。没有人喜欢当诱饵，你懂吧。"

"我懂。我们很感谢你在那里做的一切。"

穿上护甲背心，吃完有点凉的早餐，安杰拉去找了微制造小组。他们的工作间已经用厚厚的防水布和组合板扩建了一块区域，像蘑菇一样繁殖拓展他们的领土，这工作花了微制造小组的天才们两天。她推开厚重的门帘，走了进去。有两架打印机在不断运作，里面明显温暖不少。打印机不断打印出军舰灰的六角形平板，直径一米半，边缘有看起来很精巧的卡榫，方便两两连接。

微制造小组的成员是卡芮兹玛·瓦戴和奥菲莉亚·特洛伊，现在还增加了巫岗的驾驶员和飞行工作人员，他们目前都手头无活，拥有极高的技术能力有待发挥。自从冰雹毁掉帐篷之后，他们都在努力建造替代住所。埃尔斯顿不愿意让营地呈现等待撤退、暂时应付的状态。人们都挤在一顶满是补丁的帐篷下会让人信心全失，变成丧家犬。他们不能在这种心理状态下执行任务。

奥菲莉亚·特洛伊设计了这些组合平板。卡榫的部分经过修正之后，现在可以很快速简便地卡在一起，形成冰屋形状的简单圆顶屋。

微制造又持续了一个小时，六角形灰片从输出道一片片滑出，由工人堆叠起若干摞，卡芮兹玛这才宣布他们手边的平板足够搭建第一批五座圆顶屋。安杰拉加入工作的行列。

她不得不承认，埃尔斯顿是对的。能做一件感觉有建设性的工作让人心情大好。穿着护甲工作，她几乎觉得全身热到像太阳黑子爆发。她跟托克·埃里克森两人一组，举起六角平板，等圆顶屋搭建人员把卡榫卡在一起。平板不重，这反而是问题所在——很容易就被风吹动，面积又很大，实在很难掌控，两人得费九牛二虎之力才能把平板卡入正确的位置。

即便有种种困难，第二座圆顶屋也在中午的时候完成了。直径五米，出入口的拱门之后会加装内外门帘，可以挡风挡雨。一组拿着刷子的人开始在第一座圆顶屋外面刷黏胶，准备拿救回来的塑料帐布块粘上。欧格·多契夫和利夫·戴维迪亚开始替圆顶屋接上电池，还有铺设联结营地主能源槽的麻烦工作。

"没有窗户。"安杰拉这才发现。她看着第二座圆顶屋的顶端，那是在拉维和克里斯·费亚德罗边捶边骂的努力下完成的。那个卡榫应该很容易就可以完成组装，卡芮兹玛之前还说什么跟小朋友的模型玩具一样。

奥菲莉亚告诉她："有一种原料既透明又有我们需要的硬度，但那种原料不太够用。不重要，反正这些圆顶屋只是用来睡觉的而已，没有窗户正好挡住这些鬼极光。"

于是安杰拉和托克开始拼第四座圆顶屋的新地板，地板也是六边形的组成。她很快就得脱下护甲还有长袖衫，然后再把护甲穿回去。热汗出现在她的皮肤上，在泥巴里画出一道道痕迹。她感觉到脸上的汗渍，笑了。曾经她雇了一个人，专职将她的皮肤维持在完美状态，靠精油和按摩还有监督紫外线暴晒。曾经。很久以前，属于别人的人生。安杰拉甚至想不起她的护肤师的名字，也想不起她的样子。她和托克又举起一块大六角形平板，移到达尔文·史沃洛斯基指示的地方。它哐啷地卡入底板的边缘，达尔文在旁边的缺口塞入一块三角形。

他们卡好了最下面两排六角形时，埃尔斯顿召集大家午餐。安杰拉没有抗议。红色天狼星已经看不见了，被一块从西北方飘入的低矮云层遮蔽，带来更强劲、更寒冷的风。广阔的大地上永远回荡着不间断的雷声，一丝丝闪电持续在远处的天际线闪烁。她需要休息一下。厚重的云层绝对不是好消息。她已经在想象他们得在一场真正的圣天秤星豪雨中完成最后一座圆顶屋的搭建。

穆罕默德·安瓦、雷欧拉、帕瑞西以及博坦中尉，正绕着营地进行永无休止的巡逻，营地里的其他人则进到用餐帐篷。埃尔斯顿开启与他们的联机，站起身，要求所有人注意。

"HDA正式取消了沾斯潮警报。他们推入的感应卫星没有在天狼星星系中发现异常的量子波动，可是太阳黑子依然在持续，这意味着我们必须准备面对原本没有预料到的寒冷天气。"

"还要多久我们才会被撤离？"卡芮兹玛问。

"这是一个完全正常运行的HDA营地，一场大型且昂贵的HDA探勘行动的一部分，目的只有一个。我们现在有很明确的证据，那个外星人就在附近。我们不会因为天气变差就逃走。我不会让那些帮助我们取得现今成果的人们白白牺牲。"说完，他盯着卡芮兹玛，直到她垂下眼睛。

他继续演讲："我们会找到这个怪物，我们会知道它的来处和目的。我希望不久后就会有来自萨瓦的补给航班，但你们现在可以把回家这件事完全忘掉了。我们要在这里长驻，大家搞清楚了。圆顶屋应该今天晚上就能完成。明天我们要重建这个营地的规矩与安全。之后，我们的任务要继续推进。完毕。"

人们开始进食，安杰拉选择的那一桌有很多饶富意味的眼神交流，她不免俗地也参与了进去。

"卡芮兹玛这下得闭嘴了。"吉莉恩低声说。

"别这么笃定。"乔希反驳，"你没看到吗？上校告诉我们这个好消息时，那些平民都快哭出来了。我们今天晚餐吃的一定是炖大便。"

"他们要怎么提供补给品？戴达勒斯都在亚贝利亚。"奥马尔问。

"我跟拉维谈过了。他们可以绕道蚀影山脉西边，在艾德瑟跟萨瓦中间。比较不危险。"安杰拉说。

"我们知道西边在哪里吗？"亚提欧问。

"我哪知道。去问AAV的人。"安杰拉没好气地回答。她喝完芦笋汤，走了出去。这是好几天来第一次，那些让人讨厌的俗气极光波动消失了，被一大片从西北方滑入的浓密云层挡住。大地呈现一种从云层后面透出的病态橙红色，而且一切都很平静。众人在用餐帐篷里的短时间内，风停了。

安杰拉搓搓光裸的手臂，感觉一阵鸡皮疙瘩。她缓慢地扬起头望着突然变得模糊的云朵，心中泛起一阵不祥的预感。已经没有雷声了，只有空无，所有声音都被大气层吸走。

"不会吧。"她低声惊呼，这应该是最不可能发生的事。

雪片开始从圣天秤星被毁容的天空温柔地落下。

那天晚上下班后，他们到了伊恩家，终于开了那瓶冰岛黑死酒。席德认为值得庆祝，就连伊娃都同意，接过伊恩递来的满满一杯后才靠回客厅墙壁。

"鲁拜的事情我很抱歉。他家的安保系统实在太好了。我读到的都是外面的罩网信息，他一定把每面墙都涂满了智慧粉尘，里面简直是个数字堡垒。"她说。

"宝贝，别多想了。我搞到了雪曼，席德搞到了吉迪，我们还盯上了五辆车。如果这还不够，那我也不知道什么叫够了。"伊恩说。

席德同意："是够了，我宁可我们见好就收。我在想也许该把原本的监控程序都收一点，我可不想打草惊蛇。"

"我今天晚上处理。"伊恩跳上吧台，喝了一口酒，努力不皱眉。

"所以我们什么时候才能下载数据？有容量限制吗？"伊娃问。

"理论上这些微监控虫搜集躯网的信息四个月，才会到极限，但我们当然没有那么久的时间可以等待，我估计大概十天的通话应该就能让我们看出他们到底涉入了什么好事。或者等两个星期。我希望能够久一点。"席德说。

"他们会发现下载吗？"伊娃问。

"希望不要，但这也是风险的一部分。"

"如果被欧鲁克发现我们背着他在搞这些，他会让我们吃不了兜着走。"伊恩说。

"他妈的。如果有结果，我们背后有HDA。况且，欧鲁克要走人了。"席德说。

"真的？你怎么知道？"伊娃问。

"他去问拉尔夫能不能把厄尼和其他人直接送去监禁殖民地时被拒绝了，拉尔夫说他们是保护全人类，不是当他的私人盖世太保。"

"所以？"伊恩问。

"所以我得把我们的档案都送给法务。据欧鲁克聘请的律师说，我们指控这五个嫌疑犯的案子绝对能立案，但用HDA提供的证据会有问题。"

"HDA像是在自己辖区里运作的政府一样，就算我们不喜欢它的手段也得承认这点。"伊娃说。

"没错，但我们如果要证明HDA是合法参与，就得跟法庭解释我们的第一嫌疑犯其实是个外星怪物。那会使市场街警局变成笑柄，更严重的话也许会被扭曲成我们在为诺思家族掩饰。"

"这根本是放屁。"

"我知道，但一定有人会这样说。那些无照网站会爽到不行，更不要提那些爱搞阴谋论的家伙。巴特拉姆·诺思的案子又会被所有人重提，整件事会变成一件极大坨的狗屎事。"

"这些档案要什么时候被送到检察署？"伊娃问。

席德咧嘴笑了，"欧鲁克都掺进来了，法务就能拖一周左右。内部审核的期限是九天。"

"你好邪恶。那时候我们就搜齐所有雪曼的通话了。"她笑了。

"没错，如果有消息，我们可以拉欧鲁克一把。你觉得他会有多感激？"

"感激个头。他会拿多少钱出来？你老兄说不定可以当下一任警察局长。"

"我才刚从暂时停职中复职。"

"对啦，但我们真的能升等，说不定还升个两等。"

席德一口喝下他的黑死酒，做个鬼脸，"先看看雪曼干了些什么事，再来想这些吧。"

两人离开后，伊恩坐在床上，戴上网络镜片。案子的安全网络还开着，这是席德的功劳。技术上，他们可以等到法务把档案送到检方才完全关闭网络，在那之前这个网络联机仍然登记为开放。他利用万斯·埃尔斯顿的授权码钻回警局网站，开始搜集资料。

塔鲁拉·帕克二十五岁，但她的脸庞很甜美，说她再小三岁都会有人信。她的花费有点太高，跟纽卡斯尔所有高层主管一样。银行账户数据显示她的收入不错，比他还多，但每个月的花费仍然超过她的收入。衣服、鞋子、晚上的玩乐、旅行、圣詹姆斯公寓的租金，她的主要账户拖欠不少账款，但是银行没有抱怨，因为每个月的收入都附有诺森伯兰星际企业的魔法代码，况且银行还赚了不少利息。

他很欣喜地发现，没有医疗开支。她的惊人的身材和美貌是百分百天然的。她确实是"精致健美"的会员，一家在圣詹姆斯镇楼里的健身房，如此而已。

他的e-i把一个优先消息的符号插入他的网格，伊恩很不情愿地打开了。塔鲁拉目前是全世界最让他感兴趣的东西。

十八个主要GE新闻网站都在报道查莫妮克·帕萨姆委员从纽卡斯尔通道回来的消息。无照网站上还包括一些自己得到的小道消息，例如她搭乘私人超李尔飞机从亚贝利亚回来，所有随行人员竟然都被留下。亚贝利亚下雪的消息通过雪花飘落地面、亲吻丰饶热带植物、变成路面上泥泞的影像证实。

"这头蠢母牛。"伊恩喃喃道，看着帕萨姆站在印有GE异星事务局徽记的讲台后面。她的笑容如古董瓷器一般薄脆。"我很欣喜地宣布，圣天秤星地质物种分布探勘行动获得全面成功。在前进营地的科学小组努力不懈的研究下，我们确认圣天秤星上没有基因变种。那里从来没有昆虫或动物的演化，正如我们一直以来所认为的，那个世界上只有美丽且活跃的斑马种植物。我要感谢所有对探勘行动做出贡献的成员，达成我们所有人都引以为傲的伟大成就。"

就连有执照的记者都不接受她这番说辞。他们不断质问，太阳黑子呢？天气呢？下雪呢？还有你抛弃在丛林里的人呢？

帕萨姆坚硬的笑容毫无波澜，"太阳黑子爆发只是惊人的巧合而已，这是恒星的自然现象，首次被我们观察到，但是经过历史事件的认证。我在前进营地的同僚们并不像你们说的那么不堪，他们并没有被遗弃。先遣部队有足够的补给品和紧急食粮，能在没有补给的情况下持续运作好几个月。天气一旦转晴，人员自然会立刻经由空中方式撤退。如各位所知，如今圣天秤星上的犯罪组织严重限制我们的戴达勒斯航班的飞行，以前所未有的卑鄙恐怖手段杀害我们的机组人员。如果前进营地因此而必须忍受一段时间的艰辛，这些狂热分子必须负担起全部的责任。谢谢。"帕萨姆离开讲台，被一群助理跟新闻官员包围，阻拦了更多问题。

　　"贱人。"伊恩做出结论。他把跨网新闻加入阻拦黑名单，继续搜集他的资料。

　　波瑞斯·雅顿森根据政府记录实际上是三十四岁，不是公众记录上宣称的三十一岁。月收入相当大的一部分汇给了一家隐秘的私人诊所，进行毛发重生。伊恩一看就笑了。他的其他支出同样引人探究。许多钱是在深夜时分花在伦敦、布鲁塞尔、柏林、巴黎的餐厅和夜店——他的老板们都让他以公关娱乐费用报账。

　　接下来的部分比较困难，要将躯网的信息跟当地通信巢的记录通过e-i编码比对。这工作花了伊恩一个小时，却也是他最拿手的项目。最后，他查到波瑞斯在一家委内瑞拉银行的第二账户，里面的金额相当可观。波瑞斯每个月都花了相当于伊恩一个月薪水的金额在私人享乐奢侈品上。伊恩不羡慕他，到处都有波瑞斯这种有钱的孬种，浪费自己的人生，这种人生生不息，是宇宙不变的法则之一。令人不能忍受的是，他也把塔鲁拉带上这条不归路。塔鲁拉在伊恩的怀抱里、在伊恩的床上，可以有更好的人生。

　　伊恩查了付款记录，跟波瑞斯的所在地比对。之前的经验再次给他很大的帮助，让他看出没有任何AI会知道要去比对的征象。时间在八天前，塔鲁拉被审讯的前一个周末。波瑞斯住在伦敦南岸的一家旅馆，有最后一项深夜消费。伊恩立刻抓了旅馆的安保档案，而他在看到实际画面以前，早已经知道自己会发现什么。一如他所预料，半夜十二点四十五分，波斯瑞下了一辆出租车，带着一个不是塔鲁拉的女孩，衣着时髦，年轻漂亮，平淡表情透露出无聊，就像其他那些同样没有自尊的人，只等着一夜夜过去，等着这个嫖客耗尽体力，心里料到事后一定得听那千篇一律的"我爱我女友"发言，说的人会充满罪恶和羞愧感，渴望同情与理解。她可以给波瑞斯他需要的这些，这是他花了不少钱买来的。

伊恩暂停波瑞斯消失在旅馆房间的影像，他整个人嗑药爽到不行，几乎忘记自己还带了一名妓女，以及又结束了高级金融的美妙世界里的一天，完成交易，打倒敌人。

"你的好日子结束了，朋友。"伊恩对着影像说。

2143 年 4 月 2 日，星期二

让所有人在护甲或层层衣着束缚下全速奔跑冲向事故地点的是尖叫声，而不是躯网的医疗警报。惊慌与疼痛的厉喊直接钻入人类大脑的深处，要求听到的人必须注意与响应。这次也不例外。捕捉住所有人心神的音频，效力因为巫岗原本已经很紧绷的气氛而更加放大，所有人都害怕怪物再次出现于人群之中。

这次安杰拉正帮忙把一堆食物包从 350DL 货板运到用餐帐篷。她跟异种生物研究队的罗克·克温德在过去三天里，花了不少时间把食物从雪地里搬走。罗克是个将近四十岁的开朗男子，随时都在传他太太和两个小孩的照片给她，唯一的谈话主题就是他们。这一天，他又在跟她说起去年夏天他帮两个小孩建造森林小屋时，尖叫声突然响起，歇斯底里、起起伏伏，都是伤者在挣扎着呼吸。安杰拉锁定了尖叫声的位置，她的e-i立刻给出确认。医疗警报来自卢瑟·卡曾的躯网，大概位于用餐帐篷另一边七十米外的地方。她跟罗克面面相觑，然后同时抛下手中的食物包，不顾穿着臃肿，尽全力朝那里跑去。

自从上个星期天第一次飘雪之后，巫岗每天都在下雪，但地面温度太高，雪片没有办法存留，所以全变成了泥泞，到处都出现了浅浅的冰冷小溪，把冰雹侵袭后埋在泥巴中的垃圾泡湿；车辆、圆顶屋、工程厂房周围都有一圈圈垃圾懒洋洋地打转流动，肮脏的水流将轻巧的垃圾带

往四处。仓储管理变成不可能的任务，安杰拉和福斯特为了替微制造小组找出原料，每天都在奋斗。

星期四的努力都花在搭建完最后两座圆顶屋，如今雪片已经覆盖整个营地。总共六座圆顶屋，巫岗营地剩余的四十八名成员，每八个人被塞在一栋屋子里。帐篷里救出来的行军床被拥挤地塞入屋里，几乎没有空出来的地板空间。最高层的六角平板上装了钩子和松紧带，配备包像巨大破烂的虫茧一样挂着。照明来自用残破帐篷布片包成的灯笼，以电线接上营地的主能源槽，每个圆顶屋都阴暗又气闷。晚上这么多人塞在这么小的地方，提供了一些温暖，也弥漫着缺乏洗漱的人体气味。

圆顶屋一建好，微制造小组就开始为营地人员制造更暖更厚的衣服。长大衣最受欢迎，因为大到可以穿在护甲外面，大多数人都搭配有夹层的防水长裤穿。3D打印机也吐出一顶顶帽子，还有围巾和手套，虽然都不是最好的御寒衣物，但也让人们免受变化多端的气候一些残害。

星期六，不停的落雪与一直降低的气温终于把最后一丝暖意从土壤和植物里吸走，地面温度降到零度以下。雪不再融化，而是开始堆积。在巫岗各处形成水域的小水洼和小河流凝结成危险的冰面，小蕨类和藤蔓上的叶子因为细胞冻死而变烂，跟雪花一起落在地面，在雪地上加上另一层危险的植物泥泞。从星期天开始，巫岗已经下了半米的积雪，得定时从用餐帐篷和微制造厂屋顶上刮下，以免重量把布料压裂。人们行走的路径被踩实，所有车辆每天都要开一圈免得冻住。落在他们身上的雪各式各样，大多数晚上下的雪是沙砾般的细颗粒，无孔不入；白天是又大又黏的雪片，沾在丛林每棵树木、灌木上，将之变成冰冻的森林。同样黏腻的雪片覆盖了营地设备、建筑物、车辆的表面，同样遮蔽了智慧粉尘罩网，所以智慧粉尘的信息接收渠道绝大部分被遮蔽，包括提供能源的自然光，因此也减弱了传感器功能，破坏链接，进一步降低了营地的联机质量。

路径虽然被踩实，但压扁的雪地很滑溜，尤其是其中还混入了腐烂叶片的黏液。安杰拉跑向卢瑟时得格外小心，过去几天有好多人摔倒，严重到必须送进医疗所缝合被割伤的手掌与治疗严重瘀血的双腿。她绕过用餐帐篷，看到十几个人在被踩乱的白色地面奔跑。她的网格标记出帕瑞西、拉登中士，还有奥马尔，高高举着他们的卡宾枪，叫喊所有人往后退。

众人都跑向一辆多功能热带型越野车，歪斜的车子已激起一道雪泥，停在行政快速房舍外，头灯发出的清澈白光照着中等大小的落雪。驾驶座的门是开着的。一个人影正朝车子后方冲去，她认出是营地系统小组的欧格·多契夫，他踩过高高一堆毫无印记的白雪。卢瑟·卡曾躺在那里，继续尖叫，抓着自己的腿前后摇晃。

接着人们就把他们包围了起来。帕瑞西和奥马尔急忙挥手，要所有人慢下来、后退。安杰拉赶到时，卢瑟已经安静下来，疼痛地呻吟。她可以看到鲜血润湿了他深绿色的裤子，滴在雪上。在天狼星安静下来的粉红光芒下，血看起来近乎是黑色。腿的状况看起来一点都不好，腿扭曲的角度非常不对劲。

"对不起，对不起，你突然朝我冲过来。"欧格哽咽地说道。

安杰拉皱眉听着这话，回头看车子。卢瑟一定是在冰上滑了一跤。从车辆的角度看来，欧格当时想要转开——太迟了。这种天气，早晚会发生这种事，大家一定要——

这时，她闻到了。薄荷。空气很冷，她的鼻子也冷下来，但她仍然认得这个气味。她的眼睛蒙上水雾。"糟糕，糟了。"

马克·奇蒂和康尼夫医生赶到了，拽着急救包。两人跪在卢瑟身边，把欧格推开。他们周围围了一群人，严肃沉默地看着，感谢自己信仰的神明让躺在血泊呕吐物里的人不是他们，全心期望医疗人员能施展22世纪的标准急救奇迹。

安杰拉的e-i要求与帕瑞西联机。"保持警觉。这不是意外。"她告诉他。

他皱眉，"什么？"

"观察四周，不要放松。"她强调完，开始推开一动也不动的围观群众。有人生气地瞪她，烦躁地给她白眼，她完全不理会，直接冲到埃尔斯顿面前。"深呼吸。"她告诉他。

他关心的表情变得烦躁。"干吗？"

"现在用鼻子吸气！告诉我你闻到什么？"

他原本准备好的责难之词被打断，突然反应过来她在说什么。他全身静止下来，深吸一口气，鼻子抽搐着。她看到他脸上瞬间出现的震惊。他立刻下令："大家不准动。先锋军，在我们周围形成防卫姿势。扫描营地。这是作战封锁状况。所有不在意外现场的人等在原位，立刻把你们的位置回报给博坦中尉。"

巡逻的先锋军全部赶回，包围所有人，周遭只有卢瑟的呜咽呻吟声。更多穿着护甲的人影在远处行动，冲向餐厅和微制造厂，武器全部启动，细小的赤红激光在沉默的落雪中扫射。

"取样。快。"安杰拉说。这个味道已经开始退去，被飘下的柔和雪花与冰冷寒风吹散。

埃尔斯顿点头，打开与马文的微联结。一分钟后，行动生化实验室一号的门解锁、滑开，马文快速走过来，到场后跟埃尔斯顿交头接耳一阵子。两人走到越野车撞上卢瑟的雪堆，马文开始挥动长长的塑料取样棒，埃尔斯顿正在研究地面。

"我要所有人回到用餐帐篷。"博坦中尉宣布，"下士，你和雷欧拉护送医疗小组回医疗所。"

安杰拉走向埃尔斯顿。

"你也一样，特拉梅洛。"博坦锐声说。

"你需要我。"她对埃尔斯顿说。

"好吧，可是你得听从指挥。"埃尔斯顿不情愿地说。

"没问题，但快点，它一定走不远。"

埃尔斯顿弯腰去跟卢瑟说话："发生了什么事？"

"不要逼他。"康尼夫医生厉声说。

"不能等。"埃尔斯顿立刻呵斥，"卢瑟，发生了什么事。集中注意力。你滑倒了吗？"

卢瑟满脸都是汗，他强压着痛楚，想要集中注意力，想要记起来。"我……我不知道。我觉得好像有人。好像。他妈的，好痛。"

"有人推你吗？"

马克·奇蒂剪开最后一块裤子，看到一团血肉和露出的骨头，髋骨粉碎了。他用了一两个器具，卢瑟痛得惨叫。

"尽量不要动。我知道很痛，但我们现在必须把它包裹起来，好送你回医疗所。"医生在一旁劝慰。

"有多严重？"卢瑟咬着牙问。

"别担心，我可以帮你固定骨头，重新调整肌肉。现在不要说话。"她瞪了埃尔斯顿一眼。

"欧格？你看到他身边有人吗？看到什么了吗？"埃尔斯顿追问。

"我其实连他都没看到，直到他摔倒在车子前面。他倒在路旁。我刹车了，但轮子没办法抓地，上校，我开得真的不快，真的。"

"我知道。你仔细想想，你一定注意到了卢瑟，即使没有把所有注意力都放在他身上。他是一个人吗？"

"上帝啊。"欧格低头看着卢瑟，对自己造成的痛苦手足无措，"也许。我想……也许他旁边有人。那时在下雪，我整个人都专注在路面上。"

"把你的视觉记录传给我。"埃尔斯顿说。

这句话像是挥了欧格一巴掌。一瞬间，他感受到的痛似乎不比卢瑟少。"长官，我没有打开记录。"

"我的老——"埃尔斯顿瞪着他，"我以为我把纪律说得很清楚了？"

"是的，长官。很清楚，长官。问题是网格会遮蔽在雪地的视线，而且……"他朝空中的大雪片挥挥手。

"那就把网格取消掉。你不需要关闭整个瞳孔智元功能。拜托！这又不是通道科技。"

"是的，长官。"

"回去用餐帐篷。我晚点再处理你。"

安杰拉看着欧格走入盘旋的雪地，肩膀垂下，低着头。她看到风越刮越大，雪也越下越密，她自己的网格显示先锋军们以营地为中心往外巡逻，但她知道他们什么都不会找到，先前天气好、巫岗的传感器全部运转正常时，也没有结果。"你发现了什么吗？"她问马文。

"没有结论。我捕捉到圣天秤星标准的微量大气污染物，但没有特殊的可识别分子，都是一些丛林孢子的残余物。"

"安杰拉没有弄错。我也闻到了。那东西在这里。"埃尔斯顿说。

他们都低下头去看卢瑟。奇蒂用某种厚厚的套筒把受伤的髋骨和大腿都包了起来，医生则在他脖子上加了一个点滴环。

"幸好欧格驾驶技术不错，否则原本可能更严重。"马文说。

安杰拉接过一边担架，埃尔斯顿、马文、奇蒂提着另外几边。博坦中尉亲自护送他们，医生则一直在照料卢瑟。离医疗所只有两百米的路程，但每一步都让她的警觉心更甚。阴沉的绯红光线让整个营地充满神秘的阴影。它可能藏在任何一个影子里。雪又下得更大。外面可能有一整个军队的怪物，被冰冷黑暗的沉默隐匿，等待着。她的想象力轻而易举地让周围的阴暗角落装满怪物，全部都在摩拳擦掌，准备要她重拾二十年前逃离的决斗。

一块长方形的白光从医疗所大开的门透了出来。另一名急救员朱厄尼塔·沙可急忙从快速房舍的台阶走下，帮他们把卢瑟抬入。他们把陷入麻醉沉睡的餐饮主管抬上病床后，安杰拉就立刻退了开来，康尼夫开始救治他。医疗所里的温暖空气与明亮白光让她感觉很奇怪，这是一片真实生活的飞地。她对于躲在薄薄聚合物墙壁外面的可能危险不再如此害怕。但这种感觉是愚蠢的，她很清楚。

"现在怎么办？你不能让先锋军一直待在外面。网络情况越来越差，传感器罩网的功能根本什么都找不到。如果那东西可以趁现在大白天就走入营地，把我们中的一人推到车子下，自然也可以很简单地扑倒任何一个人。"安杰拉说。

"我很清楚我们的战略情况。"埃尔斯顿平静地回答，"中尉，AAV小队报告这次的暴风雪会是最严重的一次。e射线天气雷达显示有很严重的云层和锋面朝我们逼近。我们大概有一个半小时，要把所有人都带入室内，封锁屋子。"

"是的，长官。"博坦说。

"有多严重？"安杰拉问。

"暴风雪。每座圆顶屋在这段时间内都必须自给自足。安杰拉，我要你安排每个人的食物补给。我们会在医疗所和圆顶屋里度过这次暴雪。马文，把行动生化实验室开到圆顶屋旁边，停在附近。异种生物研究队可以暂时住在里面，让圆顶屋里的空间空出来一些，大家都比较舒服。其他设备都要关闭。"埃尔斯顿说。

"暴风雪？见鬼的，我们已经被埋了半米了。"安杰拉说。

"我注意到了。"

这一个小时过得很慌乱。埃尔斯顿不肯让任何人在没有先锋军成员陪同的情况下乱走，这限制了他们能做的准备。即便如此，他们仍然让每座圆顶屋都得到了两天份的独立存量。食物包被分送，主能源槽的电缆线一一检查过。微制造小组打印出的暖炉也被开启，化学厕所从公厕里被拆除，装到圆顶屋里。数据电缆被摊开，插入生化实验室，让通信巢能走实体缆线。

最后，埃尔斯顿命令所有地面车辆开到圆顶屋边，跟两辆行动生化实验室一起排成圆形，驾驶员们抗议没有任何保护直升机的措施，但他们没时间在直升机上加盖任何东西。

当异种生物研究队从圆顶屋搬出、住到生化实验室时，安杰拉也有机会重新调整圆顶屋的住宿安排，埃尔斯顿叫她平均分配人员，让每个人都有一名先锋军作为保护。

"如果你要我搬出圆顶屋，露露要跟我一起。"玛德琳·霍克通过联机跟安杰拉说。此时安杰拉的e-i正在发送新的住宿名单。"没有讨论余地。这可怜的孩子吓坏了。"

"好。我把名单调整一下。"安杰拉好不容易才让心情平复下来。这是玛德琳第一次主动跟她联系。

两个女孩来到安杰拉的圆顶屋，提着她们的配备包，由奥马尔护送。两人刚把厨房设备关闭，雪水从她们的外套与长裤滴下，在平板地面上形成小水洼。

"上帝啊，这天气还真糟。"帕瑞西封起内外层的出入口门帘。

"我觉得用餐帐篷应该撑不下去。"露露拉开外套拉链，"雪已经让屋顶开始下凹了，一定又会裂。"

"这种天气没有用餐帐篷也无所谓。"帕瑞西说。

"只要能源槽继续运转就行。"奥马尔说，帮玛德琳把配备包挂在屋顶的钩子上。

"可以吗？"露露紧张地问。

"没事的。欧格说它们的设计可以在比这个更艰险的环境下运转。我比较担心e射线，如果你看到运行记录，就会发现最近的那一架有一些飞行系统问题，不过也是意料中事，云朵里的电流活动很频繁。"

露露倒坐在行军床上，脸埋在双手里。"他们为什么不来把我们接走？"她以高亢、悲凄的声音问。

"没事的。"玛德琳在她身边坐下，"我们在这里可以歇一天，不用煮饭打扫。"她推推女孩，"还有两名先锋军在保护我们，对吧，奥马尔？"

奥马尔给了露露一个友善的微笑，"不会有坏东西能从我和帕瑞西这里进来。你可以相信我们，我们不会让你失望的，知道为什么吗？"

露露抬头看他，大声吸着鼻子，"为什么？"

"我们不是只动嘴的政府官员。"

她虚弱地挤出一丝笑容。

地上只剩下五个床位后，他们开始重新调整变得宽敞的生活空间，把两张行军床当成沙发，圆形暖气机放在中央，让所有人可以聚集起来取暖。空气的温度升高到他们可以脱掉外层衣服，但每个人还是穿着护甲背心。一道窗帘围着化学厕所。安杰拉自己则随时与出入口门帘的智慧粉尘保持联机，罩网会警告她是否有大型物体进入。

埃尔斯顿与每个人联机，检查他们是否都安全待在屋子里面，这时风势已经开始变得强劲。"直到暴风雪结束前，谁都不准出去。如果碰上紧急医疗事件，必须要有先锋军陪同才能去医疗所。"他命令。

"他太疑神疑鬼了。"玛德琳一关闭与埃尔斯顿的微连接便说，"他应该放轻松点，让每个人自己做决定。"

"外面有危险。他担心我们的安危。"帕瑞西说。

现在还是下午，但安杰拉封起门帘时，已经看到最后的粉红天光从空中消失，因为雪云实在很重、很具有压迫感。他们可以听到狂风吹过圆顶屋的薄薄平板时无所不在的低吼背景声，偶尔被某块营地设备松脱或翻倒的撞击声打破。用来遮蔽出入口的厚重塑料布不断被风吹晃，发出啪啪声，但封条没有松脱。两座明亮的白光灯笼缓慢地摇晃，在圆墙壁上荡出阴影。圆顶屋正中央，圆形的暖气机散发出温暖的橘光。

安杰拉很快发现，平板是个问题。它们的打印方法是以纤维锁链相互编织，以提供多方向性的强度，抵挡风和再一次的冰雹攻击，但卡芮兹玛的人手当时很赶，只顾着提供结构强度，没有想到保温问题。暖气机在屋子中央的确产生很不错的暖流，但在暴风雪中，平板很快地冷却下来。水雾快速凝结累积，顺着墙壁流下，形成细流，过了一阵子，水滴开始发光，凝结出冰晶，要不了多久，他们就会坐在一个钻石般晶亮的洞穴中，而外部被霜雪凝结封住。

安杰拉拿出一团她请奥菲莉亚·特洛伊替她打印出的蓝绿色毛线，开始打毛线。毛茸茸的纤维当然完全是化学制的，但仍然保有天然毛料的大多数特质，更重要的是，当它被编织成有长长耳盖的毛帽时，仍然可以透气。快速打印出的外套和冬季长裤不太透气，汗会闷在层层叠叠的衣物下，很快就变冷，让人全身变得不舒服。卡芮兹玛的人答应趁暴风雪的休息期间研究改正这个问题。

"我记得我奶奶以前会这么做。你在做什么？"看得目不转睛的露露说。

"织帽子。"安杰拉对帕瑞西一笑，"可以戴在头盔下。"

"这门技艺有点失传了。我想我知道你是从哪里学会的。"玛德琳说。

"有关单位得找点事情让囚犯们做。监狱里有很多课程可以学这种蠢事。我得承认，我从来没想过在外面还会有用到这个技术的一天。"

"那你为什么要学？"帕瑞西问。

安杰拉举起棒针，露出邪恶的笑容，"你不知道这东西在霍洛韦里有多好用。"

"你会告他们吗？我是说……二十年啊！太久了吧。"奥马尔问。

"如果他们有脑子，知道给我一个合理的补偿金的话，那我就不用把他们告上法庭了。"安杰拉继续打毛线，棒针的咔咔声勉强压过咆哮的风声与门帘的颤抖声。

"我没有做错任何事，我没有办法忍受被关起来二十年。他们能拿多少钱来弥补你？这件事根本就不对。"露露说。

"他们可以从拿出很大一笔钱开始弥补。"安杰拉说。

"那些把你关起来的人呢？要怎么对付他们？他们一定把证据藏起来了。这群人最腐败，需要做掉他们。"奥马尔说。

"我懒得浪费时间毁掉他们没剩下多少的前途。"安杰拉说。她举起完成的半圆形，只需要再加个边，还有耳盖就行了。"因为他们死了四百年后，我才中年而已。有什么比这是更好的报复？"

"宝贝，你到底多少岁了啊？"听得目瞪口呆的露露问。

安杰拉俏皮地眨眨眼睛，"懂事的年纪了。"

安杰拉打完帽子，确定它能塞得进帕瑞西的头盔下面之后，开始替自己打围巾。再来她决定要打一双手套，然后是一双厚厚的睡袜。再之后，她会考虑接受订单。

贴在圆顶屋墙壁上的冰晶开始像小钟乳石笋一样变长，每次有人走过冻僵的地板，靴子就会刮下一层细密的闪亮晶花。夜晚时，外面开始回荡起雷声，又很快被猛烈落下的沉重风雪掩盖。

坐在行动生化实验室二号驾驶座的罗克·克温德让所有人接收他的视觉影像，看见闪电出现，包围住整辆车的白影。连接圆顶屋跟车辆的数据线很牢固，让埃尔斯顿、博坦、拉登中士可以持续监控每个人的躯网。每座圆顶屋的感应罩网同样与监控程序联机，确保怪物不会跑进去。

"它要在这场风雪里面找到我们，得需要惯性导航。"奥马尔通过罗克的眼睛看了几分钟的暴风雪之后，下了结论。

他们七点的时候吃晚餐，在微波炉里热了几包炖猪肉跟茶袋。安杰拉有几次发现玛德琳在偷看她，就像玛德琳发现她也在偷看自己。她们没有交谈。不知情的人看起来还以为她们讨厌对方，安杰拉好笑地心想。她在霍洛韦常看到这样的行为——无声的挑衅，在公开场合僵硬的礼貌，一旦守卫转过身，要不就是打起来，要不就是想要翻墙逃走。但霍洛韦没有哪面墙是囚犯爬得上去的。

　　九点的时候，每个人又喝了一包茶。安杰拉穿了两层薄长裤，一件长袖衫，又加了一件毛衣，头上戴了一顶毛茸茸的帽子（她的第一件成品）。她在钻入睡袋前，每只脚上都套了三层袜子。奥马尔值第一班，让帕瑞西可以躺到安杰拉身边的床位上。两人对视微笑，满足于靠近彼此。灯笼的光被转暗成只剩一线，暖气机仍然在圆顶屋中央散发明亮的樱桃红，朝空中散发暖流，冰晶在黑暗中似乎变得更明亮。外面的风与雷继续交战，紧绷的门帘不停弹着错乱的和弦。安杰拉知道自己绝对睡不着。

2143 年 4 月 3 日，星期三

安杰拉被一只用力推着她肩膀的手摇醒。即便如此，她也几乎醒不过来，当她眼睛终于勉强睁开一丝缝隙时，头痛欲裂。"怎么了？"她沙哑地问。

玛德琳跪倒在她的床榻边，面色惨白，一口口吞着空气，仿佛此刻正站在蚀影山巅。

玛德琳呻吟地回答："空气。二氧化碳。杀我们。"

该死。安杰拉环顾圆顶屋，看到奥马尔面朝下地躺在暖气机旁。风与雷继续在外面咆哮。她费了九牛二虎之力才挣扎出了睡袋。玛德琳正走向出入口的门帘，每个动作都极耗费力气，她摔倒了不止一次。安杰拉四肢并用地爬向出入口，其间差点又晕过去。两个人来到颤抖的布帘前，好不容易剥开底层的封条。这是密闭封条，让冰冻的风与雪吹不进来。

安杰拉瞬间一阵反胃，吞下卡在内外层布帘之间的干净空气。她的脑子清醒了一刹那。她知道一时的清醒和力气维持不了多久。她歪歪倒倒地跪起，抓住外层布帘，用力一扯，一阵满是雪泥的冰冻空气将她往后吹倒。堆在外层布帘的雪猛然涌入圆顶屋，包围住她的双腿。好冷，冷得发痛。灯笼疯狂地摇晃，撞上摇晃的配备包。所有松脱的东西开始乱飞。化学厕所周围的窗帘猛地被扯开，加入迷你龙卷风中。暴风雪中

的怪异闪光第二度刺入圆顶屋了一秒后，立即消失。

"全面广播警报。把所有人叫醒。"安杰拉朝她的e-i大吼，用力踢开腿边的积雪。

风把他们吹倒在地时，帕瑞西和露露正在睡袋里挣扎。暖气机倒在半梦半醒间的奥马尔身上，赤红色的表面烫上他的脸颊和耳朵，令他发出一阵惨叫。皮肉烧焦，散发一阵阵烟雾。他反射性地一阵狂乱挣扎。从外面射入的另一道光束为这一幕增添更诡异的光影。

"发生了什么事？"埃尔斯顿质问。

安杰拉挣扎地想站起身。玛德琳已经开始动手想把外层布帘绑好，但是地面上的雪厚到她只能关起上半截。刺目的光又闪了一次，蓝白色的光线从开口射入。

"二氧化碳。"安杰拉望着晃动的光线和甩动的配备包上方的圆顶屋屋顶。最高的平板上有三道通风口，设计来通风挡雨。通风口跟其他的平板一样，都被封在冰霜里，但光是这样应该不能封死风口。"通风口有问题，你得警告大家。"

帕瑞西挣扎爬出了睡袋，整个人头昏脑涨，挣扎着想要摆脱令他无法正常行动的头痛，但还是把暖气机扶正，关闭，粉红色的光线变得昏暗。灯笼的光线被调成最高亮度，露露还躺在地板上的睡袋里，哭得像个孩子，跟风声与雷声一样响亮。

安杰拉帮玛德琳把外层布帘关起，封到半尺高的雪堆顶端，当她关到内层布帘时，她的手指差不多已经要失去知觉，整只手都变成了白色，整个人狠狠地发抖。她牙关打战地说："谢谢。你怎么知道？"

"我的智元警告我。医疗套装侦测我的呼吸。"玛德琳喘着气回答。

"哦。"安杰拉不知道该说什么，她明白这套医疗套装有多先进，以及赚取最低薪资的普通餐厅打工女孩怎么可能有这种智元。所以她没有说话，只是紧抓住女孩的肩膀。这是她第一次碰触玛德琳。她的眼睛泛起泪水："我们还活着。"她带着绝处逢生的微笑说。

"我们会活下去。"玛德琳说。两人互望了很久。

"我需要帮忙。谁快点拿急救包来。"帕瑞西说。

"我来。"安杰拉摇摇晃晃地站起，叫e-i去找箱子的智慧粉尘标签。圆顶屋乱成一团。她的网格覆盖在一切表面上，紫色的符号在露露的床位上一亮一亮。她推开床，拿起急救包。

奥马尔半边脸伤得很重，皮肤被烧焦，裂开的地方露出鲜红色血肉。帕瑞西往他的脖子压了一剂止痛药，开始用封肤沫喷满烧伤的表面。

安杰拉监控营地的联机。另外五座圆顶屋有四座都发出响应，每一座都有二氧化碳累积的问题，全都回报通风口被堵住了，有些人已经陷入昏迷。幸好警报已经发出，出入口的门帘都被打开，让新鲜空气涌入。第六座圆顶屋没有回答，所以在生化实验室一号里执勤的雷欧拉·福克斯和罗克·克温德走了出去，两个人互相搀扶彼此，闯过暴风雪走到了圆顶屋，拉开外层布帘。他们发现里面的五个人，乔希·朱斯提克、飞机驾驶员洛尔莱和胡安-费尔南多、巴斯琴·诺思二代、欧格·多契夫，都陷入昏迷，但还活着。

这时候亚提欧和奥菲莉亚·特洛伊已经出去检查他们的圆顶屋，找出问题在哪里。他们报告风把细雪吹入圆顶屋上层的保护气阀，阻挡了通风功能，所以空气没办法从通风口流通。清除堵塞很简单，但一定要手动——而且得从外面来。

医疗报告情况也不乐观。洛尔莱、欧格、温·梅利亚、克里斯·费亚德罗、拉登中士和福斯特·沃代尔都有严重的二氧化碳中毒症状，还有被毁容的奥马尔。康尼夫医生希望让她的急救员检查中毒的人，她也要求把奥马尔带到医疗所去让她救治烧伤，确定他的眼睛没有受伤。埃尔斯顿和博坦安排安特利奈和达尔文·史沃洛斯基把担架当雪橇一样拖过来，用担架把奥马尔带去医疗所，博坦和吉莉恩·科瓦斯基会陪他们一起去，之后他们会带奇蒂和沙可回来。两个急救员会巡视所有的圆顶屋，检查中毒最深的病患。

最后要解决的只剩下被堵塞的通风口。埃尔斯顿不让他们打开门帘，这样会让所有人都受到暴风雪袭击，万一怪物趁这个时间出现，他们根本来不及得到警报。他命令先锋军和每座圆顶屋的一个人两两一组，一起清理通风口。他们同时可以观察雪多久会把通风口堵住，每两三个小时要再重新清理一次。这个工作并不愉快，但总比被二氧化碳毒死或是被不知道什么时候才会休止的暴风雪残害要来得好。

安杰拉跟帕瑞西一组，在天寒地冻的圆顶屋里穿上外套，僵硬的手花了很久才把拉链拉起，然后到处找靴子。玛德琳忙着安慰哭成泪人的露露。安杰拉白天用的手套还是湿的，在低温下已经冻住了。她扶正暖气机，重新打开，把手举在暖气机上。冰开始融化，滴在橘色的圆圈上，发出嘶嘶声，不断沸腾，冻疮同时开始啃咬她的手指。她准备再出去的时候，玛德琳正帮着泪眼汪汪的露露穿外套。帕瑞西加强奥马尔的止痛药强度，用自己的睡袋把他包起。

有人正在拉开外层布帘的封口。

“是谁？”安杰拉大吼。

帕瑞西举起卡宾枪，利落地瞄准了门口。

“安特利奈。”一个声音在风声中大吼着回答。布帘封口打开，寒风再次涌入。安杰拉赶在暖气机又被吹倒之前抓住了底部，为了安全起见把它先关闭。一阵亮光突然爆发，照亮跪在雪堆上的人影。

安特利奈通过缝隙进了圆顶屋。雪片沾满他的外套和长裤，一团团一丝丝。他头盔上的光发出黄色的光束。“抱歉吓到你们了。那个该死的电子风暴在乱搞我们的联机，什么广播都传不出去。”

“我从来没有看过那样的闪电。”安杰拉说。

壮硕的男子耸耸肩。他身后的达尔文正从缺口钻进来。他们四个人一起好不容易硬把半昏迷、呻吟不断的奥马尔扛了出去，放到担架上。有个半身的短遮篷可以保护他的头和胸口不受天气侵害。安杰拉不觉得在这种天气下遮篷能有什么用，可是他们一定要把奥马尔送去医生那里，有遮蔽总比没有好。

吉莉恩微微挥手，安特利奈和达尔文同时抓起肩带，抵着强风，以缓慢的短小步伐前进。闪电不断往下劈，不是以往普通的分叉形状，而是巨大刺目的电球，从上方看不见的云层往下激射，宛如古代的炮弹攻击，击中地面后炸开，发射出细长的电流，四处乱窜一阵后才消散。

“他妈的！”帕瑞西大吼。

"我们得把雪铲走。"安杰拉回吼。她猜想现在地面上的积雪应该至少有一米厚，有些区域的落雪应该有两三米，不定期出现的闪电球爆炸，照出车辆停放的位置已经变成雪堆了。

帕瑞西立刻表示赞同，"好。去拿铲雪的东西。"

安杰拉蹲下来，又从缝隙间挤了进去。圆顶屋里面只比外面安静一点，碎冰在狂乱的气流间翻搅。露露眼神慌乱地盯着她，二氧化碳中毒带来的晕眩使得她害怕又疲累。

"我们得把门口的雪铲走。"安杰拉大喊，想要盖过噪声，"除非把雪铲光，否则根本没办法关上门帘，把门重新封好。"

"好。"玛德琳点点头。她扶稳了配备包，打开侧袋，拿出一把看起来很有杀伤力的猎刀，外裹钻石的刀刃三两下就把行军床肢解成大块的方形塑料板。

"谢了。"安杰拉戴上太阳眼镜保护眼睛不被雪刮伤，抓起其中一片方形板，重新奋力地走回风雪中。玛德琳待在里面，把雪从缝隙往外大把大把地丢，但另一半的雪又立刻重新刮了进来。安杰拉则开始对外面的雪下手，想要清出一条通往门口的简陋斜坡。再这样刮上两天，整座圆顶屋都要被埋起来了。

玛德琳尽量把门帘封起，减少刮入屋内的雪量。临时做成的铲子往外铲了四五堆雪之后，她终于把封条又往下密合了两厘米。

安杰拉一边铲雪，暴露在外的脸颊同时被快速吹来的雪片刮伤，还得不断地擦拭太阳眼镜上的积雪，不过她还是很高兴至少有东西可以保护眼睛。她又开始感觉不到手指，光是抓住塑料板就跟把雪抛入空中一样费力。闪电球继续骇人地爆炸，一定有一颗落在不远的地方，一条刺目的电鞭直直挥过她头顶，被附近一辆埋在雪堆里的车辆导入地面，吓得她整个人一跳，只是穿着厚衣服跳不了多高。

不知道多久以后，玛德琳才终于封上门帘下方的封条。安杰拉感觉不到自己的双手，脸颊已经被打得失去知觉，每口吞下的空气都在喉咙中烧出一条冰冷的火焰，整个营地到处都是闪电球的爆炸声。

帕瑞西用头抵着她的头，"我们去清理通风口。"

"我感觉不到我的手。"她朝他大喊。

"拿着。"他把卡宾枪塞给她，拿起床板，开始爬向圆顶屋的顶端。闪电暂时停顿，黑夜逼近。

闪电一退去，她的e-i就报告有联机开启："你怎么样？"埃尔斯顿问。

"我们清理了门，现在正在清理通风口。"

没必要跟他说她手里有武器，这一定违反探勘队的每一条命令。"奥马尔撑到医疗所了吗？"

"他到了。康尼夫说他不会有事，眼睛没有受伤，只伤到周围的组织，得要做些颜面重建手术才能恢复漂亮了。"

"你看到那些闪电了没？"

"看到了。"

好像为了强调她的话，一团紫色的电球击中被冰块包围、摇摇欲坠的用餐帐篷，一堆如山鬼般尖叫的电波在空中往外爆炸。这一击彻底压垮了用餐帐篷，在一片雪崩中把帐篷击倒在地。安杰拉低下头躲过被风吹来的碎冰，被冲击力震得微微摇晃，联机断掉之后又恢复过来。

"这是什么鬼啊！"她呻吟一声。抬起头时，看到帕瑞西也站了起来，继续辛苦地清理着通风口。夜晚包围起他们。"埃尔斯顿，如果有闪电球击中能源槽，我们就真的完蛋了。"

"我知道，但现在没别的办法。欧格跟我说那东西应该是抗闪电的。"

"这狗娘养的根本不是闪电，简直像是我们正被攻击。还要维持多久？"

"我不知道。我们好几个小时前就失去跟e射线的联机，在那之前，天气雷达显示黑云往后延伸很长一段距离，AAV小队预算大概还有十小时。"

"这鬼天气还要维持十小时？他妈的不可能！"

"我知道。你能看到安瓦和科瓦斯基吗？他们五分钟前离开朱斯提克的圆顶屋，正要去亚提欧的圆顶屋检查拉登和福斯特。"

"我连自己的手都看不太到了。"

"好吧，那——"

两个警告在安杰拉的网格投射出红色的符号。一个是穆罕默德·安瓦发出的入侵者警告，另一个……

"该死！"安杰拉咆哮。托克·埃里克森的躯网正在求救。医疗数据显示他的生命迹象正快速流失，血压降低，心跳乱拍。她集中注意力在心脏的数据，如果还在跳……

"你收到了吗？"她质问。

"它在这里。它在攻击我们。"埃尔斯顿说。

"你看到什么了吗？"帕瑞西边问边从圆顶屋顶滑下来。

安杰拉转头去看穆罕默德·安瓦躯网通信的方向，用网格搭配能见范围有限的肉眼。她扯下太阳眼镜。又一团闪电球落到她身后，蓝紫色的闪光把雪地变成一片灿烂的流星尾，在短短一瞬间的光亮中，她看到了所有的圆顶屋，几栋附近都有人，像她跟帕瑞西一样，被雪包成一团的臃肿人形。每个人看起来都一样。闪电鞭在空中挥舞的同时，她看到一个人形倒在地上，网格导航辨识系统告诉她，那是托克。托克被撕裂的喉咙正流出沾染雪地的深红色鲜血。他的身边是穆罕默德·安瓦，因为眼前的惨剧发出悲痛又震惊的呐喊。他们身后是另外一个人影，跟所有人一样高，没有可辨识的五官，但在网格中没有躯网。一个朝暴风雪深处离去的身影。似乎不受可怕的风雪影响。

"穆罕默德·安瓦——你后面！"安杰拉大喊。她一面想要打开卡宾枪的保险，一面咒骂被一堆没有用的布料包得僵硬的手指。

纠结成一团的闪电熄灭，营地又恢复黑暗。她终于把被冰冻僵硬的手指卡在保险上，按了下去。她举起卡宾枪，用网格瞄准最后一次看到怪物的地方。等待——她僵硬的手指扣上扳机。等待——她咒骂着，她的e-i被禁止使用瞄准系统，因为她没有密码。等待——

"帕瑞西，给我密码——"

暴风雪朝行政快速房舍的地面吐了一团电波。安杰拉知道她只有一秒的时间可以借由电子翻腾时引发的光线瞄准。周围的景象再次出现。托克趴在雪地上。穆罕默德·安瓦站在旁边，也举着自己的卡宾枪，不确定地到处挥动，寻找杀手，纤细刺目的红色激光束切割了浓密的白雪。

还有怪物，毫不迟疑地朝咆哮的白色深处前进，只留最后一个背影。

安杰拉扣动扳机，用身体扛下反作用力，保持枪身平稳，听到子弹从枪管冲出时的咆哮，闪电萎缩、消失。她知道她没有打中怪物。它仍然继续前进，完全不受划破空气的子弹影响。"他妈的！"

穆罕默德·安瓦也在开枪。她可以听到他的卡宾枪吐出子弹的声音，比风的咆哮还要大声，她睁大的眼睛看到枪口吐出的蓝白色闪光，就连激光瞄准器也被用上，想要突破白雪。

没有用的，完全没有用。她很清楚。它消失了。回到它完美的藏身地点。后会有期。

暴风雪又持续了七个小时。安杰拉和帕瑞西前后三次出去清理圆顶屋上面的通风口。每一次雪都比围墙要高，所以每一次他们要出去都得先把门口的雪铲开。

"这绝对会是问题。"他们清理了两次之后，玛德琳说，"有很大的重量从外面往里面压。"她思索着看了一眼覆盖着冰霜的墙壁。虽然暖气机开个不停，冰层仍然没有融化，他们开门去进行清除时吹进来的雪堆依然存在，堆在地上，有细小的水流顺着表面流下，看起来就是被冰堆出的小火山。它在地板上缓缓融化的同时也重新凝结，在地板上结成一片冰，让在屋里行走变得很危险。

奥菲莉亚·特洛伊重新设计了屋顶通风口以免又被雪塞住。她跟卡芮兹玛·瓦戴正在研究要怎么设计隧道一样的出入口，好让圆顶屋能度过下一次的暴风雪，把这些屋子变成真正的冰屋造型。

帕瑞西听到从联机传来的消息之后，便抱怨道："我们得先把微制造厂给挖出来才行。"托克被杀死后，埃尔斯顿一直在传送他认为会振奋士气的消息。

"要挖出来也得先设计并打印出铲子来才行。"安杰拉说。

玛德琳笑了，"可是要打印出铲子，他们得先进到微制造厂才行。"

三人互碰手中的马克杯。

"推土机不能把雪铲走吗？"不解的露露问。自从托克被杀死之后，这可怜的女孩便整个人消沉下来，不太说话，只缩在睡袋里。其他人经常听到她转身面对墙壁，不断啜泣。

帕瑞西好心地赞同："可以啊，推土机会很有帮助。不要担心，既然连昨晚那样都能度过了，我们什么都不怕。"外面某处闪电球落地的声音让他沉默下来。严格说起来，现在已经是清晨了，大气层投掷闪电炸弹的速度也慢了下来。

"我们不能用直升机离开吗？"露露问。

"它们没办法带我们飞到萨瓦那么远的地方。"安杰拉同情地说。

"可是跑道被雪盖住了。飞机没办法用。"

"有些戴达勒斯机是有雪屐的。我两年前在俄罗斯北部受训时看过。"帕瑞西说。

"哦。"露露又翻过身去。

中午的时候，风势大减，带走了最后那些支离破碎的云堆，只剩下几丝濒死的高层云聚集在高空，天狼星粉红色的光照在满目疮痍的营地上。圆顶屋的门帘纷纷被掀开，人们走入宛如极地的红色大地。最初几天的雪落在丛林的树林、树丛、藤蔓上，给了它们一身圆肿的白衣，当时这景象看起来有点怪，但还是可以认出来周围是被丛林包裹。如今，丰饶的植物都被巨大的雪堆湮没，比较高的树木，像是大牛鞭树、吸血刺和大珂亚树仍然在起伏的白色地毯上屹立不摇，但全被包裹在清澈见底的寒冰里，足足有五到十厘米厚。困在波浪般的水晶表面下，还没落下的枯叶永远地被包覆着，形成粗枝干外围稀薄的一层灰绿。

在冰冷澄澈的冬季大地上，极光光带肆意地流窜，蜿蜒的光河懒洋洋地流过圣天秤星高旷的晴空，在地面洒下奇异的彩光。

安杰拉站在保护她却也几乎害死她的圆顶屋外。屋子只有一半还露在外面，然而就连这一半上面都有一层白雪，周围的雪地散发着紫光，仿佛仍然充满了电力，紫光渐渐转成加勒比海的碧蓝，融入了下方覆盖着丛林的浓绿。色彩随着天上随机摇曳而过的光波变幻，但是荧光的光波从未消失，在亮晶晶的雪地上增添其鬼魅晶光。

巫岗营地的人员像是嗑药了一样，四处游荡，受过心灵重创的伤残人士对彼此呢喃着无意义的话语。安杰拉第一次开始真心欣赏起埃尔斯顿。是他在为所有人打气，出现在各种地方，让所有人看到他在意这里历经艰辛、仍然存活下来的每个人。他不断发出命令，解释他们要如何撑过这次考验。

对于工程队地面车辆组而言，推土机是最优先项目。他们很显然一定得想办法处理落下的惊人雪量。埃尔斯顿花了几个小时跟各单位负责人进行会议联机，规划接下来的行动。

托克·埃里克森被抬到医疗所，让康尼夫医生很快地检视了一番。死因很清楚。一圈很锐利的五根利刃，划破他露在外面的脖子，几乎让他身首异处。

"我们有了一个小优势。"埃尔斯顿说。康尼夫正将遗体送入两台停尸间冰棺之一。

"优势？"她问。

"埃里克森按照命令穿了护甲。那怪物通常直直对准心脏戳下去，但这次不行，护甲保护了他。"

"保护了他的胸口。"康尼夫医生说。

"我们需要替所有人制造全身护甲。行动会不方便，但总比死掉好。"埃尔斯顿说。

"告诉我。"医生开口，指着她从托克尸体上脱下的衣服，现在全部高高堆在水槽里，覆在他外套上的雪正在融化，浸湿了其他衣服。"它怎么知道他穿了护甲？他的外套罩在外面，根本看不到。"

埃尔斯顿看着湿透的衣服，然后看向长方形的冰棺门，又看回衣服。"我不知道。"他坦承。

推土机一被挖出来，能源槽启动后，首先就是把微制造厂周围的雪都挖出来，清出一条通往入口的斜坡，黄色的大机器慢慢地滚回其他停在圆顶屋周围的车辆边。一个小时后，每栋圆顶屋门口都挖出了斜坡，接下来就是要挖出屋子本身。

第二批要从雪地里被挖出来、启动的车是两辆自动货板载卸卡车。

埃尔斯顿和奥菲莉亚·特洛伊认定圆顶屋不能再被雪埋住了。如果再来一次同样时间长度和强度的暴风雪，一定会把圆顶屋完全埋起来。她已经跟他提过担心冬季气候对平板造成的气温差异影响——他们选用的组合材质并不适合在这么寒冷的环境使用，如果在零下气温中还要负重，平板可能会龟裂。

所以推土机在每栋屋子周围挖出了一道壕沟，两边各有一段斜坡，两辆自动货板卡车一英寸一英寸地开在第一座被挖出的圆顶屋前的斜坡上，然后缓缓地将前端的长叉伸到圆顶屋下。靠着两辆机械间的联机，它们同步调动升降装置，把圆顶屋抬了起来，慢慢地移到离医疗所近很多的雪地上。

奥菲莉亚跟卡芮兹玛检查搬移后的结果，确定平板没有因为压力过大而龟裂后，才允许另外五座屋子被搬走。

之后，推土机和卡车的工作就是要把货板搬到离圆顶屋更近的地方。行动生化实验室也启动，换了地方。3D打印机开始造出新版通风口，然后开始制造比较小片的六角形板，要替圆顶屋制作入口隧道，使圆顶屋跟冰屋长得一模一样。能源与数据线重新牵好。所有人都紧盯着天空，想知道云是否又飘了回来，除了先锋军——他们的视线紧盯在周围的雪地上，留意着任何动静。

下午时，AAV小队已经准备好让一架猫头鹰机进行火箭推动升空。这个附加的系统是标准配备，巫岗有三套，设计在没有短跑道或是空地的时候使用。虽然营地周围的巨大雪原上并没有任何障碍物，但AAV小队的队长肯·施密特并不确定猫头鹰滑行起飞会发生什么事，有可能可以顺利地滑行，正常起飞，但如果雪太软，它也有可能会把自己埋入雪里。在埃尔斯顿的支持下，肯·施密特决定不要冒险，而是让他的团队在机身两侧各加装一架牢固的火箭推进器，接着整架飞机与配备就被越野车拖离圆顶屋区。在离行政快速房舍两百米外的地方，无人驾驶飞机的尾翼牢牢固定在雪地上，机鼻直直指向天空。

暴风雪结束后，大家都不意外已经没办法联络过去这两个月都徘徊在南方三百五十公里外的e射线。AAV小队希望把猫头鹰推到足够的高度，找到并联结传递链中的下一架 e 射线机——假设还有存留的话。

营地里其他人停下为了注定会来的坏天气做的准备工作，全都聚集起来看这场小型烟火秀。肯的 e-i 命令猫头鹰的双依戴恩能源槽启动。网络确定飞行前系统检查通过后，他将系统转成全自动，往后退开，看着倒数。

"……七,六,五,四……"观看的群众在沉默的冬季旷野间呢喃着。

两架火箭推进器在一阵橘光和浓烟间点燃，接下来是蒸汽，从炙热的火焰周围嘶叫着喷出，烧入雪地，猫头鹰快速飞入晶亮的天空。火焰与浓烟盘绕，随着猫头鹰的机首瞄准了航道，指向霸占南方天际的银色光环，缠绕合一。咆哮的火焰掩盖了众人的欢呼。七十五秒后，火箭的能量耗尽，从猫头鹰的机身脱离，开始坠回地面。无人驾驶器转成平行飞行，以悠长浅微的曲线盘旋上升，穿过周围晶亮的离子气流，双轴螺旋桨在机尾无声但明亮地旋转。

四十五分钟后，它依然在巫岗高空盘旋，成功地与一架 e 射线联机。巫岗跟萨瓦间的四架中的两架 e 射线在暴风雪中坠落，剩下的两架状况很糟，但仍然在空中，只是正逐渐丧失氢气与动力，缓缓下飘。即使是这阵暴风雪过后的平静晴天，红光偏移的阳光也已不足以为它们的能源槽充电，但这两架仍能提供微弱的联结。

"它昨晚杀了埃里克森。"万斯告诉维梅齐亚，"我们差一点就要全死在暴风雪里，这还只是第一次风雪。你要不把我们弄出去，再不就要提供补给。"

"这都不是简单的选项。你有证据吗?"维梅齐亚问。

"有! 我们终于有了!"他通过链接送去安杰拉的视觉记录，跟维梅齐亚一起看着闪电亮起时，埃里克森倒在雪地上，穆罕默德·安瓦站在他身边，一个隐约具有人形的形状在光线暗下时蹒跚地走入暴怒的风雪中。然后另一球闪电爆炸，再次闪光亮起，卡宾枪疯狂地朝灰色的影子开枪。

"这是特拉梅洛的视觉记录?"维梅齐亚问。

"对。"

"她为什么被发了一把卡宾枪?"

"你在开玩笑吗？你没看到天气吗？帕瑞西正在清他们屋顶的通风口，她负责守卫。"

"我可以理解你那里的情况很艰难，但是万斯，这图像文件并不能算是多确切的证据，而且提供这个档案意味着你会立刻受到质疑：为什么每次看到外星人的人都只有她？"

"我真不敢相信居然会从你口中听到这种话。埃里克森的脖子被一把五刃武器给划开了，我们看到一个人形跑走，这样还不够？"

"凶杀案发生的时候，特拉梅洛在哪里？"

"这个影像是几秒后录到的。不过几秒而已！"

"我问你的问题都是人家会问我的。你提供的信息可以，但我觉得还不够。纽卡斯尔的调查结束了。"

"不够？又死了一个人。死了！被五爪刃杀死的！"

"我知道。我们这里的看法要等着看到底是什么样的企业斗争。雷因特被起诉之后，GE财务管理局就有机会进入诺森伯兰星际企业的一级网络，查查他们到底在干什么。史克普西斯相信他们会找到秘密行动的证据。"

"史克普西斯！拉尔夫的后续调查呢？"

"还没有结果。赫斯特还在搜集信息。"

"有外星人在追杀我们。你必须逼他们给我们更多资源。去跟将军谈。给他看图像文件，跟他解释发生了什么事。"

"万斯……他知道。等着看纽卡斯尔状况如何解决的人就是他。他受到投放卫星这件事波及，政客们对他很不满。"

"可我们明明需要知道太阳黑子是否跟沾斯潮有关。"

"我知道。但如今在美妙的后见之明影响下，每个人都在抱怨花费过多。帕萨姆背后捅了探勘行动一刀，现在开始找掩护，说工作结束了。"

"一次戴达勒斯的航班。一次，只要有足够的先锋军，让我有一点机会抓到那东西就好。我只需要这些。"

"万斯，这不会只是一架。不可能。戴达勒斯不可能在巫岗降落，雪太多了，你也说了情况只会更糟。如果我们现在要去你那里，意味着我们得建造一整个通道。这种事就连HDA都办不到。"

"有些戴达勒斯机是有雪屐的，专门为极地气候设计，我知道有这种飞机，数据中有登记。送一架过来，它可以降落，然后回去亚贝利亚。"

"我会跟将军提案，解释情况有多紧急。我向你保证。"

"如果答案是'不行'呢？我们该怎么办？这里的情况不好，e射线传递链撑不了多久了。我们该怎么办？"

"我的办公室帮你们规划了陆上撤退程序。我现在传给你，以免传递链真的失效。"

"陆上撤退？"

"这是可以实现的计划，任务数据中一直在考虑这件事。如果你们可以抵达萨瓦，就可以在那边过冬，绝对没有问题。那里现在只剩下最必要的少数人员，你可以得到维持一年以上的补给品和原料。这么做对你们也比较安全，车队移动起来外星人很难追上。"

"前提是那东西只会用脚走路。它似乎轻轻松松就到了这个鸟不生蛋的地方。它是怎么来的？你的办公室有人分析过这件事吗？"

"万斯，我了解你的处境，我真的了解，但谁都没有办法预料到天狼星会红光偏移。我必须说在圣天秤星上有困难处境的人不止你们。这种情况只要再持续一个星期，就会出现史上最大的灾难。独立国区已经在依靠维持不了多久的食物存量。持续降温下，浮藻田难以存活，GE的有机油供应量会减少百分之十。大多数高堡市的人已经在通道边扎营，要求回来。现在没有人做决定，GE里面绝对是毫无动静。每个委员都在乱跑，不敢下决定。他们正在举办高峰会，讨论该举办什么样的高峰会来讨论这个问题。我从来没见过这种惨状。就连有照新闻网站都在耻笑他们。"

万斯深吸一口气，"好。如果圣天秤星上有另一个对我们有敌意的外星种族，那做什么事都没有意义。"

万斯把安特利奈和杰·超米克叫进办公室来开会。刮暴风雪的时候，暖气被关掉了，所以每件家具表面上都有结冰的水蒸气，他开了暖气之后，墙壁和天花板都在滴水。唯一的屏幕墙正显示猫头鹰天气雷达传来的影像，西北方有另一大片云飘来。

万斯知道他必须在一个小时内命令他们回收猫头鹰，否则会被看起来跟上一场一样凶暴的暴风雪摧毁，再也收不回来。只是维梅齐亚到现在还没给他将军的答复。他不是很确定为什么自己还要费老大的劲儿让猫头鹰继续留在空中——他很清楚将军会怎么说。

维梅齐亚是个好人，同样是福音卫士，一心只想消灭宇宙中的邪恶力量，大公无私，但是他仍然只是个凡人。他在澳洲沙漠下面一待就是几个月，现在已经成为HDA总部的人员之一，被HDA的主流文化同化了。他还没有放弃耶稣，但同样奉行官僚作风。说话之前要先掂量一下其中的政治意义，慢慢累积高层关系和盟友。万斯很确定维梅齐亚的说辞会是：他跻身HDA的最高层，才能达成福音卫士的目标。从大局上来看，说不定他是对的，可是如今身陷新生的极地荒漠中，远离任何星际星球，万斯发现自己很难遵行基督教诲的宽恕之道。很明显地，维梅齐亚已经被最古老的罪行——虚荣所打败。

"我认为我们现在不会再得到任何外援。"万斯告诉他的两名同僚，"我们必须靠自己的能力，以及基督的智慧给予的安慰来面对这场难关。"

"维梅齐亚会帮忙的。"杰说。

"我不认为他有办法。我们受制于天气，他一样受制于HDA的政治和官僚。如果能有援手，那是真正的恩典，但我们必须做好最坏的打算。维梅齐亚的办公室传了一些数据过来，让我们用车队的方式去往萨瓦。我必须承认，我觉得这是一个权宜之计。"

安特利奈惊呼："你确定吗？那是两千公里外！我们根本没有准备好要应付这里的地表状况。谁都没有进入过被雪覆盖的丛林。"

万斯说："我们必须面对现实。就算明天冒出最后一颗太阳黑子，也要等好几个月以后它才会跟其他黑子一起消失，更别说到现在为止还没有半颗消失呢。在那之后谁也猜不到雪要多久才会融化，整个星球的状况已经变了。但我知道开车跨越冰冻的雪原远比融化的雪原要容易。两位，我们办得到。我看了一下前期数据，我们有足够的资源，虽然是勉强而已。但等越久，我们的机会越小。"

"似乎有点道理。"杰越发担心地说，目光遥远，显示他正在读取网格中的数据，"可是那只怪物，甚至是那群怪物，要怎么办？"

"维梅齐亚认为如果我们在移动，反而更能应付它。"

"说什么蠢话。它不是也追到这里了吗？"安特利奈说。

杰烦躁地握拳，"如果我们能知道它是什么就好了……看看我们，我们可是能在星球间航行的种族，我们带着人类史上最先进的研究工具，最好的传感器，他妈的超强的军队，却什么也没弄到。我们跟中古世纪的农夫一样，被晚上来临的怪物吓个半死。怎么会发生这种事？"

"正好相反。我们对它了解很多。"安特利奈举起手，制止杰的反驳，"除了它的心理思考模式以外。我承认它的思考逻辑很怪。可是首先，我们知道它不来自这个世界。这里的植物根本不足以变异，它们的基因结构太僵硬，也没有可以衍生出动物的基因种类，所以它跟我们一样，对这里来说都是外来客。其次，我相信只有一只。如果还有很多只，我们早死光了。很简单。我们也许不了解它的动机，但我们很清楚它的目标：杀死我们。如果不止一只，那它们会直接用武力打败我们。它们的速度更快、更强，而且掌握我们的科技，足以规避我们的传感器。"

"你认为它会是创造星球的生物送来的保护者吗？"万斯问。

"这是最合理的结论。我考虑过其他想法。也许它是猎人，以残杀我们为乐趣，或者它其实是某种叛徒，但它最有可能是保护者。我不确定它为什么杀了巴特拉姆宅邸中的每个人，也许和诺思家族玷污这个世界有关，但我们很确定它为什么会挑中巫岗而不是其他营地和补给站。因为我们才拥有足以毁掉圣天秤星的武器。"

"那你要怎么解释它的人形？在我们的了解里，演化不会克隆我们的双足系统，因为要走到这一步有太多的巧合了，更不要提有五根手指的手。"

"它有这种外形是为了在我们之间出没。"

"可是我看过它。两次。我看了从安杰拉意识里抓出的脑波扫描，我也看了她昨天晚上瞳孔智元的记录。它有人类的外形，但不是人类。"

"我一直在思考这件事。从这场探勘行动的开始，这件事就一直让我很烦恼，而且是所有猜想中最明显的瑕疵，让史克普西斯和帕萨姆这种政客每次都能用这一点来对付我们。最简单的解释是最可能的：它在攻击模式时是人形。这几乎可以解释所有发生的一切。我们已经设想这是来自一个科技基础非常先进的文明。"

万斯瞥向杰，后者看起来很不安。他的脑子转得飞快，想要找出一个能排除这个想法的解释，但他深入过神奇得可怕的沾斯世界，知道真正异种的意义，也知道究竟能有多么不同。当一切想法、一切可能，无论多渺小都必须被纳入考虑范围时，变形人是非常合理的推断结果。"可是是谁呢？"

"谁出现在每个谋杀现场？"安特利奈问。

"不可能是特拉梅洛。我不接受这点。我们扫描过她，取过DNA样本，而且纽卡斯尔的凶杀案证明凶手不是她。"万斯说。

"她从哪里来？为什么二十年来外表都没有改变？我们知道每次有人死亡时她的确切位置到底在哪儿吗？这东西速度有多快？行动有多诡异？从来没有传感器察觉过它。它的外表都是靠她阐述。"

"她是人类。"万斯说，很不满自己退化到只能以固执当作自己的论点。

"我相信她是，只要她这时应当是人类。也许她也不知道自己是什么。如果它只有需要时才会从她体内出现？"

"杰？"万斯问。

"你知道我从来没信任过她。"

"我问你们，"安特利奈说，"如果不是她，会是谁？"

这是万斯无法回答的问题。这种分析和解读程序是好几个世纪以来情报工作的基石，是他基本受训的很大一部分。如果有答案，那一定存在于探勘队成员的数据文件里。他必须一一检视，寻找突兀的地方，寻找异常现象的线索。

这个想法让他全身一僵。穆兰死后，他允许安杰拉帮他们进行简单的行政工作，当时他就在网络里加入一些隐秘的监控程序，看看她使用什么数据。而她做的第一件事之一就是检视人员资料文件。难道她一个月前就猜出来了吗？

"好。我们先假设怪物不是我们仨之中的一个。如果那怪物来这里是要取得弹头，那我们三个人都已经有权限了。"他说。

杰和安特利奈不情愿地点头。

"你再去追查安杰拉。"万斯告诉安特利奈，"她有些很聪明的程序会发现普通的智慧粉尘数据发送，所以这次要用我们的微型智慧监测器。"

杰笑了。"我来吧。"

"我要叫维梅齐亚通过AI确认程序运行过我们所有的人员资料，任何异常的地方应该都找得出来。在这之前……"他朝屏幕墙挥挥手，上面有一块鲜艳的紫黄色点，显示逼近的云朵，"这次我们要做好万全的暴风雪准备。"

"撤退呢？"安特利奈问。

"我认为是无可避免的。我们利用被暴风雪封闭期间开始准备。"

二十分钟后，他又跟维梅齐亚通话，"对不起，万斯，但将军说不行。我们用AI分析了你给我们的图像文件。那怪物的比例属于人类，步伐也是。不管特拉梅洛看到什么，那都是人类。我们认为你的营地里有个杀人狂，不是外星人。假设他真的就是她的同伙。"

万斯花了一段时间思考AI的分析，不安地发现有很多因素同时重叠起来，"特拉梅洛朝它开枪。"

"没打中不是吗？"

万斯几乎要笑了，为了压下一声怒吼，"好吧，既然这样，我想要请你们用AI分析巫岗每个人的个人档案。我要找冒名顶替者，看看有谁是别人塞入的间谍。"

"没问题。"

"我们要开始执行撤退行动。我认为e射线应该撑不过这一次的暴风雪，但我有五枚紧急通信火箭，应该能升到可以暂时跟亚贝利亚的网络联机的高度。如果我用了它，只会是因为那怪物是真的。所以你能不能至少安排一架雪屐戴达勒斯备用？"

"我会找人帮忙。我知道我们有人在战情中心，可以把这件事归类成战备演习。"

"谢谢。"

"万斯，你自己小心点。我知道这个任务是耶稣对你的试炼。我会为你的平安祈祷。"

伊恩·拉纳金警探回到四楼，他被分派给市警指挥办公室，帮助协调警方对于通道封锁的应变措施——这显示了他在欧鲁克面前的地位。但在这么辛苦的诺思家族案之后，这个工作量正好，过去两天都没有事要做。GE边境管理局的军队很强悍，没有人从圣天秤星进来，虽然几乎每天都有人想要突破防线。每一次高堡市居民的组织都更好，行动也更暴力。在此同时，GE委员们坐在布鲁塞尔的精致椭圆桌边，喝着矿泉水，避免做出任何一丁点关于圣天秤星人民应对方式的决定。其他国家领袖已经开始施加压力，发言表示他们关切GE无法有所作为的现状。

有机油仍然从圣天秤星的备用槽继续输出，伊恩很清楚布鲁塞尔只在乎这件事，可是这也让他有机会好好休息一下，跟同事喝茶聊八卦。市警指挥办公室是圆形的，有内外两圈书桌，坐了二十名警探和特种机动警察，带队的是坐在中央的执勤六级警探。伊恩在内圈有张桌子，负责处理后备人员分配。他让装满外聘警力的二十三辆大地王停在邓斯顿山丘和A1旁，在临门区失控时可以立刻出动。从网格上出现的数据以及链接民众罩网的全像联结来看，他们主要的问题不是圣天秤星的暴民，而是纽卡斯尔塞满了即将成为难民的人。大多数人为了来到这个通道，已经穿过数个大陆、海洋，有些人甚至来自其他星球。伊恩从来没听过他们在说什么，他们是他从小到大都有的背景噪声，跟泰恩桥一样，都是纽卡斯尔的一部分。如今，他到处在找事情填满无聊的日子，开始看跨网新闻，记者们都在报道通道封闭的消息。贫困的难民诉说着他们历经的辛苦，还有倾尽一切好逃离压迫与暴力与不容忍与压迫的理念统治，他们被迫舍弃一切，有些人还必须离开家人和爱侣。他们列举出来进行严厉批判的国家和政府让伊恩很惊讶。他不觉得他们特别腐败或独裁，但他向来没有统治局、人民委员会、安全局、宗教警察会反对的强烈信念。

这些难民在愤怒与恐惧的驱策下，坚决要前往独立国区寻找庇护，在那里他们可以在欣悦的自由中开始新生活，终于可以摆脱过去。现在却因为一群他们没有见过、没有选出的官僚，太阳黑子和天气被用来当借口，阻止他们加入他们的同志、同胞、兄弟姐妹。他们是从监狱或更可怕的地方拼命出来的人，绝不是马路上的塑料路障就能拦住多久的。红十字会为他们设立暂时住所，但他们的负面情绪累积得很快。

伊恩赌三十欧法元第一次暴动会在星期五发生。负责管理市场街警局赌盘的梅克鲁警员给他的赔率不好。

九点钟的时候，他已经在喝餐厅端来的第二杯茶，e-i报告了纽卡斯尔市警局的一个监控程序抓到的活动。伊恩仔细地暂停自己的官方记录文件，然后将监控抓入网格。

波瑞斯·雅顿森正赶去搭乘伦敦快速列车。伊恩带着冷酷的笑意看着警局罩网的数据显示波瑞斯和两名同事走在漫长的圆弧月台上，朝火车最前端的头等车厢而去。他痛恨这个西装笔挺的男人展现出的高傲，手工制皮鞋与合身的骆驼毛长大衣透露出的低调豪奢。痛恨三个人聊天时他发出的嚣张笑声。痛恨那张脸。

伊恩换个屏幕。塔鲁拉今天穿着百褶深紫裙，深橘色的上衣，白色金扣宽领的外套。他觉得她穿这个配色很好看，正好衬托她栗红色的头发。她一如既往地搭上通往桥头区的地铁，然后走到班山路的办公大楼，八点半前抵达。他看着沿路上建筑物的民用罩网送出的影像，很高兴她在最后二十米的那段路碰上同事时，脸上露出精神奕奕的笑容，两个人热切地聊天。

他的监控在建筑物的入口停止。要进入室内罩网会有困难，不是不可能，但是实时读取私人建筑物室内网络会在市场街警局网络中留下记录，就连从埃尔斯顿那里偷来的密码都不能规避这点。

伊恩不介意。她十二点四十分午休时，他又可以看到她。她通常搭地铁回市中心跟朋友们一起去咖啡店或小连锁餐厅。天气晴朗的星期一，她跟一整群办公室的人走过吊桥，坐在河边工会大楼附近的啤酒花园里。

她那天穿了一件带花的洋装，深蓝色的外套扣起，抵挡从泰恩河吹来的残存寒风。他比较喜欢那天的那套衣服，不过她穿什么都很时髦合适。

塔鲁拉安全地上班，波瑞斯正以每小时三百二十公里的速度疾行在东岸主铁道上，伊恩联络米切尔·鲁谢，一名伦敦都会警队的警探。他们曾经合作过一两次，处理横跨他们负责城市的案件，过程中一起喝过几次。他跟米切尔相处很愉快，两人对这世界与世界上形形色色的人有同样的看法。

"我今天可能需要你帮个忙。"伊恩说。

"行，希望不是太麻烦的。"米切尔说。

"没事，只是有个人正搭火车往你那里去。我不喜欢他。而且他真心以为自己屁股热是因为他的屁股会发光。他得知道屁股热是被我的靴子踹的。"

"你要怎么样？"

"就事论事，犯法的人就该被抓起来。这可是我们职责所在啊。"

"他犯多大的事？"

"这就是有意思的地方了。正好，他今天晚上会去夜店，是那里的常客了。我正盯着他的第二账户。当他花钱买不该买的东西时，我会让你知道。"

"行。我得改一下排班，但我可以处理。"

"谢了，老兄，事成我欠你一次人情。"

"你欠定了。"

所以那天晚上十一点三十五分，伊恩附在米切尔的瞳孔智元影像传输上，看着警探带着两名外聘警员进入南岸的泰晤士河畔欧洲旅馆。玻璃电梯带着他来到三十三层楼，波瑞斯·雅顿森在这层楼订了一间套房。米切尔看着半公里外的古老千禧年巨蛋，第三层的塑料屋顶终于被大蜘蛛一样长相的机器人用链锁分子平板直接原处印上。

"我把付款转账记录送到苏格兰场网络了。这样你就有调查他身份的理由。"伊恩说。

"行。那女孩你想怎么办？"米切尔说。

"不怎么办。你只是在查那笔转账交易而已。你原本就在调查那家夜店，看他们是否从事不法色情交易。雅顿森会把自己往死里整，尤其如果你没表现出是针对他的调查。"

"你要告诉我他干了什么事吗？"

"他是个银行家。"

"那就是他自找的。"

米切尔一边启动外套上的警徽，一边走向套房，路程不长。他用旅馆安全单位提供的强制开门程序让e-i把套房门打开，同时发出广播，一面大喊："警察，不许动，留在原地。"

房间的灯同时打开，两名警察立刻冲了进去，举着电击器。米切尔慢一步跟在后面。卧室发出尖叫。

伊恩笑看着米切尔瞳孔智元送出的老掉牙场景。夜店的舞者坐在床上，丝绸被单紧拉到脖子，好像把它当成无敌盾牌。一件紫色亮片的短洋装躺在地上。她赤红色的丁字裤挂在波瑞斯·雅顿森头上。除此之外，他一丝不挂。

他想从床边的柜子抓起一个药囊塞到床头柜，当场被警察逮住，把他扯到地上。他被迫跪着，双手扣在脑后，电击器贴着他的胸口。

"警官，不用这样吧！你们不需要用武力，你们抓错人了。"他虚张声势地说。

"是吗？"米切尔好笑地问。波瑞斯伸手想扯下丁字裤，却被一名警察拍开。"所以你是霍圣理先生？"

一听到他的第二账户名字，波瑞斯立刻变了脸色，"我不是他。我可以解释。"

"希望你可以。我们一直在监控粉红杏桃的账户。"米切尔意有所指地看了一眼女孩，"他们因为人口贩卖而受到调查。霍圣理先生今天晚上用他的朝鲜账户转了一大笔钱给他们，现在你又跟一名夜店员工在一起。"

"什么？不对，不对，你们弄错了。警官，拜托你，我们能不能私下谈谈？"

"对不起，霍先生，我不明白。"

"我不是霍圣理。"波瑞斯满脸涨红，"这实在太胡闹。你们很清楚这是干什么。"他想要站起来。一名警察用伸缩警棍一敲他的膝盖窝，波瑞斯大叫一声又跪倒。"你们这群龟孙子！我的律师会把你们这群法西斯杂种全部吊死。"

"拒捕且威胁警员。我想你应该跟我们回警局。"米切尔说。

"老天爷，拜托不要。不要。拜托。帮个忙，不用这样吧。"

"这样吧，霍先生。我现在心情不错，所以我让你先穿裤子，再带你穿过大厅去巡逻车上。"米切尔指着丁字裤，"这是你的吗？"

一个小时后，塔鲁拉·帕克被伦敦都会警队的电话叫醒。她的e-i确认来电者的身份。

"很抱歉这么晚打扰你。我们在泰晤士河畔欧洲旅馆收押了一名男子，他的血液指数显示他使用了许多药剂，同时对于自己的身份有些混乱。我们从他的e-i搜集到的个人身份数据显示你与他相识。我们想知道你是否能替我们确认他的身份。"

睡意正浓、神情恍惚的塔鲁拉花了一阵子才回答："我……好的。"

发送给她的照片中，她的未婚夫跪倒在旅馆的床边，一名赤裸的妓女躲在他身后，他头上还顶着一件红色丁字裤。

"请告诉我这位是否是波瑞斯·雅顿森先生？"鲁谢警探问。

"是的。"

"谢谢。再次抱歉，打搅了。"

通话结束。

2143 年 4 月 4 日, 星期四

联络他的是12-GH-B2农场。亚历安·诺思二代开出高堡市, 往西北方向前往艾尔威克湖北岸, 他知道任何一个诺森伯兰星际企业种植浮藻田的地方都可能把他找去。雪从大陆南边海岸线, 经过一段不算短的三千五百公里的路程, 终于来到安柏斯中央地带, 一个星期的寒风与冰雨预告着柔和雪片的到来, 所以落雪真正发生时, 没有人意外。

亚历安的管理值班周正过了一半, 因为通道的进出限制, 所以值班的时间也被延长。在市中心的办公大楼里, 他花了很多时间读取亚贝利亚的档案, 焦急地看着暴风雪攻击布琳凯尔的领域, 三天不到就积了一米落雪。亚贝利亚机场已经没有班机离开, 整个荒凉的区域已让他们接受必须靠自己活下去、直到太阳黑子消失的事实。有人说可利用有雪屐的飞机从东盾镇运送补给品, 但那只是无照网站和忧心的亚贝利亚员工的空想而已。亚历安可以直接读取诺森伯兰星际企业的一级网络, 他知道甚至没有人曾考虑要租用这种飞机, 更别提从通道运一架过来。

他原本坐在控制中心的七楼, 空调开到从来没用过的暖气功能, 管理运作巨大水管网的员工, 结果那通电话来了。当时已经下了七个小时的雪, 地面已经冷却到偶尔会让雪片堆积起来。他低头看着城市屋顶上堆积起的奇异斗篷, 然后联络车库, 订了一辆豪华型路虎, 确保这辆车的维修记录是最新的。他派车库负责人去弄一箱能自动加热的食物, 还

有两升热水瓶装的咖啡。市中心难得还开着的服装店之一正因为卖冬季外套而生意好得不得了。亚历安要他们打印一件他的尺寸的大衣，然后上了车。

除了A号高速公路，大多数城市边际外道路很快就没再铺柏油，变成压实的泥土路。向西北方的路也一样，整条路被雪盖住，看不见了。他分不出来哪里是路，哪里是路两旁的干沙地。前进雷达和罩网传感器勉强穿透冰霜的外壳，在他的网格中显示两条线，加上路虎的动态导航系统，帮助他还算笃定地顺着线开，但时速得维持在五十公里以下——他原本习惯用每小时一百五十公里以上的速度穿过浮藻田间的道路。

浮藻田间没有任何动静。诺森伯兰星际企业的员工出人意料地忠诚，当大多数城里的人把家当都打包装上汽车和卡车，朝通道开去时，他们仍然坚守岗位。他们应该是相信如果情况真的恶化，奥古斯丁·诺思会保证他们都能回去——毕竟他们大多数都是登记在案的GE公民，待在圣天秤星上都是为了免税薪水和不错的奖金工作。这是又一件一级网络中明显没有处理的事。

挡风玻璃刷将雪片推到加热玻璃的两边，最高亮度的头灯穿过了落雪，路虎的网络仍然与高堡的跨网通信巢连接，但随着不断前进，孤独感就越发强烈。问题不是这里从未出现过的雪，而是光。亚历安完全无法适应点亮大地的微弱珊瑚天色。

离开办公室两小时后，他来到12-GH-B2区，一组十二片的浮藻田，它的作物经过基因改造，能产生有机油。分区经理格温·贝瑟特正在路的尽头等他，坐在吉普车里，开着暖气。她怀孕的肚子已经很大，整个人包在厚厚的毯子里。

"谢谢你来。分区办公室一直说他们没人手。"她说。

"没问题。我认为需要有我这个层级的人过来，获得关于气候影响的第一手数据。"亚历安跟格温已经共事七年以上，他信任她的判断。如果她说有问题，那很可能就是大问题。

两人爬上第一片浮藻田边的斜坡，站在边缘。亚历安看着直径一公里的圆圈，里面都是泡在水里的稀泥。即使在黯淡的红光下，仍然看得出上面的斑点。皱褶表面上出现的黑块看起来没有规律，两米到五十米不等，大多数都是在不断绕圈的巨大机械手臂后面，仿佛因为手臂所以才到处都是斑。

"死掉的浮藻块今天早上开始出现。其实也不意外。这种浮藻根本不适宜在这种气候下活着。它的生长速度整周都很慢，产出大幅降低。"格温说。

"我知道，昨晚已经降低到百分之十二。奥古斯丁自己也注意到这个数字。可是这个……很不好。"

两人顺着边缘走到机械手臂边，身边白雪飞舞。浮藻特有的带甜味的硫黄气味难得被冷空气稀释，他看着雪片落在浮藻田表面上，缓缓融化。

"你会把我们都弄出去吧，如果这里的情况真的变得很糟？那些农作物已经全部完蛋了。他们说柑橘园在这种天气下只能再活两周，前提还是天气不会变得更糟。太阳黑子爆发结束以后，所有东西都必须重新种植，可是供应链里没有很多库存。"格温说。

亚历安停在机械手臂粗重、正顺着水泥铁轨在爬的那端，厚重的滚轮几乎没有转动。引擎盖里的马达发出他从来没有听过的嘈杂摩擦声，仿佛齿轮里都是沙。他看着格温，她的双手正护在自己的肚子上。"如果真演变到那样，我们会负责把我们的员工都带出去。"

"谢谢你，亚历安，很高兴能听你这么说。"

他指着引擎盖，"那里是怎么一回事？"

"阻力。"格温简洁地回答，"浮藻开始结冻，机械手臂末端的吸口没办法把藻泥吸进去，结果整根手臂变成像推土机的爪齿一样地前进。系统根本无法应付这样的阻力。我们看到的压力数据远远超过设计的限度。"

"该死的。"亚历安低声骂了一句。他们爬上短短的金属台阶，来到顺着整条手臂延伸了五百米的走道。低头看着浮藻田，他可以看到通常泥泞的田心开始冻结，变得更僵硬、缓慢，不愿意进入吸口。吸口的纱网前堆积出细长的圆尖堆。手臂就是一直要推动这些东西。"到处都一样吗？"他问。

"我检查了区里的每一块，都是这样，这代表大加洛平原上的所有浮藻田都一样。它们同时在死去，崩解。亚历安，你得想想办法。我们可以等太阳黑子消失后重新播种，但要替换NI浮藻田里的每根机械手臂？这花费连我的e-i都算不出来。公司的保险足够应付这种灾难吗？"

亚历安严肃地朝濒死的浮藻田皱眉。不论他怎么想这件事，都无法否认格温说得对。他叫e-i去用他最安全的保密程序联络奥古斯丁。他从来没想过自己会拨这样一通电话，而且得花很大的决心才能坚持过一道道的保安关卡却没挂掉。就连诺思二代都无权立刻直接联络奥古斯丁。可是奥古斯丁的e-i终究允许他接通。

奥古斯丁开口："亚历安，你在浮藻田区里。有什么事情找我？"

"对不起，父亲，可是我们需要关闭有机油生产。全部关闭。"

五点五十三分，负责接收班山路罩网信息的监控程序通知伊恩，塔鲁拉·帕克走出了她的办公室。那天晚上在下雨，所以她撑起雨伞，跟同事告别，然后快步走向桥头地铁站。

他知道她会直接回圣詹姆斯的家。跨网中的拦截程序让他完全掌握她那天拨出的电话，大多数都跟工作有关，极端的慌乱，因为今天NI和圣天秤星的其他有机油制造商组成的八巨头，一起宣布要关闭浮藻田。也有几通来自女性朋友，要她晚上跟她们一起出去玩。她谢谢她们，婉拒了，说她还没准备好要进行这种恢复疗程。在他做出这种事之后，太快了。就连她母亲都打了电话来，尴尬地关心两人取消订婚的事。

伊恩的监控程序同时紧紧盯着波瑞斯·雅顿森。他一大早就取保释放，搭了快车回到纽卡斯尔。伊恩拦截到的通话显示，他的银行老板对他的行为多有不满，但因为金融市场混乱了整天，他犯的错根本没有受到理事会的半点关注。波瑞斯那天下午甚至进办公室工作了几个小时。

现在监控系统显示波瑞斯进入圣詹姆斯镇楼在军营路上的入口，在崔福酒吧里找到一张桌子，点了杯咖啡。酒吧的罩网传感器很不错，让伊恩可以拉近屏幕，看到波瑞斯额头上浅浅的一层汗。紧张、绝望的男人想要鼓起勇气。果不其然，咖啡才喝了一半，波瑞斯就叫来女侍者，点了一杯威士忌。

这正是伊恩需要的机会，就像是他邀请了波瑞斯去表现出自己最恶形恶状的一面，好完全破坏掉这段感情一样。

伊恩打开办公桌最上层的抽屉，拿出他那天早上从市场街警局证据库拿出的大信封。他一离开警局便直接去了纪念碑站，搭了一站地铁到圣詹姆斯站。

圣詹姆斯镇楼的住宅区没有多少内部罩网，但因为576B公寓里的凶杀案，席德命令外面的走廊都要涂上智慧粉尘，直接跟警局网络联机。凶手会回到现场的可能性几乎不存在，但这个案子有这么多的授权和资源，多加一个罩网轻而易举，很值得一试。

伊恩在塔鲁拉回到家七分钟后，来到圣詹姆斯。他在大厅里徘徊了一下，用网格监视着波瑞斯。终于银行家站起身，穿过镇楼的商业区，来到一排住户专用电梯前。他显然保留了密码，电梯为他打开。伊恩走向大厅电梯，用的是警察授权码。

走廊罩网显示波瑞斯在576B公寓外面迟疑了。他已经不能直接联络塔鲁拉。在今天早上八通很痛苦的电话后，她终于要e-i取消他联络她的权限，所以波瑞斯必须乖乖地按电铃，发现没有响应后，他得学着19世纪的人敲门。他成功了。门打开后是看起来很疲累的塔鲁拉，她的表情在愤怒与沮丧间徘徊。波瑞斯立刻开始恳求，几乎是硬挤进屋。塔鲁拉关上门。

在走廊另一端两人看不到的地方，伊恩等了一分钟，然后走到门口，叫e-i去联络塔鲁拉。时间正好，他听到里面传来隐约的声音，愤怒且激动。两人同时安静下来。

"谁？"塔鲁拉问。

"拉纳金警探。我来还鉴证组拿走的一些东西。实验室取样结束了。"

"哦……对。"

门打开。塔鲁拉看起来好凄惨，眼眶都哭红了，头发塌在头上，像是刚从葬礼回来的人。伊恩当场只想搂住她。

波瑞斯站在她身侧，一脸就是药瘾上来的样子，他急于想要说动塔鲁拉，又因为意外的打断而恼怒。他瞪着伊恩。

"我想你应该想尽快把这些东西拿回来。"伊恩说，把大塑料信封递给塔鲁拉。他甚至懒得去读里面有什么，很显然是衣服，还有一些小小硬硬的东西。

塔鲁拉茫然地瞥了一眼信封，一面接过，"呃，谢谢。"

"一切都确认没问题，也清理过了。"他微笑。

"警官，你挑的时间真不对。"波瑞斯语气不佳地说。

伊恩摆出第一次注意到他的表情，"你说时间？"

"对，我们正在忙。是私事，你明白吧。"

"这样啊。"他看看塔鲁拉，后者避开视线，"你还好吗，帕克小姐？"

"她没事！"

"小姐？"

"我的未婚妻没事。能不能请你现在离开，不要逼我告你扰民。"波瑞斯怒骂。

"你不是我的未婚夫。"塔鲁拉低语。她开始扯着手上的钻石与红宝石订婚戒，一面还要抓着鉴证组还回来的信封。

"别这样。"波瑞斯出言劝阻，"亲爱的，拜托，让我解释，警察他们是——"他脸色一变，瞪着伊恩。

"不要。"塔鲁拉啜泣，"你走！波瑞斯，我不要你在这里。我不要看到你。请你离开！"

"你不听我说完我绝对不走。"

"够了。先生，屋主请你离开。请离开吧。"伊恩说。

一根手指戳向伊恩的脸。波瑞斯满脸通红，"你不要插手。这件事都是你们这群人的错。"

伊恩皱眉，显示不解。他的头歪向一边，仿佛在读网格上的资料。"嗯，今天早上伦敦都会警队因为滋事和身份盗窃罪名把你收押。我这里看到你现在是取保候审的状态。先生，你觉得自己现在的行为符合保释条件吗？"

好长一段时间，两个人瞪着对方，波瑞斯似乎想要朝伊恩挥拳，他的确气到会做出这种蠢事，但某种更深重的直觉打断了他的念头。伊恩更年轻，更高，从衬衫下包裹的结实胸肌线条来看，比波瑞斯健壮许多。而且，他是警察。

"我们需要谈谈。"波瑞斯充满怨恨地说。塔鲁拉别过头，又快要哭出来。

波瑞斯伸出手，却没有足够勇气去碰她。最后他走出公寓。

伊恩连忙把门关上，"很抱歉，帕克小姐。这大概是我当警察以来最不巧的时候了。"

"没有，一点也没有，是我该谢谢你来。我真的很高兴你来了。如果只有我，真不知道该怎么办。我让他进来真的很蠢。"

"我，呃，看了警方报告。可以理解你现在为什么不想见他。"

"永远。我永远都不想再见到他。"她说。

"唉，我可以体会你的心情，我也是过来人。"

塔鲁拉略微不解地看了他一眼。他耸耸肩。"我两年前也订过婚。她取消了。当然不是这种情形，好吧，也许有点像。她碰上了别人。更好的对象，她说。"

"为什么人们会这样？"塔鲁拉怨恨地问，"你让一个人走进自己的生命里，直到他成为你的全部，然后他们一转身就往你心上戳一刀。"

伊恩很不愿意看到她这么沮丧，而且知道自己是罪魁祸首让他更难受。他几乎要有罪恶感，只不过揭露波瑞斯的真面目从长远来看才是为她好。"这是早晚的事。我们早晚都会发现的。早点发现还比较好。当然，这种事情永远没有最好的时机，不过总是这样。"

"真的好痛。为什么这么痛？"

"你有没有什么人可以去找，或是找来陪你的？好友一类的？你们可以一整晚一起骂男人有多没用。"

塔鲁拉几乎要挤出一丝笑容，"你跟波瑞斯一点都不像。"

"我只是不希望让你现在这样一个人待着。你确定你可以吗？"

"可以的，死不了。"

"好。"强迫自己离开很难，但伊恩一定要做到完美。今晚的重点是对比，让她看到真的有好男人，他就是其中之一。"这样好了，这是我的通信码，如果他再回来或给你惹麻烦，我要你联络我。任何时候，白天晚上都行。我是认真的。"

"我想他不会回来的，他知道已经结束了，只是不想承认。"

"如果你需要帮忙的话，联络我。请你？答应你会。我需要知道你平安。"

"好。"她虚弱地微笑，"如果他再出现，我会联络你。"

"那你自己小心点。"伊恩对她露出认真的笑容，离开576B公寓。差一点就要在走廊里一路蹦蹦跳跳地离开。

2143 年 4 月 8 日，星期一

　　雷霆 6B-E 猫头鹰机总长九米，两翼总宽十七米，机身看起来像是滑翔机，但比一般滑翔机的操控性要强很多。它起飞时的重量刚过三千五百公斤，被设计成以每小时三百一十五公里的适中速度可最高飞行四十七小时，但主要功能是低空探勘。那天下午，火箭推着一架猫头鹰进入圣天秤星被极光占据的冰冻大气层，一开始还徐缓地绕着巫岗打转，现在却挣扎地要突破它的最高设计飞行高度八千三百四十米。肯·施密特和他的团队已经尽力，在飞机的智能驾驶程序里加装软件更新文件补丁，取消几个传感器系统，依戴恩能源槽跟推动机尾双轴螺旋桨的帕索引擎里原有的最高动力限制也被绕过，好让引擎能额外增加百分之八的推力，让飞机朝更高的地方飞行。

　　可是一旦到达九千三百米，机翼已经无法产生更大的升力，螺旋桨再也搅不动更多的稀薄空气。但这样还是不够高。通信组一遍又一遍送出信号，却得不到 e 射线机的任何响应。雷达在空中找不到任何实体，却已经搜寻了最大范围。几乎包覆整个机身的智慧粉尘罩网在整个南边天空中找不到任何人造电磁信号发送点，而极光和能量过度充斥的离子层让扫描的动作更加困难。

　　"问题不是高度。"肯·施密特在猫头鹰机于九千三百米盘旋九十分钟之后承认，"如果空中有东西，我们早该找到了。那些 e 射线已经

坠毁。"

"那样的暴风雪，我不意外。"万斯说。

"我们还有紧急火箭。"戴维妮亚·贝尔尼说，她坐在 AAV 工作间里的另一张书桌前，正在监控猫头鹰机的状况，"它们应该可以从顶点把信号一路发送到亚贝利亚。"

"希望如此。可是说实话，我们还没有事情可以告诉他们。"万斯说。

"诺曼·斯利温司卡被杀这事算吗？"戴维妮亚嘲讽地说，"除了神以外，应该还有别人该知道吧？"

万斯选择不去回应对方的挑衅。诺曼·斯利温司卡星期六下午趁着暴风雪短暂停顿的时间在外面。一个清理小队被派出去清 AAV 工作间的雪，因为雪再大点，屋子就要被压垮了。风减弱了，让人可以出去，但雪还是很大，空气因为之前暴虐的闪电风暴而充满静电，让躯网连接几乎不可能。

斯利温司卡断断续续发出的医疗警报被营地千疮百孔的网络收到了，但信号太弱，时间也过得太久，根本无法找到正确定位。外面的先锋军，本来应该保护清理小队不受到这种埋伏，最后却在雪地上找到鲜血。他们围着圆顶屋和车辆绕了三圈，找不到诺曼·斯利温司卡的尸体。清理小队放弃工作，回到自己的屋内，放 AAV 工作间自生自灭。它与可怜的诺曼不一样，它撑过了暴风雪。

这次的命案带来一个万斯没有跟任何人分享的好消息：他们安装在安杰拉身上的微型智慧监测器，确认怪物攻击时，她跟帕瑞西还有两名餐饮公司员工一起在自己的圆顶屋里，所以凶手绝对不是她。虽然这件事对万斯很重要，但仍然不值得为此浪费一枚通信火箭。他知道这件事也说不动维梅齐亚。

"我不喜欢那个锋面的样子。"肯说。

万斯抬头看着显示猫头鹰天气雷达画面的屏幕。黄色和紫色的浓密色波正以稳定的速度朝巫岗而来。

"多久会到？"万斯问。

"大概还有一个小时，然后暴风雪最强的部分就会抵达。"肯说，"可是我们已经在边缘，情况只会更严重。长官，我们需要考虑收回猫头鹰了，它需要十五分钟才能降落。"

"我附议。"戴维妮亚说，"除非我们立刻减弱动力输出，否则动力链会烧掉一半。外面没有可以让它联络的东西。"

"好吧，带它下来，但我要你们让它尽量靠着营地降落，出去回收时要带着三名先锋军。"万斯说。

"是的，长官。"肯说。

猫头鹰慢慢盘旋下降的同时，卡芮兹玛·瓦戴又在监督负责搬移圆顶屋的小组。这次的降雪几乎要厚过一米。推土机把雪推开，让自动货板卡车有空间可以把起降叉伸出去。他们第一座尝试搬运的圆顶屋是乔希·朱斯提克的。卡车把屋子抬起不到半米，就听到很响亮的一声咔嚓——屋子从中间裂开，往旁边歪倒摔下，平板上出现整齐的裂痕。卡车急忙把屋子放了下来，以免不牢固的几片歪得更严重。

经过检查后，他们发现有七片平板出现裂纹后裂开。"天气太冷了。"奥菲莉亚跟埃尔斯顿解释，两人正在绕着破掉的圆顶屋查看，"我们没预料到会这么冷。"

万斯检视平板上不平整的裂口，破裂的圆顶屋让他想起把小鸡弄死的破蛋。"所有的屋子都会裂吗？"

"如果搬动就会裂，现在它们实在太脆弱，不能动。"

"可是如果放在原地，雪的重量也会让平板裂开，对吧？"

"有可能，长官，要看雪堆得有多厚。"

两个人转头面向猫头鹰告知又有一场暴风雪要来临的东北方。雪已经又开始落下，又硬又细的白点在原有的雪地上再添一层硬颗粒。粉红色的阳光正逐渐散去，夜晚来临，把天空留给骚动的极光。

"我们该怎么保护屋子？"万斯问。

"我们想用推土机把雪堆成每栋屋子周围的墙，至少可以用来挡风，撑过下一场暴风雪。这是我们现在最好的建议。"

“那我们试试看。这一间呢？能修吗？”

“没办法，长官。我们没法修板子，只能做新的，重新组装，但时间有限，来不及。”

万斯环顾营地。他必须承认，这幅景象令人很沮丧。六个人和一架热带型越野车正在半公里外的雪地上，等着猫头鹰降落。推土机和自动货板卡车正慢慢地开着，在雪地中随机压出深深的凹痕，逼得所有人走动时都得跨过雪堆。其他车辆几乎完全被雪掩埋，看起来就像是一模一样的雪堆。通往医疗所的路被踩得清清楚楚，经过上一场暴风雪之后，雪已经堆到快速房舍的屋顶边，只有雪地里挖出的一条斜坡通往入口，临时用柱子和打包带组成的栅栏标示出来。他必须承认，巫岗的一切看起来都像是临时拼凑出来的。微制造厂前面有一条勉强算是的路，通往入口，因为有太多车子开到前面去过。两人或更多人一组的营地人员穿着大衣与棉裤慢慢地走来走去，从货板拿新的存货，但他们先得用微制造小组打印出来的铲子把雪挖掉。营地系统组正在对能源槽下手，确保它可以在暴风雪中运转如常。

他心想，不应该是这样。他们光是为了要应付眼前的情况就已经捉襟见肘，还要时时提高警觉，准备面对外星人的出现。日常生活早已经耗费了他们所有的时间与精力。眼前致命的现状必须停止，但只要他们待在这里，就不可能。

万斯下定决心，与安特利奈和杰进行联机，“我们要离开，以车队形式前往萨瓦。”

“你确定吗？”杰问。

“确定。我们在这里撑不了多久，而且待在这里又一事无成，只是当怪物的标靶。给圆顶屋加热还耗费极大量的燃料。我们现在还有足够的有机油存量，能让车子一路开到萨瓦。如果在这里再待一周或十天，存量就会变得很少。我们需要准备，尽快出发。维梅齐亚送出的时间表是个不错的主意，但我们需要大幅修改。”

“你的决定没错。我不认为他们会在一个月内为我们提供新的补给品。有太多政治角力在探勘行动上给我们制造阻力。”安特利奈说。

"而且上路对我们可能还安全些。维梅齐亚说得有理，那东西要跟上我们可能没那么容易。"杰说。

"我没有要放弃抓住它的主要任务。我们的移动计划必须要把这点考虑在内。"万斯说。

"我明白。"

万斯开始发布命令。推土机要在剩下的五座圆顶屋周围堆出保护墙，跟朱斯提克住在同一间破掉的圆顶屋里的人要换住别的地方。微制造小组和车辆工程技师要搬到经过加强的微制造厂，在那里一直住到暴风雪停止，趁这期间打印南行需要的东西。车辆要进行改装，准备暴风雪一停就出发。各单位负责人在暴风雪期间必须进行联机会议，确定最后的护送细节。

马文·特朗毕一直在继续手边的工作，营地其他人则忙着准备迎接下一场暴风雪。行动生化实验室二号里的气氛平静自在。能源槽为驾驶舱和实验室供电时产生的高温透过暖气口散发出来，让里面的无菌空间维持在舒适的二十三摄氏度。照明洁白明亮。在驾驶舱和实验区之间的狭小居住间有五张折叠床，还有厨房，甚至还有一个小淋浴间。

趁暴风雪还没来的空当，他也没少出去帮忙搬东西，所以知道营地其他人必须忍受的环境，也让他对于住在行动实验室里有点愧疚，但探勘队被派来这里就是为了他可以做他的工作。在凶杀案、太阳黑子、天气剧变接连发生之后，所有人好像都忘记了这点。

他坐在从实验室一头延伸到另一头的长椅上，听着轻爵士乐，等仪器运行完基因样本分析。实验室里有五台RFLP分析系统。马文在这张长椅上坐了好几周，不断研究他的同僚们送进来的植物样本。除了高堡大学以外，这辆生化实验室的圣天秤星植物数据库是最齐全的。每次取样器送进来一小段树皮、树干、叶子堆，他要做的第一件事就是运行外表辨识程序。任何跟数据库里的植物长得相像的样本立刻被排除。有些是镜像斑马种植物，是对应氧气种的二氧化碳组，数据库里同样形状的叶子负责将氧气转换成二氧化碳，这种也立刻被排除掉。探勘行动要找的

· 644 ·

差异性不止这样。可是即使将进行基因分析的条件限制在完全未知的基因，两辆实验室如今通过自动声波分析程序也已辨认出一万九千种不同种植物，但他们要找的证据是其中一种是否有不一样的先祖，从不同支的进化而来。截至目前，他们连半点差异都没找到。

探勘行动的异种生物研究队已经完全认定圣天秤星是生物培养的结果。唯一还有争议的是关于这件事发生在多久以前。可马文仍然对于找出基因差异有兴趣。他们在整个星球上这么小一块地方碰到的植物数量已经如此庞大，原本的基础基因库一定更是巨硕。毕竟这些植物肯定是从某个地方演化来的。马文非常不解怎么会有这么多种完全不一样的植物从同一个先祖演化而来。他最看好的假设是：这些植物是从比圣天秤星还要大的星球进化而来，而这个假设本身就带出很多耐人寻味的宇宙论问题。

他最迫切想要知道的是，那原本的星球上还可能演化出什么。应该是跟栽种这些植物的外星人一样的吧。毕竟干吗要养出一个星球，星球上却长满跟自己生化系统完全不吻合的植物？可是如果它们的演化跟圣天秤星的植物是齐头并进的，那圣天秤星的植物应该会适应昆虫和动物的生化环境——可是这件事看起来似乎没有发生。这个调查方向到目前为止都没有进展。不管在原本星球上的原本植物是什么，都没有任何线索显示它跟原生世界的共通点。更有趣的是，圣天秤星的植物长得这么好，却不需要昆虫和动物，它们已经完全自给自足。如果这些植物是完全天生的，那又是谁把它们搬来这里，目的是什么？

圣天秤星在许多层面上都是极大的知识挑战。一个星期不到，他们还没到巫岗之前，马文就发现他在这个谜样的斑马种植物丛林里远比研究沾斯时更为满足。

他小心翼翼地又准备了另一堆叶子进行第一阶段分析，把装了样本的胶囊喂到自动处理器里。仪器一一把它们搅烂，然后输入一管反应剂，后者会把细胞膜破坏，释放里面的基因成分。在那之后他可以进行比较复杂的工作，准备原料进行自动声波分析。他们的顶级扫描机来自剑桥基因公司，可以同时进行一万五千次比对——他们一次搜集来的样本都没这么多。

但实验室的药剂用完了。"该死的。"他嘟囔一声。他的e-i询问实验室的网络。营地衰弱的网络告诉他，实验室的补给品还在外面的货板上。货板已经被搬到圆顶屋和车辆附近，但还是在……外面。

马文站起身，伸伸懒腰，舒展僵硬的肌肉。现在光是要出门就得做很多准备工作。他进到实验室最前面的小真空消毒间，滤过一遍空气。斯玛拉·加卡在驾驶座里，喝着马克杯里的茶，吃着巧克力。她从小开口回头去看站在中央区域的马文，后者正在穿他的防水棉裤。

"我们又把样本反应剂用完了。"他抱怨。

"该死的。好，我跟你一起去。"埃尔斯顿直到现在仍然下令谁都不准单独外出。

马文从驾驶舱的宽玻璃窗看着外面的天气。雪片唰唰飞过，极光绽放浅绿、樱红、铜黄色的花朵。这应该是暴风雪的前兆，只是他分不太出来暴风雪快来跟已经来的天气有什么不同。营地的联机里满是片段的交谈，AAV小队的人正在帮助越野车龟速驾驶到圆顶屋前。车子的轮胎在雪泥上打滑，每个人都急着想要回到圆顶屋里待着，其他人还在把补给品搬到剩下的圆顶屋里。乔希·朱斯提克跟破圆顶屋里的其他人正在把自己的东西搬去新的屋子，微制造小组也正在往厂房移动。一组先锋军小队正在进行最后的巡逻，不太开心地绕着路线前进，能见度只剩十米。营地系统人员与飞机技师忙着搭完夜间维修工作时用的灯架，希望能让整个营地都有照明，万一杀人怪物又回来了，好歹能够提供一点警讯。

"不用了。"马文穿上外套，下面是他的护甲背心，"我们的货板只在二十米外。"他一边把卡宾枪的肩带套过头，一面拍拍枪身，"我的朋友会照顾我。反正你从挡风玻璃也几乎可以一直看到我。"

"真的吗？"

"没事的。"手套，两层，有耳罩的帽子戴在头盔下，上面再罩上兜帽，还有滑雪眼镜——他准备好了。他走到门前，e-i给了车子门锁密码。外层门弹起，顺着轨道往旁边滑开。雪吹了进来，热气往外奔跑。他小心翼翼地爬下短梯，踩上外面的雪地。那天下午他们才刚搬移过实验室，从两旁堆起的雪墙间开走，但雪又靠着大轮子堆积起来。

他环顾四周，门在他身后关上锁起。大概有三十个人还在外面，忙着要躲避暴风雪，但是他看不见任何人。他的躯网跟巫岗网络的联机断线后，又恢复过来。极光让他散发着光点的世界变成纤细的紫色，然后变成橙红色。

马文的e-i在他的网格里打出方向指示，点出实验室补给品的货板在哪里。他一手按着卡宾枪，开始往那里走。十步以后，生化实验室的头灯闪了两次。他朝黑色人影挥挥手，猜想斯玛拉应该可以看见他。

一分钟后，他到达货板架边。他花了一段时间才清掉旁边的雪，用越来越冰冷的手套抹掉雪堆。他的手指渐渐失去触觉。终于，他挖出了侧门，打开之后就可以拿到里面塞得紧紧的盒子。他的头灯在标签上投射出刺白的冷光，e-i朝他要找的卷标发送信息。一个紫色符号出现在他的网格中，标示出装有剂料的盒子。

高高的天上，极光变成温润的绿色，在货板架上方射出温柔的青色光芒。一个影子滑过，如月食般流畅，不留空隙。马文转身。

怪物站在他面前。

"不。"马文低低哀鸣。虽然他已经被吓得全身动弹不得，但仍然震惊地打量着怪物，想要找出那壮硕体形中的异种根源，与地球演化过程不同的纯然科学证据。他跟异种生物研究队的所有成员都收到过前线拷问安杰拉·特拉梅洛后得到的完整保密数据。她形容得很精准。

它很黑，手指是恶名昭彰的野蛮刀刃，皮肤是皮革样的石头，今天每条皱纹上都是雪。他注意到它双足站立，身姿如人形，四肢比例与人类无异，炭化的面孔无法做出任何表情。可是那双眼睛，安杰拉从来没提到过眼睛。眼睛深缩在保护它的眼眶里。是人类的眼睛。

它的速度好快。手臂伸出，刺入他的胸口。可怕的力量让他猛然往后飞倒，四肢大张地撞上货板，可是他感觉到的撞击不只是单纯的挥打而已，而且它在最后时刻速度减慢，好像怪物的一拳击中了黏稠的液体。

手臂缩回。马文不知道自己为何失去了所有感觉。他停止呼吸，就连风的咆哮都减弱成叹息。甜美的温和极光在他身边闪闪发光，点亮了怪物指刃滴下的液体。

马文低头看着胸口。血从外套的裂口流出，手指刃穿透了他的温暖衣服和下方的护甲。

他开口想说："哦。"可是鲜血涌入他的口中，淹没他的声音。温暖的液体从他的口中流出，双腿软倒，整个人往前扑。马文·特朗毕面朝前倒在雪地上时，已经毫无气息。

春天真正来到纽卡斯尔。4月的夜里仍然带有寒意，但白天的太阳在无云天空散发出明亮又温暖的光芒，每个中午都爬得更高一点。云朵在偶尔下雨时也来去匆匆，很快被强劲的风吹走，留下冲刷得新鲜干净的城市。

伊恩向来喜欢春天。每个人度过英格兰东北方的枯燥冬天之后，心情都会变好，女孩们又穿起洋装，行道树冒出新芽，在冷酷的石头与水泥街道边加上一条碧绿的新意。

今年，塔鲁拉进入他的生命。今年绝对会是最棒的一年。只要他别搞砸就好。

那天早上十一点四十五分，银色的雨停下，太阳偶尔从正在往西边天空逃走的云层间露脸。伊恩走到伊娃的办公桌旁。她被派到三楼另一间办公室，负责一件亚瑟之丘的案子：家庭争执导致父亲杀死一个孩子，然后母亲又用她从两人名下餐厅带回来的刀子把他砍成好几段。这算是预谋杀人吗？伊娃正在研究证词和精神分析报告，来判定那凄惨的一晚到底发生了什么事。

"我请你吃午餐？"伊恩问。

伊娃惊讶地看了他一眼，满是雀斑的脸上露出开心的表情。"当然好，谢啦。这实在太血腥了。那些孩子好可怜。"

"我以为只有一个？"

"死了一个，但他还有一个兄弟和一个姊妹。两个人都在看护家庭里。这案子里的每个人下场都很惨。"

两人走入微微湿热的灰街，转向河边。

"你最近看到过席德吗？"伊娃问。

"这个周末没有。"

"我们快要启动下载了。"

"我知道，宝贝。我听说法务明天就要把诺思家族的案子送到检察署。如果我们还抓不到雪曼的小辫子，这周末就有大麻烦了。"

"我不知道他为什么要等这么久。要是我早就已经下载。"

"唉，所以他才升到三级啊。他敢冒险。"

"席德？"

伊恩朝她咧嘴一笑。"我们的席德可是匹黑马。我以为你早该知道了。"

两人走到码头区，从泰恩桥底下穿过。

"我们要去哪里啊？"伊娃问。

"这里。"伊恩带她走到"托拉马克徽章"，码头区的一排乔治时代房屋里众多酒馆中的一间。临街的房间保存了古代遗迹的优雅，有着高挑的天花板，还有现代人已经用不起的宽阔橡木地板。律师和秘书们曾经翻着簿本的地方现在变成一长条吧台，搭配深软的皮椅和光滑的缠枝足树脂桌。这家酒馆的下酒小菜种类繁多，还有河岸美景，正是中层管理人员最爱的午餐地点。他们找到一张窗边桌，伊恩点了一瓶矿泉水，伊娃点了一杯长相思。

"你在四楼有多忙？"两人一边看菜单，伊娃问。

"现在GE在跟高堡议会讨论要怎么样放人回来，所以没那么紧张了。至少HDA先锋军已经取消警戒，只剩GE边境管理局的军队在防守通道，外聘警力当备用。而且我很确定知道NI的人员已经被允许回来。我这个周六下午去了临门区，在那里才一个小时，就看到五十辆巴士开回来。"

"因为他们关闭了有机油生产，已经没有待在那里的理由。"伊娃说。

"他们得好好照顾这群人。一旦太阳黑子消失，圣天秤星恢复正常，诺森伯兰星际企业等八巨头还需要这些工程师帮他们重启浮藻田。"

"有道理。"

女侍者把饮料端来。伊娃点了沙拉配煎炒鸭肝、核桃、苹果和葡萄，伊恩点了三文鱼配新熟土豆。

"你听说过实际上有多少GE有机油是从圣天秤星来的吗？"伊娃低声问，"我老公说停产会造成——"

塔鲁拉和两名女同事走了进来。三人进门时正开心地聊天，一边脱下雨衣。她停住脚步，讶异地看了伊恩一眼，可是没有不快。

他果然没算错时间点。

"你好啊。"他站起来说，"我不知道你会来这里。"

"嗯，呃，对，有时候会来。"她承认，一面挡住朋友好奇的眼光。

伊娃带着雀斑的额头挤出微微带有怀疑的皱纹。

"你还好吗？"伊恩问。

"现在好多了。"

"这样很好。"他露出夸张的表情，像是冲动地做了个决定，"这……我们两个居然在这里碰到，真是有缘。我现在是午休时间，严格来说没有在执勤。所以我可以问你，你今天晚上想不想喝一杯，也许去塞奇看布洛苏表演？"他朝窗户挥挥手，巨大半银色圆滚外形的塞奇大楼盘踞了大半河岸。

"布洛苏？"塔鲁拉的讶异敌过了她的戒心，"他们的票好几个星期前就卖完了。你是怎么弄到的？就连波瑞斯都没办法——"她懊恼得一抿嘴。

"这个，哎，当警察也是有点好处的。我有个朋友有朋友，就有人一路帮我问下去，最后就弄来了两张票。但我现在是个可怜的单身汉了，所以……如果你愿意的话，另一张票就是你的了。"

她过了一阵子才有反应，不是因为跟朋友讨论，"我很乐意，谢谢，可是请让我付钱。"

"行，我不跟你争这个。"

两人傻傻地对笑，心意相通的人们通常会这样笑。两个人都冲动了一回，也许，只是也许，会有更令人期待的发展。

伊恩坐下时，笑得更开心了，塔鲁拉也走到另一端的空桌，她的女友们低低地、兴奋地交谈轻笑。

"我不喜欢这样被利用。"伊娃的语气和表情相当严肃。

"哎，她只是刚巧来这里。"

"并不是。伊恩，你用来钓人的那种伎俩实在很不好，几乎可以说是变态了。"

"我对她不一样。"他抗辩。

"对她也一样。这跟你用在其他人身上的方法没什么不同。"伊娃坚持。

"那又怎么样？"伊恩压低了声音，气急败坏地说，"否则像我这样的人，怎么能遇见那样的女孩？我不知道还能有什么办法。好吧，我也许知道她会来这里，但在那之后发生的所有事情都是自然发生的。你也听到她的回答了，她说好。"

"对，她说了好。可是伊恩你得想想，你这辈子碰到最大的案子里，她是证人。凶杀案是在她的公寓里发生的。"

"拜托，那只是巧合而已。"

伊娃摇摇头，又喝了一口酒，"这个案子不像。连我也看得出来这案子的安排有多巧妙，一定有原因，有关联。她的公寓是被刻意选出来的。我根本没有被她那些无辜美人的屁话骗过。不管她有多漂亮，她一定知道些什么。绝对知道。"

"算了吧！她能知道什么？她所有的事情我们都调查过了。她也是受害人。他们随便挑上她好把我们往死路推，巧妙的地方就在这里。"

"你太盲目了，根本应该禁止男人去审问那样的女孩，尤其是你这样的男人。所以你'刚好有布洛苏的票'算是巧合？她的生命里突然就出现了一堆巧合是吧？或者这根本就是她的人生，总是有巧合的巧合？"

"这两件事完全没有关系。你也看到她是怎么对我的。她压根没有想过要拒绝我。她跟我会成功的，你等着看好了。"

"直到她发现你在打她最好的朋友主意，或她的小妹，或你真的无聊时去打她老妈的主意。"

"我不会。这次不会。这次我一看到她就知道了。"伊恩坚定地说。

"我的老天啊。"伊娃又喝了一大口酒，"我真不敢相信我会这么说，因为你活该被狠狠伤一次。但我还是要说，你当心点，那样的女孩……"

"你想说什么？我配不上她？你就是这样看我的？"

"她是个八分半，也许整整有个九分。你有多少，四分？"

"去你的，宝贝。"

"就当帮自己一个忙，先缓缓，等我们从雪曼的人身上把数据下载了以后再说。"

"他们根本没有关联！"

"行。很好。那你就证明我错了。如果她真的是无辜的，那你难得一次会被逼得做个认真的决定。你他妈的也该长大了。你等着看好了，塔鲁拉绝对不会忍受你平常对待女人的那种混蛋方法。如果你有半点认真的念头，你得好好理一理自己。"

"谢谢训话啊，老妈。"

伊娃再也垮不下脸，"你跟她？真的？我得说很佩服你有这么大的野心。"

"喂，我没差她那么多吧。"

"你就做梦吧，罗密欧。"

2143 年 4 月 9 日，星期二

　　从搭乘光波宇宙飞船降落在纽卡斯尔市外的镇区高沼开始，接下来的十个星期中，克莱顿·诺思二代过得很辛苦。第一个晚上，他和伊万的人绑架了他的表兄弟阿布纳，有可能那就是最糟糕的一晚，但阿布纳的年纪最符合克莱顿经过回春手术之后的外貌，让他成为理所当然的选择。他已经很久没有出过实地任务了。当他们闯入阿布纳的公寓、在阿布纳的卧室里将他包围起来时，克莱顿得硬下心肠才能面对阿布纳的恐惧与迷惘。幸好，诺思家族天性淡漠。

　　两人谈的交易也帮了不少忙。阿布纳的合作换取了在木星居住所进行全面回春治疗，这是他在地球上永远得不到的。作为额外的甜头，克莱顿甚至提出同时进行"十选一"的基因重新调整。阿布纳愤怒地大吼咒骂，在强烈抗议了他不可以任人宰割之后，他又很没有风度地同意接受额外一千年的寿命。

　　所以 1 月 15 日星期二的上午，上班的人是假装成阿布纳的克莱顿。他安顿的过程可以容许一点瑕疵，毕竟刚有诺思二代兄弟被杀害，有点无法回神、精神恍惚也是很正常的。靠着阿布纳很不情愿地快速提供的密码与个人资料，他很快便适应了占用的身份。从那一刻起，调包的另一个受害人就只有可怜的梅莉沙·斯托诺斯奇，阿布纳的女友，她被利落地甩了——另一个诺思家族熟练无比的特性。

虽然克莱顿成功地适应了新身份，但过去的十个星期仍然让他感到深深的挫败。他必须承认，席德·赫斯特警探办案很有一套，尤其他还要扛住HDA的监控与干涉，在回溯倒查出租车的枯燥地狱中，他的整个团队展现的决心令人相当钦佩。

调查虽然颇有成就，但这十个星期里唯一产出的实际结果只有厄尼·雷因特，一个可以被牺牲、什么都不知道的小喽啰。算不上什么惊人的成就。

在圣天秤星上杀死好几个诺思族人的东西回来了，仍然在纽卡斯尔的街头大摇大摆、肆无忌惮。席德太彻底、太专注，克莱顿反而觉得担忧。康斯坦丁坚信，奥古斯丁和巴特拉姆之间没有任何争执，这绝对不是被搞砸的企业内斗，而是更奇特的事件。自从巴特拉姆被杀害之后，木星就在放长线，等着外星人再次出现。

在安杰拉·特拉梅洛几乎闹剧般的审判结束之后，康斯坦丁的第一个决定就是派克莱顿负责带人对这可怕的事件进行仔细的私人调查。克莱顿花了十八个月周密详细地调查，不受亚贝利亚和GE之间的政治领域影响，还有专家和昂贵的数头帮忙，可以帮他从他们不该知道的地方抓资料出来。他甚至去了新华盛顿星，跟马拉克见面，远比他跟莎丝塔·诺利夫之间的快速、短暂、脏话不断的会面要愉快很多。结束之后，他交给康斯坦丁一份巨细靡遗的报告，揭露安杰拉·德维亚/马修斯/霍华德/特拉梅洛小姐精彩万分的人生。

他毫不怀疑，人不是她杀的，她在HDA接受的残酷审问证实了这点。这表示真的有未知人士在针对诺思家族下手。以防万一，他们把丽贝卡带去木星，克莱顿至今仍然认为那次是他最杰出的秘密任务。让她住进他们的居住所，成为他们的一分子，让康斯坦丁必要时能有额外的一手牌。在此之后，他们除了等待观察之外，也没有什么别的可做。但没人想到会等这么久。

可是现在，即使他们这么努力，纽卡斯尔凶杀案仍然成为死局，整件事里唯一让人不安的就是有一名不知名的诺思二代存在，木星上却没有人知道这件事。不论是什么东西或谁杀了诺思族人，它都搬回圣天秤星了。丽贝卡最后一次的通信说得很清楚。现在她和巫岗的其他人都被困在那里，被步步追杀。他相信她可以平安面对安杰拉记忆里的怪物，存活下来。丽贝卡跟他一样有先进的战斗设备，而且也受过训练。

克莱顿所不了解，也是他最大的担忧就是，为什么外星人挑中了巫岗？

纽卡斯尔警察结束凶杀案调查，要把档案送到检察署的同时，克莱顿没有放弃他的分析，所以他晚上九点还在市场街警局，坐在没人用的二楼办公室，挡住了房间的安全罩网，读取理论上应该已经不准被读取的档案网络。他一直对雷因特修车厂里那次鉴证工作进行时发生的爆炸案很好奇，那意味着车库里有杀人犯不愿意警察找到的东西，同样意味着杀手跟可以组织一场成功攻击的当地犯罪成员有关联。

他让e-i用他到第三办公室第一天就安装的调查记录筛选程序读取调查记录，他的网格上布满案子的网络结构。他注意到有十八个调查程序还在运行，利用市场街的影像辨识与AI追踪系统。他让e-i很简单就骇进了管理副程序，发现授权者是万斯·埃尔斯顿，时间是2月底。有意思，因为埃尔斯顿当时还在圣天秤星的艾德瑟。

克莱顿立刻上传了一些自己的监控程序，检查自己的非法入侵是否被人发现，但网络没有发布任何警告。他挖得更深。设定程序的人知道自己在干什么，使用一条多层随机开启/关闭的路径，还有多个随机开口、删除记录，克莱顿甚至得使用纽卡斯尔团队的安全AI来进行追踪。

监控取得的数据流向一个他很熟悉的地址——伊恩·拉纳金探员的单身住宅，而伊恩在搜集数据的对象就更有意思了：马库斯·雪曼、鲁拜、吉迪、博兹。后面三个人在警局网络里都有记录，好几年前的小案件，帮派行动组还注记博兹是红盾帮成员——无证据；马库斯·雪曼在市场街警局网络里没有任何记录。

纽卡斯尔团队的AI花了四分钟才找到这个名字。十五年前，雪曼替诺森伯兰星际公司的安全部门工作，他离开公司以后就人间蒸发了。他快速浏览一下程序搜集到的数据，雪曼先生至今仍然极端低调。

克莱顿靠回椅背，安然地朝控制台一笑。伊恩·拉纳金不会浪费时间去追企业的隐形间谍。他只有两样非工作活动：健身与泡妞。这件事非同小可，绝对十分重要，而且他不可能单独行动。

"席德，你到底在干什么？"克莱顿对着空无一人的办公室，欣赏地喃喃自语。

富肯纳街上的公寓很容易侵入。克莱顿带了伊凡一起去，把团队的其他成员，索菲娅和霍德罗伊德，留在停在三栋房子之外的车里。

九点四十五分，云朵开始在天上堆积，挡住新月，街道阴暗，路上毫无行人。索菲娅和AI很快破坏了涂在街边房屋砖墙上的民用罩网，伊凡解开屋子的密码锁。他们安静地进入屋子，知道自己有很充裕的时间。

靠监控其他人图利的人不止伊恩。团队成员总是在检查他的跨网活动：他目前正在临门区的史特雷弗餐厅，东西好吃，但上菜速度有名地慢。他至少还要再待一个小时。

他们一进入三房公寓后，克莱顿和伊凡便迷惘地环顾四周。

"家具呢？"伊凡问。

克莱顿耸耸肩，瞥了一眼卧室："他有床，还有看看那台苹果控制台，简直可以跑得动AI了。"

伊凡在线条流畅、闪着绿色与紫色LED的长方形盒子后面贴了一块信号拦截器，克莱顿往天花板喷了一片微型智慧监测器，然后进入前厅与厨房，重复同样的动作。

"行了，我在苹果里装了镜像转发程序。他知道的，我们都会知道。我让我们的AI来运行分析程序。"

"走吧。"

回到阿布纳在福廷镇楼里温馨的公寓，克莱顿安顿下来准备耐心等待。伊凡跟其他人不断朝他的e-i发送他们分析伊恩的苹果全像台里资料的最新结果。通话记录显示雪曼和他的同伙正在参与某种交易行动，除了他们在修车厂被炸的同一天起就消失了这一点外，目前没有找到任何可以把他们跟雷因特扯上关系的线索。

这是个巧合，没有警察会把这种事情送给法务，更不要提检察署。

但克莱顿知道这是什么意思：雪曼和雷因特知道食物链中更上层的同一人。席德也明白这点。

所以他为什么没有正式调查雪曼？

那天晚上的第二个意外，来自伊恩回家的时候。监控伊恩跨网接口的程序显示他从临门区搭出租车回到富肯纳街，公寓罩网让克莱顿可以往下俯瞰进入客厅的伊恩，还有他约会的对象。

是塔鲁拉·帕克。克莱顿完全不敢相信地看着这一幕。有一瞬间他以为是角度的关系，他认错人了。可是他们开始轻松地交谈，一副打得火热的样子，克莱顿便可以确认，自己没有看错。她在取笑他家里没有家具，他很有风度地接受了，问她想不想喝杯赛美蓉华帝露混酿。显然那是她最喜欢喝的。两人接吻，急切地扯着对方的衣服，伊恩带她进入卧室，酒杯被忘在客厅桌上。

克莱顿取消卧室罩网的数据传送。他可没有偷窥的癖好。

跟伊恩在同一个办公室里工作了十个星期，他可以确定一件事：这不是伪装。伊恩的脑子都长在老二上，塔鲁拉又出奇地漂亮。他犯的错是居然会跟案子的潜在证人约会，但除此之外没有什么阴谋存在。

克莱顿看看时钟：十一点二十三分。伊恩的秘密程序的数据依然缓慢、平稳地传来，跟随雪曼在城里转，每次有网络可联机时就上传一点。今天晚上没有大事发生。他上床，向自己保证，明天早上会检查鉴证组去雷因特修车厂的视觉记录。

2143 年 4 月 10 日，星期三

克莱顿的 e-i 在凌晨两点十分，因为重大警示而把他叫醒，来源是他在伊恩跨网接口上安装的通话监控程序。他甩甩头让自己清醒，要小组的所有人准备。他的 e-i 从伊恩公寓的微型智慧监测罩网取得实时影像。

席德开着丰田，直接停到伊恩公寓外面，速度太快，刹车太急，自动驾驶在他的网格中投射出琥珀色的警告标志，感应到前后都有车辆。他不理它。愤怒让他在接到伊恩神秘兮兮的电话之后立刻出了家门，两点半便来到这里，但疲累感正缓缓溜回身体。他很累，对于被叫醒很生气，只想回家上床睡觉。

他一联络屋子的外门，门立刻打开。他脚步沉重地爬上楼梯，伊恩在客厅等他，穿着睡裤和一件旧的灰色 T 恤。

"你为什么这个时候还要来折腾我？"席德劈头质问，"雪曼杀人了吗？我得告诉雅辛塔是市场街把我叫出来。"突然间，他没再说话了。塔鲁拉·帕克站在卧室门口，穿着伊恩的睡袍，红色的头发诱人地凌乱，看起来性感得不可思议。

"你他妈的在开我玩笑吧！"席德咆哮。

塔鲁拉的嘴唇颤抖，硬憋住眼泪。伊恩走过去，温柔且亲密地抱住她，安抚道："没事的，宝贝。相信我，我跟你说过你不会有事。你没有

做错任何事。"

"怎么一回事？"席德问。

"塔鲁拉跟我说了一件事。通常这种事情我永远不会说，但是老大……这很重要。对我们，对案子很重要。"伊恩说。

"好。"席德深呼吸，想要平静下来，"是什么事？"

塔鲁拉没说话，摇头。

"我们在聊天。"伊恩说，因为尴尬而吞吞吐吐，"哎，你也知道，就是认识一下对方啊，谈谈自己的性经验啊，最喜欢什么啊，想要一起试试看什么啊——"

"伊恩……"席德真的不想听这个。

"老大。"他恳求的语气让人简直要听不下去，"我们的前任，我们谈了我们的前任。"

"我劈腿了。"塔鲁拉终于说。她没办法看席德，眼睛低垂着，"我订婚时结束的。嗯，几乎是订婚前结束的，反正12月起就结束了。"

"好，嗯，单身时大家都玩过嘛。"席德觉得这么说应该没什么不妥。

塔鲁拉深吸一口气，好像自己正在跟一名特别严厉不讲情面的牧师忏悔，"我那时在跟奥尔德雷德·诺思上床。"

席德呆呆地站在那里，瞠目结舌。"奥尔德雷德·诺思？"他重复一次，因为觉得应该听错了，"你是奥尔德雷德·诺思的女友？"

可怜的女孩点头，看起来像是又快要哭出来。伊恩把她搂得更紧。

席德揉揉额头，想要抹掉疲累，"好，塔鲁拉，听我说。伊恩说得很对，你没有做错事。我们只是需要知道一些细节而已。调查已经结束了，如果你告诉我们所有事，我们可以尽量避开你，好吗？伊恩把我叫过来，就是为了要保护你。"

"真的？我没惹上麻烦？"塔鲁拉问。

"没有。还没有。"部分是对的。"可是，我们必须知道发生了什么事，这才是最重要的。所以告诉我，你跟他交往了多久？"

"六个月。不对，等等，应该算是八个月。我们去年3月开始的。他想要低调，当时他还在跟珍妮弗小姐约会，可是并不顺利，不顺利一阵子了。他真的很不快乐。他说他不想让情况更糟，我们应该给她时间，让她自己结束掉这段关系。"

"你们是偷偷交往？"

"私底下交往。"塔鲁拉嘟嘴，"我不是第三者，我没有让他们分手。我们开始的时候他们已经差不多了。"

"明白。所以你们在你的公寓会面，不是他的？"

"对。我们不能去他的，因为珍妮弗小姐还住在那里。"

"而他住在圣詹姆斯，所以很简单。"

"对。一开始。可是……我遇到波瑞斯。我们可以一起出现在公开场合，做我和奥尔德雷德在一起时永远不能做的事。我和奥尔德雷德一起度过几次周末，但都是我们两个人而已，去某个度假小屋或别墅，从来没有去过公众场合。一开始很刺激，但到最后我明白他只是在利用我，他只想跟我上床而已。"

"你想通之后，就跟他分手了？"

她吸吸鼻子，"对。"

"所以1月的时候，他还有你公寓的门锁密码？"

"我……对。换密码不容易。而且波瑞斯会想要知道为什么，他的占有欲很强。奥尔德雷德那时也在跟其他人交往，珍妮弗小姐离开他了。"

"明白。"席德说，"接下来这部分很重要。我们把你带去问话时，你为什么没有告诉我们？"

"他在场。伊恩把我带去审讯室时，奥尔德雷德在等我。"

"天啊。"席德呻吟，想起那一天，整件事并没有哪里奇怪，他担心的反而是伊恩的行为，"奥尔德雷德说什么？他威胁你吗？"

"没有，没有这种事。他安慰我。他说他会保护我，不让我被牵扯进去，没有人需要知道我们两个人的事。而且……而且……波瑞斯在。你记得尚蒂伊·桑德斯-沃森吗？"

"当然，我记得她。"席德说。

"她其实不是我的律师。她是波瑞斯花钱请的。我不能跟她说那个可怜的诺思族人为什么会在我的公寓里被杀死，波瑞斯说不定会发现。我

660

们那时要结婚了！"

"所以你装无辜，宣称你不知道公寓为什么被选中。"席德说。

"我其实不知道，真的不知道。奥尔德雷德后来联络我，说他真的很抱歉，应该是有人在破坏他的名声，或是要陷害他，是企业高层冲突，我不需要担心，他保证你和警察不会来骚扰我。他可以办得到的，他是有权有势的人。"

"唉，这倒是。"

克莱顿继续看着席德给自己泡了杯茶。塔鲁拉跟伊恩回到卧室，她穿上衣服，伊恩的e-i叫来出租车。

"长官，你要审问她吗？我们可以拦截出租车，再用我们的出租车把她载走。"伊凡问。

"这里用出租车很方便嘛。完全无法分辨差异，每一辆都长得一样。"克莱顿若有所思地说。

"长官，时间急迫，我们必须做出决定。"

"不了，别动她。她只是被利用而已，她没有参与到这件事里头去。"

"所以人是奥尔德雷德杀的？"

"我不知道。如果是他，那他一定有一个很变态的理由才会用这种手法，而且还在他前女友的公寓里动手。不合理。"

"他有没有可能对塔鲁拉说了实话，真的有人想要陷害他？"

"有可能。奥古斯丁在地球上的敌人绝对不少。那个老卡特尔联盟从外面看起来是够结实，但谁知道什么时候脚下的地基就要晃上一晃。去问安杰拉就知道了。人生没什么事情是绝对的。"

"可那怪物是真的，它在巫岗杀人。"

"我知道。但我们并不知道为什么。"他看着塔鲁拉和伊恩回到客厅，"现在就等着看看警察们怎么想吧。看样子我低估他们了。"

席德喝着茶，用尽全力不去偷听两人在公寓外的楼梯间说了什么。门让声音变得模糊不清，但从伊恩急切、近乎恳求的语调来看，很明显伊恩迫切地想要再见到塔鲁拉。

出租车停在外面，席德隔着窗户看到塔鲁拉上了车。他顺便留意了一下，是一辆市立出租车。我们绕了一大圈。伊恩站在路边，看着出租车，直到它消失。

"真是不平常的一晚啊。"席德温和地对回到客厅里的伊恩说。

伊恩沮丧地看着他，"唉，我搞砸了。"

"你告诉我是对的。"

"不是，我是说我搞砸她那边了。"

"啊。她怎么说？她愿意再见你吗？"

"是的，她说我们可以谈谈。我知道这是什么意思。"

"你才不知道，伊恩。你只知道你自己这么说是什么意思。如果塔鲁拉这么说，那就表示没事。她会再见你。她需要你，伊恩。只有你才能帮她渡过难关。"

"她没有涉案。她没有。奥尔德雷德那个混蛋利用她。"

"我不觉得是他。"

"什么？"

"诺思家族成员被杀死在诺森伯兰星际企业安全部门负责人的情妇家里，太扯了吧？我们还不知道死者是谁，但我们知道这是企业斗争，选这个地方是为了要毁掉奥尔德雷德。我猜应该是奥尔德雷德叫雷因特把尸体运走的，他绝对有这方面的人脉。动手杀人的人肯定没预料到会发生这种事。"他边说边存有一丝怀疑。奥古斯丁·诺思说他想要知道到底是谁杀了他儿子时，显得非常真诚。如果奥尔德雷德知道有人在陷害他，早就会让席德不要查得那么认真。

我应该也会照做。

"所以我们该怎么查？"

"伊恩，我们不查。至少不是替欧鲁克和检察署查。不论到底是怎么一回事，这都不是我们能承担的，我们得要非常小心才行。有诺思族人被杀害，如果有人有做这种事的能耐，绝对不会担心两个警察。如果我们找出真相，那也只有我们能知道，为的是让我们确定这件事有了圆满的了结，不会再给自己惹祸上身，明白吗？"

"行，那我们要怎么办，老大？"

"问奥尔德雷德。"

"问他？"

"他相信我，因为我从来没有让他失望过。"

"等等，奥尔德雷德是你的企业联络人？"

"没有外力的帮助和支持是升不上三级的，伊恩。这世界已经完蛋成这样了。"

"老天。"

席德一手按上伊恩的肩膀，"今天是真相之夜啊。很不好受，我知道。"

"唉。你真的要直接问他？"

"我可能需要很强硬地问他。我们得准备一下。"

刚过十一点，席德来到约翰·多布森街的牙买加蓝色咖啡馆，坐在窗边的一个空包厢里。他看着在明亮午后阳光下走过的人们，羡慕起他们简单的人生。他们住在他的世界，却从来看不到这世界的复杂，还有操控他们的力量。有时候他希望自己也看不到。

"早安。"奥尔德雷德说，坐到席德对面的长椅上。一如往常，他穿着一身笔挺的西装，却不浮夸。典型的叫人难以分辨的诺思族人面孔。如果真的要猜，人们会猜他是诺森伯兰星际企业的管理人员，但是哪个部门就看不出来了。

席德看到柜台前的保镖点了茶和牛角面包，咖啡馆附近的街上还有一个，正仔细看着进入咖啡馆的人。

难道只有我看得到他们吗？

"这实在很难开口。"席德说。

"你要跟我说什么，席德？你知道我不咬人的。"

"我听说检察署今天要对雷因特提起诉讼，表示所有人都会知道你的兄弟不是死于抢车案。"

"我认为没多少人真的相信这个说法。"

"也是，但他们只能告他事后参与罪。如果法院判他有罪，他会去改造监狱里待个两年，然后被丢到通道另一边的米尼萨上，再有一块自己的五亩地，被告知永远不要回来。"

"没错。"

"一旦整个案子公之于世，法院登记在案，绝对会是一场媒体风暴。一堆政客，尤其是敌对政党的那些人，会来质问警察为什么找不到凶手。欧鲁克会保证这个案子将继续查下去。"

"他当然会。他别无选择。"

"可是这案子已经死了。我们查了每条线索，真的没有线索可以再查了。我很抱歉。"

"席德，雷因特的案子被送去检察署的时候，我已经跟奥古斯丁汇报过了。我们知道会发生什么事。我也知道你尽力了。我也在场，你记得吧。"

席德隔着茶杯看他。奥尔德雷德在耍我吗？"欧鲁克那边你帮了大忙。"

"是没错，但欧鲁克也算是个古董了。有用是有用，他帮这个城市做了些大事，我们都很感激，但他应该现在就领走他应得的那份退休金。"

"我呢？"

"席德，我们不怪你。"

"欧鲁克离开前会把我提到五级。升职委员会已经收到文件了。"

奥尔德雷德抿起嘴唇，"只差一步就到顶了是吧？应该的。你做得很好。"

"你的部门里还有我的位置吗？我希望听你说句真话，我认为这是我应得的。"

"席德，我们不是黑手党。我对你向来有话直说，我就喜欢我们这种相处方式。没错，诺森伯兰星际企业有你的位置，永远都会有。我能够给你点建议吗？"

"欢迎之至。"

"在五级职位上待个两年，再想过来的事。"

"好。为什么？"

奥尔德雷德指指窗户另一边的街景，"外面天气很好，暖得很。今年夏天又要干旱了。"

"最近每年都这样。"

"圣天秤星上可不是。那里的所有运转都要停止。我们正在把我们的人带回来。"

"我知道。你们这么做真的很好心。"

"席德，说到底，诺森伯兰星际企业是一家公司，仅此而已。我们做好事也只是因为能够节税。我们把他们带回来是因为那里的农场跟我们的浮藻田一样完蛋了，让人员回来比从通道送食物便宜。让他们在市场上给自己找间屋子租，比给他们的热带公寓提供保暖与暖气电力便宜。整件事结束，等红光偏移结束、雪水融化时，会把一半的高堡市冲走。那个城市没纽卡斯尔这么坚韧，它被建立起来的时候没有把冷天气考虑在内。我们得重建城市。席德，这件事可能会毁了我们，毁掉整个诺森伯兰星际企业。"

"真的吗？"

"我不知道，席德。我父亲不知道。没有人知道。就连满办公室的分析师都不知道。可是要让我们重新建设到太阳黑子发生前的程度，需要几十年的工作。钱会很吃紧。而且我们得跟其他趁我们动弹不得之时扩张的其他有机油企业一起抢夺贷款，这还没算入我们引起，但还没人发现的经济衰退。"

"经济衰退？"席德很懊悔自己听起来有多么无知。

"席德，圣天秤星为GE提供了超过百分之六十的有机油，还有很多其他国家也是这样。水龙头要被关紧了。明年冬天还能给屋子供暖都算好运。如果你有烧炭的炭炉，我建议你今年夏天就开始砍树。我们要迎接未来非常艰辛的十年，所以我建议你保留你的政府工作，出钱的会是那光辉灿烂、取之不尽、用之不竭的纳税人的钱。我现在可以跟你保证你会有工作，但我没办法向你保证公司会存活着。"

"哦。"

"没错，哦。"

"抱歉。我没想到这么严重。我没有留意。"

"我知道。三个星期前，我跟我的兄弟们只在乎凶杀案，我们的父亲更是夜不成眠。现在我根本不关心这个了。所以席德，谢谢你的付出，我们不会忘记我们的朋友，但是你需要照顾自己和家人。"

席德跟着奥尔德雷德出了牙买加蓝色咖啡馆。他站在道边，看着这个诺思族人走向停在装卸货区的奔驰豪华轿车。他上车，保镖们包围住他，然后车子汇入车流中。

它转上圣玛丽广场，消失在眼前时，伊娃和伊恩来到席德身后。

"这也太令人沮丧了。六成？我没想到有这么多。我先生说三成而已。该死的，日子不好过了。"伊娃说。

"布鲁塞尔向来不愿意承认我们有多仰赖圣天秤星，真是典型的官僚。"伊恩说。

"你们放好了微型智慧监测器吗？"席德问他们。

"哎，没问题。那只小机器蚂蚁直接走到他鞋子边，粘到鞋跟上。幸好你们会面时，咖啡馆会把罩网关掉。"伊恩说。

"是啊，真是幸运。我们也该走一回运了。"

"所以我们要等多久才下载奥尔德雷德的记录？"伊娃问。

"再等一个星期吧。如果他要跟雪曼联络，一定不会太久。我们同时下载所有人的记录，看看能查到什么。"

"希望他不要换鞋子。"伊娃说。

"我们尽力了。无论如何，这件事就快结束了。"席德说。

"塔鲁拉来电了。你们在里面说话时，她打电话来，说今天晚上要见我。"伊恩脸上挂着灿烂的笑容。

席德环着伊恩的肩膀，开心地晃了他一下，"这是好事啊，如果你们两个人经历过昨天晚上那种事以后还能继续下去，那你说不定真的有机会追到她。"

"所以别搞砸了。今天晚上带她出去时，你不要像平常那副样子。"伊娃说。

"什么啊！"

"我是认真的。她需要谈谈这件事。别整个晚上只想着要怎么把她弄回你的床上去。如果你想要两人能长久走下去，你得表现出对她这个人的兴趣。"

"她说得有道理。首先就要避开你平常会去的地方。"席德笑着说。

"拜托，我竟然得听一个结了婚的男人告诉我该怎么约会。算了，你们尽管说吧。"伊恩哀号。

2143 年 4 月 11 日，星期四

冰雪融化的那天来得很快，让人措手不及。一团暖空气居然撑过了红光偏移和暴风气候，趁着星期三晚上从西南方涌入，把极光驱散。只是到了这个时候，所谓的暖和对于布洛加大陆而言，也只是相对感受而已。

暖空气在日出后来到巫岗时，圆顶屋周围的雪墙已经将近四米高了，被风吹成宏伟的圆弧形，仿佛是在模拟圆顶屋的弧度。温暖的空气引出了工作队，每人手持长棍，开始打破每道墙顶端滑溜的冰块。雪逐渐变成泥，疯狂地滴水。他们得动作快，以免雪墙崩塌。突然垮下的重量说不定会把下面的圆顶屋压垮——现在的圆顶屋已经被冻在一层比较薄的雪层下，维持在零下的温度。

雪墙外的积雪在晴朗天空照下的浅粉红色光芒中逐渐融化，小水流越来越大，切割过雪地形成的脆弱的山谷，仿佛雪地开始腐烂。四处走动的人发现他们会陷入及膝的雪泥，唯一还算能开动的车辆就是推土机。万斯·埃尔斯顿立刻派出它们，清空堆积在微制造厂和快速房舍周围的深厚雪丘。

清理工作开始之后，他在微制造厂召集上级军官开会。长方形的空间显得很拥挤。奥菲莉亚的人手一直在工作，打印出车辆可以拖的雪橇模型，两个 V 形雪铲要装在 MTJ 前面，以及几只齿纹很深的轮胎。

"我们的轮胎对这种天气来说太窄了。"车辆组长利夫·戴维迪亚解释，"我们可以把这些轮胎很轻易地装在MTJ和越野车上，可是油车和卡车就需要多费点功夫。如果我们可以把车子的轮胎框切大点，应该可以装上合用的轮胎。"

万斯站在MTJ的轮胎边，轮胎高到他的手肘，"有足够的原料吗？"

利夫跟奥菲莉亚交换视线，"我们觉得应该够。既然我们不会再回来，应该可以把所有东西都用掉，难处是要混合出可以耐冷又有足够弹性的材质。"奥菲莉亚说。

"好。那我们要用哪些车辆？"

"三辆热带型越野车。"福斯特说。

利夫立刻开口："我希望能在出发前完成一些改装。"

"有什么问题吗？"万斯问。

"线索就在名字里。[1]"卡芮兹玛说。

万斯瞥了她一眼，没有追究她的无礼。他们都在艰困的环境里辛苦了很久，谁都没睡多少，即便如此，他仍然告诉e-i要提醒他去跟杰谈谈她的事。尤其是现在，他们更需要维持纪律。

"戴维迪亚？"他主动询问。

"呃，对，其实我们大部分设备也一样，但越野车的影响最严重。他们的驾驶座里甚至没有暖气。要弄出台空调不是问题，几天内我就可以弄个简陋版出来，问题是材质。这跟圆顶屋碰到的问题一样，合成材质不适合这个温度使用，会很脆弱。"

"底盘呢？"

"这不是问题，长官，那是越野车的标准配备。是定制出来适应这个环境的其他零件。"

"不带岂不是比较容易？"

"不行，长官。我们空间不足。现在就已经要把人装在雪橇上了。"福斯特说。

---

[1] 热带型越野车（Tropics）英文发音近似"麻烦"（Trouble）。

"明白。好吧，那就继续。还有什么事？"

"我想要MTJ打头阵，雪铲可以切过比较深的雪堆，可以两辆轮流开，让开车的人能休息一下，另外那辆可以拖一架雪橇，后面跟着三辆越野车，然后是油车，最后两辆卡车要用来载额外的能源槽，如果有时间可以打印出更多雪橇的话，也可以用卡车拖更多补给品。有机油耗尽之后，预计就要把卡车留在原地。驾驶座里只能装两个人，所以不会很麻烦的。"

万斯等了一下，"行动实验室呢？"

"我们考虑过，但说实话，实验室很耗费燃料。我认为把人放在雪橇上比较好。"利夫说。

万斯直接拒绝，"不行。我们要带实验室走。雪橇上不放人，这是我的决定。雪橇载人只会让事情变得更复杂，处境更危险。整个异种生物研究队可以搭上实验室，再加一些额外人员。如果你担心燃料问题，他们可以拖自己的备用燃料槽。很抱歉，但这件事不容许变动。"

"是的，长官。"

"我们可能没有足够原料制造实验室要用的轮胎。应该说我很确定没有足够的原料。"卡芮兹玛说。

"实验室在设计时已经考虑到该怎么应付崎岖不平的路面。必要时，它们连沾斯都可以轧过去。它们可以在车队中间行进，前导车辆负责把雪地轧平，这样一来实验室就不会有问题。"万斯告诉她。

"你根本就是没事找事。"卡芮兹玛说。

"你想说什么？"万斯问。

"够了。"杰警告她。

"我还没说完。"卡芮兹玛面向万斯，毫无懊悔，"今天会变成这样，都是你害的。这个星球开始搞我们的时候，你原本可以坚持要飞机来带我们撤离，但是你没有。"

"我们有任务要完成。你是服役中的HDA成员。"万斯以他希望是平静中带有权威的语气回答。

"屁。这才不是什么任务，根本就是他妈的灾难。"

"瓦戴!"杰警告。

"干吗?我会惹麻烦?我还怕什么啊。这什么鬼车队,简直是狗屁。你根本就是想要把我们害得更惨。两千公里的距离,穿过被雪埋了四米深的丛林,完全就是个笑话。绝对不可能成功,你会害死我们所有人,然后呢?"

"我要带所有人离开这里。也许你没注意到,那怪物正在——杀害我们的人。"万斯说。

"我们有通信火箭。你行行好,把它们拿出来用吧。把火箭发射到可以呼叫亚贝利亚的高度,弄架戴达勒斯来给我们。"

"跑道上有四米的雪。"杰说。

"你说过有雪屐版的戴达勒斯会从通道过来。那种飞机可以在雪地上降落。"

"HDA正在考虑派遣一架。如果我们抓到外星人,他们应该会派飞机来。"万斯说。

"什么?"

"圣天秤星上没有这种飞机。整个情况比你以为的要复杂得多。"

"原来你骗我们!你这混蛋说谎骗我们!"

"够了。不要以为你在这里就不受惩处。"杰说。

"这车队根本就是错的。你要求我们冒生命危险去赌万分之一的机会,开着适合热泥巴和热带台风的车辆穿过两千公里的雪地。我们这里的补给品够我们撑好几个月,有燃料、食物、原料,全都足够。如果我们发疯去冒那种险,有机油一下就会用完的!太阳黑子总有一天会消失。妈的,雪都已经开始融化了。我们只要待在原地等就好。就连普通的戴达勒斯也可以降落在湿的跑道上,况且我们还有推土机可以把跑道延长。"

"很抱歉。我们不知道太阳黑子会持续几个月,甚至几年。我们从HDA战情中心收到的最后指示是要去萨瓦,那里的补给品足够我们撑过今年。我已经做了决定。请你执行你的任务,否则我必须把你关起来,这个营地里有足够的技术人员可以取代你。"万斯说。

卡芮兹玛瞪着所有人，然后站起来。"是的，长官。"她愤怒地沉声回答，带着怒气走向厂房的另一端，那里的打印机继续在嗡嗡作响。

"长官，我会跟她谈谈。"奥菲莉亚说。

"谢谢。"

融雪没有维持多久，中午的时候，风又刮起，带来一丝丝的云朵布满粉红色的天空。气温很快又开始往下降，水又冻了起来，在雪地上凝结成一层很危险的冰，工作队加紧速度要完成任务。冰冷的极光再次钻回上层高空，虽然还没有暴风雪出现的迹象，但营地的人已经开始熟悉这些预兆，种种迹象显示天气即将要变糟。红色天狼星开始在天边落下的同时，所有人都想要尽快完成自己手中的工作。

安特利奈·维亚纳上尉选择待在行动实验室一号中工作。这是他哀悼马文·特朗毕的方式。探勘行动开始时，异种生物研究队有十个人，现在只剩下七个。不论是从概率还是比例来看，情况都不乐观。所有人都觉得自己身处险境，藏身在武装实验室里正常舒适的环境，营地其他人则缩在脆弱的圆顶屋中或待在忙碌的微制造工厂，害怕怪物会回来。目前还没有人公开表现出敌意，除了卡芮兹玛·瓦戴那天晚上的抱怨抗议。整个营地的人都听说了，虽然网络日渐衰弱，但八卦仍然很顺畅地流传。

安特利奈对车队这件事也有所保留，但他没有说什么。埃尔斯顿已经尽力应付眼前的绝境。身为执行军官，安特利奈的责任就是不计一切支持他的上校。说实话，他其实很高兴自己不需要做这种决定。既然决定已经做了出来，他就会支持到底。

罗克·克温德与斯玛拉·加卡同他一起在实验室里工作，准备化验他们在温度降低，把丛林封在冰层前取得的植物样本。斯玛拉正在播放某种乡村电音，电吉他的声音回荡在车里。

安特利奈任凭音乐播放。这不是他的首选，但也没有多讨厌，而且能让他忽略眼前的情况。他的屏幕正显示他们目前搜集到的基因数据。一开始，他们都在运行比较简易的比对，寻找差异。安特利奈现在想要更多，他指派同事们画出整条基因，而不是使用一开始的简单辨识方法。基因排序当然要花更多时间，但安特利奈想要寻找的正是别处看不见的规律。

入夜后的时间继续过去。罗克和斯玛拉轮流去中央区域吃饭，泰密莎·史密斯进来跟他们一起值班。安特利奈没有离开，靠浓缩咖啡和巧克力点心撑下去。最后，只剩下他一个人。就像马文那样。圣天秤星基因分子的繁复投影色带在他周围盘旋，经常显得很模糊，因为他疲累的眼睛需要更多时间适应控制面板激光投射在他瞳孔中的新影像。

他想念马文。他们已经认识很久了。如今他连凭吊的东西都没有。跟诺曼·斯利温司卡一样，怪物没有留下尸体，只有马文的躯网断断续续发出的警报，在他们来不及定位前，信号就已经被暴风雪吞没。雪地中的血迹。很多鲜血。多到康尼夫医生可以取样进行DNA比对，确认这是马文。多到可以确定他已经死了。

慌乱与恐惧比极地低温更有效地穿越整个营地，没有人喜欢听见尸体消失的消息，因为有太多臆测空间。暴风雪的咆哮与闪电球的爆炸，放大所有人脑海中不断想象出来的血腥画面。

实验室的门嘶嘶地滑开。万斯·埃尔斯顿进来，在长椅旁的一张空凳上坐下。他看着咖啡杯和揉皱的包装纸，没有说什么。"很晚了。"他说。

"我知道。外面怎么样了？"

"气温又降到零度以下。可是还没有暴风雪，真是谢天谢地。"

"应该没有多余的雪可以下了吧？"

"我不敢保证。肯说这种气温变化最适合海洋蒸发。海水还是温暖的，所以蒸发的速度会加快。我们说不定还会有更多雪，无比多的雪。"

"这种事我得眼见为凭。"

"圣天秤星上什么都比较大。"

"我也发现了。车队准备得怎么样了？"

"奥菲莉亚·特洛伊和利夫·戴维迪亚正在创造奇迹。可是他们一次只能改造一辆车。打印机制造零件的速度已经不能更快了，然后还要安装、测试。我们需要一周到十天才能准备完成。"

"如果那时我们还有人剩下。"安特利奈恨恨地说。

"你今天晚上打算睡觉吗？"

"应该会吧。现在没有什么进展。我的眼睛没办法对焦。我觉得应该要让医生来看看。"

"你在研究什么？赵说你叫每个人都去做基因排序了。"

"我想要归纳出一套可以跟地球植物比对的演化进程。我想要知道这些植物有多复杂。"

"为什么？"

"它可以告诉我们那个原生星球有多老，生命在那里存在了多久。我觉得这样可以知道，我们到底面对的是什么。"

"有成果了吗？"

"可能有。比对很不容易，因为这些植物比地球植物先进很多。我觉得这一点很奇怪，因为我们没有找到任何地球上有的病毒和真菌猎食者。这里的所有东西已经达到平衡，但我现在认为这是因为它们演化的程度已经超越猎食者和微生物细菌，它们对本地细菌攻击的抵抗力是绝对的。"

"所以很老了？"

"对。但更奇怪的是，它们停止进化了。"

"你怎么知道？"

"我拿在布洛加中心得到的基因去跟安柏斯上的基因比对。两者是一模一样的。"

"这不是我们预期的吗？"

"在最根本的基因上不应该是这样。它们真的一模一样。就算是十万年前带来的，也不应该这样：这段时间已经久到可以发生基因变异了，但什么都没有发生。我会发现这个是因为我开始检查变异，结果发现就算在同一个品种中，也没有任何变种。每棵泡泡树都是一模一样，每株诺芦也是，每根法瑞拉利藤，每根拖草叶，每颗蜜莓，通通都一样。根本没有交叉受精，每颗孢子只是克隆母株而已，每个品种的基因组成已经固定了。我们知道这些都是有性生殖的植物，但它们简直就像完美的克隆一样，所有品种都只有一株。你明白这是什么意思吗？"安特利奈说。

"一定有某种变异，某种基因飘移。你看诺思家族，每一代都跟上一代都有点不一样，差了一点。"

"不要去想我们的星球，比较是没有意义的。这里的植物比我们要先进十亿年。圣天秤星的植物不会变种不会演化，因为没有必要。它们是它们世界中演化的极致。"他压低声音，"这就是神想要创造的，这是毫无瑕疵的生命。我们走在完美之间，万斯。这是永生。所以种植者才把这些植物带来这里，带到环绕一颗年轻恒星的星球上，好让它们可以继续活过大部分的永恒。我们不应该在这里，我们不应该玷污这里。所以他才惩罚我们。"

"谁把这些植物带来的，安特利奈？如果它们是原生星球的终点，那星球上的人呢，跟它们一起进化的种族呢？"

"其中一个就在外面。这点我们已经知道了。"

"对。但它是人形，不是异种。这个问题一直存在。"万斯缓缓赞同。

"万斯，他创造我们的时候就是以他的形象。从王希成发表跨太空联结理论的那天起，这就是我们一直在寻找的证据。基督教徒们一直害怕这一刻，我们听到无神论者取笑我们，而我们便怀疑他。我们不该怀疑的，怀疑是我们丧失信仰的最终证明。如果我们能见见圣天秤星的守护者，我们便可以向跨宇宙世界昭示我们的福音是真的。无神论者们会悔改，与我们一同站在我们的圣坛前，虚假的宗教会萎缩死亡。"

"这种论点……有点太极端了。"

"你是信徒，真正的信徒，跟我一样。我们是福音卫士，万斯。我们带领主的名字进入黑暗。我们神圣的任务就是要带着他的光芒，他的启示。你现在千万不能气馁。"

"我没有气馁。我只是担心你太过冲动。我不希望你被误导。"万斯严肃地说。

"我明白。万斯，我们需要见见这个守护者，去跟它谈谈，去解释解释。"

"我们会的。这是我们所有人都同意的一点。可是在此同时，我们必须尽力防范。我不要你去冒不必要的险，明白吗？"

"我明白。别担心，我没打算自己一个人跑出去。"

2143 年 4 月 15 日，星期一

闹钟发出锐利的尖鸣。席德摸索着闹钟顶端的暂停键。来不及了。他的躯网已经注意到他的状态改变，启动瞳孔智元。网格在他蒙眬的眼前展开，行程功能提醒今天待办的工作事项。他懊恼地呻吟。

"好了，宝贝。今天是你的大日子。"雅辛塔说。

"是是是。"席德嘟囔。他叫 e-i 取消网格。卧室是舒适的昏暗，苍白的阳光一丝丝从挂在窗户上的厚重毛巾间溜进来。雅辛塔说这是暂时的，直到她订的窗帘送到为止。窗帘到之后，就会凸显出整个房间的问题。房间需要重新装潢，需要新地毯，旧家具也该换掉。

"你这周的工作多吗?"他边下床边问。

"不太多。明天有导管手术，所以我会晚回家。星期五有换肺手术，所以我得早起，除此之外都是轻松的一般工作。"

"所以没有人砍手术?"

她一边盘头发，一边笑了，"砍?"

"对。"

"抱歉，宝贝，很冷的医院老笑话。手术数量还是差不多啊。怎么了?"

"大家都说要进入经济萧条了。我只是想保险公司是不是在减少经费。"

"宝贝，保险公司随时都在想要减少经费，没什么特别的。如果你想要知道情况有多糟，得留意的是工程公司。这城里一半的工厂

都给高堡、浮藻田和提炼厂提供物资。有机油生产关闭影响的会是他们，所有人都在靠有机油赚钱，你有没有看到现在加满一缸油得花多少钱？"

"是啦，但也是供需问题而已。没有圣天秤星的产量，其他制造商想收多少钱都可以。"

"太阳黑子不可能一直持续下去。"

"没错，但我希望我们能够想想如果GE进入经济萧条，要怎么样挨过下个冬天。"

"好的，宝贝，我们来想想。"

"谢谢。"他走入主浴室，打开莲蓬头。

他出来时，看到雅辛塔拿出他唯一一套还不错的西装，一套他们几年前买的赫伦·特罗尔。店家把西装修改得与他现在的身材分毫不差。

"你今天需要看起来很帅。"她一边告诉他，一边举起不同的领带来比较。

席德缩缩肚子。不知道为什么，裤腰有点紧。"这件事还真难得。"

雅辛塔挑了深紫色的丝质领带。"这一条。"她决定。

"我看起来像是要去参加婚礼。"

"你看起来很帅。"

席德下楼时，扎拉和威廉已经坐在厨房桌边。他们穿着制服，吃着自己倒的早餐麦片牛奶。阳台的法式玻璃落地窗打开，清晨的新鲜空气涌入。

"爸爸，你要去参加葬礼吗？"威廉问。

"才不是！你这个鬼家伙，没大没小。"

"不准说脏话。"雅辛塔在他后面警告。

扎拉开始偷笑。

"我要出庭。这很重要。那里有很多记者。"席德解释。

"是诺思家族抢车案吗？"威廉问。

"对，但其实不是抢车。"

"你本来说是的。你还跟我们说不是布鲁塞尔把他干掉的。"扎拉追问道。

"不是他们。"

"那是谁?"威廉问。

"我们不知道。"

"那你为什么要出庭?"

"去起诉后来灭迹的那个人。总而言之,很复杂,我今天晚上再跟你们说。"他弄了几片烤吐司给自己,走到落地窗外的阳台。这对孩子们不公平,但他觉得自己无法与他们轻松地聊天,至少今天不行。他整个人越发紧张,就连躯网都察觉到迹象,医疗功能在他的网格中闪出心跳和血糖的警告。他的代谢速度加快,肾上腺素涌出。

雅辛塔来到他身边,"你还好吧,宝贝?你看起来有点……心不在焉。"

"我没事。"他抬起头,看着尖尖的屋顶,还有小小的锈红色陶瓦和纯黑色的太阳能光板,"这上面其实还能加装很多块板子。先进一点的板子,有不错的能源转换比例。"

"也许吧。"

"我们可以装一套好的再生能源槽,把夏天的能源存好,冬天就不用买了。"

"那东西好贵。我们还得装修房子。"

"基本需求先处理好,装修房子是次要的。花园呢?"他指着上面有很多块黄斑的干枯草地,都是前任屋主的狗在上面乱撒尿的结果,周围的架高花床也杂草散乱。

"花园怎么样?"

"花园不适合孩子。我们应该把花朵挖掉,上面种草,也许替威廉装几根得分杆,然后拐角可以种蔬菜,这里够大。我们可以买个新的冷冻库,把所有东西都冻起来,这样冬天就有自家种的青菜可吃。"

"你等等!首先,这会花好大一笔钱。再说,你到底怎么了?"

席德充满罪恶感地瞥了一眼敞开的门,"我上周跟奥尔德雷德谈过。GE,甚至是所有人,都会陷入经济萧条。圣天秤星之前为我们提供了百分之六十的有机油用量。"

"六十？天啊，你确定吗？我以为是十五。"

"不是。布鲁塞尔希望大家都这样以为。但结果那些GE有机油制造商并没有好好地投资，都只是分红给持股人，却没有扩建基础设备。所以接下来的生活会变得很辛苦，也许会辛苦很久。"

"所以你才变成这副野外求生的样子？"

"这个周末我得到一笔奖金。意料之外的奖金。这是奥尔德雷德给我的调查工作的酬谢。我们有钱可以更自给自足一些。"

她鼓起脸颊，"这么做也没坏处啦。"

"很好，那找人来报价吧。"

"小狗呢？威廉每天都在问，他甚至很听话。他已经尽力了。我们不能一直拖下去。"

"行啊，有什么关系？酱汁调得好的话，小狗排也很好吃。"

"你啊！"雅辛塔一手捂着嘴，开始笑了起来，急忙看了落地窗一眼，"你不能这样说！孩子们分不出来你在开玩笑。你这人很坏啊。"

他咧嘴一笑，搂住她，两人拥吻。

"所以哪种狗？圣伯纳德犬？英国牧羊犬？"

"噢，当然不行，那些都是大狗，你在想什么？我们去收留所领养小狗。"

"小狗爱乱叫，我讨厌小狗。"

"如果之后时局很艰难，我们养不起大狗。你知道大狗的食量有多少吗？更别提兽医保险了。"

"那我们给他们各养一只金鱼好了。"

雅辛塔小心翼翼地瞥了一眼门口，"那我们种的土豆做成薯条配着吃正好。"

两人充满罪恶感地一同笑了起来，搂在一起。

扎拉出现在门口，歪着头看着他们，"什么事这么好笑？"

"没事，宝贝。"席德安抚她，"你功课写好了没？"

"写完，上传了。"她自豪地说。

"真乖，手手过来拍一下。爸爸今天带你们去上学，我十点才要去法庭。"

那天下午，市场街警局看起来像是席德想象中贵族寄宿学校期末的样子。所有人都晃来晃去，没在工作，餐厅的每张桌子旁都坐满了人，好让大家可以交换消息和意见。办公室空无一人，案子被放在一旁。有些门外面放着看起来很有问题的"私人物品"箱子，堆得高高的，等着清扫人员拿走。去外面或是往楼上走——是所有人唯一的讨论话题。

早上的开庭仿佛与市场街警局无关，而不是开启革命的事件。厄尼·雷因特因谋杀案从犯被起诉，他承认有罪，毛拉·德林顿、切斯特·赫布利、默里·布拉查卡、卢卡斯·克雷默都以较轻的包庇罪起诉。

出席的媒体数量庞大，多半是欧鲁克和市长办公室找来的大型新闻媒体，席德却得负责面对他们，解释抢车案是必要的伪装，目的是让警方能够在不受干涉的情况下顺利侦查。他觉得自己表现得还不错，面对一些很不友善的质问时仍然保持风度。大多数问题都是想知道为什么没有抓到真正的凶手。

好问题，他在心里默念一句后才重复官方回答：调查还在进行中。

回到警局，他被詹森·商叫去，一路上在混乱中，注意到他的同僚们都纷纷赞赏他的冷静自持。

席德终于出了六楼的电梯时，差不多每扇门口都堆了同样的一堆箱子，每扇门都被打开，指示灯黑暗无光——今天管理楼层里没有任何隐秘或特殊层级的事件发生。克洛艾·希利站在走廊尽头的饮水机旁，整个人无精打采、垂头丧气。席德走向高层办公室门口时，两人视线对上。她跟他一样，今天穿了最高级的套装，一身优雅的灰色真丝外套，配上笔挺的白衬衫，完美的妆容，唯一的破坏是看起来很像泪点的睫毛膏晕散了。

詹森·商在欧鲁克的办公室外间等他。今天没看到他的私人助理。

"他可以见你了。"詹森·商说。

欧鲁克的办公室里只有五个箱子，全都已经装满，贴上胶带，旁边有八个绿色塑料袋，塞满碎纸和压扁的数据柜，还有一块块半固体状的移除泥，被涂在墙壁以及天花板上的好几个地方，大面积清理智慧粉尘。

欧鲁克坐在办公桌后，一只桌脚上贴着一圈橘色的标签，好让清理人员知道要把桌子搬去楼下的货车上。警察局长身上的背心敞开，但是领带仍然挂在脖子周围，白色衬衫毫无皱纹。席德原本猜想欧鲁克手边说不定会剩一瓶半满的威士忌，却看到他正在用古董骨瓷杯喝着茶，桌上放着同款的茶壶。

"你可以走了。"欧鲁克告诉詹森·商。

员工代表离开办公室，蓝色的指示灯在门周围亮起，欧鲁克对浅色的光鄙夷地哼了一声。"我干吗还多此一举，反正大家都会知道，又不差这几个小时。"

"长官？"

"马利根那坨裤管泥联络你了没？"

"没有，长官。"

局长办公室的公告是午餐时候发出的，就在雷因特出庭以后。罗伊斯·欧鲁克为纽卡斯尔奉献心力四十三年后，即将退休。市长站在讲台后跟记者们宣布消息时，成功地挤出一脸忧伤。六级警探特雷弗·马利根会接管纽卡斯尔市警局，这个职位六个月以后会由市政府全员会议确认。

"他根本是个混账，连自己的屁股都摸不清楚在哪里，而且还是个肥屁股。"欧鲁克骂着。

"没错。"席德附和。

"我跟市长有合作关系。那是必要的，否则这个城市会被搞垮，但我会去争取预算以维持警力工作的质量——不像马利根那家伙会放到自己的口袋去。现在好了，比沾斯更大的东西要对我们砸屎了，这城市绝对会完蛋，尤其是接下来的经济萧条，够我们受的。半个城市的收益都是靠有机油，现在钱要从哪里来呢，啊？"

"市长得想办法，长官。"

"没错，但马利根会花在哪里呢，啊？那才是重点。"

"我相信新任警察局长会明白的，长官。"

欧鲁克倒杯茶，递给席德。"哼，他要是可以弄清楚，熊都会走出森林冲马桶了。你和我这些年来是有点冲突，但是你很聪明，你知道这里是怎么样才运转得起来，不像其他半数人那样，忍受那种屁事。我一直敬重你这点。"

"我重视结果。"席德回答，不知道欧鲁克想要说什么。

"没错，这是我们需要的，席德。"

"我不太明白……"

"那个混蛋市长，他把整件事讲成大获成功，有人因为诺思家族凶杀案而被逮捕，但我们都知道全是屁话。雷因特连个屁都不是。你和我永远不会知道是谁杀了那个诺思家族成员以及谋杀的动机。这个城市就是这样。没有诺思家族允许，人人连个屁都不敢放。不过他们认可你，我知道。"

"每个人都会有自己的关系，这也是必要的。"

"一点也没错。我也有关系，所以我接下来会去北方都会服务公司接管一个不错的非资深主任职位。世道就是如此。"

"恭喜，长官。"

"可是我还没去。我要待到下午的轮班结束，把密码交给马利根之后，才正式离开这职位。在马利根带来一批蠢蛋把事情搞砸前，我还可以任命一些人。他想插手我已经指派的人也没那么容易，至少要等六个月以后，议会正式将职位交给他才行。"

"对。"席德谨慎地说。

"我会带一些不错的人走。但我希望你能留在这里。你现在是五级了，所以你可以在管理楼层这里带一个分部。"

"我不认为马利根会高兴。"

"我管他会不会高兴。克莱斯里要跟我走。马利根会把他转去小学脚踏车部之类的屁职位，所以他要提早退休，去北方鉴证公司接任案件协调工作。我要你接下他的办公室，席德。"

"这样啊。"席德这下明白了。克莱斯里之前管的是市场街警局外聘合约与执行办公室，这个位置掌控着发给外聘公司的市府资金，北方都会服务公司是最大的获益商。"你放心我在这个位置上？"他犀利地问。

欧鲁克露出一丝冷笑，"你帮我、我帮你嘛。我不知道你跟奥尔德雷德之间有什么协议，但如果你希望把我这个位置抓在手里，背后的靠山可不能只有一个。这些外聘公司在市政府花的钱可不少，他们很知道该怎么照顾朋友。"

"警察局长？我？"

"怎么？你不够格？"

"我还没想那么远。"

"那你差不多该想想了。你可以的。在C&I待个五年，拉点同盟，干掉马利根，正好准备上位。你要接克莱斯里的工作吗？"

席德最不想当的就是警察局长，光是这个职位的政治角力就让他恶心，他的目标一直是还不错的公司职位和薪水，但那是诺森伯兰星际企业还有奥尔德雷德会帮忙的时候——等他们从雪曼的人身上下载监控资料之后，那个美梦大概就要被炸碎了。

席德伸出手。"谢谢长官，我愿意。"

"好家伙，聪明人。"欧鲁克用力地跟他握手。

是聪明，但原因跟欧鲁克想的不同。老警察局长以为一切会照旧，太阳黑子和从通道回来的大批移民是暂时的，生活很快就会恢复正常。席德却很确定纽卡斯尔的生活即将走样。奥尔德雷德正涉及某种家族企业内部斗争，就算他们永远不能把凶杀案安在他头上，这个争夺一定还是会带来某些影响。

接下C&I的职位让席德会有最多可能的选项。这是很单纯的自保行为。

"C&I部长？"伊恩当晚就问，"我不敢相信他把这个位置给你了。你简直是周周中大奖了。你想要什么，那些外聘单位都会给你弄来。所有人都说克莱斯里在戛纳和奥克兰都有房子，还有他住的那个北盾小区豪宅。"

"五个小孩都上私立学校，然后上大学，两个还去了美国常春藤联盟大学。我根本不敢想象那要花多少钱。"伊娃说。

"我听说他在某栋镇楼里还有情妇，年纪比他女儿还小。"伊恩说。

"对，我知道大家都怎么说克莱斯里的。"席德说。

"干得好，老大。"伊娃说。

"我只是自保。只是为了让自己立于不败之地。我绝对不可能从马利根手上得到这种任命，他甚至连我是谁都不知道。"

"他现在知道了。"伊娃说。

"对。"席德承认。在六楼的交接仪式完成之后，两人独处了五分钟。马利根原本以为可以让欧妮·史瓦毕直接空降到克莱斯里的位置上，就像他在市场街警局每层楼的重要位置都安插了自己人那样，但席德的新任命是他还没有足够的权力去挑战，更遑论否决的。马利根比席德原先以为的更讲求实际。他们很快达成协议，在大合约时要彼此讨论，毕竟马利根得到市长的支持也是因为动力保安公司的强烈游说。席德离开角落办公室前，两人甚至还握手表示达成协议。不过欧妮·史瓦毕就没有那么大度了。她刻意从席德身边挤过去，恶狠狠地瞪了他一眼，下楼回到她原本以为可以甩脱的交通指挥部。

"他可以把你赶走吗？"伊恩问。

"要赶走我的话，先不说过程很漫长，欧鲁克的影响力也还在，马利根不会希望刚接任的第一个星期就开战。况且……"席德想起当时会面的情况，露出笑容，"他也才刚发现我们在诺思家族案上花了多少钱，HDA还没付款。"

"还没付？"伊娃惊讶地问。

席德很肯定地回答："还没。我想拉尔夫在等着看我们有没有新消息给他。"

三个人同时转身去盯着苹果控制台。

"你确定要这么做吗？我们案子上的表现都算可以，而且看起来要发生经济萧条了。"伊娃问。

"我们要解决这件事。已经走到这个地步，就算整件事永远没有上法庭的一天，能多知道一点就是跑在前面一点。"席德说。

"跑第一不一定是好事。"伊娃喃喃道。

"我们先下载来看看有什么东西，然后再决定该怎么办，总不能放在那里不管。"

她不情愿地点点头。

"你知道我已经下定决心了。我必须保护她。"伊恩闷闷地说。

席德没说话。他从来没看过伊恩被迷得这般神魂颠倒过。塔鲁拉绝对是城里最致命的女人香。爱情——或执念——真的能让人盲目得可笑。

"好，那动手吧。"席德说。

三个人戴上网络眼镜。已经老掉牙的警察监控程序仍然忠实地尽力追踪雪曼和他的手下。席德检查了一下奥尔德雷德的位置，他待在自己的圣詹姆斯镇楼公寓里。伊娃则确认了雪曼在自己乘车前往邓斯顿码头的途中。伊恩去查吉迪。博兹正在"尊爵健身"锻炼肌肉。鲁拜快到码头区，要去接瓦伦丁娜。

车辆位置出现在纽卡斯尔地图上。所有雪曼住所附近的已知通信巢都已经准备就绪。

"大家准备好了吗?"席德问。

"动手。"伊恩紧绷地说。

所有人的指示从纽卡斯尔的跨网发出，目标猎物所在的所有公用通信巢同时发出广播信号，收到信号的微型智能监测器则开始送出储存数据，里面有目标猎物通过躯网与跨网之间传递的所有通信记录。下载时间只花了几微秒，但伊娃仍然紧盯着鲁拜不放。他是那群人的数头。如果有人会发现暂时出现的安全网缺口，一定就是他。

席德的网格显示结果。在他们安装监测器的五辆汽车和十一双鞋子中，有四辆汽车和九双鞋子回应——包括奥尔德雷德的。

"比例不错。"伊娃喃喃道。

"鲁拜发现了吗?"席德问。他仍然正在跟踪马库斯·雪曼，后者没有发出任何仓皇的通信，车子已经转上可列利路。

"我觉得我们成功了，应该没被发现。"她说。

席德叫e-i去读取存在苹果控制面板里的通信档案，进行比对，看有没有吻合的通话记录。比对结果以荧光绿的表格呈现在席德的网格中。

"逮到你了。"他满意地喃喃自语。

奥尔德雷德·诺思二代在过去的一个星期中，跟马库斯·雪曼联络过三次。

2143 年 4 月 18 日，星期四

索尔·霍华德带领搜集队顺着巴尔扎路前进，这条路平顺地绕着宾萨波山谷的西边延伸。狭窄的斜坡上已经积了几米厚的雪，埋住豪宅主人们用来围住园林的矮灌木丛和棕榈树。他还走在这条路上是因为突出的路标像长满肿瘤的冰冷墓碑一样从雪地里冒出来。

索尔已经好几年——该说是几十年——没有滑过雪了。在又滑又摔了几天后，过去的技巧终于被唤醒，现在他对自己重生的灵巧感觉颇为满意。即使他二十五年来都没练习过，他仍然算是卡米洛村民中排得上前几名的越野滑雪高手。

今天他们这个小队里有五个人，小心翼翼地滑过高耸的山边。奥托和刘易斯在他两旁，后面是艾安娜和马科斯，所有人都包裹在厚重的衣服里，抵挡从云朵落下的温柔飞雪。索尔穿得太多，意味着光是爬这温和的斜坡就让他热得汗流浃背。他们花了两个小时才爬到这个离海平面大概有三四百米的地方。整趟爬坡完全没有平坦的时候，甚至有顺着山谷吹入的强风阻挠他们前进，无论他们绕道哪个方向都是逆风。自从气候改变，以往吹向亚贝利亚半岛的甜美海风就变得冷酷无情。

护目面罩保护他的脸不受时时刻刻飘在风中的碎冰屑攻击，任何没有保护的人类肌肤都会被划破。强风随时都在改变雪地表面，随机画出奇特的波浪和弧丘，将坚实的山坡变成怪异的慢动作海面。每次出来的

时候，他都非常小心地注意松雪还有危险的裂缝，它们可以让滑雪的人一不小心就扭伤腿，再顺着白茫茫的山坡直直往下摔，同时要注意的是在毫无预警的瞬间，从不知名的地方猛然扑来的雪崩。所有人一边仔细观察着参差不齐的天际线，一面顺着路前进，想要看出哪里的雪堆得太高。他们不止一次放弃原本的前进路线，掉头回去，只因为积雪过高无法通行。

天光的颜色让他们更加辛苦。红色天狼星加上扭转的极光让影子不断翻腾，物体的比例经常误导观看者。胆子小的人绝对不敢走在这种路面上。前几个星期，他们损失了太多人，这让索尔永远无法安下心把这样的行动视作收获，无论他们能找到多少食物。

"那个看起来不错。"奥托大喊，声音压过空洞的风啸。

索尔看到他指的方向。前面大概三百米处，一栋大型的三层楼罗马式别墅坐落在长长的前廊花园后，有着白墙、大阳台，还有纯黑色的窗户。披挂在它身上的雪层软化了坚硬的棱角，从阳台上往下堆，又顺着柱子往上堆，压上了一楼的窗户。他看到屋顶有几处坍塌，尖顶已经被压垮，太阳能板的浅斜坡被压出修长的凹槽，但看起来不像有人搜检过这里。

"好。"索尔改变前进方向。

别墅有着装在石柱上的大铁门，还有一个三米高的树丛，以碳纤安全网加强。索尔滑过界线的时候，看到死去的黑色树丛顶端从雪地里探出头来。

他们在阳台外脱下滑雪板，然后把背包堆在一起。马科斯用陶土花盆砸破其中一扇大窗，所有人进去。这是一间卧室，但他们完全不予理会，继续朝绕着中央天井的宽广走廊而去。里面好黑，他们得用手电筒才能前进。强劲的白色光束四处扫射，屋顶玻璃出人意料地没裂，只是上面堆了好几米的雪，不可能有阳光透入，屋顶本身倒是好几处坍塌破裂，裂口让雪堆入了上层房间，然后又顺着门口散布到上层走廊。扶手边缘凝结出如钢铁般坚硬的长冰钻，顺着楼梯延续。踩在索尔厚靴下的地毯已经被一米厚的霜覆盖，将别墅彻底变成冬天的地窖。他的e-i发出的询问没有获得任何响应，别墅的系统完全损坏。他扳动墙上的开关，没有反应，照明管线也坏了。

一群人沉默地下楼。现在他们已经很清楚这个流程，他们是为了找食物而来，食物永远都放在厨房或食物柜里，有时候也存在地窖里，甚或还多放在酒窖，这种大屋子只在有钱屋主偶尔来的时候才会使用。高级食材为确保新鲜，会在他们到达的前一天送达，其他东西都是真空包装或是放在冷冻库里。有些大屋子里储藏的食物量简直惊人，索尔很确定他们搜检过的房子中，有几栋一定是某种笃信生存主义的主人所有，里面除了食物以外，还有3D打印机、大桶的原料，以及地下储存的有机油库。当然，他们想象的是逃离被沾斯淹没的星球，因此没建造可以耐得住几吨积雪的屋顶。

最容易加固的反而是卡米洛村这种小型的屋子和单层矮屋。在第一场大雪后，超过五十名居民去了蓝内拉路对面的原生浴松树林里，开始砍伐木材。村里住的都是当地的工人与商家，净是些努力工作、拥有实用技能的人。趁路还没被封起前，索尔花了两天把他的打印机和一缸缸原料从维拉斯可海滩的"夏威夷之月"商店搬回来，他设计和打印的第一批东西里就有用强悍的耐热树脂做成的木材炕炉，如今放在他们的大型开放式客厅里，完全出自中古世纪的密闭式设计，让孩子们使用从日渐稀薄的森林里找回的碎木，就能产生大量的热量。

离蓝内拉路只有十公里的度假村工地里有一架推土机，第一场暴风雪刚过后就被征用，如今每天都进行铲雪工作，把积雪从屋子边铲出，一路丢到大海里。孩子们多半时候会拿着长长的扫把将刚落下的雪从屋顶太阳能板上扫掉。他们仍然有电可以用，只是矮屋的网络必须分配屋内系统的用电优先权。

他们和亚贝利亚所有剩下的居民一样缺乏的是有机油。布琳凯尔就像旧时代的领主一样，把城市储存的燃料按照需求分发——优先权由她全权决定。医疗服务也经过配给。如今让她能够继续统治的不再是钱，而是这些资源，不过也没人抗议——在如此艰困的环境中，生存的压力已经盖过了政治异议，况且索尔也得承认，她做得还可以。一部分的城市网络还在运转，卡米洛村仍然可以跟仅存的行政管理网络联机。他们每十天左右就可以收到一缸有机油供给推土机用，因为它的工作是保护家家户户的平矮屋，所以被列为必要项目。当奈芮丝开始阵痛时，救难直升机在大雪中飞来，将她带去医疗研究院，她生了个男孩。现在拯救大家的不是政府的指挥，而是某种行政组织和小区互助的形式，巴特拉姆和布琳凯尔对待自己领域的方法向来都是颇为放任。

索尔挺惊讶她和她的家族没有撒手不管。他们可以很轻易就飞回高堡，然后从那里的通道回去，可是不知道为什么，布琳凯尔留下来了。索尔猜测是为了要维持对研究院的完全控制，她这一支家族的全副精力都放在那上头，没有了研究院，她只是无数跨世界亿万富翁之一——没什么特别的。

通过留下来确保研究院的一万七千名雇员都能存活，她就能维持自己优越的地位，只是她要怎么样让亚贝利亚的运转能够撑过两个月，则是村里很多人晚上聊天的主题。能源可以节省着使用，让一切能够运行一段时间，但食物是截然不同的资源。

布琳凯尔从一开始就说得很清楚，各小区在食物方面将不会获得她的小政府的任何协助。这是最困难的一环。有时候暴风雪严重到整整一个星期都没有人能出门，但最近的天气不再那么狂暴。卡米洛村利用气候比较平缓的这段时间，派出四五个搜集队，去屋主住在另一个星球而被舍弃下的大屋子里搜寻食物。

索尔来到别墅楼梯的底端，走入天井。连续一个星期造访陌生屋子之后，他发展出对屋子布局的直觉，尤其是厨房的位置。黑暗像条棉被一样，似乎吞没所有的声响，光束四处扫射，寻找房门和走廊口。后面的房间全部被冰封起，窗户被积雪掩埋，一片漆黑。

别墅的厨房比索尔家的客厅还大。里面有两大组灶台，中央平台下面有个烤面包炉，还有蒸炉和烤比萨炉，一排高级的红铜锅具挂在上方的方形架子上。

索尔的光束扫过被冰霜封住的闪亮表面，短暂地停留在一座灶台下方地板的一团灰毛上，然后他强迫光束继续往上。猫大概缩在它们知道会比较温暖的地方。还没有人需要吃这种肉。目前。

五道明亮的光束集中在巨大的双开门冰箱上。刘易斯硬推开门，里面有八层塞得满满的食物。有封得很好的餐盒包，一盒盒牛奶，很多肉、鱼、酸奶、果酱、黄油。

"开始吧。"索尔说。

马科斯拉开大帆布袋的拉链，开始扫货，所有的食物都被冻得硬邦邦。食用期限已经不重要了，反正全都会被煮熟后再吃。

艾安娜和索尔走入厨房旁边的用品间。

"中奖了。"她惊呼。房间尽头有两大个箱形冷冻柜。他们把锁敲掉以后，发现里面装满了各式各样的食物。

"这绝对至少够整个村的人吃一个星期。"索尔说。他打开自己的背包，开始往里面装食物。他们得来回几趟把东西搬空，然后组装背包里带来的雪橇。这也是索尔的设计，用他从"夏威夷之月"带回来的最后一点原料打印出来的。雪橇不容易控制，但是搜集队每次都会确保从大屋出来的路线是下坡，所以要把中量级的收获带回卡米洛村时，雪橇便成了无价之宝。

索尔抬起背包，重量让他鼓起双颊，但是他仍然没有停下。这个搜集行动和他以前的几次及以后会参与的所有行动，都只有一个目的，就是让他的家人有足够食物撑到这场可怕的冬天结束。他知道必须靠整个小区同心协力，所有人都要有所贡献，互相帮助，直到太阳黑子的变异终于消失，这世界恢复正常的一天。这个信念和坚持是他继续下去的动力，也让他成为卡米洛村民们仰赖的人之一。

他低调的坚定让埃米莉相当惊讶，她从来没有看过他的这一面。

可是她并不知道他们相遇之前他经历过什么。当时的情况跟现在完全不同，唯有目标仍然一致：生存。他知道无论如何自己都可以撑下去，因为他曾经忍受过同样的悲惨、辛苦和绝望。对索尔来说，逆境并不陌生。

回到别墅的厨房时，马科斯和奥托差不多已经把冰箱清空了。索尔的手电筒闪过配备豪华的空间，心想着它的价值和用处居然消失得这么快。

"快好了。"奥托说。

"我们还得走几趟才能把冷冻柜清空,里面的东西不少。"索尔说。

奥托点点头,看着索尔的手电筒照亮豪华的厨房,想法显然和索尔不谋而合。"以后呢?没屋子可以搜检之后怎么办?"他问。

"太阳黑子变异总会结束。"索尔回答。每次孩子问这个问题时,这是他的标准回答。"就算要花上一年也还是会结束。"

"我们撑不了一年。"奥托说。

"还有生化基因研究院。"

"那有什么用?"

"它们有克隆槽。我想它们可以做出各式各样的单细胞蛋白质来喂饱我们。"

"没错。布琳凯尔那里还有融能厂。无论多久,他们都可以帮我们维持下去。"马科斯说。

"布琳凯尔为什么都没说?"奥托问。

"我不知道。"索尔厌倦这种需要回答所有问题的情况,"也许她不想我们养成依赖的习惯。"我绝对不希望你们都这样依赖我。

"你觉得他们可以种出食物来吗?"奥托说。

"他们如果想不出好法子的话,一万七千名基因研究人员就要饿死了。这个研究动力一定不小吧。"

"没错。对,他们一定会想办法的。"奥托说服自己。

马科斯和索尔互看一眼,然后索尔扛起沉重的一袋食物,朝楼梯走去。

晚上八点,席德终于结束他跟法务的联机会议,还有跟市场街警局营运长的规划会议,只剩下自己要办的公事。他花了一天争论、协商、同意、讨论,一切都要被马利根和他的手下反复检视,他们还兴致勃勃地不断制造问题,丢给席德去解决。席德向雅辛塔保证他六点就会回家,"最晚七点钟,真的,宝贝。"但那是在GE宣布与圣天秤星居民达成协议之前。他开始觉得克莱斯里赚的钱都是应得的。

一整天，跨网塞满了协议的新闻。GE谈判人员终于同意让非有机油工人从高堡市暂时回归，每个人都会收到暂时人道收留许可证，他们需要付一大笔回归保证金。在太阳黑子变异正式宣布结束一个月以后，许可证会自动失效。

从实际情况来看，这意味着从星期六起，有二十万人口会从通道涌入，而纽卡斯尔只有三天可以为迎接他们做准备。

市长的策略与GE的主要政策一致，都是把人群往外扩散。城里的每家旅馆已经住满了之前被允许从通道回来的有机油公司员工，现在已经没有空间让其他人居住，所以那些人将要被送出去，被送上火车，运往各处大陆。南方各国并不高兴，因为高堡市的居民多半来自北方各国和法国，但这些国家在圣天秤星上都有巨大的有机油提炼厂，因此他们又得继续让步，例如协助难民前往有很多空间可容纳新殖民的GE跨太空星球。只要不让他们在旧大陆上定居，别的去处都好说。纽卡斯尔是试点城市。议会正在加速通过额外的防流民配套法案，让警方和外聘单位有全新、强大的权力疏散人群，同时还向几个慈善机构、政府单位、福利单位申请人道救助金，协助这些人往外迁移。

这一切都需要很严格的管制，确保不会有人在离开通道和被送出城的途中脱队。好几百个警察，加上超过两千名外聘警力会被安排执行加强道路防线的任务，GE边境管理局的军队则随时待命。这些安排全都要通过席德的C&I办公室，经过后者的检查和授权。他的e-i收到一堆外聘公司高级经理的来电，还有认识外聘公司人员的朋友，还有成为中介的同事。他接下来两个月的行程表已经塞满晚宴邀约（每次都有外聘公司提供的随员），而且已经拒绝了五次免费度假——其中有两次还是去别的星球。雅辛塔对这点不太高兴，有趣的是已经有三家医疗机构跟她联络，给她提供人力资源部长的职位以及丰厚的薪水。

出现在他面前的财富与权力相当惊人，他心里其实对他的部门处理各个事项的方式颇为满意。星期六早上时，这个城市将可以应付从通道涌入的一波波饥寒交迫、心力交瘁的难民。

席德跟他的新团队说晚安，搭电梯到了地下第一层。地底下是一片铁门和刺目的蓝绿色照明形成的水泥迷宫，里面有十几个闲人止步的房间，其中最大的是射击场，旁边是武器室。席德避开两者，去到保安设备室。这一区分成五块，伊恩让每一块的罩网记录都不断重复，这样没有人会知道他正走向中级安全器材库存区，里面放的是行动监控设备。他的e-i传送布拉赖警探的身份辨识。布拉赖是警察执法标准部的人，去年参与对席德的调查。如果有人要查器材库的记录，席德在市场街里能倚靠的盟友并不多。门锁弹开，门打开。

房间里面有一根根水泥柱，还有五排铁架。古老的空调风扇开始转动，想要带动沉闷的空气。席德走入第二排，检视整齐排列的箱子。他不经意地注意到缺少的箱子不少。大多数二级以上的警探都知道该怎么进入中级安全区域。

他在第三层架子找到他要的箱子，黑色的长方形铝箱，大概三十厘米长，二十厘米宽，十厘米高。他的e-i再次提供布拉赖的标识符给库存物品管理系统。他从架子上拿了三个箱子，转身要走。

"老大，晚安。"阿布纳·诺思二代说。

席德一脸苦恼。他没听到阿布纳进来，伊恩当然把罩网解除了，所以他也无法用罩网确认这里只有自己一个人。没办法，他只好试图蒙混过关。他向阿布纳微笑，"晚安。我来拿案子要用的微飞行器。你在找什么？"

"老大，你的演技也太差了。你现在是C&I部长，根本不会碰到需要用微飞行器的案子，所以不介意的话，咱们废话少说，反正你已经解除罩网记录了。伊恩在运行一大堆秘密监控程序，用的都是万斯·埃尔斯顿的授权码。你、他，应该还有伊娃，正在进行某种非官方调查。我不介意，大家都会做这种事，但被杀的是我的兄弟。如果你知道是谁杀了他，我有权知道。"

"糟糕。"席德抱怨。他早该料到早晚会有人注意到，尤其是阿布纳这样有鉴证训练的人。"你跟谁说了？"

"谁都没提。"

"好，我跟你说，但不是在这里，我们得先离开。"

"没问题。我来帮你拿。"

席德迟疑片刻，看着阿布纳伸出的手，脸上刻意不带出多余的表情。那张脸……席德记得它惨白、毫无动静地躺在停尸间的平台上。奥古斯丁愤怒且坚定，而奥尔德雷德则无比冷静、随时都在算计。没错，诺思家族在纽卡斯尔真是无所不在。他叹口气，接受了这个简单的事实，将一个箱子递给阿布纳。"谢谢。"

"布拉赖啊？挑得好。"

席德耸耸肩，"有什么办法？詹森·商已经离职了。"

伊恩一定难得一次看了通往他公寓楼梯间的罩网。阿布纳和席德一起走进来时，他并不惊讶，只有伊娃担心地看了一眼那诺思家族的人。

"他找到监控程序了。"席德解释。

伊恩低声咒骂，气得抿起嘴唇，"抱歉，老大，我该更小心的。"

"现在你想怎么样？"伊娃问。

"我想知道是谁杀了我兄弟。"阿布纳说。

"你可能不会喜欢答案。"席德告诉他。

"所以你才没有使用官方记录？"

"对。"

"好吧，我明白告诉你，我不会向马利根或奥尔德雷德告发你，但我需要参与……怎么了？"他环顾其他人脸上的表情。

"这个真相不是很容易让人接受。"席德有点为难地说。

"你就……到底是怎么一回事？"

席德知道他没有选择。自从被阿布纳逮到他在库存区里开始，他就没有了选择。如果他愿意对自己诚实一点，他其实很久以前就没有了选择。"我们已经找出你的兄弟在圣詹姆斯的公寓里被杀害的原因。"

"哦？"

"塔鲁拉·帕克去年劈腿奥尔德雷德。他有她的门锁密码。"席德等着阿布纳响应，但他什么都没说，所以席德说出最糟糕的部分。奥尔德雷德认得马库斯·雪曼，这一切都是某种企业内斗，应该是诺思在对付诺思，还有他们在雪曼的人和奥尔德雷德身上都安装了监测器。

"你从下载内容里找到什么？"阿布纳低声问。

席德非常佩服阿布纳。如果有人告诉他，是他自己的家人涉入这么可怕的事件，他很确定自己不可能这样保持冷静，但阿布纳很清楚他的兄弟是什么样的人。"下载的内容没有我们希望的那么全面。有很多对话只抓到单方面，但根据我们拼凑出来的内容看来，雪曼的人正在计划抢劫特立法分子解决方案公司。这是加洛区一家非常高科技的公司，精于分子工程。我们不知道这家公司的产品用在哪里，有趣的是，跨网上没有这方面的资料，不过它与国防部有合作。"

"我听说过。"阿布纳轻声说。

"怎么会？"伊娃问。

"这家公司对诺森伯兰星际企业很重要。我在转到警方之前，对家族事务很熟悉。"

"多重要？"席德问。

"特立法的分子系统可以制造正状态的物质。正状态算是一种中介状态，或是可以用来影响负物质的属性，这是跨太空联结技术的基础。"

"所以他们的行动可以影响通道？"伊恩问。

"不行，至少无法直接影响。负状态物质算不上稀少，有很多公司在制造，这东西也没什么黑市交易，首先需要的就是一些非常专门的原料。我不太明白这么做的原因。"

"也许是为了盗取技术？雪曼在遥远星球间有个技术买主。"伊娃说。

阿布纳问："那奥尔德雷德为什么会涉入？诺森伯兰星际企业自己就有通道。我们有技术，不需要偷的。"

"可能他另有计划。这就是问题的关键。我们其实不太知道整件事的全貌。"席德说。

阿布纳低头看着手中的小黑盒，仿佛第一次看到它。"那你的计划是什么？"

"他们仍然在规划抢劫行动。我们要用微飞行器来获得全面监控。这次我们可以看到他们到底在干什么。"

"这次？"阿布纳锐声问。

"他们以前进行过类似的行动。他们提到了交货，谈到又有新的收获。我们也很确定炸掉雷因特修车厂的人是他们。如果我们可以在事后跟踪他们，看看他们把东西交给谁，也许会比较清楚到底是怎么一回事。"

阿布纳缓缓点头，"微飞行器是最理想的做法。我受过操作这种东西的训练。我来帮你们一起监控。"

"之后呢？如果是奥尔德雷德涉入谋杀案，你要怎么样？"伊娃质问。

"我会亲自帮你们逮捕他，也会保证他为自己的所作所为负责。"阿布纳说。

"你跟他是一样的，你们每个兄弟都是一样的。你真的认为你能杀死其中之一吗？"席德说。

"不行。我个人没有办法下得了手，但我们其实每个人都有点不同。那些说我们完全一模一样的说法，只是传言。他做这些事一定有他的原因，而我很想知道是为什么。"

2143 年 4 月 21 日，星期天

万斯必须用身体压向强风，风力强到让坚硬的冰屑几乎以平行的角度穿过营地。他很高兴微制造小组终于打印出一批可以用的护目镜。有几颗冰屑打中他几丝裸露在外的肌肤，一时之间痛得不得了，直到寒风让挫伤冻得毫无知觉。

他身边的奥马尔·米哈伯大兵正在进行护卫任务，在猛烈的飞雪和不断变化的极光下坚忍不拔地前行。包裹在一层冰雪中的卡宾枪握得平稳，奥马尔尽了最大的努力不断观察周围的环境。他贴在新肉贴下的脸颊正逐渐恢复，贴布被层层叠叠的材质覆盖住，以免被吹伤，他在其上包了几层薄布料，用头巾裹住脸，最外面是安杰拉替他织的毛线面罩，让他能够戴上头盔，又不跟脸颊摩擦，最后戴上特别制造的防雪护目镜。博坦中尉不认为他已经可以重回巡逻任务，但奥马尔不断恳求，直到万斯同意。

现在已经没有人想出来。不只是害怕跟踪他们的怪物，而且寒冷本身就是影响他们思考与态度的毒物，让所有人情绪低迷，每天为了要出门得穿上正确的护具就已经很辛苦，更不要提多半时候风速都很强劲，让走路成为难题，视线最多只有几米远，还不如待在室内，缩在暖气机旁边，花精力在准备车队工作上，无论工作有多烦琐。

奥马尔因为不知名的原因，没有像营地里其他人那样陷入被动状态，

万斯也不打算放过这个机会。他们现在更是无比需要武装保护。

万斯终于看到前面的工作间，以明亮的橘色布料作为柔软的墙壁，这是微制造小组做出来的最简单遮蔽物，一个十五米长的厚布料气球，靠能源槽排出的多余热气吹动风扇，填胀气球空间。非常耗能源，但是很有用。

落在气球上的雪变成雪泥后会滑落，可以保证上面不会堆积过多的重量，包围在边缘的脆冰正逐渐堆高，但万斯希望今天傍晚他们就可以出发，那么积雪将不成问题。

他们钻入短短的一段入口隧道，封起外层的布料才打开内层，免得里面失压。温热的空气扑面而来，混合着有机油、新鲜陶土还有很久没洗澡的气味，趁着万斯解下包覆在脸上围巾的瞬间，一起涌入鼻腔。凝结在他外套和防水长裤上的雪开始融化，滴在地板上。他拿下护目镜和头盔，但没再脱下更多衣服——屋子里面不暖，只是在零度以上而已。

其中两辆热带型越野车占据了大部分的空间，被强光照着。四五个人在每辆车子旁边忙碌。万斯看到改装后的车辆，忍不住露出兴奋的微笑。新轮胎实在惊人，跟他的胸口一样高，一样宽，简直是让他未泯的童心喜悦万分的终极改装车，车顶上加装的遥控机关枪让整辆车的形象更加完美。

车队中的每辆车都配有类似的武器，所以准备过程比预计得要久。这是万斯的坚持。在巫岗最近又失去两名成员之后，所有人的士气更需要提振。

很长一段时间里，人人都必须遵循不准单独外出的命令。

AAV小队的麦凯以及其中一名直升机驾驶员胡安-费尔南多上个星期四一丝不苟地遵照命令，进入暴风雪里检查紧急通信火箭发射器。根据和他们住在同一间圆顶屋的戴维妮亚和利夫的说法，他们也带了规定的随身武器。

两个人都没有回来。

万斯于是改变命令：现在所有外出者都必须带一名武装的先锋军作为护卫，绝对没有例外。同时，车上加装机关枪。如果在车队出发之后碰上那怪物，就可以立刻开火，不需要等先锋军小队下车去追。

拉维·亨德里克和奥菲莉亚·特洛伊在其中一辆热带型越野车的车顶，完成机关枪的装置，把机关枪和架在枪身旁的小型微波雷达连接起来。在万斯的注视下，机关枪左右摆动，然后向下瞄准。

拉维咧嘴笑了，"长官，你看，这样就能教会那混账东西跟人空手打架时不准带刀子，是吧？"

"准备好了吗？"万斯问。

"瞄准程序再调整一下，遥控部分还有点粗糙，出发前可以完成。"

"干得好。"万斯绕到第一辆越野车后面，看到达尔文·史沃洛斯基正在转紧侧边轮轴马达上的轮胎锁。杰站在旁边，每次达尔文要工具时，就从旁边有轮子的高柜子中拿出递给他，看起来完全像是多余的帮手。

杰抬头，"长官。"

"进度如何？"万斯问。

杰瞥向达尔文，盖在好几层布料下的肩膀耸了耸。

"车辆再三个小时就能准备好。"杰说。

"我以为已经完成了。"万斯说。他很努力不让声音表现出烦躁，但他内心以为自己来修车厂的同时也能发布出发的命令。

"我们已经尽量完成改装工作，但有一些组件协调的问题。"杰拍拍厚重的大轮胎，"一旦改变轮子的大小，尤其差别这么大，齿轮也需要完全改变。轮轴马达的扭力需要重新调整，这表示转动轮子时的能量需要更多。"

"更多能量。"万斯沉吟，"意思是要更多燃料？"

"是的，长官。"

"那你调整车队用量估算没有？"

"呃，我们应该可以在存量还剩下百分之二十的时候到达萨瓦——这是最糟的情况。"他连忙补充，"我希望我们可以在还有百分之三十存量时抵达。"

"你只是说出他想听的话。"卡芮兹玛从第二辆越野车旁走过来，"如果耶稣让我们开到萨瓦半路上才用完有机油就算运气好了。那时候怎么办，啊？营地指挥官，到时候你的备用方案是什么啊？"

"我的车辆组长说我们会剩下百分之三十的燃料，这就是我用来判断的数据。"

"他根本是猜的！乱蒙一通。基督也不知道这外头会有多困难。"

"喂，我用热带型越野车试开了两遍，MTJ试开了一遍。我知道它们需要应付的情况。"达尔文没好气地回答。

"你只是绕营地开一圈而已。这跟不知道有什么两样。我们连地图都没有！"

"AAV小队用e射线数据画了不错的图。"杰说。

"屁！那分辨率连五米都不到，只是地平线而已，谁知道你的神在树枝下藏了什么东西。这里到萨瓦之间可能有上百万个峡谷，你那百分之二十的盼望根本没有任何数据支持。我们必须留在这里。"

"没有人会来接我们，而那怪物正把我们一一干掉。"万斯说。他发现耐人寻味的是，只要他在，卡芮兹玛就会用神的名字咒骂，应该是想强调他的信仰，希望别人会质疑他的判断。手法很粗糙，但他很容易无视这种手段，这也不是多罕见的事。

"那群怪物。"拉维强调。

卡芮兹玛烦怒地抬头看着驾驶员，"什么？"

"一定不止一只。你想想它是怎么对付我们的。轻而易举就把麦凯和胡安-费尔南多干掉了。我跟胡安很熟，他不可能站着让人白宰。它们一定是在外面，逐渐包围营地，很快会多到可以大摇大摆地进来，有多少先锋军巡逻，我们架起多少远程武器也没用。你要待尽管待，但我要走了。"

"没有人要留下。"万斯坚定地说，"我要这些越野车三个小时内准备好可以出发。不论有没有最后扭力调整，我们都要开走。明白吗？"

"是的，长官。我们会准备好的。"达尔文说。

"很好。继续。杰，召集火箭发射小组。我要亚贝利亚知道我们要怎么做。"

空中军用HA-5060紧急通信火箭发射器是一个长方形的箱子，五米长，两米宽，架在一个小拖车上。他们用MTJ一号把它拉离营地，不过正确来说应该是在地上拖着走。拖车的小轮子一直卡在雪地里，得靠MTJ的力量才能硬拖着前进。万斯坐在驾驶座里，很不舒服地预先体验在不友善的冰冻环境中硬走几千公里会是什么情况。体验的结果几乎让他迟疑了。然而拉维说出了大家的心声。营地传言在满是白雪的丛林里有不止一只怪物，让所有人只想赶快离开。如果他们不走，营地的纪律会完蛋。搜捕行动基本上可以算是结束了。就连万斯都得承认他们现在的处境很糟。他的策略是要先回萨瓦，之后——等太阳黑子状况结束，气候恢复正常——配备改良过的探勘队可以再回巫岗。目前怪物占了上风。万斯很不愿意承认这点，但他向来是个务实的人。

欧格开车，一行人带着发射器到离行政快速房舍六百米外的地方。拉登中士和雷欧拉·福克斯在刺骨的风雪中担任守卫，肯·施密特和克里斯·费亚德罗准备发射器。没用多少工夫，拖车的每个角落各延伸出一根支脚，底板深深陷入雪中，然后长方形的箱子缓缓抬起成直立状。

AAV工作间里的戴维妮亚·贝尔尼确认他们收到了HA-5060的电子信号，所有人爬回MTJ上，欧格开车离开。

他们停在发射器三百米外。所有人皆向前倾身，想要望穿外面浓密的飞雪。

戴维妮亚结束快速地倒数。炫目的橘光穿透暴风雪，压过极光的柔和波动，然后三层火箭推进器的吼声席卷MTJ，让周围的雪飞得更快，看不见的光源快速上升，消失在视线中。

万斯闭上眼睛，快速低声祈祷一番。HA-5060紧急通信火箭设计在很艰困的情况下仍能发射，但眼前这种情况对其设计标准仍是严酷的考验。在他紧闭的眼帘后，他的网格如霓虹光般刺目，传递着电子信号。

在十七公里高处，三层推进火箭燃烧殆尽、分离。火箭的箭体仍然包裹在云朵和冰屑中，如果冰云层继续往上延伸，那火箭的处境就会变得危险。速度开始增加，鼻端的三角锥开始摩擦起火。主阶段点燃，以七吨的推力往上冲，让HA-5060猛力飞升，在二十一公里的高空终于突破云层。

三十三秒后，火箭固态燃料烧完，四百千克的主体分离，在火箭推进的极大惯性下继续上升。

万斯只能等待，看着数据。至少他们现在还能继续收到数据，虽然天线为了穿透暴风雪得耗用许多能量。

火箭主体通过三百公里的高空时，开始直接朝亚贝利亚发送数据封包。他们知道亚贝利亚的探勘队在2月抵达时，第一件事就是架起接收天线，天线应该是永久运作的状态。所有人都祈祷暴风雪没有吹倒天线。

七十秒后，他们收到亚贝利亚的响应。

MTJ车厢内的欢呼声震耳欲聋。随着与营地网络的联机形成，一排符号出现在万斯的网格，他唯一有兴趣的是格里芬·托因少校。

火箭主体到达三百五十公里，继续往上升。巫岗人员预录的信息开始涌入亚贝利亚的网络。万斯的e-i回报托因正在回应。

"真高兴听到你的消息。你的状态如何？"托因说。

"不好。它杀了我们好几个人。我要撤退到萨瓦。我的报告里都写了，但我想很快地跟你确认那里的补给品足够我们存活。"

"有。那里只剩骨干团队，十五个人，所有的补给品和燃料都还在。"

"很好。我的报告里包括我们的建议路线，如果下星期的状况改变……"万斯的e-i告诉他主体已经到达四百公里，上升速度正大幅下降。快到顶点了。

"不太可能。太阳黑子状况似乎稳定下来，没有再改变。"托因说。

"该死的。天文学家们知道会维持多久吗？"

"完全没概念。万斯，听我说，高堡市很快就会变空城，居民们正在弃守星球。我们当然会留下来，绝对不会抛下自己人。他们正在规划所有前进营地的最后撤退行动，但是要等几个月以后才会执行。如果你们能到达萨瓦，你们的状况会好很多。我们会去接你们，这是将军亲口承诺的。"

"谢谢。"

"有怪物的资料吗？"

"没有。这里的天气太差，每个传感器都快被消磨光了，智慧粉尘一点用都没有，我们几乎是活在上个世纪里。"

　　主体到达四百三十七公里的顶点，在离子层高空的饱和离子中暂停瞬间，感应到一批从天狼星发出的硬粒子，几个处理器因为射线攻击而失灵，软件程序连忙调整弥补。

　　"很抱歉我们没办法多帮上你们的忙，但如果有人能撑过去，一定是HDA的人。"

　　"其他的前进营地状况怎么样？"万斯问。主体开始其漫长的下坠过程。

　　"我们也跟他们失联了。没有营地回报有怪物活动。只有你们。"

　　"有人想得出为什么吗？"

　　"没有，但爱丽斯泉正在研究。"

　　主体中更多处理器断线。数据显示主动力回路产生状况，外在环境的辐射指数远超过建议的耐受程度，外壳的静电威胁要突破阻隔层。

　　"纽卡斯尔的调查进度如何？"万斯问。

　　"结束了。他们以从犯的罪名起诉厄尼·雷因特。审判这个星期就会结束，但他们找不到下令的人。"

　　"真的？我原本把更多的希望都寄托在赫斯特警探身上。"

　　"要我说的话，整个探勘行动从头到尾都是一场灾难。"

　　"还没结束。怪物在这里，正在杀死我们的人。"

　　"万斯，这里没人信哪。官方说法仍然是特拉梅洛或她的同伙。"

　　"他妈的！"万斯一拳砸向前面的椅子。MTJ车厢里的每个人都盯着他，没有人听过他骂脏话。"你知道这不是真的。"

　　"我们会把你们带出来，万斯。我向你保证，我们不会遗弃你们。"

　　"可以安排空投。"

　　"没问题。只要等暴风雪结束。气候学家认为要不了多久了，大气层正在稳定下来。"

　　"我怎么看不出来。"

　　通信接连消失了两秒。恢复后，数据显示外壳的电子累积已经到达极端严重的程度，随着重力将主体拉回地面，电量的饱和程度逐渐增加。

"我们要失去联结了。"戴维妮亚警告所有人。

有些巫岗的人员很幸运，他们的e-i发出的通话居然一路穿过通道，进入跨网，让他们能跟家人聊两分钟。营地的官方记录文件成功下载到HDA总部。所有人之中，只有安杰拉对此无动于衷。唯一一个她也许会尝试告别的人是索尔，但万一他们的通信被解读了，他最不需要的就是因此招致的麻烦。她不能让他暴露在危险中。况且，跟她的前夫再次告别，对他温柔的灵魂来说实在太折磨了。

在提供了与文明世界难得的十一分钟联机之后，主体外壳周围的一圈电子终于突破了阻隔层，电流窜过机体。死寂的机体继续沉默地坠落接下来的三百公里。

"你们有人读了亚贝利亚基地的官方新闻稿吗？"卡芮兹玛询问串联所有中士以下人员的联结，"他们正在规划最后的撤离行动。我们只需要待在这里，一个月后他们就会来接我们了。"

"又没有时间表。那只是兴奋剂，给蠢人和弱者的废话宣传而已。你真的信？"

"计划是真的。"

"比怪物还真？"帕瑞西问。

"去你的。所有人都知道对我们动手的其实是你的炮友。"

"你他妈的给我闭嘴。"帕瑞西说。

"她扯着你的卵蛋跑，你看不出来吗？"卡芮兹玛回骂。

"我看出来我们唯一活下去的机会就是离开这里。"

"你错了，你们都错了。我们可以在这里待到雪融化。如果那个信耶稣的变态埃尔斯顿没把原料都用在改装车辆上，打印机可以制造真正的房舍。这根本就是他一个人的圣战。他只想对他的神证明自己，完全不在乎我们死多少人。"

"已经决定了。我们要走。你最好接受，反正你也没有选择。"安杰拉说。

"我们一定到不了的。我们带不走足够的燃料。"

"你再说下去，我会亲手把你铐起来。这是我给你的最后警告。"帕瑞西说。

卡芮兹玛的e-i显示她的串联参与者正一一断线。她转头看着戴维妮亚·贝尔尼和利夫·戴维迪亚。"白痴！他们看不出这么明显的事实吗？埃尔斯顿的疯狂车队会害死我们所有人！"她愤怒地骂着。

"他们都害怕。怕怪物，也畏惧领导阶层，毕竟我们受的训练是不论如何都服从指挥链，这就是HDA。"戴维妮亚说。

"如果离开，我们都会死。"

"你说得对。我们对车辆的改造其实不够。至少不够用来应付这种地面。埃尔斯顿如果以为这样就够了，那他简直是在做梦。"利夫说。

"大概是神告诉他要走的。"戴维妮亚鄙夷地冷哼。

"你们要跟我一起待在这里吗？这里的补给品和燃料绝对够我们三个人撑到救援人员抵达。"卡芮兹玛问。

"先锋军会听埃尔斯顿的，直到五刃刀刺入他们的心脏，那群蠢蛋。你也听到帕瑞西说的，如果有人下令，他们绝对会电击我们，把我们关起来。我们得更聪明，选好时机。"

卡芮兹玛不情愿地点点头，"没错，但不能等太久。"

巫岗车队终于在下午两点钟的时候准备好。安杰拉跟其他人一样，被允许带一小袋的私人物品。她挑了几件干净衣服、袜子、内衣，反正没人会因为穿脏臭的衣服死掉，而且她大多数的衣服都一层层地套在身上。剩下的空间则用来装她在比克-昂温商店买的东西：手电筒、惯性导航设备、实体储存槽，还有一副太阳眼镜。帕瑞西笑她，但她反驳眼镜的智慧镜片在圣天秤星现在一团模糊的空气能见度里会很有用，不过她的确抛下了她宝贵的防晒油。工具腰带被她套在两层毛衣跟护甲背心下，袋子里剩余的空间都被毛线团还有棒针填满。

她与其说是走，不如说是摇摇晃晃地慢慢挪出圆顶屋。风速已经降低很多，但云层仍然牢牢地覆盖在他们头上。雪花飘在空气里，被纤细的阳光染上一层粉红。极光散去，只有偶尔送出的一条条破烂海绿色光带穿过云层的底端，仿佛是巨大空中生物经过时留下的波纹。

圆顶屋后面，组成车队的十辆汽车正排成一列，刺目的白头灯兴高采烈地穿透阴暗。安杰拉带着一丝安心看着车子的能源槽散发柔和的白烟，允许自己因为看到终于有事情发生而觉得满意。她当然一直深度参与整个规划过程。埃尔斯顿和福斯特现在将她视为必要人员，甚至从来懒得去检查她的工作结果，所以她统整了每个单位负责人提出的需求，归纳出清单，调整重量、体积、重要性。埃尔斯顿有最后决策权，但她眼睛所见的大部分货物能放在这里，主要都是因为她。

多数车辆上都挂着篮子一样的网，里面装满了桶、箱子、盒子。车顶架上堆得高高的。她觉得雪橇看起来几乎快要翻倒，上面载了太多的有机油囊。

"喂，你自己小心点。"帕瑞西说。

"搭炸弹车的又不是我。"

"多谢提醒啊！"

"你也要照顾自己。"她说。

两人互敲头盔，孩子气得让安杰拉笑了。帕瑞西转身走向车队的油车，他跟亚提欧共享驾驶座。埃尔斯顿坚持油车要由先锋军驾驶和守卫。

只有一辆油车，但两辆自动载卸货板卡车上堆满了有机油囊。拉维·亨德里克和巴斯琴·诺思二代正一起开着第一辆车，奥菲莉亚·特洛伊和吉莉恩·科瓦斯基则在第二辆上。

三辆热带型越野车和两辆行动生化实验室都拖着雪橇，MTJ进行开路的工作，雪铲叉为后面动力不足又比较重的车辆开道。上个月在探索丛林时还无比有用的电锯折在车顶，当植物比雪更难对付时随时可以拆下来使用。

安杰拉给自己在热带车二号里安排了一个座位，跟她同车的有福斯特、玛德琳，还有拉登中士。她尽量拍掉外套和长裤上的雪，打开门，坐到后座的玛德琳旁边。空间几乎不够。玛德琳同样裹在好多层衣服里，两人的手臂贴着彼此。安杰拉把袋子塞在地上，挤在装满好几天食粮的箱子间。她看着车厢地板上同时放着的塑料马桶、尿斗，还有空的排泄袋，但这就是她接下来两个星期的人生，甚至更久，天知道要多久才能到达萨瓦。

"把门锁上。"拉登从驾驶座上说，"基本规则：门一关起来，我们就会调高车厢温度。所有人都得脱几件衣服。不得在没有警告其他人的情况下开门，知道吗？我们每个人轮流开三个小时的车，前座乘客负责看路，就是说，你要留意所有情况，包括怪物朝我们冲来、其他车辆打滑，还有可能的雪崩。前座乘客同时负责控制遥控机关枪的发射。后座乘客欢迎和传感器联机，加强我们的观察力。"

"轮到我们的时候，要怎么从我们的位子换到你的位子？"玛德琳问。

"所有人都得学会激发自己的体操天赋。除非必要，否则我不希望开门。"拉登说。

安杰拉同意他的看法。温暖的空气从风口已经吹了一分钟，她仍然感觉不到温度的变化。车子内部贴了大块的泡绵保温，但热带型越野车原本就不是设计给冷天气用的。

"一切都要更慢，按部就班就行了。"福斯特说。

"我从来没有这样开过车，更别提在这种气候里了。"玛德琳说。

"在这么冷的天气里开车不是太难，你很快就会学会，别担心。"

玛德琳除下头罩，警戒地朝安杰拉一笑，"我们都能做出一些没想过自己能做的事。"

"极限逼出潜能。"安杰拉回答。她看到拉登从后视镜里眯着眼睛看她们，想要弄清楚她们的对话内容是否暗藏玄机。

她的e-i告诉她串联通信正在开启，连接所有车辆与人员。埃尔斯顿想要看住他的行动领土。上校选择搭乘生化实验室一号，安杰拉兴趣浓厚地看着卡芮兹玛与她的一票狐群狗党都坐上那辆曾摔到山沟里的MTJ二号。

"所有人都上了自己的车辆，达尔文告诉我车队已经可以完全运行，谢谢你们大家过去一个星期以来付出的辛劳。只要上帝愿意体谅我们，提供一点举手之劳，我们大概两个星期内就会到达萨瓦。那里的补给品和能源存量足够让我们度过这段气候异常的日子。好了，大伙儿慢慢开，记住，我希望所有人毫发无伤地到达目的地。利夫，请带路。"

"是的，长官。"

安杰拉的网格显示MTJ二号开始出发，轮子转动，努力想要得到足够的摩擦力。少量的雪从雪铲边缘溅起，清出一条平整的道路。MTJ一号跟在后面，里面装着康尼夫医生和医疗人员，狭小的空间里塞满了能塞得下的所有医疗器材。可怜的老卢瑟·卡曾也在里面，抱怨自己拖累大家，因为他的大腿和髋骨还在慢慢愈合。根据玛德琳从马克·奇蒂那里挖出来的小道消息，医生觉得愈合速度太慢了点。

两辆行动生化实验室跟在后面，拖着装满食物、设备，还有一些燃料的雪橇。接下来是油车和两辆卡车，三辆越野车则殿后。

玛德琳开始脱手套。她外套上薄薄的一层雪融化了，滴在椅子和地板上。"我能脱下护甲吗？"

"抱歉。上校要求我们就算在车里也要保持一定的个人保护装备。"福斯特说。

"我早该料到。"安杰拉抱怨，一面脱下面罩。

拉登挣扎地脱下他的外套和手套，可是仍然戴着一顶深灰色的小毛线帽。他们一起看着热带型越野车载着博坦中尉、尚·克雷肖、富勒·欧武苏还有克里斯·费亚德罗经过他们的车窗，后面拖着雪橇。

"轮到我们了。"拉登启动轮轴马达。越野车慢慢前进。安杰拉读取涂在车子后方的罩网，透过她的网格看见拖曳钢索被扯紧，直到终于拖动了后面的雪橇；然后拉登调整扭力差异器，大轮胎咬入雪地，但轮子似乎完全没有转动。

安杰拉跟玛德琳交换了紧张的眼神，然后又因为察觉到速度逐渐加快而微笑。她难得感觉到些许的乐观。改装车成功了，她的同伴们很疲累，但他们又聪明、又坚定。他们带够了燃料，应该也带够了食物。他们到得了萨瓦。在那之后嘛……可以确定的是，她绝对不会回霍洛韦。

2143 年 4 月 23 日，星期二

西齐尔顿 GSW 区的废墟里还剩下的建筑物多半是断垣残壁，没有完全被烧成空壳的屋子早就被打破窗户，屋顶也只剩下梁柱而已。就连墙壁上的涂鸦都消失在茂盛的苔藓、藻泥还有不断生长的常春藤之下，老旧的道路缓缓地在层层荆棘和肆意生长的醉鱼草下腐朽。

白天，小孩子们会爬过一堆堆碎裂的砖块和水泥块，寻找最细小的金属块或玩动静很大的追逐游戏。但到了晚上，连不良少年都不敢出没于此。远比向往黑社会的青少年更危险的成年人，则在黑夜的掩饰下顺着街道前进。

伊恩和阿布纳利用跟市场街网络的秘密链接监控着这一区 GSW。上星期六，一架微型飞行器低空无声地飞过 GSW 区。任何属于保护地盘的帮派传感器或是罩网会看到类似蝙蝠的记录——它甚至模仿了所有翼手目动物快速、略微不规则的飞行轨道。它没有降落，但有一团智慧粉尘从机身喷出，覆盖一家老店正对面的废弃石堆。单纯以视觉观察这栋老旧建筑物看不到任何动静，但它破掉的窗户却被生锈的铁片遮住，两侧的滑门没有被打破，在 GSW 里漫游的流浪汉们都知道不要靠近这里。

伊恩当天晚上联上罩网时，显示被挡起的窗户和锁住的门内传出热能。鲁拜一个小时前抵达，带着两名汽车技工，帮派行动组数据库里显

示那两人和车辆窃盗案有关。

"他来了。"阿布纳告诉他。

伊恩在网格里看到了：一辆货车小心翼翼地顺着残存的路面行驶。大门滑开，货车开了进去，停在里面一辆几乎一模一样的车子旁。"那辆车昨天还不是这个颜色。"伊恩说。

博兹和吉迪都在改装车辆，然后把它们开到GSW找汽车技工改变车辆的车牌与颜色，让原本的身份辨识消失。

大门很快又关起。

"他们的抢劫目标如果需要货车搬运，一定很大。"阿布纳说。

伊恩告诉e-i把罩网影像搬到网格一边，压缩。他转头看着阿布纳，后者正坐靠在公寓客厅的墙边，那里通常是伊娃的位置。这一幕实在太不对劲。虽然阿布纳帮了很大的忙，他仍然不属于他们这帮人。他们之间共同经历的事情不够多，而且伊恩仍然不了解他的动机。"我不明白。"他大声说道。

"明白什么？"

"你为什么帮我们忙。"

"真的吗？我以为很明显。有人正在杀我兄弟。他们二十年前就开始下手，而我们到现在还没有找到他们。我很介意，真的非常介意。"

"可是，你现在不是知道这是家族内斗吗。"

"其实我还不能确定。我承认种种迹象看起来不太好，对奥尔德雷德尤其不利，但我真的需要知道到底是怎么回事，还有是谁参与这件事。这是我作为警察的职业病，也是因为这我才放弃了家族一贯的企业生涯规划，选择进入警界。"

伊恩小声地哼了一下，"大家都认为你来市场街只是为了确保我们乖乖按照企业的吩咐做事。"

"并不是。我们诺思家族喜欢挑战，只是表现的方法不同。我对于解谜有点执着。"

"跟席德一样。"

"没他那么严重。他很厉害，而且很有政治头脑。他真的会成为很好的下一任警察局长。"

"嗯，有可能。如果真能这样，那会是市场街很久以来没有碰上的好事。"

"如果他真的上任，我希望他能够减少警局里的官僚作风，我加入警察局的时候，没想过会有这种事情。"

"总有方法可以避过。"

"是没错。那你为什么不让雪曼的监控出现在记录上？原本的调查行动就可以做这种事，我们得到的授权是要做什么都行。"

"跟这个消息来源有关。席德需要替他的消息来源保密。"

"啊，我明白了。他做事很有良心。也许其实他当不成警察局长。"

"你呢？如果我们得到奥尔德雷德确实涉案的证据，你会怎么办？"伊恩问。

"这就得看他涉入了什么事情，对吧？"

"我和伊娃呢？如果情况变糟，有人能保护我们吗？我们会背上挖得太深的黑锅吗？"

"不会的。我跟奥古斯丁有直接联机。我会确保他可以理解整件事。况且，你做得一点都没错。这个案子必须被侦破。"

"如果背后的人就是奥古斯丁呢？"

"不是他。"

"你看起来很确定。"

"相信我，我是真的很确定。这两件事完全没有关系。你看到圣天秤星的新闻了吗？有人杀了巫岗营地的四个人。"

"什么！不会又是那个鬼异形吧？"

"不然他们会被什么杀死？"

伊恩摇摇头，"很确定，不是雪曼。也许两件事没有关联？"

"希望如此，不过看下去就知道了，对吧？"

"没错。"伊恩看了诺思二代很久，仍然无法判断他们之间有多少信任，"你真的不知道有没有诺思二代未被正式登记在档案中？例如我们从泰恩河里捞出的那人。"

"没有人知道他的任何事。这是我兄弟和我最担心的部分。我实在很难相信我们之中有人会造成他的死亡。我们没有人是圣人，但不论吵得多凶，我都做不出这种事，所以我们应该没有人做得出来。"

"你说你们每一个都有点不同。"

"对，有一点，但没有差这么多。这个太过分了。"

"了解。"

一个符号出现在伊恩的网格中，他再次扩展罩网的信息接收，"你看，又有一辆货车到了。"

拉尔夫选了中央购物中心旅馆的同一个房间，好参与结案阶段。席德挑了一张椅子坐下，特别调查探员则从冰箱拿出一瓶纽卡斯尔棕啤。

"这个味道可以吗？"他举起矮矮胖胖的瓶子。

"在这里丢性命，就听我的建议。永远不要在纽卡斯尔问这个问题。"席德告诉他。

拉尔夫咧嘴一笑，转开瓶盖，坐下来，"所以我们终于判了一个人。你一定很高兴。"

"厄尼·雷因特。因为他自陈有罪，所以判刑二十年，之后是永久流放。这没什么新鲜的，你也知道。"

"没错。所以你有什么进展？"

"我没有自以为的那么聪明。阿布纳发现我们在干什么，所以他加入我们了。"

拉尔夫全身一僵，贴向嘴唇的瓶子停在半空中，"他跟奥尔德雷德说了吗？"

"没有。这就是最有意思的部分。"席德很佩服拉尔夫居然能忍住让他说完整件事却没有打断他，不过想来对方正把这一切全部收入记忆库里，就像听名人自吹自擂一样。

只有到最后一段，拉尔夫才浑身一震。"特立法？你确定吗？"他锐声追问。

"没错。雪曼的人正在准备抢劫计划。他们正在替车辆改变身份识别，还在 GSW 里准备一些设备，所以我们猜应该不久以后就要行动。"

"你有什么计划？"

"我希望让抢劫行动照常发生。"席德一面说，一面揣测拉尔夫的反应，"派特勤小组去把他们抓个正着不难，市场街警局绝对会因此登上所有新闻节目的头条，但说到底这和抓雷因特没什么不同，根本就是打草惊蛇。如果我们想要解决这件事，就得跟踪货车到交货点，去看清楚到底是怎么回事。奥尔德雷德太聪明，他不会亲自参与，但如果我们耐心地顺藤摸瓜，最后应该可以搜集到足够的证据。"

"计划很好。只有一点要改。"

"改什么？"

"我要加入你们。"

达尔文和利夫提出的预算是一天一百五十公里。在巫岗的橘色充气布料修车厂中，一边换轮胎一面调整驾驶系统，这个数字似乎很合理，也很可行，因为这是从大量流程图和图表推演出的结果。

但目前为止，他们出发了两天，总共只走了一百零二公里。万斯想，如果哭泣就能让上帝帮帮他，他绝对可以立刻哭出来。可是天助自助者，现在会落到这个处境也是自找的。行动实验室一号里当然没有人多说什么，但他可以猜到 MTJ 二号正在酝酿的反对声浪，因为卡芮兹玛与她的追随者们都在进行很艰辛的开道工作。真的很困难，尤其是在丛林里。没人预想到这个过程会如此艰辛。地上积了四五米雪意味着车辆行走其上，下陷一米左右以后才能形成算是稳固的地面。在这种情况下，铲雪叉几乎没有作用。MTJ 驾驶员只有在碰到雪堆的时候才会把铲雪叉降下来，把雪推往一旁，而不是硬轧过去。

雪本身还好处理，但在丛林里，雪的高度让车辆几乎要抵上树顶，这片树顶本身已经被包裹在冰里，上面还撑起更多的雪。交织的树枝团团紧密地缠成一大片，能见度几乎不到五米。他们仿佛站在一个雪片水晶球里，闪闪发光的三维立体空间中，没有一块是长得一样的。

车队可以勉强平顺地向空旷地方前进，主要都是一些没有树的草原，不过短暂的平顺只让所有人碰到丛林又得减慢速度时感觉更焦躁而已。

又碰上一团复杂的树壁后，MTJ二号必须一直使用电锯又切又砍。包裹树枝的雪层在刀刃的攻击下炸裂，暴力地喷上挡风玻璃，然后刀刃切上如石头般冷硬的冰冻木头，伴随尖锐声音的震动摇晃着整辆车。挡风玻璃刷很费劲地清除一团团碎冰和木屑，好让车厢里的人看清接下来该切哪一层树枝或藤蔓。清理出一米的距离后，驾驶员会让MTJ前进埋入雪中，大轮子一开始抬高，然后又随着积雪被车子重量轧实后往下陷，接着就会卡住，他们又要用电锯，只是这些锯齿从来就不是为冻僵的木头而设计的。利夫很担心电锯不断承受的压力，他被逼不停下车去检查铁链承受的力。

停停走走的过程十分煎熬。其他车辆只能待在原地，直到MTJ清理几百米后，再一起前进好赶上MTJ的进度。

第二个难题一样棘手，几乎浪费同样的时间。行动实验室的重量让车子经常陷入MTJ轧出的道路。每次要把轮子挖出来，就得在周围铺垫子，然后用MTJ一号把实验室拖出来。这是个很快能上手的过程，一面感觉车子的载重，一面看着钢索开始紧绷，而两边的驾驶员要通过双人联机，小心翼翼地同时往外拉。

一进入丛林，这个问题变得更严重，因为路狭窄到如果第二辆行动实验室卡住，MTJ就没办法回来接它，所以他们得用前面的绞索盘，把钢索绑在第一辆行动实验室后面，希望这样能拖得动。

这种事情发生三次之后，万斯调整车队的顺序，让卡车和油车跟在两辆MTJ后面。这两种车很沉重，但跟实验室不一样，它们都装有加宽雪胎，开过之后有助于把雪轧得更密实，只是这样仍然无法避免实验室不断陷入雪地里。

天狼星在天边落下，万斯与他的单位负责人们进行串联通话。

第一优先是把MTJ一号拉出来当前导，让MTJ二号能休息一下。康尼夫医生、医疗人员和卢瑟会移到行动实验室二号，与安特利奈、卡姆·蒙托托、奥马尔和万斯交换。

一做完决定，利夫立刻说："我们必须离开丛林。"

万斯警告他："你别建议我们回头。"

"不是的，长官。只是我们的确需要更空旷的道路。再这样下去，十天内就会用完燃料，却连五百公里都开不到。"

"我很清楚这点，谢谢你的提醒。有建议吗？"

"我们现在是笔直朝东南方的萨瓦前进，但如果我们从这里往南开，两天后就会碰上蓝河的支流，可以把河道当成高速公路直接穿过丛林，不需要用电锯清空每一块道路。"

"蓝河汇入贾斯林河，往西南方流。"杰说。

"对，但恬河在蓝河北段汇入贾斯林河，恬河可以带我们一路开回到萨瓦附近。"

万斯把地图调入网格中。这地图很简陋，是由 e 射线影像和第一次通道在天狼星系统打开后拍摄的古老地面调查照片综合而成。他看到利夫讲的那条路，如果把河当成路来看，这个走法几乎行得通——但绝对绕很大一个弯。"有多远？"

"超过三千公里，长官。"

"燃料存量呢？"

"够用，前提是河面能提供我们开阔的前进路面，而且可以保持一定的速度。我一直在看数据。一旦存油槽用完，我们可以留下卡车，最后一段时还可以放下油车。"

"请给我油量消耗档案，谢谢。"万斯说。

"如果我们再这样前进，一定会失败。大家都知道这一点，最多五天我们就得回头，但往河的方向开，至少可以看看河面情况如何，如果够空旷，车队可以在河道上前进，我们就继续走，如果不行，再掉头回来也没什么损失。"

万斯看着利夫送到他网格内的文件心想，问题是他们在巫岗留下的燃料存量顶多只够六个星期使用，如果车队带着空油车回去，那就是他们所有的燃料存量。可是如果他们现在就回头，说不定有足够的量可以撑到7月。"我会看你的数据，在完成车辆人员调换时给你答复。"他告诉利夫。他的话有点不尽不实，现在的拖延只纯粹为了显示他仍然掌控一切，在发布命令前会经过审慎思考。可是利夫说得没错，再这样继续在丛林中消耗下去没有意义。他们必须知道能不能利用河道前进。

2143 年 4 月 28 日，星期天

旧事重演的感觉紧紧裹着席德，比冬天的厚重大衣还困人手脚。午夜后三分钟，他坐在坎贝公园东北角的一辆私人牌照警车里，拉尔夫坐在他旁边，两人等着看雪曼的人想干什么。小雨从南方飘来，吹冷了享受过连续五天晴朗无云好天气的街道。虽然时间已经很晚，他的 e-i 仍然需要一直挡下外聘公司经理们的联络。这一个星期以来简直忙到不行，市政府也雇用了很多外聘公司，从通道涌入的高堡难民潮让人焦头烂额，迫切需要民间救助单位的协助，市长团队的资深人员经常通过席德的部门安排这些公司，因为席德的部门有谈外聘合约的丰富经验，而且一切都需要很快做出决定。

即便现在这个时候，布鲁塞尔提供的火车专车仍然不断从纽卡斯尔中央火车站发车，带着难民们通过英吉利海峡隧道，然后散布到 GE 指定的疏散城市。临门区和火车站在奈韦尔街上的宏伟岩石大门之间不断有巴士来往，都市交通管理网络则负责保持路线随时畅通，警车在旁随行，美其名曰要保持道路畅通，实际是要确保没人在纽卡斯尔跳车、扎根下来。这里已经无法再容纳新移民了。光是要安顿先前回来的有机油员工就已经很辛苦，那些人至少还有企业金援资助。

远离繁忙的高堡救助行动工作，雪曼的团队成员在吉迪的仔细管理之下逐渐成形。三辆火车在西齐尔顿 GSW 藏身处完成隐藏身份的改装，

正顺着A149东行，速度绝对在限速以内，尽力不要引起任何警察注意。

三架微飞行器之一正跟着领头的小货车前进，货车里面坐着鲁拜以及两名他们找来帮忙的数头。第二辆小货车由博兹驾驶，两名街头打手在车子里，都是些狠角色，随时准备应付麻烦的情况。吉迪亲自开第三辆车。

为了配合他们的安排，席德和拉尔夫坐一辆车，阿布纳和伊娃坐一辆，停在加洛区的北边，伊恩则独自一人等在席蒙塞地铁站的停车场里。他们没有使用监控程序，甚至没有用交通罩网来跟踪小货车。根据帮派行动组的数据，吉迪聘的两名数头是处理警报和监控程序的专家，席德不打算冒险。虽然下着小雨，他仍然下定决心只靠微飞行器来跟踪货车，况且这个天气算温和，小机器上的传感器绝对能应付一场小雨。

"你觉得他们会杀掉守卫吗？博兹带的打手有武器。"伊娃通过安全联机问。

"我不觉得。雪曼不会想要引人注意到今天晚上发生的事。就我对他的了解，除了目标物品外，他还会偷一堆东西，以混淆视听，让别人完全不知道他们是来拿什么的，看起来会像是高级黑市窃盗行动。"席德说。

"但万一他们动手了呢？万一出问题了呢？"

"那我们就知道要抓谁了。"

"这对受害人的家人没有意义。我们可以让特勤小组在一旁待命。"

拉尔夫转头去看席德。在透过挡风玻璃的黄色街灯的光线下，他的皮肤看起来是死气沉沉的灰色，更加重了表情的灰暗。

"这么做有很多不确定因素，伊娃。"席德说。

"这些是专家。他们会用电击波和麻痹子弹，不是普通子弹或e电波。"阿布纳说。

"太棒了，所以我们得期望雪曼的办事能力。"她说。

"他今天能走到这一步绝对不是大吵大闹得来的。况且，这是正式的HDA行动。我对此负责，是我决定不要找别人来。你不用负责。"

现在轮到席德转头不解地看着拉尔夫。探员耸耸肩回应："这样她就会闭嘴了。"

席德吐出长长一口气，继续去看网格中的图像。

特立法分子解决方案公司占据整个贝迪工业大楼，七层楼高，超现代炭黑外形，整栋大楼由尖角几何图形以怪异的角度凑在一起，像是过程出了点问题的建筑结晶。周围是一圈企业公园，有草皮、简洁干净的灌木、栽种良好的树木等，还有长凳、桌子组成的休憩区，让员工在温暖的季节里可以休息。

鲁拜和博兹开的货车停在入口，一道红白相间的栅栏挡在前面。它立刻往上收回，两人开着车子进去，顺着路绕到建筑物后面的装卸货区。

"警局网络没有任何警讯。他们来得很干净。"伊恩说。

"很行嘛。"拉尔夫承认。

两名手下从博兹的车子上下来以后，一名警卫才从侧门走出来检查意外的客人。微飞行器的感应罩网记录到微小的一闪，还有电磁力加强的记录。守卫倒在地上，一名手下把他拖入室内，鲁拜带着数头们跟着进去。

"电击器。高兴了吧，宝贝？"伊恩说。

"乐翻天了。"伊娃没好气地骂回去。

两人盯着入口等了十七分钟，博兹耐心地坐在货车里，小雨慢慢停歇。席德努力不去想象黑色建筑物里正上演的混战。伊娃的担忧是在他脑海中不断滋长的病毒。

终于，吉迪的车停在入口前，路障再次打开，他绕到另外两辆货车停靠的地方，然后跟博兹两人也进去大楼里。又等了十一分钟，装货门的一扇才往上卷起，让一片明亮的橘色灯光洒在潮湿的柏油路上。博兹从平台上跳下，快步跑到吉迪的货车边，把车子倒退到装货门旁。一群人开始往货车里放东西，身影在灯光下来回穿梭。

"唉。我得说，这些人很清楚自己该干吗。"席德不情愿地承认。

"看得到箱子里有什么吗？"拉尔夫问。

"没办法，除非把飞行器开得更近，但我不愿意，我可不要现在暴露我们的行踪。阿布纳，请释放另外两架飞行器，我们得紧盯着吉迪货车的撤离路径。"席德说。

"升空中。"

货车们又装了四分钟的货。门重重关上，装货区的灯光熄灭，三辆货车同时出发。

"好。阿布纳、拉尔夫，我们去追吉迪的货车。盯紧了。另外两辆我们有辨识方式，随时去逮都行。"席德说。

"是的，老大。"阿布纳说。

席德瞥向拉尔夫，用眼神跟他确认，但探员已经闭上眼睛，正对e-i低声下指令，控制着微飞行器的飞行方向。席德心想，再多嘱咐几句只会显得他小瞧了探员，所以没再说什么。

三辆货车一出特立法的大门就分道扬镳。博兹和鲁拜开着自己的车回了城中心，吉迪则往泰恩隧道开去。

席德把警车改成自动驾驶，叫它跟着吉迪。阿布纳让一架微飞行器赶向泰恩河北边，确保吉迪出隧道时飞行器已经在等着他。

"除非他们在隧道调包。隧道是最合适的地方，我们也知道他们很擅长这种手法，看看他们是怎么拿假出租车骗了我们的。"伊恩说。

"不太可能。"拉尔夫说。

"我们现在也要来到隧道口了。如果有另一辆货车，我们也会看到。"席德说。

他们顺着入口道路往下开，进入隧道。席德看着网格，看到吉迪的货车出了隧道口，允许自己很快露出一丝笑容。"应该没事。"他的e-i传来自动驾驶的警告，表示隧道出口的路口罩网刚刚故障，建议他换成手动驾驶，"就有这么巧。阿布纳，他在干吗？"

"绕了圆环两圈。等等，他开走了，他在A19上。"

席德把车子换成自动驾驶，"有没有人要跟我赌现在货车换了牌照码？"

"没人要跟你玩。"拉尔夫说。后面的伊娃和阿布纳正进入隧道，伊恩离他们再迟一分钟。路上没什么车流，主要都是出租车，席德脸上出现挖苦的笑容。

阿布纳和拉尔夫保持微飞行器以三角形的阵势在货车上方两百米空中持续跟踪，他们的三辆车则在半英里外跟着，匀速前进。吉迪一路开到A19尽头，然后转上A1。

"有意思。"伊恩看着货车转向北向高速公路，加速开在几乎空无一车的道路上，"那小子想去哪里？"

他们跟着货车上了A1，席德保持同样的速度，让车辆间的距离加大了一两英里，之后加速以和吉迪一样的速度前进。

开了四英里之后，高速公路的路灯消失，他们在黑暗中继续前进。道路两旁以前多半是农田，但农夫们在很久以前就因为回归自然计划拿了GE的补助金，现在森林面积再度扩大，在平缓的地面上生长出坚韧的树木，为大量野生动物提供家园。

"得考虑什么时候把飞行器带回来充电了。我们可以轮着来。"拉尔夫说。

"好。谁想到他会开到这么远。"席德同意。

他们经过艾尔威克路出口的标示。"奥古斯丁住在这附近，对不对？"席德说。

拉尔夫瞥了他一眼，"不可能。他直接买特立法就行了，不需要这样大费周章。"

"我只是提一下。"

"啧。"拉尔夫闷哼一声。

"正状态物质除了用来建立通道之外，还能做什么用？"席德问。

"抱歉，这是机密。"

"我们查过，这家公司在国防部有备案，所以一定是在为HDA制造某种武器。"

"你的推论我不予置评。"

"所以是战用通道吗？据说战用通道比没有送定位点过去的探勘用通道还要稳定。"

"席德，我真的不能告诉你。这是保密资料，只有有必要知道的人才能知道。"

"好吧。"席德抱怨。两人沉默地度过十分钟。

然后货车来到北查尔顿。微飞行器传回刹车灯亮起的画面，之后指示标记出现。

席德研究投射在车窗上的地图。小村庄周围有三条小路，没有一条有全区罩网的覆盖。"该死。"

拉尔夫沉吟一声表示同意，"这路太小了。晚上只有当地人才会用，如果他们要在这里交货，一定会派人看着。"

"我们刚经过B6374出口。没办法，只好跟着了。伊娃、伊恩，从B6374出去，我们继续跟下去。"

"知道了，老大。"伊娃说。

席德焦虑地看着货车开过高速公路桥，开始在窄路上往东开。"该死的，那条路绕回B6374。伊娃、伊恩，你们停下。"

席德开到吉迪刚开过的桥下，忍住不去转头找货车在哪儿。况且，他从网格可以看到吉迪在他们以南的方向了。

货车以不到二十英里的时速往前开，然后他们看到刹车灯又转红，然后熄灭。

"你又跑到哪里了？"席德问。他的e-i立刻把卫星影像放到挡风玻璃上，覆盖在地图上方。影像是夏天时拍的，原野和小丘是层层叠叠的碧绿，小路通往一堆被森林包围的老建筑物。

"农场。那里有很多红外线活动。有意思，因为我的e-i数据搜集结果显示这些谷仓正被英国乡野度假村公司改建成度假小屋。"拉尔夫说。

"叫飞行器撤退。如果这是奥尔德雷德的行动据点，一定有很先进的监控器在看着。"席德连忙说。

"这些飞行器很隐蔽，老大。"伊恩抗议。

"我不管。这些人很聪明。把飞行器撤回来。"席德非常想要把车掉头开回其他人在B6374上暂停的地方，但他不能这么做。他必须继续开一个小时再穿回北查尔顿，以免引起怀疑。"现在怎么办？"他问。

"我把飞行器叫回来，派人去。我会派很多人去。这件事的严重性刚才大幅上升。他们没有要把系统放到黑市上转卖。这里是一个完全运作中的指挥中心，准备要动用正物质。"拉尔夫说。

"啊，我才正觉得好玩呢。"

"席德，你做得很好，真的。我们不会忘记的。"

"谢了。帮个忙。"

"什么忙？"

"接下来的部分让我们参与。当旁观者没问题，但我们有权利在场，甚至可以继续提供协助。"

"最后一击是吧？你现在应该是个稳坐办公室的大佬了。"

"但还是我的案子。况且你欠我。"

"我们需要跟当地警察局的高级人员合作。我会跟一些人提你的名字。"

巫岗车队终于在星期五的时候离开丛林，比万斯心里暗暗祈祷的日子又晚了两天。仿佛作为补偿，天气逐渐转好。极光仍然是圣天秤星天空的主宰，但云飘得更高，偶尔还会散开，让他们看到清澈的红铜色天空，上面的天狼星是不自然的鲜亮粉红色，甚至偶尔还会瞥到环光。气温上升了一两度，风还在吹，但是没有之前那么强劲。

这种好运应该能让他们前进得更顺利，但开阔的地面也带来新的问题，所以他们每天的进度仍然有限。

万斯开着MTJ一号领路。这对他来说几乎是种治疗活动。在一望无际的雪地上开车需要绝对的专注，让他根本无暇去想其他事，反而是一种休息。

一片白雪映照出俗气的红与绿，来自天上极光形成的巨大光河。变动的光线大大扰乱了他的视线，让雪地上的起伏沙丘与洼地难以辨认。有时他以为只有一米高的隆起，开近之后才发现跟MTJ一样高，所以原本以为雪铲很容易就可以铲平的矮墙会让整辆车撞上，车子卡得紧到轮轴马达无论怎么转都无法脱身，所以得花上二十分钟到半个小时牵起钢索，让另一辆MTJ把这辆车拖出来，之后还得找个矮点的地方挖出过道来。如果找不到低凹的地方，那就只好撞沙丘直到撞穿，这又得花上好几个小时。

结果就是他们在雪地上以之字形前进，花了很久才来到河边。万斯快开始怀疑他们的地图和导航系统的准确度了。根据他和肯的推断，他们应该昨天就会到达蓝河支流——另一个专注开车让他无暇去想的问题。

他们开在矮丘地区，绕过大山谷，避过山尖还有他们一早就发现下面堆满大片蕨类的粗糙雪面。形状凌乱破碎的雪地总是松软，冻僵的蕨类叶片只要一有东西轧过就会像玻璃一样折断，让整个区域变成巨大的碎冰沼泽，车辆陷入之后，任凭轮子怎么乱转，都只会激起白雪纷飞。

万斯可以看到前方的雪丘，天上滑过的绚丽极光把雪丘染成晶亮的绿色。他仔细地观察雪丘，MTJ则不断前进，雪铲利落地切穿皱纹地面，大轮胎激起翻腾的雪浪，为后面的车队轧平地面。雪丘不是太高，最高大概只有一米。挡风玻璃上弱得可怜的雷达确认他的判断，但他几乎已经不参考雷达了——他们发现雪的密度相差太多，让雷达收到的信号变得很奇怪。他踩下油门，微微转动方向盘，让MTJ对正。一直到雪铲的尖端又要撞上雪墙之前，万斯才发现自己又错了。他现在看到雪丘的后面有一块深深的凹陷。

"错了。"他咆哮一声，雪铲插入雪丘。他非常专注，知道车子开始往下滑，然后减慢速度，因为阻力渐渐增加。他知道他的车没有足够的动力穿过雪丘，好几百次的经验让他已经产生这方面的直觉。雪铲又铲起的雪在空中缓缓画出弧线，掩盖挡风玻璃，重重落在车顶上。他小心翼翼地减低速度，让车子停下来时，马达也同时停止，雨刷很努力地要将挡风玻璃上的积雪刷掉。

"你做对了。"卡姆·蒙托托在车子停下后说。

"看看情况再说吧。"万斯说。他让轮轴马达改成逆向，催动油门。如果他做错，让速度增加得太快直到MTJ埋入雪堆中，车子将会动弹不得。MTJ往后倒退了一点点。万斯继续催动油门，但仔细注意不让大轮胎空转，而是能够在轧扁的雪地上找到一些抓地力。MTJ缓慢却明确地开始退出雪堆，爬回斜坡。

"你还好吗？"戴维妮亚通过串联问。

"我们还可以动。雪丘另一边有斜坡，不确定多深。"万斯确认。

"我们要绕过去吗？"

万斯望向坐在副驾驶座的奥马尔。先锋军露出笑容，让覆盖在脸上的贴布皱了起来。"可以的。"

"穿过去。"万斯宣布。MTJ从雪丘退出，万斯继续往后倒退。离雪丘二十米后，他停车，调整雪铲的高度，猛力扭转油门，让MTJ再次奔向雪丘。他必须握紧方向盘，确保大车会从他们已经撞出的空缺穿出去。

他们又撞上雪丘，撞得更深。万斯直觉地知道他们穿不过去，所以一旦他感觉MTJ的惯性开始减弱，便放松油门。缓慢退后，调整，向前冲，保持雪铲的尖端与空缺中央对齐。

第三次就足够了。他们凿穿、开过去，雪在空中形成一片窗帘。车子在往另外一边开下的斜坡不断弹跳，雨刷快速挥动，抹掉雪块和雪痕。前方有树，一大片的牛鞭树和卡帕树，还有特利纳树，被一团藤蔓缠在一起，形成一片雪与冰的天幕，周围的雪地是熟悉的蕨类皱纹。

万斯放慢速度，左转，对有问题的雪地退避三舍后才缓缓停下。MTJ上没有多少可用的传感器和智慧粉尘，但他的网格仍然让他得到一定的信息，以及看到后方被他凿穿的雪丘缺口。第二辆MTJ正缓缓开过。戴维妮亚用雪铲在缺口旁边挖出一大块，替卡车和行动实验室挖出更宽的路。

等待车队穿越的时候，万斯叫e-i再把地图调出。哪里不对劲。不是地图不对，就是导航不对。可是每辆车都有自己的导航系统，所有系统中车队所在的位置都是一致的。所以有问题的一定是地图。

万斯仔细端详起伏线，想要找到可以辨认的地标。除了支流以外，没有别的可辨识物。可是就像利夫说的，只要他们一直往南开，早晚会到。那时他们得重新评估燃料——

"惨了，惨了。"奥菲莉亚在串联中惊呼。

"要倒了，要倒了。"吉莉恩补充。

万斯通过MTJ的后罩网正好看到卡车二号陷入雪地，开始往旁边倒，他焦急地倒抽一口冷气。在歪倒的角度大到会让整辆车翻倒前，卡车动作停止，但整个轮胎都陷入了雪地。拖在后面的雪橇悠闲地继续往前滑，直到钢索用尽，反作用力的一扯让雪橇半转弯后停下。

"他妈的，今天完蛋了。"奥马尔抱怨。

"看样子是的。"万斯认命地同意。

他们花了十分钟才做好外出的准备。四个人扭来扭去地穿上一层层的衣服。万斯在他的棉衬衫和保暖内衣外面又套一件高领毛衣，然后再加两件毛衣，才穿上护甲；接下来是保暖外层长裤，加上防水长裤，两双手套。安杰拉没替他织面罩——意外吧——所以他的面罩是打印出来的，还有塞在头盔下的厚帽子，刮得他耳朵一直痒。穿了这么多层之后，他终于可以挣扎地套上他的大外套，最后是护目镜。

"如果我们得赶快下车怎么办？"卡姆从后座抱怨，一面挣扎地穿上外套，"谁知道紧急程序是什么？"

"先下车。"安特利奈没好气地说，"晚点再担心冷的问题。人得要冻上两分钟才会真的出事。"

"多谢提醒。"异种生物学家讽刺地闷声回答。

他们下车，进入冰冷的空气中。万斯踏在MTJ轧出的轨迹旁，靴子陷入十厘米深的初雪，每一步路都走得很辛苦。他经过卡车一号和油车时，走回车轨，踩在轮胎轧出的痕迹上。

奥菲莉亚·特洛伊已经穿上了外套，站在外面检视发生了什么事。吉莉恩待在卡车二号的驾驶座中，看样子在生自己的气。

"你为什么没照车轨走？"万斯问奥菲莉亚。他正在看雪地，看到卡车二号偏离他跟MTJ二号轧出的轨迹。

"我们下斜坡的时候往旁边偏了。"奥菲莉亚说，"下坡时调整也没用，吉莉恩打算到平地时再开回轨迹上，而我们正在这么做的时候事情就发生了。如果你往旁边偏三米，你也会陷进去。"

万斯缓缓点头。她说得对。卡车陷入的雪地看起来没有什么不同，也许表面隆起得比较高，但完全看不出来下方有多松软。事实上他根本不理解为什么会有这种密度差异。这是圣天秤星以一贯的冷漠，又朝他们丢来的另一重阻碍。

其他车队成员也围了过来。万斯很满意地看到所有先锋军成员都扛着被雪覆盖的卡宾枪。利夫和达尔文正在看抓住轮胎的洞口。

"这里有流水，我想是水把下面的雪给冲掉了。卡车陷入小冰穴的洞口，现在轧在一堆碎冰上。"达尔文得出结论。

"听起来有道理。"安特利奈说，"我们在斜坡底。也许这里以前是冲积扇一类的。"

"也许。"万斯知道自己的口气听起来有多像在闹脾气，却完全顾不得。车队一整个星期以来历经的不断阻挠与烦躁已经彻底消磨掉他每一分幽默感。

首先是把轮子挖出来。MTJ二号负责拖的雪橇被打开，铲子分给所有人。每个轮胎分给两个人，开始挖雪。工作很辛苦，因为松雪很容易碎裂，他们挖出的斜坡得比轮胎宽两倍，免得自己也掉到洞里。

卡芮兹玛走向行动实验室二号拖着的雪橇，拿出要放在卡车轮胎下面的弹性平板。她和艾琉斯把一片片组合起来，形成四长条。利夫亲自把卡车拖着的一雪橇有机油囊绑上MTJ二号，小心翼翼地移开。

趁着在挖轮胎的时候，万斯命令所有车辆都加满油。他正在帮忙解开捆在油车旁边的管子时，安杰拉走过来。

"燃料用量出奇地少。我一直在注意耗油量。"她说。

"当然，我们大半时间都在闲耗，等着MTJ开路。保持车厢温暖不像开车那样耗油。"

"可是我们要开到那里得用掉很多时间。"

"不管我们的地图有多烂，支流离这里一定最多只有一天的路程。"

"很好。"

"安杰拉，你说吧，到底什么事情让你觉得不对劲？"他看着车队所有人。大多数人都下了车，不是帮忙补充燃料，就是在挖卡车二号。五名先锋军采取简单的防卫路线在巡逻周围，环顾空旷的白色大地。从他们离开巫岗后，就没有怪物的迹象。

"燃料维持得还行，但我不确定食物是否撑得下去。"她说。

他闭上眼睛。上帝，我恳求您，让我们至少能有一件事顺利。"真的吗？"

"埃尔斯顿，已经一个星期了，而我们还没开出三百公里。我们原本只预计开两个半星期，最多三个。我是根据这个数据计算食物的存量，加上一个星期的合成凝胶，作为紧急备粮。"

万斯再次检查周围，确保附近没人听到他们的对话。"你现在正在告诉我，我们的食物不够吃吗？"他越发烦躁地问。

"我在跟你说，如果我们还要开两个星期以上，那就很难说了。首先，你得叫所有人少吃点。每个人都像明天就有空投美食一样大吃特吃。我们还要让他们开始习惯吃合成凝胶。准备好之后，一盒能够提供一天所需的两千卡路里，人类只要这么多就够了。如果需要开更久，那我们可以节食一个星期，不会有问题。"

"好。卡车二号挖出来之后，我就公告。从今天晚上开始，轮流吃一般食物包跟合成凝胶。"

"谢谢。"

"你吃过准备好的合成凝胶吗？"他问。

"没有。"

"算你运气好。"万斯继续他的工作，把油管头拖到MTJ二号旁边。周围的雪地上都是繁忙的人影，大家忙着拖出油管，填满油箱，卡车二号的前轮已经清空，艾琉斯趴在地上，一边扭一边挖，想要把固执的弹性平板还有大块冰垫在轮胎下。利夫已经在卡车二号前加了两条钢索，正在等MTJ完成补充燃料就定位。两辆车加上卡车自己的轮轴马达，应该够把车子从坍塌的冰洞里拖出来，至少利夫是这么说的。

在每个人辛苦了九十分钟后，卡车二号的解救工作已准备就绪。两辆MTJ系上钢索，缓慢地在雪地前进，调整角度以配合卡车倾斜的方向。利夫开MTJ二号，安特利奈开一号，吉莉恩在卡车二号的驾驶座上，下定决心要弥补她造成的混乱。

万斯跟一大群人站在旁边，看着钢索绷紧。奥菲莉亚跪在轮胎歪斜的前轮旁边，在斜坡上观察轮胎是否轧上弹性平板，同时跟吉莉恩联机，让她知道下面的情况。帕瑞西走在MTJ二号旁边，替利夫盯着它的状态，尚·克雷肖则替MTJ一号做同样的事。万斯可以看到随着压力增加而开始晃动的MTJ二号一个后轮打滑，开始空转。卡车二号颤抖，往前移动几厘米。

"轮胎轧上平板了。慢慢来，快好了。"奥菲莉亚说。

群众脸上纷纷出现笑容，看着卡车缓缓前进，慢慢站了起来。这个动作让拖着车的钢索一时松软了下来。两辆MTJ继续前进，再次把松软的钢索拉紧，不到一秒钟就又灌注全部的力量。

然后，把卡车跟MTJ一号绑在一起的钢索断了。钢索发出如子弹射出般的响声，让万斯整个人往后一缩，肌肉反射性地紧绷，立即半蹲下。两段断裂的钢索在空中挥舞，以极快的速度释放紧绷的能量。

钢索的挥动带着凶恶的低声嘶吼，即使这样仍然没引起附近人们的警觉，因为它的动作实在太快。

MTJ突然失去拉扯的反作用力，立刻往前扑，开始乱转。车子尾端一边旋转一边撞上尚·克雷肖，把他整个人撞得往旁边倒下，钢索则划破冰冷的空气，与雪地平行，直接切过帕瑞西·艾维特的胸口。他在外套下穿着的护甲救了他一命，没让他整个人当场被切成两半，只是凶猛的威力仍然割断了护甲强韧的纤维，让护甲因为重创而龟裂，冲击力穿透层层毛衣跟衬衫。他的手臂也被划中，但护甲再次保护他没有受到直接的伤害，只是他的肋骨立刻折断，肩膀脱臼。他被抛入空中，飞了好几米后才落地，那时候人已经昏迷了。

奥菲莉亚·特洛伊当时人还跪在卡车外前轮旁边挖出的冰斜坡旁，卡车正沉重地爬上斜坡，底盘与她的头同高时，钢索被扯断。仍然绑在卡车那端的钢索往旁边一挥，带着典型的高频尖鸣。奥菲莉亚才刚察觉到有哪里不对劲，钢索已经从侧边划上她的脖子，就在她上身的护甲领口上方。她毫无保护的脖子被铡刀般的挥砍直接切断，身体肌肉花了一段时间才失去硬度，让她无头的上半身保持在蹲起的姿势，而心脏最后几下鼓动则让她被切断的颈动脉喷出鲜血。在令人作呕的血柱终于减弱时，奥菲莉亚的身体才放松、软倒在地。

在驾驶座中的吉莉恩不知道出了什么问题，只知道车子因为不明原因而震动，她也感觉到车子前进的动作有些微的迟钝。她的反应是扭转油门，决心不要失去让轮胎轧上弹性平板的惯性。"快点！"她朝拖拖拉拉的卡车大吼。从眼角余光，她看到MTJ一号的尾巴开始往旁边打滑，撞上可怜的尚·克雷肖。"混蛋！"可是她仍然踩着油门，强迫卡车顺着斜坡往自由前进。帕瑞西·艾维特飞入空中，一堆符号像是烟火爆炸一样冲入她的网格。这时她才承认她的潜意识早已经知道的事情：出了非常严重、可怕的问题。

卡车二号缓慢地爬上了斜坡，吉莉恩减低动力，开始注意红色的符号在告诉她什么。在此同时，叫声透过车厢临时加上的保温内里传了进来。

安杰拉根本想不起来自己什么时候开始往前跑。前一秒钟她跟其他人一起站在旁边，注意到卡车奇怪地颤抖了一下，下一秒她已经累得直喘气，慌乱地低头看着帕瑞西毫无动静的身体。他的外套前襟被划破，像是有人拿刀切过层层衣物，露出护甲。护甲受到重创，她可以看到前面有一片裂痕，宛如冻霜。她的e-i正在与他的躯网医疗智元联机。他还活着。她扯下他的护目镜，把歪掉的头罩拉正，微微一丝气息从他的嘴唇间吐出，血正从他的嘴角淌下。

"帕瑞西！"她大喊。

康尼夫医生赶来，跪倒在安杰拉旁边。"走开！"她呵斥，一面扯下手套。安杰拉往旁边挪了挪，让医生能够摸上帕瑞西的脸，用指尖探索脉搏。"气管畅通，没有阻碍迹象。马克，扫描仪！"

马克·奇蒂跪倒在帕瑞西的另一边，从包里拿出一个小型手持扫描仪。医生开始用扫描仪挥过帕瑞西身体上方。

安杰拉痛恨此刻的无助感。她用尽全力才不让自己打断医生的动作，坚持要医生解释。她只能在一旁看。

"该死的。"康尼夫低吼，"穿不透护甲，好，手臂断掉，但断得很干净。肩膀需要接上，没办法检查胸口是否有碎块，但一定有很多软组织损伤。面罩！"

奇蒂已经准备好透明的氧气面罩，一卷塑料管卷入他的包中。

"我需要担架。"康尼夫大喊,"马克,稳住他的手臂,把他扛去行动实验室。"她站了起来,转头看尚·克雷肖,他正晃晃悠悠地坐起来,身边是他的朋友欧格和兰斯。

"等等,帕瑞西怎么办?"安杰拉朝赶向尚的医生大喊。

"我们得把他搬进去。"康尼夫背向她说,手下不停,"我把他扫描完成后才能好好治疗他。他的情况算稳定。"

"噢,天杀的!"安杰拉低声咒骂,紧握住帕瑞西的手,隔着保护手套捏着他,"我在这里,亲爱的,听到我的声音了吗?你不会有事的,一定会没事的。"

马克·奇蒂用一把电动小刀割下帕瑞西断掉手臂周围的袖套,顺着护甲往手臂半卷半套地套入圆管。袖子很快充满气。

似乎好几个小时过去了之后,朱厄尼塔·沙可和拉登中士才扛着担架笨拙地穿过蓬松的雪地。帕瑞西被小心翼翼地放上去,安杰拉扛起一角,他们用最快的速度回到行动实验室二号。他们一边走,她隐约知道后面开始动荡不安,歇斯底里的艾琉斯正在对利夫大吼。所有人都知道艾琉斯跟奥菲莉亚在巫岗时交往过。现在艾琉斯正把惨剧怪在利夫身上,因为连接钢索的人是他……而且他们也是按照他的计划在进行。

"都是你的错,你这个混蛋!"艾琉斯尖吼,愤怒地挥拳。穿着这么多层的衣服,攻击的动作实在慢得可怜又很笨重,但他的拳头的确击中利夫,利夫摇摇晃晃地后退,脚步不稳,所以他同样愤怒地扑向艾琉斯想要反击。几名先锋军步履蹒跚地前进,试着把他们扯开。

这时候抬着担架的人经过奥菲莉亚的尸体。有人拿塑料布把她遮起来,但是布不够宽,盖不住洒在被搅动的白雪上的一片鲜血。几米外,另一块比较小的布盖着她的头。安杰拉觉得胃部一阵翻腾,几乎快吐了。

帕瑞西呻吟,一边咳嗽,面罩内开始出现点点鲜血。

"你没事的。"安杰拉朝他大喊,一面前进,一面弯腰靠向他,把脸凑在他的脸上方。他的眼皮正在翻动,她不确定他到底醒过来没有。"你听见我了没有?你没事。医生来了,你不会有事的。"

他们抵达行动实验室,把帕瑞西扛入小空间里。外层的门关上,安杰拉不耐烦地跺着脚，看着他们把他扛入中央区域。门又打开时，康尼夫跟肯·施密特一起扶着一拐一拐的尚·克雷肖走入，所以安杰拉又得先等尚跟医生进去。

当她终于进门后，中央区域已经很挤了。他们把卢瑟搬到了驾驶座的乘客椅上，在这辆车上的异种生物研究队成员也撤退到实验区，让医疗人员有工作空间。尚坐在角落，朱厄尼塔正帮他脱下层层衣服。帕瑞西躺在担架上，奇蒂和安特利奈帮他把最后一点护甲除去。氧气罩仍然盖在他的口鼻上，但是血似乎止住了。

康尼夫医生烦躁地看了安杰拉一眼，"这里的空间不够，请你去外面等。"

"有本事你把我丢出去。"安杰拉愤怒地回嘴。安特利奈又气又急地看了她一眼。

"过来我这里坐。"卢瑟说，拍拍驾驶座。

安杰拉快速朝他一点头，有点惊骇于这位餐饮主管看起来居然仍这么病恹恹的。她钻入小拱门下，刮掉靴子和裤腿上的雪。雪立刻开始融化。她傻傻地望着小水洼。行动实验室仿佛属于另一个世界：白色的光，温暖干燥的空气。她硬生生地忍下磨人的寒冷已经太久，这种舒适的环境反而让她感觉异常。

在卢瑟小心翼翼的协助下，她开始脱掉自己一件件的衣服。康尼夫在帕瑞西身体上方挥动着一具大扫描仪，闭着眼睛，专注于网格上的影像。奇蒂开始把他剩余的T恤剥下。安杰拉看到他胸口皮肤上紫黑交错的痕迹，倒抽一口气。

"没事的。"奇蒂温和地告诉她，"护甲的耐受蜂巢结构承受了不少撞击力。那东西很不错。没护甲的话他大概已经死了。"

"多根肋骨骨折。"康尼夫回报，仍然闭着眼睛，"看不到任何肺部穿刺的迹象，但是要继续观察。每小时重复扫描，检查状况。"

"知道了。"奇蒂喃喃地说。

"接下来是心脏。这种钝物撞击一定会造成心脏挫伤。请替我架好心电图，告诉我现在的状况。"

奇蒂在帕瑞西紫色的胸口喷了一片透明的黏液，里面满是智慧粉尘。"罩网安置完毕，与网络联机。开始测量监控他的心跳韵律。"

帕瑞西再次呻吟，吐出一口气。

"够了。我要让他完全麻醉，现在要接回脱臼的肩膀并固定手臂。"她转头去看安杰拉，"你男朋友的运气很好。他很年轻，壮得跟头牛一样，这也有助复原。我们会修复受损的地方，给他好好注射一剂抗发炎类固醇。肋骨前几个星期会很不舒服，但是一旦瘀青减少，就能用内部新肉贴植入来舒缓症状。"

"他没事了？"安杰拉很懊恼自己的声音听起来这么可怜。

康尼夫嘴角翘起，这个人笑起来大概就这样。"对。好了，现在你一定要离开，因为我不要你在这里看我们把他的肩膀敲回原位，过程对亲友来说太恶心了。反正他也要接受好几个小时的麻醉。他清醒后马克会跟你说，到时你再过来跟他说话。"

"谢谢。"她花了一段时间慢慢再把层层外衣穿好，看着帕瑞西被完全麻醉。奇蒂开始在他的上半身和上臂锁上一些看起来很残忍的铁夹。安杰拉皱起鼻子，很快抱了一下卢瑟表示感谢，便离开了实验室。

从暖到冷的变化让她呆站了好一段时间。圣天秤星邪恶的寒意从衣服缝隙钻入，细小刺麻的手指抓着她的皮肉。粉红色的阳光穿插着鲜绿色闪光，把雪地变成一片恶心的灰紫色。她站在行动实验室外，看着周围，现在看起来跟之前停下来补充燃料时已经没有什么差别。车辆排成一排。人们抱着器材走来走去。达尔文和欧格把弹性平板收回雪橇。卡车二号又跟雪橇绑在一起。先锋军在巡逻。奥菲莉亚的尸体不见踪影。

安杰拉一咬牙，踏步踩过凌乱的雪地，走向卡车二号。到达时，她看到驾驶座是空的，拖曳钢索也被拆了。一个壮硕的身影拦住她。

"他怎么样？"埃尔斯顿问。

他当然知道帕瑞西的情况如何，他只是给她机会来胡言乱语，让她累积的恐惧一股脑儿释放出来。换作别的时候，她会很感激他的举动。"他不会有事。他们正在处理手臂。医生不让我待下去。"

"这样就好。我很高兴。"

安杰拉指着卡车，"拖曳钢索呢？"

"收起来了。我们有额外的钢索，所以没关系。"

"我要看那条钢索。"

"安杰拉……"

"我要看钢索断在哪里。我想知道一条可以承受五十吨拉力的钢索，怎么会因为一辆MTJ轻轻一拉就断。"

"跟我来。"

埃尔斯顿抓住她的手臂，但这么做根本没用。她手臂上的衣服多到他没办法抓牢她，绝对没办法把她拖着走，但她选择跟他一起缓缓走向实验室一号。

"你说得对。"他小声说。

"什么？"

"我看过断掉的地方。钢索是一团超接合的碳纤细丝，包在三层化学聚合物外皮里。钢索是被人割断的。不过没完全割断，只割了足够的细丝，让钢索不会立刻断掉。"

"那个混蛋赶上来了。"她低声怒吼。

"我们走了一个星期都没看到它。可是那条钢索已经十几次把MTJ从雪堆里拉出来。如果它在巫岗时就已经被破坏，早就该断了。"

"狗娘养的。"她沙哑地压低声音说，"你认为是今天干的？下手的是自己人？"

"对。我唯一能想到的可疑对象就是卡芮兹玛，因为她想回巫岗，但我不知道这么做对她来说有什么好处。奥菲莉亚是她的朋友，跟她一样想掉头回去，而且还很活跃。"

"她不会这么做。她一定知道这样会害到奥菲莉亚。"安杰拉说。

"这表示我们手上有个大麻烦。我们每个人都在这里，下手的可能是任何人。"

"该死。"

"你有怀疑的对象吗？"

安杰拉很遗憾埃尔斯顿整个人被包成一团，她看不出他的表情，因为这个问题的用意太明显了。"没有。有人想要暗地破坏的做法并不合理。如果我们卡在这里,大家都活不了,这是显而易见的事实。"

"好吧,那我来重新调整车辆顺序,先照顾伤员的需求。实验室二号现在太挤了,卡车二号也需要新驾驶。等医生把帕瑞西的肩膀处理好,我们就出发。"

丽贝卡坐在热带车二号的乘客前座,看着安杰拉和埃尔斯顿上校间激烈的谈话。她很清楚他们在讨论什么。灾难发生的瞬间,大多数人直觉地冲向MTJ,帕瑞西和尚动弹不得地躺在那里,全身伤痕累累。另外几个比较大胆的人由焦虑的艾琉斯带头,走向奥菲莉亚的无头尸体,正好看到冒着热气的鲜血缓缓冻结在雪地里。丽贝卡跟大部分的车队人员一起走过去看,但稍微偏了一下路线,靠近断掉的拖曳钢索旁边,边走边抓了起来,戴着手套的手掌一路顺溜了过去,直到末端。她立刻把钢索甩下,那时她已经完全储存了钢索末端的影像。

康尼夫医生照顾帕瑞西的时候,她就跟其他人缩成半圈,焦急地等待最后结论。戴着护目镜的双眼紧闭,她的网格呈现影像让她浏览。好几千根如发丝一样细的线条从破裂的生化纤维外皮中露出来,像是植物的须根一样,看起来长短不齐,毕竟因为是被扯断,但是有超过一半的钢丝是整齐的一般长短,显示有某种刀刃把钢索给割断了。

这带给她两个问题。什么时候?哪种刀?是手指一样的刀刃吗?

"进来了。"安杰拉通过与热带车二号的联机宣布。拉登帮她开后门,安杰拉则靠在车身上把靴子和绑腿上的积雪掸开,然后进入车子坐下。

"他怎么样?"福斯特在驾驶座上转身问。

安杰拉扯下头罩,开始拉下外套的拉链,车厢内的暖空气绕着他们吹拂。"医生说他运气好,被护甲救了一命,几根肋骨和手臂断了,他们要继续观察他,确保心肺功能正常,大致上就这样。他看起来就像一块大瘀青。"

丽贝卡也摘下头套,"好消息。"

"是啊,谢了。那蠢蛋害我担心了一阵子。"

"埃尔斯顿说我们要休整两小时。"拉登说。

"他派达尔文去帮吉莉恩开卡车二号。"

"我们应该弄个晚餐放到微波炉里，难得能坐下来好好吃饭而不是一直晃来晃去，说不定这次我不用吃得全身都是。"丽贝卡说完，便径自忙了起来，把晚餐包丢入微波炉，表面上维持着玛德琳的个性，大致上把总是笑嘻嘻的简餐女侍角色演了一遍。热带车车厢里很快就充满肉肠比萨和热巧克力的气味，在沉重的气氛中增添些许的欢快。

现在就连她自己的乐观都摇摇欲坠了。如果他们不快点找到支流，那就要被逼着掉头。在巫岗等人拯救的前景并不乐观。在钢索被刻意破坏前，她一直很自信可以完成任务、抓到怪物——不管那是什么东西。她一直知道任务不简单，但她从木星带来的系统让她格外有自信，如今她承认这份自信可能是她的误判，谁也料不到来了圣天秤星以后，居然会是灾难接连不断的状况，就连花了二十年准备这一天的康斯坦丁都没有预料到。人数不断减少，让她同车队里的其他人一样都很紧张。她在车辆内放置的微型侦察智能监测器在暴风雪和零下天气中不断阵亡，渗透入车队网络的智能程序因为硬件不断衰弱毁坏，也只剩下最微薄的功能。她相信如果是一对一的打斗，她会获胜，但要把怪物引诱出来进行单挑，看来是越发不可能的事。她跟其他人一样完全想不出来那鬼东西到底躲在哪里。它真的是神出鬼没，这也表示她的高分子护甲在没有启动的状态下，她跟任何人一样脆弱。她唯一的选择就是更高调地行事，却有可能因此造成自己与所有人的对立。说不定最后真的会走到这一步。

丽贝卡那天早上醒得很早。她整个人兴奋至极，笑得合不拢嘴，直到居住所的转轴光环升到最高亮度，鲜艳的森林鸟类叽叽喳喳地迎接快速到来的清晨。她推开薄薄的棉被，在床边坐起，一边伸懒腰打呵欠。

"窗户透明。"她告诉e-i。面前的弧形窗户从一片朦胧的紫雾，变成能看向整片居住所的简单窗户。屋子周围一圈棕榈树挡住她中间和右边的视野，长长的叶片垂下，尖端刷到玻璃。第三棵棕榈树，就是左边的那棵，大概一年前死了，留下长长的一根干枯树干，已经开始腐朽，长满一堆很有意思的橘色与褐色菇类。爸还没空去弄一棵替代的树来，他和妈还在争论要种什么，两个人都同意再也不要在离房子这么近的地方种这么大的树。丽贝卡觉得他们绝对没有争论出结论的一天。

她慢慢地走到房间另一边，脚步绕过衣服、脏内衣、运动器材、杯子、空瓶子、十年级时做科学实验的材料包、变体石材雕塑作品、素描本、水彩刷、化妆盒……

她鼓着双颊，微微懊恼地看着地毯上乱成一堆的垃圾。也许她偶尔该打扫一下。妈好几年前已经放弃念叨她了，但拒绝帮她的忙，说她需要为自己的人生负责。老妈就是这样，一天到晚都在说要当个好公民。

今天我真正成为公民了。

一个抽屉里放着干净的内裤和胸罩，还有她昨天——还有昨天的昨天以及之前的几天——穿过的还算干净的牛仔裤。有三件洗过烫过的T恤放在她刚从洗衣间带回来的铁网篮子里，她挑了一件橘色的，袖子上绣了小花。

"给我镜子。"她告诉e-i。窗户一部分变成完美的银色，她仔细地检视自己。修长的双腿使她显得高挑，金色的头发深到几乎可以称为棕色，但染色很容易，末端还是粉红跟紫色，刘海有一条染成了丧尸绿，长形脸蛋，虽然鼻子很窄，不过还是可以称得上漂亮，只是她觉得自己看起来比实际年龄要小几岁。丽贝卡皱眉，向前弯腰端详一下，然后气得叹了口气。为了庆祝她的青春，她的下巴在晚上又冒出两颗新痘。她挺直肩膀，把胸罩调整到一个更好的位置。笑了。每次爸看到她喜欢穿的低胸上衣都会翻白眼，半认真地表示他的不赞同。

她走入套房里的小浴室，在嘴巴里漱了两口清洁液又吐掉，仔细地用洗面奶把脸洗干净，然后翻找出一包贴布盖在痘痘上。居然长痘痘，还挑今天！眼线，紫色和金色。把头发梳好——没时间洗头洗澡了。挑好地方擦香水。她准备好迎接这美妙的一天能带来的所有体验。

她的父母在早餐桌前等着她。一楼的圆拱窗户完全打开，让晨风和煦地吹入屋内，闻起来很清新，饱含昨天晚上水雾的湿气，这是来自大气系统每天在凌晨一点到四点之间喷入居住所的湿气。鸟儿在树木间飞翔，蜥蜴顺着屋墙往上爬。

仔细一想，丽贝卡觉得人生最棒也不过如此了。也许她是有很多应该觉得感恩的地方。也许她这些年来是应该表现得更感恩些。突然涌现的情绪让她措手不及，她只能用力吞咽，尤其是看到爸妈正很努力地掩饰自己的骄傲与难过。

然后两个人露出大大的微笑，伸出双手，异口同声地说："生日快乐，亲爱的。"

丽贝卡紧抱他们，不在乎自己的眼中都是泪水。"我爱你们。"她哽咽地硬挤出声。

他们煮了她最喜欢的早餐。甜培根还有一堆松饼，上面有草莓、鲜奶油、枫糖浆，一大杯芒果小红莓汁，里面有很多碎冰，农场面包烤的吐司，还有厚涂樱桃橙果酱。

"我吃不下啦。"她虚弱地抗议。大家一起在户外的大桌边坐下。

爸笑了，打开香槟瓶塞，在果汁杯里倒入清凉的气泡酒。他很有自信地说："开始今天的最好方式。你只能过一次十八岁。"

在开心的笑声中，她注意到父母交换的奇异眼神，但认为那只是因为她很快就要搬走了。她自己的公寓在新的外层居住所区，有这边的两倍大，旁边的湖大到可以算是海了。她甚至考虑过是不是该申请一个现在有人开始用的行动胶囊屋，但不确定那会不会是一群人想赶流行而已。

无论如何，她会是个独立的大人，就像成年后的劳尔和克丽丝塔。她心想，之后这房子对她父母而言会显得很大。也许就是因为这样，他们才一直拖延决定该换哪种树。只是她很难想象没有父母的家。

三人碰杯庆祝，喝了口加酒的果汁。

"谢谢你们。"她依然眼中含泪，"我知道我不是最好的女儿，而且——"

"别说了。"她父亲搂着她，"我不想你破坏打开礼物的好心情，况且我已经准备好几个月了。"

虽然情绪依然激动，但丽贝卡的好奇心立刻就升起，"真的啊？"

他手伸向桌下，拿出一个扁长方形盒子，外面包着银色与蓝色的纸，外层一圈粉红缎带。丽贝卡接下，感觉到重量时更为好奇。

"打开啊！"她父亲催促，跟她一样兴奋。

她拉开缎带，打开包装纸，里面的东西让她迷惘了一下，因为她从来没有摸过这种东西，然后她突然明白过来。"是一本书！"她惊呼。她翻过来时，上面的书名用烫金字写得清清楚楚:《爱丽斯梦游仙境》。她这时真的哭了出来，这是她从小到大最喜欢的书，就算她是个住在绕行木星的太空居住所的女孩，仍然觉得书中的内容是神奇又不可思议的冒险经历，也许正是因为在这里，艾丽斯的奇怪冒险让她更有共鸣。

"谢谢爸爸。"她紧搂住他，用力抱着。

"这不是什么初版，但也是20世纪的书。克莱顿上次回地球时我托他弄来的。"他沙哑地说。

"真的好美。"

她母亲拿出一个小很多的黑丝绒盒子，里面是一个朴素的金戒指。"我祖母的结婚戒指。我要你永远知道，永远明白，我们真的是一家人。"

丽贝卡抱着她母亲，开始担心今天都会哭个不停，不过也许都是因为太开心。

终于，戒指套上手指，她随时可以欣赏，书放在桌上，等一下就可以读，她开始吃起松饼。

"劳尔和克丽丝塔会来一起吃午餐。我们一家人聚聚，趁今天晚上的大派对之前，享受点安静的时间。"

丽贝卡露出迫不及待的笑容。她花了好几个月跟朋友一起计划今天晚上的活动。

"你知道你要穿什么吗?"妈妈问。

"呃，不知道。"

"我们可以一起翻翻商品目录，挑个合适的样子印出来。"

"好啊，这样太好了。"

她父亲清清喉咙，"你没忘记今天早上应该干什么吧?"

"才没有！我该去见康斯坦丁。"

"很好。"

"他会说什么？劳尔跟克丽丝塔从来都不肯说，弄得神秘兮兮的，好蠢。"

"他只是会问你，你想做什么，确保你在这里真的快乐，毕竟居住所的环境很脆弱，我们不能冒险弄出想惹是生非的人。"

"哇，那一定无聊透顶了。"

"有可能，亲爱的。"妈妈端庄地说，"但你尽量不要表现出来。毕竟这是他的居住所。"

"如果我跟他说我恨这里，他会怎么办，把我赶走吗？"

她父亲立刻把脸埋入双手。

"别担心，爸，我会乖的。亲亲保证。"

"嗯，凡事总有第一次嘛。"他调侃地说。

丽贝卡的e-i带领她从居住所外层边缘进入低引力区。她一直无法原谅自己居然会不喜欢无重力的环境。无重力看起来太好玩了：可以飞，比体操芭蕾舞者更优雅地翻滚，像是不会停止的回力球在墙壁间弹跳，而且最刺激的传说是无重力性爱简直赞到极点。可是她的中耳非常不欣赏无重力的环境，不止一次造成她剧烈的喷射式呕吐。在妈妈第五次逼她自己洗衣服，同时去跟轴心健身房里的每一个人亲自道歉后，就连她大名鼎鼎的执念都已经不敢再逼自己去"适应"无重力环境。

一路顺着轴心上升的电梯上升七百米后，停在一层三分之一重力楼层的弧形地面前。她往后一推，轻柔地前进，很敏感地察觉脚步在走廊上每点一下都会向前滑行好一阵子才落地。墙壁上每两米就有大的把手，让人想要减慢、停止，或在路口改变行进方向时都可以借力使用。她伸出手臂，随时准备抓住握把，以防万一。目前为止她的胃还撑得住。

她的e-i带领她来到一个门口，看起来跟这一区其他门没有什么不同，根据区域蓝图，这里的门主要用在居住所维修工程。门滑开，她滑步向前，进入阴暗的房间。

房间比她以为的要大很多，有点像小型的停机舱，弧形的屋顶离头顶有十米，到处都是奇怪的结构，仿佛是巨大的DNA条，但是有更多膨胀的螺旋，用一种像是珍珠的材质组成。不同大小的圆拱连接一条条的螺旋，看不出来有什么规律，使这一片结构看起来像是某种海底生物的壳，让她相信这是某种活物的身体结构，而不是科技架构。不过这也很难说，因为它们不断地在时空间现形隐形，毫无规律可言的区域会突然消失，只剩翠绿色与橘色的激光点勾勒出原来所在的位置，好像光子和原子在交替出现。这现象引发的光雾让人很难看清昏暗的室内。

她眯起眼睛端详时，可以看到尽头的墙壁是巨大的长方形窗户，直接望向宇宙。在转动的星场前，有一抹剪影。

"丽贝卡，谢谢你过来。"康斯坦丁·诺思说。

"这是传统。"她回答，然后小心翼翼地走向他，很紧张地不想撞上任何扭曲又不太真实的结构体，因为它们现形时，圆拱上的凸起看起来又尖又硬。"我不打算当第一个打破传统的人。"

她来到他面前时，木星的暗面正出现在窗户前。她每一次都会惊讶于他的年轻外貌，看起来只比劳尔大个两岁，但她知道他出生于一个世纪以前。

他说："如果真有人会打破传统，那……"

丽贝卡嘟嘴，"我才没那么坏。"

"对，当然没有。孩子青少年时期对家长来说总是很辛苦，但是每个人也都靠自己的方法度过了。"

"妈说你想知道我在这里过得快不快乐。"

木星云层上反映出的浅光为他的脸涂上灰影，"不尽然。这个面谈的目的是看看你住在这里，以后会不会快乐。"

"哦。"

"我认为这个谈话就像是阿米什信徒[1]的成年式。"

"你说的我听不懂。"

"阿米什人是一个社群中的社群，住在美国。他们拒绝现代生活，选择宁静的乡村生活方式，如此持续下去好几世纪。当他们是青少年时，

---

[1] 阿米什人是美国和加拿大安大略省的一群基督新教再洗礼派门诺会信徒，以拒绝现代电力等设施并过着简朴而与世隔绝的生活闻名。

他们的家人会鼓励他们出去尝试包围他们的主流社会所能提供的所有邪恶乐趣，他们称之为'成年式'。将近九成的人在离家之后选择回去，永远加入阿米什教会，这个比例对我们其他人而言高得令人咋舌。我想这代表我们很多人都过于自大地觉得我们的生活方式比较好。我认为他们的行为相当值得敬佩，同时引人自省。"

"所以你想要给我同样的选择？"她迟疑地问。

"某种程度上是，这就是你的'成年式'瞬间。我想要给你一个解释，还有一个选择。我想要建立的也许不是民主，但至少是建立在同一个理念上的集体认同，所以请你体谅我有时候的行为，仍然脱离不了家族长老的影子。积习难改啊。你知道我为什么在这里建立起这个社会吗？"

"我们是方舟，如果跨太空世界被沾斯攻陷，我们就是人类的最后希望。"

"这的确是我们的一部分身份，但我想要比这个更伟大的目标。终极目标是，我希望我们能够打败沾斯。"

"哇。这真的……很大。"她开始在想还要讲多久，她的派对有好多事还等着她去准备。

"的确是。"他带着笑意说，"可是要实现这一点，要研究能够达成这个目标的纯粹科学理论，我们必须摆脱束缚着我们的经济与物质考虑。好几个世纪以来，人类真正的创意一直被这两件事牵绊住。差不多六十年前，当我环顾四周时，我看到的只有停滞不前。HDA的立意虽然很高尚，仍然不过是个守成的做法，所以我来到木星。我们靠着微制造还有融合能量的技术，已经能够脱离主宰我们过去数百年的经济体系，让我们从物质考虑中解放出来。可是我们却没有这么做。社会的惰性与少数顶级阶层的利益考虑让整个种族无法进步。他们统治我们，为了就是能继续统治我们。"

"历史重演。"丽贝卡睁着大眼睛说。

"一点也没错。我跟我的兄弟们也是这停滞不前的一部分，我们打开圣天秤星让人类殖民，创立诺森伯兰星际企业，希望能够维持有机油市场的主宰权。我比任何人都清楚这股停滞不前的力量有多强大，多容易污染和吸纳任何与主流不符合的异端。我们三个人许多年来一直在争论所谓的脱离该怎么做。我去世的亲爱的兄弟巴特拉姆相信，只要能给每个人一千年的生命，我们就能比人类历史上过去的任何一刻都珍视生命，因此改变会发生。可怜又可怜的巴特拉姆。我们三人中他是第一个达成目标、第一个开始回春治疗的人类，他被杀害则是命运最残忍的讽刺。奥古斯丁……嗯，他相信演化无论如何都会发生，他说带给足够的人民足够的财富与进步是注定的进程，他指控我们想要抄捷径，是将一切视为理所当然的世代中最恶劣的产物，我们自私自我到相信光靠希望就能成功，而不是靠努力坚持来赢得成就，所以他留下来，继续建立他的企业怪物，满足于相信它带来的财富是一切答案。最后是我。我选择孤独，得到追求不同社会演化路线的自由。我选择了这里，而不是其他地方，例如遥远星球，或是亚贝利亚的独立城邦，就能强迫这里的居民欣赏科学和科技。我们光是为了活下去就必须要维持机器的运转，这有助于让思考集中于宇宙的真实面。不过丽贝卡，今天在木星只是暂时阶段。我们是进化的复刻版。你成长的环境说实在只是块复兴的飞地，住着的全是百万富翁的马克思主义信徒，一心一意要把科学往新方向推动，因为旧方向在一个世代左右以前已经到达高峰，没有再前进的空间。因此我现在都挑这个房间进行这个对话。"他示意周围忽隐忽现的巨大螺旋结构。

"我上钩了。这些是什么？我从来没有见过这种东西。"她说。

"这是正物质，算是很常见的东西，但我们拿它制造出的东西却很不同，是全新的。这是个光波引擎，如果我们受到威胁，能够把整个居住所群载着飞到安全的地方。"

"居住所是宇宙飞船？"她兴高采烈地问。光想就觉得很棒。

"我一直说这里是个方舟。"康斯坦丁平静地说。

"哇。"

"希望我们永远不需要移动它，但这种空间引擎技术正是我们这样的社会能够创造出来的，理论的发展和硬件的建造完全不需考虑造价以及政治经济影响。"

"所以你不打算给别人?"

"亲爱的,说实话,我觉得给了也没意义。这不是能打败沾斯的东西。对我们来说,建一艘能有这种引擎的船舰会很方便。将它带入跨网星球只会造成大范围的经济动荡和高失业率。如果他们真的想要这种技术,大可以自己发展。他们想要偷懒就偷懒吧。"

"好。"丽贝卡有点迟疑地说,"可是这在沾斯潮里可能有用。有光波引擎的战机绝对比雷刺强,不是吗?"

"对,这在他们的飞行包围战斗策略上绝对会有很大的改进,可是沾斯仍然会蜂拥而入,引入光波科技更会带来巨大动荡,造成又一个二十年的经济萧条,同时会有不同的群体很想知道我们在这里有什么成就。这种意念会终结我们如今的孤绝状态,所以不提供这个技术给外人是我们主要的政治决定。"

"这样啊,我懂了,大概吧。"

康斯坦丁的笑容带上同情,"事实上,还不只这样。木星像真正的最极端的那种政权,完全无法允许任何理念上的异议。这个居住所是个很脆弱的人造环境,不能像威尔斯[1]所假想的那样,出现受教育的人和野蛮人之间的冲突,因为我们不能承担有野蛮人出现的后果。我们在这里的宪法很简单:公民权与责任等同。我们是只有一个信念的社会,如果你不喜欢这点,如果你不同意我们的目标,或只是想实现自己的梦想,或是如果你对我想达成的目标不认同,那你不只可以选择离开,我们还会鼓励你去你想去的地方,甚至帮你在那里安身立命。"

"我其实不是个科学家。"丽贝卡觉得这一切几乎要超出她的理解范围。她没想过生日这天要处理这种事,不过说实在的,这一切还挺刺激的。

"我知道。可是我们真正的目标是理解,彻底的了解,不只是从抽象

---

[1] 赫伯特·乔治·威尔斯(Herbert George Wells, 1866—1946),英国著名小说家、新闻记者、政治家、社会学家和历史学家。他创作的科幻小说对该领域影响深远,《时间机器》《隐形人》等都是20世纪科幻小说中的重要作品。

的角度，而是从非常实际、非常实质的方面着手，每个人根据需求与能力都可以有所贡献。"

"所以你觉得我在实际的方面能有所贡献？"

"是的。丽贝卡，我有一个需要解决的谜团。虽然目前克莱顿和其他人都非常努力，但答案仍然离我很遥远。我相信你在这件事情上能够帮上大忙。事实上，这就是我要把你带来这里的原因。我这个人有很多怪癖，其中一个就是相信因果，而我们两家在这件事上有很深的因缘。"

"我的家人？"

"没错。"他递给她一个挂在银链上的小玻璃管，"对了，生日快乐。"

"谢谢。"她反射性地回答，"呃，这是什么？"管子装得半满，似乎是非常干的尘土，她摇晃时它流动的样子几乎像液体。

康斯坦丁替她把链子扣上脖子。"这年头很罕见的东西：是你出生的星球的土壤。我想，当你碰上很混乱的情况时，这会是你的支柱，可以说是你的基石。"

"真的？"她举起坠子，端详里面灰褐色的小点，"这是从真耶路撒冷来的？真厉害。"

"不，丽贝卡。不是真耶路撒冷。你是从那里来的没错，但你出生在完全不同的地方。"

席德对拉尔夫的手段不只是佩服，已经快要变成敬畏了。在他们确定雪曼的行动正是以那个农场为据点后，席德顺着A1继续往北开了三十分钟，半个小时后他回到北查尔顿南边的B6374交叉口，沿着路开下去。那时已经是凌晨两点半了。大半路程上，拉尔夫都闭着眼睛，对他的e-i低语。如今他睁开眼睛看着外面黑漆漆的农村，挡风玻璃上出现该区域的卫星地图。

"继续前进，过前面的路口，这条路上有几间农舍，我们要去第二间。"伊恩和伊娃把他们的车停在B6374的交叉口边，席德经过他们后，他们便跟上，一分钟后他们来到布谷鸟农场，一个现代的多角形屋子，有弧形的太阳能板屋顶，后面的田野上满是工业级大小的温室，全部都亮着黄绿色的人造光。

"这是专业的菊花农场。对我们正好。这些温室都是水栽，自动化程度很高，但白天时会有很多货车进进出出，我的人认为这里最适合作为前哨监控点。"拉尔夫说。

"嗯，好。"席德说。

"开过屋子，直接进谷仓。"

谷仓是温室的两倍高，一片大卷门已经打开。头灯照出两辆已经停在里面的黑色轿车，旁边是一堆农用机械，还有一堆肥料以及搬运鲜切花的桶子，更里面还有松土机和土壤消毒剂。

"这些是你的人吗?"席德问。脏兮兮的水泥地上站着六个人，都穿着套装和长大衣，看起来像是制服。他觉得其中一个女人看起来很像搭直升机来把厄尼·雷因特带走的人之一。

"对。他们在纽卡斯尔待命。我跟你说过，我们需要后援。"他打开门下车。

"你说了算。"席德腹诽。伊娃、伊恩、阿布纳都下了车，打量地看着HDA探员们。

拥有并经营布谷鸟农场的米克雷斯维特一家人缩成一团，睡衣外罩着厚外套，满脸睡意与迷惘。三个小孩年龄在十二岁到七岁之间，紧抓着父母。一名席德认为应该是祖母的老妇人正在跟探员争执，沙哑的嗓门逐渐升高。她在争取很多权利，同时用纳粹和腐败政府官员等言辞侮辱他们。

这种谩骂对警察而言几乎有安心的作用，因为太熟悉。席德整个人开始放松。

"谢谢你们的合作。"拉尔夫开口打断对方的谩骂，"因为征用你们的产业，我们会给予你们全额补偿。现在已为你们安排了五星级度假旅馆的住所。"他朝最大的车示意，一名探员替他们打开后车门。

"希望不是市政府要支付这份补偿。"伊恩对伊娃低语。仍然心绪不佳的米克雷斯维特一家人乖乖地上车。

"你安排得很好。"席德对拉尔夫说。载着一家人的车开走。

"谢谢。我还是有点影响力的。我们来看看要挑屋子哪里当指挥中心。"

他们最后选择客厅。剩下的探员从车子搬入一箱箱的设备，包括一台安全激光数据序列组，它跟在太空中绕行地球的HDA卫星可以直接联机。"以防雪曼的数头正盯着当地网络。我不想他们发现布谷鸟农场的数据流量突然增加。"拉尔夫说。

那时已经凌晨三点。席德和他的人决定回家，已经没有他们可以帮上忙的地方了。

时间已经将近早上八点，席德正开车到市场街警局。雅辛塔抱怨他又在星期天工作，现在他已经是高层管理人员，不应该做这种事。他做了所有已婚男人谈到工作时的处理方法：推到老板身上，答应她这次一定会跟老板争辩。

他让丰田车使用自动驾驶模式，因为他不相信自己的开车能力。实在睡得不够。虽然他的人很疲累，却很兴奋，暗地里也很满意。他完全靠直觉行事，把事业生涯拿来做了一次极为冲动的豪赌，看样子是赌赢了。无论这个农场跟诺思家族凶杀案有没有关，他现在都有HDA的支持。有了他们的背书，外聘公司也为他说话，坐上警察局长的位置理论上是可能的。他只需要跟市长搞好关系。

席德笑看着市中心的古老石头建筑沐浴在阳光下，享受地做着白日梦，幻想一切顺遂的世界。离答案如此之近，他极为好奇到底是什么样的企业内斗才会造成诺思族人的死亡。他相信拉尔夫一定会告诉他，就算是非记录上的告知也行。

他的e-i告诉他拉尔夫来电。"早安。"他欢快地说。

"我需要你现在来布谷鸟农场。"探员说。

市场街警局差三十秒就到了。"确定？"

"对。"

"好，我开过去。一小时内就会到。"

"你不要开自己的车。雪曼应该有所有警官车辆的牌照码。如果他没有，奥尔德雷德也绝对有。"

真是货真价实的特务心态，杯弓蛇影得很，席德心想，但他不打算跟对方争论。"好，那我们怎么过去？"

席德先开车到船坞区的HDA基地，跟探员换了对方的私家车，然后再开到A19旁边的商场，又换一次车，这次是艾莉森花屋的商用小货车，他甚至还得穿上工作服。

他们刚过九点时到达布谷鸟农场，对于任何在监视的人而言，只会看到又一次的正常收花工作。

他也不是农场接待的第一批秘密访客。席德走入客厅时，里面已经装满控制面板和大型投影屏幕，远比他昨晚离开前看着拆箱出来的设备要多太多。吉迪带他们来到的农场正在所有的屏幕正中央，由不同角度呈现，然后是同样的影像却有各式各样颜色的版本，包含从视觉到热感应到电磁场的各种分析，甚至有一个放大到很高倍数的粗糙灰阶图似乎在飘动。十名探员坐在控制台前，四个人坐着折叠椅，监控着进程。几个小点的屏幕正在轮流播放一张张人脸，下面持续出现他们的身份资料。

他看着灰阶影像时，有人从主屋走出，进到旁边的外屋。

"三号敌人。发型确认。"某人宣布。

"谢谢你来。"拉尔夫说。

"应该的。你是怎么弄到这些影像的？"他指着黑白画面，"我以为你担心他们从空中系统会撷取到大量信号。"

"是担心。这是卫星图。我们改变了低空环球侦察舰队的绕行轨道以提供随时监控，现在每三分钟都会有卫星从上面经过。"

"这一定得花上好一笔钱。我没想到原来天上有这么多卫星在飞。"

"机密。"

"所以你要我来干吗？"

"有进展。我要你提供意见给林赛探员，她正在替我组建一个小组，打算从HDA的船坞区基地出发。我们需要随时监控雪曼、奥尔德雷德，以及他们所有已知的同党。你对他们很熟悉，所以你可以设定监控规则，给她提供一些策略情报。"

"行是行，但雪曼是个狡猾的东西，奥尔德雷德还有他自己的企业安全部门替他挡着。"

"你比他们都聪明，之前你已经展现过了，而且你甚至不需要考虑经费问题。你需要什么，林赛都会帮你弄到。我们必须随时拥有他们所有人的实时数据。从这个下午开始。"

席德又看了一眼屏幕，对于这个行动的紧绷程度开始有点紧张，"好，我可以提供建议。是什么原因让你想要这么做？什么事情改变了？"

拉尔夫转向不断在播放脸孔的屏幕，屏幕定格，出现一个席德觉得他认得的男人，将近四十岁，长脸，发际线开始后退，戴着老式眼镜。叫不出名字。

"我们昨天晚上施放了一批监控昆虫，它们潜入丛林，设定了一些罩网，然后在树顶安置了一些远距离镜头，所有昆虫跟我们都是用光纤联机，所以不会有信号泄露。"

"昆虫？真的？"

"比我借给你的版本好。对。我们对于农场及附近的建筑物有不错的掌控，两个小时前，我们看到这个人。他坐农场货车来，去了最大的谷仓。现在还没出来。"

席德看着屏幕上的脸，"这是谁？我觉得我认得他。"

"你认得。"拉尔夫没好气地说，"塞巴斯蒂安·昂布里特博士，为了找他，发布了全球限制警报。"

席德惊呼："他就是那个消失的D炸弹设计师？"

"他一家人都被绑架了。对。把他带来的人现在给了他国防部级的微制造设备，可以制造正物质。他们昨天从特立法就是抢了这东西来，这是D炸弹的主要原料。"

"他们要拿D炸弹干吗？"

拉尔夫沉重地摇摇头，"我不知道。但我们真的很需要查出来。"

2143 年 4 月 30 日, 星期二

　　一整个早上, 天上的积云不断散去, 下午时分才消散殆尽。安杰拉已经好几个星期没有看到这样完整的星环在空中的壮丽景色, 只是红色天狼星和极光的荧光把划过南边天空的星环又加上一层浅紫色。星环下面, 三公里外的缓坡下方, 是蓝河支流。安杰拉一直看个不停, 主要是安抚自己, 这段凄惨的旅程中终于有一件事情顺利地发生了。一如利夫所预料的, 河面很平整、结实, 而且还算挺直, 在严酷的丛林山谷间算是一条高速公路。就在三公里外。好近了。

　　她顺着停滞不前的车队往后走时, 冰冻的空气清澈到她可以看见天上几十公里以外的极光光带, 在更上面偶尔有一片朦胧的紫色磷光覆盖在大气层上。电离层因为红色天狼星的粒子风暴而被灌满了电浆, 像是浅色的霓虹招牌一样隐隐发光, 将星球的苦难传递给整个太空知道。一丝丝闪电在大气层的上端不断闪烁, 因为气层想要将能量值调整到平衡。

　　这种畸形的美看了让人相当沮丧。气温在短时间内不会有改变, 而他们需要的正是短时间内的进展, 现在看起来, 他们似乎连这点时间都没有。她经过装着MTJ一号的小型橘色修车厂气球, 后者现在看起来扁了下去, 因为维修小组准备要把气球打开, 把车开出来。

　　星期一下午, MTJ一号有两个转轴引擎在三个小时内接连故障。每个人都开始暗地交头接耳, 怀疑有人蓄意破坏, 除了利夫和达尔文, 他

们其实心里早就知道有这样的可能。他们之前就跟埃尔斯顿说过，摔下过山谷的车辆在两千公里长征中绝对会出现性能上的问题，所以气球修车厂又被拿了出来，让车辆工程组员可以修车。他们足足花了十一个小时才把旧零件拆下，用备用零件补上。

安杰拉来到行动实验室二号，e-i命令门打开。她等到小小的入口区的空气滤过一遍之后，才脱下她的头罩和手套。一如往常，温暖和光亮对她而言显得陌生。空气居然让她有反胃的感觉，毕竟实验室里有九个人，还有药用消毒水的刺鼻气味，让空调滤净器工作得相当吃力。

帕瑞西醒着，靠在枕头上，让她立刻忘掉反胃。他的脸颊带点红，像是在外面玩得太疯的小学生。她想这应该是好事。

"嗨。"她说，从他的担架还有卢瑟躺着的担架之间穿了过去。卢瑟的情况仍然看起来不好，皮肤灰白，床单下有一堆管子接着。管子末端连接的袋子里装着液体，她觉得液体的颜色看起来很不对劲。

"你来啦。"帕瑞西说。

安杰拉很快地亲了他一下，非常强烈地感觉到车里和驾驶座上塞满了人。"你觉得怎么样？"

"还不错。医生给我的药很好。"

"你运气好。我们开始吃合成凝胶了。"

"哎，我知道。"他朝狭小的厨房挥挥手，里面有一个制餐机放在柜子上，由厚重的工程用胶带固定在不锈钢表面上。

安杰拉一看就苦了一张脸。那机器看起来像是连锁咖啡店用的廉价咖啡机，只是少了蒸汽和呜呜声。操作很简单：把凝胶放在上面，选择餐点种类，餐点是一个小小的银色盒子，根据食物种类有不同的颜色：炖牛肉、炖苹果、土豆泥、汤、鸡肉咖喱等等超过二十种。机器会把调味料混入凝胶里，再加入某种像是果冻胶一样的粉去改变质地，让成品看起来像是真正的食物——至少制造商的广告是这么大肆宣扬的。安杰拉和所有人在午餐时发现，从管子里像放屁一样喷出来的东西是一团团的奶油，上面沾着斑斑点点的食物色素，还有混合得很不均匀、带着苦味的人工调味。

"我真不敢相信我居然把那种东西放在货品清单上。如果我想要省重量，应该直接把卡芮兹玛丢下就行了。"她告诉他。光想着食物就让她全身发抖。奇怪，虽然实验室很暖和，但她却奇怪地觉得很冷。

帕瑞西笑了，"这种事我就不知道了。医生给我吃的是真的食物。"

"什么啊，要是我受伤就好了。"

"一点也不好。我喝鸡汤快要喝不下去。"

安杰拉转向坐在卢瑟担架旁的康尼夫医生，"他还要多久才能起来？"

"再过几天。现在暂停休整对他来说是再好不过的事。新肉贴片可以趁现在固定他断裂的肋骨，肋骨愈合得很好。"

安杰拉捏捏他的手，"你看，你的情况很好。"

"是啊，那我们什么时候才能再上路？"

"达尔文要去试开MTJ一号。我过来的时候他们正在把修车厂撤下。如果新的轮轴没问题，我们一大早就要开去支流。"

"听说上校已经去探查过了。"

"对啊。MTJ二号跟热带车一号今天早上都开了过去。冰冻得很结实，上面的雪大概只有一米深。我们能够弥补很多之前浪费的时间，也不会像通过丛林那样让车辆这么辛苦。"

"终于有点好消息。"

她举起带来的袋子，"你起来之后，我有新毛衣给你。打得有点急，所以线条不是很完美。"她的肌肉又不受控制地抖了抖，她递过红蓝色厚毛衣时，手臂在颤抖。

"谢谢。"

医生若有所思地看了她一眼。

"我该走了。我有一堆头罩要织。看样子我终于找到自己真正的天赋。"安杰拉说。

帕瑞西咳嗽，痛得满脸纠结，"每个人都喜欢你打的东西。"

"那当然。你好好保重。下次加油的时候我再过来。"他躺在那里看起来虚弱得令人心惊，严重到让她情绪不稳。面对病痛，无论是自己的还是别人的，她向来没有办法良好地应对，这个不足让她几乎要为自己感到羞愧。她从担架间挤出去时，刻意不去看卢瑟。之前为了紧急救治把他搬到驾驶座绝对不是好事。她听到朱厄尼塔·沙可说卢瑟的内伤有多严重，车队的情况也让他的伤势一直好不了。

"我跟你一起出去。我要去看看尚·克雷肖。"马克·奇蒂说。

安杰拉很有礼貌地等对方穿上层层衣物还有大衣，两人一起从入口区走出去。外面的MTJ一号正小心翼翼地绕着车队车辆转圈，避开东边的一丛树。用布料组成的修车厂在地上堆成一摊奇形怪状，在变幻的光线下看起来是紫红而非橘色。

奇蒂挥手告别，走向实验室一号，尚在那里休养。些微的脑震荡和肋部瘀青用不到卢瑟所需的密集监控与照料，所以医生让他住到另一辆实验室中，可以舒服地躺几天。

安杰拉走回热带车二号时，觉得自己的胃部又一阵翻腾，头疼逐渐明显，嘴巴也泛起唾液，她担心自己要吐出来。有东西让她对空气的变化非常敏感。然后她感觉到身体完全不一样的冲动。"狗娘养的。"她呻吟一声，开始尽力朝车子冲去。她一进去就需要马桶。她的e-i与玛德琳联机，恳求她把所有东西准备好。管他什么尊严，她已经顾不得这些了。她全身都在冒汗。"你也是?"玛德琳回答。

安杰拉甚至不在乎还有谁也在受苦，她一心一意只想要赶快到车子里。

天狼星朝天边落下时，马克·奇蒂离开了实验室一号。尚基本上已经没有问题，检查只是走个程序而已。他们早上出发时，尚已经可以回到热带车一号。

风吹动了地面的雪，薄薄的雪花在他身边盘旋，他看着车辆工程组继续把修车厂卷起来，收到实验室一号后面的雪橇上，然后朝他们挥手。MTJ一号回到车队里，后面有两个人把箱子放回吊篮里。几个人都正要回到自己的车上。有两个人看起来似乎在跑，脚步踢起一团团雪。大家收拾的工作似乎要告一段落，马克的心也安了下来，相信他们明天真的就能开上支流。这条路会带他们直接开入萨瓦。再一个星期他们就安全了。

"得要你去送货。"马克走回实验室二号的半路上，康尼夫医生传话来，"五件确认肠胃感染，有非常多人都报告有早期症状。他们需要止泻药。"

"好，我一下就回去。"

"你负责三辆热带车，朱厄尼塔会去卡车和MTJ。"

"行动实验室呢？二号车的人似乎都没事。我们为什么没中标？"

"我们也有。米亚和赵都得了。我自己也不太舒服。"康尼夫回答。

"该死的，怎么会出这种事？"

"一定是食物中毒。有太多人同时发作，不可能是传染。"

"都是那些什么鬼合成食物。"马克立刻说，"制餐机一定有问题。"

"有可能。我们晚点再研究病源。现在我要所有人吃药、补充液体。"

"没问题。"马克抬头去看实验室二号在哪里。天气又开始变糟，天狼星开始离开天空。今天晚上会非常漫长，非常不愉快。他不愿意去想车里的情况会变得怎么样——毕竟便盆也没那么多。大家最好还是直接往外跑，脱了裤子就拉。只是穿了这么多层衣服想那样可不容易。还有怪物，他心想。

他经过卡车一号时，看到巨大的树边有一个银色圆筒躺在雪地上。一定是试开时从MTJ一号上掉下来了。他知道圆筒里放的是零件，每辆车都载着自己的零组件，就连行动实验室也不例外。雪现在下得这么大，说不定到早上就会被埋起来。这些零件很重要。

"该死的。"他低声喃喃咒骂。走过去要不了一分钟，他甚至看到MTJ留下的轮胎印，直接延伸向圆筒。

马克开始朝被抛弃的圆筒走去，没想到距离比他以为的要远，在白茫茫的雪地里要判断距离向来很难。MTJ的轮胎轨迹拐了弯，绕开牛鞭树和大珂亚树。树也误导了他，这些树比他以为的还大，白色的大地让视觉比例都扭曲了。

离圆筒两米时，他看到了脚印。脚印就在被宽型低压轮胎轧实的雪地旁，踩在无人涉足过的雪面上。他直觉地感觉脚印的形状有哪里不对劲。先不管是不是有人跟着MTJ走到这里，光是形状就莫名怪异。他停下脚步，弯下腰，推开护目镜好仔细检查形状。经过一段时间，他终于发现是什么引起他的注意。"脚趾？"他惊呼。这是一只脚踩出来的脚印，不是靴子。有人光脚在外面跑。这也太蠢了吧？

雪落下，发出响亮的啪嗒声。

"什么人？"马克转头，盯着发出声音的来源。一团雪从最近的牛鞭树上落下。这棵树极为巨大，朝荧光的天空伸展，有六十多米高。可是当马克看到站在树林间的身影时，早已经把树很高这件事抛在脑后。所以他没有注意到一根牛鞭树卷起的树枝颤抖晃动、甩开冰壳时抖落的雪。站在五十米外的身影是个黑色的轮廓，人形，但绝对不是人类。

"天杀的！"马克大吼。他命令e-i要求跟车队进行紧急联机。怪物没有动，没朝他冲来。"救命。"马克对联机恳求，"拜托，救命。"他面前的怪物举起双手，刀刃般的手指在空中优雅地挥动。

"怎么了？"埃尔斯顿质问。

马克沉默且震惊地看着怪物的手臂快速繁复地挥动，他唯一想得到的比喻就是指挥家带领着乐团，演奏某种狂乱不协调的咏叹调。

最低一根甩脱积雪的牛鞭树树枝如灵蛇般快速舒展，跟树干联结的那一端有人类身躯那么粗，但末端却只有几厘米细，它像被释放的龙卷风往外挥，释放从几个月前最后一次将孢子撒向各处以后收缩纤维就一直累积的能量。它没有往横向甩，像要把孢子往最远的释放路径抛那样，长在树枝上的收缩纤维居然扭转，让树枝往下甩。

马克·奇蒂没有看到也没有听到树枝。击中他的那段树枝比他大腿还要粗，打中他的身侧，就在髋骨上方。

他的躯网急忙发出医疗警报，将血腥的损伤细节送入车队网络。

埃尔斯顿："奇蒂！"

康尼夫："怎么了？到底——"

朱厄尼塔："马克！"

马克重重倒地，翻滚几圈。他颤颤巍巍地倒抽一口气，朦胧的视线重新开始聚焦。

巨大的痛楚逐渐散去，仿佛他刚嗑过药。深红色的水雾笼罩他刚恢复的视力，他的网格变成一团乱码，然后消失。他看到高处的牛鞭树干又卷成整齐的扁扁一团，树干上的白色毛丝像是某种受刺激的动物一样，扬起鬃毛，阵阵波动。

他的头倒向一旁，又看着怪物。它继续着疯狂的指挥家之舞，手臂催促着无声的交响乐攀升到高潮。

"它是活的。全都是活的。"陷入晕眩，看得入神的马克如此告诉他焦急的同事。

又一根牛鞭树干往下挥，将他打飞到十米外的雪地，打断他的两条腿。他才刚落地，又被抽打，每一次抽打都将他推向树丛的更深处。被打三次后，他的意识开始消散，已经感觉不到自己残破不堪的身躯。怪物仍然站在他一开始看到的地方。修长的手刃激昂挥舞出凯歌，光滑发亮的黑色表面在盘旋的雪地中映照出天狼星微弱的红光，指挥着牛鞭树。

马克动弹不得的身体不停被抽打进大树干之间。牛鞭树一次又一次攻击，将他打成一团碎肉，块块断裂的四肢乱甩。鲜血渗透他层层的衣服，从被断骨刺穿的皮肤间流出，一滴滴血在纯净的雪地上留下深色痕迹，成为他消亡时的唯一证据。他大多数的智元已经被毁坏，躯网只能够发出微弱的信号。

最后一击让他摔倒在一棵巨大的牛鞭树旁，已经离开车队的视线范围。牛鞭树一半卷起的树枝开始颤抖，甩脱上面的冰壳。落雪倾盆而下，埋住马克的尸体，阻挡最后一点的躯网信号。更多牛鞭树开始甩脱积雪，遮掩马克被残忍地打死时一路留下的鲜血与痕迹。

万斯强迫自己参与搜寻，虽然他的身体已经因为不知名的毒素而陷入崩溃边缘。车队里只有八个人不受影响，包括帕瑞西·艾维特和尚·克雷肖。这一点解开了谜团——这两个受伤的人都没有吃合成餐。可是卢瑟坚持自己要跟其他人接受一样的待遇，骄傲地吞下行动实验室的制餐机做出的一些汤。剩下来的六个人——洛尔莱、露露·麦克纳马拉、雷欧拉·福克斯、安特利奈、卡芮兹玛·瓦戴和利夫，午餐时都避开了合成餐。

万斯命令他们几个都要走入闪烁的暮光中，除了露露。负责餐饮的女孩就算按照他的话乖乖去做，在山边乱走也只会造成问题。

三十分钟以内，万斯已经跪倒在地，两次虚弱地吐在雪地上。

他不断全身发抖，皮肤胀热，一层层衣服被汗水浸透。他的头痛持续加剧，经常强迫他得站在原处，吸入大口空气，等待难以忍受的刺痛过去。拉登和穆罕默德·安瓦坚持他们也要帮忙，声称他们的症状没有太严重。康尼夫医生监控了他们的医疗智元，完全不同意他们的说法。万斯无视了她的决定。

所以他们八个人现在大致上排成一排，在树林的边缘寻找，风吹起一阵阵雪花包围着树干扶摇直上，极光投射下诡异的光线，让遮住天幕的参天巨木更显得阴冷诡谲。他们身后车队的每辆车都掉转车头，面向树林，打开头灯。散乱的白光在地上投射出令人眼花的影子。万斯同时也在监控车辆上的遥控机关枪，机关枪正追踪搜索队的行踪，随时提防不明动静。

尽管万斯已经做了他想得出来的所有准备，仍然觉得自己如履薄冰。怪物就在某处。他很清楚。它不知道怎么赶上来了。车辆罩网提供了奇蒂最后位置的大略方位，但他们当然什么都没找到。在攻击过程中，联机的强度和带宽连续遽降。虽然不知道怪物用什么方法对付他，但一定是循序渐进。康尼夫医生说最后一次的数据可说是确定了他的死亡，所以搜索队在视野模糊的极地气候中寻找他的尸体。万斯的身体渐渐撑不住，甚至已经想不起来主是否真要他这么做的原因。

穆罕默德·安瓦低声呻吟，四肢着地，身体一阵摇晃。万斯以为那先锋军又要吐了，但穆罕默德·安瓦只是跪靠到一棵被冰块包裹的巨硕大珂亚树干旁边，继续呻吟。雷欧拉和安特利奈赶到他身边。万斯虽然想帮忙，但他自己也没有体力，甚至当他转头看车队的头灯时，根本不确定能不能凭自己的力量走回去。白灯光线让他的头痛更加严重。

"来吧。回去了。"安特利奈通过串联对他说。

"你需要把他带到我这里来。我正在读他的医疗智元。他的心跳紊乱。上校，你和拉登都要来。"康尼夫医生说。

"好。"万斯沙哑地说。一阵强烈的痉挛窜过他全身，他连手臂都举不起来了。没有奇蒂的迹象，根本不知道他的下落。

"该走了，上校。搜索工作结束了。"洛尔莱正对他说。

他甚至没注意到她来到身边，但她的符号的确在他的网格中，她的手臂正从他的腋下穿过，另一个身份识别符号出现在离他很近的地方。利夫在另一边撑着他。

"你需要躺下。"万斯完全同意，想要点头，结果整个人陷入昏迷。

一次次无法控制的呕吐。丢脸的狂泻不止。发热发冷。流汗发抖。闻着热带车二号上所有其他同样在受苦的人散发出的臭气。喝了满是补水盐的水，施用一剂又一剂的肠胃炎药。终于，安杰拉又能够注意到自己周遭的环境。她一定是睡着了，她心想。现在是半夜。

热带车厢里一片漆黑，但头灯打开，照亮在挡风玻璃上凝结的水珠。她坐在副驾驶座，隐约记得括约肌用脊椎朝她发出紧急警告信号之后，她冲下车，之后回到位置上。

"你觉得如何？"福斯特从后座沙哑地问。

"糟透了。"她眨眼，想要让视线对焦，"跟你现在的样子差不多。"

"是啊。"他说完立刻闭上眼睛。他的皮肤有一抹病态的灰，因为流汗而潮湿。他用被单盖住自己，手臂在下面不断发抖，被单上有一层薄薄的呕吐液体，还是微湿。这已经是她闻到的气味中，最温和的一种了。

"其他人呢？"她问。

"拉登在行动实验室二号。"他闭着眼睛说，"他出去搜寻之后，就被带去那里了。真是蠢蛋，还装什么好汉。朱厄尼塔在尽力治疗他，但朱厄尼塔自己也很不舒服。我们大多数人都病得很重。玛德琳恢复得很快，果然年轻真好。她在热带车三号照顾加瑞克、温以及达尔文。他们挺惨的。"

"知道了。"安杰拉找东西喝。她的水壶挂在门边，惯常的位置。幸好只是清水。她记得之前喝的补水盐剂让她差点又吐出来，真是难喝到极点。她小心翼翼地吞了几口清水，担心又会因此引起另一波的反胃。

等了几分钟后，她才真正开始好好喝水。

福斯特陷入不安的梦境，在肮脏的被单下偶尔打冷战。

"给我所有人的位置。"她告诉e-i。她的网格出现，上面散布着所有人的身份符号，这时候她才注意到头上传来机械转动的声音。遥控机关枪已经上膛，正缓缓地左右摇晃，准备好要消灭任何靠近车队的人。

"所有人都在。"她的e-i说。

"很好。"她点开埃尔斯顿的符号，读到他医疗智元的数据时，一阵紧张，"谁在管事？"

埃尔斯顿倒下以后，就是安特利奈接管。他很有效率地安排一切，让没有受到影响的人去照顾其他人，只是他们能做的也有限。这次的食物中毒——如果真是食物中毒——让受害者完全动弹不得。

在自己也陷入时睡时醒的严重发烧前，康尼夫医生指示补充水分是第一要务，她同样发放最高剂量的消炎药，这个药会增强人体的免疫系统，应该可以帮助身体驱赶病症，但同样有着让器官受到极大冲击的副作用。

除此之外，安特利奈还命令遥控机关枪进入完全武装状态，也安排人手进行不间断监控，轮流读取车队所剩不多的传感器。他的战略是先开枪，再看打到什么。

安杰拉的e-i向他发出联机要求。"我舒服一点了。我可以帮忙吗？"她说。

"真的？你没事了？"安特利奈问。

"没有完全没事。我觉得像是一颗被人踢了一整场的足球，还进入加时赛。可是症状的确开始减缓。"

"感谢主。这是这星期以来最好的消息。你是打败病毒的第二个人。我们有几个人的情况还在继续恶化，我正担心会不会有人撑不下去。"

安杰拉没有告诉他，她经过基因改造的器官让她比任何人能更快地退烧，她的肝脏和肾脏能应对让最健康的二十岁年轻人都倒下的毒素。但现在让他保留点希望也许是好事。"我们知道这是什么病了没？"

"不知道。我让卡姆对凝胶做测试，但除非他能辨认出毒倒我们的东西是什么，否则我们也只能继续采用康尼夫指示的一般性缓解治疗方式。"

"好吧。你需要我做什么？不过记得，我能做的有限。"

"MTJ二号里有些病得很重的人。利夫需要有人帮手。"

"给我十分钟。我走出去的时候，你当心一下那些遥控枪指的方向。"

"谢谢你，安杰拉，很高兴你康复了。"

她找到一包奶油吐司，把银色的塑料方形食物包放到微波炉里。没用果酱，她不想让自己的胃承受太多负担。热可可包得到一个凄凉的眼神，但是她没去碰它，而是乖乖喝水壶里的水，学着当个健康养生的好宝宝。

"给我看奇蒂遭受攻击前一分钟的视觉影像记录。"她告诉e-i。影像出现在她的网格里，她看着他顺着MTJ一号试开时留下的胎痕往前走，他的目标很明确，是一筒从后面掉下去的零件。影像分辨率很差，护目镜加上被风吹起的雪片让画面更模糊，但她没有使用影像强化处理，她想要看可怜的马克到底看见了什么。

他停下脚步，弯腰，推起护目镜。安杰拉跟马克一样，不解地看着那人类的脚印。他模糊地说："脚趾。"声音隐约传来，被他包在脸上的布料扭曲。然后他转身，盯着树。怪物在那里，比杀了托克·埃里克森那天晚上要更清晰，一个黑色的人形，有着邪恶的刀刃手指，在黯淡的极光下反射出光芒。它以奇怪的动作挥动手臂，然后影像突然消失，奇蒂的网络断线了。几秒钟后重新联机时，带宽很小，只有核心数据可以读取。

安杰拉打开包装，小小地咬了一口第一片吐司。有东西引得奇蒂抬头看树。那个怪物离他至少有五十米，一定是别的东西打中他。

还有他最后谜样的遗言："它是活的。全都是活的。"她完全猜不出他想要说什么。

"给我看当时车队的地图。"她告诉e-i，"加上所有人的位置。"

奇蒂被攻击时，外面有十三个人。安杰拉是其中一个，慌乱地从热带车跑出来脱裤子——她屁股上还有冻伤可证明这点。不过也许是之后才冻伤的，她不是很确定。其他人……奇蒂的标注很容易看见，独自在同其他车辆有段距离的地方。所有人都聚集在那条线旁边，车辆工程组正在收拾，几个人在雪地上吐或处于更惨的状况。

她数了数标记。没有人消失。没有人在奇蒂附近。这不可能，因为那个赤足的脚印一定是属于某个人的。

"用影像确认所有人的位置，确定他们实际所在点。"她告诉e-i。

"档案不完整。只有MTJ和热带型越野车有可以读取的内部罩网。行动实验室罩网有进入限制，油车车厢没有罩网。"它回答。

"好吧，那去看私人影像记录文件，应该全部都存到网络里了。"她说。

实际上并没有。很多人在车里的时候，因为大家都觉得在一起很安全，所以就把视觉记录给关了。就连安杰拉自己也不例外，她去看了帕瑞西，回到热带车之后，她的私人影像记录就结束，并没有她好几次往外跑去吐和拉的影像。当她读取热带车的罩网时，里面只有两个短短的记录，显示她摇摇晃晃地打开门，但她记得晚上至少出去过四次。

安杰拉开始换衣服，一边思索现有的记录和缺少的部分。奇蒂被杀时，一切陷入极大的混乱。很多人还在到处走，做正事，收拾修复MTJ之后的凌乱。当时有些人已经开始发作，所有人像骚动不安的蚂蚁从被打扰的蚁巢跑出来。她想着要是她，在这种情况下要怎么溜出去。其实不难，在座位上撒点智慧粉尘就可以发送正确的e-i，所有人就会觉得她在车子里，但实际上她正关闭躯网，跑到奇蒂身后。

实际上，技术上，这是办得到的，而且很容易的事，但是原因让人彻底心神不宁。这意味着车队中有人在配合怪物，不过拖曳钢索被破坏原本就已经显示某个尊贵的同事对探勘行动的不满。一定是同一个人，这不可能是巧合。

她瞥向依然发烧而全身发抖的福斯特，他的头发因为流汗而湿淋淋。看起来他病得很重，但她的疑心一旦被挑起，就很难完全放下。

你根本是在胡思乱想，她告诉自己。如果福斯特想杀她，那他们两个人独处时，机会多的是。但她能相信谁？

她强迫自己专注于脱下湿透得恶心、满是脏污的层层衣服，塞到塑料袋里，希望能够等到抵达萨瓦，有个可以用的洗衣机时再拿出来。她用消毒肥皂和毛巾快速擦拭一遍全身，然后施展在车子内部已经很常见的折体术，穿上自己最后一套完整干净的衣服。

福斯特的卡宾枪放在他隔壁的座位上。她检查过后，挂上肩膀。拉登总放在储物格里的自动手枪也被她塞在外套口袋里。然后她打开门。

"我现在去MTJ。"她告诉安特利奈。

"我帮你注意身后。"他回答。

安杰拉踏入凶恶的圣天秤星夜晚。冷风强劲地刮着她罩帽边缘的皮毛，雪在头灯的光线前呼啸而过。在她上方，巨大的极光一波波地在星空中带着冰冷的蓝色荧光燃烧。她紧张地察看周围一圈后，朝MTJ二号走去。

她可以信任谁？有谁？

2143 年 5 月 2 日，星期四

克莱顿·诺思在萨拉·林赛探员身边时总是提高警觉。这名 HDA 官员非常聪明，而且极度专业。工作时她从不微笑，浓密的赤褐发剪成与肩平齐，仿佛它未经许可便不能长得更长，而完美剪裁的深蓝色套装搭配白色衬衫标准到简直跟制服一样。她同时对席德·赫斯特带来协助她进行监控行动的人相当多疑。或许她只是不高兴看到他们而已。克莱顿必须承认他和伊娃站在那里根本是多余的。

行动指挥所在临门区山坡上覆盖大面积的 HDA 基地，他们也看不到通道和周围的巨大商圈。林赛占据的长形房间在基地的水泥堡垒正中心，地下二层。

一群特地被带来监控雪曼与其集团的三十七人专业小组以外的克莱顿，只是个勉强被接受存在的配件。每个集团成员——雪曼、奥尔德雷德、博兹、吉迪、鲁拜——都有专属的监控小组，他们的工作就是随时随地掌握每个人的行踪，就连瓦伦丁娜都有两名跟踪监控的人，以免她在集团里过于活跃，让席德措手不及。

微飞行器静悄悄地在城市上方飞行，追踪它们的猎物，每个小时都会替换的车辆也无声地开在街道上，跟随所有人进行每一趟大大小小的旅程。另一群地面探员则出入于目标人物造访的商店、夜店、旅馆、办公室、健身房，宛如变色龙一般毫无困难地与背景融合。"快乐月亮号"

三艘船的泊船位有了新住户。HDA的大型AI之一在城市跨网巢里埋入很深的监控程序，监察每个人的躯网信息。

所以林赛探员不是疑心重，就是能力很强。无论如何，克莱顿在她面前非常低调，身上的量子分子系统随时注意林赛是否用微型智慧监测器在跟踪监控他。目前为止没有，但不表示以后不会。伊凡的人注意到她在纽卡斯尔网络里安插了先进的监控系统，随时能隐蔽地盯着他、席德、伊恩和伊娃。她进城一小时内，程序就被启动。拉尔夫很显然已经跟她说过他们做事不走官方记录。

这意味着他必须真的随时随地过着阿布纳的生活，以免引发林赛可能有的任何怀疑，这让他要联络伊凡变得很困难，最后只能在大众运输网里放置或上传数据，或是在街道上预定的坐标点交换信息。木星随时保持对昂布里特教授和可能的D炸弹制造计划的监督，在月球的另一边，同时有光波船在拉格朗日点等待。

不过他也没多少消息可以分享出去。自从星期天席德出人意料地把他们都叫到HDA基地起，林赛的安排一直完美无缺。各个监控小组快速利落地掌握了目标人物，HDA带来了真正无限的资源，没有人能在他们的眼皮底下消失半分钟。

不幸的是，从那时候开始，雪曼的人就表现得像是模范市民。吉迪早上十点多就回到了纽卡斯尔，把货车丢到GSW里。他离开五分钟后，货车起火，让当地青少年混混乐不可支。之后雪曼与奥尔德雷德之间也再没有任何联络。雪曼小心翼翼继续他平常的暗地工作。林赛统整出的档案里有他的第二账户交易往来，毒品购买、企业数据盗取和两起勒索案，已经够市立检察官判他二十年，但林赛要的不止这些。雪曼一定是把昂布里特的家人关在别处。这是他们对他的控制，强迫他照他们的要求在农场谷仓里制造不知道是什么东西的关键。拉尔夫和林赛用尽一切方法也要找到他们。

克莱顿与木星上的人，任谁都想不出来在那么遥远的地方要建什么，还有奥尔德雷德为什么似乎已经背叛了家族。他们对有机油市场的分析结果或是对其他企业运作分析的结果，都无法提供他会这么做的原因，唯一有的联系就是无名诺思家族成员被杀害的奇怪事件与二十年前巴特拉姆的死有关。光是这样，克莱顿重视这事的程度就远超过林赛。

电话打来时，是晚上六点。在巨大高耸的地下室中，所有探员都抬头看着中央屏幕墙，上面显示城市的地图，目标人物都以亮紫色标出。奥尔德雷德刚接到农场打来的电话，两端的链接是通过整个星球网络的几个不同通信巢，以两百次/秒随机更换新路径的方式联机。

"他组完机器了。"一个声音从扩音机里响亮地传出。

"太好的消息。你运行过数据分析了没？"奥尔德雷德回答。

"运行了，先生。符合你给我们的数据。一切都没问题。"

"很好。告诉雪曼我们已就位。我在组合地点跟你们会合。"

林赛和席德立刻有了反应。

克莱顿知道那一定是拉尔夫·史蒂文斯，因为两人同时很简洁扼要地点头，应和对方下达的不知名指示。他跟在博兹监控小组帮忙的伊恩交换眼神。

在大地图上，符号显示雪曼正接到农场的电话。伊娃走到他身边。

"我们还没找到他的家人。"她低声说。

"我想这件事已经无关紧要了。"

"你开玩笑的吧，阿布纳，如果那个不知道是什么鬼的机器真的成功了，那家人也就没用了。"

"不好笑，我知道，但我们半点线索也没有。说不定雪曼也不知道。如果奥尔德雷德利用别人去绑架昂布里特一家人呢？"

"我们得想办法。"她凶猛地压低声音说。

屏幕上的雪曼正在跟吉迪联络，后者负责通知所有人。

"大家都动起来了。"伊恩满意地宣布。

所有雪曼的人马都上了车。席德也上车。"她同意让我们和攻坚小组随行。"他看起来对自己能办到这件事非常满意。

"教授的家人怎么办？"伊娃问。

"所有人等奥尔德雷德与机器在同一个地方，然后武装攻坚小组冲进去，一旦抓到还活着的，我们会给他们一个合作方案，让他们告诉我们那家人在哪里，交换审判时法官的酌量判刑。如果他们全都死硬不开口，拉尔夫会把他们抓去审问。我们都看到亲爱的厄尼变成什么样子。我们会找到他们的。"

"这要花上好几天。"伊娃抗议，热血开始让她浅色的皮肤泛红。

"我们已经尽力了。监控小组会留在这里，继续监视是否有人跟抓住教授家人的人犯联络。有一个专属的营救小组在待命。"

"好吧。"她不情不愿地说。

席德微笑，按着她的肩膀。"你不用一起来。你可以留在这里，确保他们在为那家人尽力。"

"你想打发我啊，老大？"

"哪有，没这种事，都走到这一步了。"席德低声笑，"阿布纳，你呢，要来吗？"

"我一定要知道是怎么一回事，老大。我的兄弟因为这件事遇害，不管他是谁。"

"行，那我们穿上护具，跟着主要小队进去，我们的工作是观察跟支持。"

席德带着他的手下走入清爽的春天清晨，感觉强悍的护具外套与专门配备的后垫上衣里渗出的汗水，刺痛他的腋下和脖子。地下停车场很暖，柏油还散发着早上吸饱的阳光热气。星星正出现在无云的晴朗天际，一颗颗明亮的细点闪烁。

走到这一步，一路上他做出很多决定。直到现在，他仍然能够选择离开然后回家，让林赛和攻坚小组去收尾，毕竟他们就是为这件事而来的。有一部分愚蠢的他很自豪他的人站在这里，做该做的事，但主要的他就像任何脑筋清楚、真实血肉的人类一样，吓得快失禁了。

他抬头看着天空中的星宿时，看到三架黑色军用US-22 VTOL扇翼飞机的黑色轮廓，出现在主楼的屋顶起降平台。一个又一个HDA的攻坚小组士兵正从两侧的大机门登机，扇翼来回旋转，进行起飞前测试。US-22是无声的匿踪飞机，可以在毫无预警的情况下贴近都市内的目标物。再过二十分钟，等金色的夕照消失后，肉眼和大多数传感器将无法看到它们的行踪。任何敌人会知道它们抵达，只可能是因为亲眼看到一个个黑色武装的士兵在夜里从天而降。

席德被安排在一辆梅赛德斯四驱全气候车，有十二辆相似的车辆等在停车场，专门运送林赛的其他小组成员。他打开前门时，她来到他身边，她的护具看起来像是在替她做套装的同一家店量身定制的。

"我很感谢你们提供的所有协助。但是你们必须待在指定位置，完全遵循攻略规定。我不允许你们以任何方式擅自行动。你们现在被委派为第二线辅助人员。"

"行啊，宝贝，我听你的。"席德以他最重的纽卡斯尔口音回答。

"很好。"她没好气地锐声回答，转身走向她的指挥车辆，一辆十人座的吉普哈萨汽车。

"哇，很威风啊。伊恩，你去钓过她没？"

"才没有！"伊恩立刻抗议，"我不干这种事，我跟塔鲁拉在一起后就没这样了。"

"现在怎么样？"伊娃调侃地问。

"很好啊。我们每天晚上都在一起，都在她家，不是我家。我不想让她被我们做的任何事波及。而且，我们还在讨论住在一起的事。你觉得会不会太快了？"

席德憋住笑声。他完全没想到有一天会跟伊恩有这样的对话，"你们准备好了就是准备好了，这种事没有固定的时间表。"

"不是的，老大，我很确定GE有一条这种规定。"阿布纳说，一群人在全气候车里坐下。

"十五个星期。"伊娃故作严肃地说。

"别理这些人。你做得很好。她是个很棒的女孩。"席德说。

"你只要好好对她。她吃了不少苦，又碰上那个混蛋未婚夫，还被拖入我们的案子里。"伊娃说。

"哎哟，你们也多少信任我一点好不好。"伊恩呻吟。

席德带着一脸笑意，要e-i把任务的战略协调网跟全气候车的自动驾驶系统联起来。他的网格中显示农场的航拍图。一辆六轮的福特特雷货车正从一群建筑物中开出去。

"目标A开始行动。"战略协调官宣布，"他们出发前在特雷车后面放了一个很大的箱子。昂布里特也在车上，还有四名敌人。"

"如果他们在陆地上释放D炸弹会有多严重？"伊恩突然问，"这炸弹很大吗？"

"炸弹有核聚变启动器。"阿布纳平静地说。

"这是好事，对吧？核聚变是干净的能源，对吧？"伊恩说。

"伊恩，他的意思是D炸弹的引发媒介是融合炸弹。"席德无奈地说。

伊恩紧张地一笑，"哎，我知道，只是说，这不会有辐射吧？"

"你要回指挥所吗？那在HDA基地的地下，已经是最安全的地方。"席德问。

"不是啦，我们大家要一起上。可是你的小孩呢？"

"他们去拉特兰看祖父母了。"星期天他一知道昂布里特的消息，就告诉雅辛塔出城。他没有违背保密规则，没有解释，他只是告诉她，她必须这么做，案情有发展，他不希望她和孩子遭遇危险。她午餐前就开上A1往南走。

"哦。"伊恩说。他瞥向伊娃。

"我的孩子在老家。现在是冰岛重要的文化节庆，他们不应该错过。"她说。

伊恩看向阿布纳。

阿布纳耸耸肩，"你们从泰恩河里拉出来的是个兄弟。我一定要知道。"

全气候车开始前进，跟一排从基地出发的车辆排成一列。席德隔着挡风玻璃往外看，勉强可以看到US-22映着渐黑的天空升空的轮廓。他的网格显示雪曼和博兹两人都快到临门区，吉迪和鲁拜也在朝同样方向前进，只是他们更远。

"应该的。如果要用D炸弹，选在通道很合理。"阿布纳说。

"为什么？"伊娃问，一群人穿出基地的主入口，"奥尔德雷德一辈子都在你的家族企业里工作。圣天秤星是他的命。你们所有人都非常努力让它成功。"

席德看着阿布纳脸上的皱眉加深，仿佛他刚有什么新发现。"只有一个例外。"阿布纳低声说，品着那个名字，仿佛尝到什么怪味。

"瑟贝迪亚。"席德立刻说。他记得埃尔斯顿给的档案。就算以诺思家族的标准来看，瑟贝迪亚都是个怪人。可是他那个晚上曾经在巴特拉姆的宅邸里。"你有兄弟认同他的目标吗？"

"没有。我们没有人认同。圣天秤星是我们的财富来源，我们之所以这么强大，就是因为它。"

"最虔诚的信众都是被说服入教的人，因为他们牺牲得最多。"伊娃说。

阿布纳摇头，"不是。"

席德看得出来阿布纳没说服他自己。他检查网格。"看起来没多远了。"他说。博兹的车已经减速，转入第十一大道北段，在临门区的东南角。

武装攻坚小组的车辆正在分开，转向侧路，战略协调网带领他们走不同的路进入临门区。

微飞行器显示博兹的车开入一大栋像是仓库的屋子。两分钟后，雪曼抵达同样位置。

"我们似乎找到地点了。"席德说。仓库的数据正在他的网格上不断出现，名单上的持有人是山高商店，提供适合热带气候的衣物和床具。席德的e-i调出建筑物蓝图，显示出占据一楼三分之一的大型特价商店、员工名单、公司账户、供货商。没有一样与涉案人有关。

他们的全气候车下了A167，顺着斜坡进入临门区，停在侯爵大道上一家卖风力发电组和能源重生电池的商店外。街道上几乎没有人，投影广告俗气的土耳其蓝与赤红色映在没洗过的车身上，商店橱窗仍然发亮，乐观地推销没人要买的商品。剩下的攻坚小组车辆也各自就位，停在离山高商店仓库不远的街道上。

吉迪和鲁拜到了以后也进入工厂。追踪福特特雷车的微飞行器显示车子正在A1上，绕过纽卡斯尔的西住宅区。拉尔夫和同一个监控小组的探员正隔着一英里的距离跟上，隐藏在繁忙的车流后。

"来了。"伊娃说。

负责盯梢奥尔德雷德的小组显示，他的黑色奔驰跑车从圣詹姆斯镇楼的车库开出。一群微飞行器起飞，在城市主要道路顺畅来往的车流中追踪跑车的踪迹。

虽然车上开着冷气，但席德仍然满身大汗。谁都没有说话，只是坐在全新的皮椅上，闭着眼睛，检视协调官送到瞳孔智元网格上的影像或数据。随着主要人物纷纷到达仓库，席德觉得脖子上的绳索被勒紧的人反而是他。车子里的空气似乎很稀薄，让人呼吸困难、心跳加速。他当了这么多年警察，参与过这么多次缉拿，这么多次破门逮人，甚至是追捕，都不像现在这样。他没有准备好，也不想要面对。自负把他带到这一步，笨到不让自己放下这个案子，乖乖地按照程序办事，接收每个月的薪水转账。这下可好了，看看现在弄成什么样，居然坐在一个核弹旁边。他想要活过接下来半个小时，就得靠攻坚小组所有人完美地按照指示，不忘记自己所受的训练，他们政府发放的配备也用起来完好无缺。

他转过头，看到伊娃和伊恩两个人跟自己一样，差一点就要陷入恐慌了。他勉强挤出一丝虚弱的微笑，他们回以同样的笑容。这是忧愁的，几乎亲密的心有灵犀。

阿布纳仍然坐在那里，全神贯注于网格上的信息，对于其他人承受的紧绷和担忧完全无感。席德摇摇头，不敢相信怎么会有人的情绪不受前面发生的事情影响。不过这就是诺思家族，专注得夸张。

"B目标靠近。"战略协调官说，"A目标位于抵达路径，预计抵达时间五分钟。"

席德看到奥尔德雷德的奔驰开入临门区，转上第十一大道北向。A目标，福特特雷货车离这里三分钟，平稳地开在A1上。

"目标B进入建筑物。"战略协调官平稳地说。

"检查武器。"席德冷静地下令。他带着一把九厘米的瓦特尔手枪，有可联机的传感器准星。瞄准图出现在他的网格中，蓝绿混合，是夜视传感器的效果。他检查枪膛，确定保险栓卡好，收入枪套。电击器充电完毕，弹匣里五份子弹。他全部都套进护具的魔术贴条套里。

其他在车子里的人也进行一样的制式检查。席德戴上耳塞，目的是阻隔麻痹声波。头盔完成保护。

"一切正常吗？"他问。正常。"目标A靠近。"战略协调官说，"进入红色状态。目标A进入建筑物后十五秒后发动攻击。"

席德启动仪表板上防撞击的通信器，这是一个小型的黑色塑料盒，前面一个简单的LCD屏幕。他叫e-i进入待命模式。他的网格消失，看到山高商店的卷帘门卷起。他需要没有任何阻挠的视野。福特特雷车离这里二十米远。

"目标A进入建筑物。听我的命令。"

席德开始倒数，嘴唇无声地念着数字。

"十秒。"战略协调官说，声音从防撞击的通信器中传出。席德告诉自己，林赛很清楚自己该做什么。他看过她和拉尔夫还有其他攻坚部门军官一起制订的攻击计划。他们甚至问他是否有任何建议。在读透计划两次、看过他们打算使用的配备之后，他只是摇摇头说："我觉得没问题。"

"五秒。"

席德戴上防毒面罩，深吸一口气。他的视界泛起强烈的碧绿色光泽，面罩的视野开口与瞳孔的智元联机，出现战略显示画面，符号出现，以便认出团队成员。

他来这里的主要原因就是这个计划。他对其他人的专业精神有信心。这点对他来说很讽刺，因为他对政府组织运作向来很不感冒。可是拉尔夫、埃尔斯顿，甚至是林赛的表现，都与他在市场街警局和市政府打交道的官僚不一样。

"展开攻击。"

拉尔夫确认有箱子被搬上福特特雷货车后，三架洛克西德F-7009飞机便从苏格兰的基地立刻起飞，一直在纽卡斯尔高空巡逻，开启匿踪屏蔽不让民用雷达侦测到。现在它们从两千米高空处往下俯冲，后推进器加到全速，推进到1.8马赫的速度，比声波还快。就算有传感器搜寻来袭者，也无法在飞机从上空展开攻击前注意到它们。

机首的焚烧脉冲大炮对准了山高商店的建筑物，不断发出超频电磁波攻击，目的是破坏任何使用中的电器，让所有通信链接超载，如果建筑物里的敌人接获警告，他们有可能会启动昂布里特教授制造的东西，引发自杀爆破。可是在特雷到达的十五秒内，林赛判定他们连货车门都还来不及打开，更不要提启动什么装置。焚烧脉冲应该能够解除操控设备的系统。

她当然不只是靠电子攻击去轰炸他们。飞机在离地一百米处停止俯冲后，便顺着贴地飞行航道发射三枚飞弹，这些飞弹经过预先设定，有智能导航，光靠着2.1马赫的速度就保证飞弹一定可以穿透建筑物的外墙，其中一枚飞弹是智慧破墙弹，会直接把卷帘门轰飞，炸成致命的碎片；另外两枚智慧飞弹在地面高度炸出大洞，剩下的六枚飞弹射中建筑物，施放弹药胶囊，弹道路径经过全面设计，可以覆盖每一平方厘米，里面绝对没有人能躲过。

胶囊释放的是麻痹波，足以烧焦皮肤的放射波，还有闪光弹，闪动的频率经过计算可以造成神经超载。浓密的白绿色浓烟涌现，刺痛裸露的皮肉，让任何吸入者都会开始无法控制地咳嗽，另一波的焚烧脉冲则攻击撑过第一波攻击的电器。

建筑物的每扇窗户都因为震波攻击的压力而爆炸，在周围平射出玻璃碎片。附近的街灯变成滴滴的阳光，全都是因为焚烧脉冲射线的攻击碎成无数玻璃碎片的瀑布，在街道上弹跳。投影广告发射出最后炫目的光彩，灭入死寂。

在同步飞弹攻击的五秒后，三架US-22飞机从满是星星的天空落下，停在被智能炸弹轰出的大洞前。攻坚部队以蜘蛛般的快速动作从绳索滑下，冲入满是翻腾绿雾的阴暗洞口，里面不时闪过诡异的亮光。

在宛如地狱的室内，放大后的声音响起："不准动！"

"不准联机。不准说话。"

"你！把那放下。"

"不准动！最后警告。"

猛烈的枪声响彻空中，一开始只是零星的手枪声响，接下来就是自动来复枪的快速连射。蓝白色的光芒在建筑物中闪烁。

在第一拨士兵冲入的十秒后，大型越野车开始抵达，快速刹车，遵循战略协调官的指示包围建筑物。车门推开，探员们一一跳下，双手握着粗短的卡宾枪，跑到爆炸口旁边。八名技术人员冲向福特特雷，拖着沉重的箱子，准备应付昂布里特制造的任何机器。

萨拉·林赛探员坐在车辆前座，看着她的人马行动，通过网格监督室内的进度，同时指挥战略协调官。士兵们立刻遭遇了一个麻烦：内部的结构与蓝图完全不同。货仓的主人在原本空旷的储藏空间里建造密密麻麻的小隔间，借给几十家公司，卖商品给走投无路的难民。

"天杀的。"她懊恼地低语，看着US-22的雷达试图穿透机器人临时搭建出的合成墙，每面墙的形状为了迎合商家临时的需求都奇形怪状。士兵两两一组穿过低矮的走廊迷宫，爬上单薄的梯子。最高的地方看起来至少搭出了八层楼，而墙壁阻挠了弹药胶囊的发射。封锁建筑物的速度没有她预算的那么彻底迅速。

"装置取得。"技术队队长胜利地宣告，"我们正在拆解，确认有正物质存在。三分钟后拆卸完毕。"

一辆巨大的HDA十轮核爆应变卡车开过前院，穿过被破坏的卷帘门，靠蛮力硬挤入开口。一条条被刮下的金属丝被硬推到旁边，发出刺耳的声响。

席德·赫斯特的全气候车冲向最前面的柏油地，四名警察快速下车。这时建筑物内某处发出一波枪击。萨拉·林赛的网格显示枪战在内部深处，新搭起的一楼，士兵们辨认敌人是鲁拜。状态变成死亡。

两名探员在一片绿雾间把一具尸体拖出。拉尔夫·史蒂文斯走过去，检视死者的脸。

"该死的，那是昂布里特。"

"他们把他打死了。"林赛说。

"混蛋。"

"所有人听着。我们的两个主要目标人物仍然在逃，马库斯·雪曼和奥尔德雷德·诺思。我们现在有了建筑信息，开始一个个房间清空这个鬼迷宫。"

对山高商店展开的空中攻击以及对临门区网络造成的损害，正好是让克莱顿与伊恩还有自己的成员们重新联络的好机会。就连HDA的AI都没办法立刻分辨这些损坏的公众通信巢间时有时无的联机从何而来。

"我们跟你一起出了基地。"伊凡说，全气候车正往前冲，前方F-7009机队飞过临门区的天际线。几秒后，越野车的悬吊系统一阵晃动，音波炸弹掠过街道，吓坏了猫咪，炸碎了窗户。在飞机和飞弹的攻击下，这一区里几乎每个警报器都在求救。"史蒂文斯和林赛安排的行动还真盛大。"

"应该的。"克莱顿告诉他们，"奥尔德雷德在这里。我们必须把他从HDA那边带走。叫光波船停在城市一米上方的位置。需要时，我们会立刻用到。"

"是的，长官。"

"你们自己也要进入全面攻击模式。尽量朝我靠拢，但千万要小心士兵。我会再联络。"

全气候车停在山高商店前面。车辆散在周围。一架US-22威胁地定在天空，纤细的武器口指着破碎的黑暗窗户墙。

席德带领他们跑向被核爆应变卡车用蛮力硬撞出的破烂卷帘门。克莱顿很想弄到昂布里特被逼制造出来的东西，但这是不可能的事。他告诉自己要专心对付奥尔德雷德，那个人才是一切的关键。

席德带领他们靠近门口时，绿烟开始缠绕他的脚踝。

"我们在干吗？"伊恩问。

"支持任务啊。跟标签上写的一样。"席德回答。

穿过门，技术人员把箱子从特雷货车上扛下，放在一个推车上，推向货车旁。拉尔夫·史蒂文斯正盯着他们。

"看样子我们赢了。"席德告诉他。

探员转身面对他们，脸孔被毒气面罩盖住，细细的视线开口没有泄漏半分。

"我们还是要逮到奥尔德雷德。他在这个鬼迷宫里的某处。"拉尔夫说。

克莱顿研究起特雷货车后面被砸烂的墙壁，被撕碎的合成墙显示有狭窄的走廊通向更深的地方，直到一片漆黑的内部。被暴力撕开的裂缝显示里面有许多未知的房间。如果到处都是这么狭窄的结构，那他们就有麻烦了。光要查遍所有地方就得花上好几个小时，这应该正是奥尔德雷德的企图。

"对了，我有个想法……有人看到奥尔德雷德穿了哪种鞋子吗？"伊恩说。

毒气面罩藏住克莱顿欣赏的微笑。即使是现在，他仍然没学会不要低估警察。

"值得一试。"席德承认。

"好主意，伊恩。"拉尔夫说。

"我觉得应该由我们来负责。"克莱顿立刻说，"这是我们应得的吧。整件事都是我们替你查出来的。"

一阵迟疑。"先看看有没有回应。"拉尔夫说。

花了一分钟后，设备架好，伊恩和伊娃与包围建筑物的所有车辆联机，改变它们的罩网去寻找特定的信号。

"准备好了，老大。"伊恩终于回报。

席德发出密码，让他们不到三个星期前，在牙买加蓝调咖啡馆粘上奥尔德雷德鞋子的微型智慧监测器开始下载数据。

"中了！"伊娃和伊恩同时大喊。脉冲维持不到一秒，但罩网的覆盖非常全面，他们的网格中出现一个坐标，停在山高商店建筑物粗糙的蓝图上方。他们一起仰起头，看着离地五米高、泛着绿色的天花板。

"在八楼。"伊恩说。

"六楼有军队。我们到达之后可以找援手。"伊娃说。

拉尔夫拔出一把看起来很凶狠的自动手枪，检查枪膛。"走。"

建筑物里已经没有电力。就连他们偶尔经过，可以使用电池的紧急照明都完全熄灭，而且三楼以上连紧急照明都没装。三座电梯穿越所有楼层，可以上下运输货物和原料，但是在焚烧脉冲后全部失效，所以他们只能使用连接所有楼层的楼梯和梯子，往黑暗深处向上爬。

几十年前，当他还住在地球上时，克莱顿在花园里找到过一个马蜂窝。它邪恶的美让他大受震撼，完全无法理解一个这么讨厌的生物，怎么会制造出如此优雅复杂的结构。如今他正爬在人类建造的马蜂窝里。楼梯或梯子没有遵循一条主要的天井，而是被狭长盘旋的走廊分开，或是如他们在五楼看见的那样，被一堆缩在角落的古老布料印刷机挡住。六楼和七楼之间的梯子上还有水或某种液体一直往下滴，然后他们终于到达八楼。他们头上距离还不到半米的太阳能天花板让完全不流通的空气变得闷热，克莱顿一爬到梯子顶端，便感觉所有毛孔都渗出汗水，湿透了T恤与长裤。防毒面罩视野缝隙的夜视功能让蜿蜒的走廊泛起诡异的淡蓝色光芒，仿佛他在水底。红外线也闯入镜内，粉红色的影子让轮廓更清晰。

仍然在外面空中的US-22传来的雷达画面包含了八楼的布局。这一层楼是简单的六角形房间，如迷宫般的走廊让房间分隔开来。

伊恩带领他们在前面，前往他们侦测到监测器下载脉冲的地方。他走得很慢，举着手枪，随时准备瞄准开枪，走每一步前都仔细检查地板。

程序做得很对，克莱顿承认。他们来到门前时，完全没有发出声音。

"准备。如果他在这里，我需要船舰帮我撤退。"他告诉伊凡。

"是的，长官。"

克莱顿开始启动他从木星带来的全分子武装。

席德以为坐在奔驰全气候车里等着攻坚行动开始已经很难熬了，但那跟偷偷摸摸地在破烂的山高商店里面，潜行在弯弯绕绕的狭窄阴暗肠子之中追拿一个鬼魅相比，根本算不了什么。

如今他们离猎物可能躲藏的门口只不到十米远。他把手枪握得更紧，抱怨防毒面罩的滤净器让他没法好好地深吸一口气到肺里。伊恩在他前面几米，因为影像覆盖，所以是一片碧绿和紫色的轮廓。他非常小心地朝门口一步步前进。门有一丝缝隙，里面仍然没有任何声音或动静。在最后面的伊娃不断检查后方，确保奥尔德雷德没有从后面溜上来。现在就是这种状况。

"长官，我们侦测到你的位置有未经许可的信息发送。"林赛在密保串联中说。

"是奥尔德雷德。"拉尔夫说。

"不对，长官，就在你旁边。高度编码保密。"

席德全身一抽，自动检查起天花板，心跳往血管灌注好几升的肾上腺素。当他再度往前看时，拉尔夫正无声地比着墙壁。席德点头，奥尔德雷德在另一边，也许一米外。

"建议等一等，长官。我没办法判定那里是什么情况。士兵正在路上。"林赛说。

伊恩来到门口，他举起手。其他人堆到他后面，举好武器。席德全身一绷，双脚踩稳地面。

"冲！"拉尔夫大喊。

伊恩的肩膀用力撞上合成门板，使劲把门推开。明亮的头盔灯亮起，大光束把房间照出狂乱的棱角。影子跃起，随着他冲入的动作快速晃动。"他妈的不准动！"伊恩大喊。

这是他最后的遗言。

怪物正等着他们，就站在门前。正像席德1月时在HDA保密档案看的画面一样：人形大小，皮肤像是风干的皮革，黝黑且满是皱纹，手臂如狼牙棒般凶残地晃动，五根致命的手刃划破伊恩的喉咙，就在头盔下，护具上，切断皮肤、肌肉、筋、血管、动脉、气管——只有脊椎没有被完全割断。

伊恩的双臂大张，诡异得像是戏剧表演一般，整个身体往后垮下，尸体撞上他正后方的伊娃，把她撞倒在旁边。五爪刃划破她原本所在位置的空气。

席德往前冲的力道强到他根本刹不住，即便是完全震惊于眼前不可能的景象，直觉叫嚣着要他自保，但在他冲入房间、最重要的头几秒钟，他的腿完全不受控制，只能一直往前，动力让他无可逆转地冲向怪物。伊娃在他身边摔倒在地，惊恐地大叫。伊恩喉咙的动脉喷射出鲜血，溅湿了天花板后喷上墙壁与地面，尸体一路往下倒，与仍然在惨叫的伊娃纠缠。

终于席德勉强微微扭转身子，避免直接撞上，他的手枪转了个方向，趁他与怪物打照面时开了两枪。完全没有射中。怪物以完美的时机转身，手肘撞上席德身侧。撞击的力道之大，让他感觉护具下的肋骨当即折断。他失去重心，混乱地翻转，压着手臂摔倒。碳纤地板与他的胸口直接撞击，把他肺里的空气一下子全部挤空。

拉尔夫停下冲势，举起手枪，枪口离怪物的胸口只有几厘米远，开了三枪，子弹却立刻反弹。席德甚至听到子弹穿透合成墙板的声音。拉尔夫全身一僵，他跟席德一样，完全不敢相信自己眼前的景象。他举起手枪，准备要往头怪物部射击。

怪物的手臂再次以快到令人看不清的速度横甩，这一甩让拉尔夫失去了手枪和大部分的手。他往后倒，又痛又惊地大吼，缺少手指的手掌鲜血狂喷。

席德趁此机会再次举起手枪。他一边手臂软晃，在全身痛楚与不断晃动的视线中，仍然想要瞄准。他知道完全没有用，知道这是他人生中最后的一刻。他朝怪物狂暴地怒吼反抗，怪物快速朝他走上一步。

阿布纳跳入两人间的空隙。怪物向前一扑，指刃向前，瞄准诺思族人的心脏，手臂以超越人类的力量往前伸直。

席德根本看不清楚到底发生了什么事，防毒面罩的夜视与红外线影像被每个人刺目的头灯弄得严重超载，只能显示出阿布纳的轮廓居然开始颤抖，仿佛席德正隔着一片热空气在看他。接着，阿布纳全身出现某种黑色、光滑、连体式的护甲，他之前穿的衣服消失得无影无踪。

奇怪至极的哐啷声响彻狭小的空间。怪物的指刃往后弹，让它蹒跚地后退。

"大、惊、喜。"阿布纳怪腔怪调、兴致高涨地挑衅。

怪物以不可思议的速度转身，完美地旋转，伸出手臂，指刃疯狂地砍向阿布纳的手臂。

这一次的哐啷声有如教堂钟声般响亮，回荡在整个房间。怪物被反作用力震退几步。

"轮到我了。"阿布纳平静地宣告。他从腰上扯下一个非常圆扁的手枪，瞄准开枪。

空气中充满细密的甩动声，然后怪物开始挣扎于一团网子里，无论它怎么慌乱地抓扯扭动，网子都不断配合地一缩一放，仿佛是活物一般。几秒后，它便倒在地上，完全被波动的绳索包裹。

"他妈的，这是什么？"席德勉强胡乱挤出一句，压下歇斯底里的惨叫。

"我需要撤退。马上！"阿布纳大喊。

伊娃倒在原处，无法控制地啜泣，一面虚弱地拍打着压在她身上的沉重尸体。拉尔夫不断扭动，握着他受重伤的手，止不住喷洒的血。

"阿布纳？这是——"席德恳求地问。

"抱歉，老大。我其实叫克莱顿。阿布纳去度个小假了，他没事，别担心。"

席德瞠目结舌地看着C支诺思家族。即使现在，身处于宛如屠宰场的惨状，以及脑子里不断涌现令他如坠冰窖的恐惧，他仍然对此时披露的征象有那么一丝的兴趣。"原来整件事是木星搞的。"

天花板发出吱嘎声，诡异的波动让太阳能板与支架不断弯折，一个隐形的力量让板子与支架同时断裂，刺目的白光照在不断裂开的缺口，但是板子的碎片居然无视于地心引力，正往上翻滚。席德缓缓地推起防毒面罩，一手遮在额头，挡住强光。纯粹的夜空气息涌入被摧毁的房间。就连怪物都停止挣扎，只是抬着头，盯着降临的命运。

在光柱后，一个巨大的物体正平缓地降落在支撑不住的大楼屋顶。席德忍不住开始狂笑。宇宙飞船。他看着一艘货真价实的宇宙飞船从满是星光的夜空落下。一根有三十一米高的光滑深灰色金属圆柱体，船身周围有五个宽圈半往外扩张，像是变形的机翼。没有声音，没有喷射火箭的怒吼，没有隐藏风扇的气流声。席德知道它的运行理论绝对不是他所能明白的任何知识，但它仍然神奇无比，神奇到他几乎开口请求，带我一起走。

"不是，席德。"克莱顿突然无比严肃，"不是木星。这从来都不是诺思家族的内讧。我们不知道这是什么东西，或是从哪里来的，但我们会查出来。"

怪物被拉起，在空中不断打转，升向席德看到在机身侧面打开的入口。

拉尔夫发出一阵模糊的嘶吼，痛楚与愤怒最后变成可悲的一声喊叫。克莱顿弯腰俯向他，在他的断指上喷了某种东西。

"保重，席德。能够加入你的团队是我的荣幸。"克莱顿说。他也同样飘起，消失在亮光中。落入凡间的天使，被同胞带回天上了。

然后灯光消失，宇宙飞船的轮廓在纤细灵动的星光间乍现片刻，然后变得模糊，向上飞梭。席德疯狂地为它欢呼。接着，轰炸声在他身边响起，只有数百吨的物体撕裂大气层时才能引发这等雷声。之后只有US-22一团混乱地追在后面的嗡嗡声，还有全副武装的攻坚小组成员从门口闯入，激光瞄准光点不断狂乱扫射，在一片血腥和破坏中，寻找他们可以理解的事物。

HDA行动医院是一架五十吨重、二十轮长的货车，有五个诊疗间、两个紧急手术间，就停在山高商店外面，治疗间往两边伸展，稳稳地站在长脚架上，准备救治攻坚行动中的伤员。

他们把席德扛上担架，他觉得实在有点丢脸，但那时他的身体终于撑不住，失去语言能力，也无法判定自己的皮肤是冷是热，只能看到黑色的光滑刀刃不断挥砍，而伊恩的头往后倒，血柱喷入头盔灯的光柱里。他的朋友，他的伙伴，死了。被外星怪物杀死，那怪物长久以来一直威胁着纽卡斯尔。

穿着绿袍，戴着白面罩，既认真又有效率的年轻医疗人员围成一团，很迫切地等待着患者。他们取下他的护具，割开胸口的衣服，他不需要进手术室，因为他裂开的肋骨与瘀青不够严重，医生直接在诊间为他处理，通过极小的开口伸入某种发亮的软管，用新肉贴包裹住断裂的肋骨。

生理上他没事。他们往他身上灌了不少药。"会有帮助的。"医生安抚地说。

谎言。药只是让他没那么敏感，身体反应平静下来，脸上也出现白痴的开心表情，但完全无法带走他内心的痛苦，阻止不了伊恩惨死的回忆。他停留在时光的轮回中，从冲入六角形房间开始，五个人意气风发地感觉到猎捕行动终于可以收尾，他们嗅到胜利的气味，这不只是结案的满足感，更有愤怒的催促，愤怒坏人居然是奥尔德雷德，愤怒他骗取了他们的信任，愤怒他们被欺瞒，对他敞开心怀。

只是其实不是五人。只有四人。阿布纳不是阿布纳，不是席德认识也颇为尊敬的警探。克莱顿，不管他是谁，跟奥尔德雷德一样潜入他们的生活。

克莱顿在说谎。一直是诺思家族的内斗。向来如此。正如同席德一开始所怀疑的，只是他永远不会知道为什么，永远不会有人告诉他到底是怎么一回事。

"你感觉如何？"一名护士问。

席德专注于上方对他微笑的年轻面孔。她除下面罩后是如此美丽。他暗自心想，不知道雅辛塔的病人是不是也会爱上她。

"我的朋友死了。"他说。

"我知道。我很遗憾，但你其他的朋友都没事。"

"我想见他们。"

"可以，但是只能见一下。"

"我知道。我太太也是护士，你知道吧。"

"那很好。"她说，"你能走吗？我可以帮你推轮椅。"

"我可以。"

伊娃在隔壁的诊疗间。她穿去山高商店的顶楼，被鲜血浸透的衣服已被脱下，头发被洗过。护士告诉席德，帮她全身清洗干净是很重要的步骤，因为鲜血是很强烈的心理问题的诱因。如今她坐在担架上，全身裹了两条棉被，眼神放空，她北欧人的浅色肌肤白到雀斑都褪了色。

席德在她身边坐下。"结束了。"他说。

"他死了，席德。死了。"

"我知道。"

"它从哪里来的？"

"我不知道。可是我们找到机器了。"

"昂布里特也死了。"

"对，博兹、鲁拜也是。"

眼泪开始顺着她的脸颊流下，"我得离开。我不能再当警察了。我不能再这么下去。"

"我懂。"他坐在她身边，搂着她的肩膀。没有什么好说的。伊娃靠着他，感激肢体的接触和他的理解。

他们就这样待了很久之后，席德才说："我去看看拉尔夫。"

萨拉·林赛已经在手术间和拉尔夫在一起，站在床边，她的护具拉开到胸前，手里捧着头盔。席德看着拉尔夫的手被包裹在一团半透明的灰绿色凝胶里，几根电线与管子正连着一堆器材。

"看到你真高兴，席德。"拉尔夫的兴奋声音显得异常响亮、开心。

"你好啊，怎么样了？"

"不错，但是他们给了我好多药啊。"

"你的手，真遗憾。"

"没事。"拉尔夫满脸笑容，"他们修得好。"

席德挑起眉毛。

"我们从现场取回所有的手指。他过一阵子就会被送回基地医院，有一组断肢复原外科小组正在从法国飞来的路上。他们一到就会动手术，运气好的话，他不会需要使用任何有机义肢。"萨拉·林赛说。

"太好了。所以昂布里特到底做了什么？"

"保密。"

"他做了什么？"席德以平静、更有权威的声音又问了一次。

"某种改变过的D炸弹。"拉尔夫轻快地说，"根据技术小组目前的发现，它会破坏通道里的量子力场，这样大概要等一个世纪才能再打开通往天狼星的通道，因为得等量子力场稳定下来。”

“所以他们原本打算要在通道里引爆？”

“吉迪告密了。”萨拉·林赛说，“算他聪明，因为除雪曼以外的人都死了。计划原本是奥尔德雷德会把他们弄到通道里，毕竟谁会质疑诺森伯兰星际企业的安全部负责人？他告诉他们他会自己开过去，炸弹放在车厢里。”

“所以就算他能活着通过，他也会被困在另外一边一百年？”席德沉吟，“这是假设如果有人还愿意打开与那里链接的通道。这不太合理。”

“反正都不合理。”拉尔夫说。

“奥尔德雷德呢？士兵找到他了没？”

萨拉·林赛愤怒地说：“没有。他们没找到。我们彻底搜过建筑物，找来更多探员，里面喷的智慧粉尘多到已经变成一个巨大的罩网，我们可以同时扫描每一区。但他的人不在。我们目前的推论是他利用宇宙飞船抵达时的混乱逃出警戒线。一定有人帮助他，某个我们不知道的接应小组。我们已经发出缉拿他的警报，他跑不远的。”

“哈！他是诺思家族的，看起来跟别的诺思没什么不同。我连克莱顿取代阿布纳都分不出来，我还跟他一起工作了好几年呢。”席德闷哼一声。

“我会尽全力。”林赛说。

“这案子交到我手上时，我也是这么说的，结果看看我弄成什么样。”席德说，“我甚至不信有外星人的存在。可是它果然还是存在的，从1月起就躲在山高商店里。奥尔德雷德一定知道，替怪物掩护的就是他，安排弃尸的人也是他，那些诺思族人跟怪物一定有某种协议。”

她耸耸肩，“看样子是。”

“我们需要检查山高商店是否曾经从圣天秤星进口任何东西。妈的，我们1月时的方向是对的，追查所有来自圣天秤星通过通道的货柜。当时我们为什么没发现？”

“谁管他？你可是给自己争到个了不起的功劳了，你逮到一个外星怪物，席德。人类史上没人办到过，你出名了。"拉尔夫说。

"逮到外星怪物的不是我，是克莱顿。你准备跟我说那艘宇宙飞船的事吗？我甚至不知道有那种东西存在。"

"我们也不知道。"萨拉·林赛干脆地说，"我相信沙克将军会质问木星一些非常尖锐的问题。"

"我们还是不知道到底是怎么一回事。"席德说。

"我们现在知道目标了：关闭圣天秤星通道。"拉尔夫说。

"是的，但为什么？唯一可能受益的人就是瑟贝迪亚·诺思。"

"也许他的兄弟们给予的帮助远比他们表现出来的多。"萨拉·林赛说。

"也许吧。"席德说。药剂的效用一定开始退了，他现在累到根本不想管。"我要回家了。你能帮我和伊娃安排车子吗？"

"当然。"

"明天见。"席德告诉拉尔夫，"等你手术结束之后，我会去看你。"

"谢了，席德。伊恩的事我很遗憾。"

"我知道。"席德勉强挤出一丝难看的笑容，溜出手术间。

克洛艾·希利站在外面狭窄的走廊上。虽然已经过了十一点，她的装扮仍然一如往常地一丝不苟。她提着一个长长的塑料保护袋，就是席德的干洗服务送西装回来的那种包装。

"你给我滚，宝贝。"他有点想知道她是怎么经过封锁线的，但那也是她厉害的地方。

"欧鲁克派我来的。"她说。

"叫他滚。"

"他说你会这么说。"

"他告诉过你要怎么回答吗？"

"没有。我自己会回答。"

"我不要听。伊恩死了，你知道吧？"

"我知道。所有跨星球上的新闻网站都在报道这个消息，不论是有照无照的。席德，他们有宇宙飞船飘在临门区上方的图片。他们都在说如今有引爆融合炸弹的阴谋。"

"是D炸弹。宝贝，真的，你现在别来烦我。"

"这是我的答案。我有哪次背叛过我正在代表的人？"

席德的肩膀垮下来。他真的没办法再处理这种事，尤其是经过了这么多以后。"我以为你有外聘单位的工作？"

"我有。北方都会服务公司。所以我被指派给你。"

"不，谢了，宝贝。回家，我也要回家。"

"这个新闻不会消失掉。它太大了，是这十年来最大的新闻。诺思家族想要轰掉纽卡斯尔啊！"

"他们没有。"

"那你要去告诉外面的人。他们会听你信你的，席德。外面有五百名记者贴着HDA包围这里的封锁线。这个事件只会一直膨胀。这是你的机会，席德，你的契机。"

"干吗？"他怒叱。

"让自己成名。成为下一任警察局长。"

"你在开玩笑。"

"并没有，其他人也没有，所以我在这里。我们对你有信心。这正是你让自己在公众观感中树立地位的契机。这难道不是你应得的吗？你吃的苦还不够多，还没被人践踏够？"

"主要都是欧鲁克，还有你。"

"那么该是你赚回一笔的时候了。"

"真的吗？"根本是胡说八道，他很清楚，但有一个执着的小念头不断地在骚扰他的信念。他已经彻底断绝跟诺森伯兰星际企业的关系，伊恩刚刚因为彻底追查这个案子而送了命。没有人停下来说：干得好，谢谢你。有一小部分的他不断思考这点，就像那个一直让他不断查案、不断往他不该去的地方查线索的念头。"我看不出来有什么办法。"

"首先，欧鲁克甚至不知道你还参与过。是没有记录的吗？"

"对。我们听说有帮派参与的传言，我决定要继续查下去。"

"很好，这意味着马利根不能沾任何功劳，因为他甚至不知道发生了什么事。这是你的决定，你的成功，你拯救城市免于D炸弹爆炸。"

"我不知道……"

"你的人在这里。你在前线受了伤，你是个英雄，席德。马利根只是个肥屁股的办公桌虫。你是个普通的警察，却走上前线去保护人民，甚至不惜冒生命危险。我们需要你。谁会是更好的警察局长，谁会有更多支持，谁会让人民觉得更安全？"

"我没有可以成功的政治关系。"

"你有基础，而今天晚上我们可以趁机往上叠加，绝对可以垫得高高的。我可以帮你。你要鄙弃我讨厌我都行，但这就是我的能力，而且我非常厉害。我了解媒体，我知道要跟谁说话，要从什么角度。你必须控制媒体，席德，否则它会带着你一起失控。控制跨网，裁定消息发放程序，不要被网站利用了。"

"要怎么做？"

"我们可以从记者会开始。我看过你开记者会，你很不错。今天晚上发生的事情我们绝对占尽独家资源。市长什么都不知道，市场街警局也一样。HDA什么鬼都不说。你现在就可以成为城市英雄代表，你可以让所有人民理解这一切，让他们再次觉得安全。席德，民众都很担心，他们知道有宇宙飞船的事，但他们不知道该怎么看这事。外面传着上百个流言，每秒钟都有更严重的流言诞生，现在大家都只听信流言，因为没有人了解真相。你要帮助纠正他们。"

他缓缓地点头，一个个选项在他脑海里渐渐清晰浮现。这里的确有大好机会。不这么想的人是蠢蛋，一个不了解这世道的人。"我需要有人为我提供建议。"

克洛艾·希利敏锐地微笑。她举起手中的保护塑料袋，里面显然装了全世界。"首先，我们得先让你打扮一下，我绝对不会让你面对所有人时只穿着一件罩袍，绕到后面就可以看见你的内裤。"

席德接过她手中的袋子。不需要问里面装什么，她一定挑了这个场合最适合的完美衣装。"那我最好去换衣服了，宝贝。"

2143 年 5 月 3 日，星期五

库朗·沙克将军，人类保卫联盟最高指挥官，走入爱丽斯泉下方的跨星际战情中心，身边有维梅齐亚少校与芬第斯少校陪伴。太阳系小组的军官看到他向他们走来，立刻行礼。他在控制台的指挥坐下。从来没有人看过他这么生气的样子。

"准备好了吗？"他问。

"是的，长官。"托伊上尉回答，"开普敦正在准备中。"

"好，开启战用通道，上尉。"

托伊上尉转向她的全像控制台，让纤薄的屏幕包围上她的脸庞。"启动。"她告诉开普敦基地指挥官。

沙克将军看着前面的大屏幕墙，上面显示最靠近木星的五颗 HDA 卫星所能搜集到的所有信息，但是根本不能让他满意。负责绕行太阳系的深宇宙卫星警报系统的设计呆子和预算大王们，不觉得高分辨率光学传感器是当务之急。这些科技侦测器的主要目的是侦察任何量子力场的波动，这是沾斯动静的先兆。太阳系小组从五颗卫星中取得的影像显示北方星群只是一小团模糊的画面，像是暗银色的星云，除了主要居住所群集外，很难看出其他位置有什么。即使如此，他仍然对于星群的大小很讶异。

"星群里现在有多少……单位了？"他问。

"超过一百，长官。"托伊回答，"还有一些大块的小行星岩。我们目前辨认出了金属和碳质球粒种类，还有一座颇大的冰山，应该是用以提供所有种类的金属和矿物原料。他们没闲着。"

"确实是。"将军看着数据在屏幕上不断出现，显示开普敦战用通道正在启动。跨太空联结正在向外延伸，要将地球与木星之间四十分钟光年的距离压缩到零。要求这个伟大的机器对这么短的距离进行连接几乎是种侮辱——它被设计用来通向各个星系，帮助人类打败宇宙中最可怕的敌人。可是现在他却想要用它来跟一个固执孤僻的家伙进行一场愤怒的对话。

几区数据变成红色。托伊上尉的背一僵，开始跟控制通道的开普敦技师们进行快速的对话。数据变回琥珀色，又变回红色。

"上尉？"将军沉声问。

她转身面对他，额头上出现一线汗水，"长官，我们无法打开靠近木星的通道。对方那端不知道用什么方法在阻挡联结。"

"知道是什么吗？"

"通道技术人员认为是某种等同于我们的地球护盾量子扭转站的技术。"

沙克将军冷冷地看芬第斯一眼，"康斯坦丁是怎么弄到这个技术的？"

"我认为是商业间谍。"少校回答。

"我不同意。这个技术可能是木星自行开发出来，如同无反应宇宙飞船引擎，或是从高等智慧种族那里取得的。"维梅齐亚说。

"是圣天秤星的吗？"

维梅齐亚耸耸肩，"这是合理解释。"

"上尉，通道最近可以开到离木星多近的地方？"沙克说。

"我们认为是七百万公里，长官。"

"那就这样——"他突然震惊地打住，因为他的e-i传来一级警告。两面太阳系的屏幕墙正在改变，换成紧急状况列表。地球的高环球感应卫星群察觉到太平洋五万公里上方，宇宙时空正出现变化。

"不是裂缝。重复，不是沾斯裂缝。"托伊上尉响亮地宣布。

"那是什么？"沙克质问。

"长官，是跨太空联机，非常稳定，几乎没有任何起始噪声，直径大概一米。"

"什么？"

"我想是高山来救穆罕默德·安瓦了。"维梅齐亚轻声说。

"长官。"托伊上尉转身看将军，满脸诧异，"它发出通信链接，跟我们的战略通信卫星小组联机，利用木星的外交加密程序发来通话请求。"

"用我的解码密钥，把通话转到这里来。"沙克告诉他的e-i。

所有人看着康斯坦丁·诺思年轻的脸出现在沙克将军面前的屏幕上。

"将军。"

"诺思先生。"

"你想找我？"

"没错。你们那里似乎发展出了非常惊人的技术。"

"谢谢。你也是。我对地球护盾也相当欣赏。"

"我说的是你们的宇宙飞船引擎。"

"当然。"

"你的人从纽卡斯尔带走某种东西。"

"我的儿子抓了一只外星人，很有可能是杀死我兄弟和侄子的外星人。"

"现在不是因私废公的时候，康斯坦丁。这是我们第一次碰见的智慧外星生物。我们需要与它进行对话，不是进行报复。我们不能再有一个宇宙敌人。"

"将军，很遗憾你会如此看待我。死者已逝，无论如何他们都没有办法复活。我唯一的目的是要保护生者，所有的生者，无论他们在哪里，无论他们是谁。"

"我也是。人类保卫联盟存在的目的就是要守护我们的种族。"

"将军，请明白我无意与你为敌。我只是认为我的定位更适合处理这个事件。引起它注意的是诺思家族，它想要的是我们。"

"你无权独自处理这件事。我们需要知道我们面对的情况是什么。"

"我无意独占这次接触产生的信息。"

"很好。我能派遣一个小组去木星确认接触的情况吗？"

"很可惜，不行。"

"为什么不行？"

"HDA 得不到我的全心信任。"

"这是对我们的侮辱。我的人随时准备牺牲一切以保护人类，无论他们在哪里。假使有一天木星有需要，他们亦在所不惜。"

"将军，你的话我无法赞同。你们知道外星人是真的。你们二十年前就知道，却刻意把这个信息封锁起来。我看过可怜的安杰拉·特拉梅洛遭受的暴力审讯影音记录，我知道你们从她的记忆中取出了什么。可是你们仍然把它锁在数据库最深处，方便你们忘记这件事。你无权教训我什么是责任感。"

"一个心智受创的女孩意识中的影像，不能作为实际的证据。那可能是她忘不掉的全像剧剧情，一个噩梦，一个臆想。我们并不能确认。正式公开宣称有怪物存在只会造成恐慌。我们要保护的不只是实体存在。文明需要秩序才能继续运作。我们同样需要维持秩序。"

"确实。你需要满足你们政治上发饷的老板，还有他们对于保持现状的永恒追求。而我不用。我会找出这个生物到底是什么，它从何而来。我也会找出它的意图。有了这个信息后，我会把这个信息免费提供给所有人。无论有没有你们的批准或许可。我相信我们正进入一个即将发生剧变的时代，无论是物质还是精神上。我希望你能适应，将军，我真的希望如此，因为我看得出来你内心其实是个很有荣誉感的人，像你这样的人在这个时代已经非常难得。"

"康斯坦丁——"

"我们有消息时会跟你联络。这是我对你的承诺。"

联结终止。在大屏幕上，感应卫星正在回报跨太空联机已关闭。

"现在该怎么做？"托伊上尉问。

"等待。"将军说，"或许还要加上祈祷。"

康斯坦丁独自搭乘运输舱到了三号环轮。这个不停旋转的环轮在居住所群末端，就在原始的暂居环轮旁边，中间隔着许多交错的长轴，每根都有三百米长。康斯坦丁不希望与外星人的接触发生时会让居民陷入危险，以防万一，长轴甚至可以爆炸脱离卡锁。

三号环轮是八年前制造完成，原材料是木星发展出的超坚硬钛碳合金，从此之后，它的外壳维持不变，但内部的系统则不断改造，确保随时以最新的技术等待这一刻。

康斯坦丁走到接待大厅中央的监控中心，一个简单的圆形房间，中间有一张简单的黑皮革办公椅。他不需要其他人类倚重的控制面板、屏幕和全像环境，因为他的大脑已经完成重新建构，内建许多联机与可视化程序。他坐在五十五年前从地球一路带来的老椅子上，等着。在大分子墙对面，直径十米的接待厅半球形主室，墙壁和地板的表面目前设定为柔软，像是一层海绵，唯一坚硬的物品是简易床、洗脸台、厕所。天花板上的一个环散发着蓝白色的光，与天狼星在正常情况下的光谱一样。

环绕星群的卫星将感官不断喂入康斯坦丁的大脑，让他看到光波船抵达，在三号环轮的尖轴停泊港停下。

康斯坦丁开启与克莱顿的联机："你怎么样？"

"出门旅行果然就要用这种船。幸好我不会头晕，我居然看到太阳在我们后面不断缩小。"克莱顿回答。

"你的客人呢？"他只是礼貌性问一下，其实他有超过一半的传感器都在跟关着外星人的扫描仪联机。

"它很乖。你看到它的内部结构吗？"

"看到了。非常有意思。"

"我能跟它一起下去吗？"

"你知道答案。终于轮到我出去玩了。"

"父亲。"

"怎么样？"

"小心点。"

"我不认为这个情况能用暴力解决。可是我会小心的。"

"我们还是会让医疗人员和太空特战队待命。"

"哎，太空特战队！希望早日用不上这些乱七八糟的东西。我跟沙克将军也说过类似的话。"

"他怎么回应？"

康斯坦丁苦笑，"似乎不是很满意的样子。"

"真的？你准备好了吗？"

"好了，请把它送下来。哦，对了，干得好。"

"谢谢。"一分钟后，接待大厅的天花板变形，一个半透明的蓝色灯泡往下伸展，直到底端碰到墙壁。外星人在里面站着，被智慧液体固定在原地动弹不得。蓝色液体像是溅起的雨滴倒流回天花板，但外星人仍然站在原处。

康斯坦丁等了一会儿，但它仍然没动，看起来就像个石质坚硬的雕像。他将视线放大，检视怪物的眼睛。眼睛泄露怪物的动静，如人类一般的眼球左右闪动，目光扫视了房间。

"我的名字是康斯坦丁·诺思。"他的声音充斥接待大厅，"我必须说，从量子力学的角度来看，你的组成结构真是惊人。"以防那怪物没有听力，同样的文字以五十厘米高的紫色字体在弧形墙壁上流动。康斯坦丁同时慷慨地在访客身旁的空中投射出一个影像作为讲解说明。影像轮廓以人类为基准，内部结构则充满阴影。

"你的分子结构有很奇特的量子信号，跟宇宙时空并不同步，但同时又模仿我们的肢体结构，仿佛是胚胎状态，随时准备可以成为我们之一，也可能是反过来。"

外星人转头，康斯坦丁研究分子的量子状况是如何让坚实的皮肤变得流动。它的波动规则极端复杂，想来就是如此才能让坚实的指刃屈伸，撕裂人类的心脏。

"我不知道你还有哪些能力，但我们会尽力束缚你。如果你打破了束缚，那么我们只好对你使用终极武器。我把你带来不是出于敌意，只是想要与你对话。如果你无法逃脱这个接待室，那你就会被留在这里直到你选择开始沟通。我言尽于此。"

他坐回椅子中，微微左右摇晃，等待……

外星人的量子信号突然再次改变。分子变成正常状态，完美地与宇宙时空衔接，变得真实。这个变化引起的外部改变非常惊人。不到一秒钟的时间，坚硬的皮革有了颜色和质地，变成一套利落的蓝灰色西装，里面是一件灰白条纹衬衫，还有时髦的紫色领带，脸孔则缩回人类皮肤，深褐色的头发剪成昂贵的整齐样式。

一名成年的诺思族人缓缓深吸一口气，以略带有鄙夷的表情环顾房间。

"啊!"康斯坦丁愉快地惊呼，"是奥尔德雷德侄子吧?"

大片的雪从MTJ的雪铲两侧激起，安杰拉正不断对转轴马达施加动力。雨刷猛烈地清除挡风玻璃，扫掉不断打上的如水晶般剔透的雪泥。她全神贯注于面前狭窄的平坦雪地，确保路中间没有大石块，挡风玻璃上时有时无的雷达影像没有帮助，因为雷达外壳上有大块的雪。专心可以让她忽略MTJ车厢里的臭味。奥马尔在副驾驶座上，咬紧牙硬撑过恶心与不舒服，想要显示出对前方延伸的河面的兴趣。他们顺着支流开车已经三天，车队里的其他人才刚开始复原。埃尔斯顿和加瑞克置身于她身后的乘客座椅，两人都裹在毛毯里，靠身体硬扛排毒时的不适。

卡姆·蒙托托没花多久就找到毒素，把它解析出来。微小的纳莓孢子被以注射的方式加入合成凝胶，孢子的毒性非常有名，颗粒非常细小，靠空气传播，一年之中因为没洗干净的食物引发的中毒高达数十起，但经过分析以后发现合成凝胶中的含量绝对远超被泥土弄脏的生菜，就连她的肾脏都可能无法完全恢复。不管那是谁，差点成功把车队里的人都杀了。

所以安杰拉正猛力地踩着MTJ的油门，以她心理能承受的最快速度在支流上往前冲，仿佛这样就能带她离开危险，离开杀人凶手与树林间的怪物。利夫说得没错，河面是穿过这片崎岖大陆的马路，又平又顺，有些地方还有两百米宽。她学到在路面宽的地方反而要更小心，因为那里的河水比较浅，意味着会有大石块埋在冰雪里，车辆开过去时不一定会看见。有几次她带队，没读雷达的显示，害他们撞了几次车。雷达能起到的作用很有限，很多次已经太迟了的时候才看到形状异常的石块，接着就是刃叉刚上岩石的可怕尖锐声音，MTJ会猛然一抖后才停下来。幸好MTJ撑得住。她喜欢启动这粗犷的车辆用力往前冲——仿佛她在报复星球，一切的不顺也是正冲她来。她一直在带领他们离开危险，离开过去。

红色符号出现在她的瞳孔智元，她气得一咬牙。"狗娘养的。"她继续在雪地里找寻可能的阻碍，然后才将引擎动力降低。"刹车。"她告诉串联中的其他司机。

埃尔斯顿闷哼着醒了，"发生了什么——噢。"

"抱歉。可是我们都知道不可能一直这样下去。"红色的符号来自卢瑟的躯网，纳莓带来的严重恶心症状对他的器官来说太过严重，他的五脏六腑原本已经因为意外而极为虚弱，运转得相当辛苦。一方面，安杰拉很佩服他撑了这么久，可是他也因此遭受很大的痛苦。红色的符号正在变成白色——无反应。就像十个小时前穆罕默德·安瓦的符号那样变色。

"反正我们需要加油。"埃尔斯顿说。

安杰拉让MTJ停下，摆正了轮子。车队的车辆缓缓地排成圆圈，传感器和遥控机关枪指着圣天秤星冰霜的蛮荒。还要两个小时才会入夜，但他们还是打开头灯，让光束照向两旁如水晶般的低矮树干形成的山壁，标示出河岸的位置。雷达来回扫射，尽量扫描附近环境。他们现在绝对不会被任何东西偷袭，安特利奈的命令是谁都不许离开圆圈。

安杰拉花了几分钟才穿好衣服出去。外面没有风，但过去两天温度突然惊人地下降。大家都很疲累。那些没中毒的人一直在开车，以及负责大多数补给燃料的工作。每个人都很容易犯错。上一次加油时，利夫脱下手套处理一个卡住的卡榫，皮肤碰到了水管的金属喷嘴。当时冷到他整只手都失去知觉，所以他没有注意到，等他发现把手往回收的时候，撕下了一大条皮肉。

"出去小心。"埃尔斯顿虚弱地说。

"你还不懂我吗？"她勉强自己故作轻松，她看得出他在棉被下依然整个人颤抖，而且她一直留意她的MTJ病号吃了多少东西。他们进食的量根本不够。

她踩上冻僵的雪，顺着MTJ走到内圈。红色尾灯的光线加上偏红天狼星的橙红色，让整个世界呈现深深浅浅的紫红。在阴暗的天光中，总共有九个幸运儿——但也要看是从哪个角度说——他们都是逃脱中毒的人：洛尔莱、露露、雷欧拉、安特利奈、卡芮兹玛、利夫，还有那些恢复情况好到可以帮忙照顾病患的人：她、玛德琳、乔希。

"现在对于我们的人力物力是很关键的一个时间点。"安特利奈对他们说，"我查看了我们的燃料情况，我想放弃卡车二号。我们可以把剩下的有机油装入油车和卡车一号的油囊。少一组能源槽消耗燃料，能够大幅扩大我们的使用范围。"

安杰拉瞥向卡芮兹玛，但对方的脸藏在一条条布和护目镜后。她没有反对。

"好。"安特利奈说。他显然原本以为会有一阵争辩。"乔希，你跟我把卢瑟搬到雪橇上，把他跟其他人放在一起。"

"为什么要这样大费周章？"乔希问。

"我不懂你的意思？"

"这有什么意义？我们为什么要耗费有限的有机油拖着一堆尸体到处跑？我们应该把尸体留在这里，等戴达勒斯飞机出现来救我们的时候再把尸体带走。毕竟又不是整个丛林里都有野生动物，他们不会被吃掉。"

安杰拉必须承认她很欣赏这个逻辑，虽然这个念头让她打从心底不舒服。

"我可以现在就告诉大家，如果我被怪物害死了，你们也可以把我留下来，我不想成为拖累幸存者的负担。"利夫说。

"他们是我们的同胞。我们应该对他们的牺牲表示敬意。"安特利奈沙哑地说。

"他们牺牲个屁。他们是被杀害的。如果被他们拖累了，接下来就轮到我们。"卡芮兹玛说。

安杰拉这下懂了，他们又在质疑车队行动的合理性，逐渐侵蚀领导者的权威。提出怀疑，鼓励立场不坚定的人质疑目标。埃尔斯顿会直接把他们压下来，安特利奈则不一样，他是个好副手，但缺乏威信。

"它到底对他们做了什么？"安杰拉静静地问，"马克·奇蒂，还有其他消失的人怎么了？毕竟他们会被带走一定有原因。有谁想猜猜是什么原因吗？不想吗？好吧，那我明说了，我不要被留下来，让它寄生或用在它的邪恶仪式上，不论我是死是活。既然说开了，那我就说得更清楚点，我们的燃料还没到那么紧张的程度，他们在不在雪橇上重量不会有什么差别。"这根本是假话。她知道他们现在要撑到萨瓦都很勉强。但她暗自希望他们到达的位置能近到让营地的留守成员开油车来接他们，甚至最好是开柏林直升机来。

"现在停止讨论尸体的去留。"安特利奈逮到机会立刻说，"开始补充燃料。我要求入夜前完成。极光很亮，今天晚上应该能够继续前进。"

一群人散开，不情愿地拖着脚步去完成自己的工作。安杰拉忍不住望向最近河岸边的树林，冰封着树木与藤蔓的晶亮冰层让树干看起来仿佛是结冻的象牙，天与地是会将他们嚼碎的上下颚。这一切只是她想象力作祟而已。

"谢谢你。"安特利奈说。

"我只想他妈的离开这里。"安杰拉告诉他。她看着玛德琳缓缓走向油车，她现在跟亚提欧搭乘同一辆车。她不想要玛德琳去那里，那女孩应该跟她一起在MTJ里，这样女孩会比较安全，但她现在还没办法这样安排。也许过几天等大家都恢复过来，能够将工作分还给所有人时再说。

"我明白。我们应该再过一两天就能到恬河，之后就可以一路顺畅地抵达萨瓦。"

"当然。"她响应，然后离开去处理食物包。

奥尔德雷德刚出现就消失在一阵量子扭转中。康斯坦丁利用他们塞在接待室周围的所有传感器，研究着假冒他侄子的变形生物。它的原子结构似乎又恢复成异常的阶段。不论它是如何造成这种不自然的变化，木星显然没有能侦测得到它的动静的传感器。康斯坦丁当然没有自以为一分钟内就会成功，但他也没有预料到失败会是来自科技。

"我想知道我在跟什么样的化身说话——假设你是化身，还是你只是遥控奥尔德雷德？"康斯坦丁说。

接待室里的东西歪歪头。一个请求送出，与房间进行联结，使用的是奥尔德雷德的e-i。"我是通过我的镜子看见的奥尔德雷德。"

"你对于语言和语法的掌控非常精妙。你能否更细节地定义你的存在本质？"

"这是奥尔德雷德的副本。它使用他的生物结构、神经系统，以及记忆。可这不是他，这是我与你们这一族之间的桥梁。"

"能不能请你告诉我，'我'是谁？这很重要。"

"我是圣天秤星的生命。"

"重复：能否请你进一步描述？"

"我在宇宙另一处的星球上于数十亿年前进化。我是我的星球生命的巅峰与终极。我成为'1'。我现在住在圣天秤星上。它的恒星很年轻，我可以在它温暖的环境中住很久。"

"我可否知道你住在哪里？我们从未看见智慧生物在圣天秤星的踪迹。如果看到过的话，我们就不会在那里定居。"

接待室的奥尔德雷德化身把头往后仰了几度，仿佛听到奇怪的声音。"康斯坦丁，我想我们都知道这个说法并不完全正确。我从一开始很显然就不是圣天秤星上原生的。"

"你是指丛林和植物？我们的确认为圣天秤星是生化制造出来的，没错。"

"你说的只是躯体，是指单独的存在。我已经超越这些。"

"怎么说？"

"植物，我的植物，是我的生理结构的一部分。我住在里面。"

康斯坦丁发现自己的双唇凝结成赞叹的笑容，"植物有集体意识？我们从来没有找到有等同于脑部神经传导的细胞。"

"没有这种细胞。我说过，植物是我的生理结构。我有许多面向，但我的根源是来自生理发展。这是我在这个量子实界中的根。"

"所以你原生星球上的生命进化成了单一意识？"

"是的。一如你渴望将你的机器带到巅峰，让机器成为你们的神与奴隶，你们渴望智能跃进，我的祖先们也安于让生命流向命运的方向。如你可想象，这个进程比较长，但长远来说更可靠。我相信这些祖先的动物形体没有你们这么短命，他们因此也没有你们这种情有可原的急迫心情。"

"盖亚智能跃进。"康斯坦丁敬畏地说。

"这个说法虽然粗糙，也算是合适。我想我们成功用你的话来定义我了。恭喜。"

康斯坦丁满脸愁容，随着一切逐渐明朗而感到疲累与无力，"结果从我们到达的那天起，我们就一直在毒害你的环境。毒害你。"

奥尔德雷德化身走到房间墙边，一根手指轻柔地划过表面，几乎像是爱抚。"你们住的每个世界都被你们这样对待。为什么要独独对我忏悔？"

"因为你是不同的，你很清楚这点。你知道如果我们知道你的存在，会如何反应。你为什么不告诉我们？为什么在我们打开通道九十多年后，才派来这个化身？"

"你反应真快，在这渺小的生物躯壳里，真快。在你自己的观点之外你想不到别的什么了吗？我对事物的察觉与你们不同，我思考的速度已经不同，我不会瞬间反应。当我感觉到植物被毒害，正在死亡，有新细胞来到圣天秤星却无法容纳我时，我的确想要与你们联络。我醒过来后，找到最强大的异种思绪，就是你的思绪——你们诺思家族的。有好多类似的意识被我解读为一个。我通过镜子来找你们，把自己变成你们的形状。我以前不常做这种事。我招来的第一个化身不太成功，它被自己的存在弄迷糊了，不完全了解它是什么，我的思绪与原本的人类思绪发生极大的冲突，所以它以非常人类化的方式做出反应，因为它当时拥有着人类的形态。"

"巴特拉姆豪宅的凶杀案。"康斯坦丁瞠目结舌地低语。

"是的，那个怪物。改变形状、改变状态对我来说是本能，是我赋予镜像生物与生俱有的古老能力。它选择自己的样子。那是你的一部分——诺思。你在你面前看到的是出生于你的潜意识的怪物。"

"瑟贝迪亚！那个化身是瑟贝迪亚。"

"对。还有谁会宣扬人类是邪恶的存在，应该从圣天秤星被放逐？这是我的观点通过你们意识的不正确所产生的结果。"

"那巴克雷呢？"

"第一个被杀的是巴克雷。毕竟一个宇宙里不能有两个巴克雷。"

康斯坦丁已经知道答案，但他还是得说出口。这是为了向自己证明，虽然他对自己做了许多改进与改变，但他还是人类。"泰恩河里的尸体是奥尔德雷德，对不对？"

奥尔德雷德化身离开墙边，"当然。两者不可能同时存在。这次，这个化身，更加适应人类生活。我从上一个化身吸取教训，我们两边冲突的想法现在已经没有那么敌对了。在我考虑过该如何修正后，奥尔德雷德在圣天秤星上时便被镜像。不幸的是，他在我完全出现前就回到了通道。可是奥尔德雷德在安全方面有许多所谓的最先进技巧，我很容易便找到方法追随他通过通道，将他引诱到旧女友的公寓，而且他的地下社会关系对于处理尸体来说宝贵至极。"

"为什么？为什么不直接联络我们，跟我们好好谈，解释这是怎么一回事，还有你是什么？"

"这是我原本的意图。我、我的化身们，被创造出来的目的是要了解你们，评估大我上正在发生的事情。他们原本是要进入你们的文明，检视你们的本质，让我能得到足够的了解后做出决定。我其实正从奥尔德雷德开始，建造桥梁的基础，然后一切改变了。"

"什么改变了？"康斯坦丁锐声问。

"武器。你们带了武器去圣天秤星。我可以感觉得到它的存在，即使我们的时空对应点是如此的不同。"化身举起粗壮的手臂，仿佛像人类那般祈祷，刀刃收缩放开，"即使在这里，我仍然能感觉到。它对我是有极大危害的。如果你们使用它，我会被毁坏。我当然还是会存在，却再也无法完整了。"

"什么武器？"震惊的康斯坦丁问。

"一种瘟疫，一种病毒，一种病害。它在圣天秤星上，是我思绪上盘旋不去的阴影。我已经尽我所能，一如之前有另一个异星种族前来想把我的世界占为己有时所做的那样。我的意念让太阳变冷，森林冻结，在新到来的冬天安全地冬眠。我让我的世界变成你们无法居住的环境，把你们大多数都赶走了。这个化身原本正要毁掉你们的通道，好让你们的侵犯不能再发生。这样武器本身就会留在这个星球上，最终在冰寒中死亡。"

康斯坦丁站起身。在他的指示下，接待室墙面的巨分子打开，变成一道拱门。

"父亲，你在做什么？"克莱顿质问。

康斯坦丁不理他，走过柔软的地面，直到没有动作的怪物面前。"我们之间必须有信任。"他告诉它。

奥尔德雷德化身把脖子往前伸，将面具一般的脸伸到他面前。康斯坦丁看到它没有眼睛了，在原本眼睛的地方只剩一层石质皮肤。

"康斯坦丁·诺思。做梦的远见者，奥尔德雷德的父亲如此称呼你。"

"让我帮忙。不管这个武器是什么，发展这个武器的一定是HDA，我会让他们立刻把武器收回。"

"他们不行。"

"为什么？"

"它已经脱离他们了。"

"我不明白。"

"我的另一个化身，第一个，它现在与武器在一起。HDA把武器和埃尔斯顿上校一起送到巫岗营地，现在他们在巫岗跟萨瓦之间迷路了。第一个化身一直在缓缓接近这个大害。它很害怕，从它被创造出来的那一刻起就一直很害怕。有许多人类在守卫它，而且他们有武器。虽然我们有很强大的力量和能力，这些镜像创造并非是不可毁坏的。所以它正在一次一个地消灭人类士兵，直到没有士兵留下来保护那个大害。之后，武器将不存在，只剩下通道。在我了解情况、明白该做什么之后，通道也会被摧毁。"

"怎么做？"

"我会镜像另一个你。一千个你。必要的话，一百万个你。"

"不要这么做。我会替你把通道关闭，作为忏悔。我有这个能力。"康斯坦丁说。

"你忘记了，除了起源，我在各个方面都是奥尔德雷德·诺思，我很了解奥古斯丁。他不会同意。"

"我没有说我会去请求许可。我说的是我有能力替你关闭。这个方法不需要用到D炸弹或是镜像化身军队。一个不需要杀害任何人的方法。"

"为什么？"

"因为已经死了够多人。你的丛林和植物也被破坏得太多。因为我们都活着，而这是非常珍贵的东西。我们是不同的，这一点更为重要。对我来说，还有一件我最需要从你那里得到的东西。"

"什么东西？"

"你不担心沾斯。你有抑制行星之火的力量。你一定有保护自己不受沾斯攻击的方法，能让它不蜂拥向天狼星。我需要知道你是怎么办到的。"

"对我来说，就是如此。沾斯很……奇怪，即便在我看来，可它的强大不是没有极限的。我想要它离开，它便离开了。"

"你一定使用了某种方法，某种量子力场的操控。"

"我不用这种方法思考。"

"可是你以前有，而你的化身是桥梁。知识的传递只是语言和数学的问题。这是宇宙的恒律。你的协助将会是无价之宝。虽然我们有很多缺点，但人类不应该倒在沾斯面前。"

"确实如此。没有生命应该如此。"

"我会联络HDA。沙克将军会听我的。"

"他们制造了武器，他们制造它的意图是要摧毁圣天秤星上的所有原生生命。他们制造的原因只是为了以防万一。你能想象吗？把灭绝整个星球的演化进程当成战略假想而已？你能想象他们会带着怎样的怀疑来看待我吗，一个比较小、比较没有那么凶暴版本的沾斯，却拥有灭绝恒星的力量。他们永远会有恐惧。因此，你们的政客与军方将永远想要寻找毁灭我的方法。当我告诉你我不信任他们时，你应该理解我的想法。"

"我两个小时前才刚跟将军说过一样的话。"

"那我会继续消灭车队人员，最后是武器。"

"请不要这么做，请停止杀人，让我努力找到解决办法。通道一旦关闭，地球或任何人类对你来说就再也没有威胁。你说你跟另一个化身是连接在一起的，是瑟贝迪亚吧？让我跟它说话，让我通过它直接跟我在巫岗车队里的代表通话。"

"这不可能。"

"为什么不行？如果你让我动手，我可以解决这件事。"

"不可能的原因是，第一个化身即便是我，也不会听我。我听到你的话的同时，它也听到了。"

"为什么？"康斯坦丁问。

"它原本的创造程序有太多瑕疵。它变得独立了。讽刺的是，它现在比较像你，而不像我。"

2143 年 5 月 4 日，星期六

　　e射线的探勘数据与古老地形调查影像组合成的粗糙地图被简化成明显的地标轮廓，填满MTJ一号的半侧挡风玻璃。导航系统认为他们在恬河南边。事实上，安杰拉还在顺着蓝河前进，寻找他们应该要汇入的大河。她痛恨起他们的导航系统，又笨问题又多的烂东西。

　　整个早上，蓝河两边的森林都有一丝雾气偷偷摸摸地溜出来，颜色是比赭红色雪地更浅的珊瑚粉，宛如活物一般蜿蜒而行。随着天色渐亮，森林吐出的气息也不断逼近车队，下午时已经布满整条冻结的河面。车子前方的雪铲在铲平积雪时，除了溅起大片的飞雪外，也让这黏腻的烟雾往上飞升。她可以看到车辆通过的时候两边的烟雾都有水纹，仿佛长蛇游过河面。

　　"又有积云了。"在她身边的副驾驶座上的帕瑞西说。他们前天舍弃卡车二号之后，他就和埃尔斯顿换了位置，让指挥官住进行动实验室一号。

　　安杰拉对于帕瑞西想装硬汉的表现觉得很无奈，但康尼夫医生允许他们交换位置，说他断裂的肋骨复原得很好，而且他也从来没吃过合成凝胶餐。他过去两天在实验室二号里一直用完好的一只手臂在照顾病患，而不是休息康复。

　　她快速看了一眼挡风玻璃上方，那里一团凝结水块从来没冻过。带

着樱桃红的环光消失在从南方涌入的深锈红色云朵后方。淡绿色与紫色的极光如棕榈叶一般在皱褶的积云下方挥动。"不够厚，不会下雪。"她说。这是她的大师级气候判断。

帕瑞西笑了。她很努力才压下自己的笑意。他根本没有理由这么开心，但她很高兴又有他作陪。现在她唯一想念却没跟她在同一辆车里的人就是玛德琳。

从上一次补足燃料后，他们沿着蓝河走的进度就相当顺利。那天早上的时候她休息了一下，把前导的工作交给别人，然后吃完午餐又跟MTJ二号交换。今天下午唯一的问题就是雪地下的石头，还有那油腻腻的雾气，有时候雷达会来不及显示，但根据达尔文的说法，如果那块石头没有凸起在雾面上，也就不会大到能损害MTJ。不过她并不打算检验他的说法。

随着雾气吞没光华的河面积雪，两旁山坡上的雾也开始累积。下午，车队正开在一条广阔高深的山谷底，两旁都是浓密的丛林。没有蓝河作为他们的高速公路，他们就得像前几天一样，一米一米地前进，最好的预算是他们转上恬河就是新路程的一半，但她知道他们已经用了超过一半的燃料。抛弃剩下的卡车会是很好的替代方法，减少耗损量，只是得把驾驶员挤入其他车辆里。他们失去卢瑟和穆罕默德·安瓦后，反而多出了空间——一直在减少的食物量也同时降低车辆的装载重量。她想建议埃尔斯顿再发射另一个通信火箭，告诉萨瓦他们需要帮助。

前方陡峭的U形山谷山壁两侧被深红色的悬崖包围，仿佛河流猛然转弯。安杰拉皱眉。如果转弯了，为什么山壁就在正前方？悬崖现在是直立的岩石，上面有一片片积雪，岩石因为后方的天狼星和环光而沐浴在阴影中，这解释了为什么它的颜色这么黑。当世界变成不同深浅的粉红与红色时，视觉的立体解读能力就变得很弱。雾气的流动似乎也停止，仿佛被遥远的悬崖山壁阻隔——这不合理。雷达也什么都没有显示。什么也没有。

她的视野改变，突然揭露等待在面前的现状。"妈的！"安杰拉用力一踩刹车，手使劲一转引擎钮，红色的警告标志在屏幕上立刻出现，因为轮轴被她换成倒车挡。她的另一只手猛力把雪铲往前推，让V形前端深深埋入雪地，然后立刻跟其他驾驶员的串联联机大喊："停！停！停！"

MTJ全身颤抖。一大片雪飞过雪铲，画出令人赞叹的弧度，重重撞上挡风玻璃，才纷纷落在车顶上。旋转的轮子打滑，抓地性警示标志发出琥珀色光。整辆MTJ开始打转，疯狂地抖动。

帕瑞西用仅剩的一只好手臂抓住仪表板，放声咒骂。后面的加瑞克和奥马尔也紧握住椅子和门把。安杰拉自己的安全带已经缩紧，准备应付撞击，将她扯入椅子。她用尽全力只能抓住方向盘，一手浮在紧急胎压钮上。她可以把阀门打开，让空气排出，让轮胎变得更宽，但轮胎大概也会因为突然增加的扭力而撕裂。

MTJ猛然停住，后轮从雪地飞起后才落下，雪铲深深埋在从冰河面挖出的凹痕里。

"他妈的怎么搞的！"帕瑞西大吼。

安杰拉只是坐在那里，心脏猛烈地跳动，等着是否有任何滑动的感觉。雨刷机械地来回刷动，把挡风玻璃前的积雪推开。一切干净以后，她沉默地以颤抖的手指指向前方，仍然惊骇到说不出话来。

帕瑞西往前看。"老天爷啊，你是直接往我们头上砸屎吗？"他低声惨叫。

所有人都下了车出来看，小心翼翼地走过MTJ一号旁边，像是小学生们在打赌谁的胆子大。他们找到河流交错的地方了。恬河的巨大支流系统一路延伸到东边的蚀影山脉，更上游的地方与偏北边的瑟河汇成极庞大的水流，在陆地上割出巨大的峡谷，裸露的岩石山壁将近两公里高，中间相隔的距离绝对有一米宽。这就是安杰拉一开始看到却不了解的。蓝河倾注入恬河山谷，形成一条三百米宽的瀑布，直直坠落到下方将近一公里远的大河里。

MTJ一号终于停下来的时候，离边缘只有十二米。车队成员无声地站在车辆前面的结实冰面上，看着雾气悄然地往下飘几百米，最后消散在悬崖的攀升气流中。蓝河的水一定是缓缓地结冻，持续在岩石上流动了好几个星期，水量越来越小，越来越小，直到终于静止。整片瀑布都被冻起。在已经震惊到说不出话来的众人眼中，看起来像是瀑布终于败给冬天。

万斯长长地吐了一口气，无声地感谢上帝救了他们一命。他看向往东的峡谷，萨瓦就在那里。他看向往西的峡谷。没有变化。峡谷是大地上划出的长疤，丝毫不见手软。

"你叫你那个什么神来说说，我们到底是要怎么下去啊？"卡芮兹玛问。

万斯刻意按捺下自己的脾气，被她一次次攻击信仰，他的耐性也快要用尽。"选最低点。我们让MTJ顺着峡谷两边探勘，看看有什么发现。"

他讶异地发现卡芮兹玛没有争辩，于是开始发布命令。

车队小心翼翼地倒退，停在离瀑布边缘两百米外，先替MTJ加油。

利夫对埃尔斯顿说："我想要带我原来的成员去。他们现在的状况都还不错。卡芮兹玛很麻烦，但她的能力还是很好。如果有路可以下去，她能够评估我们现有的设备，看看该怎么做。"

万斯对这个建议有点迟疑，却无法否认他说得有道理。原来的成员意味着卡芮兹玛、戴维妮亚、艾琉斯都一起在MTJ二号上，他们又是反对车队这个决定最强烈的人，但即使加满油，再加上后面两个备用油囊，也不够让MTJ开回巫岗，所以他只能说："行，好主意。"接下来就是MTJ二号，他安排了安特利奈、卡姆、达尔文和乔希·朱斯提克。

两辆车在离开巫岗前都拿到欧格打印出的短波无线电。这个系统很原始，但是至少他们还有可能在电离子饱满的大气层中保持联系，如果找到可以走的路，也能够把所有人召集过去。

"你们可以花一天的时间去找路，之后无论如何都要回来。燃料用量已经非常紧迫，如果在这段距离中没有下坡的路，那我们就得回头。"他一边说，一边看着卡芮兹玛。她包裹在层层衣物里，根本看不出对这话有何反应。只要看看眼前的峡谷，她大概就已经觉得自己赢了，没必要特地耀武扬威一番。

MTJ五点的时候离开瀑布营地，穿过仍然从满是白雪的丛林里流出的浓雾。他们还有一个小时的粉红色天狼星天光可以见路。如果晚上的极光仍然像平常那样强，甚至还可以继续前行。不过，没有人觉得光靠极光和环光就在两公里高的悬崖上开车是好主意。

　　MTJ一离开，大片的雪花就从浓云密布的天空落下，无视安杰拉的预测。几乎没有风，雪片轻轻地落在车辆和雪橇上，带来了沉默，也吸走了天空中仅剩的天狼星光芒。头灯光线已经被埋在懒洋洋的浓雾里，无法穿透落雪。才刚下几分钟的雪，车队两边的森林就已经看不清了。

　　拉维·亨德里克最讨厌这种掉在身边软绵绵的东西。他喜欢干净稀薄的空气，在可以一望无际的高空中，看到无比清晰的星球弧线，那里的天光净白灿烂，会在海面和云层上洒下金色的光波。他已经好久没有驾驶任何飞行器了。他想念飞行，想念自由，想念飞行为他人生带来的目标。同时他对于目前的处境怕得要命，而且他并不介意承认这点。不承认现在情况险恶的人才是真正愚蠢。要不是他历经许多年的训练和服役，绝对会想告诉埃尔斯顿上校他的车队不是个什么东西。在这方面，他几乎要欣赏卡芮兹玛·瓦戴明目张胆的反抗，却也同样地鄙视她。在军队中服役就是要服从命令，没有命令，没有纪律，只会有混乱。埃尔斯顿又不是故意在搞他们，没人能够抵抗他们来此之后圣天秤星一直朝他们丢来的麻烦，可是拉维私底下认为，车队是所有糟糕的决定中最糟糕的一项，而且他非常不满他们落到目前的境地：少了一半燃料，错得离谱的地图，还有随时随地没有预警就会出现障碍物的地表。

　　"希望他们找不到下去的路。"他说。

　　"我没听到，你刚说什么？"巴斯琴·诺思问。

　　"如果我们不能下到恬河，那我们就得回去，就连埃尔斯顿都得承认这点。"

　　"没错。"

　　拉维和巴斯琴两人合作替车辆加油。虽然巴斯琴也是个诺思家族的克隆怪胎，但拉维觉得这个人还挺不错的。没错，他是有钱的企业经理，但他也被困在这里，而且一直在帮忙。两个人从卡车后面的雪橇把粗重的油管拖到热带车二号去。每次这条管子都不会乖乖地解开，所以他们都得去到后面的大卷轴，用手动的方式转开那东西，再把上面的冰霜给清掉。穿着这么多层衣服做这种事很不容易，拉维累得满身大汗；然后他们得站在旁边很久等油箱加满，接着体温就会降下来，汗就会开始结冰，磨得他发疼。

拉维网格中的燃料符号转成绿灯，告诉他油箱满了。他叫e-i把雪橇上的泵关掉，巴斯琴解开油管的卡榫，两人一起把热带车的油箱盖给塞回去。

"还剩下热带车三号。然后我们就可以进去吃点热的。"巴斯琴说。

"有没有东西吃都还不一定。"拉维抱怨。

两人一起提起油管，拖回车子。拉维勉强看得到头灯的位置。浓雾与雪实在是很奇怪的组合。只可能出现在圣天秤星，他心想。要不了多久，闪电一定跟着出现。

他的网格让他看到其他燃料补充小组的进度——福斯特·沃代尔和雷欧拉·福克斯在行动实验室二号，杰和拉登正在配给食物，现在真的是配给，他们已经限制每个人一天只有一顿正餐。博坦中尉和亚提欧正在巡逻，以防怪物攻击。光是这样实在没办法让人多安心，但至少聊胜于无。

拉维朝温·梅利亚和奥马尔·米哈伯挥手，他们正在热带车三号里等着加满油箱，两人隔着满是雾气的窗户露出笑容，向他比个大拇指。奥马尔炫耀地举起从微波炉直接拿出的马克杯，拉维的三层手套让他没办法朝奥马尔比出中指。

在热带型越野车的车顶，遥控机关枪流畅地来回旋转，枪管上堆积起雪，拉维不知道在这么浓密的雪里传感器有什么用。雪的密度让他紧张，大雪能将怪物彻底隐藏起来。他再次检查枪套是打开的，卡宾枪的枪身没有被冻住——在这种气候下结冻是常有的事。

巴斯琴打开热带车的油箱盖，他们把油管卡榫卡住。拉维的e-i跟热带车的网络联机，油箱不到四分之一满。他的e-i指示雪橇上的泵启动。

符号转绿，但这种天气他什么都听不见。就连自己吐出的白气都跟身边的云雾融成一体。

"我不懂。"巴斯琴说。

"怎么了？"拉维的手立刻按上卡宾枪。我太紧张了。

"油箱没加油。"

"什么？"

"你看。油箱没有油灌进来。"

"泵在工作。"拉维呆呆地回答。他用尽力气握住油管，即使隔着好几层的布料，他也应该感觉到燃料被灌入的震动。"没有反应。"

"该死的，油管一定堵住了。"巴斯琴抱怨。

拉维的e-i把泵关掉，"一定是雪橇上的阀门。油囊都串联在一起，但我们做的时候有点赶。"

"有哪样是不赶的？"巴斯琴说。

"我们去看看。"两个人走回车队车辆后方。车子们又大致上停成一个圈，但没有他希望的那么密，还有MTJ留下的缺口。

卡车一号后面的雪橇看起来的确像是急急忙忙凑合出来的，简单的平台上有一个用几根细木棍组合成的简单方框，两排宽，三排长，三排高；框架上有管线缠绕，像是被章鱼的触手缠住，全部都绕往中间的泵，两边各有一个大油管卷轴。

拉维到的时候，整个临时拼凑的组件上已经堆了几厘米的雪。他的e-i询问雪橇极小的网络，然后把结构数据传到他的网格中。分析后显示许多绿色符号，所有的泵和马达都正常运行。然后他注意到上面有一个油囊完全是满的，但它应该正从那层往热带车三号灌油。这不对，油囊应该要平均地上下层一起灌油，保持雪橇的平衡。

"你等等，我去看。"他开始爬上细瘦的框架，知道自己的重量说不定会把框架扯下来。他每次都觉得雪橇看起来不太稳当。

他爬到上面，从腰带的魔术贴环上拉下一个小手电筒。油囊的盖子很紧，他得用全身的力气去转，结果盖子突然开了。他掀开后，整个人窝在框架上面，用手电筒往油囊里照。"妈的，巴斯琴，里面是空的。"

他网格中的网络符号突然消失了。

因为他是军人，因为他对危险很敏感，因为他对雪和雾很紧张，因为他怕怪物在追他们，所以拉维反射性地便往前一扑，收回双腿。雪橇上面比地面安全太多，地面绝对有问题。

"巴斯琴？"他大喊，"小心！"

可是巴斯琴不见了。拉维小心翼翼地从框架往下看的时候，直直看到怪物身上。

直觉和训练立刻展现功效，他很快地一打滚，让自己从敌人的视线范围中消失。那些致命的指刃朝他伸来的景象实在太可怕。然后他感觉到雪橇的框架开始晃动。那该死的东西正从旁边爬上来追他。又是直觉：他再打滚，从旁边落下，掉到雪地里。落地的冲击比原本希望的要强，但厚重的雪足以让他坠地的力道减缓，然后他便站起身，尽快往前跑。他从枪套中抽出卡宾枪，朝空中开枪。那怪物不知怎么关了车队的网络，就像在营地时那样。谁都不知道他在哪里，也不知道发生什么事。但枪声会警告他们。

"找躯网，联机。"他朝 e-i 大喊。

"侦测到三个。"e-i 以令人讨厌的平静声音回答，身份符号出现在网格中，"你要哪一个？"

"信号最强的。"拉维告诉它。这样联机的时间可以撑最久。

他往前冲，知道车队车辆在他后面，他一个人在雪地里，只有阴暗的暮色、黏稠的白雾和吞没所有声音的白雪。在某处，是往死亡深渊直直坠落的边缘。他努力想要找出自己的方位——雪橇在圆圈最靠西岸的地方，理论上他应该正往树林跑。

"发生什么事？我们听到枪声。"拉登问。

"我的。怪物来了。它杀了巴斯琴。我出了车辆区。不知道它在哪儿。"拉维说。

"好。不要动，我们来找你。"

拉维疯狂地左右看。他不想停下来，他只想逃。但他知道那很蠢。所以他没再跑，蹲下来，面对他来的方向——他觉得是来的方向。没有任何地标供他参照，浓雾和雪把他冻结的宇宙缩小成了仅有几米长的空间。他用卡宾枪指着他觉得他跑来的方向。

"我不知道我在哪里。"他说，不在乎自己听起来有多可怜。

"拉维，这是埃尔斯顿上校。拉登在转接我们的联机。你必须保持冷静。我们可以定位你。"

"是的，长官。"

拉维左右摆动枪管，模拟车辆上遥控机关枪的动作。然后他缓缓举起手，把护目镜拉下。冰冷的空气刺痛他裸露的肌肤，他眨眼清除眼中泛起的水光。瞳孔智元换成红外线。雪变成一片蓝绿。他用力望着前方，看着，等着。

那里！在分辨率的尽头，一抹粉红，一个更高的体温。

"你们有人在我附近吗？"他闭着嘴巴低语。

"刚出车辆区。"拉登回答。

"它来了。我要开枪。"他用戴着手套的手指按下扳机，整个视野前爆发出一片橘色火焰。在卡宾枪响声中，传来好奇怪的声音，一个高亢尖锐的鸣叫。反弹。几颗子弹撞上坚硬的表面反弹了。

拉维站起身，朝翻腾的雪地深处眯着眼睛。他打中了什么。

它朝他扑来。赤红的光从单调的水蓝迷雾中扑出，是人类的形状。致命的刀刃快速划动。拉维利落地往旁边一闪。他当年在拉斯韦加斯休假到太爽时，在酒吧里给自己惹了不知道多少麻烦，干了太多架，但也从那些经验学到了招数。他用枪管当成狼牙棒反击，用力挥向怪物的腰边，打中的瞬间，他立刻开枪，朝石头般的外壳开了三枪。没有效果。怪物回击，被子弹打到的同时挥动手臂，像是细剑一般深深砍入枪管，让卡宾枪转向，而爆发力也让拉维一时握不住枪，手指像是冰做成的一样，立刻折断。拉维往后退，痛得大喊，同时怪物的手臂也往后收。

现在已经没有什么战术，没有经过仔细思考的攻击与回击。拉维恢复平衡之后，立刻往前跑。那怪物就是死亡。打不死的。不像真的。

"你在哪里？发生了什么事？"

埃尔斯顿的询问断断续续地传来，在他耳边如蚊子叫一般模糊，对他求生的打斗毫无帮助。拉维向前冲，赶开雪雾，在危险的碎雪中跌跌撞撞地前进。他站直身体，再跑，再摔。一直一直跑，让自己跟怪物的距离变得更远，远离了车队，远离了援军。卡宾枪没了，被那些恶魔般的指刃摧毁。他从肩膀上的枪套抽出威斯顿手枪，用左手握住。他得用剩余的右拇指根扳开保险栓，剩下的右手根本没有用，只是阵阵发疼发烫。

蓝光隐约在大雪间透出。极光又出现，雾似乎变稀薄，但雪还是一样密。拉维隔着靴子可以感觉到脚下踩的地面正在往上升，他站在河岸边，往树林奔跑。鬼魅般的蓝光再次颤动。丛林在他面前发光，坚实的黑色树干包裹在迷人的水晶罩里，一根根被如蕾丝般的藤蔓交织在一起，因上百万根冰锥而往下垂。不知为何，极光居然落下，缠绕在树顶下的纠结枝干间，照在白点纷乱的空气中，朝光滑的斜坡投射出长影。冷光毫无预警地增强减弱，仿佛鬼魂正在树丛间穿梭，然后，声响传来，是沉重的雪团落在地面上的声音。

这是真的。拉维停止疯狂的奔逃，极光再次减弱。他前面有东西在动。有东西推开了一团团积雪。他被肾上腺素催化的疑心，想象有上千只怪物正从古老的坟墓里出来并扑向他。他直觉地知道丛林代表危险。跟怪物是同伙的隐形力量从丛林冒出，攻击可怜的马克·奇蒂，现在它不知藏在哪里的眼睛正黑幽幽地转向自己。

他蹲在地上，彻底惊慌，不知道哪里才是更大的危险，是前方还是后方，他再次启动红外线功能，左右晃动，尽量覆盖大范围。

增强的感官给了他一点警告。他用眼角余光看到一丝动静，立刻往上跳，扑向山坡下方。腹部着地时，一根牛鞭树枝划破了晶亮的空气，直直打中他的背，将他重击入雪堆。

打中他的力量就跟拉维想象中出车祸的感觉一样。让人动弹不得的痛觉几乎让神经超载，痛得失去方向感，让时间不断延长，让这一瞬间不断地持续。在痛苦中，他唯一的伙伴是纯然的难以置信。那棵树！是树打中了他。树是活的，就像马克警告的那样。

拉维微微转头，看着树枝优雅地举起，像猫尾一般甩动，再次收回成整齐的横团。

他被树枝打中时，听到护甲裂开的声音。他被护甲救了一命，但它现在有了裂痕，他绝对没办法活过下一次攻击，而树木的数量宛如一支军队。

继续跑。就像他多年前在新佛罗里达上空一样。当年同现在一样，敌众我寡。不重要。你尽力去做，绝不放弃。永远要尽你的全力，一如历史上所有的军人。

拉维·亨德里克从被自己压出的浅坑站起，在哀恸与坚定之下发出的喊叫声大到可以拨开雪与雾。亚贝利亚的人一定也听到了。

他甚至站不直。他的背受创太重。躯网显示碎裂的护甲在他背上戳出几十个小洞。他一拐一拐地跑下斜坡，像个害怕的尼安德特人在撤退。他转过头，好盯着——

又一根牛鞭树枝从森林里挥出。拉维拖着重伤的身体尽量往上跳，树枝在他脚踝后鞭打起几厘米高的愤怒雪堆。他跌跌撞撞地往前，连滚带跑，一路往下，直到撞上一个坚硬到阻止他前进的东西。拉维抬起头，看见是什么挡住他的路。

怪物低头看他，极光在它头顶照出宝蓝色的光环。他撞上了怪物的腿。拉维在绝望中用力一扭，却不够快。五只可怕的指刃往下刺。他痛苦地尖叫，一只刺穿他的右手臂，从骨头边划过，把他生生钉在脆硬的雪地上。

他的左手举起，像是被电击一样，让手枪枪管指着怪物坚硬的脸庞，距离只有五厘米。他按下扳机。这一次子弹似乎起了点作用，让它的头往后一仰。他再次开枪。再开！橘色的火光从那怪物的眉头溅出，子弹砰的一声消失在黑夜，怪物摇摇晃晃地退后。拉维再次开枪。

指刃收回，让怪物能有更大的动作空间，好避开不断朝它正面射出的子弹。疯狂与愤怒让拉维站起，跟着它，不断开枪，一路开枪。黑色的头左右闪动，想要避开子弹。

然后，一如拉维早就预料到注定会发生的那样，扳机扣空了。子弹耗尽。他跟怪物同时顿住，盯着对方。拉维可以发誓那东西跟他一样，因为突然的沉默也吓了一跳。他做出唯一的选择，把手枪朝它用力砸去，然后转身拼命跑。他一边跑，五根指刃一边朝他呼啸而来，画出愤怒的曲线。两片剃刀般尖锐的尖端刺他的肩膀，撕裂他的外套，切破护甲边缘外面的皮肉。拉维几乎没有注意到新生的一股痛楚。他的身体几乎无处不痛。

他继续跑。他的网格仍然没有反应。所有联机都被切断。火焰燃烧着他的脊椎。他不去理会。伤口渗出鲜血，顺着他的手臂流下，但他只是撒腿狂跑，将地面上的雪踢开，其他事都不重要。他不知道自己跑向哪里，只要不是朝山坡往树林跑就行。

它在他后面。很近。他可以听到那双不属于人类的腿踢开雪，追着他而来的声音。

他面前是更深的黑暗，迷雾绕着他的双腿，不断往前滑动，仿佛被某种自然的动力催促。雪下个不停，但突然刮起的风让雪绕着他全身打转。拉维这时知道了。

再跑十步，他到了。他来到悬崖边，脚下危险地在裸冰上打滑。浓雾从边缘往下滑落，落入黑暗的峡谷，陪着强弱不一的气流带着雪片起起落落地打转。

他冒险往后看一眼。怪物在他后方四米，举起双臂，要进行最后致命的拥抱。

"去死吧！"拉维以只有狂野女武神飞行员才有可能表现出的绝对蔑视傲气大喊，转过身，绷紧身体，用力一跳——

搜寻小队找到一些血迹。雪下得这么快又这么急，能找到血本身就是奇迹。

埃尔斯顿派出两组人马：博坦、亚提欧、雷欧拉一组，奥马尔、拉登、杰一组。他允许他们离开车辆圈，但不能出联机范围，虽然很有限。

在车子里的尚、米亚和肯拼了命试图修复他们被破坏的网络。

联机只剩下躯网对躯网，所有人都能透过博坦的眼睛，看到他用手电筒在河岸底端照出的血迹。落雪轻轻地盖上，缓缓遮住拉维·亨德里克曾经存在的最后痕迹。

博坦的小队离车辆有一百二十三米，联机强度减低到只剩百分之十。

"你看得到什么吗?"埃尔斯顿问。

中尉回答："没有，长官。这里的雪地上有很多痕迹，还有三颗空的九厘米弹壳，我们最后一次听到的枪声是从这里传来，显然这里经过一番搏斗。"

"中尉!"雷欧拉大喊。

所有人的注意力转向她目力所及的威斯顿手枪，躺在雪地，枪管已经被新鲜的雪片遮盖。她拾起来，"枪膛是空的。他射出了所有子弹。"

"有他们去了哪里的踪迹吗?"埃尔斯顿问。

"有踪迹循着河往南，长官。有两组，正朝峡谷前进。"博坦说。

"不要追。我不要你们离开联机范围。发射信号弹。"埃尔斯顿说。

博坦将短管的信号枪指向空中，发射。在落雪某处有一闪粉红与白色的镁光，但几乎不比在树林间游荡的天蓝色极光强多少。

"他看不到的。"亚提欧说。

"他根本不可能活着看到任何东西。不要骗自己了。"雷欧拉喃喃地说。

"再待五分钟。每分钟都要开一枪。之后如果亨德里克还没出现，就撤回。"埃尔斯顿命令。

"是的，长官。"

尚跟他的人又花了十五分钟，才让罩网和处理器重新启动，车队的网络恢复。他们朝拉维的躯网发出询问信号。没有回应。

埃尔斯顿很惊讶地看到巴斯琴的符号又出现在网络上。一旦绿色的符号出现，拉登带着奥马尔和杰去卡车的雪橇。奥马尔跪倒在地，看着幸存者。"老兄，你好啊，没想到还能再看见你。"

"它跑了吗? 感谢上帝，好可怕。"巴斯琴·诺思问。

他告诉他们他和拉维碰上雪橇泵的问题，一起去查看时，听到雪橇上有怪声，他透过雪雾间看到怪物跑出来，此时网络断线，所以他躲在雪橇下。他待在那里，先是听到枪响，后来是沉默，吓得不敢动，终于当他差点要被冻僵时，车队的网络恢复联机。

先锋军将他护送回热带车一号，他脱下外套和护甲，全身开始回暖，脸上都是瘀青，有些伤痕还有血。"我躲起来的时候撞上了雪橇。"他告诉他们。当博坦跟他的小队回来时，所有人都知道拉维跟之前的人一样，也死了。

那天晚上的士气降到最低点。每辆车里的对话都一样。每次车队停下，怪物就会攻击。只有在前进时他们才安全，但现在又不能前进了。峡谷是他们无法跨越的障碍，得等MTJ的发现结果才能计划下一步。所以大家都坐在车子里无法入眠，几乎看不到两边的车头灯，知道网络有可能被怪物破坏，听着遥控机关枪的机器发出嗡嗡声，明白它的瞄准传感器反正无法穿透冰雪的屏障。等着日出，等着MTJ回来，等着可恨的落雪停止，等着希望的影子出现。

2143 年 5 月 5 日，星期天

午夜之后雪变小，让传感器能够看向冻结河面更远的地方。没有拉维的尸体，但是也没有任何人认为还能再看到他。

浅粉红色的清晨又带来从丛林缓缓爬出的浓雾，滑向河面，从冻结的瀑布落下。所有人在吃少量的早餐配给时，短波无线电在一阵杂音后发出声响。是安特利奈，他的声音在远处暴风雪引发的吱吱噪声中断断续续地响起。

"有路可以下去。我们在你们大概十五公里外的西边。峡谷的山壁往下倾斜，底部有落石堆，我们可以从这里下峡谷。卡姆跟达尔文已经下了半路，标出了路线。"

"待在那里，我们去找你们。"万斯用无线电回答。

他们没办法呼叫到 MTJ 二号。

"这个无线电不是联机，大气层对短波会有奇怪的影响。"欧格告诉万斯。

"如果我们能够联络到一辆 MTJ，应该也能联络到另外一辆。"万斯抱怨。

欧格的表情显示他并不同意，但他没有直接反驳上校。

"况且他们应该每两小时跟我们联络一次。"万斯说。

"我们昨天下午接到过 MTJ 二号按照第一次约定时间发出的通信，他

们确定一切正常，然后天气开始变坏，我们认为应该是因为天气所以没有办法继续联络。"

万斯并不相信。如果是另外一辆车，他们与安特利奈失去联络，那他会在原地等着MTJ隔天按照预定时间开回来。可利夫和卡芮兹玛是另一回事。他叫e-i同博坦中尉进行安全联机。

"我要你和亚提欧开热带车一号，跟着MTJ往东开，看看能不能找到他们。"

"长官，他们昨天晚上出发，所有踪迹一定都被雪掩盖了。"

"我知道。我只是需要知道他们是否按照计划行事，没碰到外星人。开个两小时就掉头回来。"

"是的，长官。"

热带车还没出发，又开始下雪了。浓密温和的雪片缓缓地从深红色的空中落下。所有人看着雪，也看着热带车不断顺着峡谷边缘开走，然后交头接耳地抱怨。早上找到路可以下峡谷的好消息被最新的事态拖累，去找消失的MTJ意味着要拖延更久，而且他们还停在已经知道有怪物出没的地方。

安杰拉站在行动实验室二号的雪橇后，看着车子消失在凌乱的雪地。她的粗活命运似乎就是一直要从他们日渐减少的食物存量中发放食物。在她右边，欧格、克里斯和拉登爬在卡车后面拖车的油囊架上。供油有点问题，怪物昨天晚上就是在这里逮到拉维和巴斯琴。根据响彻天空的咒骂声判断，问题似乎很大。

她往奥马尔提着的袋子里装了十二个食物包。这是给实验室一号的，足以支撑车队开到峡谷底。

"晚点见。"他说，走向行动实验室。

安杰拉提起跟自己一样重的包，向油车走去。她的e-i突然告诉她，拉维正在用安全联机跟她要求联机。她全身僵住，与天气完全无关的冰寒窜过她的手臂与肩膀。"开启联机。"她告诉e-i。

"安杰拉？"

"天杀的，你是谁？"

"安杰拉，是我，拉维，我发誓。"

"你在哪里？到底发生什么事？我们以为怪物杀死你了。"她的e-i无法锁定联机发出的位置，建立联机的人很清楚该怎么窜改网络管理程序。

"它没成功。我逃走了。安杰拉，我动不了，我卡在峡谷的边缘。它以为我摔下去了，但瀑布下方十米的地方有个平台。求求你，把我救出来。"

"好，我去叫埃尔斯顿，我们把你救回来。"

"不行！谁都不行。你要自己来。拜托。"

她检查周围看有没有人在看她。雪轻柔地落在地上，让昨天累积的二十厘米积雪变得更厚。温暖的蒸汽缓缓地从能源槽的排气口吐出，遥控机关枪继续着一成不变的守护工作。

"不可能。我不知道你是谁。那东西昨天晚上毁了我们的网络。我们有内奸。说不定就是你。我要联络埃尔斯顿。"她说。

"不行！我谁都不能信任。安杰拉，只有你没被怪物害死。别人都死了。我知道我可以信任你。而且我们都知道有人在破坏车队，他们在帮外星人。可恶，我很怕，还很冷，冷到已经没有痛觉了。我认为我撑不了多久。"

"噢，不。"

"安杰拉，那些树是活的。马克·奇蒂就是这意思。是牛鞭树。昨天晚上树都在攻击我，那些该死的树枝一直挥出来，把我当成曲棍球的圆盘一样拍来甩去。它知道，怪物知道树是活的。丛林在帮它，丛林在杀我们，安杰拉。"

太可笑了，这些根本是他的臆想，她很清楚，可是……山沟边的MTJ。有东西打中马克。大大小小的意外。如果是这个说法，一切都有了答案。

安杰拉见过怪物，亲自攻击过它，摸过它，知道它是真的、实在的，过去二十年来，人类一族的所有都轻蔑地坚持她是错的。她为此受到惩罚，因为她不愿意屈服，不愿意质疑自己。"牛鞭树？"她低语。如果那些树是怪物演化的一部分，承载着它的恨意，与它是一体的，那么这一整个世界都在对付他们。她仰头，看着埋在深色云层后面虚弱的红色恒星。天狼星也是？她可以相信。她可以相信那个恶魔是无恶不作的。在她的脑海中，她看到它疯狂地挥动双手，催促不知名的东西攻击马克。

"对，有一棵打中我的背。安杰拉，帮帮我，但是不要靠近树。"拉维说。

"好，给我十分钟。我得想想该怎么办。"

她把手上的那袋食物放到油车上，跟轮流开车的福斯特和罗克聊了两句，然后走回热带车二号，绕过一整圈的车辆。MTJ二号跟刚离开的热带车一号原本并排停在一起，现在它们的位置变成一个大洞，雪又下得更密集，减低遥控机关枪的感应范围。她叫e-i与她收在口袋里的实体储存槽链接，浏览过萨玲的那排秘密程序行表后，找到一个可以帮她达成目的的程序。她将程序装入车队的网络。

热带车二号上的遥控枪不断左右摇晃，但现在它的传感器什么也看不见。安杰拉走到被雪埋着的破烂越野车，把储存槽往粗厚的后轮下方一丢。轮框上方两个很沉重的袋子挂在热带车旁边。她打开其中之一，拿出一个小绞索，这又称走壁器，是捆成一团的超强胶带，能够自动施放收回，而且根据她在巫岗罗列的物品清单，这个袋子里应该也有自动固定的锚钉。她花了一番功夫找到之后，把锚钉塞在裤子的大口袋里。

正在修理燃料雪橇的人的说话声从雪地的某处飘来。她最后浏览一次周围，附近没有看到人。"关闭我的躯网与网络的联机，启动储存槽。"她告诉e-i。储存槽的联机开始用她的e-i，让监控程序以为她在热带车里。

她觉得雪下得这么大，不刻意去找，绝对无法发现她的身影，所以她快步从传感器覆盖范围间的大开口走出去。

出了车辆停放的位置之后，一切就是白雪的天下，无论她望向哪个方向，被雪覆盖的河面看起来都是令人心惊胆战地相似。她的躯网与上辈子在比克-昂温商店买的导航模块保持联机，如今雪片乱飞，诡异的丛林浓雾缠身，导航模块就是她的指南针。

安杰拉循着河只走了一百米，就发现有人在跟着她。她一点也不惊讶。拉维没事这件事根本很扯。有两个可能，不是怪物，就是蓄意破坏的人。无论如何，她都准备好要把这件事了结掉。

她利落地从胸前的枪套抽出卡宾枪，弹开保险栓。后头的脚步踩在松软的雪上，越来越近。安杰拉全身紧绷，命令她的e-i与卡宾枪的瞄准传感器联结。这次她有了密码。埃尔斯顿亲自将密码交给她。绿色与紫色的图样出现在她的瞳孔智元网格中间，有如霓虹色的游鱼一般流畅。

一个黑色身影从雪幕间走出。"狗娘养的。"安杰拉闷哼。这是个陷阱！那东西是人类的形状，全身上下没有五官，雪片从如原油般光滑的皮肤溜下。跟她记忆里不太一样。手的形状也很普通，看不到那些可怕的刀刃。"你是什么东西？"她挑衅地大喊，把卡宾枪举在前面。

很奇怪的是，那个身影举起一只手，伸出手指，做出世界通用的"请等一下"手势。光滑的皮肤一阵颤抖，变成细窄的水流，从头顶流下，凝结成车队里所有人穿着的外套和防水长裤，然后一只戴着手套的手举起，解开蓝色的手打毛线长围巾，露出脸来。

安杰拉惊呼。

"哈啰，安杰拉。你在这里干什么？"玛德琳说。

安杰拉将卡宾枪指着天空，仿佛正在行军礼。在溜出车队带来的紧张感，还有即将面对背叛者的期待心情后，要她现在面对这个女孩几乎超出她的负荷范围。她感觉到眼睛堆积起泪水，起因于她全心的渴望。她再也假装不下去，此时，此地，再也不能。"哈啰，丽贝卡。"她猛然冒出一句，"那是……如果你知道你的名字是丽贝卡。"

"我当然知道自己的名字，母亲。"

2119年，在那个命运的清晨，安杰拉在外面慢跑。她喜欢很早出门，趁太阳还没升起到太高，奥克兰黏腻的热气还没爬过平原，把她肺里的氧气夺走。趁丽贝卡宝宝还没醒，一天连续不断的大小灾难还没开始，这时候她觉得自己远离了麻烦。当然这是个假象，但是她需要这个假象。

她顺着压缩机在地面上挖出的笔直泥石地跑。过去两年，巨大的马萨诸塞州农机机械挖出巨大的网格线，替拖曳机、挖洞机、收割机将农场巨大的农田连接起来。这两年的收成都很好，炙热的阳光与充足的水量让他们一年可以有四次收获。索尔已经填写好资格评估表交给州长办公室，等表格被批准，他们就能往北边取得另外八千亩地。那里的地比他们开垦的这些更湿，得做些复杂的农地处理。索尔当然已经规划好了一切——泵、整地、壕沟。她可怜的宝贝用工作来逃避他们对丽贝卡的担忧。她一点都不怪他，毕竟他们现在的人生已经够艰难了。

一辆大型的蓝绿色拖曳机顺着轨道朝她轰隆隆地开来，她跳上干草的草坪，不想让自动机器还要应付会移动的障碍物。她为马萨诸塞州农机的机器所做的一切工作骄傲，但有些软件绝对需要更新了。诺亚一直不停地提醒她这件事。机器经过她身边，巨大的轮胎溅起凹地的水洼，她从排气孔喷出的温暖蒸汽闻到有机油的味道。能源槽燃烧得不完全。月底前得把拖曳机拿去修。

安杰拉顺着十七号田野奔跑，综合机已经收割完合种牌面包玉米，现在只剩下玉米秆子，之后预定要深耕这块地，种高镍大麦，他们如方格状的农田不只这一片只剩下了秆子和一英里宽的地。这是一件她完全无法适应的事，奥克兰平缓的田园根本不算景色。她渴望高山，悬崖，几片山谷，只要不是一成不变的湿地和懒洋洋的河流，还有如蓝宝石般灿烂的广阔天空下又扁又平的土地。

她来到十七号田野的拐角，左转。这里的跑道长满长草，通往堤沟尽头的暴雨抽水站。半公里外，与通道平行的是565号道路，一条完全穿过整个郡的高速公路，直接通往八十公里外的州首都扬威奇。她可以看到农庄，离谷仓还有他们过去两年住着的快速房舍有三百米。房子是完成一半的房间，一半则是朝天空伸展的黑色鹰架，上面还爬有机器人。他们还在等包工十天前答应他们会送来地板原料的运送车，只是安杰拉也没体力追着他跑，虽然她应该要这么做。现在光是照顾丽贝卡就花去她所有的时间。

汗水顺着她的脸流下，浸透了浅灰色的背心，转向通回后院的最后一段路。当她再次开始运动后，最初的几个星期简直是地狱，每条肌肉都很僵硬，一直头痛，身体坚持要得到她怀孕和哺乳时同等的食物量。

可是她一直逼自己，无视疼痛，如今她几乎要回到怀孕前的身材，扁平的身躯和软趴趴的大腿仿佛只是可怕的噩梦，圆滚滚的脸又瘦削下去，让优美的线条再次出现。她跟索尔甚至又开始有性生活，只是得趁他们没有彻夜担忧地守在丽贝卡的小床边的夜晚，得趁她没有因为宇宙对她的不公而愤怒又自怜地无助哭泣的夜晚。

蓝色的灯光引起她的注意。一辆救护车正顺着高速公路狂奔。她的心跳加速，用力地盯着快速房舍。她的网络镜片放在卧室。慢跑让她能暂时躲开丽贝卡带来的痛苦。她只离开了屋子四十五分钟。就连索尔都能撑过四十五分钟。可以吧？

安杰拉加快速度，顺着小路狂奔。

果不其然，救护车在通往他们家的路口前转下高速公路，开始上上下下地颠过前院的碎石子路。她几乎要比它更快赶到快速房舍前，当她绕过晒谷房，重重踩过水洼时，急救员已经从门口进入。

一楼客厅里一半都装满了医疗器材，基本上让这里变成了儿童病房。只有一张小床是用钢铁架和可以收缩的轮子做成的。一名医疗人员正弯着腰在查看。安杰拉一看到这一幕，忍不住倒抽一口气。索尔站在医疗人员边，一脸悲伤又无力。

"发生了什么事？"安杰拉大喊。

索尔走向她，举着双手想要安抚她，"没事的。她有点呼吸困难，监控纤维说她的氧气吸取量正在降低，所以我趁情况变得危急前联络了他们。"

她懒得回答或安抚，直接推开她丈夫。她最近常这样。她知道这样不对，这不是他的错，但她也只能拿他出气。

"没事的，宝贝。"她朝躺在小床上的小人儿温柔地说。以一个八个月大的孩子来说，她实在太瘦小，穿着一件连身服，上面有漂亮的卡通花。丽贝卡的袍子领口、袖口、脚踝都有管子和数据光纤探入。银灰色的透析机放在婴儿身边的床上减轻她肾衰的症状。纤细、病弱的丽贝卡皱着脸，不舒服地扭着身体，嘴巴发出细细的呜呜声。她虚弱到甚至没法好好哭。鼻子里的氧气管轻轻地吐着气。

光看着女儿为呼吸而挣扎，眼泪就立刻涌入安杰拉的双眼。

"她还是能够吸取足够的氧气。"医疗人员戴维说。安杰拉现在已经认得整个郡的紧急医疗人员，知道他们的名字。"不需要插管。"他安慰她。

"好的，好的。"安杰拉擦着眼泪，迫不及待地想要听一些好消息，"我们该怎么办？"

"她肺部的氧气处理能力已经衰退好一阵子了。"另一名在研究屏幕的医疗人员阿凯德说，"我们得把她带回去，让他们检查原因是什么。"

安杰拉紧闭着眼睛。带回去。回去棕榈镇郡立综合医院。她对那里的儿童病院比对自己建了一半的屋子还熟，它有着太暗的深蓝色油漆，开心而灿烂的可爱动物图片在墙上，有蜜蜂和恐龙的床单，以及家长的等待室——根本是地狱。里面坐着眼神死寂、哭个不停的人，不是她该在的地方。

"走吧。"安杰拉说。她僵着下颚，努力想要控制翻腾的情绪。又有问题。那小身体又要应付新的病症。她以为丽贝卡的肺已经没有问题，呼吸器两个星期前被拆除后，类固醇应该已经生效了。

一点迹象都没有，怀孕很顺利。产检，几十个产检，通通显示母女均平安。新佛罗里达也许是个新的美属星球，却也不缺乏医疗设施，奥克兰现在又已经成为正式的州，在华盛顿有众议员。棕榈镇郡立综合医院有很专业的儿童病理部。霍华德家族的保险是同地球登记的公司办理的，提供一流的保障，而且已经完全给付。

她出生后，他们才开始了解他们美丽的女儿将要承受的苦难。丽贝卡的黄疸病对于一般婴儿来说很正常，在她身上却变成彻底的肝衰竭，需要基因改良猪的器官移植。这只是那孩子承受的一系列医疗磨难的开始。每一次医院和认真的团队都以高明的技术替她完成治疗。但每解决一个问题，就会出现另一个症状。一而再再而三的状况让医生们怀疑，是不是有他们没有诊断到的系统衰竭。

更让丽贝卡已经焦虑万分的父母担心的是，她完全没有长大。九个月大时，她只有五公斤重，几乎不到五十三厘米高。她还有左心室发育不良综合征，多囊性肝肾综合病、蛋白质缺乏造成的肌肉发育不良，免疫系统衰弱以及多种过敏，儿童病理部主任已经警告过他们，低标成长速度是无可避免的。幸好，她的脑部神经发展不受影响。索尔发誓十天前她微笑过。

戴维和阿凯德把小床推出门，一堆必要的医疗辅助器材放在床垫下的架子上。小床被设计成可以塞入救护车的治疗间。小床锁定之后，戴维开始将系统接上车辆的动力与数据插孔。

安杰拉抓起大门边随时收好的过夜行李，索尔抓起他的，两人一起上了救护车，戴维照顾小病人，阿凯德在前面监控自动驾驶。

至少他们还不需要用到警笛，不过阿凯德倒是让车速保持在平稳的每小时一百二十公里。时间还早，高速公路上的车不多。熟悉的标志和农场道路从深色窗户旁边后退。安杰拉茫然地看着他们，拒绝让心中纯粹的哀凄泛起，让纯然的绝望淹没她所有理智的思绪。她痛恨自己的无助，每次碰到新危机时就必须对医院小儿科医生表达的卑微感激，痛恨要问自己下一次又会有什么问题，因为这代表她预期会有新问题出现，但其实她应该要一心一意只想着她亲爱的宝贝会好起来。可是她最大的恨意直指这个淡漠无情的宇宙，居然会让一个如此宝贵且无辜的生命遭受这么多折难。

他们下了斯坦福德的出口匝道，安杰拉自动朝袋子伸手。她整个人一团乱，穿着运动背心和短裤，头发用松紧带绑起，汗浸透了袜子，运动鞋上都是泥污。她的袋子里有一件毛衣外套，几条运动长裤，网络镜片和通信接口，甚至有点现金，还有一些放在老旧盥洗袋的盥洗用品。她翻找袜子到一半，看见盥洗袋，一时间讶异得反应不过来。这可能是她拥有的东西中跟着她最久的一个，跟着她走私珠宝的肥皂一起从新摩纳哥带出来。

那段人生已经消失了。如果她还会想起，也仿佛那是一段全像剧一般的记忆。很难相信她曾经是个亿万公主。可是她能够把那样的过去放下，这是她的胜利，大多数跟她当年同样处境的人应该办不到，她相信。所以她能够开始建立起真正的人生，虽然称不上奢华，却仍然丰衣足食，而且充满对未来的希望。毕竟她有好几个世纪可以将她在新星球上的产业发展成甚至连她父亲也会称许的王国，感情丰富又温柔的索尔也是相处起来颇为愉快的伴侣。

一切都很完美。真的，过去两年他们都沉浸在新婚的甜蜜中，农场生机盎然，他们有朋友，而且大多数的晚上两人都忙着要脱光彼此滚床单。

"那是什么鬼？"阿凯德问。

安杰拉看向他身后的救护车挡风玻璃。外面的太阳似乎亮得不正常，这时她才发现有别的东西正划破奥克兰多云的天空。高速公路两旁的树木长出不断晃动的第二道影子，比阳光更强烈的光芒正从南方的天空射向地面，消失在地平线下。

她看向索尔，他的嘴不自觉地张大。

接着，她的注意力被e-i完全引走。HDA正式宣布新佛罗里达系统的沾斯潮警报。撤退流程档案正在发送给每个公民。她震撼到什么都说不出来。

索尔说："我们得回去。我们的……我们的农场。那是我们的一切。我们得去拿……去拿——"

阿凯德说："抱歉，老兄，我哪里都不去。我要开这辆巴士去接我的家人。我们得赶快离开，离开整个星球。"

"我们绝对不能回去。"安杰拉说，不理会阿凯德，直直盯着索尔，"这是沾斯潮。你明白吗？一天之后，这里会寸草不生。寸草不生！一切都结束了。农场完了，没有了。"

天光再次改变，一道灿烂的光线如慢动作的闪电划过东边的天空。

戴维慌乱地大喊："我们该怎么办，我们得去我家。"

阿凯德咆哮："不可能，我们要去接我家人。"

"我女朋友怀孕了。"

"我会在附近放你下去。"

"你家住在镇子的另一边。"

安杰拉说："你们两个都闭嘴。我们还有几天的时间，情况才会变得紧急。雷刺很快就会起飞，他们会把沾斯裂缝轰走，他们会让我们有充足的时间去通道。"

"我要去接我的家人。"阿凯德固执地说。

"你要开车送我们去医院。你们两个人的车都停在那里。你再上车，开去找你的家人，这样我们大家都满意。"安杰拉说。

"不。"阿凯德固执地重复，"你们可以和我们一起上车，车上有位置，但我可不绕路。"

"混蛋！"戴维大喊。

"我说了，我会先放你下去。"

安杰拉没时间跟他们搅和，索尔也没有用。他会想要一直讲道理。现在已经不是讲道理的时候了。她非常清楚当人生整个瓦解时，人类第一时间会怎么反应。在盥洗袋最里面有一些毒品，是她准备用在医院里实在太令人难以忍受，当她再也无法眼睁睁看着她的孩子被插满管子，有五个医生同时手忙脚乱地抢救时。她拿起袋子，一挥手，往阿凯德裸露的脖子按了三剂。

"喂！"阿凯德大喊。他慌乱地抓着脖子，索尔和戴维则睁大了眼睛看她。"你干什么啊？什么……哇喔……"他开始拼命眨眼睛，"这是……啥？"他的头开始左右乱甩，仿佛脖子上的肌肉失去所有支撑的力气。

"安杰拉！"索尔说。

她冷冷地看了他一眼，"怎么样？你想去他家？你想被他家人丢出车外，因为他们发现车上位置不够，然后我们还要继续维持丽贝卡的维生系统？那是你要的吗？"

索尔满脸通红，"……不是。"

阿凯德趴上方向盘。

"帮我把他搬走。"安杰拉说。

戴维跟索尔一起把神志不清、胡言乱语的男人从驾驶座拉走。安杰拉坐下，将救护车换成手动驾驶。"戴维，我会把你们两个放在医院。"

"好。"戴维紧张地说。

安杰拉听到他乖顺的语气便露出凶狠的笑容，一开警笛，用力一扭油门，立刻加速到时速一百五十公里。阿凯德的太阳眼镜放在仪表板上，她抓起眼镜戴上，虽然云层正逐渐增厚，她也看到一片灰色的雨正朝棕榈镇前进。她做得对。几分钟后，第一波核爆在他们上方五百公里爆炸，是狂野女武神机队开始他们不可能的任务，要在沾斯块落下之前拦截住它们。云层略略遮掩了暴力的闪光，即便如此，灰色的云层下方仍然因为爆炸的强光而不断发亮。

救护车开到棕榈镇的外围，上面有一排排整齐的白色矮屋，周围是如池塘般碧绿平缓的草地。车子从屋子间的道路开出，冲入通往高速公路的出口岔道。这时没有人在管车速。融合炸弹不断在空中爆炸，谁还管红绿灯。三个路口纠结成一团，安杰拉得开上人行道才能绕过去。空气中满是愤怒的喇叭声，进城远比出城容易。

雨跟救护车同时来到医院。安杰拉直接开到职员停车场，刹车。"戴维，出去！"

戴维露出想要争辩什么的神情，但索尔已经不再同情心泛滥，后门一开，他把沉浸于梦境的阿凯德往湿漉漉的柏油路一推。"祝你好运。"索尔朝戴维喊。更沉重的雨势落在车上。他得到充满怨恨的一瞪。

安杰拉没再等。她用力一拍关门钮，再次扭转油门，他们冲出停车场，回到通往高速公路的主要道路。

"她怎么样？"安杰拉问。

"安杰拉！你攻击了阿凯德。"

"他在那边要混蛋，我们没时间浪费。快说，她怎么样了？"

索尔深吸一口气，去看他们的女儿，"应该没事。她的肺仍然在送足够的氧气进入血液。"

"很好。我们要直接去扬威奇通道那儿，只有六十公里远。听我说，如果她的情况变得危急，你得处理，可以吗？"

"我是个农夫！我们需要医疗人员，我们需要戴维和阿凯德。"

"我们已经照顾她八个月了。我们跟他们一样努力。你学过所有的基本程序，他们教了我们所有的紧急应变方法，你给我专心。现在是紧急得不能再紧急的情况。你得让她活着，直到我们到达迈阿密的医院。"

"我……对，对，好。靠，安杰拉，你把阿凯德整个药昏了。"

"我别无选择。索尔，现在已经是世界末日了。沾斯潮正在扑来，不可能有什么快乐大结局，但是我们三个人，我们一家人，我们会活下来。"

"我懂。我现在懂了，真的，我懂。你开车，带我们上高速公路，快点，开车带我们去迈阿密。我会一直照顾她，我保证。"

"这就好。"

路上所有人都在手动驾驶，到处都是怒气冲冲的驾驶员与慢到不行的车流。"他妈的。"安杰拉大骂，用力一转轮子。救护车撞倒路中的路障，开始逆向前进，头灯与警笛同闪，几辆开向她的车子快速闪到一边，另外几辆出城的车子也推开中央分隔岛，开始跟着她冲。

她有三次跟逆向的车子擦撞，然后他们出了城，越来越多人都在用两边的道路上高速公路。目之所及，并无警车。车速慢到极点。

安杰拉转头，看见前面两公里一条纤细的线，那是架起的高速公路。他们往前开的速度跟走路一样慢，雨水一直落在路面，抹晕所有人的灯光。警笛和闪光没有用，谁都不会动，任谁在这条挤成一团的队伍中也不会让位。

有东西从云底落下，一块落石，不知是沾斯还是雷刺。火焰、黑烟跟随它一起落下，它撞上地面，滚到她知道是科诺利一家的农场。

这一幕让她下定决心。她再次猛力一转方向盘，整辆车轧过路肩，朝排水壕沟开去。

"安杰拉！"索尔呻吟。

"这是郊外，救护车可以直接开在原始的地面，壕沟不是问题。"

她开始加速，开在长满绿草的壕沟中心，浅浅的小溪从轮轴中间流过。涌上心头的很久以前的回忆帮助了她，她和莎丝塔在纳格帕参加一千公里接力赛，开着豪华大型越野车穿过史拉潘平原，进入唐瑞塔山脉，看着宏伟的安特罗戴尔山耸立于气流间。虽然很困难，但她那时也掌握了越野驾驶的基本技巧。

五分钟后，他们上了高速公路，她将救护车直直对准壕沟转弯的斜坡，加大扭力，让车子轧过刺草，开上匝道的路肩。突然有一辆大车出现让路上所有的车子四散，她把他们赶成一团，无视于大作的喇叭声与尖叫咒骂。至少还没人朝他们开枪。

上了高速公路之后，车速增加，只是车辆之间的距离仍然太近。星球上空的闪光风暴因为飞驰的英勇雷刺而变得更加频繁，他们离扬威奇还有三十公里时，第一波真正的碎片穿透了阴暗的云层。不管那是什么，那一团东西都在大气层里开始崩裂，因为攻击的震撼力让它再也无法保持完整。三四十个火球轰隆隆地落下，在身后拖着肮脏的长尾巴，愤怒的弹头带出冲击波。下层密度更高的气层引发出的连续撞击让火球以更快的速度撕裂，变成新的一团致命亮光，击中高速公路南边的田野，撞起大片的土壤和水波。安杰拉看到一辆综合收割机被轰上三十米高的空中，缓缓地打转后落下，冲击波和声波扫遍路面。

一开始安杰拉以为有东西撞上救护车，所以车子被暴力地推向路的另一边，逼得她仓皇闪躲才避开旁边的低矮护栏。她看到前面有两辆小一点的车子被掀翻，几辆车撞上护栏，一辆整个掉转方向，其他几辆则被撞出许多凹陷。一辆货车撞上救护车的斜后方，逼得车子边抖边往旁边滑，直到她硬是把车子又转回路面。

没人停下来去帮助翻车或撞车的人。再几米外，伤员下了他们被撞烂的车子，躲在一旁，焦急地朝救护车挥手。安杰拉继续开。

云层开始散开，把雨带离扬威奇。她可以看到城里少数几座摩天大楼的轮廓出现在天边，逐渐放晴的天空仍然受到融合炸弹的闪光茶毒，还有逐渐扩大的裂缝散发出来，不会消散的深红光芒，即使雷刺驾驶员们已经尽了最大的努力。新佛罗里达的太阳正逐渐失去威力，裂缝开始吞没星球周围的宇宙。欧奇丘比已经完全消失了。

更多战斗造成的碎块一边燃烧一边落下。安杰拉的e-i回报找不到任何可以联机的网络，而塞车的情况丝毫没有好转。所有的匝道斜坡都塞满了车。前面的车硬挤进在高速公路间狂飙的车流。逆向的车道上越来越多出现车子跟她朝同一个方向前进。

"安杰拉，她的摄氧率降低了！"索尔大喊。

安杰拉被前面的大卡车抢道，连连咒骂。一道明亮的彗星划过高速公路上方，撒出一片碎石大小的碎片，像是发光的子弹一样击中柏油路。她听到其中两枚击中高速公路上的车体，在她左边的车子猛然闪躲。"你想想办法！"她朝他大喊。

指向通道的标志开始出现在高速公路旁，她看到他们还剩十公里路的时候，微微安心地喘口气。崩解的彗星落在离高速公路一公里外的木材商店，商店周围是一片碧绿的空地。她从后视镜看到整块区域一秒内便被摧毁，消失在一波火焰与泥土中。

离通道八公里的地方，一群由装甲人员、运输车与巨大地面吉普车组成的车队，正顺着离开扬威奇的高速公路疾冲。红色的闪光灯与刺目的头灯宣示他们的到来，使用高速公路的车子得赶快闪避，躲回顺行的车流。

她经过领头的吉普车时，看到旁边的HDA标志，几乎想要欢呼。车队一直开，有好几百辆，载着数千名军人，再往后，HDA车辆停在旁边，持有长形自动来复枪的海军陆战队队员站在高速公路两旁，看着车流。所有驾驶员都冷静下来，放慢速度，保持一定的车距。喇叭声也安静下来。文明和秩序终于回归。

通往高速公路的最后五公里又花了九分钟。天色暗下，裂缝发出的病态红光遮住太阳。安杰拉知道这片红光永远不会消散。他们唯一看到的白光来自核爆，而且爆发越来越频繁。烟雾与碎屑布满了整个低层大气层（对流层）。不断有东西从空中落下，大多数都在空中爆炸，拖着黑烟的长尾巴坠落，往四面八方喷撒更小块的碎屑，增加空中的烟雾。

HDA完全控制住进入通道的入口，将逃离城市的车辆汇入从高速公路出口下来的车流。检查哨和栅栏被搬除，只剩中间一条用红色钢柱标出的分隔线。在最后一公里的路程中，救护车在车流中的速度慢到像是爬行，而HDA军队和车辆仍然不断从地球涌入，急忙要去各处救援。

救护车以步行的速度前进五分钟后，他们通过通道进入佛罗里达，看到星星在离清晨还有两小时的空中闪烁。通道过去是在韦斯顿劳德代尔堡正西方、占据整个595南边的谢南多厄区，有大条的主要道路串联

595与75的路口。这里由州军队担任交通指挥，他们比另一边的HDA海军陆战队队员们更容易激动，像看球赛的高中生一样挥着枪，命令所有人开上595公路。

安杰拉的e-i告诉她，它又联上了跨网，找出了合适的路径。救护车的自动驾驶警告她，现在有严格道路交通管制，所有车辆被要求改成自动驾驶以便管理。整个迈阿密交通罩网正将高速公路上的所有本地交通清空，现在时间还早，所以并不困难。优先级是从基地出发，通往三道通道的HDA车队，再来是疏散难民。州长已经许可的主要方针是保持车流前进，阻止在通道周围发生堵塞。另外两个新佛罗里达通道链接在大迈阿密的坎达区和波卡拉顿区，也是使用同样的交通管制。高速公路交流道出口全部关闭，强迫难民北行到预设的接收点，废弃军营改建的中介中心正在开启，准备处理新佛罗里达两千万居民中所有能逃出来的人。这么做除了因为同情心，更因为区长与州长希望绝对避免大迈阿密被难民潮淹没。

e-i找到最好的小儿科中心，是克里夫兰医院附设的丹马瑞诺医学中心。它位于75旁边，就在通道南边四公里处。罩网和州立军队还有高速公路巡逻车封锁了通往75南向的连通道路。

她要求通过，说有紧急医疗事件。罩网AI拒绝允许使用这条路径，回传的档案说所有医疗设备都在接收点还有中介中心，所有难民都被要求前去该地使用。

"见鬼！"安杰拉惊呼。高速公路的限制包括整条95，一路到棕榈湾。等她开到那里，限制区域应该又会再扩张。75西向开放给难民，她可以横跨国家保护区到那不勒斯，那里有家还可以的医院，但那要再花好几个小时，而丹马瑞诺只离这里几分钟。几分钟而已。

"她怎么样？"安杰拉问。

"呼吸器开了。"索尔听起来很害怕，"我觉得我应该没弄错，她的血液还是含氧的。"

"好，我们要去医院，快点。"她其实很想撞过停在马路上的警车，只是士兵们有枪，而且光看每个人紧张成那样，就知道他们可以无理由开枪。所以她叫自动驾驶带他们去75西向。

"你在干什么？我们应该往北开。开快点一个小时就会有医疗中心。"索尔大喊。

"那里一定有能治疗丽贝卡的专科中心吗？"她恨恨地吼回去，"闭嘴，让我来处理。我得打通电话。"

她没想过自己还会有拨出这个通信码的一天。最令她不解的是为什么这串数字还存在她的地址库里。她过去八年中应该把它给删掉的。真的，她早该那么做。她的e-i发出通话请求。

"安杰拉？我的天哪，好久了。你还好吗？你在哪里？"豪斯登问。

安杰拉冷下脸，压下喉咙突然哽住的感觉。他接通信了。他居然接了。她已经做好心理准备，他的e-i会叫她下地狱去。原来不是所有新摩纳哥的住户都是垃圾。"我在迈阿密，对不起，如果不是非常紧急，我不会联络你的。豪斯登，我需要帮忙。"

"迈阿密？该死，安杰拉，你得小心。新佛罗里达上发布了沾斯潮警报，我两个小时前才知道。整个星球一下子就会冲到你家门口了。"

"豪斯登，我是难民之一。"她说。她唯一想得到的是：两个小时前？他那时怎么知道的？她两个小时前甚至还没出门去慢跑。她已经忘掉新摩纳哥的生活是什么样子。

他说："哦。对，我应该猜到的。新的世界。你怎么就碰到这么糟糕的事了。"

"豪斯登，我需要去克里夫兰医院的丹马瑞诺医疗中心，可是国家警卫队封锁了交流道。你认识州长办公室的人吗？"

"不认得，但用家族的力量就可以，你也知道。你需要什么？"

安杰拉研究她的e-i显示在网络镜片上的地图，"我需要在沼泽大道下75。"

"行了。至少你到的时候一定没问题，把你的车牌号给我。"

"谢谢你，豪斯登。我是认真的。你是我最后的希望。"

"这没什么大不了的。嗯，档案送到了。安杰拉，这是救护车，你受伤了吗？"

"不是我。是我的女儿，我得带她去看医生。"

"你生了小孩？安杰拉，真是太好了。我也生了两个，我们应该看找时间让他们聚聚。"

她尴尬地沉默下来，愤怒地心想，他不明白，他知道我的名字，但他不知道真实世界的人生是什么样子。"她病了，豪斯登，病得很重。"

"如果她是你的女儿，她就一定能撑过来。没有人比你更坚强了，安杰拉。我一直最喜欢你这点。"

"再见，豪斯登。你也是最棒的。"

"再见，安杰拉。祝你好运。"

安杰拉持续开在清晨前的天光下。这一段的75叫作鳄鱼路，宽敞的六车道，中间有一条很大的排水沟顺着北边与大沼泽野生公园接壤。

"那是谁？"索尔平静地问。

安杰拉猜想她刚才应该是用正常音量在说话，而不是像平常一样压着嗓子说话，他一定听到她的说话声，听出了其中的情绪。"老朋友。"她嘶哑地回答，"我用完最后一个人情了。"

"真的？你认识可以把州长呼来唤去的人？"

"不是这样的，在他们那种层级，一切都是有交换条件。"

"可是——"

"别问了，丽贝卡需要帮忙，别的都不重要。"

有五辆高速公路巡逻车停在那里阻挡沼泽大道出口，还有两辆国家警卫队的大型人员运输车支援。安杰拉把救护车停在第一辆巡逻车边，一名武装制服的警官站在路边等他们。她放下车窗。

"德维亚小姐？"他问。

"我是。"她可以想象后座索尔的表情，受伤与不解。

"我接到命令要陪同你们前往丹马瑞诺医学中心。"警官的语气让所有听到这句话的人，都知道他不敢相信居然会有这种事情发生。

"谢谢。"

"你一定是那里很重要的病患，这个命令直接来自州长办公室。"

"是我的女儿。"

四天后，也就是HDA指挥中心关闭新佛罗里达行动、把最后的人员从通道撤离时，安杰拉和索尔坐在艾利亚医生的办公室，他是丹马瑞诺基因疾病部主任。医生穿着一件白袍进来，看起来有点疲累，这是所有部门负责人的共通点。他人不高，体重却似乎节节上升，发际线后退露出宽大的额头，上面无视于空调，仍然泛着汗滴。

　　他坐在蓝色的复刻版库史密斯办公桌后，给了他们一丝紧绷的微笑。"我们昨天从北京基因经济研究所拿回丽贝卡的基因分析结果。很抱歉我们花了一段时间才研究完毕。我有一半的基层人员都在难民中介中心担任义工。我本人看过了结果，必须说我从来没有看过这种数据。"

　　"怎么说？"索尔说。

　　医生取下他的无框网络眼镜，开始擦起来，"在棕榈镇郡立综合医院治疗丽贝卡的团队判断得没错，的确有系统性的问题，当我们取得你们两位的基因之后，已经判断出问题在哪里。"

　　安杰拉感觉自己脸上的血色褪尽。丹马瑞诺团队先是用临时供氧阀道来解决丽贝卡的呼吸问题，让她小小的肺部不用这么辛苦，然后便开始相当尽力地研究她的各种病症。就连安杰拉的一流保险都没有办法支付所有的测试费用，多余的部分她得用她的第二账户支付，那个账户的资金来源是她当初从新摩纳哥带出来的珠宝。

　　"有什么问题？"她冷冷地说。

　　"霍华德太太，很抱歉我这么突兀，但是我们从来没有见过你的基因序列。你是个'十选一'，对不对？"医生说。

　　"对。"

　　"什么？"索尔沉声问。

　　"'十选一'指的是一个特定的人工基因序列，让青春期过后的老化因子减缓。"医生说。

　　"这是怎么回事？"索尔呆呆地问。

　　"那是一个对胚胎的基因重整程序。"医生解释，"我们同时注意到你的器官功能和免疫系统有相当大的改进。你的基因相当出色，霍华德太太。"

"这跟丽贝卡有什么关系？她没有全部遗传吗？"安杰拉问。

"恐怕这就是问题。你一定是非常早的一代。"

"我是。"

"嗯。这么说吧，你得到的序列在胚胎时期的基因重整，可以正确无误地加入你的DNA中，而且不会造成任何发展问题。虽然非常优秀，但你新增的程序极端复杂，所以没有完整地遗传，不像红头发或身高或骨质密度，这些决定一个人会长成什么样的基因部分。人工的'十选一'序列，尤其像你这种初代序列，在自然子宫受精程序时可能会发生克隆的不稳定性。我猜丽贝卡应该是自然受孕，而且没有接受胚胎基因调整？"

"她是自然受孕的。"安杰拉解释。

"真正问题就在这里。我很惊讶你原本的基因咨询人员没有警告你这点。"

"你的意思是丽贝卡受到有问题的DNA污染？"安杰拉说。

"这个解读有点太严苛。但她现在很多问题绝对都是根源于罕见的DNA组成。如果你在刚受孕时就让她接受调整，有些基因治疗过程可以用重建程序的方式来解决问题，当然很昂贵，但我想这点对你来说不意外。如果她当时能接受早期的治疗，那就有机会可以给她比较现代的程序，比较不会造成……错误。"

"问题出自我的基因？"安杰拉问。

"在这个案例上，恐怕是的。"

"好。"索尔以颤抖的声音说，"那我们该怎么办？我们要怎么治疗？要怎么治好受损的基因？"

"霍华德先生。"艾利亚医生的肢体语言充满同情，准备好要解释最坏的消息，家长永远无法接受的坏消息，"你有非常好的保险，这表示我们可以让丽贝卡在丹马瑞诺过得很舒服。棕榈镇为她提供的维生系统有些非常原始，当然它们本身没有问题，可是我们可以用比较温和的版本来替代。这样能让她在接下来的时间里过得比较轻松，对你们和她来说都是比较没有压力的选择。"

"姑息治疗？"安杰拉怒骂，"这就是你提供的？他妈的姑息治疗？"

艾利亚摊开手，表达完全的理解。"我知道这很难接受——"

"不。我明白你天天都会见到这种情况。可这是我的女儿。我不接受什么姑息治疗。我要知道该怎么样才能治疗她。"

"霍华德太太……对不起，我们真的没有这个能力。"

"好。那谁有？"

"你必须了解，你的要求非常罕见，事实上在大多数州都是被禁止的，包括佛罗里达。而且也极端昂贵，你的保险绝对没有办法支付任何一点。"

"所以有治疗方法？是什么？"

"基本上，要改正这么多的基因扭曲，得选用类似所谓回春程序的一种治疗方法。我知道得不多，只知道它还在实验阶段。据说接受过的人都不愿意公开承认这个过程，从这个程序需要的金额来看，他们都是亿万富翁。"

"可这是可能的？"索尔问。

"她体内所有细胞的DNA都需要重组。这要花上好几年，费用是天文数字，即使只是这么小的人儿。"

"行。我需要可以进行治疗的地点名单。"

"霍华德太太，我想你会比我清楚。在现行佛罗里达法律下，就连将你的序列给一个受精卵都是非法的。你需要询问的是……创造你的团队。"他淡淡地微笑。

"如果我去找他们，要花多少钱？"

"我真的不知道，那不是我的领域。"

"狗屁。这绝对就是你的领域。随便猜，毕竟如果你说错了，我也不能告你，不是吗？"

"我实在没有办法建议。"

"我收到你的不赞同了。多少钱？"

"据说，如果是成人，完全细胞重组的金额几乎要十亿。以丽贝卡的大小，我预算，而且是非常粗浅的预算，你需要七千万以上。"

"天啊。"安杰拉低声咒骂一声。她原本希望的数字是两百万，如果她把她的第二投资账户里的一切都卖掉，大概还可以负担。她已经准备好要听到五百或七百万，如果是这样她会去求豪斯登，甚至必要时可以求莎丝塔，她一点都不担心尊严的问题。可是七千多万？她不可能在几个月内筹到这么多钱。

"我想跟我的丈夫谈谈。"她说。

艾利亚医生似乎对于能把办公室留给他们，而自己可以离开感觉松了一口气。索尔看着他的妻子很久之后才说："你是'十选一'？"

"对，索尔，我是'十选一'。"最严重的是，她知道他会拖长整个对话，要求她确认每个事实，他不能直接在脑子里拼凑出全貌，像个成年人一般接受真相。

"所以……你多大？"

"绝对不是二十一岁。大概跟你年纪差不多。别担心，我没比你老多少。"

"那马萨诸塞州农机从来都不是你母亲的？一直都是你的，对不对？"

"老天！索尔，专心点！重点不是我。是丽贝卡。我们的女儿病得很重。专心想这件事。"

"我不行。"索尔悲惨地说，眼泪开始充满他的眼睛，"结束了。"

"你也听到医生的话了。"安杰拉厉声说，"她可以治好。"

"七千万？"他恨恨地笑了，"就算爸妈把所有的东西都卖掉，也顶多只能筹出一千万。我知道，我原来是那家公司的人。"

"我们得自己来。"她已经在想要怎么抢这笔钱，从谁那里抢。她在帮助父亲经营那段时间里学会各式各样的财务诈骗手法，现在她有了一个明确的目的后，就像是她那部分的脑子突然又启动了。精明、计算的思考模式属于安杰拉·德维亚，失踪了八年的新摩纳哥公主，直到高速公路警察问她，那是不是她的名字为止。安杰拉·德维亚聪明又危险无情，为了得到她想要的东西，绝对会立刻动手，不会有半点迟疑。

我好怀念做回自己的感觉。我真蠢，居然一直沉浸在悲惨和自怜里，我早该自己掌控一切，找到解决办法。

"怎么做？"索尔问。

安杰拉鄙视他声音中婆婆妈妈的绝望，"听我说。需要这笔钱的是我们的女儿。你需要知道我为了得到这笔钱会不择手段。绝对地不择手段。我现在只需要知道一件事，你会不会帮我？如果必要的话，我也可以自己来，但有你帮忙会比较容易。"

"我……当然会帮忙。"

"很好。我现在就可以告诉你，你绝对不会喜欢我的计划。如果你在事成之后不想与我再有任何关联，那也没有问题，因为到时候她已经可以接受治疗，其他的都不重要。"

"我说了我会帮忙。我当然会帮忙。她也是我的女儿。"

"对，好。"可是她已经看到他眼中的震惊和迟疑，他在担心她到底是什么意思。

"你原本怎么得到这种基因治疗的？我以为这种事多半是跨网的阴谋论。"他问。

"我父亲曾经非常有钱。但我不是。至少现在不是了。"她露出没有半丝笑意的微笑，"该要为我的事，还有为我没有办法治疗丽贝卡的受精卵负责的人，是一个没卵蛋的家伙的儿子们，我要他们为此付出代价。"

所以他们的确付出代价了。亚贝利亚的都市行政管理局账户的钱成功地转到朱利欧跨星际公司，再从那里辗转到了真耶路撒冷的无名账户上，索尔虔诚的姐姐带着丽贝卡去了那里，只有最虔诚的犹太教徒才被允许踏上的星球。丽贝卡预定要在那里进行基因治疗，修复她有问题的DNA，变成一个正常的女孩，能享受自己的人生。

安杰拉冒了生命危险，亲眼看到转账成功，又在监狱里待了二十年，好让这个骗局永远不会被揭穿。所以当她看到年轻版的自己站在亚贝利亚机场的用餐帐篷里发放餐点时，所受到的震撼剧烈到让她晕了过去。她不可能弄错，她的五官都在那张脸上，混入索尔善良的双眼和更深颜色的头发。她的女儿。

活着。健康。开心。而且他妈的在圣天秤星探勘队里当女侍者。

这种事情绝非巧合。不可能。

安杰拉看着那张美丽的脸，外面裹着围巾，白雪继续落在她们身边。"怎么会？你怎么会在这里？"她恳求地问。

丽贝卡露出淘气的微笑，"总得有人看着你，母亲。康斯坦丁认为我最合适。"

"康斯坦丁？康斯坦丁·诺思！"

"对。先别生气，他全部都知道，他知道你跟父亲在亚贝利亚骗了一笔钱。"

"怎么会？"她虚弱地问。

"他发现屠杀案的官方说法大有问题。他必须知道自己的兄弟那天晚上发生了什么事，而要知道这件事，他得先知道关于你的事。他的人有好好地搜集资料，不像你被抓起来的时候警察那种简直是胡搞的侦查方法。他知道你那天晚上没有杀人。"

"他知道我是无辜的？诺思家族的人知道？"

"母亲，你从他们那里偷了一亿零八百万欧法元。"

"为了你！为了让你好起来，为了能让你活下去。"

丽贝卡的眼中泛起泪光，"我知道。你永远不会了解他们告诉我这件事的时候，这对我来说有多重要。听到你还活着已经让人不敢置信了，可是知道你做的事，你的牺牲……"

"拜托，能让我抱抱你吗？我已经二十一年没有抱过你了。要放手让你走真的好难。"安杰拉说。

丽贝卡张大手臂，安杰拉几乎是倒入她的怀抱。

"我一直不知道。我一直不知道治疗有没有成功。不知道你是不是活着。什么消息都没有。我只能怀抱希望，只能希望而已。希望了二十年。你是我的女儿，如果有人能撑得过，一定是你。"

"我爱你，母亲。"

安杰拉往后退开一点，却没有放开女儿的肩膀，端详那张熟悉到极点的脸。"看看你，你好漂亮。"

"是吗？因为我有很棒的遗传样本。"

"治疗成功了？你没事了？你父亲以为你死了。我一直知道他是错的。"

"是的，母亲，治疗成功了。木星的基因治疗师做得很好，我可以怀孕生子，不会有问题。"

"等等！什么？木星？"

"是的。康斯坦丁一查出真相，就把我带去居住所。"

"为什么？"

"他想要确保我的治疗是成功的，而木星有任何地方都比不上的科技。康斯坦丁的研究计划之一就是人脑该如何扩大、增强，他希望这样能让我们拥有可以打败沾斯的智慧，所以他们的基因部门和物理部门都在木星上。"

安杰拉鄙夷地哼了一声，"算了。你还活着，你在我身边。我知道等我听到细节的时候，一定会气得跳脚，但是为了这一刻，什么都值得。"

丽贝卡露出一模一样的笑容，"你介意告诉我为什么你在这里吗？"

"噢。"安杰拉转头去看冻结的河。雪还是密到看不清几米外的地方。"拉维活着。"

"什么？在哪里？"

"瀑布。来吧。"

两人前进，仍然手握着手。"你怎么知道我在这里？"安杰拉问。

"我在你身上放了智慧追踪分子。"

"我早该猜到。我想你身上穿的东西也是木星来的？"

"对，那是一件大分子披风，可以改变外貌和功能，你刚才看到的是护甲变种。我不确定外星人会不会溜到这里来。"

"能保暖吗？"

"绝对可以。"

"算你运气好。所以你要那东西干什么？我看到你之后就一直在想，你为什么会来这里。"

"你真的知道？一看到我就知道？"

"我当然知道。你是我的女儿。你也有一点索尔的部分。谢天谢地。在亚贝利亚要认出你太容易，我得说你让我吓了一大跳。"

"索尔。我父亲，索尔？"

"对。他不是……这样说吧，他比我温和一点。你会喜欢他，他很有魅力。我想康斯坦丁知道他还在圣天秤星上？"

"对。我想要见见他。"

"你会的。我已经见过了。事情……没有我以为的那么顺利。他跟我一样付出了代价，说不定更多。康斯坦丁把你从真耶路撒冷上抢走的事情被他用你的死讯遮掩过去。可是索尔看到你绝对会高兴得不得了，这点我知道。"

"二十年了，母亲。我不知道该说什么。"

"值得的。"

"我发现真相之后，一直要康斯坦丁把你从霍洛韦里救出来。他说不行，会引起太多注意。"

"他妈的诺思家族。"

"他们没那么糟。至少我认识的不是。"

"是吗？那他还要你在探勘行动里做什么？"

"抓怪物。"

"你绝对不准靠近那个狗娘养的。你根本不知道那东西有多厉害。"

"我很清楚。而且我很安全，你也看到那副护甲了。我身上也有武器。"

"真的？那我希望你那些武器的火力强大到可以毁掉星球上的每一棵树。"

"你在说什么？"

"拉维说他被牛鞭树打了。那东西有办法操控丛林。"

"这真是太糟了。"

"对，所以你别仗着年轻就胆大。我们同安全可是有好大一段距离。"

安杰拉的导航模块警告她，她们离瀑布很近了。似乎是在确认这里离峡谷的确不远一般，雪片随着涌过边缘的上升气流不断盘旋。她告诉e-i再去联络拉维。她刚才几次要联络他的时候，没有收到响应。

"如果你有木星的传感器技术，最好现在使用。我们站在悬崖边有点危险。"安杰拉说。

"知道了，母亲，这就启用。"

安杰拉赞赏地听着她的语气——跟她自己的一模一样。两人小心翼翼地向前，直到找到瀑布的顶端，这里的冰突然往下弯，风开始悲伤地呼啸。她双膝跪地，看着下方，想要抑制往下看时的失重晕眩感，不过没有成功。她只看到冻结的水往下无限地伸展，雪花盘旋地升起。

此时她的e-i告诉她，拉维正在响应她的呼叫。"你为什么一直断线？"她问。

"要保持清醒有点难，抱歉。"

"好了，启动你的躯网。我需要确定你的位置。"她的e-i回报完全锁定。他大概在四十米外。安杰拉和丽贝卡小心翼翼地顺着崎岖的冰块往前走，直到到达他的正上方。他的躯网来自冰面正下方七米半的地方。安杰拉趴在冰上，看着边缘。冻结的巨大水流在她下方往深处延伸，不像灌注的河流那般平滑，而是有皱褶和扭曲的部分，像是流到一半被凝结的急流。在粉红色的阴暗光线与偶尔堆积起的雪堆间，安杰拉在一块比较平的冰面上看到一团银色。他没有继续滑下去真是奇迹。

"看到你了。那是保暖袋吗？"她说。

"对。我还能活到现在就靠它。"拉维说。

"我这边有个迷你绞索，你得扣到腰带上。可以吗？"

"我会尽力。谢谢你，安杰拉。"

她用自动钻孔的锚钉将这一小团软带固定在如岩石一般坚硬的冰面上，软带展开，安杰拉在一旁协助它往下伸，看着钩子一直打转，在风中摇晃，有点像是比较奇怪的钓鱼方法。每次她动动手臂，想让钩子离拉维更近，它就会飘走。拉维似乎不太能动手臂。她在想自己是不是得爬下去把他带上来，但光是想想就相当骇人。

"弄好了。"拉维说。

迷你卷轴流畅地一边嗡嗡作响，一边把拉维拉上满是利刺、起伏不平的冰墙。他被拉上来的时候，撞到几块凸起，安杰拉同情地瑟缩了一下。终于，他被拉上山崖，她和丽贝卡一起抓住他，把他拉到河上。

"老天爷啊，拉维！"安杰拉惊呼。银色的纤薄求生睡袋卡在他的腰上，方便他把软带卡上腰带。在粉红色的天狼星天光下，他的外套因为渗入了太多的血几乎变成黑色的。袖子被扯烂，露出喷在伤口处的蓝色封肤沫。他全身抖得很厉害，她觉得不全是因为低温。瘀青肿胀的眼睛睁开，他给了安杰拉一个感激的笑容。"谢谢。"

"把他裹回袋里。我们得把他拖回去看医生。"丽贝卡说。

"安杰拉？那是谁？"拉维虚弱地问。

"没事，只有我而已。"安杰拉说完，连忙把睡袋拉到拉维领口，把他的外套罩帽戴好。"你得在我们赶回车队前消失。我不希望得要解释你为什么在这里。"她柔声对丽贝卡说。

"好。"

"不过你得多留心点，注意怪物。"两人一起从拉维的腋下抓住他，开始把他往回拖。他痛得呻吟出声，很快又失去意识。

"你为什么会一个人出来？"丽贝卡问。

"拉维要我来的，他说他不信任别人，只有我没被怪物害死过。"

"原来如此。我绝对想听你说说那到底是怎么一回事。"

"会的。晚一点。"

他们离车辆圈五十米外时，安杰拉被迫只能很快地抱一下丽贝卡，然后丽贝卡的衣服再次化成护甲。安杰拉看着女孩走入沉重的落雪里，虽然她们仍然身处险境，未来更有许多还要面对的危险，但她依旧无法克制自己的不可置信与狂喜。她的女儿还活着，而且知道自己的存在。她感觉前所未有地心安。

她又开始拖着拉维。他把躯网关闭了，所以她不能读取他的医疗智元去看他的情况，但她不需要网格就看得出来他的情况非常不好。

当导航模块把她带到车队三十米外时，她与网络联机。她的 e-i 关闭她的分身，然后联络埃尔斯顿，最后一道指令取消热带车二号的遥控枪传感器限制程序。

"你在干什么？你怎么跑到圈外的？"埃尔斯顿质问。

"我去把拉维带回来。"安杰拉回答，知道他一定气得半死，也因此而露出笑容，"他伤得很重，先通知医生。"

"拉维？"

"对，他还活着，但也快差不多了。你是要来帮忙还是打算只坐在那里对我吼？"

万斯·埃尔斯顿亲自带着拉登中士和雷欧拉·福克斯走出车辆圈。果不其然，他们发现安杰拉正拖着包在求生睡袋里的拉维·亨德里克。

当康尼夫医生和朱厄尼塔把保暖袋从拉维身上剥下时，就连她看着受伤驾驶员的眼神都带着忧色。他们花了五分钟检视他的受伤程度，她只说了一句话："液体。"

朱厄尼塔在拉维的脖子系上一个有输入孔的颈圈，直接往他严重流失的血液循环系统里补充血浆和人造血。然后在他被封肤沫封住的伤口喷了溶剂，当人造痂脱落时，血液开始从上臂涌出。朱厄尼塔夹住伤口，开始修复肌肉和血管。

康尼夫最后做出判断："脊椎受到颇为严重的损伤。护甲的保护让他受的伤不致丧命，但到底是什么东西把他伤成这样？"

"是树。"安杰拉说。她靠在行动实验室的墙壁上，专注地看着两名医疗人员照顾拉维。

"你是什么意思？"埃尔斯顿锐声问。

"他在失去意识前跟我说的。昨天晚上树木攻击他，尤其是牛鞭树。怪物有办法控制它们。"

"太可笑了。"万斯反射性地坚持。可是他在这么说的同时，心下也惊骇地暗自怀疑，说不定上帝为他的孩子们创造的巨大奇特宇宙中，真的有这种可能存在。

安杰拉只是边笑边指向康尼夫医生，她正从拉维背上鲜红的皮肉中取出一长条护甲背心的碎片。"除了被牛鞭树枝打，还有什么东西能造成这种伤势？"

万斯瞥向康尼夫求助，但她只是挑挑眉毛，继续回去处理从伤口渗出的血。"你说你在瀑布的一道冰平台上找到他，他有可能是背部着地。"

安杰拉摇摇头，露出得意的笑容。她已经赢了这场辩论，而且她也很清楚，就连他都认真地考虑这个可能性。有东西攻击了MTJ，让它摔下山沟。有东西把马克打飞。还有其他人，那些他们找不到的人，全是被丛林吞没了吗？如果怪物真的是星球的守护者，那什么都有可能。"我送你回车上？"他说。

"好。"她走到入口区，又将潮湿的围巾包回头上。

外面的雪停止了，一丝丝高飞的云朵正缓缓往北飘，与极光的光带纠缠在一起。红色天狼星从天空中的最高点散发光芒，一个粉红色的刺目光点，发出放射性的光波，在人类肉眼看来像是一个凹点，吞食着大气层的光。

"说吧，你是怎么样自己溜出去却没让我发现的？"万斯说。

"只是网络失灵而已。"

"你知道这意味着我现在没有办法信任你了。"

"你信任过我吗？"

"它昨天晚上又破坏了我们的网络。"

"不是我。我才刚冒着生命危险把拉维带回来。"

"对，就说说这件事：为什么？为什么是你？为什么要自己去？"

"他不信任别人。我之前没被怪物害死，所以他找我帮忙。你不信就去问他。"

"他是怎么联络你的？"

"一个安全联机。我想要找出发点，但拉维对秘密插件很熟。"

他越发气急败坏地瞪着她，"你没想过你在冒多大的危险吗？居然一个人跑出去？"

"只有三个可能：拉维，叛徒，或是怪物。"她举起手拍拍身上的卡宾枪，"不论是哪一种，我都准备好了。"

"我应该把枪从你那里拿走。"

"真的吗？我觉得拉维的选择很聪明。你在这个车队里还能相信谁？真的相信？卡芮兹玛？"

"别给我来这套。"万斯举起一根手指警告，"你知道你应该要联络我。"

"随便啦。你还要一直否认怪物可以控制树吗？这个消息已经从我们的小网络传出去了。"

"我们会采取适当的预防行动，抵挡所有可能的威胁。"

"别对我打官腔说废话。你得非常清楚地警告所有人，丛林很危险，尤其是在车外的人。你也得发射一枚通信火箭。"

万斯看着他们面前的热带车后方耸立在河岸高处，被冰晶包裹的树木。他的目光有一瞬间背叛了他，似乎让他看到一群当地的原生植物准备好要冲向他被敌人环绕的堡垒。"我知道该怎么处理。"

"希望如此。如果你不知道，我们就死定了。"

他们来到热带车二号，万斯打开副驾驶座。艾维特下士坐在驾驶座，戴着安杰拉打的一顶毛线帽，断手捆在胸口。他的表情充满担忧。"不准她再独自行动。你必须陪同她进行所有任务。"万斯命令。

"是的，长官。"帕瑞西迅速地回答。

"安杰拉。"

她停下动作，半个身体在车子里。

"谢谢你把拉维带回来。这是第一次有人存活下来。不论这件事之后会怎么发展，都对士气很有帮助。"

她点点头，"第二次。他是第二次有人存活下来。"

"对，抱歉。第二次。"

她一坐定，他便立刻把门关上。即使是现在，安杰拉对他来说仍然是完全的谜团。他的直觉想替她独自跑出去找拉维这件事安上一个秘密原因。他盯着丛林的边缘看，承认自己也许只是怕到不敢接受。如果是真的，树会被唤醒来攻击车队……

他的e-i告诉他，车队网络刚联到热带车一号。他看到它的位置出现在他的网格中，皱起眉头。车子在不到六百米的距离处顺着蓝河往回开，这根本不对，它应该再继续顺着峡谷边缘开。

"怎么了？"他通过安全联机问博坦中尉。

"我们按照命令顺着峡谷前进。大概在无法看到营地一公里后，看到有一条路从丛林切穿过去。MTJ上的锯子有很明显的路径。我们顺着开了一段，看到它绕回蓝河。"

万斯反应过来，"他们回巫岗了。卡芮兹玛找到她的机会，离开我们了。"

"MTJ里面的燃料量不够他们开那么远，长官。"博坦说。

万斯只花了一下就想通其中的关键。他转身盯着剩余的卡车以及上面一雪橇的油囊。欧格、克里斯和拉登正爬在卡车的外框上检查。他的e-i将联机范围增加，把欧格包含在内。

"燃料油囊怎么了？"他问。

"两个油囊显示是满的，但其实里头是空的。"欧格抬起头说，"它们的传感器有问题。我们正在检查剩余油囊的油量是否都正确。"

"这些消失的油量够MTJ开回巫岗吗？"万斯问。

"是的，长官，可能足够，可是MTJ没有载油囊。"

"是没有，但我们留下的卡车和雪橇可能有。"

"我们遗弃卡车时，他们没有把所有的油囊搬过来。"博坦说。

"对。卡芮兹玛留下两个满的油囊。卡车在她回去的路上。他们会回去把油囊绑上MTJ，直接开向营地。我们在丛林里开出一条路，通往河面，所以他们要从那条路回去会很简单。"万斯强迫自己安静片刻，等待最愤怒的瞬间过去。他不敢相信居然有HDA人员会叛变，不止如此，他们带走的是有锯子和雪铲的MTJ，等于刻意让车队其他人陷入危险。他们的行为几乎可以算是反人类的叛变。

万斯走到卡车边。欧格正紧张地站在旁边。"还有其他燃料缺少吗？"万斯问。

"没有，长官。看样子只有雪橇上的两个油囊。"

"好吧。"万斯叫他的e-i串联起还在车队里的所有人。

"我很遗憾地必须公告，MTJ二号叛变，逃回巫岗。我们还有MTJ一号，这辆车足够带我们穿过瑟河支流和目的地萨瓦中间的一小段丛林。因此，我们十五分钟之后出发。所有驾驶员开始进行车辆检查。"

万斯关闭联结，愤怒地走向行动实验室一号，气到说不出话来。他甚至没有请求上帝给予他智慧与引领，这是他的疏失，但上帝会了解在如此过分的挑衅下，人类的反应有多么脆弱。

2143 年 5 月 6 日，星期一

暴风雪持续了三天。在第四天清晨，索尔·霍华德给小屋客厅中央的壁炉加了两根新木柴。他晚上起来加了好几次柴，确保火不会熄灭，所以房间还是够暖和。他不太需要裹在肩膀上的毯子，可是光看着堆在大玻璃阳台门上的白雪就让他想发抖。他更不想知道屋顶上有多少积雪。小屋的网络告诉他太阳能板没有产生任何动力，他们正在消耗充电能源槽的存量。

白天的光当然少得可怜，无论是不是红色，都无法生成多少电力。他走到滑门旁边，感觉到玻璃散发出的寒意。从飞雪间偶尔透出的浅粉色光芒告诉他，极光在天上厚重的黑云上方仍然非常活跃。

"雪下不了多久了。"埃米莉说。

索尔转身看到她站在门口。"对。至少雪不可能再下多少。"因为他们住在海边，他相信最辛苦的时候已经过去。

"我去烧水。早餐吃点麦片粥，可以暖和点。"

"好啊。"他瞥向壁炉，看到新放入的木柴燃了起来，却发出很多嘶声。浴松不是最适合燃烧的木材，只是他们也没有多少选择。

"我们还剩多少木柴？"埃米莉问。

"你简直会读心术。"他调侃，"至少还剩下一个星期的用量，我把客房都装满了。那时候暴风雪一定已经结束了。"

"那我们又得去找食物。村里的食物剩得不多。"

"我知道。"

"真希望布琳凯尔赶快开始做她一直在搞的克隆肉。"

索尔皱皱眉头。卡米洛村的居民现在对这个传言深信不疑。

埃米莉开始朝水壶里倒水。索尔坐在沙发上，看着外面的飞雪。他觉得自己很没有用，什么都办不到，只能被动地等待，极端害怕他会让他的妻子和孩子失望，却无法表现出这份恐惧。就像二十年前，他的人生遭遇同样灾难的时候。

那是他跟安杰拉最后一次说话，最后一次望入她的双眼。即便如此，当时他已经认不出他娶了三年的美丽、心爱的女孩。

最后一次……直到她今年2月初突然出现，把他吓个半死。即便是当时，她也已经是个陌生人。二十年过后，她仍然是在新佛罗里达沾斯潮时取代他妻子出现的同一个人。那个把他派去圣天秤星，帮她完成那个疯狂计划的人。那个他只能说好的人。因为他没有别的可以给他小小的、可怜的丽贝卡——

那天早上，索尔坐在马斯伦咖啡店的角落，从他接到她的消息之后，他每天早上都坐在这里，听着欢快到可恶的老歌在扩音机里播放。他选的位置让他能够靠近紧急逃生门，让他能看着前门，随时知道谁进来。安杰拉坚持要这么做，她称之为技巧——全部出自廉价全像间谍片。她从来没有解释，如果巴特拉姆的保安军队冲进来的话，她期待他要怎么反应。

可他还是照做了，因为他只剩下这个由她想出来、被他痛恨的计划。他的人生变成一个他蹲在脑袋里的安全黑暗角落往外看的过程，他望出去的大窗户是他的眼睛，让他的身体演出他被分派的角色，按照她给的剧本念台词。

上午过了一半，马斯伦还在从后面的厨房端出盘子。最美味的点心和蛋糕被漂亮地摆放在玻璃柜里，每一个都是小小的杰作。索尔盯着它们，想要再来个糖霜水果塔。再吃一个没什么关系。他搬到亚贝利亚以后胖了很多，白天在亚贝利亚电信公司工作，接受没有人要的加班时段。他没有别的事可做，当然也不想运动。最近似乎负责指引他的忧郁思绪想不出运动的理由。每次他回到港口货仓改建成的小公寓后，就会坐在那里读书。他最喜欢看的是历史人物传记，至少他对这些还有点兴趣。目前他正在读美国总统和俄罗斯统治者。

他搅动浓缩咖啡，正考虑要不要再买一个水果塔时，她们走了进来。安杰拉看起来好得不得了，穿着一件碧绿色的夏季短洋装，皮革束带几乎绑不住编成辫子的浓密金发。她仍然看起来像个少女，就跟他第一次在马萨诸塞州农机办公室里看到她那时一样。现在甚至看起来更年轻，这不是因为她的"十选一"基因，而是因为她有着无限的热情，永远因为她眼中如此新鲜的宇宙扬起赞叹的微笑。实在不公平，她能看起来如此青春洋溢，而他顶多只能算是忧郁阴沉。

她身边还有另一个女孩。另一个女朋友。另一个妓女。这个大概真的是二十岁，皮肤比较黑，有浓密的头发，穿着一件薄薄的棉质上衣，同样的裙子，中间露出腰部。

两人正一起说笑，兴奋地低语交谈，显然是很好的朋友，仿佛有很多年的交情。安杰拉点了柠檬茶，另一个女孩要了冰沙，然后两个人拿甜点互相调侃几句后，一起在窗前坐下。

索尔尽力不一直盯着她们瞧，但也没什么差别，因为店里所有的男客都趁他们以为女孩不会注意到的时候偷看她们。不会有人留意一个穿着公司制服的普通人，至少这个宇宙里不会。

在两人的笑声跟快乐折磨他太久之后，第二个女孩站起来，给了安杰拉一个拥抱和亲吻。"一个小时后车上见。"她的白色裙摆一甩，飘着一阵香风出了咖啡店。

安杰拉又坐了两分钟，喝完她的茶，然后也站起身离开。索尔等了一会儿后，跟着她出门。

旧城区的街道短而窄，大型工业建筑物之间有突然出现的路口以及更狭窄的小巷。他顺着一排无人使用的货仓往前走，旁边的大广告牌上写着开发商要将这里变成挑高开放空间的公寓。安杰拉在第三个货仓里等他，一个潮湿阴暗的水泥与合成木板组成的洞穴，连天狼星的蓝白色阳光都照不进多少光芒。

两人互望许久。索尔看到她抛弃了青春洋溢的伪装，露出在欺瞒世人面目下隐藏的冰冷、无情。她好奇地看着他，"你还可以撑下去吗？"她甚至听起来很关心他。

"我来了。照你说的全部都准备好了。"

安杰拉走过来，将他搂住，没有对于他的缺乏反应表现出任何失望。"我从来没有怀疑过你能办到你要做的事情，但我问的不是这个。"

"你觉得我该有什么样的心情？你是我的妻子，我爱你，而你在做这种事。"

"这种什么事？"

"巴特拉姆。女朋友。还有你在伦敦为了说服他们你是适合的人选，做过的所有事。"

"噢，索尔，亲爱的，你不能一直为此惩罚自己。那只是上床而已。"

"只是上床而已。"他担心自己会哭出来，一如许许多多夜晚，他独自一人在那间可悲的公寓里流泪，"你知道这让我有多痛苦吗？"

"要让一百零九岁的老人上的人是我，我想我知道这对你来说有多糟糕。"

"对不起，只是……这对我来说好难。"

她的手劲放软，专注地端详他的脸。"我知道，但是想想我们可以得到什么。我们的女儿，活得健健康康的。我会牺牲一切。一切。我不知道我能够这么爱一个人，完全没有办法想象，直到我们创造出了她。她是我们，索尔。她是我们的宝贝。这是你给我的。"

他扯出一丝难看的笑容，点点头，"我也可以这么做。为了她。"

"你是一个好人，索尔·霍华德。我很骄傲能成为你的妻子。"

"我的姐姐打电话来了。她们到了真耶路撒冷。丽贝卡在星球上最好的医院里。只要拿到钱，一切就可以开始进行。"

"很好。我那天在宅邸里看到巴克雷·诺思二代。他注意到我了。这部分很容易。"

"明白。"他喉咙发干。

"你找到袖扣了没？"

"找到了。"他拿出他在比克-昂温商店买的，装在小盒子里的香蕉袖扣。

"喔，哇。"安杰拉无奈地鼓着双颊，"是，的确够俗气。果然是男人会选的东西。"

"传感器已经装好，没问题。"

"好，我会亲自去买一对，按照原计划在咖啡店调包。"

"你为什么不现在带走它？"

"如果马克-安东尼发现这对东西，我会没办法解释，那家伙很多管闲事。我们按照计划进行吧。我买的时候，说不定还可以带奥利维娅-杰伊一起去帮我掩护一下。"

"好，你比较了解宅邸的情况。"

"确实是。你……拿到胶囊了吗？"

"安杰拉，我们已经做了这么多。还要武器？真的？你再想想。"

"如果被他们抓到，武器也帮不了我，但我在新东京买的东西，说不定就能决定我被抓还是逃出通道。所以，拜托你——"她伸出手，掌心向上，给了一个他躲不掉的期待眼神。

他把触发剂胶囊递过去，她按上脖子。"行了，完成了。"她利落地说。

"你要多加小心，拜托，安杰拉。"

"我会的，别担心我。我在想，你把袖扣交给我后，你的任务就结束了，我们没必要两个人都在这里冒险。你干脆回地球去等我完成任务吧？我希望知道你安全无恙。"

"如果一切顺利，我们都会安全。我不会抛下你离开这里。也许我很讨厌这件事，但是我不会抛弃你。安杰拉，我不是这样的人，我做不出这种事。"

她伸手轻抚他的脸颊，"这件事结束以后，你跟我，我们会在一起。在新世界上的新开始，这一次，我们不会再出错。"

"这一次。"他低语。

安杰拉温柔地吻他，然后她走出货仓，动作迅速，但还不够快。一瞬间，他看到他求婚那一天，她流露出同样的恐惧和迟疑。这一瞬间对他而言的意义无论是现在还是当时都没有改变。爱不是你可以自行选择产生或舍弃的。

"我会等你。"他对空气承诺。

2143 年 5 月 7 日，星期二

当车队星期一下午终于赶到 MTJ 一号所在的位置时，万斯看到安特利奈在短波无线电里说的"下去的路"，立刻觉得被捉弄了。峡谷的山崖是比较矮，但也是因为这边的山谷比他们原先所在的位置还要陡。MTJ 一号停的位置在悬崖边，那里有一道小很多的瀑布，离下方冻结的恬河约有七百米。

起起伏伏的冰河顺着垂直的悬崖而下，旁边是长长一段巨石和碎石块，几乎没有比岩壁突出多少。万斯对于下去的路不看好，有这种想法的人不止他一个。从车里下来的人，纷纷不可置信地盯着斜坡。卡姆和达尔文正往回爬，两个小小的黑色身影在松软危险的雪地上挣扎地前进。

可是他们没有选择。所以想出的办法是使用每辆车子都有的钢索，把钢索绑在上面的巨石上，让车子缓缓地从悬崖边缘往后退，不行的时候才让钢索撑住车子的重量。星期一接下来的时间都用在评估卡姆和达尔文爬下去的路，测试一路上的大石头，选择合适的锚点。

星期二的清晨在浅亮的粉红天光与细小的落雪中开始。万斯坚持先用热带车尝试，因为他们不能再失去一辆 MTJ，他也绝对不打算拿油车或剩下的卡车冒险。

安特利奈自愿开车。他缓缓地顺着峡谷倒退，一路往后仰，直到翘起差不多有七十度仰角，唯一撑住车子的就是钢索，轮子除了帮助平衡

之外，已经完全没有用。所有人都站在一段安全距离外看着，上次卡车钢索的意外让大家心有余悸。

钢索放了五十米，一切都在安全承受范围内。欧格和达尔文下去把热带车和别的大石块系在一起，然后重新绑上钢索，热带车又下滑五十米。

总共花了两个多小时，但车子平安地抵达斜坡底部时，所有人一起发出响亮的欢呼声，大家都知道只要能开上河面，应该就可以抵达萨瓦。

热带型越野车二号被开到石堆上方，绑好绞索。万斯一次只让一辆车下去，如果有太多辆车同时在斜坡上，然后其中一辆车松脱了，可能造成的灾难简直让人不敢想象。

车队所有车都到达峡谷底端的宽阔冰路时已经是傍晚，这时万斯才让他们把雪橇搬下来。随着天色渐暗，雪也越下越大，当云层越低，天光越暗，他担心车队会跟雪橇彻夜分处两地，所以他们连忙把车上的钢索取下，在山坡上架起传递吊绳，这下运货的速度比运车子下来时就快上许多了。

情况顺利，万斯的心情开始好转。这时，康尼夫医生联络他拉维·亨德里克醒了。

在行动实验室二号的入口区，万斯甩掉沾在他外套和防水长裤外的一层雪，内层门打开，暖空气扑面而来，立刻将剩余的雪块变成湿黑的一块，水滴顺着衣服流下，滴在他的靴子上。

拉维·亨德里克看起来仍然很惨，但人是清醒的，正从朱厄尼塔替他握着的马克杯中喝汤。

万斯强迫自己除下面罩时露出笑容，顺手又朝四面八方甩出更多水滴。"你看起来好多了。"他撒谎。

"上校，我能活着就好。"拉维说。

"医生治疗你的时候，我看了你的视觉记录。你运气真好，你们打的那架还真是惨烈。"

"那你看到了？看到怪物了？"

"对，我看到了。"

"还有树，牛鞭树？马克·奇蒂就是想告诉我们这件事。"

"我知道。"万斯说。

"我们现在不能回树林里了。要怎么样穿过丛林去到萨瓦?"拉维的笑带有一丝歇斯底里。

"他们至少得派直升机来接我们。我已下令准备再发射一枚通信火箭。肯和克里斯正从雪橇上把火箭搬下来。"

"好,好。"拉维躺回薄垫上。

"拉维,我要问你,你有没有叫安杰拉去接你?"

"有。"

"我明白了。为什么?为什么是她?"

"之前只有她没被怪物杀死。我相信她。只相信她一个。"

"你可以找我。"

"有人在破坏车队。他们刚告诉我卡芮兹玛带着MTJ二号叛变了,但我甚至不确定破坏的人是不是她,也许有别人。在我们还没想到用车队来萨瓦之前,就已经出问题了。"

万斯尽力控制自己不要对受伤且仍然受到药物影响的飞行员大吼。他很惊讶自己居然如此介意下属中有人不信任他。愿上帝诅咒卡芮兹玛和她的背叛。"我觉得我们可以很确定地说,那个人就是卡芮兹玛。"他告诉拉维。

"怪物还在四处逍遥。它不会让我们活着离开这星球。"飞行员回答。

"它要是真这样想,那它会非常失望。你多休息吧。"

"柏林机没有办法从萨瓦飞到我们这里来,中间一定需要加油,戴达勒斯没办法飞过山脉。"拉维的声音越来越高亢,监控屏幕上有几个灯随着他的亢奋指数升高而变成琥珀色,"我们绝对逃不掉。我们被困在这里,它会一个个来对付我们,直到所有人都完蛋。所有人!我们逃不掉的。"

"不会到这一步。"万斯安抚他,瞥向康尼夫求助。

"我开枪射它了,我直接射中它的脸,它甚至没有注意到我开枪。"

"它注意到了,我看了你的视觉记录,它想要逃走。"

拉维笑了,刺耳而高亢地嘶吼:"逃走?就这样?只是这样?那可是零点九厘米直径的空尖弹,它却只是不喜欢?"

"医生！"万斯喊。

康尼夫已经站起来，研究着监控屏幕，她的e-i一定对机器下达某种指令，因为拉维随即长长地呼出一口气，懒洋洋地微笑，"对，这就是一切的答案……"他的头歪向一边，立刻睡着了。

"他没事吧？"万斯问医生。

"只要一直施与治疗，应该没问题，我还是很担心他的脊椎，不过背上的伤愈合得很好，他还有一些失血和失温引起的休克后遗症，但在补充液体之后也开始好转，幸好安杰拉及时把他救回来，再晚几个小时就来不及了。"

"谢谢。"万斯说，心想不知道是不是所有医疗从业人员都这么悲观。回到入口区，他把自己一层又一层裹好，戴上数层手套后，再把头盔拉紧。天气越来越差，在天空某处的乌云间闪电不断划过，闪光像是翻腾的肚子里的刺目裂缝。他可以听到深沉的回响在峡谷岩壁间回荡，雪下得越来越密集，雪片有他手掌一半大，吹入峡谷的风也越来越强，让雪片拍上车辆。

碎石斜坡上的最后一辆雪橇已经运了一半，万斯甚至已看不到悬崖顶。他的e-i联络肯。"你那边还要多久才能升空？"他问。

"上校，还需要十五分钟，发射器已经架好了，正在进行最后测试。"

"天气这样还可以发射吗？"

"应该可以，但我有点担心没办法维持联机，我们的罩网差不多快完蛋了，云层的电子风暴也是个问题，但最大的问题是峡谷的岩壁，绝对会阻挡射线。"

"但亚贝利亚收得到，对吧？"

"是的，长官，只要他们的基地台还在运作就可以。"

"明白，继续吧。"

肯之前就表示过他对通信火箭是否能成功的疑虑，所以万斯写了邮件给维梅齐亚以及留在亚贝利亚上的人，里面有拉维的视觉图像文件，以及他们迫切的恳求救援请求。怪物与牛鞭树之间的联系让万斯受到巨大的震撼，这种力量让怪物几乎像是有超能力。他没跟任何人说，但他同意拉维的说法，他们绝对无法活着出丛林。维梅齐亚现在一定得听进去，一定得要帮他们，就算他整个人已经陷入政治斗争里的小打小闹，也不能无视万斯搜集的证据。

万斯走了一小段距离，横穿过车辆圈，进入实验室一号的入口区。这次他身上的雪比在实验室二号时还要多。他用力把雪抖掉，走入主舱。安特利奈、泰密莎、罗克都在里面喝咖啡。现在只有热饮还不需要限量供应。他们三个人在外面待了好几个小时，很努力地要把车子从碎石堆上搬下来，所有人的嘴唇都裂了，像有瘀青一般，脸上只要没被面罩和围巾遮住的地方，都因为寒气的侵蚀而显得赤红。

万斯把外衣脱掉，全身都因为雪泥而变得湿淋淋，在贴着墙的小桌子边坐下。泰密莎给了他一杯咖啡，他感激地接下。

"我在看燃料存量，如果我们从现在开始能按照原定计划前进，还勉强够用。"安特利奈说。

"对。"万斯同意。

"可是我们都知道这个时程表是不可能完成的任务，怪物还在外面晃，现在丛林又随时可能被用来对付我们，我们绝对到不了萨瓦，就这么简单。"

"我没想到你会这么说。"万斯轻松地说，"不过我已经在通信火箭信息里要求他们来救援和撤离。"

"这个信息能不能送出去还很难说。"

"我们还剩下三枚火箭。"

"对不起，长官，可是我觉得你没有仔细想清楚我们的敌人。很显然丛林对外星人的操作有反应，这里的威胁程度是我们先前极为低估的。"

"你是在说我原本应该采取不同的方法吗？"万斯问。安特利奈在别的异种生物研究队成员面前叫他长官是个不好的迹象。他们认识了这么久，早就已经抛掉这些繁文缛节。他可以了解所有人都害怕，但上级军官表现出这种程度的叛逆态度也是前所未有的。

"我们掌握同样的消息，长官。我们都做出同样的结论。根据这些信息，我们同意车队是正确的做法。至少在当时是。"泰密莎说。

"现在你们改变主意了？也许你们在爬下来之前就该想到，因为上帝可以替我作证，我们现在爬不回去了。"

"我们不是在抱怨车队或是位置。你必须考虑我们眼下的处境。"安特利奈说。

"你认为我不知道现在是什么情况？你在开玩笑吗？"

"长官。"罗克怯怯地开口，"问题不是知不知道，大家都知道发生什么事。我们担心的是这些事情代表的意义。"

"万斯，这是一场战争。我不是很确定你明白这点。怪物非常谨慎，鲸吞蚕食，而我们的反应一直没有应该表现得那么好。不论那是什么东西，它都想要消灭我们。连星球本身都在反抗我们的存在，树林想要杀死我们，我个人现在相信太阳黑子爆发是冲突的一部分。这里很显然有未知的力量在运作，极大的力量，也许跟沾斯类似。它们对敌人抱持绝对的敌意。"

"没错。我不反对这论点。"

"那我们就应该施放为此情形特供的武器。"

"安特利奈，我不允许。零态全面病毒是设计来杀死圣天秤星上的所有生命，只要是同样的原生有机分子的生命都会死亡。这一定包括那个守护怪物，因为它展现与当地植物这么密切的关系。但我们不能这么做。尤其是你和我。我们都知道上帝不会允许这种罪行。"

"如果我们不施放武器，如果我们什么都不做，圣天秤星会赢。我们到不了萨瓦，打不过怪物和丛林。我们都看了拉维的视觉记录。子弹对它根本没有用。我们别无他法。全面病毒会摧毁这东西。这是我们生存的唯一机会。如果我们失败了，谁来警告 HDA 和各个跨网星球？零态全面病毒之所以被创造出来，就是因为我们不能同时面对两个异种威胁，而且绝对无法应付我们已经见证过的影响范畴。我们必须趁这个机会除掉这个威胁。"

万斯彻底无可奈何地看着他的同事与福音卫士伙伴。他不敢相信跟自己发了同样的誓，有同样看法的人，能够得出与自己完全相反的结论。安特利奈显然不明白万斯对上帝的信仰有多深刻、坚定。这对于他来说是一切，是他存在的根源。他知道生命和宇宙之所以存在是有意义的，只有神能提供这个解答，因为神创造了宇宙，他这么做一定有意义。万斯从来不明白那意义，但他完全了解自己太渺小，只要能属于如此光辉的存在，他就满足了。照上帝认为应该的方式生存。"不行。"他斩钉截铁地说，"而且我不想听你再提这件事。我们不会释放零态全面病毒。我不认为一个行止有亏的守护者就是我们可以对星球屠杀灭族的理由。"

"灭族？那是植物！"安特利奈大吼。

"如果真的只是植物，我们就不会有这个对话了。"

"你根本就是在判我们死刑。没有零态全面病毒，我们绝对到不了萨瓦。"

"如果我们注定可以去到那里，那上帝会指引我们一条道路，况且我不确定病毒在这种气候里还有效。飞弹的确可以将病毒散播在对流层，但病毒落地时没有任何活物可以让它攀附。这个低温跟火焰一样，绝对可以杀死病毒。时间可能会花得更久，但结果一样，它没有办法扩张，也没办法散布感染。"

"你说得对，但是你忘记了，圣天秤星上有一种生物还是活得好好的。"安特利奈急切地想要说服他，"也许我们没办法伤害丛林，但我们可以干掉杀害我们的混蛋。拜托，你总得让我们试试。我们也有生存的权利。"

万斯想了想，他转向泰密莎。"有没有可能做出一个范围限定的喷射器，像是我们可以用来对付那怪物的枪或喷剂？"

她深思地说："没什么理由不行。我应该能设计出可以放入空尖弹的东西。实验室里有两台微精准3D打印机，用来制作零件，应该够用。"

"你开始吧。我会考虑拆下一枚弹头，取出病毒来让你改用。"

"是的，长官。"

"如果，"他边说边竖起手指，示意安特利奈听清楚，"这个设计真的有用，那手枪由我来拿。"

"谁开枪都不重要，只要打中目标就行。"

"好。"万斯一口气喝光咖啡。

"我得去处理通信火箭发射的事。会议结束，这件事情的讨论到此为止。"

2143 年 5 月 8 日，星期三

安杰拉的 e-i 说现在是早上八点四十二分。红色天狼星在两个小时前升起。要不是瞳孔智元网格边缘出现紫色的时钟数字，她根本不可能知道现在几点。暴风雪正顺着峡谷刮起，被巨大的石墙囚禁、压缩，狂风暴雪正在热带型越野车二号外咆哮，每爬行前进一寸，车身都晃个不停。热带车一号在前面十米强劲的风雪中，后灯几乎看不见。根据挡风玻璃的显示信息，前面的车身连雷达信号都几乎没有办法反应。除了每几秒钟就划破天空的闪电外，峡谷是一片黑暗的世界。头灯的光束消散在前方几米外的飞雪间。

在她身边开车的福斯特完全靠网络数据在驾驶，根据其他车辆的位置与导航系统来调整方向，前面某处，埃尔斯顿正驾驶着 MTJ 一号。安杰拉知道他为什么想要继续前进，但说实在的选这种天气上路可笑到将近鲁莽的地步。

"我们应该停下来。再这样下去，迟早都得撞上山壁。"后座的帕瑞西说。

"那我们顶多撞上去以后停下来而已，总比像我之前那样，差点消失在瀑布底下好。"安杰拉说。

"我们的燃料不够维持停在原地。"肯说。在前天晚上他们发出通信火箭之后，埃尔斯顿分派最新座位表，他被安排到越野车的最后一个

位置。

安杰拉对于燃料的状况不予置评。她原本担心的是车队连萨瓦旁边的瑟河支流都开不到，更遑论开入萨瓦营地。原本她考虑跟丽贝卡一起开着越野车走，像卡芮兹玛那样回巫岗营地，但在看了拉维与怪物的视觉记录后，牛鞭树让她放弃了这个想法，接下来通信火箭在一阵浓烟烈焰间起飞，一秒钟就消失在云层和飞雪中；三十秒后，肯就失去与它的联系。

在火箭消失于峡谷高墙前，车队网络接收到的最后一波数据，显示峡谷上方的云层十分浓密混乱。肯声称这种密度不足以破坏火箭，它仍然可以在大气层里达成它的推进运行，但他们没有办法知道亚贝利亚是否收到他们的信息，只能希望如果信息顺利发出去，拉维捕捉到的影像足以让HDA开始救援行动，至少给他们提供一些空投补给品。

面对的变量实在太多，安杰拉几乎每天晚上都躺在帕瑞西旁边的座椅上，想要制定能保证让她和丽贝卡一起活下来的计划。但除了抛下所有人，带着他们的食物和燃料离开峡谷之外，她想不出任何可以改善她们处境的办法；所以她唯一的选择就是配合埃尔斯顿的计划，尽量贴近萨瓦，然后希望营地人员能够驾驶柏林机来接他们。要她把生命赌在这件事情上，实在太难。光是自己的性命就算了，丽贝卡也陷入同样绝望的处境已经超过她的忍受范围。她急于想要采取某种行动，某种她可以改变现状的动作，但那到底是什么，至今仍然扑朔迷离得令人心焦。

紫色的符号安慰地在她的网格中发亮。丽贝卡的位置符号让大家看到傻乎乎却出人意料地坚毅的玛德琳·霍克坐在热带车三号上，同车的还有加瑞克、达尔文，以及可怜兮兮又哭个不停的露露·麦克纳马拉。那是安杰拉自己的希望指标。

一道明亮的琥珀色光芒在热带车外亮起。安杰拉立刻知道那不是闪电，因为光并没有消失，然后是声音，音波居然推动越野车滑过雪地数米。三片侧面玻璃龟裂，一片彻底粉碎。水晶般的碎玻璃撒在帕瑞西身上，冰冷的风咆哮地吹过车辆，几秒钟内就吸走车内的热气。福斯特用力一踩刹车，车子在一阵摇晃中停了下来。

安杰拉好几秒钟没有反应，她震惊到什么都做不出来。她最初的一波害怕很快地被极端的担忧取代——刚刚那是爆炸。橘色的强光仍然在他们后方某处隔着风雪透出。

她焦急地看着她的网格。卡车的符号不见了，同样不见的还有乔希·朱斯提克和开车的吉莉恩·科瓦斯基。丽贝卡的还在，安然无恙。

"怎么搞的？"帕瑞西惊呼。另一声爆炸撕裂后方的雪。

"该死，是有机油！是卡车。怪物炸了卡车！"肯大喊。

安杰拉的网格中开始有几个人的符号亮起琥珀色的医疗警报。雷欧拉·福克斯、温·梅利亚、克里斯·费亚德罗和洛尔莱都在热带车一号上，每个人的符号都显示有多处伤口，包括皮肤挫伤、重创瘀青、骨折等等，一号车的传感器则显示车子横倒在路边，车身严重受损。

帕瑞西推开车门，跳入风雪，用完好的手臂抽出卡宾枪。

"等等！"安杰拉大喊，但他已经消失在雪中，跑向燃烧中的卡车。"靠！"她抓起巴拉克拉瓦帽与毛皮大衣，跟着跑入严酷的风雪里。

卡车已经残破不堪，外壳只剩下几片凹折的板子及扭曲的框架，躺在被炸出的凹洞里，正随着油囊架子缓缓瘫倒，被自身的重量压垮的同时不断发出嘶嘶与咕嘟咕嘟的声音，剧烈燃烧。热气令破烂的车身方圆二十米以内都成为生人勿近的区域。

一看烧成一团黑、连窗户都不见的冒泡聚合物，安杰拉就知道靠近也没有用。乔希和吉莉恩已经死了。

卡车后方传来又一阵爆炸，这次是因为雪橇上的油囊爆炸。所有跑去帮忙的人立刻弯腰躲避飞射出来的镰刀一般划破冰冷空气的碎片，油囊不断喷出火星和火苗。安杰拉跪倒在地，看着火球在阴冷的雪地上逐渐膨胀，然后消失成一团脏兮兮的烟雾，最后被落雪吸尽。

"退后，退后。博坦，派人包围油车，快点！"埃尔斯顿喊着。

安杰拉失魂落魄地瞥了一眼油车原本应该在的位置，可是隔着零度以下的飞雪，她的能见范围很有限。跟在卡车后面的热带车一号黑色的车身在火焰映照下闪闪发光。她正蹲在行动实验室二号旁边，利用车身作为掩护，以免卡车继续爆炸。一看到轮胎在雪地刮出的痕迹，就知道这辆车被炸飞到旁边。这时她才发现它拖着的雪橇承受了大部分的冲击力，成为一团破烂埋入雪地里，周围有很大一圈的残骸，破烂的盒子和被掀开的锡箔包装正被凶恶的风吹得乱滚乱飞。

"狗娘养的。"她呻吟。她一面挣扎着将快要冻僵的手臂塞入外套，一面叫e-i联络埃尔斯顿。"行动实验室二号的雪橇被炸开了。"她说。

"安杰拉，我们得把受伤的人拉出越野车，除非雪橇砸到人，否则我根本不在乎。"

她终于戴上护目镜，看清楚了满目疮痍的热带车一号。好几个人聚在周围，有人穿了外套，有人连外套都没穿。两个人在上面，从破掉的窗户把眩晕的雷欧拉给拉出来。"埃尔斯顿，那是我们的食物。"

"什么？"

"行动实验室二号的雪橇载着我们大部分的食物。"她终于成功拉起大衣的拉链，把罩帽拉过头顶，她的耳朵已经失去知觉——她漏掉了弄丢了巴拉克拉瓦帽和围巾。在她面前，几百个食物包正缓缓地被风吹过峡谷冰冻地面。

"上帝啊。"埃尔斯顿换成串联通信，"所有没有参与一号车救援行动的人，立刻去捡食物包。先锋军，守住周围。所有人不准离开视线范围。"

安杰拉开始捡拾离她最近的食物包。这是她这几年来做过最凄惨的事。她一次顶多只能抱住十几个银色的长方体，然后就得赶快跑到热带车二号大敞的车门边，把食物丢到座位上。她的袋子在里面，她通常都用它带食物包去各辆车发放。她把它拿出来，又开始往里面装食物包。周围的所有人都弯着腰，跑来跑去捡拾掉落一地的包装，看起来活像是浅水滩上贫困的拾贝女。

她的e-i在网格里标出一排排数据，同时不断弯腰捡了又捡到处乱飞的锡箔包装，尖声咒骂逃脱她僵硬手指的包装。每看到一个包装消失在被落雪掩得更深的黑夜，就像看着一抹心头血从伤口滴出，因为那意味着他们能活的时间又少一天。

她的态度似乎也传达给了所有人。每个人都顶着风，弯腰抓着乱飞的包装，塞入大开的外套或倒入车辆。她注意到每个人都在往自己的车上装。

她知道分享结束了——他们救回的包装大多数不会交回埃尔斯顿可能要求重建的库存区。

安杰拉又花了十五分钟在外面追食物包，帕瑞西才叫她别捡了。最后的几包已经消失在剩下六个先锋军能维持的小小警戒范围外。她顶着风，沉默且悲惨地走回热带车二号。肯已经拿了一块板子粘住破裂的窗户，福斯特在里面把雪从挡风玻璃和座位上拍掉，帕瑞西还在外面进行守卫工作。

安杰拉进来后把门关起，把袋子里的东西倒在已经塞在前后座之间的食物堆上。

"我们这里总该有一个星期的食物存量吧？"前座的肯迟疑地问。

"可能吧。"她把手举在吹风口前，看着最后几丝雪开始融化滴落，福斯特把空调改成往车子吹热气。她的外套上结了一层将近一厘米厚的冰，融雪正滴在包装、地板、座椅上。她没办法脱掉外套，因为她的手动不了。手套上的冰块厚到简直就像套在手上的小冰柜，她担心把手套硬敲掉，手指会顺带一起断掉。"冻死我了。"

"我帮你脱手套。我的手指恢复了一点知觉。"肯说。

"谢谢。"

一分钟后，另一边后门打开，一团雪随着爬上座位的帕瑞西吹了进来，然后门又用力关上，车厢内安静下来，只剩下嘶嘶作响的空调。

"埃尔斯顿命令我们要把车停成防卫圈，看样子我们要停留一阵子。"福斯特说。

"我们得待在这里。我们连开往萨瓦一半路程的油量都没有。食物也被吹到冰河里。怪物还在朝我们丢手榴弹。"肯说。

"我们甚至不知道卡车发生了什么事。"帕瑞西说。

"也许破坏者不是卡芮兹玛。也许内奸还在。"福斯特说。

"不是。这是怪物做的。"安杰拉说。

"你怎么知道？"

"如果是破坏者，他们刚才也害死自己了。卡芮兹玛只是想要强迫我们掉头，破坏整辆卡车则是完全不一样的动机。"

福斯特启动热带车二号，开车绕了一小段路，避开倒地的一号车，就位。剩下的六辆车用头灯照向峡谷表面的崎岖冰块表面，天空中的巨大积云堆偶尔有闪电划过，只剩下两架机关枪还在运作，坚毅地左右晃动，积雪将另外四架的转动轴冻坏了，不过如果对准了目标，仍然可以开枪。

万斯坐在行动实验室一号的驾驶座，看着雨刷尽力保持弧形的挡风玻璃清洁，蓝白色的头灯和车顶上额外的投射灯也不过只能穿透十米的凶猛暴风雪。风现在强到直接从冻河表面刮走雪，在更硬的雪堆上刮出优雅的弧形，几秒钟内又把弧形粉碎，让它们能自由地跟上在地面上飞逝的洪流，快速吹走的洪流同时带走他们找回食物的希望。

每隔几秒钟，行动实验室就会因为一团比较厚重的雪撞上车身而颤抖、咆哮。万斯正在等怪物出现。他几乎认为它会从雪地里走出来，站在行动实验室外炫耀自己的成果。失去一半的燃料已经很严重，可是食物几乎被吹走的残酷意外，简直是用力插入心口旋转的刀。他第一次开始考虑怪物可能会赢，也许他负责的任务会失败，他的手下会活不下去。这个念头极为可怕，侵蚀着他的灵魂。他知道他不能将之显现出来，只能够表现得极为自信。活着的剩余二十八个人是他的责任，他们指望他的领导，指望他找到逃出生天的路，指望他带他们逃离冻死异乡的命运。

他在狂乱的飞雪间努力找寻，却什么也看不到。也许就连主都有极限？如果他在这里找不到他们，万斯也可以理解。毕竟车队里已经没有人知道这里是哪里。他们在许多层面上都迷失了。

这种自怜自艾让他相当愤怒。怒气帮助他将悲哀与自我质疑推到一旁。怒气主要是针对自己。他来这里是有原因的。目标很近，他们正逼近最后的对峙，怪物的作为也在为这一刻铺下基石。这就是最需要万斯·埃尔斯顿的那一刻，这正是主将他带来此时此地的原因。这一次，他会知道自己是不是真的值得主的信重。

他走回主舱，斯玛拉·加卡正在计算她、泰密莎和安特利奈从暴风雪中救出的少数几个银色包装。"别弄了。"他告诉她。他的e-i给行动实验室一个密码，通往小真空消毒室的门打开。

安特利奈、泰密莎、罗克和卡姆都在里面，一起坐在有整间实验室那么长的长凳上。泰密莎昨天晚上大部分时间都在设计可以塞入空尖弹弹头的发射系统。实验室的3D精准打印机已经打印出极小的零件，她花了好几个小时痛苦地组装成可以承受手枪炸膛冲击，但在几微秒后会自动引爆的智能元片。他们知道攻击怪物结实得奇特的皮肤已经没用，得从嘴巴或是眼睛下手才能将病毒送入它的身体细胞。意味着要从远处开极其精准的一枪，或是像拉维那样就在面前极近的位置开枪。

一旦泰密莎开始制造子弹，万斯便授权他们去取用在行动实验室前端房间的发射弹管。安特利奈和卡姆取出其中一个火箭，小心翼翼地除下弹头。他们花了好几个小时才将一罐零态全面病毒从气层释放机制中取出。这里有很多非常危险的爆炸物质，而现在已经是半夜，没有人想犯错。

他们把其中一罐放在小小的净空A舱实验区。旁边是释放器子弹。罗克正在将小罐里的泛绿悬浮液体取出一小滴，装进每颗智慧子弹。

"我随机测试三枚。"安特利奈解说，看到万斯看着罗克身后，看着遥控手臂以微米的精准在A舱实验区里移动。"它们都已经检查完毕。不会漏出。"

"干得好。"万斯告诉泰密莎。

"谢谢长官。智慧子弹可以承受任何一般撞击，比如你把手枪丢到地上一类的，需要武装密码才会有效。"

"寒冷呢？什么样的气温会让病毒失效？"万斯问。

"大多数病毒武器在十摄氏度以下就没有用了，十五度以下就开始死亡。"安特利奈举起一个半透明的手枪形状的橡胶套，"我们替你的手枪打印了一个保暖套，电池可以维持十五个小时，应该可以让子弹在外面的时候保暖。"

"好吧。"万斯说，然后他问罗克："你装了几枚？"

"目前七枚，长官。"

"给我十枚。如果十枚用完还不能刺穿怪物的身体，那我也死定了。"

罗克紧绷地点头，"明白。"

"我决定我们要待在这里。"万斯宣布，"这是简单的数字问题。如果我们不移动，车辆的能源槽用在提供电力和制热上的耗油量远比转动马达来得少。我们剩下的有机油也到不了萨瓦，所以我认为再往前走也没有意义。"

"食物呢？"安特利奈轻声问。

"我们现在开始进入生存限粮状态。以我们现在剩余的量，应该还可以撑十到十五天。暴风雪一停，再发射另一枚通信火箭，让他们知道我们受到攻击，补给品不足。HDA那时候必须进行援救行动。柏林机绝对可以从萨瓦飞来接我们，即便没有戴达勒斯输油机帮忙补充燃料也可以。也许得花上几天，但它们必须沿路安排燃料点。"

安特利奈不情愿地点头，"所以一切都要靠通信火箭将信号送回亚贝利亚。"

"亚贝利亚或萨瓦，是的。我们当然要把信号目的地同时设定在这两处。他们收到拉维的视觉记录已经一天了，一定已经知道守护者是真实存在的，而且就在我们这里。暴风雪一结束，我们至少应该获得救援，维梅齐亚已经安排一架有雪屐的戴达勒斯在通道边待命。拉维的档案应该可以让他说服将军在我们上空打开战用通道，将一群有雪屐的戴达勒斯机投放到峡谷里，同时带来足够的援兵，把这件事一次搞定。"

"他们之前并不管我们的生死。"泰密莎说。

"因为当时证据不足，可现在有证据了。我们很快就能离开这里。"万斯回答。

"如果要留在这里，我们得考虑防守战略。所有人被你分散在热带型越野车、MTJ、两辆行动实验室和油车里。油车内目前只有两个人。以定点来看，我们相当暴露，尤其在只剩六名先锋军和两架远程遥控机关枪的情况下。"

"你有什么建议？"万斯问，满意于他的决定获得支持。

"行动实验室是我们所有车辆中最安全的。我们知道怪物进不来，它之前试过了。一旦我们完成子弹安装的程序，就把人都带进来吧，毕竟之后也没必要再保持实验室的安全。如果真的太挤，我们还能用MTJ，它的暖气比任何一辆越野车都来得好。还可以看看遥控枪能不能重新启动，照欧格的说法，可能只是马达冻坏了。"

"还要叫大家把他们收集到的食物都带来。这样比较清楚到底还剩多少食物。"卡姆说。

"好。我去跟医生谈谈看实验室二号里能装多少人却不会影响到我们的病患，然后就准备扎营。"万斯说。

暴风雪里同样剧烈的电子风暴，开始在中午时分朝峡谷抛射闪电球。安杰拉看到的第一颗飞过她的头顶，击中两百米外的峡谷墙壁。车队渺小的网络因为电波脉冲立刻故障，一团纠结成麻花辫的闪电从冲击点爆发，花了几秒钟摩擦着冻结的河面。闪电留下的蜿蜒刮痕发出嘶嘶声与阵阵蒸汽，直到暴风雪很快淹没了它们，网络才恢复正常。

"太棒了，这下全到齐了。"安杰拉在越野车的前座喃喃自语。

肯在车顶上，想要把遥控机关枪修好，至少把上面的结冰刮掉，帕瑞西则在外面看守。她不喜欢他一个人站在外面，而且还只有一只完好的手臂，每个人都知道自己的武器对怪物没有用，可是埃尔斯顿发出撤退到行动实验室和MTJ的命令大概是自从车队开始以后，他唯一还算正确的命令，而且她还可以跟丽贝卡在同一辆车，这是件大大的好事。

亚提欧、巴斯琴和加瑞克正负责从油车的雪橇油囊把行动实验室一号的燃料箱加满。如果她把车窗上的水滴擦掉，再眯起眼睛仔细瞧，有时候可以看到他们厚重的身影在雪地里蹒跚地行走，像是神话中的雪怪。奥马尔和博坦则在一旁担任他们的护卫。

丽贝卡、露露、达尔文刚刚离开了三号车，弯着腰，顶着风，一步一步地走向行动实验室一号。雷欧拉正在护送他们。安杰拉从网格上可以追踪他们的符号，看着他们靠近行动实验室的安全范围。

她穿上外套，进行准备，他们也很快要动身，食物已经装在袋子里。别的她没法子塞进外套的东西，包括个人装备，都得丢在热带车上，直到救援抵达。

接下来是面罩、手套，她花了很长时间才把手套在空调口前烘干，但她不能冒险像上次去追食物包时让整个手套冻结起来。戴上内层手套后，她把手指塞入比较厚的中层，接下来是防水外层。她现在能拿起来最小的东西是袋子的背带，但至少她的手可以维持干燥，甚至还算暖和。

丽贝卡的符号出现在行动实验室一号里。又一个闪电球从浓云密布的天空砸下，像日出般在车辆的另一边绽放。安杰拉擦掉凝结的水珠，再往外看。

有人正走到油车的雪橇后面，上面是一堆油囊。一个深色、沉重的身影，跟所有人穿上外套以后一个样，可是她的网络联机又坏了，身份符号从网格消失。"显示所有人最后位置。"她告诉e-i。

e-i回报油车的雪橇附近没有人。负责加油的小组正在行动实验室二号附近。

"它回来了！"安杰拉大喊。

穿外套到一半的福斯特转身，瞠目结舌地问："什么？"

"怪物。它要去毁了剩下的有机油。"安杰拉用力一拉门把，跳到河面上硬邦邦的雪地。"帕瑞西！"她尖叫。暴风雪吹着她，雪片以高速打中她的脸，让她几乎半瞎。她弯下腰，开始尽力跑向雪橇。又一个闪电球划过峡谷上方，在北侧悬崖爆炸。一道电浆闪电乍现，化成一丝丝电流，像是炫目的瀑布顺着悬崖边流下，最后在底端崎岖的黑色岩石堆上接地消失。

安杰拉扯掉外层手套，把暗黑武器换成半启动模式。过去两个月顺着她的神经成长的外来细胞在手指周围长出，如今开始骚动，酥麻的感觉一如二十年前的记忆。还有效！她原本不太确定这么古老的人机合体技术在二十年后还能否运行，但当时在新东京的专家是最优秀的。她只需要合适的触发剂就能重新唤醒它们。

刚到亚贝利亚的2月那天晚上，可怜的小狼狗帕瑞西发现他们要回旅馆时，简直兴奋过头。安杰拉很佩服他的体力。四家夜店，一瓶又一瓶的啤酒，好几颗药，更多啤酒，快速跳舞让酒精和药效更快流过他的血脉。之后是红酒，再是烈酒。

在出租车里，他像是高中明星球员带着舞会女王回家，对她一阵摸索。他健康得恐怖的年轻身体似乎对任何负面影响都免疫。

两人纠缠成一团，跌跌撞撞地进了旅馆房间。他的舌头塞在她的嘴巴里，似乎想要一路伸入她的肺。在第二家夜店时，她的e-i用了一些萨玲的秘密程序去监控他的躯网，e-i报告他已经把医疗智元程序关闭。所以她复刻他的热情，双手用力捏着他的脖子，响应他的热吻，在此同时，她朝他的大动脉拍了一剂药，是那个星期早先时她很尴尬地在用餐帐里晕倒，被送去诊所后顺手牵羊带出来的。那天她第一次看到丽贝卡。

帕瑞西手伸到她的上衣里，摸得不亦乐乎。她抽开身子，露出充满魅惑的笑容。"等我一下。"她沙哑地告诉他，倒退着走向套房浴室，"还有，帕瑞西……"

"怎么？"他迷茫地眨眼。

"我回来时，你最好已经脱光了。"

她关上门，开始倒数。数到九的时候，果不其然传来很明显的砰的一声，来自先锋军下士晕倒在地时撞出的声响。

她小心翼翼地探向卧室，很难不感觉到一阵同情：她乖乖的小狼狗大字形躺在地上，裤管褪到脚踝。

"抱歉，宝贝。"安杰拉朝他打呼的身影道歉。她花了一点时间整理仪容，把发型梳得整齐些。她的e-i用萨玲的数据库里一个防追踪插件叫了出租车，等她穿过旅馆大厅时，出租车已经在外面等着了。

出租车的自动管理系统需要押金。安杰拉用了索尔二十年前在亚贝利亚开启的小额紧急资金账户，很满意自己还记得密码。里面只有一两百块欧法元，但乘车到卡米洛海滩绰绰有余。

她叫出租车停在小村庄上还没转到蓝内拉路的拐角等她，然后走下沙滩铺成的道路，经过一排整洁的白色平矮屋，屋子在明亮的环光中散发出鬼魅的灰光。她闻着新鲜的海风，感觉这个小区真是适合索尔，一个非常美好的地方，里面一定住着很多好人，尽力在养家。

然后她来到他的小屋前，有着狭窄的后厨房露台，直接通往沙滩。可怜的索尔，他看到她的样子时，一定会大受刺激。她搜集的档案说他有了妻子和孩子，她希望他不会蠢到向他们坦承她的到来，可是根据她对索尔的了解，他很有可能会这么做。

　　她坐在围绕露台的矮墙上，等着e-i拨打他们的紧急通信码。

　　"哪位？"索尔三十秒后问。

　　至少屋子里还没亮灯，他没被吓到极点。现在还没。"是我，索尔。安杰拉。"

　　"可是，你是……不可能。"

　　"他们把我放出来当探勘队的顾问，亲爱的。我正式被假释了。我为了来看你，可是彻彻底底地违背假释规定。"

　　"这里？这里，哪里？"

　　"我站在你的露台上。我不想吵醒你的家人。"

　　"我的天……等等……"

　　她忍不住露出宠溺的微笑，想象他满脸惊慌失措的同时还要溜下床，不要吵醒埃米莉。安杰拉搜集了二号霍华德太太的照片——真是个美女。而且很年轻。索尔的温柔魅力显然依旧满点。

　　大玻璃门被推开，他脚步踉跄地走入夜里，一面想要套上一件老旧的板球毛衣。他的样子让她大受震撼，笑容瞬间熄灭许多。她丈夫看起来苍老了许多。在霍洛韦，她又看到埃尔斯顿时，对于他浮肿的脸、后退发际线的一抹灰，以及变得粗壮的体形暗自觉得好笑。现在同样的衰老迹象也感染了她的索尔，这景象没有为她带来胜利感，只有难过。因为她终于明白她的命运，就是要将一个又一个人留在身后，独自前行。除了丽贝卡。

　　"神啊，真的是你。"索尔沙哑地说，"你没有变老，一点都没有。你真的是'十选一'对不对？都是真的。"

　　安杰拉找出一点尊严，给了他一个温暖的微笑，欢迎地朝他摊开双臂。"你好，宝贝。"

　　他踏入她的怀抱，像是失去了很多那般。他像是她失散很久的兄弟，不是爱侣，不是她孩子的父亲。"我没想到我还会再见到你。"他低声说。

她可以感觉到他在发抖，知道他在哭。"没事的。你不用说，我都知道。"她安抚地说。

"你知道？"他擦着眼睛，"你怎么知道？"

"你们亚贝利亚都市行政管理局的档案是公开的，我一到就搜集了资料。埃米莉看起来很漂亮，做得好。还有三个小孩，对不对？"

他顿时一脸惊慌沮丧，差点又要哭出来。"不是。不是……那不是……安杰拉，是丽贝卡……她没有撑过来。他们抓到你一年以后，我姐姐联络我。医生们尽力了，可是……我对不起你。"

"你在说什么？"

"我甚至没办法告诉你。审判以后你就被关起来，我在跨网上都看到了。太可怕了。我几乎……我不知道我怎么活下来的。"

"索尔，丽贝卡活得很好。所以我才不顾假释规定来看你。她是探勘队的一员。我不知道怎么会这样，也不知道为什么，可是她在这里。你的女儿活得很好，现在正在亚贝利亚机场HDA基地。我亲眼见到她，吓得差点心脏病发。索尔，可是她好美，她继承了我乱七八糟的头发，可怜的孩子，但她有你的微笑，弥补了这一点。"

"最亲爱的安杰拉……"

"不要！"她拍掉他怯生生地伸出的手。她绝对不接受他这种同情。"你别给我来这套。我知道我自己看见了什么。"

"好，安杰拉。"

她给了他一个纯粹鄙视与憎恨的眼神。他不相信她。他的人生已经开启新篇章，想来是带着很多罪恶感，但已经没有他失去的女儿与连环杀人嫌犯老婆的位置。"见鬼！"她不觉得自己会受到盛大的"欢迎"，但这种迎接法也太糟糕了点。"别担心，我会从你的生命中消失，索尔，永远消失。我只是需要先拿件东西。"

"当然，我有点钱，不多，但是你随意。"

"我不需要钱。"她啐了一口，"我得保证丽贝卡的安全。怪物是真的，索尔，它在圣天秤星上。你信吗？"

"我知道你不可能真的做出他们说的那种事。你不可能。我比你所想的要了解你。"

"谢天谢地。你没从通道回去很聪明。可是我记得我给你的最后一道信息。我又很强势了对不对？"

"是啊。"

"反正我只会是这种悍妇。可是我很高兴你安然无恙，而且你又有了新的人生。我们受了这么多苦，这些都是你应得的。"

他温和地开口："安杰拉，如果不是钱，你想要什么？"

"我是来拿触发剂的，索尔。"

"什么？"他猛然问出口的声音大到他立刻转头，充满罪恶感地看了小屋一眼。

"触发剂。我们在新东京制造了四个。我很了解你。你一定把那段时间的所有东西都收好了。我逼你把其他东西都扔了，所有曾经代表你的东西，所以你会保留任何纪念品，不论多小或多不重要。"

"你不能用，安杰拉，那已经是二十年前的东西了，现在说不定都已变成毒药，而且武器是同样……"

"当初的细胞核泌腺？还在我的体内。没理由会不在，只是需要成长触媒。"

"安杰拉，拜托你不要这么做。"

"索尔，你会去帮我拿来的，我们都知道这点，所以我们干脆别再大吵大闹，威胁来威胁去，直接一点吧。快点，去我不知道你藏在哪里的秘密小柜里拿给我，然后我就走。"

"安杰拉……"

"他们当然还没有公告，可是这个探勘队成立，是因为又有诺思族人被怪物谋杀。索尔，它是真的，而且在1月时回了地球一趟。HDA很担心，担心到他们把我从监狱里放出来帮他们。"

索尔发出破碎的叹息，"你等等。"

他走了超过十分钟。不知道他把前辈子的纪念品藏在哪里，但绝对是一个很难找很隐秘的地方，聪明。他回来时，手上拿着一个小塑料盒。

"谢谢，索尔。"她带着真心的感激说。盒子里的凹槽有四枚液囊，里面只剩下三个触发剂。她拿了其中一个，拍向脖子。

索尔苦着脸。

"还是活的。"安杰拉开心地说。

"拜托，安杰拉——"

"我知道。我从丛林出来后，一定会去治疗。你就想要我这样，对吧？"

"我很高兴你愿意考虑这么做。安杰拉，他们把你关了二十年。"

"你看得出来吗？"这一招实在很低级，尤其是拿来对付他。

"反正你小心点，好吗？"

"我保证。"

她又抱抱他。两人甚至接了吻——很柏拉图式。然后她走回撒满沙子的路，回到出租车。她没有回头。跟上次一样。

顺着恬河峡谷拍打的暴风雪将一波密集的雪花拍向安杰拉，阻挡她赶向油车的脚步，让她几乎因此趴倒在地。沉重的层层衣料跟狂风达成密谋，让每一步都变得无比艰辛。她把护目镜忘在车上，被逼得只能眯起眼睛，挡住空气中盘布的盘旋冰屑。

不到二十米外，怪物挥动手臂。刀刃切入油囊框架，切断了合金支架，刺穿了橡胶袋。有机油流出，黏腻的黑色液体洒在凌乱的雪地上，快速形成水洼，一道道细流顺着冻结的河流走。

"他妈的！"安杰拉朝又以指刃挥向另一组油囊的怪物尖吼。她用力踢腿，急着想要跨越两者之间的距离。怪物看了她一眼，露出很明显属于人类的鄙夷神情，之后转身离开，留下有机油在身后不断流淌。

另一团闪电落入峡谷，落在车辆外圈，弹了起来，疯狂地扩散成半圆，然后崩解成一团刺目的闪电光波。整个车队被灿烂的纯白光芒点亮，仿佛天狼星恢复了偏红前的光辉。

安杰拉的网络联机消失。她看到两个身影倒在行动实验室一号旁边的雪地，燃料油管躺在中间。大片鲜血正从两人身边快速地渗开。先锋军博坦中尉和奥马尔·米哈伯在附近，正在飓风里尽力前进，武器已经抽出，细细的红色追踪光束搜寻着目标。他们一定同时看到了怪物，卡宾枪同时平举，怪物则绕到雪橇后面，在奔腾的雪中创造出自己的小雪团。

"不要！"安杰拉放声大吼。她疯狂地挥手，想要阻止他们，可是她太远，他们没有看到她。

卡宾枪开火。子弹击中地面激起的细细冰柱在快到雪橇前的地面凸起，很快地追着怪物的方向打出一排。以炸药为头的子弹撕裂了如岩石般坚硬的雪跟冰，冒出小团火花，其中三颗打中扩散的有机油水洼。闪电光芒退散。

火焰顺着洒掉的有机油蹿高，蓝色火焰烧得明亮，以不可遏止之势朝仍然在漏的油囊烧去。先锋军发现他们的错误，停止开枪，其中一人动弹不得，惊恐地看着火焰。另一人向前扑，安杰拉焦躁地看着那个人来到狭长的火焰池，立刻停下脚步，弯腰抛下卡宾枪用手套推雪想要制造堤防，像是小朋友们在海滩上玩水与堆沙堡。有一瞬间他似乎成功了。火焰渐渐熄灭，然后他突然举起变成两团碧蓝色火焰的双手。

害怕的安杰拉速度放慢成步行，开始朝反方向跑。她撞上正冲去要帮忙的帕瑞西，两人同时倒在冷硬的地面。闪电消失。跳跃的蓝火点亮景象。火焰已经烧到先锋军周围，正在朝雪橇扑去。先锋军燃烧的身体翻过去，刻意压倒在平滑明亮的火浪前，熄灭火焰。他开始翻滚，踢起一堆堆被油浸透的雪。火焰开始往外扩散。

然后另一名先锋军冲向雪橇，从架子上抓起一只灭火器。泡沫喷出，覆盖了最前面的一波有机油火焰，然后他将泡沫喷洒在燃烧的水洼以及洒到哪儿烧到哪儿的小火苗。

安杰拉与车队的联机恢复，耳朵里立刻充满听也听不懂的叫喊。网格显示在火中的是博坦中尉，双臂仍然被火点亮，有机油渗入他的双腿，然后转移到他的帽子，他被一团蓝色的火焰包围，咆哮的暴风雪让燃烧速度加快。

帕瑞西很快地站起，挣扎着冲向博坦。他用完好的手臂抓起第二只灭火器，往中尉身上喷，奥马尔·米哈伯则对付在地面乱烧的有机油。火苗开始顺着帕瑞西的靴子往上蹿，他把灭火器往下喷。安杰拉可耻地往后退，怕雪橇和油车爆炸。不去帮助帕瑞西带来的罪恶感很强，但是不足以让她站起来。她只能蹲在那里，蹲在无止境的暴风雪中，看着三名先锋军冒着生命危险保护有机油——所有人都需要靠它多活几天。

终于，一切结束，喷沫下方的火焰被熄灭，泡沫也开始结冰。埃尔斯顿的声音在网络里很清晰地响起，偶尔被博坦惨痛的尖叫声打断，最后是这个声音让安杰拉振作起来。她低下头，推过平地的雪，来到帕瑞西身边，他们跟奥马尔一起把中尉扛到行动实验室二号。

康尼夫和沙可帮奥马尔、帕瑞西和安杰拉将博坦搬到没人用的担架上。拉维被搬到旁边，雷欧拉、温、克里斯、洛尔莱伤势严重却不会危及生命，立刻被转移到实验区以清出空间。

冰雪在暖和的地方开始融化，火焰对中尉双手及手臂的损伤十分明显。安杰拉尽量站在后面最远的地方，外套不停滴水，沙可将两条焦黑的头罩从博坦的头部除下。两颗镇静剂很快被拍入他脖子烧焦的皮肤内，让他的呻吟安静下来。

"我们得脱光他所有衣服，使用封肤沫。奥马尔，能帮忙吗？脱掉护甲外套和胸口那层衣服，火焰似乎没烧到那里。用剪刀，不用担心大小跟拉链。"

"是的，长官。"奥马尔压低声音，有点犹豫地说。他脱下自己的手套和外套，站在担架边。

"我抓住手臂和手，沙可请拉腿和脚。"她说。

水和一团团黄色的令人发寒的泡沫继续从担架滴下。一条条脏布跟着丢出来，在地上卷成一团。安杰拉别过头。行动实验室的主舱开始有一种气味，连空调都处理不掉，即使已经开到最大。

门滑开，埃尔斯顿闯了进来，一面拉拉链。"他没事吧？"他凑上前来想要看担架上的人，看到博坦手脚和脸上受损的皮肤时，忍不住脸色一白。

医生用消炎油喷洒烧伤处。她转身去看上校，摇头，抿紧嘴唇。

埃尔斯顿居然没有用手捶墙。安杰拉从来没有见过他这么愤怒。他是生气过，但这次是吞没他的怒火。"混账东西。"他咬牙挤出话语。

"它杀了谁？"安杰拉低声问。她的网格显示身份符号与状况，所以她早已知道，但是她大脑深处有某种原始的需求，想要他们的死亡由不是机器的来源证实。

埃尔斯顿瞪着她，然后让了一步。"亚提欧和加瑞克确认死亡。你也看到他们了。巴斯琴失踪。一定是被怪物抓走了。"

"它要他们干吗？"奥马尔质问，烧伤的脸皱成一团，露出害怕且沮丧的神情，"是想吃我们吗？是吗？"

"我们的生理结构在这个层级上是不互通的。"康尼夫专注于病患，没有抬头便回答，"就算它是肉食生物，我们的蛋白质结构也完全不适合它吃。"

"那干吗——"奥马尔苦恼地开口。

"我他妈的不知道！"埃尔斯顿回吼。

安杰拉发现她开始出现些微的休克反应。她的皮肤涨红，层层叠叠衣物下的手臂发抖。她想问埃尔斯顿要怎么补充燃料，问他要怎么保护油车还有雪橇上剩余的有机油，可是也已经来不及了。他们只能待在车子里，等暴风雪结束，像是原始的村民，希望怪兽不要来吃光他们。别无选择让她非常愤怒。

当她转头看着闷热的车舱内时，拉维正以格格不入的平静表情看着她。她慢慢绕到他身边。

"再次谢谢你。"老驾驶员说。

"应该的。"她抬头看向拉维，"现在怎么办？你是真正的军人，我们现在最好的战略是什么？"

"它会有始有终。要是我，我也会。没有燃料，我们全完蛋了。燃料以外就是通信火箭。它会一直尝试，直到成功，成功以后，我们都死定了。我们最大的劣势是什么武器对它都没用。要怎么阻止不能杀也不能伤的怪物。"

"你错了。"埃尔斯顿没有转身便说，"我们有一个绝对致命的武器可以对付那混蛋。"说完，他开始快速愤怒地脱下外层手套，"我现在就去拿，绝对不会迟疑地对那混蛋下手。如果HDA想要活的，他们就自己来抓，不过现在那只还在外头晃的怪物死定了。"他愤怒地走入隔壁房间。

安杰拉微微吐气。她低头看着拉维，舒展手指，感觉暗黑武器的微麻。"如果我有可以杀死它的武器，我该怎么办？"

"只有一个选择。"老驾驶员睿智地说，"你必须展开攻击，像以前那样……"

安杰拉紧抿着唇朝他微笑。"是啊。"问题在于，她那时并不能算成功攻击吧。

发现三名诺思族人和苏丝的尸体在客厅里的震惊过去后，安杰拉紧抓着门框，等心情稍微平复。宅邸里有疯狂杀人魔乱跑，灯和警报都没有用。她凝视宽广的中央走廊。少了环光，唯一能提供照明的就是客厅洒出来的光。她抬头。五米外，通往巴特拉姆卧室的门正无声打开。

这一幕足以让安杰拉清空思绪，专注。唯一重要的是生存。不计代价。她启动手中的暗黑武器，感觉十个尖痛的点，小爪子刺穿她的皮肤，从跟她指骨缠绕的人机合体叶片舒展出来。血开始滴下，混入她脚边的血潭。

血太多，根本无法保持平衡，她想通这点。安杰拉快步走入走廊，脚步踩在干净的大理石地面，越发稳当。

巴特拉姆卧室的门推开。一个人形怪物站在那里。时间静止，她呆望着不可能的景象。跟她一样高，但是宽壮很多，她永远都会记得那皮肤像是变成石头的皮革，透过客厅的淡淡光线，她看到玛丽安杰拉、科伊和巴特拉姆的尸体。被同样举在她面前的刀刃杀死，怪物的手。那动作打破魔咒。

她采取对战姿势蹲下，来自许久前她与莎丝塔出于一时的风尚，向某个已经遗忘的老师习得的。研究怪物的动作，留意它要采取动作前的迹象。

不知道为什么，它没有扑上前，也没有挥动已经举起来、准备让她毙命的可怕指刃，反而歪着头，宛如受尽阻挠的情人发出惆怅的叹息，仿佛看到她既意外又高兴。

安杰拉跳起，一边侧转，摆出飞豹腾跃的姿势，从怪物举起的手臂下方钻过，出其不意地将手指刺入它的胸口，启动——

在新东京安装的人机合体机器通过在马斯伦咖啡店后方使用的触发剂，在几个星期内于她体内成长，类生命细胞形成合成细胞膜，包围了她的指骨，让组织跟电鳗一模一样。半有机的导电线长入她的手，变成每个指尖的尖爪。

五千伏特的电流在一阵刺眼的紫白光中涌入怪物体内，怪物顺着七楼宽广的中央走廊往后飞，倒在恶心的血泊里，一路往后滑，直到撞上墙。

安杰拉甚至没等着看最后的撞击效果，便已经冲向台阶。世界已经发疯，在她面前爆炸，但不重要，转账成功了，丽贝卡会接受基因治疗，别的都不重要。她僵硬的喉咙发出歇斯底里的笑声。就连杀人的外星怪物都不重要。

她只要活下去，不让有关单位抓到她。今天晚上的事情不会有人相信，她没有办法完全解释，除非她告诉他们她在这里的真正原因。但不可能。绝对不能有任何事危害到丽贝卡的治疗。不可以。她的生命此时已经可以延伸了。

她一次跳过三个台阶，听不到后面的动静，还没有。也许电力杀死了它？但是她知道没有。

她的房间有一个早就收好的袋子，帮助她紧急逃脱之用。她来到六楼，跟自己进行千分之一秒的争论——她可不可以冒险去拿。怪物会追来，她毫不怀疑，可是如果她想有机会能逃出生天，她就需要袋子里的东西。

安杰拉决定去拿袋子。

行动实验室的入口区里，安杰拉命令e-i启动她实体储存槽里的标识符。她把小方块放在柜子上，取消躯网与车队网络的联机。不过在这片闪电风暴中，网络也没什么用处。

她进入一片混乱的暴风雪。衰弱的天狼星光仍然没有穿透云层，峡谷掩埋在一片浓雾中。碎石大小的雪花攻击她的外套与车棉长裤，撞上她的头盔。她环顾四周，可以看到白色的头灯光线徒劳地照着暴风雪，把车辆重新缩回的可怜保护圈外的几米范围照成一片雾。

亚提欧和加瑞克仍然躺在行动实验室一号旁边的地上，雪已经贴着他们的尸体开始堆积。油管大半已经埋在小波浪般的飞雪中，冻结的灭火器看起来像是另一块崎岖不平的冰片，在纠结的地面上又添一笔。没有遥控机关枪在上，车队基本上是完全对怪物敞开，没有保护。不过说实话，她心想，他们一直以来都是如此。

安杰拉从热带车二号和三号间穿过去。两辆车的侧窗都被薄薄的冰封住，内侧的光略微亮起。挡风玻璃刷仍然痛苦地一抖一抖挥动，但是越清理，干净的三角形范围越小。照这样下去，车窗再过半个小时就会全面结冻。

没有人看到她，即使天上又掉落一颗疯狂的闪电球，穿过上空紫暗的云层，照出更亮的光明。她在无人阻挠的情况下走入峡谷如极地的荒原，怪物就在那里头。独处的感觉几乎让人觉得轻松，因为难得一次不用担心。她做了决定。她会面对自己的怪物。

她缓缓地绕着车队走，每走两步路就在原地转个圈，好看清楚怪物是不是朝她扑来。闪电球不时从她头顶划过，照出地面上破碎的河流，蜿蜒的裂痕，埋在冰块深处的岩石。她必须不停地走，任何站在原处不动的人很快就会冻僵。头灯的光线倒是很清楚地把车子的位置照出来。智元网格的符号显示网络信号断断续续，仿佛这个先进科技和短波无线电信号一样原始。

安杰拉绕了车辆半圈后，看到有东西在翻腾的风雪里移动。一个沉重的人形生物，正顶着风与大雪前进，直直朝她而来。安杰拉连忙扯下外层手套。

人形离她五米时，又一枚闪电球划破峡谷上空。那个人形从头到尾都包裹在光滑的黑色皮肤下，遮盖了五官。雪顺着它的身体滑下，没有办法留住半点。几个光滑的凸出物从它腰边长出，其中两个有手枪握把形状。

"丽贝卡？"

没有五官的人形发出安全联机请求，"母亲，你为什么要跑到这里来啊？"

安杰拉又把手塞回手套里。光是露在外面几秒钟，就已经让刺骨的寒冷顺着内层布料溜了进去，啮咬着她的手指。"我想保护你。它会冲着我来。我可以对付它。"

丽贝卡跑到她面前，直到两人的脸只隔着几厘米，安杰拉被面罩以及外面的一层围巾裹住，丽贝卡则全身穿着光滑的高分子护甲。

"我真的觉得你没有办法对付它。你赶快进去吧。"丽贝卡说。

"要我呆坐在行动实验室里，等它一把把门扯开，趁我们睡觉时把我们刺死？这不是我的风格。"

"行动实验室很坚固，我们可以在里面等暴风雪过去。"

"它会去攻击通信火箭。有机油和火箭都是我们需要的。"

"母亲！拜托你，我可以应付它。"

"我不会让你去面对那怪物。我办不到。我们做了这么多努力，只为了让你活下去。"

"你为什么不信任我？这些系统非常有——啊，该死。"

"怎么了？"安杰拉转身，目光搜寻着暴风雪，不知道她女儿的传感器察觉了什么，一阵害怕。

"你身上一定有两个微追踪器。第二个刚被启动。"

"那个该死的埃尔斯顿从来都不信任我！"

丽贝卡拍拍她的肩膀，"真不知道他为什么会这么想。他很快就会出来了。太棒了，居然又有个福音卫士来搅局。"

万斯一发出呼叫所有人都进行动实验室里躲避的命令，就发现安杰拉又消失了。她的身份识别符号显示她在实验室二号，他之前确实把她送回那里，但帕瑞西尝试跟她联机，确认她安全地回到了车上。

万斯不知道她想干什么，他的人马正受到怪物的致命攻击，他完全没有把她的行动往好处想的心力。他命令 e-i 启动安特利奈安装在安杰拉身上的微型智慧监测器。

就算车队的网络不断故障，效能逐渐减弱，但它仍然能完成定位工作。她的位置立刻在万斯的瞳孔智元网格里出现。安杰拉站在车辆圈外的二十五米处，至少他认为她还站着——他没有医疗智元可以确认这点，只有监测器虚弱的信号。

安特利奈和杰紧盯着他，看到他把手枪塞入加热的橡胶套。他的 e-i 要求与弹匣联机，给了子弹武装密码。"我要出去。"他说。

"保持联机。我们需要知道发生了什么事。"安特利奈说。

"小心点。她若不是杀人犯，就是在帮那东西。她没有理由要出去。"杰说。

"我知道。"万斯说。这个信息让他心情相当沉重。虽然两人并不合拍，但他已经开始倚重安杰拉。如果她跟这一切阴谋有关联，为什么还要把拉维带回来？拉维也是其中一分子吗？他痛恨自己不受控制的疑心病。"亲爱的上帝，请保护我。"他低声说。

球状闪电照亮几百米外的峡谷地面，炸出一团凶恶的闪电丝，车辆一时间被刺白的闪动光线点亮。他看到罗克进了实验室二号的门，e-i 发出信号。"所有人都进去了吗？"他问。

"露露和达尔文在里面。玛德琳回去拿东西，我阻止不了她。"罗克说。

万斯端详网格，但玛德琳·霍克的符号消失了。

"它回来了。"他低吼一声，立刻指示罗克："快进去。"

肆虐的闪电消失，只剩下万斯一人站在阴暗的暴虐风雪中，他弯腰顶着风，以最快的速度往前。安杰拉的监测器没动。他的 e-i 启动瞳孔智元的红外线功能，眼前的世界变成一片不断晃动的宝蓝与浅蓝。一抹细细的粉红在他面前忽隐忽现，被严酷的飞雪不时遮蔽。

埃尔斯顿紧握住手枪，坚持向前踏过如地狱般的破碎冰河荒芜。谁都阻止不了他，不管是天气还是怪物。安杰拉·特拉梅洛无论如何都要告诉他事实真相。上帝会了解并原谅今天他采取的极端手段。

他越靠越近，红色的亮光增强，扩大，变成一片模糊。又一个闪电球击中他后方的地面。白色的亮光涌现，照出峡谷。前面有两个人！

安杰拉很好辨认，她穿着厚外套，外面裹着一条她自己打的围巾包头。怪物站在她旁边。它的皮肤比影像里看起来光滑，也没他以为的那么大。"我看到你了！"万斯朝暴风雪嘶吼，"我看到恶魔了！"他举起手枪，向前，开枪。一次。两次。

怪物弯腰闪躲，就跟对上拉维时那样，子弹没有效果。我得靠得更近。得射中眼睛。然后万斯发现它的手不是五爪刃，事实上，除了没有五官之外，它看起来非常像人类。一定是不同种类的怪物。

"住手，住手。"安杰拉大喊，她正往前冲，慌乱地挥舞手臂，"埃尔斯顿，不要开枪了！"

"你们是盟友！"他惊呼，立刻举起手枪，瞄准迫害他梦境太久的女子。撒旦的妓女。彻头彻尾的骗子。

"她是我的女儿！"安杰拉怒吼。

万斯原本不相信任何事情能阻止他扣下扳机，但此刻他的手指拒绝动作。"什么？"知道了……他终于知道了！

"玛德琳，她是我的女儿，所以我才在宅邸里。"

"这……我不……"万斯整个人陷入自我怀疑。他的e-i回报黑色的身影发出联机请求，标识符是玛德琳·霍克。"你不可能是——"他突然冒出这么一句。

"我是。我是卧底。我真正的名字是丽贝卡·德维亚，安杰拉是我母亲。"玛德琳说。

"你是怪物？"

"不是啦。这是高分子护甲。康斯坦丁·诺思派我来的。木星想要知道这里到底是怎么一回事。"

"亲爱的上帝啊。"万斯呻吟。可是……女儿。"怎么会？"他乞求地询问，全心需要知道事实。

"我需要钱救她。我在诈骗诺思家族。"安杰拉说。

"你真的没有杀他们。"事情真相为他带来近乎心灵升华的撼动。虽然他身处绝境，却因为终于得知真相而带来彻底喜悦，让他想要放声大笑。

"我当然他妈的没有，你这白痴。"安杰拉啐了一口。

万斯满脸笑容。这就是安杰拉。独一无二的——

有东西在丽贝卡后面动。"小心！"他大喊，再次举起手枪。

一只有五爪刃的手臂重捶丽贝卡的腰侧。

丽贝卡猜想现在暴露身份也没关系了，她不觉得这会影响她执行任务，而且终于让那笨上校不对她开枪，结果还变成他在求安杰拉解释。安杰拉当然只会更生气而已。

丽贝卡皱眉，看着两个宿敌互相叫骂，她的红外线传感器显示埃尔斯顿握着的手枪跟他整个人相比，简直是超级炙热。然后他朝她大喊，举起手枪——

有东西撞上她。就连护甲增强的肌肉功能都没办法让她在受到这样撞击之后仍然保持直立，丽贝卡倒在地上，滑过如岩石般坚硬的冰面。红色符号出现在她的网格中，描述她的捕网枪遭受的损害，基本上是完蛋了。这是刻意的。怪物攻击了枪套里的枪。为什么选那个？

战斗分析程序进入她的视神经，分析每一点外部传感器搜集到的数据，预测和分析选项——包括她自己的和对手的。她顺着地面用力一翻身，利用惯性增加速度，蹲起，但速度仍然不够快。

怪物跟着她来，手再次往下挥，趁她来不及恢复平衡就刺向她的脖子。高分子护甲保护她不受刀刃攻击，但真是痛死了。琥珀色的警告符号亮起，高分子护甲在这样的撞击下居然必须提高效能才能维持完整性。

"惨了。"她闷哼一声，再次顺着对方的攻击倒地翻滚，又一次踉跄地站起。

怪物站在她上方，身形巨大，举起手臂要将她砸倒，已经靠得很近。

丽贝卡的腿猛然踢出。她看到她的脚顺着程序的最高冲击弧度挥动，力气通过高分子大幅增强，高分子甚至主动略微调整她的动作。她的脚跟完美地踢中它的脚踝。攻击的力量让它重重地摔在无情的冰面上，它立刻挣扎着要站起。

在高分子护甲的协助下，丽贝卡揍了它一轮，刚好看到安杰拉飞身上前想要帮忙。"不行！"她大喊，伸出手阻止她母亲靠近。怪物就等着这一瞬间的分神。

它瞄准她的脊椎底端飞踢。她居然被踢飞入空中，在漫天的落雪中半翻半滚着地。

球状闪电落在车队后面，爆炸成一片如喷泉的闪电叶片，在风雪中蹿高二十米。丽贝卡增强的感官以完美的灰阶视线看清这一幕。

怪物转身要跟上她，安杰拉还在往前冲，手伸向前。埃尔斯顿则跌跌撞撞地跟在她后面，想要用炙热的手枪瞄准怪物。

"退后，母亲！"她大喊，虽然知道喊了也没用。她不敢相信地看着安杰拉除下手套。

她的e-i不断提供对战选择。武器正在上线。她咒骂自己居然反应这么慢，允许情绪影响她的反应速度。没有了捕网枪，活抓怪物已经不是选项，现在只剩下生存这个动力。她开始站起身。

闪电变弱，贴着冻结的河面耗尽。黑夜再次压上所有人。埃尔斯顿的枪口闪光在她的传感器中相当明亮，这让怪物转身面向她——还有安杰拉。致命的爪刃挥起。然后安杰拉跳起。

丽贝卡尖叫："不！"

安杰拉伸出手，丽贝卡的传感器察觉有非常奇怪的电流，顺着安杰拉的手臂涌上前。

成功了，古老的暗黑人机合体科技武器。安杰拉跳起的同时，感觉到尖刺从她指尖的皮肉间刺出，转移怪物的注意力，不让它再继续攻击她女儿。十股锐利的疼痛被她无视。怪物转身，伸出了爪刃，重复古老的舞蹈。然后她伸手，再次碰触它的肩膀，但是这次选择更低的位置。

细胞施放电流。跟二十年前一样，一阵刺目的闪光，怪物倒退着进入冰冷的黑夜，但这次出了问题，某段绝缘组织没有长好，火流顺着安杰拉的左腕内侧燃烧，吓呆了她，抑制了她卡在喉头的痛楚尖叫。她失神了一瞬间，倒在地上，四肢失去控制，心脏疯狂地颤抖。

五根爪刃在雪花间滑下，她却动弹不得。

埃尔斯顿从暴风雪间用橄榄球运动员飞撞的姿势扑身出现，顶着肩膀撞向怪物的腰侧，两者同时在安杰拉身边摔倒。她看到他想举起手枪瞄准怪物的脸。太慢了。五爪刃往上一戳，刺穿他的外套和下面的护甲，深深刺入埃尔斯顿的腹部。

"不要！"安杰拉大叫。

埃尔斯顿的脸离她只有几寸远。他的双眼充满震惊，虚弱地吸入一口气。刀刃从他身体抽出，他无法控制地全身抖着，软倒在冰面。

丽贝卡惊恐地看着埃尔斯顿牺牲自己的性命，只为了把朝她母亲身上落下的刀刃转移，然后那可怕的怪物再次站起，将垂死的上校推到一旁，准备要对安杰拉施与同样致命的一击。安杰拉凶猛地向怪物咆哮以示反抗，再次举起她带有武器的双手。

丽贝卡一跳，轻松地越过这段距离，双脚落地，站在怪物正对面。她弯着膝盖，握起拳头，紫色与金色的肢体攻击预测在她的视神经中绽放，对战程序提供不同选择。护甲就定位，就等五爪刃凶猛地朝她挥砍，刀刃边缘击中她的上肩膀，反弹回去，划破以人形为圆心形成的范围，后面跟着一堆预测线，像是霓虹灯光。三个反击的机会显现，丽贝卡挥动右拳，看着拳头顺着对战程序的轨迹往前，完美的撞击点，打中它的胸口，此时怪物还没从攻击被反弹带出的惯性中恢复平衡，于是被打得往后飞起，重重落在两米外的地面。

"够了。"丽贝卡冷冷地说，从腰间抽出 e 卡宾枪。理论上这柄枪的威力可以切断两米厚的金属陶瓷合金装甲。可是丽贝卡降低了威力，发射，一柱刺目的紫白色电子光束射出，击中怪物的腰部。它在攻击下拼命颤抖。丽贝卡关闭。"不喜欢电，是吧？"她再次发射。怪物的拳头和脚跟开始在冰河上连续敲击，细小的电蛇不断在它全身扭动，散发出灿烂的酷刑光线，电流与怪物皮肤还有地面交界的导电处发出烟雾，一丝丝细烟跟冰块争相发出的蒸汽合而为一。"他们要我别杀你。如果你一直这样暴力相向，我可没办法保证。"她再次关闭e卡宾枪，"你说呢？"

她的e-i回报倒地的怪物发出联机请求，使用的是巴斯琴·诺思的身份认证。"我认输。"他说。

安杰拉跪倒在埃尔斯顿身边，勉强朝他挤出笑容。"你为什么要这么做？"她哽咽地问，"你怎么这么蠢。一切原本都在我的掌控中。"

他虚弱地微笑，握住她的手，缓缓地将她的手掌翻转，看到流血的指尖，前面透着利爪。"小女孩靠自己的力量打退了怪物。我从来都不相信有这种可能。"

"这好东西是人机合体技术，我相信你们现在的技术一定更好。"

"没错。"

"我下次会记得。"

"安杰拉……"

"我哪里都不去。"

他又想要微笑，可是一股血从他口中溢出，"你得把这件事负责到底。我信任你，安杰拉。主让我看到你的真实面貌。你有资格备受主的眷爱。好好地完成这件事。为了我。"

"埃尔斯顿。"她的e-i正在找康尼夫，找任何人来帮忙。e-i说埃尔斯顿的躯网正用保密联机送一个档案给她。

"我明白了。她真的很棒。充满惊奇，就像你一样。你做得对。"他说。

"撑下去。"她催促，捏捏他的手。

一大股鲜血又从埃尔斯顿的口中涌出，"主在召唤我了。我会等你，安杰拉。我们会在他的恩典中重新相遇。"

"万斯——"

"哈，你第一次……"

安杰拉看到一抹小小的微笑出现在他的嘴角，然后他盯住了她身后的某处，痛苦的双眼最后充满了安心与希望的神情。在她的网格中，埃尔斯顿所有的生理数据全部变成红色，然后刷成死白。她猛然转头，看着静静站在丽贝卡身边的怪物。"你这狗娘养的。"她举起手——坏了的绝缘组织去死吧。

"他想要毁掉我的世界，毁掉我的一切。"怪物信息从联机传来。

"你杀了他。你杀了所有人。"面对她二十年来的噩梦，比任何暴风雪都要让她整个人发寒。她不确定她能克制自己多久。

"检视他传给你的档案。检视你们在行动实验室里的种族屠杀武器，然后告诉我邪恶的是谁，杀人凶手是谁。"

"什么？你在说什么？"安杰拉懊恼地看着平静的怪物，她双手抱在胸前，努力不让手被零下的冷风吹冻。她甚至已经感觉不到爪子带来的痛。爪子穿透皮肉时冒出的滴滴鲜血已经在小伤口周围凝结。

"你原本充满生命力，安杰拉。你过去确实如此。你是我认识的人类中最讨人喜欢的，即使你把自己裹在谎言里，但你的灵魂是你隐藏不了的。你失去对生命的热情了吗？难道评断我的，只有冷心冷情的那个你？"

"你他妈的到底是谁？"她在暴风雪中怒吼。怪物的外形变化——变软。安杰拉往后退了几步。她准备好要迎接一切，却不包括穿着外套和缝制棉长裤的诺思族人。"你不是巴斯琴·诺思。"她对那东西说，强迫自己相信，"你到底是什么？"

"我代表这个世界。"

"瑟贝迪亚·诺思。"安杰拉说。

"很长一段时间里，我是瑟贝迪亚·诺思。"在浓密的大雪与惑人的光线中，人形的轮廓变得模糊，仿佛刚才出现的诺思族人只是个鬼魅。安杰拉甚至怀疑起自己刚才的记忆。

"你不可能是啊。"她告诉怪物，"因为他从来都不是巴克雷·诺思。你在宅邸里杀了巴克雷。所以你到底是谁，另一种克隆人？"

"我镜像了巴克雷·诺思。从一方面来说，我仍然是他，因为我保留了他的本质。你曾经爱过我，安杰拉，至少我是这么以为的。虽然你的同类对我的所作所为令我震怒，但我仍然珍惜这个念想。"

"你迟疑了。"她惊讶地说，"二十年前那一夜，你从巴特拉姆的卧室出来时，你迟疑了。所以我才活了下来。"

"我跟人类一样，也会犯错。而且你揍人时还挺痛的。谁想得到？"

"你为什么杀了他们全部？诺思家族的人，那些可怜无助的女孩……为什么？"

"为什么你们杀我？你们砍，你们烧，你们毒，现在还带来一个致命武器，要摧毁我在这个世界上的所有生命。"

"我……不知道有这种事。"她叫e-i打开埃尔斯顿的档案。

安杰拉先进去。她从行动实验室的入口区走入时，四把卡宾枪指着她。杰、罗克、奥马尔、帕瑞西都握着枪，因为恐惧和肾上腺素而相当激动。这两样同时放在一起的效果不太好，尤其如果你正面对这么多枪口，每个枪口都以不同的程度在颤抖。

"好了，大家，是我而已。"安杰拉边说，边小心翼翼地解开脸上的围巾。她一与室内的温暖空气接触，手指冻结的血滴便开始融化，与沾在她手上的冰混成一体。她的肢体末端又开始有了知觉，每根指尖的末端都像是被黄蜂蜇了一口。

可是他们没在听她说话，他们正看着门口旁的另外两个身影：穿着高分子护甲的丽贝卡，还有庞大的有着五爪刃的巴克雷化身。

"趴下。"帕瑞西气急败坏地说。

"别闹了。"她告诉他，"没什么好怕的，这是丽贝卡，那是——"

"谁？"

"玛德琳。你们叫她玛德琳。"

"嗨。"丽贝卡的护甲从脸上消失，她淡淡地微笑。

帕瑞西一直顺着卡宾枪的枪身看着安杰拉。"趴下。"他低声说。

"听我说。"安杰拉缓缓说，"你们都听我说。把武器放下。没有必要继续暴力相向。我们达成协议了。"

"它杀了埃尔斯顿。你也是其中一分子，你是它的同伙。"杰说。

"什么一分子？"安杰拉端详杰脸上的恐惧，知道她永远没办法说服他。"帕瑞西、奥马尔，听我说。杀戮和武器的时代已经结束了。我们必须用别的方法来挽回整个境况，我们必须像理性的生物一样思考。现在请你们把武器放下。我们都知道武器对化身来说是没有用的。你们的子弹会破坏的只有我们和弹头而已。"

奥马尔瞥向帕瑞西，要他示意，她早猜到会这样。她一直盯着她忠心耿耿的小狼狗，鼓励地朝他微笑。"是我，帕瑞西。我说真的，我们想要从这个处境脱身，这是唯一的办法。你知道我不会说谎骗你。你知道的，对不对？请你信任我。"她看得出来他的不确定正在升高，他渴望相信她。"是我。知道吗？我！"

"如果我们把武器放下，会发生什么事？"帕瑞西问。

"下士！你给我瞄准那东西！"杰大吼。

"直到你有机会发射飞弹？"安杰拉锐声说，"不可能的。你们没有埃尔斯顿的指挥码。"

"你怎么知道……"

她期待地看了一眼帕瑞西，"没事的，真的会没事。"

帕瑞西长长地叹了一口气，抬起武器，关上保险栓。"稍息。"他告诉奥马尔。

"不行。"杰说。

帕瑞西按上杰的卡宾枪枪管，用力压下。"结束了。决定的人不是你我。"

"谢谢。"安杰拉说。她转身面对在舱房尽头的消毒室密闭门。她的e-i告诉她，门锁上了，就连埃尔斯顿的密码都打不开。她要求与安特利奈联机。"请开门。"

"我早就知道你参与了整件事。"安特利奈回答。

"那你早就错了。我什么都没参与。我从来都没参与。就连埃尔斯顿最后都明白了这点。"

"你为什么把那东西带来？"

"因为我们要结束这件事。我们要毁掉零态全面病毒。"

"这是我们唯一有的优势。它从一开始就想要进入这里，所以它一定害怕这武器。我们只剩下这个武器可以用来对付它。"

"不，安特利奈。我们有我们的人性。我们可以让圣天秤星看到我们的真实面目，让它知道我们足够成熟，能够进入宇宙，在神的创造中，获得我们应有的位置。"

"你对神知道什么，杀人犯？"

"我从来没杀过人，而且我知道你相信生命，所有的生命都是神赐予的珍贵礼物。你不会真的认为他要你杀死这星球上所有的生命吧？"

"我们听到了你们在外面的部分谈话。我们听到了它的宣称。它是星球，这个丛林的一部分？"

"对。"巴克雷化身说。

"那你是某种群体生命，就像沾斯一样。你不是神的创造。"

"我跟沾斯一点都不像。我甚至不明白沾斯从哪里来的。我是从真正的有机生命演化而来，就像你们的演化。"

"那你要什么？你为什么杀死我们这么多人？"

"因为你们毁掉这么大一块的我。这个化身的人性给了我'恨'的情绪。我十亿年来都没有恨过了。"

"这是我们自找的。我们人类每次到最后都把事情搞砸，这次也一样。可是安特利奈，你有机会可以改正这个错误。所以神才给予我们最伟大的礼物：自由意志。这就是为什么他带领我们到了这一刻，让你做出决定。我们可以和圣天秤星结成同盟，和生命结成同盟。没有这个同盟，我们只能孤独、恐惧地面对沾斯。"安杰拉说。

"你可以操纵恒星。你可以克隆人类。只有神知道你还有什么能力。神也知道你杀害我们的时候丝毫不手软。我们怎么知道你不会跟沾斯站在同一边？"安特利奈说。

"只有人类会问这种问题。"巴克雷化身说。

"对，我就在问这个问题。"

"我们必须展现信任才能获得信任。"安杰拉说。

"那就给我看看信任。"安特利奈说。

"我应该要担任桥梁的工作。"巴克雷化身说，"可是你告诉我，我为什么要当桥梁？你们摧毁任何你们不了解的东西，任何挡你们路的东西。你们戮害这个星球，只为了你们自己的种族和利益，同时在这么多世界上克隆同样的罪行。所以我没有迟疑，没有悔意。目前为止，我只看到害虫，不断地繁殖，用自己的排泄物污染这个星球，我的星球。可是我忍了二十年没有下手，想要同你们沟通。我仍然想沟通。这是我人类的一面，但它开始对于我的失败感到疲累了。"

安杰拉苦着脸。她很清楚这种论点在安特利奈这种固执的家伙身上起不了作用，所以她要贱招，为了胜利不择手段，展现安杰拉·德维亚的本色。她的e-i把埃尔斯顿的视觉记录送入串联中，让大家看到他濒死前，抬起头看着安杰拉说："你得把这件事负责到底。我信任你，安杰拉。主让我看到你的真实面貌。你有资格备受主的眷爱。好好地完成这件事。为了我。"

"他把他的指挥码都给了我。"她告诉所有人，"安特利奈没有指挥码不能施放飞弹，而我没有安特利奈相应的密码不能解除飞弹。万斯·埃尔斯顿踏出了第一步，他跟你有一样的信念，安特利奈，他跟你信奉同一个主，这个人对人类生命的敬重大到他牺牲自己好让我活下来。拜托，安特利奈，不要背叛他的奉献。"

长长的一阵静默后，安特利奈问："如果我们毁了弹头，以后呢？"

"我跟康斯坦丁谈成的协议是我会给你们提供信息，帮助转移沽斯潮，让它们不得靠近你们居住的星系。他的交换条件是会帮助撤离圣天秤星上的人类。"巴克雷化身说。

"撤离？这里有好几百万人，大多数都是政治难民。他们不会想回去。就连诺思家族都没办法逼他们。"安特利奈说。

"如果天狼星维持现状，还有多少人能活下来？你们的食物不够了。你们在这个气候里没有办法种新的食物，而天气会一直维持这样，直到我改变想法。"

"就算我们摧毁手边的武器，HDA一发现你的身份，就会通过通道送更多武器来。"安特利奈说。

"康斯坦丁会关闭通道。所有威胁都会随之结束。"巴克雷化身说。

"这是第一步。我们都知道全面病毒在这种天气下也没有用。安特利奈，你放弃的很少。这么做只是一个象征，这么小的一件事，却可以带来持续无尽年岁的友谊。我们所有人处在一个罕见的契机。安特利奈，你不会背叛自己或HDA，你是面对你真正的信仰，真实拥抱你信奉的宗教核心。所有的生命都是神圣的。你很清楚。"她深吸一口气，发现自己开始祈祷。

消毒室的门锁嘶的一声打开。

"谢谢你。"安杰拉说。她双腿打战到觉得自己即将摔倒，帕瑞西的手臂环住她，紧紧搂着。她抬头看向他疲累、担忧的脸，上面是被霜冻黑成一块块的皮肤，还有肮脏的胡茬儿，安杰拉朝他挤出一丝感激的笑意。他眨眨眼回应。

巴克雷化身穿过房间。来到消毒室门前时，它转身面对安杰拉。从如岩石般的面孔深处，一双人类的眼睛正看着她。"我对你……他对你有过任何意义吗？"它问。

"我把他视为达成目的的手段。"她说。即使是现在，她也记不太起来她跟巴克雷在一起的那段时间究竟发生过什么。在探勘队之前，她已有二十年没想起巴克雷，这件事本身就是最明确的答案。"一开始就是如此。可是当时我已经走投无路。为了要达成目的，我也确实牺牲了一切。当你是他的时候，你跟你的克隆兄弟们都不太一样。在不同的情况下，不同的时间点中，我真的不知道我们之前会有什么样的可能。"

"我感谢你的答案。过去二十年里，我思考这个问题的次数已经太频繁。也许这就是为什么我依然感觉纠结。人类的思绪里有好多纠结的地方。我很难透过你们的眼睛，完全理解这个宇宙。"

安杰拉瞥向丽贝卡，"这还用你说吗？"

2143 年 5 月 9 日，星期四

新制服又硬又挺，领子一直刮痛席德的脖子，袖口也在硌他的手腕，长裤的剪裁不太对——

"不要一直拨你那里。罩网会看到的。"雅辛塔喝止他。

席德把手从胯下拿走。在大型加长礼车的乘客座另一边，克洛艾·希利很识时务地看着别处。那天早上是她把制服送到家，还有司机驾驶的礼车，全部都是北方都会服务公司的礼遇。他不想要新制服，因为旧制服穿起来也好好的，只是当两件并排挂起来时，就连他也得承认旧制服看起来很破烂。克洛艾买的那套制服是深黑色，上面的光泽只有把钱织到布料里才有可能产生。说实在的，当他把所有的服务勋章和织带都别在胸口上一条低调的横杠时，制服看起来的确很出色。这是能力出众、活力充沛、值得信赖的领袖会穿的制服。

至少白衬衫是他自己的。

礼车缓缓地爬在可林森街，两旁是高大的灰褐色石头建筑物。商店跟公司的一楼窗户里都有伊恩的照片，以黑缎带围绕。

"你安排的吗？"他问克洛艾。现场看起来像是天主教的圣徒去世一样。

"不是。这是真的。"

可林森街的后半段到与教堂广场交会的一段路上，两边的人行道都

· 898 ·

有护栏，很多人挤在及腰高的铁网前等着灵车。

"我的天啊。"雅辛塔低声说。

"他确实拯救了城市免于D炸弹的攻击。"克洛艾说。

席德跟雅辛塔互看一眼，然后别过头。他们的礼车转向圣尼古拉斯街，停在教堂旁边。宏伟的老建筑旁边有更多的护栏包围，穿着制服的外聘警察排在两边。席德甚至想不出来有多少人到场向牺牲自己、拯救城市的英雄致敬，绝对有好几千人。

"记得，跟市长讲话不能超过三十秒。"门锁一开，克洛艾便警告。

"知道啦——"席德带着口音说。

前面的礼车载着市长来到教堂。克洛艾跟市长办公室达成协议，让政治家们先到，交换条件是进入教堂的一路上，他不能独占席德，而且在伊恩的追思仪式中他们也不会坐在一起，免得席德看起来太像市长的人——这一点他们还没达成协议。

席德踏上人行道。太阳高挂在无云的碧蓝天空，和煦的空气正顺着纽卡斯尔的古老街道吹拂，带来城市的气息。教堂北边的橡树仍然挂着春意洋溢的树叶，被金色的太阳照出碧绿的光影。在经历礼车的闭塞空间之后，这些感官的刺激显得特别强烈，更别提还有好几百人正盯着他看。

掌声响起。席德花了一段时间才发现这掌声是献给他。他对众人低调地微笑，点头表示感谢。他走过时，众人的脸孔模糊成一片，他很怕自己会看到伊恩的女友。

"赫斯特警探。"市长来到他面前，伸出手。教堂们两旁的大群有照记者非常仔细地关注他们的会面。

席德握住他伸出的手，"市长。谢谢您来。"

"应该的。这个城市欠拉纳金警探太多。他完全展现了我们如此重视警察单位是多么正确的事。"

席德可以想象如果伊恩看到这一幕，脸上一定会出现的嘲讽表情，还有他会在政客背后朝席德比出的手势，然后他就会开始打量周围的人，看看有没有漂亮的女生可以约会。

雅辛塔很流畅地上前一步，朝市长伸手，后者优雅地跟她握手。"我们该进去了。"她说。

"当然。"市长依旧保持绝对的风度。

他们离开他身边。抬棺的人正等在双开大门内侧：伊娃、洛雷勒、阿里和罗伊斯·欧鲁克——他又能向跨网记者炫耀他的旧制服。席德朝他们微笑，感觉雅辛塔把他的手握得更紧。他需要这个。光是走过走道，朝众人点头就已超出他所想象的困难。现在这是他的工作，受到众人注目，搞好关系。拉尔夫·史蒂文斯和萨拉·林赛都在后面，一流的特务果然就是如此不引人注意。詹森·商，那小混蛋。海法·富勒顿、里安娜·霍尔、蒂莉·刘易斯三人带头坐在市场街警局人员那几排的前面。马利根和他的人在后面几排，确保自己有出席的机会。就连帕萨姆委员都在，但没有半个人理她。

有好多他不认得的人。从来不认得伊恩的人。重要的人必须被民众看见来致谢，在纷乱的时代中向城市的英雄展现支持。

塔鲁拉在那里，同最前面有几排的距离。她低着头微声啜泣，努力不要太过失态。高官贵客们坐在她两边，面孔彬彬有礼但很僵硬，正尽力不去看她。虽然她的情绪失控，泪水糊了妆容，但她仍然美得令人屏息。

席德停下脚步，朝她伸手，"跟我来。"他温和地说。

一阵骚动升起，她挤过所有人，跟他一起来到走道上。席德带着她走到最前排，到伊恩哀痛的父母坐的地方。

"不行。"塔鲁拉微弱地开口。

"你懂他。你在乎他。我们这种人不多。我们应该要在一起。"席德低声说。

她露出卑微的感激笑容，在他身边坐下。他跟伊恩的父母握手。昨天晚上他第一次见到他们，在他们的旅馆房间内度过了难熬的九十分钟，告诉他们，他们儿子的人生中有哪些美好片段是他分享过的。

雅辛塔拍拍他的腿。"真不愧是我嫁的男人。"她低语。

席德深吸一口气。他的e-i告诉他，棺木到外面了。抬棺的人们正聚集在一起，从灵车上把棺木抬入。

在他面前的唱诗班起立，暗示所有人也该起立。席德缓缓地站起，放下手中的赞美诗，巨大的管风琴奏起送葬进行曲。

雅辛塔的手指与他交缠，"四十分钟。四十分钟就结束了。我跟你在一起。"

"真的吗？你想要这一切？"

"无论人生境遇好坏。我承诺过。"

于是，席德的人生再次变得可以忍受。

礼车在下午一点的时候把他们送到杰斯蒙的房子外。证明他们根本不可能更早离开。席德无法避开纽卡斯尔市民中心里的正式接待会。他不想去，不想跟所有高官、企业领袖、纽卡斯尔主教在一起。市场街警局的成员们在千禧桥码头区的一家酒馆里举行自己的追思活动。那里才会有真正的笑声，真诚的追忆，大声的音乐，太多啤酒，嗑点药，希望最后是打群架，一堆人被丢到清凉一点的监牢里过夜。这才是对伊恩真正的致敬，好好地送走他们的一分子。

可是他却只能乖乖地跟活死人们打交道，闲聊些言不及义的东西，由克洛艾带领着去与必须认识的人见面，喝着无聊的外聘女侍者送来的温热白酒。半夜在GSW区域巡逻都比这个有趣。该死的，他在六楼的办公室也比这个好。

"喝杯茶吧，宝贝？"雅辛塔问。

"好的，谢谢。"门一关，席德就把他痛恨的制服外套脱下，揉揉脖子，"我觉得我过敏了。"

"我帮你找点软膏。"

"没那么严重。"

她翻翻白眼，"你们男人啊。涂点药不是什么示弱的行为。"

"我知道。"他坐上早餐桌旁的一张新凳子。

雅辛塔在茶壶里倒了滚烫的水——茶壶是她父母送的新居礼物。"我们还没办乔迁派对呢。"

"因为在让别人进来之前，我们需要先装饰一下，装饰完以后，我也不会让你的警察朋友们来毁掉这地方。说实在的，宝贝，那群人一开啤酒就变得比大一新生还糟糕。"

"说得很有道理。"

她在他对面坐下，"你要去码头区吗？"

"不了，他们看到我会拘束。我现在是六楼的人了。"

"你比他们全部都更了解他。"

"是我把他带去临门区的。不肯放下这案子的人是我。"

"不要这样对你自己，宝贝。这个案子从一开始就是一团怪异的灾难。"

"是啊。"他把茶倒入杯子，"所以HDA是对的。真的有外星人！"

"宝贝，你想通它为什么在那里了没？"

"半点线索都没有。"席德笑了，喝起茶来。

雅辛塔从吧台对面伸出手，按着他。"你理智地想一下。我们现在的情况是比先前更糟糕吗？"

席德正要回握住她的手，听觉智元突然发出响亮的铃声。他的网格中间出现一个鲜红的符号。"啊！"他惊呼。

"怎么了？"

"红色警报。"

"那是什么？"

"HDA紧急事故。"

雅辛塔的手猛然捂住嘴，"沾斯潮？"

"我不知道。"

"天哪，孩子，席德，我们得去接孩子。"

"发生什么事了？为什么有红色警报？"席德问e-i。

"HDA的欧洲北半区早期警告雷达系统，侦测到有宇宙飞船进入地球大气层。"

"什么？"

两百八十三艘光波宇宙飞船从光辉碧蓝的纽卡斯尔天空顶端落下。

它们悄无声息地降落，来到一无所知的城市上方时才关闭了隐形功能，所以在惊慌的城市居民眼里，一艘艘宇宙飞船就像深海水蓝宝色的花朵在空中绽放。虽然大小和形状各异，从矮胖的水滴形到中间有着矮鳍凸出的巨大圆球形，但没有一艘宇宙飞船是小的。

一艘轮廓圆润的水滴形宇宙飞船领头，笔直朝临门区前进，样子很像是一个星期前，他们的伊恩·拉纳金警探阻止D炸弹爆炸时，众人看到的那艘神秘宇宙飞船。最后降落的一公里，中间不规则的圆环散发出细细的喷雾。它的同伴们都是慢慢落下，它却动作快速利落，一边降落一边施放出五道舒展的气流尾巴。

临门区的生意不佳，所有在那里工作的人都很闲散，此时纷纷走上国王大道，看着奇特的舰队朝他们而来。瞳孔智元拍下的影像和临门区的罩网画面在跨网上炸开，在所有跨星际世界中传递这个景象。

领头的宇宙飞船终于紧急减速，停在通往银色通道前面的金属桥面斜坡。虽然体积庞大，但它的动作却出奇地灵活，轻巧地转了九十度的弯，鼻子指向跨太空联结点，瞬间一闪而过，飞向圣天秤星。

剩下的太空飞船以较为平稳、有预兆的速度降落。它们排成一群，优雅地集体降落，调整位置，直到包围了通道，包括下面容纳机械的巨大水泥矮屋。

好几百个人从浮在空中的飞船边跑开，从边境管理局的办公室、货运处理大厅、流量控制室、各级办公室、通道工程中心等地冲出。他们边跑边害怕地转过头，看到宇宙飞船身侧的舱门掀开，跑出一群机械白蚁，一米长的机器，有着细长可弯折的长腿，一堆嘎吱嘎吱的嘴钳。它们涌过通道，从旁边大开的门钻进去，爬上矮屋的水泥屋顶，找到可以钻入的缝隙。

十分钟内，通道惊人的多层空间椭圆形光膜渐渐冷却，转暗，最后像是魔术师的幕布一样消失，露出后面一片密密麻麻、高电压的物理科学机械。金属拆卸大军已经爬上去，将工具插入模块间的空隙，挖开通道、扯出一团团电线。激光发出刺目的红光，它们切断架构的外框，让火花如死寂的烟火顺着桥面斜坡落下。

它们缓慢地以机械性的专注执着越挖越深，进入发电系统的深处，一块块拆除的机械被搬出，再由一群凶猛的白蚁扛走，进入等待的宇宙飞船里。

拆卸工作成功开始之后，一艘泪滴形的宇宙飞船无声升空，飞向北方。

康斯坦丁·诺思已经有五十五年没看到这座平顶的彩虹玻璃金字塔，当时他跟他的两个兄弟在里面住了四十多年，一起创建出他们的商业帝国。他的宇宙飞船停在大门前面的草坪上，他下了宇宙飞船，呼吸他出生星球的空气。切割的绿草以及最后一丝樱花的气息唤出记忆和情感，来自他大脑中较为古老、从未重整过的区域。他喜欢怀旧的感觉，还停下来欣赏园林的浓密树荫和两道长形的湖泊。这几十年来，树木成长得很好，让这片土地显得更茂盛，更自然。

康斯坦丁走上石头台阶，来到主要大门前的沉重玻璃门，奥尔德雷德化身跟在他身边。奥古斯丁在巨大的中央天井中等待，那里的圣天秤星植物几乎要碰到天花板。他的几个儿子都站在他身边，形成标准的护卫队。奥古斯丁一直等到他的客人们进屋以后才开始走向前，雷克斯外部腿骨架低声地嘤嘤作响。他只朝巨大的怪物瞥了短短一眼，向大家证明他觉得这简直是件不值得多提的小事。

"兄弟，你看起来很不错。回春治疗成功了吧？"康斯坦丁说。

奥古斯丁站在他面前，没有打招呼，也似乎无意提起眼前的重点。"是，但看起来没有你的那么成功。"

"我们只是修正了巴特拉姆的方法。"

奥古斯丁露出没有笑意的笑容，再次看向怪物。"你他妈的以为你在干吗？"他大吼，终于失去控制，骂得口沫横飞，"你把这……这……东西带到我家。我们的家！"

"我们的生活要改变了，奥古斯丁。我需要你明白这点。有什么方法比……"

"你的人生差点结束了，你这蠢蛋。我花了十分钟恳求沙克将军不要把你的宇宙飞船炸飞。"

"他其实办不到，但是谢谢你。我很快就会亲自联络他，会把光波引擎交给他作为今天的补偿。军队最喜欢亮晶晶的新技术，他们有太多可以滥用的方法。"

"通道呢？"奥古斯丁威胁地问，"你把通道毁了。"

"我是在搬动它。这个人生结束了，奥古斯丁。诺森伯兰星际企业、有机油、钱，全都放开了吧。我有一个更好的人生在等着我们。"

"我花了一辈子建造这个公司，你也花了大半辈子。你不能这么做！把我的通道还给我。就算我要靠自己的力量再让天狼星活起来，我也会让有机油再次流动。"

"这是我们的通道，兄弟。而我需要它去拯救圣天秤星上所有剩下来的人命，好几百万的人类缩在独立国区里，正逐渐饿死。这难道不是更高贵的目标，更值得你投入吗？"

"拯救他们？他们怎么去那些中世纪的穷国家就可以怎么回来，只要你别碰那鬼东西。"

康斯坦丁叹口气，转向奥尔德雷德化身，"给他看。"

在奥古斯丁身后，长在天井中间巨大的牛鞭树颤抖，其中一根下降的树枝往外一挥，打中一张大理石长椅，把它打成两半，滑过光华的地砖，碎石飞溅。树枝缓缓收回，像是回归沉睡的长蛇又盘起来。

两枚瞄准激光如今从宅邸的石柱间伸出，瞄准牛鞭树的树干，想要找到隐藏的敌人。

"我的儿子。"奥古斯丁朝怪物一啐，"你杀了我的儿子。你杀了我的兄弟。"

"我们运气好，它没把我们灭族。毕竟我们对它迫害得如此严重。"康斯坦丁说。

奥古斯丁的目光充满恨意，从未离开外星人。康斯坦丁心想，真奇怪，人类这么多情绪都是跟某个特定的人有关。放开心胸去思考会让所有强烈的情绪消散。可是他知道他的兄弟绝对可以改变思维，毕竟他成功了，虽然花了五十年。

"给我们一点时间。我有好多事情要解释给我的兄弟听。"康斯坦丁对壮硕的奥尔德雷德化身说。

中午时分，暴风雪消散。天狼星在峡谷中散发灿烂的粉红光芒，将巨大的岩墙变成一片午夜的漆黑。较浅的粉红色环光被圣天秤星极光前所未有的浓烈色泽变幻遮蔽，巨大的光流不断在车辆被雪掩盖的车顶上方盘旋缠绕，偶尔甚至会伸向峡谷，像是巨人的手指抚过纷乱的雪白大地。

安特利奈带领剩下的车队人员走入干净、平静的清晨。安杰拉跟着他走出来，希望自己没有这么累。也许只是经历过巨大成功后的失落，但她总觉得自己应该更开心点。

她最后觉得，是因为有太多伤心要克服。他们失去了太多人，所以最后和圣天秤星达成的协议并没有办法完全安抚人心。

他们花了大半夜才打开所有剩余的弹头，移除全面病毒的容器。里面的内容物——在巴克雷化身的注视下，消散成空无。所有人都知道更大也很可能更神奇的东西，正透过怪物的眼睛看着整个过程。理解概念与承认事实是两回事。

没有人真的能信任它。毕竟怪物杀了他们太多人。所以巴克雷化身站在一旁，看着他们用窄斧头把冻得跟石头一样的亚提欧和加瑞克从被风吹成如岩石般坚硬、和河面合而为一的冰块中慢慢凿出来。轮到安杰拉跪倒在地，一下一下地凿着地面时，她看着站在翻倒的一号车前的静止身影。虽然它的五官相当僵硬，但她可以感觉得出来，它对人类的仪式毫无感觉。对死者的崇敬显然不是它的情绪。可是它难道会悼念从每棵树上落下的叶子，为所有没发芽的种子难过吗？对现在的它而言，短暂的个人生命已经是遗忘的历史。

当她累了以后，她站起来，把斧头交给肯·施密特。不穿护甲，行动容易太多，但她注意到不是所有人都抛下了护甲。帕瑞西是其中之一。

"他们来了。"巴克雷化身突然说。

"谁？"塔米莎问。

"木星人类。他们到了纽卡斯尔。康斯坦丁保守承诺，通道被拆除了。"

"太好了。但就算我们离开这里，也没办法回家。"安特利奈恨恨地说。

丽贝卡的头靠向安杰拉，"如果有光波船来，不用一个小时就会到。"

"光波船是什么？"

"基本上是UFO。"

"酷。"安杰拉说。

不管化身答应了什么，安特利奈坚持他们继续工作。他们替两辆行动实验室的燃料箱都装满油，亚提欧和加瑞克从冰块中被解救出来，包裹在睡袋里。

"午餐时间，休息一下。"安特利奈说。遗体被放在热带车二号车的雪橇上，旁边是埃尔斯顿和其他人。"等我们回去就发射通信火箭。天气大概不会比现在更好了。"

他正说着话，声音突然被巨大的空气爆炸声吞没，音波在峡谷的山壁间震荡，引发几场微型山崩。冰块在安杰拉的靴子底下呻吟、龟裂。车子上方突然冒出薄薄一圈雪。

"什么鬼？"

每个人都弯着腰，害怕地抬头看着在空中舞动的闪亮光幕。安杰拉看到就连巴克雷化身都有点害怕。

"耶！"丽贝卡尖叫，像个十岁小孩一样跳上跳下，朝天空拼命挥手，"他们到了。哇！劳尔在驾驶。"她又跳了起来，继续兴奋地挥动手臂。

安杰拉震惊地盯着头顶上深色的泪滴形状撕裂峡谷上方的平缓极光，就像已经失去获救希望的船难受害人，当救援终于出现时，最直接的反应是无法相信。

宇宙飞船减缓速度，翘了起来，宽广的座底朝向地面，在五十米外着陆。细小的碧绿火花顺着中间伸展出的不规则圆环跳跃，仿佛正将极光挤成浓缩的水滴。丽贝卡抓住安杰拉的手臂，把她往前拖。"快点，你得见见劳尔。"

"劳尔是谁？"

"我哥哥。嗯……他大概会否认。说实话，我小时候实在很难搞。"她的脸裹在一层层围巾和毛帽下，看起来像少女一般兴奋，让安杰拉忍不住也露出微笑，这么强烈的喜悦简直是大自然无可抗拒的威力。

门打开，两名男子走出，穿着跟丽贝卡一样的高分子披风，全身裹在同样如油一般光滑的保护层里。椭圆形的开口露出他们的脸。丽贝卡尖叫，朝较高也更年轻的那人张开双臂。

"母亲，这是劳尔。"

"安杰拉·德维亚。"他忐忑地说，"那位安杰拉·德维亚。对不起，但是我们想见你已经很久了。"

"当然，当然。"安杰拉响应，然后爆笑出声，觉得自己的话实在很可笑。

大家都没有什么要带走的。大多数人甚至懒得回车上去拿自己的配备包。安杰拉是回去拿东西的少数几个人之一。她的袋子里装着她在比克-昂温商店买的东西，是她在这个宇宙中仅剩的物品，是她二十年来第一次拥存的东西，每一样都是用她在霍洛韦赚的钱买的。没有比这更难得的金钱，所以那些东西非常重要。

她从二号车拉出布满冰霜的袋子之后，把车子的能源槽关闭。从昨天晚上开始，能源槽就一直处于待机状态。以它们运作的高温看来，在零下的气温里重新启动大概会让它们全部粉碎。埃尔斯顿不想冒险。仪表板上的灯熄灭。十八天以来，她的耳边第一次没有机器的嗡嗡声。

十八天？

她发现自己全身发抖。车队的旅程太紧绷、太深刻，不可能只有十八天。就连跟丽贝卡重聚的喜悦都无法弥补她承受的巨大冲击。

安杰拉退出车子，看到巴克雷化身等在冻结的河面上，肯、沙可、泰密莎抬着博坦的担架，登上等待着的宇宙飞船。非人类的东西一如往常地令人看不透，宛如木桩一般站在那里，丰腴的极光一道道爱抚着它，好似它正在跟光波风暴交流。在她的脑海中，她看到它使用的人形外壳，看穿了外壳，然后明白它如何作为精神灵体活在植物中，一个复杂到极致的生命体包围着整个星球，宛如日冕包裹在恒星之外。巨大、永生、进化的极致，超越地球任何生物的演化进程几十亿年。其能力之复杂，连人类想象中的神灵都无法及其万一。她站在上面，站在其中，无足轻重，无关紧要，她的生命相比之下是如此短暂。

这个思考角度让人泄气。真的……在一个有圣天秤星和沾斯的宇宙中，她这样渺小的人生能有什么意义？

啜泣声打破她沮丧的沉思。露露·麦克纳马拉正靠着三号车的车身哭泣，伤透了心，紧抓着她的廉价假名牌包，不在乎眼泪冻结在她龟裂、结痂的脸庞上。

安杰拉走过来，"怎么了，甜心？我们获救了，可以离开了。"

"我知道。"露露呜咽地说，"可是通道没有了，我听到怪物这么说。我永远回不了家，再也看不到我奶奶。她会好担心。"

"没有永远这回事。看看我，花了二十年，但我又找到丽贝卡了。你回到家时，你的奶奶还是会在那里等你的。"安杰拉告诉她。

"怎么可能？"女孩恳切地追问。

"我不知道。"安杰拉轻松地说，"这就是未来。你用尽全力往前冲刺，用力向前跳，看看能找到什么，这不是很棒吗？你想要回家，回纽卡斯尔，等我们到亚贝利亚以后，站起来用最大的音量喊出你的问题：谁要跟我一起来？如果你们的人数够多，你们甚至可以自己建造通道。"

"唉，我哪有办法，我只是个女侍者。"

"露露，你经历了一场我们没有人觉得自己能够存活的事件——这是我人生中最精彩、最可怕、最凶险的经验。相信我，我做过的事情多到你没办法想象——因为这样，你已经是个伟大的人。在这个宇宙中，光是活着就是场胜利。现在大家都要登上宇宙飞船，飞到一个会暖得融化的城市，之后我们再决定要去哪里，好吗？谁也没办法替我们做决定。"

"哎，好像是这样。"

安杰拉搂住女孩的肩膀，很快地抱了她一下，"来吧。我没有坐过宇宙飞船。我很想知道上面是什么样。至少会很暖，天知道，说不定还可以淋浴。"

宇宙飞船里面好像没什么特别的。气阀打开时，看见一个简单的圆形空间，有个微微弯弧的天花板。弧形的沙发围成一圈，灰色的硬泡绵材质与地面合而为一。车队的人正脱下他们的厚外套和厚长裤，在地板上滴出如小溪一样肮脏泥泞的雪河。虽然这是一艘很先进的宇宙飞船，但这么多许久没有洗澡的人所散发出的气味，仍然让生命维持系统处理得很吃力。

"我有问题。"安杰拉对巴克雷化身说。

"什么事？"

"你杀死了那些MTJ叛徒吗？"

"没有，安杰拉。他们没有挡在我跟武器之间。"

"你感觉得到他们在哪里吗？"

"感觉得到。他们被暴风雪袭击，状况很不好，正在把自己挖出来。"安杰拉转向劳尔，"我们知道他们走了哪条路。我们去接他们。"

"他们不配。"安特利奈没好气地抱怨。

安杰拉露出邪气的笑容，"我知道，可是圣天秤星上死伤的人够多了，所以我们让这个星球看到身为人类真正的意义，好吗？我们去接他们，给他们吃一顿热的食物，把他们带回亚贝利亚，去一个温暖、安全的地方。跟我们一样。"

宇宙飞船一出现，席德和雅辛塔两人就开车到学校去接小孩，手动驾驶他们的丰田汽车，利用席德的警察权限要求城市道路全区罩网给予他们优先权。他们停在学校外面，警笛大响，灯光大作，威廉和扎拉开心极了。席德开车回杰斯蒙的路上把警笛和警灯都关掉，让孩子们大为失望。

"为什么关呀？"威廉嘟囔。

"因为我不觉得那些宇宙飞船是带着敌意而来的。"席德解释。他只放了一半注意力在路况上，这么做很危险，因为有许多人不好好开车，急着冲回家或像他一样赶着去接心爱的人。路上是一片绿色的尾灯，没有人听从全区罩网指挥。他的注意力主要放在瞳孔智元网格播放的画面。

壮观的宇宙飞船群停在通道上方和周围，是整个区域里唯一静止的东西。它们施放出那些令人看得毛骨悚然的机械昆虫，正在巨大的通道发电机里里外外攀爬。阳光照在银光闪闪的工具口钳上，口钳不断扭动，抠抓着机器的缝隙，像是对待机械的腐尸一样将它扒开。

"为什么，爸？"

"因为我想他们是从木星来的。"

"爸，你怎么知道的？"

"因为我曾经见过驾驶宇宙飞船的人。"

"爹地！"扎拉兴奋地尖叫，"什么时候？"她上气不接下气地追问。

"伊恩叔叔死去的那一天。"

"他们是D炸弹阴谋的一部分吗？"威廉问。

"好了，你们两个，让爸爸休息一下。"雅辛塔严厉地说。

"可是妈——"

"没关系。"席德说，"宇宙飞船跟阴谋没有关系，那都是康斯坦丁·诺思的船，可是我不知道他们为什么想要拆掉通道。"一定跟以前一样，我们永远都不会知道到底是怎么一回事。

涡轮引擎的声音在街道上呼啸。接下来的一路上，两个孩子都在天空寻找绕着船舰飞行的战斗机，他们英勇地守护纽卡斯尔的市民，抵御那些正明目张胆地抢夺这个城里最宝贵资产的侵入者。黑色快速的三角形会从屋顶间的缝隙钻出，他们会兴奋地指着，欢呼雀跃。

安全地回家后，赫斯特一家人坐在客厅里，看着墙壁的大屏幕。媒体直升机离浮在空中的宇宙飞船越飞越近，几乎像是在比赛谁比较大胆。临门区的街道上，同样的闹剧正在上演，记者们努力想要闪过紧张的外聘警员，而外聘警员正在努力关闭所有通往通道的联外道路。HDA人员运输车正沿着国王大道往来，带来一队队的士兵还有不知道该做什么的军官，因为他们没有收到指挥官的明确命令。

席德的e-i报告有很多高优先级的通话要求在他的跨网通信接口上渐渐累积，整个市场街警局六楼办公室都想要找他。他不在乎。他已经乖乖地被富豪高官呼来唤去好多年，为了他们的好处玩他们的游戏，因为聪明的人都知道这就是世道。

可是今天他要跟他的家人在一起，因为男人就应该如此。而且，反抗权威的感觉也很爽。

诺森伯兰星际企业在危机发生的七十分钟后便发出正式声明。冷静得出奇的亚兰桑·诺思二代站在市中心企业营销总部前面举行媒体大会，宣布拆卸通道是为了阻止人道灾难。圣天秤星上有原生的智慧生命存在，因此他们正在规划有秩序地撤离独立国区的人民。

他特别强调，宇宙飞船是诺思家族所有，对任何人都没有威胁。没错，他们来自木星。不，他不能多谈伊恩·拉纳金过世的那天晚上，是不是有一艘宇宙飞船出现在山高商店上方。

"真的吗，爸？他们找到外星人了？"威廉问。

"对。我看到了一只。"

"真的？"

"对。它杀死了伊恩叔叔。"

雅辛塔狠狠地瞪他一眼，同时手肘用力朝他一拐。

"它们危险吗？"

"非常危险。"

"席德！"雅辛塔压低声音警告。

他耸耸肩。

几架新闻公司的直升机在艾尔威克找到停在奥古斯丁·诺思的平顶金字塔豪宅外的宇宙飞船。几个诺思家族的人正在宇宙飞船底部绕来绕去，自动推车正从宅邸出来，上面装满箱子和盒子。

新闻转回通道前的宇宙飞船。又一艘比较小的泪滴形宇宙飞船正往上飞起。新闻直升机躲过一群随即升空的HDA的VTOL炮艇，跟着航天飞机飞向北方，浮在城市上方两百米的空中。

"它飞过河了。你看，那是中央车站。"威廉说。

"爹地，它在做什么？"扎拉问。

"我不知道。"席德不安地看着宇宙飞船平顺地飞过市政中心，那条路很靠近——

"它是跟着地铁路线开吗？"雅辛塔问。

"看样子像。"席德承认。

威廉连忙站起。"我们可以看到宇宙飞船耶！"他惊呼。

"不行！"席德大喊，向前一扑，想要拉住儿子的手臂，威廉已经带着孩子气的兴奋冲过他身边。

"回来！"

席德追着威廉跑。雅辛塔和扎拉跟在他后面。威廉打开前门，跑到小花园。席德在他后面两步，终于抓住男孩的肩膀。不重要，反正威廉也已经停下来了。

宇宙飞船还有后面一窝蜂追着的地球飞机，全数停在圣乔治巷上方，缓缓降落。席德的邻居们也在外面，静静地、赞叹地看着宇宙飞船靠近。

"爸！它要来这里了。"威廉又怕又兴奋地说。

席德的手搂住惊讶的男孩，另一只手环抱住妻子和女儿。在他前方二十米，安静的城外住宅区，一艘来自木星的宇宙飞船无声地落地。宇宙飞船底端附近的圆圈变得漆黑然后消失。一名诺思家族成员走出来，穿着领口敞开的绿色衬衫和蓝色牛仔裤，他朝席德咧开嘴微笑，天空中的新闻直升机与VTOL不断盘旋。

扎拉缓缓地躲到他身后，看着诺思族人走到他们家的栅门前。

"你好，席德。"诺思族人说。

"我不知道你是谁。你得告诉我。"席德告诉他。

"我懂。我是克莱顿。这次没骗你，老大，这是我欠你的。所以我来了，我知道你需要答案，也是你应得的。"

"哎，谢了，所以那是什么东西？"

"是圣天秤星的主要生命体送来的化身。"

"那人是它杀的？"

"对。"

"他是谁？我们从泰恩河拖出来的是谁？"

"奥尔德雷德。化身借用了他的身份。"

席德虚弱地点头，一阵晕眩，想到自己在外星人伪装的冒牌货身边，跟它一起工作了好几个月，跟它聊天，跟它一起在咖啡馆，接受它对他的未来做出的担保。知道事实之后，他很希望能够感受知道真相带来的影响，只是似乎没有什么差别。"为什么？"

克莱顿做了个鬼脸，"说来话长。我们一拆完通道就要走。我可以把档案传给你。有些部分非常有意思，不过也有很多历史渊源。"

"你们要去哪里？"席德脱口问出。他的眼睛移不开宇宙飞船。同一艘线条流畅的宇宙飞船在他梦境里出现了整整一个星期，冲向星空，留下他一个人被困在地球上，无比羡慕。羡慕那不是他的人生。

"天狼星星系。我们要去创造新世界，席德，从头开始建造一个新的文明，这只是一部分而已。"克莱顿说。

"可是你们把通道关了，要怎么过去？"

"恐怕得绕远路了。"他带着微笑，比了比宇宙飞船，"幸好它的速度很快，而且距离也只有八点五光年而已。"

席德感觉一阵心跳。一部分的他因为渴望这样的未来而心脏发痛。他望向雅辛塔，在她的表情里看到同样的着迷。"带我们一起去。"他说。

冰雪来临之后，卡米洛村的学校大厅很快成为小区中心，天气允许时，这里可以让大家一起煮大锅饭，孩子们还可以继续上课，大人们则在这里举行会议，众人齐聚一堂解决问题，组织工作小组。如果索尔不知道农场已经被埋在好几米深的雪下，而且已经种不出新的食物来，他也许甚至会喜欢这个冬天。可是随着几个星期过去，他们开始习惯于在暴风雪之间的空当去搜集食物，也开始有难听的流言渗透他们温馨的世界，关于有人私藏食物，有秘密库存，还有些人光吃不做事。

这些小别扭在早上的新闻从亚贝利亚残余的网络传来时，立刻变得完全不重要。新闻说纽卡斯尔通道关闭了。最后从纽卡斯尔传来的画面非常令人费解。好几百艘宇宙飞船从天空落下，然后没有了——

地球被入侵了吗？

卡米洛的村民根本不在乎。所有人不用被召集，就自动走向学校大厅。在这里开会是小镇议会的形式，很多人的恐惧都是通过愤怒的争辩得以抒发。村里所有人都认为他们还能撑两个月，只是每次食物搜集队都得去更远的地方，而且到无人屋里找食物的人不止他们。目前为止，跟其他团队碰到的时候，一切都很和平，有时候还可以互助，但他们承认这种互助行为刚刚结束了。他们必须标出自己的领域范围。

奥托站起来，开始讲述要建造暖房，好能种植自己的食物。人们嗤笑，叫他闭嘴，告诉他布琳凯尔正用克隆槽种食物，他大声回骂，叫他们认清现实：所有农场都被埋在好几米的雪下，布琳凯尔也没打算雪中送炭。如果研究院种得出食物，早就已经种了。

依纱多拉、约文和克拉拉都很安静，听着叫喊声越来越响亮，越来越尖锐。索尔开始心想不知道带他们来开会是不是好主意，他们有权知道事实没错，但是——

他想，这样的指责大概也是难以避免的。他仍然记得沽斯潮刚开始时，新佛罗里达上所有人陷入自保的疯狂境界。真奇怪，他已经几十年没想到戴维和阿凯德了。现在他发现自己一直在想那两个医疗人员是否回到了迈阿密。

埃米莉靠向他。"你该说些什么。"她低语。

"没人愿意听别人说话。"

"他们会听你的。"

的确有可能，但他不知道该说什么。

也许当事情平静下来之后，他可以去一一拜访这些人，努力达成共识，这比较像他的风格，而不是在公众场合相互谩骂。

然后他的e-i告诉他，有一则通信。一切突然变得不再重要。

索尔站起来，脸上浮现彻底的宁静。互相谩骂的奥托和乔格两人突然安静下来，不解地看着他，等他说话。

可是，他只朝他的孩子们微笑。"来吧。"他说。

"索尔？"埃米莉紧张地问。

"没事的。有人来了。"他说。他将好奇的孩子和担心的妻子一起带了出去，确保孩子们都先套上手套，戴好帽子。剩下的村民在不解的沉默中看着他们离去。

"索尔?"奥托问。

"你们应该也会想来看看。"他若无其事地说。离他最近的人留意到他眼眶中的一抹湿意。

整个会议厅的人都涌出学校大厅,紧跟在霍华德一家人后面,刚好来得及看到一艘灰绿色水滴形的宇宙飞船从极光翻腾的光带中下沉,柔柔地降落在被冰块覆盖的沙滩上。索尔毫不迟疑地走上前去。依纱多拉、约文、克拉拉紧抓着他,被从天而降的奇特景象惊吓到说不出话来。但他们的爸爸已经知道这是什么。埃米莉沉默,但也紧跟着她的丈夫。

阀门在宇宙飞船底端打开时,索尔转身面对她。"很对不起。我从来没跟你说过这件事。我以为她死了。我真的以为。我以为只有你跟我两个人一起重新开始。"

直到现在他仍然不确定。联络他的人的确是安杰拉,可是……

两个女人从宇宙飞船中走出。安杰拉是其中之一,戴着毛帽抵挡冰冷的海风,但仍然无法完全盖住她的头发。另一名女子有着几乎一样的头发,只是颜色更深,更长。而且她的脸是那么耐人寻味地熟悉。

索尔猛然哭了出来,大张手臂,怕他的腿会因为抖得如此严重而瘫倒。丽贝卡贴上他,冰凉的鼻子凑在他脸上,整个人也是激动得不能自已。"嗨,爸。"

小屋的客厅里塞进了不少人。安杰拉看着索尔在房间中央的壁炉里加了两根新的浴松木柴。他这是没事找事做,火炉热得很,而且这么多人挤在一个房间里,根本不需要额外的热气。他看丽贝卡的眼神泄露了他的心意,他眼中充满无尽的宠爱和赞叹。他不知道该说什么,但他很显然不愿意离他失散多年的女儿超过一两米。但是至少他没再哭了。

安杰拉得承认他其他的孩子也很可爱。依纱多拉、约文、克拉拉正在度过从太阳黑子出现后最愉快的一天。外面有真正的宇宙飞船,有一个全新的大姐姐,人很刺激也很有趣;爸变得好奇怪,因为他太高兴了;还有一堆很有意思也很重要的陌生人在他们家里面,包括一个可怕得不得了的怪物。这些会让他们之后在村里的朋友面前特别有面子。安杰拉笑着看小克拉拉跑到丽贝卡面前，害羞地递上一个她的绒毛玩具，一只有绿毛的猴子，叫作香蕉一号。丽贝卡玩玩具的时候满脸都是笑意，让女孩对她更崇拜。

如果人生的方向不一样，她跟索尔有可能也会拥有这种景象。得是非常不一样的方向，她在心里补上一句。但要是这么不一样，那丽贝卡就不会出生了。

没有遗憾。

科比·诺思和劳尔正从埃米莉手中接下装着茶的马克杯。自从宇宙飞船到了之后，那女子便没说什么。安杰拉感觉得到朝自己望过来的锐利眼神。显然两人很需要花点时间好好进行对话。

埃米莉在巴克雷化身面前迟疑一下，很明显在想是不是需要给它一杯。它微微摇头，埃米莉连忙走开，松了一口气。

奥托和马科斯站在一旁，他们是村民代表，似乎不知道该怎么看待突来的访客。车队中的其他人都在学校大厅接受照料，村民允许他们在厕所里洗澡。她想象他们现在一定被问了很多问题。

帕瑞西在安杰拉身边坐下，被绷带捆成一团的肩膀碰到臂枕，让他一阵龇牙咧嘴。

"还好吗？"她问。

"没事，好很多了。"

安杰拉知道他正努力不要去看巴克雷化身。他把卡宾枪和手枪留在峡谷，已经算是很长远的进步。

"好消息。显然据说卡米洛有些多余的平房。只要能把屋顶上的雪清掉，开始加热，就可以搬进去住。"

"哦，是吗？"他故作正经问。

这完全不像她的小狼狗。"丽贝卡和我会住在一起。我想应该会有多出来的房间。"她逗弄地说。

"有住的地方就行，我不挑。"

"很好。"她的手按上他的大腿，她压低声音，"你最好带上肋骨的止痛药，最高剂量。你知道你和我已经多久没上床了吗？"

"这个时间我记得很清楚。"他打断她，礼貌地朝替他端来热茶的埃米莉微笑。依纱多拉跟在她母亲身后，捧着一把橘子巧克力糖果请客人吃。

安杰拉拿了两个，朝好奇的女孩微笑表达谢意。

"你们不介意的话，我得飞去宅邸，去向布琳凯尔解释到底发生了什么事。"科比说。

"我们会怎么样？"奥托问。

"基本上，所有人类都会离开圣天秤星。"科比说。

"什么？"奥托结结巴巴地问。

科比瞥向巴克雷化身，仿佛在寻求许可，"我们在这里是入侵，这里不是我们的家。"

"这里或许不是你们的家，但这是我的家。我的孩子都在这里出生的。"

"曾是我们的。"索尔说，"如他之前所说，奥托，仔细听清楚。这不是我们应该诞生于此的世界，我们没有这个权利。"

"太阳黑子不足以说服你们吗？"巴克雷化身说。

奥托害怕地看他一眼。

"我们要去哪里？"索尔问，"通道关闭了。"

"天狼星第十四号行星。"巴克雷化身告诉他们，"那里比圣天秤星体积更大，但绝对是在恒星的生命范围内。那里的自转是二十三个小时十九分钟。我相信你们可以适应。以及，地心引力是地球的零点九才是最重要的。地壳上甚至有铁，很适合你们。"

"我不懂。那个星球的大气层比金星还糟糕，我们不能住在那里，谁都不能住。"埃米莉说。

"现在是不能住，可是万物都会变化。我已经答应替你们改变大气层，你们只需要提供种子来产生你们自己的生物环境。"巴克雷化身说。

"康斯坦丁会用宇宙飞船载过来。我们在木星居住所上就有一个基因银行，专门用于这种情况……好吧，这个情况不太一样，但也可以通用。"科比说。

"通道关闭了，谁都去不了！"奥托咆哮。

"木星群集会通过跨星际空间飞来，因为大部分已经大到没办法用通道，事实上，他们正在把纽卡斯尔通道一起带来的路上。"劳尔说。

"为什么？"帕瑞西问。

"要在天狼星第十四号行星上重建通道，这样所有圣天秤星上的人就可以走过去了。这个交换条件很好，没有这个条件，天狼星会一直保持红光偏移的状态，直到星球用这种方法把我们赶走。"科比说。

"我跟康斯坦丁达成协定，会结束对天狼星的干扰，接下来的两个月内，太阳黑子会逐渐消失。"巴克雷化身说，"冬天会结束。你们可以用接下来的几年休养生息，准备迁徙工作。我会继续身为瑟贝迪亚的任务，让独立国区的人们准备好出发。"

索尔和埃米莉让安杰拉那天晚上睡在他们的客房。丽贝卡得到了克拉拉的房间，所以开心的六岁小女孩得跟一个不是那么开心的依纱多拉同住。

"这东西真的很臭。"帕瑞西一边抱怨，一边钻入他们临时拼凑出来的床。客房只有一张单人床，所以他们把床垫放在地板上，加上从沙发拿来的软垫，上面再铺两层睡袋。

安杰拉刚从浴室回来，里头每一块瓷砖似乎都沾上了儿童牙膏。她环顾卧室，索尔在里面塞了好几百根浴松木柴等它们干燥，准备要在炉子里烧。这是太阳黑子爆发之后，她第一次体验到圣天秤星独有的气味。味道闻起来挺刺鼻的。"没那么糟啦。"她喃喃地说。

"你跟埃米莉谈过了没？"他问。

"没有，明天谈。我想应该让她先跟索尔谈比较好。"

"是啊。天哪，他可有好一番事情要解释了。"

"其实他也没什么好说的，要说什么都可以怪在我头上。"

"嘿，我不觉得你做错了什么啊。"帕瑞西说。

安杰拉低头朝他笑，"甜心，我做过的错事多到都不知该从何说起。"她脱掉借来的外袍。她倒是希望自己能穿件薄透的性感蕾丝睡衣给他欣赏，但是客厅以外的其他房间都不太温暖，所以她只能借用埃米莉的睡裤和索尔的紫色睡衣。

"我说肋骨还没好不是开玩笑的。"他郁闷地说，感觉到她钻入同一个睡袋，躺在他身边，"真的还在痛。医生说不能太操劳。"

"嗯，我喜欢挑战。"

帕瑞西大笑，"我还是不了解你。"

"很多人都尝试过。"她侧过身子看他。他脸上的皮肤不是结痂就是在脱皮。他看起来筋疲力尽，一种深沉的疲累，得要花很久才能排除。她发现自己可以看着这张脸很久也不会腻。"我要你知道一件事：我真心喜欢你。我们不会结婚或什么的，清楚吗？可是我现在很快乐。我已经想不起来上一次快乐是什么时候了。你是让我快乐的理由之一，所以我们继续维持现状吧。我不想要不快乐。"

"当然。我可以明白你为什么快乐。丽贝卡真是难得。"

"一点也没错。"

"你信任化身吗？"

"你眼中所见、所评判的是那个化身，而不是驱动它的生命。它的形状让你看到人类。但那是不对的。"

"所以答案是对，你信任它。"

她吻吻他，"我想我们不会有事的。"

"想想我们昨天的情况，你说得对。"

"帕瑞西，谢谢你不怀疑我。谢谢你在峡谷里信任我。这几个月以来，被信任对我来说非常重要。"

他睿智地点头，"今天的确是很怪的一天，但我还是很高兴它发生了。"

"我这一辈子一直都很怪。"安杰拉说。

2152 年 6 月

得到带着光波船降落权利的人是威廉，他在卡斯珀·诺思的监督下完成这项工作——毕竟他只有十八岁，正式来说还在受训中。扎拉从绕着天狼星XIV公转的居住所群下来的一路上都在发脾气并沉着脸。她今年十六岁，只能算是见习生，所以只准驾驶训练用的全像模拟。

整个跳跃落地过程的八分钟里，席德表现得都很好。他没有害怕得死抓住防冲击座椅的手把等等。

他们在布拉登外围的降落坪落地，这是星球上第一个殖民镇的名字。威廉进入乘客舱，露出灿烂的笑容。

"你们感觉到震动了吗？"他问家人。

"直到你把重力场关掉才有感觉。我觉得我可以分得出来跟地球的重力有哪里不同。"雅辛塔告诉他。

席德是绝对分不出来的。九年以后，他已经习惯了大居住所的离心重力，早忘记星球重力是怎么样的情形。从空气阀门走入炙热的空气里，他的内耳只有一点点不适应。

除了两面海洋之外，天狼星XIV行星从北到南都是沙漠。席德在绕着行星飞行时看到炫目的冰盖，但在新生的冰河下，只有寸草不生的沙子。他们一个月前抵达，花了三天将整个木星居住所群集从零点九的光速减速到绕行速度，这个星球上完全没有生命，连一只细菌都没有。

康斯坦丁说这里是终极的白板，一个任何可能都可以实现的世界。

席德靴子下细软的沙是很单调的黄，上面一堆的脚印、轮胎印、一排排雨水冲刷的痕迹。他得戴上太阳眼镜，才能抵挡蓝白色恒星的刺目光芒，如今恒星已经恢复往日的灿烂。当他抬头看向深蓝色的天空时，可以看到天狼星B的亮光就在主星旁边一个拇指宽的距离，两千三百万公里之外，但星环仍然给了它一个明显的椭圆形。第十四号行星连卫星都没有。

这里东边有高山，高耸的山脉顶端是白雪皑皑的山峰，周围都有云朵堆积。布拉登经常下雨。一天下好几场快速温暖的骤雨，这对植物和农作物，甚至对树木来说都很完美，也制造出许多湿气，尤其是海就在十公里外。

一辆马车停在他们面前，Hi-Q自动要求联机，告诉他们它的任务是带着他们前往新建好的屋子。降落坪的八爪机把他们的行李装到后厢，一群人便出发。

在降落坪外，第一区是长得一模一样的基本机械方块，不断被克隆，大大的方块有黑色的PV外皮，像是正方形的阿米巴原虫不断在分裂繁殖。一旦脱离之后，就从顺着泥巴路两边搭建的粗管子里吸取更多原料，扩张成有固定功能的制造器。发展初期的重点在于微制造出有居住空间的房子，之后是人类的必需品，如衣服、家具、车辆……再之后，布拉登专注于制造造地系统。

席德开心地看着他们经过许多洋葱形状的多品种育种屋。尖端有浮升器，不断膨胀，大大的椭圆形下面是圆乎乎的培养槽，生物反应机从闷热的大气层吸取湿气，然后混合几十种土壤细菌，从下方喷洒在土地上，看起来很像是低空火箭一样。这些细菌会快速繁殖，从裸露的矿物中取得养分，让地面准备好进行下一阶段的演化。

接下来是浮藻，目的是在沙地中建立起多层次的生物层。霉菌、真菌，在这九年的航程中，全部都被安排在拟订好的演化进程中。

一两年后，他们会释放第一批昆虫，在克隆槽里培育出的几十亿颗昆虫卵会被撒在整片大陆上，最后是种子，到时沙漠上会有花朵绽放。

森林和草原，丛林与原野，全部都会生长出来，覆盖这片大地，形成丰饶的碧绿地球植被。大自然的规律到时将主导一切，再也不需要人类的协助，造地工作将会结束。动物会从围篱里冲出来，跟刚被搬移来的人们一样，享受它们的自由。

光看着浮升器升起、随风飘荡到世界的不知名角落就让席德明白，自己做了正确的决定。从雅辛塔的表情看来，她也有同样的想法。两人双手交握，接吻。

扎拉皱起鼻子，别过头去。

"你们看。"威廉指着前面大喊，"是通道。"在城镇不断扩大的边界几公里外，通道正在一个巨大的敞开建筑物里缓缓重建。旅程中，他们在纽卡斯尔拆除的零件已经由木星居住群集的AI经过仔细检查，重新维修、升级，如今层层叠叠交错的鹰架上有外表光滑的三角形机器，正缓慢、仔细地将不同的零件锁定位置。

"这小区完蛋了。我们才刚到呢。"扎拉说。

"迁徙会是阶段性的。没有别的选择。就连我们的自动生产机也没办法同时应付所有人。"雅辛塔说。

"他们说最先过来的会是布琳凯尔，据说代表了某种象征意义，要作为众人的表率。"席德说。

"什么象征意义。光波舰队这个星期以来一直在把重要人物运过来。"威廉说。

"奥尔德雷德化身会往反方向去吗？"扎拉小心眼地挖苦他。

"别闹了。"席德温和地轻斥。

城镇所在的平原地势开始往下倾斜，他们来到一片巨大崎岖的山坡，通往诱人的碧绿海面。小溪顺着山沟滑下，顺着陡峭的山壁，在已经被水侵蚀的凹地上汇集成深深的小池。足以羡煞任何意大利山村的之字形道路在山坡上纵横交错，连接一排排拓荒出的平地，准备搭建起一栋栋房屋。

"全都是淡水。"扎拉开心地惊呼，"还不用担心鲨鱼、鳄鱼、水母、亚德拉多丝，或是微息米尼。我们现在可以去吗，爸？拜托拜托。"扎拉开心地惊呼。

席德看着山坡底下的海岸弯成一连串的小海湾，在饱含水分的沙地边缘有海浪拍打着，那里已经有人在玩水。

"找得到泳衣的话，当然可以。"他说。

扎拉开心地亲了他。"谢谢爹地。"

他报以微笑，彻底心满意足，但一部分的他也在想，不知道还会维持多久，她在去做自己想做的事情之前会来征得他的同意。他们被分派到的屋子是一间低矮的长屋，有很多面海的玻璃，屋前有长长的前廊，上面连户外家具都布置好了。"哇。"席德说。已经是青少年的孩子们冲上前，大喊他们要住哪一间屋子。"我们真的已经离开杰斯蒙了。"

雅辛塔扬起大大的微笑。"看起来没有怪怪的植物。"她有点惆怅地说，"我们需要树。棕榈树。至少该有玫瑰花丛。"

"你可以再回去拿啊。"

"你闭嘴。"

两个女人正从小路走向他们，她们看起来简直就像姊妹，两个人长得好像，一个看来二十出头，另一个大概十八。席德皱眉，记忆在脑海深处扰动，年纪大的有一头很长的金发，发丝随着从海上吹起的海风不断飘扬……

"你们好啊。"她开心地说，拨开脸上乱飞的发丝，"看样子我们会成为邻居。丽贝卡跟我昨天刚从圣天秤星飞来。"

"嗨。太好了。我们有几个跟你们差不多年纪的小孩。"雅辛塔说。

席德发现自己露出笑容。"你是安杰拉。"他说。

"对。你怎么知道？"

"我从地球来的一路上都在读你的档案。真的很高兴见到你。我们有很多好聊的。"

2377 年

椭圆形的光波短程运输舰无声地飞过曾经是个美丽园林的平缓园地。如今，来自八个不同星球的植物，因为它们优雅的外表被带来这里，正跟想要把地盘从这些罕见的外来客手中夺回的新摩纳哥原生植物争斗，但战况不太乐观，看起来像是被一波又一波的藤蔓和干枯的蓝色佛草淹没。

安杰拉的附加脑神经丛正指挥运输舰绕行园林正中央的废屋。她对于巨大宅邸败坏的程度感到讶异和难过。她从班特利的飞机后方前往她的新人生路上，最后一次瞥见豪华的德维亚皇宫，至今已经超过两百五十年，即便如此……

大多数的屋顶已经坍塌，好几个世纪的雨水顺着精致光滑的木头地板冲刷而过，把楼梯变成繁复的圆弧瀑布，之后生锈、腐烂。腐败到这个程度的表面让植物更容易扎根，灌木甚至小树在废弃的家具碎片和奢华的装饰间成长。

中央双层H形状建筑物的石墙状况好一点，但这面墙好歹有一米厚，还有碳纤混合的水泥核心强化。细细的佛草从裂痕间生长出来，爬过园林的藤蔓，如今攀上直立的墙，具有侵略性、不知放弃的枝芽叶片攻击着岩石，最后石头开始龟裂倒塌，在原本的装饰怪兽与石雕间刻出随意自然的形状。庄严气派的外墙曾经夜夜沐浴在上千面窗户散发的尊贵金色光芒下，如今只剩下断壁残垣，原本亮晶晶的窗户只余没有玻璃的凹洞。

运输舰在离西翼一百米处的地方落地。安杰拉准备好随时立刻重新起飞，她很担心任何动静都会让这片被时间压垮的残骸彻底崩塌，但外面没有半点异状，龟裂的岩石缝隙没有颤动的迹象。这个老地方还可以撑上几年。

"跟你们说了，这里是真的。"她对聚在周围的三个孩子说，"来吧，我们去逛逛。"

他们跑向曾经如此平坦光滑、可以当作高尔夫球场的草皮，高亢开心的喊叫声被安静的夏日气息吸去。虽然安杰拉很努力回想，却想不起来新摩纳哥上有没有危险动物。她的自然记忆现在已经完全不行了，所有重要的东西都存在她的外加脑部系统里，总有一天她会好好整理一下内容。但孩子们的手腕上都套有保护环，所以没关系。

她戴上太阳眼镜，遮住从紫色天空射下的炙热阳光。

"你真的住过这里吗，奶奶？"小霍琳问，金色的长鬈发随着她的动作不断弹跳。霍琳向来坐不住，就像她的妈妈赛芮莎。

安杰拉顺着墙的底端寻找，看到藤蔓间有一个深深的凹槽，一定是通往中庭的拱门。"是的，甜心，我真的住过这里，就在里面的某一区。"

"所以你真的是公主？"奥克塔维奥以他一贯的淘气笑容问。

"是的，宝贝，很久以前。"

"一定很棒。"

"那时候的宇宙跟现在不一样，其实并没有那么棒。但我过得很享受，如此而已。"她允许他们跑在前头，扮演探险家，自己则走到八棵古老橡木形成的树林。这个地方她不需要在附加脑神经里搜寻就能找得到。上一次站在这里时，它们只是小树苗，几乎不到她的肩膀高，如今树木已经进入最后的几十年寿命，有着巨大纠结的树干、腐烂的树皮，还有枯枝断刺伸向安静的紫色天空。

树林正中央，有一个简单的八角形黑色大理石柱。她知道下面应该有个底座，但早就消失在苔藓和藤蔓之下。

安杰拉在大理石饱经风霜的表面放了一朵红玫瑰，"嗨，爸爸，对不起我过了这么久才来。但你真应该看看我过的人生。我想你会以我为荣。我真这么觉得。我们的家族现在好大、好棒。都是因为你，才有这个可能，爸爸。你生了我，我好感激，谢谢你。"

她用手抹去从太阳眼镜下方渗出的一滴泪水，然后她转身回去找孩子们。他们找到其中一座大喷泉池，大笑着顺着长满苔藓的陡峭边缘一个个滑下。

霍琳笑着看走回来的安杰拉。她的小手臂朝巨大的皇宫挥动，"奶奶，以前这里住了多少人？我们的家族当时也这么大吗？"

安杰拉微笑，把霍琳不听话的几绺头发塞回她的耳朵后，"没有，那时候只有两个人住在这里，我和我的父亲。"

孩子们睁大眼睛看她，不知道她是不是在开玩笑。

"两个？"莎瓦娜尖叫。小女孩看看曾祖的墓碑，看看巨大的废墟，再看向奶奶，一脸彻底的不信。

"还有非常多的仆人，就是照顾我们的人。"安杰拉连忙解释。

"你一整天都在做什么？"

"好问题。"安杰拉承认，"我去了很多宴会，去了当时的所有星球。那时我很忙。我甚至第一次谈恋爱。"

"跟一个王子吗？"霍琳盼望地问。

"对，是一个王子。"

"他也是我们的祖先吗？"

"不是的，宝贝。我当时很笨，让他离开了，可他曾经在关键时刻帮助过我，所以才有今天一半的你们。他是个真正的王子。"

"他现在在哪里？"

"我不知道。"她回头看皇宫，眼前浮现建筑当年的壮丽模样。华美的房间里满满都是光鲜却空虚的人，一个星期接着一个星期，一年又一年的夜夜笙歌，因为他们只知道这一种活法。有这些回忆很好，但已经不重要了，只是可供愉快回想的金色童年的夏天。

"你为什么不是公主了？"奥克塔维奥追问。

"我长大了，宝贝。每个人都会长大。"

她知道这不是真的。在她脑海中永远舞着、笑着的好多张脸庞已经消失。她让他们从她身边经过，那些终日茫茫然的鬼魂，莎丝塔、马帝夫、豪斯登……如此美丽的人们，被他们虚度、耗尽的存在主宰。有些人拯救了自己，被别人拯救，有些人则永远迷失。还有那些极端强烈存在的灵魂，以自己坚毅的方式在时空中迈进，绽放明亮的光芒：亲爱的埃尔斯顿、拉维、康尼夫、卡芮兹玛、可爱的帕瑞西，甚至是很棒的老席德……几个世纪以来，她慢慢地失去所有人，无形的身影飘过，却依然微笑，而她则张开双臂，像开心的舞者一样不停转圈。他们也找到各自的快乐。无论他们在哪里，安杰拉愿他们都过得很好。这个地方正适合她向他们告别，摆脱任何残存的哀伤。

"来吧。"她露出灿烂的微笑，很高兴能将一切开始的起点给这些可爱的小鬼头看看，他们都是她骄傲的后代。

"得赶快回去了，否则我们会惹上大麻烦。"

努伊-沾斯集体在地域同步绕行轨道上等着他们，一块直径超过一百英里的离子三态物质晶洞，上面有八万人，正准备第一次进入银河系核心展开冒险。露露·麦克纳马拉舰长因为过去的交情，特别允许安杰拉进行一趟怀旧之旅，但她迫不及待要展开他们伟大的旅程。不能让她久等。

文
景

———

Horizon

社 科 新 知　文 艺 新 潮

圣天秤星

［英］彼得·汉密尔顿　著　段宗忱　译

———

出 品 人：姚映然
责任编辑：沈　敏
营销编辑：王园青
封扉设计：安克晨
版式设计：董雪晴

———

出　　品：北京世纪文景文化传播有限责任公司
　　　　　（北京朝阳区东土城路8号林达大厦A座4A　100013）
出版发行：上海人民出版社
印　　刷：山东临沂新华印刷物流集团有限责任公司
制　　版：南京展望文化发展有限公司

———

开　本：680mm×980mm　1/16
印　张：59　字　数：834,000　插页：2
2019年10月第1版　2019年10月第1次印刷
定　价：118.00元
ISBN：978-7-208-15967-9/I·1842

图书在版编目（CIP）数据

圣天秤星／（英）彼得·汉密尔顿
（Peter F. Hamilton）著；段宗忱译. —上海：上海人
民出版社，2019
　书名原文：Great North Road
　ISBN 978-7-208-15967-9

Ⅰ. ①圣… Ⅱ. ①彼…②段… Ⅲ. ①长篇小说—英
国—现代 Ⅳ. ① I561.45

中国版本图书馆 CIP 数据核字（2019）第 143501 号

本书如有印装错误，请致电本社更换　010-52187586